国学经典文库

图文珍藏版

叙不尽纳兰忧思　品不够容若才情

纳兰容若全集

第一册

[清] 纳兰容若○原著　刘凯○主编

线装书局

图书在版编目（CIP）数据

纳兰容若全集：全4册 / (清) 纳兰容若原著；刘
凯主编. -- 北京：线装书局, 2016.3
ISBN 978-7-5120-2133-4

Ⅰ.①纳… Ⅱ.①纳… ②刘… Ⅲ.①纳兰性德（
1654～1685）– 全集 Ⅳ.①Z424.9

中国版本图书馆CIP数据核字(2016)第014023号

纳兰容若全集

原　　著：〔清〕纳兰容若
主　　编：刘　凯
责任编辑：高晓彬
装帧设计：博雅圣轩藏书馆 Boyashengxuan Cangshuguan
出版发行：线装书局
　　　　　地　址：北京市西城区鼓楼西大街41号（100009）
　　　　　电　话：010-64045283（发行部）　64045583（总编室）
　　　　　网　址：www.xzhbc.com
经　　销：新华书店
印　　制：北京彩虹伟业印刷有限公司
开　　本：710mm×1040mm　1/16
印　　张：112
字　　数：1360千字
版　　次：2016年3月第1版第1次印刷
印　　数：0001 – 3000套

定　　价：598.00元（全四册）

清词第一人纳兰容若

  纳兰容若（1655~1685），原名纳兰成德，为避当时太子"保成"的名讳，改成纳兰性德。叶赫那拉氏，满洲正黄旗人，字容若，号楞伽山人，自幼饱读诗书，文武兼修，清代最著名词人之一。其诗词"纳兰词"在清代以至整个中国词坛上都享有很高的声誉，在中国文学史上也占有光采夺目的一席。他生活于满汉融合时期，特殊的生活环境背景，加之个人的超逸才华，使其诗词创作呈现出独特的个性和鲜明的艺术风格。他在两年中，主持编纂了一部1792卷编的儒学汇编—《通志堂经解》，受到皇上的赏识，也为今后发展打下了基础。他又把熟读经史过程中的见闻和学友传述记录整理成文，用三四年时间，编成四卷集《渌水亭杂识》，其中包含历史、地理、天文、历算、佛学、音乐、文学、考证等方面知识，表现出他相当广博的学识基础和各方面的意趣爱好。

  纳兰容若于1685年暮春抱病与好友相聚，一醉一咏三叹，而后一病不起。七日后，于1685年7月1日溘然而逝，年仅三十岁。

木兰词·拟古决绝词柬友

人生若只如初见，何事秋风悲画扇。
等闲变却故人心，却道故人心易变。

骊山语罢清宵半，泪雨霖铃终不怨。
何如薄幸锦衣郎，比翼连枝当日愿。

浣溪沙

残雪凝辉冷画屏，落梅横笛已三更，
更无人处月胧明。

我是人间惆怅客，知君何事泪纵横，
断肠声里忆平生。

采桑子

明月多情应笑我，笑我如今。
辜负春心，独自闲行独自吟。

近来怕说当时事，结遍兰襟。
月浅灯深，梦里云归何处寻？

蝶恋花 出塞

今古河山无定据。画角声中，牧马频来去。
满目荒凉谁可语？西风吹老丹枫树。

从前幽怨应无数。铁马金戈，青冢黄昏路。
一往情深深几许？深山夕照深秋雨。

菩萨蛮

隔花才歇帘纤雨，一声弹指浑无语。
梁燕自双归，长条脉脉垂。
小屏山色远，妆薄铅华浅。
独自立瑶阶，透寒金缕鞋。

山花子

林下荒苔道韫家，生怜玉骨委尘沙。
愁向风前无处说，数归鸦。
半世浮萍随逝水，一宵冷雨葬名花。
魂似柳绵吹欲碎，绕天涯。

清平乐

凄凄切切，惨淡黄花节。
梦里砧声浑未歇，那更乱蛩悲咽。

尘生燕子空楼，抛残弦索床头。
一样晓风残月，而今触绪添愁。

落花时

夕阳谁唤下楼梯，一握香荑。
回头忍笑阶前立，总无语，也依依。

笺书直恁无凭据，休说相思。
劝伊好向红窗醉，须莫及，落花时。

相见欢

落花如梦凄迷，麝烟微，
又是夕阳潜下小楼西。

愁无限，消瘦尽，有谁知？
闲教玉笼鹦鹉念郎诗。

清平乐

将愁不去，秋色行难住。
六曲屏山深院宇，日日风风雨雨。

雨晴篱菊初香，人言此日重阳。
回首凉云暮叶，黄昏无限思量。

前　言

　　纳兰容若,又名性德,于顺治十一年十二月十二日(公元 1655 年 1 月 19 日)降生在北京,其父是康熙时期权倾朝野的宰相明珠,母亲觉罗氏为英亲王阿济格第五女,一品诰命夫人。而其家族——纳兰氏,隶属正黄旗,为清初满族最显赫的八大姓之一,即后世所称的"叶赫那拉氏"。纳兰容若的曾祖父名金台什,为叶赫部贝勒,其妹孟古,于明万历十六年嫁努尔哈赤为妃,生皇子皇太极。其后纳兰家族与皇室的姻戚关系也非常紧密。因而可以说,纳兰容若一出生就被命运安排到了一个天皇贵胄的家庭里,他的一生注定是富贵荣华,繁花似锦的。然而,也许是造化弄人,纳兰容若偏偏是"虽履盛处丰,抑然不自多。于世无所芬华,若戚戚于富贵而以贫贱为可安者。身在高门广厦,常有山泽鱼鸟之思"。康熙十六年卢氏去世,纳兰的诗词达到了巅峰时期,留下无数脍炙人口的诗句,在当时后世留下难以磨灭的印象,一代才子于三十一岁溘然长逝,普天同悲,宁不嗟叹?

　　他是一个充满传奇色彩的惆怅男子,才华横溢犹如山间满月,身处繁华,却又不贪恋富贵权势。笔锋流转间蕴藏千般柔情,令世人折服亦令世人叹息。纳兰容若,一个富有诗意的名字,仿佛是一曲词牌,倾尽万般缠绵,让人余韵悠长。

　　容若一生为情所苦,为爱所累,他的诗词中酝酿着无奈的凉薄,久远的沧桑。他的落寞,他的孤独,他那些无法言说的心事写进了欲说还休的诗词,令人思绪百转千回,愁肠百结。"人生若只如初见,何事秋风悲画扇。"道尽了世事沧桑,是不是他早已经参悟透了生命的玄机?

　　容若的一生是极其凄美的,美得让人心痛,美得令人扼腕生叹。"一生一代一双人,争教两处销魂。相思相望不相亲,天为谁春?"诉尽几许痴情,几许无奈,几许思量,他对表妹的一份痴情,并没有因为伊人的离去而消散在风雨里,纳兰容若,生就敏感多情,个性洒脱而不做作。

　　因为情感上的挫折,容若心灰意冷不想再爱,也不愿再爱,妻子卢氏以她的温柔婉约,宽宏大度再次唤醒了沉睡的他,渐渐的一颗心如沐春风,两人花前月下,你侬我侬,诉不尽柔情缱绻,奈何天妒良缘,美好的日子总是稍纵即逝。

　　妻子的死让容若的心再临风雨,"谁念西风独自凉,萧萧黄叶闭疏窗,沉思往事立残阳。杯酒莫惊春睡醒,赌书消得泼茶香,当时只道是寻常。"阵阵的心痛,泪噎却无声。这一时期的纳兰容若写了很多至今传诵的悼亡之作,怎一个伤心了得。

　　"瞬息浮生,薄命如斯,低徊怎忘。记得绣榻闲时,并吹红雨,雕阑曲处,同倚斜阳。梦好难留,诗残莫续,赢得更深哭一场。遗容在,只灵飘一转,未许端详,重寻碧落茫茫。料短发朝来定有霜。便天上人间,尘缘未断,春花秋叶,触绪还伤。欲结绸缪,翻惊摇落,减尽荀衣昨日香。真无奈,倩声声邻笛,谱出回肠。"

我们在替容若感伤的同时,也要感谢上苍,保留下如此完美的诗篇,不然又怎能听到一代才子痛彻心扉的心声?一怀柔情,散落纸间:"此恨何时已!滴空阶,寒雨更歇,葬花天气。三载悠悠魂梦杳,是梦久应醒矣。料也觉,人间无味。不及夜台尘土隔,冷清清,一片埋愁地。钗细约,竟抛弃。重泉若有双鱼寄,好知他,年来苦乐,与谁相依。我自中宵成转侧,忍听湘弦重理。待结个,他生知己。还怕两人俱薄命,在缘铿,剩月零风里,清泪起,纸灰尽。"

要有多深的情感,才能写出如此断肠的诗句,其中又有多少不甘与无奈,无语问苍天,为何姻缘前定路坎坷?让人不禁痛断肝肠。挚爱纳兰容若的诗词,只因它的情深意切。挚爱纳兰容若的诗词,因为它直指人心,纳兰容若,以多愁温婉的性格,惊艳绝世的诗词,倾倒了多少芸芸众生?

纳兰容若的一生不过短短三十一年,在这短暂的时间里,他的才华征服了前世今生多少有情人?他的诗词柔情似水,字字凝为珠玑。此套《纳兰容若全集》汇集了纳兰容若全部著述,囊括了其词、诗、赋、杂文、渌水亭杂识、书简和经解诸序及书后以及纳兰容若评议汇编。翻开此书,让我们在缕缕凄美与缱绻中邂逅最美的纳兰容若。展开一纸素笺,就一池淡淡墨香,隔着历史的烟尘描摹容若的样子,纳兰容若犹如清晨时分的一滴露珠,穿越三百年的时空缓缓走来,带着唐诗宋词的点点清幽,黛青色的山山水水仿佛沾染了他的灵气,越显清秀,古朴的街巷徒留幽幽梨香,那绽放的梨花默默倾诉着他的故事,如梦似幻。

目　录

国学经典文库

纳兰容若全集

目录

图文珍藏版

3

国学经典文库

纳兰容若全集

目录

图文珍藏版

国学经典文库

纳兰容若全集

目录

图文珍藏版

国学经典文库

纳兰容若全集

目录

图文珍藏版

国学经典文库

纳兰容若全集

目录

图文珍藏版

国学经典文库

纳兰容若全集

目录

图文珍藏版

国学经典文库

纳兰容若全集

目录

图文珍藏版

国学经典文库

纳兰容若全集

目录

图文珍藏版

国学经典文库

纳兰容若全集

目录

图文珍藏版

国学经典文库

纳兰容若全集

目录

图文珍藏版

15

纳兰容若其人其文

一、纳兰家世

1655 年 1 月 19 日，按农历，应该 1654 年腊月十二日，尽管北京城地冻天寒，大清顺治皇帝銮仪卫云麾使纳兰明珠家里却是一派喜气。

銮仪卫云麾使是清初正四品在京武官职位，这一年明珠二十岁。

初为人父，喜得贵子，这样的人生大喜时刻无消多说。

怀里抱着粉雕玉琢的新生儿，明珠喜上眉梢。这是纳兰家族的又一代血脉。

纳兰原是金代贵族姓氏，在汉语中，是"太阳"的意思。纳兰氏的始祖本姓土默特，名叫星恩达尔汗，明朝初年居住在一个被称为"张"的地方，大约位于今天的黑龙江省肇州县一带。那里是嫩江、拉林河、呼兰河和松花江交汇的地带，山河秀丽，物华天宝。随后家族几经战乱，辗转变迁，到了北京。

此刻，明珠手里小小的婴儿自然继承了祖先的优良基因，血液里流淌着出生地的芳泽。

望着这个孩子，一向以性情暴烈示人的初为人母的爱新觉罗氏，心中不知不觉地也泛起一丝难得的柔情。

这爱新觉罗氏是英亲王的女儿、多尔衮的侄女，家世显赫，据说年少时非常任性刁蛮。若非因其父亲获罪受牵连被废为庶人，家道中落，心比天高的她绝对不会下嫁给一名侍卫。尽管这名侍卫——明珠——聪颖过人，日后终成大器。

嫁入纳兰家之后，爱新觉罗氏郁郁寡欢。据说她极其善妒，控制欲极强，连明珠跟家中侍女多说几句话都要生气。

关于爱新觉罗氏的强悍与暴躁，有人讲述过一个令人毛骨悚然的故事。说是明珠家有一位聪明漂亮的侍女，平常深得众人喜欢。爱新觉罗氏对她早有妒意。一次，明珠高兴，随口赞道："这丫头，眼睛生得真是漂亮。"爱新觉罗氏马上脸就阴了。于是，无比恐怖的事情发生了。第二天一早，爱新觉罗氏冷笑着让人端上一个锦盒。明珠看着她的表情，觉得这其中有什么古怪，但没有多想，疑疑惑惑地揭开盒盖一看，里面赫然是一双人眼！明珠吓得失声大叫，从此尽量离爱新觉罗氏远远的，轻易不怎么搭理她。

这个故事的真假笔者不想臆断。毕竟，一些生性狠毒的女人，干过的残暴的事，比这个还过分的在历史上并不少见。加上那个年代，奴仆的身份和家禽家畜相差不大，被残酷对待时人习以为常。

但容我们来读读史料。据《觉罗氏墓志铭》记载，爱新觉罗氏是"太祖高皇帝之嫡孙女，英亲王之嫡出第五女"，崇德二年（1637）生。由于皇室的政治斗争，其父英亲王阿济格和众多男丁，一朝死于非命，全家被撵出王府。觉罗氏也被贬为庶人，仓促地嫁给尚未显赫的明珠。据说觉罗氏"平日皈心释氏，晨起必焚香膜拜，诵梵经一卷。尝手书《金刚经》，……"这样一位坚持念佛的夫人，也许性格倔强，但残暴到命人挖掉侍女眼珠的地步，这种可能性应该不会太大。

也许我们勉强可以得出这样的结论：容若的母亲年轻的时候脾气很大，对下人对晚辈都比较严厉苛刻。

孩子的到来给这个刻板的家增添了一些生气，肃静严整的纳兰家多了一些轻松与笑容。

该给孩子取个什么样的名字呢？

话说满人承袭其先世女真人的风俗，会给新生儿命名。早些时候，由于文化意识不强，给孩子取名也没个讲究，家长所看到的第一个实物即是孩子的名字，因此当时出现了很多以动物或动物制品命名的人名。如清太祖努尔哈赤这个赫赫有名的名字，可能极少有人知道，它的意思竟然是"野猪皮"；清太祖之弟舒尔哈齐这个名字的意思是"三岁野猪皮"，还有一些满人的名字的意思分别是"豹皮"、"兔子"等等。这种现象说明当时民众以渔猎为主，动物在社会经济生活中占据了重要地位。

清军入关后，满人和汉人杂居，受汉文化影响，满人的文化素质有了很快提高，用实物给新生儿命名的情况逐渐减少，以动物命名的几乎绝迹。他们开始为孩子的名字赋予深刻的文化内涵，表达对一些事物的纪念，甚至寄托美好的愿望。

容若出生的季节是冬天，而当时"郎"为男性青少年的通称，因此容若的乳名被唤为"冬郎"。

给冬郎正式取名的时候，明珠广泛征求宾朋意见，根据《易经》里"君子以成德为行，日可见之行也"，给自己的长子取名纳兰成德；根据佛教术语"容有释"（解释经论时，除正义外，容认傍义，称为容有之说，亦称容有之释）、"般若"（智慧、超世俗的认知），取字容若。后为避太子"保成"名讳，改为性德；一年后太子更名胤礽，于是纳兰容若又恢复本名纳兰成德。

必须提及的另外一件重大事情是，八个半月以前，1654年5月4日，纳兰容若的表哥爱新觉罗·玄烨出生,他就是7岁登基的康熙皇帝。这位日后威震四方的表哥,在纳兰容若一生中有着举足轻重的地位。

有这样一种人,他似乎生来就该被我们所钟爱,小心翼翼地呵护着,不吝于用最美好的词汇去描述着他的形象,去赞美他无与伦比的才华。

仔细想来,纳兰容若不正是如此?

即使他早已辞世几百年,我们依旧乐于用这世上无数美好的形容词,去形容他,去想象着他那短暂的一生。

浊世翩翩佳公子,当是最恰当地描述了。

纳兰容若是满洲正黄旗人,父亲鼎鼎大名,正是康熙年间名噪一时的重要大臣明珠,官居内阁十三年,"掌仪天下之政",倒是完完全全当得上"权倾朝野"四个字,只可惜这么个长袖善舞的人物,在官场中也免不了经历荣辱兴衰、起起落落,在他晚年的时候,被康熙罢相,一下子从官界的顶峰狠狠摔了下来。

总之这一下摔的够惨,很多关于他的资料就都因此湮没不详了,反正家破人亡那是免不了的。而和他同样鼎鼎大名,只不过是在另一个范围有名的儿子纳兰容若,却因为过世得早,反而避过了眼睁睁看着自己的家在一夕之间从云端跌入谷底的悲剧。

在北京的西郊有一块《明珠及妻觉罗氏诰封碑》,上面记载的,就是这位曾经权倾一时的明珠的仕途经历,从一开始的云麾使,逐步升到太子太傅、英武殿大学士兼礼部尚书,完全称得上是平步青云、扶摇直上,甚至可以说得上是飞黄腾达。

这样一位在官场之中长袖善舞的人物，自然不可能是庸碌之辈。

根据记载，明珠在撤三藩、收台湾、抗外敌等重大事件中，都是相当关键的角色，若非最后跌了那狠狠的一跟头，未尝不会继续风光下去。

和电视剧《康熙王朝》中演的稍微有点不一样的是，现实中的明珠，与阿济格的女儿成婚，倒可以说是冒了很大风险的。

阿济格是多尔衮的哥哥，战功赫赫却没什么政治头脑，最后落得个被囚禁的下场，儿女们赐死的赐死，贬为庶人的贬为庶人，这样的姻亲关系，对明珠来说，肯定是不能帮助他在官场中步步高升、一路青云直上的。当然，如人饮水，冷暖自知，以当时明珠一介卑微的小侍卫来说，能"高攀"上阿济格的女儿，到底是怎么想的，也只有明珠自己知道了。

反正在以后的岁月里。两口子还是把日子给过了下去。

在外，明珠在官场中游刃有余；在内，觉罗氏把家操持得妥妥当当，让自己的丈夫毫无后顾之忧。

若是以政治婚姻来说，这样的相处也未尝不是一种美满。

而就在这样的"美满"之下，纳兰容若出生了。

对当时的明珠与觉罗氏来说，他们也完全没有料到，这个出生于寒冬腊月的孩子，未来将会被赞誉为"满清第一词人"吧？

明珠与纳兰容若，一对父子，同样的大名鼎鼎，却又如此的不同。

一个在官场长袖善舞，一个在词坛游刃有余。

纳兰容若永远也不明白，父亲是怎么在无数人虎视眈眈中一步一步毫不犹豫而又铁腕地攀爬到顶点的位置，一人之下万人之上，在百官之中呼风唤雨。

就像明珠永远也不可能明白，自己为儿子精心规划的，已经铺设好了的那条通往鲜花与荣誉的道路，为什么儿子却是如此的不情不愿以至于抗拒。

想来想去，只能说，因为他们毕竟是不同的人吧？虽然有着最为亲近的血缘关系,但生长环境不同,成长之后自然也就不同。

这也是古往今来,天下的父母与孩子之间最难解决的一个问题。

没有父母敢说自己百分之百的了解自己的孩子,也鲜少有孩子会尝试着主动去了解父母,事实上,对孩子来说,尤其是年纪稍微大一点的,处于青春期的孩子,能够不和父母处处对着干就已经很好了。

当然,要是假想一下纳兰也跳

着脚和父母逆反的画面,我是想象不出来,但可以确定的是,纳兰容若确确实实选择了一条与他的父亲截然不同的人生道路。

他把他的才华、他的天分在诗词上尽情地发挥了出来,淋漓尽致。

二、初恋"表妹"

"一生一世一双人,争教两处销魂。相思相望不相亲,天为谁春?"

康熙六年丁未年,纳兰容若十三岁。

也就在这一年的七月,康熙皇帝亲政。

康熙七年,纳兰府迎来了三年一度的选秀,纳喇氏入宫。

纳兰容若是以"满清第一词人"的称号扬名的。

后人对他也颇多推崇,有赞其为"国初第一词手"的,也有赞他"纳兰小令,丰神炯绝"的,而最多的,还是说其《饮水词》哀感顽艳,得南唐二主之遗"，尤其是在《词话丛编》中，对纳兰词颇多赞扬。

当然，也有一些批评的声音，陈廷焯的《白雨斋词话》就明确的这样说道："容若《饮水词》，才力不足。合者得五代人凄婉之意。"

想来，也许是因为他的词大多以花前月下的题材为主，所以给人比较小气的感觉，虽然也偶有雄浑之作，不过终究还是显得视野并不很宽阔，也就难怪有后人会说他的词略显局限了。

撇开这些不谈，光是说他的《饮水词》，确确实实清丽美妙，初读，颇有后主的感觉，再读，便是妙不可言。

也因为纳兰词中的那些对感情与心境的细致描写，很多人都不免对这位豪门公子的感情生活有了兴趣。

"八卦"乃是人类的天性，谁都抵抗不住自己的好奇心，所以狗仔队才会有如此旺盛的生命力，堪比小强。之所以我们乐于见到八卦，尤其是名人的八卦，火得一塌糊涂，也可以说是因为在很大程度上满足了观众们的猎奇心理。

而有着"满清第一词人"美誉的纳兰容若，有着权臣公子身份的纳兰容若，不消说，也会有不少人关注着他的八卦。

从古到今皆然。

根据记载，纳兰有妻子卢氏，妾颜氏，后来卢氏病故，便续弦官氏，还有著名的江南才女沈宛，这些算是时人笔记上明确记载了的，不过在野史中，不少人言之凿凿地说，其实纳兰还有个心爱的表妹，后来被选进了宫里，劳燕分飞，纳兰一直念念不忘。

纳兰和他这位传闻中的"表妹"，后人研究说，也许这便是《红楼梦》中贾宝玉与林黛玉的原型。

其实当初乾隆在看过《红楼梦》之后，曾说过这样的一句话："此乃明珠家事作也"，明珠家与曹家相似的荣衰经历，也难免会有人认为，明珠是"贾政"的原型，那么纳兰容若，自然就是"贾宝玉"的原型了。

至于那位传说中的表妹，大概也就因此而"诞生"了吧？

又说，这位表妹才貌双全，与纳兰容若青梅竹马两小无猜，倒是公认的男才女貌，一双璧人。

那时年少的纳兰容若，还有那位美丽的少女，若是就这么一直青梅竹马下去，大概成亲也是顺理成章的事情了。

但是，现实总是残酷的。

如果这位"表妹"当真是存在的，那么按照当时的规矩，凡到选秀女之年，一般是三年一次，家里有十三岁到十五岁少女，而且是嫡亲女孩儿的旗人家庭，都必须先参加选秀，只有落选后，才能自行婚配，这是一种强制性的制度，所有的旗人家庭都不能拒绝。

所以，纳兰容若的表妹就这样被选进了皇宫之中。

以她的家世、相貌、才华，大概落选的可能性也蛮小，而结果一点也没有意外，她果真被选中了，宫门一入深似海，从此萧郎是路人。

纳兰容若当时是什么样的心情，大概能猜得到，总之是念念不忘。据说是为她愁思郁结，无论如何都想再见一面，后来伪装成一个喇嘛混进了宫里，终于才与自己的表妹见到最后一面。

当然，这只是传说，并没有任何的史料依据，但纳兰的这桩似是而非真假莫辨的感情，或者说是初恋，在后人的猜想中，逐渐变得朦胧而美丽起来，带着"此事古难全"的遗憾，演绎出无数的版本。

电视剧《康朝秘史》中，钟汉良扮演的纳兰容若，与石小群扮演的表妹惠儿，便是青梅竹马的一对儿，后来惠儿被选进宫里，阴差阳错之下更被选为康熙的妃子，从此两人顿成陌路。而在其他的演绎纳兰容若的电视剧中，不管中间过程如何的不同，但结局都是一样的，那才貌双全的少女不得已进了皇宫，从此与情投意合的表哥天各一方，徒留无数遗憾。

《落花时》

夕阳谁唤下楼梯，一握香荑。回头忍笑阶前立，总无语，也依依。

笺书直恁无凭据,休说相思。劝伊好向红窗醉,须莫及,落花时。

曾有人说过,少年时代的感情是最纯洁的,因为那时双方都还年少,脑中还不曾被世俗的柴米油盐酱醋茶给充斥,才可以全心全意的,在心里装着另外一个人,没有任何目的,只是完完全全地想着对方,依赖着对方。

我想,容若与小表妹也该如是吧?

因着家世的关系,两家来往较多,容若与小表妹年纪相仿,自然而然地就很快熟络起来。

"郎骑竹马来,绕床弄青梅,同居长干里,两小无嫌猜。"

唐代大诗人李白的这首《长干行》,写的可不就是容若与他的小表妹?

不管最后的结局是怎么样,至少当时,少男少女们是完全没有想到未来的变数的。

在纳兰容若大概四五岁的时候,他除了读书之外,还多了一样功课,那就是骑射。

满族入关之后,面对着辽阔的中原,面对着博大精深的中原文化,他们是自豪却又自卑着,羡慕的同时却又恐惧着。

自豪的,是这一望无垠的江山社稷终究被他们所统治。

自卑的,是因为很清楚自己用刀剑打下的江山,不可能继续用刀剑统治一个高贵的文明。

羡慕的,是绵延几千年包罗万象的中原文化,给他们带来一个全新的视野。

恐惧的，却是害怕自己这少数者最终和历史上无数的异族一样，被中原文明强大的同化能力湮没。

所以，统治者一再地强调着"祖宗家训"。

祖祖辈辈都是以骑射讨生活，打下了这片江山，所以八旗子孙们必须保持骑射的传统，不可有丝毫的懈怠。

居安思危。

他们羡慕着却又恐惧着几千年绵延不断的中原文化。

纳兰容若那时候不过是个几岁的孩子，对于"骑射"背后的含义，他未必明白。只不过觉得是在自己喜欢的读书之外，又多了一样功课而已。

他也没觉得自己有什么不同。

当时旗人刚入关没多久，尚且保持着旺盛的斗志，所以八旗的子弟们也都是个个舞刀弄棒、弓马娴熟。所以小纳兰也和其他人一样，在读书之余，还要挤出时间来习武。

或者说，是在习武的空暇，挤出时间来读书。

也许因为父亲明珠是朝廷里难得的几位支持汉文化的人之一，更因为父亲精通汉语，纳兰从小耳濡目染，也对汉文化产生了浓厚的兴趣。

在习武之余，他贪婪得像海绵一样吸收着一切能够接触到的文化。

在这方面，明珠的开通与赞成，也让纳兰在年复一年中逐渐的文武双全起来，而不是和其他的八旗子弟一样，弓马娴熟，却对汉文化一无所知，甚至连汉语都不大会说。

所以说，纳兰容若后来以词扬名，也并非没有道理的。

如今说起他，很多人条件反射的都会想到纳兰的文，但事实上，当时的纳兰，是名副其实的文武双全的。

与其他的旗人子弟相比，纳兰容若便显得太优秀了。

文，他享有赞誉；武，他是皇帝身前的御前侍卫，负责保护着皇帝的安危，谁能说他武艺不好呢？只是在漫长的学习岁月之中，纳兰渐渐地发现，骑射变成了不得不完成的任务,而读书,才让他真真切切地感觉到快乐。

文武之道一张一弛,在骑射与读书之间,纳兰究竟比较喜欢哪一个,谁也说不清,只是,旗人的武,与汉人的文,就这样奇妙的在纳兰身上,达到了一个最好的融合。

纳兰容若一直都记得,那是一个阳光明媚的午后,自己正和以往一样,在武术师傅的教导下,学习着武术的基础。

蹲马步对一位四五岁的孩子来说,未免太枯燥了,而且是那么的辛苦,换作别家娇贵的小公子,只怕早就受不了号啕大哭起来。

但小小的容若却咬着牙忍耐了下来。

因为他记得父亲曾经严肃地对自己说过,骑射乃是旗人之本,祖辈们靠骑射打下了江山,你身为旗人,怎么可以不习骑射?

马步不知蹲了多久,小纳兰也不禁觉得膝盖开始酸起来,有点支撑不住了,又不敢撒娇不练,正在咬牙苦撑的时候,长长的走廊上,母亲婀娜地走了过来,唤他今天就到此为止,家里来客人了。

纳兰容若连忙去沐浴更衣,跟随母亲去前厅,迎接客人,这时候,他才看到,原来是自己那位久已闻名却一直不曾见过的小表妹,来到亲戚家做客了。

在电视剧《康朝秘史》上,小表妹的全名叫作"纳喇惠儿",与明珠一个姓氏,都是"纳喇"氏,那我们也不妨就当纳兰的小表妹就是纳喇氏吧。

总之,小小的纳喇惠儿就这样在明珠府里住了下来。

那时候,年幼的小表妹并不知道,自己进京的目的,是为了等她长到花季妙龄的时候,被父母送进宫里去。

在纳兰容若之后,明珠夫妇很久都不曾再有过孩子,所以在当时,小小的纳兰容若是没有弟弟或者妹妹的。也许是因为自己长期都被人当成弟弟一样地照顾,所以对这位小表妹,纳兰容若表现出很大的好奇心来。

而更让他感到惊喜的,是这位年纪比自己还小的妹妹,居然也对汉人的文化颇感兴趣,两个孩子兴趣相投,很快地就熟络了起来。

与纳兰容若不一样,小表妹身为女孩儿,堂而皇之地可以不用去学习骑射,所以她能够安安心心地坐在书房内,听着授课先生的讲解,专心的聆听,只不过偶尔,一双黑漆漆亮晶晶的大眼睛,也会悄悄地从窗缝间偷看正在专心习武的表哥。

她也是旗人子孙,自然知道习武骑射是男孩子必须学习的功课,在授课师傅重重地一声咳嗽下,又忙不迭地把目光收了回来,专心在自己眼前的白纸黑字上。

孩子总是在一天天长大。

不知不觉间,幼童变成了少年,容若变得英俊洒脱,器宇不凡,而原本雪娃儿似的小表妹,也出落得亭亭玉立,俨然一朵含苞待放的鲜花一般。

大人们瞧在眼里,都暗自欣慰。

以小表妹的才貌双全,一旦选秀进了宫,再加上娘家的支持,还愁不能在皇宫之中找到立足之地吗?

他们暗地里打着如意算盘,却全然忽略掉了,或者说是刻意忽略掉了少年容若与小表妹之间那淡淡的萌动,只是以为,那不过是两个孩子一起长大的兄妹之情而已。

当时的少年纳兰与小表妹,又哪里会预料到,未来,竟然是如此的残酷。

年少的他们,大概根本就不曾想过以后的事情。

纳兰容若年长了一些,就和其他人一样,列席在八旗战士们的阵营里,和周围无数年纪相仿的年轻人一样,是一位年轻的战士。

这天,少年纳兰从军营里回来,沐浴更衣过后,拜见了父母、姑姑等人,却未见到表妹的身影,有些困惑,又不好明问,只得悻悻然往内堂走去。

走着走着,他突然发现,自己的脚步,竟是在不知不觉中走向表妹居所的方向。

夕阳西下,精致的绣楼掩映在繁花绿树之中,仿佛也带着少女的娇羞,在昏黄的阳光中,镀上了一层淡淡的金色。

也许是心有灵犀,当纳兰容若刚走到楼下,表妹惠儿也正从楼梯上款款地走了下来。

四目相对,皆是一怔,旋即都笑起来。

纳兰容若想问表妹为何之前没在前厅,但怎么想都不知该从何问起。向来机智灵变的

他,不禁有些讷讷起来,看着表妹那双明亮的眼睛,更是说不出来了。

少年纳兰再聪明,也猜不透女孩子的心思。

甚至连小表妹自己,也未必说得明白。

她不知道为什么当快到表哥回家时辰的时候,自己会突然开始在意起仪容来,见镜子里的人儿左不顺眼右不顺眼,一会儿觉得头发散乱了,一会儿又觉得早上插的那支簪子与身上的衣裳不搭配,所以,一反常态的,并未和往常一样去前厅迎接归家的表哥,而是在自己的闺房内细细的重新梳妆,直到自己满意了,才走出闺房,哪知刚一下楼,却见表哥正在自己的绣楼前踌躇不前。

小表妹本是有些忐忑,可见到表哥迟疑的模样,竟忍不住笑了起来。

见到小表妹忍笑不禁神情娇憨可爱,纳兰容若越发觉得讷讷起来,想分辨些什么,但你看着我我看着你,竟谁都无话可说,于是便忍不住"噗嗤"一声笑出来。

一笑,两位年轻人顿时不复之前的羞涩与尴尬。

惠儿和往常一样走到表哥身边,一双乌溜溜的大眼睛看向纳兰容若,大概是想说些什么吧,最后却是脸微微一红,就径直往前走去。

纳兰容若急忙跟了上去。

两位年轻人也不知低声说了些什么,间或传来一阵银铃似的笑声。

纳兰容若后来写了一首《落花时》,也许是这段无忧无虑的美妙时光在他的记忆里实在印象太深,所以在词中这样写道:"夕阳谁唤下楼梯,一握香荑。回头忍笑阶前立,总无语,也依依。"

写的,分明就是年少时与表妹两小无猜的画面。

从词中我们可以看得出来,当时的少年纳兰与表妹,是如何的情投意合,在他们这一双年轻人的眼中,这世间任何事物都是美好的,当然,还有两位年轻人之间那纯真的感情。

夕阳下,美丽的少女缓缓步下绣楼,细白柔嫩的手就藏在精致的袖子里,有些犹豫,又有些含羞带怯,像是想要朝面前的少年伸去,但因着少女的矜持,迟疑着,但对方却已经伸手握住了少女的香荑。

双方相视而笑,多么美好的画面。

想必纳兰容若也是想过,若是能真的执子之手,说不定就当真可以与子偕老了吧?

可现实的无情,却让他"与子偕老"的美好愿望,从此变成了虚空泡影,只能在自己的笔下,抒发着对这段有始无终的懵懂感情的惋惜。

休说相思。

若相思刻骨,如何才能不说?如何休说?

三、至交顾贞观

在纳兰容若的至交好友之中,有一人的名字,是不得不提的,那就是顾贞观。

他与纳兰容若携手营救吴兆骞一事,传为佳话。

纳兰容若与顾贞观以五年之约为期,救出吴兆骞,而当时谁也想不到,康熙二十年吴兆骞当真回到了京城。

君子之约,竟是分毫不差!

之一

《满江红》

茅屋新成,却赋

问我何心,却构此、三楹茅屋。可学得、海鸥无事,闲飞闲宿。百感都随流水去,一身还被浮名束。误东风、迟日杏花天,红牙曲。

尘土梦,蕉中鹿。翻覆手,看棋局。且耽闲殢酒,消他薄福。雪后谁遮檐角翠,雨余好种墙阴绿。有些些、欲说向寒宵,西窗烛。

在纳兰容若的渌水亭中,盖有几间茅屋。

也许是因为纳兰容若骨子里的那股向往山野隐士之意,在自己的别墅里盖上这么几间茅屋,别人看了大概觉得不解,纳兰容若却没有觉得什么不妥的地方。反而在茅屋盖成后专门写了诗词送到江南,送到三年前就已经离开京城的顾贞观手中。

在豪门朱户中修建农家的茅舍,似乎是一种贵族之间的风尚,在《红楼梦》中,作为荣华富贵象征的大观园,也修建了一座"稻香村",不但是三间大茅屋,更是养了鸡鸭之类,农家生活模仿得有模有样。

当时的有钱人在庭院中修建农屋,无非是大鱼大肉吃多了,想换一下口味,尝尝清淡小菜,感受一下农家"鸡飞过篱犬吠窦"的田园生活,要当真叫那些老爷太太少爷小姐们切身感受一下"昼出耕田夜绩麻"的生活,只怕就叫苦不迭了。

但是,纳兰容若修建这几间茅屋的目的,却完全不同。

"君自见其朱门,贫道如游蓬户"。

这是出自《世说新语》里面的一个小故事。

高僧竺法深成为简文帝的贵宾,经常出入豪门朱户,丹阳尹刘谈便问:"道人何以游朱门?",竺法深答曰:"君自见朱门,贫道如游蓬户。",意思是说,丹阳尹刘谈问竺法深,说您是个和尚,怎么频繁地出入豪门朱户呢? 竺法深回答说,在您的眼中是豪门朱户,高门大宅,但是在贫道的眼中,却和平民百姓的草舍茅屋没有什么两样。

这个典故,也是当初纳兰容若用来劝慰顾贞观的。

当初,顾贞观与纳兰容若交好,经常出入明珠府与渌水亭,惹来很多非议。

不过也难怪,毕竟纳兰容若乃是当朝豪门权贵之子,顾贞观不过一介布衣,很多人都认为顾贞观与纳兰容若结识,是趋炎附势另有目的。

世人议论纷纷,顾贞观也因此有些不自在起来,就在此时,纳兰容若以一句"君自见其朱门,贫道如游蓬户",完全打消了好友的疑虑。

但是,天下没有不散的宴席,顾贞观终究还是离开了京城,回到江南。

回想起以前那些融洽欢乐的日子,纳兰容若便在自己的渌水亭,修建了几间茅屋。也是想告诉顾贞观,朱门绣户并不适合我们,这乡野茅屋才是我们真正的归宿,如今,茅屋已经修好,好友也该回来了吧? 重新回到那段欢乐的日子里去。

"聚首羡麋鹿,为君构草堂"。

于是,纳兰容若一次又一次地向顾贞观发出召唤,希望他能够回到京城,回到自己身边,一阕《满江红》,几乎是毫无保留的抒发出了自己的心声。

"问我何心,却构此、三楹茅屋。可学得、海鸥无事,闲飞闲宿。百感都随流水去,一身还被浮名来。误东风、迟日杏花天,红牙曲。

尘土梦,蕉中鹿。翻覆手,看棋局。且耽闲殆酒,消他薄福。雪后谁遮檐角翠,雨余好种墙阴绿。有些些、欲说向寒宵,西窗烛。"

若要问我为什么要修建着三间茅屋,那远在千里之外的梁汾好友啊,你应该是最清楚的,不是吗?

那富贵荣华的豪门朱户生活，其实并不适合我。多想像那自由自在的海鸥一样，能够随心所欲地飞翔啊，一切的烦恼都付之流水，但现实却是，我如今还被这现实的虚名给牢牢地束缚着，白白地耽搁了东风的轻拂，杏花天的美丽。

对纳兰容若来说，杏花天与浮名，他更在意哪一个，自是不言而喻的，在这首词中，纳兰容若更是清楚地告诉了顾贞观，如今这些官职什么的，不过是浮云，我怀念的还是当初与你在一起的日子，吟诗作词，何等的欢畅！

世事如梦非梦，真真假假难辨。

"尘土梦，蕉中鹿"，出自《列子·周穆王》中的一个典故。

昔日郑国人在山里砍柴的时候，杀死了一只鹿。他生怕被人看见，于是急急忙忙地把那只鹿藏到一个土坑里，还用蕉叶遮盖，哪知道这个人记性不太好，刚做过的事情就给彻底忘记了，不但不记得自己刚才藏鹿的地方，还以为是自己做了一场梦，回家的路上边走边念叨。他念叨的话被另外一人听了去，就依着他所讲地找到了藏鹿的地方，取走了鹿。

这人喜滋滋地扛着鹿回家，给妻子讲述了事情的原委，妻子说："你大概是梦到有这么一个人打死了鹿吧？如今当真扛回来一只鹿，难道是梦变成了现实吗？"

这个人笑着回答："不管是不是梦，反正鹿是真的，不是吗？"

庄周晓梦，谁知是在梦里梦外呢？

故事要是到这里结束，倒也算有趣，哪知还有下文。

那个砍柴的人回家之后，越想越觉得，那杀鹿的感觉是这样的真实，应该不是梦吧？他冥思苦想，结果日有所思，夜有所梦，居然给他梦到了那个藏鹿的地方，还梦到有人取走了他的鹿。醒来之后，他就找到那人，俩人争执起来。

鹿究竟算是谁的，这可是公说公有理，婆说婆有理的事情，双方争执不下，就打起了官司，状纸告到了士师那儿。

这官司委实有些古怪，一时间士师也不知该怎么判决好，最后这样下的结论——

砍柴人打死了鹿，以为是做梦；后来那人取走了鹿，也以为是在做梦，这说明你们两人都以为是梦，并未真正得到这只鹿，不如分开两边，一人一半吧。

后来事情传到郑国国君的耳朵里，国君也觉得有趣，就拿这件事情去问国师，国师便说："到底是不是梦，并不是我们所能判断清楚的，只有黄帝与孔子二人才能分辨，但是此二人早已不在这个世间，所以，就不妨以士师的判断为准吧。"

所谓"庄周晓梦迷蝴蝶"，有时候，梦境与现实的界限是如此模糊，难以分辨。

纳兰容若在这里用了这个典故，颇有点为自己和顾贞观感慨的意思，下一句"翻覆手，看棋局"，更是清楚地写出，这世事反复无常，就像那棋局一样，输赢不定。

顾贞观一生坎坷，半世偃蹇，纳兰容若是不是从他的身上，也隐约看到了自己的一些影子呢？

当然，论际遇，两人是截然不同的。

但是际遇如此天差地别的两人，却能一见如故，互为知己，不得不说，在他们两人之间，定是有些方面是相同的。我想，相同的正是这首《满江红》中的那句"百感都随流水去，一身还被浮名束"吧？

之二：

《水龙吟·题文姬图》

须知名士倾城，一般易到伤心处。柯亭响绝，四弦才断，恶风吹去。万里他乡，非生非死，此身良苦。对黄沙白草，呜呜卷叶，平生恨、从头谱。

应是瑶台伴侣。只多了、毡裘夫妇。严寒膻篥，几行乡泪，应声如雨。尺幅重披，玉颜千载，依然无主。怪人间厚福，天公尽付，痴儿騃女。

康熙二十年的时候，一位不寻常的客人，从塞北苦寒之地的宁古塔，来到了京城。

"绝塞生还吴季子"，此人正是吴兆骞。

吴兆骞被流放宁古塔，到如今，已经过去了二十三年。

他的到来，顿时震惊了整个京城。

很多人都还记得纳兰容若与顾贞观约定的五年之期。

又有多少人是抱着一种看笑话的心态，来看待纳兰容若与顾贞观的营救之举呢？

吴兆骞一案是顺治皇帝亲自定的案，后来经过纳兰容若等人的大力斡旋，康熙特赦，吴兆骞终于得以回到了中原。

"才人今喜入榆关，回首秋茄冰雪间。

玄菟漫闻多白雁，黄尘空自老朱颜。

星沉渤海无人见，枫落吴江有梦还。

不信归来真半百，虎头每语泪潺湲。"

对于吴兆骞的平安归来，纳兰容若真是欢喜万分。

他并未见过吴兆骞，唯一的联系，就是因为他们共同的朋友——顾贞观。

倾盖如故，指的便是此了吧。

即使素不相识，只因顾贞观是自己的朋友，所以，他的朋友也是自己的朋友！朋友有难，怎么能不倾力相助呢？

说纳兰容若行事古风，就是因为此，但我更愿意说，公子侠骨丹心，当不为过!

在宁古塔二十多年的艰苦日子,吴兆骞早已不是当年那个意气风发的轻狂文人,白山黑水的苦寒让他两鬓苍苍,形容憔悴。

见到历经艰险终于生还的吴兆骞,顾贞观潸然泪下。

第二年的正月,上元夜,纳兰容若邀请了一干好友们在花间草堂集会,饮酒赋诗。

当时赴宴的人,有曹寅、朱彝尊、陈维崧、严绳孙、姜宸英等,还有顾贞观和刚刚返京的吴兆骞。

花间草堂便是当初纳兰容若为顾贞观修建的茅屋,名字起自《花间集》,大家汇集于此,看着走马灯上琳琅满目的图案,纷纷填词作诗。

走马灯转来转去,转到纳兰容若面前的时候停了下来,正好是一副文姬图。

文姬,是汉代才女蔡文姬。

这也是一位命运多舛的女子,身为当时大名鼎鼎的文学家、书法家蔡邕的女儿,自小耳濡目染,博学多才,先是嫁给了卫仲道,夫妻恩爱,哪知不到一年,丈夫就病故了,蔡文姬回到娘家,父亲又被陷害入狱而死,她自己也被匈奴掳走。匈奴兵见她年轻貌美,就献给了匈奴左贤王为妃,一去就是十二年,直到后来曹操统一了北方,想起恩师蔡邕,用重金赎回了蔡文姬,成就"文姬归汉"的佳话。

蔡文姬也是著名的才女,为后世留下了传颂千年的《胡笳十八拍》与《悲愤诗》。

后来,唐朝诗人李颀这样写道:

蔡女昔造胡笳声,一弹一十有八拍。

胡人落泪沾边草,汉使断肠对归客。

如今,眼前白发苍苍的吴兆骞,与昔日的蔡文姬是何其的相似。

一样悲伤,一样坎坷。

吴兆骞是当世的名士，蔡文姬是当时的才女，时间穿越千百年，命运再度轮回重现。

于是一首《水龙吟》，纳兰容若一挥而就。

"须知名士倾城，一般易到伤心处。柯亭响绝，四弦才断，恶风吹去。万里他乡，非生非死，此身良苦。对黄沙白草，呜呜卷叶，平生恨、从头谱。

应是瑶台伴侣。只多了、毡裘夫妇。严寒膹簌，几行乡泪，应声如雨。尺幅重披，玉颜千载，依然无主。怪人间厚福，天公尽付，痴儿騃女。"

在这首词中，纳兰容若以蔡文姬来比拟吴兆骞，是那么顺理成章。

"须知名士倾城"，古来倾城的，又岂止是美人呢？才子名士，不是一样也能倾城的吗？

当年蔡邕曾用柯亭的竹子来制作笛子，笛声独绝，如今，柯亭声绝，蔡邕已死，那精通音律的蔡文姬，却被掳到了千里之外的匈奴。

那时候，卫仲道刚刚病故没多久，悲伤之中的蔡文姬，哪里还有心情弹琴呢？

"四弦"，出自《后汉书·列女传》引《幼童传》中的记载，说一天夜里，蔡邕弹琴的时候，一根琴弦断了，当时年幼的蔡文姬就说，断掉的是第二根琴弦。蔡邕觉得讶异，以为是女儿偶然猜中，于是又故意弄断了一根，蔡文姬又说，断掉的是第四根，还是说中了，丝毫不差。蔡邕十分惊奇，不禁感慨自己女儿的音乐才华已经远远超越了自己，因而蔡文姬得了"四弦才"的雅致别号。

如果不是因为乱世，如果不是因为这些不幸，以蔡文姬之才貌双全，即使成为皇帝后妃也不为过的吧？更遑论是与丈夫恩爱幸福,终老一生呢？

可命运是如此的残酷,她如今却是身在万里之外的匈奴,与匈奴王成了夫妻。她怎能不思念着家乡、思念着中原？但只能两行清泪潸潸而下。

纳兰容若的这番描述,虽然是命题而作,写的是蔡文姬,但是结合当时吴兆骞的遭遇,又何尝不是在说的吴兆骞呢？

这首《水龙吟》,后来极具盛名。

纳兰容若在这首词中,用典之纯熟,已经臻于化境,古时的典故与现在的现实相互混合,亦真亦假,亦梦亦幻,把蔡文姬的典故化用到吴兆骞身上,写的是那么自然,没有丝毫生硬之处。

在那北风呼啸的地方,每当风中传来胡笳乡曲,吴兆骞是不是也像当年的蔡文姬一样,思念家乡,潸然泪下呢？

后来,蔡文姬被曹操用黄金玉璧赎了回来,而吴兆骞,也被自己和顾贞观千里迢迢的营救回来,是不是也该苦尽甘来了呢？

康熙二十一年,新年刚过,吴兆骞就成了纳兰容若的弟弟揆叙的授课老师。秋天,他南归省亲。

也许是二十多年的苦寒岁月,让吴兆骞再也无法适应江南的温暖天气,再加上常年居住在宁古塔的恶劣环境中,严重损害了他的健康,吴兆骞一病不起,康熙二十三年在京师病故。

对于吴兆骞的身故,纳兰容若是十分悲伤的。他在随同康熙南巡离京之前,曾经给严绳孙写过一封信,信中就说,吴兆骞病重,我这一去,回来的时候还不知能不能再见到他。不无哀叹之意。

在当年那个上元夜,他写下那首《水龙吟》的时候,曾经在结尾写过这么一句"怪人间厚福,天公尽付,痴儿騃女"。

就像俗话所说的那样,傻人有傻福。从吴兆骞的遭遇,纳兰容若不禁这样问道,为什么上天总是把福泽赐予那些平庸之人呢？为什么像蔡文姬这样的倾城才女,一生的遭遇会如此的悲惨？像吴兆骞这样的倾城名士,又为什么会如此的坎坷呢?

这是纳兰容若对命运无声的质问。

那时候他也完全没有想到,后来这几句话,竟是也应在了他的身上,情深不寿。

四、不幸婚姻

"感卿珍重报流莺。惜花须自爱,休只为花疼。"

康熙十三年,纳兰容若娶妻卢氏。

对于纳兰容若的初恋,我想明珠、觉罗氏等一干大人不会没有察觉,只是再怎么两小无猜,才貌双全对他们来说,意味着的,不是有情人终成眷属的美满,而是如何才能最大限度地利用这一双儿女的才与貌,来为他们的家族争取到更大的利益,与更稳固的靠山。

也许明珠、觉罗氏等人一开始也曾想过让这对孩子白头偕老,顺水推舟,成就一段才子佳人的完满童话。

可童话的最后,往往只是写"王子与公主从此幸福地生活在一起",而从来只字不提之后的柴米油盐,更只字不提当童话结束之后,随之而来的种种现实。

成人的世界总是残酷的。

所以那来自外星球的小王子一直不愿长大,他宁愿永远是个单纯的孩子,看着自己那株心爱的玫瑰,在湛蓝的天空下慢慢绽放花蕾。

纳兰容若却不能不长大,不能不在家族的安排下,踏上那条早已安排好的道路,即使心有不甘。

惠儿被送进了皇宫,纳兰容若则准备着参加科考,准备着踏上仕途。

还有一个问题，也开始摆在了纳兰容若的面前，不得不去面对。

他已经到了该成婚的年纪！

纳兰容若的第一位妻子卢氏，乃是两广总督卢兴祖的女儿。

论家世，两人门户相当，对习惯用审视的目光来看待一切的成人们来说，是一个非常好的选择。

论相貌，据说卢氏"生而婉娈，性本端庄"，是相当有才华而且性格温柔的女子。

纳兰与卢氏，倒真像是天设地合的一对。

卢氏的出现，也让决心要慢慢忘记表妹、忘记那段年少感情的纳兰容若，重新找到了生命中另外一抹亮色，另外一段美满的感情。

之一：

《临江仙》：

绿叶成阴春尽也，守宫偏护星星。留将颜色慰多情。分明千点泪，贮作玉壶冰。

独卧文园方病渴，强拈红豆酬卿。感卿珍重报流莺。惜花须自爱，休只为花疼。

康熙十年，也就是辛亥年。

这一年的二月份，原本担任左都御史的明珠，接到一道命令，让他与徐文元两人担任经筵讲官。

什么是经筵讲官呢？

就是给皇帝讲解经义的角色，只是个虚衔，说白了，就是去当皇帝的老师。给这个天下最尊贵的学生读书念书的,一般都是由翰林院或者饱学之士。

徐文元是国子监祭酒,相当于现在的教育部长兼大学校长,而且这大学还是重点名校,当皇帝的老师,那倒是实至名归,毫无异议。

明珠也担任这个职位,却有点挂名充数的感觉。

其实说白了,就是徐文元是汉人,这让八旗贵族铁帽子王爷们有些不爽了。

非我族类其心必异,要是这徐文元讲着讲着把咱们的皇上给讲成了反清复明那怎么办?

所以他们左思右想,干脆把明珠给推出来和徐文元一起当这个皇帝的儒学师傅!

矮子队里选高的,和其他人旗人相比,明珠确实算得上精通汉人儒家文化了,虽然和徐文元这饱学之士相比,那是相差了老长一截儿!

不过也没什么人在乎,大家都知道,这是因为讲官队伍里需要一个有分量的旗人大臣罢了,难道还当真指望他给皇帝讲书不成?

巧合的是,徐文元又是纳兰容若的老师,或者说是校长!

那年纳兰容若也刚上了太学,身为国子监祭酒的徐文元,对这名聪慧过人,精通汉家文化的学生是深为器重,赞不绝口。

对明珠而言,这"经筵讲官"更是个虚衔,他当时是左都御史,公务繁忙着呢。

当然,那时候,明珠也万万没有想到,就在这一年的十一月,他被一纸调令,升为了兵部尚书。

这官儿可就大了!兵部尚书是统管全国军事的行政长官,相当于现在主持中央军委日常工作的军委副主席兼国防部长。

如果说之前明珠是在中央纪委工作的话,那现在就是直接变成了中央军委的负责人,再加上当时以吴三桂为首的三藩与朝廷的矛盾是一触即发,康熙也早有了备战的念头，想要撤藩，在这样的情况下，明珠看起来是平级调动，从左都御史变成了兵部尚书，实际上，已经是意味着在未来一触即发的战争中，他将会是康熙皇帝的心腹，最倚重的大臣！

明珠扶摇直上，其他人自然会忙不迭地前来巴结，本来就是众家少女心目中理想夫婿的纳兰容若，也就当仁不让地成了香饽饽，顿时身价百倍、炙手可热。

年纪轻轻，却没有半分飞扬跋扈之气，反倒是个举止娴雅的风采公子，也就难怪少女们会为之倾心了。

换成在今天，那就是标准的钻石王老五！女孩子们要抢破头的！

明珠想必也知道自己儿子有多炙手可热，他倒是不急，他在慢慢地寻找着最合适的人选。

要是说明珠只顾着自己的政治生涯把儿子的终身幸福拿来做了筹码的话，也未免有失公允，毕竟婚后的纳兰容若与卢氏，夫妻恩爱，举案齐眉，感情十分深厚。卢氏因难产过世之后，纳兰容若因为悲伤，写出不少悼念亡妻的词句，这都是有目共睹的。

不过站在明珠的角度，究竟是因为卢氏是两广总督的女儿才选择了这个儿媳呢，还是这个儿媳恰好是两广总督的女儿，已经说不清楚了。总之，当纳兰容若与卢兴祖的女儿定亲的消息传出来之后，京城里有多少少女那颗期待的芳心霎时间扑啦啦全碎成了碎片，就不得而知了。

对于这场婚事，纳兰容若并没怎么反对。

或许是因为他很清楚地知道，自己与表妹已经再无相见的机会，从此萧郎是路人，他与她，此生无缘，她在皇宫之中，而自己……是不是也该从年少的轻狂之中渐渐成熟了呢？

所以，面对父亲的提议，纳兰容若只是默默地点了头，应允了这门婚事。

这门婚事在当时来说，完全称得上是一场天作之合，双方门第相当，权贵与权贵的结合。男方年少英俊，才气逼人；女方贤良淑德，性子端庄，无论从什么方面看,都是天设地造的一对璧人。

不过,当时的婚姻还是包办的,自己的另一半不到新婚之夜是看不到真面目的,西施也好,东施也罢,不到揭盖头的刹那,一切都只是想象。

所以,纳兰容若虽然早就从父母的口中得知对方才貌双全,不亚于表妹,几乎挑不出什么毛病来,但毕竟从未见过面,心中也不禁有点忐忑。

换作卢氏,又何尝不是?

她是大家闺秀,从小在深闺之中娇生惯养,大门不出二门不迈,鲜少有踏出去的机会,即使如此,她也并不孤陋寡闻,早就听说过纳兰容若的大名,甚至和其他无数的少女一样,也曾在听到那文雅的名字的时候,芳心暗跳。所以当父母们说自己未来的丈夫就是那公子纳兰容若的时候,卢氏竟是惊讶得愣住了。

对父母给她决定的这门婚事,自然她也毫无异议,少女羞涩着,一声不出,瞧在父母的眼中,则代表了应允同意。

纳兰容若写过一首《临江仙》——

绿叶成阴春尽也,守宫偏护星星。留将颜色慰多情。分明千点泪,贮作玉壶冰。

独卧文园方病渴,强拈红豆酬卿。感卿珍重报流莺。惜花须自爱,休只为花疼。

这首词里面,纳兰容若用了不少与爱情相关的典故,所以这首词一般都是被归为爱情主题。

当然,确实如此。

纳兰容若的词作里面,以爱情为主题的,占了大多数,如果说他少年时候的那些词,还透着一股子年轻人的轻狂与无忧无虑,那如今经历过一场感情挫折的纳兰容若,在词间流露出来的,已经开始隐隐带着一缕忧郁的清冷味道。

这首《临江仙》自然也不例外。

"绿叶成阴春尽也",明显乃是化自唐代诗人杜牧的《叹花》一诗中的句子:"自恨寻芳到已迟,往年曾见未开时。如今风摆花狼藉,绿叶成阴子满枝。"

故事,讲的是昔日诗人在家乡遇到一位倾心的姑娘,又担心自己配不上她,于是决定去京城打拼前途,等到多年后他终于成为一名官员,觉得已经有本钱去提亲了,于是返乡,哪知昔日的心上人早已成婚多年,连孩子都有几个了,诗人遗憾之际,便写下了"绿叶成荫子满枝"的诗句。

在《红楼梦》中,贾宝玉见到大观园里"只见柳垂金线,桃吐丹霞,山石之后,一株大杏树,花已全落,叶稠阴翠,上面已结了豆子大小的许多小杏",宝玉因而想到:"才病了几天,竟把杏花辜负! 不觉到'绿叶成荫子满枝'。"更联想到昔日一起结诗社的邢岫烟,也和薛家定了亲,过不了多久,只怕也是子女绕膝。当然,贾宝玉的心思,是巴不得能与自己的姐妹们一辈子在一起,在大观园这个世外仙境中无忧无虑无拘无束的,永远不用长大,永远不用与外界的世俗沾染上丁点儿的关系!

而纳兰容若却清楚地知道,随着年岁渐长,有些事,是他必须去做的,那是他身为一个社会人的责任与义务。

"独卧文园方病渴",这句,纳兰容若是在自比司马相如了。

汉代的时候,司马相如曾为孝文园令,患有消渴疾,故此后文人常自称文园,也以文园病渴来指代文人患病。

而这里,纳兰容若除了自比司马相如之外,下一句"强拈红豆酬卿",也是在借红豆的典故在描写相思之情。

或者说,是对未来妻子的憧憬之情?

总之,对于已经"名花有主"的纳兰容若来说,他的词里面,爱情的主题开始逐渐占据多数起来。

之二:

《浣溪沙》:

十八年来堕世间，吹花嚼蕊弄冰弦，多情情寄阿谁边？

紫玉钗斜灯影背，红绵粉冷枕函偏，相看好处却无言。

纳兰容若的妻子是明珠与觉罗氏夫妇亲自为爱子挑选出来的媳妇儿。

父辈们甚为满意这位人选，两家人都颇为期待这场婚礼。

也许有人要说，这卢兴祖看姓氏不是汉人吗？清朝一直坚持满汉不通婚，怎么身为满族贵族的明珠家，却和身为汉人的卢兴祖结成了儿女亲家？

其实这是一种误解，所谓的满汉不通婚，指的并不是满族与汉族相互间不通婚，而是限制旗人与非旗人通婚。卢兴祖是汉军镶白旗人，任两广总督，封疆大吏，对明珠家来说，是个最好的选择。

除开一双儿女的匹配，明珠考虑的，还有一些政治上的因素。

他自己是京官，中央要员，而未来亲家是封疆大吏，朝廷与地方，一旦被姻亲这条纽带牢牢地联系在一起，那就是一件互惠互利的事情，稳赚不赔！

当时纳兰容若的这场婚礼，在某种程度上来说，也算得上是万众瞩目。

首先，这是康熙的心腹重臣明珠家的喜事，结亲的另外一家是两广总督，封疆大吏，可谓是强强联手。

其次，就是因为这场婚礼的主角儿，是京城众多少女心目中的白马王子。

总之，不论外界反应如何，到了成亲的好日子，明珠府顿时喧天的热闹起来。

其实对沉迷于汉文化的纳兰容若来说，这种热闹的，锣鼓震天，笑语喧哗的热闹场面，大概并不是他所乐于见到的。

其实我们现在看古装片，见到成亲的场面总是吹拉弹唱，操办得喜庆热闹,就以为古代的婚礼仪式当真是这样来举行的,其实不过是以今度古,其实真正的汉族婚礼仪式,隆重却并不张扬,并不是一路敲锣打鼓,生怕别人不知晓。

这场婚礼不光是代表着纳兰容若从此要步入人生的新阶段,对其他人来说,也是一场名正言顺巴结明珠与卢兴祖的好机会。

明珠心知肚明,所以,这场婚礼,他操办得是无比热闹喧哗。

反正没有人会嫌婚礼太过热闹,也没有人会嫌婚礼太过喧哗,在这一天中,所有的热闹与喧哗,都是可以原谅的。即使是纳兰容若,在这样的气氛之中,也不得不勉为其难地应酬着来宾们喧闹的恭贺声。

这一场喧哗直到快深夜的时候,才渐渐地安静下来。纳兰容若也终于有了机会,与那刚刚拜堂成亲的妻子得以单独相对。

那卢氏究竟是什么样的呢?根据记载,说卢氏"生而婉娈,品性端庄,贞气天情,恭客礼典。明珰佩月,即如淑女之章,晓镜临春",然后又说她是"幼承母训,娴彼七襄,长读父书,佐其四德",看来,在当时,大家都公认卢氏是一位端庄美丽、家教严谨的淑女。

而这些称赞卢氏的话,想必父母也早已给纳兰容若一遍又一遍的讲过,所以在踏进新房的时候,他心中,还是兴奋地期待着的。

婚床旁站着长辈与侍女,床沿正中,坐着刚与他拜堂成亲的新娘。

少女穿着一身大红金线滚边绣满吉祥花纹的新娘嫁妆,头上盖着同样绣满了吉祥花的大红色盖头,双手规规矩矩的放在膝盖上,动作优雅,坐姿优美,但还是看得出来,新娘有着一丝儿隐隐的紧张与……拘束。

或者说是不安。

毕竟她也与纳兰容若一样,面对着的,是全然陌生的、却要与自己从此携手度过后半生几十年的人,虽然早就听说过对方的名字,但如今当真面对面了,却又羞涩胆怯起来。

她盖着盖头,看不见对方的相貌,只能从盖头下偷偷地看出去,却只能见到一双穿着靴子的足,缓缓地走向自己。

少女便一下子紧张了,纤长的手指局促的紧紧抓住了自己的衣角。

对方似乎也有些紧张,脚步踌躇起来,像是呆站了半晌,才在周围长辈们的戏谑声与侍女们的轻笑声中,拘谨地揭开了新娘子的红盖头。

这时,她才第一次看见他的脸。

他,也是第一次见到自己的妻子。

新娘羞涩却惊讶地睁大了双眼。

她没有想到,纳兰容若会比自己想象中的更加儒静,更加的清俊文雅,漂亮的面孔顿时红得仿若玫瑰花瓣一样。

纳兰容若也是一怔。

烛光下,少女的面孔还带着新娘特有的羞涩红晕,那张脸并不是多么倾国倾城的美艳,却是眉清目秀,眼波清澈,带着一种温柔亲和的感觉。

相看却无言。

周围的人早已经识趣离开了,把这个空间留给了这对刚刚结为夫妻的年轻人。

都说一见钟情,对如今的纳兰容若与卢氏来说,更像是一见倾心。

之三:

《朝中措》:

蜀弦秦柱不关情,尽日掩云屏。已惜轻翎退粉,更嫌弱絮为萍。

东风多事,余寒吹散,烘暖微醒。看尽一帘红雨,为谁亲系花铃。

纳兰容若与卢氏少年夫妻，十分的恩爱美满，这是大家都有目共睹的。

婚后的两人，鹣鲽情深，叫人看了都不禁羡慕不已。

难怪经常会有人难掩艳羡之情地说，纳兰容若当真是上苍的宠儿，连婚姻也比别人美满，妻子宽厚温柔，善解人意，如何不羡煞旁人？

不过他们似乎也忘记了，纳兰容若与卢氏的婚姻美满，也正是因为他们都出身豪门，不用去担心柴米油盐酱醋茶，不用去担心生计问题。

所谓"贫贱夫妻百事哀"，如果纳兰容若与卢氏也像大多数人一样，每日里要为着生计而奔波，大概那纯洁的感情也会在日复一日的现实磨砺中渐渐变成无可奈何的麻木，最终相对两无言。

不过他们就好像《红楼梦》里面的贾宝玉与那些贵族小姐们一样，拥有在世人眼中完美的家庭条件与生活环境，所以才能用最纯洁的感情，去全心全意地、不受任何干扰地去体验那种最最纯粹的爱情！

两人都正青春年少，最浪漫的年纪，再加上一见倾心，所以纳兰这个时期的诗词，任何人都能感受到他们之间的那种令人心旷神怡、悠然神往的感情。

新婚夫妻，自是风光旖旎无限的。

在小两口的眼中看来，这个世界的任何事物，都是那么的美好。甚至于纳兰容若因为急病而错失殿试的遗憾，也在婚后的岁月中慢慢消失在了脑后。

卢氏嫁入府后很快就赢得了府中上上下下众人的喜爱。

明珠与觉罗氏颇为满意这个儿媳，下人们也十分敬重这位少夫人，纳兰容若发现，卢氏在很多的方面与他都很为相似。

例如对很多事物的见解，有着一份同样难得的纯真！

也许是因为新婚生活的美满，让纳兰容若在这段时间所写的词，也同样的带着难掩的幸福与旖旎。

"蜀弦秦柱不关情"中的前面四个字，指的是筝瑟。相传筝这种乐器乃是秦朝时候的名将蒙恬所造，所以又称作秦筝、秦柱，而传说蒙恬也是文武双全之人，武能平定六国、驱逐匈奴，文可为秦始皇出谋划策，为公子扶苏的老师，而这里纳兰容若借用秦筝的典故，是不是也有点自比蒙恬的意思呢？

不过我觉得，那倒更像是在一次夫妻间的抚琴弄舞之间的玩笑话。

看着眼前身姿婀娜绰约的妻子，纳兰容若自然也不甘落后，戏谑着说着一句："蜀弦秦柱不关情。"

屋内还有些寒气，和煦的东风从窗户吹了进来，把那淡淡的寒意缓缓吹散了，暖意融融，令人陶醉。

帘外的花瓣儿被吹得纷纷落下，仿若红雨一般。

花树下，那纤细婀娜的身影正婷婷地站着，为了防止那些鸟雀把娇嫩的花儿给啄伤，她正一个一个地往花柄上系小小的护花铃。

护花铃很小，所以卢氏全神贯注地做着这件工作，身后传来熟悉的脚步声，卢氏只微微回头，就嫣然一笑，面如桃花。

那笑容温温柔柔的，就像是三月的春风，曲曲绕绕地钻进了纳兰容若的心里，那温暖暖慢慢地蔓延开来，直到溢满心房。

之四：

《浣溪沙》：

旋拂轻容写洛神，须知浅笑是深颦。十分天与可怜春。

掩抑薄寒施软障，抱持纤影藉芳茵。未能无意下香尘。

《纳兰词》整体风格都偏向清丽哀婉，这是众人都异口同声公认的，不过，即使如此，在纳兰容若词作里面，也并非全部都是婉约的、哀伤的词作，也有"何年劫火剩残灰""休寻折戟话当年"的雄浑之作，更有欢快的轻松之作。

就像这首《浣溪沙》。

这是纳兰词里很少出现的带着轻松与欢愉情绪的作品。

"旋拂轻容写洛神"，开篇第一句，便活灵活现地描写出一幅夫妻间相处愉快的画面。

对当时新婚宴尔的纳兰容若与卢氏来说，每一分每一刻在一起的时光，都是十分幸福的，再加上当时的纳兰容若还未入仕，所以不存在什么被公务所扰的问题，两人从而可以完完全全的生活在属于他们近乎完美的世界中。

其实纳兰容若不光在词上有着耀眼的成就，在绘画方面也是颇有造诣的。

纳兰容若对琴、棋、书、画均颇有研究，曾经师从禹尚基、经岩叔等人学习绘画，后来更与严绳孙、张纯修等画家成了好朋友，在现代，2007年的上海东方国际四十四届艺术品拍卖会上，成交了他的一副扇面《甲寅新秋仿云林溪亭秋色小景》。

纳兰容若书房，一向都是自己亲自收拾的，有了卢氏之后，这个工作，便被卢氏无声无息、不知不觉地接了过去。

每天，卢氏都会细心地替他整理好书桌，再在案上摆上一瓶时令的鲜花，让那淡淡的花香飘散在空气里，沁人心脾。

这天，纳兰容若和往常一样，缓步前去书房，刚走到门口，就听见卢氏轻柔的说话声。

"原来这幅画放在这儿了？"

纳兰容若好奇。

平常这个时辰，卢氏早已收拾完书房了，今日却是为何耽搁了呢？

他好奇地迈进去，却见卢氏正与小侍女在一起，手里拿着一幅画，微微歪着头，那神情有些疑惑，又有些高兴。

就像是一个发现了新玩具的孩子一般。

听见丈夫的脚步声,卢氏也未把那幅画收起来,而是回头看着丈夫,清秀的面孔上绽出温和的笑容。

"在看什么?"纳兰容若走上前,却见那是一幅洛神图。

"你画的?"纳兰容若问道。

卢氏摇了摇头,微笑道:"不是。"

纳兰容若听了越发好奇,便细细看去。

大概是不知名的画家所作,并未题款,也没有印章,但线条细腻,用色淡雅,画中的洛神飘然于碧波之上,当真是翩若惊鸿、婉若游龙,身姿卓越,髯髴兮若轻云之蔽月,飘摇兮若流风之回雪。洛神的脸微微向后侧着,低着眼,像是正在看向身后,又像是正在依依不舍地收回目光,相当传神。

纳兰容若好奇地看着,突地想起,新婚之夜自己与妻子的初见,岂不是当年曹植初见甄宓一般的心情吗?

画中的女子貌若芙蓉,云鬓峨峨,瑰姿艳逸,当真是神仙之态。

而眼前正淡淡微笑着的女子,又何尝不美呢?

也许是情人眼里出西施,在纳兰容若的眼中,妻子卢氏又何尝不是"仪静体闲,柔情绰态"?

无论是浅笑,无论是皱眉,无论是娇嗔,无论是害羞,种种的神态,种种的表情,都是美的。

纳兰容若从妻子手中接过画轴来,当下就挂在了墙上。

曹子建终究与甄宓错身而过,下半辈子,他只能在回忆中苦苦追寻着自己的洛神,回想起以前的种种,到如今都成了钝刀子割肉,长长久久的伤痛。

自己与曹子建相比,该是幸运的吧?

心爱的妻子就在自己眼前,持子之手,自然是能够与子偕老的!

那时候的纳兰容若完全没有怀疑。

他真的以为,与妻子就能这样一直下去,直到天长地久。

纳兰容若全集

图文珍藏版

但是熟读诗书的纳兰容若似乎忘记了，白居易的《长恨歌》中，"天长地久"四个字之后的，是"有时尽"。

他怎知道，这段幸福的时光，只有三年而已。

所以他才会轻轻地说一句——

"当时只道是寻常"。

后人说起纳兰容若，最常用的八个字，就是"慧极必伤，情深不寿"。

的确，我们读纳兰词，最先感受到的，就是在那字里行间流露出来的对恋人、对妻子的深情。

不过我们也要辩证地看问题。

纳兰容若毕竟是清代人，那时候，男人三妻四妾很正常，尤其是像纳兰容若这样的豪门贵公子，如果只有一位妻子，那在外人看来，是完全不可想象的事情。

所以，纳兰容若在妻子卢氏之外，还有一位妾——颜氏。

颜氏家世不详，并没记载她是哪家的女儿，也并未像卢氏一样，有人专门赞扬她美丽端庄、贤良淑德。

大概，她只是个普普通通的旗人女儿。

因为"满汉不通婚"，所以，颜氏应该是旗人，当然，论家世，那是肯定比不上正室卢氏的显赫。

关于纳兰容若是什么时候纳了颜氏为妾的，有两种说法，一种说颜氏入门是在纳兰容若与卢氏大婚之前；另外一种说是在纳兰容若新婚没多久。

但不管是哪一种，唯一相同的就是，颜氏进了明珠府，而她进门的目的，或者说是作用，就是赶紧传宗接代，扩大门楣。

这也是明珠与觉罗氏忙不迭地为儿子娶来庶妻的原因。

他们想要赶紧看到孙子辈的孩子了！

对于父母的这个要求，纳兰容若不得不接受，也不得不接受这个突如其来的姿室。

因为这是他身为长子的责任！

而颜氏呢？

她对自己的命运，对自己成为纳兰容若的妾室，又是怎样感觉呢？

我们无从得知，甚至在被人们所津津乐道的、关于纳兰容若与表妹、卢氏、续弦官氏还有沈宛之间缠绵悱恻的爱情故事背后，颜氏总是被遗忘到角落里，一如她在丈夫身边的尴尬地位。

妾室到底地位有多低呢？这么说吧，也就是比丫头稍微高那么一点而已，而且因为处于主子不是主子、奴婢不是奴婢的夹缝地位，处境更是尴尬。正室有能自由处置妾室的权力，甚至可以直接将妾卖给人牙子，也就是人贩子！古代妾室的处境地位可见一斑。

所以，若是遇到个生性嫉妒或者利害点的正室，小妾的处境会相当的凄惨。

《红楼梦》里面有个颇具喜剧色彩也颇为悲剧的人物——赵姨娘。她就是贾政的小妾，虽然给贾政生了一儿一女，却连抚养自己孩子的权利都没有，还不能直呼儿女的名字，只能和其他的佣人们一样，唤探春为"小姐"，探春也从来不认她是自己的母亲。赵姨娘在贾府的地位，甚至还比不上那些有权有势的丫头，不要说王熙凤的心腹平儿，就连晴雯、芳官等丫头，也从不正眼看她，对她颇为轻蔑。在文中，赵姨娘曾经说过这么一句话："有好东西也到不了了我这儿"，可知她在家中的尴尬地位了。还有同为妾室的苦命女香菱，遇人不淑不说，最后更是被薛蟠的正室夏金桂折磨致死。

好在颜氏不是赵姨娘，卢氏也不是夏金桂。

卢氏性格温厚，她并未因为自己是正室而处处刁难颜氏，也未仗着纳兰容若的宠爱而有恃无恐，反倒是对颜氏温柔亲厚，俨然姐妹一般。

颜氏则顺从恭谦，全心全意尽着她身为妾室的责任，与卢氏一起，把丈夫伺候得无微不至。

但是，她却往往被人遗忘，彻底被湮没在纳兰容若与卢氏琴瑟和鸣举案齐眉的爱情光环之下,悄然跟随在丈夫的身边。直到最后,她选择了留下,安静地守护了他一生。

爱情是一个难解的谜题,从来没有人能解开。

不管是在电视里,还是在小说中,我们都常常见到这样的情节,两位女子同时爱上了一个男人,不管过程如何,结局都只能是其中的一位女子与意中人白头偕老,另外一人只能黯然神伤,一遍又一遍地询问着:"为什么你爱的是她而不是我?"

当爱情一败涂地,她唯一能做的,就是想要知道,自己为什么会输给另外一人?

她未必就比另外一人逊色,只是因为她恰好爱上了一个不爱自己的人。

她唯一的错,就是阴差阳错,她爱的人并不爱她,如此而已。

之一:

《木兰花令》拟古决绝词

人生若只如初见,何事秋风悲画扇? 等闲变却故人心,却道故人心易变。

骊山语罢清宵半,泪雨零铃终不怨。何如薄倖锦衣郎,比翼连枝当日愿。

在玩《仙剑奇侠传四》的时候,当看到千佛塔中那痴心不改为丈夫守灵的女子姜氏时,总是会让我不由自主地想起颜氏。

她们同样都深爱着自己的丈夫,却又同样不被丈夫所爱,只能默默地把自己的感情隐藏在心里,看着丈夫对另外的女人念念不忘。

姜氏眼睁睁地看着丈夫在临死之前想念着琴姬,她到底有多恨?到底有多伤心?除了她自己,无人能知。她只能空对着丈夫的灵位,一遍又一遍地述说自己的爱情。姜氏终究是看不开,追随丈夫到了阴曹地府,却被鬼差告知,她与丈夫缘分已尽,对方已经转世,无论她在鬼界等待多久,也永远不可能再见到自己的丈夫了。

那性子坚强如烈火般的姜氏,选择的是一条决裂的,也是绝望的道路。

而颜氏却柔如溪水。

她从进门的那一天开始,就默默地接受了自己的命运。

她平静地看着纳兰容若与卢氏天天抚琴念诗;看着纳兰容若在卢氏亡故之后痛不欲生;看着丈夫后来续弦官氏,更有了情人沈宛。面对这一切,颜氏只是默默地选择了接受,甚至于在纳兰容若病故之后,她也选择了留下,守护一生,甘之若饴。

在纳兰容若的一生之中,感情所占的比重是不可忽视的,其中,又被进宫的表妹、卢氏与沈宛各占据了三分之一,颜氏则像是被完全遗忘了。有时我不禁心想,或许对颜氏的感情,纳兰容若并非一无所知,也并非一无所动的吧?

他不是不知道颜氏对自己的感情,只是一个人的心可以很大很大,包容爱人所有的一切,也可以很小很小,小得只够容纳下一个人。

正像阿桑《一直很安静》那首歌里面唱的那样,"明明是三个人的电影,我却始终不能有姓名"。林月如说"吃到老,玩到老",但是时间却不给她幸福的机会,就已经"原来我已经这么老了",最终与李逍遥生死相隔。

温婉美丽的颜氏又何尝不是如此?只是她还来不及体会到幸福的滋味儿,纳兰容若就已经永远地离开了这个世界。

她听了那么多年的"对不起",到了最终,得到的依旧是一句充满歉意的"对不起"。

于是我更愿意相信,纳兰词中这句家喻户晓的"人生若只如初见,何事秋风悲画扇"，或许有那么几分的可能性，是写给颜氏的，写给那被自己不得不辜负了的女子。

人生若只如初见，当初与颜氏的第一次见面，其实也是那么美好而且淡然吧？

与表妹、卢氏、沈宛等人不同，纳兰容若与颜氏之间的感情，是平静又安稳地发展着，没有跌宕起伏的浓烈感情，也没有生死与共的焚心似火，只是像潺潺的流水一样，平淡的、静静地在两人相处的岁月中慢慢地酝酿，最终转为仿佛亲情一样的爱情。

君子之交淡如水，我想，纳兰容若与颜氏之间的感情，也是这般淡如水，却柔如水、韧如水的。

纳兰容若如此聪明而且善解人意，怎么会不知自己有多爱卢氏，就有多辜负了颜氏？

他并不是看不到颜氏的好，只是天意弄人，他已经不能再把心分出来一块给那位可怜的女子，唯一能说的，只有一句"对不起"。

当时初见，是如此的美好，哪里想得到后来的分离？

"何事秋风悲画扇"，这句用的乃是汉代班婕妤的典故。

班婕妤是古代的名女子之一，也是才女，是汉成帝的妃子，后来被赵飞燕陷害，自愿前去长信宫侍奉王太后，等于是退居冷宫，后来孤孤冷冷地过完了一生。她曾写了一首诗《怨歌行》，用团扇来形容自己，抒发被遗弃的怨情。这里，纳兰容若是说，本来相亲相爱的两人，为何会变成如今的相离相弃？

也许他是在借着这首词，写出自己对颜氏说不出口的愧疚。

不是你不好，只是前前后后，阴差阳错，刚好晚了那么一点儿时间，于是只好辜负了你。

如果不是这样，从当初一见面开始，我们也是能够相亲相爱的吧？

只是如今我还来不及向你说出自己的心意，命运便无情地让我们生离死别。

"人生若只如初见，何事秋风悲画扇？等闲变却故人心，却道故人心易变。

骊山语罢清宵半，泪雨零铃终不怨。何如薄幸锦衣郎，比翼连枝当日愿。"

很多时候，当我们迟疑的时候，只是以为还有时间去开口。

很多时候，当我们后悔的时候，才发现早已是故人心易变，物是人非。

多年以后，当颜氏看着丈夫遗留下来的《饮水词》，读着这首《木兰花令》，会不会潸然泪下？会不会在念吟着"比翼连枝当日愿"的时候，回想起当年与丈夫之间平淡的点点滴滴，如今却是一分一毫都让她怀念不已。

这首《木兰花令》还有着一个小小的副标题——

"拟古决绝词"。

决绝词是什么呢？是古乐府旧题，属于乐府诗中的相和歌辞。

元稹也曾写过决绝词，共三首。

乍可为天上牵牛织女星，不愿为庭前红槿枝。

七月七日一相见，相见故心终不移。

那能朝开暮飞去，一任东西南北吹。

分不两相守，恨不两相思。

对面且如此，背面当可知。

春风撩乱伯劳语，况是此时抛去时。

握手苦相问，竟不言后期。

君情既决绝,妾意已参差。

借如死生别,安得长苦悲。

噫! 春冰之将泮,何予怀之独结。

有美一人,于焉旷绝。

一日不见,比一日于三年,况三年之旷别。

水得风兮小而已波,笋在苞兮高不见节。

矧桃李之当春,竞众人而攀折。

我自顾悠悠而若云,又安能保君皑皑之如雪。

感破镜之分明,睹泪痕之馀血。

幸他人之既不我先,又安能使他人之终不我夺。

已焉哉,织女别黄姑。

一年一度暂相见,彼此隔河何事无。

夜夜相抱眠,幽怀尚沉结。

那堪一年事,长遣一宵说。

但感久相思,何暇暂相悦。

虹桥薄夜成,龙驾侵晨列。

生憎野鹤性迟回,死恨天鸡识时节。

曙色渐瞳瞳,华星欲明灭。

一去又一年,一年何可彻。

有此迢递期,不如死生别。

天公隔是妒相怜,何不便教相决绝。

此词写的颇为决绝,"君情既决绝,妾意已参差。借如死生别,安得长苦悲。"

如今纳兰容若用了这个古老绝情的题目,难道是要与爱人决绝吗?

自然不是。

他写出这首决绝词,无非是想到,自己总有一天会离去,徒惹亲人们伤心,不如就让自己来当一次无情的决绝之人吧?

他与人保持着距离,是怕当相互之间感情深厚之后,会因为时光的流逝而不得不分离。世界上多远的距离,都比不过生与死的隔阂!只是一个字的差异,却代表着永不相见。

所以,他才会在生命的最后关头,对官氏、沈宛、颜氏那么冷淡?

之二:

《浣溪沙》:

谁道飘零不可怜,旧游时节好花天,断肠人去自经年。

一片晕红才著雨,几丝柔绿乍和烟。倩魂销尽夕阳前。

这首《浣溪沙》,据说是纳兰容若在见海棠花开之后写的。

海棠多开在春季,盛开之后煞是好看,也难怪纳兰容若会写下这首词了。

从词里行间,描写的确实是海棠。

无论是"飘零",还是"晕红",都是海棠花盛开之后,从枝头缓缓落下的画面。

海棠在古代的诗词中出现次数很多,最家喻户晓的,应该就是宋代女词人李清照的《如梦令》吧?

"昨夜雨疏风骤,浓睡不消残酒,试问卷帘人,却道海棠依旧。知否?知否?应是绿肥红瘦。"

易安居士笔下,惟妙惟肖地写出了爱花人对自然事物的爱惜,其中"绿肥红瘦"四个字,更是被人津津乐道,交口称赞。

那经历过一夜风雨之后的海棠,艳丽的花儿已不复昨日的繁丽,显得憔悴零落,只有那翠绿的叶子,却越加青翠娇艳了。

这样一幅雨后海棠的画面,出自李清照的笔下。

在纳兰容若的词中,海棠又有了另外一番风情。

正是海棠花开的好季节,院子里的海棠树花枝上,晕红的海棠正娇艳地绽放着。

昨夜也下了一场小雨,花瓣上还残留着雨珠儿,微风吹过,雨珠就从摇曳的花枝上纷纷落下,翠绿的枝叶轻轻地摇动着,那绿色是那么的柔和,衬托着晕红的海棠花。

也许这株海棠花树上,当真栖息着海棠花神吧?那美丽的花神,又是在想念着谁?

断肠人在天涯,可又有谁知道,断肠人也许就在眼前呢?颜氏又何尝不是断肠人呢?

夕阳西下,看着那株院子的海棠花树,颜氏只是站得远远地看着。

她无法过去,正如清晨的时候,看到纳兰容若与卢氏在海棠花树前笑着、说着,开心地赏花,那两人的背影是如此相配,又如此天设地造,完全没有第三个人插足的余地。

如今,人影早已不在,只有那株海棠花树还依旧,自己依旧无法走过去,走近纳兰容若曾经走过的地方。

之三:

《蝶恋花》:

露下庭柯蝉响歇。纱碧如烟,烟里玲珑月。并著香肩无可说,樱桃暗结丁香结。

笑卷轻衫鱼子缬。试扑流萤,惊起双栖蝶。瘦断玉腰沾粉叶,人生那不相思绝。

康熙十四年,纳兰容若二十一岁。

在这一年,纳兰容若有了他的第一个孩子——富格。

纳兰容若一生共有三子四女,后来其中一个女儿嫁给了雍正年间的骁将年羹尧。

他的长子富格出生于康熙十四年,这一年对明珠府来说,双喜临门。

十月的时候,明珠又被调为吏部尚书。

从兵部尚书到吏部尚书，明珠的仕途越走越通畅，越走越顺利，康熙对他的倚重是如此明显，任何人都看得出来，他是皇帝跟前最炙手可热的大臣！

而在府内，让上上下下都开心欢喜的是颜氏果然不负众望，为纳兰容若生下一个儿子。

颜氏的温柔、惠淑，让本来不得不纳妾的纳兰容若，也逐渐开始接受了这名静美的女子。如今，竟是当父亲了！

但是，与对卢氏的爱情不同，他对颜氏，更多的是敬重。

颜氏并未因为丈夫对正室的宠爱而心生怨恨，一直都是那么的安静、宽厚，与卢氏相处融洽，让明珠府里的人都为之敬佩。

这个孩子从出生的那一刻开始，就受到了全家人的喜爱，明珠更亲自为孙子起名，叫作"富格"，也有种说法叫作"福哥"。

寻常人家给孩子起名字，一般都会用吉祥的字眼，表示对孩子的祝福与期望。明珠家虽然是权贵，也一样不能免俗，小小的还未睁开眼睛的富格，就拥有了来自家人的第一份礼物——名字。

纳兰容若初为人父，难掩欢喜之情，卢氏更是欢欣不已，就像这个孩子是她亲生的一样，不但对富格疼爱有加，连对产后虚弱的颜氏，照顾得也是无微不至。

在纳兰容若那短暂一生的感情生活中，没有那种小气善妒的女人，搅得全家鸡犬不宁，反而个个都是那么的大度与温厚，像是纳兰容若那宽厚真诚的性子，也感染了他身边的女人们，她们展现出来的，都是人性之中的美好与真诚。

在这段时间内，纳兰容若是幸福的。

他有着显赫家世，有着天赋才华，有着娇妻美妾，如今更有了健康的儿子，人生至此，夫复何求？

所以，这时候他写的词，大多洋溢着幸福，描写他们的夫妻恩爱。

好比这首《蝶恋花》：

"露下庭柯蝉响歇。纱碧如烟，烟里玲珑月。并著香肩无可说，樱桃暗结丁香结。

笑卷轻衫鱼子缬。试扑流萤，惊起双栖蝶。瘦断玉腰沾粉叶，人生那不相思绝。"

也许是在某一天风和日丽，纳兰容若看见院子里，卢氏正抱着小小的富格站在树下，身旁，是已经可以起身散步的颜氏。她坐在躺椅上，仰着秀美的脸，温柔地看向卢氏，还有怀中的富格。

树上，夏蝉的鸣叫声此起彼伏。也许是被蝉叫声从睡梦中惊醒，富格突然"咯咯咯"笑起来，伸出了小小的拳头，对着空气一张一抓，仿佛要抓住那弥漫在空气中的清脆叫声。

富格的这个样子，让卢氏与颜氏也不禁笑了起来。

像是心有灵犀一般，卢氏突然回头，看见了不远处长廊下正含笑看着自己的丈夫，嫣然一笑。

颜氏也顺着卢氏的目光看了过来，也是淡淡一笑，不过与卢氏的坦然欢喜不同，她的笑容，更多是对丈夫的尊敬。

阳光从扶疏的枝叶间漏了下来，卢氏一边哄着怀里的富格，一边低下头来笑着对颜氏说了几句什么，颜氏便点点头，两旁的侍女连忙搀扶着她起身，一行人缓缓进屋去了。

太阳没多会儿就下山了，夜晚时分，廊下都挂起了灯笼，昏黄的光芒照亮了长廊。

纳兰容若正往回走，却见之前下午卢氏与颜氏乘凉的院子里，一个婀娜娉婷的身影正一会儿往东一会儿往西。

黑暗中，几点星星一样的荧光正缓缓地飞舞着。

纳兰容若好奇地过去一看，却见是还有些孩子气的妻子卢氏，挽起那绣有鱼子花纹的衣袖，手中持着一柄团扇，笑嘻嘻的在院子里扑着流萤。

见到丈夫过来，卢氏才停了下来，拭了拭额上的香汗，面对丈夫的疑问，笑着回道："想捉几只放在布袋里，给富格玩儿。"

树丛中栖息的蝴蝶被吓到了，扑腾着飞出几只，在黑夜里闪了几下，就又缓缓地停在了树木草丛中。

有一只蝴蝶大概是慌不择路，一下子扑到纳兰容若的手中。

卢氏见了，顿时"哎呀"一声，用纤手捂住了嘴，甚是惊讶，夫妻俩相顾"噗嗤"笑出来。

纳兰容若看着眼前香汗淋漓的妻子，突然想起唐代诗人杜牧的《秋夕》诗来。

眼前的画面，可不就是轻罗小扇扑流萤？

幸福是什么呢？幸福就是这眼前的点点滴滴，慢慢汇聚起来，然后在记忆里慢慢发酵，最终深深地铭刻在了心底，在多年后回想起来，依旧会忍不住为之微笑。

只是，到那个时候，幸福已经成了回忆。

之四：

《南乡子》

烟暖雨初收，落尽繁花小院幽。摘得一双红豆子，低头，说着分携泪暗流。

人去似春休，厄酒曾将醉石尤。别自有人桃叶渡，扁舟，一种烟波各自愁。

纳兰容若十九岁的时候，错失了人生第一次殿试的机会。

他为此事写下一首七律《幸举礼闱以病未与廷试》：

晓榻茶烟揽鬓丝，万春园里误春期。

谁知江上题名日，虚拟兰成射策时。

紫陌无游非隔面，玉阶有梦镇愁眉。

漳滨强对新红杏，一夜东风感旧知。

诗中既有对好友能够金榜题名的高兴与祝福，也有对自己错失殿试机会的惋惜与枉然。

如今三年已经过去，在这三年中，他不但娶妻生子，更组织编撰了《通志堂集》与《渌水亭杂识》，而且更多的时候，他在授课老师徐乾学的精心指导下，准备着再一次的殿试。

这一年，是康熙十五年。

其实纳兰容若在这一年中还有个小小的插曲。

头年皇子保成被立为太子，于是为了避皇太子名字中那个"成"字讳，纳兰便把自己的名字从"成德"改成了"性德"，这也就是我们最耳熟能详的名字的由来。到了第二年，皇太子保成改名叫胤礽，纳兰也就不用再继续避讳，又重新用回了自己原来的名字"纳兰成德"。

康熙十五年的殿试，纳兰容若果然考中了二甲第七名进士。

一般说来，在殿试金榜题名之后，皇帝都会给这些十年寒窗苦读终于鱼跃龙门的学子们分派官职，进行委任，不过纳兰容若在考中进士之后，却并没有马上获得委任，只是据传将参与馆选，可这个消息并非很确切。

纳兰容若倒也不怎么在乎。

其实，如果说第一次的殿试因为造化弄人，让他不得不错失的话，那这第二次的殿试，对纳兰容若来说，更多的，大概就是抱着一种弥补以前遗憾的心态。

如今考上了，金榜题名了，当年的憋闷，也就随之烟消云散，所以，派不派官职，又有什么差别呢？

他本来就不是那要以科举来改变自己命运削尖脑子也要往官场里钻的人。

对纳兰容若来说,所谓的官职大概还比不上卢氏重要,比不上颜氏,也比不过刚出生没多久的儿子富格。

所以这个时候的纳兰容若,还是那么自由自在,无比幸福。

世人都是不同的,有些人喜好热闹,有些人喜好安静。

就像《红楼梦》中的贾宝玉与林黛玉,宝玉喜欢热闹,是因为觉得迟早有离散的一天,不如趁着大家都还在一起,尽一天欢乐是一天;而林黛玉素喜安静,却觉得既然总会有分别的那天,为了避免分别后的忧伤,还不如不深交好。

根据"纳兰容若原型说",那贾宝玉正是曹雪芹根据纳兰容若而创作出来的艺术形象,只是我觉得,贾宝玉那种富贵闲人的形象,在某种程度上倒确实很像此时此刻的纳兰容若,而从纳兰容若的诗词与生平中我们可以看出,在他的性格之中,更多的,是一种词人所特有的清冷与忧郁,也可以说是所谓的艺术家特有的气质,那是种从骨子里透出来的忧愁。

别人见到红豆,想起来的,是"红豆生南国,春来发几枝",而在纳兰容若的眼中,这一双红豆子,若是有一天两两分开,又该是怎样的寂寞?

据说幸福的人见不得凄冷分离的孤独画面,那是因为会让他们不由自主地想起,眼前的幸福终究抵不过时间的流逝,总有一天会分手,最终忍不住伤心。

一日纳兰容若看着雨后湖心中那一只飘摇着的小舟,孤孤单单,在雨丝中飘飘忽忽,不知要驶往哪里去。

手心里,是刚刚摘下的一双红豆子。

那是之前卢氏放到他手中的。

两颗小小的红豆,晶莹红润,好像两颗小小的红宝石一般,在自己的掌心之中静静地躺着,像是在述说着卢氏说不出口的感情。

只是，如今眼前这两颗红豆还能紧紧地依偎在一起，但是一年之后呢？两年之后呢？十年之后呢？

就像他与卢氏，是不是真的就能像成亲之时说的那样，与子偕老共白头呢？

是不是真的能够一直相互陪伴着，走到人生的最后？

那时候，纳兰容若并没有想到，自己这番突如其来的念头，竟成了往后岁月的预言。

只是他当时并不知道而已。

在纳兰容若短暂的三十一年岁月中，他的感情向来是被人们所津津乐道的，除了那位扑朔迷离的表妹，另外几位，都是有证可考的，原配卢氏，续弦官氏，还有妾室颜氏。

但是在纳兰容若生命的最后一年中，还出现了一位女人，那便是江南才女沈宛。

清代谢章铤的《赌棋山庄词话》中说："容若妇沈宛，字御蝉，浙江乌程人，著有选梦词。述庵词综不及选。菩萨蛮云：'雁书蝶梦皆成杳。月户云窗人悄悄。记得画楼东。归聪系月中。醒来灯未灭。心事和谁说。只有旧罗裳。偷沾泪两行。'丰神不减夫婿，奉倩神伤，亦固其所。"

此评价颇高，对沈宛的才学，更是赞扬不已。

在电视剧《康朝秘史》之中，沈宛的真实身份，是辅政大臣鳌拜没有血缘关系的女儿青格儿，她命运坎坷，在得知自己的真实身世之后，虽然与钟汉良饰演的纳兰容若两情相悦，却不得不黯然离开，后来在康熙南巡的时候，才与纳兰容若重逢，但有情人终成眷属，也不过在一起短短一年。

当然，这是电视剧，真实性无从得知，就像那位扑朔迷离的表妹在这部电视剧中叫作"纳喇惠儿"一样，谁又说得出是真是假？

但是，沈宛这位才女，却是真真实实，在史料上可查的。

据说沈宛十八岁便有《选梦词》展现于世，纳兰容若见到了《选梦词》，引为知己,后来在顾贞观等朋友的介绍下见了面,相互属意,沈宛便从此跟了纳兰容若。只是一年后纳兰容若病故,她伤心之际,黯然回到江南,孑然一身。

如果说纳兰容若因为看到了沈宛十八岁的词集《选梦词》而倾心的话,我觉得有些不可能,那时候纳兰容若年已而立,不再是懵懵懂懂的少年儿郎,又经历了爱妻卢氏的亡故等等打击,若这么快便移情别恋,有些不太像他的性格。

不过在沈宛的词中有一句"雁书蝶梦皆成杳",倒是透露出些许的真相。

他们相见之前,应该也是和现在的笔友一样,鸿雁来去,书信交往,相互间慢慢倾心,最终水到渠成。

只是沈宛一直没有成为纳兰容若的正式妻子,她只是个情人。

沈宛与卢氏、官氏、颜氏不同的是,她是个名副其实的汉人,当时满汉不通婚,这就让她无法踏进明珠府,再加上并非良家出身,或者说,是类似柳如是、董小宛的身份,也让她只能和纳兰容若保持着一种没有名分的关系。

纳兰容若把她安置在德胜门的外宅之内,两人才学相近,情人间的生活倒也旖旎风流,而从沈宛与纳兰容若的词中也看得出来,两人是当真互相拿对方是知己,相知相惜的。只是造化弄人,半年后,纳兰容若突然病故,沈宛伤心欲绝,孤独无靠,只好含泪返回江南,留下一段让人扼腕叹息的遗憾。

之一:

《虞美人》

黄昏又听城头角,病起心情恶。药炉初沸短檠青,无那残香半缕、恼多情。

多情自古原多病,清镜怜清影。一声弹指泪如丝,央及东风休遣、玉人知。

康熙二十三年,纳兰容若三十岁。

从康熙十六年开始到如今,纳兰容若已经当了整整七年的御前侍卫。

在这段时间内,他从三等御前侍卫升为一等,深得康熙皇帝的信任,正是前途似锦的时候。

可是,对纳兰容若来说,这样小心翼翼地侍卫生活,是他所希望所追求的吗?

答案是很明显的,所以,他觉得有些厌倦了。

这个囚禁着他一颗诗人之心的囚笼,要什么时候才肯打开笼门,放他离开呢?

这个时期纳兰容若所写的词,明显地带有一种"无聊"的意味,无论是在给卢氏的悼亡词中,还是其他题材的词中,这种冷清的感觉贯穿始终。

他已经做了整整七年的侍卫,卢氏,也离开他整整七年了。

纳兰容若后来续弦官氏,但他的爱情早已随着卢氏的身故而逝去,哪里还能再重新爱上别的女人?

就在这一年的九月,金秋之时,顾贞观从江南再度回到了京城。

与他同行的,还有纳兰容若早已闻名却从未见过的江南才女——沈宛。

在这次沈宛上京之前,纳兰容若就已从好友们的描述中知道了这位女子的名字。

沈宛,字御蝉,江南乌程人。

古人说,"仗义每多屠狗辈,由来侠女出风尘",江南秦淮,明末清初,确实出了不少有名的风尘女子,才艺双绝,貌美如花。

其中最有名的,应该是如今我们耳熟能详的"秦淮八艳"了。

不管是吴梅村笔下"恸哭六军皆缟素,冲冠一怒为红颜"的陈圆圆好,还是被后人穿凿附会为董鄂妃的董小宛,还有那风骨铮铮的柳如是,侠肝义胆的李香君,礼贤爱士、侠内峻嶒的顾横波,长斋绣佛的卞玉京,擅长书画的马湘兰,以及颇有侠气的寇白门,她们虽然出身低下,被世人看不起,但在当时国家危难的时刻,相比较一干明朝官员的贪生怕死,所谓"文人"的卑躬屈膝,这些向来被轻视、生活在社会最底层的女子们,却表现出了崇高的气节。这些能歌善舞,擅长诗画的女子的名字,也与当时诸多叱咤风云的历史人物联系在了一起,留下了浓墨重彩的一笔。

她们虽然是青楼女子,却同样关心国家大事,与复社文人来往密切,其中李香君、卞玉京、董小宛等人与明末四公子之间的风流韵事,也是一时的佳话。

其中最有名的,当属陈圆圆。

当年李自成进京,抢走了陈圆圆,吴三桂一怒之下引清军入关,彻底改变了历史的脉络,虽然把责任全部推到陈圆圆这一个弱女子身上太不公平,不过,假如当时李自成没有强占陈圆圆,想必历史的发展,我们现在是怎么也猜想不到的。

古来才女总是与才子联系在一起的,沈宛虽然不像她的前辈们那么鼎鼎大名,但是在江南也小有名气,而且这名气传进了纳兰容若的耳朵里。

若要用"秦淮八艳"中的人物来比拟的话,沈宛应该相似于马湘兰,那"秦淮八艳"中唯一没有与明末清初那段政治与历史牵扯上关系,以善解人意、擅长诗词绘画而闻名的灵秀女子。

对纳兰容若来说,他此时需要的,不是寇白门之类的风尘侠女,而是沈宛这样善解人意,叫人见之愉快的女子。

沈宛,刚好适合。

所以就在这一年的年底,纳兰容若纳了沈宛为妾。

其实纳兰容若究竟有没有和沈宛举行过婚礼，也是个颇多争议的问题。

在当时，满汉不通婚，沈宛的汉族身份注定了她无法进入明珠宅邸，只能住在外面的别墅内。

纳兰容若把沈宛安置在北京西郊德胜门的宅子内，他尽力地给予沈宛一切，却唯独不能给她的一个家。

而这，却正是沈宛所要的。

半年后，沈宛也离开了京城，她并不知道，这一去，便是永别。

"予生未三十，忧愁居其半。心事如落花，春风吹已散。"

这是纳兰容若的诗句，像是为自己写下了短暂一生的总结，如此忧伤，如此寂寞。

题外话一句。

"秦淮八艳"中的马湘兰，虽然并没有倾国倾城的美貌，但是一位善解人意而且才华出众的女子，完全可以称得上是女诗人、女画家。她与纳兰容若没有什么关系，但是与一位和纳兰容若关系十分密切的人，却有着很好的交情。

那人便是曹寅。

曹寅擅长诗词，马湘兰擅长绘画，曹寅曾经接连三次为《马湘兰画兰长卷》题诗，都记载在了曹寅的《栋亭集》里面，可见交情是很深的。

当然，并不是说马湘兰与曹寅之间有什么暧昧关系，其实按照年龄来说，两人之间应该就是如同良师益友那般的关系而已。

之二：

《浣溪沙》：

欲问江梅瘦几分，只看愁损翠罗裙，麝篝衾冷惜余熏。

可耐暮寒长倚竹，便教春好不开门，枇杷花底校书人。

在后人的记载或者传记中，沈宛都是作为纳兰容若情人的身份出现的，渐渐的，连她的存在都成了一桩迷案。

沈宛是不是真实存在？

沈宛究竟真实身份是什么？

所谓"一千个观众就有一千个哈姆雷特"，这里也一样，众说纷纭。不过，我想沈宛的身份虽然成谜，但是这个人是肯定存在的。

当时陈见龙曾经填了一首词，赠予纳兰容若，题目便是"贺成容若纳妾"。

成容若便是纳兰容若，他字容若，以自己名字"纳兰成德"中的"成"字为姓，给朋友们的信笺中都是署名"成容若"，朋友自然也以这个名字来称呼他。

陈见龙正是为祝贺纳兰容若与沈宛的结合，写了这首《风入松》：

佳人南国翠娥眉。桃叶渡江迟，画船双桨逢迎便，细微见高阁帘垂。应是洛川瑶璧，移来海上琼枝。

何人解唱比红儿，错落碎珠玑。宝钗玉臂樗蒲戏，黄金钏，幺凤齐飞。潋滟横波转处，迷离好梦醒时。

这首词上半阕写婚嫁迎娶，下半阕写新婚宴尔，词句华丽，情真意切。

对于好友的祝福，纳兰容若坦然地接受了。

沈宛与卢氏不同。

相比较卢氏的温婉宽厚，沈宛知书达理，才学不输纳兰容若，也因此，两人在文学上颇多共同语言。

这个时候的纳兰容若，已经有了官职在身。他是康熙皇帝跟前的大内侍卫，负责着保护皇帝的工作，公务十分繁忙，再加上本来就是有家室的人，所以与沈宛在一起的时间，自然不会很多。

好在沈宛是明白纳兰容若之人，否则也不会在鸿雁传书之间互通心意，最后两两倾心。

她知道丈夫繁忙，所以自己总是乖巧地待在德胜门的宅子里，寂寞而又带着期盼地等着，等着纳兰容若的每一次到来。

精通诗词之人似乎都有个比较相似的毛病，那就是容易多愁善感，悲春伤秋。而沈宛既然是以诗词闻名，自然也不可避免地有着一颗纤细敏感的心。

虽然对纳兰容若的公务繁忙，她并没什么怨言，但日子一长，未免就开始多愁善感起来。

"黄昏后，打窗风雨停还骤。不寐乃眠久。渐渐寒侵锦被，细细香销金兽。添段新愁和感旧，拼却红颜首。"

这首《长命女》大概是沈宛这段时期所作，流露出一股哀婉之情。

某一天的黄昏后，雨倒是停了，可屋檐边缘，那雨珠儿却还在滴滴答答地落着，滴在房下的台阶上。雨后的寒意渐渐侵了进来，本来温暖的棉被也有些润润的感觉，触手摸去，有些凉凉的了。下一句"细细香销金兽"，大概是化自李清照的《醉花阴》中"瑞脑销金兽"一句，只是，在李清照笔下，那室内香炉里轻烟缭绕飘散，欢愉嫌日短，苦愁怨更长，此情此景下，心中所念的，都是远在千里之外的丈夫，也难怪会"莫道不消魂，帘卷西风，人比黄花瘦"了。

也许在女词人的心里，对愁绪，对思念之情，所见所想所感都是一样的吧？所以当沈宛孤独地看着屋内香炉内那缭绕的轻烟在空气里慢慢飘散的时候，想到的，是"添段新愁和感旧"，在日复一日的等待中，红颜也寂寞。

不过,在这样寂寞的冷冷清清的日子里,也是有着暖色的。

想必是梅花开了,所以这天,纳兰容若对沈宛戏谑一样的这样说道:"欲问江梅瘦几分,只看愁损翠罗裙",言下之意是把沈宛比喻成梅花,见到沈宛眉间那一缕淡淡的愁思,所以才半是开玩笑半是认真地笑道,若要看梅树瘦了几分,只要看眼前人的腰肢消瘦了几分便知道的。

虽是戏谑之语,言下之意却是在说,自己清楚沈宛内心的愁苦。

沈宛又何尝不知?

只是知道归知道,有些话,她始终说不出口。

正如纳兰容若,也有着不能言说的苦衷。

这首词的最后三个字"校书人",典故用的有点生僻。

在唐代诗人王建的《寄蜀中薛涛校书》一诗中,有这样两句:"万里桥边女校书,枇杷花下闭门居"。

薛涛是古代名妓,也是颇有名气的女诗人,她所制的"薛涛笺"更是大名鼎鼎,乃是文雅风流的象征,而因为王建的这首诗,后世便把能诗文的风尘女子称为"女校书"。

在这首《浣溪沙》里面,纳兰容若用了"校书人"的典故,倒并不是专门为了指出沈宛出自风尘的尴尬身份,不过是见沈宛在花下看书,那画面颇为美妙,才有感而发,借指花下读书人而已。

之三:

《浣溪沙》:

脂粉塘空遍绿苔,掠泥营垒燕相催,妒他飞去却飞回。

一骑近从梅里过,片帆遥自藕溪来,博山香烬未全灰。

纳兰容若与沈宛在一起短短的大半年时光中,还是十分美满的。

倒不是说他与官氏与颜氏的感情不好,而是在思想层次上,在卢氏之后,纳兰容若也许是再次找到了与自己心意相通的人。

不论沈宛的出身如何,至少在诗词的意识形态层面上,她和纳兰容若是平等的,或者说,一位文艺男青年,一位文艺女青年,金风玉露一相逢,自然是越聊越投机,最后结局理所当然是"便胜却人间无数"。

于是我们倒回去说一说沈宛与纳兰容若的初见吧。

那是康熙二十三年,甲子。

九月的一天,暑气还未完全散去,空气里还有些闷热,即使穿着薄薄的夏衫,汗水还是从身上每一处肌肤浸出来,黏黏的。

马车在一处看似寻常的宅院面前停下来,里面有人下了车,被门口的下人恭恭敬敬地接进屋内的人,正是纳兰容若。

这处宅院乃是顾贞观在京城的宅子。当然,论豪华,比不上当时已经贵为太子太傅的明珠宅邸那么金碧辉煌,只是普普通通的院子,但里面布置得颇为雅致,一看便知主人花费过不少心血,小桥流水,绿草茵茵,在这京城之中,竟难得有着江南水乡的雅致与秀气。

大概,那是因为宅院主人本来就出身江南的关系吧?

每次纳兰容若来到这儿的时候,都会忍不住这样的赞叹。

顾贞观早已等待在廊下,见自己的学生兼忘年之交按时到达,笑着迎上去。

纳兰容若的脸上又何尝不是带着笑容?

但顾贞观不愧是纳兰容若多年的好友,只有他,从这位年轻自己很多岁的好朋友眼中,看到的不是欢愉,而是忧愁;看到的,是他挣不脱樊笼的苦恼与闷闷不乐。

好在这一次,顾贞观从江南回到京城的时候,还另外带来一人,纳兰容若的信中所言的"天海风涛之人"。

"天海风涛"一语出自李商隐的《柳枝五首》序,"柳枝,洛中里娘也。……生十七年,涂妆绾髻,未尝竟,以复起去。吹叶嚼蕊,调丝撆管,作天海风涛之曲,幽忆怨断之音……"

李商隐诗中的"天海风涛",写的正是李商隐的红颜知己柳枝。柳枝的身份乃是歌伎,而纳兰容若所言的天海风涛,指的,自然是沈宛了。

于是纳兰容若与沈宛,得以相见。

那时候的纳兰容若,大概并未有纳沈宛为妾的念头。他对这名聪慧的江南女子,更多的,是惜才,基于一种"同是天涯沦落人"的惺惺相惜。

沈宛不幸,沦落的,是她的身,在风尘中打滚,只是这样的女子,还依旧能在那么复杂的环境中保留着一份纯真,在她的诗词中,毫无遮掩地表达了出来。

而纳兰容若的"天涯沦落",自然不是说他出身风尘,他的所谓"沦落",其实指的是自己无心官场与权势。

所以,在沈宛随着顾贞观来到京城之后,纳兰容若也来到了这座宅子。

他终究是好奇,好奇这位与自己"同为天涯沦落人"的才女。

与其他女子不同,沈宛是素雅的,淡静的。

她穿着一身颜色淡雅的绿色衣裙,面容秀美,并未和其他歌女一样化浓艳的妆,只是淡扫蛾眉,略施粉黛,乌黑的发髻上插着一支银白色的簪子,简简单单的凤尾样式,怀抱琵琶,安静地坐在那儿,轻声弹唱。

她与其他人是那样不同,气质沉静,带着一种出淤泥而不染的干净气息,直到顾贞观引着她走到纳兰容若的面前,微笑着介绍说,这位便是明珠府的纳兰公子,名成德,字容若。

国学经典文库

纳兰容若全集

纳兰容若其人其文

图文珍藏版

她笑了,他也笑了。

有时候,钟情,也许只是一瞬间的事。

沈宛终于见到了自己倾心已久的纳兰容若,一如她无数个夜里,看着对方的信笺所暗自想象的那样,脑海里的影像与眼前的人影逐渐重合起来,最终成为现实。

沈宛双颊上飘起两朵红云,然后朝向纳兰容若轻笑一下。

看着眼前的女子,纳兰容若脑中却突然浮现出另外一位女子的音容笑貌来。

那天,卢氏也是这样对着自己嫣然一笑,仿佛三月的桃花般,连周围的景色都为之绚烂起来。

这年年底,纳兰容若便正式纳了沈宛为妾。

这场婚礼并不是很隆重,纳兰容若的好友们还是纷纷送来了祝福,祝福这一对璧人的结合。

在其他人的眼中,纳兰容若还那么年轻,也早就该从卢氏亡故的悲伤中走出来,去寻找属于他的幸福,而沈宛才貌双全,又和纳兰容若有那么多的共同语言,难道不是一个最好的选择吗?

对纳兰容若来说,个中的滋味儿,也只有自己才知道。

我倒是觉得,纳兰容若与沈宛之间,其实更像是朋友。

他们在诗词上有着共同语言,如果沈宛如顾贞观等人一样是男性,那么,纳兰容若便是又多了一位知音好友,但沈宛偏偏是女子,而且还是江南小有名气的歌伎才女,所以,如果说纳兰容若与沈宛之间只是纯洁的友情与惺惺相惜的话,那似乎很难让人相信。

纳兰容若与沈宛,两人之间是友情也好,爱情也罢,总之,无论如何,沈宛若与纳兰容若交往,确实也只有成为对方姬妾一途,因为她的身份地位,又是汉籍,纳兰容若也不敢冒天下之大不韪,将沈宛接进明珠府里去,所以,他才在西郊德胜门为沈宛置了一处幽静的宅子。

两人相处的日子,是愉快而且充满诗情画意的。

也许是某一天的午后,纳兰容若与沈宛正在说话,不知何时变成了沈宛在说着江南的那些名胜古迹,还有流传于民间的传说。

据传说在昔日吴宫之处,有香水溪,是当年西施沐浴的地方,所以又名叫脂粉塘,只是,如今西施早已不见踪影,而奢华的吴王皇宫也早已不复当年的巍峨与华丽,往日种种,已随着时光的流逝变成了历史里的一缕烟尘,只有燕子依旧每年飞来飞去,衔泥做窝,年复一年。突然,马蹄声传来,路上一骑飞驰而过,一叶小船缓缓地从藕溪上划过,船上的人,是要往哪里去呢?

在沈宛娓娓地描述中,纳兰容若觉得眼前仿佛出现了这样的一幕画面,带着江南水乡氤氲的雾气,淡淡的,悠然的,如同倪瓒笔下的一幅山水画。

相比于京城的繁华,或许这样的悠然,才是纳兰容若内心真正想要的。

沈宛在描述这些的时候并不知道,在看到纳兰容若因为这番描述而写出来的这首《浣溪沙》的时候,也并不知道。

她只知道,纳兰容若在欢笑之余,不知为何,有时会突然陷入沉思,怔怔地发呆,那是一种自己从未见过的,寂寥的神情。

那是不该在纳兰容若这样一位天之骄子脸上出现的表情。

之四:

《采桑子》:

谢家庭院残更立,燕宿雕梁,月度银墙,不辨花丛那辨香。

此情已自成追忆,零落鸳鸯,雨歇微凉,十一年前梦一场。

在德胜门别墅居住的日子,沈宛逐渐发现,身旁的男人,不知什么时候,总是会面露愁容,神情寂寥,尤其当他一人独处的时候,那孤零零的身影,像是写满了"寂寞"两个字。

沈宛有时候忍不住,很想去问一问纳兰容若,你是在为谁叹息?但总是问不出口。

她并不笨。

其实可以说，沈宛是聪慧的，她从纳兰容若的这些神情中看出了蹊跷，但从不多嘴，更不会像市井泼妇那样，抓着丈夫声嘶力竭地咆哮"为什么为什么为什么"，她只是默默地，和以前一样，伴随在纳兰容若的身边。

但午夜梦回的时候，她偶尔会从身边男人呢喃的梦话里，依稀听见另外一个女人的名字，还有"三年"的字句。

沈宛知道，纳兰容若心中念念不忘的，正是因为难产而身故的妻子卢氏。

那早逝女子的身影，原来已经在他的心里刻骨铭心。

于是纳兰容若无意中的叹息，传进沈宛的耳中，她也渐渐带上了忧伤而寂寞的色彩。

他终究还是寂寞的呀！

也许，沈宛也想过要怎样才能抚平纳兰容若的忧伤，去安慰他内心深处的寂寞，但是对纳兰容若来说，曾经的激情，已经消散无形，那曾经刻骨铭心的爱情，如今却变成了一道沉重的枷锁，不光是牢牢地锁住了他，也锁住了沈宛。

沈宛虽然从不说，但她心里真正想要的，恰恰是纳兰容若所无法再给予的。

纳兰容若也知道，自己对沈宛，实在是已经付出不了太多。

沈宛要的，他偏偏给不起。

此情可待成追忆，只是当日已惘然。

半夜三更的时候，纳兰容若常常会独自站在院子里。

四周，花丛里淡淡的花香在夜色里缓缓地飘散着，若有若无。银白色的

月光如水般洒在院墙上、地面上，仿佛笼了一层薄薄的银纱。

此情此景，在纳兰容若的眼中，却与记忆缓缓地重合了。

多年前，是谁，也曾和自己一起这样站立在月下的庭院，看着天边的弯月，如今，那陪自己赏月之人，却是去了哪里？

此情可待成追忆啊，蓦然回首，当年的记忆，仿佛是做了一场梦一般。

身后传来轻轻的脚步声，纳兰容若惊喜地回头，在见到来人的一刹那，脸上的喜色旋即变成了失望的神情，动作是那么快，快得来不及掩不住内心的一点一滴，在那一瞬间都毫无保留地敞露在沈宛的面前。

沈宛还是一如既往温婉的微笑，秀美的面孔上并未流露出其他神情，只是关心地替他披上外袍，但眼中，一抹无奈的神色却是清清楚楚地落进纳兰容若的眼中。

纳兰容若对沈宛是喜爱的。

但是，喜爱不是爱情，所以，半年之后，沈宛还是走了，回到了江南。

两人分别的时候，平平淡淡未有任何的波澜。

她离开，他去送行，临别之际，纵然有千言万语，最终也不过是变成轻轻地一句"一路顺风"。

不是不想挽留，而是纳兰容若觉得，他给不起沈宛想要的爱情，既然如此，与其在未来的岁月中让沈宛越来越落寞寡欢，还不如让她去继续寻找自己的幸福，去寻找能给予她爱情的人。

沈宛离开的时候，只说了这么一句话——

"枝分连理绝姻缘"。

这是沈宛《选梦词》中的一句,当时写下这首《朝玉阶》的沈宛怎么也没想到,那时无心的一句话,如今却已成真。

孔雀东南飞,本以为看的,是别人的故事,哪知到了最后,竟应在了自己身上。

离开的沈宛完全没有预料到,她这一走,便是永别。

从此阴阳两隔。

之五:

《采桑子》:

而今才道当时错,心绪凄迷。红泪偷垂,满眼春风百事非。

情知此后来无计,强说欢期。一别如斯,落尽梨花月又西。

在电视剧《康朝秘史》中,这首《采桑子》,是纳兰容若送与青格儿的。

青格儿是电视剧里面杜撰的人物,身世迷离,后来远嫁耿精忠之子,三藩之乱后便失去了踪影。纳兰容若随着康熙南巡下江南,无意中再度相见,那时候,青格儿已经改回了自己真正的姓氏"沈",取名"沈宛"。

虽然是电视剧里的情节,也算交代了沈宛这位纳兰容若生命中最后出现的女子的前尘往事。

作为陪伴了纳兰容若最后岁月的沈宛,尽管也存在着不少的疑虑,但是相比于"青格尔"那位传说中的恋人,存在的证据就确凿得多。

对沈宛,纳兰容若心中是隐隐有着愧疚的吧?

"而今才道当时错",如今回想起来,才说当初做错了,还来得及吗?

这句其实出自宋代晏几道的《醉落魄》词,"心心口口长恨昨,分飞容易当日错"。

说起晏几道,其实此人与纳兰容若也有几分相似。同样是天才的词人,同样才华出众,同样不愿被世俗约束,同样出身高门却不慕权势。

纳兰容若是颇推崇晏几道的,在他给梁佩兰的《与梁药亭书》中,这样写道:"仆意欲有选如北宋之周清真、苏子瞻、晏叔原、张子野、柳耆卿、秦少游、贺方回,南宋之姜尧章、辛幼安、史邦卿、高宾王、程钜夫、陆务观、吴君持、王圣与、张叔夏诸人多取其词,汇为一集,余则取其词之至妙者附之,不必人人有见也。"

其中提到的"晏叔原",便是晏几道。

他出身高门,乃是晏殊的第七子,黄庭坚称赞他是"人杰",也说他痴亦绝人:"仕官连蹇而不能一傍贵人之门,是一痴也。论文自有体,不肯作一新进士语,此又一痴也。费资千百万,家人寒饥,此又一痴也。人百负之而不恨,已信人,终不疑其欺己,此又一痴也。"由此可见,晏几道孤傲清高,不喜权贵。而且晏几道的词工于言情,十分有名,与父亲晏殊不分上下。不管是"落花人独立,微雨燕双飞",还是"当时明月在,曾照彩云归","从别后,忆相逢,几回魂梦与君同"也好,在词风上与李煜颇为接近,情真意切,工丽秀气。

而纳兰容若会比较推崇晏几道的词作,也在情理之中了。

"而今才道当时错",当时分开,如今回想起来,竟是如此地后悔,觉得自己是不是做错了什么? 但是为时已晚,"心绪凄迷,红泪偷垂",窗外,春风依旧,却早已物是人非。

"满眼春风,不觉黄梅细雨中"。早知道后来已经无法再相见,那么强颜欢笑着述说当初那些欢乐的日子,又有什么意义呢?

"一别如斯",梨花在枝头上绽放过,如今再度落尽,春天已经过去了。但是,还会有相聚的日子吗?

在这首《采桑子》里面,一句"而今才道当时错",写尽多少无可奈何,写尽世间多少的不完满。

月有阴晴圆缺,而世事何尝不是像那天际的月亮一般,此事古难全呢?

只是那时的遗憾,纳兰容若已经没有机会再度说出来。

五、步入仕途

"非关癖爱轻模样,冷处偏佳,别有根芽,不是人间富贵花。"

康熙十六年的时候,纳兰容若终于踏入了官场,成了乾清宫的一名御前侍卫。

从此,他跟随在康熙的身边,北上南巡,足迹踏遍大江南北。

康熙十六年。

纳兰容若终于获得任命,从此步入了仕途。

只是与他想象中的不同,或者说,和当时世人预料中的完全不一样,任命给纳兰容若的官职,竟然是皇帝跟前的三等御前侍卫。

这可是武职。

纳兰容若的词名早已远扬,在京城之中引起了轰动,再加上他考中功名,进士及第,怎么着都该是文职才对,可谁也没想到,皇帝给他委派的官职,却是御前侍卫。

什么是御前侍卫呢?

御前侍卫是清朝才有的侍卫制度,是天子的侍从,贴身跟班,待遇很高,地位也很尊贵,是专门为贵族子弟设立的特殊职位。因为经常跟着皇帝的关系,升迁的途径也比其他职位要宽得多,也容易得多。在清朝,由侍卫出身而最后官至公卿将相的,不在少数,像纳兰容若的父亲明珠,就是从侍卫做起,最后成为英武殿大学士而权倾天下的,还有与他同朝的索额图等人亦如此。所以,皇帝让纳兰容若做自己的御前侍卫,倒也不无道理。

以纳兰容若的出身,还有文武双全,都是御前侍卫的最好人选,三等侍卫,相当于是正五品的官员地位,对二十来岁的年轻人来说,相当不错了。

所以皇帝这样安排，看起来并没有什么不妥的地方。

不对的，仅仅是纳兰容若并不适合做官而已。

并非说他没有能力，只是，在皇帝眼皮子底下的人，需要的是韦小宝那样见风使舵的性格，才能左右逢源，而不是李太白诗中的"安能摧眉折腰事权贵，使我不得开心颜"。对纳兰容若来说，他可以去值夜，去巡逻，去跟着

皇帝南巡，一路上保护着皇帝的安全，但是，就是不知该怎么去歌功颂德，如同其他的官员一般，谄媚上主，寻求荣华富贵。

纳兰容若根本不屑去这样做。

他如同一个纯真的孩子，始终保持着一颗赤子之心，拥有着世界上最高贵的灵魂。

但是，现实与理想的冲突、纠结，却让他从此不再快乐。

作为侍卫的纳兰容若，是相当称职的。

他在很小的时候就开始练习骑射，学习武艺，只是，后来他的词名远远盖过了武艺上的成就，给人他只会文不懂武的错觉。

康熙皇帝不是傻子，他不会要个手无缚鸡之力的文弱书生当自己的御前侍卫，保护自己的安全。

康熙皇帝一生之中，曾经多次北上与南巡，身为御前侍卫的纳兰容若，自然跟着皇帝，一路随行。

八旗子弟出身的纳兰容若，骨子里，还是继承了先辈们马上打江山的豪

迈,在这段跟着康熙皇帝东奔西走的日子里,他见了塞北风光,他的词中因而多出来不少描写塞外荒寒之地的作品。

"纳兰小令,丰神炯绝,学后主未能至,清丽芊绵似易安而已。悼亡诸作,脍炙人口。尤工写塞外荒寒之景,殆扈从时所身历,故言之亲切如此。"

这是蔡嵩云在《柯亭词论》中对纳兰容若的塞外词的评价。说纳兰容若的词虽然丰神炯绝,但还是比不上李后主,清丽有如李清照而已。悼亡词脍炙人口,尤其擅长描写塞外的景色,应该是因为他当初跟随康熙皇帝出巡的时候亲眼所见,所以描写得能让人觉得亲临其境。

纳兰容若的塞上词,历来都被大力赞扬而且推崇。

王国维甚至在《人间词话》中这样赞道:"'明月照积雪'、'大河流日夜'、'中天悬明月'、'黄河落日圆',此种境界,可谓千古壮观。求之于词,惟纳兰容若塞上之作,如《长相思》之'夜深千帐灯'、《如梦令》之'万帐穹庐人醉,星影摇摇欲坠',差近之。"

如此评价,当足矣。

这一年,作为康熙皇帝御前侍卫的纳兰容若,扈从皇帝北上,一路走永陵、福陵、昭陵,最后出了山海关。

这对一直居住在京城里,很少涉足他处的纳兰容若来说,是一次难得的体验。

他第一次见到了塞外

呼啸的寒风,鹅毛般的大雪。这雄浑的北国风光,让他感受到从未有过的触动,素来清丽哀婉的词风,也随之一变。

我们现在说纳兰词中偶有雄浑之作,大多数,就是出自这个时期。

最有名的,当属这首《长相思》了。

词牌很旖旎,长相思,相思长,可内容却一点也没有儿女情长,反倒是一派的豪迈磊落。

其实根据词风的不同,我们总是习惯单纯地把词分作"婉约词""豪迈词",但是,很多词人并非是只能写其中的一类,往往两样都十分精通的,就像"醉里挑灯看剑"的辛弃疾,也有"蓦然回首,那人却在,灯火阑珊处"之句;苏东坡在写出"大江东去,浪淘尽,千古风流人物"的句子之外,也能写出"但愿人长久,千里共婵娟";李清照"莫道不消魂,帘卷西风,人比黄花瘦"之外,也有"生当作人杰,死亦为鬼雄"的豪迈之句一样,纳兰容若这段时间所写之词,不复《侧帽集》的风流婉转,也不复《饮水词》的凄凉哀婉,而是想要把他骨子里的、那种属于年轻人的、从父辈们那儿继承下来的热血与豪迈完全发泄出来一样,塞上词,竟因此成了他作品中一抹异样的光彩!

这首《长相思》,算是纳兰容若这类词中的代表做了。

简单直白,却生动地描绘出行军途中在荒原之上宿营的雄壮画面。

它是如此地有名,以至于出现在小学生的五年级语文课本中,是如今孩子们必学的诗词之一。

纳兰容若作为康熙皇帝的扈从出了关,眼中所见,不再是京城的软红千丈,不再是熙熙攘攘的人潮往来,远远看去,只有一望无际的荒漠,寒风呼啸着卷了过去,带着刺骨的寒意。

传令的声音远远地传来:"皇上有旨,就地扎营。"

浩浩荡荡大队人马,就随着这一道命令,在原地扎营。

营帐连绵,在荒野之中蜿蜒,一眼望不到头。夜色缓缓降临,呼啸的寒风里也慢慢地夹上了鹅毛般的雪。

今晚轮到纳兰容若值班,用过晚饭,见时辰差不多了,纳兰容若便穿上盔甲,拿起兵器,起身出了营帐。

帐外,风雪越来越大,寒风刺骨。

纳兰容若并没有畏惧,他还有工作要完成。

如今已经不是在自己的家里了,他要去换下当值的同僚,让他们可以回到温暖的营帐内休息。

一片漆黑的夜空之下,连绵不绝的帐篷内,昏黄色的灯光错落的透了出来,仿佛天上的星星,在风雪的肆掠下落到了地面上,夜深千帐灯。

看着眼前无数点昏黄的灯光,纳兰容若突然想起,自己这一路上经过的地方,何尝不是一程山一程水,如今出了山海关,却山水不见,唯有一望无际的荒漠,还有眼前连绵不绝的营帐灯火。

望着眼前的这一幕,纳兰容若的心里,是有些激动的,脑子里突然浮现出来的词句,也与自己往日的词风截然不同,带着一些豪迈的味道。

千里行程,万种所见,尽数化为"山""水"二字,以小见大,满腹乡思,一腔愁绪。

而这无数的账灯之下,又有多少人与自己一样睡不着呢?又有多少人是与自己一样,在思念着家乡的亲人呢?

风雪越来越大,纳兰容若听着帐外的风声与落雪的声音,数着远远传来的打更的声音。

一更过去,二更过去……

但是这风雪却也丝毫没有停止下来的意思,风声呼啸,卷着遥远的打更的声音,夜,突然变得更加漫长。

漫长得似乎永远也到不了尽头。

漫长得似乎永远也不会再见到天亮。

漫长的,把一颗颗思乡的心,都搅成了碎片。

风雪声声,尽入内心深处。

于是他不由得回想起还在京城时候的日子,虽然也曾起过大风,虽然也曾下过大雪,但何曾有过这样凄凉呼啸的风雪之声?

自己本该是在京城里，与顾贞观、朱彝尊等好友们在一起，编撰着词论，编撰着词集，而不是在这关外的荒野之中，听着帐外呼啸的风雪声，思念着家乡的亲人。

自己为何会在此呢？

纳兰容若不禁这样问自己。

他一向是厌恶官场中的生活的。

但是，肩上的责任却让他不得不，在这山海关外，看着夜深千帐灯。

灯下，是一颗颗思乡的心，更是一颗颗报效国家的男儿心。

如果不是如此，我们为什么要出现在这里？

难能可贵的是，虽然这首《长相思》中浓浓地满是思乡之情，却一改纳兰容若以前缠绵悱恻的哀婉风格，而在忧郁中散发出一股豪迈的，欲报效国家的慷慨之气。

也许是二十多年的人生岁月，在此刻终于得到了沉淀、得到了升华。

"夜深千帐灯"，不愧"千古壮观"。

在山海关呆了几天，康熙皇帝继续北上，纳兰容若也跟着一起，这一日来到了白狼河，也就是今天的大凌河。

已经到了现在的辽宁省，关外塞上，一切的景色与京城如此不同。

这是纳兰容若第一次远离京城，到达如此遥远的地方。

辽阔的大草原上，北巡行营的围帐耸立着，如同在山海关时候那样，连绵不绝，一望无涯。

如此的大军，却是鸦雀无声，听不见喧哗，只有夜风呼啸而过的声音。

在这样安静的时候，纳兰容若也是昏昏欲睡。

眼前有点昏花，看出去，连天上的星星也像是要掉下了一般，摇摇欲坠。

那就不妨沉沉睡去吧！

在香甜的睡梦之中，说不定还能梦到自己的家乡，梦到家中的亲人。

但是，正当想要在梦里回到家乡的时候，河水的浪涛声传来，顿时搅碎了好梦。

如今还能怎么办呢？

人远在千里之外，连梦回家乡都不成，在这漆黑安静的夜空下，自己又能做什么？罢了罢了，还是睡去吧，即使已经梦不到家乡与亲人，但也总好过醒来时的寂寞与无奈。

如此也好。

如此甚好。

"万帐穹庐人醉，星影摇摇欲坠。归梦隔狼河，又被河声搅碎。还睡，还睡，解道醒来无味。"。

这首《如梦令》，写景写情，豪迈之中却还是有着一股子惆怅与无奈的味道。

康熙北巡，他想到的，是自己的帝王业，是自己的江山社稷，大好河山。

而作为扈从的纳兰容若，想到的，却是随行将士们的思乡之情。

"可怜河边无定骨，犹是春闺梦里人"，古往今来，将士们成就的，不过是一将功成万骨枯。

好在这一次只是北巡，而不是战争。

所以，将士们不用担心埋骨他乡，不用担心再也见不到家中的妻儿老小。

即使如此，思乡之情，却是连皇帝的圣旨都无法阻止的。

有人说，纳兰容若的这首《如梦令》，表面写景，其实写情，是作者在叹息人生际遇的多舛，与仕途不顺的惆怅，写出了词人在北巡时候的清冷心境。

后半句，我还算赞成，对前半句，却有些不赞同。

纳兰容若生性不喜官场，不喜俗务，却偏偏为此所困，心境清冷，尤其是在北巡之后，见识了雄浑的北国风光，见过了荒原之上一望无际的大军行营，风物的不同，让他的词境也有了不同，更加的宏大，不变的，依旧是字里行间的沉郁,说他此刻心境清冷,倒也不为过。

但是,若要说纳兰容若仕途不顺,人生不顺,那我想从古到今,从李白、杜甫到同时代的顾贞观、朱彝尊,可能就要提出抗议了。

如果连纳兰容若都属于人生不顺的话,那我想不出还有谁,能够称得上"天之骄子"了。

他本该是一直这么顺顺利利地走下去,走完应有的、充满鲜花与荣耀的一生。

在当时看起来,他也确实正在如此,沿着那条既定的,几乎没什么悬念的荣耀之道走去。

只不过,在纳兰容若的心中,他一直清楚地知道,如今眼前的一切,并非自己真正想要的,却又不得不这样走下去。

"三十而立",他已经快要年满三十岁了,他已经有妻有子,有丈夫与父亲的责任。

现实不是童话。

我本人间惆怅客,知君何事泪纵横。

当年他写与朱彝尊的词句,此刻又突然浮现在脑中。

十年之后,纳兰容若突然再度懂得了朱彝尊。

在纳兰容若跟随康熙皇帝北巡的期间,他写了不少描写塞上风光的诗词,其中一首,便是《采桑子·塞上咏雪花》。

边疆塞外,风雪大作,一年到头都看不见春天。

古时有岑参的"突如一夜春风来,千树万树梨花开",写尽边关要塞苦寒之地大雪纷飞时候的情景。

雪花洁白,在空中轻盈地落下,在支棱的枝条上慢慢堆积起来,一片一片的雪白,竟像满树梨花盛开的情景。

在岑参的笔下,雪花就像那梨花一样,为这苦寒之地平添了几分姿色。

而雪花又非花,它自天上而来,哪里像人间俗世的富贵花需要用浓妆艳抹来装点自己,但是世人喜好的偏偏正是那富贵之花,趋之若鹜。

谁能来怜惜这"不是人间富贵花"的雪花?

昔日《世说新语·言语》中,曾经记载过这样的一件事。

谢安见雪因风而起,便问自己的子侄辈们何物可比?有回答"撒盐空中差可拟"等等的,只有侄女谢道韫回答"未若柳絮因风起",谢安拍手叫好。

在谢娘谢道韫之后,这仿若柳絮一样的雪花,还有谁来疼惜它呢?

没有了吧?如今,这天宫的使者也只能漂泊天涯,看着寒凉的月色,听着悲凉的胡笳,飘飘摇摇,万里西风瀚海沙。

在纳兰容若的心中,这"不是人间富贵花"的雪花,漫天飞舞着,是不是每一片,都被他看成了自己的化身呢?

一句"不是人间富贵花",语带双关。

若要以"人间富贵花"来形容纳兰容若,大约没有人会反对。

可是,被人艳羡不已的纳兰容若,却是这样说道。

"别有根芽,不是人间富贵花。"

他断然否认了自己在那些世俗人眼中的身份,他从未因为自己出身自鸣得意,反倒是毅然写明了自己的心意。

不是人间富贵花。

纳兰容若有着一颗高傲的心。

他不仗势欺人,他不趋炎附势,但是,当现实与理想互相冲突,妥协的,往往都是理想。

纳兰容若也不得不妥协。

来自俗世间的种种条条款款,仿佛铁箍一般紧紧箍住了纳兰容若,让他喘不过气来。

据说,纳兰容若担任侍卫以来"御殿则在帝左右,扈从则给事起居""吟咏参谋,多受恩宠",应付自如,"上有指挥,未尝不在侧",极受康熙信任。由于尽职称诣,他得到过康熙皇帝的许多赏赐,颇为让人羡慕。

由此可见,当官,纳兰容若未必不行。

他毕竟是出生在官宦世家。

他应该比任何人都懂,都清楚!

只不过他的心并不在此罢了。

他想要的,是以自己的才华,在文学上留下一笔,与自己的朋友们一起,用文字抒发胸臆,而不是用华丽的辞藻去歌功颂德。

但是对皇帝来说,他的出众才华,大概也就是在心血来潮的时候用来为自己歌功颂德。

历朝历代,不会拍马屁的人不一定升不了官,但擅长拍马屁的人,一定比不会拍的人升迁快!

纳兰容若并不想拍马屁,更不想做那些歌功颂德之事,但是,人在屋檐下,不得不低头,皇帝一声令下,他焉能不做?

他有着最纯正的儒生灵魂,汉文化早已深入他的骨子里。

文人可以是皇帝的朋友,可以是皇帝的老师,但若是为奴,便是侮辱了文化的清高。

不愿为奴的清高与骨气,在现实的强压下,终究是无可调和,化为纳兰容若一句无奈却悲愤的"不是人间富贵花"。

在电视剧《康朝秘史》中,演员钟汉良所扮演的纳兰容若,在临终之前面对前来探望他的康熙皇帝,说道:"奴才这一辈子最大的福分,莫过于结识了皇上。而最大的不幸,也正在于此。我生为奴才,却从不想做奴才,心里一直在和皇上争高低。这高低不是君臣名位,而是做人的心志。如今,就要分手了,我虽不愿讲出一个输字,但却不能不说,我以皇上为荣。因为此生陪伴的,是一位能够恩泽天下的圣君。"

电视剧拍得如何,褒贬不一,但这段台词写得好,真的是好。

虽然是电视剧的台词,却也是在一定程度上写出了纳兰容若终其一生都在挣扎着的、却怎么也挣脱不了的樊笼。

他终究"不是人间富贵花"!

《菩萨蛮》:

朔风吹散三更雪,倩魂犹恋桃花月。梦好莫催醒,由他好处行。

无端听画角,枕畔红冰薄。塞马一声嘶,残星拂大旗。

《菩萨蛮》是纳兰容若北巡中又一首描写北国风光塞上景色的诗。

乍见这首词,还颇觉得有点像是在行军途中,纳兰容若有感而发随性而吟的作品,没有"夜深千帐灯"的雄浑,也没有"不是人间富贵花"的悲凉,有的,是对眼前景色的赞叹。

塞外常年北风肆掠,如今也是一样。

昨晚下的那场大雪,堆积在荒原上、营帐顶上,白茫茫的一片,却被一阵又一阵的北风吹散了。

那被北风吹散的雪花,一片一片从空中缓缓飘散,仿佛漫天散落的梨花一般。

桃李芬芳,如果这雪花当真是梨花,莫非是倩女的灵魂所化,在留恋着昔日那些美好的时光？

如果是梦，那么就别去叫醒她吧。

画角的声音响了起来，已经是清晨时分了，被号角的声音给吵醒了，侧头一看，枕头旁边，半夜思乡而留下的眼泪早已结成了薄冰。

枕畔红冰薄，这一句，出自五代王仁裕《开元天宝遗事》中的"红冰"记载："杨贵妃初承恩召，与父母相别，泣涕登车。时天寒，泪结为红冰。"

这里纳兰容若用"红冰"的典故，当然并不是自比杨贵妃，否则那就搞笑了！他只是借用这个典故，来说明自己思念家乡、思念亲人的心情。

远远传来了战马嘶鸣的声音，渐渐的，本来寂静的行营也逐渐有了脚步声、喧哗声，人们起床了，准备拔营继续前进。

大军往前行进的时候，天色还未完全畅亮，天空中还隐隐挂着几颗星星，星光冷冷地洒在大旗之上，一片清冷之气。

清晨的空气清新中带着寒意，驱走了纳兰容若残存的几分睡意。

远远眺望着天空，纳兰容若突然回想起梦中熟悉的面容来。

在京城，妻子还在等待着他的归去吧？

想必她每天都亲自打扫干净了书房后，再焚上一炉香，就像他还在京城时那样，一切如故，只等待着书斋的主人回来。

如今想起来，每每"欲离魂"的人，其实不是别人，正是自己吧？

如果在梦中，就能再度见到自己心爱的亡妻了吧？

如果是离魂而去，就能再度与自己心爱的亡妻相会了吧？

三月三日长生殿，夜半无人私语时，如果真的能见到自己心爱的亡妻，又何必计较是不是梦中相会呢？

红泪枕边成薄冰，一点一滴，都是思念之情。

而这情，要如何才能传达到亡妻那儿？

一生一死，两个字的差别而已，却是天壤之隔，永远不能再见。

千里赴戎机，并不只有古代的花木兰，其实纳兰容若第二次北上，完全配得上这五个字。

那一年八月的时候，纳兰容若奉皇帝的命令，再次北上。

只是这一次，没有了皇帝北巡时的气魄雄伟，队伍浩荡，有的是执行隐秘任务的小心翼翼与如履薄冰。

根据有史可查的记载，康熙二十一年的时候，为了阻止沙俄的南侵，康熙皇帝派都统郎坦、彭春、萨布素等一百八十人，以"狩猎"的名义，沿着黑龙江一路往北，最后到达雅克萨。

当时雅克萨在沙俄的占领下，于是，郎坦等人就装成寻常猎户的样子，探敌虚实，进行战略侦察，摸清了雅克萨的水陆通道。

有了这次侦查的情报，三年之后，清军与沙俄进行了史称"雅克萨之战"的反击战。清军取得胜利，朝廷与沙俄签订了《中俄尼布楚条约》，成功阻止了沙俄向南侵占与扩张。

当时参加这项隐秘侦查任务的人中，就有纳兰容若。

小榻琴心展，长缨剑胆舒。

当我们在回味纳兰容若那些优美词句的时候，也应该知道，这个男人除了会吟风弄月之外，也会提剑跨骑，上阵杀敌为国建功。

一世风流，一生至情，也同样有着不输给任何人的热血与豪迈。

徐乾学曾经赞他"有文武才，每从猎射，鸟兽必命中"，意思是说，在一干友人们去打猎的时候，纳兰容若也是英姿勃发，箭出必中，可想而知其神采飞扬。

对纳兰容若来说，武功并不是他得以自夸的资本，相比于骑射，他更喜欢的是诗词。但作为满人的后裔，那种善骑射，骁勇尚武的传统，还是在他的骨血里根深蒂固，从而造就了这位文武全才。

他不但武艺出众，而且胆色过人。

姜宸英的《通议大夫一等侍卫进士纳兰君墓表》中曾经这样记述道："……二十一年八月，使战唆龙羌。其地去京师重五六十驿，间行或累日无水草，持干粮食之。取道松花江，人马行冰上竟日，危得渡。仅抵其界，卒得其要领还报，上大喜。君虽跋涉艰险，归时从奚囊倾方寸札出之，叠数十纸，细行书，皆填词若诗，略记其风土方物。虽形色枯槁不自知，反遍示客，资笑乐。"

意思是说，康熙二十一年八月的时候，纳兰容若被康熙皇帝命令去参加这项危险的任务，目的地距离京城非常遥远，行进途中经常很多天都没有粮食水草，只能吃预先准备好的干粮充饥。一行人取道松花江，江面上早已结了厚厚的冰，他们在冰面上走了好几天，才勉强渡过了松花江。一到目的地，众人就分头进行自己的任务，把敌人的情况调查得一清二楚，回来禀告给皇帝，皇帝十分欢喜。纳兰容若君虽然跋涉艰险，困难重重，但回来的时候，从随身的皮囊内掏出只有方寸大小的数十张纸来，上面密密麻麻地写满了细小的字，都是纳兰容若在这一路上的所见所闻，风土方物，都填成了词，写成了诗。经过这一次危险的任务，他整个人都消瘦不少，但并不在意，和以往以前一样与朋友来往，而且还拿自己消瘦的模样来开玩笑。

短短一段话，纳兰容若那文武双全又豁达的形象顿时跃然纸上。

难能可贵的是，在这样危险的任务途中，纳兰容若还是见缝插针，抓紧一切可以利用的时间，把自己在这一路上所见到的，都记录下来，写成诗词。

俨然一位豪爽的英雄豪杰、江湖侠客。

纳兰容若一行人圆满地完成了任务，他们又平安地返回了京城。

这场收复领地的战争,纳兰容若只参与了前半部分,后半部分,他却无缘得见。

不是因为他能力不够,没有资格参与,而是上苍终究舍不得自己的宠儿,把纳兰容若召回了自己的身边。

六、渌水情殇

"谁念西风独自凉,萧萧黄叶闭疏窗。沉思往事立残阳。

被酒莫惊春睡重,赌书消得泼茶香。当时只道是寻常。"

康熙十六年,卢氏因产后患病,于五月三十日离世。

她永远离开了纳兰容若。

那是康熙十六年。

对于纳兰容若来说,这原本该是欢喜的一年。

这一年,父亲明珠从吏部尚书升为英武殿大学士,位极人臣,权倾天下。

也在这一年,妻子卢氏身怀有孕,算算日子,四月就要临盆了。

这个即将诞生的孩子并不是纳兰容若的长子。之前,姜室颜氏就已经为他生下了一个儿子,取名叫作富格。

作为明珠家孙辈的长子,富格这时还小,只知道自己要做哥哥了,欢喜着,盼着小弟弟的早日降生。

不光是小小的富格,府里上上下下所有的人都在盼望着这个孩子的出世。

纳兰容若更是分分秒秒都在数着、盼着,期待着孩子的降生。

这是他与卢氏的第一个孩子,无论男女,都将会是纳兰容若的掌上明珠。

四月的时候,卢氏顺利地产下了一子,起名海亮。

当府里上上下下的人都还沉浸在新生命诞生的喜悦中时,噩运却悄然地降临到了卢氏与纳兰容若的头上。

一个月后,卢氏因为产后受了风寒,缠绵病榻,终于在五月三十号那天,永远地闭上了双眼,离开了她刚刚出生的孩子,离开了她深爱的丈夫。

"憔悴去,此恨有谁知,天上人间俱怅望,经声佛火两凄迷,未梦已先疑。"

有时候幸福是那么的圆满,可圆满的幸福总是那么的短暂,短暂得几乎是弹指间匆匆而过,刹那间,便已暗转了芳华。

执子之手,与子偕老。

他以为自己能够与卢氏一起,直到天长地久,哪知所有的海誓山盟在命运的无情面前,不过都是一句轻飘飘的笑话。

纳兰容若这才惊觉,原来所谓的"与子偕老",简简单单四个字,竟是如此的遥远,穷尽一生的时光,都再也无法实现。

明月几时有?把酒问青天。

在前人的诗词中,描写月亮阴晴圆缺的,是李白笔下的"花间一壶酒,对影成三人",是杜甫的"露从今夜白,月是故乡明",是张九龄的"海上升明月,天涯共此时",更是苏东坡的"但愿人长久,千里共婵娟"。

但是,如今景依旧,却已物是人非。

当初陪着自己赏月的人,现在又在哪里?

纳兰容若其人其文

图文珍藏版

看着天边的明月，纳兰容若这样喃喃自语。

"辛苦最怜天上月"，可怜你每一晚每一晚都高高的挂在天上，却总是亏多盈少，一个月之中，只有那么一两天的时间才是圆满的，其他的时候，夕夕都缺。

如果上苍真的能让月亮每晚都圆满无缺，那么，我们也就能永远幸福地在一起，永不分离了吧？

纳兰容若这样向着月亮默默祈祷着。

但是月亮无言，只是静静地看着人世间一切的悲欢离合，把银白色的月光温柔地洒向世间的每一个角落。

却唯独照不到人的内心。

看着天空中的圆月，纳兰容若想着，若是天路能通，自己就能再度与爱人相见了吧？

不辞冰雪为卿热，多么美好的故事。

那痴情的男人，为了重病的妻子，不惜在寒冬腊月，脱光衣服让风雪冰冷自己的身体，再与妻子降温，只是，这般痴情又如何？ 他心爱的妻子最终还是离世长辞，而这痴情男子最后也病重不起，追随妻子而去。

即使世人都纷纷斥责这个男人沉迷于儿女情长，但纳兰容若却从未觉得。在他的心目中，这个男人在世人看来"不正常""不理性"的种种举动，是如此正常，可以感同身受。

大概因为他们都是同一类人吧？

所以，才"不辞冰雪为卿热"。

如果上天能让我们再度相聚，如果上天能让我们再度幸福地厮守在一起，那该有多好？

如果说纳兰容若的《侧帽集》，还带着少年郎不知人间疾苦，潇洒不羁的风流话，那后来的《饮水词》，当真就如标题所言一样，如人饮水，冷暖自知，个中的滋味，只有他自己知道。

经历了丧妻之痛,亲眼见证了生命的诞生,又亲眼见到挚爱的逝去,此时的纳兰容若,早已不是当年意气风发的少年郎,在他的心中,已经不可避免笼上了一层忧伤的色彩。

卢氏的故去,并未随着岁月的流逝而在纳兰容若的心中逐渐黯淡,反而越来越清晰,最终,化为他笔下一首又一首的悼亡词。

纳兰容若的好友顾贞观曾经这样说过:"容若此一种凄婉处,令人不能卒读,人言愁我始欲愁。"

也正好说明了纳兰容若写与亡妻卢氏的悼亡词,哀婉清丽,情真意切,令人看了感同身受,肝肠寸断。

悼亡词古来便有,即使豪迈如苏东坡,"大江东去,浪淘尽"的气魄,也一样有"十年生死两茫茫,不思量,自难忘"的凄切哀婉,如今到了纳兰容若,因为卢氏的离去,他的字里行间,满是对爱妻的怀念,魂萦梦牵,字字句句柔肠悲歌,道不尽剪不断,当真是凄凄惨惨戚戚,摧人心肝。

这爱情的誓言,没有华丽的辞藻修饰,也没有慷慨激昂的字句,是那么浅显易懂,近乎白描一般的口语,读来却是那么得清新自然,洋溢其中的浓烈深情,叫人看了在羡慕纳兰容若与卢氏之间那真挚爱情的同时,也不由得感慨,造化弄人,一对天作之合,竟是这么早便劳燕分飞,生离死别。

一僧曰幡动,一僧曰心动。

纳兰容若的悼亡词,清丽凄美,这是众所公认的,在他的笔下,曾经带给自己那么多欢乐的庭院、夕阳、星空、花树、回廊等等,早已不复当初卢氏还在的时候,眼中所见的欢快与幸福。

一句"当时只道是寻常",如今,多少人耳熟能详。

简简单单的七个字,却是千言万语,多少深情都饱含其中。

纳兰容若与卢氏,少年夫妻,恩爱缠绵,但幸福的日子却只不过短短三年。

当幸福远去,以前曾经在一起的时候的点点滴滴,便清清楚楚地涌上心头,来回萦绕,刻骨铭心。

那些平凡幸福的夫妻生活,当时看来,随处可见,随时可见,就像呼吸一般自然,自己也从来不曾去留心过,但为何如今回想起来,却是每一点每一处,甚至对方说过的每一句话,都那么的清楚。就像是融入了自己的骨血之中,随着时间的流逝,不但没有逐渐遗忘,反而更加清晰。

纳兰词的魅力所在,除了他的词清丽凄婉之外,便是因为他把他对亡妻的无尽相思都化成了一首又一首的悼亡词,在词中怀念着自己心爱的妻子,如泣如诉。字字句句皆是出自真心,是自然而然的,写着自己最真实的心情。

卢氏亡故,已经不知过了多久。

对纳兰容若来说,这段时间是多么的度日如年呀!时间似乎已经没有了意义,日出日落,连他自己都数不清楚了,只清楚记得,那一天,当他得知噩耗,失魂落魄地走进房间的时候,她就躺在那儿,面容温柔,仿佛只是睡着了一样,双目却紧紧闭着,再也没有睁开。

她是睡着了吧? 如果一直呼唤她的芳名,是不是就能再度醒来,微笑着,和以前一样,在自己的耳边喁喁细语?

但是,她已经走了,永远地离开了自己的孩子,离开了自己心爱的丈夫。

她走得那样仓促,快得让所有的人都反应不过来,快得连话都没留下,更遑论告别。

短短三年的幸福,如今随着她的离去而散成了风中的飘絮,就像那一片片西风中的落叶,带着秋天瑟瑟的寒意,缓缓飘去。

在阖府的悲伤中，纳兰容若失魂落魄一般，任由其他人忙碌地操劳丧事，自己只是呆呆地站着，就像魂魄早已不在此处。

他第一次觉得，面对生死，自己是如此的无能为力，当噩运突然来临，他竟毫无招架之力，只能眼睁睁地看着残酷的命运无情地带走自己心爱的妻子。

原来那些曾经让人艳羡的幸福，只不过是为了让他从云霄之上又高高地摔下，伤得更痛，伤得更深。

悲伤的并不只纳兰容若一人，对明珠与觉罗氏来说，失去了这么一位近乎完美的儿媳妇，也是无法弥补的遗憾，他们也感慨着，悲伤着，既为了卢氏的年少而亡，也是为了儿子的丧妻之伤，更有着对失去卢氏家族——封疆大吏势力支持的惋惜。

颜氏则一直安安静静的，表达着自己的伤痛。

她并没有趁机妄想去争夺卢氏的位子，而是照顾卢氏刚刚生下儿子——海亮，尽心尽意地照顾着这个失去母亲的婴儿，这是她表达自己对卢氏的敬意和伤痛的方式。

唯一有权完全浸入悲伤的，只有纳兰容若。

突如其来的噩耗让他至今还无法相信，温柔的妻子已经永远地离开了自己。所以，他几乎是放任着自己被悲伤全然的侵蚀。

花草树木，楼台亭阁，甚至池子里的莲花、金鱼，每一处每一处，仿佛都还能看到妻子那纤细的身影。

就像从来不曾离去。

每一处妻子曾经待过的地方，空气中似乎还有着她身上那淡淡的、熟悉的香气。

当初两人携手共同走过的走廊，如今看起来，竟有这么长！

当初两人共读的书房，如今看起来，竟有这么空旷！

以前种种甜蜜的回忆，现在回想起来，竟是泛出了苦涩的味道。

在卢氏的丧礼结束之后,府中的其他人,就各自回到了自己生活的轨道上去。

他们并没有多余的时间来悲伤。

只有纳兰容若。

卢氏的死,给了他沉重的一击,在心中留下了永生都无法磨灭的伤痕。

好在就在这一年的秋冬,康熙皇帝下了命令,让纳兰容若担任乾清门的三等侍卫。

有了公职在身,原本赋闲的纳兰容若也忙碌起来。

这样也好,忙碌着,有着其他的事情分心,至少就不会再无时不刻地想着卢氏了吧?

纳兰容若这样天真地想着。

可是,思念不是这么轻易就能从脑子里被驱赶出去的。

工作再繁忙,任务再沉重,也总有做完的时候,每当这个时候,对卢氏那刻骨铭心的思念之情就会从每一个角落悄悄地窜出来,在心中萦绕不去。

在卢氏逝世之后,纳兰容若似乎突然对易学有了浓厚的兴趣,书桌上,堆满了古今各大易学家的著作。

他一头扎了进去,如饥似渴地吸收着这全新的知识。

这天并未轮到纳兰容若去乾清宫当值,他从一大早开始,就钻进了书房,贪婪地阅读着那些大家的著作,沉浸在自己的世界内,对时光的流逝完全没有察觉。

直到传来轻轻的敲门声,他才发觉太阳已经移到了西边,夕阳西下。

啊,是了,已经这么晚了?

轻轻的敲门声又再度传来,纳兰容若想也不想地就唤着卢氏的名字。

以往,每当自己看书忘了时间忘了用餐的时候,卢氏总会贴心地替他端来饭菜,温柔地提醒他不要太过废寝忘食,累坏了身体。

所以,当听到门外传来敲门声的时候,他几乎是条件反射的,想也不想就脱口说出卢氏的名字。

那端着饭菜的温柔女子闻声，脸上的笑容微微凝固了一下，旋即带上一丝无可奈何，还有一丝悲伤。

她素来沉静惯了，如今，也只是恭敬地把饭菜放到桌上，然后有些担心地看了看自己的丈夫，才依依不舍地离开。

看着颜氏远去的身影，纳兰容若一时竟说不出话来。

当他面对这位安静的女子，却脱口唤出卢氏的名字的时候，他清楚地看到了，颜氏脸上那一抹无奈的神情。

如果卢氏……如果卢氏还活着的话，那么，刚才送饭菜来的人，便应该是她了吧？

当敲门声响起的那一刹那，纳兰容若几乎有种卢氏还未离去，马上就会推门而入的错觉。

桌上的饭菜渐渐凉了，纳兰容若却依旧毫无食欲。

他只是站在窗前，看着窗外逐渐西沉的夕阳，还有夕阳下，空荡荡的庭院。

"谁念西风独自凉"，这样的七个字突然钻进他的脑子里。

许久之后，纳兰容若轻轻地关上了窗户。

那被瑟瑟的秋风吹落一地的萧萧黄叶，在空中飞舞着，缓缓飘落在地，说不出的凄凉。

纳兰容若不忍再看，转过头去。

他无法阻止时光的流逝,更不能阻止秋叶的飘落。

就如他只能看着妻子逝去,无能为力一样……

如果她还在……

如果她还在身边,看到窗外落叶纷纷飘下的情景,会说些什么呢?

她总是微笑着,对所有的人、所有的事都那么的温柔……

自己喝醉了,躺在床上沉睡不起,任凭身旁的人儿怎么呼唤,都装睡,在对方无可奈何的时候,才悄悄地睁开眼睛……

浮现在脑海之中的,都是多么美好的回忆啊,两人之间的心灵契合,是如此的幸福。

"被酒莫惊春睡重,赌书消得泼茶香。"

这些,不都是当时自己与卢氏曾经做过的事情吗?

李清照《金石录后续》有一则记载:"余性偶强记,每饭罢,坐归来堂烹茶,指堆积书史,言某事在某书某卷第几页第几行,以中否角胜负,为饮茶先后。中,即举杯大笑,至茶倾覆怀中,反不得饮而起。"

当初,自己与卢氏,不就像赵明诚与李清照,一般的诗情画意,一般的恩爱吗?

那些相处的片段,回想起来,分明只是些寻常的琐事而已,寻常的日子,寻常的时光。

本来以为会一直这么寻常下去,哪知道,在一起的日子只不过短短的三年。

当时只道是寻常。

恩爱再笃又如何?却抵不过命运的残酷。

就像赵明诚与李清照,终究,赵明诚还是先舍李清照而去,而自己,却是被卢氏先遗落在了这人世间。

一句"当时只道是寻常",不知为何,令我突然想起万芳的一首歌来。

歌名唤作《恋你》,其中这样唱道:"想要长相厮守却人去楼空,红颜也添了愁,是否说情说爱终究会心事重重,注定怨到白头,奈何风又来戏弄已愈合的痛,免不了频频回首,奈何爱还在眉头欲走还留,我的梦向谁送?离不开思念回不到从前,我被你遗落在人间,心埋在过去,情葬在泪里,笑我恋你恋成颠……"

歌是情歌,女声柔美,一句"离不开思念回不到从前,我被你遗落在人间",唱的,何尝不是当时纳兰容若的心境?

如果我们能够回到从前,是不是就能再度相见?

心爱的人儿啊,你怎么可以如此狠心,把我独自遗落在这苍茫的人世间? 在无尽的岁月中独饮回忆酿成的苦酒,永醉于痛苦的哀悼之中,夜夜沉沦。

古往今来,写过悼亡词的人不在少数,但没有人能像纳兰容若这样,十年如一日,无时无刻不在思念着亡妻,把对妻子的思念写进词中。

从卢氏刚刚亡故后的"判把长眠眠滴醒,和清泪,搅入椒浆",到跟随康熙皇帝北上南巡之后的"旧欢如在梦魂中,自然肠欲断,何必更秋风",我们可以看得出来,即使经过了这么多年,纳兰容若对卢氏的思念之情,并未因为时光的流逝而有丝毫的改变,仿佛妻子的离去永远都是昨天的事情一样,伤痛弥久愈新。

说纳兰容若乃是情种,当真一点都不为过。

只是强极则辱,而情深,却是不寿…………

七、怆然离世

"家家争唱纳兰词,纳兰心事谁人知? 斑丝廓落谁同在? 岑寂名场尔许时。"

康熙二十四年,乙丑。

五月三十日,性德因七日不汗病故,是年三十一岁。

康熙二十四年。

这一年,纳兰容若三十一岁。

正是刚过而立之年的时候,纳兰容若已经从最初的三等侍卫,升到了一等侍卫。

这一年,沈宛离开了,四月的时候,严绳孙也离开京城。

严绳孙请了假,说要南归省亲,其实就是弃官不做,回家乡专心作画了,纳兰容若知道好友去意已决,也并未执意挽留。

当时他们都还天真地认为,即使分别,也总还有再见的一天!

那时所有人都没有想到,纳兰容若的人生,竟会永远地定格在这一年的五月三十日,在他亡妻卢氏逝去的同一天。

巧合吗?

也许吧。

很多时候,我们肆无忌惮地挥霍着时间,以为还有机会,哪知却容不得我们再次回头。

《夜合花》

阶前双夜合,枝叶敷华荣。

疏密共晴雨,卷舒因晦明。

影随筠箔乱,香杂水沉生。

对此能消忿,旋移近小楹。

康熙二十四年,接到纳兰容若书信的梁佩兰,千里入京。

对于梁佩兰的到来,纳兰容若是十分惊喜的,五月二十二日,他在渌水亭设宴,邀请的宾客仍是素日的好友,梁佩兰、顾贞观、朱彝尊、姜宸英、吴雯等人。

这个时候,已经没有了吴兆骞与严绳孙。

对吴兆骞的逝世、严绳孙的辞官归去，纳兰容若心中一直是十分怅然的。

如今，因为梁佩兰的到来，纳兰容若暂时一扫心中的怅然神伤，在自家的渌水亭，与好友们再度聚会。

和以前相比，渌水亭畔多了两株小小的花树，那是夜合花，纳兰容若记不得是自己什么时候种下的了，不过如今倒是颤颤巍巍地生长了起来。

夜合花又叫合欢花，在盛夏的时候会开花，花朵是粉红色的，叶子一到晚上就会一对一对地合起来，所以叫作"夜合花"。如今正是花期，众人便以《夜合花》为题，各自赋诗。

纳兰容若也不例外。

他的作品是一首典型的命题诗，还是一如既往地带着纳兰容若内心的忧虑，萦绕不去。

台阶前长出了两株夜合花树，枝头枝繁叶茂，疏密有致。因为昼夜的变化，花朵开合不同，那摇曳的树影倒映在了竹帘之上，芬芳的香气飘了过来，但并不是单纯的花香，中间还混合了沉水香的味道。看着这两株夜合花，心中的怨忿似乎也烟消云散了。

不过当时谁也没有想到，这首《夜合花》，竟成了纳兰容若的绝笔！

就在这场相聚的第二天，纳兰容若便病倒了，那是一直困扰着他的"寒疾"，整整七天，终于不汗而死。

过世的那天，也正好是卢氏的祭日——五月三十日。

他终于可以不用再挣扎在理想与现实的冲突之间，徒劳地想要发出自己那微弱地呼唤，而是留下了这璀璨夺目的《纳兰词》，从此翩然远去。

对于纳兰容若的死因，官方记载向来语焉不详，就是一句"寒疾，不汗而亡"便轻描淡写地略过，后来有学者研究，众说纷纭，但大体可归为以下几种：

寒疾、忧郁自杀、天花说，还有被害说。

"被害"这种说法，据说是出自《李朝实录》，康熙二十八年的时候，朝鲜使臣发回朝鲜国内的一份别单。

别单上写的，都是这位朝鲜使臣的所见所闻，其中有这么一句"又有成德者，满洲人，阁老明珠之子，自幼文才出群，年才二十擢高第入翰苑为庶吉士。皇帝嫉其才，而杀之。明珠因此致仕而去矣。"

简单地说，就是因为纳兰容若才华出众，康熙皇帝嫉妒了，于是命人暗中害死了他，明珠在后来渐渐在仕途上失利，最终被罢相。

说的倒是有板有眼的，但是仔细想一想，逻辑上颇为不通。

首先，此说是不是出自《李朝实录》还有待确认，而且，皇帝因为嫉妒臣子的才华而杀之，确实也有些无稽。

纳兰容若确实是当时公认的天才词人，连康熙皇帝也颇为赞赏他的才学，经常把他带在身边，北上南巡，走遍大江南北，但是，要说是因为此就嫉妒纳兰容若的才华，我觉得两者之间是毫无关系的。

一位文人的才学并不能威胁皇帝的宝座，而且正好相反，再有才华的文人，他的命运最终也是掌握在皇帝的手中，就像"奉旨填词"的柳永，何尝不是因为皇帝的一句"且去浅酌低唱，何要浮名?"而改变了自己一生的命运呢?

康熙也是难得的贤明皇帝，创造了中国最后一个盛世"康乾盛世"的繁荣，而且他与纳兰容若、曹寅乃是少年伙伴，相互之间感情是颇为深厚的，如果说他因为嫉妒纳兰容若的才华，从而命人害死了这位少年时期的好友，怎么都说不通。

至于说明珠后来被罢相，是因为被儿子纳兰容若连累，导致被康熙不待见，就更荒唐了。

明珠后来结党营私，在某种程度上来说，康熙并非不知道，只是默许，因为他要用明珠党来牵制索额图党，维持朝廷势力的平衡，一旦这个平衡被打破，弊大于利，便会着手整顿。何来明珠因为儿子的缘故而仕途急转直下呢？

所以，纳兰容若"被害"这种说法，不过是流言蜚语。

至于说纳兰容若是康熙年间一场失败的外交政策的牺牲品，被迫自杀，就更是无稽之谈了。

纳兰容若到死为止，官职都只是一等侍卫，作为国家大事的外交，完全没有参与的资格，而且康熙皇帝虽然信任他，但是一直不曾重用他，只是在康熙二十四年的时候，开始隐隐有些要委以重任的苗头，何来"牺牲品"一说？更何况，如果当真是因为纳兰容若在工作上有什么重大的失误，需要用自杀来避免连累家人，那么当时的官家记载也应该会有这项纪录才是，而且,纳兰容若乃是明珠之子,多少眼睛盯着,若真的出了需要自杀谢罪的纰漏,难道那些明珠的政敌会放过这么好的机会吗?

还有一种,便是"天花说"。

天花是一种烈性的传染病,在当时医疗条件不发达的情况下,这种疾病是很致命的,据说顺治就是死在此病上,当然,后来民间传说顺治皇帝因为爱妃董鄂之死而毅然放弃了帝位,出家为僧,那毕竟只是小说家言,并没有确凿的证据。而康熙皇帝能够继承皇位,很大一个原因也是因为他幼年时候得过天花,有了免疫力。

从顺治皇帝得痘疹到病亡,病期只有六天,纳兰容若从生病开始,也只有七天的时间,便永远地离开了这个世界。

韩提在《神道碑铭》中这样提过一句:"而不幸速病,病七日遂不起。"徐乾学也写过纳兰容若"其葬盖未有日也"。翁叔元写"康熙二十四年五月晦,己丑,我容若年世兄先生捐馆舍,叔元往哭于其第。既殡,往哭于其位次。越三日再往,阁人辞焉。又十日偕同馆之士五人旅拜于儿筵哭如初。又八日,以天子命出殡于郊外。……于骊车之出也,姑为相挽之词以饯之。"

如此一来,便产生了几个疑问。

纳兰容若死后几个月,为什么才请人作铭,很久都没把尸体下葬?为什么要皇帝下令出殡?

这么结合起来一看,说纳兰容若死于天花,也并不是没有道理。

第一,他死亡的太迅速,病期只有七天。

第二,根据记载,纳兰容若在生病之后,康熙皇帝十分关心,于是派来宫中的御医给纳兰容若诊治,"使中官侍卫及御医数辈至第诊治,于是上将出关避暑,命以疾增减报,日再三,疾疾亟,亲处方药赐之,未及进而段,上为震悼。"这段话很有些微妙之处。

首先,纳兰容若刚死,康熙皇帝就带着皇子和诸位王爷、大臣们急急忙忙地离开了京城;接着,在途中,四皇子生了场小病,康熙顿时紧张起来,命令他返回京城,看好了病才继续前进。这倒很像是为了躲避什么似的。

难道纳兰容若当真是因为天花而病死的,康熙皇帝担心传染开来,才匆匆忙忙地带着众人离京的吗? 再加上当时因为天花而死的人都必须火葬,尊贵为皇帝的顺治也不能避免,而纳兰容若死后,要皇帝下令出殡,那数月未葬,很有可能是火化的托词。

流传最广的,在官方记录上言之凿凿的,就是"寒疾说"了。

其实从纳兰词中去看纳兰容若的人生轨迹,我们可以发现,纳兰容若那光彩夺目的一生当中,始终潜藏着一个阴影,那便是"寒疾"。

康熙十二年,十九岁的纳兰容若正在准备参加殿试的时候,就因为一场突如其来的寒疾,在病榻之上躺了数月,错过了这场殿试,并且留下了一首七律《幸举礼闱以病未与廷试》:

"晓榻茶烟揽鬓丝,万春园里误春期。

谁知江上题名日,虚拟兰成射策时。

紫陌无游非隔面,玉阶有梦镇愁眉。

漳滨强对新红杏,一夜东风感旧知。"

诗里满是失意伤感的意味。

寒疾导致他错失了这一次的殿试,而且在他今后的岁月中,也是像幽魂一样,不时地出现,让纳兰容若深受其苦。

"翠袖凝寒薄,帘衣入夜空。病容扶起月明中。惹得一丝残篆,旧薰笼。"

在这首《南歌子》里面,我们可以窥见,纳兰容若深为寒疾所困扰。

每当天寒地冻,这顽固的疾病就会紧紧纠缠住他,使他病容憔悴。

随着日子一天一天地过去,这可恶的"寒疾",就像一团巨大的阴霾,越来越庞大,几乎是随时笼罩在纳兰容若的周围,仿佛一只不详的蝙蝠,张开了那巨大黝黑的翅膀,狰狞地盯着纳兰容若。

每次生病,寒疾就会困扰纳兰容若很长时间,而且病期越来越长,从寒冬一直到春暖花开。

"人说病宜随月减,恹恹却与春同。"

如果说随着岁月的流逝,病情就会减轻的话,那为什么直到春天来临了,我却还躺在床榻之上。

纳兰容若显然感觉到了,这个一直纠缠着自己的病魔,是如此的顽固,不管是春去秋来,不管是在京城,还是出差在外,这可恶的寒疾仿佛幽灵一般,不时窜出来。

"黄昏又听城头角。病起心情恶。药炉初沸短檠青。无那残香半缕恼多情。"

"曾记年年三月病。而今病向深秋。卢龙风景白人头。药炉烟里,支枕听河流。"

"年年"二字,纳兰容若写出这寒疾是如何频繁,几乎每年都会发生一次,而且还不到寒冬腊月,仅仅是在深秋,病魔就再度来临了,这说明因为生病的关系,身体的抵抗力已经大不如从前。

康熙二十三年,康熙皇帝第一次南巡,照例,纳兰容若随行在康熙的身旁。也许是因为旅途的劳累,在行至无锡的时候,纳兰容若再度病倒,这一次,病情时好时坏,一直到了次年的春天,才渐渐地有所好转,但是并未痊愈,"可怜暮春候,病中别故人。"。虽然医生叮嘱他不要饮酒,但是在五月与梁佩兰、顾贞观、姜宸英等人的聚会中,趁着兴头,纳兰容若还是喝了不少,结果旧病复发,寒疾再度击倒了这位年轻的天才词人。

这一次,一直如影随形在纳兰容若身边的阴霾终于夺走了他年轻的生命。

寒为阴邪,易伤阳气,其性凝滞,这正是纳兰容若长期被"寒疾"所困的原因。

也许是因为出生在冬天,又长期生活在寒冷北方的关系,纳兰容若的身体对于"寒冷"是比较敏感的,这种敏感也表现在了他的诗词之上。

在纳兰容若所作的诗词中,不知是有意还是无意,秋冬的景色出现的次数是最多的,频繁不说,而且凄凉哀婉。

"萧萧几叶风兼雨,离人偏识长更苦。"、"木落吴江矣,正萧条、西风南雁,碧云千里。落魄江湖还载酒,一种悲凉滋味。"、"谁念西风独自凉,萧萧黄叶闭疏窗,沉思往事立残阳。"、"衰草连天无意绪,雁声远向萧关去。不恨天涯行役苦,只恨西风吹梦成今古。"、"欲寄愁心朔雁边,西风浊酒惨离颜。黄花时节碧云天。"、"身向榆关那畔行,北风吹断马嘶声。深秋远塞若为情。"……在纳兰容若的词中,描写秋冬的,竟有一百多首之多,由此可见纳兰容若对于冬寒的敏感,而这,大概也正是他一直深为寒疾所苦的原因之一吧?

《素问·痹论》中曾这样说过:"痛者,寒气多也,有寒故痛也。"说明寒疾会给人带来剧烈的痛苦。按照《素问》一书的解释,就是"寒气客于脉外则脉寒,脉寒则缩踡,缩踡则脉绌急,绌急则外引小络,故卒然而痛。"意思是说,当寒气侵袭肌表则脉寒,而脉寒则会导致经络、血脉收缩,从而导致肢体屈伸不力,浑身疼痛不堪。

纳兰容若既然长期被寒疾所苦,身体上所承受的痛楚也是可想而知。越是频繁地感染风寒,越是饱受疼痛的折磨,长年的病痛之下,自然而然也会影响到精神层面,"锦样年华水样流,鲛珠迸落更难收。病余常是怯梳头。"这种病痛中孤独又失落的心情,正好切合了他词中贯穿始终的清冷之意。

一直被寒症所苦的人,难免潜意识中也会对秋冬,对一些幽静的事物比较敏感,就像《红楼梦》中的林黛玉,体有不足之症,居处是幽冷清静的潇湘馆,而她的诗词,也大多透着股清冷的味道,无论是《葬花词》,还是《秋窗风雨夕》,无不流露出秋冬一般的凄凉与悲伤,"已觉秋窗秋不尽,那堪风雨助凄凉。"与纳兰容若的"谁念西风独自凉,萧萧黄叶闭疏窗""黄叶青苔归路,屟粉衣香何处。消息竟沉沉,今夜相思几许。秋雨,秋雨,一半因风吹去。"

竟是有着异曲同工之意。

虽然林黛玉只是曹雪芹虚构出来的人物，但是我们也可以看得出来，这种身体上的病痛折磨慢慢侵入到人的精神层面的时候，会对人世间的阴晴冷暖更加的敏感，也会更加地感受到一种生命无常、人生短暂的凄凉。而这对纳兰容若本人那忧郁性格的形成，也起了至关重要的作用。

丧妻之痛、好友的过世与远离，还有对侍卫生涯的厌恶，都开始像毒药一般一点一点地侵蚀着纳兰容若的生命。

"浮名总如水，判尊前杯酒，一生长醉。"在《瑞鹤仙》一词中，纳兰容若这样写道。

显然，现实已经与他的理想越来越背道而驰。

他一次次的感慨"身世等浮萍，病为愁成"。

常年纠缠着他的寒疾，在纳兰容若自己本身的心绪郁结之下，终于从普普通通的风寒变成了陈年旧疴。

《素问》一书中这样说道："人有五脏化五气，以生喜怒悲忧恐。"即是说，人的心情与自己的身体健康有着很密切的关系，心胸宽广、开朗之人一般说来身体都会比较健康，而内心抑郁的人，未必就身强体壮。所谓"怒伤肝""嘻伤心""思伤脾""忧伤肺""恐伤肾"，也是这个道理。

纳兰容若自身的心结未能解开，一年一年的郁结，最终和寒疾一起，成为夺走他短暂生命的祸患之一。

在这个大家都比较认可的纳兰容若死于寒疾的说法之下，其实还有一种比较浪漫的、却也是十分凄凉的观点。

纳兰容若是死于康熙二十四年的五月三十日，而他的妻子卢氏也正是死于五月三十日。

同月同日逝世，这便为纳兰容若的逝世，带上了一丝儿微妙的感觉。

我们形容纳兰容若，经常用的词语之中，有一个便是"情深不寿"。

倒也有点道理。

生命中的这几位女子，只有卢氏，才是他一直最深爱的人，即使到死，也从不曾改变过自己的心意。

纳兰词之中，公认成就最高的，是他写给亡妻的悼亡词，而数量，达到五十首之多。

古往今来，悼亡词并不乏大师的作品，但很多只是一两首，表达了对逝去恋人的怀念之后，就依旧故我，随着时间流逝而渐渐淡了感情，只有纳兰容若，从始至终，对卢氏的感情都没有改变过。

红颜薄命，留给纳兰容若的，只有无尽的思念与悲伤。

爱情上的重大打击，还有成为康熙侍卫之后，近距离亲眼目睹了官场内的相互倾轧，尔虞我诈，种种的现实，都让纳兰容若越来越心灰意冷。

所有的天才都是忧郁的。

纳兰容若正是天才，他的抑郁，也是众人所见的。

爱情、现实的双重打击，让纳兰容若屡遭不幸，在他的诗词之中也有着很明显的体现，抑郁不欢，他的逝世与卢氏是同一天，如今看来，也很有些意味深长。

如果不是巧合，那么，很有可能纳兰容若是专门选择了这一天，也就是说，他的死亡，说不定含有自杀的成分。

用我们如今的科学眼光看来，纳兰容若也许患有抑郁症。

抑郁症是一种很常见的精神疾病，也很普遍，很多人或轻或重都有，严重者甚至会产生自杀的念头与行为。自身深受寒疾所苦，几方面的重压之下，导致抑郁症越来越严重，最终因为卢氏祭日的临近，而让纳兰容若选择了这样一条让亲人好友伤心不绝的路。

当然，说纳兰容若是因为抑郁症而殉情，并无确凿的证据，而从他好友徐倬的两首诗里面，隐隐约约可以看出一丝影子来。

第一首，是《成容若同年以咏合欢树索余和》：

"青棠细缅映晴莎，韩重相思未足多。

花似鄂君堆绣被，叶同秦女捲轻罗。

树犹如此能堪否，天若有情奈老何。

定织云中并命鸟，深宵接翼宿琼柯。"

另外一首，徐倬写完了还未来得及寄还给纳兰容若，对方便已经离开了这个人世间，于是，徐倬的第二首诗，便用了和前面一首一模一样的韵脚，以表达自己对纳兰容若的悼念之情。

"玉树长埋在绿莎，玉楼高处恨争多。

文章于世犹尘土，才调惟天恣网罗。

气夺千秋轻绛灌，诗传五字接阴何。

晓风残月招魂去，只恐难寻梦里柯。"

其中的"深宵接翼宿琼柯"，还有"气夺千秋轻绛灌，诗传五字接阴何""晓风残月招魂去，只恐难寻梦里柯"的句子，徐倬隐隐流露出自己不安的感触。

作为纳兰容若的好友，他是不是已经隐隐地猜到了纳兰容若死亡的真相呢？

纳兰容若的去世，是十分突然的，包括亲人在内，都认为是和以前一样，是普通的寒疾。

根据《康熙起居注》的记载，康熙二十四年乙丑五月三十日，明珠尚在朝堂以折本请旨。

如果之前纳兰容若就已经病到垂危，以明珠之爱子心切，还会有心思去上朝吗？可见，当时明珠完全没有意识到，就在这一天，他会白发人送黑发人，爱子纳兰容若会永远地离开自己。

就在纳兰容若过世的这一年秋天，沈宛生下了他的遗腹子富森。

第二年，也就是康熙二十五年，纳兰容若葬在了叶赫那拉氏的祖坟所在的皂甲屯，与妻子卢氏葬于一处。

纳兰容若的生前好友们，纷纷撰写悼文，怀念这位天才的词人。

"呜呼！始容若之丧而余哭之恸也。今其弃余也数月矣，余每一念至，未尝不悲来填膺也。呜呼！岂直师友之情乎哉。余阅世将老矣，从吾游者亦众矣，如容若之天姿之纯粹、识见之高明、学问之淹通、才力之强敏，殆未有过之者也。天不假之年，余固抱丧予之痛，而闻其丧者，识与不识皆哀而出涕也，又何以得此于人哉！太傅公失其爱子，至今每退朝，望子舍必哭，哭已，皇皇焉如冀其复者，亦岂寻常父子之情也。至尊每为太傅劝节哀，太傅愈益悲不自胜。余间过相慰则执余手而泣曰：惟君知我子，惠邀君言以掩诸幽，使我子虽死犹生也。余奚忍以不文为辞。"

徐乾学乃是纳兰容若的老师，两人关系一直很好，在纳兰容若亡故之后，徐乾学便写了这篇《通议大夫一等侍卫进士纳兰君墓志铭》，第一句，就写出了他为纳兰容若的过世感到十分的伤痛。

纳兰容若的天才，世人公认，徐乾学也毫不吝啬自己的赞美，称赞纳兰容若"天资纯粹、见识高明、学问淹通、才力强敏"，是他所见过最具有天分的人，只可惜天不假年，如此杰出的人才却英年早逝，不得不说是遗憾。而明珠痛失爱子，悲伤不已，每每退朝回到家中，看到儿子那空荡荡的房间，睹物思人，都会忍不住痛哭，哀叹儿子的逝去，这份父子深情，感人肺腑，闻者无不落泪，有人安慰明珠节哀，明珠却更加地哀伤。徐乾学自然也去安慰过明珠，明珠握着他的手含泪说："只有您是最明白我的儿子的，希望能请您来为他写这篇墓志铭。"

徐乾学自是这么做了，而写了悼文的，也并不只徐乾学一人，当时的名士都纷纷表达了自己对纳兰容若英年早逝的哀悼之意。

徐乾学不但写了这篇《墓志铭》，还写了《神道碑文》，另外还有韩菼的《神道碑铭》，姜宸英的《通议大夫一等侍卫进士纳兰君墓表》，以及顾贞观的《行状》、董讷的《诔词》，张玉书等人撰写的《哀词》，严绳孙等人写的《祭文》等等。

"家家争唱纳兰词，纳兰心事谁人知？"

康熙三十四年的时候，当远在江宁的曹寅回想起自己的好友之时，曾经感慨万千。

如今纳兰词早已名满天下，人人都在吟唱着优美的《纳兰词》，争相传颂着"一生一世一双人""人生若只如初见"的时候，又有谁能真正了解纳兰容若的内心呢？

"家家争唱纳兰词，纳兰心事谁人知？斑丝廓落谁同在？岑寂名场尔许时。"

曹寅感叹着，自己现在已经是白发苍苍，空寂寂寞，回想起昔日的好友纳兰容若，如何能够不叹息世事的无常？

纳兰容若已经远去，以他短暂的三十一年的岁月，留下了璀璨的华丽诗篇，仿佛最后一段清丽的传奇，在天际划过，燃烧出绚丽的痕迹。

"家家争唱纳兰词",正如当年柳永"有井水处,皆唱柳永词"一般,对一位天生的词人来说,俨然是最好的荣耀。

也足以安慰纳兰容若那绝世的才华。

千年之前,柳永的"忍把浮名,换了浅酌低唱",在千年之后,化为纳兰容若的一句"别有根芽,不是人间富贵花"。

恰好,也正好。

当生就富贵命,却不屑权贵、不喜浮名,"身在高门广厦,常有山泽鱼鸟之思",这样的人,当真不是人间富贵花。

王谢堂前燕何去? 当上苍早早地召回了自己的宠儿,唯有词人留下的不朽华章,代代流传。

八、深切怀念

一头野猪朝明珠冲过来,露出尖尖的牙齿,凶狠地叫着。

明珠一惊,继而转身,镇定地朝那野猪坐下去,把它坐得半死。然而那野猪咆哮呜咽,死命挣扎,还想伺机再咬明珠。

容若突然在一旁出现,一剑把野猪刺死了。他对明珠说:"父亲,您受惊了!"

明珠松了口气,定定神,想去拉容若的手,一起回家。那容若却对明珠说:"父亲,你一定要多多保重身体,原谅孩儿不孝。"话音刚落,容若的身形渐渐消失了。

明珠大惊失色,伸出去的手落了个空,他惊慌叫道:"若儿! 若儿!"

明珠猛地醒来,却原来是一场梦。

好一阵子,明珠才明白容若已经离他而去。

白发人送黑发人,明珠泪湿枕畔。

这个梦起码阐述了明珠内心的两点隐忧。

其一,他担心有人想背后搞他的鬼。野猪代表某种想陷害他的敌对势力。事实上,人生如战场,高处不胜寒。明珠身居高位,一方面,伴君如伴虎,要时时刻刻琢磨皇帝所思所想;另一方面,他还要处处提防觊觎他位置的政敌,明珠不可谓不辛苦。

其二,容若离去,明珠痛失爱子,同时也是失去了事业上的一位好帮手。想想容若在世时,毕竟容若在皇上身边,又深受皇帝赏识,每每回家,父子二人略做交流,明珠总能从容若这里得到不少珍贵的信息。加上毕竟容若聪明颖悟,有时候一言两语,还能给明珠处理问题带来不少思路。明珠实在无法适应容若的突然离去。

这个梦也揭示了明珠内心对容若的深情。平日里,明珠对容若非常严格,父子之间极少有肢体接触,而梦里,明珠却要去拉容若的手。

只可惜,容若的手,已经是泥土里的一把枯骨。

想那容若,曾经是何等冰雪聪明的人物。

他生前写信给好朋友严绳孙时,说:"昔人言,身后名不如生前一杯酒,此言大是。"

所谓身后名不如生前一杯酒,当然是有典故的。《晋书·张翰传》记载了张翰经常纵酒豪饮、以醉态傲世的故事。这张翰说过一句惊世骇俗的话:"使我有身后名,不如即时一杯酒。"此外,"酒仙"李白在《行路难》中也写道:"且乐生前一杯酒,何须身后千载名。"

容若的一生,虽然短暂,倒也不枉来这人世一趟。

1685 年,沈宛为容若生下遗腹子富森。

1686 年,容若葬在京郊皂荚村,自此与挚爱的妻子卢氏长伴。

逝者已矣,而明珠却要打起精神,继续他的人生旅程。

奇怪的是,容若在时,明珠顺风顺水,一路扶摇直上,哪怕遇到什么棘手事,也都能迎刃而解;一旦容若离世,明珠的好日子就开始走下坡路了。

康熙十八年,即 1679 年,当时容若 25 岁。这一年的八月二十八日。京师地震,一时房毁人亡者其多。魏象枢借地震弹劾明珠。

这魏象枢作为言官,敢讲真话,以整肃纲纪为己任,被史家誉为清初直臣之冠;作为能臣,在平定三藩之乱、整顿贪官污吏等方面立下大功;作为廉吏,他誓绝一钱,甘愿清贫。

地震当日,魏象枢与副都御史施维翰疏言:"地道,臣也。臣失职,地为之不宁,请罪臣以回天变。"与此同时,魏象枢还直陈时弊,说众多大臣营私舞弊、贪污受贿,矛头直指索额图、明珠等人。

当时明珠积极妥善处理善后事宜,安抚受灾民众,最终康熙对明珠的信任没有受到丝毫动摇。

然而到了康熙二十七年,1688 年,也就是容若去世三年之后,同样是遭弹劾,明珠却被罢相,尽管他很快被重新启用任内大臣,却不再是权倾朝野的风云人物。

后人认为明珠罢相,其实是康熙本人授意朝臣郭琇所为。那康熙本人文韬武略,又善于驾驭臣下,他的一贯作风是玩平衡术,当某一大臣及其派系势力过于强大,他便扶持与之对立的派系,便于自己最终操纵朝政。比如鳌拜飞扬跋扈之时,康熙扶植索额图;当索额图恃功傲上,他支持明珠;而明珠权倾朝野之时,他自然不能容忍。

1688 年,待一直倚重明珠的太皇太后孝庄离世,康熙到底找了个借口,以"掣肘河务"为由，罢了明珠的相位。

还可以这样理解，容若在世时，一边是父亲，一边是君王，容若会尽可能加以斡旋，如同润滑剂，使得双方矛盾不至于过度激烈。而一旦容若离世，双方的沟通受到限制，君臣关系不知不觉偏离轨道，也是有可能的。但无论如何，明珠勤敏

练达、智慧过人，辅佐康熙皇帝在缓和满汉之间的民族矛盾、消除三藩割据势力、抵御沙俄入侵等方面的历史功绩，是不容抹杀的。

想那容若在世时，每逢和皇帝出塞，思念亲人的时候，父亲明珠也是他思念的对象之一吧？

再来温习容若的一首词：

蝶恋花·出塞

今古河山无定据，画角声中，牧马频来去。满目荒凉谁可语？西风吹老丹枫树。

从来幽怨应无数？铁马金戈，青冢黄昏路。一往情深深几许？深山夕照深秋雨。

是啊，河山无定据，西风吹老丹枫树。明珠也在渐渐老去。

容若身后，他的后代也都有自己的命运。

容若共有三子四女。

长子富格，由颜氏于1675年所生。容若在世时，非常爱这个孩子，还常常带着他会朋友。一次，容若牵着富格的手对顾贞观说："此，长兄之犹

子。"又牵着顾贞观的手对富格说:"此,孺子之伯父也。"容若离世时,富格十岁,已稍稍懂事;后来富格和他的父亲一样,成了康熙皇帝侍卫;但富格寿命不长,26 岁就英年早逝。

次子富尔敦,十九岁中举人,二十岁中进士,仅做了一任七品官就英年早逝。倒不是命运对纳兰家格外残暴,资料显示,清代人平均寿命仅三十多岁,早逝现象比较常见。

第三子富森,为沈宛所生遗腹子,倒还长寿,活过了七十岁。

康熙四十七年,也就是 1708 年,明珠离世,享年 73 岁。

到 1760 年,即乾隆二十六年,容若的第三个儿子,也就是沈宛为他生下的遗腹子,古稀之年的富森,被皇室邀请参加太皇太后的七十寿宴。

"眼看他起朱楼,眼看他宴宾客,眼看他楼塌了。"

想那纳兰家族,从钟鸣鼎食之家,到星流云散之境,也就短短近百年。

幸亏纳兰词如天空里的星辰,永远在人类的夜空中闪耀。据说容若在世时,已出现"井水吃处,无不争唱《侧帽》《饮水》之篇"的局面;朝鲜人也曾惊叹:"谁料晓风残月后,而今重现柳屯田。"到了今天,美国、日本等国都有纳兰词爱好者。纳兰词突破了时间和空间的限制,获得了永久的生命。

容若曾写道:"此情待共谁人晓",纳兰词,最动人最令人留恋处,是一个"情"字;最让人叹息让人牵肠挂肚之处,是一个"愁"字。这些情与愁,如何能跨越时间与空间,在我们心头百转千回、久久盘旋?

正如我们前面看到的,容若本人至情至性,他的词作,不过是他本人的心声。

真心真情,加上天赋的悟性,以及容若本人勤奋努力、上下求索,他用字奇巧,用典灵活,灵感天成,句子让人过目不忘,作品终于传世。

不过纳兰词传世绝非偶然。

容若在词的艺术领域登峰造极,加上他本人是相门公子、御前侍卫,如此一来,容若的特殊身份、美好人格、隽永词作,共同凝成了动人心魄的纳

多少人一生只爱纳兰词!

九、《纳兰词》的成就

纳兰容若在出仕之前,生活环境的限制,使他的词作亦受限制。这一段多为爱情词,格调清新秀美。他出仕之后,由于广交汉族学士,他的友情词大大增加,这些词作或畅叙友情,或哀叹遭遇,感情深沉,真切自然。他的爱妻卢氏谢世,他又以词为形式,倾诉悼亡之情,悼亡词写得凄婉动人。

特别是他作为一个喜动不耐静的皇帝的侍卫,十年中他随侍巡幸及单独奉使西域,行程何止万里! 东北方向,至吉林松花江畔;西北方向,远至中亚碎叶;北至承德围场坝上;南至江南苏州、常州、无锡;西至山西五台,东至大海。他曾经渡松花江、长江、大运河,出入长城内外,黄河上下。他还登临长白山、五台山、泰山,越阴山,过大沙漠。总计在外旅行时间近三年。这使得纳兰容若饱览祖国名山大川,大海的辽阔,大漠的雄浑,都深深激动着他的内心。他创作了大量的边塞词,怀古词和思乡词。他的这些作品,慷慨中有深沉,凄苦中透刚毅。

他的词作在当时便被诗词名家所赞誉。陈维崧的《词评》说他的"《饮水词》哀感顽艳,得南唐二主之遗"。严绳孙《成容若遗稿序》说纳兰容若的词"飘忽要眇,虽列之花间、草堂、左清真而石屯田,亦足以自名其家矣"。顾贞观《纳兰词评》和《通志堂词序》说:"容若词一种凄婉处,令人不能卒读,人言愁我始欲愁。""所为小令,亦直追渭南、稼轩之遗。宾从过而咨嗟。词宿为之叹绝。"

近代学者,除王国维《人间词话》赞以"北宋以来,一人而已"。梁启超感叹:清代大词家们头把交椅被成容若占去。郑振铎《中国文学史大纲》说:"性德以清才著,其词缠绵清惋,为当代冠。"刘大杰《中国文学发展史》说:"叙述清代词人。当以纳兰容若为始,词最有名,为清代词人之冠。"

纳兰容若继承了汉族文化的优秀传统,但又基本保持了满族纯朴天真的本性,熔满汉文化传统于一炉,铸造了全新的个性,成为满汉文化融合第一人。

纳兰容若的词作,正是这种个性艺术的结晶。这一点,首先表现在他对祖国山河的热烈而真挚的爱。

他的词作中描写了少数民族独特的生活环境。《菩萨蛮》(荒鸡再咽天难晓)中有:"毡幕绕牛羊,敲冰饮酪浆。"真实地描写了蒙古族人民的生活环境与生活方式。在《浣溪沙·小兀喇》中,他描写了赫哲、鄂伦春族人民的生活:"桦屋鱼衣柳作城。蛟龙飞动浪花腥,飞扬应逐海东青。"多么勇敢的人民。艰苦的生活,磨炼出强劲的民族精神和不屈的民族性格。

他还描写西北边塞的雪景。在《点绛唇·黄花城早望》中有:"五夜光寒,照来积雪平于栈。""晓星欲散,飞起平沁雁。"又有峨巍的雪山,《蝶恋花》(尽日惊风吹木叶)中有:"极目嵯峨,一丈天山雪。"在《浪淘沙·望海》和《浣溪沙·姜女祠》中,他还描写了"空极目""水气浮天天接水"的大海:"蜃阙半模糊。踏浪惊呼。任将蠡测笑江湖。""海色残阳影断霓,寒涛日夜女郎祠"。描写关山险要的词句就更多了。如《虞美人》(峰高独石当头起)描写京城西北十三陵古道:"峰高独石当头起,影落双溪水","行到断崖无路小桥通"。在《忆秦娥·龙潭口》一词中,他描绘了江宁要塞龙潭口的险要:"山重叠,悬崖一线天欲裂。""风声雷动鸣金铁,阴森潭底蛟龙窟。"

他奉使西域,几经沙漠瀚海,故词中有描写沙漠风光之句。如《采桑子·塞上咏雪花》中有:"寒月悲笳,万里西月瀚海沙。"《满庭芳·堠雪翻鸦》中有"阴磷夜泣","惊风吹度龙堆"的描写。

纳兰容若有描写水乡景致的词作。《明月棹孤舟·海淀》描写的是京城西北郊海淀的水色:"一片亭亭空凝伫。趁西风霓裳遍舞。白鸟惊飞,菰蒲叶乱,断续浣纱人语。丹碧驳残秋夜雨。风吹去采菱越女。辘轳声断,昏鸦欲起,多少博山情绪。"词中表达的是孤独苦闷的情绪,但景色的描写很美。亭亭玉立的荷花,一支支在水面挺立,像一个个痴痴地少女,并不关心人们对它们的态度,很自然地挺立着,若有所思。秋风徐来,荷随风摇曳,像跳起了羽衣霓裳舞。水面上,荷叶上,不时有白色的水鸟飞过,池边菰蒲叶子晃动,断断续续传来浣纱妇人的笑语。美丽的景致,恬静的氛围,写得平淡而韵味深长。

还有写江南水乡景色的。如《浣溪沙》(五月江南麦已稀):"五月江南麦已稀,黄梅时节雨霏微,闲看燕子教雏飞。一水浓阴如罨画,数峰无恙又晴晖,溅裙谁独上渔矶。"梅雨时节,细雨迷濛。天气乍晴,万物复醒,农人闲看老燕教小燕学飞。溪水清清,倒映浓荫如画,几处青山在阳光中更显妩媚,性急的渔夫已登上江中小岛准备撒网了。

《梦江南》中有一首是描写名胜虎丘风光的:"江南好,虎阜晚秋天。山水总归诗格秀,笙箫恰称语音圆。谁在木兰船。"

山水激发了诗人心中的激情,诗人用满腔的激情"人化"了自然的山水,变成了诗人词作中的山水。无论是寄寓着热爱之情的山水,寄寓着咏史感慨之情的山水,甚至寄寓着思乡之情的山水,寄寓着退隐之情的山水,都深深地蕴涵着诗人对祖国大好江山的热爱。诗人对祖国大好江山的热爱之情,是通过汉族传统的词的形式表达出来,这种热爱之情与汉文化的传统中的爱国主义精神有密切的联系。所以,我们说纳兰容若词作的一个重要特色是它表现出纳兰容若的热爱汉文化传统与热爱祖国相统一的。他把满族与汉族的文化交融在一起,既发展了满族文化,也对汉文化传统的继承与发展起了重要的作用,特别是对祖国各族人民的团结起了积极的促进作用。这是奠定纳兰容若在中国文学史与民族发展史上重要地位的关键一笔。

第二,纳兰容若确实继承了以儒家思想为核心的中国古代传统文化,但他没有沾染理学的"汉人习气"，他既承认"天理"，也承认"人欲"。表现在行动上，他忠君王，孝父母。徐乾学撰《纳兰君墓志铭》说他"出入扈从，服劳惟谨。上眷注异于他侍卫"。韩菼撰《纳兰君神道碑》说："君日侍上所，所巡幸，无近远必从。从久不懈益谨。""侍禁闼数年，进止有常度，不失尺寸。""而上有指挥，未尝不在侧，无几微毫发过。"从徐乾学和韩菼的记载来看，纳兰容若确实忠于清皇室，忠于康熙皇帝。因徐乾学的《纳兰君墓志铭》记载："容若性至孝，太傅尝偶恙，日侍左右，衣不解带，颜色黝黑，及愈乃复初。太傅及夫人加餐，辄色喜，以告所亲。"韩菼《纳内兰君神道碑》说："君性至孝，未闾明入直，必之宫傅夫人所问安否，晚归亦如之。燠寒之节，寝膳之宜，日候视以为常。"纳兰容若对父母确实孝。忠孝为"天理"的核心内容。

从南宋兴理学，明清两代，理学成为封建统治的思想。为了存"天理"，理学主张"灭人欲"。以牺牲人的其余一切感情为代价，以求得维持封建理学思想。纳兰容若则既承认天理，也承认人欲。即他认为理与情可以共存。而不是为了保存一方而必须

以牺牲另一方为代价。他主张填词写诗，重在于情，甚至"理"也是一种情。他在论文《原诗》中论及杜甫诗作时说："人必有流离道路，每饭不忘君之心，而后有杜诗。"他把"人必有流离道路"与"每饭不忘君之心"并列，二者均为情，起码不是为保存其一，必以牺牲另一方为代价。

在他的词作中，他直率地自然地真切地抒情。他的抒情主要有两个方

面,即爱情和友情。

纳兰容若对爱情的追求与忠诚,主要表现为婚前对爱情的向往,失恋后的凄冷痛苦;婚后幸福而美满,夫妇分别的相思之苦;爱妻去世后的悲痛与悼念。这些在他的词作中都有体现。这类作品,在他的词作中所占比重相当大。

如《海棠春》(落红片片浑如雾):"落红片片浑如雾,不教更觅桃源路,香径晚风寒,月在花飞处。蔷薇影暗空凝伫,任碧贴,轻衫萦住;惊起早栖鸦,飞过秋千去。"暮春月夜,诗人等待他的恋人,已是"香径晚风寒",还是没有等到。诗人还要坚决等下去,哪怕"蔷薇影暗空凝伫",也不放弃努力。

再如《南乡子·为亡妇题照》:"泪咽却无声,只向从前悔薄情。凭仗丹青重省识,盈盈。一片伤心画不成。别语忒分明,午夜鹣鹣梦早醒。卿自早醒侬自梦,更更。泣尽风檐夜雨铃。"这是悼亡的作品。妻子去世后更感到妻子的爱对自己的重要,于是想把妻子美丽的容貌,轻盈的体态画出来,却待要画,却又因"一片伤心画不成"。听着夜雨敲打着风檐下的铃声,诗人一夜饮泣而无眠。

他的《菩萨蛮》(新寒中酒敲窗雨)是写相思别离之苦的:"新寒中酒敲窗雨,残香细袅秋情绪。才道莫伤神,青衫有泪痕。相思不是醉,闷拥孤衾睡。记得别伊时,桃花柳万丝。"秋雨敲窗,相思更深,借酒浇愁,又有泪痕。拥衾醉卧,却又想到春天分手的情状,更觉柔肠寸断了。

他的爱情词感情真挚,抒情率直。他并不如前人的爱情词那样含蓄、曲折、委婉地表达感情,而是如汉乐府民歌、诗经国风中直接倾诉爱情的篇章那样,既敢爱也敢说爱。他的悼亡词和思人词其实是从悼亡和思人的角度来倾诉爱情。这种对爱情的忠诚,和直率的抒情,是纳兰容若爱情词的特色。

纳兰容若十分重友情,他的友人多为单寒羁孤侘傺困郁守志不肯悦俗之士,故纳兰容若诉说友情的词作,也多表现得凄婉悲凉。他为顾贞观写的两首《金缕曲》简直就是友谊的颂歌,从宁古塔救回吴兆骞更是义举。

纳兰容若忠君孝亲,再加上他也爱妻义友,因而我们说他既承认"理",也承认"情"。

第三,纳兰容若重儒学而不废佛老。在《渌水亭杂识》中他说过"三教中皆有义理,皆有人物,皆有实用"。

纳兰容若一方面强烈地表现了自己补社稷,济苍生,希望有所作为的愿望。而他的官职终其一身仅至于一等侍卫,不过是"日常值班侍卫,掌引导奏事官及引见官员并稽查出入。遇皇帝出巡则随扈保驾,驻行宫则守卫戒备"。这种工作精神丝毫不得懈怠,却又无法实现自己的宏图大志,这职务要求他约束、压抑自己,而他的个性却要求自由地发展,追求精神的解放。他在自己的理想与愿望不得实现的情况下,在由于职务的、家庭的乃至社会的压抑下造成的"惴惴有临履之忧"的精神负担,只有和友人们在一起,和爱妻在一起才能得以解脱。

在这种情况下,他转向佛老寻求精神解脱与精神安慰。他在给友人的一封信中讲到读《老子》的事:"弟今于闲中留心《老子》,颇得一二人开悟,未敢云有得也。"在他的词作中写了不少梦,其中无疑又有《庄子》的影响。他自号楞迦山人,词集又名为《饮水集》,可见佛家思想的影响。他的词作中也能看到佛家的影响。如《眼儿媚·中元夜有感》:"手写香台金字经。惟愿结来生。莲花漏转,杨枝露滴,想鉴微诚。欲知奉倩神伤极,凭诉与秋檠。西风不管,一池萍水,几点荷灯。""中元"既是七月十五道家的中元节,又是佛教的盂兰盆会。七月十五佛家以盆贮百味,供养诸佛,以救众生倒悬之苦。寺院中诵经,施食,放焰口,以救众生苦难。《法苑珠林》说:"佛图澄,天竺人。石勒闻名台之。其子暴病,澄取杨枝沾水洒之,遂甦。"纳兰容若词中用此他敬谨地恭写佛经,就为祝愿与心上人重结来生缘,一声声漏滴,一字字书写,就如佛图澄滴洒的杨枝露水,一心想使旧情复甦,亡人重醒,破镜再园。微微精诚,望想明察。诗人的心思只能向擎天树倾诉,诗人的哀思只能寄托于"一池萍水,几点荷灯"。

道家思想崇尚自然。纳兰容若热爱大自然,在自然的景物中得以陶醉也是他的追求。他在《与顾梁汾书》中讲述了南巡游览的感受:"若夫登岱宗之绝顶,齐鲁皆青;涉河济之波涛,鱼龙可狎。……指匹练而吴趋在望,乘枯槎而银汉可通,此亦宇宙之神皋,河山之奥室也,虽无才藻,颇有赋心。……至于铁锁横江,金焦矗日,倚妙高之台畔,访瘗鹤之遗踪。瓜步雄风,神鸦社鼓;扬州逸兴,坐月吹箫;听六代之钟声,半沈流水;望三山之云影,时动褰裳。此亦可以兴吊古之思,发游仙之梦矣。更有鹤林旧刹,甘露精蓝,近海岳之幽偏,多老颠之遗墨,零缣断素,虽不可求,薛碣牛磨,时有可同,此又仆所徘徊慨慕而不自已者也。"

他在信中透露了归隐之意,描述了他理想的生活境界:"且其土壤之美,风俗之醇,季札遗风,人多揖让。言偃故里,士尽风流,稻蟹莼鲈,颇甚悦口,渚茶野酿,实足销忧。而况林屋龙峰,布观不断;金阊锡岭,兰楫可通。侍绛帐于昆冈,结芳邻于吾子,平生师友,尽在兹邦。左挹洪崖,右拍浮丘,此仆来生之夙愿,昔梦之常依者也。夫苏轼忘归,思买田于阳羡,舜钦沦放,得筑室于沧浪。人各有情,不能相强。使得为清时之贺监,放浪江湖,亦何必学汉室之东方,浮沉金马乎?倘异日者,脱屣宦途,拂衣委巷,渔庄蟹居,足我生涯,药臼茶铛,销兹岁月,皋桥作客,石屋称农,恒抱影于林泉,遂亡情于轩冕,是吾愿也。"

在他的词作中,也描绘过类似的境界。如《渔夫》:"收却纶竿落照红。秋风宁为剪芙蓉。人淡淡,水濛濛。吹入芦花短笛中。"在诗人的心目中,在这一派秀美而恬静的氛围中,收却纶竿者不正是词人自己吗?

再如《南乡子·秋暮村居》:"红叶满寒溪。一路空山万木齐。试上小楼极目望,高低。一片烟笼十里陂。吠犬杂鸣鸡。灯火荧荧归路迷。乍逐横山时近远,东西。家在寒林独掩扉。"一派美丽的秋色中,烟雾笼朦,在吠犬鸣鸡声中,提灯赶路,寒林深处归屋掩扉,不是诗人向往的居家之所吗?

他崇尚儒家而不废佛老,在这种思想指导下,形成了他词作的个性特征。关于他词作的风格,前人之说备矣。顾贞观说他的词"一种凄婉处,令人不能卒读"。陈其年说:"《饮水词》哀感顽艳,得南唐二主之遗。"聂晋人说他的词"香艳中更觉清新,婉丽处又极俊逸"。况周颐说他的词"纯任性灵,纤尘不染"。梁启超说:"容若小词,直追后主。"

纳兰容若的词作风格以清新委婉以基本格调在具体抒情中又有变化,以求达到自然真切在前文中已有所阐述。这里着重谈纳兰容若词作的个性的两大特征。

第一,纳兰容若善以生活细节入词,造成雅俗共赏的艺术效果。

例如,在描写自己初恋之情的词作《虞美人》(银床淅沥青梧老)中,他回忆与恋人初诉衷肠,有"采香行处蹙连钱,拾得翠翘何恨不能言"之句,先写谈话的地点,再写借以谈心的理由,把青年男女相爱,又不敢直接交谈,以拾还首饰为由谈话惟妙惟肖地写出来了。"背灯和月就花阴"一句则把诗人失恋后的孤独凄苦的心境,从人物的形体与环境中表达出来。

再如《清平乐》(塞鸿去矣)词中写妻子苦别离,也是生活细节入词:"记得灯前佯忍泪,却问明朝行未。"妻子苦忍别离之情"佯忍泪",不愿给丈夫造成更重的心理负担,可又不忍别离,忍不住"却问明朝行未"。这个细节,未抒情而情已在其中了。

在《鹧鸪天》(谁道阴山行路难)中,又把行军途中所见细节入词;"松梢露点沾鹰绁,芦叶溪深没马鞍","黄羊高宴簇金盘"。这些细节,是阴山地区特有的景色,这些细节入词,写出西行的将士为了边疆安宁,不畏艰险的乐观豪迈的精神。

《琵琶仙·中秋》是纳兰容若的悼亡之词:"碧海年年,试问取、冰轮为谁同缺?吹到一片秋香,清辉了如雪。愁中看,好天良夜,知道尽成悲咽。只影而今,那堪重对旧时明月。花径里、戏捉迷藏,曾惹下萧萧井梧叶。记否轻执小扇,又几番凉热。只落得,填膺百感,总茫茫,不关离别。一任紫玉无情。夜寒吹裂。"在中秋的"好天良夜",诗人单身只影,又想起去世的爱妻来,回忆起当年少年夫妇"戏捉迷藏",妻子"轻执小扇"为丈夫取凉等生活细节,只有"填膺百感"了。

生活细节入词最合自然抒情的要求。在无数个细节中,被人摄入记忆的细节只是极少数,看似一般的细节,其实饱含着情感在其中。生活细节,往往又是沟通人情感的渠道,是引发感情共鸣的桥梁。生活细节,特别是一般的生活细节入词,看去俗而实雅,俗到极时便是雅,因而最容易达到雅俗共赏的艺术效果。这恐怕是"有井人歌《饮水词》"的原因之一吧。

第二,纳兰容若的词,少以佳句取胜,他的词,一般都以整首词创造引人入胜的意境,达到审美的艺术效果。他最擅长于创造迷离朦胧的意境,使人受到感染。因此,他的词作,常写梦。

如《遐方怨》(欹角枕):"欹角枕,掩红窗。梦到江南,伊家博山沉水香。浣裙归晚坐思量。轻烟笼浅黛,月茫茫。"这是一首悼亡之作。诗人十分想念去世的爱妻,但生死相隔,无由得见,只有借助于梦境。在恍惚迷离的梦境中,诗人仿佛来到南岳父家。他的妻子在轻烟朦胧的月色下浣裙归来,或静坐沉思,或博山炉前焚香,似真还幻。诗人的相思悼亡之情在这种迷离恍惚的梦境描绘中自然流露出来。

再如《赤枣子·风渐渐》:"风渐渐,雨纤纤,难怪春愁细细添。记不分明疑是梦,梦来还隔一重帘。"词写得似幻似真。轻柔的春风,纤细的春雨,淡淡的愁思。这情景究竟是梦还是真,诗人也说不清楚。又是一个恍惚朦胧的意境。这意境,传达出一种说不清道不明的惆怅。

《江城子·咏史》则似梦而非梦了,"湿云全压数峰低。影凄迷,望中疑。非雾非烟,神女欲来时。若问生涯原是梦,除梦里,没人知"。

词中用宋玉《高唐赋》和《神女赋》中巫山神女的典故。宋玉《高唐赋序》说:"昔者先王尝游高唐,怠而昼寝,梦见一妇人,曰:'妾巫山之女也,为高唐之客,闻君游高唐,愿荐枕席。'王因幸之。去而辞曰:'妾在巫山之阳,高丘之阻,旦为朝云,暮为行雨,朝朝暮暮,阳台之下。'旦朝视之,如言。故为立庙,号曰朝云。"

《神女赋》中描写了神女出现时的情景:"其始来也,耀乎若白日初出照屋梁,其少进也,皎若明月舒其光,须臾之间,美貌横生,晔兮如华,温乎如莹,五色并驰,不可殚形。"

唐李商隐《无题》(重帏深下)诗中有句:"神女生涯原是梦,小姑居处本无郎。"后世多认为这里概括他的政治生涯遇合如梦的经历和他无依无托的处境。纳兰容若词中用巫山神女之典,并化用李商隐诗句入词,创造了一个似梦而非梦的意境,倾诉自己心中难言的苦痛,和急欲超脱世俗的心情。

这种朦胧迷离的意境,蕴涵着深藏的思想感情,使读者不得不反复体味,反复咀嚼,在咀嚼与体味的过程中,更容易激发读者丰富的联想和想象,因而产生象外之象,言外之言,因而引起与诗人感情的共鸣,词作更显其意味深长。

十、《纳兰诗》与词并誉

纳兰容若本是诗词并誉的。《纳兰本传》说:"性德善诗。"徐乾学的《纳兰君墓志铭》具体谈到,纳兰容若"善为诗,在童子,已句出惊人;久之益工,得开元、大历间丰格"。他的好友张纯修也评论过他的诗:"其诗之超逸,词之隽婉,世共知之。"

康熙三十年(1691)出版的《通志堂集》中,收有他的诗作四卷三百五十四首,数量略多于词。后来,由于清朝时尚,人们喜读词,特别喜爱南唐后主及《花间》词。恰恰纳兰容若的词被誉为南唐后主真派,真《花间》词,造成"有井人歌《饮水词》"的轰动效应,纳兰诗倒反而不太引人注目。

读者可以根据自己的爱好,自己的审美兴趣、审美习惯去选读作品,这是无可非议的。研究者则必须全面分析研究作家的全部创作,研究作家的生平事迹,才可能得出科学的结论,给予准确的评价。

更何况纳兰容若的诗并不逊于他的词。他的诗作,反映了他的理想抱负,道德情操,对历史与现实的真知灼见,出世与入世的思想矛盾,在词中没有反映或反映很少的内容,在他的诗作中有大量的反映。他的词作表现的是哀婉、朦胧、沉郁的美,而诗中却表现了高昂、坦荡、奔放的美。

他的词的成就并不能取代他诗作的成就。这两者只能是相互补充,相互结合的。这才是一个完整的、全面的纳兰容若。

纳兰容若诗歌的成就,除结合生平介绍的内容之外,主要反映在他的《拟古四十首》和《咏史二十首》中。

《拟古四十首》,代表了封建社会活动在政治舞台上具有卓越才华和抱负的知识分子们在人生道路上的思想和感情冲突。由于封建主义政治的独裁和专制,身处在仕途的士子常怀临履之忧,他们在仕与隐、进与退、功与罪、是与非、洁与浊交替抉择下度过一生,这种矛盾心理耗散了他们为国为民奋斗的心志。这是封建政治黑暗的必然结果。《拟古无题四十首》反映的正是纳兰容若这种隐秘的内心世界,可以说是纳兰容若思想情操的浓缩,又是封建社会知识分子心灵的绝妙展现。

其一

煌煌古京洛,昭代盛文治。日予餐霞人,簪绂忽如寄。

微尚竟莫宣,修名期自致。荣华及三春,常恐秋节至。

学仙既蹉跎,风雅亦吾事。

这首诗开宗明义,首先揭示自己的人生观、理想和志愿。

第一、二句先写地点与时间。因为是拟古,所以他不说北京,说洛阳。周平王东迁,周都即由镐京迁至洛阳。东汉光武帝亦建都于此。时间是“昭代”,政治清明的时代,因为天下太平,所以偃武修文。后代的文人常以此来指代自己所处的时代。生在政治清明,大兴文治时代的京城,当是才子文士大展宏图的好时候。而诗人的志向却偏偏要做“餐霞人”,他要作道人,去修炼道家的“餐霞”术。“簪绂”,古人做官,冠簪缨,印佩绂,就是戴官帽,佩官印。大家都认为他要去学道,隐遁山林,归于自然,以求自由自在,他却忽然作了官,做官以后又不安心职守,只不过把这种居官的生活看成是短暂的寄身官场而已。但是自己的这点隐衷,还是要尽量克制自己的感情,不能向外人道及,只能以"修名"自期。在春天的盛景中要想到秋天,那时时过境迁,这三春荣华的春光将不复存在。人的青春年华也如这盛景一般易逝。原想学仙修道,但以官职缠身,遂成蹉跎。但又不甘心为这"忽如寄"的官职而折腰,而这种隐秘的心情又不便为向外人道及,诗人要抓紧青春大好时光,从事文学事业,吟诗作赋,也不虚度年华。

这和《金缕曲·赠梁汾》中"德也狂生耳,偶然间、缁尘京国,乌衣门第",是同样的情感,都是对官宦之家,仕禄之途的不满。"风雅亦吾事",就是他决心从事文学事业的誓言。

其二

相彼东田麦,春风吹袅袅。过时若不治,瓜蔓周枯槁。

天道本杳冥,人谋苦不早。荒庐日轩坐,百虑依春草。

回顾何茫然,凝思失昏晓。

这是一首咏物诗,诗中以小麦自比。

小麦在幼苗时受春风的抚育长势很好。但是如果没有后期的管理,它也必将同瓜蔓一样枯槁而死。人事亦然,天道昏暗不明,人谋又每每拖延不决,不能防患于未然。自己只能独守荒庐,眼前夕阳西下,心中百虑丛生,却又无可奈何。回顾茫然若失,不知昏晓。

纳兰容若从二十二岁中进士之后,一直过着"侍陪巡幸扈旌旗"的侍卫生活,后直升至一等侍卫,可最终也未作文官。这和他"风雅亦吾事"的愿望是何等的不相称啊!所以他常常发出"惭愧频叨侍从班","豹尾叨陪须献颂,小臣惭愧展微才"的感慨。

其三

乘险叹王阳,叱驭来王尊。委身置歧路,忠孝难并论。

有客赍黄金,误投关西门,凛然四知言,清白贻子孙。

诗中用了两个典故。前四句用《汉书·王尊传》:"先是王阳刺益州,行至九折坂,以山路艰险,叹曰:'奉先人遗体,奈何数乘此险?'后以病去。及王尊为刺史,至其坂,问吏曰:'此非王阳所畏道耶?'叱其驭曰:'驱之!王阳为孝子,王尊为忠臣。'"今四川荥经县西邛崃山有九折坂,坂下有叱驭桥。

后四句用《后汉书·杨震传》中之典:杨震,华阴人,字伯起,明经博见,无不穷究,诸儒为之语曰:"关西孔子杨伯起。"不答州郡礼命数十年。五十年始仕州郡,举茂才,迁荆州刺史,清廉自矢。时"王密为昌邑令,谒见,至夜怀金十斤以遗震。震曰:'故人知君,君不知故人,何也?'密曰:'暮夜无知者。'震曰:'天知,神知,我知,子知,何谓无知?'密愧而出。"杨震的廉洁,受人赞誉。延光初为太尉,时嬖幸充庭,安帝乳母王圣及中常侍樊丰等贪侈骄横,震多次上书切谏,终为樊等所谮,遣归本郡,道饮酖卒。

诗中,纳兰容若列举了三位汉代人物。先看王阳及王尊。

封建社会提倡忠孝,作为道德行为的准则。但在实际上,忠与孝常不得两全,尽忠不得尽孝,或尽孝不能尽忠,"忠孝难并论",有时必须进行二者必居其一的选择。如王阳为孝弃忠,而王尊为忠弃孝。纳兰容若的倾向性在诗中就表现出来了。遇险而叹,以孝为不敢涉险的借口,这是懦夫。面对艰险,却"叱驭"而过,这是大丈夫。诗中褒贬,十分鲜明。想纳兰容若于康熙二十一年秋冬"奉使西域,有所宣抚",历经高山大漠,经受艰难困苦,终于圆满完成宣抚西北蒙回各部族的使命,并为康熙皇帝后来三征准噶尔作了战略上的前期准备,为边疆的巩固,清朝的一统做出了贡献,不正是他忠于王事,为国立功精神的行动表现吗?再说杨震拒受贿赂,保持廉洁的情操。初看杨震拒受暮夜之贿事与前述二王之事不大相关。但细读杨震传记,方知杨震以清廉与贪侈骄横之徒斗争而死。死且不畏,还有什么可怕的。杨震死于忠义,是王尊式的忠臣。纳兰容若为官,忠心而谨慎;纳兰容若为人,"不喜接软热人","征逐者流,见而走匿"。那些趋炎附势、请客送礼之徒,纳兰容若屏而不见,以至斥之千里。那些胸怀磊落,刚介正直之士,纳兰容若却待若上宾,亲若手足。王尊、杨震是他心目中的典范,他们的人格，是他追求的人格理想。

其四

客从东方来，叩之非常流。自云发扶桑，期到海西头。

白日当中天，浩荡三山秋。回风忽不见，去逐灵光游。

烛龙莫掩照，使我心中愁。

这首诗中充满了浪漫的想象。

古人传说，“扶桑”是日出之国，“海西头”是中国西部大海的尽头。“三山”是传说中的海上仙山，即蓬莱、方丈、瀛洲。秦始皇曾派方士徐福率童男女乘船去寻海上仙山，向仙人讨长生不老之药。“灵光”即神光，《三国志·先主传》：“玺潜汉水，伏于渊泉，辉景烛耀，灵光彻天。”关于“烛龙”的传说就更多了。《山海经》说；“西北海之外，赤水之北，有章尾山，有神，人面蛇身而赤，直目正乘，其瞑乃晦，其视乃明……是烛九阴，是谓烛龙。”《淮南子》说：“烛龙在雁门北，蔽于委羽之山，不见日。”《楚辞·天问》也有：“西北辟启，何气通焉？日安不到，烛龙何照？”有注：“西北有幽冥无日之国，有龙衔烛而照之。”

大量的神话传说入诗，使诗洋溢着浪漫主义的色彩。神话传说激发了诗人的灵感，他托客之言，实际上是自抒胸怀。

从扶桑出发，期望到西海的尽头，路途何遥遥，但“非常流”者在所不计。一路上虽历尽千难万险，但牢记不忘的是海上的奇遇：白日中天照耀，曾眼见三山仙岛的秋色；也遇见过海上的狂风巨浪；但在狂飓过后，仍有灵光引导神游。这一游，目标迷失了，竟游到北海的无日之国，幸遇烛龙衔烛而照，光彩虽然比不上白日中天之光芒万丈，但只求其“莫掩照”，也就释却“心中愁”了。

这是一首自由与光明的颂歌，是诗人向往自由和光明的礼赞。

其五

天门訹荡荡，翕赩罗星躔。白日瞩微躬，假翼令飞骞。

平生紫霞心,翻然向凌烟。双吹风笙歌,宛转辞群仙。

越影笯浮云,横出天驷前。玉绳耿中夜,斗杓何时旋?

这是一首言志的诗歌。

前四句说自己处在一个好时代。"天门诙荡荡",出自《汉书·礼乐志》:"天门开,诙荡荡。"有注:"诙荡荡,天体坚清之状也。""翕赩罗星躔",描绘群星闪烁的情状。"躔"是指日月星辰运行的度次。"量躔"言运行中的星斗。"白日"喻指皇帝。"微躬"是自谦之词,微贱之躯。自己处在天门诙荡,万星闪烁,这样一个好的时代,而且又受到"白日"的垂爱,给予羽翼,可以昂首云天了。

中间四句承前四句。"凌烟"即凌烟阁,各代多设凌烟阁,张挂功臣画像,以资纪念。南北朝时庾信《周柱国大将军纥干弘神道碑》有;"天子画凌烟之阁,言念旧臣。"《新唐书·太宗纪》载:"十七年二月,图功臣于凌烟阁。"《大唐新语》更详列"图画太原倡义及秦府功臣"二十四人名单,"太宗亲为之赞,褚遂良题阁,阎立本画。"这里以"凌烟"喻指仕途。"双吹"两句,典出《神仙传》,传说周宣王史官萧史善吹箫,秦穆公以女弄玉妻之。日教弄玉吹箫作凤鸣。数年而似,有凤来止。公为筑凤台,居之数年,萧史乘龙,弄玉乘风,飞升而去。诗人的本意是欲修道学仙,现在走上了建功立业之途,过去吹箫飞升的美梦抛开了,和那些渺茫的神仙世界告别了。

结尾四句紧接中间四句,写自己的仕途所为、所感。"笯浮云",写天马腾空,上踏浮云。"天驷"为古星名,亦作天龙,是苍龙七宿的第四宿。现代天文学称为"天蝎座"。"越影笯浮云,横出天驷前"两句,写自己飞升天界,喻仕途坦荡。"玉绳"是北斗七星中的两星。《春秋纬·元命芭》:"玉衡北两星为玉绳。"张衡《西京赋》中有句:"上飞闼而仰眺,正睹瑶光与玉绳。"这里作者以玉绳自比。"斗杓":北斗七星有天枢、天璇、天玑、天权、玉衡、开阳、摇光七星。天枢至天权四星称斗魁,其余三星为斗柄,亦称斗杓,也叫玉衡。《鹖冠子·环流》写了北斗七星围绕北极星旋转的情况:"斗柄东指,天下皆春；斗柄南指，天下皆夏；斗柄西指，天下皆秋；斗柄北指，天下皆冬。斗柄运于上，事立天下；斗柄指一方，四塞俱成，此道之用法也。"

自己飞向云天，横出天驷，变为北斗中之玉绳，在中夜忠诚地向着北斗发光，希望围着北辰旋转，为天下照明。但出人意料的是结尾的反诘："何时旋?"说明自己虽

已成为玉绳，但是尚未能如愿地随斗柄旋转起来。这一问，问谁呢？当然是问那位赐予羽翼的"白日"了。

"白日"的垂爱既然让我振翅飞骞，而且又已飞到天驷之前，成为斗柄的尾星，却为什么不让我飞旋起来，起到指四时、明上下、安四塞的作用呢？纳兰容若中进士之后，即擢为侍卫，朝夕扈驾于帝侧，却一直未能被委以重任。从这首诗可以窥知，纳兰容若之志大矣哉！他的心中，不只限于"风雅亦吾事"，其实"横出天驷"，回旋斗柄，在"诛荡荡"的中天，"翕翂"发光，干一番顶天立地，图上凌烟的丰功伟绩，此其志也！

其六

旷然成独立，片月相古今。眷兹西北楼，斜辉明月琴。

清影忽以去，帐惘予何心？

纳兰容若婚前曾有过一位小情人，虽无正史资证，却也不算无中生有之说。有说他的小情人被选入宫。从这首诗中，可见这种传说的影子。头两

句分明是说，只剩下自己一人，明月亦缺为"片月"。"旷然"写出了他寂寞孤单已极的心情。三四句写天天眷恋地望着"西北楼"，皎洁的月光洒在她弹过的"玉琴"上，这怕是伊人留下的唯一的纪念品吧。从月升起到月落，他一直注视的"西北楼"大概是伊人的住处。据纳兰容若《渌水亭宴集诗序》说，纳兰家住宅距皇宫很近，而且能看到"景山峰色"，景山在皇宫东北，可见他家在景山一侧，故"西北楼"正与纳兰家相对。五六句追述往事，伊人"清影忽以"逝去，则予心之"惆怅"，将何以堪呢？

我们把这首诗与七绝《咏絮》对照来读：

落尽深红绿叶稠，旋看飞絮扑帘钩。

怜他借得东风力，飞向为萍入御沟。

还有词《昭君怨》：

深禁好春谁惜？薄暮瑶阶伫立，别院管弦声，不分明。

又是梨花欲谢，绣被春寒今夜。寂寂锁朱门，梦承恩。

"深禁""瑶阶""朱门""御沟"，是深宫禁地。伊人正在朱门深禁中，伫立瑶阶，正望"东南楼"吧？

其七

竹生本孤高，倏然自直立。矫矫云中鹤，翱翔何所集？

丈夫欲豁达，身世何汲汲。外物信非意，潦倒翻成泣。

瞻彼岭头云，扶苏被原隰。延伫当重阴，西风吹衣急。

第一、二句咏竹，竹子无拘无束，自由自在，独立成长。第三四句咏鹤。第五六句说人。非豁达之人，不足以成大事，建功业。潘岳《西征赋》说："观夫汉高之兴也，非徒聪明神武，豁达大度而已也。"又《旧唐书·高祖本纪》说唐高祖"倜傥豁达，任信率直。"这两位开国的皇帝在性格上均胸襟开阔，这是成就帝业的原因之一。"汲汲"，形容心情急迫。《汉书·扬雄传》说扬雄"少嗜欲，不汲汲于富贵，不戚戚于贫贱。""外物"句说不贪求。宋苏轼《前赤壁赋》有："苟非吾之所有，虽一丝而莫取。""潦倒"指落拓不羁，衰病,失意,沦落不偶之意。"泣"的本义是"涕不成声",这里取"泣罪"之意。《说苑·君道》说:"禹出见罪人,下车问而泣之。"后人便引为哀矜罪人之辞。"翻成泣"是说一下子却成了被人可怜的有过失的人。最后四句写环境。山顶笼罩着浓云,洼地上生成着大树,在浓云密布中久久伫立,引颈而望,衣襟被强劲的秋风吹动。烘托出十分沉闷而沉重的气氛。

竹,顺乎自然地生长;鹤,信其自由地飞翔;好男儿大丈夫,也应豁达大度,胸襟开阔地立身处世,既不应汲汲于富贵,更不该贪求那身外之物。这是纳兰容若的人生哲学,是他一生的信念。但是,他看到的,却是"潦倒翻成泣"。杜甫潦倒,有《登高》诗:"艰难苦恨繁

霜鬓,潦倒新亭浊酒杯",结果穷困病死于岳阳;苏轼潦倒,有《侄安节来夜坐》诗:"嗟余潦倒无归日,令汝蹉跎过半生",被贬至天涯海角。纳兰容若感到自己虽未受到古人那样的折磨,但是那浓郁沉沉的"岭头云",对草木禾黍是够恩惠的了,可对自己却是"重阴",使他久久"延伫",感到的不是温暖宜人,更不是凉爽快人,而是"西风吹衣急"。虽然康熙皇帝深深喜爱他这个人才,把他选到身边当侍卫,由三等直提到一等,每出必随,既常常夸奖于口,又常常予以赏赐,"重阴"可谓厚矣,"扶苏"可谓广矣,但可惜没有爱到点子上,大材小用,侍卫之职,并不能让他施展玉绳之才,他怎么能不感到"西风吹衣急"呢!

其八

寒沙连云起,遥空白雁落。之子方从军,深闺竟寂寞。

天远岂知返,路阻长河络。北风吹瘦马,铁衣不堪著。

从军日未久,朱颜镜中削。悠悠复悠悠,人生胡不乐。

"长河"即黄河。长河络是黄河套,在内蒙古至宁夏一段,河流支脉成网状。

这首诗初看似是拟古的征夫怨妇之辞,细读应是他"奉使西域,有所宣抚"时,经过拂云堆沙漠,过宁夏黄河套,直至回乐峰途中的写照。因为"长河络",黄河成网状的地段,只有这一段。

纳兰容若"奉使西域"前扈驾巡视近边,也写过一些同情成卒离乡思人之苦的诗词,但都没有他去西北所作深刻。我们看这首诗已不是一般征夫思妇的怀念,而是以真实具体的生活细节入诗。"之子方从军"时,深闺中人感到寂寞,盼征夫早归,可是征夫越走越远,更加寒沙连云,长河如络,实在走不快,心中焦急也没办法。天寒地冻,北风呼啸,衣不蔽寒,连战马也瘦弱了。离开家远征北疆虽然"日未久",朱颜也消瘦了,自己对镜,竟至感到惊异。

结尾两句,诗人感慨万分,"悠悠复悠悠,人生胡不乐?"为什么总要有家庭离散,不让人们团聚欢乐,家家过上幸福美满的生活。言外之意,为什么总是有战争,总要出征,没完没了,何时才是尽头?

当然,这是一种厌战的思想,但是他的厌战思想是建立在同情人民疾苦的思想上的,一旦有人敢以战争来破坏人民的和平生活,不论是破坏统一大业的叛乱,还是外敌入侵,纳兰容若就拥护卫国安民的正义战争。甚至,他还因不能亲上战场"何由一溅荆江血",为国出力而深以为憾。爱民与爱国,在纳兰容若心中是统一的。

其九

妾如三月花,君如二月风。淡淡从东来,吹作天桃红。

一朝从军行，令人叹飞蓬。何以云问月，清辉千里同？

这首诗可以看作前一首的续曲，而且比前一首更引人深思。花径风吹，花艳朵盛，恰如青年男女的美满婚姻。可是一朝"从军"，便如秋风吹起飞蓬，零落离散。这一对比，更令人珍重爱惜青春夫妻的恩爱生活。

前人的写月诗，多以月作思的中介。"今夜鄜州月，闺中只独看"，"举头望明月，低头思故乡"，只是一头望月，月是思人思乡的媒介；"共对明月应垂泪，一夜乡心五处同"，"但愿人长久，千里共婵娟"，双方或各方共望明月，月都是中介对象。"何以云间月，清辉千里同"，则完全不同。月成了人羡慕的对象，月成了团圆美满、永放光辉的美好象征，和如飞蓬的离散哀怨的人间恰成鲜明对照。用"何以"一反问，则不仅是羡慕之情，更激发出千古的不平，而且表达了他崇高美好的心愿。

纳兰容若的心愿是：愿如"二月风"，永吹"夭桃红"，愿做"云间月"，随处放"清辉"。人间天上同样美满，这是他的人格理想的艺术体现。

其十

天地忽如寄，人生多苦辛。何如但饮酒，邈然怀古人。

南山有闲田，不治委荆榛。今年适种豆，枝叶何莘莘。

豆实既可采，豆秸亦可薪。

纳兰容若诗中把人生看作"多苦辛"，认为人不过"如寄"于天地间，是过客。与其去"多苦辛"，就不如学陶渊明一类的古人，归隐田间，饮酒种豆，既采以为食，又可取以为薪，其乐也无穷。他诗中所说的"多苦辛"，盖指忙碌于宦海尘俗之间，像他那样朝朝暮暮为帝王侍从，仰人鼻息的寄生生活。归隐田间，从事农业劳动，则不但不以为苦，简直就是一种人生的乐趣了。生于簪缨鼎食之家，身为帝王亲信，有此奇想，可谓千古一人。他既这样赞美劳动，当然也不会厌恶劳动者了，他还不会歌颂，但爱慕之情已溢于言表。

其十一

宇宙何荡荡,彼苍亦安知?屈平放江潭,子胥乃鸱夷。

升沉本偶然,遇何宁有时?千古恨如此,徒为吊者悲。

微生一何幸,冒哉遘昌期。

诗中讲了两位不被信任的忠臣。屈平是屈原的字,战国时楚人,号灵均。他是我国历史上第一位伟大的爱国诗人。他博闻强记,明于治乱,任楚国的三闾大夫。他遭小人嫉恨,屡受谗言陷害,遂被放逐江南,作《离骚》《渔夫》诸篇以明志。郢都陷落,他自沉汨罗江。

另一位是春秋时楚人伍子胥。他名员,父兄为楚平王所害。子胥逃奔吴国,佐吴王伐楚,报父兄之仇。吴王伐越,伤指卒,子夫差立,伐越大破之。越请和,夫差许之,子胥屡谏不听,受谗。夫差赐子胥以剑死,子胥曰:"尔悬吾目于东门,以见越之人,吴国之亡也。"夫差愠曰:"孤不使大夫有所见也。"乃以革囊盛子胥尸,投之江中。

屈原流放沉江,子胥鸱夷之冤,信而见疑,忠而被谤。这首诗由忠臣的不幸遭遇,论及人生的升沉遇合的不定,徒使后人吊古伤悲,结句以自己生逢盛世而庆幸。

这首诗在开头两句,发问的令人心惊!"荡荡",浩大也,"宇宙"之大无所不包也。"彼苍"者天也,天为万物之主宰,人世升深遇合,天岂有不知之理?屈原爱国,却遭谗言陷害;子胥忠谏,反被夫差赐以剑死。"彼苍"究竟是知也不知？是装糊涂，还是真昏聩？旧史的陈言，掩不住历史的真相，说什么忠而被谤才受害身亡，罪在奸臣。纳兰容若以为忠臣受害，责在主宰者"天"，"天"不信谗言，谗言本身又怎能起到害人的作用？

由开头到结尾，一个"何幸"也流露出不安之感，"昌期"虽遇上了，但能否持久，"幸"又能享有几时？纳兰容若不禁"惴惴有临履之忧"啊！

其十二

三月燕已来，清明杏子落。春风在青草，吹我度城郭。

道逢贵公子，银鞍紫丝络。藉草展华茵，相邀共杯酌。

为言相见欢，殷勤费酬酢。久之语渐洽，礼数少脱略。

初夸身手好，漫叙及勋爵。"惜哉君卿才，何事失宦学？"

予笑但饮酒，日暮风沙恶。走马东西别，归路烟漠漠。

这是一篇诗体的漫画小品。诗人通过记述郊游中的偶遇，辛辣地讽刺了王孙公子的世俗嘴脸。

这位王孙公子，铺的、坐的、骑的、用的，极尽华奢之能事。而且他见人就极力笼络拉拢，请吃请喝，极其大方；说起话来，大吹大擂，无边无沿，先夸自己武艺高强，身手不凡，再夸自己父兄勋爵，位高势大，不可一世；然后又吹捧新交，套近乎，拉关系；最后，对人家不买他的账又深为惋惜，认为人家不懂他的处世哲学，"宦学"就是靠拉帮结派，互相吹捧升官的学问，讲的就是如何拉拉扯扯，吹吹拍拍，编织关系网络，借以飞黄腾达，享受荣华富贵。

前四句以"三月""春风""清明""青草"反衬"贵公子"的丑恶嘴脸；结尾四句以笑饮以示蔑视批判之意，用"日暮""风沙""烟漠漠"与前四句呼应，并暗示此辈没有希望，没有前途，是彻底垮掉了的一代败类。

其十三

予生未三十，忧愁居其半。心事如落花，春风吹已断。

行当适远道，作计殊汗漫。寒食青草多，薄暮烟冥冥。

山桃一夜雨，茵箔随飘零。愿餐玉红草，一醉不复醒。

这十二句诗，前后六句，各用一韵。前六句也不像一首完整的诗，刚提到"远行"下边就打住，转说其他了。粗看之下，作一首诗看，似乎很难讲通。但如果与前边的几首联系起来看，特别对照"奉使西域，有所宣抚"期间的五十余首词和诗对照来读，便比较容易读通了。

前六句，"适远道"，应是指西域之行。是年纳兰容若二十八岁，恰"未三十"。这时他任侍卫已近十年。再加上早期的失恋及因病耽误殿试等等。"忧愁居其半"，除十四五岁前不懂人事，天真烂漫，可不是"忧愁"了十三四年吗？"忧愁"由何而生？源于心情，源于心事。纳兰容若"心事"如"春风吹已断"的落花，多而且杂。远的不讲，眼前便有"行当适远道，作计殊汗漫"。"汗漫"，《淮南子·俶真训》："徙倚于汉漫之宇。"《新唐书·选举志》："因以谓，按其声病可以为有司之责，舍是则汗漫而无所守。"均为广泛，漫无边际，漫无标准之意。"作计"指工作安排，或事先谋划之策略、计划等。西域之行，责任重大。过去外出，不过随侍扈从而已，行止自有皇上决定，扈卫警戒，自有制度，无须自己"作计"。而这一次则不同，皇上委以战和全权，而且事关清廷对整个西北边疆的统治。在《万里行》一节中，我们已引过《李朝实录》的有关章节，为了说明问题，我们再看一次：

瀛昌君沉等，归自清国。上召见，问彼国事情。副使尹以济曰："彼人自谓南方已定，而太极挞子兵力极盛，每请与清帝会猎。清人畏之，岁给金三百五十两，弥缝之。"上曰："蒙古猖獗，则天下将乱矣。……"以济曰："……

以此观之，南方平定之说，未可取信，且与大鼻挞子连兵，遣大学士明珠之子，领数千兵马往战，如不讲和，期于剿灭之。"

据陈桂英《纳兰容若"梭龙之行"辨》一文考证："太极挞子"，"无疑是指蒙古部落。当时西蒙古厄鲁特噶尔丹部势力强大，企图吞并喀尔喀蒙古"。"至于以济所谓的'大鼻挞子'，肯定是指沙皇俄国了。""明珠之子是谁？我认为非纳兰容若莫属。"

这个考证是相当准确的。准噶尔部即"太极挞子"，可资佐证的还有上引《李朝实录》中的一句话："且与大鼻挞子连兵"，准噶尔部首领噶尔丹与沙俄勾结是众所周知的历史事实。

纳兰容若这位二十八岁的青年，便是朝廷派往与"大鼻挞子"连兵的"太极挞子"处，数千兵马的统帅，握有战和全权的代表。这种代天子征伐的重任，即使是经验丰富的老将也不敢有丝毫的大意，更何况纳兰容若是初当重任。此行西域，情况特别复杂，主要对手是"太极挞子"和"大鼻挞子"，但西域诸部，对清廷的态度各有不同，有敌对的，有游离的，有臣服的，纳兰容若必须区别情况，恰当地分别对待。更不用说由于路途艰险而遥远，需有细致的准备了。因此怀有壮志，兼备文武之才的纳兰容若也感"作计殊汗漫"了。后来事实证明，他"作计"作得很好，"诸羌输款"，取得成就，就有他的功绩在其中，而且为康熙帝以后的三次亲征，作了战略性的准备。如果不是早亡，纳兰容若如能随同亲征，还不知有多大的建树呢！

"作计殊汗漫"是纳兰容若的眼前的"心事"，是他的"心事"之一。

"青草多"也是他的"心事"。"青草"多喻小人，而"寒食"正是早春，乍暖还寒天气。明珠政敌颇多，纳兰容若身为明珠长子，不会没有人暗中算计。联系《拟古》第十一首，他特别举出屈原、子胥，不无原因。他就在皇帝身边，而且特别小心谨慎，尽管有小人谗言，但皇帝十分信任他，赏识他。而现在他"行当适远道"，不在皇帝身边了，情况会是怎样的呢？"薄暮烟冥冥"，已近日终时候，眼前景物昏暗不清，他深觉苦闷，唯恐有谗而无人为之解脱。

"山桃""茵箔"两句,从几个形象看,"山桃""茵箔"及上文中"落花",应是喻指爱情的被拆散。"吹已断","随飘零"正喻两情难舍。这也是久久不能忘怀的"心事"。

这样诸多的心事,怎么能使他不"忧愁"呢?而且这些"心事"既不能忘,"忧愁"当然便无法得解脱,于是,只好学古人食"玉红草",一醉了之。

以这首诗去看他"奉使西域"期间所写诗词,当好理解:纳兰容若为何在诗词中总透露出低沉的调子,甚至发出"向西风回首,百事堪哀"的感叹。

其十四

松生知何年,崎嵝倚天碧。其上无女萝,其下远荆棘。

何用托孤根,苍崖多白石。亦有青兰花,吐芬在其侧。

前慕竹,此羡松。松生于倚天之高峰,其上无女萝之缠身,其下无荆棘之欺宿,虽系孤根,却有苍崖白石、幽兰陪伴,亦芳洁之胜境。

"女萝""荆棘",象征世俗小人,亦即国贼、禄蠹之类。"幽兰""白石",象征高洁贤者,亦即纳兰容若的友人顾贞观、姜宸英、严绳孙、吴兆骞等诗友。纳兰容若曾特为这些好友修造茅屋,别开一庭院,杜绝一切世俗侵扰,专与这些高洁好友朝夕相处,切磋学问,吟诗作赋,谈古论今,挥斥方遒。这首诗正是这种现实生活的形象反映。纳兰容若其实并不孤高,他平易近人,虚心好学。诗中以松自喻,表达了纳兰容若对高洁情操的向往与追求。

其十五

美人临残月,无言若有思。含颦但斜睇,吁嗟怜者谁?

予本多情人,寸心聊自持。浩歌幽兰曲,援琴终不怡。

私情托远梦,初日照帘帷。

美人,心中若有所爱,面临"残月""思"什么呢?"吁嗟怜者谁",当然是所爱之人了,这一问问的似乎没有必要。不知今后谁是"怜者",是命运使他失去了所爱,如"残月"之不能团圆了!见此情景,多情的词人本应是"怜者",可是如今已是可望而不可即了。自以为寸心还可能宽解一下,于是"浩歌","援琴",

以排除这桩心事,可是"终不怡"。诗人又乞求于梦乡,可梦遥远缥缈,直到日照帘帷,也还是空自神往一回,反而更增惆怅。

"初日",既是梦醒之时的情景,又喻指"若有思"的那个"谁",他来悄悄地照帘帷了。美人只能以对过去的回忆温暖自己。诗人感到自己的所爱已属他人,虽是"多情人",却也只能"聊自持",在梦中与她相见。

清人张南山《诗人征略》曾疑此诗盖咏林黛玉也。但是,林黛玉乃小说中人物,这种说法实在荒谬。不过,大家都认为纳兰容若确乎曾有过一位心爱的姑娘如林黛玉者。

前文中曾引《海讴闲话》引《赁庑剩笔》的一段话:"纳兰眷一女,绝色也。有婚姻之约。旋此女入宫,顿成陌路。"与《拟古诗》第六首"西北楼"诗参读,假如此"美人"不是入宫,以纳兰容若的家庭地位和身份,岂能轻易袖手让他人娶走?而且也不会总是含混其词,迂回曲折地殷殷寄情,遗恨绵绵却无可挽回,但却从不敢放声呼吁,大胆抒愤。这种一反常态的现象只能说明,"美人"已落到比纳兰容若地位更高,比纳兰家族权势更大的人的手中。

其十六

安石负盛名,乃在衡门初。名声既接席,妙妓亦同车。

仕进良偶然,年已四十余。军国事方棘,围棋看捷书。

所以丝竹欢,陶写代桑榆。晚造泛海装,始志终不渝。

马策西州门,想象生存居。君看早达者,怀抱意何如?

安石,是谢安的字。谢安(320—385),东晋军事家。《晋书·谢安传》说他"及总角,神识沉敏,风字条畅,善行书"。他"少有重名",无意于仕进。"初辟司徒府,除佐著作郎",他不愿就职,"并以疾辞"。以后他客居会稽,和当时名士王羲之、高阳、许询以及高僧桑门支遁交往,"出则渔弋山水,入则言咏属文,无处世意"。他不为世俗所拘,"虽放情丘壑,然每游赏,必以妓女从"。当时,他的弟弟谢万任西中郎将,"总藩任之重",他虽然没什么官职,但知名度远远高出谢万。他的弟弟被罢免官职后,他才开始有出仕的愿望,当时他已四十多岁了。孝武帝时,他任尚书仆射,领吏部,加后将军。当时前秦遣军南下,攻破梁、益、邓、樊等地。他派他的弟弟谢石、侄儿谢玄,加强防御。太元八年(383),他命弟弟与侄儿在淝水设下防线,抵御强敌,大捷。"时苻坚强盛,疆场多虞,诸将败退相继。安遣弟石及兄子玄等应机征讨,所在克捷。拜卫将军、开府仪同三司,封建昌县公。坚后率众号百万,次于淮肥。京师震恐,加安征讨大都督。玄入问计。安夷坐无惧色,答曰:'已别有旨。'既而寂然。玄不敢复言,乃令张玄重请。安遂命驾出山墅,亲朋毕集,方与玄围棋赌别墅。安常棋劣于玄,是日玄惧,便为敌手而又不胜。安顾谓其甥羊昙曰：'以墅乞汝。'安遂游涉，至夜乃还，指授将帅，各当其位。玄等既破坚，有驿书至，安方对客围棋，看书既竟，便摄放床上，了无喜色，棋如故。客问之，徐答云：'小儿辈遂已破贼。'既罢，还内，过户限，心喜甚，不觉屐齿之折，其矫情镇物如此。"后来乘胜北伐，收复洛、青、兖、徐、豫等州。王道子专权时，"而奸谄颇相扇构，安出镇广陵之步丘。""然

东山之志，始末不渝，每形于言色。及镇新城，尽室而行，造泛海之装，欲须经略粗定，自江道还东。雅志未就，遂遇疾笃"，"诏遣侍中慰劳，遂还都。闻当舆入西州门，自以本志不遂，深自慨失。"谢安"性好音乐，自弟万丧，十年不听乐。及登台辅，期丧不废乐。"

"马策西州门"说的是羊昙的事。"羊昙者，太山人，知名士也，为安所爱重。安薨后，辍乐弥年，行不由西州路。尝因石头大醉，扶路唱乐，不觉至州门。左右白曰：'此西州门。'昙悲感不已，以马策扣扉，诵曹子建诗曰：'生存华屋处，零落归山丘。'恸哭而去。"事在《晋书·谢安传》。

这首诗借思慕颂赞谢安，又一次明志不渝，表明自己为国为民建功立业的志向。

"始志终不渝"，"始志"是什么呢？"东山再起"也。当时谢安处乱世隐居于会稽之东山，本不想出仕，怎么后来又起而出仕了呢？并非"偶然"。首先是为救天下苍生。大将军桓温请他为司马时，中丞高崧曾激发他："卿

累违朝旨(不出山),高卧东山,诸人每相与言,安不肯出,将如苍生何！苍生今亦将如卿何！"他听后欣然出山赴命。其次,是激于弟弟谢万的被废黜,"始有仕进志"。

后来谢安的所作所为,正如李白所概括的那样:"为君谈笑净胡沙。"从表面看,谢安是个"早达者",大有看破红尘之感,可是内里却是"怀抱""苍生",为国为民,"矢志不渝"的。

纳兰容若何尝没有谢安"怀抱""苍生",为国为民的壮志,何尝不想如谢安那样做一番大事业。纳兰容若正如谢安一样,在看破红尘的表象里面,跳动着的是一颗为国为民的心。

其十七

凉风飒然至,秋雨满空阶。室有积忧人,所思在天涯。

蟋蟀鸣北牖,蛛丝落高槐。明发出门望,爽气正西来。

西山有涧阿,肥遁以为怀。

"明发",《诗经·小雅》有:"明发不寐,有怀二人。"《传》:"明发,发夕至明。""明发"即从晚至天明不寐:

"肥遁",《易·遁》:"上九,肥遁无不利。"《疏》:"肥,饶裕也;上九,在外极,无应于内,心无疑顾,是遁之最优,故曰肥遁。"肥遁遂成为高隐之名。

"入世"与"出世",是纳兰容若思想的基本矛盾,消极隐遁之心,不时萌动。诗中以"凉风""秋雨""蟋蟀鸣","蛛丝落"等形象烘托心中的"积忧",一旦出门而望,顿觉爽气西来。精神为之一振,他的"所思"竟在眼前,涧阿肥遁"出世"之想油然而生。

其十八

生本蒲柳姿,回飙任西东。心如秋潭水,夕阳照已空。

落花委波纹,天地如飘蓬。忽佩双金鱼,予心何梦梦！

不如茸茅屋,种竹栽梧桐。贵贱本自我,荣辱随飞鸿。

何哉阮步兵,慷慨泣途穷。

"蒲柳姿"本是比喻身体衰弱。《世说新语》说："顾悦与简文帝同年,而发早白。简文曰:'卿何以先白?'对曰:'蒲柳之姿。望秋而落;松柏之质,经霜犹茂。'"诗中,纳兰容若借以比喻自己天生是顺自然本性的,所用非"蒲柳姿"的原意。

"佩双金鱼"是做朝官的意思。唐代官制,五品以上官员授以鱼符,以金、银、铜分等级,复以袋盛之,袋面绣鱼饰,谓以鱼袋。

"葺茅屋",康熙二十三年(1684),纳兰容若葺成茅屋三间,写了《满江红·茅屋葺成却赋》:"问我何心,却构此、三楹茅屋? 可学得、海鸥无事,闲飞闲宿。

……雪后谁遮檐角翠,雨余好种墙阴绿。有些些,欲说向黄昏,西窗烛。"《通志堂成》诗:"何时散佚容闲坐,假日消忧未放怀。有客但能来问字,请尊宁惜酒如淮!"诗中见志,葺屋植树,是为陶冶性情。

"阮步兵"指魏晋诗人阮籍。阮籍,尉氏人,字嗣宗,为竹林七贤之一。他博览群书,尤尚老庄,善啸能琴,尤嗜酒。每以沉醉远祸。闻步兵厨善酿,贮酒三百斛,乃求为步兵校尉。故人称阮步兵。著有《咏怀诗》八十二首,及《达生论》《大人先生传》等。他有感于时事,有言而不得倾诉,常率意命驾,途穷则痛哭而返。纳兰容若引以为同道。

开头六句,纳兰容若说自己的本性是遂顺自然的,可以任其东西,即使在"回飙"中也可以；自己心地纯洁透明，任凭夕阳照射，也只能益显其纯洁空明；身世曾如春花烂漫，即使如落花，也可以在天地间随意"飘蓬"。

七、八两句用一个"忽"字写出突然转变，人为地改变了自己原来的性体，忽然佩带起"金鱼"走上仕途了。于是心情顿时昏乱不知所措，违背了本意。自己从来也没有做过这方面的精神准备。于是想出一种解脱之法：茸茅屋三间，种树植竹以"陶写"性情，与友人对酒吟咏以抒发胸臆。只要自身牢牢把握贵贱的准则，不以官为贵，不以贫为贱，毁誉荣辱，随人议论去吧。你世俗以为荣而誉的，我自以为辱；你世俗以为辱而毁的，我反以为荣而赞之。这就是纳兰容若的荣辱感。

最后两句忽又提到阮籍穷途而哭的故事，似与全篇游离。但是，"慷慨"一词，已流露出对阮籍的赞许与同情。纳兰容若对自己多年的侍卫生涯，怕也有"途穷"之感吧。

其十九

客遗缃绮琴，言是雷霄斸。能啼空山猿，亦飞秋涧瀑。

援之发古调，三奏不成曲。朱弦澹无味，予亦聊免俗。

前四句写客人赠琴，琴之古雅。古有雷琴。《贾氏说林》载："雷威斸琴无为山中，以指候之，五音未得。正踌躇间，忽一老人在旁指示曰：'上短一分，头丰腰杀，巳日设漆，戌日设弦，则庶几可鼓矣。'忽不见，自后如法斸之，无不佳绝，世称雷琴。"

"霄"，见《山海经·海内北经》："舜妻登比氏生宵明、烛光，处河大泽，二女之灵能照此所方百里。"舜妃湘夫人，《楚辞·远游》中有"湘灵鼓瑟"之说，宵明为湘夫人之女，纳兰容若为夸张琴之古雅，托言为宵明所斸。

这把古琴，传说为雷威或霄明所制，既能发容谷猿啼之声，又能奏秋涧飞瀑之音，古朴自然，纯属古调。

后四句突一转，用此琴弹奏时曲，则三奏而不能成律。那时兴的"朱弦"虽然能弹奏时曲，但听来寡而无味，还是不弹为好，我也只好暂免时俗之气了。

诗中借弹琴再次明志,绝不随时俗而移志,要坚守古朴情操。

其二十

白云本无心,卷舒南山巅。遥峰如梦中,孤影相与还。

忽然间高霞,霏霏欲成烟。风花落不已,流辉转可怜。

皎洁自多愁,况复对下弦。高楼夜已半,惜此不成眠。

这是一首借赏景影射现实处境不佳,愁上加愁的情思。

前四句写白云与远峰遥相自得,如梦如痴,心旷神怡。五、六两句写忽然有"高霞",杂处其间,给搅散弄乱了,一切都笼罩上一层烟雾,"霏霏",大有雨雪欲来之势。于是出现七八两句所写的惨状,风起花落,而且还没完没了,可爱的春光一刹那变得凄凄惨惨。

后四句诗人直抒情怀。"皎洁"是言自己心无杂质,洁如白云。诗人本来就多愁善感,再加上面对不团圆的残月,就愁上加愁了,直至夜半也难于成眠。"惜此"一句,更进一层,诗人不只自伤自怜,而且还关心爱护这一切美好事物,美景良宵,美好韶光。

其二十一

岁星不在天,大隐金马门。微言亦高论,一一感至尊。

文园苦愁疾,凌云气萧瑟。乘传威始申,谏猎情亦切。

所为一卷书,乃在身后出。

诗中借颂司马相如,赞扬汉武帝的善识才与能用才。

第一、二句连用典故。"岁星"，即木星，《尔雅》称太岁，太岁在甲，曰闭蓬；在寅，曰摄提格。古代术数家以太岁所在为凶方，忌掘土建。"不在天"，即无凶兆，时为太平盛世。

　　"大隐"指身居闹世而不受其扰，高洁之至的隐士。王康琚《反招隐诗》有："车马长安道，谁知大隐心。"杜牧《寻戴处士》诗有："车马长安道，谁知大隐心？"

　　"金马门"也称金门，是汉时宫门名。汉代征召赴京的人，都待诏于公车衙门，其中被认为有突出才能的人，则待诏于金马门。谢惠连《连珠》有"登金马而名扬"之句。

　　在太平盛世，天子更重人才，野无遗贤，连大隐之士，也待昭金马门。

　　"微言亦高论，一一感至尊。"微言是隐微不显之言。"至尊"，封建社会称皇帝为至尊，尊贵无比之意。这两句总领司马相如作赋几次"微言"讽谏，武帝从谏若流之事。

　　司马相如（前179—前117），字长卿，是西汉时辞赋大家。他患有消渴病，即今之糖尿病。《汉书·司马相如传》说"相如口吃而善著书，常有消渴病。"景帝时他任武骑常侍，因病免职。他去梁，和枚乘一起隐居。武帝即位后，很赏识他的《子虚赋》，因得召见，作《上林赋》，用为郎。曾奉使西南。汉武帝的陵园曰孝文园，后来司马相如又任孝文园令，后人因称他文园。汉武帝好神仙，相如上《大人赋》讽谏，武帝反而飘飘有凌云之志，虽然赋劝而不止，但武帝已明白其中讽谏之意。司马相如乘传车至京师，即献《上林赋》

劝谏武帝游猎之行："若夫终日驰骋,劳神苦形,置车马之用,抚士卒之精,费府库之财,而无德厚之恩,务在独乐,不顾众庶,忘国家之政,贪雉兔之获,则仁者不繇也。从此观之齐楚之事,岂不哀哉！地方不过千里,而囿居九百,草木不得垦辟,而人无所食也。夫以诸侯之细,而乐万乘之侈,仆恐百姓被其忧也。"写得情辞至切。

司马相如有《司马文园集》一卷,为明人所辑。

非汉武帝,不能用司马相如;司马相如不遇汉武帝,则不得展其才。

司马相如以"微言""感至尊",他著书立论又可以传诸后世,得时得世得主,何其幸运！

纳兰容若无他求,即此足矣。

其二十二

西汉有贾生,卓荦真奇士。赍志终未达,盛年身竟死。

为文吊屈平,可怜湘江水。愤俗谢勋贵,轻生答知己。

临风忽搔首,吾亦从逝矣。

这首诗赞贾谊之才,而叹其早亡。

贾谊(前200—前168),雒阳人,十八岁即以能诗文称誉于时。吴公荐于文帝,召为博士。后迁大中大夫,请改正朝,易服色,制法度,兴礼乐,帝欲任为公卿。后来因受周勃、灌婴的排挤,贬为长沙王太傅,后又为梁怀王太傅,疏陈政事,颇得治体,但均未被采纳。不幸怀王堕马而死,贾谊自伤为傅无状,忧愤而死,年仅三十三岁。

贾谊自伤身世,到长江,渡湘水时,为赋吊屈原,盖以自况。他作《吊屈平赋》,以示敬仰之意,表示要以屈原为典范。纳兰容若今又作诗吊贾谊,赞佩贾谊有治国安邦之伟志,有屈原之高洁的思想,又能以死报答知己,于是产生要从贾谊而同逝的想法。

贾谊在世仅三十三年,而纳兰容若又较之少两年,两人均有安邦定国之才,又有以天下为己任之志,一生的郁郁一不得志,使纳兰性得引他为同调。

其二十三

凤翔几千仞,羽仪在寥廓。结巢梧桐顶,层云复阿阁。

非无青琅玕,不寄西飞鹤。一鹤正西飞,翩翩长苦饥。

玉潭照清影,独自刷毛衣。生得谢虞罗,光彩非所希。

诗中以凤、鹤相比。

前四句写凤。"羽仪",《易·渐》:"鸿渐于陆,其羽可用为仪。"孔疏:"其羽可用为物之仪表,可贵可法也。"韩愈《燕喜亭记》:"智以谋之,仁以居之,吾知其去而羽仪于天朝也不远矣。"诗中用来为受人尊重,可为表率的象征物。传说凤只栖于梧桐树上。《诗经·卷阿》:"凤皇鸣矣,于彼高冈;梧桐生矣,于彼朝阳。""阿阁",帝王居之阁也。《帝王世纪》说:"黄帝时,凤皇巢于阿阁。"《文选·注》载:"《周书》曰:'明堂咸有四阿,然则有四阿者,谓之阿阁。阿,柱也。'"

凤生来高贵,能飞千仞,羽毛为人所爱,结巢于梧桐之顶,栖息于阿阁之上;而鹤,却生来命苦,不住竹林,只顾西飞,忍饥挨饿,自爱毛羽,却不为人所爱。因之人也不下"虞罗",盖因其羽毛之"光彩非所希"也。

但是,鹤,"玉潭照清影,独自刷毛衣",自怜自爱,清幽洁美,又岂"羽仪""光彩"之凤凰可比哉!

纳兰容若爱鹤,实自喻也,亦喻其好友顾贞观、姜宸英、严绳孙等人。纳兰容若不以官阶取人,而重在品性学问。他与他的友人足与鹤之高洁相合也。

其二十四

初日淡杨柳,对之何所言? 东风几千里,吹入十二门。

天地忽如窬,青草招迷魂。堂堂复堂堂,春去将谁论?

初春时节,杨柳淡拢烟云,春风浩荡,吹遍神州大地。《书·尧典》有:"肇十有二州。"春风吹来,天地万物从严冬中醒来。人的青春也应趁春光而驰骋。否则青春将逝,春光将逝,将何以用武,何以为春光增色?

诗写得很有气魄,这是一首春的颂歌,青春的颂歌。

其二十五

世运倏代谢,风节弃已久。磬折投朱门,高谈尽畎亩。

言行清浊问,术工乃逾丑。人生若草露,营营苦奔走。

为问身后名,何如一杯酒? 行当向酒泉,竹林呼某某。时有西风来,吹香满罂缶。不问今何时,仰天但搔首。

诗的前半部分,纳兰容若感叹世风日下。古人讲究风节,士要有高风亮节,这是做人的品行之最高标准。而这些早就被一些弃置不顾久矣。为人臣者侍君主应敬谨如磬折之态,《礼·曲礼》载:"立则磬折垂佩。"但是,以此投向朱门,就是卑躬折节的小人行径了。他们言谈之及,尽为"畎亩"。《庄子·让王》说:"舜以天下让其友北人无择。北人无择曰:'异哉! 后之无人也,居于畎亩之中,而游尧之门,不若是而已。'"北人无择批评舜不好好种田,却奔走于帝阙,是不合清高的。无择说自己决不像舜那样,后来他终于投清泠而死。

"术工"应为"术士"之工。言谈处于"清浊间"的术士,他们的行为就更加丑陋。术士,原指战国时期以苏秦、张仪为代表的权谋狡诈之士。他们朝秦暮楚,奔走于各诸侯国之间,耍阴谋,玩骗术,虚虚实实,真真假假,极尽狡辩之能事。后世更有以占卜、星相骗人的江湖术士。凡此种种的"逾丑"之人,实在是极丑之人间败类也。

"磬折"之小人也好，"逾丑"之术士也好，他们蝇营狗苟，苦苦奔走，实在如草尖之露水，一定是长久不了的。

真正能够身后留名的，还是那些高风亮节，不为世俗所迷的真正名士，如竹林七贤。

晋时社会动荡不安，政治昏暗，嵇康与阮籍、向秀、刘伶、阮咸、山涛、王戎等名士，不满于现实，不愿与统治者合作，常宴集于竹林之下，为竹林之游。他们的"竹林之游"，后人喻指无视名利的君子之交。

纳兰容若说只有如他们，才能身后留名。可是到诗的结尾处却陡然一刹：你也不问问今世是何时何代？这是圣主康熙盛世，政治清明，应是野无遗贤，人尽其才，才尽其用，而现实与理想中的情况却大相径庭。

纳兰容若十分厌恶那些蝇营狗苟之徒，徐乾学《纳兰君神道碑文》有一段记述：

客来上谒，非其愿交，屏不肯一觌面，尤不喜接软热人。所相知心，款款吐心腑，倒困囊，与为酬酢不厌。

所谓软热人，即趋炎附势之徒；所称知心，即风节清高之士。纳兰容若对小人之害，深有体会。顾贞观说纳兰容若"所欲试之才，百不一展；所欲建之业，百不一副；所欲遂之愿，百不一酬；所欲言之情，百不一吐"。由于那些谗邪奸佞之徒为害，纳兰容若才难展，业难就，愿难遂，能不令人痛心？

其二十六

宛马惊权奇，款从西极来。蹜蹜不动尘，但见烟云开。

天闲十万匹,对此皆凡材。倾都看龙种,选日登燕台。

却瞻横门道,心与浮云灰。但受伏枥恩,何以异驽骀?

这首诗抒发了诗人怀才不遇的心情。

前八旬以宛马自比。汉时西域大宛国盛产名马。《汉书·武帝纪》太初四年:"贰师将军(李)广利斩大宛王首,获汗血马来,作西极天马之歌。"《注》:"应劭曰:大宛旧有天马种,蹋石汗血。汗从前肩髆出,如血。号一日千里。"

宛马生来蹴蹋不凡,把御马厩中精养的"天马"十万匹都比下去了。"大圣"正如士子,一朝中选,金榜题名,"倾城"都来观赏"龙种",此情此景,怎不教人扬眉吐气!

但自己中选后,当上了侍卫,已自觉够无趣了。再看看那些进入学宫之门的文人雅士,也和自己一样,被豢养于槽枥之间,被人看作"天马"一般。是千里马就要奔驰腾跃,"天闲"中"伏枥"的日子,怎能与当年"蹴蹋""烟云开"的奔放豪迈相提并论。再回想起登上黄金台被"倾都"人观看的盛况,顿觉心灰意冷,那激昂与豪迈,全然消亡。

结句说,这种"伏枥"的皇恩再受下去,养得肥肥胖胖,将与"驽骀"有何区别?

看,纳兰容若的"出世"之想,又油然而生了。

其二十七

落日忽西下,长风吹东来。天地果何意?逝水去不回。

世事看弈棋,劫尽昆池灰。长安罗冠盖,浮名良可哀。

不如巢居子,遁迹从蒿莱。

这首诗是对追名逐利的小人们的批判。历史犹如弈棋,胜败无常。当年,古昆明国有池,名昆明池。汉武听说昆明池景色秀美,为表示扩张疆土之决心,又为训练水军,在长安仿昆明池开凿人工湖,并命名为昆明池,成为一时之盛事。曾几何时,到姚秦时,池已枯竭;唐德宗复浚之,至文宗以后,池已涸为民田。看这昆明湖的变迁，就够使人感慨万千了。

"冠盖"本指官宦之冠服车盖，后指代官宦之人。你看那奔走在长安道上的仕宦之人群，只图一时的富贵浮名，实在是可悲，可叹呀！这种人哪能同上古时的巢由相比。巢由是传说中陶唐时的高士，隐居深山，不追求世俗的名利。他在树上筑巢而居，故名巢父。尧曾让天下给巢父，巢父不受；尧又让于许由，许由去征求巢父的意见。巢父说："汝何不隐汝形，藏汝光？若非吾友也。"许由后来也不接受。所以《汉书》说："尧舜在上，下有巢由。"

纳兰容若十分赞赏巢父遁迹蒿莱，返回自然。纳兰容若也时有流露自己欲隐退山林的愿望。但纳兰容若的退隐之言，更多的倒是曲折地反映他的"惴惴有临履之忧"。

其二十八

行行重行行，分手向河梁。持杯欲劝君，离思激中肠。

努力饮此酒，无为君者伤。

在四十首拟古诗中，这首短诗的抒情方式与众不同。前边的二十七首都好像是对送行远去的友人倾诉衷肠与临别赠言，至此再劝更讲一杯酒，然后叮嘱：忽为我的一切而悲伤。这首诗是诗人暂借杯酒缓解自己的悲愤，劝人正是自劝，以这种方式抒发激愤，看似平缓，实更激烈。

其二十九

长安游侠子，黄金视如土。结交及屠博，安知重珪组？

一朝列华筵，羞与朱履伍。惜哉意气尽，委身逐倾吐。

时俗尚唯阿，至人亦伛偻。惟有昔赠言，深藏乃良贾。

战国时，《韩非子》中便有"侠以武犯禁"的看法。春国战国时期的门客、士中便有不少属游侠之列。司马迁的《史记》专有《游侠列传》。《游侠列传·序》说："今游侠，其行虽不轨于正义，然其言必信，其行必果，已诺必诚，不管其躯，赴士之困厄。"游侠"救人于危，振人不赡，仁者有乎？不既信，不背信，义者有取焉"。司马迁对游侠评价很高，游侠确是在不公正的社会中,弱者寄于扶正除邪希望的化身。但后世,确也有以游侠为名,打着除暴安良,主持正义旗号的不法之徒,鱼肉百姓,陷害忠臣义士,实际为统治者充当鹰犬与爪牙。

诗中前四句说,游侠子一开始还带有江湖义气,挥金如土,能与屠博之徒混在一起。"屠"指宰杀牲畜,卖肉为业者。"博"指不务正义,以赌博为业者。"屠博"泛指社会地位低下,从事低贱职业的下层市民。"珪",官员的凭证。《左传·哀公十四年》:"司马牛致其邑,与珪焉。"杜预注:"珪,守邑符信。""组",《礼·玉藻》:"天子佩白玉而玄组绶,公佩山玄玉而朱组绶,大夫佩水苍玉而纯组绶,世子佩瑜玉而綦组绶,士佩瓀玟而缊绶。"注:"绶者,所以贯佩玉相承受者也。"珪组,在这里指代真正的官级制度。这时,游侠子对官场之事还一窍不通。

但是,一朝得势,便不得了。中间六句,揭露小人得志的不可一世的丑态。他一旦能侧身于华美而高贵的筵席,便以为自己一步登天,身价百倍了。身为下等人而只配穿"朱履"的弟兄们,昨日还称兄道弟,今日游侠子便羞于与他们为伍了。哥儿们的意气早已抛尽,便委身投靠权贵,追逐于"倾吐"者之侧。"倾吐",韩维《和平甫》有:"高文大论日倾吐。"本是倾诉,畅所欲言之意。这里,纳兰容若用贬义,指高谈阔论,夸夸其谈者之流。游侠子本以动武为能事,现在却投靠到附庸风雅的权贵们那里附庸风雅,追随人后说东道西地博取宠爱。他对人家如此巴结,做走狗。可他又希望别人也如此巴结他,在他人面前充主子。即使本是至亲好友,也要在他面前低下几分。这已经成为时俗，难以扭转。

诗的末尾说，只有古圣先贤说的对："良贾深藏"，不能随俗而迁，因势而阿，乘时而傲，忘乎所以。

"良贾深藏"典出《史记·老子韩非列传》："老子曰：'……吾

闻之：良贾深藏若虚，君子盛德，容貌若愚。'"

纳兰容若认为，"良贾深藏"，乃为正当的处世之道。联系他的其他作品看，他的确深谙中国古代知识分子"穷则独善其身，达则兼济天下"的传统，"良贾深藏"为得其主，"士为知己者死"。可见纳兰容若前面诗中所谓隐遁，既是"深藏"，是一时的退步，更是为了适时而动，适时而出。难怪他那么赞赏谢安。所以他在牢骚的同时，需要扈从，他便谨慎尽力，需要单独完成使命，他便"奉使西域"，还能尽心竭力地为朝廷效力。出世是为了入世，入世却又有出世之想。这种矛盾心理是封建社会文人的普遍心态。

其三十

闭关谢西域，汉文何优柔。圣泽余亥步，遐荒如甸侯。

旅獒既充贡，越雉亦见收。蛮族进珊瑚，不烦使者求。

昭回云汉章，烛及海外州。人生睹盛事，岂羡乘槎游。

这首诗抒发了诗人建立一统大国的政治理想。

第一、二两句，批评汉文帝的"优柔"。汉文帝在位二十六年，其间，匈奴多次入侵，汉文帝只能节节防御，不能主动出击，最后只能屯军细柳，保卫京师。至使景帝及武帝初年，匈奴内侵至北平、上谷等地。直至武帝六年才击败匈奴,沟通西域。

中间六句,纳兰容若指出,一统大国的帝王应当"圣泽余亥步,遐荒如甸侯"。"亥步",《淮南子》说:"使竖亥步,自北极至于南极,二亿三万三千五百里七十五步。""圣泽余亥步"意即圣恩之泽,所及当远。"甸侯",谓在天子统治范围内的诸侯。作为一统天下的皇帝,应当是

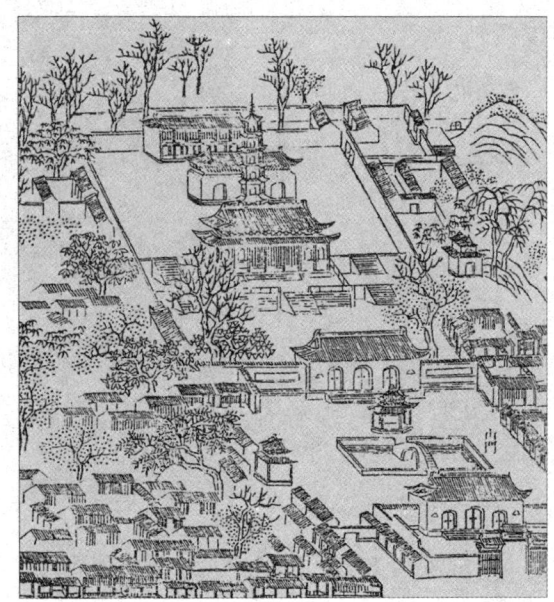

恩泽广及,这样,即使是最边远的地方,也会成为甸侯。这样,用不着派出使者,四方都会臣服。西方的戎,"有国名旅者,遣献其大犬,其名曰獒,于是太保召公,因陈戒史,叙其事,作《旅獒》"。事见《书序》:"西旅献獒,太保作旅獒。"于越之国,献上雏雉。蜑族输税,进贡珊瑚。

怎样能实现建立一统的理想呢?纳兰容若指出,"昭回云汉章,烛及海外州"。《诗经·大雅·云汉》:"倬彼云汉,昭回于天。"孔疏:"见倬然而明大者,彼天之云汉;其水气精光,转运于天,未有雨征。"昭回,谓星辰光辉回转,这里借指日月。皇帝的恩泽应当如日月之光,普照天地,不及施于国内,也要施于境外。纳兰容若对此十分向往,他说只要看到这种一统的出,就比"乘槎"仙游还要令人快乐。"乘槎游"典出《博物志》:"天河与海通,近世有人居海渚者……乘槎而去。"并说这个人乘槎曾至天河,见牵牛、织女云云。

诗中,纳兰容若批判了汉文帝没有与西域沟通,只是拒之以战,指出这种政策不是治世的英明之法。纳兰容若认为,作为一个统一大国的帝王,必须昭如日月,恩泽广被,使边远的部族也能成为"甸侯",让人家从心眼里服你,那么什么宝物也就都可以送来表示敬仰之情了。这样就不须再烦使臣

去那里索求了。

　　纳兰容若于康熙二十一年（1682）秋末"奉使西域"，并"宣抚"诸部族。康熙二十四年（1685）他逝世不久，"诸羌款塞"，果然前来进贡献礼。为什么？还不是因为纳兰容若在西域广施朝廷的"圣泽"，如日月星辰，"烛及力了海外州"吗？生前，虽然纳兰容若没赶上诸部输款，但是他把他的主张已付诸行动，真正做过这件有历史意义的团结各民族的伟大事业，完全合乎他的理想愿望。所以他说人生能亲自看到这样的盛事，还哪里会有"乘槎"浮游的非分之想呢！可见，愿意为国为民建功立业，希望国家强大民族团结，渴望在这样的事业中大展宏图，是纳兰容若思想的主导方面。能如此，他肯定会抛弃什么"餐霞""遁迹"之类念头的。这首诗，是他积极入世思想的总抒发。

<h2 style="text-align:center">其三十一</h2>

圣主重文学，清时无隐沦。遂令拂衣者，还为弃繻人。

适意聊复尔，去来若无因。昔者采山薇，今忆淞江莼。

诗中用了三个典故。

　　"弃繻人"，典出《汉书·终军传》："初，军当诣博士，从济南步入关，关吏予军繻，军问：以此何为？'吏曰：'为复传，还当以合符。"军曰：'大丈夫西游，终不复传还。'弃繻而去。军为谒者，行使郡国，建节东出关。关吏识之，曰：此使者乃前弃繻生也。"'

　　"采山薇"，典出《史记·伯夷传》："武王已平殷乱，天下宗周，而伯夷、叔齐耻之，义不食周粟，隐于首阳山，采薇而食之。及饿且死，作歌曰：'登彼西山兮，采其薇矣。以暴易暴兮，不知其非矣。神农虞夏，忽焉没兮，我安适归矣。于嗟徂兮，命之衰矣。'"

　　"淞江莼"典出《晋书·张翰传》："张翰，字季鹰，齐王同辟为东曹掾。翰因见秋风起，乃思吴中菰菜、莼羹、鲈鱼脍，曰：'人生贵得适志，何能羁宦数千里，以要名爵乎？'遂命驾而归。"

全诗以五六句为轴，揭示了他对现实社会的失望。

先说，凡是重文学的圣主所临的清平时代，没有"隐沦"之人。即使是拂衣而去的隐者，也会回来，成就如汉武帝时终军的事业。为自己"适意"而已。下边虽未明说昏君轻文学，乱世有隐沦；但是这潜台词、话外音还是不言而喻的。你看，昔时学伯

夷叔齐的人，虽然有的到朝廷做了官，可曾几何时，又如张季鹰，产生了莼鲈之思，要"命驾而归"了。前者是归而复来，后者是来而复归，这一去一来，似乎"无因"，其实，"因"已在其中矣。

纳兰容若的好友，有多少屡试不第的，中第而无官的，当了官被废黜的。今日回朝，明日离去。来来去去，去去来来。事情就发生在宰相官邸，出现在相府长公子眼前。难道这些人只徒有虚名，而实是无能之辈吗？这些发生在纳兰容若眼前的事，不能不引发他的深思。康熙皇帝不能算昏君，社会由乱而转向治，不能不称为盛世。圣主盛世尚且如此，现实令他太失望了。

其三十二

结庐依深谷，花落长闭关。日出众鸟去，良久孤云还。

回风送疏雨，微芬扇幽兰。白日但静坐，坐对门前山。

生世多苦辛，何如日闲闲！

请对照陶渊明《饮酒》第五首：

结庐在人境，而无车马喧。问君何能尔？心远地自偏。

采菊东篱下，悠然见南山，山气日夕佳，飞鸟相与还。

此中有真意,欲辩已忘言。

还是要学陶渊明"不为五斗米折腰"的精神,要到一个桃花源式的乐园里去,日与落花、山鸟、孤云、回风、疏雨、幽兰、青山为伴。古人常作《山静日长图》,李白诗也有:"相看两不厌,只有敬亭山。"诗人雅士都追求这种闲散中的山居美,主要的原因还在

于他们厌倦了"生世多苦辛"。所谓"苦辛",就是前面诗中所说的不适意。没有能生逢清时,遭遇明主,因而怀才不遇,没有英雄的用武之地。与其"苦辛"如此,"何如日闲闲",了此残生! 这是纳兰容若消极"出世"的根本原因。

纳兰容若的诗词中不可抑制地常常流露"出世"的情绪,这种看似消极的情绪,实际上反映的是他对现实社会的失望和对社会黑暗面的认识。

其三十三

与君昔相逢,乃在苧萝村。相逢即相别,后期安可论?

扬蛾启玉齿,声发已复吞。诅绝赏音者,其如一顾恩?

和《拟古诗》第六、十二、十五和二十三首联系来看,诗中描绘了失去爱的怅惘和思念。

苧萝村,在苧萝山下。山在今浙江省诸暨县南五里,又名萝山。苧萝村传说为春秋时越国美女西施的故里。下临浣江,江中有浣纱石,传说为西施当年浣纱处。这里并非指苧萝实地,而是借用喻"君"之美如西施,与"君"

会面,恰如见西施苎苎萝村。

"一顾恩",本指王昭君入汉宫后从未受过汉皇"一顾之恩"。后世喻指帝王对妃嫔之情极浅。

纳兰容若诗中描写终不成眷属的情人相逢的情景,忽忽一瞥,相逢即别。后会无期,其恨绵绵。扬蛾愁思,启齿难言,发声复吞,其压抑之情,何其重也。虽然心中明知,"赏识者"来见这一次实在不容易,岂能轻易拒绝?但是怎奈自己已受"一顾之恩",又岂敢妄作多情?

纳兰容若《减字木兰花》(相逢不语)词中也描写过类似情景:

相逢不语,一朵芙蓉著秋雨。小晕红潮,斜溜鬟心只凤翘。待将低唤,直为凝情恐人见。欲诉幽怀,转过回阑叩玉钗。

对爱情的追求和失去爱的怅惘是纳兰容若吟咏的重要内容。

其三十四

信陵敬爱客,举世称其贤。执辔过市中,为寿监门前。

邯郸解围日,鞲矢引道边。救赵适自危,故国从弃捐。

功成失去就,始觉心茫然。再胜却秦军,遭谗竟谁怜?

趣归不善后,作计非万全。博徒卖浆者,名字亦不传。

惜哉所从游,中诖无神仙?饮酒虽达生,辟谷乃长年。

诗中借评价信陵君流露了对如何保持晚节的看法。

信陵君(?—前243年),战国魏安厘王弟,名无忌,封信陵。他与赵之平原君、楚之春申君、齐之孟尝君为战国四公子，养士甚多。信陵君待士更为谦恭，搜求隐士无所不到，有食客三千，在四公子中声誉最高。诸侯各国以其贤，不敢加兵于魏达十余年。

安厘王二十年（前257），信陵君为救赵，窃取魏王兵符，用侯生计，使朱亥椎杀将军晋鄙，率兵救赵，退秦兵，解邯郸之围。后十年为上将军，联合五国之兵，击退秦将蒙骜的进攻，威名震天下。事见《史记·信陵君列传》。

第一、二两句总写信陵君重士。

第三、四两句写信陵君见侯生事。侯生是魏国隐士，名嬴，年七十，任魏都大梁夷门门监。秦兵攻赵甚急，信陵君为救赵求计于侯生，亲往迎侯生，请侯生坐于车之上座。过市，信陵君执辔愈恭，侯生中途又会屠者朱亥。宴问贵宾满堂，信陵君请侯生上坐。酒酣，信陵君为寿侯生前。侯生为报知己之恩，遂献窃符之计，并自到东门以送信陵。

第五、六句，写赵得信陵君援救，免遭亡国之祸，为感谢信陵君，赵王与平原君迎信陵君于界，平原君背负箭筒，为信陵君前导。赵王再拜曰："自古贤人，未有及公子者也！"

紧接四句写信陵君从谏如流，改正错误的事。赵国为报答信陵君，封五城给他。于是信陵君"意骄矜而有自功之色"。他的食客中有人给他提批评意见："且矫魏王令，夺晋鄙兵以救赵，于赵则有功矣，于魏则未为忠臣也。"信陵君听到批评他，"立自责，似若无所容者"。甚至登赵王所扫之阶，"侧身辞让，从东阶上，自言罪过，以负于魏，无功于赵。"

第十一至十四句，写信陵君的结局。事在安厘王三十年。信陵君率五国兵击败秦兵。秦使反间计，派人携重金赴魏，寻找晋鄙的食客，让他们在魏王面前进谗言，诋毁信陵君。"魏王日闻其毁，不能不信，后果使人代公子将。"信陵君自知再以毁废，谢病不朝，"与宾客为长夜饮，饮醇酒，多近妇人，日夜为乐饮者四岁，竟病酒而卒"。

第十五、十六两句，再写信陵君谦恭下士。他在赵国曾经和以赌博为业的隐士毛公，以"卖浆"为业的隐士薛公结交，"平原君门下半去平原君归公子，天下士复往归公子，公子倾平原君客"。

信陵君礼贤下士，胆略过人，在谈秦色变的时代，一生两败强秦，天下谁不称赞！

但是信陵君的"趋归不善后，作计非万全"，使纳兰容若为之痛惜。你信陵君一人由于胜利冲昏头脑，只顾陶醉于赵国上下一片赞誉声中，陶醉于赵国的优厚礼遇中，没有善后的安排。信陵君所养之士，在帮助主人建功立业方面，确实出力不少，出谋策划者有之，冲锋陷阵者有之，暗中行刺者有之。但在功成名就之后，却没有一个人想到"功高盖主"的危险。纳兰容若认为真正的英雄，首推秦汉时的张良。张良敢暗杀秦始皇，又辅佐刘邦灭秦灭楚争得天下。汉立，便隐退了。张良确实做到了"全身"有策，没有落得韩信、彭越等人身首两分的下场。宋人杨龟山评得好：张子房（张良号子房）"使汉事得成而吾责已塞，然后自托于神仙之说以遂其不愿事汉之本心焉耳。此子房之智谋节义所以远过于人，而自汉至今千有余年未有能窥之者，惟子程子盖尝言之。又以为子房进退从容，有儒者之风。非高祖之能用子房，实子房能用高祖，可谓知子房矣。"

纳兰容若认为信陵君缺的正是张子房的"全身策"，张子房之志，"为韩报仇而已，其事高祖非本心也"。（杨龟山语）信陵君救赵实应以保魏为基本，赵既得救，自应功成身退。于魏亦然，得用则用，不得用则退。而三千食客竟无一人献"全身策"者。纳兰容若所十分厌恶的趋炎附势之徒、软热之人，正是这类食客，只知陪主子日夜饮醇酒，近妇人。信陵君养这群势利小人，实在失策。

纳兰容若对信陵君功高而不得善终，痛惜万分，而不是否定信陵君的为人。这首诗的题旨还在于揭露当时政界的黑暗，尔诈我诈，有功之人不得好报，处处是嫉贤妒能之徒，时时会遇到谗言陷阱，有识之士不做"全身策"，势必受害。

读了这首诗,我们自然会想,纳兰容若正当青年,为何有这种急流勇退的想法?恐怕是因为政敌背后的诽谤攻击,和他明白了政治斗争中物极必反的道理。

其三十五

积雪在房梳,新月光欲凝。照地若无迹,娟娟破初暝。

明灯迟我友,揽衾坐开径。人生何茫茫,即事偶成兴。

南飞有乌鹊,绕树栖不定。持杯欲问之,东风吹酒醒。

美的意境,反衬着难以明言的苦痛。

积雪与月光相辉映,茫茫心事,如雪如月之光凝,又如光之无从捉摸,如乌鹊之南飞,无枝可栖……正迷离恍惚间,东风吹醒。

"持杯欲问之",满腹心事,还是想倾诉一番,但不知从何说起,"酒醒"后便不愿说了。其郁闷之情,实难排遣。看来酒是解不了愁的,纳兰容若心事茫茫,欲吐难言,借酒浇愁,也不能排遣愁思之苦。

其三十六

魏阙有浮云,荫兹白日暮。返景下铜台,歌声发纨素。

流辉如有情,千载照长路。漳河不西还,百川尽东赴。

时哉不可失,说言思所悟。雨后望西陵,蔓草萦古墓。

安得为飘风,永吹连枝树。

铜台,即铜雀台,故址在今河北省临漳县西南、邺城西北隅。《三国志·

魏志·武帝纪》:"建安十五年,作铜雀台,十八年作金虎台,其后又作冰井台。其上复道,楼阁相通,名曰三台。"又有《邺城故事》载:"魏武帝遗名诸子曰:'吾死后葬于邺之西北冈上,与西门豹祠相近,吾妾与伎人皆著铜雀台,台上施六尺床,下穗帐,朝晡上酒脯粻糒精之属。每月十

五,辄向帐前作伎,汝等时登台,望吾西陵田。'"

"连枝树",苏武有《别弟诗》:"骨肉缘枝叶,结交每相因。四海皆兄弟,谁为引路人?况我连理树,与子同一身。"后人多借连理、连枝喻爱情,这里喻兄弟之情。

曹操叱咤风云,奋斗一生,渴望统一大业完成,可惜竟未如愿。他临终遗嘱诸子,每逢初一、十五,在铜雀台作伎,望西陵作祭,以期诸子不忘其志,团结创业,为完成他没来得及完成的事业继续奋斗。谁料他刚刚去世,尸骨未寒,其长子曹丕便心生"浮云",荫蔽白日,既抛弃父亲的遗嘱,又不听兄弟们的"谠言",又容不下兄弟们共享先父"流辉"的恩泽。黄初四年(223)五月,趁几个弟弟同到京师朝会之机,竟不择手段害死曹彰,继而又听谗言将曹植、曹彪也强迫分离,彪赴西北,植去正东,相距千里,永难再聚,恰如"飘风",一下子吹断了同根"连理枝"。

同根生而相煎,成为千古的教训,不能不引起纳兰容若的注意与思虑。

读至此,不禁想起前边的诗篇,纳兰容若曾以王粲、终军、贾谊自喻,源自"临履之忧";信陵君不能全节善终,未做万全之计,纳兰容若为之感慨不

已，表现"临履之扰"；此后又以曹操死后其子分裂为教训，流露的还是"临履之忧"。这里的"忧"，不仅仅是诗人的多愁善感，而是他敏锐地洞察太平盛世中潜藏的社会危机。他读史善于联系实际，既对社会有较全面的看法，又有忧国忧君之心，是纳兰容若的思想境界高出他人处。

其三十七

春风解河冰，戚里多欢娱。置酒坐相招，鼓瑟复吹竽。而我出郭门，望远心烦纡。垂鞭信所历，旧垒啼饥乌。吁嗟献纳者，谁上流民图？一骑红尘来，传有双羽书。慷慨欲请缨，沉吟且踟蹰。终为孤鸿鹤，奋翥凌云衢。

"戚里"，《汉书·石奋传》："高祖召其姊为美人，以奋为中涓受书谒，徙其家长安中戚里。"师古注："于上有姻戚者，皆居之，故名其里为戚里。"纳兰容若诗中指皇亲贵戚者流。

"双羽书"，《汉书·高祖纪》："吾以羽檄征天下兵。"注："檄者，以木简为书，长尺二寸，用征召也。其有急事，则加以鸟羽插之，示速疾也。"双羽书，插有双羽，以示军事急件。

这首诗又流露了诗人"惴惴有临履之忧"。

正是早春时节，皇亲贵戚家家大排宴席，置酒相招，借迎春互拉关系，吹吹打打，好不热闹！然而"我"对此庸俗吃请厌烦至极，竟走出郭门，暂时解脱一下"烦纡"的苦闷；不料所见又是一番悲惨凄凉的情景：昔年战乱的遗迹历历在目，"饥乌"在"旧垒"上啼叫，田野上毫无生机。但是那些"献纳"之臣，只知献纳贡品珍玩，却没有一个为民请命，献皇上如《流民图》以达下情的；忽然又见一骑踏起飞尘狂奔而来，发布征兵的檄文，竟上插双羽，实在

159

是特急,燃眉之急。于是"我"再也忍耐不住,要学汉朝终军,"慷慨欲请缨",奔赴疆场,为荡平逆贼而驰驱。可是,欲行而又止:"沉吟且踟蹰",停下来了。为什么? 没有说。

联系上一首所述曹操家的历史教训看,是诗人有后顾之忧。

"二十四年,曹仁为关羽所困。太祖以植为南中郎将,行征虏将军,欲遣救仁,呼有所敕戒。植醉,不能一受命,于是悔而罢之。"

明枪易躲,暗箭难防。后来《魏氏春秋》揭穿了这一疑的真相:"植将行,太子饮焉,逼而醉之。王召植,植不能受王命,故王怒也。"原来是身为太子的哥哥曹丕故意灌醉了行将出征的弟弟曹植,造成弟弟贻误军机的大错,使得曹植终其一生也没有实现自己"名编壮士籍,不得中顾私。捐躯赴国难,视死忽如归"的报国壮志,造成终生遗恨。

纳兰容若对诗人曹植的一生不得志十分同情。历史上和现实中政治斗争的残酷,使他欲进而又退。就连他"奉使西域"路上总有抑制不住的忧郁,"惴惴有临履之忧"。因此,他只有去当"孤鸣鹤",自刷毛羽,自奋凌云志,自走自的路了。这是被排挤者被压抑者发出的哀鸣。

"纳兰心事几曾知",他的"临履之忧",难言的隐痛,真是太多,太深。

其三十八

彩虹亘东方,照耀不知晚。川长组练明,关塞若在眼。

我友昔从征,三岁胡不返? 边马鸣萧萧,落日照沙苑。

封侯胡有时,寄语加餐饭。

"沙苑",亦名沙海,又叫沙泽。其地多沙,随风迁徙,不知耕种。唐置沙苑监,宋置牧龙坊,明为马坊里,地在今陕西大荔县,南接朝邑县界。诗中用来泛指沙漠地带。

这首诗借对出征友人的怀念,抒发诗人渴望立功边关,报效国家的激情。

他看到雨后彩虹壮丽的景象,好像关塞山河正辉耀在眼前,好像萧萧边马长嘶在耳边。他既渴盼着友人早日凯旋,又劝勉友人不要急于求功。封侯拜印非一朝一夕所能成就,所以要努力加餐以保健康。身强体壮,方能百战百胜。

诗情豪迈,意境高远。在出入世的矛盾中,入世是他的主流,出世思想是不能入世的变态反应。

其三十九

朔风吹古柳,时序忽代续。庭草萎以尽,顾视白日速。

吾本落拓人,无为自拘束。倜傥寄天地,樊笼非所欲。

嗟哉华亭鹤,荣名反以辱。有客叹二毛,操觚序金谷。

酒空人尽去,聚散何局促。揽衣起长歌,明月皎如玉。

全诗分为两层意思。第一层,诗人自明其志。"吾本落拓人",何为"落拓"? 落拓亦作落托。《北史·杨素传》说杨素"少落拓有大志,不拘小节"。落拓为不受时俗拘束,放荡不羁。"无为自拘束","无为"有二义:一谓化治于无形。《论语·卫灵公》:"无为而治者,其舜也欤?"一谓纯任自然。《老子》:"道常无为而不为,侯王若能守之,万物将自化。"《庄子·天地》:"玄古之君,天下无为也,天德而已矣。"又佛家语谓真理为无为。《华严经·探玄记》:"无性真理,名曰无为。"诗中取第二义。"无为自拘束"意为顺其自然,不受拘束而自合拘束,合乎做人的标准。"樊笼非所欲",句中"樊笼",本义是关鸟兽的笼子,诗中比喻失去自由的困境。陶渊明《归园田居》有:"久在樊笼里,复得返自然。"

第二层追忆历史的教训。先用"华亭鹤唳"之典。晋吴郡人陆机,有文武才。祖父陆逊,父陆抗,世仕孙吴。吴亡后,陆机闭门读书,作《辩亡论》二篇,述吴之兴亡及祖若父之功绩。太康末,与其弟陆云入洛,造太常张华。华曰:"伐吴之役,利获二俊。"后事成都王颖,受命讨长沙王义,拜大将军,河北大都督。军败。牵秀等忌之,谮机有异志,颖使收机。机故宅侧有华亭(地在今江苏松江村西之平原村),常闻鹤唳。临刑叹曰:"华亭鹤唳,可复闻乎?"遂遇害。陆机著有《文赋》。

"操觚序金谷","觚"原为商周时盛行的青铜酒器。另外,古代用以书写的木简也称觚。诗中"操觚"即执简为文。"金谷",在洛阳西。金谷园原为晋石崇的别墅,其自序有云:"余有别庐,在金谷涧中,清泉茂树,众果竹柏,药物备俱;又有水碓鱼

池,此世所传金谷园也。"后李白作《春夜宴桃李园序》有:"如诗不成,罚依金谷斗数。"诗中"操觚序金谷"意谓,持杯痛饮,挥笔为文,写出如李白《春夜宴桃李园序》那样的文章。因为李白的《序》开头有"夫天地者万物之逆旅,光阴者百代之过客",叹时光之速,老之将至,正与上句诗"有客叹二毛"相应。"二毛"言人年老,头发有黑白二色。

诗中叹时光之速,志不得伸。纳兰容若以"落拓人"自许,追求精神自由,把世俗的荣辱,看作束缚精神的樊笼。世俗荣辱的变化,如金谷酒宴的聚散无常,诗人只能对月明心,长歌当哭。

这首诗以前一层为高昂激越之音,是纳兰容若的明志心曲。他自许为"无为"能自我化育的大才大器。他认为自己应闯出"樊笼",到广阔天地间展翅翱翔,可以做一番大事业,实现大抱负。"嗟哉"一转,为后一层。陆机的下场,李白的遭遇,又都是千古的教训。纳兰容若已经认识到自己处境的为难,既有谗言陷害,使他不得"请缨"立功疆场;又有侍卫之职缠身,不得从文。纳兰容若觉得自己在康熙帝身边当差,虽然荣耀已极,但无机会建功立业,文武之才不得一展,报国大志更无从实现。从这一点看,自己又极像

李白。唐玄宗把李白留在身边,也只不过把李白作为文学侍从,并不准备重用李白。故不觉悲从中来。

这是《拟古四十首》的抒情的总基调。

其四十

吾怜赵松雪,身是帝王裔。神采照殿廷,至尊叹昳丽。

少年疏远臣,侃侃持正议。才高兴转逸,敏妙擅一切。

旁通佛老言,穷探音律细。鉴古定谁作,真伪不容谛。

亦有同心人,闺中金兰契。书画掩文章,文章掩经济。

得此良亦足,风流渺谁继?

赵孟頫(1254—1322),字子昂,号松雪。他是赵宋的宗室。《元史·赵孟頫传》载:"宋太祖子秦王德芳之后也。五世祖秀安僖王子偁,四世祖崇宪靖王伯圭。高宗尤子,立子偁之子,是为孝宗,伯圭,其兄也。赐弟于湖州,故孟頫为湖州人。曾祖师垂、祖希永、父与訔,仕宋,皆至大官。入国朝,以孟頫贵,累赠师垂集贤侍读学士,希文太常礼仪院使,并封吴兴郡公,与訔集贤大学士,封魏国公。"因为他是宋朝宗室仕元,所以清人张时泰对他大加鞭笞,认为"孟頫仕元,其无耻孰甚焉。"

纳兰容若并不作如是观。他是很敬佩赵松雪,曾为赵松雪的《鹊华秋色卷》《水村图》题诗。

在这首诗中,纳兰容若咏赵松雪其人其事,表达敬佩之意。

"神采照殿廷,至尊叹昳丽。"赵孟頫自幼聪敏,读书过目成诵,为文操笔立就。十四岁时用父荫补官,试中吏部铨法,调真州司户参军。宋亡后隐居家中,钻研学问。"至元二十三年(1286),行台侍御使程钜夫,奉诏搜访遗逸于江南得孟頫,以之入见。孟頫才气英迈,神采焕发,如神仙中人。世祖顾之喜,使坐右丞相李上。或言孟頫宋宗室子,不宜使近左右,帝不听。时方立尚书省,命孟頫草诏颁天下。帝览之,喜曰:'得朕心之所欲言者矣。'"

赵孟頫是纳兰容若心目中的理想人物。他不存民族的偏见,把赵孟頫看作赵宋的叛逆子孙。才识胆略过人,身为宋室之后,却能受到元世祖直至英宗五朝的赏识和重用,而孟頫本身又能为元初五朝做出积极贡献,献出了自己的全部智慧和才华。纳兰容若对此深为感慨。元帝既不以孟頫为仇敌之后而以才取

用,孟頫也不以元朝为仇敌而隐退不仕。"叹""照"二字,都由于孟頫的"神采""昳丽"。即元帝为得才而"叹",孟頫因有才而"照"。君得其臣,臣得其君,真可谓君臣相得,如鱼得水。

"少年疏远臣,侃侃持正义。"赵孟頫初仕元朝,值世祖"诏集百官于刑部议法,众欲计至元钞二百贯赃满者死。"孟頫曰:'始造钞时,以银为本,虚实相权,今二十余年间,轻重相去至数十倍,故改中统为至元,又二十年后,至元必复如中统,使民计钞抵法,疑于太重。古者以米绢民生所须,谓之二实,银钱二物权,谓之二虚。四者为直,虽升降有时,终不大相远也。以绢计赃,最为适中。况钞,乃宋时所刻,施于边郡,金人袭而用之,皆出于不得已。乃欲以此断人死命,似不足取也。'或以孟頫年少,初自南方来,讥国法不便,意颇不平,责孟頫曰:'今朝廷行至元钞,故犯法者以是计赃论罪,汝以为非,岂欲沮格至元钞耶?'孟頫曰:'法者,人命所系,议有重轻,则人不得其死矣!孟頫奉诏与议,不敢不言。今中统钞虚,故改至元钞,谓至元钞终无虚时,岂有是理,公不揆于理,欲以势相凌,可乎?'其人有愧色。帝初欲大用孟

频,议者难之。"赵孟頫可谓理直气壮,不畏权势了。以后又曾多次与权相桑奇斗争,直至助世宗除掉桑奇;他又为灾民请命,为盐民申冤。他由兵部郎中迁集贤殿直学士。六年后,"力请外补",急流勇退了。

赵孟頫受召时,年已三十二岁。他十四岁继父职补官,正当年少。宋亡后,闭户

读书十余年,被征入仕元朝,面对元老重臣,尚属"少年"。初到朝廷就敢于参与廷议,侃侃直言,伸张正义,驳斥佞臣,确是惊人之举。《本传》中还载有他曾促使奉御彻里除奸相桑奇的言论:"帝论贾似道误国,责留梦炎不言;桑奇罪甚于似道,而我等不言,他日何以辞其责!然我疏远之臣,言必不听,侍臣中读书知礼义,慷慨有大节,又为上所亲信,无逾公者。夫捐一旦之命,为万姓除残贼,仁者之事也。公必勉之!"彻里按照孟頫的提示,果然助世祖诛除残贼。赵孟頫在世祖面前有诗明志:"往事已非那可说,且将忠直报皇元。"至元二十七年(1290)京区地震,人死伤数十万,桑奇谎报灾情,仍征钱粮,"害民特甚,民不聊生,自杀者相属,逃山林者则发兵扑之,皆莫敢阻其事"。赵孟頫促阿剌浑撒里劝帝赦夭夭,蠲除租税,"帝从允,诏草已具。桑奇怒谓必非帝意。孟頫曰:'凡钱粮未征者,其人死亡已尽,何所从取?……'桑奇悟,民始获苏。"

"才高兴转逸,敏妙擅一切。旁通佛老言,穷探音律细"四句,写赵孟頫之博学多才。"至大三年(1310),召至京师,以翰林侍读学士与他学士撰定祀南郊祝文,议不合,谒告去。仁宗在东宫,素知其名,及即位,召除集贤侍

讲学士、中奉大夫。三年拜翰林学士承旨荣禄大夫。帝眷之甚厚,以字呼之而不名。帝尝与侍臣论文学之士,以孟頫比唐李白、宋苏子瞻。又尝称孟頫操履纯心,博学多闻,书画绝伦,旁通佛老之旨,皆人所不及。有不悦者问之,帝乃曰:'赵子昂,世祖皇帝所简拔,朕特优以礼貌,置于馆阁,典司述作,传之后世,此属咖咖何也?'"赵孟頫"著有《琴原》《乐原》,得律吕不传之妙。"

"鉴古定谁作,真伪不容谛。"指至大三年(1310),赵孟頫应诏还京途中,写《兰亭跋》十三篇,对王羲之《兰亭帖》定武本鉴定甚详,提出了鉴定古人墨迹的原则方法,指出定武本的特点,并教人学习书法的办法。

后世人一般只知道他的书画好,少有知道他诗文好的,至于他在政治、经济方面的建树,则鲜为人所称道了。说到通佛、老,穷音律,鉴赏文物,就更没有多少人知道了。"敏妙擅一切",纳兰容若称赞赵益頫可谓全才全能了。

对赵孟頫的丰富政治经验,忠于王事,讲究方法,善处事,识进退,纳兰容若怕也是十分称道的。赵孟頫不是如信陵公子那样一味冒进,而是"自念,久在上侧,必为人所忌,力请外补"。就是在世祖大加赞赏他的时候,他也能冷静对待现实,不为冲昏头脑。对世祖的谏议,他深知自己非皇室亲信,不是直谏,而是促使亲信近臣进奏,以期谏议能有效果。赵孟頫此举,既能达到谏议目的,又可不在皇帝面前显露才华,博取皇帝与其亲近的信任以免树敌过多。这大概与佛、老思想影响不无关系。

"亦有同心人,闺中金兰契。"指赵孟頫的夫人管氏。她名道异,字仲姬,能诗画。《中国妇女文学史》载:她曾奉中宫命题所画梅。其诗曰:"雪后琼枝懒,霜浓玉蕊寒。前村留不得,移入月中看。"又有《渔妇词》:"遥想山堂数枝梅,凌寒玉蕊发南枝。山月照,晓风吹,只为清香苦欲归。"

纳兰容若对赵孟頫有这样一个"同心"的妻子是十分羡慕的。这在古代文人是可遇不可求的。封建礼教以女子无才为德。而孟頫夫人不只擅诗文书画,更有理想。上文引她的两首咏梅的诗中,可见其思想追求之高洁。她与孟頫不仅有共同的爱好,而且心志相通。这是多么难得的啊!

"书画掩文章,文章掩经济。"这是对赵孟頫才学的评价。"孟頫所著有《尚书注》……诗文清邃奇逸,读之使人有飘飘出尘之想。篆、籀、分、隶、真、行、草书,无不冠绝古今,遂以书名天下。天竺有僧,数万里来求其书归国中宝之。其画山水木石、花竹人马尤精致。前史官杨载称:孟頫之才为书画所掩,知其书画者,不知其文章,知其文章者,不知其经济之学。人以为知言云。"

赵孟頫著有《松雪斋集》十卷。

"得此良亦足",纳兰容若十分羡慕孟頫的际遇。纳兰容若与赵孟頫身世极相近,赵是宋太祖后裔,纳兰容若亦生于皇帝国戚之家。赵尚受到元帝赏识重用,纳兰容若又何尝不希望康熙皇帝也能重用自己呢?但纳兰容若却只能"惭愧频叨侍从班",不能一展雄才大略。既不能在廷议中显示政治才华,更没机会把自己的文学艺术才华全部显示出来,做出应有的贡献,建立自己的功业。自己有个"同心"人,还不得结为"闺中金兰契",无可挽回,只有遗恨绵绵。后来与卢氏的婚配,就算谈不上"结识同心人"却也感情甚笃,怎奈她又早逝。哪能像赵孟頫与管氏夫人如此幸福美满? 至于论到身后之名,赵孟頫名满天下,以书画为最,文章次之,经济更次之。而自己身为侍卫,书画文才毫无用武之地,如此下去,后世谁知道一介侍卫算得什么? 思想至此,一种怀才不遇的委屈不能不使纳兰容若吐露哀音,流泄凄婉之情。

"风流渺谁继?""风流"固是指赵孟頫的昳丽神采,博才多能、敏妙才华、侃侃正义、婚配同心;也应看到元世祖以至英宗能破除旧规陋习,用才、爱才、重才,给才士以广阔的施展天地,能抛开民族成见,又不听信谗言小人,用人之英明,历史上少见。这种蒙汉相得、君臣相遇之"风流",后世还有"谁继"? 这一问,推己及人,他的怀才不遇的友人,也在其中。纳兰容若在一首《金缕曲》中曾说过:"未得长无谓,竟须将,银河亲挽,普天一洗。麟阁才教留粉本,大笑拂衣归矣。如斯者、古今能几。"这和"风流渺谁继",发的是同一心曲。虽然自己自信是个可继之才,但是却未逢可继之主,所以在《拟古四十首》中不断以"樊笼"鸟、"孤鸣鹤""驽骀"自伤自怜。弦外之音是,听而知之的。

这首诗是《拟古》诗的殿尾之作,乃四十首之点题笔,主题歌,是纳兰容若的理想借赵孟頫形象的具体化。

这四十首《拟古》诗,纳兰容若以松鹤喻自己之高洁,以麦苗、宛马、蒲柳喻己之怀才不遇,更以古之志士诗人屈原、相如、信陵、贾谊、子胥、张良、曹植、孟頫等寄志抒怀,充分抒发了他的心曲之隐,把他的理想、抱负、人格、情操、识见、入世与出世的思想矛盾,人生的处世哲学、荣辱爱憎等表达得淋漓尽致。

纳兰容若还有《咏史》二十首。他的座师徐乾学在《纳兰君墓志铭》中说:"间尝与之言往昔圣贤修身立行,及于民物之大端,前代兴亡理乱所在未尝不慨然以思。读书至古今国家之故,忧危明盛,持盈守谦。格人先正之遗鉴。有动于衷,未尝不形于色也。"《咏史》二十首,正是他为以史为鉴,潜心研究"前代兴亡理乱","忧危明盛"的心得结晶。

其一

千秋名分绝君臣,司马编年继获麟。

莫倚区区周鼎在,已教俱酒作家人。

封建社会中,把君臣之分看作千古不变的规则。孔子著《春秋》,微言大义,阐发的就是君臣名分的大道理。司马迁撰《史记》,继承了孔子著《春秋》的这一基本精神。《史记·太史公自序》中,司马迁记述了他的父亲谈关于著史的基本思想:"为太史,无忘吾所欲论著矣。且夫孝始于事亲,中于事君,终于立身。扬名于后世,以显父母,此孝之大者。夫天下称颂周公,言其能论歌文武之德,宣周、邵之

风,达太王、王季之思虑,爰及公刘,以尊后稷也。幽厉之后,王道缺,礼乐衰,孔子修旧起废,论《诗》《书》,作《春秋》,则学者至今则之。自获麟以来,四百有余岁,而诸侯相兼,史记放绝。今汉兴,海内一统,明主贤君、忠臣死义之士,余为太史而弗论载,废天下之史文,余甚惧焉。汝其念哉!"

"周鼎"是王权之象征。夏禹铸九鼎,周时作为传国之鼎。但保有周鼎就一定能保有王权吗?汉高祖听信吕后设计,请来商山四皓辅佐太子刘盈,相信刘盈可以继承皇权。不料,高祖死后,吕后专权,酖死赵王如意,迫害戚夫人为"人彘"。刘盈只吓得抱头痛哭,以致弃国政于不顾。刘盈召齐王入朝,与之宴饮,齐王"亢礼如家人",根本不理什么君臣之分。

宋司马光评论说:"为人子者,父母有过则谏,谏而不听则号泣而随之。安有守高祖之业为天下之主,不忍母之残酷,遂弃国家而不恤,纵酒色以伤生。若惠帝者,可谓笃于小仁而不知大义也。"

纳兰容若认为,在王位而不一定有王权。"莫倚"二字已透露出王位之

不可靠。康熙皇帝虽早已即皇帝位，亲政之初也无皇权。他用计除去权臣鳌拜，才真正掌握了政权。如惠帝刘盈这样的懦弱之君，失去皇权是必然的。

其二

一死难酬国士知，漆身吞炭只增悲。

英雄定有全身策，狙击君看博浪椎。

前两句写春秋时豫让

为智伯报仇事。晋人豫让，初事范中行氏，因无所知名，事智伯，甚受宠信。智伯后来被赵襄子所灭，让漆身为癞，吞炭为哑，使形状不可复识，行刺赵襄子欲为智伯报仇。不果被捉。赵襄子说："子不尝事范中行氏乎，反委质事智伯？"让曰："范中行氏以众人遇我，我故众人报之；智伯国士遇我，我故国士报之，今日之事，臣固伏诛，然愿请君去衣而击之，虽死不恨。"襄子许之，以衣与让，让拔剑三跃而击之，遂伏剑自杀。事见《史记·豫让传》。

后两句写张良事。张良，字子房，祖上五世相韩。秦灭韩，张良散家产为韩报仇。秦始皇东巡时，张良命力士以百二十斤铁椎，在博浪沙椎击秦王。误中副车。始皇大索十日弗得。张良逃至下邳遇黄石公，得《太公兵法》佐刘邦灭秦楚，定都长安，封为留侯。功成名就后，张良并不安享富贵荣华，却谢病辟谷。他说："家世祖韩，及韩灭，不爱万金之资，为韩报仇强秦，天下振动。今以三寸舌，为帝者师，封万户侯，此布衣之极也，于良足矣。愿弃人间事，欲从赤松子游耳。"事见《史记·留侯传》。

"士为知己者死"，是封建社会文人的道德信条。但在纳兰容若看来，酬知己，报私仇，图一时之痛快，如豫让者，还不能称为英雄。英雄的业绩，应如张良所为，为国家建功立业，而不为私人。英雄人物，亦应如张良其人，既渴望其成功，又估计失败的可能，以图再举。更应在功业成就之时，急流勇退，保全自身。韩信、彭越诸人，惨遭屠杀，毕竟逊张良一筹。

其三

章武谁修季汉书，建兴名号亦模糊。

笑他典午标凡例，不遣青龙混赤乌。

修史，是封建王朝的大事。康熙皇帝不仅注意修本朝史，还要修明史，以笼络汉族地主阶级，并以示正统。但三国时蜀汉的修史，就很不郑重。"章武"是蜀汉昭烈帝刘备的年号。章武年间，没有修史。后主刘禅先用"建兴"为年号，后改年号为"延熙"。刘禅改年号仅十五，吴主孙亮又以建兴为年号。因此纳兰容若说"模糊"。在延熙四年（241），蜀臣杨戏撰《季汉辅臣赞》，这也不算正史，而且体例混乱。后来，晋时本为蜀汉旧臣的陈寿撰《三国志》，却又违背史书常例，远在司马氏封王前四十年，便以王称之，而且全书以曹魏为正统，对武帝、文帝、明帝、少帝均作《帝纪》；而于蜀、吴，只称"主"，不作《纪》，只作《传》。"青龙"是魏明帝曹叡的年号，"赤乌"是吴主孙权的年号。《三国志》的作者陈寿身为蜀汉旧臣却没有丝毫谴责曹魏和孙吴的意思，并没有替蜀汉说话。

纳兰容若批评蜀汉政权只顺一时一地的得失，而不知修史，实在平庸可怜。名为正统，却没有自己的史书，缺乏远大的政治、历史眼光，这正是蜀汉政权悲剧之所在。

其四

诸葛垂名各古今，三分鼎足势浸淫。

蜀龙吴虎真无愧，谁解公休事魏心？

"诸葛"指三国时的诸葛瑾、诸葛亮及其族弟诸葛诞。《三国志·吴书》说诸葛"一门三方为冠盖，天下荣之"。

东汉末,军阀混战,皇权旁落,天下分裂形势已成。诸葛亮在《隆中对》中为刘备分析天下大势,已定三分之策。以后辅佐刘备,实行联吴抗曹的战略,取荆州,定益州、汉中地,与魏吴鼎足而立。刘备死后,又辅佐后主刘禅,建有不世之功业。

诸葛谨事吴,诸葛诞事魏,均为名臣,各有建树。兄弟三人各事其主,各为其国。

《世说新语·品藻》说:"诸葛谨、弟亮及从弟诞,并有盛名,各在一国。于时以蜀得其龙,吴得其虎,魏得其狗。"对诸葛亮和诸葛谨的评价,纳兰容若是同意的,但是,对诸葛诞的评价,纳兰容若就不同意了。"谁解公休事魏心",公休是诸葛诞的字。《魏书·诸葛诞传》说,他由魏之荥阳令直升至大将军、司空,封高平侯,成为曹魏元老重臣。司马氏为篡魏,魏的元老重臣成为障碍。司马氏先后杀魏之老臣南乡侯王凌、安邑侯毋丘俭。司马氏走狗贾充曾游说于诞说:"洛中诸贤,皆愿禅代,君所知也。君以为云何?"诞即严词怒斥:"卿非贾豫州子,世受魏恩,如何负国,欲以魏室输他人乎?非吾所忍闻!若洛中有难,吾当死之。"在他任征东大将军率兵在外期间,司马昭用贾充计,征召他回朝任司空,以削其兵权,再置之死地。诸葛诞即降吴。

诸葛诞的降吴并非版魏,而是坚决反对司马氏篡魏的行动。"公休事魏心"纳兰容若得之。

其五

汉江高接蜀江流,霖雨漂沉版筑休。

可惜不教樊口下，襄阳
仍属魏荆州。

事见《三国志·吴主传》
及《关羽传》。

建安二十四年（219），刘
备就汉中王位，封关羽为前
将军，假节钺。关羽率兵攻
樊日。樊日守将曹仁向曹操

告急，曹操派于禁援救曹仁。
正值秋雨不止，汉水暴涨，于
禁军队遭水淹，于禁亦被擒。关羽派水军将于禁军俘虏三万送至江陵，而未
及占据樊口。曹操利用关羽不重视孙刘联盟的机会，说动孙权，联合攻关
羽，致使关羽腹背受敌。孙权先诱降了关羽两员大将，很快占据南郡江陵和
公安；曹操又乘机派徐晃帮助曹仁击退关羽。关羽进退无据，被吴兵活捉，
十二月被斩。

关羽初战获胜，即有名的"水淹七军"之战。但紧接着便是"失荆州"的
惨痛失败，以致落得连自身的生命也不保。"可惜不教樊口下"是由胜转败
的关键所在。纳兰容若确有眼光，樊口的不下，不是一般的战术错误。这是
关羽主观自负，骄傲自满，刚愎自用，没有政治头脑的缺点错误的总爆发，也
就成为他由胜转败，以至身首两分的关键。

其六

痛哭难为入庙身，谯周本意劝称臣。

市桥旗帜咸阳战，不及成家尚有人。

"痛哭难为入庙身"，蜀汉后主刘禅将降魏，其子北地王刘谌坚决反对
说："若理屈词穷，祸败必及，便当父子君臣背城一战，同死社稷，以见先帝可
也。"刘禅不听。刘谌哭于昭烈帝之庙堂，先杀妻子，后自杀，左右"感动"得

"无不涕泣"。

谯周，三国时巴西西充国人，字允南，精研六经，通晓天文，仕蜀汉。后主时累官光禄大夫。魏将邓艾入蜀，他以天命为言，主张降魏，后主从之。魏封他为阳城亭侯。《三国志·蜀书》有传。

"市桥旗帜咸阳战，不及成家尚有人"，指公孙述称帝事，事见《后汉书·公孙述传》：天凤年间，扶风茂陵人公孙述自立为蜀

王，都成都。建武元年又自立为帝，号成家。建武十二年(36)，汉派大司马吴汉、辅威将军臧宫进讨之。郡邑皆降，而述独战，被刺，洞胸堕马死，妻子被诛，族亦遭灭。

刘禅软弱无能，不及儿子刘谌刚烈。谯周的劝降不能说没有道理，魏强而蜀弱。但懦弱至不敢一战，先把自己摆在必败的位置，不是丈夫所为，更不用说帝王了。首句诗中用了"难为"二字，刘谌不肯投降，宁愿"同死社稷"，但他的父亲连一战的机会都不肯给他，他只能全家自尽，以殉国家。纳兰容若在"难为"二字中，将对刘谌的赞扬与惋惜，对刘禅的鄙视与批判写了出来。诗的末句中又以"不及"二字与"难为"呼应。以成家与刘禅对比。成家是"郡邑皆降"而独战，刘禅则众人未降，他先降。外有成家，内有刘谌，这样一比刘禅的懦弱无能便全出来了。

其七

卷甲空回丁奉军，陵江官号已更新。

若将唇齿论吴蜀，可有宫门拜表人。

三国鼎立,曹魏强而吴、蜀弱,吴蜀联盟而鼎足之势成,吴蜀盟败,则吴、蜀均不能独存。故诸葛亮定下了"东联孙吴,北拒曹操"的基本国策。

吴永安六年(263),魏伐蜀,蜀求救于吴,吴遣丁奉"率诸军向寿春,为救蜀之势。蜀亡,军还"。当时,蜀将罗宪守永安。"吴闻蜀败,起兵西上,外托救援,内欲袭宪。宪曰:'本朝倾复,吴为唇齿,不恤我难而侥其利,背盟违约。且汉已亡,吴何得久? 宁为吴降虏乎。'"后吴又遣陆抗帅三万军增围宪六月之久,城中疾病大半,而救援不到。安东将军陈骞遂向魏求救,击退吴军。魏乃拜罗宪为凌江将军,封万年亭侯。

吴中书丞华核,闻蜀为魏所并,乃诣宫门发表,极论蜀亡吴亦不得安宁,唇亡齿寒的道理。事见《三国志》。

这首诗重点在"空回"。吴与蜀一损俱损。蜀危急之际向吴乞救,吴派军作势非实心相救,"空"作势而已。以后,还要趁火打劫,袭取永安,反而逼使罗宪降魏。"卷甲空回"是眼前利益一点也没得到,长远看蜀亡吴亦难保。吴之宫门,再也没有拜表言好的使臣与上表献策的贤臣了。

其八

劳苦西南事可哀,也知刘禅本庸才。

永安遗命分明在,谁禁先生自取来。

诸葛亮在西南地区辅佐刘备、刘禅二十余年,鞠躬尽瘁,死而后已,结果是"出师未捷身先死,长使英雄泪满襟"。

他不辞辛苦,昼夜勤劳,在《出师表》中他说:"受命以来,夙夜忧叹,恐托付不效,以伤先帝之明,故五月渡泸,深入不毛。今南方已定,兵甲已足,当奖率三军,北定中原,庶竭驽钝,攘除奸凶,兴复汉室,还于旧都。"

"也知刘禅本庸才",所以他出征之际,实在难以放心,在《出师表》中再三嘱咐:"诚宜开张圣听,以光先帝遗德,恢宏志士之气,不宜妄自菲薄,引喻失义,以塞忠谏之路也。"安排嘱咐,细致周到,"若有作奸犯科及为忠善者,宜付有司论其刑赏";"宫中之事,事无大小,悉以咨之";"营中之事。悉以

纳兰容若其人其文

图文珍藏版

咨之";"亲贤臣,远小人……"从为君的基本道理,到日常的具体事务都有安排,都有交代。从诸葛亮的安排中,我们至少可以看出,刘禅确是庸才,从大道理到日常行政事务,他几乎什么都不懂。刘禅不仅是庸才,他还犯有"圣听不开""妄自菲薄""远贤臣,亲小人"的错误。

"永安遗命",刘备于章武三年(223)四月二十三日去世于永安宫。刘备病故前托孤于诸葛亮。《三国志·蜀书·诸葛亮传》记下了刘备的托孤遗命:"君才十倍曹丕,必能安国,终定大事。若世子可辅,辅之;如其不才,君可自取。"刘备又遗言于刘禅:"汝与丞相从事,事之如父。"诸葛亮涕泣曰:"臣敢竭股肱之力,效忠贞之节,继之以死!"

诸葛亮是这样说的,也是这样做的。这也是千余年来诸葛亮得到人们敬仰的原因之一。

但纳兰容若的看法却有些与众不同,"谁禁先生自取来?"没有人禁止先生取代刘禅,但先生还是被"禁"了。被自己"禁"了,为自己愚忠的"忠贞之节""禁"了。先生成就了自己的"忠贞之节",但一统的大业怎样了,复兴汉室的目标和愿望怎样了?

其九

名士何曾忘义熙,故将山水托游嬉。

韩亡秦帝浑闲事,谁续临川内史诗?

"义熙"是东晋安帝的年号,这里指代东晋。

"名士"指谢灵运。谢灵运是我国古代第一位大力写作山水诗的大诗人。历东晋、刘宋两代。在东晋,历经孝武、安、恭三朝。他是名将谢玄之孙,袭封康乐公。至刘宋王朝,不被信任,常怀愤愤。出任永嘉太守,既不得志,遂肆意游遨,遍历诸县,动逾句期。后退居故乡会稽,更"修营别业,傍山带江,历幽居之美","出郭游行;或一日六七百里,经旬不归。"元嘉八年(431),宋文帝又让他出任临川内史。不久被人以叛逆罪弹劾,灵运在"为有司所纠,遣使收之"的情况下,乃"执使者,兴兵逃逸",曾赋诗:"韩亡子房奋,秦帝鲁连耻。本自江海人,忠义感君子。"后终被擒,流徙广州。元嘉十年,在广州被杀。

纳兰容若十分敬佩谢灵运的诗才,他在《渌水亭杂识》中曾说:"东晋竟无诗,至陶、谢而复振。"

谢灵运因政治上的不得志而寄情山水,大力写作山水诗。纳兰容若对这一点看得很准,"故将山水托游嬉"的原因是"名士何曾忘义熙"。

但是谢氏家族太多地卷入争权夺势的政治斗争,是纳兰容若不能赞同的。在东晋安帝时,谢灵运的叔叔谢混就积极参与了北府兵将领刘毅与刘裕间的斗争。结果这裕代晋自立,将谢灵运的封爵康乐公降为康乐侯。

谢灵运不被刘裕重用,就与刘裕次子,有可能继承帝位的庐陵王义真往来密切。

谢灵运不能忘东晋,却又企图在刘宋朝"参权要",怕是他屡遭谗言的原因。他的被杀,与他卷入刘宋朝廷内的斗争不无关系。纳兰容若对他卷入政治斗争的态度,在"韩亡秦帝浑闲事"一句中表现出来。既不忘东晋,就"将山水托游嬉"得了,何必去管那些"韩亡秦帝"的毫不相干的闲事?

最使纳兰容若遗憾的是"临川内史诗"竟无人能续了。

其十

宝梢金貂别有才,蹋围鸣鼓日千回。

老兵不少俞灵韵,亲向营门逐马来。

诗咏南齐东昏侯事。事见《南史·齐本纪下》。

东昏侯是南齐明帝第二子,姓萧名宝卷,字智藏。他暴戾恣肆,即位后谋诛大臣,皆发于仓猝,朝臣人人自危。后宫失火后,借机大兴土木,更建仙华、神仙、玉寿诸殿,穷极奢侈。他又宠爱潘妃,荒淫无度。萧衍起兵围建康,王珍国弑之于舍德殿,在位三年。和帝立,追废为东昏侯。

纳兰容若对东昏侯是坚决谴责,毫不留情的。

史载东昏侯"拜潘氏为贵妃,乘卧舆,帝骑从后,著织成裤褶,金薄帽,执七宝缚稍,又有金银校具,锦绣诸帽数十种,各有名字。戎服急装缚裤,上著绛衫,以为常服,不变寒暑。"纳兰容若讽刺东昏侯以帝王之尊,而执"宝稍"著"金貂",甘为潘妃待从走狗之流,早失帝王尊严,真是"别有才"啊。

东昏侯性喜游猎,每月达二十余次,往无定数。每次外出,都鸣鼓清道,驱逐百姓,犯禁者应手格杀。"百姓无复作业,终日路隅。从万春门至东宫以东至郊外,数十里,皆空家尽室。""夜返,火光照天。每三四更中,鼓声四出,幡戟横路,百姓喧走,士庶莫辨。"以至"绝命者相系","工商莫不废业,樵苏由此路断"。甚至"舆病弃尸,不得殡葬"。

"老兵不少俞灵韵,亲向营门逐马来。"俞灵韵是一个老兵,善制木马。东昏侯不会骑马,命俞灵韵作一匹木马,遂学会骑马。后来竟骑马入迷,封俞为官,侍从骑马。及建康被萧衍兵围困,东昏侯仍以骑马为戏。"帝著乌帽裤褶,备羽仪,登南掖门临望。又虚设铠马斋仗千人,皆张弓拨白,出东掖门,称蒋王出荡。"

这个历史上有名的昏君被弑身亡,也死有余辜。

其十一

零落金莲帖地灰,练儿顾盼自雄才。

三千宫女同时出,也爱潘妃国色来。

"金莲",东昏侯曾"凿金为莲花以帖地,令潘妃行其上,曰:'此步步生莲花也。'"不到四年便为萧衍所灭,从此金莲零落,帖地成灰矣。

练儿,即萧衍。他仕齐为雍州刺史,都督军事,镇襄阳。东昏侯杀其兄懿。萧衍起兵陷建康,迎立宝融为和帝。和帝拜衍为大司马,封梁王。中兴二年(387)受齐禅国号梁。即位后大修文教,国势大盛。后笃奉佛教,舍身同泰寺。侯景反,攻陷台城,萧衍饿死。想当年萧衍攻下建康,英雄得意,谁料却落得如此下场。

他取代齐后,自立为梁武帝,下令大赦,"凡昏制之谬赋、淫刑、滥役,番皆荡除"。宫中女子,都分送给将士,独对潘妃,爱其国色天香,欲留宫内。领军王茂劝他:"亡齐者,此物,留之,恐贻外议。"乃并茹法真等一起诛之。

在中国封建社会中,诬女色为祸水。帝王失德,罪在妇女。纳兰容若并不同于这种看法。"雄才"如练儿,不是"也爱潘妃国色来"吗?败国者,昏君也,不应该当女子去承担罪责。

其十二

注籍纷纷定价余,市曹行雁待铨除。

后来又变停年格,请命谁收薛琡书。

选贤任能是关乎国家兴衰、统治成败的大事。贤君明主,不拘一格,选用贤才。但历史上也有不以贤选人的。《北史·常山王遵传》载有王遵卖官鬻爵之事:王遵"迁吏部尚书,纳货用官,皆有定价",当时号曰"市曹",等待做官的人,也就多得如同雁之成行。

后来,崔亮为吏部尚书时,又更行"停年"格制,"不问士之贤愚,专以停解日月为断。虽复官须此人,停日后者终于不得;庸才下品,年月久者,灼然先用。"以后此法沿用,"贤愚同贯,泾渭无别,魏之失才,从亮始也。"事见

薛琡任吏部尚书后，对停年格任官的做法提出异："黎元之命，系于长吏。若得其人，则苏息有地；任其非器，为患更深。若使选曹唯取年劳，不简贤否，便义均行雁，次若鱼贯，执簿呼名，一吏足矣。数人而用，何谓铨衡？请不依次。"以后又说过："共治天下，本属百官，是以汉朝常令三公大臣举贤良、方正、有道、直言之士，以为长吏，监抚黎元。自晋末以来，此风遂替。今四方初定，务在养民。臣请依汉氏更立四科，令三公贵臣，各荐时贤。以补郡县，明立条格，防其阿党之端。"

纳兰容若非常赞赏薛琡的选贤任能的主张。清廷官制，中央内阁六部，满汉并用，官有定额定制。官员出缺，始能补授。这种制度，虽然协调了满汉矛盾，保持了政局的稳定，但对于选贤任能，却多所制约。纳兰容若的好友，或只能担任文学侍从，或科举不第，不得施展其才。纳兰容若贵为宰相之子，也只能担任侍卫。"请命谁收薛琡书？"问得有理，发人深思。

其十三

上使空回白虎幡，谁教博议采袁翻？

高车劲敌婆罗在，特与凉州作外藩。

事在北魏孝明帝神龟元年（518）。

是年九月，居于阴山至漠北一带的蠕蠕王阿那瓌及后主婆罗门来降。北魏采纳了袁翻的主张。袁翻认为，蠕蠕来降主要是受当时据有金山一带的高车所侵。高车是魏之劲敌。蠕蠕实力尚在，应以之为翻之外藩，以防高车。"白虎幡"是蠕蠕仪仗的幡旗。蠕蠕九月来降,北魏用袁翻计,不接受蠕蠕,十月诏送二主归北。"空回"二字,写出了纳兰容若的批评,"谁教"采用了"袁翻"计呢? 把可团结的力量推给了敌人,实在愚蠢至极!

果然,第二年便有蠕蠕"率众犯塞",并俘虏了"持节喻之"的尚书左丞元孚。"空回"的失策,造成西北的大乱。最后,北魏被起于西北的高欢所灭。

团结一切可以团结的力量,"怀敌附远",才能壮大自己。难怪纳兰容若"奉使西域"能取得"功高过贰师"的成就。

其十四

金龙玉凤埒高阳,富贵从夸章武王。

王谢风流君不见,世家原自重文章。

后魏时,诸王豪奢,相互竟夸。高阳王元雍,贵极人臣,富兼山海,居第可与皇宫比美。章武王元融,也是恣情聚敛,贪曝成性。河间王元琛与高阳王争衡,造迎风馆于后园,窗户之上,列钱青锁,玉凤衔铃,金龙吐旆,素柰朱李,枝条入檐,妓女坐楼上,垂手可摘。又曾在章武王面前夸富:"不恨我不见石崇,恨石崇不见我。"章武王嫉恨成疾,三日不起。事见《魏书·本传》及《伽蓝记》。

"王谢"均为东晋世家。王家有王羲之、王献之父子;谢家有谢安、谢尚,都是"风流名士,海内所瞻"。

王羲之,琅琊临沂人,居会稽山阴,司徒王导之从子,官至右军将军、会

国学经典文库

纳兰容若全集

纳兰容若其人其文

图文珍藏版

稽内史。少从父廙，后又从卫夫人学书，得见诸名家书法。备精诸体，草、隶、正、行，皆能博采众长，自成一家。世称"书圣"。《晋书》有传。其七子王献之，累官至中书令。少有盛名，高迈不羁，幼时学书，羲之授以《笔阵图》。其书几可与父乱真。世称其父子为"二王"。

谢尚，晋阳夏人，善音乐，博综众艺，王导深器重之，比之王戎。袭父爵咸亭侯，曾署仆射事，寻进号征西将军，镇寿阳。谢安是谢尚的从弟，少有重名，累辟皆不起。年四十，桓温请为司马。简文帝卒，桓温欲篡晋，以势劫安，谢安不为所动，温谋终不成。后为尚书仆射，领吏部，加后将军，一心辅晋，威怀外著，时人比之王导。以指挥大破苻坚于淝水功，拜太保。《晋书》有传。谢安入仕前与羲之游，学正草于羲之，羲之称安为"解书者"，安尤善行书，草隶也皆入妙，兄谢尚亦工书。

封建社会，贵族世家，或穷奢极欲，恣肆豪华，或诗书传家，淡泊清高。纳兰容若将这两种决然不同的传摆在一起，"世家原自重文章"，褒谁，贬谁，也就一目了然了。

其十五

朝政神龟已可知，羽林旁午辱张彝。

洛阳大有平城使，正是倾赀结客时。

"神龟"是北魏孝明帝的年号。

张彝时官教骑常侍兼侍中，特节巡察陕东河南十二州，甚有声称。神龟二年（519）二月，其二子仲瑀向孝明帝建议，朝廷选拔官员要"排抑武人，不使武人预在清品"。这个建议，触怒了羽林军，捣毁了张彝府邸，焚烧了房舍，殴打了张彝。张彝长子尚书郎始均拜求于羽林军，结果也被殴打，活活投入烟火之中。"旁午"二字，形容羽林军行凶时的毫无忌惮。

羽林军的这种暴行，朝廷居然不敢过问。可见政治腐败的程度。

北齐高祖高欢时为函使，往返于平城洛阳时，目睹了这个场面。"及自洛阳还，倾产以结客，亲故怪问之。答曰：'吾至洛阳，宿王羽林相率焚领军张彝宅,朝廷惧其乱而不问。为政若此,事可知也。财物岂可常守邪?'自是乃有澄清天下志。"后来,果然如曹操一样挟持魏帝,封为献武王。其子篡魏称帝,追高欢为献武帝。

北魏朝纲败坏,"为政若此,事可知也",才给高欢以可乘之机,终于招致灭亡之祸。

其十六

中允功名洗马才,旧僚陪送有谁哀?

临湖殿里弯弓客,却向宜秋洒涕回。

封建社会中,皇室中兄弟争位,以致手足自残,历朝历代,屡见不鲜。

这首诗讽刺唐初李世民与其兄李建成争位的事。

"中允"指王珪。唐高祖入关时,蒙李纲举荐,引为世子府咨议参军。及东宫建,除太子中舍人,寻转中允,甚为太子建成所礼遇。

"洗马"指魏征。唐太子李建成闻其名,引直洗马,甚礼遇之。他与王珪,均为唐初太子李建成的属官。

唐高祖武德九年(626)六月初四日,秦王李世民为与太子建成争位,在玄武门伏兵。太子李建成与齐王李元吉经玄武门到了临湖殿朝参唐高祖,高祖不在,去海池

划船了。正待返回,伏兵齐出。建成被李世民一箭射死,元吉被世民武将尉迟敬德杀死。初七日高祖立世民为太子,初九日高祖传位世民。这就是有名的"玄武门之变"。十月初一,太宗诏追封李建成为息王,李元吉为海陵王,以礼改葬。建成的旧属中,只有王珪与魏征请求送葬,太宗诏许,又命建

成与元吉的旧属都去送葬。送葬那天,李世民送至宜秋门,痛哭流涕,状极哀伤。事见《资治通鉴》卷一九二。

李建成身为太子,却屡进谗言,陷害世民,本是小人。王珪、魏征,均为太子属官,在兄弟争位中,也没起好作用。李世民雄才大略,却为争皇位,射死兄长,也不是什么光彩的事。但王珪、魏征,一边心安理得地作自己的官,一边又请求为旧主送葬,这与李世民的宜秋门"洒涕",同属遮人耳目,以示清白之举。

皇帝的继承人,是个棘手的问题,老皇帝既愿皇子们兄弟间互相帮助,互相扶持,以求长治久安,江山巩固,又想顺利完成父子间交接统治权,何其难也!就连英明如康熙皇帝在位六十一年,也没有解决这个问题。纳兰容若这个问题抓得多准。

其十七

羽衣木鹤想前身,不到升仙到奉宸。

自是平章曾入奏,在廷何限赋诗人。

武则天称帝时,张易之、张昌宗因年少,美姿容,善音律,被太平公主荐给武则天,于是张易之、张昌宗兄弟皆得幸于武则天,常傅朱粉,衣锦绣,时称易之为五郎,昌宗为六郎。后来,武三思为讨武则天欢心,奉昌宗为仙人王子晋的后身。武则天就命昌宗衣羽衣,吹笙,乘鹤于庭中,文士皆赋诗以美之。又改控鹤府为奉宸府,以张易之为奉宸令。

当时狄仁杰为"同平章事",乃宰相之职。他居位以举贤为意。他进荐的张柬之、桓彦范、姚崇等,皆为中兴之臣。狄仁杰也就被誉为有"知人之目"。

唐代科举,以诗赋取者为进士,以经义取者为明经。狄仁杰本身为明经出身。他举荐的人,或未经考试,或出身明经,故纳兰容若说"在廷何限赋诗人"。事见《旧唐书·则天皇后纪》。

对武则天的用人,纳兰容若批评她由于个人好恶,重用小人如张氏兄弟。但对她不拘一格,听取宰相意见任用贤才,还是赞赏的。

其十八

军职新加吕用之,神仙楼阁极参差。

那知论谪浑无赖,曾傍江阳后土祠。

唐末乾符间,武将高骈以平羌征蛮,镇压王仙芝农民军官至检校太尉,同平章事。后来因为重用嬖将吕用之,崇信妖术,招致败亡。事见新旧《唐书·高骈传》《出妖乱志》。

吕用之本是流氓无赖,学了一些江湖道士妖术,被人荐给高骈。他骗取高骈信任后,招朋引党,迷惑了高骈,使得纪纲日紊。吕用之则恣意不法。后来至于军中可否,决于用之。

吕用之贫贱时,曾住在江阳县后土祠。得志后,以为是后土夫人所助,乃崇修庙宇"回廊曲室,妆楼寝殿,百有余间,土木工师,尽江南之选"。又跨河修迎仙楼,延和阁,绮窗绣户,饰以珠玉,备极豪奢。

光启初年,天灾人祸,旋踵而至,高骈终于众叛亲离。高骈及吕用之,均为乱军所杀。任用小人,祸至于此。

其十九

博学今无沈晦伦,宣和名论一时新。

众中大有摇头客,莫便轻欺下座人。

沈晦,钱塘人,宋宣和年间进士,廷对第一,除校书郎,迁著作佐郎。《宋史》列传卷一三七,有卫肤敏、沈晦等七人。《传》论曰:"建炎、绍兴之际,网罗俊彦,布于庶职,如卫肤敏以下七人者,其议论时政,指陈阙失,虽好恶多不同,亦皆一时之表表者。"《传》称:"晦,胆气过人,不能尽循法度,贫时尤甚,故累致人言。""累致人言"即屡遭"摇头客"的反对、压抑。如沈晦曾以给事中从肃王枢出质金将斡离不军,康王赵构赞誉晦在金营中之慷慨风节。帝以晦"使金艰苦","将召为中书舍人",却有

"侍御史张守论晦布衣时事",不果召。沈晦有国防名论,即因韩世忠不喜欢沈晦,而未被采用。

其实,"下座人"虽博学宏论,而遭"摇头客"们反对、压抑,不得展其才的事,纳兰容若亲眼所见也不少。姜宸英不就如此吗? 纳兰容若自己不也如此吗?

其二十

都监声名敌指挥,隔河降表最先驰。

赤岗事与滹沱异,勿问中朝没字碑。

"都监"指耶律余睹。他本是辽国的宗室,受谗言陷害不得不去辽降金。宣和七年(1125),余睹向金主建议攻宋。金征宋以余睹为元帅右都监。为解金兵之围,宋徽宗竟受金使赵伦之骗,以蜡书交赵伦转余睹,期为内应。当然不能成功。后来又采纳麟府将军折可求的建议,希望联合在西北的辽梁王雅里攻金。书信亦被金人所获。结果激怒金主,招至金兵第二次围攻。

宋王朝腐败无能。金兵入侵不到两个月,攻下太原及真定。宋徽宗被迫传位给太子,钦宗立,再次向金人求和。金兵来攻,宋赶快隔河送上降表,

满足金人的一切条件。终于落了个二帝被掳的奇耻大辱。

纳兰容若对历史上刘禅,徽、钦二帝一类软弱无能,惟保性命的统治者十分鄙视。他拿徽宗父子的隔河递降表与辽灭后晋相比。

后晋主石敬瑭向辽主称"父皇帝",自称儿皇帝,也没能使辽发慈心。辽主

耶律德光进攻到赤冈,后晋昭武节度使安叔千到赤冈迎接,拜见德光。德光嘲曰:"是安没字否?"叔千不识字,被人称为"没字碑"。安叔千早在邢州时即向辽主请降。故辽主给他加镇国军节度使之职,以示奖励。

后晋有个"没字碑"安叔千,宋朝的"没字碑"怕是大有人在。

纳兰容若的咏史诗二十首,纵论春秋战国直至宋辽金一千六百八十年,主要论述的历史人物五十余人,涉及的历史人物达一百余人。

他的咏史之作,论及君臣大义、英雄事业,选贤任能,动荡纷争,民族关系,世家传统等方方面面,尤重败亡教训。可以说,他的咏史诗就是他以诗歌的形式书写的一部《资治通鉴》,表现了他的远见卓识。

纳兰容若的咏史诗,在史实的叙写中,寄寓着他丰富的感情与卓越的识见,富于含蓄、精练的特色,是我国古典咏史诗歌中的一枝奇葩。

十一、纳兰文论的"情"与"真"

纳兰容若短短的三十一年的生命历程中,创作大量的诗词赋等文学作品。目前,我们还能见得到的,共有诗四卷,三百五十四首;词四卷,三百四十八首,赋五篇。

他的诗、词和赋都有相当高的文学价值。纳兰容若能取得这样高的文学成就,除前已论及的原因外,还有一个重要的原因就是他在学习前人文学思想、文学理论的基础上,总结出自己的文学创作理论。他的文学创作理论,集中在《源诗》《填词》等诗文中,更散见过《渌水亭杂谈》中。

在《原诗》一文中,他主要阐述诗歌的创作中,对前人经验的继承与充分发扬诗人自己个性风格的创新关系问题。

文章一开头,他便结合文坛的实际,分析形成"万户同声,千车一辙"风气的原因。他说:"世道江河,动成积习。《风》《雅》之道,而有高髻广额之忧。十年前之诗人,皆唐之诗人也,也嗤点夫宋;近年来之诗人,皆宋之诗人也。必嗤点夫唐。万户同声,千车一辙。其始,亦因一二聪明才智之士,深恶积习,欲阖新机,意见孤行,排众独出;而一时附和之家,吠声四起。善者,为新丰之鸡犬;不善者,为鲍老之衣冠。向之意见孤行、排众独出者,又成积习矣。盖俗学无基,迎风欲扑,随踵而立。故其于诗也,如矮子观场,随人喜怒,而不知自有之面目,宁不悲哉!"纳兰容若的分析,是符合实际情况的。明初,诗坛以模仿唐诗为主流,兴起复古的风气。永乐以后,由于统治者的喜好,倡导儒雅雍容的风格,"台阁体"占了统治地位。以后豪放刚劲的风格几乎丧失殆尽,文坛上一片凋零。及至明中叶,为扫除"台阁体"造成的文坛颓风,又标出"文必秦汉,诗必盛唐"的旗帜,虽然一肃"台阁"遗风,又陷入复古主义歧途。嘉靖七子才又主张"诗必盛唐",但不久又暴露只重音调、拘泥格律的新框子,以致后人评论为"模拟剽剥"。万历间的"公安""竟陵"两派,亦各有不足,各走极端。究其原因,纳兰容若指出,主要在于"不知自有之面目",而是人云亦云,"随人喜怒",不是仿唐,便是学宋。虽有一二人倡导新风,但"附和之家"蜂起,又形成新的积习。他分析形成这种情况的原因,在于所谓诗人"俗学无基",他们只能随声附和,"迎风欲仆,随踵而立",所以只会"随人喜怒,而不知自有之面目。"

　　那么究竟要不要学习唐宋,究竟学古人的什么?纳兰容若编了一段主答客问,以答问的方式来阐明自己的观点:"有客问诗于予者曰:'学唐优乎?学宋优乎?'予曰:'子无问唐也宋也,亦问子之诗安在耳。《书》曰:"诗言志"。虞挚曰:"诗发乎情,止乎礼

义。"此为诗之本也。未闻有临摹仿效之习也。古诗称陶、谢,而陶自有陶之诗,谢自有谢之诗。唐诗称李、杜,而李自有李之诗,杜自有杜之诗。人必有好奇缒险、伐山通道之事,而后有谢诗;人必有北窗高卧,不肯折腰乡里小儿

之意,而后有陶诗;人必有流离道路,每饭不忘君之心,而后有杜诗;人必有放浪江湖、骑鲸捉月之气,而后有李诗。近时有龙眠钱钦光,以能诗称。有人誉其诗为'剑南',钦光怒;复誉之为'香山'钦光愈怒;人知其意不慊,竟誉之为'浣花',钦光更大怒,曰:'我自为钱钦光之诗耳,何"浣花"为?'此虽狂言,然不谓不知诗之理也。"纳兰容若从古人作诗的根本之理出发,阐明诗的作用在于言志抒情。古代著名诗人陶、谢、李、杜之所以成为诗歌大家,就在于他们从各自的生活道路中,形成了自己的志和情,他们抒情言志的诗歌,形成了各自独特的风格,而不是"临摹仿效"。他特别提到明末清初诗人钱钦光对待别人评论自己诗作的态度,"我自为钱钦光之诗耳,何'浣花'为?"强调诗作要言己志,抒己情,这才是诗之理。他强调,继承古人,不是"临摹仿效"他们的诗作风格,而是要学习他们在生活实际中,从生活的感受中抒发自己独有的思想感情的创作实质。在这个前提下,他进一步阐明学习古人的方法:"客曰:'然则诗可无诗承乎?'曰:'何可无也? 杜老不云乎:"别裁伪体亲《风》《雅》,转益多师是汝师。"'凡《骚》《雅》以来,皆汝师也。今之为唐为宋者,皆伪体也。能别裁之,而勿为所误,则师承得矣。"他认为"《骚》《雅》以来,皆汝师也"。有了上面所讲的原则,从任何一位有成就的诗人那儿,都可以"转益"出对自己有帮助、有提高的经验,以激发自己的诗情。而对不良的诗作"伪体",则要有足够的鉴别能力,以免为其所误。

纳兰容若正是在这种思想指导下,较成功地解决了继承与创新的关系。他的作品,学习南唐李后主的"根乎情",以婉约的风格抒发自己的幽怨之情,他也众采各家之长,有豪迈慷慨的言志之作,又有沉深苍劲的咏史之作。他以"自然之眼观物,以自然之舌言情",不拘泥于时风俗气,独创自己清新秀美,自然真切的风格,在清初文坛上独树一帜,成为卓有成就的大诗人。

纳兰容若还有《填词》诗。这是他论词的重要词篇:

诗亡词乃盛,比兴此焉托。往往欢娱工,不如忧患作。冬郎一生极憔悴,判与三闾共醒醉。美人香草可怜春,凤蜡红巾无限泪。芒鞋心事杜陵知,只今惟赏杜陵诗。古人且失风人旨,何怪俗眼轻填词。词源远过诗律近,拟古乐府特加润。不见句读参差三百篇,已自换头兼转韵。

词中纳兰容若批评了人们重视而轻词错误看法,并就"欢娱"与"忧患"两种风格的作用及优劣发表了自己的见解。

纳兰容若首先强调"比兴"在文学创作中的重要作用。比兴本是《诗经》以来中国古典诗词的主要表现手法。当诗的繁荣阶段过去以后,比兴成为词的主要表现手法,词开始走向繁荣。人们在评论诗歌(包括词)的优劣时,往往以写"欢娱"还是写"忧患"来评判,认为诗长于写"忧患"而词长于写"欢娱"。如朱彝尊的《紫云词序》:"昌黎子曰:'欢娱之言难丁,愁苦之言易好。'斯亦善言诗矣。至于词或不然,大都欢愉之辞工者十九,而言愁苦者十一焉耳。"朱尊彝的意思是赞成诗长于写忧患,词长于写欢娱这种说法。纳兰容若认为,轻词者以此为据,说词只写欢娱,故不如诗写忧患,因而重诗而轻词。这种看法是错误的。然后,他以事实为据,批评这种看法。冬郎是晚唐诗人兼词人韩偓的小字。他被人们看作"艳体之祖"。人们不是说他"丽而无骨",就是认为他"淫靡特甚"。纳兰容若考查韩偓的一生,韩偓是昭宗龙纪元年(889)进士,拜左拾遗,后来历任翰林学士、中书舍人、兵部侍郎。天复初年(901),昭宗被韩全诲等劫逼凤祥,韩偓有扈从之功。天复三年(903)反正后,帝面许偓为相,偓荐赵崇、王赞自代,同平章事崔胤乃与权奸朱全忠合谋逼帝贬偓为科沘司马,再贬荣懿尉,徙邓州司马。哀帝天祐二年(905)复原官,偓不赴召,南依王审知而卒。他的诗词中多以美人香草喻君臣之情。唐昭宗曾赐给韩偓龙凤烛百余根、金缕红巾百余幅，韩偓死后，家人从箱中发现"蜡泪尚新，巾香尚郁"。《唐百家诗选评》赞他："方昭宗时，群邪内讧，凶顽外擅，致光（韩偓字）间关其间，执义弥坚，如不草韦昭（贻）范昭，凛然有烈丈夫之风。"韩偓《安贫》诗有句："谋身拙为安蛇足，报国危曾捋虎须。"故史书称他"为人有

气节，忠正不阿"，"诗多感事述怀之作，于愤慨中见惆惆之情"。纳兰容若认为韩偓在秾艳诗词中寄有无限深情，正是比兴的传统。他的一生坎坷艰险，与屈原同。他的忠君爱国之心，也可同屈原共美。再举杜甫为例。杜甫曾"麻鞋见天子，衣袖露两肘。"他的诗篇中蕴藏着忧国忧民的内心苦痛，只有杜甫自己知道。可他的诗篇流传至今，人们只是欣赏他的忧患之作的诗篇，却完全不去顾及诗作中比兴寄托的无限深情。《文心雕龙·辨骚》讲得很清楚："国风好色而不淫，小雅怨诽而不乱，若离骚者，可谓兼之。"人们却全然忘记了风骚的比兴寄托的赋诗传统，一味片面追求是不是"忧患"之作，造成看轻填词的错误看法。最后，纳兰容若从词的源流，强调轻词的错误看法。他认为，词源远流长，比格律诗更早。词是在古乐府拟古的基础上发展变化而来的，甚至可追述至《诗经》，因为《诗经》中早已有长短不齐的诗句了，早已有换头、换韵的形式了。纳兰容若在自己的创作实践中，既重视词，也重视诗。特别是在词的创作中，既有怀古之情，忠君爱国之情，也有尊师重友之情，更有男女之爱情。他的情，既有激昂慷慨，也有悲凉凄怆，更

多哀怨缠绵之作。他抒情重在自然真切,重在真情实感。抒情的方法,重比兴,写情中景,抒景中情,是实践了自己词做理论的。

在《渌水亭杂识》中,纳兰容若还有数十条诗词创作和欣赏的短论。这些是他研究诗词创作经验的结晶,其中不乏真知灼见。

这些短论,涉及诗词创作的各个方面,有研究生活在诗词创作与欣赏中的重要作用的;有的则是比兴、格律在诗词创作中的运用及作用;阐述作品中诗意的重要意义;有批评诗词创作中不良倾向的;有关于历代诗作评述的;还有阐述几种常用诗创作经验的,涉及诗歌创作十几个方面的问题。

诗歌应该是生活真实感受激发出来的,是真情实感。没有生活的阅历,没有真情实感,是写不出好诗的。其实阅读欣赏诗歌,也需要一定的生活阅历。读古人的诗,当然没有办法去实际体验他们的生活,但是尽可能占有有关资料,或实际考查遗迹,对作品的理解,就不会望文生义,造成误会。纳兰容若谈了他的一次读诗经验:"'独树临江夜泊船',或本作'独戍'。愚谓大江中有戍兵处可泊船,以'独戍'为是。后读《宋史·王明传》,见其地有'独树口',不觉自失"。

《纳兰诗论笺注》,很以为是,《笺注》又举两例以证其说:

不少人读王之涣的《登鹳雀楼》诗,都以为"白日依山尽",左近必须有山,于是有人把中条山拉来,以为中条山既在蒲州城左近,那白日入山而没的山,一定是中条山了。不料到实地一看,才发现城在西,而中条山在东,日岂能落入东山乎？原来王诗的"山"是指西望云雾渺茫中的华山、秦岭而言。

不少人读张继的《枫桥夜泊》诗，都以为"姑苏城外寒山寺"，一定是寺在寒山之上，姑苏城外真有座山。结果实际一调查，"寒山"却是古时此地的住持和尚，寺为纪念他而得名，这里根本没有山。

以上所列举的都是地理问题。其实因为文学作品反映作家在生活中的真情实感，因而创作与欣赏，涉及生活的各个方面。

还说"姑苏城外寒山寺，夜半钟声到客船"。欧阳修在《六一诗话》中有过评论："唐人有云：姑苏台下寒山寺，半夜钟声到客船，说者亦云：'句则佳矣，其如三更不是打钟时。'"欧阳修以为诗句很美，但半夜寺院不会打钟，诗句错了，因为"诗人贪求好句而理有不通"。

叶梦得《石林诗话》中批评欧阳修的这个看法："'姑苏城外寒山寺，夜半钟声到客船'，此唐张继题城西枫桥寺诗也。欧阳文忠公尝病其夜半非打钟时，盖公未尝至吴中。今吴中山寺实以夜半打钟。继诗三十余篇，余家有之，往往多佳句。《王直方诗话》也有批评："欧公言：唐人有'姑苏城下寒山寺，半夜钟声到客船'之句，说者云：'句则佳矣，其如三更不是打钟时。'余观于鹄送宫人入道诗云：'定知别往宫中伴，遥听缑山半夜钟。'而白乐天亦云：'新秋松下影，半夜钟声后。'岂唐人多用此语也？倘非递相沿袭，恐别有说耳。温庭筠诗亦云：'悠然逆旅频回首，无复松窗半夜钟。'庭筠诗多缵在白乐天诗后。"

纳兰容若在这里实际上是阐述了生活在创作与欣赏中决定性作用的文学规律。他一生读万卷书,行万里路,和汉族文士密切交往,使他生活阅历逐渐增加,文学修养不断提高,这是他取得文学成就的决定条件。

　　纳兰容若继承了我国诗歌"言志"的基本理论,提出"诗乃心声,性情中事也"的基本观点。这个观点,是从《诗大序》《文心雕龙》发展而来的。

　　《诗大序》说:"诗者,志之所之也。在心为志,发言为诗。""故变风发乎情,止乎礼义。发乎情,民之性也;止乎礼义,先王之泽也。"

　　《文心雕龙》在《诗大序》的基础上又有发展:"夫情动而言形,理发而文见,盖沿隐以至显,因内而符外者也。然才有庸俊,气有刚柔,学有浅深,习有雅郑,并情性所铄,陶染所疑,是以笔区云谲,文苑波诡者矣。"

　　纳兰容若继承了古代优秀传统,提出:"诗乃心声,性情中事也。发乎情,止乎礼义,故谓之性。"

　　南宋理学,提倡"存天理,灭人欲",只承认礼义,而否定"情"。明代把这种思想发挥到了极致,成为一种社会的习气,严重地阻碍了文学艺术的发展。纳兰容若认为人不仅要"止乎礼义",即遵循封建道德,安于社会秩序,更重要的是"发乎情",因为"情"是"心声"。

　　既承认"情",就要重视作家作为诗词创作主体的重要作用。纳兰容若对于诗人、词人的自身素质修养也有自己的看法:"亦须有才,乃能挥拓;有学,乃不虚薄杜撰。才学之用于诗者,如是而已。昌黎逞才,子瞻逞学,便与性情隔绝"。

纳兰容若其人其文

图文珍藏版

他提出诗人必须"有才""有学"。"才"是指人的思想、气质、性格等内在的素质修养,"有才,乃能挥拓",诗人才能挥洒自如,才能触景而情生,才能想象丰富,联想翩翩而"不逾矩"。"学"是指人的学识,品德,作风等外在修养素质,"有学",才懂得真善美的真谛,才会有高远之志,才不胡编乱造,虚伪浅薄。诗的大家,应当才学并重,才能诗如其人。一味逞才逞学,轻狂自傲,"便与性情隔绝",这是诗家之大忌。这个观点是对的。不过纳兰容若将韩愈贬为"逞才"的典型,将苏轼贬为"逞学"的典型,却大为不妥。韩、苏二位,才高博学,均为诗之大家。二人诗歌风格自有特色,是另外一个问题了。

纳兰容若本人,能在诗词创作中自成一家,也是因为他十分注重内在与外在的修养所致。他的诗词"发乎情,止乎礼义"。"挥拓"而"不虚薄杜撰",才使他的作品广为流传。他的作品,确实如其人。

赋、比、兴,是《诗经》以来,中国诗歌最基本的表现手法。这三者并不存在优劣之分。咏史、叙事,以赋为主,抒情咏性,则少不得比、兴。纳兰容若自己的诗词便是如此。他的诗《平原过汉樊侯墓》便是赋中有议,打破了历史的偏见,歌颂了一位出身低贱,被一般人视为莽夫的英雄人物。诗中通过"一撞重瞳营,再排隆准闱"的赋,刻画出一位以国家为重,不怕牺牲的英雄的气壮山河的气概,创造了一种粗犷豪放、慷慨激昂的美。同样,他的《采桑子·塞上咏雪花》则以比兴为主要手法咏志,描绘了轻柔惆怅的意境。可见赋、比、兴的手法自身并无高下之分,使用那种手法,要看抒写"情性"的具体需要。表现手法要为表达内容服务。

纳兰容若反对明诗"版腐少味",是对的,但他没能认识到诗歌"版腐少味"的根本原因在于诗中缺少"情性",而是从表现手法上去找原因:"《雅》《颂》多赋,《国风》多比兴。《楚辞》从国风而出,纯是比兴,赋义绝少。唐人诗宗《风》《雅》,多比兴;宋诗比兴已少;明人诗皆赋也,便觉版腐少味。"他把诗的"版腐少味"归咎于"诗皆赋也",不免陷入片面性与绝对化了。

在诗词中使用典故，可以使用较少的字数来抒发比较复杂深厚的感触，使篇幅较小的诗词，容纳尽可能多的内容；或是是使用典故去表达不便明说的感情。因此，在诗词中使用典故是诗人词人常用的表达方法。

纳兰容若的诗词中，拟古、咏史的诗作及长调词中，巧妙地运用典故来抒发自己的真情实感或真知灼见，我们在前文中已有论及。他对用典是十分重视的。他强调用典要恰到好处，既反对处处用典，也反对因为不用典而造成"淡薄空疏，了无意味"的倾向："庾子山句句用字，固不灵动；六一禁绝之，一事不用，故遂至于淡薄空疏，了无意味。""用字"当为"用事"。

纳兰容若对"用事"的观点是正确的。但他对两位诗人的评论，则有失妥当。

子山是庾信的字。他博览群书，学问渊博，但遭遇却十分特殊。他奉南朝梁元帝之命出使北朝的西魏，恰遇西魏灭梁。他被迫滞留西魏任职。北周取代西魏，他又被迫做了北周的官。虽然在西魏和北周，他都高居显职，备受恩宠，但他难忘梁朝故国，以致含恨而死。他对故国家乡的怀念，对梁执政者的腐败倾轧，不图自强的痛恨，对自己的自悔自责及对人民苦难的同情，都倾诉在他的《拟咏怀》等作品中。他的处境，使他不能直抒胸怀，只能大量使用典故来喻事，创造了义深辞约，耐人寻味的韵致。纳兰容若"不灵动"之批评，有失公允。

六一是欧阳修的号。欧阳修的诗，多平易流畅，善于自描，往往直抒胸臆。《苕溪渔隐丛话》说他"律诗意所到处，虽语有不伦，亦不复问"，倒是抓住了他的诗尚有艰涩之感的缺欠。说他"一事不用，故遂至于淡薄空疏，了无意味"，则片面化，绝对化了。

总之，纳兰容若对"用事"的基本观点是正确的，"句句用事，固不灵动"；"一事不用，故遂至于淡薄空疏，了无意味"。

纳兰容若还强调用典要有所寄托。他说："唐人有寄托，故使事灵动；后人无寄托，故使事版。"在诗词作品中运用典故，目的在于借典故抒发感情。

广义地看,选用什么典故,实际上已表现了诗人的爱憎。但具体地看,在不同的体裁的诗歌中还要做具体分析。

抒情诗用典,必有所寄托,或以物寓情,或寓情于景,或借典寓情,诗才"灵动"。"无寄托"则成为用典言事,而非抒情,"故使事版"。

但有些诗句,纯为言事,则用典便不必苛求必须"有寄托"。

纳兰容若为说明自己的观点,他又举两例。"刘禹锡云:'阁上掩书刘向去,门前修刺孔融来。'借古以叙时事,则灵动;武元衡云:'刘昆长啸风生生,谢朓题诗满月楼。'实用古事而无寄托,便成死句。"

说刘禹锡"灵动"是正确的,他正是借典寓情。说武元衡诗为"死问",却大为不妥。正如我们前面议论,武元衡的诗句不是抒情,而是论事,是对刘昆、谢朓诗歌风格的评议,而不是抒情,因此要求也"有寄托",是没有必要的。

纳兰容若对诗词的格律用韵也有自己的看法。他说:"休文八病,宋人已不能辨,大约有声病,守粘缀,无叠韵,不口吃者,八病俱离。"

沈休文,名约,休文是他的字。他是南朝梁武康人。他博学多才,撰《四声谱》,分字为平上去入四声,为声韵学上一大变迁。《诗格》载:"沈约云:'诗有八病,谓平头、上尾、蜂腰、鹤膝、大韵、小韵、旁纽、正纽。'"

所谓"平头",就是第一字与第六字,第二字与第七字同声;"上尾",指第五字与第十字同声;"蜂腰",指第二字和第五字同声,两头大而中间细,好像蜂腰;"鹤膝",指第五字和第十五字同声,两头细,中间粗,状若鹤膝;"大韵"指重叠相犯,如五言诗以"新"字为韵,九字内如用"津""人"字为大韵病;"小韵"指除本韵外,九字中有两字通韵,小韵五字内最忌,九字内稍缓;"正纽",比如以"壬""红""任""人"为一纽,如一句内有壬字,则不得使用同纽内其他三个字;"旁纽",如五言

诗一句内有"月"字,不得再使用"阮""元""愿"字,这是双声即旁纽,五字中最忌,十字中稍缓。《沧浪诗话》便批评过这种要求:"八病严于沈约,作诗正不必拘,此蔽法不足据也。"

这些要求,束缚过死,据此,怎么能抒"情性"?

纳兰容若主张,用韵应取其自然,不宜束缚过紧。他首先批评唐人:"唐人以韵字少者与他部合之为通用,'哈'当与'佳'通,以隔一部,故遂与'灰'通,以致字声乱极。"唐人实行"通用",造成了"字声乱极"。而且既可通韵,而《唐韵》中却有一百九十五个韵目。通用是个好方法,诗人在创作实践中突破韵书的限制,只要韵音相近的字,读起来上口,又有利于抒情表意,就可以通用。为了符合韵书的规定,而破坏了诗的意境,妨碍了抒情表意,那就是削足适履了。

纳兰容若对于人们大搞什么诗韵、词韵,也有自己的看法:"韵本休文小学之书,以为诗韵已误;今人又作词韵,谬之谬也。"隋朝的《切韵》与唐朝的《唐韵》,均有一百九十五个韵目,宋朝的《广韵》达到二百零六个韵目,清康

熙时编的《佩文韵府》还有一百零六个韵目。事实上,各种诗韵与词韵的出现,与编著者们的本义相反,不仅没有起到查找韵字方便的作用,反而给写诗填词增加了许多限制,甚至被科举考试利用来束缚士子们。科举考试试帖试限韵很严,士子们不得不死背韵书,刻意追求韵律。韵书起不到工具的作用,反而成了枷锁。

　　那么,究竟该怎么对待韵律? 纳兰容若有自己的观点。他说:"人之作诗,必宗三百篇,而用韵反不宗之,岂非颠倒?"他主张作诗用韵,应学习《诗经》,《诗经》用韵,较之后代更自由灵活,更富有自然的美,易于表达"情性"。

　　纳兰容若举出具体事例,批评后人死板遵用唐人用韵的规矩,不敢逾越一步。他说:"'东'翻'登','冬'翻'丁',声固不同,而非不可同押者也。休文诸公,强作解事,分为二部,后人以是唐人所遵,不敢相弃。"沈约等人把韵音搞得细而繁琐,后人又死守唐人用韵的套套,不敢逾矩。他举"东""登""冬""丁"四字为例,它们虽然韵母不同,但都有鼻韵母-ng,因此可以同押。但因为唐人认为它们有别,后人也不敢破坏这个规矩。纳兰容若对此,大不以为然。

　　关于词的起源和发展,历来说法很多。过去,封建时代的文人,多从文学形式考查。有人认为词是由《诗经》《楚辞》、乐府乃至格律词中发展变化而来。经过加字减字,加句减句,诗变为词。有人认为,由于西域音乐的传入，唐代形成了不同于前代音乐的燕乐。燕乐节奏鲜明，旋律欢快，音调丰富，很快取代了过去的音乐，成为流行的音乐。人们倚声填词，即为词。后来，二十世纪初在甘肃敦煌莫高窟发现了"敦煌曲子词"，人们越来越重视民歌在词的产生与发展过程中的决定性作用。

词在唐代晚期，才开始定型。到五代，才发育成型。为什么诗词的交替过程偏偏发生在唐宋之间的五代呢？人们只是注意到了五代之前的晚唐时期，温庭筠的出现，标志着文人词已从文人诗那儿争得了自己独立的地位，不仅有了工词的文人，而且有了以词为工具取悦喜欢词的皇帝唐宣宗的宰相令狐绹。词成为妓女们侑酒时歌唱之物，奠定了词主艳情，香而软的传统。到了五代，全国形成割据局面。北方政权更迭，战祸不断。而南方的西蜀、南唐，前有蜀山蜀水之天险，后者恃长江天险，相对稳定。五代时西蜀、南唐，成为词发展的两大基地，形成两大词派，西蜀词派和南唐词派。西蜀词派有《花间集》，收有包括晚唐词人温庭筠在内的十八位词人的五百首词。这个词派师承温庭筠，是宫体与娼风的混合体。南唐词派以两位皇帝：中主李璟和后主李煜父子，还有一位宰相冯延巳为主，他们的词更多写心理上的阴影，风格较为凄清。

总的来说，除南唐李后主做了俘虏之后，作品唱出亡国的哀音，还不失"惟歌生民病"的诗道正统，其他词人的词作，完全背离了诗道之正统。

对这种现象，纳兰容若有自己的解释，他说："自五代兵革中原，文献凋落，诗道失传，而小词大盛。宋人专意于词，实为精绝；诗在尘饭涂羹，故远不及唐人。"他认为，五代以来，北方战祸不断，由于战争的缘故，使得"文献凋落"，文化事业大大地受了损失，教育事业被大大破坏，因而"诗道失传"，青少年失掉了作文学诗的机会。口头传唱的词，正如流行歌曲，却得到了发展的机会。文人们在晚唐五代的战乱期间，看不到前途，生命尚且没有保障，也顾及不了理想和抱负。今朝有酒今朝醉，也就不会"惟歌生民病"。吟吟私情，哼哼小曲，及时行乐，享受生命，成为一时的社会时尚，成为文人的普遍心理。因而"诗道失传"，是自然之理。

纳兰容若能从社会历史发展的角度去研究文学现象，尽管他的结论不一定揭示了现象的本质，不一定准确，但也属难能可贵。他能站在文人的一般立场之外论文，当属"未染汉人风气"所致。

词到宋代，"实为精绝"，不仅技法更为纯熟，而且词派蜂起，各显特色。纳兰容若肯定宋词，恐怕更多的是宋词继承了"惟歌生民病"的诗道正统，抒写"心声"，重在"性情"，词走出了个人的小圈子，走向社会历史的广阔天地。但贬低宋诗到"尘饭涂羹"却不大妥当，宋诗与唐诗各有特点，纳兰容若之评，有些绝对化了。这怕是与他本人重抒情分不开。

纳兰容若除了重视《诗经》传统外，也很重视汉《乐府》。我国古代商周之世就非常重视采风，以观民情。《国语·周语上》记载了天子听政的情况："故天子听政，使公卿至于列士献诗，瞽献曲，史献书，师箴，瞍赋，蒙诵，百工谏，庶人传语，近臣尽规，亲戚补察，瞽、史教诲，耆、艾修之，而后王斟酌焉。"其中"瞽献曲"，就是献上民间歌曲，以供了解民情，体察民意。

《汉书·食货志上》记载了汉代的采诗活动："冬，民既入，妇人同巷，相从夜绩……男女有不得其所者，因相与歌咏，各言其伤。""瞍春之月，群居者将散，行人振木铎徇于路，以采诗，献之太师，比其音律，以闻于天子。故曰：王者不窥牖户而知天下。"

纳兰容若对乐府的渊源、变化，解释得很清楚："乐府，汉武所列之官名，非诗体也。后人以为诗体。"

正式设立乐府机关采集诗歌，始于汉武帝。《汉书·礼乐志》载："至武帝定郊祀之礼……乃立乐府，采诗夜诵，有赵、代、秦、楚之讴。以李延年为协律都尉。多举司马相如等数十人造为诗赋，略论律吕，以合八音之调，作十九章之歌。"当时采诗的范围已遍及黄河、长江流域。

采诗的目的，《汉书·艺文志》有介绍："自孝武立乐府而采歌谣，于是有代、赵之讴；秦楚之风，皆感于哀乐，缘事而发，亦可观风俗，知薄厚云。"乐府机关的设立，除"论功颂德，所以将顺其美；刺过讥失，所以匡救其恶"外，更因为有管理音乐的职能，它还有在朝廷大典奏乐，以烘托气氛，朝廷及贵族享乐生活的需要。

乐府成为诗体，始于南朝齐梁时人刘勰。他在《文心雕龙》中首次将乐府列为诗体。他给乐府诗的定义是："乐府者，声依永，律和声也。"乐府中乐和诗的关系是："凡乐辞曰诗，诗声曰歌。"他把"三调""鼓吹""铙歌""挽歌"列入乐府。

纳兰容若还说："大抵古人诗有专乐歌而作者，谓之乐府；亦有文人偶作乐工收而歌之者，亦名乐府。"

黄侃先生在《文心雕龙札记》中详细地解释了这方面情况："盖诗与乐府者，自其本言之，竟无区别，凡诗无不可歌，则统谓之乐府可也；自其末言之，则惟尝被管弦者谓之乐，其未诏伶人者，远之若曹、陆依拟古题之乐府，近之若唐人自撰新题之乐府，皆当归之于诗，不宜与乐府淆溷也。"他还说：

"案彦和作《乐府》篇,意主于被篱弦之乐,然又引及子建、士衡之拟作,则事谢丝管者亦附录焉。故知诗乐界划,漫汗难明,适与古物之、义相合者已。今略区乐府以为四种:一、乐府所用本曲,若汉《相和歌》《江南》《东光乎》之类是也;二、依乐府本曲以制辞,而其声亦被管弦者,若魏武依《苦寒行》以制《北上》,魏文依《燕歌行》以制《秋风》是也;三、依乐府题以制辞,而其声不被管弦者,若子建、士衡之作是也;四、不依乐府旧题,自创新题以制辞,其声亦不被管弦,若杜子美《悲陈陶》诸篇、自乐天《新乐府》是也。从诗歌分途之说,则惟前二者得称乐府;后二者虽名乐府,与雅俗之诗无殊。从诗乐同类之说,则前二者为有辞有声之乐府,后二者为有辞无声之乐府,如此,复与雅俗之诗无殊。要之乐府四类,惟前二类名实相应,其后二类,但有乐府之名,无被管弦之实,亦视之为雅俗之诗而已矣。"

纳兰容若所谓"文人偶作乐工收而歌之者",即黄侃所举第二类。

纳兰容若在研究乐府过程中发现了一个问题。他说:"汉人乐府多浓谰,'十九首'皆高澹,而《文选注》亦有引入乐府者,不知何故。"

关于这个问题,《纳兰诗论笺注》认为:纳兰所指的大概是"古诗十九首"的第十五首串入了古乐府《西门行》的词句。今以第十五首古诗为准,对照《西门行》来看一看:

"生年不满百,常怀千岁忧,昼短苦夜长,何不秉烛游?"(与《西门行》第四组句只差"岁"与"秋",不同,其余全同。)

"为乐当及时,何能待来兹?"(是《西门行》第二组句的缩写,《西门行》

的原文是"夫为乐,为乐当及时;何能坐愁怫郁,当复待来兹。")

"愚者爱惜费,但为后世嗤。"(正是《西门行》的末两句,只是"贪财"变成"愚者"。)

"仙人王子乔,难可与等期。"(《西门行》的第五组句是"自非仙人王子乔,计会寿命难与期"。变七言为五言。)

朱彝尊试图解答这个问题,在《书〈玉台新咏〉后》中说:"裁剪长短句作五言,移易其前后,杂糅置"十九首"中,没枚乘等姓名,概题曰'古诗',要之皆出文选楼中诸学士之手也。徐陵少仕于梁,为昭明诸臣后进,不敢明言其非,乃别著一书,列枚乘姓名,还之作者,殆有微意焉。"

朱彝尊只是说了当时的情况,并没有说明为什么的问题。范文澜先生在《文心雕龙注》中解决了这个问题。他说:"朱氏疑昭明辈裁剪长短句作五言,没枚乘等姓名,恐未必然。钟嵘《诗品》专评五言诗,若本是长短句,不得列入'古诗十九首'之中,乘等姓名更无湮没之理。古诗总杂,昭明只取十首入选,谓其美篇不无遗佚则可,谓其剪裁失真则不可。"又说:"至于乐府本宜增损词句以协音律,似不必疑昭明削古辞为五言耳。"

关于乐府,纳兰容若还提出一个问题:"古人乐府词,有切题者,有不切题者,其故不可解。"乐府诗的标题,有几种情况。纳兰容若所谓切题者,大多是原辞原曲,也有后人依旧题另作新辞的。"切题",也有几种情况:题即诗歌的主题,如《悲歌》题目与诗歌内容全完切合,诗歌写了可归与有家也不能归的悲痛,"悲"既是主题,也是题目;题目是诗歌中活动的地点,如《东门行》写主人公被统治者所逼而无法生活下去,但一时还不能下决心铤向走险,可当他回家后,看见"盎中无斗米储","架上无悬衣",在走投无路的情况下,他不顾妻子的劝阻,终于"拔剑东门去",要杀出一条生路来;又如《有所思》,诗歌写思的具体内容,一个女子得知爱人变心后,决心一刀两断,但想到当初热恋时的情感,又觉难以割舍;有的以诗的第一句为题目,如《上山采蘼芜》写一位弃妇上山采蘼芜时遇到故夫的一段问答,谴责男子的喜新厌旧。

不切题,多为原题另写新内容,原题一般只起曲名的作用,如后世填词、曲,题目与内容已无多大关系了。

因为题目与内容有种种关系,再主要是由于原曲失传,后人所见,大多为依原题另拟的新辞,所以无法准确理解原题。对这种情况,纳兰容若认为;"乐府题今人多不能解,则不必强作李于鳞优孟衣冠,徒为人笑。"不能解而硬要牵强附会,当然会闹笑话。

究竟该怎样作乐府诗,纳兰容若主张向杜甫学习:"少陵自作新题乐府,固是千古杰人。"

钱木庵有《新乐府论》,对杜甫在乐府诗方面做了极高的评价:"太原郭氏曰:'新乐府者,皆店世之新歌也。以其辞实乐府,而未尝被于声,故曰新乐府也。元微之病后人沿袭古题,唱和重复,谓不如寓意古题,刺美见事,犹有诗人引古以讽之义。近代唯杜甫《哀江头》《悲陈陶》《兵车》《丽人行》及《前出塞》《后出塞》,郭氏列之古题中,其《哀江头》等篇,元相略举一二,他诗类此者正多,少陵新乐府或不止此。"杜甫继承乐府诗的现实主义传统,而不拘泥于乐府旧题旧形式,另立新题而"其辞实乐府",发扬了"惟歌生民病"的正道。乐府诗从内容到形式都得到了发展。为白居易、元稹的新乐府运动开拓了道路,奠定了基础。纳兰容若正是因为这些,称杜甫"固是千古杰人"。

其实,这也正是纳兰容若自己的追求。纳兰容若诗词中表现出对民族团结

的渴望,对国家统一的关心,甚至他因无法施展抱负的幽怨,都是继承《诗经》《乐府》以来现实主义精神的体现。

纳兰容若十分重视文学发展中民族传统形式的继承与发展关系。关于说唱文学的起源,一般人认为,由于受西域等外来影响而有敦煌曲子词,曲子词传入内地出现了词曲。纳兰容若则另有所见。他说:"《焦仲卿妻》,又是乐府中之别体,意者如后之《数落山坡羊》一人弹唱者乎?"这样,纳兰容若给曲的产生,找到了渊源。说唱文学,是从"乐府中之别体"发展而来的。

吴乔《答万季埜诗问》也有相同的看法:"问:'《焦仲卿妻》在乐府中,又与余篇不同,何也?'答曰:'意者此篇如董解元《西厢》、今之《数落山坡羊》乃一人弹唱之词,无可考矣。'"吴乔为清初人,纳兰容若的看法亦可能源于吴乔。惜吴乔生卒年月不详,故尚无法判断首先提出者为谁。

吴乔还提到董解元《西厢》。关于董西厢的说唱形式,有两条记载:

毛奇龄《西河词话》:"金章宗朝,董解元不知何人,实作《西厢掐弹词》,则有白有曲,专以一人掐弹,并念唱之。"

焦循《剧说》中引张元长《笔谈》:"董解元《西厢记》,曾见之卢兵部许。一人援弦,数十人合坐,分诸色目而递歌之,谓之磨唱。"

可见,叙述长篇叙事诗,一人唱或数分角色唱,都是传统的说唱形式。

《焦仲卿妻》是集古乐府诗的叙事演唱的两大特点于一身的。它比一般乐府叙事诗长几倍,不能不使人认为,它不同于一般古乐府诗,人人可唱,而是由民间的艺人专门演唱的。

纳兰容若的发现,至少给我们提供了这样一条思路,任何新的文学形式的产生与发展,主要是民族传统形式的继续与发展,外来的影响是次要的原因。

纳兰容若对诗词创作中的不良倾向,也做了分析与批评。他说:"人情好新,今日忽尚宋诗,举业欲干,禄人操其柄,不得不随人步转。诗取自适,何以随人?"

"人情好新"，是因为"举业欲干"。原因找得很准，要想做官，就得参加科举考试，要想考中，就得"随人步转"。为什么"今日忽尚宋诗"呢？

科举考试专有试帖诗。唐时，受帖经、试帖考试方法影响而产生，要求不得离题任意发挥。多取古人五（七）言诗一句为题，并指明以其中某字为韵，题目前须冠以"赋得"二字，故试帖试又叫

"赋得体"。通常童生考试用五言六韵；生员岁、科试以及乡试、会试等多用五言八韵，制科考试等多用七言排律。宋时限制更多，又从《五经》中出题，要求除首尾两联外，中间各联须对仗。前四句中必须出现题目文字。内容要求歌功颂德，粉饰太平。清代则继续了宋代试帖试的规定，而且要求更为严格，必须按八股文的程式写。因而造成"尚宋诗"的风气。甚至纳兰容若的文友王阮亭也看不起作试不守八股之道者。他在《池北偶谈》中说："予尝见一布衣有诗名者，其诗多有格格不达，以问汪纯翁编修云：'此君坐未尝解为时文故耳。时文虽无与诗古文，然不解八股，即理路终不分明。'近见王恽《玉堂嘉话》一条，鹿庵先生曰：'作文字，当从科举中来，不然而汗漫披猖，是出入不由户也。'亦与此同意。"

试帖试受制于"禄人"，不能"歌生民病"，不能抒写"情性"，故内容空虚，形式呆板。纳兰容若对这种违背"诗道"的坏风气很不满意。

他自己的作品，确实做到了"诗取自适"，故他的作品自然真切，感染力强。

纳兰容若认为诗的根本在于"诗言志",在于"诗发乎情,止乎礼义"。因而他对于"临摹仿效"的习气多次给予批评。除了对为了"举止欲干"而"今日忽尚宋诗"的违背诗道之风进行批评,他对明人"诗必盛唐"的风气进行批评。他说:"诗之学古,如孩提不能离乳母也。必自立而后成诗,犹之能自立而后成人也。明之学老杜,学盛唐者,皆一生在乳母胸前过日。"

纳兰容若的话,看似有些刻薄。但,这个见解,却很有见地,是十分正确的。文学艺术有继承,但更有创新。没有继承,便没有发展的基础,但创新是文学艺术的生命,没有创新,文学艺术的生存,也成了问题。这个创新,便是反映自己的时代,反映生活在这个时代的人们的喜

怒哀乐的种种感情。没有创新,远离了时代,文学艺术便成了无本之木,无源之水,那里还有什么生命力。

其实,明代提出"文必秦汉,诗必盛唐"的本意,倒不完全在"学古"。明初,一直到明中叶,由于"台阁体"诗盛行,柔靡文风占了统治地位。一片歌功颂德,粉饰太平之声,风格上追求华美典雅,全无价值。为了扭转文坛颓势,以李梦阳、李樊龙为首的前后"七子"。在明中叶提出"文必秦汉,诗必盛唐"的主张。秦汉的散文,思想性和艺术性都很高,对我国散文创作的发展有很大影响;盛唐的诗歌,以李白和杜甫为代表,豪放开阔,壮丽雄伟,凝结着盛唐的时代精神,博大精深,沉郁顿挫,有力地反映了现实,是文学遗产中的瑰宝。因此,学习秦汉散文,学习盛唐诗歌,本是无可厚非的。但是,可惜他们把这一点绝对化了。他们要求"学诗必学杜,诗至杜子美,如至圆不

国学经典文库

纳兰容若全集

纳兰容若其人其文

图文珍藏版

能加规,至方不能加矩矣。"因此,他们要求像小学生临帖学字一样学习杜诗:"文与字一也,今人模临古帖,即太似不嫌,反曰能书;何独至文,而欲自立一门户耶?"

这种亦步亦趋的学法,脱离了时代,脱离了生活,当然不合"惟歌生民病"的诗道,当然不能抒写"情性"。纳兰容若的比喻十分形象,也十分准确。学诗初始,当然要向好诗学,仿佛幼儿,在乳母的扶持下,有利于自己成长。能自立而不自立,不抒写自己的"情性",硬要模仿唐人去替唐人抒发人家的"情性",当然抒写不好,抒写

不来。还是纳兰容若比喻得好,一生只吃乳母的奶,怎么成人呢?

其实,在明代就有人反对过这种做法。他说过:"近有士人熟读杜诗。余闻之曰:'此人诗必不佳,所记是棋势残着,元无金鹏变起手局也。'因记宋章子厚,曰《临兰亭》一本,东坡曰:'章七终不高,从门入者非宝也。'此可与知者道。"

直至明代末年,国家民族危亡之际,张溥、张煌言等人,抒写自己的激情,主张诗歌"务为有用",以诗歌为武器,为政治斗争和抗敌斗争服务,这才上了正道。

纳兰容若坚持诗以言情的观点,他多次对好古薄今的倾向提出批评:"曲起而词废,词起而诗废,唐体起而古诗废。作诗欲以言情耳。生乎今之世,近体足以言情矣。好古之士,本无其情,而强效其体以作古乐府,殊觉

无味。"

纳兰容若的批评很有道理。形式是为内容服务的。"曲起而词废,词起而诗废,唐体起而古诗废",当某种旧的形式不适合"今之世""言情"需要的时候,必然要求新的形式,以言今世之情。文学艺术也就向前发展了。因而纳兰容若主张"生乎今之世,近体足以言情牟"。

"古乐府",是生活在古乐府时代的人言情的形式,"好古之士","本无其情",如果"强效其体以作古乐府",不正如明代的人硬要言唐代之情一样,不伦不类,令人作呕。

但当近体词发展到清代时,又有新的情况发生了。纳兰容若指出:"律诗,近体也。其开承转合,与时文相似,唯破承起讲耳。古诗,则欧,苏之文千变万化者也。作时文者,多不敢擅作古文;而作律诗者,无不竟作古诗,可乎哉?"

近体的律诗,在清代发展得与八股文一样,成了限制言情的枷锁,也讲究起什么"破承起讲"来了。古体诗如同欧阳修、苏轼的文章那样,千变万化,变化灵活,言情不受过多的限制。比较起来,人们便想念起"古诗"来。但是,作八股文的人,大多不敢轻易写古文。他们的手足受限制惯了,就如同旧时代缠足的妇女,一旦把脚放开,反而不会走路。那么,写惯讲究"破承起讲"律诗的人,一下子都争着去写古诗,恐怕也不会很快学会走路的。

写古体,有"好古之士"之嫌,近体又要"破承起讲",束缚了手足。究竟该写什么"体"? 纳兰容若的诗歌创作实践回答了这个问题。他是"生乎今之世"之人,但他很少写近体律诗。他的诗中拟古之作占了很大的比例。形式是为内容服务的。在内容和形式二者之中,内容是决定的因素。因此,首要的是有情,没有情,写近体,写古诗,都会失败。当然,形式也很重要,这就要看诗人的喜好与擅长。诗人用自己喜好和擅长的形式去抒发自己的激情,当然就容易取得成功。

东汉末到魏晋,在我国古代诗歌发展史上有着独特的重要地位。从《古诗十九首》到陶渊明等人的作品,以及以《文心雕龙》为代表的文艺理论及批评所取得的成就,为唐代诗歌的高度繁荣,及后来的诗歌发展,奠定了重要的基础。

纳兰容若对这一时期诗歌的发展,十分注意。《古诗十九首》在文学史上有着十分重要的地位,它标志着五言诗歌从叙事为主的乐府民歌发展到以抒情为主的文人创作,已经成熟。它们不是一人一时之作,也不是一个有机构成的组诗,因此,它们的作者,众说纷纭。

《文心雕龙·明诗》说:"《古诗》佳丽,或称枚叔(即枚乘);其孤竹一篇(指"冉冉孤生竹"),则傅毅之词。比采而推,两汉之作乎?"

《诗品》说:"旧疑是建安中曹、王(曹植、王粲)所制。"

明代王世贞在《艺苑卮言》中怀疑其中"杂有枚生或张衡、蔡邕之作"。

纳兰容若认为:"《古诗》,枚乘所作,有在'十九首'中者,然亦不殊于建安。但举建安之名,以为宗极可也。"

纳兰容若认为《古诗十九首》"不殊于建安",这是从"言情"角度出发的。

《古诗十九首》的创作,大约在东汉后期。桓、灵时期,宦官、外戚交互擅权,官僚集团垄断仕路,上层士流结党标榜。中、下层士子为了谋求前程,只得离乡背井,奔走交游。他们辞别父母,离妻别子,然而往往一事无成,只剩一片乡愁,落得满腹怨气。《古诗十九首》主要就是抒写当时中下层士子们失志无成,怀才不遇和思妇离别的相思之情。《古诗十九首》突出地表现了当时中下层士子的不平不满,以至于他们玩世不恭、颓唐享乐的思想情绪,真实地从一个侧面反映出东汉后期政治混乱、败坏、没落的时代风貌。

《古诗十九首》把深入浅出的精心构思,富于形象的比兴手法,情景交融的捕写技巧,如话家常的平淡语言,熔于一炉,形成了曲尽衷情、委婉动人的独特风格。

诗中反映的中下层士子的苦闷和愿望,在封建社会具有相当的普遍性和典型意义。诗中表情达意的独特手法和艺术风格,适合于表现感伤苦闷情绪。因此刘勰推崇它为"五言之冠冕",钟嵘称它"惊心动魄,可谓一字千金"。

建安文学在诗歌方面也以五言诗为主,多反映社会动乱的现状,抒发忧国忧民的情怀,写得神采飞扬,变化多致,继承了汉乐府"感于哀乐,缘事而发"的精神。刘勰称赞说:"观其时文,雅好慷慨,良由世积乱离,风衰俗怨,并志深而笔长,故梗概而多气也。"

纳兰容若认为《古诗十九首》"亦不殊于建安",可谓慧眼独具。他从诗的风格出发,以为"但举建安之名,以为宗极可也。"这种看法,对于诗歌风格的研究,也是很有借鉴意义的。

魏晋时期,纳兰容若十分推崇阮籍。他说:"阮公《咏怀》不下建安人作。自此而后,西晋已变,建安体绝于阮公。"

阮籍是建安七子之一阮瑀的儿子。他四岁丧父,家境清苦,勤学而成才。他生当司马司篡魏的历史交替关头,政局十分险恶,他采取不涉是非,明哲保身的态度,或闭门读书,或登山临水,或酣醉不醒,或缄口不言。《晋书·阮籍传》说阮籍"本有济世志,属魏晋之际,天下多故,名士少有全者。借由是不与世事,遂酣饮为常"。

阮籍有五言《咏怀诗》八十二首,还有四言《咏怀诗》现存十三首。《咏怀诗》是抒情述怀之作。由于他生活的政治环境的独特,再加上独特的个人性格及处世态度,造成了诗歌的独特风格。《文选》李善注引说:"嗣宗(阮籍字)身仕乱朝,常恐罹谤遇祸,因兹发咏,故每有忧生之嗟。虽志在刺讥,而文多隐避,百代之下,难以情测。"《咏怀诗》内容以感叹身世为主,也包含着讥刺时事的成分,在表现形式上则曲折隐晦。

阮籍的《咏怀诗》是诗人兴会所至,自然成诗,并不刻意雕刻。刘勰说"阮籍使气以命诗",是十分准确的。他在诗中,并不拘泥于实事,而是广泛而普遍地采用比兴。历史典故、神话传说、眼前实景,信手拈来,都是比兴的材料。他的比兴,悠远、狂放,钟嵘说《咏怀诗》"言在耳目之内,情寄八荒之表",增强了含蓄的效果。因而,阮籍的《咏怀诗》风格浑朴、洒脱、含蓄。《咏怀诗》继承了建安诗歌的传统,又有新的开拓,形成了独特的艺术风格。

阮籍之后,西晋虽然又有太康、永嘉两代诗人,但建安诗歌的凛然生气和刚劲风骨全失。他们比较注重艺术形式的追求,讲究辞藻华美和对偶工整,但往往过分追求形式,失于雕琢。刘勰《文心雕龙》说他们"采缛于正始,力柔于建安,或析文以为妙,或流靡以自妍"。因此,纳兰容若说"建安体绝于阮公"。

《咏怀诗》对后世影响很大,优秀诗人多有仿作。纳兰容若的《拟古四十首》亦受《咏怀诗》的影响。

魏晋以后,由于社会动荡不安,士大夫们希望保全自身,便托意玄虚,这种情绪,也反映在诗歌创作中。到了东晋,社会上佛教盛行,于是玄学与佛教逐步结合,诗人们多用诗歌来表达自己对佛学的领悟。因而东晋兴起玄言诗。《文心雕龙》说:"自中朝贵玄,江左称盛,因谈余气,流成文体,是以世极迍邅,而辞意夷泰。诗必柱下(老子)之旨归,赋乃漆园(庄子)之义疏。"由于玄言诗大多缺乏艺术形象,更没有真情实感,因而文学价值不高,所以流传下来的作品极少。纳兰容若说:"东晋竟无诗,至陶、谢而复振。"

陶渊明出身于一个没落的官僚地主家庭。曾祖陶侃是东晋的开国元勋,官至大司马,封长沙郡公。祖父做过太守。父亲早亡。外祖父是东晋名士孟嘉。

他从小受了很好的家庭教育,养成了"不戚戚于贫贱,不汲汲于富贵"的个人风貌。从二十九岁至四十一岁,他因"亲老家贫",数次出仕。四十一岁,他辞去彭泽令职务,归隐田园,六十二岁时,死于贫病。

陶渊明诗歌现存共一百二十五首,计有四言诗九首,五言诗一百一十六首。

钟嵘《诗品》说:"宋征士陶潜,其源出于应璩,又协左思风力。文体省净,殆无长语。笃意真古,辞兴婉惬。每观其文,想其人德。世叹其质直。至如'欢言酌春酒','日暮天无云',风华清靡,岂直为田家语耶,古今隐逸诗人之宗也。"

白居易《访陶公旧宅诗》说:"呜呼陶靖节,生彼晋宋间。心实有所守,口终不能言。"

苏轼曾说陶渊明的诗"质而实绮,癯而实腴"。陶诗平淡之中有华彩,简朴之中含丰韵。质朴、平淡、自然,是陶渊明诗歌的基本特色。他的诗歌真实地表达他的思想感情和生活遭遇。他歌咏田园生活的诗作,开创了后代诗歌中田园诗派。

谢灵运是我国第一位大力写山水诗的诗人。他是晋宋间诗人,原籍河南太康。他是谢玄的孙子,袭封康乐公。

他出身于高门贵族,受到良好的文化教育。他在东晋做过大司马行参军、记室参军等官。宋代晋后,虽然

他反对过刘裕,但为了拉拢谢氏家族,刘裕仍委以高职,他在宋担任过散骑常侍、太子左卫率,永嘉太守等官职。他自恃才高,以为应参与机要,但刘宋对他存有戒心。他只能纵情山水。每每游山历水,都有诗作。以山水为对象,前人的作品可借鉴者甚少。他凭借自己的才力,有不少创造。他十分准确地捕捉山水的形象,把山水形象的转化为自己抒情的背景,或由景涉理,或思古感慨,以景启情,情景交融。他的创作,促进了玄言诗向山水诗的转化。他刻意求新的文学实践活动,为后人提供了有益的借鉴。

《诗品》说:"元嘉中,有谢灵运,才高词盛,富艳难踪,固已含跨刘、郭,凌轹潘、左。""若人兴多才高,寓目辄书,内无乏思,外无遗物,其繁富宜哉!然名章迥句,处处间起,丽典新声,络绎奔会,譬犹青松之拔灌木,白玉之映尘沙,未足贬其高洁也。"

《诗式》说:"康乐公早岁能文,性颖神激,及通内典,心地更精,故所作诗,发皆造极。""康乐公为文直于情性,尚于作用,不顾词采,而风流自然。

彼清景当中，天地秋色，诗之量也；卿云从风，舒卷万状，诗之变也。不然何以得其格高，其气正，其体贞，其貌古，其词深，其才婉，其德宏，其调逸，其声谐哉？"

但也不是所有的论家都能正确看待谢灵运。南宋诗论家葛立方便批评谢灵运有"无君之心"。他在《韵语阳秋》中说："谢灵运在永嘉、临川，作山水诗甚多，往往皆佳句。然其人浮躁不羁，亦何足道哉！方景平天子（宋少帝刘义符）践祚，灵运已扇摇异同，非毁执政矣。及文帝（刘义隆）召为秘书监，自以名辈应参时政，而王昙首，王华等名位逾之，意既不平，多称疾不朝，则无君之心已见于此时矣。后以游放无度，为有司所纠，朝廷遣使收之，而灵运有'韩亡子房奋，秦帝鲁连耻'之咏，竟不免东市之戮。""武帝、文帝两朝遇之甚厚，内而卿监，外而二千石，亦不为不逢矣，岂可谓与世不相遇乎？少须之，安知不至黄散，而褊躁至是，惜哉！其作《登石门诗》云：'心契九秋千，目觐三春荑。居常以待终，处顺故安排。'不知挑墟之泄，能处顺乎？五年之祸，能待终乎？亦可谓心语相违矣！"

葛立方以"愚忠"批评谢灵运的"无君之心"，殊不知这正是谢灵运的勇敢的反抗精神，批判精神。纳兰容若为谢灵运辩解："康乐矜贵之极，不知者反以为才短幅狭；将为东坡如搓黄麻绳千百尺乎？"纳兰容若这一辩，于谢灵运固属正确，可对苏东坡的贬却过于片面偏激。

南朝的诗人，谢灵运之后，当数鲍照。

鲍照，字明远，是宋时人。他一生时隐时仕，沉沦下僚，很不得志。

他的诗歌,乐府诗是现存作品中所占的比重较大的,而且多被传诵为名篇。他的作品敢于直面人生,反映时代现实。他继承了建安诗歌的现实主义传统,作品慷慨多气,笔力雄健,活泼自然。他的描写游子、思妇和弃妇的诗作,凄婉动人。他的《拟古》《咏史》诗,风格刚健,反映社会的现实,与乐府诗相似。他的写景诗主要描写道路的艰险与旅途的辛苦。

《拟行路难》十八首,是他的代表作。这十八首诗感情强烈,辞藻华美,极有气势。有的抒发寒门才士在仕途中备遭压抑的痛苦,有的抒发仕途遭挫的心声,有的抒发思乡、思妇的心声,也有人生无常和及时行乐的低沉感慨。他的《拟行路难》是杂言诗,五言、七言中间或夹有九言。他的杂言诗对李白、杜甫的诗歌创作,有不可忽视的影响。

纳兰容若对鲍照十分赞赏:"诗至明远而绚丽已极,虽不似建安,而别立门户,不肯相下也。"

纳兰容若对鲍照"绚丽已极"的评价,便不同于《文心雕龙》。《文心雕龙》肯定的是他在艺术上的创新:"宋初文咏,体有因革,庄老告退,而山水方滋。俪采百字之偶,争价一字之奇,情必极貌以写物,辞必穷力而追新。"这正道出了鲍诗在艺术上的风格。但在诗歌内容上,刘勰的评价却带出几分腐儒气来:"若夫艳歌婉娈,怨志诀绝,淫辞在曲,正响焉生。"据范文澜认为此言即对"鲍照体"所发。刘勰视鲍照诗歌内容为"淫辞"而非"正响",实是偏见与歪曲。

后世的评价，便越来越高。人们在诗歌的发展中，越来越认清鲍照的诗歌创作的价值。

杜甫曾赞叹："清新庾开府，俊逸鲍参军。"方虚谷《文选颜鲍谢诗评》更相当准确地评价他诗作的思想内容："明远多为不得志之辞，悯夫寒士下僚之不达，而恶夫逐物奔利者之苟贱无耻，每篇必致意于斯。"王夫之更把他誉为"七言之祖"，《古诗评选》说："七言之制，断以明远为祖何？前虽有作者，正荒忽中鸟径耳。柞械初拔，即开夷庚，明远于此，实已范围千古。"

鲍照继承汉乐府及建安诗歌的优秀传统，反映社会现实，抒发胸中感慨，在艺术上，又有新的创造。特别是他的"多为不得志之辞，悯夫寒士下僚之不达，而恶夫逐物奔利者之苟贱无耻"，实在是与纳兰容若十分相似，实在太容易使纳兰容若引起感情上的共鸣。纳兰容若"身在高门广厦，常有山泽鱼鸟之思。达官贵人相接如平常。而结分义，输情愫，率单寒羁孤侘傺困郁守志不肯悦俗之士。"他的朋友，多为潦倒之士，或怀才不遇，或守志不仕。纳兰容若性格的形成，与鲍照一类前代文人思想的影响，不无关联。

鲍照的诗"绚丽已极"，纳兰容若自己也有不少描写描写爱情的作品。如《咏絮》："落尽深红绿叶稠，旋看轻絮扑帘钩。怜他借得东风力，飞去为萍入御沟。"《四时无题》诗中也有："小睡醒来近夕阳，铅华洗尽淡梳妆。纱橱此日偏惆怅，剪取巫云作晚凉。""追凉池上晚偏宜，

菱角鸡头散绿漪。偏是玉人怜雪藕，为他心里一丝丝。"《艳歌》中甚至有：

"红烛迎人翠袖垂，相逢长在二更时。情深不向横陈尽，见面销魂去后思。"

他的爱情诗似实似虚，其中凝聚着自己对自由、美满、幸福的爱情生活的向往与追求。只能引起人美的联想，而无邪念滋生。他对那些轻薄下流，甚至无视事实，专事邪念之作，深恶痛绝。在他的诗词散论中，有一条是唐诗人李群玉《湘妃庙诗》的记述与评论：

李群玉《湘妃庙诗》："相约杏花坛上去，画栏红紫斗樗蒲。"范摅《云溪友议》曰："群玉题庙见二女，曰：'二年当与君为云雨之游。'"段成式戏之曰："不意足下是虞舜之辟阳。"诗人轻薄至此，比于周、秦行纪甚矣。按舜升遐，已一百十岁，三十征庸，帝妻二女，度其年已及笄，至此时，亦是七八十岁老妪。后人纷纷摹拟湘筠染泪，比迹巫山，非独亵慢圣人，亦且有乖事实。

《全唐诗话》也记叙了李群玉题庙诗的情况："群玉解天禄之任，而归澧阳，经二妃庙，题云：'小孤洲北浦云边，二女明妆共俨然。野庙向江春寂寂，古碑无字草芊芊。风回日暮吹芳芷，月落山深哭杜鹃。犹似含嚬望巡狩，九疑凝黛隔湘川。'又曰：'黄陵庙前春已空，子规啼血滴松风。不知精爽落何处，疑是行云秋色中。'群玉疑春空遂至秋色，欲易之。恍若有物，告以二年之兆。时浔阳太守段成式志其事。二年后，果死于洪井。段以诗哭之曰：'曾话黄陵事，今为白日催。老无男女泪，谁哭到泉台。'"

李群玉题庙诗之事，《云溪友议》与《全唐诗话》的记载有出入。这不是问题的主要方面。

从纳兰容若的摘记看，对李群玉及段成式，他都给以批评。这是十分正确的。

《博物志·史补》载："尧之二女，舜之二妃，曰湘夫人，帝崩，二妃啼，以泪挥竹，竹尽斑。"《述异志》也有："舜南巡，葬于苍梧，尧二女娥皇、女英泪下沾竹，文悉为之斑。"

自古以来，舜被看作中华民族的人文始祖之一。二妃哭舜的故事，被人们看作对爱情坚贞不二的象征。二妃被当作忠于爱情之神。李群玉却胡言乱语什么"二年当与君为云雨之游",纳兰容若当然对这种流氓无赖行径十分不满。段成式的戏言也十分不逊,"不意足下是虞舜之辟阳"。"辟阳"是西汉审食其的封号,审食其是刘邦的夫人吕后的亲信兼情夫,为人所不齿之徒。他们的言论,大大地亵渎了人们心中神圣而美好的感情。故纳兰容若批评他们"轻薄至此"。周、秦指宋词人周邦彦与秦少游。周、秦二人虽然才高,但好填艳词,常为歌姬、娼女写艳词,已被人视为轻薄。而李、段二人对七八十岁的老妪口出轻慢之词,更让人看不起了。

纳兰容若对于几种常见体裁诗歌的创作,也有自己的见解。

咏史诗,是古典诗词中常见的。如果在诗中单纯叙述史事,成为写"史",而非作诗;叙事兼议论,则为"史评",也非作诗。纳兰容若主张咏史贵在"有意",即借史而寓情。他说:"古人咏史,叙事无意,史也,非诗矣。庸人实胜古人,如:'江流石不转,遗憾失吞吴。''武帝自知身不死,教修玉殿号长生。''东风不假周郎便,铜雀春深锁二乔。''此日六军同驻马,当时七夕笑牵牛。'诸有意而不落议论,故佳;若落议论,史评也,非诗矣。宋以后多犯此病。愚谓唐诗宗旨断绝五百年,此亦一端。"

咏史诗为吊古伤情之作。如纳兰容若所举"江流石不转,遗恨失吞吴。"为杜甫《八阵图》诗中末两句。全诗为:"功盖三国分,名成八阵图。江流石不转,遗恨失吞吴。"这是一首咏诸葛亮的诗。"功盖三国分",是对诸葛亮一生功绩的总评。诸葛亮辅佐刘备建立蜀国之基业,是形成三分天下的重要原因之一。"名成八阵图",则侧重在表彰诸葛亮的军事业绩。这一句点明了诗题,并为吊古思情做了必要的铺垫。八阵图遗址在夔州永乐宫前。据说诸葛亮生前在这里聚细石为堆,六十四个石堆按八卦方位排列。夏日江水上涨,将石堆淹没,等冬季江水下降,万物皆失故态,唯八阵图岿然不动。"江流石不转"的八阵图既是诸葛亮对蜀汉事业坚贞不二的象征,又是诸葛亮"出师未捷身先死"的遗憾万年的象征。刘备决计吞吴,破坏了诸葛亮联吴破曹的基本策略,以致统一大业不能实现,成为千古之遗恨。

诗中透露出凄凉惋惜的心情。这不仅是对诸葛亮的惋惜,其中寄寓着诗人垂暮之世自伤身世的凄凉与惋惜。杜甫的这首咏史诗,便是"有意而不落议论"的佳作。

纳兰容若的咏史诗便是如此。他在《平原过汉樊侯墓》一诗中,赞扬樊哙"斯人在层泉,犹胜儒夫活"。这不仅是对樊哙的评价与赞誉,而且在其中寄寓着自己对英雄人格的追求,蕴涵着对素食尸位者的轻蔑与批判。

纳兰容若还认为:"咏史只可用本事中事,用他事中事,须宾主历然,若只作古事用之,便不当行。如:'太平天子朝元日,五色云车驾六龙。'元者,玄元皇帝老子也。唐世奉为始祖,事固诬诞。天子五色车,用汉武甲乙日青车,丙丁日赤车事。周伯强引杜预《左传序》语,谓之'具文见意',以其意在文中,更不出意也,乃为高手。"

纳兰容若所引为宋人林洪《宫词》:"金殿当头紫阁重,仙人掌上玉芙蓉。太平天子朝元日,五色云车驾六龙。"这首诗只是单纯地罗列天子朝元的古事,不仅没有诗人的意在其内,连所咏古事发生的时代都搞不清楚。

纳兰容若明确指出:"咏史只可用本事中事。"比如他有一首《王明君》的咏史诗,既歌颂了王昭君"不辞边徼远","和亲妾请行",为民族团结不怕牺牲自己一切的精神,而"只受汉恩轻"又批评君王寡义薄情。这里用的是王昭君的本事,寄寓着纳兰容若企盼民族团结的愿望,不是"只作古事"。

纳兰容若还主张"用他事中事,须宾主历然",即,"他事中事"是"本事"的对照或陪衬。如,他的《咏史四十首》其中一首咏张良:"一死难酬国士知,漆身吞炭只增悲。英雄定有全身策,狙击君看博浪椎。"诗中"漆身吞炭"是战国时晋国豫让为智伯报仇谋杀赵襄子之事,而非张良"本事"。这里用豫让事,只是作为张良"英雄定有全身策""本事"之对照与陪衬。

纳兰容若还主张"意在文中,更不出意"。就是说在咏史时,由于吊古伤情,故联想丰富,感情复杂,一定要做到中心题旨集中,不能<u>丝丝缕缕</u>在一首诗中统统表达出来。

《纳兰诗论笺注》说:"比如纳兰咏诸葛诞(字公休)的诗:'诸葛名垂各古今,三分鼎足势浸淫。蜀龙吴虎真无愧,谁解公休事魏心?'一下子写出三个诸葛,而且各有千秋,在三分鼎足中,各为其国,都是忠臣,诸葛亮'鞠躬尽瘁,死而后已',不愧蜀龙之誉;诸葛瑾'德度规俭,见器当世',也不愧'吴虎'之名;可是诸葛诞却不幸落个'魏狗'之辱,纳兰深为之不平,因为诸葛诞最后降吴不等于叛魏,他是与司马氏决裂,正是以'死自立'的忠于魏的表现,是后人不明史实本事所致。一个'谁解',表达出纳兰为之不平的愤愤之情。看来纳兰在这首诗中只是把'蜀龙'、'吴虎'拿来烘衬公休的,重点在为公休申冤,这就是'具文见意','更不出意'的范例。喧宾夺主,就是'出意',也就是把'他事中事'不分宾主的罗列开来,淹没了'本事中事',是咏史诗之大忌。"

这个例子找得很巧，议论也很恰当。

除咏史诗，纳兰容若还对"步韵诗"的写作发表了自己的见解。他说："今世之大为诗害者，莫过于作步韵诗。唐人中、晚稍有之，宋乃大盛，故元人作《韵府群玉》。今世非步韵无诗，岂非怪事？诗既不敌前人，而又自缚手臂以临敌，失计极矣。愚曾与友人言此，渠曰：'今人只是作韵，谁曾作诗？'此言利害，不可不畏。若人不戒此病，必无好诗。"

纳兰容若自己也做过步韵诗，如《西苑杂咏和荪友韵》多达二十首。其中"讲帷迟日记花砖，下直归来一惘然。有梦不离香案侧，侍臣那得一高眠"，把侍卫生活的无聊，自己的苦闷、厌倦与不满，抒写得自然而真切。

纳兰容若之所以把步韵诗看作"今世之大为诗害者"，原因是"诗既不敌前人，而又自缚手臂以临敌"，结果是"只是做韵"，而非"做诗"。"今世非步韵无诗"，因而今世"必无好诗"。

前人是因情用韵，形式为内容服务；今人是情被韵限，内容要适合前有的形式。因而今人诗"不敌前人"。

纳兰容若针砭诗坛不良风气，可谓一针见血。如是为抒写性情，言之有情，他还是同意作步韵诗的。

纳兰容若还有不少咏物诗，写得情真意切。如《咏笼莺》："何处金衣客，栖栖翠幕中。有心惊晓梦，无计啭春风。漫逐梁间燕，谁巢井上桐？空将云路翼，缄恨在雕笼。"这不正是在写自己吗？纳兰容若有文武之才，却无所用,恰如被关在雕笼中的黄莺,"空将云路翼","栖栖翠幕中"。

他对咏物诗的创作,自有自己的体会与看法。他说:"唐人诗意不在题中,亦不在诗中者,故高远有味。虽作咏物诗,亦意有寄托,不作死句。老杜《黑白鹰》、曹唐《病马》、韩偓《落花》可证。今人论诗,唯恐一字走却题目,时文也,非诗也。"

纳兰容若所举杜甫的《黑白鹰》,原诗题为《见王监兵马使说,近山有黑白二鹰,罗者久取,竟未能得。王以为毛骨有异他鹰,恐腊后春生,骞飞避暖,劲翮思秋之甚,眇不得见,请予赋诗

二首》。一首咏黑鹰,一首咏白鹰。借咏鹰赞人机警敏锐,品格高尚,一丝不苟。

这些好的咏物诗,"诗意不在题中,亦不在诗中",而是将情感寄托于所咏之物中,深藏不露,含蓄而使人联想,在朦胧中使人得其三昧,耐人品评其中甘苦,"故高远而有味"。

纳兰容若对那种"唯恐一字走却题目"的咏物诗,直指其为"时文也,非诗也",可谓一语中的。一味摹写原物,既失去原物的神韵,又无任何情性寄托于其中,当然味同嚼蜡,还有什么诗意可言。

赠答诗也是常用的一种体裁。一般人的赠答诗,无非是互相吹捧,你说我才高过子建,我说你诗好追子美之类。如果是有求于人,更是阿谀奉迎,无辞不用其极。如果互不熟识,便是久仰久仰一类套话,俗而无味。

纳兰容若与友人的赠答词,最典型的就是与梁汾互赠的词《金缕曲》了。一时京城传唱,成为美谈。

纳兰容若的赠答诗也写得很美。他有一首《野鹤吟赠友》："鹤生本自野，终岁不见人。朝饮碧溪水，暮宿沧江滨。忽然被缯缴，矫首盼青云。仆亦本狂士，富贵鸿毛轻。欲隐道无南，幡然逐华缨。动止类循墙，戢身避高名。怜君是知己，习俗苦不更。安得从君去，心同流水清。"诗中，纳兰容若以野鹤自比，自己的侍卫生活，犹如野鹤"忽然被缯缴"，所以他"矫首盼青云"，希望能归隐，那时，才能"心同流水清"。但目前还归隐不得，因而只能"动止类循墙，戢身避高名"，在压抑中生活，苦熬，等待。诗写得情真意切，压抑，凄婉。

对赠答诗的写法，他也有自己的看法。他举了两例唐人的赠答诗："唐李益赠卢纶诗曰：'世故中年别，余生此会同。却将悲与病，独对朗陵翁。'卢和云：'戚戚一西东，十年今始同。可怜风雨夜，相对两衰翁。'句律凄婉，如出一口。"

又"张继在临川《寄皇甫冉诗》曰：'京口情人别久，扬州估客来疏。潮到浔阳回去，相思何处通书？'以上三句见下一句，别是一体。然其声调亦不愧盛唐。再答之云：'望望南徐登北固，迢迢西塞望东关。落日临川问音信，寒潮唯带一夕还。'不但格律与之相埒，而一时相与之情，亦可相见也。"

李益和卢纶的赠答诗写出了垂暮之年的凄婉之情。李、卢是中唐时人，边塞诗派代表人物。两人才高而不得志，才有"却将悲与病"，"相对两衰翁"的感慨，凄婉而动人。

张继和皇甫冉也是唐时人，两人"相与之情"甚好，久无音信，张继写出久盼不至的思念,皇甫冉写出登高望友的无奈。两人的赠答情真意切。

纳兰容若所举两例,均为凄婉类赠答诗。这是因为他相与的友人,大多为穷困潦倒的不得志之辈。另外,这种类型的诗,也与他的心境相合,性格相合。

纳兰容若以上三十四条诗词散论,涉及诗词理论的各个方面:发生论、发展论、创作论、鉴赏论。这些理论,即是他对中国古典文艺理论的继承,又有结合诗坛创作实际的发展;既是他自己诗歌创作的指导,又是创作实践经验的总结。

十二、《红楼梦》与纳兰容若的渊源

清乾隆十五年的时候,穷困潦倒的曹雪芹带着他一生的心血之著《石头记》,回到了北京,开始了"批阅十载,增删五次"的漫长过程,后来,《石头记》改名叫作《红楼梦》,成为我国文学史上不朽的杰作。

"字字看来皆是血,十年辛苦不寻常"。

过世已近两百五十年的曹雪芹,也许万万没有想到,在他身后,《红楼梦》中的人物形象,竟是如此的深入人心,成为人们心目中永恒的艺术形象!王熙凤、史湘云、薛宝钗、林黛玉……还有贾宝玉。

当《红楼梦》一书问世之后,大臣和珅把此书进呈给乾隆皇帝,乾隆皇帝看完后掩卷而道:"此乃为明珠家事作也。"

明珠,是康熙年间著名的大臣,而他的儿子,便是被称作"满清第一词人"的纳兰容若。

在当时,很多人都纷纷考证,《红楼梦》中的主人公贾宝玉,艺术原型会不会就是纳兰容若呢?

清朝的经学大家俞樾曾在自己的书中这样写道："《红楼梦》一书，世传为明珠之子而作。明珠子名成德，字容若。"

联想到曹雪芹的祖父曹寅与纳兰容若本是至交好友，这样的可能性，也并非没有。

也许曹雪芹在写《红楼梦》的时候，有意无意地把自己的家事、自己的经历，还有从父辈们口中听到的明珠家的家事，都融合在一起，写进了小说之中，也把那位"满清第一才子"的影子，写进了贾宝玉的身上。

"今宵便有随风梦，知在红楼第几层？"

林黛玉终究还是未能和贾宝玉白头偕老，就像有些人，有些事，注定要与你错身而过，在等待中慢慢苍白了容颜，只留下一段破碎的回忆，还有最深切的情意，在时光中悄然拨动着我们的心弦。

天意弄人，一转身，也许便是一生。

时间回到康熙二十四年（1685）。

那一年的年末，回到江南的沈宛万万没有想到，当初她离开京城，离开那位自己深爱着的男子，竟然会就此成了永诀，天上人间，肝肠寸断。

往事如烟，一幕幕出现在她的眼前。

他是当朝权相的公子，前途无量；他是名满天下的天才词人，丰神俊朗；而他更是自己最深爱的男人——纳兰容若。

沈宛至今都还能清清楚楚地回想起自己与他的第一次见面。

那是在顾贞观举办的一次宴会上，邀请的宾客都是当时颇有名气的文坛大家，文人相聚，自然，那宴席也从骨子里透出了文雅。

那天，她穿着一身淡绿色的衣裙，颜色淡雅，怀抱琵琶，坐在那儿浅吟低唱，直到顾贞观过来，微笑着说要为她介绍一人。

纳兰容若便是这样，一下子撞入了她的双眸里，从此刻骨铭心。

那时候，他像一株遗世独立的兰花，就那样静悄悄地站在众人之中，虽无言语，但却叫人看了便移不开目光去，仿佛那银白色的月光都笼罩在了他的身上一般，竟有股隐隐的光华。

腹有诗书气自华，沈宛知道，眼前的男人，他的才华也如这皎洁的月光一般，带着不容忽视的天才，横空而降，席卷了大江南北。

那是连上天都会忍不住嫉妒的才华。

"人生若只如初见，何事秋风悲画扇"。

沈宛是他的知音，自然也读得懂，更是明白，什么都明白。

即使在一起过了快乐的大半年，她终究没有能真真正正地走进纳兰容若的心里！

是的，沈宛知道，他的心里一直装着的，是亡妻卢氏，那已经深深地浸入了他的骨血里，谁也不能分开。

也许还有……那位据说进了宫的小表妹吧？

沈宛想起来，以前曾听人隐隐约约说过，他年少之时曾有一位青梅竹马的表妹，那绝色的少女，最终还是被送进了皇宫，从此隔着高高的宫墙，相思相望不相亲。

多么凄美的佳话呀！

可是……故事里的主角，一位是他，而另外的一位，却不是自己。

永远都不是自己了……

天人相隔，已经造就了他与她永恒的诀别，回想起昔日相处的点点滴滴，如今，竟都成了最最酸楚的回忆，那么甜美，却那么的残忍！

此生，她只记得自己是沈宛，是纳兰容若的女人，再没有其他。

"此情可待成追忆，只是当时已惘然。"

有时候我想，对于纳兰容若，现代的人总是不吝于用最美好的词语去形容他的吧？

这样一位浊世翩翩佳公子，才华横溢，没理由不被我们报以最美好的想象，在自己的脑海中还原着他的形象。

我们都是这样小心翼翼地钟爱着他，宝贝着他的。

多少人如是。

早已过世的武侠小说大师梁羽生，想必也是对纳兰容若钟爱有加的。

在他代表作之一的《七剑下天山》中，梁羽生是这样介绍纳兰容若：

"纳兰容若才华绝代，闻名于全国，康熙皇帝非常宠爱他，不论到什么地方巡游都命他随行。但说也奇怪，纳兰容若虽然出生在贵族家庭，却是生性不喜拘束，爱好交游，他最讨厌宫廷中的刻板生活，却又不能摆脱，因此郁郁不欢，在贵族的血管中流着叛逆的血液。后世研究'红学'的人，有的说《红楼梦》中的贾宝玉便是纳兰容若的影子,其言虽未免附会,但也不无道理。"

张丹枫可以算是梁羽生笔下颇受钟爱的人物了,这位《萍踪侠影录》里面的男主角,英俊潇洒,文武双全,家世显赫,确实很有些纳兰容若的影子。但是,似乎梁老对纳兰容若的喜爱,并未因为写了张丹枫这个人物有所减少,反倒是觉得并不能表现出纳兰的全貌,所以在《七剑下天山》中,干脆让纳兰容若直接出场了。虽然不是主角,却在小说中有着举足轻重的分量。

这位俊朗的贵族少男,才情非凡,该是多少少女芳心暗许的白马王子?然而,他却更像一阵忧伤的风,在词学的天空中轻啸而过,带着清新的气息,然后缓缓拂进人们的心里,留下一缕文字的清香。

有多少人,在看到纳兰词的第一眼,就被他字里行间洋溢着的情真意切打动了呢?

又有多少人,在轻声读着"当时只道是寻常""人生若只如初见"……这些句子的时候,那颗在现代快节奏生活中麻木了的心,又逐渐地柔软起来,回想起那些真实的、几乎快被我们所遗忘的纯真的感情。

生命永远只是一个过程,而不是结果,千帆过后,那些才子佳人的故事,也随着时光的流转,像一个幽幽的梦,在历史的天空中留下属于他们的印记,让我们能够穿越时间,去感受他们的爱恨情仇,感受着他们悲伤与欢喜。

"而今才道当时错"。

情深不寿,所谓"自古才高命不济",纳兰容若虽然并不曾像柳永那般

"一生赢得是凄凉",也不曾如李后主一样"故国不堪回首月明中",但他在这个人世间,只待了短短的三十一年,便匆匆而去。

也许人间终非他的归处,所以才会在辗转了红尘之后,他依旧是"人间惆怅客",更非"人间富贵花"。

非关癖爱轻模样,冷处偏佳,别有根芽,不是人间富贵花。

谢娘别后谁能惜,漂泊天涯,寒月悲笳,万里西风瀚海沙。

(《采桑子》塞上咏雪花)

十三、史咏纳兰

高士奇

(康熙二十一年,1682 年)四月十三日

(从吉林乌拉返回)庚寅,雨中过夜黑河,见梨花一树,惨淡含烟,为赋南楼令词一首:

浅草乱山稠,惊沙黑水流,好春光、只似穷秋。刚得一枝花到眼,冷雨打,几层休。遥忆小红楼,玉人楼上头。月溶溶、吹和香篝。谁信东风欺绝塞,都不许,把春留。

高士奇(1645~1704),字澹人,号江村。浙江余姚人,清代著名学者。官至詹事府少詹事兼翰林院侍读学士,晚年又特授詹事府詹事、礼部侍郎。著作有《扈从东巡日录》《清吟堂集》《左传纪事本末》等。

梁启超

鹊桥仙

冷瓢饮水,骞驴侧帽,绝调更无人和。为谁夜夜梦红楼,却不道当时真错。寄愁天上,和天也瘦,廿纪年光迅过。断肠声里忆平生,寄不去的愁有吗?

梁启超(1873~1929),广东新会人。中国近代思想家、政治家、教育家、史学家、文学家。是戊戌变法领袖之一、中国近代维新派代表人物。他倡导新文化运动,支持五四运动。著有《饮冰室合集》。

顾随

临江仙·题纳兰侧帽饮水二词

笔底回肠婉转,梦中万里关山。断肠不只赋离鸾。生成应有恨,哀乐总无端。蝶梦百花已苦,百花梦蝶堪怜。乌龙江上月初三,自开新境界,何以似花间。

顾随(1897~1960),河北清河人,中国韵文、散文作家、理论批评家、美学鉴赏家、讲授艺术家、禅学家、书法家、文化学术研著专家。红学泰斗周汝昌先生是他的学生。

张伯驹

贺新郎·题容若小像

坛坫君牛耳。镇风流、插貂勋戚,簪花科第。善怨工愁缠绵甚,芳草荃兰托意。徐司寇、堪称知己。应是前身王逸少,对江山、漫洒新亭泪。看玉骨,横秋水。词如饮水能醒醉。怪才人、偏多薄命,天胡相忌。有限好春无限恨,此恨何时能已。又今日、侯生壮悔。留取棟亭图卷在,几伤心、旧梦红楼里。怜同病,应须记。

张伯驹(1898~1982),"民国四公子"之一,曾任故宫博物院专门委员,国家文物局鉴定委员会委员,吉林省博物馆副研究员、副馆长,中央文史馆馆员,燕京大学国文系中国艺术史名誉导师,北京中国画研究会名誉会长,中国书法家协会名誉理事。

夏承焘

纳兰成德

思幽韵谈一吟身,冷暖心头记不真。
旷代消魂李钟隐,相怜婀娜六朝人。

过后海访纳兰容若故居

华屋何处访珊瑚,佳句谁能画作图。

待向湖头问风价,藕花未醒月晴初。

夏承焘(1900~1986),浙江温州人,是现代词学的开拓者和奠基人。胡乔木先生曾经多次赞誉夏承焘先生为"一代词宗""词学宗师"。

唐圭璋

踏莎行·拟容若

残月供愁,断鸿传恨,新来苦作春蚕困。今生无分惜婵娟,他生可有鸳鸯分?翠被寒侵,金炉香尽,千回百转无人问。赠君那得觅明珠,空余双泪凭君认。

唐圭璋(1901~1990),江苏南京人,终其一生,专治词学。1949年前曾任中央大学、金陵大学中文系教授。新中国成立后历任南京大学、东北师范大学中文系教授,南京师范大学中文系教授。编著有《全宋词》《全金元词》《词话丛编》《宋词鉴赏辞典》等。

钟敬文

双清别墅吊纳兰成德

少日曾耽饮水词,词情凄怆彻心脾。

老来经历人间事,风度嵯峨特系思。

钟敬文(1903~2002),广东客家人,民俗学家、现代散文作家。他毕生致力于教育事业和民间文学、民俗学的研究和创作工作,贡献卓著。是我国民俗学家、民间文学大师、现代散文作家。

启功

咏纳兰容若

勃海金源世可知,朱申奕叶见遗思。

非关弧矢威天下,有井人歌饮水词。

论词绝句·成德

纳兰词学女儿腔,数典文人病健忘。

伊彻曼殊咫尺,梭龙何故号诸羌。

启功(1912~2005),满族,字元白,中国当代著名书画家、教育家、古典文献学家、鉴定家、红学家、诗人,国学大师。曾任北京师范大学副教授、教授,中国人民政治协商会议全国委员会常务委员、国家文物鉴定委员会主任委员、中央文史研究馆馆长、博士研究生导师、九三学社顾问、中国书法家协会名誉主席,世界华人书画家联合会创会主席,中国佛教协会、故宫博物院、国家博物馆顾问,西泠印社社长。

端木蕻良

金缕曲·题赠纳兰容若研究会

季子君知否?自然之眼能观物,北宋以来一人耳!有谁堪偶?如鱼饮水自守。此来不为九龙酒。欲问万帐穷庐醉,还相见,思梦月初斜,多少事,莲与藕。阑干今夜花湿透，想诗魂还凭窗牖。天地悠悠要多久？幽州台，壶中吼。苏辛周柳同一缶。河源百汇心头热，何处寻葬花天气，消魂柳。石里月，云中友。

端木蕻良（1912～1996），满族，辽宁昌图人。现当代著名作家、红学家，曾任北京文联副秘书长、北京作协副主席。北京市第一届政协委员，中国作协理事。

十四、纳兰诗词文论

在全国纳兰容若诗词研讨会上的发言

张福有

各位诗友：

大家好！今天，中华诗词学会在这里举办纳兰容若诗词研讨会，我代表吉林省诗词学会表示热烈的祝贺！

四平，是纳兰容若的祖居地。纳兰容若生于顺治十一年腊月十二（1655年1月19日），到今年是359周年，俗称360年。其祖籍，文献载是开原威远堡镇东北的叶赫河岸,正是四平境内。《清稗类钞》中载:"那拉即纳兰。"纳兰容若墓志铭中有:"君之先世有叶赫之地。"纳兰容若墓志铭,由徐乾学撰文,高士奇书丹,现藏首都博物馆。纳兰容若,字容若,号楞伽山人。室名通志堂等,原名纳兰成德,为避当时太子"保成"名讳,改名纳兰容若,又称其为成容若。清词中向有"男有成容若,女有太清春"之说。这二人的祖籍,都在吉林

省。这对于我们培育、建设长白山诗词流派,意义重大。张应志研究纳兰容若,下了很大功夫,取得丰硕成果,我们表示祝贺。同时,建议从发展、繁荣长白山诗词流派的角度,关照纳兰容若研究。他的《长相思》:

山一程,水一程,身向榆关那畔行,夜深千帐灯。风一更,雪一更,聒碎乡心梦不成,故园无此声。

这首小令就属于长白山诗词,1998 年,我将其收入《长白山诗词选》中。榆关,是山海关,从北京过山海关再往东走,就是长白山。纳兰容若的《菩萨蛮》:

问君何事轻离别,一年能几团圆月。杨柳乍如丝,故园春尽时。春归归不得,两桨松花隔。旧事逐寒朝,啼鹃恨未消。

这首词当作于康熙二十一年(1682 年)。这年二月十五,康熙一行由北京出发到盛京告祭祖陵,然后巡视吉林乌喇(今吉林市)等地。纳兰容若以一等侍卫扈从。三月二十五抵达吉林乌喇,在松花江岸举行了望祭长白山等仪式。当时天气尚寒。本篇即作于此行中。从词中的故园之思、怀人之意看,这首词可能是写给闺中人的。上片由问句起,接以"一年能几团圆

月"句,怅叹离多会少之情。又二句是苦恨如今虽已春尽,但仍不能返回家园团聚。下片则点出"归不得"之由,即扈从东巡,身不由己。结篇二句是此时心态的描写,追思往事,令人心寒,犹如眼前松花江水的寒潮起伏,不能平静。他词中的"故园",应是指北京,但对他真正的"故园",心情是很复杂的。

叶赫文化,是植根于长白山文化沃土之中的。康熙、乾隆的诗中,都写到叶赫。康熙二十一年(1682年),康熙东巡吉林,高士奇以文学之士随从,撰《扈从东巡日录》。三月二十五到达乌拉鸡陵,望祀长白山。四月初七开始回返。四月十三康熙一行冒雨过夜黑河,见梨花一树,惨淡含烟,高士奇遂作《南楼令》一首:

浅草乱山稠,惊沙黑水流。好春光、只似穷秋。刚得一枝花到眼,冷雨打、几层休。遥忆小红楼,玉人楼上头。月溶溶、吹和香篝。谁信东风欺绝塞,都不许,把春留。

1998年,我辑笺《长白山诗词选》时,尚未明"夜黑河"为哪条河。2010年8月5日凌晨在辉南想起此事,细审《扈从东巡日录》,顿开茅塞,"夜黑河",即"叶赫河"也!"灰法",即"辉发"。《扈从东巡日录》中记曰:"夜黑城在北山之隈,砖甃城根,亦有子城,尚余台殿故址。又一石城在南山之阳,水草丰美,微有阡陌。相传夜黑、哈达、灰法,皆东方小国,各有君长,我太祖高皇帝破之,其地遂墟。"今四平叶赫河尚在,叶赫河,发源于十里堡、西南流入转山湖水库,再西南流,有云盘沟小水来汇,经叶赫镇、叶赫古城,在新立和杨木林子中间入开原的南城子水库。然后称寇河。实际上,叶赫河是寇河的源头地带。叶赫故地确为东、西二城,两城之内,都有子城。由此可知,"夜黑",即"叶赫"!黑,入声,音赫。故家方言,天黑了,读"天赫了"。赫,读为上声。康熙东巡吉林期间曾到围场行围,到过灰发、叶赫、哈达诸地,并作七绝二首。其一是《经叶赫废城》:

断垒生新草,空城尚野花。

翠华今日幸,谷口动鸣笳。

乾隆东巡时,作七律《望叶赫旧墟》。叶赫,明代海西女真扈伦四部之一,努尔啥赤灭那拉部以后,遂以那拉为氏。叶赫古城分为东、西二城。东城在今叶赫村河西屯西南约 500 米叶赫河左岸台地上。城墙土石混筑,周长 900 米。城内有子城,周长 120 米。城中心坐标:北纬 42°55′54.67″,东经 124°31′55.40″,海拔 214 米。西城在今叶赫镇张家村大窝堡屯东南 1.5 公里许,其南 300 米为叶赫河,修在自然山丘上。城墙土石混筑,分为内外二城。内城周长 850 米,城内有子城,周长约 160 米。外城周长 2600 米。城中心坐标:北纬 42°55′38.08″,东经 124°29′33.89″,海拔 215 米。东、西二城相距 2.8 公里。

在纳兰容若随康熙东巡 332 年之后,我们办诗会纪念纳兰容若,应与高士奇、曹寅等扈从东巡一并加以研究。这有助于把叶赫、叶赫那喇、叶赫纳兰作为四平的文化符号和名片加以宣传,取得广泛认同。这也是长白山文化研究的重要内容。当时扈从东巡的,还有曹雪芹的祖父曹寅。曹寅作《满江红·乌拉江看雨》,其中写道:"七百黄龙云角矗,一千鸭绿潮头直",很有气势。当时,这是一批年轻人。康熙 29 岁,曹寅 23 岁,高士奇 36 岁,纳兰容若 27 岁。这一点,值得我们深思的问题不少。不要小看以诗证史的作用和力量。康熙的《经叶赫废城》和高士奇《南楼令》,就可证明叶赫古城在梨树、在四平。

今年 6 月,关东诗阵要到东丰县采风。东丰县要创建中华诗词之乡,我们大力支持。这是第 11 次采风活动,从 2007 年至今,已编辑出版 26 本大型主题诗集,两万多首诗词,其中一万多首是写长白山的。东丰也是清代皇家围场,这都是研究、繁荣长白山文化、长白山诗词。我在《南楼令·依高士奇过夜黑河见梨花韵记辉南采风事》中写道:

虎谱引梅稠,龙湾响水流。采风行、转眼逢秋。骤得华章千二百,虽截稿,意难休。诗阵筑高楼,搴旌登岭头。谢朋侪、美酒山肴。自信榛芜能证史,都付与、子孙留。

四平诗词学会工作很活跃,这几年做了很多实际工作。这与市委的高度重视、大力支持是分不开的。借此机会,省诗词学会表示感谢! 希望四平诗词学会再接再厉,把工作做得更加扎实。

当此间,续貂一首,作《菩萨蛮·纳兰容若诞辰 360 年有贺》,祝贺这次诗会召开:

词风孰作源流别,登高欲问天池月。细考辨遗丝,松花雄逸时。长情谁晓得,焉被烟云隔。盛世数今朝,山魂安可消。

(作者系中华诗词学会副会长、吉林省诗词学会常务副会长、中共吉林省委宣传部原副部长[正厅级])

研究纳兰容若文化现象的必要性

宣奉华

今天,当我国成为举世瞩目的发展中大国,当全世界多民族国家的矛盾、斗争此起彼伏、乱象丛生之际,研究多民族文化融合、多民族国家的各族人民和睦共处、亲如兄弟的民族关系的形成,具有重大的现实意义和历史意义。从这个角度上,我们更能看清,对纳兰容若文化现象的重视和全面、深入的研究,是时代提出的重大课题。

一、满汉民族文化融合的产儿

纳兰容若,字容若,出生于清朝贵族世家,刻苦学习汉语言文学和文化经典,造就他成为文武双全的少年英才和一代诗词大家。纵观他的生平经历,对汉文化的热爱、学习和深入探究,伴随着他成长的每一步。

纳兰容若生于公元1655年1月19日(清顺治十一年腊月十二日),满洲正黄旗人。父亲是康熙朝武英殿大学士、一代权臣纳兰明珠,其家族——纳兰氏,为清初满族最显赫的八大姓之一,即后世所称的"叶赫那拉氏"。纳兰容若自幼饱读汉语言和汉族诗书经典,文武兼修,18岁考中举人。康熙十五年,他22岁时补殿试,考中第二甲第七名,赐进士出身。这一时期的纳兰容若发奋苦读,拜内阁学士徐乾学为师。在名师指导下,他于两年中主持编纂了一部阐释儒学经义的大型丛书——《通志堂经解》,深受皇帝赏识。他还把自己熟读汉文经史的见闻感悟整理成文,编成四卷《渌水亭杂识》,当中包含历史、地理、天文、历算、佛学、音乐、文学、考证等各方面的知识,表现出相当广博的汉学学识修养。纳兰容若的苦学、深研汉文化经典,与清初实行满汉一家、满汉融合的大政方针是一致的。事实证明,实行民族团结、民族和解、民族融合,有利于民生安宁、社会进步;尤其是民族文化融合,更是深层次的社会长治久安的效应和象征。

二、在我国文学史上熠熠生辉的清代第一词家

纳兰容若作为清朝重臣纳兰明珠的长子,作为皇帝身边的御前一等侍卫,以英俊威武的武官身份,跟随皇帝南巡北狩,游历四方,唱和诗词,译制著述,多次受到恩赏,是人们羡慕的文武兼备的年少英才,帝王器重的随身近臣,本是前途无量的达官显贵;但他淡泊名利,在内心深处厌恶官场的庸俗虚伪,虽"身在高门广厦,常有山泽鱼鸟之思"。纳兰一生虽懂骑射好读书,却并不能在一等侍卫的御前职位上挥洒满腔豪情。作为一代诗词大家,他的诗词创作起步早,成就高,24 岁时就将词作编选成集,名为《侧帽集》,后又著《饮水词》。后人将两部词集拾遗补阙,共得 349 首,合集为《纳兰词》,内容涉及爱情友谊、伤离恨别、边塞江南、咏物咏史及杂感等方面。传世的《纳兰词》在当时社会就享有盛誉,得到文人学士高度评价。时人云:"家家争唱《饮水词》,纳兰心事几人知?"可见其词的影响。晚清词人况周颐在《蕙风词话》中赞誉他为"国初第一词手";近代学者王国维也给其极高赞扬:"纳兰容若以自然之眼观物,以自然之舌言情。""北宋以来,一人而已。"例如,在《百字令·宿汉儿村》中,词人面对边关冰雪,荒烟落照,遥望家园,思念亲人,满怀愁绪,发出无可奈何的"清啸":

百字令·宿汉儿村

无情野火,趁西风烧遍、天涯芳草。榆塞重来冰雪里,冷入鬓丝吹老。牧马长嘶,征笳乱动,并入愁怀抱。定知今夕,庾郎瘦损多少。便是脑满肠肥,尚难消受,此荒烟落照。何况文园憔悴后,非复酒垆风调。回乐峰寒,受降城远,梦向家山绕。茫茫百感,凭高唯有清啸。

这是真性情的直抒,来自肺腑的倾诉。这首词明白地表达出词人对随扈帝王、奔波边关、远离亲人这种不能自主的处境的厌倦、无奈和痛苦。他

纳兰容若其人其文

图文珍藏版

的生命属于诗词文化,绝不适合于官场。

在纳兰容若词中,尤其值得重视的,是那些蘸着血泪写成的悼亡词。康熙十三年(1674年),20岁的纳兰与两广总督卢兴祖之女卢氏成婚,婚后两人感情深厚,琴瑟和谐。康熙十六年(1677年)卢氏难产去世,23岁的纳

兰容若痛失爱侣,悼亡之音恸彻肺腑,所写悼亡词,以情深义重、哀婉真切,成为《饮水词》中拔地而起的创作高峰,不仅后人不能超越,连他自己也再难超越。在《青衫湿·悼亡》这首词中,表达了词人为追悼亡妻,通宵不寐的凄苦心情:

青衫湿·悼亡

近来无限伤心事,谁与话长更?从教分付,绿窗红泪,早雁初莺。当时领略,而今断送,总负多情。忽疑君到,漆灯风飐,痴数春星。

此外,如《沁园春·丁巳重阳前三日》《于中好·七月初四夜风雨》《南乡子·为亡妇题照》《金缕曲·亡妇忌日有感》,等等,都是人间天上追觅亡人、肝肠寸断震撼灵魂的不朽辞章。

沁园春

丁巳重阳前三日,梦亡妇淡妆素服,执手哽咽,语多不复能记。但临别有云:"衔恨愿为天上月,年年犹得向郎圆。"妇素未工诗,不知何以得此也,觉后感赋:

瞬息浮生,薄命如斯,低回怎忘。记绣榻闲时,并吹戏雨;雕阑曲处,同倚斜阳。梦好难留,诗残莫续,赢得更深哭一场。遗容在,只灵飙一转,未许

端详。重寻碧落茫茫。料短发、朝来定有霜。便人间天上，尘缘未断；春花秋月，触绪还伤！欲结绸缪，翻惊摇落，两处鸳鸯各自凉！真无奈，把声声檐雨谱回肠。

这首词把对亡妻无限的思念，以及梦好难留、尘缘未断的无奈和感伤挥发得淋漓尽致，令人读之忍不住涕泪潸然！

于中好·七月初四夜风雨，其明日是亡妇生辰

尘满疏帘素带飘，真成暗度可怜宵。几回偷拭青衫泪，忽傍犀奁见翠翘。唯有恨，转无聊。五更依旧落花朝。衰杨叶尽丝难尽，冷雨凄风打画桥。

在亡妻生日的前一天晚上，词人又失眠了，看见妻子的首饰，他一遍又一遍地暗自拭泪，听着窗外的冷雨凄风，他无可奈何地等待着花落杨衰的五更天明。

南乡子·为亡妇题照

泪咽却无声，只向从前悔薄情，凭仗丹青重省识。盈盈。一片伤心画不成。别语忒分明。午夜鹣鹣梦早醒。卿自早醒侬自梦，更更。泣尽风檐夜雨铃。

无声地咽着泪，追悔从前对妻子的薄情，想借丹青之笔重新记取你的模样，不成！我太伤心了，一笔也画不下去。只有这风檐雨铃，伴我度过这挥泪的长夜。一字一泪，肠断心灰，面对这绝望的声声呼唤，谁能不为之啼哭悲摧?!

金缕曲·亡妇忌日有感

此恨何时已。滴空阶、寒更雨歇，葬花天气。三载悠悠魂杳，是梦久应醒矣。料也觉、人间无味。不及夜台尘土隔，冷清清、一片埋愁地。钗钿约，竟抛弃。重泉若有双鱼寄。好知他、年来苦乐，与谁相倚。我自中宵成转侧，忍听湘弦重理。待结个、他生知己。还怕两人俱薄命，再缘悭、剩月零风里。清泪尽，纸灰起。

　　亡妻忌日，永生难忘的大悲大痛之日，词人又是通宵不寐，辗转反侧，痴想着妻子会不会寄一封信来，告诉我这三年是苦是乐，与谁相依。我想与你结个来生知己，又怕我俩都是薄命人，再一次像今生一样，落得个纸灰清泪，生死永诀。词人对亡妻的真情，对爱情的忠贞直可树百世标帜。

　　和汉族知识分子的肺腑知音与兄弟情谊在《金缕曲·赠梁汾》这首词中，纳兰容若写道：

　　德也狂生耳！偶然间、淄尘京国，乌衣门第。有酒惟浇赵州土，谁会成生此意。不信道、遂成知己。青眼高歌俱未老，向尊前、拭尽英雄泪。君不见、月如水。共君此夜须沉醉，且由他、娥眉谣诼，

古今同忌。身世悠悠何足问，冷笑置之而已。寻思起、从头翻悔。一日心期千劫在，后身缘、恐结他生里；然诺重、君须记。

　　这首词写于 1676 年，当时纳兰 22 岁，而他词所赠的梁汾，已是 40 岁的落魄文人。梁汾是清初著名诗人顾贞观的别号，他一生郁郁不得志，遇见纳兰后，志趣相投，遂成知己。纳兰在词的上阕表明自己是偶然出身豪门，但生性狂放不羁，愿效法平原君的风范。

　　广交天下才俊，肝胆相照，结成知己。词的下阕，慰勉顾贞观这位忘年交，不要理睬那些世俗小人的嫉妒、谣诼，面对知己，我们要高歌痛饮，一醉方休，我们的友情将地久天长，持续到来生！请记住，我们都是重信义的、一诺千金的兄弟！这首词可以看作是纳兰把当时受压抑的汉族文人、学者当

作知己、兄弟的代表作。

　　纳兰还利用他的显赫家世，营救、保护了许多被迫害的、落难的汉族文化人。顾贞观的朋友吴兆骞的获救，就是一例。吴兆骞字汉槎，号季子，吴江松陵镇人，少有才名，与华亭彭师度、宜兴陈维崧有"江左三凤凰"之称。顺治十四年，28 岁的吴兆骞因科场案，无辜遭诬陷，被处没收家产，流放到黑龙江宁古塔长达 23 年，他的友人顾贞观恳求纳兰容若助救，后经纳兰容若求父亲纳兰明珠出手营救，才得以赎还。这时，吴兆骞已 51 岁。他回京后，就在纳兰家当家庭教师，三年后客死于北京。吴兆骞的诗作慷慨悲凉，独奏边音，因此有"边塞诗人"之誉，著有《秋笳集》。在清初，满族当权者对汉族文化人的高压、迫害、文字狱还相当严重的情况下，纳兰容若能这样冒着很大的政治风险，营救、帮助患难、流放中的汉族文人，真是难能可贵！纳兰容若所交往的好友也大多是汉族的文化精英，例如无锡的严绳孙、秦松岭、顾贞观，浙江秀水的朱彝尊、慈溪姜宸英，等等。纳兰还救助了许多来京城的坎坷文人，为他们提供生存必需的食宿条件；有的人在北京病死了，他还出资殡葬，像对待至亲一样亲自参加吊唁。纳兰容若以其特殊的身份、门第

和他在清初上层社会及文人圈的影响，保护了很多汉族文化人，对缓和当时尖锐的民族矛盾、保护在战火中岌岌可危的汉文化遗产典籍，起到了相当可贵的作用。顾贞观在祭奠纳兰容若的祭文中赞誉他说："其于道义也甚真，特以风雅为性命，朋友为肺腑"，"浩浩落落，其以世味也甚淡，直视勋名如

糟粕,势利如尘埃"。可见当时被他引为知己的那些汉族文化人对他是何等爱戴,何等寄望殷殷!

时至今日,光阴流转,朝代更迭,地球已成为"村",但是民族矛盾仍是当今世界战乱杀戮的重要成因。这个世界很不安宁;如何解决族群撕裂、民族纷争,纳兰容若给我们树了一个范例,这也是我们敬重他、研究他、纪念他的主要原因所在。纳兰容若于 1685 年 7 月 1 日(康熙二十四年五月三十日己丑)病逝于北京,年仅 31 岁。他的老师、内阁学士徐乾学为他撰写的墓志铭的结束语曰:"唯其所树立亦足以不死矣,亦又奚哀。"是的,纳兰容若在我国文学史上、民族文化融合史上,都建立了不朽的功勋,他是不死的,他是永生的。我们今天直到未来,都要永远记住纳兰容若的成就、贡献和他的民族融合、各族如兄弟的伟大精神。中国,作为一个多民族的国家,在当代历史发展进程中,更需要民族融合、团结、包容、和谐,更需要将纳兰容若的民族文化融合、保护的理念和追求发扬光大;这关系我国的长治久安,关系子孙后代的福祉。

2014 年 8 月 16 日于北京

(作者系中华诗词学会副会长、中央新闻学院原党委副书记)

纳兰词对当代词创作的三点启示

星汉

中国文学史上出现过许多多才多艺的人物,纳兰容若即其一。纳兰在文学上有多方面的才能,其古体诗冲淡,近体诗俊逸,散文古朴,骈文华赡。书法亦佳,《八旗文经》谓:"纳兰容若工书,妙得拨镫法,临摹飞动。"若论才艺,窃以为,纳兰可和前代的王维、苏轼、姜夔相比。然而,纳兰一生在词的方面下功夫最多,成就也最大。

打开互联网,有关纳兰词的学术论文甚夥,涉及纳兰词的方方面面。本文欲就他人未言或寡言者试一为之,以期对当今诗坛词的创作有所裨益。

词这东西,一般来说,起于唐,盛于宋。原是配乐歌唱的一种诗体,句的长短随歌调而改变,因此又叫长短句。纳兰对于词有自己的看法,他用《填词》一诗予以表达:

诗亡词乃盛,比兴此焉托。往往欢娱工,不如忧患作。冬郎一生极憔悴,判与三闾共醒醉。美人香草可怜春,凤蜡红巾无限泪。芒鞋心事杜陵知,只今惟赏杜陵诗。古人且失风人旨,何怪俗眼轻填词。词源远过诗律近,拟古乐府特加润。不见句读参差三百篇,已自换头兼转韵。

这首诗是纳兰论词的重要诗篇,有些提法,今人未必赞同,如"诗亡词乃盛",但是其观点大都是正确的。作者阐述了"词"的重要性,认为词不但应有比兴,而且"欢娱""忧患"的内容都要写"工"。以冬郎(韩偓)为例,论证词含比兴,非一味地"欢娱"。以杜陵(杜甫)为例,论证诗以"忧患"为上固然好,但是只顾表现"忧患",则失"风人之旨"。指出词比诗更直接地继承了三百篇传统,更具有古乐府的优点。纳兰在《渌水亭杂识》卷4中还说:"曲起而词废,词起而诗废,唐体起而古诗废。"这话有些偏激。实际上曲起而词未废,词起而诗未废,唐体起而古诗未废。但是从"词起而诗废"来看,也说明他对词的重视程度。

押韵,目的是为了好听,易记。流行歌曲《糊涂的爱》中,歌词有"这就是爱,说也说不清楚;这就是爱,糊里又糊涂"。假如改成:"这就是爱,说也说不明白;这就是爱,糊里又糊涂。"那就索然无味了。

纳兰对于诗韵、词韵做过研究,其《渌水亭杂识》中,有多条讲到诗词的用韵。比如"韵本休文小学之书,以为诗韵,已误,今人又作词韵,谬之谬也"。这种看法未必正确,但是说明纳兰关注词韵。纳兰词用韵非常严格,完全框在戈载归纳的《词林正韵》的范围内。且看《水调歌头·题西山秋爽图》:

空山梵呗静,水月影俱沈。悠然一境人外,都不许尘侵。岁晚忆曾游处，犹记半竿斜照，一抹界疏林。绝顶茅庵里，老衲正孤吟。云中锡，溪头钓，涧边琴。此生著岁两屐，谁识卧游心。准拟乘风归去，错向槐安回首，何日得投簪。布袜青鞋约，但向画图寻。

平水韵中的"十二侵"在《词林正韵》是独用，为第十三部，不与第六部的"十一真""十二文""十三元（半）"通用。在戈载看来："抵腭之韵，真、谆、臻、文、欣、魂、痕、元、寒、桓、删、山、先、仙，二部是也。其字将终之际以舌抵着上腭作收韵，谓之抵腭。""闭口之韵，侵、覃、谈、盐、沾、严、咸、衔、凡，二部是也，其字闭其口以作收韵，谓之闭口"（《词林正韵·发凡》）。戈载说的前者是《词林正韵》的第六部和第七部，后者说的是《词林正韵》的第十三部和第十四部。对于北方人来说，在宋代，《词林正韵》的第六部和第十三部就通用了。如辛弃疾《鹧鸪天·和赵晋臣敷文韵》上阕："绿鬓都无白发侵。醉时拈笔越精神。爱将芜语追前事，更把梅花比那人。"其中"侵"，为第十三部，"神""人"为第六部。纳兰这首词中的"沈""侵""林""吟""琴""心""簪""寻"诸字，全在为第十三部。再如《采桑子》："明月多情应笑我，笑我如今，辜负春心，独自闲行独自吟。近来怕说当时事，结遍兰襟。月浅灯深，梦里云归何处寻？"全用第十三部；《浣溪沙》："欲问江梅瘦几分，只看愁损翠罗裙，麝篝衾冷惜余熏。可奈暮寒长倚竹，便教春好不开门。枇杷花下校书人。"全用第六部。二者泾渭分明。

宋人填词大都有今天读来前后鼻音不分的情况。地不分南北，人无论男女,地位不管高低,词风兼及婉约、豪放,都有今天看来前后鼻音不分的现象存在。如苏轼《浪淘沙》(昨日出东城)、辛弃疾《行香子·三山作》、李清照《添字采桑子》(窗前谁种芭蕉树)、秦观《南乡子》(妙手写徽真)、赵佶《小重山》(罗绮生香娇上春)、窃杯女子《鹧鸪天》(灯火楼台处处新)。新中国的领袖人物毛泽东、朱德、董必武、陈毅、叶剑英等,也都有前后鼻音互押的现象。

究其原因,宋词时代音乐谱还在,接受方是"听众",而不是"读者"。一般说来,词和曲的韵字都在句尾,即所谓"韵脚"。试想,前一句唱完听到的韵字,再到下一句唱完听到韵字时,已有相当长的时间;这两个韵字的押韵情况,听众已随之模糊,所以大致过得去就行了。听众的注意力主要集中在唱腔的优美与否,而不是韵脚如何。上面所举各位领袖,都是南方人。相对今天的普通话来说,领袖们在诗词创作中造成前后鼻音不分的现象,主要是受方言的影响。宋人和当今领袖前后鼻音不分的押韵,古今都找不到押韵的根据。宋人的词尚能依谱歌唱,领袖忙于政务,都还勉强算个理由。今天词的创作,倘是继续如此,那就不合适了。

遍检纳兰词,纳兰没有前后鼻音不分的情况。因为纳兰所填之词,已经是脱离了音乐的徒诗。纳兰又是北方人,不会导致前后鼻音不分。为了美听,纳兰非常注意押韵。例如《浣溪沙》:"风髻抛残秋草生,高梧湿月冷无声。当时七夕有深盟。信得羽衣传钿合,悔教罗袜送倾城。人间空唱雨霖铃。"全用发"-ng"的后鼻音。《浣溪沙》:"旋拂轻容写洛神,须知浅笑是深颦。十分天与可怜春。掩抑薄寒施软障,抱持纤影藉芳茵。未能无意下香尘。"全用发"-n"的前鼻音。

还有,《南歌子·古戍》:"古戍饥乌集,荒城野雉飞。何年劫火剩残灰,试看英雄碧血满龙堆。玉帐空分垒,金笳已罢吹。东风回首尽成非,不道兴亡命也岂人为。"《忆江南》:"昏鸦尽,小立恨因谁? 急雪乍翻香阁絮,轻风吹到胆瓶梅。心字已成灰。"这两首词,用的是《词林正韵》的"四支""五微"

"八齐""十灰（半）"通用的第三部。这一部的韵字里，有今天普通话里发"ei""ui"的韵母，也有"i""-i"的韵母。作者所用韵字，全部选用前者，当是为了美听有意而为之。纳兰词中，也有今天普通话里发"ei""ui"的韵母和发"i""-i"音的韵母混用的，如《浣溪沙·古北口》："杨柳千条送马蹄，北来征

雁旧南飞。客中谁与换春衣？终古闲情归落照，一春幽梦逐游丝。信回刚道别多时。"但是前者还是占多数，这一点很值得当代诗词作者效仿。

　　纳兰词谨于格律而不被格律所拘。谭献说："容若长调多不协律"（《箧中词》引），这也是事实。比如前面的例子《水调歌头·题西山秋爽图》中，第一句格式为"仄（可仄）仄仄平仄"，作者的"空山梵呗静"却成了"平平平仄仄"。"都不许尘侵"应是上二下三的句式，作者使之成为上三下二。"此生著岁两屐"句，第五字"两"要求平声，纳兰却用了仄声。《念奴娇》（绿杨飞絮）下阕"细数落花，更阑未睡，别是闲情绪"，"落"字当平。《沁园春》第三句，格律要求为"仄仄仄平"，但是纳兰《沁园春》（试望阴山）作"无言徘徊"。《沁园春》（瞬息浮生）作"低回怎忘"。

　　纳兰以上非格律句，其实前人多有。"空山梵呗静"句，辛弃疾就有"带湖吾甚爱""渊明最爱菊"等句，与纳兰格律同。"此生著岁两屐"句，辛弃疾就有"长安车马道上""何人为我楚舞"等句，与纳兰格律同。"低回怎忘"句，辛弃疾就有"溪山美哉""众山欲东"等句，刘克庄有"访铜雀台"句，与纳

兰格律同。"无言徘徊",连作四平者,于前人尚未之见,但是从二四字皆作平声来看,辛弃疾句、刘克庄句亦属同类。

顾贞观说:"容若词一种凄婉处,令人不能卒读。"(榆园本《纳兰词评》)纳兰词非常婉曲,这是评论者都承认的。但是纳兰词也有沉郁豪放的一面,有些篇章,意境阔大,意气横逸,其风格直追苏辛。请看他扈驾外出所写的《蝶恋花·出塞》:

> 今古河山无定据,画角声中,牧马频来去。满目荒凉谁可语,西风吹老丹枫树。从前幽怨应无数。铁马金戈,青冢黄昏路。一往情深深几许? 深山夕照深秋雨。

词的上片写眼前之景,景象广袤空阔,荒凉凄冷,情感凄婉哀怨。词的下片抒发自己的报国志向无法实现的幽怨,景象气势磅礴,纵横驰骋,情感婉约深沉。

大凡豪放派诗人,感情充塞,下笔不能自休,于格律多有突破。苏轼、辛弃疾、刘克庄,都有突破格律的句子。苏轼《念奴娇·赤壁怀古》,与定格相较,多有变化。篇中有重字,"一"字出现过两次,"人"字出现过三次。请看纳兰的《望海潮·宝珠洞》:

> 汉陵风雨,寒烟衰草,江山满目兴亡。白日空山,夜深清呗,算来别是凄凉。往事最堪伤。想铜驼巷陌,金谷风光。几处离宫,至今童子牧牛羊。荒沙一片茫茫。有桑干一线,雪冷雕翔。一道炊烟,三分梦雨,忍看林表斜阳。归雁两三行。见乱云低

水，铁骑荒冈。僧饭黄昏，松门凉月拂衣裳。

其中，"风"字重用两次，"烟"字重用两次，"山"字重用两次，"荒"字重用两次，"三"字重用两次，"一"字重用三次。重字多出，当然不好，但是没有必要为回避重字而以辞害意，左顾右盼，斤斤计较。笔者以为，今天诗词创作，如果不是修辞的需要，应当尽量回避重字。为了更好地表情达意，不必过分拘谨。前贤尚且难免，何况我等。在这方面，当代词人中毛泽东便是榜样。

纳兰词用典不为典所用，也就是用典适度。词，原本叫"曲子词"，我理解就是"曲子的词"，就是我们今天说的唱给人听的歌词。入耳的东西，由不得听众长时间去琢磨，歌词必须浅显易懂，所以，词是不能用典的。词的

初始状态的敦煌民间词中不见用典。后来的文人词用典，也要看"听众"是什么人物。稼轩词多用典，究其原因，一是典故大多源自当时的"课本"，如《论语》《孟子》等书，一般文人都能听懂；二是稼轩家中"往来无白丁"，听众都有较高的文化修养。

纳兰词除了自度曲外，其余应当都是徒诗，当时也只能看，不能唱。读者在阅读的过程中，还有时间予以品味。用典可以加大作品的容量，少量用典倒也无妨。为了用最短的时间完成作者和读者之间的情感交流，最好是不用典，次之是少用典，再次是活用典，慎用生典、僻典。纳兰的小令，多不用典，明白如话，到口即消。有的小令用典，一般读者也能看懂。比如《忆江南》："江南好，城阙尚嵯峨。故物陵前惟石马，遗踪陌上

有铜驼。玉树夜深歌。"这里的"铜驼""玉树",都是典故。略具历史知识的人,还是能看懂的。

纳兰说:"庾子山句句用字,固不灵动,六一禁绝之,一事不用,故遂至于淡薄空疏,了无意味"(《渌水亭杂识》卷4)。纳兰既不赞同庾信的"句句用字(用典)",也不赞同欧阳修"一事不用"。纳兰认为用典最重要的是适度、恰当。恰当的用典使得纳兰的词作言简义深,清新中又蕴含典雅之美,词作的感情也显得更加的深厚真挚。且看《金缕曲·赠梁汾》:

德也狂生耳。偶然间,缁尘京国、乌衣门第。有酒唯浇赵州土,谁会成生此意。不信道、竟逢知己。青眼高歌俱未老,向樽前、拭尽英雄泪。君不见,月如水。共君此夜须沉醉。且由他、娥眉谣诼,古今同忌。身世悠悠何足问,冷笑置之而已。寻思起、从头翻悔。一日心期千劫在,后身缘、恐结他生里。然诺重,君须记。

梁汾,即作者友人顾贞观。清康熙十五年(1676)二人相识,从此交契,直至纳兰病殁。第二韵用了"乌衣巷"的典故,说明自己生长在京城权贵之家。接着,用李贺原句"买丝绣作平原君,有酒惟浇赵州土"的后句。平原君即战国时代赵国的公子赵胜,此人平生喜欢结纳宾客。李贺写这两句诗,对那些能够赏识贤士的人表示怀念。纳兰径用李诗入词,同样是表示对爱惜人才者的敬佩。"青眼高歌俱未老",借用了阮籍能作青白眼的典故,说明和顾贞观意气相投。杜甫《短歌行·赠王郎司直》:"青眼高歌望吾子。眼中之人吾老矣。"纳兰这里反用其意。"娥眉谣诼",纳兰意思是好人受到诽谤。语出屈原《离骚》:"众女嫉余之蛾眉兮,谣诼谓余以善淫。"今天的读者必须明白,这首词是23岁的纳兰写给40岁举人出身的顾贞观的。这位特殊的读者当然明白其中典故的含义。

刘熙载在《艺概》中写道:"词中用事,贵无事障。晦也,肤也,多也,板也,此类皆障也。姜白石用事入妙,其要诀所在,可于其《诗说》见之,曰:'僻事实用,熟事虚用。学有余而约用之,善用事者也。乍叙事而间以理言,得活法者也。'"纳兰天衣无缝地流畅地运用故实,就是"善"与"活"的一例。正因如此,这首《金缕曲》显得既酣畅又深沉,既慷慨淋漓又耐人寻味。词中没有华丽的辞藻,却使人读来五内沸腾,神摇魄荡,感觉到作者字字句句,出自肺腑。

本文对于纳兰词的谨慎用韵,突破格律,适当用典予以论说,认为这三点很值得当代创作词的人深思。不当之处,敬祈方家指正。

（作者系中华诗词学会副会长、新疆大学文学院教授）

刚柔相济　荡气回肠
——谈纳兰容若诗词的独特魅力

沈华维

婉约和豪放这两个词,在诗歌里出现的比较早。晋陆机《文赋》用以论文学修辞:"或清虚以婉约,每除烦而去滥。"唐人司空图《二十四品·豪放》言:"豪放:观花匪禁,吞吐大荒。由道返气,处得以狂。"明确提出词分为婉约、豪放两派的,是明代诗文家、词曲家张綖,他在其著《诗馀图谱》中说:"词体大略有二,一体婉约,一体豪放。婉约者欲其词调蕴藉,豪放者欲其气象恢宏。"他的这种学说,对后代产生了较大影响。尤其是许多诗词评论家在评价词文风格时,多采用这两种分法。最为明显的是人们将宋词划分为以柳永、李清照为代表的婉约派和以苏轼、辛弃疾为旗帜的豪放派。清代纳兰容若的诗词,因其内容侧重儿女风情、离情别绪、酣饮醉歌、伤春悲秋、游历唱和,其结构深细缜密,音律婉转和谐,语言圆润清丽,含蓄蕴藉,情感真切,故人们把它放入婉约一派。

我以为,把诗词尤其是词文风格简单地分为非"婉"即"豪",未必就合适。一个时期,一个流派,乃至一个作家的创作,其风格是多样性的。比如豪放派旗手苏轼有"乱石穿空,惊涛拍岸,卷起千堆雪"(《念奴娇·赤壁怀古》)这样气势磅礴的名篇,也有"墙里千秋墙外道,墙外行人,墙里佳人笑"(《蝶恋花》)这种清新丽质、活泼明快的作品。辛弃疾写有"想当年金戈铁马,气吞万里如虎"(《永遇乐·京口北固亭怀古》)这样雄浑荡气的力作,也有"众里寻他千百度,蓦然回首,那人却在、灯火阑珊处"(《青玉案·元夕》)这样含蓄婉转,余味无穷的篇章。就是被冠以婉约派代表的李清照,不仅有"知否? 知否? 应是绿肥红瘦""怎一个愁字了得!"等生动传神,极富美感的闺情词,而且也写有"归鸿声断残云碧,背窗雪落炉烟直"这样苍劲有力的句子。人是复杂多面体的,人的七情六欲更是丰富多彩的,而且是随着年龄增长、环境变化、修养见识等因素不断变化调整的,不是一成不变的。人的情感在诗词中的表现,其实"婉约"与"豪放",是可以兼容的,正所谓柔中有刚,外柔内刚,刚柔相济。不一定非得把它归入某一派,把它框住。宽松些,任由人们去理解,自由发挥,可能更妥当些。纳兰容若生于顺治年间,正是八旗强盛时期。旗人是要独掌兵权的,其父康熙时期权倾朝野的宰相明珠,不仅让其子自幼饱读诗书,深受汉文化的滋润,更把他当作武将来培养,弓马骑术,无所不精。可谓文武兼备。成年后,纳兰容若以御前一等侍卫之职,多次随康熙伴驾南巡北狩,游历四方,奉命参与戎机之事,有机会随皇上唱和诗词和朝臣之间的风流雅集。纳兰容若的这种出身背景和特殊经历,对其诗词风格的形成和发展,产生重要影响。比如其山水情深风雪意浓的

纳兰容若其人其文

图文珍藏版

《长相思》:"山一程,水一程,身向榆关那畔行,夜深千帐灯。风一更,雪一更,聒碎乡心梦不成,故园无此声。"本词写于康熙二十一年(1682),时作者随康熙帝出山海关,祭祀长白山。"山一程,水一程"仿佛是亲人送了我一程又一程,山上水边都有亲人送别的身影。"身向榆关(这里借指山海关)那畔

行"是使命在身行色匆匆。"夜深千帐灯"则是康熙帝一行人马夜晚宿营,众多帐篷的灯光在漆黑夜幕的反衬下所独有的壮观场景。"山一程,水一程"寄托的是亲人送行的依依惜别情;"身向榆关那畔行"激荡的是"万里赴戎机,关山度若飞"的萧萧豪迈情,反映出词人对故乡的深深依恋,也反映出他渴望建功立业的雄心壮志。二十几岁的年轻人,风华正茂,出身于书香豪门世家,又有皇帝贴身侍卫的优越地位,自然是眼界开阔、见解非凡,建功立业的雄心壮志定会比别人更强烈。可正是由于这种特殊的身份反而形成了他拘谨内向的性格,有话不能直说,只好借助于儿女情长的手法曲折隐晦地反映自己复杂的内心世界。这也是他英年早逝的重要原因。"山一程,水一程"与"风一更,雪一更"的两相映照,又暗示出词人对风雨兼程人生路的深深体验。愈是路途遥远、风雪交加,就愈需要亲人关爱之情的鼓舞。从"夜深千帐灯"壮美意境到"故园无此声"的委婉心地,既是词人亲身生活经历的生动再现,也是他善于从生活中发现美,并以此创造美、抒发美的敏锐高超艺术智慧的自然流露。词文既有韵律优美、民歌风味浓郁的一面,如出水芙蓉纯真清丽;又有含蓄深沉、感情丰富的一面,如夜来风潮回荡激烈。词

人以其独特的思维视角和超凡的艺术表现力,将草原游牧文化的审美观与中原传统文化的审美观相融合,集豪放婉约于一体,凝练出风骨神韵俱佳的名作,深受后人喜爱。

纳兰容若的诗词,大多与其边塞生涯有关,其词柔美华丽中带着雄浑刚劲,既有塞外男儿的血性阳刚之气,也有豪门望族风流倜傥的风采。如《菩萨蛮》:"朔风吹散三更雪,倩魂犹恋桃花月。梦好莫相催,由他好处行。无端听画角,枕畔红冰薄。塞马一声嘶,残星拂大旗。"

这阕边塞词写得刚劲中仍露香艳之气,上阕写闺中人的甜梦,梦见自己向万里之外的地方行进,寻找着"他"的踪迹。下片也写梦,却是写征夫在塞上被画角惊醒,梦中因思念而落泪,醒来枕边泪已如冰,听见帐外塞马长嘶,走出去,看见军旗在夜风中猎猎,天空星光已廖,留在大旗上的只有一点残辉,展眼望去,塞上天地清空苍茫。上下阕合着来看,如电影蒙太奇的手法。尤为称道的是"塞马一声嘶,残星拂大旗"一句,慷慨沉凉,曲意委婉,拓开情境,一扫前句的旖旎之风,不输历代名句;说它香艳是因为这就是纳兰的词风,即使写边塞生活题材,也用自己的方式来表达,喜用"倩魂""桃花月""红冰"等字眼,而在前代或其他的词人中,一般会选择更慷慨苍凉的字眼。

纳兰容若生性淡泊名利,他虽贵为皇亲贵胄,权力和荣华富贵唾手可得,但难能可贵的是,他没有把心思和精力用到最为熟悉的尔虞我诈的官场豪门或纷繁复杂的社会现实,而是把关注的目光更多的投向人细腻丰富的

纳兰容若其人其文

图文珍藏版

内心世界。他用大量的笔墨描写自己以及身边形形色色的人和他们在那个特殊时代复杂而多变的现实生活,所产生的企盼、挣扎、痛苦、孤独和无奈。因而其作品有深刻的感染力和渗透力。《浣溪沙》:"身向云山那畔行。北风吹断马嘶声。深秋远塞若为情。一抹晚烟荒戍垒,半竿斜日旧关城。古今幽恨几时平。"仇杀战火和冤冤相报造成的幽恨,连年征战,使得云山远塞荒无人烟,只剩下戍垒残关,北风和马嘶声。如此惨烈,情何以堪!"几时平"是对战争的反思,也是对战火的愤懑,更是对平民百姓安宁生活的渴望。这种情绪与他的另一首《于中好》相呼应:"冷露无声夜欲阑。栖鸦不定朔风寒。生憎画鼓楼头急,不放征人梦里还。秋澹澹,月弯弯。无人起向月中看。明朝匹马相思处,如隔千山与万山。"及其《七绝·记征人语》:"边月无端照别离,故园何处寄相思。西风不解征人语,一夕萧萧满大旗。"作者身处其中,他厌恶这种环境,但欲罢不能,又无能为力,于是恨从心头起。"生憎"即最恨,"画鼓楼头急"的现实与"征人梦里还"的心绪是这首词里最纠结痛楚的地方。类似这种使他心灵煎熬、痛苦挣扎的作品为数不少。

　　纳兰容若的诗词之所以能打动人心,读后荡气回肠,回味无穷,在于其作品善于铺陈营造情感氛围,引导人们进入他精心设置的情场之中,而且运笔精妙。一首好词,要能感动读者于词的整体氛围有很大关系。烘托气氛,由景入情,情景交融,读者进入了情绪之中,就会引

起心里共鸣,使读者随着词的氛围而喜怒哀乐。这是纳兰词的过人之处,也独见其功夫。《蝶恋花·出塞》:"今古河山无定据。画角声中,牧马频来

去。满目荒凉谁可语。西风吹老丹枫树。从前幽怨应无数。铁马金戈,青冢黄昏路。一往情深深几许。深山夕照深秋雨。"开篇写得很有气势,往来人物,风云集散,伤时感世,无休无止。青冢是王昭君的坟茔。面对此地此景,作品起句就引导读者进入了一个宏大的历史场景:自古以来政局不断变化,江山没有确定的归属。"今古河山无定据",充满历史的哲思。接下来层层置景,夹叙夹议,以纵横之笔将写景、怀古、咏史、抒情融于一体。有辽阔场面,又有典型人物,一往情深的王昭君虽怀有美好的胡汉和亲愿望,仍没有阻挡住金戈铁马、战马频来、幽怨无数的历史风云之路,令人感慨万千。

从今存的三百多首纳兰容若词来看,内容题材比较广泛,而抒情则是其主要的表达方式,感情真挚是纳兰词的突出特色,无论亲情、友情、爱情,无论伴君护驾、生离死别、男欢女爱、闺情愁怨,无论别恨、感伤、惆怅,各种感情无所不有。他的情感是从心底流淌出来的,不遮掩,不虚假,因而其作品有极强的艺术感染力。同时其情又不失"英雄本色",有情有理,有柔有刚,骨肉丰满,达到了刚柔相济,情理相生的艺术境界。

(作者系中华诗词学会副秘书长兼办公室主任,大校军衔)

在中华诗词学会纳兰祖地行诗词研讨会上的即席发言提纲
(根据记忆整理)

吴文昌

中华诗词学会纳兰容若祖地行诗词研讨会在四平召开,这是四平市委、市政府高度重视、积极争取的结果。这件事充分体现了四平市委、市政府具有高度的文化自信和文化自觉。纳兰容若是四平值得骄傲的历史人物和文化人物,他的诗词创作在中国文学史上具有重要的地位。今天,我们研究纳兰容若,一定要站在历史的高度,从文化变迁,社会变革的视角去审视其意义和价值。我认为至少有四个方面的意义和价值。

一是重要的历史意义和价值。诗可以证史。今天我们读纳兰词,不仅是享受文学审美,更重要的是可以从中感受到康熙盛世的光辉历史,了解当时经济发展、社会变迁、民族融合、文化进步状况,从而更好地继往开来,实现中华优秀传统文化的创造性转型和创新性发展。

二是重要的文化意义和价值。文化是民族的血脉,是人民的精神家园。中华诗词是中华文化的精髓和瑰宝。但唐宋以降,诗词却日渐式微。纳兰容若的出现,使衰落的诗词重新振起,达到一个新的高度。正如王国维所说的那样,以自然之眼观物,以自然之舌言情,北宋以来,一人而已。所以我们研究纳兰容若,可以借鉴纳兰的成长路径,促进诗词的繁荣和振兴。

三是重要的民族意义和价值。中国在历史上就是一个多民族国家,文化的发展总是和民族分合兴衰联系在一起的。康熙大帝是一代英主,十分重视满汉融合、各民族融合,采取了一系列开明的政策和措施。我们深入解读纳兰的作品,特别是边塞和怀古作品,不难看到作品中折射出的民族融合的影子,看到诗词中呈现的民族融合的思想元素。

四是重要的社会意义和价值。西方一位哲人说,任何历史都是当代史,实际说的是古为今用。我们研究纳兰,从一定意义上说也是研究当时的社会,研究小民族如何治理大国家,吸取诗词文化中体现的国家和社会治理经验,更好地为构建社会主义和谐社会服务。

纳兰容若的出现,既具有历史的必然性,也具有当时的偶然性,是社会历史文化矛盾运动和发展演进的结果。纳兰身上有许多看似矛盾的现象,我觉得这恰是解读纳兰的钥匙。

第一,盛世辉煌与落日情怀的矛盾。纳兰生活在康熙盛世,但他很少歌颂盛世,而是用更多的篇章写忧、愁、思、冷、苦。他父亲明珠整理其遗物时曾不解地说,这孩子什么都有,怎么就不高兴呢?其实,如进入社会层面分析,就不奇怪了。康熙盛世,实际是落日的辉煌,一定意义上可以说是回光返照。因为当时西方已兴起工业革命和社会革命，中国尚闭关沉睡，开始被远远甩在后头，深刻的社会危机、民族危机已有征兆。我猜想，纳兰的不高兴，除了个人层面的东西外，更多的可能是国家、民族和社会层面的东西。因为哲人对社会变迁，国家民族衰落常常是有预感的。纳兰是否也是这种情

况，虽已难详考，但从学术研究的角度，我们不妨做一些这方面的推测。

第二，豪门世家与鱼鸟之思的矛盾。纳兰是明珠的儿子，出身可谓显赫。但对此他似乎并不领情和满意。"偶然间，缁尘京国，乌衣门第"，"不是人间富贵花"，就是这种心境的写照。他更多的是寄情山泽、鱼鸟和平常的社会生活，所以才会有那么多生动形象、感情真挚，让人们喜闻乐见的好作品。

第三，满族血统与汉家文脉的矛盾。作为八旗弟子，他钟情和传承的却是汉文化、汉文学，且造诣几乎达到当时的顶峰，随王伴驾，吟咏唱和，寄情山水，留下大量脍炙人口的诗词作品，并主持和参与编撰多部汉文化典籍。这给我们一条启示，在不同层次的文化中，只有代表和弘扬先进文化，在历史上才可能有其应有的地位。假设纳兰不在汉文化上下功夫，而是寄情满族文化，应该说也会有不小的成就，但绝不会有今天我们研究的纳兰。

第四，婉约文弱与壮怀激烈的矛盾。好多人将纳兰风格归于婉约派，这不能说不对，他这样风格的作品确实不少。但他也有豪放沉雄的一面，如七绝《秣陵怀古》：山色江声共寂寥，十三陵树晚萧萧。中原事业如江左，芳草

何须怨六朝。这是何等深邃的目光、开阔的胸怀和宏大的气度，又岂是一个婉约了得。

总之，一个矛盾的时代，一段矛盾的人生，一腔矛盾的情感，才有充满矛盾的创作，才有独特的纳兰。我们只有深刻揭示这些矛盾，才能走近真实的纳兰，这对我们弘扬长白山文化是大有好处的。最后，我以刚刚填的一首词《浪淘沙·贺中华诗词学会纳兰祖地行诗词研讨会召开》结束今天的发言：

山色渐斑斓，果硕瓜鲜。文坛盛举史空前。领略纳兰词好处，祖地寻源。韵美在天然，凄切缠绵。缁尘京国总无欢。侧帽秋风留瘦影，画扇谁怜？

谢谢大家！

（作者系吉林省诗词学会副会长、吉林省人大人事选举委原主任）

纳兰悼亡词的情感特征

林峰

纳兰容若作为有清一代词坛巨擘，有"国初第一词手"之美誉，与朱彝尊、陈维崧并称"词家三绝"。其词不仅在清代词坛声誉卓著，而且在整个中国文学史上也举足轻重，精光四射。周之琦评其词曰："纳兰容若，南唐李重光后身也。予谓重光天籁也，恐非人力所能及。容若长调多不协律，小令则格高韵远，极缠绵婉约之致，能使残唐坠绪，绝而复续，第其品格，殆叔原、方回之亚乎？"近代王国维也对其推崇备至："纳兰容若以自然之眼观物，以自然之舌言情，此初入中原未染汉人风气，故能真切如此，北宋以来，一人而已。"纳兰容若禀赋超凡，潇洒出尘，学识渊宏，佳作无数。然而在众多的词作当中，流传最广、成就最高的当数他的悼亡之作。

《纳兰词》现存词348首，但其中的悼亡词就有42首，约占八分之一。

不仅比重大、数量多,而且品质之高、影响之广,便放眼古今,也罕见其匹。顾贞观曰:"容若天资超逸,悠然尘外,所为乐府小令,婉丽凄清,使读者哀乐不知所主,如听中宵梵呗,先凄惋而后喜悦。"。陈维嵩亦云:"饮水词哀感顽艳,得南唐二主之遗。"自清代以来,对《纳兰词》的各种评论已不绝于耳,蔚为大观。

今试从其悼亡词之创作剖析其情感特征。

一、痴情一片,感天动地

纳兰容若出身豪门,钟鸣鼎食自不待言,加之少年及第,平步青云。那份荣耀和光华是常人难以企及也难以想象的。在这样优越的环境中,在古代娶个三妻四妾都是再正常不过的。但纳兰容若对他的原配卢蕊却痴情不改,始终如一。这份情感在男权至上的封建社会里是何等的可贵、何等的不易啊!我们可以从他所做的悼亡之作中看到他对妻子相濡以沫的那份痴情。

《青衫湿遍·悼亡》:

青衫湿遍,凭伊慰我,忍便相忘。半月前头扶病,剪刀声、犹在银釭。忆生来、小胆怯空房。到而今。独伴梨花影,冷冥冥。尽意凄凉。愿指魂兮识路,教寻梦也回廊。咫尺玉钩斜路,一般消受,蔓草残阳。判把长眠滴醒,和清泪、搅入椒浆。怕幽泉、还为我神伤。道书生薄命宜将息,再休耽、怨粉愁香。料得重圆密誓,难禁寸裂柔肠。

此词写于康熙十六年的六月里,从"半月前头扶病"可知,应作于卢氏亡故半月之后。面对爱妻新逝,纳兰独守空房,清衫湿遍。半月前还床前侍药,到而今却阴阳两隔。平日里本来还想着你来劝慰我,怎么你就忍心相忘而独自西去呢? 但我又怕你,身在黄泉还在为我担心、为我伤神。真是字字见情,声声带泪啊! 如此渲染,怎不令人肝肠寸断,痛彻心扉? 词中表达的是纳兰对妻子无限的眷恋和痴情。正如其生前好友叶舒崇在《皇清纳腊室卢氏墓志铭》中所说的一样:"悼亡之吟不少,知己之恨犹多。"其他如"近来无限伤心事,谁与话长更? ……忽疑君到,漆灯风飐,痴数春星。"(《青衫湿·悼亡》)"瞬息浮生,薄命如斯,低回怎忘。记绣榻闲时,并吹戏雨;雕阑曲处,同倚斜阳。梦好难留,诗残莫续,赢得更深哭一场。遗容在,只灵飙一转,未许端详……"(《沁园春》)等,皆痴情一片,动人心弦。蒲松龄说:"性痴,则其志凝,故书痴者文必工,艺痴者技必良。"而纳兰则无疑痴于情也。太过痴情,则心力交瘁,故纳兰亦早逝。当他这种"痴"从心灵深处脱颖而出复经过诗意的锤炼,化为抑扬顿挫的长短句时,其词便魅力无限,感人至深也。

二、钟爱一生,铭心刻骨

《蝶恋花》

辛苦最怜天上月,一夕如环,夕夕都成玦。若似月轮终皎洁,不辞冰雪为卿热。无那尘缘容易绝,燕子依然,软踏帘钩说。唱罢秋坟愁未歇,春丛认取双栖蝶。

又一首

眼底风光留不住,和暖和香,又上雕鞍去。欲倩烟丝遮别路,垂杨那是相思树。惆怅玉颜成间阻,何事东风,不做繁华主。断带依然留乞句,斑骓一系无寻处。

又一首

又到绿杨曾折处,不语垂鞭,踏遍清秋路。衰草连天无意绪,雁声远向萧关去。不恨天涯行役苦,只恨西风,吹梦成今古。明日客程还几许,沾衣况是新寒雨。

又一首

萧瑟兰成看老去。为怕多情，不做怜花句。阁泪倚花愁不语，暗香飘尽知何处。重到旧时明月路。袖口香寒，心比秋莲苦。休说生生花里住，惜花人去花无主。

从上述四首《蝶恋花》词中我们可以看到，纳兰容若对他妻子钟爱之深，眷恋之切，几近痴狂，无以复加。秋坟鬼唱，春丛化蝶；风光不再，斑骓无觅。萧关雁远，梦成今古；暗香飘尽，落花无主。纳兰容若用一连串生离死别之词，把他和卢蕊之间缠绵悱恻、恩爱异常之情感，勾染得哀怨凄怆、沉痛无比。一如杨芳灿所云“思幽近鬼”（《饮水词序》语）。纳兰从天上明月的圆缺变幻，看到了自己与爱妻的人天永隔，断带情诗犹在，而伊人已不复见。爱妻卢蕊在纳兰眼中本就是名花一朵，且是花中芙蓉，清雅脱俗，芬芳馥郁。原以为两人能举案齐眉，白头到老，牵手一生、恩爱一世，哪想到忽然间香消玉殒，花落叶枯。这突如其来的打击，使纳兰的内心世界遭受了前所未有的重创，他的精神支柱在瞬间倒塌了。纳兰自是欲哭无泪，心比莲苦啊！纳兰对妻子卢蕊的追寻和不舍，纳兰对妻子一生的爱恋和深情，都在这一瞬间得到了最好的印证。试问天下男子几人得似纳兰情怀？“但似月轮终皎洁，不辞冰雪为卿热”，这也是纳兰当时内心的真实写照了，可谓与三国的荀凤倩异代而同心。“至性固结，无事不真”“风雅为性命，朋友为肺腑”。这是亲友对纳兰的评价，对朋友尚且如此，对妻子那就更无须多言了。

三、良缘一霎，落魄销魂

《浣溪沙》

十八年来坠世间，吹花嚼蕊弄冰弦，多情情寄阿谁边？

紫玉钗斜灯影背，红绵粉冷枕函边。相看好处却无言。

又一首

谁念西风独自凉，萧萧黄叶闭疏窗，沉思往事立残阳。

被酒莫惊春睡重，赌书消得泼茶香，当时只道是寻常。

我们从这两首小令当中可以看到纳兰夫妻生前和谐美满的婚姻与安详甜美的生活。"十八年来坠世间"，可见纳兰新婚不久，爱妻卢蕊结婚时芳龄十八，如花似玉，看心上人吹叶嚼花，抚弦鼓瑟；少年夫妇，如胶似漆。玉钗灯影，绵粉枕函。两心萌动，更是至情至性也。卢蕊是花中仙子，纳兰至爱，"伉情尘表，则视若浮云；操抚闺中，则志存流水"（叶舒崇《皇清纳腊室卢氏墓志铭》）。足见时人对她评价之高。次阕"被酒莫惊"句是写纳兰对爱妻怜惜之厚。因被酒而春睡不醒，美人之娇艳一如怒放之花蕊也，能不我见犹怜乎？"赌书"句用李易安、赵明诚夫妻典，喻纳兰夫妻当时亦有类似情事，想来自是温馨儒雅，欢娱无限了。称其为"如花美眷，神仙伴侣"亦不为过也。这些日常小事，当时不以为意，现在却欲图而不可得也。往事如昨，历历在目，而其人已不复见，其事已不可追，其情也不可挽也。"悲乎哉？悲也！"

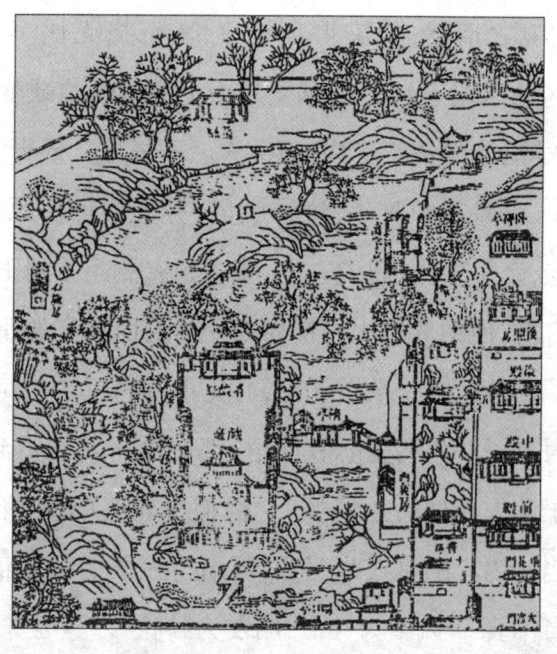

曾几何时纳兰与心上人并吹红雨、同倚斜阳；巡檐笑罢、共捻梅枝。有谁料

梦好难留、诗残莫续,赢得更深哭一场啊！良缘眷属,转瞬即逝,音容宛在,佳人无觅。如此人生际遇,怎不令纳兰落魄销魂,无所依归。如此悲凉情绪、酸苦况味,点点滴滴都到心头,令人不能自已。

纳兰由于卢蕊早亡,鸳梦难圆,加上对富贵的淡泊,对仕途的随意,使他对身外之物皆了无兴趣,无心一顾。虽人在庙堂而心在山野,甚或直欲追随爱妻于九泉之下也。但同时他对求之却不能久长的男女情爱,对两情相悦的那份欢喜,却令他无法自拔于个人的情感漩涡之中。困惑与悲观、焦虑与无奈、惆怅与失落,成为他悼亡词创作的主要情感特征。纳兰的个人境遇、爱情生活和情感内容决定了他的一生都将跋涉在凄凉孤寂的精神家园之中。他的这种凄婉悲慨也成为他悼亡词的重要色彩。顾贞观说:"容若词有一种凄婉处,令人不忍卒读,人言愁,我始欲愁。"顾氏如此评价,可谓纳兰的千古知音了。郑振铎亦云:"缠绵清婉,为当代冠。"从"凡有井水处,皆能歌柳词"到"家家争唱纳兰词,纳兰小字几人知"的文化盛况来看,称纳兰容若为"千古一人"亦不为过也。

（作者系《中华诗词》副主编、中华诗词青年部副主任）

在纪念纳兰容若诞辰 360 年
端午诗会上的讲话

马辉

尊敬的各位领导、各位嘉宾,女士们、先生们、朋友们:

大家上午好！

在这风景秀丽、繁花似锦的美好季节,我们欢聚一堂,共同参加纪念纳兰容若诞辰 360 年端午诗会活动。首先,我代表四平市诗词学会向参加本次活动的各位领导、嘉宾、诗友及各界朋友表示热烈欢迎！同时,向一直以来关心、支持我市诗词事业发展、关注纳兰容若研究的省诗词学会和原省级老领导,以及市委、市政府主要领导表示由衷的感谢!

纳兰容若,是我们铁东区和四平市值得骄傲的历史人物,今天这个活动,就是深入研究纳兰容若其人其词,深入挖掘、整理、研究纳兰容若卓越的文学成就和历史贡献,旨在弘扬传统文化精神,彰显四平名人风采,促进四平文化大发展、大繁荣。

叶赫文化历史源远流长,在厚重的满洲史、民族史中承载着十分重要的角色,也是我们四平市的文化品牌和文化符号。我们选择纳兰容若的祖地举办相关纪念活动具有不同寻常的意义,可以说是四平铁东区和四平市文化史上的一件大事。因为纳兰容若在中国古代文学史上具有相当重要的地位,也是清词中最有影响、最有成就的作家。作为纳兰容若的祖地,我们有责任把对纳兰容若的诗词研究深入持续开展和推动下去,更好地传承纳兰容若留给我们丰富的文化遗产。

这次端午诗会,喜杰市委书记给予足够的重视和支持,铁东区委、区政府会同市诗词学会直接主办,同时得到了省诗词学会的大力支持,省委老领导、省诗词学会领导都应邀参加了这次活动,请允许我代表市诗词学会全体会员向各位领导表示由衷的谢意!

四平市诗词学会自2008年重新恢复活动以来,在市委、市政府的正确领导下,在中华诗词学会和省诗词学会的大力支持下,组织建设和诗词创作,都取得了较大成果,学会会刊已发行12期,共发表诗词11200余首,文论近50余篇,发展中华诗词学会会员105人,占全省中华诗词学会会员总数1/3左右,学会论坛《辽畔吟旌》已发主贴4680余首,发帖量6万余首。

最后,我希望四平诗词学会要以纪念纳兰容若诞辰360年端午诗会为契机,积极担当起历史使命,以更加奋发有为的姿态,继续推进和繁荣我市诗词事业,进一步传承中华诗词文化,下大力气推进社会和谐,推介四平、宣传四平,提高魅力四平的知名度和美誉度,为四平文化大发展、大繁荣再做出新的、更大的贡献！

预祝本次端午诗会圆满成功！

祝各位来宾身体健康、家庭幸福、万事如意！

（作者系四平市政协副主席、四平市诗词学会顾问、名誉会长）

纳兰容若其人与四平

徐立忠

纳兰容若（1655年1月19日—1685年7月1日），满洲正黄旗人，叶赫那拉氏，字容若（故又称纳兰容若），号楞伽山人。原名纳兰成德，为避当时太子"保成"的名讳，改名纳兰容若。

一年后，太子改名为胤礽，于是改回成德。顺治十一年生，死于康熙二十四年，年仅31岁。康熙十五年进士，为武英殿大学士明珠长子，一生淡泊名利、善骑射、好读书、擅长于词。他的词基本以一个"真"字取胜，写情真挚浓烈，写景逼真传神，但细读却又感淡淡忧伤。相传为曹雪芹所著《红楼梦》中贾宝玉的原型。人谓"谁料晓风残月后，而今重见柳屯田"。主要作品有《侧帽词》《饮水词》《通志堂集》《画堂春》等。他尤以小令见长，时人誉为"清代第一词人"。他出身贵胄，才华横溢，却经历坎坷，惆怅一生。

纳兰容若于顺治十一年（公元1655年）生于北京，其父是康熙时期权倾朝野的相国明珠,母亲觉罗氏为英亲王阿济格第五女,一品诰命夫人。而其家族那拉氏隶属正黄旗,为清初满族最显赫的八大姓之一,即后世所称的"叶赫那拉氏"。纳兰容若的曾祖父名金台吉,为叶赫部贝勒,其妹孟古格格,于明万历十六年嫁努尔哈赤为妃,生皇子皇太极。其后纳兰家族与皇室的姻戚关系也非常紧密,因而可以说,他的一生注定是富贵荣华。也许是造化弄人,纳兰容若偏偏是"虽履盛处丰,抑然不自多。于世无所芬华,若戚戚于富贵而以贫贱为可安者。身在高门广厦,常有山泽鱼鸟之思"。

纳兰容若自幼天资聪颖,读书过目不忘,数岁时即习骑射,17岁入国子监读书。为国子监祭酒徐文元赏识,推荐给其兄内阁学士、礼部侍郎徐乾学。纳兰容若18岁参加顺天府乡试,考中举人,19岁准备参加会试,但因病没能参加殿试。而后数年中他更发奋研读,并拜徐乾学为师。在名师指导下,他在两年中主持编纂了一部1792卷的儒学汇编——《通志堂经解》,受到皇上的赏识,也为今后发展打下了基础。他又把熟读经史过程中的见闻和学友传述记录整理成文,用三四年时间,编成四卷集《渌水亭杂识》,其中包含历史、地理、天文、历算、佛学、音乐、文学、考证等方面知识,表现出他相当广博的学识基础和各方面的意趣爱好。1674年,与女子卢氏结婚,并有一子,康熙十三年卢氏病逝,纳兰为此写下很多悼亡词。

纳兰容若22岁时,再次参加进士考试,考中二甲第七名。康熙皇帝破格授他三等侍卫官职,以后升为二等,再升为一等。作为皇帝身边的御前侍卫,以英俊威武的武官身份参与风流斯文的诗文之事。随皇帝南巡北狩,游历四方,奉命参与重要的战略侦察,随皇上唱和诗词,译制著述,因称圣意,多次受到恩赏,是人们羡慕的文武兼备的年少英才,帝王器重的随身近臣,前途无量的达官显贵。

但作为诗文艺术的奇才,他在内心深处厌倦官场庸俗和侍从生活,无心功名利禄。虽"身在高门广厦,常有山泽鱼鸟之思",他诗文均很出色,尤以词作杰出,著称于世。24岁时,他把自己的词作编选成集,名为《侧帽集》,

又著《饮水词》。再后有人将两部词集增遗补缺，共349首，编辑一处，合为《纳兰词》。传世的《纳兰词》在当时社会上就享有盛誉，为文人、学士等高度评价，成为那个时代词坛的杰出代表。时人云："家家争唱《饮水词》，纳兰心事几人知？"可见其词的影响力之大。

1674年，纳兰容若20岁时，娶两广总督卢兴祖之女为妻，赐淑人。是年卢氏年方18，"生而婉娈，性本端庄"。成婚后，二人夫妻恩爱，感情笃深，新婚美满生活激发他的诗词不断问世。但仅三年，卢氏因难产而亡，这给纳兰容若造成极大痛苦，从此"悼亡之吟不少，知己之恨尤深"。沉重的精神打击使他在以后的悼亡诗词中一再流露出哀婉凄楚的不尽相思之情和怅然若失的怀念心绪。纳兰容若后又续娶官氏，并有侧室颜氏。传言纳兰而立之年，在顾贞观的帮助下，纳江南才女沈婉。沈婉，字御蝉，浙江乌程人，著有《选梦词》。值得一提的是，沈婉是汉人。后纳兰容若在与沈婉共同居住的别苑去世，次年沈婉产下一子，后沈婉离开京城，回到江南，并在江南终老。纳兰容若作为一代风流才子，他的爱情生活因而被后人津津乐道，也有捕风捉影的各种市井流言，最为盛传的是表妹入宫一事，但终不可考。

我们能从他的词中读到世间真情和人世沧桑。诗人落拓无羁的性格，以及天生超逸脱俗的禀赋，加之才华出众，功名轻取的潇洒，与他出身豪门，钟鸣鼎食，入值宫禁，金阶玉堂，平步宦海的前程，构成一种常人难以体察的矛盾感受和无形的心理压

抑。加之爱妻早亡,后续难圆旧时梦,以及文学挚友的聚散,使他无法摆脱内心深处的困惑与悲观。对职业的厌倦,对富贵的轻视,对仕途的不屑,使他对凡能轻取的身外之物无心一顾,但对求之却不能长久的爱情,对心与境合的自然和谐状态,却流连向往。纳兰容若于康熙二十四年(1685年)暮春,抱病与好友一聚,一醉,一咏三叹,然后便一病不起,7日后于7月1日溘然而逝。

纳兰容若虽然只有短短31年生命,但他却是清代享有盛名的大词人之一。在当时词坛中兴的局面下,他与阳羡派代表陈维崧、浙西派掌门朱彝尊鼎足而立,并称"清词三大家"。然而与之区别的,纳兰容若是入关不久的满族显贵,能够对汉族文化掌握并运用得如此精深,是不得不令人大为称奇的。

纳兰容若词作现存348首(一说342首),内容涉及爱情友谊、边塞江南、咏物咏史及杂感等方面。尽管以作者的身份经历,他的词作数量不多,眼界也并不算开阔,但是由于诗缘情而旖旎,而纳兰容若是极为性情中人,因而他的词作尽出佳品,倍受时人及后世好评。近代著名学者王国维就给其极高赞扬:"纳兰容若以自然之眼观物,以自然之舌言情。此由初入中原未染汉人风气,故能真切如此。北宋以来,一人而已。"而况周颐也在《蕙风词话》中誉其为"国初第一词手"。

纵观纳兰容若词风,清新隽秀、哀感顽艳,颇近南唐后主,而他本人也十分欣赏李煜,他曾说:"花间之词如古玉器,贵重而不适用;宋词适用而少贵重,李后主兼而有其美,更饶烟水迷离之致。"此外,他的词也受《花间集》和晏几道的影响。

在纳兰容若的诗词中,写景状物关于水、荷尤其多。首先其别业就名为"渌水亭"。无论目前关于渌水亭所在地点的争议怎样,无论它是在京城内什刹海畔,还是在西郊玉泉山下,抑或在其封地皂甲屯玉河之浜,都没能离开一个水字。是一处傍水的建筑,或是有水的园囿。对于水,纳兰容若是情有独钟的。中国传统文化中,把水认作有生命的物质,认为是有德的,并用水之德比君子之德。滋润万物,以柔克刚,川流不息,从物质性理的角度赋予其哲学的内涵。这一点被纳兰容若这位词人尤为看重。

明代定都北京后,许多达官贵人纷纷在城内外营造私人花园。如城内的英国公花园、西郊皇亲李伟的清华园和漕郎米万钟的勺园,都是极负盛名的。到了清朝,特别是王室在西郊大兴园林土木,自畅春园始,到圆明园之鼎盛,三山五园,几成中国古代造园史上的顶峰。为了仿效,为了方便朝班,更是为了享受,王公大臣也在西郊购地,建起自己的园墅别业。明珠就在畅春园咫尺之处,兴建"自怡园"。取海淀、西山一带的山水之胜,构架了景似江南的私家花园。而纳兰容若把属于自己的别业命名为"渌水亭",一是因为有水,更是因为慕水之德以自比,并把自己的著作也题为《渌水亭杂识》。词人取流水清澈、淡泊、涵远之意,以水为友、以水为伴,在此疗养,休闲,作诗填词,研读经史,著书立说,并邀客燕集,雅会诗书——一个地道的文化沙龙。就在他辞世之时,也没离开他的渌水亭。与之相比,同在水泉丰沛的海淀,大将僧格林沁却造旱园,在园中起山神庙。权宦李莲英于海淀镇闹市中置产业三处,方便起居却无水趣。宗室商人萨利建宅通衢,招摇有余,风雅稍逊。试想,如果这位伟大的以水为性,借水寄情的词人没有了水,他的情感激发和创作灵感的进出就要大打折扣,甚至几近干涸。如果以山为题、以山为怀,那他的艺术也定是另种风度了。

纳兰容若的诗词中,对荷花的吟咏,描述很多。以荷花来比兴纳兰公子的高洁品格,是再恰当不过的。出淤泥而不染是文人雅士们崇尚的境界。它起始于佛教的有关教义,把荷花作为超凡脱俗的象征。而在中国传统文化中,把梅、竹、兰、菊"四君子"和松柏、荷花等人格化,赋予人的性格、情感、志趣,使其具有了特定的文化内涵和哲学意蕴。郑板桥的竹、金农的梅、曹雪芹的石,都成了寄托文人心态、情感的文化图腾。而纳兰容若却认定了荷花。他的号为楞伽山人,有禅缘者,看重荷花,更在情理之中。纳兰容若所居,所乐之处均有水存在,水中的荷花更陶冶诗人的性情。瓮山泊畔有芙蓉十里,玉泉山下有芙蓉殿,渌水亭边碧水菱荷,皂甲屯明珠花园西花园遗址仍残留水沼,出土莲花纹汉白玉栏板……这无不说明它与纳兰容若的生活、创作有着密切的关联,它与词人的精神始终同在。

中国历代文人追求对物质性理的认识,并把它与人生观、世界观等哲学概念联系起来,指导生活、事业,并把它艺术化。在哲学的理性与艺术的热情的交汇点上有所生发。纳兰容若也不例外,他以诗词的形式,以杰出的艺术互为观照着他的哲学理念。

虽然纳兰容若出生在北京,但他的祖籍在四平,他的根在叶赫。所以,他和四平有着无可厚非的关系。

在他去世327年后的今天,四平市已经发展到350多万人口,在他的祖居地成立了中国·叶赫纳兰容若研究会,标志着对他的研究从他的生活地方,发展到了他的故乡。他的思想和贡献必将不断地得到发扬和光大,他生存于世的光芒,必将会给他的故乡带来新的亮彩。

(作者系中共四平市委党校常务副校长、教授)

传承薪火　弘扬国粹

——在"纳兰容若诗词大讲堂"开幕式上的致辞

张玉璞

尊敬的各位领导、各位诗友、各位来宾：

大家上午好！

今天我们欢聚一堂，在这里举行"四平市诗词学会纳兰容若诗词大讲堂"。参加今天这次大讲堂的来宾有四平市诗词学会的会长、副会长、秘书长、副秘书长、常务理事以及经常参加学会活动的大部分会员；有来自梨树县诗词楹联学会的领导班子以及部分会员代表近 100 人。首先，我代表学会向一直以来关心四平诗词事业发展的各位诗友和各界朋友致以衷心的感谢和崇高的敬意！

这次"纳兰容若诗词大讲堂"活动具有十分深远的意义，主要是进一步落实党的十八大和十八届三中全会关于建设文化强国的有关精神。通过大力宣传纳兰容若这一值得我们骄傲的四平历史人物，深入研究纳兰容若诗词，进一步传承中华诗词文化，下大力气推进社会和谐，同时对推介四平、宣传四平、提高魅力四平的知名度和美誉度将起到不可替代的促进作用。

回顾四平诗词学会过去所取得的成就，与四平市委、市政府领导的关心和大力支持是分不开的，这一坚强有力的后盾，增强了我们做好诗词事业的信心与动力。我们一定要担当起历史使命，以更加奋发有为的姿态，继续推进和繁荣诗词事业，坚决把 2014 年开展的一系列有关纳兰容若诗词研究活动做实做好。今天开展的大讲堂只是其中的一项活动，下步，我们还将在 5 月 28 日继续举办"弘扬纳兰容若诗词、纪念叶赫建城 440 周年"端午采风诗会；在八九月份举办中华诗词学会"寻梦纳兰容若祖地，走进诗情画意四平"全国采风诗会的活动。通过一系列扎实有效的活动,将纳兰容若诗词研究活动推向一个新的高潮,让纳兰容若诗词走出铁东、走出四平,面向全国,享誉世界!

今天的大讲堂,有三名老师担任主讲,他们分别是四平市诗词学会夕佳诗社、圆梦诗社的诗词讲师、四平市诗词学会副会长毕中信、四平市诗词学会副会长,四平市老年大学诗词讲师,并刚刚获得全国诗词界最高奖项"华夏诗词大赛二等奖"的赵丽萍,以及全国知名,年青的纳兰容若研究者、四平市城区农村信用联社办公室主任、四平市诗词学会副会长张应志。

可以说,以上三名同志对纳兰容若诗词有一定的研究。特别是张应志同志,从2001年起开始研究纳兰容若,先后出版了《纳兰词译注》《纳兰诗校注》两部专著,研究成果有《纳兰丛话》系列,参加过北京海淀文联举办的纳兰容若研讨会,有多篇纳兰容若研究论文入选国家级报刊和出版物,在纳兰容若研究领域取得一定成就。相信三名主讲人的精彩讲解一定能给大家带来思想和智慧的盛宴,使我们受益匪浅、收获良多。一定会进一步推动我市掀起研究"纳兰"诗词的热潮,使我市的诗词事业能得到蓬勃发展,不断取得新的更大的成就!

(作者系四平市诗词学会会长、《四平诗词》主编、中华诗词学会会员、吉林省诗词学会理事、吉林省作家协会会员、四平市食品药品监督管理局原常务副局长[正县级])

在全国纳兰容若诗词研讨会上的讲话

四平市诗词学会会长　张玉璞

（2014 年 8 月 28 日）

尊敬的李文朝副会长、唐宪强顾问及中华诗词学会和吉林省诗词学会的各位嘉宾：

　　首先,我代表四平市诗词学会和全体会员,对来自首都北京和全国各地的各位领导和诗友,致以诚挚的问候,大家辛苦了!

　　各位领导、各位大家、各位诗人不辞辛苦,莅临我们今天的会议,为我们的会议增添了靓丽的光彩。这是我们四平市自建市以来,第一次邀集了这么多闻名全国的诗界达人,这既是我们城市的光荣,也是我们学会的荣幸,同时也必将载入我市的文化史册。

　　下面我代表四平市诗词学会,向参加会议的各位领导和各位代表简要汇报一下四平市诗词学会在学会发展和创建中华诗词之市路上所做的工作和取得的成绩。

　　四平市诗词学会成立于 1987 年 8 月,在 2008 年 6 月召开的第三届会员代表大会上,选举产生了新一届理事会,推举张玉璞同志为会长后,在市委、市政府的正确领导下,在国家、省诗词学会的精心指导下,特别是由于广大诗友的不懈努力,我市的诗词事业不断得到了巩固和发展,并取得了较好的成绩。

2008年、2009年、2010年连续三年举办了"中华诗词辽河采风"伊通站、四平站、梨树站采风活动。2009年7月23日经中华诗词学会会长办公会批准,四平市诗词学会加入中华诗词学会,成为团体会员单位。2011、2012两年,由于四平市诗词学会各项工作开展得扎实有序、成绩突出,被吉林省民政厅和吉林省公务员局评为2011年度全省先进社团组织,在我市当时170多家社团组织中,只有两家获得此殊荣。会长张玉璞还被评为2011年度优秀社团组织工作者。2011年12月我市所辖公主岭市在吉林省县级城市中率先获得"中华诗词之乡"的美誉,并举行了颁牌仪式。

2012年10月我市诗词学会,又率先在吉林地级城市中开办了中华诗词论坛《辽畔吟旌》论坛,到目前论坛已发主题贴近5400个,总贴数已超过7万。

2014年5月,四平市诗词学会举办了纳兰容若诗词大讲堂,在四平市的诗友和部分梨树县诗友共100多人参加,这次讲课为我市纳兰容若诗词研究工作创造了良好的开端。5月28日纪念纳兰容若诞辰360周年端午诗会在四平成功举行,这次会议把我市的纳兰容若的研究工作,推向了一个新的高潮。

市诗词学会还做了很多工作。27年来,特别是2008年换届以来,市诗词学会的工作是六年光辉路,一年一大步。因时间关系这里就不一一介绍了。总结市诗词学会的工作主要以下几个方面的成绩:

一、弘扬主旋律、传播正能量,紧密围绕市委、市政府的工作大局开展扎实有效的工作。学会认为,中国的发展进步,离不开积极向上的思想动力,中华民族的伟大复兴,需要凝聚13亿人的奋进力量,而中华诗词既是国粹,又是人民群众喜闻乐见的文学形式,有易学、易传播、便于吟诵等特点,所以几年来一直坚持用诗词这种形式来宣传党的方针政策,宣传市委、市政府中心工作,像建党、建国、建军纪念日,特别是党的十八大的召开,党和国家的每一项突出成就,学会都积极跟进,组织稿件进行宣传和反映。我市的一核三带、五城联创、攻坚克难,求富图强和大项目建设等,学会也都积极组织宣传,用诗词这种节奏明快,朗朗上口的艺术形式,让广大群众得到激励与鼓舞、产生共鸣,并及时跟上时代步伐,从而发挥引导正确舆论,促进社会和谐,起到了弘扬社会主义核心价值观的作用。另外,学会还于 2011 年 2 月成立了党支部,加强了党对诗词学会的领导。

二、注重发展诗词队伍,努力提高诗词创作水平。市诗词学会几年来十分注重诗词队伍的建设,到目前为止,四平市所属各市、县和辽河垦区、吉林师范大学都相继成立了诗词学会,会员人数从 1987 年成立时的 20 多人发展到今天的 463 人。在发展诗词队伍的同时,学会更注重提高诗词创作水平。多次举办诗词大讲堂和各种规模的诗词讲座。会刊《四平诗词》和《辽畔吟旌》网站也都发挥他们优势,使得优秀作品不断产生。其中赵丽萍在第五届华夏诗词大奖赛获二等奖,在"吉林·陈家店杯原创诗词大赛"中获一等奖。据不完全统计,会员近几年获全国各类奖项 20 多个。会员们的诗、词、曲、赋和杂体诗的创作,也日趋丰富和多样化。

三、推动诗词普及,使中华诗词融入百姓生活。诗词历来被认为是知识界和精英阶层的专利,是高高在上的文体,难以普及。市诗词学会迎难而上,倾力抓好诗词的普及与提高,在中华诗词学会倡导的诗词五进的基础上

（即进机关、进学校、进社区、进企业、进农户）我们又增加了一个进军营。目前,四平市区内有诗社两个,纳兰容若词吧一个,诗词沙龙一个,社区活动站两个,农村诗社两个。常年参加活动的有 260 多人,通过这些基层群众的组织,使诗词的普及深入到了社会各个方面,也形成了我市特有的一道靓丽的风景线。越来越多的群众参与,也使高雅的诗词更加贴近生活,贴近实际,贴近了百姓,走向了社会。

　　四、坚定目标创乡创市、持之以恒弘扬国粹。四平市诗词学会早在 2008 年公主岭市创建"中华诗词之乡"时,就定下目标:争取早日把四平市创建成"中华诗词之市"。从那时起,市诗词学会就开始按照中华诗词学会创建"中华诗词之市"的具体要求逐条逐款地加以落实。学会在条件十分艰苦的情况下,多交朋友,广开门路。先是解决了诗词学会的办公场所,又坚持每年都出两期以上的会刊。学会得到了市委宣传部的大力支持,健全了机制,成立了筹备小组,有力推进了创建工作的顺利进行。2008 年以来,不但出版了 20 多期会刊,还在各种报刊和媒体上发表专刊、专栏 60 多期,接受电视台专访 20 多次,各种采风 40 多次。会员有 18 人出版了诗集和文集达 22 本,这些成绩不但普及了诗词,扩展了宣传阵地,同时也为提高我市的知名度,起到积极推进的作用。目前四平市诗词学会有会员 463 人,其中省诗词学会会员 112 人,中华诗词学会会员达到 105 人,一支老中青三结合、弘扬主旋律、创新能力强的诗词队伍已经形成。

　　各位领导、各位代表,尽管我们的工作取得了一些成绩,但是还有很多不足,特别是创建中华诗词之市的工作,许多方面还有待完善。我们希望借助这次会议的东风,在中华诗词学会的和省诗词学会的领导下,扎实有效地开展诗词学会的各项活动,为传承优秀文化,为弘扬国粹,为加强诗教和造福地方,为把我市早日建成"中华诗词之市"而努力奋斗。谢谢大家。

纳兰词《长相思》赏析

张玉璞

山一程,水一程。身向榆关那畔行,夜深千帐灯。风一更,雪一更。聒碎乡心梦不成,故园无此声。

《长相思》是在纳兰容若所做的349首词中我最喜欢的一首。

康熙二十年(1681年)10月,大清康熙皇帝平定了吴三桂、耿精忠、尚可喜的"三藩之乱",天下太平,于是在次年阳春三月到满族肇兴之地辽东一带去巡视。出山海关,至永陵、福陵、昭陵告祭先祖,并遥祭长白山。纳兰容若作为康熙皇帝的侍卫,扈驾随从,写下了这首思乡曲,成为千古名篇。

这首小令作于前往山海关(即词中所言的"榆关")途中,主要写塞外行军宿营的感受和对故园的思念之情。上阕写浩浩荡荡的皇家扈从队伍向山海关的方向进发。景物描写主要突出了塞外广阔无边的空间。在山一程水一程的交错呈现中空间感不断扩大,这种不断扩大的空间在词人和故园之间构成了阻隔,故园渐行渐远,思乡的意绪也越来越浓得化不开。一个起程的行者骑于马上,回首望着身后,生发些许凄凉感慨。毕竟是公务出行,自然没有亲人送别时那一程又一程的身影,也少了"无为在歧路,儿女共沾巾"的情状。如果说山一程水一程写的是作者已经走过的路,那么"身向榆关那畔行"写的是词人往前瞻望的目的地,既体现出大队人马浩浩荡荡的壮观,也激荡出作者"关山度若飞"的豪迈情怀。

入夜,皇家的队伍经过一天的劳顿奔波后安营扎寨了。成千上万的营帐中灯火辉煌,情景十分壮观。我们尽可以想象,如果没有灯的存在,在云黑无月的夜晚,天地早已浑然一体;有了灯的存在,才将天地真切明朗的区分开来。若再从高处和远处望去,那帐中灯火似乎又成了满天密布的繁星。著名国学大师王国维在《人间词话》一书,对这首词的意境之美给予高度评价:"明月照积雪、大江流日月、黄河落日圆,此种境界,可谓千古壮观。其求之于词,惟纳兰容若塞上之作,如《长相思》之夜深千帐灯、《如梦令》之万帐穹庐人醉,星影摇摇欲坠,差近之。"认为这两句的

壮观之美可与千古名句相媲美,我感到评价毫不为过。"夜深千帐灯"是情感酝酿的高潮,也是上下阕之间的自然妥帖的意境转换。

词的下阕,与上阕描写的壮观场面截然相反。一首歌曾唱道"夜深人静的时候是想家的时候",的确如此,更何况风一更雪一更呢。在风雪交加之夜,纳兰容若百无聊赖地数着更筹的声响,他辗转无眠,思乡之情油然而生。他埋怨起故乡的风雪:故园怎么会没有风雪的声音呢?其实,心情不好时,看什么都不顺眼,一切事物(包括原本十分美好的事物)都可能无端地成为被埋怨的对象。纳兰容若不也是曾把青山秀水说成过"残山剩水"吗?其实,道理是一样的。

故园有家,家是温馨的港湾,有爱妻,有天伦之乐,有"张敞画眉"之趣,让自己没有心思细听这风起雪落,只是特别地感受到边塞袭人的寒气。而此时此地,远离故园,才分外地感觉到了风雪夜羁旅异乡的情怀。让人难以想象的是,纳兰容若身为"九五至尊"的侍卫,在别人看来是可望而不可即的工作,他本该意气风发才是,可他却偏偏像小孩子一样恋起家来,其内心视此等荣耀可见一斑,真正是"冷处偏佳,别有根芽,不是人间富贵花",难

怪索引派的红学家们将他视为贾宝玉的原型呢。

总体来说,《长相思》一词纯粹使用白描的手法,词句平白如话,朗朗上口,清新婉约,生动自然,丝毫没有雕琢的痕迹,正如王国维评价纳兰容若所言,缘"初入中原,未染汉人风气,故能真切如此"。从美学角度来讲,夜、雪、灯在颜色和明暗度上的对比平添了绚丽的色彩,数量词的巧妙运用也增强了时空表达的延展性,气势恢宏,因此具有非凡的艺术价值。

不是人间富贵花

牛立坚

话题缘起。虎年春节,在北京工作的世安、万年二位先生回家乡过年。为重温四十年前的乡村生活,我们结伴来到了伊通满族自治县二道镇万德村。宁静的夜晚,天气不太冷,在纯朴好客的主人精心安排下,我们站在院子里,遥指星汉,观赏着深邃夜空中的漫天繁星。回到屋子里,三人躺在一铺火炕上。有人提议,每人吟诵几句。甲兄就刚才情景脱口而出:"抵足同榻三弟兄,又现少年狂吟声。夜阑无眠兴未尽,闲步庭院指繁星。"乙兄则联涉当年三位女友而戏言:"冰城雏凤杳无迹,吉星乳燕飞鹏城。只有彩云依旧在,也入他人梦魂中。"有人说,用《乡村爱情》中王木生式的语言,丙兄说:"一铺小火炕,躺着仨老翁。半夜不睡觉,当院查星星。"大笑,仍无眠。

于是漫无边际地谈天说地,谈古论今,谈诗说词,记不清从谁开始,说到了纳兰容若。

初识容若。对纳兰容若有所知,是在20世纪80年代中期。当时,我在伊通县政府分管民族工作,为筹建满族自治县,我们对全县的自然风光、民族习俗、历史人物进行了全面普查。伊通满族的俊彦人物有后金十六重臣之一,招抚黑水部的巴奇兰;有钦赐头品顶戴、封号法什尚阿巴图鲁的依克唐阿;有一门二进士的齐耀珊、齐耀琳;有建国初期中共吉林省委书记处书记关山复;也有纳兰容若。我们在80年代末所建的由溥杰先生题写馆名的伊通满族民俗馆前言中,也曾写道:"尧山刀,巴兰剑,性德词,展风云长轴,繁星闪耀,群英荟萃。柳边月,御路霞,乌苏烟,绘山河巨卷,圣地龙腾,女真竞骄。"此"性德",即纳兰容若。

纳兰容若以词名世,第一次接触纳兰容若的词是在1987年。当时我和时任省民委副主任的赵德安先生一年数次去北京向国家民委汇报,在北京期间住在牛街国家民委招待所。七月流火,酷暑难挨,我在一本不知是谁遗弃在招待所的旧杂志上看到了一首词:"山一程,水一程,身向榆关那畔行,夜深千帐灯。风一更,雪一更,聒碎乡心梦不成,故园无此声。"(调寄《长相思》)。从注释中得知,这是纳兰容若扈从康熙东巡时所做。榆关即山海关,因当时多植榆树而名,现北京恭王府后花园有一段微缩长城即名为"榆关",以志不忘辽东乃满族祖宗肇兴所在之意。我很喜欢这首词,短短的36个字,把山、水、风、雪、帐、灯、全部涵盖,把声音、色彩巧妙包容其中,情感的抒发不断递增,以故园寄寓思乡,打动人的心灵,情真意切,朗朗上口。随着改革开放的深入,文禁的开放,我才有机缘更多地了解纳兰容若。

生平族属。纳兰容若于顺治十一年十二月十二日(公元1655年1月19日)生于北京,原名成德,后因避康熙朝太子胤礽(小名保成)之讳而改名性德,字容若,因生于腊月,小字冬郎,别号楞伽山人。康熙二十四年五月三十日(1685年7月1日)因"寒疾","七日未汗",病逝于北京,年仅31岁。据史料记载"性德少聪颖",读书过目即能成诵,继承满人习武传统,精于骑射,在书法、绘画、音乐方面均有一定造诣。17 岁入太学读书,18 岁参加顺天府乡试并中举人。22 岁参加进士考试,为二甲第七名,被康熙皇帝授予三等侍卫官职,很快晋升为乾清门一等侍卫,为三品武官。24 岁时,他把自己的词作编选成集,名为《侧帽集》,后更名为《饮水词》,取道明禅师答卢行者语"如鱼饮水,冷暖自知"之意。纳兰容若逝后,徐乾学、顾贞观等将两部词集增遗补阙编刻于《通志堂集》中,被世所称为"纳兰词"。

纳兰容若是满族人,纳兰是清初满族八大姓之一,后来的叶赫那拉氏即源于纳兰。满族在 1635 年农历十月十三日由皇太极于盛京(沈阳)崇政殿颁诏将族名改为"满洲"前,其族名沿用过挹娄、肃慎、勿吉、靺鞨等,至明中叶后称为女真。女真族在明朝末年,形成三个大部落群体:在黑龙江境内松花江流域生活的称为东海女真(也称为野人女真);生活在辽宁境内的以新宾赫图阿拉为中心的称建州女真;生活在吉林境内的一部分称海西女真,因其内部又有叶赫、辉发、哈达、乌拉四个大部落,故又称扈伦四部。纳兰容若所在的叶赫部先祖祝孔革,在明朝万历年间曾任明朝的左都督金事,率部南迁定居于今伊通满族自治县西苇镇大磙厂村,"伐木为城,筑墙垒寨",史称璋城。这个遗址在现在碱场水库库区内。1975 年我在西苇公社任党委书记时,率民工加固碱场水库大坝,曾在堤坝北端取土处挖出一个装满铜钱的罐子,当时尚无文物保护意识,铜钱被大家随意拿走,陶罐被打碎。居住在璋城的女真人因经常去北关互市,途经叶赫小住,为方便往来,遂迁往叶赫,史称叶赫部。伊通满族原属叶赫部。清末,慈禧太后为纪念祖居地,特在伊通设直隶州,叶赫归属伊通州管辖。

家世沿革。纳兰容若的曾祖金台石于明万历四十年成为叶赫部首领。明万历四十七年(1619年)八月,清太祖努尔哈赤率部攻打叶赫,城破后金台石自焚而亡。纳兰容若的祖父尼雅哈在叶赫战败后随部众迁往建州,被编入正黄旗,初授佐领,后屡次从征有功,顺治时授骑都尉世职,康熙三年(1664年)辞世。尼雅哈生二子:长子郑库,次子即纳兰容若的父亲——赫赫有名的明珠。明珠系康熙朝最重要的大臣之一,由侍卫授銮仪卫治仪正,迁内务府郎中,后擢升为内务府总管,再授弘文院学士,又历任刑部尚书,都察院左都御使,兵部尚书,武英殿大学士,后赠太子太傅,晋太子太师。据在北京西郊出土的康熙二十三年九月二十四日所立的《明珠及妻觉罗氏诰封碑》所载,明珠曾十四次升迁,其在任时名噪一时,权倾朝野。官居内阁十三年,"掌仪天下之政",在议撤三藩,统一台湾,抵御外敌等重大事件中,都起到相当大的作用。康熙四十七年(1708年)四月十五日,明珠病逝于北京。纳兰容若为明珠长子。

著述评说。纳兰容若编撰著述丰富,今存《通志堂集》,包括赋一卷,诗四卷,词四卷,经解序跋三卷,序、记、书一卷,杂文一卷,《渌水亭杂识》四卷,其中包含历史、

地理、天文、历算、佛学、音乐、考证等方面知识。除此之外,他还编刻过《大

义集义粹言》《词韵正略》《今词初集》《通志堂经解》等书。

纳兰容若最杰出的成就是词作。他与阳羡派代表陈维崧、浙西派掌门朱彝尊并称"清词三大家"。他的词哀感顽艳，有南唐后主遗风，特别是悼亡之作更是情真意切、痛彻肺腑，令人不忍卒读。无论当时还是后世都为文人及评论家所重。朱祖谋赞其"八百年来，无此作者"。况周颐称其为"国初第一词手"。谭献说："作词皆幽艳哀断，所谓别有怀抱者。"郑振铎称其"缠绵清婉，为当代冠。"近代学者王国维称其："纳兰容若以自然之眼观物，以自然之舌言情。……北宋以来，一人而已。"聂先则谓："香艳中更觉清新，婉丽处又极俊逸，真所谓笔花四照，一字动摇不得者也。"季羡林先生则称赞道："从艺术性方面看，他的词可以说是已经达到了完美的境界。"据史料载，纳兰容若的词传至朝鲜，曾有人称为"谁知晓风残月后，而今重见柳屯田"。

边塞寄情。纳兰容若词中边塞词占有重要地位。他从 22 岁成为侍卫，至辞世的 9 年中曾 13 次出塞，写了数十首边塞词。但他的边塞词不类于唐宋的那种豪放，出于不同的志趣与意境，多属个人情感的宣泄，多别离念远，思绪吊古，但情投于景，跃然纸上，也抒写了深藏不露却又压抑不住的人生喟叹。

咏物抒怀。纳兰容若的咏物词约占词作的六分之一。咏物无论显露与委婉，其实皆为咏怀，无非是借物以寓性情怀抱，比兴之间，蕴藏款曲。纳兰容若的咏物词一是借物咏怀，表现人格的追求，不坠世俗的气质及孤独与伤感，比如《点绛唇·咏风兰》《眼儿媚·咏梅》等；二是借物表现相思之情，荷载着对爱情毁灭的痛惜，其代表作如《临江仙·寒柳》《月上海棠·瓶梅》等；三是借物以寓凭吊之情以表现伤时忧世，见《眼儿媚·咏红菇娘》《临江仙·卢龙大树》等。

爱情词作。纳兰容若词以爱情词为主体，在他的爱情词里，写得最多的是别离、是哀怨、是愁。"愁绝行人天易暮……折残杨柳应无数"，"凄凄切切,惨淡黄花节","新月才堪照独愁,却又照梨花落","天将愁味酿多情"……不胜枚举。在他的三百四十几首词中,"愁"字用了九十几次,"泪"字用了六十五次。秀丽的江山,淡朗的云天,媚人的花草,一入词人之眼,都变成了愁苦,引起愁怀,发出哀吟,缠绵悱恻,令人心颤目眩,强读下去,倍感悲苦凄凉。他的词作,不流于滥、不流于俗,没有阐述高深的思想,没有引喻难懂的哲理,只有痴情的振荡,但想象离奇,随手拈来,都是新意。他的离别词中思乡、思亲、思友之情处处可见,情真意切,体现着华贵的悲哀,优美的感伤。

情何以堪。最令人荡气回肠的是他的悼亡词。流传至今的优秀词作不计其数,但悼亡词很少,不过苏轼等二三人而已,这大概是由于汉文化受封建礼教的束缚而致。而纳兰容若作为满族入关不久的贵族公子没有几千年传统的束缚禁锢,他将悼亡之情挥抒到了极致,令人柔肠寸断。"天上人间俱怅望,未梦已先疑""点滴芭蕉心欲碎""曲阑深处重相见,匀泪偎人颤"……在悼亡词中,最使人心灵震颤的首推《沁园春·丁巳重阳前三日,梦亡妇淡装素服》和《青衫湿遍·悼亡》,使人看到词人多情多感,情痴绝代。句句声声,渗透着词人的凄楚,敲击着读者的心灵。这"销魂绝代佳公子",儿女情长,淋漓尽致地展示着英雄气短。

纳兰容若出身豪门,少年得志,但爱情生活却不遂意。他20岁时,娶两广总督卢兴祖之女为妻。是年卢氏年方18岁,"生而婉娈,性本端庄,夫妻恩爱,感情笃深,仅三年,卢氏难产死,极大痛苦","悼亡之吟不少,知己之恨怨深"。后纳江南才女沈婉,浙江乌程人,著有《选梦词》,悼亡之作"丰神不减夫婿"。可惜他们的爱情生活以悲剧告终,沈婉回归江南。沉重的精神打击对他的词作产生了极大的影响,使他在以后的悼亡词中,一再流露出哀婉凄楚的不尽相思之情,和怅然若失的怀念心绪。这大概使他成了一个很敏感的人,否则怎么能发出那么多的悲苦之音。他既没有李后主的亡国之痛,也没有柳永的颠沛流离的生活经历,那么多的悲苦,只能认为是一颗极端敏感的心看透了世事的无常。他的悼亡词作真切之极，使人惆怅欲泣，往往是在短短数行看似易懂的词中隐含了廖廓的心境、一颗愁深似海的心，词作情辞凄美，意境超然清灵。大量地

使用了断肠、凄凉、惆怅、悲苦、憔悴、愁、恨、泪、梦、瘦。但其格韵高远，具有感情真挚这种内在的美，使得这一佳公子，一生富贵，却怀抱着一颗伤心，抒发着一段柔肠。

纳兰容若的伤感给人留下了深刻的印象，但静下来思忖，将爱情写得那么哀婉悱恻是不是另有用意？他的词中会不会以曲笔的方式表达别的深意，或者是情另有所寄？从字里行间揣测，与青梅竹马的表妹相恋是否真实？

矛盾人生。我有时觉得纳兰容若是个谜，他身为入关不久的满族人，却痴迷于汉文化；他以英俊威武的三品武官身份，却参与着风流飘逸的诗文韵事；他仕途得意，天资聪颖，却终生为情所累；他出身高贵，风流倜傥，却游离于繁华喧闹；他满眼的莺莺燕燕，却满腹悲苦，独悼亡妻；他有着满族新贵的出身却毫无骄矜傲倨，反而情思忧郁。"身世悠悠何足问，冷笑置之而已"（《金缕曲》）。曹寅称其为"玉树临风，纤尘不染"，"忆昔宿卫明光宫，楞伽山人貌姣好"。而他却在滚滚红尘中寻找西风残月，衰草枯杨。就连季羡林这样的大家也曾写道："生长于荣华富贵之中，然而却胸怀愁思，流溢于楮墨之间。这一点我至今还难以得到满意的解释。"以至于坊间演绎传说："性德亡后，明珠罢相，读容若词，老泪纵横：这孩子什么都有啊，他为何如此

忧伤?"

但是仔细分析起来,却也应有解释。他虽是满族人,却受着汉族人的教诲与文化熏陶;他所从事的侍卫生涯单调拘束,完全不合于他落拓无羁的性格,超逸脱俗的禀赋。加之于爱妻的早逝,宫廷的清规禁锢着他,贵族的礼教束缚着他。精神生活与物质生活的极端冲突,使他憔悴忧伤,哀苦无端,于是便把无尽凄苦倾注于笔端,词作便哀伤凄厉到了极处。当然也不排除他有追求不到的爱情。试看《减字木兰花·相逢不语》《减字木兰花·花丛冷眼》便令人疑窦丛生。

正是这种常人难以体察的矛盾感受和心理压抑,使得他于康熙二十四年暮春,"聚南北之名流,咏中庭之双树",抱病与好友一聚,一醉,一咏三叹,然后便一病不起,七日后溘然而逝。距离他的爱妻卢氏辞世为同月同日,只是年代相差了整整十一年。这次咏夜合花,成了他的终生绝唱。纳兰容若好友张纯修慨叹:"嗟乎,谓造物主而有意于容若也,不应夺之如此之速;谓造物主无意于容若也,不应畀之如此之厚。"我于2008年去北京,应朋友之约前往宋庆龄故居参观,看到据说是纳兰容若手植的合欢树时,也是"老夫聊发少年狂","发思古之幽情,独怆然而泣下"。

婉约豪放。在一段时期内,有人认为纳兰容若的词格调低,属病态心理支配下的无病呻吟,将其列入"文学花边",这是一种偏见。纳兰容若无疑是个天才,非文人不能多情,非才子不能善怨。"诗庄词媚",诗言志,而词则多用来寄以情怀,情怀是非理性所能解释清楚的,凭的是天然所成。自宋以来,词坛为古典主义占有,充斥着讲究堆砌,排比、用典,讲究句法、字法的古典气味。而纳兰容若则不受传统束缚,不受古典熏染,自由地驱笔,自由地创作,以特别丰富的情感,采用白描的手法,没有虚浮缥缈的辞藻,没有偏涩用典的陋习。体现着从心底发出的伤悲,这种伤悲是一种淡淡的、凄迷的,却侵入骨髓的哀怨,将自己对人生,对经历,对情感的感悟转化成文字,几乎每首词都深情动人。他那神秘而凄美的情怀像磁石一般散发出强劲而持久的吸引力。

至于他的词作婉约，更无可厚非，豪放的人喜欢苏辛，细腻的人偏爱李柳，豪放婉约，各有补益，相得益彰。我特别推崇毛泽东的精辟论述："词有婉约豪放两派，各有兴会，应当兼读。读婉约派久了，厌倦了，要读豪放派。豪放派读久了，又厌倦了，应当改读婉约派。"（引自公木著《毛泽东诗词鉴赏》，长春出版社 1994 年版）

后主第二？有人把纳兰容若称为李煜第二。周稚圭就曾说："纳兰容若，南唐李重光后身也。"梁启超则评价为："容若小词，直追后主。"纳兰容若也很欣赏李煜，他曾评论："花间之词如古玉器，贵重而不适用；宋词适用而少贵重。李后主兼尔有其美，更饶山水迷离之致。"但我却觉得二人各擅专长。南唐后主前期多为花间柔靡之情，后期多为国破家亡之伤。而纳兰容若却少写家国之事，仅系失去红颜知己，但"往往欢娱工，不如忧思作"，他以落拓无羁的性格、超逸脱俗的禀赋、才华出众的潇洒，追求着不能长久的爱情，追求着心与境合的状态。甚至面对着温柔端庄的大家闺秀为妻，善解人意的江南才女红袖添香，也仍是苦怀昔日，感慨今朝。应该说他是以词的形式，以杰出的艺术互为关照着他的人生理念，不多愁善感，没有一颗忧郁的心，是很难读懂他这种柔肠绕指、愁思缠绵的意境的。

赏词心态。欣赏纳兰容若的词应汲取其正确的、主流的东西，比如其词作以真取胜，写景逼真传神，写情真挚浓烈，不应把自己陷入一种虚幻的心理，特别是一些文学女性。我曾经看过一篇文章：皎洁的月光清冷的投射，满园梅花暗香袭人，那个拥有绝世文采的男子，衣袂飘飘地徘徊其中，这时花瓣雨纷纷洒下，落在他的肩膀，落在他的头发，落在他如玉的容颜——我为容若狂。在我的同乡好友施立学先生主编的一部书里，也有人写道：也许美丽终究要在最美丽的时刻凋零，也许悲伤是你一生的纠缠，也许所有的女子都如他们那样对你，如你美丽的表妹，如你温婉的妻子，如——我！跨越几百年历史，让世间多少女子为你动容。一滴清泪滴在我的裙角，写下文字，我愿飞越时空，对你说：我爱你。几百年的时光，仍让现代女性如此痴迷，真使人万分感慨，即便是君临天下，也未必得如此真情，容若公子泉下有知，也会使那颗伤感的心得到些许慰藉。但使我有所忧思的却是我们应如何健康地汲取古典文学的营养。或许我们真的是怀着一种梦想才会喜欢上一位古人，他会在心中成为一种精神寄托？沉浸在文化的殿堂中是一件很美的事情，但我们必须立足于现实中的坚定。欣赏文学作品重在"作品"，从而古为今用，撷取其精华，扬弃其糟粕。我不是说教式的教师爷，我不是叨叨着一代不如一代的九斤老太，我可能只是杞人无事忧天倾。须知纳兰容若也是"伤情而不绝情，多情而不滥情"的。

结尾的话。文字多了些，特别是开头部分完全可弃之不用。但我内心思忖，需交代者有二：一是花甲之年何以对此"情词"产生兴趣，故以交代系友人议乡梓前贤而致；二是写此文字是否不

务正业，故以交代纯系春节期间于休息之日及灯前月下所为。恐为多虑也。

另此文中引原词较少,对边塞词、咏物词均未展开,对其他词作未曾涉及,均为篇幅所限之故。

纳兰容若故去了325年,纳兰容若的同僚、好友曹寅曾写道:"家家争唱饮水词,纳兰心事几人知。"天妒英才,其年不寿,"本是天上惆怅客""不是人间富贵花"。

（作者系四平市教育局原局长、四平市诗词学会顾问）

结友须当效纳兰

刘兴才

纳兰容若短暂而辉煌的一生结交了不少落落难合的汉族俊异布衣文人。闲暇时与他们雅会燕集、唱词品史、登楼赏月。一旦有需,援银赠房,慷慨救难。纳兰"孝友忠顺","殷勤固结","谋必竭其肺腑"的待友之道在他的词作中多有体现。

德也狂生耳。偶然间,缁尘京国,乌衣门第。有酒唯浇赵州土,谁会成生此意。不信道,遂成知己。青眼高歌俱未老,向樽前,拭尽英雄泪。君不见,月如水。共君此夜须沉醉。且由他,蛾眉谣诼,古今同忌。身世悠悠何足问,冷笑置之而已。寻思起,从头翻悔。一日心期千劫在,后身缘,恐结他生里。然诺重,君须记。

1676年,纳兰容若22岁,春三月中二甲七名进士。春夏之交,文学大家,政治上颇不得意的顾贞观(字华锋,号梁汾)入京。得徐乾学、严绳荪介绍结识纳兰,不久又被明珠聘为塾师。这首《金缕曲》是纳兰与之交往中写给梁汾的第一首词。

"德也狂生耳",开篇作者直道:我是一个狂放不羁、不拘礼法的人。"偶然间,缁尘京国,乌衣门第",说他生于富贵之家,混迹于京城不过是一种偶然。缁尘:黑色灰尘,常喻世俗污垢。乌衣门第:乌衣港,富贵之家。乌衣港东晋时为王导、谢安两大权贵的豪宅。

以上两句是纳兰对结识不久却钦敬有加的落拓大儒的倾情告白,这份告白从客观上起到了消除顾贞观与权门贵公子初交的顾虑。"狂生"是个潜台词。这是在向对方表白:别把我看作死守满人歧见的纨绔。因为清初,以满族血统自炫,轻视、贬低,甚至敌视汉族布衣几乎是满人达官、权门的普遍心理,纳兰的不同流俗不先"表白"一下行吗?

接下来,作者进一步表述自己不同流俗的处世之道和鲜为人知的行为准则:"有酒惟浇赵州土,谁会成生此意。"我平生最景仰平原君礼贤下士的君子之风,愿与有识之士肝胆相照。然而,并没有几个人了解我。赵州土系指战国四公子之一的平原君赵胜的坟墓。出自唐李贺《浩歌》"买丝绣做平原君,有酒惟浇赵州土"一诗。

平原君死后虽未葬赵州,但他是赵国公子、赵相,所以仍把他的坟墓称为赵州土。成生:成德。即纳兰容若。纳兰原名成德,因壁太子保成"讳"改为性德。"不信道,遂成知己",没想到今生遇见了你,我们意气相投,成为知己。"青眼高歌俱未老,向樽前、拭尽英雄泪"。你的诗才,政见、品格一直为世人所称道,饮了这杯酒,快擦去壮志未酬的泪水。青眼:黑色的眼珠在眼眶中间。相传阮籍为人能做青白眼。见愚俗之人用白眼,见高人雅士与自己意气相投者用青眼。青眼看人表示对人的喜爱和尊重。"君不见,月如水"。要相信,你的前途会像如水的月色清澈洁白,一片光明。

下阕,作者以酒为佐料大发慷慨,"共君此夜须沉醉",今夜,我要与你一醉方休。"且由他,蛾眉谣诼,古今同忌"。这句话应该是"蛾眉谣诼,古今同忌,且由他"的倒装语。那种嫉贤妒能、造谣诽谤的事自古皆然,由他去吧。1671 年,纳兰 17 岁。那一年春天顾贞观服阕赴补。因受忌者排斥曾告疾南归。蛾眉谣诼既是泛论,亦为此指。蛾眉:美人的秀眉,也喻指美女,美好的姿色。谣诼:造谣诽谤。屈原《离骚》有"众女嫉余之蛾眉兮,谣诼谓余以善淫"。"身世悠悠何足问,冷笑置之而已"。悠悠人生谁又说得明白,一笑置之而已。"寻思起,从头翻悔"。人世间多少往事若追思起来,常令人终生悔恨。"一日心期千劫在,后身缘,恐结他生里"。你我一朝成为知己,必定患难与共,这样的情缘怕

是结到下辈子去了。"然诺重,君须记"。我是一个最重允诺的人,请你记住我今天的话。

在纳兰众多的词作中,友情篇不下 40 首。是反复写给有限的几位挚友的,无论是感怀、思念还是畅言,篇篇都是真情的袒露。他的朋友梁佩兰在《祭纳兰文》中这样评论性德:"黄金是土,惟义是赴。见才必怜,见贤必慕,生平至性,固结于君亲,举以待人,无事不真。"比如,他知道顾贞观喜欢清幽的环境,竟在他豪华格致的府邸辟建了数间茅屋供贞观闲居,并在《满江红·茅屋新成》赋词中告诉贞观:你要问我为什么建造几所茅屋给你,就是想让你安心地闲居在这里。无事就饮酒放歌,栽花种草,享受你所钟爱的田园生活。再如,他家的渌水亭几乎成了他与汉族文士把酒放歌、吟诗作赋的专

用雅聚之所，乃至他染疾在床仍抱病与好友"一聚、一醉、一咏三叹"。而一旦与朋友小有分别，他对每个人的思念都是刻骨铭心的。他在《临江仙》寄严荪友词中就说"别后闲情何所寄，初莺早雁相思"。自从离别后我的情感无所寄托，春去秋来无时无刻不在思念。思念到什么程度呢？"生小不知江上路，分明却到梁水"。竟然梦见自己去了严荪友的家乡梁溪，而这个地方他从来就没去过。有感于此，在我写《纳兰容若》七律时灵感陡至，赢得了"清泪三更留紫塞，高情一梦走梁溪"的额联，直令我长时间窃喜，不能自已。

回过头来再说纳兰对梁汾的"然诺"，不久便得到了验证。就在与梁汾初交的那一年冬天，顾贞观拿着他复给吴汉槎的二首《金缕曲》让纳兰看。吴汉槎就是"江左三凤"之一的吴兆骞。因恃才傲物被无端牵连到一场科考舞弊案中发配黑龙江宁古塔充军二十余年不得赦还。在行将老死他乡之际寄词与顾贞观，就是拿给纳兰的那两首《金缕曲》。纳兰看后热泪盈眶，深感同情，至此便以"塞外生还吴季子"为己任，"算眼前，此外皆闲事"，他把其他的事情统统抛在一边。终经多方斡旋，生还了吴兆骞，传为千古佳话。

古往今来，交友大都注意对等，讲求礼尚往来，像纳兰那样抛开民族成见，无视地位差异，用情至深至真，一味奉献的凛凛丈夫实在凤毛麟角。300多年过去了，一直为志士仁人所推崇。

如今，纳兰热高潮迭起。"两岸三地"争说《饮水词》。纳兰迷几近萧然半壁。品读纳兰词首先要睁开纳兰式的"自然之眼"。关注社会，洞悉人生。学学他的待人交友之道。这在风清气正的当下于国于己都会大有裨益。

（作者系四平市诗词学会常务副会长、四平市政协法制委原副主任(正县级)）

惆怅——纳兰诗词的基调

吕小兵

一位威武潇洒的武官山一程水一程地向我们走来,今天的人们却无论如何都难以企及,这就是他,永远的纳兰。

纳兰容若的诞生比美利坚合众国要早120多年。为什么这样比,是因为大清的生猛铁骑入主中原,最初的一两代人完全没有历史的包袱和现实的顾忌,如同美国的拓荒牛一样。他们文化不高却所向无敌,很少缠绵悱恻和卿卿我我,守土开疆是大家共同的热望,征讨杀伐对他们来说是家常便饭。

到了第三代第四代的满洲贵胄,情况在悄然发生变化,他们中的杰出人物、思想者、先觉者开始热衷于中原文化。有着数千年历史积淀的中华民族优秀文化冲破族属的界限,入脑入心地征服着昔日以铁骑开路的征服者。康熙、明珠、曹寅、纳兰容若,均可作为接受汉文化的典型人物。

不凡的哲人总有不凡的经历,不凡的性格和心曲。纳兰容若从1655年1月19日出生于北京,到1685年7月1日因寒疾"七日未汗"病逝于北京,短短31年却成就了文学伟业。据载"性德少聪颖",读书过目成诵,继承满人习武传统,精于骑射,在书法、绘画、音乐上均有造诣。17岁入太学,18岁中举,22岁进士及第,旋获授三等侍卫,晋乾清门一等侍卫、正三品武官,24

岁词作编成《侧帽集》，即《饮水词》。纳兰逝后又由好友徐乾学、顾贞观为其补遗编刻于《通志堂集》中，世称"纳兰词"，传世349首，又有各体诗作362首。历史上评价之高，不绝于书，代有嘉言——

纳兰容若的同僚、曹雪芹的祖父曹寅《题楝亭夜话图》称"家家争唱饮水词"。友人徐乾学《通议大夫一等待卫进士纳兰君墓志铭》赞其"清新秀隽，自然超逸，海内名为词者皆归之"。况周颐《蕙风词话》说："纳兰容若为国初第一词人。"清末民初国学大师王国维断言纳兰为"北宋以来，一人而已"。甚至在朝鲜，也有"谁知晓风残月后，而今重见柳屯田"之誉。

综观纳兰诗词，有他9年13次巡边所写的边塞寄情，有表现人格追求的借物咏怀，有触景伤情的追思凭吊之作，有诉说别离哀愁的痴情泣笔。然以纳兰诗词的总体格调来评价，"惆怅"是他作品的底色和基调。曹寅说纳兰"本是天上惆怅客，不是人间富贵花"，至为精当。笔者认为：

首先，"惆怅"被纳兰容若打造成一种艺术境界，锤炼成一种艺术语言，融会到他的诗词之中。

诗是感情之火的凝练。但是传达诗意的方式各有不同。古所谓豪放、婉约者即是，实即对意境传达的曲与直、藏与露、敛与扬的风格异同。有人误以为只要用语言文字加韵角表达感情就是好诗好词，稍做文字雕饰或曲意表达，动辄斥之为矫揉造作、故作艰深、隐晦曲折等等，岂不知这只是审美取向的不同使然。阳刚、豪放、直抒胸臆，固然使人读之大快胸襟，赞为千古绝唱。委婉曲折、耐品尝、有余味，虽异于铁板铜琶，仍可谓天上纶音。其实阳刚也好，阴柔也好，关键在于诗词题材与作者的性格、情感、志趣、习惯和他所处境遇的契合，适于怎么表现就怎么表现，不应存在什么滞碍。

纳兰诗词的巨大成功，系因为他选择了稳定成熟的个人风格，打造了凄切、惆怅、悲鸣的意境。你不能不承认，纳兰容若也是在直抒胸臆，果敢而无违地表达低婉、愁闷的情绪。这一点他和同期的一批诗人文士如揆叙、允礼、崇安、常安、德保、敦诚、昭梿、曹寅、鄂貌图、阿克敦、顾太清等有很大不同。但他们都是正派的满族文人，不时兴也不善于用诗词为当朝的文治武功大唱赞歌，或作"吾皇万岁"之类的肉麻吹捧。纳兰诗词并非始于凭空的冥想或"为赋新诗强说愁"，他的作品系由于感情的产生、发展、积累，然后浓缩、升华，几乎达到哀极而无泪、愤极而无言那样高度的诗境，带着他的眼泪，伴着

他的深沉，从感情视角和心灵层面去打动读者。唯其用心之诚，用情之深，用意之专，才能够穿越历史的时空，赢得一代代的不同欣赏群体的共同的推崇。试读纳兰悼亡词《采桑子》：

海天谁放冰轮满，惆怅离情，莫说离情，但值良宵总泪零。

只应碧落重相见，那是今生，可奈今生，刚作愁时又忆卿。

在这首词中，作者以极痛楚的心情，责月之圆，衬托亡妻之憾，泣诉来生再见的生死爱恋。

《浣溪沙》：

谁念西风独自凉，萧萧黄叶闭疏窗，沉思往事立残阳。被酒莫惊春睡重，赌书消得泼茶香，当时只道是平常。

词中作者借宋代文人赵明诚、李清照赌书泼茶的佳话，喻夫妻恩爱之可珍，意深境远，读之使人垂泪叹息。

愁绪如织的年轻才子，以珍情、爱情为主体，以惆怅、悲怀为寄托，写出无数脍炙人口的绝唱——"愁绝行人天易暮……折残杨柳应无数""秋梦不归家，残灯落碎花""丝丝心欲碎，应是悲秋泪""旧事逐寒潮、啼鹃恨未消"

……在他349首词中,愁、泪、悲、恨等字用了200余处。翩翩公子、皇亲贵胄也是难掩悲苦凄凉,有些诗词使人难以卒读。难道这只是常人的惆怅、悲苦的释放吗?非也,唯其格调高远,意境深邃,具有通古达今、融汇天人之美,才使一般的愁怀悲绪升华为上乘之作的。

其次,纳兰容若诗词的惆怅、悲怆格调是有深刻的社会背景和历史根由的。

长期以来人们觉得纳兰容若是一个谜:初出茅庐的满族显贵,为什么痴迷汉文化、结交汉族文友;英气勃发的一等侍卫,却看破了喧嚣的浮世;家世显赫却毫无倨傲凌人之气;身处庙堂之高却心系江湖,有山泽鱼鸟之思……

诚然,纳兰的家世是显赫的,但聪慧绝顶的他却始终感到自家生存在一个巨大的阴影之中。优良的教育启蒙使他在青少年时代就习练武功、饱读诗书,深谙历史的兴亡,由家事到国事,一种深深的戒惕意识和危机感攫住了他的心,"须知今古事,棋枰胜负,翻覆如斯"。也许他是个先知先觉的人,把一切都思忖好了。有几件大事使他高兴不起来。

一、族姓的哀史

叶赫部始祖本属蒙古,名星根达尔汗,后迁野赫河岸,故以野赫为国号。星根达尔汗传子席尔克明噶图;席尔克明噶图传子齐尔噶尼;齐尔噶尼传子褚孔格,开始接受明朝官职;褚孔格子太杵,太杵二子,即清佳奴、杨吉奴,筑东西二城(万历十二年李成梁杀二奴于开原),传于布寨和纳林布禄。万历四十七年（1619）两城城主金台石、布扬古被后金大汗努尔哈赤剿灭。

纳兰容若的曾祖父即战死于叶赫的金台石。金台石死后其子尼雅哈降，授佐领，后升骑都尉世职。尼雅哈有二子，次子明珠即纳兰容若之父，是康熙朝最重要的大臣，历任内务府总管、各部尚书、武英殿大学士，一生 14 次升迁，是名高天下、权倾朝野的人物。

纳兰容若生于 1665 年，母亲是大清开国元勋、努尔哈赤十二子阿济格的第五女。阿济格与多尔衮是同母兄弟，以军功封和硕英亲王。多尔衮于 1650 年冬在边外病逝后，阿济格护灵回京，因"御前带刀、拥兵夺权"的罪名被罢。顺治七年（1650）十二月二十六日经议政王会议阿济格之罪将其幽禁，其子劳亲亦革去王爵降为贝子。阿济格不服，禁闭期间"狂躁无礼，私藏大刀，暗掘地道，声称火烧监房"，而于次年十月，与子劳亲一并赐令自尽。

先祖 1619 年"灭国亡族"在前，外祖父、舅父 1650 年"坐逆伏诛"于后，这是少年纳兰容若内心难以承受之殇。虽生长在钟鸣鼎食之家，但他偏不是浑噩自甘之人。一种惕厉的警醒扎根在他内心深处了：这天下是建州、大清的，战败者的后裔好自为之，尚难保全；爵禄高登之日，或是黄泉路近之时。

有一个旁证可以说明问题。清江南才子杨宾即《柳边纪略》作者，于 1687 年冬北上宁古塔，去探视被流放 28 年的父亲。一路颠簸，同行的常明，也是护送年逾八旬"以罪流宁古塔"的父亲。在途经叶赫老城时，常明告诉杨宾，他们是叶赫新城贝勒的后人，父亲年轻时是陪皇太极玩鹰的高手。"我国因兄弟不睦，各据一城，自相残杀，又政由妇女，以致灭亡。""或曰前大学士明公珠，老城贝勒之后云。"

杨宾记录的只是当时一段叶赫后人的谈话，但极有可信度，从中至少可以说明：1. 败亡一个甲子后，叶赫后裔普遍存在着亡国灭族之叹，并根据自己的认识进行反思。2. 明珠、纳兰的故事已广为人知，明珠家族的升沉起伏命运已引起叶赫后裔的普遍关注。

普通叶赫人如此,饱读诗书、智商极高的纳兰容若更是一切洞明于心。他唯有以水为德,以荷为友,以诗为伴,"十里湖光载酒游""身向云山那畔行",因为在他看来"眼底风光留不住""算来好景只如斯"。

二、公务的拘束

纳兰容若身为帝王侍卫,不负圣眷,勉力从公。倍加荣显的是经常护驾出巡,不仅担负康熙的保卫工作,而且随时以文墨侍候。平时任乾清宫一等侍卫,轮值排班,不敢有丝毫懈怠。他虽然官居三品,但在朝廷也只是芥豆之微,岁俸银 130 两,米 65 石。管理皇帝侍卫的机构为侍卫府,长官有"领侍卫内大臣"6 人,皆正一品;内大臣 6 人,皆从一品;属下侍卫有一等侍卫 60 人,正三品;二等侍卫 150 人,正四品;三等侍卫 270 人,正五品;蓝翎侍卫 90 人。以上侍卫均须由上三旗出身,方可充任。在多数时间里,纳兰容若只是这庞大侍卫队伍中的一员。单调、乏味又高度紧张的工作,与纳兰容若的天性大相歧异,也成为他终生不遂其志的缘由之一。

三、婚姻的失意

说到婚姻爱情,纳兰容若也是高标自许,多情而非滥情,且以爱情入词,成果卓著。1674 年纳兰 20 岁娶妻卢氏,夫妻恩爱 3 载,卢氏死于难产。这极大地击伤了纳兰容若仁厚脆弱的心,为此"悼亡之吟不少,知己之恨尤深",以致"此情已自成追忆,零落鸳鸯,雨歇微凉,十一年前梦一场""一生一代一双人，争教两处销魂。相思相望不相亲，天为谁春""梦好难留，诗残莫续，赢得更深哭一场"。尽管后来续娶官氏，兼有副室颜氏，可他钟情卢氏，痴情不改当初，痛彻心扉的凄楚和哀伤始终伴随着他。虽有江南才女沈婉为伴，可惜爱巢之筑恨晚，才子之日无多，一代风流，倏然撒手西归，于1685年7月1日与世长辞。这位"国初第一词手"如果不是过早地离去，其对文坛的贡献，该是更加宏富的吧！

（作者系四平市诗词学会副会长兼秘书长、四平市文化局创作室原主任）

品读纳兰《满庭芳》　探寻作者宗源地

赵丽萍

清人况周颐在其《蕙风词话》中将纳兰容若誉为"国初第一词人"，国学大师王国维誉之为"北宋以来，一人而已"，言"明月照积雪""大江流日月""黄河落日圆"等边塞诗境的千古壮观，"惟纳兰容若塞上之作，如《长相思》之'夜深千帐灯'，《如梦令》之'万帐穹庐人醉，星影摇摇欲坠'差近之"。可见纳兰诗词的成就，在清初乃至现在都达到一个高峰。纳兰一生写了300多首词，其中悼亡词、友情词、爱情词、咏古词占了很大的比例，深受读者喜爱，但是他的边塞词也独具风采，其中边塞杂感《满庭芳·堠雪翻鸦》更是让人百读不厌。这首词是作者路过先世经营叶赫部时有感而发。

满庭芳·堠雪翻鸦

堠雪翻鸦,河冰跃马,惊风吹度龙堆。阴磷夜泣,此景总堪悲。待向中宵起舞,无人处、那有村鸡。只应是,金笳暗拍,一样泪沾衣。须知今古事,棋枰胜负,翻覆如斯。叹纷纷蛮触,回首成非。剩得几行青史,斜阳下、断碣残碑。年华共,混同江水,流去几时回。

塞外,积雪覆盖着荒凉的土堡,乌鸦翻飞,战马越过河面的坚冰,狂风掠过荒野。上阕三句,描写了在滴水成冰的冬季里,堠雪翻鸦的荒凉,河冰跃马的肃杀,惊风龙堆的苍凉,这一切都让人毛骨悚然。继之阴磷夜泣两句的森寒,更仿佛真的让人看到夜里磷火在闪烁,听到冤魂在哭泣。这情景,总能叫人悲伤不已。"待向中宵起

舞,无人处、那有村鸡。"这里作者反用祖逖刘琨闻鸡起舞励志报国的典故,直述等到在半夜闻鸡起舞,全无人迹,哪里有鸡声可闻。古战场的荒寂和悲凉和当年战争的惨烈已一览无余。"金笳暗拍,一样泪沾衣"就不足为奇了。下阕作者承上启下,由写景转为议论,由眼前的景色向历史的深处走去。必须知道古往今来,世事犹如变幻莫测的棋局一样胜负无常,翻覆不定。一种哀怨和痛苦从字里行间不经意流露出来。此处用《庄子·则阳》"触蛮之争"的故事,意谓由于极小之事而引起了争端,结果两败俱伤。后来人们也常用它比喻同室操戈,自相鱼肉,从而把祖先征伐的荣辱不动声色地嵌进词中。感叹曾经为了争名夺利,不惜大动干戈,但回首时,当时的荣

辱都已经都已成为过去。在斜阳映照下,用于记录将士战功的碑碣,断裂残损,一派瑟瑟。于是发出年华如松花江水一去不回的感慨。

在纳兰词中,也许没有哪一首词能更深刻地反映他当时当地的感受。从词面上看,景物描写肃杀阴森,抒情议论含蓄隐忍,作者到底想说什么,欲言又止。词中具体的地点方位虽然没有提示,但是透过那超寒的景色和冰封的节序,它所包含的内容不能不让我们去思索:

一、岁月更迭,祖地叶赫在哪里

据《全辽备考》记载,叶赫又叫野合、野赫、野黑。是肃慎(女真)最古老的氏族部落之一,叶赫部原居住在松花江北岸的塔鲁木卫,在明建塔鲁木卫制前已冠海西女真。他们居住在呼兰河流域,祝孔革为海西女真始祖。海西女真又分为哈达、辉发、乌拉、叶赫四部,史称扈伦四部。14世纪,女真人各部落频繁迁移,"女真"头人祝孔革率部族南迁长白山余脉松辽伊通一带,最后来到叶赫河北岸定居。祝孔革派三子尼雅尼雅喀在珊延沃赫山建"珊延城"。祝孔革把塔鲁木卫改称为"叶赫部","叶赫那拉氏"为其部族的姓氏。意为"河边的太阳"。以河为名,以叶赫为国号。16世纪初,明朝中期,叶赫国势力已由长白山余脉北至松花江中大曲折处,扩展分布于开原边外,辉发河流域。

至16世纪中叶,叶赫部祝孔革的孙子清佳努、杨吉努势力强大,频频征服周围的部落,开疆扩土,领地广阔。并依险筑二城,相距可数里。清佳努居东城,杨吉努居西城,皆称贝勒,人称"二努"。"二酋巢在镇北关北,故开原人呼为北关,夷虏巢穴此其最近者"当时,叶赫古城是首领居住的地方,可以说是经济、政治、军事中心。"叶赫有众部十五部,部民猛勇,尤善骑射,其兵锋所向,望风归服,拓地益广,军声所至,四境益加威服。"

万历十一年(1583年)建州女真努尔哈赤"十三副半铠甲起兵",异军突起。叶赫为与之争夺女真民族最高统领权,与建州部同室操戈,同时在明朝以夷治夷的政策打击下,经过艰苦的鏖战,叶赫终于被兼并,部落的两个首领,贝勒布扬古、金台石被处死。努尔哈赤接收了叶赫国的精兵良将,将叶赫的平民迁到建州,入籍编旗,变成了自己的臣民,继续发展壮大。努尔哈赤福晋孟古格格孝慈高皇后,皇太极的生母,也是金台石的姑姑。金台石和皇太极是外甥和舅舅的关系。这样的关系并没有挡住东西两城的覆灭。他们之间的恩怨该有多深。而叶赫部自明

永乐四年至万历四十七年都城被后金所毁,共存 213 年,几度兴衰,为女真族的发展史留下浓重的一笔。不屈的金台石有儿子纳尔格勒和次子尼雅哈,降清隶满洲正黄旗;明珠是尼雅哈儿子,在康熙朝任武英殿大学士加太子太傅。明珠长子性德为一等侍卫,是今天名扬四海的著名满族词人。

高士奇在《扈从东巡日录》记载:"夜黑城在北山之隈,砖甃城根,亦有子城,尚余台殿故址。又一石城,在南山之阳,水草丰美,微有阡陌。相传夜黑、哈达、灰发,皆东方小国,各有君长,我太祖高皇帝破之,其地遂墟。"当时的征伐惨烈可见一斑。

清初浙江山阴人扬宾,因其父杨越被清政府罪流宁古塔,为省亲,为迎父丧扶老母归中原,两次赴宁古塔,日后将两次见闻著成《柳边纪略》。此书是近人研究东北史的珍贵史料。杨宾在书中记录了清康熙二十三年(1684 年)赴宁古塔省亲途经叶赫时,"也合老城在驿路旁,新城亦可望见,俱无人迹"。见到的叶赫已是"荒芜草没两空城,一在山腰一近水"。

叶赫古城坐落在叶赫河源头寇河岸边,分为东、西二城。东城在今叶赫

村河西屯西南约 500 米叶赫河左岸台地上。带城墙土石混筑,周长 900 米。城内有子城,周长 120 米。据东北史地研究著名学者张福有先生用 GPS 测定,该城中心坐标:北纬 42°55′54.67″,东经 124°31′55.40″,海拔 214 米。西城在今叶赫镇张家村大窝堡屯东南 1.5 公里许,其南 300 米为叶赫河,修在自然山丘上。城墙土石混筑,分为内外二城。内城周长 850 米,城内有子城,周长约 160 米。外城周长 2600 米。城中心坐标:北纬 42°55′38.08″,东经 124°29′33.89″,海拔 215 米。东、西二城相距 2.8 公里。实际上,叶赫故地确为东、西二城,两城之内,都有子城,已于 2006 年公布为全国重点文物保护单位。

叶赫古国曾因古城在开原镇北北关,所以开原人称为北关。1940 年以后,叶赫归属梨树县管辖。现属四平市铁东区。

无论是寇河源头叶赫国的东西两城,还是明时被辖的北关,清时的废城,叶赫镇的叶赫古城遗址,坐落在今吉林省四平市铁东区的满族镇,它是满族的重要发祥地之一,是纳兰容若的祖籍地应该不容置疑。这就是为什么,纳兰在路过其先世经营过的地方时留下的文字会带着那么深的慨叹和隐忍。

二、仲春腊月,何时留下满庭芳

品读纳兰满庭芳,"堠雪翻鸦,河冰跃马,惊风吹度龙堆"。总感气候严寒,不是一般的寒冷,若依扈从所作,则应是仲春到立夏时节,尽管春寒料峭,边塞寒气凛冽,也难形成"河冰跃马"之象。

据记载,康熙二十一年二月十五日(1682 年 3 月 23 日)开始第二次东巡。"仲春既望,乘舆发京师。越八旬,为仲夏四日驾归",即二月底(统一以阴历为准)离京,五月返京,行期 50 天,行程近万里。纳兰作为扈从之一始终相随。一路先后出山海关,渡大凌河、辽河,至盛京福陵昭陵永陵祭祀,谒陵事毕巡视边疆,最后到吉林。

仲春起程,春寒料峭。按时间算,起程时的二月底,一路行程,出京城已

纳兰容若其人其文

图文珍藏版

经"三春冰泮"冰冻融解，毕竟仲春二月。春寒甚厉。出京时，众多王公大臣以诗相赠。翰林院编修陆棻曰："万骑临辽海，连云柳岸长。山围灵寝绿，花点御鞍香。"可见京城当时景色已见树绿。马上逢寒食，过关塞虽地寒草甲未拆，却见依依短柳色变微黄。高士奇当时有诗"梢羽盖夜停銮古渡春冰望里看"。春冰乃春天的薄冰。这时这地距离纳兰先世活动之地尚远。

天气渐暖，雨水偏多。一路上或是大雪弥天，少焉，雪霁清明；或是微雨清埃，初闻雷声，细雨旋霁。微雨车驾过盛京。况谷雨过后，春雪初融地多泥淖马蹄跋涉登顿颇为艰难。王一元《辽左见闻》也曾有"辽左至三月间东南风连日不止，冰渐消，泥淖深数尺，弥漫千里，车马不能行，名曰'翻浆'"的记载。春深禽兽孕育，康熙行围禁射牝鹿。道傍始见春色榉柳摇青柔荑结

绿。将至乌喇鸡陵时，竟有杏树花开，此树高达三四丈老干槎枒，不顾异域苦寒，繁葩细萼红芳耀眼。高士奇欣然马上赋《金缕曲》。到吉林时，雨水丰沛，康熙冒雨登舟松花江顺流而下。在大乌喇虞村，更是暮雨翻盆，江昏云黑，客舍篝灯淅沥终夜。即便此地已是纳兰先世经营之地也已昭示春到关东。

河开浪涌，水势夺人。泛舟滦河，所过小凌河，河水澄澈；暮渡大凌河浑河辽河，河水澄澈，尤其浑河"崇山巨阜岵崿，横云磊磊，石崖连续不断，浑河汤汤，一线围绕，薄暮策马涉河"，可见渡河实为不易。松花江风急浪涌，江流有声，断岸颓崖，悉生怪树，江阔不过二十丈，狭处可百余步，风涛迅发，往

往惊人。纳兰的笔终于触及家族的领地。兴废的难言之隐痛,在词中不难看出。

浣溪沙·小兀喇

桦屋鱼衣柳作城,蛟龙鳞动浪花腥,飞扬应逐海东青。犹记当年军垒迹,不知何处梵钟声,莫将兴废话分明。

类似的还有《菩萨蛮》:

问君何事轻离别,一年能几团圆月。杨柳乍如丝。故园春尽时。春归归不得,两桨松花隔。旧事逐寒潮,啼鹃恨未消。

这些写于松花江畔中词在时间上也显然与满庭芳不同。

立夏返程,五月花开。雨中过夜赫,康熙还御制《经叶赫废城》诗:

断垒生新草,空城尚野花。

翠华今日幸,谷口动鸣笳。

康熙描写了叶赫立夏后的景色,新草生在断垒上,野花摇曳在空城里。翠华威严肃穆而庄重来到了,山谷的入口处响起震天的笳声,显示了一代年轻有为的君主的威严和气魄。

高士奇雨中过夜黑河,见梨花一树惨淡含烟,为赋南楼令词一首《南楼令》(唐多令)一阕。

浅草乱山稠,惊沙黑水流。好春光,只似穷秋。刚得一枝花 到眼冷雨打,几层休。遥忆小红楼,玉人楼上头,月溶溶,吹和香篝谁信,东风欺绝塞,都不许把春留。

"夜黑河",即"叶赫河"也!黑,入声,音赫。故家方言,天黑了,读"天赫了"。赫,读为上声。高士奇笔下的叶赫与康熙多有不同。他用对比的手法,令我们看到的废城叶赫在风雨中惨淡开放的梨花与江南的红楼旁月光下的散发着淡淡清香的梨花有着天壤之别。

综上可见,过了山海关尤其是盛京永陵之后,气温回暖,《满庭芳》应该写于滴水成冰惊风呼啸的严冬。

三、暗觇梭龙,河冰跃马过松江

康熙二十一年,平定三番之后,康熙把战略重点放在东北地区。首先是让副都统郎坦和彭春探测雅克萨城的虚实和黑龙江沿岸的水路,雅克萨在今俄罗斯边境阿尔巴津,在黑龙江北岸,原为达斡尔人筑。《清实录》"上遣副都统郎谈、公彭春等、率兵往打虎儿、索伦、声言捕鹿、以觇其情形",临行时,康熙详细交代任务"详视陆路近远,沿黑龙江行围,径薄雅克萨城下,勘其居址形势。等还时,须详视自黑龙江,至额苏里,舟行水路,及已至额苏里,其路直通宁古塔者"。还特地挑选随行之参领侍卫同萨布素通行视之。赐郎坦、彭春,御衣弓箭,随行的人也赏赐了御用裘服、弓箭,等等。直到冬季,郎坦等方还京师,圆满完成任务。

关于这次奉使,徐乾学在《纳兰君墓志铭》提及:"容若尝奉使觇梭龙诸羌。"觇,侦察,意即去梭龙侦察。姜宸英《通议大夫一等侍卫进士纳腊君墓表》也记录了:"二十一年八月,使觇梭龙羌。其地去京师重五六十驿,间行或累日无水草,持干粮食之。取道松花江,人马行冰上竟日,危得渡。仅抵其界,卒得其要领还报,上大喜。"

从墓志铭、清实录能看出,纳兰容若与朗谈、彭春同时奉命出使梭龙。但是纳兰容若应该是圣祖康熙皇帝派去的侍卫。路途遥远,很是辛苦,他们选取经松花江到黑龙江的路线,人马终日在冰上行走,返程时已经深冬,最终将侦察到的主要情报向康熙做了汇报,康熙非常高兴。

东北梭伦,在黑龙江上游地区。索伦,我国东北地区少数民族名。明末清初对我国东北地区的梭伦、达斡尔、鄂伦春等族统称为索伦部。索伦又称索挠,梭龙,如清初牛录编制档案的记载中,有"弄泥吴喇索挠进貂皮""弄泥吴喇"即嫩江,索挠即索伦。在我国东北,康熙初叶就将东北的地名译音做了统一规范,将地名"龙"音字,统一译作"伦"。梭(唆)龙译为"索伦"就是一例。按:"打虎儿、索伦,即达呼儿、梭龙"。

由黑龙江至京师,在康熙年间就形成了三条驿道。即由茂兴经白都讷、叶赫、盛京、山海关至京师,俗称大站,以后又称进贡路。第二条是经郭尔罗斯、扎赉特、乌珠穆沁、喜峰口至京师,俗称蒙古站,又称递折路。第三条是由蒙古境入法库边门,盛京以达京师,俗称八虎(法库)道。据赵秀亭研究:性德去梭龙,当用"进贡路",大体一致。纳兰返程走的也应该是"进贡路"。

纳兰去梭龙时方值秋,归来已是腊月,路过先世经营之地,松花江一定不能忘。松花江就是词中提到的混同江。混同江,不同的朝代有不同的名称,明朝宣德年间始名松花江(谐音宋瓦江)。满语"松啊察里乌拉",意为"天河",有南北两源,正源为南源长白山天池。发源于长白山天池的松花江在吉林省三岔河镇接受其最大的支流嫩江,而后松花江向东北流至黑龙江省同江市注入黑龙江。黑龙江与淞花江平均冰封日期是农历十月左右。黑龙江"八月中旬即下大雪,九月中旬河尽冻,十月地裂盈尺,雪才到地,即成坚冰,虽向日照灼不消"。松花江也如此,"己巳十月二十一日江已冰乘车过。是日晴和冰少融,见土余疑为江底,土人曰江深二丈余,冰上积土土上覆冰。待归时为庚午二月二十一日,流渐蔽江锋甚利,舟不肯渡余策马从"。可见当时坚冰之厚,开江时景观之奇。纳兰一行返程时沿黑龙江而下,过松花江,正是农历十月下旬河冰封江时期。"堠雪翻鸦,河冰跃马,惊风吹度龙堆"的情景俨然就在眼前。

不仅康熙东巡返程时,路过叶赫;边塞诗人吴兆骞当年遣戍宁古塔23年,在友人顾贞观和纳兰容若帮助下,经性德父明珠营救,得以赎还,回京时也是走的进贡路。其子吴桭臣在《宁古塔纪略》中有详细记载：吴兆骞一行经乌喇，渡松花江，第四站一巴丹、第五站伊通、第六站黑尔素、第七站野黑（叶赫）。纳兰觇梭龙归来，走的是进贡路，一定也路过叶赫，也就是说，纳兰在康熙二十一年，曾两次到过叶赫。第一次是扈从康熙东巡，回程时路过叶赫，当时是仲春立夏；第二次路过叶赫，当时是农历十一月底，这时真的是冰天雪地，马越河冰。

河水汤汤，青山隐隐，叶赫的兴亡，与叶赫古城叶赫河紧密相连，与长白山松花江血肉相亲。马上民族荡平四海由白山黑水一路进京，成为一统天下大清帝国之初，纳兰一面令人回味无穷地吟出"年华共，混同江水，流去几时回"；一面满怀励国之志，请缨杀敌，并且不辞辛苦深入东北边疆为消灭入侵者行冰餐雪。家国原本难分，我们不能不说他或许难以跳出故国之思，但是他已经把自己和家国的利益水乳融合在一起，因此，他的词才在婉丽凄清感伤孤独中别具壮阔苍茫的境界，成为清初文坛上的一枝奇葩。

（作者系中华诗词学会会员、四平市诗词学会驻会副会长、《四平诗词》副主编、四平市教育局教育科研所高级教师）

从角色到情绪的艺术展现

宋敏

纳兰容若是一位现实主义的性情词人，300多年来，他的每一首词，每一首律句，都在深刻感染着中国的文人士大夫，包括那些爱读书、寻雅趣的普通百姓和文学爱好者。

国学大师王国维以"北宋以来，一人而已"评价纳兰容若，实有其因。那是由于晚清之季，文学、人文、文学领域受"西学东渐"的影响，开始受到西方文艺思想和人文主义的浸润，许多文人作家借鉴了人本与自由主义的观念方法，重新审视中国传统的文学艺术。于是，王国维对一切出于本心、质朴自然、诚挚真切的纳兰词做出了石破天惊的评价,代表了清末民初崇尚清新自然的文学思潮。

纳兰容若的诗、词共 700 余首,风格一以贯之,虽然清风徐来,确能灼人眼目、触人心灵。何也？全因他眼中的世界,是一种悲情的人生意蕴,故用了一生的经历和文字,淋漓尽致地演绎了生命的深刻。如果说,纳兰容若的词中有一种人生的深刻,那他本身就是一位"为人生与词句的深刻"而尽情表演的词坛大师。

纳兰容若的情词中,人物形象鲜活,有怀春的少女、闺中的怨妇、亡妻的笑貌、孤寂的游子、感伤的宫女等。这一系列的形象走在他灿烂的情词舞台上,以舒缓的道白述说各自的衷肠,感动了无数的后人。如《浣溪沙》:"睡起惺忪强自支。绿倾蝉鬓下帘时。夜来愁损小腰肢。远信不归空伫望,幽期细数却参差。更兼何事耐寻思。"

这首描写思妇的感伤之作,让我们看到了一个幽独孤凄的女人,早晨刚刚醒来,支撑起虚弱的身体,准备劳作。当她撩开床帏的那一刻,乌黑的秀发覆盖下来,忽然感到周身不适,这是因为过度的相思,使她的身体受到损伤。几字的点染,将思妇的憔悴容颜表露无遗。接下来,词人又刻画了思妇闺阁独守的内在世界。远行人迟迟没有归来的音讯,只能如此空空伫望,暗自数念着相聚的时日,只怪心思太乱,数了一遍又一遍,终是数乱了。这种细节的捕捉和描画,真实得大有惊人之处,把闺妇痴迷思念情人的动作和心理表现得淋漓尽致。如《青衫湿·悼亡》:

青衫湿遍，凭伊慰我，忍便相忘。半月前头扶病。剪刀声、犹在银釭。忆生来、小胆怯空房。到而今、独伴梨花影，冷冥冥、尽意凄凉。愿指魂兮识路，教寻梦也回廊。咫尺玉钩斜路，一般消受，蔓草残阳。判把长眠滴醒，和清泪、搅入椒浆。怕幽泉、还为我神伤。道书生薄命宜将息，再休耽、怨粉愁香。料得重圆密誓，难禁寸裂柔肠。

这首悼亡词记述了妻子的贤惠，情真意切。词人落笔处直抒胸臆，从妻子生前缝制的"青衫"着眼，纵然被泪水湿遍了，也不能安慰词人。妻子在病中的深夜，仍在不停地裁剪衣服，显现她是贤良的主妇，也透出郎情妾意的一片深情。那"生来、小胆怯空房"的爱人，如今独自去了幽泉之下，受了多少凄凉？他希望妻子的魂魄能够认识自家的小路，从很远的地方回来，哪怕是在梦中相见，也可共享往日的欢乐，真是情深意切。而下阕的蔓草斜阳，更让人愁绪满怀。词人忍受着失去妻子的痛苦，笔锋一转，由前面的绮怀幽思，写到妻子在幽泉之下"还为我神伤"，从侧面写出亡妻对词人的关爱。最后竟是获得重新团聚，其美丽的幻想，更是让人柔肠寸断了。而《鹊桥仙·七夕》中，纳兰容若在爱妻亡故后的一个"七夕"情人节上，尽写人去楼空、物是人非的悲情，令人唏嘘扼腕。

纳兰容若的词中有很多边塞词，描绘征人远离家乡，被迫与妻子分离的场面。沙场驰骋，战士死生，无边凄苦孤寂。在萧瑟的秋季思念妻子，更能让征人添涌一片愁云。如《菩萨蛮》：

晶帘一片伤心白，云鬟香雾成遥隔。无语问添衣，桐阴月已西。西风鸣络纬，不许愁人睡。只是去年秋，如何泪欲流。

这一首征人思念妻子的伤感之作，想象妻子端坐水晶帘中，美丽的妻子来到我们的面前。但这种"来到"，却是多么的遥远，让人不胜伤感。接下来让我们看到，西天的月儿爬上了树梢，夜深了，一个人在外面，没有人关心冷暖，尽写凄凉。随之承前意脉，西风阵阵，难以入眠，"只是去年秋，如何泪欲流"，征人的忧愁与伤感尽现在我们眼前了。

纳兰容若的词作不刻画，不雕琢，不粉饰，任由充沛的感情奔涌深流，让幽怨的情感在各种季节、景色、场地上鲜活地出现，从而使得词风具有一种凄婉的意境美。如《沁园春·代悼亡》（梦冷蘅芜）、《鹊桥仙·七夕》（乞巧楼空）、《青衫湿·悼亡》（青衫湿遍）、《于中好》（尘满疏帘素飘带）、《南乡子·为亡妇题照》（泪咽却

无声）等词中，在众多柔情绵渺、哀婉伤痛的情苦中，尽写荡气回肠的审判境界。

纳兰容若的情词抒写相思的凄苦之情，给人的欣赏是可视可听、身临其境的。这种效应来源于纳兰容若悲情主义的创作思维。悲情主义，是纳兰情词的思想基础。在纳兰容若所有的词作中，在悲情主义思想基础上，不断地进行着完善，并推向高度，进而演绎出人生的深刻。他的词作几乎涉猎到生活的方方面面，而悲情主义的思想基础，竟成为他的一种信念，一种洞见，支撑着他的创作，并成就他的人生价值。

人生充满了各种各样的不幸和痛苦，同时也要直面这些悲惨与不幸，对此，纳兰容若进行了充分描绘。他是真诚的，他没有像一些"节日词人，末流作家"那样，尽力美化人生，给社会披上一件件"皇帝的新装"，也没有像另一部分哲人那样，给人生找出很多辉煌的理由和意义。纳兰容若直面惨淡的人生，没有避世，没有麻木不仁，敢于对人生进行积极的回应，在词句的深刻中，体味生存的快慰和崎岖中行进的定力。

（作者系中华诗词学会会员、四平市诗词学会驻会副会长、四平市作家企业家协会主席、四平市爱龄奇医院党委书记）

绝塞生还吴季子

毕中信

假如历史就像那秋高气爽的夜空，那么世间的每一个人都是这夜空中的一颗星，而纳兰容若则更像这深邃的夜空中一颗璀璨耀眼的流星。他的一生虽然短暂，但是那长长的光芒四射的印迹，却永远镶嵌在夜空中。纳兰容若虽然英年早逝，但是他那瑰丽多姿的诗词和崇高的人格魅力却是留给后人的取之不尽的宝贵财富。

如果用一个字来概括纳兰容若的一生，那么用一个"情"字来形容，就再恰当也不过了。也可以说是一个"情"字，贯穿了纳兰容若的一生，他对自己的亲人，倾注的是刻骨铭心般的爱情。他对自己喜爱的诗词，倾注的是清新脱俗般的真情。而对朋友，他倾注的却是两肋插刀般的激情和一掷千金般的豪情。

关于纳兰容若的爱情和诗词的真情，人们知道很多，就不多介绍了。但是纳兰容若对朋友的真挚感情却是可圈可点的。他交友满天下，用"谈笑有鸿儒，往来无白丁"来形容他，再确切不过了，为什么他作为一个年纪轻轻的满族公子哥儿，能够令很多满腹经纶的汉族大儒们对他另眼垂青。而且使得当时无数的名士才子都云集在他的身边。他所交往的皆是一时俊异，于世所称落落难合者。他不流于世俗，他结交的朋友不论门第，不论出身，也不论功名，只要是有才气的文人雅士，都是他结交对象，他的朋友中有顾贞观、严绳孙、朱彝尊、陈维崧、姜辰英等等都是当时代大儒。而且年长纳兰容若许多。试想如果纳兰容若本身没有过人之处，这些才高八斗高傲的大儒们是很难和纳兰容若相处到一起的。而纳兰容若的过人之处，就在于他对朋友感情真挚的处人和谦虚谨慎地做人、一诺千金的为人，他有着为朋友两肋插刀的激情和仗义疏财的豪情。他和顾贞观等人一起策划的营救吴兆骞之事的成功，就轰动了京城，不但由此奠定了他在朋友圈的地位，而且引起了人们的普遍赞誉。堂堂的相国公子解救一个人，应该是件小事，为什么解救吴兆骞就能引起这么大的轰动呢？这要从吴兆骞这个人谈起。

吴兆骞，字汉槎，号季子，1631 年生于吴江松凌镇，少时颖异不凡，九岁即能做《胆赋》，十岁写《京都赋》见者无不惊异。过早的才华展露使他性情傲慢，不拘礼法，好恶作剧。他小时候在学堂中，看一个同学戴

了一顶新式样的帽子，他便往帽子撒了一泡尿，老师责罚他，他狡辩道："居俗人头，何如盛溺。"他的老师纪青鳞先生叹道："此子异时必有盛名，当然不免于祸。"后来的事实，果然验证了纪先生的说法。人们普遍认为他后来被发送宁古塔，就是由于他树敌太多所致。他的朋友汪琬是和侯方域、魏禧

合称的清初散文"三大家"之一。他居然指着汪琬的鼻子说:"江东无我,卿当独秀。"吴兆骞15岁时就和宜兴人陈维崧,华亭人彭师度三人,并称为"江左三凤凰"。在朋友中他唯独和顾贞观交往尤为密切。

顾贞观,字远平、华峰,号梁汾,江苏无锡人,生于1637年,他少年时就参加了吴兆骞主盟的"慎交社"。由此与吴结为生死之交。顾贞观于康熙元年(1662年)辞亲远游到达京师。以名句"落叶满天声似雨,关卿何事不成眠",受到尚书龚鼎孳和大学士魏裔介的赞许,并且轰动京城,也开始有了名气。

再说顺治十四年(1657年),吴兆骞参加乡试,不出所料,他一举中举,这本是件大喜事。谁知因为主考官和地方官员、土豪劣绅串通一气,有舞弊行为,终于激起考生抗争,酿成杀戮惨烈,牵连极广的大案。最后,由顺治皇帝亲自处理,这就是著名的史称"丁酉科场案"的大案。顺治皇帝命所有参加考试的举子于次年(1658年)三月在京重考,皇帝亲自主持。到了考试这一天,考场气氛森严,史料记载:是时,每举人一名,命护军二员,持刀夹两旁,"试官罗列侦视,堂下列武士,银铛而外,黄铜之夹棍,腰市之刀,悉森布焉"。当此情景,考生多惴惴股栗,不能下笔。吴兆骞一介书生哪见过这样的阵式,竟然不能握笔,大脑一片空白,交了白卷。关于这次殿试,还有几种说法,有的说吴是受人诬陷,也有的说是吴兆骞一怒之下交了白卷。如果说是受人诬陷,这事不靠谱,凭吴兆骞的真才实学和极强的申辩能力,恐怕不是那么好就能诬陷的,再说诬陷的人也没有本事能诬陷到金銮殿上。要说吴一怒之下交了白卷,也不靠谱,以吴的聪明,再怎么糊涂,也不至于敢和皇帝老子较真。所以,要说吴是受到惊吓,没能答完卷子,还是靠谱的。反正不管怎么说,吴是交了白卷,结果为此付出了沉重的代价。虽然,后来对他的结论是"审无情弊"。但是由于不能答完试卷,不但被革去功名,并且受责四十大板,家产籍没入官,全家流放到宁古塔。

宁古塔,满语"宁古是六,塔是个"。所以宁古塔汉语是六个的意思,相传是弟兄六人在这里开荒占草的。宁古塔在顺治年间管辖区域十分广大。所辖现黑龙江大部和吉林东北大部。书上说:"自沈阳以北,以东皆归其所统。"清兵入关后,宁古塔成了朝廷流放人员的接收地。康熙五年又建了今天位于黑龙江省宁安市的宁古塔新城。

需要说明的是吴兆骞被流放到宁古塔时,纳兰容若才四岁。但是吴的好友顾贞观正值血气方刚、年富力强,他知道好友是冤枉的,所以他立下诺言,决心营救好友。于是他开始四处奔走,到处游说求人。由于案子是顺治皇帝定的铁案,无人敢搭拢。再说流放宁古塔的人,也很少有回京的先例。所以尽管顾贞观使尽了全身解数,也是收效不大,就在事情到了山穷水尽时候,出现了柳暗花明。顾贞观四处奔走到了京城,在朋友徐乾学的推荐下,他进了明珠家当了私塾先生,并且和明珠的长子纳兰容若成了好朋友。顾贞观才高八斗,却有着中国古代文人的通病,虽然穷困潦倒,却羞于轻易向别人张口祈求。聪明的纳兰明白他的心思,便向他表明了心迹,写下了一首使顾贞观深受感动的一首词《金缕曲》。

德也狂生尔。偶然间、缁尘京国,乌衣门第。有酒惟浇赵州土,谁会成生此意。不信道,竟逢知己。青眼高歌俱未老,向樽前,拭尽英雄泪。看不见,月如水。共君此夜须沈醉。且由他、峨眉谣诼,古今同忌。身世悠悠何足问,冷笑置之而已。导思起、从头翻悔。一日心期千劫在,后身缘、恐结他生里,然诺重,君须记。

　　纳兰容若把这首词写得声情并茂,真挚感人,打消了顾贞观对自己的心存顾虑,顾贞观还把这首诗推荐到京师文人圈中,使得纳兰容若名声大振。这首词不但成了纳兰容若的成名之作,也使他从此和顾贞观结下了深厚友谊。

　　康熙十五年冬,顾贞观寓居北京千佛寺,环顾四周冰雪,他想起了当年自己立下的诺言,又想起远在天边生死未卜的好友,自己营救的事又毫无结果,挥笔写下了两篇催人泪下、脍炙人口的千古绝唱《金缕曲》:其中一首写道:

　　季子平安否? 便归来、平生万事,那堪回首! 行路悠悠谁慰藉? 母老家贫子幼。记不起,从前杯酒。魑魅搏人应见惯,总输他覆雨翻云手。冰与雪,周旋久。泪痕莫滴牛衣透。数天涯、依然骨肉,几家能够? 比

似红颜多命薄,更不如今还有。只绝塞、苦寒难受。廿载包胥承一诺,盼乌头马角终相救。置此札,兄怀袖。

　　另一首写道:

　　我亦飘零久! 十年来,深恩负尽,死生师友。宿昔齐名非忝窃,只看杜陵穷瘦,曾不减,夜郎僝愁,薄命长辞知己别,问人生,到北凄凉否? 千万恨,为兄剖。兄生辛未吾丁丑,共些时,冰霜摧折,早衰薄柳。词赋从今须少作,留取心魂相守。但愿得,河清人寿! 归日急行成稿。把空名,料理传身后,

言不尽,观顿首。

词中关之切、情之深,非一般友谊所能替代。纳兰容若看到了这两首词后感动得放声大哭,并且对顾说:古来怀念朋友的诗,只有苏武与李陵的《河梁生别诗》和向秀怀念嵇康作的《思旧赋》才可以和这两首《金缕曲》鼎足。并且欣然答应营救吴兆骞。说此事三千六百日中,弟当以身任之,不需兄再嘱也。纳兰说的十年才能搞定,可见事情相当的难办,谁知顾贞观听了以后却说:"人寿几何,请以五载为期。"因为这时吴兆骞已经流放了十七年。纳兰容若说那就五年吧,第五年,吴兆骞被解救回到了北京,纳兰果然兑了现。正因为如此,当时的人们把顾贞观的这两首词称为"赎命词"。也有人说顾的两首《金缕曲》是清词的压卷之作。事虽未必,却足以看出这两首词影响之大。当时就有一个名叫顾忠的人写诗记录这事道:"金兰倘使无良友,关塞终当老健儿。"

这中间,还有一段小插曲。纳兰容若看完这两首词后,欣然为顾贞观的两首《金缕曲》作和,词中慨然允诺:"绝塞生还吴季子,算眼前处皆两事,知我者,梁汾耳。"据说不久,纳兰容若领着顾贞观见了父亲明珠,明珠正在饮酒,听顾贞观说了要解救吴兆骞一事,就指着大酒杯对顾说:"你只要饮了这杯酒,明天我就面圣,央求此事。"顾贞观一向不喝酒,但为了朋友,当时就饮下了这一大杯酒。明珠感动地说:"我和你闹着玩,你就是不喝酒,我也办这件事,顾贞观当时就跪下了。"据说,后来吴兆骞回来后,和顾贞观有了点小矛盾,纳兰为了调解,将吴领到到这里,吴见墙上写着"顾梁汾为吴汉槎屈膝处",几个大字,明白了是怎么回事,感动得大哭。弟兄间矛盾当即冰消瓦解。顾贞观和纳兰容若解救吴兆骞一事,迅速轰动了全国,尤其是在京城里一时以公子能文,良朋爱友,太傅怜才而成为一时佳话。吴兆骞因为有好友顾贞观的23年的矢志不渝和持之以恒的鼎力相救,有纳兰容若父子义薄云天的大力支持,和友人徐乾学等人的慷慨献囊(据说费赎金数千),把前朝皇帝定下的铁案翻了过来,历尽了千辛万苦,最终才从绝塞之地,被救回到关内。由于长期在塞外生活，吴兆骞已不服江南水土，回家后一直大病，纳兰容若又把他接到北京治病。并且把他留在府内，给自己的弟弟当了家庭教师。

康熙二十三年十月，吴兆骞终于一病不起，在北京溘然长逝。走完了他54岁的一生。纳兰容若也于康熙二十四年五月三十日，因病七日不汗而病故，二十几年后，顾贞观在家乡无锡病逝。故事的三位主人公虽然先后辞世了，但是"绝塞生还吴季子"的故事却成为千秋美谈，为朋友之间的交往树立了一个永久的楷模。

（作者系中华诗词学会会员、四平市诗词学会驻会副会长）

箫心剑气两飘香

刘大辉

属于叶赫那拉氏的正黄旗人的纳兰容若（1655—1685），是清代伟大的诗词家。300多年来，在中国诗坛一直享有盛誉。尤其是纳兰容若的词，情真意切，凄清婉妍，深挚感人。在其存世的348首词中，多伤怀、凄清、惆怅之作。被后人称为"千古伤心词人"。但是，读纳兰容若的700多首诗和词，如果谨以"伤感词人"，"惆怅客"，"断肠声"，则未见得是读懂了纳兰容若，也难以概括纳兰容若诗词全部的思想内容，艺术特色，写作主旨。笔者谨就此谈点不成熟的看法，作为求教。

一、"英雄气盛"的爱国主义情怀深含于韵笔，且艺术境界高崇。

众所周知，纳兰容若生活的时代——康熙年间，是一个世界上风云激荡的时代。此时，资本主义作为一个新的社会制度，已进入了全球扩张期。以其为代表的西方文明引发的"西风东渐"，已经开始。雄才大略的少数民族的中国皇帝——康熙皇帝励精图治，固疆平叛，极有作为。这样的时代背景，必然，也事实上反映到纳兰容若，这个有着相当社会地位和公职（皇帝近身侍卫)的时代文人身上,及其文学作品中。其纳兰容若本人在"英雄气盛"(而不是"英雄气短")这方面,也有其特定的表现和表达。

1. 领受康熙皇帝诏命而报国远上,巡视、检查、侦测黑龙江极北边防。在中国历史上康熙年代前后,对中国国家安全、主权和人民危害最大的,莫过于自欧洲向东侵略扩张的沙皇俄国(我国康熙年间对其国名的正确翻译为罗刹)。为抵御沙俄侵略,捍卫国家主权和安全,康熙皇帝曾御驾亲征,打败沙俄入侵,与其签订中俄边界条约《中俄尼布楚条约》,划定两国以外兴安岭为界。然而,侵略成性的沙俄在两国签订边界条约后,仍然不断东侵,为害中华。在这个时期,纳兰容若以御前侍卫的身份,多次随康熙皇帝巡视东北。并领受诏命,带领俭从,远赴黑龙江流域,巡检边防,侦测边情。(因此事已有记载和较多刊明,这里不再详述)并且,纳兰容若还以皇帝御前侍卫的武职身份,多次随康熙皇帝巡视国土,随军习武,训练,守卫,狩猎。这些也多史书有记载。也正是在这些报国从戎的行动中,使纳兰容若原本体弱多病的身体,病情加重。以上足以证明,上述卫国报国行动,不仅是纳兰容若军旅的记录,也是其诗词中"英雄气盛"的源泉和表现。

2. 纳兰容若的报国从戎军旅生活,也表达在其诗词作品中。纳兰容若的军旅剑胆,英雄气魄,因其作品的清婉风格,并无"金戈铁马""烽火烟尘"的那种豪放表达。而是以其特有的深沉、清雅、旷达的格调、笔法,表现在其诗、词作品中。例如至今脍炙人口的《长相思》:"山一程,水一程,身向逾关哪畔行,深夜千帐灯。风一更,雨一更,聒碎乡心梦不成,故园无此声。"这首带有军旅特色的侍卫词篇,记录了纳兰容若的军行。尽管这首词没有表现为一般军旅、边塞诗词那些"虎帐谈兵""军中十万彪"之类的豪迈,确曾以精练的笔法,描写千帐军营,风雨中随康熙皇帝出山海关(榆关),巡视国土,捍卫祖国安全的行动,旷达。又如同一时期的纳兰容若在《如梦令》中写到的"万帐穹庐人醉。归梦隔狼河……",《菩萨蛮》词中"塑风吹散三更雪……塞马一声嘶,残星拂大旗"等,都充满爱国之心,报国情怀和英雄浩气。岁月更迁,清词婉转,不掩纳兰容若"英雄气盛"的诗人本色。

应当承认,从纳兰容若诗词的总量上看,纳兰容若并不是一个完全自觉地,有意识地创作激越诗词的作家。但是,纳兰容若是多情、多彩、多产的爱国诗词家。其众多的惆怅,悼亡、情爱诗词篇章,并不掩盖其爱国报国的情怀与抱负。还需要指出,清朝是中国最后一个封建王朝,是一个大兴"文字狱",文网最密,对知识分子迫害最烈的一个朝代。"莫谈国事""远离政治"是当时文人自保的方式。把纳兰容若归结为"惆怅客",把其诗词概括为"断肠词""千古伤心词人",自是受这个时代的影响。我们传承中国诗词文化,研究纳兰容若的诗词艺术,对此应引起注意。

二、纳兰容若诗词的"儿女情长",是向人类之爱升华的爱人之作。

指出纳兰容若诗词主旨包含爱国报国情怀,并不否定纳兰诗词婉妍、清雅、伤感、怀旧,爱情友谊的特色。也不否定其达到的文学艺术成就。同时指出的是纳兰容若情爱诗词所表达的另一要旨——爱人。这是因为:

首先,确认纳兰容若诗词《饮水词》在数量上,篇幅内容上描写爱情、怀旧、友情较多的事实。其次,纳兰容若"千古伤心词人""惆怅客",是为数百年来中国诗词界的正确认定。最后,自然包括数百年来,以至当下,诗词艺术界对纳兰容若家世,作品的考证。可是只读这些,却不能指明纳兰容若作品的全貌和主旨。应当以更广阔的视角,看待纳兰容若及其诗词作品。

从更宽广些的视角,去看纳兰容若诗词的思想境界,艺术倾向。应当指出,纳兰容若诗词作品的主旨,是升华了的人类之爱——爱人。纳兰容若对周围知识分子、诗友的关爱,对落魄文人的关护,对妻子的爱恋,对受封建专制迫害知识分子的援救等等,绝不仅仅是纳兰容若的好心肠,"侠气"。如果只说到这个程度,则没有超越封建社会江湖义气,只反映封建文化意识。我们从正面意义上肯定纳兰容若诗词作品、行为上对他人的关怀、爱护,从历史社会进步的视野去观察,则需指出,纳兰容若对人的关怀爱护,至真至爱,是人性中升华,超越的人类之爱,是向爱人的升华,是对封建传统观念意识的一种历史性进步。

1. 爱人,是我中华数千年文明中固有的,超越社会历史阶段的高级层面。纳兰容若诗词,行为,具有向爱人境界,层面回归,升华的主旨倾向。其进步意义和思想火花，是可比美欧洲文艺复兴在观念上，向人类之爱升华的历史性进步。两千四百多年前，中华至圣先师孔子，就提出并确立仁者，爱人。确立了仁爱，是我中华民族精神境界的至高层面。我中华民族传统文化，文明中的这个核心的观念，被数千年封建专制及近代法西斯蒂摧残。逐渐淹没于愚昧、专制、仇恨的冰水之中。纳兰容若诗词，行为中对文人、他人，对妻子、对诗友，对弱者，对美好事物的超越的、升华的、广泛的爱，时常以凄婉清雅的诗词及行为表达、表现出来。对此，应给予充分的肯定，并加大研究力度。

2. 纳兰容若诗词中，以爱人所表达的人类之爱，对集权专制、封建礼教、思想禁锢、"授受不亲"等封建意识的历史性的超越与进步。在此稍早些的欧洲文艺复兴，冲破封建禁锢，呼唤人性复归。启蒙和带来思想解放，已为历史所固定。纳兰容若诗词作品，本人行为上，对人的关爱，表达了几百年前中国社会上层知识分子，以爱人，升华人类之爱，也同样代表了一场思想进步，解放和超越。

作为文学艺术的诗词作品，有着它特殊的规律、特殊的思维方式。因此，阅读欣赏诗词作品，与阅读新闻报道不同。作为诗人的纳兰容若，按照自己的生活和感受进行创作。阅读欣赏者，同样凭借生活和感受，在理解诗人作品时，进行一定范围的创造。只有这样创造性的阅读，才能算是艺术欣赏。可见，艺术欣赏是不需要，也没有标准答案的。但愿我们在阅读伟大诗词艺术家纳兰容若的伟大作品时，不要用"千古惆怅客""悼亡词人"去做"标准答案"。

（作者系中华诗词学会会员、四平市诗词学会副会长、艺术顾问）

纳兰容若诗的思想内涵

张应志

纳兰诗虽然比纳兰词"寂寞"得多，但依然精彩。纳兰的座师徐乾学在

《纳兰墓志铭》中称赞道："善为诗,在童子已语出惊人,久之益工,得开元、大历间丰格。"他的挚友张纯修在《饮水词集序》中评:"其诗之超然,词之隽婉,世所知之。"词抒情,诗言志。纳兰词,抒写他的性灵及爱情生活是主要的。纳兰诗,多反映他的思想及政治社会活动,包括理想抱负、审美观点、对历史的独到见解、对现实社会的体察、忧国爱民的情怀,以及时而用世时而出世的矛盾思想。纳兰词的美,体现的是哀感顽艳、沉郁悲戚的美。纳兰诗的美,体现的是俊爽超逸、奔放流畅之美。两者可谓各有特点。

一、纳兰诗具有十分丰富的内涵

纳兰诗可归纳为拟古咏史、纪行、爱情、杂咏、友情共五类:

(一)关于拟古咏史类。纳兰有《拟古》诗 40 首、咏史诗 20 首,数量占纳兰诗作品总数的 1/5。在《拟古》诗中,纳兰以古代诗人屈原、信陵君、贾谊、张良、曹植、赵松雪等寄志抒怀,完整表达了他的理想抱负、人格情操、壮志难酬的感慨、处世哲学、荣辱爱憎。《咏史》诗,时间跨越春秋战国至宋辽金近 1700 年,内容论及君臣大义、英雄事业、选贤任能、动荡纷争、民族关系等诸多方面,尤重败亡教训。论述的历史人物上至帝王将相、下至村人野叟,数量之多、叙事之丰叹为观止。可以说他的咏史诗就是他以诗歌形式抒写的一部《资治通鉴》,表达了对历史

兴亡成败关键问题独到的见地和进步的历史观。难怪徐乾学评价他"间尝与之言往圣昔贤修身立行及于民物之大端,前代兴亡理乱所在,未尝不慨然

以思。读书至古今家国之故,忧危明盛,持盈守谦、格人先正之遗戒,有动于中未尝不形于色也"。(《纳兰墓志铭》)。

(二)关于纪行类。纳兰因为职业特点,一生随皇帝多次出巡。《纳兰君墓志铭》载,"上之幸海子、沙河、西山、汤泉,及畿辅、五台、口外、盛京、乌喇,及登东岳,幸阙里,省江南,未尝不从"。《墓志铭》里也说曾"奉使觇梭龙诸羌"。其沿途皆有诗,或描摹山水,或抒发幽思,即是指这类诗。康熙二十三年(1684),九月二十八至十一月二十九,纳兰跟随皇帝南巡,途经泰山、扬州、苏州、无锡、镇江、江宁、曲阜等地,留下具有南国特色的诗篇。"孤峰一片石,却疑谁家园。烟林晚逾密,草花冬尚繁。人因警跸静,地从歌吹喧。一泓剑池水,可以清心魂。金虎既消灭,玉燕亦飞翻。美人与死士,中夜相为言。"(《虎阜》)"胜绝江南望,依然图画中。六朝几兴废,灭没但归鸿。王气攸云尽,霸图谁复雄。尚疑钟隐在,回首月空明。"(《金陵》)"山色江声共寂寥,十三陵树晚萧萧。中原事业如江左,芳草何须怨六朝。"(《秣陵怀古》)这类诗所绘之景、所咏之物都带有江南明丽清新的色彩,但其内蕴良多,借历史古迹,抒吊古心思、发兴亡之感。与纳兰词中的"东风回首尽成非,不道兴亡命也,岂人为?""莫将兴废话分明"有异曲同工之妙。纳兰曾多次随康熙出巡边塞。"雄

关阻塞戴灵鳌,控制卢龙胜百牢。山界万重横翠黛,海当三面涌银涛。哀笳带月传声切,早雁迎秋度影高。旧是六师开险处,待陪巡幸扈星旄。"(《山海关》)"龙盘凤翥气佳哉,东指斋宫玉辇来。影入松楸仙仗远,香升俎豆晓

云开。盛仪备处千官肃,神贶乘时万马回。豹尾叨陪须献颂,小臣惭愧展微才。"(《兴京陪祭福陵》)也许是南北地域的特点不同,纳兰的边塞诗篇较江南的景色描写更有一些气势,以其独特的笔触,描绘了北方大地山川的苍凉、辽阔、雄浑与壮美。纳兰跟随皇帝,还写了部分应制之类的诗作。如《扈从圣驾祀东岳礼成恭纪》《扈从马兰峪赐观温泉恭纪十韵》《扈跸霸州》等,这类作品除了描写了祖国大好山河之外,多了一些歌功颂德的内容。

(三)关于爱情类。爱情是文学作品永恒的主题,纳兰容若的多情表现在他对真挚爱情的追求和珍惜。他的原配夫人卢氏是两广总督的汉军旗人卢兴祖之女。后继娶官氏为妻,有妾颜氏、侍妾沈宛为伴。尽管如此,他不滥情风流。纳兰在他的作品中抒发了与爱妻、与心上人真挚的爱。黄天骥曾在《纳兰容若和他的词》中用"玫瑰和灰色"来形容他的词,可是在纳兰诗中,那种"哀感顽艳""凄美"的灰色氛围就少了许多。纳兰的爱情诗,有描写年轻夫妻美满幸福生活的。"水榭同携唤莫愁,一天凉雨晚来收。戏将莲菂抛池里,种出花枝是并头。"(《四时无题诗》之六)"红烛迎人翠袖垂,相逢长在二更时。情深不向横陈尽,见面销魂去后思。"(《艳歌》之一)诗句虽然平白如话,却包含着一种真纯、自然、和谐、幸福的意境,看出情人间的恩爱情深。有与爱人别离所写的相思相忆、怀人念远的离愁别恨。"不是心伤艳蕊梢,依稀扶醉过花朝。枕函宿粉匀无迹,病颊微红淡欲消。羯鼓催开春艳艳,早莺啼破雨飘飘。竹篱村店年时会,想得当垆尔许娇。"(《杏花》之一)诗中,那美丽的杏花就是恋人的美好象征,杏花的美丽和作者的思念形成强烈的对比。有以女子口吻写的闺怨诗。"辛夷开罢絮纷纷,青粉墙头日未曛。记得个人春病起,是他萦惹绿罗裙。"(《柳枝词》之十)。还有一部分爱情诗写的朦胧。如《缑山曲》九首,以神话传说来表达情感,虽艰深难懂,却也别出心裁。纳兰的爱情诗虽然不像他的爱情词那样悲戚幽咽,哀怨绵长,但其真挚的情感依然令人欣赏。需要一提的是,在纳兰诗中没有悼亡的内容。原因是诗宜言志词宜言情,且律绝平仄框得太死,讲究起承转合,不宜传出复杂情感,故古人悼亡诗佳作不多。再则,以纳兰身份诗宜公开场合流传,词宜私下品赏,故悼亡采用词体。纳兰宗花间后主,用词悼亡自在情理之中。东坡、柳永、秦观表达闺情的也是词。

(四)关于杂咏类。此类诗在纳兰诗中比重亦不小,题咏书画、写景状物,既有作者闲情雅致的心境,又有借景生情的感怀。"凉风昨夜至,枕簟已瑟瑟。小女笑吹灯,床头捉蟋蟀。"(《秋意》之二)"北苑古神品,斯图得其秀。为问鸥波亭,烟水无恙否。"(《题赵松雪水村图》)"阶前双夜合,枝叶敷华荣。疏密共晴雨,卷舒因晦明。影随筼箈乱,香杂水沉生。对此能消忿,旋移近小楹。"(《夜合花》)该类诗的风格体物细腻,真切自然,用语清丽流畅,读来有一种清爽之气。

(五)关于友情类。最见纳兰容若的真情和柔情。纳兰一生笃于交谊,作为一名生长在显赫贵族的公子,能够冲破地位、民族、年龄等界限,结交不得志的汉族文人,"君所交游,皆一时俊异,于世所称落落寡合者。若无锡严绳孙、顾贞观、秦松龄,宜兴陈维崧,慈溪姜宸英,尤所契厚。"(《纳兰墓志铭》)对于落拓的朋友礼贤下士,给予物质和精神上的帮助。他的朋友评价他"黄金如土,惟义是赴。见才必怜,见贤必慕,生平至性,固结于君亲,举以待人,无事不真"。(《梁佩兰祭纳兰文》)。在纳兰的交游中,最为人称道的是他对吴兆骞的营救。吴兆骞以顺治丁酉科场案被遣戍宁古塔,在顾贞观的求助和纳兰的极力营救下,终于使其绝塞生还。之后纳兰作诗:"才人今喜入榆关,回首秋筛冰雪间。玄菟漫闻多白雁,黄尘空自老朱颜。星沉渤海无人见,枫落吴江有梦还。不信归来真半百,虎头每语泪潺湲。"(《喜吴汉槎归自关外,次座主徐先生韵》)。实质上,吴兆骞能够得以生还,纳兰所起的作用最大,但他在欢迎吴兆骞结束边塞流放生涯之时,不表白自己的怜才赴义,为吴兆骞生还出力的功劳,而是赞扬顾贞观对吴兆骞的深切怀念,表现了其重于友情、不图报效的高尚情怀。这种高尚情怀能够发生在满族贵公子身上,精神真正可嘉。因此纳兰的友情诗皆写得真切自然,感情直率,是纳兰词中最为人称道和感动的作品。

　　综上，拟古类诗可看出纳兰容若的胸襟和抱负，纪行、闲情类可以见他的才学。这三类诗皆写得风格清新，抒情状物不落窠臼。而他的爱情、友情唱和之类的作品，则情真意切。国学大师王国维这样评价纳兰："纳兰容若

以自然之眼观物，以自然之舌言情。此初入中原未染汉人风气，故能真切如此。北宋以来，一人而已。"（《人间词话》）这显然是针对纳兰词而言的，但移来评价纳兰诗亦不为过，因为在纳兰诗中我们同样感受到其"真切""自然"的品质。

　　二、用世思想是纳兰思想的主流

　　纳兰有着渴望为国家和民族建功立业的雄心壮志："宛马精权奇，欻从西极来。蹴蹋不动尘，但见烟云开。天闲十万匹，对此皆凡材。倾都看龙种，选日登燕台。"（《拟古四十首》之二十六）。在诗中，纳兰将自己比喻为西域名马，表现出傲视群雄的姿态，期盼自己一朝登上令人景仰的燕台，实现理想愿望。他具有忧国忧民的思想，面对当时三藩之乱的时局，发出"我亦忧时人，志欲吞鲸鲵"的呐喊和"平生纵有英雄血，无由一溅荆江水"的叹息，我们看到的是志士的形象，听到的是壮士的心声，纳兰容若是很想建功立业，有番作为的。他深望能一匡天下，图影麟阁，垂名后世。纳兰的远大理想和宏伟抱负与儒家倡导的用世思想密切相关，是积极的表现。

　　然而，人的思想是复杂的，当作者在现实生活中遭受挫折、理想成空时，思想中也会产生一些与传统儒家不符的成分，那就是道教、佛教或归隐田园

等消极避世思想的侵入,甚至感伤意绪也越来越浓,产生对尘世的厌倦,对人生和世界的虚无观和幻灭感,这在他诗中有所体现,如"山中一声磬,禅灯破寥廓"(《山中》)、"南山有闲田,不治委荆棘"(《拟古》十)、"愿餐玉红草,一醉不复醒"(《拟古》十三)、"不如巢居子,遁迹从蒿莱"(《拟古》二十七)、"结庐依深谷,花落长闭关"(《拟古》三十二)、"伤心咫尺江干路,拟著渔翁计未成"(《雨后》)、"一竿我欲随风去,不信扁舟是画图"(《题赵松雪却话秋色图》),其实这是无奈的思想,总之纳兰容若的积极思想是主流的。

(作者系中华诗词学会会员、四平市城区农村信用合作联社办公室主任、四平市诗词学会副会长)

人言纳兰愁似山　我看纳兰仇如海

贾世韬

　　360年前,也就是距今6轮花甲、30个马年,正值农历甲午年(清顺至十一年),叶赫那拉氏的一个男婴在京城诞生,他就是当年叶赫部的大贝勒金台石的曾孙纳兰容若。329年前,31岁的词人纳兰容若如一株久病的幽兰过早地凋谢了。329年以来,纳兰的心谷,愁云不散。许多研读纳兰词的学者不约而同地发出哀婉的叹息。

　　历史上因愁病早逝的大文人为数不多,像西汉的贾谊,少年博士,满腹

经纶,怀滔滔治国安邦之策而不被文帝所用,最后忧郁成疾,刚过而立即谢世。唐朝大诗人李贺心怀宏图大志,每吟诗句,神韵惊人,遗憾终不得志,不及而立,即愁断肝肠而抱恨长眠。

纳兰也属旷世奇才,但忧病交加而早逝的原因不仅是一个"愁"字了得,还有深埋于内心的另一个"仇"字。历史上无人下过或明确下过这样的结论,也许这是我一家的揣测之言。

我为什么有这样的说法呢?

近代大学者王国维说纳兰是清代"国初第一词人"。王国维这一说法被后世许多学者奉为经典结论。我以为纳兰的词在辞采与情思上确实是清初罕有的,论其赋词的阕数——347首也是可观的。只是有一点,纳兰词的格调和思想境界并不是很高的。也就是说纳兰因其特殊的身份与地位,他的笔下不能鲜明地抒写自己在政治与历史方面的观点与情感。可见,纳兰没有唱出内心深处的另一种思想精神。

至于前人王国维又说"纳兰小词,北宋以来,一人而已"。这个结论就不确切了,在我看来元代的诗人萨都剌的词和诗尤其是咏史诗词是宋以后的绝唱,无论思想还是艺术都高于纳兰的词,只是词的数量不如纳兰词的数量多。

前人认为纳兰词的主流是悼亡词、爱情词、边塞和思念亲友词。但他的边塞词绝无唐人边塞诗之雄迈豪放悲慨高古之格调,而是荒寒凄凉之韵调占了主题。

前人认为纳兰身为御前的一等侍卫厌倦富贵人生,对高官厚禄不感兴趣,或者说他对自己的庸碌的小官职并不满足,他厌倦仕宦,他的内心充满矛盾与苦闷,但他不能充分地表达。说他内心的矛盾症结之一是满汉文化的矛盾与差异令他无法排解。

我想,纳兰的父亲明珠先后任四部尚书、太子太师、武英殿大学士,已是一人之下万人之上的权位了。那么,康熙帝与纳兰为表兄弟,自小就在一起,为什么他仅仅任命纳兰为御前侍卫呢？我想,其中原因之一可能是康熙太了解纳兰的品性与才智了,他不愿赐给纳兰太高的实权,以免生出枝节。而纳兰的父亲明珠已是一个死心塌地地效忠皇室的奴才。

在我看来,纳兰不喜阿谀奉承、歌功颂德,他一定也厌恶乃父明珠那种唯命是从、巴结卑躬的奴才品性和恃权凌下、贪婪无度、横征暴敛、作威作福的作为。但他又无法摆脱这一切或与之决裂。

在纳兰的词中,只有极少数篇章表现了国家兴亡之忧。他不可能不受身边那些明代的遗少或世家子弟的思想影响,但这种影响毕竟微弱得很,因为那些文人墨客都不敢明显发泄内心世界的政治情绪,当时的文字狱足以让他们死无葬身之地。

为什么纳兰在政治上如此谨小慎微不露心迹呢？原因至少有三:

其一,乃父权倾朝野,一直受宠,如果纳兰出了问题,乃父也必受牵连。其实,明珠爬到如此高的地位,享尽了荣华富贵,至少在表面上已不可能对皇帝有半点不忠了,他一定要保住自家的权位,他早忘了祖上的耻辱和仇恨。

据考纳兰曾三次到过叶赫驿站。我读过他的《满庭芳·堠雪翻鸦》一词,我想至少在第二次随驾到叶赫驿站以后,他清楚地知道了叶赫被努尔哈赤屠城、曾祖父金台石被打败自焚身亡的耻辱的亡国史。

当然,这幕惨剧在纳兰的内心一定深深地埋下了仇视爱新觉罗氏的种子,但他强抑制住不敢让它发芽壮大。康熙帝也一定会察言观色看看纳兰有没有丝毫的仇恨情绪。纳兰是一个文人,又阅读整理过儒学文献,他不可能只有思念亡妻之忧愁,在这忧愁的深处一定潜伏着国破祖亡的深仇大恨,正所谓愁绪如山,仇恨似海。但他在词中哪敢有明显的表达?!

其二,纳兰因从小就生活在贵族家庭中,没有受过任何困苦,可以说也享尽了荣华富贵,他不可能割舍下自己所享有的权利,千丝万缕的联系与矛盾缠绕着他的心,他只好说什么思妻念妻之愁如何如何之深。

其三,纳兰在上层社会,不可能看清社会底层的苦难,也不可能理清那些错综复杂的矛盾,用过去的说法是他的"阶级局限性"束缚了他的思想与行动。他与那些"文友"只能是研究些学问,填词言愁而已。这是清初,如果是清代中后期,恐怕以纳兰为核心的这些崇尚汉文化的文人要被系之囹圄的。实质上,当时吴兆骞等人曾被流放20多年,被纳兰劝其父明珠营救回来。朱彝尊通明史,善诗词文章,但词亦不敢写大的政治题材,只写些琐事。足见他们的谨小慎微。

此外,纳兰生活的时代,距清初八旗金戈铁马横扫天下的历史时局颇近,那些风雷激荡的岁月和暴风骤雨开疆扩土的凯歌仍回响耳畔,纳兰为什么没有写出歌功颂德的大词篇,还是那个仇恨的心不肯为仇家唱赞歌?

这种观点或许是一种狭隘的见识,但又怎么解释呢?

　　如果说纳兰因军事任务随从郎坦北上是经过叶赫驿站那条"进贡路"，那就有可能是纳兰有意选择的。他可以祭祖，看看叶赫废城。在那萧瑟秋风中，他的心境该是怎样的悲哀啊！

　　我想，这就是真正的纳兰！

　　纳兰就是纳兰，他是特殊历史条件下产生的词人，他不可能超越那个时代的局限。他是一位悲剧人物。

　　还有，一些学者将纳兰与李煜相比，说纳兰词似有李后主之风。我以为这是一种牵强的说法，李后主之愁是帝王国破家亡之愁，他直抒胸臆，"故国不堪回首中"，"问君能有几多愁，恰似一江春水向东流"。

　　纳兰没有这样的精神。

　　我们今天研究讨论纳兰词，是要学习他的诗词艺术，弘扬中华国粹，以造就更多的新时代词人。

　　各抒己见，畅所欲言。寸有所长，尺有所短。仁者见仁，智者见智。互相学习，互相勉励。

　　我要表述的观点就这些，请方家批评指正。

　　（作者系中华诗词学会会员、四平市诗词学会理事、四平市文联编辑）

纳兰容若祖籍地考略

隽成军

"山一程，水一程，身向榆关那畔行，夜深千帐灯。风一更，雪一更，聒碎乡心梦不成，故园无此声"。这首动人的《长相思》出自清王朝一位身份显赫的满人，他就是被誉为"清初学人第一"（梁启超语）、"北宋以来一人而已"（王国维语）的纳兰容若。纳兰容若以才华和辛酸铸成的艺术瑰品，因给人们以美的享受而不灭。

纳兰容若，原名成德，为避皇太子保成讳，改名性德；字容若，号楞伽山人，顺治十一年十二月十二日（1655 年 1 月 19 日）出生于满洲正黄旗一个贵族家庭，生长在北京。卒于康熙二十四年五月三十日（1685 年 7 月 1日）。

纳兰容若祖籍地在哪里，主要有三说：

辽宁铁岭说。铁岭市林业局的陈柏竹《祖籍铁岭的"清代第一词手"纳兰容若》一文中认为纳兰容若籍贯铁岭是有据可查的。一是清末词学家况周颐在《惠风词话》续编卷二说："曩阅某词话云：'本朝铁岭人词，男中成容若，女中太清者，直窥北宋堂奥。'"二是《明珠墓志铭》，其中写纳兰容若之父明珠："祖讳金太石，考讳倪迓汉。自星根达尔汉至金太石，世为国王，居开原北关，事具《明史》。金太石有女弟，作嫔太祖高皇帝，是为高皇后，实生太宗文皇帝。高皇帝初受命，以兵收北关，于是业赫国诸子皆仁皇朝，其国之所由废，备载本朝《实录》。"康熙四十七年（1708 年）四月十七日，明珠病逝于北京，康熙皇帝派皇三子胤祉前往祭奠，赐进士及第、经筵讲官、户部尚书、加六级之王鸿绪撰写《墓志铭》。在这段话中"居开原北关"，开原北关属于开原，开原又归铁岭管辖，这是纳兰容若祖籍地铁岭无可争辩的证据。

辽宁开原说。范君的《纳兰容若祖籍略考》认为考证纳兰容若祖籍问题，首先要考证历史上叶赫是不是北关？北关归不归开原？叶赫即北关。其一，《古代历史地名大字典》："叶赫河，在开原境内。"其二，《清史稿》载：纳兰祖先"迁叶赫河岸，因号叶赫。地近北，故明谓之北关。"其三，《明珠墓志铭》："祖讳金太石，考讳倪迓汉。自星根达尔汉至金太石，世为国王，居开原北关，事具《明史》。金太石有女弟，作嫔太祖高皇帝，是为高皇后，实生太宗文皇帝。高皇帝初受命，以兵收北关，于是业赫国诸子皆仁皇朝，其国之所由废，备载本朝《实录》。"康熙四十七年（1708）四月十七日，明珠病逝于北京，康熙皇帝派皇三子胤祉前往祭奠，赐进士及第、经筵讲官、户部尚书、加六级之王鸿绪撰写《墓志铭》。这段话中"居开原北关"，开原北关属于开原，等等。

叶赫满族镇说。著名学者刘德鸿著《清初学人第一——纳兰容若研究》、杨雨著《我是人间惆怅客》等都明确纳兰容若的祖籍，便是现在的吉林省四平市铁东区叶赫满族镇。这也是绝大多数专家学者的共识。笔者从其说，此说也应该不容置疑。

这样认定的依据，首先应先从纳兰容若的家族说起。民国线装四部备要集部《纳兰词》韩菼《纳兰君神道碑铭》记载："纳兰，讳成德，后改性德，字容若。惟君世远有代序，常据有叶赫之地。明初内附，为君始祖星恳达尔汉。六传至君高祖讳养汲努，女为高皇后，生太宗文皇帝。曾祖讳金台什，祖讳倪迓韩，父今大学士宫傅公也。母觉罗氏，封一品夫人"。纳兰家族本是蒙古族，原姓土默特，金代三十一姓之一，原系明初塔鲁木卫，始建于永乐四年（1406年）二月，居于呼兰河畔。后来，土默特氏灭了纳兰部，占其领地，遂以纳兰为姓，（"纳兰"为音译，又译为"纳喇""那拉"）。宣德二年（1427年）南迁至开原城东北镇北关外，"在叶赫勒河涯建城"而居，遂称叶赫。《清太祖实录》卷六及《满洲实录》卷一诸部世系记载：叶赫始祖星根达尔汉，"按叶赫国始祖蒙古国人，姓土默特，初灭扈伦国所居张地之纳喇姓部,遂居其地,冒姓纳喇,后迁叶赫河岸建国,故名叶赫国"。叶赫部其强盛时,"地广兵强称大国",有十五部,十二大姓,二十八座城寨。明初女真族,分三大部落:建州、海西、野人,而叶赫部隶属海西女真。纳兰容若的高祖平定叶赫诸部,称贝勒,成为叶赫首领,并先后在今叶赫满族镇境内修建商间府城(又称珊延沃赫城,即白石山城)、西城(原称"夜黑寨")和东城(原称"台柱寨"),三城呈"品"字分布在叶赫河两岸,成为叶赫国一道坚固的屏障。性德的曾祖金台石生当明朝万历年间(1573~1620),为叶赫部东城的城主,是叶赫部的领袖。清太祖努尔哈赤还是建州部女真领袖时就娶了金台石的妹妹为妻,是即孝慈高皇后,清太宗文皇帝皇太极的生母。后来,金台石在

对抗努尔哈赤统一东北女真的战争中,城陷身死。统一战争结束之后,敌对关系消失,转而被姻戚关系所代替,纳兰氏的后裔又为后金及清屡立战功,最终成为清朝八大贵族之一。纳兰容若祖父尼雅哈随叶赫部迁至建州,受佐领职。在满洲入关过程中,积功受职牛录章京(骑都尉)。生长子郑库,次子明珠。明珠早年任侍卫,后迁升内务府郎中、内务府总管、弘文院学士、刑部尚书、兵部尚书、武英殿大学士、加太子太傅,又晋太子太师,成为名噪一时、权倾朝野的康熙朝重臣。而纳兰容若就是明珠的长子。纳兰容若在世的 31 年,正是纳兰家族逐步发展至鼎盛的时期。

何谓祖籍？在《现代汉语词典》中，祖籍，亦称"原籍"，即祖先、祖辈的居住地，一般是考究是哪里人，年代比较久远。中国几千年来，都非常重视祖籍地。中国华夏族（汉族）和周围的民族在数千年来的交往中，人员往来频繁，渊源久远。其原因主要有：政治因素，如政治亡命、外交出使、政治联姻、抗倭援朝等；经济因素，如外贸商事等；偶然因素，如遇风漂海等；生存，如战乱避难、犯法避祸、宗族传布、东渡谋生，等等。经历漫长的岁月，这些人逐渐迁徙到新地方开创新社会或融入了当地社会，离开了原来居住的地方，因此这些人就有了祖籍地，以区别现在他们的居住地，但也保留了许多历史的痕迹。由于中国面积广大，人口庞大，不同地方的人群还是有所不同的。由于方便不同地方的人交流认识，祖籍，能代表一群人的特征、习惯、文化精神等等，祖籍地使一个可以间接知道一个人大概的情况的。

现在再说叶赫满族镇和叶赫河。叶赫，又写作野赫、也合、夜黑。《金辽备考》卷上："也合，一作叶赫，又作野黑或夜黑。"为满语，意为"皇帝赐给有功之臣头上戴的盔缨顶甲的库筒"。也有人认为"叶赫"系满语中"鸭孩"的转音，即水鸭子的意思。在这块土地上5000年前就有人类生息繁衍。汉朝为古夫余国地。到南北朝中期为高句丽地。唐朝为夫余府辖地。辽代为东京道咸州北境，金为咸平路归仁县东境属地。元朝为辽阳行中书省开元路咸平府地。明置伊屯河、勒克山各卫，后入扈伦之叶赫部。清初归吉林将军辖下的副都统管辖。清末归属伊通州及赫尔苏分州。民国时归昌图府管辖。新中国成立后，原归属梨树县，2005年划归四平市铁东区。叶赫河，属辽河的三级支流，从东北至西南横贯叶赫满族镇全境，在辽宁开原威远堡稍北，纳入辽河二级支流寇河。关于叶赫河的形成和变化，辽代，叶赫河称耶悔水，是女真人的聚居地，以河为部族名，其称耶悔部。金元时期，叶赫河称"益海""益改"或"伊改"。叶赫河是明代中后期至今的称谓，明初称那木川。《奉天通志》记载："叶赫河旧名那木川河。明季叶赫部居于此上游，遂名叶赫河。"《梨树县志》记载："叶赫河，古称那木川。"

可见纳兰容若祖上即从呼兰河畔迁到叶赫河岸，并在叶赫河两岸建城，称贝勒，成叶赫部，使叶赫历史上成为周边地区的政治、经济、军事和文化活动中心。纳兰容若的祖籍是四平市铁东区的叶赫满族镇无错也。叶赫部当年所居之地确称北关，但也不能说当年的北关就是现在的开原或铁岭，开原、铁岭两地争夺"纳兰容若祖籍地"，实际上是一种功利的文化遗产保护观，我们应该坚决反之，弃之。

（作者系四平市文物管理委员会办公室主任）

纳兰容若　一颗璀璨的文化星辰

魏连生

十几年前，偶然在一篇研究《红楼梦》的文章上看到了纳兰容若这个名字。文章说纳兰乃是贾宝玉的原型，这引起了我极大的好奇。那时，我在吉林省预备役 47 师履行职责，为我打理生活起居的小战士张厚安知我所好，又在《江城日报》上发现一篇写纳兰容若的文章，急切地送给我看，更加引起了我的兴趣。

纳兰，何许人也？查阅史料发现，其人果然是天纵英才，一代文雄。

思古伤时的家国情怀

纳兰容若比康熙大帝小 1 岁，17 岁入国子监读书，19 岁举进士，22 岁殿试中二甲七名，官拜通义大夫、一等侍卫。纳兰容若虽为八旗子弟，却深爱汉文化，不止博览五经四书，还精于诗词，且造诣极深。用大文豪王国维的话说，宋后，第一人也。

1682 年的早春，登基 21 年的康熙大帝怀着削平三藩的喜悦和雄迈天下的豪情开始涉足东北，跟随护驾的纳兰容若有机会凭吊家祖故地，心情五味杂陈，因为他的曾祖曾是建州女真的强劲对手。后来九部联盟失败，其祖父辈归顺了努尔哈赤，被编入正黄旗，开始跟随顺治帝跃马中原，立下赫赫战功。眼下，当年的刀光剑影已经远去，殷红的英雄血伴随着松花江的滚滚波涛已成史话。此番故地重游怎能不激起纳兰心中辽远壮阔的沧桑咏叹？诗人在小兀拉(吉林古称)深情的写道：

桦屋鱼衣柳做城，蛟龙鳞动浪花腥，飞扬应逐海东青。

犹记当年军垒迹，不知何处梵钟声，莫将兴废话分明。

这些直指兴亡更替的感叹使我们看到，纳兰其人虽然深得皇帝宠信，官高爵显，对深埋心底的沦亡纠结依然翻转着几多不平，淡淡的忧伤和万般无奈跃然纸上。

当他看到乌拉古战场那萧疏苍凉的景象时，更加心事浩茫，发出了思古之幽情，写下了那首《满庭芳》：

堠雪翻鸦，河冰跃马，惊风吹动龙堆。阴磷夜泣，此景总堪悲。待向中宵起舞，无人处、那有村鸡。只应是，金笳暗拍，一样泪沾衣。须知今古事，棋枰胜负，翻覆如斯。叹纷纷蛮触，回首成非。剩得几行青史，斜阳下、断碣残碑。年华共，混同江水，流去几时回。

这首词哀婉凄清，催人泪下。啊！百代兴亡朝复暮，江风吹倒前朝树。词人那种伤今悼古的家国情怀就像大江上的浪花一样，不停地跃动。

不管怎么说，关东大地是十分壮美的，眼前的胜景让这位诗人发出无限的咏叹，他面对的浩浩荡荡的松花江水，不舍昼夜，万古奔流，令他感慨万千。

宛宛经城下，泱泱接海东。烟光浮鸭渌，日气射鳞红。胜擅佳名外，传讹旧志中。花时春涨暖，吾欲向渔翁。

此时,霞光散彩,瑰丽如绮;澄江清澈,幽静如练。"好是满江涵返照,水仙齐着淡红衫。"那种对大好河山的爱恋难以言表。故国呀,多么令人神往。

对亡妻美妾的苦苦长思

所以有人把纳兰容若拉扯成贾宝玉的原型,其理由不过是说纳兰容若也是一个多情种子。实际上这有点牵强,纳兰和宝玉对异性的爱是有所不同的。

纳兰 19 岁时与两广总督、兵部右侍郎、都察院右副都御史卢兴祖之女成婚。卢氏知书达理,温柔可人,才情优雅,别样幽芬。在纳兰心中,世上再没有比卢夫人更加可爱的女人。然而好景不长,两人只生活了三年时光,卢氏便死去了。这使纳兰在情感上受到极大打击,他哀伤至极,为卢氏写了许多悼亡的诗词,这些词作哀婉动人,经久传唱。

[好事近]帘外五更风,消受晓寒时节。刚剩秋衾一半,拥透帘残月。争教清泪不成冰?好处便轻别。拟把伤离情绪,待晓寒重说。

词人以五更的寒冷衬托出孤寂无依的怅恨,他永远忘不了他的亡妻卢氏。十年生死两茫茫,千里孤坟,无处话凄凉。这种心境让他悲痛欲绝,唯有泪千行。

纳兰的第二次婚姻,娶了一位任性刁蛮的官氏,此女和他的前妻相比,天壤之别。纳兰和这位河东狮吼共枕时,真可谓同床异梦。假凤虚凰之间,他还是思念着卢氏的美好。

[浣溪沙]十八年来堕世间,吹花嚼蕊弄冰弦。多情情寄阿谁边。紫玉

钗斜灯影背,红棉粉冷枕函偏。相看好处却无言。

后来,纳兰通过他的挚友顾贞观牵线搭桥,结识了江南女词人沈婉,相见时惊为天人。在往来书信中还昵称沈婉为"天海风涛"之人。但沈婉毕竟是位风尘女子,受封建礼教的阻隔,这位才貌双全的沈婉只能成为纳兰的"外室"。虽然初嫁的感觉是"名花美酒朝夕醉",但时间一长,这种不平等的爱恋就变味儿了,两人没有维持多久,便依依惜别地分手了。为此,纳兰写了许多怀想沈婉的词。痛心疾首地说,"雁书蝶梦终成杳",这都是当初的错呀!在此相思之时,沈婉在哪里呢?"想佳人、妆楼颙望,误几回、天涯识归舟。"

不计贵贱的笃友馨德

大清之初,实际上是一种满汉文化对撞的悖谬时代。代表皇权的爱新觉罗氏一面制订种种铁绊,约束八旗子弟勤习弓马,不得放弃"我族根本",一面又情不自禁地在汉文化中滋养涵泳。纳兰容若这个冰雪聪明的早慧之人似乎没有那些思想框框,他一面如饥似渴地吸吮着汉文化的精华,一面克服民族偏见,大胆地结交了许多汉民族的布衣文人。这对于一个满族新贵来说,不同寻常。

纳兰在和好友顾贞观的一次攀谈中,得知才子吴兆骞在参加乡试时,受人诬陷,衔冤下了文字狱,后又流配宁古塔(黑龙江宁安)一事后,义愤填膺,顿生侠义之心,决心鼎力相助。他不顾一切风险,说动其父宰相明珠,一道参与了营救吴兆骞的斡旋,终使吴兆骞得救,返回京师。

吴氏到京之日,纳兰设宴迎接并以诗贺之,诗云:才人今喜入榆关,回首

秋笳冰雪间。玄菟漫闻多白雁,黄尘空自老朱颜。星沉渤海无人见,枫落吴江有梦还。不信归来真半百,虎头每语泪潺潺。"十年别泪知多少,不道相逢泪更多。"

三年后,吴氏病逝,纳兰十分悲痛,垂泪为之宣读祭文:未题雁塔,先泣龙堆。中郎朔方,停泊文海。萧萧寒吹,荒荒故垒……

哭悼之痛,令人动容。在纳兰看来友情是无价的,万两黄金易得,知心一个难求。

纳兰救回吴兆骞不仅树立了文交之典,意义也十分重大。吴氏本人才华横溢,留有《秋笳集》。其子吴振臣随父到过边塞,他根据所见所闻写成《宁古塔纪略》一书,为东北地方文化奉献了一部珍贵史籍。纳兰容若也因慕友情笃,深受后世文人的景仰。

纳兰容若所留下来的那些脍炙人口的诗词告诉人们,他是一颗永不陨落的文化星辰。

（作者系双辽市诗词学会顾问、双辽地方志编撰委员会原主任）

《纳兰词》鉴赏

"人生若只如初见","当时只道是寻常"。三百多年来,还是会有人常常这样掩卷叹息。

情深不寿,强极则辱。用情太深就不易长久,太执着了更容易失去。死生契阔,与子成说。那一刻,曾经以为会天长地久,但最终,却恨不能一夜白头。谦谦君子,温润如玉。轻轻翻开纳兰的词,仿佛可以看到三百多年前那位谦谦君子在低眉吟诵。

忆江南

【原文】

江南好,建业旧长安①。紫盖忽临双鹭渡,翠华争拥六龙看②。雄丽却高寒③。

【注释】

①建业旧长安:谓江宁(南京)为六朝故都。语出李白《金陵》三首之三"晋家南渡日,此地旧长安。地即帝王宅,山为龙虎盘"。建业,今江苏南京,汉代为秣陵县,《三国志·吴主传》载,建安十六年,孙权将治所迁至秣陵,翌年修筑石头城,改称秣陵为建业。

建业于历代屡易其名,以金陵一名最著,至清代为江苏江宁府。

长安,今陕西西安,为汉唐故都,后代诗人常以长安代指都城。

②"紫盖"二句:紫盖即紫色的伞盖,帝王仪仗之一种。双鹢即鹢首,船的代称。《淮南子·本经》有"龙舟鹢首,浮吹以娱",高诱注称鹢是一种大鸟,将它的形象画在船头可以抵御水患。《汉书·司马相如传》有"西驰宣曲,濯鹢牛首",颜师古注:"鹢即鹢首之舟也。"据《方言》郭璞注,鹢为鸟名,晋代江东豪贵船头所画的青雀图像即是鹢鸟。明人徐应秋《玉芝堂谈荟》卷二十八载,鹢首,是在船头画鹢鸟的样子以震慑水怪。《饮水词笺校》注引《韵集》谓:"鹢首,天子舟也。"实则"鹢首"常用来泛指舟船,并不限于天子之舟。陈维崧《望江南》有"红板闸喧停画鹢"。

翠华,以翠羽作装饰的旗幡,和紫盖一样都是帝王的仪仗。六龙,按照古代的礼制,天子的车驾用六匹马,故称六龙。这两句是描写康熙帝巡游江南时的盛况。"翠华争拥六龙看",倒装句,语义当作"争拥翠华六龙看"。

③雄丽却高寒:张孝祥《水调歌头·金山观月》有"江山自雄丽,风露与高寒",性德化用了这两句词,把意思变化了一下,指帝王仪仗的雄丽消退了江山秋光的高寒。却,在这里并非表示转折的连词,而是退却、止住的意思。

【赏析】

"忆江南"这一题,最有名的应属白居易一句"日出江花红胜火,春来江水绿如蓝",写尽了江南之美,着尽了江南之色。当年,康熙帝巡行江南,纳兰扈驾前往,头一次来到此地,见到白居易口中之景,忍不住挥笔描绘眼见之美。

也难怪纳兰如此喜爱江南,小桥流水人家的生活,总是随处可见。四季不同的景致,也各有其不同的雅致。江南潮湿,冬天是冷到骨头里的湿凉,夏天是热得汗流浃背非得在屋里待着不可,可它却总是叫人觉得精致而令人怜爱的。"万柳堤边行处乐,百花洲上醉时吟。"若

是没有那样的景致,大概也不会有那么多的书卷中人行处而乐,醉时而吟了。有那婉约清丽的江南,才有纳兰如此的赞叹。纳兰于此,如同风拂其心,柳醉其情。江南温婉柔美,纳兰细腻婉约;江南水汽氤氲,纳兰雾眼迷离;江南和风絮语,纳兰文墨写意。才子江南,气质相合,相见恨晚,很快人景就相融了。

景有致,城也是个厚重的城,这"旧长安",本是八代王朝的都城,历史风尘,留下厚重的城墙,是个卓有雅韵的地方。对于南京古城,个人十分喜爱,那沿途的树木,即使是秃了树干的,都有意味。那更别说当年的旧长安了。古城,文人大都是喜爱的。

然而在这城中,忽然迎来了皇帝的驾临,紫盖双鹥,可见,车队船队十分壮观,百姓围凑在四周看着热闹,看这难得一见的壮观车队,这架势,或者还想目睹回龙颜。此时的纳兰身处仪仗之中,也是这热闹之中的"幸福者",却唯独他一番热闹的描述之后,会觉得"寒"。雄丽之景,却觉高寒,众人皆醉我独醒,应当算是幸运还是不幸?

不得不想起东坡的"高处不胜寒,起舞弄清影,何似在人间",高处起舞的寒凉,怎比得上人间的平凡生活？也不知,纳兰这一声"高寒",是替自己悲哀还是为康熙而觉得悲哀。也许是为自己那始终被限制的人生而觉得拘谨不安,也许是为了生活毫无选择、毫无空间的喘息颇为难耐,也许是为着迟迟不能如愿的抱负而深感无奈,也许是为着感情无法自已的愁苦而心有凄凉。而康熙呢,高高在上的帝王,他享尽了荣华富贵,权力欲望,都不需要受到阻挠,没有人压迫他的理想,没有人夺走他的爱人,这样的出行,翠华六龙,百姓围观人声鼎沸。他坐在他的华盖下着他的龙袍,被保护,簇拥,可是却从没有可能能享受百姓平凡生活的欢愉,这样的高处,他不觉得寒冷吗？

康熙怎样想,又从何知晓呢？纳兰这一叹"高寒",又悲凉,又无奈。喧闹的人声之中,也难得有个纳兰,顿觉高寒不已,由衷地觉得悲哀。

即便家家都争唱饮水词,这纳兰的心事,又有几人知晓呢？

忆江南

【原文】

江南好,真个到梁溪。一幅云林高士①画,数行泉石②故人题。还似梦游非？

【注释】

①云林:元代画家倪瓒的别号。纳兰容若好友严绳孙擅长画山水,此处借指严绳孙。高士:品行高尚的人,超脱世俗的人,多指隐士。

②泉石:指山水。

【赏析】

纳兰的词,有两个最让人称道的主题,一为爱情,二则友情。身为一世才子,纳兰是个极重友情之人。这词便是他到了好友顾贞观的故乡无锡所作。

见到了梁溪,就知无锡宝地已抵达,环顾四周,"一幅云林高士画",江南水乡如同好友倪瓒的山水画一般,浓淡动静,结合得天衣无缝。"数行泉石故人题",这里的风景透露出一股高傲隐逸的气概,行走之间,竟能在泉石上看见好友顾贞观所做的诗句,就连题字都是他的笔迹。

这一切让纳兰悲喜交加——故友难遇一回,如今,两人以这种方式再聚,"还似梦游非",难道不像是在做梦吗?

话说,纳兰容若与顾贞观是一对难得的知己,可是,二人却因地域、地位的关系,聚少离多,难于会面。顾贞观生性风流倜傥,洒脱淡泊,广交朋友,恣意享受人生。而纳兰却是个忙忙碌碌的三等侍卫,在官场上奔波操劳,少有享受生活的闲暇。二人每每道别之时,纳兰都会伤怀无限,与好友坐下饮酒填词,好好地谈天说地一阵。

这一次,容若来到顾贞观的故乡梁溪,与朋友相聚的念头便尤其热切。可是,他怎么也没想到,自己会在泉石上见到顾贞观的题字。见字如面,以这种方式与朋友相聚,不知纳兰是怎样的心情。是欣喜、遗憾、熟悉,还是失落、亲切、无奈?罢了,罢了,多少算是于此重逢了,即便没能当面问候一声,也已触及友人身上夹带的水汽,闻到了他指尖流淌的清香。

然而,"别时容易见时难",遗憾的是,两人终究没能见上一面。不知友人面容如何,身体是否安好,学识可否又有长进……心中怀揣着对挚友的种种思念,终于没有机会当面说出。

纳兰身处京城,没有挚交交心,内心有如浮萍飘摇,没有归属之处。而来到梁溪,山水之间到处可见熟悉的知己的题词,归属感突然萌生。这一切是在梦游吗? 即便是梦,也是个美梦罢。

忆江南

宿双林禅院①有感

【原文】

心灰尽,有发未全僧。风雨消磨生死别,似曾相识只孤檠②,情在不能醒。

摇落③后,清吹④那堪听。淅沥暗飘金井⑤叶,乍闻风定又钟声,薄福荐⑥倾城⑦。

【注释】

①双林禅院:指今山西平遥西南七公里处双林寺内之禅院。双林寺内东轴线上有禅院、经房、僧舍等。

②孤檠:孤灯。

③摇落:凋残,零落。

④清吹:清风,此指秋风。

⑤金井:井栏上有雕饰的井。一般用以指宫廷园林里的井,也指墓穴或骨瓮。

⑥荐:进献、送上。

⑦倾城:形容女子艳丽,貌倾全城。

《纳兰词》鉴赏

图文珍藏版

【赏析】

这是一篇悲悼卢氏的悼亡词。卢氏于康熙十六年五月去世后，直到康熙十七年七月才葬于皂荚屯纳兰祖坟，其间灵柩暂置于双林寺禅院一年有余。容若在这一年多时间里，不时入双林寺守灵，写下了多首悼亡词，除这篇外，还有《忆江南》（挑灯坐）、《寻芳草·萧寺记梦》《青衫湿·悼亡》和《清平乐》（麝烟深漾）。此阕《忆江南·宿双林禅院有感》，哀感凄绝，词人心灰意冷之情，历历溢于言表。

"心灰尽、有发未全僧"，劈头就表述心曲：如今已是心如死灰，除了蓄发之外，似乎与僧人无异了。"有发未全僧"，出自陆游《衰病有感》"在家元是客，有发亦如僧"。陆放翁是国仇家恨，郁郁于心，千回百折，遂有万事聚灰之感，所以是"有发亦如僧"；容若纵然槁木死灰，然而仍是不能忘情于卢氏，所以是"未全僧"。但何以如此呢？"风雨消磨生死别"，只缘与所爱者作了"生死别"，而风雨凄厉，无情地消磨着伤心的岁月。如今，昔欢成非，似曾相识的也只有这盏孤灯，相伴在凄苦的夜晚。"似曾相识只孤檠"，这句不禁让人想到白居易的"同是天涯沦落人，相逢何必曾相识"，然而乐天罹厄贬官，还可以听琵琶曲暗抒幽怀，与琵琶女互相同情，互诉衷肠，然而容若只今唯有独对"只孤檠"，可以从中找寻几许旧日踪迹，却始终不能从痛苦中解脱。"情在不能醒"，一句于执迷中道破天机：不是不想自拔，而是人在情中，"心似千丝网，中有千千结"，不能由己。

卢氏的确已经不在人世了，可是他不敢相信，不愿相信，然而事实竟又是如此残忍冷酷地摆在他面前。"摇落后，清吹那堪听"，她的逝去像花朵一样凋零，夜间在她灵前的奏乐声，凄清难以听闻。"淅沥暗飘金井叶，乍闻风定又钟声"，淅沥的风雨中，寂寂的金井旁，梧桐树叶，怅然飘落满地；好不容易风声初定，寺庙凄冷清凉的钟声复又敲响，于是薄福之人叫来僧侣，让他们念经以超度妻子的亡魂……"薄福荐倾城"，凄艳至极，沉痛至极。

忆江南

国学经典文库

纳兰容若全集

《纳兰词》鉴赏

图文珍藏版

【原文】

昏鸦尽，小立恨因谁？急雪乍翻香阁絮。清风吹到胆瓶梅，心字已成灰[①]。

【注释】

①心字：即心字香。明杨慎《词品·心字香》："范石湖《骖鸾录》云：'番禺人作心字香，用素馨茉莉半开者著净器中，以沉香薄劈层层相间，密封之，日一易，不待花蔫，花过香成。'所谓心字香者，以香末萦篆成心字也。"

【词评】

韩慕庐："容若读书机速过人，辄能举其要。诗有开元风格。作长短句，跌宕流连以写其所难言。" ——冯金伯《词苑萃编》

徐健庵："容若自幼聪敏，读书过目不忘，善为诗，尤工于词。好观北宋之作，不喜南渡诸家，而清新秀隽，自然超逸。" ——冯金伯《词苑萃编》

顾梁汾："容若词，一种凄惋处，令人不能卒读，人言愁我始欲愁。" ——冯金伯《词苑萃编》

【赏析】

这首词，是一切哀伤者的剪影。这样的剪影，无边红尘之下，况瘁羇旅途中，放眼望去，在在皆是。闹中取静，则静中有波澜万丈；情到尽处，故万念俱灰。或因运命之播弄，或由人事之浮沉，或起于青萍之末，或散于云淡风轻。情怀越惨烈，越无法言喻。即如此小令，不过二十七字，字字平常，但意象无不浅淡而沉痛：昏黄时分，别有怀抱之人缄默独立，但闻"桀桀"枭叫的乌鸦穿越云而去。香阁中，隐然有如柳絮疾飞之雪花，飘散刹那终于说破了人世无常；瓶中梅，虽于清风中贞然不动，终究无根。此情此景，此生此世，离人心已成灰。

容若词好写"乌鸦"。乌鸦是古人眼中神物，可沟通天与人。在《俄藏敦煌文献》第十三册收有一件占卜文书，记载了古人借乌鸦之翻飞鸣叫占卜吉凶之法。它如文人诗词中，乌鸦之意向也多见，且多饱含寂寥之意。如张继《枫桥夜泊》"月落乌啼霜满天，江枫渔火对愁眠"。乌鸦之凄厉旷远鸣叫与浅淡的月色、浓郁的秋霜相呼应，景色愈萧索，愁绪愈深重。又如马致远《天净沙·秋思》，起句即为"枯藤老树昏鸦"，依然是连串落魄意向的叠用，未更加渲染但漂泊之情尤甚，故为"秋思"之祖。到这首《梦江南》，容若笔法奇特，将凄清的"昏鸦"，与缠绵之"柳絮"（急雪），孤艳之"瓶梅"融入同一画面，对照之下，反得奇效。俳恻情感中，更能说清心字成灰的绝望。王国维《人间词话》云："纳兰容若以自然之眼观物，以自然之舌言情。"这首词中，乌鸦、柳絮、梅花无一不是世间眼前常见之物，然而，"以我观物，故物皆著我之色彩"，雪花之飘零，瓶梅之无力追踪，离人深恨，可见一斑。

"心字"本为"心字香"，同样的用法见晏几道《临江仙》："记得小苹初见，两重心字罗衣。"容若有《忆桃源慢》："篆字香消灯烛冷，不算凄凉滋味。"也是指做成心字形状之香。但此首《梦江南》中的"心字"却并非仅仅指形如心字的香，更暗指容若胸中那颗鲜活的"心"。心字成灰，则容若之心已成灰烬。此诗作于何时未有定论，或言容若伤生离之初恋，或言成德悼死别之亡妻。但无论心声说与何人，"哀莫大于心死"，容若的热情毕竟已经被不如意之世事耗尽。这种心灰意冷，这种万事皆休，在容若的许多词中都有踪迹可寻。如"紫玉拨寒灰，心字全非"（《浪淘沙》）；又如"心灰尽，有发未全僧"（《忆江南·宿双林禅院有感》）；再如"向西风、约略数年华，旧心情灰矣"（《剪湘云·送友》）。

容若有《拟古四十首》云："予生未三十，忧愁居其半。心事如落花，春风吹已断。"贵胄公子、天子近臣，富贵荣华不可尽数，何以心境如此悲怆？只因"情"之一字。至情之容若，无论亲情、友情、爱情，皆深切于常人。如此词中流露的爱情之惨痛体验更过于常人。

爱情是人类感情中最兴风作浪的一幕。它是无解的，可令春风化雨，也令盛夏冰凉，几乎无人能逃脱。对善感的心灵而言，爱情的每一次出现都如履薄冰，这灼热情感带来的慰藉等同于它所带来的危险。对少数极敏锐的灵魂而言，激情的消退是不可原谅的，他们自始至终以全部的意志和想念去爱，生活中的一切都将为这爱情让路，也将为爱情燃烧。这样的激烈总使爱情变得过于沉重深情，极美而极易受挫。情深不寿——这并非一种叹息，而是情理之中的逻辑，因为，世间万物，自有它生发、成熟，而后消亡的规律，"积聚皆消散，崇高必堕落，合会终别离，有命咸归死"。天地的生生不息，情感的春生夏灭，都是自然。什么都能违抗，唯独自然是难以违抗的。

深于情者的心是一张薄薄的纸片,情感世界里每颗划过天际的流星,都在他的内心留下难以磨灭的印记。那些应当遗忘的伤痛将永远不能遗忘,那些内心的波澜将一次次重复出现在不可思议的时刻。当这些记忆最终无法承受,一切情感终必成空,如灰如烬,如同纳兰容若的心。(何灏)

【词人逸事】

纳兰容若出身显赫。父亲明珠,官至大学士、太傅,是康熙初期的四权相之一,母亲是努尔哈赤的孙女、英亲王阿济格之女爱新觉罗氏。纳兰容若更是一位俊秀飘逸,放荡不羁、功名利禄皆唾手可得的贵公子。尽管如此,这位贵公子的一生中也有真正的向往和遗憾。相传他有位青梅竹马的表妹,并且将表妹视为红颜知己,然而造化弄人,最终这位才色双绝的表妹却被选进皇宫,成了康熙的妃子。爱情一时间化为泡影,

使得重情的纳兰容若痛苦万分。为了能再见表妹一面,纳兰容若不顾杀头的危险,在国丧时装扮成每日进宫诵经的喇嘛混入宫中,隔着宫廷的帏幔与表妹匆匆见了一面,然而却连一句话都没能说上。纳兰容若带着无限遗憾怅然而去,于是在他的爱情词中总是透着无尽的伤感和酸楚!

忆江南

【原文】

江南好,水是二泉清①。味永出山那得浊,名高有锡更谁争②,何必让中泠③。

【注释】

①二泉:指无锡惠山泉,又名"陆子泉",因其有天下第二泉之称,故名。

②名高:崇高的声誉,名声显赫。

③中泠:泉名,即中泠泉。在今江苏镇江西北金山下的长江中。今江岸沙涨,泉已没沙中。相传其水烹茶最佳,有"天下第一泉"之称。宋苏轼《游金山寺》云:"中泠南畔石盘陁,古来出没随涛波。"

【赏析】

说到二泉,不得不想到《二泉映月》一曲,也就不得不想到盲人阿炳,好似见他右胁夹着小竹竿,背上背着一把琵琶,二胡挂在左肩,就这么咿咿呜呜地拉着,在飞雪中,发出凄厉欲绝的袅袅之音。二泉边上的这支曲子,便是这样来的。好曲有映衬之景,也不难想象二泉动人的景致,这才使着可怜可敬的身残者日日夜夜演奏不止。

这二泉,便是如今无锡的惠山泉,又被叫作"陆子泉",被唐人称为"天下第二泉",在那个时候,二泉在无锡被人熟知,也因泉水清澈适合煎茶而远近闻名。而无锡之所以为"有锡",也是有典故的。当年无锡近处有一座山峰,在周秦时代盛产铅锡,因此得名锡山。到汉代,锡山之锡渐渐被采尽,山边之县于是得名为无锡。待到新莽时代,锡山锡矿复出,传为奇迹,故此县名改为有锡。后至东汉。光武年间锡矿再次枯竭,有锡自此被唤为"无锡"。

纳兰对二泉心怀眷恋，咏起杜甫的"在山泉水清，出山泉水浊"，引的是反意，说二泉之水，不论在山抑或出山，都是清澈的，不受污染，不变浑浊。纳兰以为，二泉之水已然天下无双，更有谁争？又何必让给中泠"天下第一泉"的称号呢？不服气的一个"让"字，巧而不显地做了一个隐藏的对比。

"天下第一泉""中泠"一名出自苏东坡诗句："中泠南畔石盘陀，古来出没随涛波。"江岸沙涨，如此天下第一，已然埋没于沙中留下永久的遗憾了。出水而浊，难怪纳兰要不服气。

看似只是写第一第二之别的泉，实则是将人和物再次巧妙地结合起来了。"出淤泥而不染，濯清涟而不妖"，实际上与"在山泉水清，出山泉水浊"，探讨同一个问题。两者反意行之，纳兰的心思确实明显。在山水清，出山如是。

身浮宦海，纳兰写这小词，写的是自己不愿被俗世之欲吞噬的决心和意愿。如此顽固的"不服气"，真是其顽固不服从于俗世条框的唠叨之言。听上去，反倒让这才子显得更为可爱。"举世皆浊我独清，众人皆醉我独醒"的人一定是寂寥的。毕竟身在其中，身不由己，看着众人醉，唯独自己不醉，痛楚难耐。但就是不愿与人们一同醉去，因这尘世也需清醒之人啊！此时的纳兰已经下了辞官隐退的决心，官场清浊，古往今来论述甚多，文人辞官的亦有不少。不愿与人同醉，只能放下金樽，不与人共钦就罢。

从另一个方面也有不同的理解。此时欣然期待回京娶得佳人归的纳兰日夜思念着南方的沈宛,这个江南的女子已将他的心牢牢俘获,却奈何总是离多聚少,心怀亏欠。"相见时难别亦难",这时,纳兰急切地想要对爱人表明他坚定的决心和距离阻隔的思念。不知她可能听见? 缱绻之情,金石可鉴。任凭时空如何变幻,这思念都是连绵不可断的。

在山水清,出水如是。

忆江南

【原文】

江南好,城阙尚嵯峨①。故物陵前惟石马②,遗踪陌上有铜驼③。玉树夜深歌④。

【注释】

①城阙:城市,特指京城的城郭宫阙。嵯峨:形容山势高峻。

②故物:旧物,前人遗物。石马:石雕的马,古时多列于帝王及贵官墓前,这里指前代帝王陵墓前的石刻。

③遗踪:旧址,陈迹。陌上:路上。铜驼:铜铸的骆驼,多置于宫门寝殿之前。这里指铜驼街,在今河南洛阳古城中,以道旁曾有汉铸铜驼两尊相对而得名,为古代著名的繁华区域,后以之代指游冶之地或指繁华之地。

④玉树:乐府吴声歌曲名,南朝陈后主所作歌曲《玉树后庭花》的简称,被视作亡国之音,这里泛指柔美的曲调。

【赏析】

历史古城自有它的风韵。

纳兰这一回江南之游历,看到南京城这一派繁华,自然是有了些许的感叹,却又不由得担忧惆怅起来。纳兰就是纳兰,心思太过细腻敏感,才致使他活得那样苦痛，却也只有那样一颗愁肠万千的心，才有了让人读起来也备感痛心的千古词句。

看看南京城，城墙巍峨，历史沧桑变化万千，反倒是这巍峨，让人怀念起故物了。

杜甫在《玉华宫》有道："当时侍金舆，故物独石马。"这石马，指的便是前代陵墓

前的石刻。传说唐太宗嗜马如命，善驾驭，善识别，因而其死后便有了"昭陵六骏"，即是六块浮雕石刻。多年后高宗为其修建纪念祠堂，神道两旁石雕之一，便是那杜诗之中的"石马"。

又有晋陆机于《洛阳记》中道："洛阳有铜驼街，汉铸铜驼三枚，在宫西，四会道相对。俗语云：'金马门外集众贤，铜驼陌上集少年。'言人物之盛也。"这洛阳铜驼陌（街）原是繁华的地方，风流少年多会于此，故后以之代指游冶之地或指繁华之地。

前人的遗物前还有石马仍在，前人的繁华的遗踪旧址也还似在眼前，只可惜当下之景已不是当年之景了，当下的王朝已不是当年的王朝。江山易主，当下的时代已不再是从前的时代。一番对旧物的怀念，可见王朝兴盛衰落。回头凭吊，实在是太过于迅疾的事情。"人们面前拥有一切，人们面前一无所有"（狄更斯）这样的惆怅迷茫，大概是不会少的。谁知何时一个动荡的年代会随新城池的产生而消逝，谁知何时一个兴盛的王朝会随城墙倒塌而沉沦，谁知何时我们亦会成为今后这里人们眼中之故物，谁又知当下拥有的一切景致是由何衍生而来？雕栏玉砌犹在，却只是朱颜已改，历史兴亡，各带有各自的注脚，只是回头望去觉得尤其迅疾。这"恰似一江春水向

东流"的愁绪,是触景而伤情。

游着看着想着,夜深之时竟也许是深陷其中,好似听见了那陈后主所做的《玉树后庭花》,那宫女们不断吟唱:

丽宇芳林对高阁,新装艳质本倾城;

映户凝娇乍不进,出帷含态笑相迎。

妖姬脸似花含露,玉树流光照后庭;

花开花落不长久,落红满地都归于乐寂中,陈后主沉醉在他温柔的美梦里,听着听着,最后果真是不长久地归于沉寂,一朝盛世因这一阕好曲有了声名,同时因这一阕好曲丢了盛世本可继续延续的命运。这落红可是如此之美,只惜昙花一现,并不长久,落地无声,花开易见,花落难寻。可惜,可叹,可悲啊!

不知纳兰写这《玉树》,是不是也怀有"商女不知亡国恨,隔江犹唱《后庭花》"的心情呢?是否有那感时伤怀的痛楚呢?是否有无边的忧虑呢?

反复吟这词,便不再觉得这"尚"字有些许别扭了。城阙尚在,故物已不见踪迹了,令人想起刘禹锡的"山围故国周遭在,潮打空城寂寞回"。这石头城,也不过是目睹了时代变化万千,一轮一轮,都是让人感叹物是人非的惆怅之处。故国周遭仍在,空城啊,从前已不过只是从前了。在人们的笑靥中,在喧嚣的集市里,在那巍峨的城墙下,原本昌盛的城池,在那热闹繁华的景象之后,早已没落不见痕迹了。此时的盛景,与没落的年代对比,顿时令人想要逃遁这思潮暗涌的沉重。此时"尚在"的城池，谁知何时就会成为"惟有"的旧物？

也难怪李易安会感叹："物是人非事事休，欲语泪先流。"纳兰亦如是罢。

忆江南

【原文】

江南好，怀古意谁传？燕子矶头红蓼月①，乌衣巷口绿杨烟②。风景忆当年。

【注释】

①燕子矶：地名，在江苏南京东北郊观音门外，突出的岩石屹立长江边，三面悬绝，宛如飞燕，故名。红蓼：蓼的一种，多生水边，花呈淡红色。

②乌衣巷：地名，在今江苏南京，是东晋士族名门的聚居区。晋宋时期王、谢等名门望族住于此。

【赏析】

这首词还是作于南京。纳兰随康熙帝南巡，十唱江南好，而南京独占三成，足见南京的不凡气度。

南京不是寂寞的，那里有夫子庙的琅琅书声，秦淮河上的莺歌燕舞，帝王将相麾下的金戈铁马，文人墨客胸中的家国情怀。当书卷气、脂粉气、东来紫气在一起汇聚撞击，便融合成这座古老的新城。或许正因为它古老，漫长到坐看千百年来风雨楼台依旧，几代江山易主，一双浊眼洞悉人世间的沧桑，教人恍然一梦后幡然醒悟。前世今生不过虚幻，旧时金陵方孕育了《红楼梦》这样的奇书。

"四百年来成一梦"，临川先生在这一片蓊蓊郁郁中的帝王州见晋代时的衣冠冢，莫回首，那些尘封在泥土中的往事早已随长江东逝了吧？只是记忆的影子微晃一下，今人便叹息一地。只有台城柳最是无情，十里堤上依旧烟笼。

南京，千年文化古城，一砖一瓦都凝固着流动的岁月希声的歌。正如余秋雨先生所言，鸡鸣寺的钟声，夫子庙的深处，至今可探；而栖霞山的秋叶，紫金山的架势，连同秦淮河的流水，年年依旧。南京，值得纳兰感叹的地方远不止于今人所见。可纳兰没有将笔端流连于这些地方，只是将这一番感慨洒在了燕子矶头。

燕子矶与岳阳城陵矶、马鞍山采石矶，并称"长江三矶"，自古便是登临怀古的去所。燕子矶坐落于南京城郊直渎山上，山石兀立江面，三面临空，如燕子展翅一般，因此得名燕子矶。康熙、乾隆两帝下江南时都曾在燕子矶泊舟览景，特别是乾隆帝六下江南五登燕子矶，并留下了诗文墨宝，更是使燕子矶名满大江两岸。

只是，纳兰坐在燕子矶头所思为何呢？陈子昂登幽州台定是忆起战国时的燕昭王筑此台招贤士的旧典故吧。不过此时此地，不见古人，不见来者，空余一孤人怆然。可就在这悠悠天地间，相信陈子昂是看见了过去的天下兴亡之事循着历史缓缓前行的轨迹，像被安排好剧本的演员，按部就班地一幕幕上演。

纳兰或许也是有此忧思的吧。纳兰身前有明太祖朱元璋将燕子矶比成一秤砣，数江山几多，不知是燕子矶的哪块山石引得这位开国皇帝有此豪迈语。更近的，有明末抗清名将史可法矶头所作血泪之书：

来家不面母,咫尺犹千里。

矶头洒清泪,滴滴沉江底。

这首《燕子矶口占》至今仍流传在燕子矶头。或许史可法滴滴孤泪已随着岁月东去了吧,但它们已滴入历史的那一瞬,就被长久地沉淀保存于那些尘埃落定的日子中了。

"白云悠悠矶头月涌千艭过,往事渺渺江上风清一燕来",这副楹联不知何时起刻在了燕子矶头。六朝古都,不知染了多少斑斓色彩。最没耐心的便是时光,任凭时人时物如春花般明媚,日历一页页翻过后,纵然有踪迹也便是干花几片。早已凋落的枯黄的颜色,薄薄的似泛黄的古书,却又沉甸甸地隐着多少千古事。那些泛凉的低叹,微凉的浅唱,悲凉的吟啸徐歌,盘桓在长江雾笼的水汽中。沐在阳光,它们蒸腾不见,如云消雾散后的清澈,是清丽雄壮的南京。浸在月光下,那些旧事又笼上心头,聚在眉峰,流转于眼波间,默数心下事,不觉夜已阑珊。

现在的乌衣巷又立起了王谢故居,这是后话。三国时乌衣巷本是吴国驻南京部队的营房所在地。因为那时的军装都是黑色,故称驻军之地为"乌衣巷"。人们熟悉的王谢堂前燕,想来也是在这里的微风细雨中双双飞过的吧。

纳兰也应当曾想过刘禹锡的《乌衣巷》。当年刘禹锡作《金陵五题》时,也曾夕下之时踱过巷口野花。只是,千年过去,秦淮河上的桨声灯影明明灭灭间,燕子依旧似曾相识,却已物是人非。

纳兰说的"风景忆当年",不知是哪年风物。是否正如现代的我们看燕子矶时便会想起1937年那血染长江的当年,他看到的可也恰是史可法那滴滴沉江泪?"我轻松地说东道西,把我的心藏在语言的后面",纳兰身对燕子矶,眼前飘过乌衣巷前绿飞烟,而藏在言语中的思绪应已替代了他的形骸,应是游弋于心系的他方了吧。

忆江南

【原文】

江南好,虎阜晚秋天^①。山水总归诗格秀^②,笙箫恰称语音圆^③。谁在木兰船^④。

【注释】

①虎阜:即虎丘,山名。在江苏苏州市西北,亦名海涌山,唐时因避讳曾改称武丘或兽丘,后复旧称,相传吴王阖闾葬此。汉袁康《越绝书·外传记·吴地传》:"阖闾冢在阊门外,名虎丘……筑三日而白虎居上,故号为虎丘。"其上有虎丘塔、云岩寺、剑池、千人石等名胜古迹。

②诗格:诗的风格,此处指山水极富诗情画意。

③笙箫:笙和箫,泛指管乐器。

④木兰船:木兰舟。南朝梁刘孝威《采莲曲》:"金桨木兰船,戏采江南莲。"

【赏析】

秋天,到了苏州水边的柔美之地。山山水水,总归要比热闹的城要来得更多。离自然愈近,愈是能够感受到江南独有的水汽氤氲和秀美如画。更有江南之地吴侬软语和那江上雾里的笙箫之声,应和得别有情趣,然是动听。

对于纳兰这样的词人来说,诗情画意大概是形容柔美景致最美的词。山水秀丽,铺陈在眼前,水墨画无法画出它立体的环绕的惬意,墨汁也书写不出那淋漓而精致的洒脱。人在这山水之中,只想要吟诗作赋一通,淋漓地念它几阕。江南之秀,果然与这词人的气质契合得恰到好处。许是命里注定是与那山水,会有千丝万缕的联系。

此时一叶轻舟划过,纳兰自问:那木兰船里不知渐行渐远的,是何人呢?是被沈宛一并带走的江南风韵,还是自己对这江南女子的惆怅的思念呢?景致柔美,一叶小舟却就让纤细之心又敏感起来。江南之景,总少不了发生些感情之事,历朝历代的诗文里都有所体现。人与自然本就为一体,两者互相影响牵动。因而有了纤细柔和的景色,也便有了柔软细致的心绪。

关于沈宛和纳兰的相遇,典故传说甚多,各有不一,可以肯定的是江南女子确实曾攫取了纳兰之心、之情。为这女子,纳兰苦苦思念,为了那两情可以久长时,深情守候。可因他生于名家的身世,不得不接受很多无可奈何的条规限制,满汉之恋,如何能被接受?大概他从爱上她的那时起,就预料到想要执其手会背负很多的艰辛了吧?不断地错过,时间空间,不知道下一秒两人会分别处在何地,分别多远。"自古多情伤离别",更何况是朝朝暮暮都难以相见。在思念之中维持的爱恋,也不知道会不会随这木兰船远去。

惆怅之中,纳兰望着水上小舟,轻诵刘孝威的采莲之曲:

金桨木兰船，戏采江南莲。

莲香隔浦渡，荷叶满江鲜。

房垂易入手，柄曲自临盘。

露花时湿钏，风茎乍拂钿。

木兰船要将你带往哪里去呢？

惆怅虽然能读出几分，但总的还是欢愉。纳兰描写的所有景致，措辞融情，都让人感觉到他的喜爱和洒脱。面对江南美景，那时的纳兰对官场已然厌倦无力，疲惫不堪，还是年轻才俊就如同看破红尘确实是有违常情。但纳兰想必注定与官场抵触，功名利禄的追求之心，他并无期冀；人际上淡薄相交，也不至于树敌。可是他对官场生活那般抵触，已演变为无法抑制的逃离之心。决心退离官场隐归田园的纳兰，此时应是充满着期待和向往之心，在山水之间尽享着人间自然之乐。只需在那茶楼酒水之中笑看世间百态，只需在那石桥小屋里静听小桥流水，如此足矣，又何必追求无尽的繁华富贵呢？无尽欲望吞噬了人间乐事，官途再平坦，对于纳兰而言，那仍旧是让他感受到压抑的，不属于他的另一个人间。

于是终究还是下定了决心，重返京城以后，辞官隐退，迎娶沈宛，同心爱之人共同安宁生活，享受人间最淳朴诚挚的生活，木屋，石凳，竹椅，诗书，茶酒，佳人，足矣。想想，都会觉得有所期盼了。也就带着这么一个美好的念想，游历江南的景色，规划着未来新的平淡的生活，难怪那些景色都着上了欢愉的色彩。只是那一叶小舟，却禁不住勾起了忧虑和遐思。

木兰船上渐远的娇媚，是否会同这江南的风一样？爱人，是否仍旧在那里？皇命难违，只得再次与那纤细的身躯娇柔的身影错过，小舟或许带去他无边的相思之苦和勾勒起的小桥流水人家，又或许带来他对未来的期许，但沉醉着，无边地深思着，不禁想唤它，可否慢一些驶离？

忆江南

【原文】

江南好,佳丽数维扬①。自是琼花偏得月②,那应金粉不兼香③。谁与话清凉④。

【注释】

①佳丽:美丽。维扬:扬州的别称。《尚书·禹贡》谓"淮海惟扬州",《毛诗》将"惟"字作"维",后因截取二字以为名。

②琼花:一种珍贵的花,扬州琼花为绝世之珍,叶柔而莹泽,花色微黄而有香味,有"维扬一枝花,四海无同类"一说。宋宋敏求《春明退朝录》卷下:"扬州后土庙有琼花一株,或云自唐所植,即李卫公所谓玉蕊花也。"宋淳熙以后,多为聚八仙(八仙花)接木移植。此花虽无古琼花异香芳郁,但树姿与花形皆似当年之琼花。

③金粉:黄色的花粉,这里指琼花。

④清凉:凉而使人清爽的。

【赏析】

江南之美赏了不少,终于来到了精华之地——扬州。这块宝地,历代总少不了被当作文人墨客吟诗作赋的背景之一,因它清雅不俗的景色和温润宜人的气候,似乎总能令人遐想万千。正如纳兰念道:佳丽数维扬。美中之美,还数扬州。

扬州的景物,最为人称道的,一是琼花,二是月色。琼花为扬州市花,自古有许多名流之士对它爱不释手。相传隋炀帝开凿大运河,其因之一正是为到扬州赏琼花。琼花有"举世无双"之称,欧阳修任太守时在琼花观中曾题下"无双亭",更是证明了这花坚实的地位。到宋代,仁宗皇帝和孝宗皇帝不忍释手,尝试移栽琼花,但都无法使它成活。大概琼花与扬州,自是不可分离罢。可惜今天琼花已不存在,元兵攻入扬州的时候,琼花便消失了。但扬州人对琼花的喜爱不减,因而有了我们现在见到的"琼花",实际应该唤为"聚八仙"。琼花之独特而又

不乏风韵,引得诸多文人总要驻足称颂一番。扬州的琼花也就自然地与这个城市紧密相连在一起。既下扬州,必寻琼花。

月这一景物,在诗词中应属最为常见了,扬州之月,亦是尤其享有盛名。有杜牧之词"二十四桥明月夜,玉人何处教吹箫",亦有徐凝的"天下三分明月夜,二分无赖是扬州",更有陈羽"霜落寒空月上楼,月中歌吹满扬州"。月中扬州,优雅引人。如今人们熟知的《春江花月夜》,其诗灵感正是来自扬州月夜。由此足以可见扬州月光的特别。也许是雾色的关系,也许是花花草草的映衬,夜间芳香使月光更令人陶醉。古城之月,将纳兰的心柔化了。

此时,有花有月,"竹西亭边花留情影,月明桥下柳拂清波"(竹西亭楹联),好似万事无缺,舒适惬意。

可在这金粉兼香之地,纳兰却不禁问道:与谁能话得清凉?一个人的景致再美再雅,也无人共赋几曲,对吟几句。寂寥之中,他的思念愈加浓烈。自己在此赏花观月,不知北方佳人,是否垂颜叹息着爱人总无法相伴呢?沈

宛这个女子,善于诗词,颇有才气,善解人意,也因此能让纳兰对她真心爱怜。江南女子如何,汉人如何,对于纳兰来说,世俗的阻碍,无法隔断感情的维系。即便远隔千里,思念相携,总能等到与心爱的女子重逢。"若有情,天涯也咫尺。若无情,咫尺也天涯。"可睹物思人,才下眉头,又上心头。

花月历来与美人脱不了关系,加上江南烟雾缭绕,不难由景及人。"人有悲欢离合,月有阴晴圆缺",蓦然回首,灯火阑珊处,你还伫立在窗前,倚楼看月明。可惜只是相思无数,隔了南北之遥,享受着江南的景致,心却在北方爱人之处,无心再赏和风、细雨、柳絮、琼花。再美之景,只能一人独赏,无处话凄凉。一人的欢愉,哪称得上是欢愉?

对着一番好景,却只能感叹:花前月下,美人何处?

忆江南

【原文】

江南好,铁瓮古南徐①。立马江山千里目②,射蛟风雨百灵趋③。北顾更踟蹰④。

【注释】

①铁瓮:即铁瓮城,江苏镇江古城名,三国时孙权所建。宋王令《忆润州葛使君》云:"金山寺近尘埃绝,铁瓮城深气象雄。"南徐:古州名。东晋置徐州于京口城,南朝宋改称南徐,即今江苏镇江,历齐梁陈至隋开皇年间废。

②立马:骑在站立不动的马上,驻马。

③射蛟:指汉武帝射获江蛟之事,《汉书·武帝纪》:"(元封)五年冬,行南巡狩……自浔阳浮江,亲射蛟江中,获之。"唐李白《永王东巡歌》之九:"祖龙浮海不成桥,汉武浔阳空射蛟。"后诗文中作为颂扬帝王勇武的典故。

百灵:各种神灵。《文选·班固〈东都赋〉》:"礼神祇,怀百灵。"李善注:"《毛诗》曰:'怀柔百神。'"

④北顾:山名,即北固山,在江苏镇江市区东北江滨。有南、中、北三峰,三面临长江,形势险固,故称"北固"。有"京口第一山"之称。梁武帝曾登此山,挥笔写下"此乃天下第一江山也"的题词。后改名"北顾"。

【赏析】

古城所及,都是厚重的历史。

看到了铁瓮城,亦是看到了北固山。古城气势恢宏,有"半面烟岚雄北固,一方形势控东吴"如此形容,可见规模之大,已是王城的格局。但当时纳兰所见的铁瓮城,是褪去繁华的古城之墟。旧日的热闹景象已经远去,换了多少代的帝王,此地已是面目全非。它在著名的北固山,成为文人伤史的感叹对象。

说到北固山,必说辛弃疾的《永遇乐·京口北固亭怀古》:

千古江山,英雄无觅孙仲谋处,舞榭歌台,风流总被雨打风吹去。斜阳草树,寻常巷陌,人道寄奴曾住。想当年,金戈铁马,气吞万里如虎。

元嘉草草,封狼居胥,赢得仓皇北顾。四十三年,望中犹记,烽火扬州路。可堪回首,佛狸祠下,一片神鸦社鼓!凭谁问:廉颇老矣,尚能饭否?

英雄无觅孙仲谋处!像孙权这样的英雄,已经在历史中难以复得,舞榭歌台还在,英雄却一去不复返。想当年他还是金戈铁马,领军北伐收复失地的身姿何等威武,如今只得在此故地怀念英雄。

纳兰所见的铁瓮城，大抵就是辛弃疾词中的"舞榭歌台"。它是孙权所建，是有着"铁瓮城深气象雄"赞美之辞的古物。一派气势恢宏的北固山，如今驻马望去，苍苍茫茫还有一个铁瓮城，依稀可以想象它当年的繁华，然现在不过是任后人观赏、任文人缅怀的可感之物。北固山由此便成了触发纳兰感想的媒介之一。

另一媒介，则是射蛟台。

史书记载汉武帝射蛟有："元封五年冬，行南巡狩，至于盛唐，望祀虞舜于九嶷。登潜天柱山，自浔阳浮江，亲射蛟江中，获之。舳舻千里，薄枞阳而出，作《盛唐枞阳之歌》。"远远望去，射蛟台依旧是繁华热闹，却今昔有别，史上之事，终究只能是历史。

必须要佩服纳兰用典的精湛，看似随意挥笔，描述那情境之中的景物，实则精当地化用历史，以史抒情，足以见他修养的深厚和表达的生动。寥寥数语，古今之比已将那时心情淋漓抒发。沉郁含蓄之词，说尽了吊古伤今的感慨。北固山啊北固山，真叫人踌躇万千。

可这故国之思、伤今之情从何而来呢？纳兰生于优越的权贵之家，却频频伤时吊古。传说纳兰"性喜作诗余，禁之难止"，尤其推崇李后主，他曾有言"《花间》之词如古玉器，贵重而不适用，宋词适用而少贵重，李后主兼有其美，更饶烟水迷离之致。"可见受花间词影响之深。后主此中的兴亡之叹，便也自然融入纳兰的细腻情感之中去。这也更成就了才子与常人之别，更增添了饮水词的清丽和哀愁。

忆江南

【原文】

江南好，一片妙高云①。砚北峰峦米外史，屏间楼阁李将军②，金碧矗斜曛③。

【注释】

①妙高:妙高峰,在江苏镇江金山的最高处,顶上有坪如台,名妙高台,一名晒台。

②米外史:宋代书画家米芾别号海岳外史,故称。李将军:李思训,唐宗室,人称大李将军,善画山水树石,笔力遒劲,后人画着色山水多取其法。

③斜曛:落日的余晖。

【赏析】

妙高山地处镇江境内,即是我们如今熟知的天柱峰。峰顶上有坪如台,名妙高台。三面峭壁,近峦远岗,松涛盈耳。最为有名的当属四周缭绕的云雾,据说终年不散,如同仙境,似能见天上宫阙,玉宇楼阁。台下湖嵌峰间,楼阁坠设,纳兰立于妙高台之上,静看山下江南俯视之景,内心充满愉悦。夕阳西下,余晖斜照,光线映衬水雾和风,落于楼宇亭台,江南大地好似泛了金光。

“砚北”则是那砚山园之北,米外史即有名书画家米芾。传说南唐后主李煜曾得过一方名砚,因其四周刻有三十六座手指大小的峰峦,故称砚山。南唐灭于北宋以后,国宝飘零,那砚最后流转到米芾手中。可惜这书画巨匠反倒更热衷于屋瓦古宅,拿这块砚台在镇江甘露寺下临江之处换得了一块地皮以作建宅之用。至南宋绍兴年间,米芾的这座砚台换来的宅子又归了岳飞的孙子岳珂。岳珂在这片地上建了一所园林,想到此地几番易主的辗转经历,便溯其源头,以李后主的那方名砚为园林命名,唤作砚山园。

这首词,纳兰写的两位卓有成就的画家,应是关键。米芾此人,一生官阶不高,是一个有真才实学的人,不善官场逢迎,为人有些清高,但这反而为他赢得了很多的时间和精力来玩石赏砚、钻研书画艺术,对书画艺术的追求到了如痴如醉的境地。米芾在他人眼里是个怪人、狂人，不入凡俗的个性和怪癖，并不被理解，但正是他如此艺术造诣的根源。这与纳兰是极其相似的。看起来，纳兰写米外史，实际上也在反思自己。但显然的，他并不希望改变为变通圆滑之人。米芾曾自作诗一首："柴几延毛子，明窗馆墨卿，功名皆一

戏，未觉负平生。"恃才傲物之人如此，的确是个颇有个性的人。绘画上，他在山水画上成就最大，他尤其欣赏南方瞬息万变的"烟云雾景"，"天真平淡""不装巧趣"的风貌，因而"米氏云山"大都是烟云掩映、迷雾缭绕的江南景色。

另一个人，李将军，即唐代绘画大家李思训，善画山水、楼阁、佛道、花木、鸟兽，尤以金碧山水著称。除了取材实景，多描绘富丽堂皇的宫殿楼阁和奇异秀丽的自然山川外，还结合神仙题材，创造出理想的山水画境界。题材上多表现幽居之所，反映了贵族阶层的审美趣味和生活理想，因当时社会的各种矛盾和佛道思想及文人隐居习尚的影响，也使他在作品中时常流露出一种出世情调。

通过这两个颇有特色之"君子"，实际上就能看到纳兰的影子了，米芾又是另一个纳兰，李将军的画作，大多能够表达纳兰的意愿。对宦海沉浮无法接受甚至心怀抵触的纳兰，虽处在一个官僚围绕的环境里，但一直保持为人清净，不融于世俗，不跟从父亲攀权附贵，沉溺在自己的填词作赋之中，与友人相伴，与爱人相知，从来向往"小桥流水人家"的显示，早已想要"采菊

东篱下",归隐不再过问人世纷杂之事。

因而当彼时面对清丽的江南之景,想起自己万分欣赏的君子,禁不住看到那夕阳的光,都觉得是有碧光,尤其美好。忍不住开始在心里描绘起了辞官之后的恬淡闲适的生活,男耕女织就可,至少笑容是发自真心的。想想米芾为人,自己也该有这般勇气和决心,去追求内心真正想要的生活。这么想想古人,看看美景,伴着水汽夹杂的树木的清香,顿时开阔了。夕阳之光,本对他来说,是一日终结,该是有几分伤悲的光线,此时却绘成了金光灿烂。

他该是如何的渴望平凡的人间之情、人生之乐啊!

忆江南

【原文】

江南好,何处异京华①?香散翠帘多在水②,绿残红叶胜于花。无事避风沙③。

【注释】

①京华:国都,京城。

②翠帘:绿色的帘幕。

③无事:无须,没有必要。

【赏析】

看惯了京城之景,江南婉约,显得雅致有序。一口气写下江南各地的山水,伫立湖边,自问:到底是什么与京城如此不同,使人如此留恋?这首词写得清丽欣喜,欢愉洒脱,好似少了点纳兰的惆怅在其中,又是何故?

纳兰的官途,因了父亲的缘故,虽然不升不降,也还算是平坦。但才子之心岂能安于现状!即便填得一手好词,作得一手好诗,也不过是康熙身前

纳兰容若全集

《纳兰词》鉴赏

图文珍藏版

的一个侍卫,负责保护皇上的安危。

史上有言说,纳兰仕途,实际是康熙防患其父的牺牲之物。贵族势力多为历代君王所惧,明珠家如此繁盛,皇家不得不防。纳兰这侍卫之官,到底是皇上的赏识还是刻意的安排,史上说法不一,也难下定论。但显然,跟纳兰向往汉文化、爱好诗词的初衷是不符的。壮志未酬、怀才不遇的纳兰,无意苦争春,"零落成泥碾作尘",只有香如故。他目睹险恶官场的真实面目,远观朝中朋党倾轧、小人得志、英才落魄,甚是凄凉。淡泊名利的纳兰最终失望至极,坚决抵触弄权敛财,事亲至孝又不愿效法父亲,只得为着自己的安稳的官职,冷眼看官场沉浮之事,内心却早已厌倦不堪了。

在这样的心境之下,随君王出行,本也并不见得能让他如此豁达,却看:红藕香残,水上徒留翠叶。满眼残绿,满山红叶,掩映一处胜于二月之花。清清朗朗的江南是无须躲避风沙的。

纳兰是生性喜近自然之人,相对于那毫无自由、处处围绕君主之命生活的侍卫生活,江南的小情趣,着实俘获了他一颗感性的心。醉心于泉石的志趣,随着好景一声轻唤,霎时于禁锢的思绪中涌动起来。那一腔对官场的不满和厌倦,化为对闲适田园的无限渴望。

再说这地,江南水雾里,叫他纳兰遇见了今生第一挚交顾贞观,叫他纳兰遇见了红颜爱人沈宛,牵念之景里有牵念之人,挚爱之景中遇挚爱之人,冥冥之中他与烟雨江南,已经不可分割。忆了十阕江南,看了十个纳兰,每一个,都充满温柔的深情,于人于景,都恋恋不舍。

对着这景忆起故人,纳兰最终执起笔来,落笔坚定,笑容平和。信件将及之人是知己顾贞观:

> 恒抱影于林泉,遂忘情于轩冕,是吾愿也,然而不敢必也。悠悠此心,惟子知之。

这“吾愿”,总算是下了决心,悠悠此心,知己定之。

难得在纳兰的词中看到了欢愉的字句,不难品味他虽“身在高门广厦”却常有的“山泽鱼鸟之思”。连府前湖水南岸的两棵卫矛树,都能咏出“阶前双夜合,枝叶敷华荣。疏密共晴雨,卷舒因晦明。影随筠箔乱,香杂水沉生。对此能销忿,旋移迎小楹”这样的诗句,可见他对自然界山水花草的眷恋,也确实十分应和他的细腻柔和。

最后所有的喜欢都融在这“无事避风沙”之中,这又别有一层意味。读来五个字的力量,远比这北方的风沙更让人想要逃避。纳兰欲避之风沙,是那官场之中的恩恩怨怨、是非纠葛、扯不清的含混的人情关系、事权贵的无可奈何。

恰只在这江南,即纳兰心中暗指的隐居生活,才是清清丽丽,没有沾染的空气。

“无事避风沙”,可轻婉地念,亦可洒脱地诵,既可是纳兰内心窃窃的期盼,亦可是其面对江山如画渴望的解脱,淤积依旧的渴望,何时能破茧,从此安定于没有风沙拂面的轻柔的风里呢?

忆江南

【原文】

新来好,唱得虎头词①。一片冷香唯有梦②,十分清瘦更无诗。标格早梅知③。

国学经典文库

纳兰容若全集

《纳兰词》鉴赏

图文珍藏版

【注释】

①新来:新近,近来。虎头词:指好友顾贞观客居苏州时所填之词。虎头,晋代画家顾恺之小字虎头,顾贞观与之同姓,这里借指顾贞观。

②冷香:指清香的花,这里指梅花的清香。

③标格:风范,品格。

【赏析】

古时文人互通书信,留下不少传世的佳作。这词便是纳兰与顾贞观惺惺相惜的最好证明。

纳兰这阕词,答的是顾贞观的《浣溪沙·梅》:

物外幽情世外姿,冻云深护最高枝。小楼风月独醒时。

一片冷香惟有梦,十分清瘦更无诗。待他移影说相思。

写的是梅,咏的是品格,思的是人。

贞观赞梅是那最高枝,赞梅的冷艳不俗,也是写人该出尘而不染,高洁正直。小楼风月,一人独醒时,更是一语双关,不知独醒于风月的,是梅还是人。待他说尽相思,思的又是谁呢? 有人疑问,这相思二字,不是从来就是为爱人所造的吗? 其实这词更像是为友人而写。

纳兰读懂了此中深意,因而立即回复好友,告知新来甚好。所谓"虎头词",指的便是顾贞观之辞,虎头实为晋代画家顾恺之的小字,由于顾贞观与其同姓,因而借虎头指代贞观。一句话开门见山表达收到故友诗词的新来之好,足见纳兰下笔时满心的欢愉。常年难见几回,知己诉诉衷肠只有纸笔相助,读到熟悉的文风句法,不禁要觉得尤其亲切。

"一片冷香惟有梦,十分清瘦更无诗"是贞观词里的精华,"标格早梅知"是纳兰答词之中的点睛。挚交之间,默契最是令人感动,所谓知己,是知

其所思，晓其所虑者。纳兰
读出了顾词梅之深意，知晓
那顽强盎然的植物，并非仅
仅"疏影横斜水清浅，暗香浮
动月黄昏"的赞叹，意会那短
句之中说的相思也并非林逋
以梅为妻的暧昧。

　　冷香喻梅，恰能写尽梅
的冷艳高洁，好似唯有梦中
才可亲历那撩人的芳香。清
瘦的世外之态，更是没有诗词能够轻易言出那清雅脱俗的姿色。如此描述，
对梅的挚爱，事实上正是对高洁脱俗的坚持。寄予友人，要将那清雅的姿态
与其共勉，于是纳兰写道：标格早梅知。知己之高风亮节，超凡脱俗的秉性，
不就正是这梅散发的清香缕缕吗？这五个字的精妙，全在这两人的默契，不
得不令人感叹：挚交，该是如此。况周颐在《蕙风词话》道："以梁汾咏梅句
喻梁汾词。赏会若斯，岂易得之并世。"这一首答词，情深义重，心意相通。

　　尘世缘来缘去，如鲁迅先生赠予瞿秋白的对联所言："人生能得一知己
足矣，斯世当以同怀视之。"纳兰虽命途寂寥，能遇如此挚交，也当属幸运
之至。

　　顾贞观有一好友叫吴兆骞，含冤被流放黑龙江十多年之久，顾贞观悲痛
仗义，为好友作《金缕曲》两首，纳兰偶然读到，感动不已，不惜一切代价营
救吴兆骞。日后两人相识，深觉相见恨晚，从此就成为知己。关于其情谊，
还有一首纳兰所做的《金缕曲》：

　　"德也狂生耳。偶然间、缁尘京国，乌衣门第。有酒惟浇赵州土，谁会成
生此意。不信道、竟逢知己。青眼高歌俱未老，向尊前、拭尽英雄泪。君不
见，月如水。

共君此夜须沈醉。且由他、蛾眉谣诼,古今同忌。身世悠悠何足问,冷笑置之而已。寻思起、从头翻悔。一日心期千劫在,身后缘、恐结他生里。然诺重,君须记。"

这阕是为跨越两人之间因身份悬殊造成的困扰所作,一句"诺重君须记",读得贞观清泪涟涟,感动不已,更是笃定了今生二人情谊,不可分割。

不得不感叹,果真是缘分如此。

看那顾贞观以相思来思纳兰,友情同似爱情需要等待和磨合,缘起缘灭,都是默契,相知相携,才得以延续。有知己若此,夫复何求!

忆江南

【原文】

挑灯坐[1],坐久忆年时。薄雾笼花娇欲泣,夜深微月下杨枝[2]。催道太眠迟。

憔悴去,此恨有谁知。天上人间俱怅望[3],经声佛火两凄迷[4]。未梦已先疑。

【注释】

①挑灯:拨动灯火,点灯。亦指在灯下。

②杨枝:杨柳的枝条。

③怅望:惆怅地看望或想望。

④佛火:指供佛的油灯香烛之火。凄谜:景物凄凉迷茫。

【赏析】

这首词为伤悼亡妻之作,回忆起去年此时来,耳中所听、眼中所见都是凄迷之情景,更增添了惆怅:坐在灯下,回想陈年旧事。薄雾之下花影朦胧,夜已深沉，月亮也已经落下杨柳枝头，听你催促我不要睡得太晚，那样的情景历历在目。而今你却已经离去，心中无限忧恨又有谁能知道？你我天人永隔，相互怅惘，在这经声佛火中不胜凄迷，如此光景是梦是幻，还没睡去却已经分不清了。

赤枣子

【原文】

惊晓漏，护春眠。格外娇慵只自怜。寄语酿花风日好[①]，绿窗来与上琴弦。

【注释】

①酿花：催花绽放。

【赏析】

窗外屋檐在滴水，在演奏着大自然的协奏曲。滴滴答答，那是春天的声音。这一首新曲，是谁谱就？

每一个少女，都是一本唤不醒的日记。因为春暖花开，因为有些事情，她们喜欢少女闭上眼睛。满脸的睡意，也是芳龄十八岁，无法抗拒。还是起床吧。先打开你的眼睛，她的眼睛，万物已为我备好，少女的眼睛才缓缓打开。趁着明媚春光，和园中的花朵都打声招呼。告诉她们不能贪睡，要早些绽放。推开碧纱窗，让那古琴的琴声再优雅一点，飘得再远一点……

此篇以少女的形象、口吻写春愁春感，写其春晓护眠，娇慵倦怠，又暗生自怜的情态与心理。

春晨，窗外屋檐滴水的声音将她唤醒。一"惊"字分明写出了女主人公些许娇嗔恼怒之意，分明睡得香甜，谁料漏声扰人清梦，合是十分该死。本就恋梦,这一醒来方知春暖花开,正是春眠天气,遂倦意袭来,无法抗拒。且看这句"格外娇慵只自怜","娇慵"谓柔弱倦怠的样子,李贺《美人梳头歌》中就有"春风烂熳恼娇慵,十八鬟多无气力"的句子,想必本词的女主人公也同这位女子一样,满脸睡意,辗转反侧,别有一番风韵。而"格外"一词,更是把

这位慵懒的女子渲染得楚楚动人,似有千般柔情。是也,春天是生命生长、万物复苏的季节,却也是春愁暗滋、风情难抑的时候,少女们面对着春日美景而暗自生怜,也是十分自然的事情。

现在,这位女子醒了。那么醒后干什么去呢?"寄语酿花风日好,绿窗来与上琴弦。"原来,起床的第一件事,就是趁着明媚的阳光,和园中的花朵打招呼,催促它们早点绽放。的确,"草树知春不久归,百般红紫斗芳菲",春天是美好的,亦是短暂的。遂要这个晨起的小女子,去催促百花你争我赶竞相开放,免得错过了这春意盎然的季节而后悔不迭。然后推开碧纱窗,好让自己优雅的琴声飘得更远一些。词写到此处,这位少女的春感,已转悠远、朦胧,同时又挟有一分淡淡而莫名的愁思,可谓言尽意不尽,含蓄蕴藉而后留白深广了。

忆王孙

国学经典文库

纳兰容若全集

《纳兰词》鉴赏

图文珍藏版

【原文】

西风一夜剪芭蕉。满眼芳菲总寂寥? 强把心情付浊醪①。读《离骚》。洗尽秋江日夜潮。

【注释】

①浊醪:浊酒。醪,带糟的酒。

【赏析】

这是一首爱情词,抒写对情人的深深怀念:是谁在翻唱着那凄凉幽怨的乐曲,伴着这萧萧雨夜,听着这风声、雨声,望着灯花一点一点地烧尽,让人寂寞难耐、彻夜不眠。在这不眠之夜,不知道是什么事情萦绕在心头,让人或睡或醒都如此无聊,梦中追求的欢乐也完全幻灭了。

"谁翻乐府凄凉曲"算是纳兰词中的名句,看似平白易懂,却于深处暗含波涛汹涌的愁绪,句中的"翻"字,是演奏、演唱的意思。"乐府"是诗体名,最初的时候是指乐府官署从民间采制的诗歌,后来将从魏晋到唐朝可以入乐的诗歌,以及能够模仿乐府诗的古体诗歌都称为乐府。宋朝以后的诗歌、散曲、词、剧,能配乐的都称为乐府。

谁在唱着那些凄美的歌曲,歌声萧索,居然令"风也萧萧,雨也萧萧"了,而且还凄凉到彻夜无眠,"瘦尽灯花又一宵"了。古人的烛火一般是用羊油做成的,烛芯烧着的时候,有时候会发出小小的爆裂的声音,像烟火一样。

所以,在这里容若会用"灯花"来描写,美丽的词汇既能增加词的美感,又能写出意境。这相思也有分类,容若的相思就如同燃烧的灯芯,模模糊

糊,道不清真切,却是持持续续,烧不尽相思。

上片写完相思的凄凉,下片便转而写无聊的现状。"不知何事萦怀抱",思念到深处,依然觉察不出什么事情才是牵绊自己思绪的"罪魁祸首"。凄凉的心境令自己整夜无眠,而无眠之夜里,无谓的相思,更是令自己"醒也无聊,醉也无聊"了。

词写到这里,意境接近尾声,只是读词的人还是不甚明了,令容若凄苦而又无聊的女子究竟为何人? 可能是为了解决读者心中的疑惑,也或许是为了回答自己这一整夜无聊的思索,容若最后一句便交代为"梦也何曾到谢桥"。

收笔之句似乎在字里行间悄悄透露了这位不知名的女子的倩影。末尾处的"谢桥"是说谢娘桥,古人用"谢娘"来指代心仪的女子,而"谢桥"便是由谢娘衍生出来的美丽词汇,指代佳人所住的地方。

一场古时候的思念,一个谢娘的故事,或许思念真的是从一座谢桥走向另一座谢桥,在不经意间品味思念似醉非醉的感觉。容若的词,无人能够真正诠释,但这也正是容若词的魅力所在,因为不懂,所以悲悯。因为每个人的梦中,都有一份得到却又失去的美丽。

国学经典文库

纳兰容若全集

《纳兰词》鉴赏

图文珍藏版

忆王孙

国学经典文库

纳兰容若全集

《纳兰词》鉴赏

图文珍藏版

【原文】

暗怜双绁郁金香①，欲梦天涯思转长。几夜东风昨夜霜，减容光②，莫为繁花又断肠。

【注释】

①绁：拴、缚，此处谓两花相并。郁金香：供观赏的多年生草本植物，叶阔披针形，有白粉，花色艳丽，花瓣倒卵形，结蒴果。

②容光：脸上的光彩。

【赏析】

闺中的女子，怜惜着小院里的郁金香花，偷偷地。花开的心事，是不能说的。

梦是花朵紫色的根须，想探探情郎的天涯，是否比她的思念绵长？

春风中有些薄薄的寒冷，她的玉手有些微微的凉。如花的容颜憔悴时，她听见，忧伤在郁金香花里一瓣一瓣地敲门。

这首词写闺中女子思念远方的情人，以淡语出之，平

浅中见深婉，自然入妙。

"暗怜双缕郁金香，欲梦天涯思转长。"起首二句由景及人，睹物而思及远方的心上人。双缕，可作两解。一为"成双的捆在一起的"，以此修饰"郁金香"，反衬人之孑然。二是借代女子的袜子，因古代有一种女袜有丝带与衣着相连，"缕"本指那起牵连作用的丝绳并在此借指整个袜子，而"郁金香"则是袜子上的图案。

此处，若作前解，是写花，想必郁金香在二人的爱情生活中有过一定的关系，所以见花而思念之情变得更加强烈。若作后解，是写闺中女子因思念远人而引起的自怜爱惜。此处关注的重点并非是哪一种解释更符合词人本意，而是这个"暗"字。——此一"暗"字用得很别致，有"私"的含义，似言事涉私情，非他人所知。

"几夜东风昨夜霜，减容光，"此二句一出，当知"暗怜双缕郁金香"一句中，主人公"怜"的是成双成对的郁金香花。这里也是言几夜的风霜又使美丽的花消褪了容光。但"减容光"又非独言花，它还可以形容女子的容颜憔悴。元稹《莺莺传》中，莺莺在被张生抛弃的绝望中，曾写道："自从消瘦减容光，万转千回懒下床。不为傍人羞不起，为郎憔悴却羞郎。"此处容若是不是暗用了莺莺诗意，写女主人公因思念玉郎而辗转偏懑？若如此，则"东风""霜"云云，摧残的并非仅是郁金香花了，还有她的花容月貌。

末句，"莫为繁花又断肠"，有人曾解为：说不要为花的凋谢而伤感，实际上却正是在为此而伤感，故作自我安慰之语，就比较含蓄。令人读了觉得含思婉转，哀而不伤，很合乎我国传统诗教"温柔敦厚"的旨意。此种解读，稍显迂腐。因为"莫为"，正是因思至断肠亦无可奈何的恨恨之辞，古人诗中所道的"莫"都不能简单地从字面去解，如李后主"独自莫凭阑"，并非真是劝人莫要凭阑，或表自己拒绝凭阑的态度，此句本来就是凭阑之语，"流水落花春去也"正是凭阑之见也，害怕独自上高楼，又不得不登临凭阑，此真真内心起伏无定也，而容若此词既然前有对"郁金香"的"暗怜"之语，可见词人空对落花黯然神伤,真与欧阳公"泪眼问花花不语,乱红飞过秋千去"情致一也。

忆王孙

【原文】

刺桐花底是儿家。已拆秋千未采茶。睡起重寻好梦赊①。忆交加②,倚着闲窗数落花。

【注释】

①赊:渺茫、稀少。

②交加:交错,错杂。此处谓男女相偎,亲密无间。

【赏析】

刺桐花开了。花瓣儿嫣然飘进了情窦初开的少女的心窗。总是漫天情,总是夜来香。

四月这美丽的季节,有一种淡淡的忧伤。她坐在家门前,微笑朦胧着羞红的脸。梦里花落知多少……

数一片落花,就想起曾经,窗前的月光,把两个人的影子缝成一个的日子。

这首词是篇抒写童稚回忆的词章,清新自然,明白如话。稚气散漫的词人只轻轻几笔的勾画便使意象鲜明,境界全出。

首句点明主人公身份:年轻女子。"刺桐花底是儿家",儿家,即是我家,是中国古代女子口语,如张先《更漏子》:"柳阴曲,是儿家。门前红杏花。"李从周《清平乐》:"叮咛记取儿家:碧云隐映红霞;直下小桥流水,门前一树桃花。"寥寥数语,听来无不给人以温柔旖旎,天真烂漫之感。

接下"已拆秋千未采茶"一句,点明时令。古时,二月以后农事渐忙,故古人常于寒食清明后,拆掉秋千。秋千既拆,新茶未采,正是晚春时节。"睡起重寻好梦赊",写少女春梦。醉眠之中,她做了好梦,但是醒后,美梦却渺茫难寻。"好梦赊",好梦到底是何梦?

"忆交加,倚著闲窗数落花。"这句"忆交加"点明了好梦为乃是"交加"之梦。交加一词,出于韦庄《春秋》:"睡怯交加梦,闲倾滟觞。"指男女相偎,亲密无间。睡梦之中,全是与心上人相守相聚的情景,醒来之后,却只有回忆。本想倚靠着闲窗,静数落花,但脑海里却满是关于两人在这窗前依偎看花的回忆。

这首小令与纳兰其他作品的风格截然不同,倒与南宋中期杨万里的诗(如《小池》:"泉眼无声惜细流,树阴照水爱晴柔。小荷才露尖尖角,早有蜻蜓立上头。")有所相似,采用白描的手法,用近乎口语的语言,描写生活细节的小情趣,生动地刻画出了一个情窦初开的渴望与心上人厮守的小儿女形象。

忆王孙

【原文】

西风一夜剪芭蕉。满眼芳菲总寂寥?强把心情付浊醪①。读离骚②。

洗尽秋江日夜潮。

【注释】

①浊醪:即浊酒。醪,带糟的酒。

②离骚:中国古代最长的抒情诗。屈原的代表作,也是《楚辞》中的名篇。

【赏析】

时维三秋,天气转凉。昨夜又是一夜难入眠,只听得西风萧萧,足足吹了一夜。园中芭蕉林,本是绿肥青葱苍翠可爱,岂忍得了这一夜的摧残,尽是遍地皆狼藉。"悲哉,秋之为气兮,肃杀也!"满目望去,没有尽头,所见皆秋色,顿时胸中无限凄凉,人岂能经受如此寂寥?取来一壶浊酒,对窗独自低饮,强将这无限的寂寥倒进杯里,化作无奈,一饮而下,灌入愁肠。岂料"抽刀断水水更流,举杯消愁愁更愁",这心中苦闷何由才得排遣?随手捡起一本《离骚》,漫目读去,字字尽愁语,篇篇有千结。报国有心,立功无门,心怀天下,书生意气,三藩之乱的刀兵战火未安,我的心中愁闷,如那日夜奔腾不息翻滚的三湘江水一般。

这首词主要是写一种"愁",先不谈这"愁"到底是为何而愁,先看看纳兰性颜不再了吧。

容若对于爱情,一丝不苟。是谁说誓言不过是开在舌尖上的莲花,是谁说誓言不过是无谓之人所做的无谓之事。对于容若来说,爱情便是此生无悔的誓言,无法更改的约定,所以,容若一旦爱上,便是此生此世。

站于路口,容若举目四望,"何路向家园,历历残山剩水。"词的一开始,就奠定了伤感的基调。家园无处可寻,回家的道路已经找不到了,抬头望去,满目都是一片残山剩水。

山就是山,水便是水,何来的残山剩水呢?容若将山水之景用"残剩"

修饰，更显得心境荒凉，犹如残败的风景。

若早知道这只是一场有缘无分的情事，在相遇之时，就会按捺住内心的悸动，那时没有陷入爱的河流，今日便也不会在此苦苦相思了。

"都把一春冷淡，到麦秋天气。"春季转眼就过去了，为了思念，都冷淡了这大好的春光，当回想起来，春日的好风景都已错过，而眼下所看到的已经是萧瑟的秋景了。上片在一片嘘叹声中结束，简明轻快，没有晦涩之意，也不用典，但依然能够写出容若愁苦的心情。

下片依然承接上片简单的风格，既然春天都已经被错过了，那春日的花朵也没能看见，"料应重发隔年花"，料想去年的花，今年也再次开放了吧，花可以年年开放，年复一年地绽放。错过了今年的花期，明年只要愿意，依然可以等到花开，遗憾就可以弥补，但是人事呢？只怕是错过一次，就终生无法补救了。

所以，那些曾经美好的花前月下的事情，最好不要再想起，每想起一次，都是折磨，面对无法重演的故事，真的还是"莫问花前事"的好。容若不是圣人，他只是一个平凡的，渴望爱的男子，他拒绝今春的这场花事，是为了不看到荼蘼而心痛，但真的就可以躲避开来吗？只有他自己知道。

"纵使东风依旧，怕红颜不似。"景色依旧，物是人非，最后的这句感慨是许多词人都感慨过的，并无什么特别。容若写词总是这样，用平淡的语气诉尽天下悲情。

人生就是这样错过一场又一场美景，有些人对这些错过不以为意，但对于容若来说,每一次错过都是一道伤痕。他用伤痕累累的心,吟咏出这些千年,甚至万年之后都不会被忘记的词。他与他那些隐约的心事,统统被记载了下来。

玉连环影

（按此调谱律不载,或亦自度曲）

【原文】

何处①？几叶萧萧雨。湿尽檐花②,花底人无语。掩屏山③,玉炉寒。谁见两眉愁聚,依阑干④。

【注释】

①何处:何时。古诗文中表示询问时间的用语。

②檐花:屋檐之下的鲜花。

③屏山:屏风,因屏风曲折若重山叠嶂,或屏风上绘有山水图画等而得名。

④阑干:同"栏杆"。

【赏析】

这风雨萧瑟,花湿尽,心情不佳。雨相伴,花相随,人却孤单。在这静谧寂寥的深闺中,谁能看到我的惆怅,读懂我的忧伤？

据考证,本首词作应该是纳兰容若的自度词。所谓自度词,是一种在中国传统词牌的格律基础上创作的新词。它的特点是遵循格律,在旧词牌中填入新词。自度词横空出世以后,逐渐发展成为一种崭新的文学样式。对自度词运用自如的,要数南宋文学家姜夔,在他流传下来的十七首曲谱里,有十三四首都被认为是自度词。在他之后,自度词越来越流行,而且大多不再以歌咏为主,而是偏向于自由居多。

以"何处"发问,问出似是而非的困惑,看似漫不经心,实则是女子幽怨的自问。古诗词中首端以"何处"发问的不在少数,如晏殊《蝶恋花》中的"何处合成愁,离人心上秋",以及辛弃疾《南乡子》中的"何处望神州?满眼风光北固楼",都是含义深沉的发问。这样的发问,要的并不是一个十分明确的答

案,因为答案就在诗人的心中,或者压根就没有答案。"何处"一出口,带着些许幽怨,些许感慨的意味,心中本多事,又何曾有心情去关注何时雨起,何时会歇?只是不经意间,发现这几许潇潇细雨,已然下了很久。此处的"几叶",应该是与后句有所关联,雨从檐处落下,其形态亦似落叶飘飘之状。此句整体给人以凄冷萧瑟之感,奠定了全词的感情色彩。从这不知何时下起的细雨中,女子的愁思和寂寥再次被撩拨。

百花香残,也不及这"檐花"凄美艳绝。古来有人误读,以为所谓"檐花"便是檐雨之花,其实际所指却为靠近屋檐下边开的花。李白有诗曰:"山鸟下听事,檐花落酒中。"杜甫在《醉时歌》中也有提及:"清夜沉沉动春酌,灯前细雨檐花落。"而宋代周邦彦亦作:"浮萍破处,帘花檐影颠倒。"檐花与清酒,俨然成了诗词好搭档,酒能醉人,檐花伤怀,都是愁难消,愁更愁。

而门廊处的这个女子，与前面两位恃才放旷的诗人相比，却更无奈更可悲，她非但不能借酒消愁，还因湿尽的檐花满眼而倍感凄清。比起周邦彦"浮萍破处，帘花檐影颠倒"的直白，容若的这句"湿尽檐花"，更是不动声色地把女子的惆怅描绘得哀感顽艳，所以"花底人"才会"无语"。要知道，在这毫无人气只有萧萧雨声的深闺处，谁会来关注一位柔弱佳人的怅惘心事，谁会来抚慰她满腔的寂寥？也许期待檐花能懂，可是风雨瑟瑟，花自飘零，这些湿透在雨中的小小精灵，哪里还有闲情聆听她的心语呢？

"掩屏山"表明地点的转移，女子已经从门廊外移步到了闺房中，轻轻地关上了屏风。屏风之所以被写作"屏山"，是因为屏风屈曲如山，也有说法认为是屏风所画之山。关上屏风，回转身才发现房内香已燃尽，玉炉早冷。看来在外面待的时间也不短了，只是因为被雨浇湿了心事，竟不自觉。原本以为回到闺房中能够让心稍暖，却不料屋内屋外都是寒气萦绕，如果女子之前还有一点热望，那此刻，想必也如这炉中香，只剩下燃尽后的冷灰。这空旷的寒雨天，真是让人好不懊恼。香既已熄灭，就让它这样吧，即便再生一炉，也终究会燃尽。于是她身倚阑干，双眉紧锁，默默不语地再一次陷入无尽的愁思之中。

唐代的温庭筠在《菩萨蛮》中有云："无言匀睡脸，枕上屏山掩。时节欲黄昏，无聊独倚门。"该诗与容若的这首《玉连环影》意境相似，描写的都是闺房中女子的无边寂寥，满腔惆怅心事无人可诉，一个懒生香，一个懒起榻，最后都唯有不谙世事的门窗和阑干，成了她们别无选择的依靠。

综观全词，似乎能从女主人公身上看到容若表妹的影子。想必容若在对表妹念念不忘，相思成灾的同时，也想象着深宫中的表妹也一样独自惆怅，独自伤怀。真可谓是物是人非人不休啊！

【词人逸事】

纳兰容若是个多情之人，对所爱之人往往用情很深。在与相恋的表妹失之交臂后,17岁的纳兰容若娶两广总督、兵部尚书卢兴祖之女卢氏为妻。少年夫妻无限恩爱,可惜好景不长。美好的生活只过了短短三年,爱妻便香消玉殒了。那种"曾经沧海难为水,除却巫山不是云"的深厚情感一直使纳兰容若无法自拔。情发怎会无端? 又有谁能理解他这满怀的凄楚与旷世的寂寞呢?

玉连环影

【原文】

才睡,愁压衾花①碎。细数更筹②,眼看银虫③坠。梦难凭,讯难真,只是赚④伊终日两眉鬈⑤。

【注释】

①衾花:织印在衾被上的花卉图案。

②更筹:古代夜间报更用的计时竹签,借指时间。

③银虫:比喻灯花。

【赏析】

初见这一词牌,只是觉着眼生,想了许久才反应过来这原是纳兰的自度曲。待到细看时,却渐渐被这四个字逼得说不出话来,愣着神,眼里脑里晃动的只有那对玉连环清冷的影子。本来词牌和词本身文字的关系是不大的,但是一词牌的产生总是会有个因由。原只是两枚玉环,一旦相扣,即你中有我,我中有你,除非玉碎,否则生生世世不可分,是为玉连环。我们现在已很难去想象当年的纳兰到底盯着这连环看了多久,更难以计算他到底对着连环的影子叹息了多少次,唯一能知晓的只有纳兰留下的这两首玉连环影。这篇词是第二首,第一首也不妨放在这里一起看:

何处？几叶萧萧雨。湿尽檐花，花底人无语。掩屏山，玉炉寒。谁见两眉愁聚依阑干。

词很短，也明白如话，描写的是春雨时节一女子相思，但是对女子着墨却极少极淡，似乎这女子留给读者的也只是一影子，缥缈却挥之不去。

这一首与《玉连环影·何处》的"萧萧雨""玉炉寒"相比，总感觉要暖和些了。先来看词：不知道这一晚纳兰又是如何在他那百转千回的惆怅中度过的，好不容易睡下，却辗转难眠……几经反复，算了！披衣坐起，却只剩下一声"才睡"的叹息。想来，纳兰最开始应该强迫自己睡下的，只是"愁压衾花碎"，梦难成，愁却不见少，睡也多愁，不睡也罢！

前人对于"愁"的描述，有说流不尽的李后主《浪淘沙》：

"问君能有几多愁，恰似一江春水向东流。"

亦有说载不动的李易安《武陵春》：

"只恐双溪舴艋舟，载不动许多愁。"

而此处纳兰说愁，却只是唯美，让人觉得安静而小心翼翼，一如词人的多情与体贴。

"更筹"是古代夜间报更用的计时竹签，这里借指时间。"银虫"，即烛泪。长夜漫漫，此刻的纳兰却只是坐在时间的边上，看着银烛渐消，烛泪点点，缓缓流下、汇聚、变凉……欧阳澥在《小重山》里说：

"无眠久，通夕数更筹。"

纳兰到底数了多久，一夜？那这样的"一夜"又发生了多少次？我们不知道,只是远远地看着他的影子,让人觉得怜惜而心疼。烛光恍惚,最有梦幻的感觉,难怪晏几道与情人相逢时不禁疑惑"今宵剩把银釭照,犹恐相逢是梦中"(《鹧鸪天》)。此时相逢却犹恐是梦,可见别后,小山曾多少次模拟过这一刻啊。同是多情人,睡梦难凭,那就醒着梦又何妨,纳兰这时大概也在模拟相见的情景吧。"讯难真",可知纳兰一定是向太多的人问询了"伊"的消息,然而各人各话、消息缤纷混杂,以致真假难辨了,却可怜了纳兰的一片痴心。

最后一句"只是赚伊终日两眉颦"最见纳兰体贴,不禁让人联想到《红楼梦》第三十回:"宝钗借扇机带双敲,龄官划蔷痴及局外"中宝玉只顾着提醒龄官躲雨,而全忘了自己也在雨中的事。痴情者总爱忘了自己,纳兰不也如是?之前说这首词比另一首暖和,也正是因此。词里两个人的思念,总抵得过一个人的卑微凄凉吧。

两首《玉连环影》放在一起看,意外地发现第一首恰巧可以作为第二首纳兰遥想牵挂的那个"伊"的注解。第一首中纳兰只简单提了下伊的眉颦,而第二首却是一个想象情景的完全展开。当然硬把两首词搁在一块儿也许更多的是私下一厢情愿,然而总是执拗地认为那两个相思的剪影,虽然没守候在一起,却也是一对玉连环了。

遐方怨

【原文】

敧角枕①,掩红窗。梦到江南,伊家博山②沉水香③。浣裙④归、晚坐思量。轻烟笼浅黛⑤,月茫茫。

【注释】

①敧角枕:斜靠着枕头。敧,通"倚",斜倚、斜靠。角枕,角制或用角装

饰的枕头。

②博山:博山炉的简称,一种香炉。因炉盖上的造型似传闻中的海中名山博山而得名。一说像华山,因秦昭王与天神博于此,故名。通常作为名贵香炉的代称。

③沉水香:沉香,指以沉香制作的香。

④浣裙:浣衣,洗衣。

⑤浅黛:用青黛淡画的眉毛。黛,古代女子用以画眉的青黑色颜料。

【赏析】

生别离,两不相见,各自憔悴。伊人远去,留人咀嚼相思滋味。令我魂牵梦绕的你啊,踪迹难寻。既已如此,我便只好梦中追随,盼与你手相携,四目相对。恨只恨,月色朦胧,终将梦醒。

《遐方怨》为词牌名,是始于唐朝时的教坊曲名,后被温庭筠首用作词牌。但在温庭筠之后,却很少有人填此词牌,哪怕是闻名的宋词时代。而我们这位清朝的才子纳兰容若,却把这一词牌填得极妙,甚是难得。

该词是一首怀人之词,秉承了容若一贯的词风,轻描淡写处,却教人痛到心坎里。

也许正是良辰美景时,他却像体力不支的老人一样,既无心月下小酌,也无心吟诗作词,而是关了窗户,早早上得床去,斜靠着枕头,恹恹欲睡。夜色撩人,却不能在他心中激起一点涟漪,可见他的心中应是麻木空洞的。是啊,如果在这皎洁美好的月华下,能与佳人琴瑟和鸣,该是何等的情趣盎然,该是一种怎样的享受。只可惜，身边来来去去，却没有人作永久的停留。最后繁华散去，唯余一人形影相吊，在那房中一角，了无生气着。

"角枕"指的是古代的角制或用角装饰的枕头。宋代朱敦儒在《念奴娇》一词中写道："可惜良宵人不见，角枕兰衾虚设。"写的也是月光如水的夜，思及佳人已远，百般情愁涌上心头，只恨角枕兰衾艳丽依旧。两首词在意境上是极其相似的。"红窗"在古诗词中出现的频率比较高，也有以"朱窗"表达的。五代词人孙光宪的词作中亦有"红窗寂寂无人语，暗淡梨花雨"的句子，包含红窗在内的景物描写，都是为了衬托闺中人的怀远之情。可以说在古诗词中，"红窗"一词所表达的意境远不如其色彩那样有活力，反而大多是衬托人物的苦闷和寂寞。容若还有一首名为《红窗月》的词作，却是为初恋成殇而写，伤怀的是与表妹的生别离。这样看来，容若与苏轼一样，不愧是个"多情应笑我"式的才子。

如果读前面一句时对容若的心思还捉摸不定的话，那"梦到江南"一句显然已经给了读者明示。恹恹欲睡的人，原来是到梦中与心中念念难舍的伊人相会去了。而此伊人，家住江南，应该是与容若有过离殇的沈宛。这位富有才情的女子，与他互为知音过，与他你侬我侬过。最后却被迫离他而去，留下两个人的眷恋与伤痛。而此刻，他在梦境中穿越时空的界限，从北到南，觅其芳踪，只为重温那四目相投的一往情深。"伊家博山沈水香"是虚写，写博山炉青烟缭绕，亦真亦幻，也喻示着梦是不真实的存在。同时，也可以体会出睡意朦胧的容若是怎样被情思所笼罩和缠绕的，既不愿醒来，也不能挣脱。

博山指代博山炉，是香炉的一种，又叫博山香炉、博山香薰、博山薰炉等，是汉、晋时期常见的焚香用具，以青铜器和陶瓷器较为多见。炉体呈青铜器中的豆形，上有盖，盖高而尖，镂空，呈山形，山形重叠，其间雕有飞禽走兽，象征传说中的海上仙山——博山而得名（汉代盛传海上有蓬莱、博山、瀛洲三座仙山）。"沉水香"，即沉香，又名水沉，一种香料。北宋词人晏几道在其词作《玉楼春》里写道:"旗亭西畔朝云住,沉水香烟长满路。"沉水香在此给人的意境依旧是氤氲迷蒙的,给人朦胧之感。可见在古诗词中,"沉水香"多描述的是一种可望而不可即的不真实感,尤其是衬托梦境的似是而非。

"浣裙"即"湔裙",浣裙的典故出自《北史·窦泰传》:"(窦泰母)遂有娠。期而不产,大惧。有巫曰:'度河湔裙,产子必易。'"意即去河边洗衣裳,生子就会很容易。后来便成为古代的一种风俗,指农历正月间,女子洗衣于水边,就可以躲避灾祸,平安渡难。唐代诗人吕渭有

诗云:"湔裙移旧俗,赐尺下新科。"清朝陈维崧在《永遇乐·东溪雨中修禊》中也有"湔裙节令,偏将丝雨,添满一川空翠"的句子。本句中是洗衣裳的意思。"浣裙归晚坐思量",讲的是容若在梦中所见到的一幕:洗衣归来的伊人,倚窗独自思量着。她在思量着什么呢? 一定也像他一样,念及远方已错过的爱人。这一对彼此深爱的人儿,怀念却不能相见,真真是让人不忍直面的啊。

浅黛,用黛螺淡画的眉毛,代指美丽的女子。这个词别有一番韵致,读来清新怡人,让人不自觉地就把这样的女子想象成蕙心兰质。陆游就曾在《真珠帘》一诗中赞道:"浅黛娇蝉风调别,最动人时时偷顾。"可见这样的女子都是极为让人心动的。而在容若心中,他所思念的才情兼备的沈宛,自是当仁不让的"最动人"。"轻烟笼浅黛,月茫茫",写出伊人被轻烟围绕的迷离感,加上月色迷茫,更是衬托出一种不可接近不可触碰的无力的距离感。

这一句点出"梦虽好,却教人更惆怅"的事实,给人一种历尽沧桑梦难圆的遗憾,真可谓是凄凄惨惨。

情深缘浅,无福消受。自是宿命已定,终难挣脱。

诉衷情

【原文】

冷落绣衾谁与伴,倚香篝①。春睡起,斜日照梳头。欲写两眉愁,休休②。远山残翠收③,莫登楼。

【注释】

①香篝:古代室内焚香所用的熏笼。

②"欲写"二句:意思是本来想要画眉,然而却双眉愁锁,算了还是不画了。休休,不要、不用,表示禁止或劝阻。

③"远山"句:意为远处山峦的翠色消散了。收,消失、消散。

【赏析】

世人总说花间词,艳丽奢华,透出一股脂粉气。反观纳兰此作,则比之花间词却有相似之处。更与温庭筠"梳洗罢,独倚望江楼"有几分相似。

《诉衷情》原为唐教坊曲,为温庭筠所创,后用为词牌名。温庭筠创制此调时取《离骚》诗句"众不可说兮,孰云察余之中情"之意。后来,毛文锡词有"桃花流水漾纵横"句,故又名为《桃花水》。纳兰这首词秉承温词一脉,描写思妇春日无聊的情状。着墨不多,因此看似清淡,实则蕴藉有致。

"冷落绣衾谁与伴?"首句发问其实也是设问,自问自答。因无人相伴,看那绣衾衣裳,就算华美艳丽,也只让人觉得了无思绪。因为无人相伴,此情此景自然易解了。后两句:"倚香篝。春睡起,斜日照梳头。"香篝本是古代室内焚香所用的熏笼。一般来说，古代官宦人家，或者大家闺秀闺房中才有能力燃此香笼，因此，倚香篝则再次点到此女子的身份。"春睡起，斜日照梳头。"则点到时间，初日迟迟，已经倾斜到满屋子，"睡起晚梳头"，毫无心绪。一副慵懒形象跃然纸上。如果在此处还描写到女子动态特征呈现慵懒姿态的话，"欲写"二句则把这种慵懒之态又向前推进一步，说那女子本想画眉，却看到自己双眉愁锁，算了还是不描了，描来又有谁会细看呢？"休休"则是这种心语的集中体现。

可想此场景：春日迟迟，少妇因幽枝独依，显得百无聊赖，则赖床度日，迟睡起，斜阳已至，更算是薄暮，因此无心打扮，只有深锁愁眉，无奈中更不知怎么排遣寂寞之念。因此想起温词倚楼断肠之句了，更不敢登楼了。

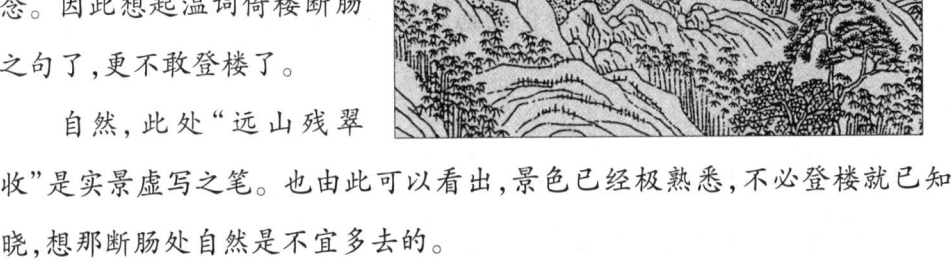

自然，此处"远山残翠收"是实景虚写之笔。也由此可以看出，景色已经极熟悉，不必登楼就已知晓，想那断肠处自然是不宜多去的。

这首词纳兰承袭花间词风，因为他温文尔雅，少年风流而又擅长小令，自然此种词类自是写法娴熟，笔墨点至，形象刻画往往呼之欲出，细腻生动。但比之温飞卿《望江南》则有不足之处。

想来，温飞卿此词中摘取瞬间和纳兰自有时间延续上的联系，但飞卿词则更契合情感最浓郁的部分，那登高望远思人之境，自然是描写此种风情形象的绝时。虽都是斜晖残翠，纳兰自然无所突破，况飞卿断肠句一出，已经极其简洁而深刻地写尽了人物内心，纳兰描写的思妇心理之笔却不如这一首词力量深厚。而花间词集更写尽了思妇孤独伤春念远之情。

总之说来,纳兰为清词人,写思妇自然与自身身世之境相连。若非如此,则不过是模仿前人之笔,亦无创新罢了。

如梦令

【原文】

正是辘轳金井①,满砌落花红冷。蓦地一相逢,心事眼波难定。谁省,谁省。从此簟纹灯影②。

【注释】

①辘轳金井:装有辘轳和精美栏杆的水井。辘轳,古代安置在井上用来汲水的起重装置。金井,指设有金碧辉煌的雕栏之井,多用于宫廷或富贵之家。

②簟纹:指竹席之纹络,此处借指孤眠幽独之景况。

【赏析】

那似是一个梦境。在忧伤的金井旁,一位冰雪般的白衣女子,长发飘飘,在阶前葬花,葬下落红的心事。

蓦然回首,背后凝睇的男子,他的内心发生了一次地震。伊人的笑靥,在每一泓心泉中粲然绽放。从此,曾经沧海难为水。从此,他把短暂的相逢,种在了小园香径中。

只是没有想到,自别后,红窗前,自己孤单的身影瘦过黄花。然而思念如珠,永远都不再断线。

纳兰这首初恋情词极为精巧雅致,细细读来如观仕女图般,字虽简练,情却绵密,可与晏几道的"落花人独立,微雨燕双飞"一比。

小令首句点明了相遇的地点。纳兰生于深庭豪门,辘轳金井本是极常

见的事物,但从词句一开始,
这一再寻常不过的井台在他
心里就不一般了。"正是"二
字,托出了分量。"满砌落花
红冷"既渲染了辘轳金井之
地的环境浪漫,又点明了相
遇的时节。金井周围的石阶
上层层落红铺砌,使人不忍
践踏,而满地的落英又不可
遏止地勾起了词人伤感的心
绪。常人以落红喻无情物,
红色本是暖色调,"落红"便

反其意而用,既是他自己寂寞阑珊的心情写照,也是词中所描写的恋爱的最
终必然结局的象征吧。最美最动人的事物旋即就如落花飘坠,不可挽留地
消逝,余韵袅袅。

在这阑珊的暮春时节,两人突然相逢,"蓦地"是何等的惊奇,是何等的
出人意料,故而这种情是突发的、不可预知的,也是不可阻拦的。在古代男
女授受不亲的前提下,一见钟情所带来的冲击无法想象。

然而,恋人的心是最不可捉摸的。"心事眼波难定",惊鸿一瞥的美好
情感转而制造了更多的内心纷扰,所以,"谁省,谁省,从此簟纹灯影"这一
直转而下的心理变化,正是刹那间的欣喜浸入了绵绵不尽的忧愁和疑惑
中——对方的心思无法琢磨,未来的不可测又添上了一分恐慌,于是,深宵
的青灯旁、孤枕畔,又多了一个辗转反侧的不眠人儿。

【词人逸事】

谢章挺《赌棋山庄词话》云:"容若妇沈宛,字御蝉,浙江乌程人,著有

《选梦词》……丰神不减夫婿。"丁绍仪《听秋声馆词话》云:"往见蒋氏《词选》录吴兴女史沈御蝉《选梦词》,谓是侍卫妾。"《历代妇女著作考》称:沈宛"长白进士成容若妻。"《全清词钞》称:沈宛"字御蝉,浙江吴兴人,纳兰成德室,有《选梦词》"等。

沈宛是纳兰容若的好友从南方带来的一位汉家才女。两人一位是倾慕汉家文化的忧郁词人,一位是出身书香门第的聪慧才女,两个志趣相投、互相倾慕的青年男女从开始的鸿雁传情,到终于能走到一起。这使得一种重新觅到红颜知己的幸福感再一次回到纳兰容若身上。那颗因为孤寂而苦闷疲惫的心一下子又年轻起来。然而这次婚姻却没有得到家庭的祝福,因为明珠的反对,二人婚后的日子乐少苦多,一年之后,沈宛带着身孕返回家乡,而不久纳兰容若的寒疾发作,在无限的遗恨中闭上了他的双眼。

如梦令

【原文】

黄叶青苔①归路,屧粉②衣香何处。消息竟沉沉,今夜相思几许。秋雨,秋雨,一半因风吹去。

【注释】

①青苔:阴湿地方生长的绿色苔藓。

②屧:本意为鞋子的木底,这里与"衣"字皆以衣物代指情人。

【赏析】

这是一首写给恋人的相思之作:黄叶和青苔铺满了回去的路,原来我们相约幽会的地方如今在哪里呢?你离去后音讯全无,平添了今夜无限的相思之苦。窗外秋雨,一半已经被风吹去。

如梦令

国学经典文库

纳兰容若全集

《纳兰词》鉴赏

【原文】

纤月黄昏庭院,语密翻教醉浅①。知否那人心,旧恨新欢相半。谁见,谁见,珊枕泪痕红泫②。

【注释】

①翻:反而、却,表转折。

②珊枕:即珊瑚枕。珊瑚多红色,因此这里指的是红色枕头。红泫:红色眼泪,因为女子脸上敷胭脂,所以流下的眼泪是红色的。

【赏析】

多情自古空余恨,好梦由来最易醒。这句话,是谁说的,他已经忘记。只记得当年,依稀的黄昏,依稀的庭院,依稀的情人,像一朵水莲花不胜凉风的娇羞。月牙、枕头、窗户,这些曾经的美好花朵,已不再盛开。而你们,曾是彼此的美酒,而现在却是彼此的针,思念的时候,就扎入骨髓。

远方的伊人啊,你可知道自你走后,多情公子种下的绿草,蓝天和柳絮已经凋零。只有眼泪,还在肆意生长,开出尘世中最美丽的花。

在《饮水词》中,纳兰容若记录他与恋人相聚一处的情景,每多"黄昏""灯影""深夜"等语。好像只有晚间才能与恋人相见,只有晚间的印象在他记忆里最为鲜明深刻。这大约是富贵人家本有迟眠晏起、俾昼作夜的习惯。

况且容若是个公子,日间要在书房读书,要学习骑射,放学归来时,往往天色已晚,所以所记情景以"夜景"为多。这首《如梦令》即是如此。

小令前两句是回忆旧情。想那时,正值黄昏,一弯新月映照庭院,虽无落霞孤鹜,却有秋水长天。词人大概是心有所萦,便借酒沉醉。

图文珍藏版

然而恋人翩然而来,悦然相伴,情话绵绵,叙语缠绵,本来浓浓的醉意都被这缠绵慰语驱散了。这回忆的甜美,如饮醇醪。

然而"知否那人心"一句将词人从甜蜜的回忆拉回了残酷的现实。真不知道分别以后,恋人此时内心若何,说不定早就已经把自己忘了,虽言"旧恨新欢相半",实际上可能迷于新欢,而忘旧恨。

这里的语气似乎是句句埋怨、声声质问了。然而多情自古空余恨,埋怨亦有何用?于是词人只好幽独孤单,相思彷徨,以泪洗面而难以成眠。词人写到此,一定想起了南宋诗人陆游与其妻唐婉的爱情悲剧。陆游初娶唐婉,琴瑟和谐,感情弥笃,但其母不悦,终于两人分离。

几年后一个暮春时节,重游沈园,邂逅相遇,陆游无限惆怅,唐婉为之敬酒,陆游追忆往昔,情不自禁地赋词一阕,题为《钗头凤》。这首《钗头凤》里就有:"春如旧,人空瘦,泪痕红鲛绡透"的句子。

这句"泪痕红鲛绡透",其实就是此处的"珊枕泪痕红泫",谓因为流泪过多,脸上的红脂粉和着泪把手帕浸透了,足见心怀之悲。至此,词人之悲伤已自不待言,然而亦是空惆怅,徒奈何,所以只能对浩渺苍天发一声:谁见?谁见?以决绝之问收尾全篇。

【词人逸事】

纳兰容若将情投意合的沈宛接来京城,并安置在德胜门内。由于沈宛的身份和血统,她不能名正言顺地进入纳兰府。他们只能保持着没有名分的关系,过着情人式的生活。但是从两人的诗词中,可以看得出他们心灵之间那种相知相怜的默契。这段时间的纳兰容若在心灵上得到了抚慰,快乐似乎又重新回到了他的身上。然而好景不长,由于家庭的反对,半年后,沈宛含泪返回江南,纳兰容若也突发寒疾而怅然离开人世,留下孤独无靠的沈宛和他的遗腹子。有情人终不成眷属,留下一段让人叹息、辛酸,泪水淹没欢乐的风流憾事。相传这个遗腹子被

生了下来,就是纳兰容若的第三个儿子,名叫富森,而富森在 70 岁时,还被乾隆邀请参加太上皇所设的“千叟宴”。

如梦令

【原文】

木叶纷纷归路,残月晓风何处。消息半浮沉,今夜相思几许。秋雨,秋雨,一半西风吹去[1]。

【注释】

[1]“秋雨”句:清朱彝尊《转应曲》诗句:“秋雨,秋雨,一半因风吹去。”

【赏析】

这首词写的是相思之情,词人踏在铺满落叶的归路上,想到曾经与所思一道偕行,散步在这条充满回忆的道路上,然而如今却只有无尽的怀念,胸中充满惆怅。暮雨潇潇,秋风乍起,"秋风秋雨愁煞人",吹得去这般情思吗?这首词写得细致清新,委婉自然。委婉自然外,还有另一特点,纳兰的词最常用到的字是"愁",最常表现的情感也是"愁",正如梁羽生说的,"纳兰容若的词中,'愁'字用得最多,几乎十首中有七八首都有个'愁'字。可是他每一句中的'愁'字,都有一种新鲜的意境,随手拈几句来说,如:'是一般心事,两样愁情'、'几为愁多翻自笑'、'倚栏无绪不能愁'、'唱罢秋坟愁未歇'、'一种烟波各自愁'、'天将愁味酿多情'、'将愁不去,秋色行难住',或写远方的怀念,或写幽冥的哀悼,或以景入情,或因愁寄意,都是各个不同,而且有新鲜的联想。"这一首就情感来说,是一贯的,然而在写法上却没有用一个"愁"字,这和他一贯多用"愁"字很不相同。那这首词表现"愁"是如何进行的呢?范成大有词《鹧鸪天》:

休舞银貂小契丹,满堂宾客尽关山。从今嬝嬝盈盈处,谁复端端正正看。

模泪易,写愁难。潇湘江上竹枝斑。碧云日暮无书寄,寥落烟中一雁寒。

这首词虽出现了"愁",却有和纳兰相同的写法,就是要写愁而不直接写愁,而是通过其他意象的状态来体现这种情感。

这首词还有个很重要的地方,也是造成这词本身在感觉上给人一种熟悉而又清新的重要原因,那就是化用了前人的许多意象以及名句。如"木叶"这一经典意象最早出于屈原的《九歌·湘夫人》"袅袅兮秋风,洞庭波兮木叶下",曹植的《野田黄雀行》就说:"高树多悲风,海水扬其波",庾信在《哀江南赋》里说:"辞洞庭兮落木,去涔阳兮极浦",到杜甫,他在《登高》中说:"无边落木萧萧下,不尽长江滚滚来"。这一意象具有极强的艺术感染力,予人以秋的孤寂悲凉,十分适合抒发悲秋的情绪。"晓风残月何处"则显然化用了柳屯田的《雨霖铃》中"今宵酒醒何处,杨柳岸,晓风残月","一半西风吹去"又和辛弃疾的《满江红》中"被西风吹去,了无痕迹"同。

这首词和纳兰的其他词比起来,风格也没有什么不同,仍然是婉约细致,但从版本上看却大有可说之处。这首词几乎每句都有不同版本,如"木叶纷纷归路"一作"黄叶青苔归路","晓风残月何处"一作"靥粉衣香何处","消息半浮沉"又作"消息竟沉沉"。

且不谈哪一句是纳兰的原句,这考据,现下还难以确定出结果来,但这恰好给读者增加艺术对比的空间。比较各个版本,就"木叶纷纷归路"一作"黄叶青苔归路"两句来看,"黄叶"和"木叶"二意象在古典诗词中都是常见的,然就两句整体来看"木叶纷纷"与"黄叶青苔",在感知秋的氛围上看,显然前者更为强烈一些,后者增加了一个意象"青苔",反而导致悲秋情氛的减弱。"晓风残月何处"与"靥粉衣香何处"则可谓各有千秋,前者化用了柳永的词句,在营造意境上比后者更有亲和力,词中也有悲哀的情感迹象;"靥粉衣香何处"则可以在对比下产生强烈的失落感,也能增强词的情感程度。

如梦令

【原文】

万帐穹庐①人醉,星影摇摇欲坠。归梦隔狼河②,又被河声搅碎。还睡,还睡,解道醒来无味。

【注释】

①穹庐:古代游牧民族居住的毡帐。

②狼河:白狼河,今辽宁大凌河。

【赏析】

大清以武立国,对八旗子弟而言,习武是本业,骑射功夫绝不可荒废。纳兰容若虽以文章得名,却以武职任官。康熙欣赏他文武兼备,若按文官品阶,由进士入翰林院为庶吉士,或实授县令,只得七品,因而任命他为三等侍卫,正五品。因此,纳兰容若虽以"词名"流传后世,在当时,却以武职立功边疆。

为阻止沙俄的南侵,康熙二十一年派都统郎坦、彭春、萨布素等一百八十人,以狩猎为名,沿黑龙江行围,达雅克萨,探敌虚实,测水陆信道,进行战略侦察。纳兰容若即在其列,他奉命出塞,勘察地理形势,详细记录,以为日后用兵参考,并因此行辛劳,拔擢至一等侍卫、三品武官。这一份记录,在后来与俄罗斯一战中,发挥了极大作用。而这段经历成为他生命中的一段华彩。

这首《如梦令》正是作于康熙二十一年二月,奉命出塞侦察之时。在征途中,词人面对着气象豪雄的营地,以奇景入笔,作了这首颇具特色的边塞词。词中景象与心境交织交感,既雄浑又悲凉。

"万帐穹庐人醉,星影摇摇欲坠"一句描写随行人员和保驾的士兵在夜间狂欢畅饮的情景:地上人多声闹,天空繁星闪烁。"星影"一句让人想起唐朝诗人杜甫《阁夜》诗："三峡星河影动摇"。天悬星河与穹顶下万帐人醉相对，可谓是无限风光惊绝。

"归梦"句却与前句形成强烈的反差，人尚留在"星影摇摇欲坠"的壮美凄清中未及回神，"归梦隔狼河"的现实残酷已逼近眼前，两相对比之下更衬托出词人由于思乡而感到孤单寂寞的心境。就算塞外风光奇绝，也抵不了心底对故园的期盼。一路上的排场也并没有给他带来丝毫的快感和荣耀，只有他自己知道，这所有的一切都及不上家中父母对他的一句叮咛，妻子的一丝笑颜，孩儿的一声呼唤⋯⋯

狼河远隔，归家既不可能，就连归家之梦也做不成。帐外白狼河的涛声将人本就难圆的乡梦击得粉碎。而醒后反觉无聊，这思乡者又赶紧叮嘱自己再睡一会儿，因为睡着了总比眼睁睁地思乡好过一些。

这首词看似豪放，而在其豪迈壮怀的词形之内弥漫的却是一种悲哀、无奈甚至是哀婉的情绪，意境阔大而带悲凉，的确是独辟蹊径之作。

在三年之后，清军调集军队，水陆并进，与沙俄进行了史称"雅克萨之战"的反击战。该战役取得胜利，迫使沙俄在于我有利的条件下，签订了《中俄尼布楚条约》，阻止了沙俄向南扩张。只可惜，捷报传来时，曾夜阑独醒的词人已因病去世了。康熙特意遣宫使灵前哭告唆龙输款之功，以表扬他的勋劳，词人朱彝尊并有挽诗记此哀荣。

天仙子

【原文】

梦里蘼芜青一剪①，玉郎经岁音书远②。暗钟明月不归来③，梁上燕，轻罗扇④，好风又落桃花片。

【注释】

①蘼芜:又名蕲茝、薇芜、江蓠,据辞书解释,苗似芎䓖,叶似当归,香气似白芷,是一种香草。叶子风干可以做香料,亦可以作为香囊的填充物。古人相信蘼芜可使妇人多子。然而在古诗词中蘼芜一词多与夫妻分离或闺怨有关。《玉台新咏·古诗》中有:"上山采蘼芜,下山逢故夫。"

②玉郎:古代对男子的美称,也可为女子对丈夫或者情人的爱称。

⑤暗钟:即昏暗夜晚里的钟声。

④轻罗扇:质地极薄的薄纱制成的扇子,多为女子夏天纳凉所用。

【赏析】

有一种芳草,她有着美丽的名字。想你的时候,就开遍满山。枝枝叶叶,年年岁岁。

有一种岁月,她曾灿烂得动人心弦,又曾零落得一去无迹。曲曲折折,分分秒秒。

而你,究竟是一盒钉子,甜蜜地钉在我肋骨的深处。还是一座雪山,冰冷地立在我相濡以沫的远方?你的远去不归,让月亮等得都有些老了。而那些燕子,仍然不离不弃,重温着那些长出皱纹的海誓山盟。

这是一首苍凉清怨、缠绵悱恻的别离词。

纳兰容若是一个至情至性之人。他二十岁时与"两广总督,兵部尚书,都察院右副都御史兴祖之女"(徐乾学《纳兰君墓志铭》)、时年十八岁的卢氏成婚。卢氏出身名门,知书达理,才貌双全。少年夫妻相亲相爱,感情甚笃。纳兰容若深爱自己的妻子,可是作为康熙皇帝的殿前侍卫,须经常入值宫禁或随皇上南巡北狩,与妻子厮守的时间不多。于是只能让万缕情丝萦绕心头,倾泻在词章里。纳兰这首《天仙子》就是设想妻子含嗔带恨,埋怨累岁不返的天涯游子。

此词开篇展示的是一幅梦里的图画：一片青青齐整的蘼芜，一位略含忧愁的女子，寂寞的心事，满山的春景。这里的"蘼芜"不仅指一种香草，而且还具有象征意味，因为在古诗词里，"蘼芜"一词多与夫妻分离或闺怨有关。比如《玉台新咏·古诗》中就有"上山采蘼芜，下山逢故夫"这样的诗句。

"玉郎经岁音书远。"果不其然，丈夫走后，音信全无，已有一年。语气似乎很是平静，但是其中的哀怨，自是不可断绝如缕。这比"鸿雁在云鱼在水，惆怅此情难寄"更显沉重，因为"此情"虽然"难寄"，但是毕竟还可以一怨雁鱼，一腔愤愤，终有所泄，而此处音讯全无，何人何物可怨？

写到此，闺人的孤寂哀伤之情怀已经初露。而"暗钟明月不归来，梁上燕，轻罗扇，好风又落桃花片"这几句便将这种落寞心事渲染铺张开来，使其浓醇似酒，沉沉难以慰藉。你看，夜晚的钟声敲响了，明月是那样圆满，梁檐之间，燕子也在呢喃，可远方的丈夫为何不归？尤其是这句"轻罗扇"，扇出一片轻罗小扇的温软之风，于愁怨之中又带着丝丝怀恋与怅惘。整体情调可称"雅隽绝伦"。难怪陈廷焯评价说："不减五代人手笔"。（《词则》卷五）又说："措词遣句，直逼五代人"。（《云韶集》卷十五）总之，整首小词以闺人口吻表达了伤春伤别之情，自然恬淡，明白如话，又意蕴悠长。

天仙子

【原文】

好在软绡红泪积①,漏痕斜罥菱丝碧②。古钗封寄玉关秋③,天咫尺④,人南北。不信鸳鸯头不白。

【注释】

①软绡:即轻纱,一种柔软轻薄的丝织品,此处指轻薄柔软的丝质衣物。

②漏痕:草书的一种笔法,谓行笔须藏锋。宋·姜夔《续书谱》:"草书用笔,如折钗股,如屋漏痕。"斜罥:斜挂着。菱丝:菱蔓。

③古钗:亦作"古钗脚"。比喻书法笔力遒劲。玉关:玉门关,代指遥远的征戍之地。

④咫尺:周制八寸为咫,十寸为尺,谓接近或刚满一尺。形容距离近。

【赏析】

你一直是一根生锈的针,尖锐而犀利,刺在我的心头。

你曾经帮我缝补过去,也能帮我刺穿未来,但是曾经刺绣在心头的思念,已经变成了一朵在午夜悄悄流泪的红玫瑰。

我曾经以为,自己是一个出色的裁缝,能用一根线和一枚小小的针,刺成一句永恒的誓言。誓言,不会流泪。

这小令是纳兰写给爱妻卢氏的,短小精悍,读之味道十足。刘熙载《词概》中说:"小令之作'虽小却好,虽好却小'",这词正如此。

纳兰二十岁时与卢氏成婚。卢氏出身名门,是两广总督卢兴祖之女,才貌双全,许配给纳兰后赐淑人,诰赠一品夫人。在纳兰看来,最重要的恐怕是二人互为知音,因为卢氏也是一位解诗情、识风雅的知性女子,能与纳兰产生心灵上的共鸣。因此，纳兰与卢氏夫妇琴瑟和谐，甜蜜无限。

但是作为康熙皇帝的殿前侍卫，纳兰身不由己，须经常入值宫禁，或者随皇上南巡北狩，这就导致纳兰常与爱妻分居两地，两人只能以词抒怀，发其幽恨。这首《天仙子》就是词人纳兰在扈从出塞期间写就的。

此词开头两句用典可谓十分恰当，以浑朴古拙之笔写妻子寄来的轻纱，浅叙白描，却不失情真意切，深致动人。且看，你寄来的轻纱上凝聚的泪痕还依稀可见，那斑斑点点的红泪，犹如菱蔓斜挂一般的行行草字。此处用一锦城官妓灼灼之典，《丽情集》中说："灼灼，锦城官妓也，善舞《柘枝》，能歌《水调》，御史裴质与之善。后裴召还，灼灼以软绡聚红泪为寄。"显然，此处软绡，饱含款款相思之情。

"古钗封寄玉关秋"亦用古钗之典，深切委婉地表达了归乡之思，表达了他对爱妻的深情思念。而结句犹显含婉深细，"不信鸳鸯头不白"，是反用李商隐的《代赠》中"鸳鸯可羡头俱白"，也有欧阳修《荷花赋》中句子："已见双鱼能比目，应笑鸳鸯会白头"，亦是"梧桐相待老，鸳鸯会双死"之意。常言咫尺天涯，何况词人已和妻子遥隔千里。

然而不管相隔多远，词人始终坚信，他和他的妻子一定会像鸳鸯一样，一起白头，一起相守终老。

天仙子

渌水亭①秋夜

【原文】

水浴凉蟾②风入袂，鱼鳞蹙损金波③碎。好天良夜④酒盈尊，心自醉，愁难睡。西南月落城乌起。

【注释】

①渌水亭：纳兰容若家中的池畔园亭。纳兰容若在《渌水亭宴集诗序》曾这样描绘："予家，象近魁三，天临尺五。墙依绣堞，云影周遭，门俯银塘，烟波混淆滉漾。蛟潭雾尽，晴分太液池光，鹤渚秋清，翠写景山峰色。云兴霞蔚，芙蓉映碧叶田田，雁宿尧栖，杭稻动香风冉冉。设有乘槎使至，还同河汉之皋，倘闻鼓枻歌来，便是沧浪之澳。若使坐对亭前渌水，俱生泛宅之思，闲观槛外清涟，自动浮家之想。"生动地描画出当日渌水塘、渌水亭的胜景。

②凉蟾：指水中秋月。

③金波：指水中反射着耀眼光芒的月光。

④好天良夜：好时光，好日子。

【赏析】

渌水亭，那是你的家。家中的秋夜，你可是独眠一舟，静听秋雨，陪寂寞看浪花？

此刻，所有的欢乐都消失了，只剩下这些月色，绿波，天风吹来。此刻，你围着它们，像围着与她西窗剪烛的日子。你挥挥手，连月亮都退到云层里失眠。可你哭不出来。你只是忧伤而沉默的多情书生，捻着一根将断的线。而夜的乌鸦，又飞走了。

此篇纤侬而不繁腻，王静安言容若"以自然之眼观物，以自然之舌言情"，可见容若内心感受之敏锐。

词人置身家居环境之中，但见月色映水，荡起金波，天风吹我。"水浴凉蟾风入袂，鱼鳞蹙损金波碎"一句，极生动地写出了由于见到水波中被风吹碎的月影，词人所引发出的一份敏锐纤细的感受。此时此刻，面对

如此良辰美景，词人手中杯盏自是满斟，但是酒未入唇，人心已醉，忧愁袭上心头。大概在容若看来，如此天赐美景只醉旁人，与自己倒是无甚关系，正所谓"绿酒朱唇空过眼"。所以即使面临如此景色，可词人仍不能释怀。

词写至此，词人对渌水亭秋夜之景已描摹如画，而面对如此好天良夜，却又"心自醉，愁难睡"，直至通宵不眠。

那么，词人究竟为何愁萦身心、无计可消除呢？或许他是想到了亡妻，酒盈樽，却愁煞人。此时的酒想必是越喝越苦涩、越喝越愁，譬如"红酥手，黄滕酒，满城春色宫墙柳"。

或许他忧的是壮志难酬。词人在做此词前不久，曾接受康熙皇帝诏令，奉使出塞。奉使出塞固然实现了他"慷慨欲请缨"的志向，但此行是否能改变他做侍卫的处境，尚有疑问。

而后来的事情也证明，他的忧虑果然不是多余的。虽然他万里西行，凯旋而归，即使是"功高高过贰师"，却"归来仍在属车边"。直到去世，仍任侍卫之职。"奉使"不过昙花一现而已。所以他的愁也就如"冰合大河流"一

样,茫茫无尽期了。

然而不管是何种愁绪,词人终究无能为力。于是"西风月落城乌起",秋风终起,斜月西沉,词人的希望也像城楼上的乌鸦一样,消逝于无边的黑暗之中了。

【词人逸事】

纳兰容若的府邸在今北京什刹海后海,现在为宋庆龄纪念馆及中华人民共和国卫生部。词中所描绘的渌水亭如今已经荡然无存。然而当年这里却是纳兰容若读书、写作、会客的地方。他短短一生高朋满座、著述丰厚,有《通志堂诗集》5卷、《文》5卷、《渌水亭杂识》5卷;还有《全唐诗选》《词的正略》;与友人合订《大易集解萃言》80卷、《陈氏礼记集说补正》32卷;刻有《通志堂九经解》1860卷。

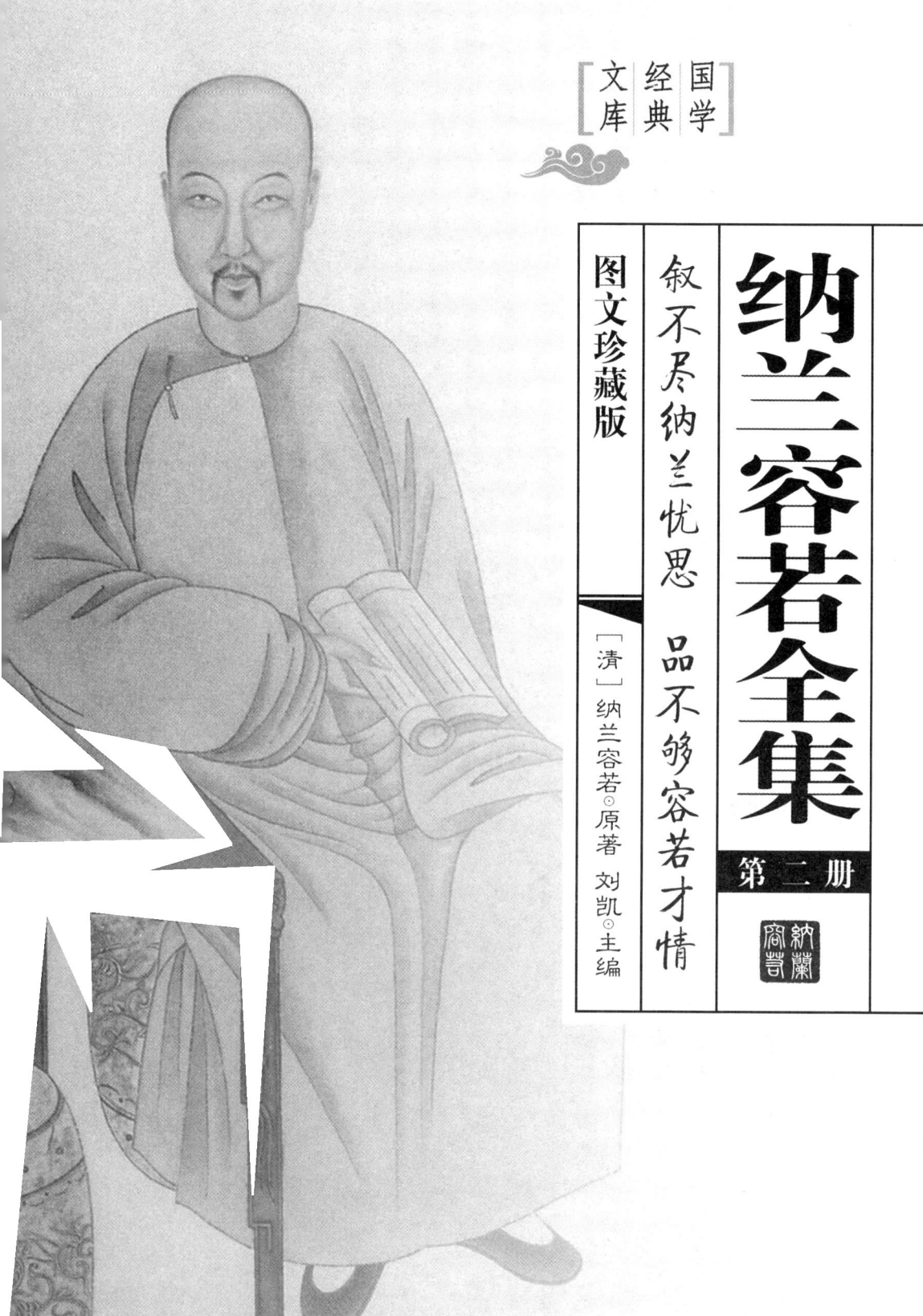

国学经典文库

图文珍藏版

叙不尽纳兰忧思 品不够容若才情

纳兰容若全集

第二册

[清] 纳兰容若·原著 刘凯·主编

线装书局

天仙子

【原文】

月落城乌啼未了①,起来翻为无眠早。薄霜庭院怯生衣②,心悄悄,红阑绕,此情待共谁人晓。

【注释】

①城乌:城墙上的乌鸦。

②生衣:夏衣。

【赏析】

这一首小令,抒发的是纳兰相思孤寂的心情。

纳兰就是有这种能力,寥寥几个字就能将人带入一个情景,开头一句"月落城乌啼未了",落月、啼乌、难眠之人,几笔便勾勒出一幅凄清寂寥的画面。"起来翻为无眠早",在这样凄迷清冷的月夜,满心愁事的词人辗转反侧不能成眠,起床又为时尚早,最是百无聊赖。而在这样的孤独无聊中,他终究是

来到了院中,看到在庭院中已经结了薄薄一层的霜,凉意袭人,不由感觉到

夏衣已不胜其寒,即"薄霜庭院怯生衣"。

夏天的衣服想必是较为单薄的,而词人在内心悲凉之中,似乎也忘记了更换衣物,就这样穿着单衣来到庭院中。此时此刻,词人唯觉"心悄悄",心中悄然暗淡,便左右环顾,看到"红阑绕",红色的栏杆围绕着四周。于是欲言又止之下,只是叹了一句:"此情待共谁人晓。"这样的情怀不知还有谁知晓。

这首小词通篇都使用了纳兰最为擅长的白描手法,景情俱到,整首词显得格外空灵自然。在篇末,搁下一个或许已不需要回答的问题,将全词孤清寂寞的意境推向了顶点。

江城子

【原文】

湿云全压数峰低①,影凄迷,望中疑。非雾非烟,神女欲来时②。若问生涯原是梦,除梦里,没人知。

【注释】

①湿云:湿度大的云,指云中满含雨水。

②神女:谓巫山神女。《文选·宋玉〈高唐赋〉序》:"昔者先王尝游高唐,怠而昼寝,梦见一妇人曰:'妾,巫山之女也。'"李善注引《襄阳耆旧传》:"赤帝女曰姚姬(一作'瑶姬'),未行而卒,葬于巫山之阳,故曰巫山之女。楚怀王游于高唐,昼寝梦见与神遇,自称是巫山之女。"又《神女赋》序:"楚襄王与宋玉游于云梦之浦,使玉赋高唐之事,其夜王寝,果梦与神女遇,其状甚丽,王异之,明日以白玉。"

【赏析】

巫山上雨雾缭绕,高高的山峰也似被沉沉的云压低下来,山影凄迷,一眼望去,并不分明。并非雾气,也非野烟,正是巫山神女快要腾云驾雾而来。

若觉得这生涯原是一场梦幻,人生美好只有在梦中,除此便没有人能知晓。正如苏东坡所说,"事如春梦了无痕"。

这词有些版本有词题《咏史》,说纳兰写这首词是发历史的感慨。当然,至于具体是否如此并非最重要的,姑且看看纳兰所要咏的这段历史。纳兰是对楚王"巫山云雨"的事有感慨了。宋玉的《高唐赋》中讲了这个故事:

曾经,楚襄王曾带着我(宋玉)在云梦台一带游玩,遥望三峡高唐上面的楼台,看到高唐上面飘浮着一团非常独特的云气,形状像山一样突起,并一直往上升,突然又改变了形状,转眼之间,形状变化无穷。楚襄王问我:这是什么气啊? 我告诉楚王说:这就是人们所说的"朝云"。楚襄又问道:什么是"朝云"呢? 我告诉楚襄王说:过去,您的父亲楚怀王曾经游历高唐,因为困倦就在白天小睡了一会,睡着后梦见一个少女,这个少女对楚怀王说:"我是住在巫山的女子,我是从别的地方来到这里的。听说您到这里来游玩,所以我过来向您推荐我自己,愿意陪您同床。"楚怀王于是与之同床。少女离去时向楚怀王告别说:"我在巫山南面,最高最险的地方,早晨我是一团云,傍晚时我又变成飘忽不定的阵雨。每天早晨晚上,我都在巫山南面一个高台靠下一点地方。"第二天早晨,楚怀王一看,果然看到一团云在那里飘动,于是在那个平台上建了一座庙,取名为"朝云"。楚襄王说:朝云刚升起来的时候是什么样子的呢? 我告诉楚襄王说:她刚开始出现的时候,茂茂盛盛像松树一样笔直,一会儿后,她光彩照人又像一位美丽的少女,她举起袖子遮住太阳,像在张望她思念的人;突然她又改变面貌,急驰像四匹马拉的战车,车上还插着战旗;你感到像风吹一样的凉,像冷雨一样的凄清。等到风止雨停，云也突然无影无踪了。

这个故事在中国历史上产生了很大影响，历代的诗词中这一典故可谓俯拾皆是。纳兰写这件事也是有原因的，可以当作咏史，更可以看作是他自己在倾诉着自己对人生的看法，以及对昔日爱情的追忆。词中的巫山神女如何不可以当作纳兰的故妻、知己、恋人等呢？而他自己，好比楚怀王，而他们之间的关系，无论多么值得自己怀念，值得后人追忆，但总是一番云雨罢了，烟消云散以后，一切也就幻为无物。结尾"若问生涯原是梦。除梦里，没人知"是词的结尾，更表露出纳兰对于人生的看法，很有悲观主义的倾向，也应该是对于人生愁苦的总结。

纳兰继承了婉约派的传统，这种风格有一个很重要的情感来源，也就是词人自身的情感要细腻委婉，甚至他们个人的人生情感经历颇为坎坷心酸，如柳永、晏殊、李清照，等等。婉约词在取材方面，多写儿女之情、离别之绪，在表现方法上多用含蓄蕴藉方法将情绪予以表达，其风格是绮丽的。大抵以为"诗言情"，不能把文章的社会责任放到诗词上来。

在纳兰身上我们可以看到两方面都有体现，也能看到其中差异，便是婉约情感对他的巨大影响。

【词人逸事】

纳兰容若天资聪颖,读书过目不忘。几岁便练习骑射,文武兼备。17岁的纳兰容若入太学读书,得到国子监祭酒徐文元赏识,并推荐给其兄内阁学士礼部侍郎徐乾学。纳兰容若18岁参加顺天府乡试,中举人,然而在19岁会试时却因病没能参加殿试。而后数年中他更加发奋研读,并在两年内主持编纂了一部1792卷编名为《通志堂经解》的儒学汇编,深受康熙赏识。他又于家中渌水亭畔,用三四年时间将搜读经史过程中的见闻和学友传述记录整理成文,编成4卷集《渌水亭杂识》,其中包含历史、地理、天文、历算、佛学、音乐、文学、考证等多方面知识。22岁时,他再次参加进士考试,并以优异成绩考中二甲第七名。康熙皇帝授予其三等侍卫官职,以后升为二等,再升为一等。扈驾随行,每在身边,足见康熙对他的喜爱。

长相思

【原文】

山一程,水一程。身向榆关那畔行①,夜深千帐灯。

风一更,雪一更。聒碎乡心梦不成②,故园无此声。

【注释】

①榆关:山海关,古称渝关、临榆关、临渝关,明改为今名,其地古有渝水,县与关都以水得名。在今河北秦皇岛。那畔:那边。

②聒:吵闹之声。乡心:思念家乡的心情。

【词评】

"纳兰小词,丰神迥绝","尤工写塞外荒寒之景,殆扈从时所身历,故言

——蔡嵩云《柯亭词论》

"明月照积雪","大江流日夜","中天悬明月","长河落日圆",此种境界,可谓千古壮观。求之于词,唯纳兰容若塞上之作,如《长相思》之"夜深千帐灯",《如梦令》之"万帐穹庐人醉,星影摇摇欲坠"差近之。

——王国维《人间词话》

容若豪宕之作,往往只得半阕,后半即衰飒气弱。如《长相思·山一程》《采桑子·丁零词》皆如是。

——赵秀亭《纳兰丛话》(续)

"夜深千帐灯"是壮丽的,但千帐灯下照着无眠的万颗乡心,又是怎样情味? 一暖一寒,两相对照,写尽了自己厌于扈从的情怀。

——严迪昌《清词史》

唐诗里有绝句《从军行》,用简短的篇幅来描写边塞风光、将士们的生活和情怀,向来受到传诵。词里写这种题材的比较少见,这首词恰好是小令(简短篇幅的词)当中的《从军行》。

——于在春《清词百首》

纳兰容若在清康熙二十一年三月,随从皇帝东巡,出山海关。此词当作于这一时期。上阕从白天行军写到晚上驻扎;下阕写在营中卧听风雪的吼叫,思乡之情甚切。其中"夜深千帐灯"一句,取景新颖豪壮,深受王国维赞赏。

——黄天骥《纳兰容若和他的词》

【赏析】

长相思,相思有多长? 是"天涯地角有穷时,只有相思无尽处",还是"长相思兮长相忆,短相思兮无穷极"?

如今行走在关外，你说你知道，一驿复一驿，思亲头易白。只是关外的天，苍凉的蓝。遍地都是橙黄的叶子，三两凄然，三两惆怅。一更，一更。所以明月落下的时候，浮起的是你的悲伤。

家乡还在，只是山高水长，路途残缺。四季还在，只是花开有时，昨日不再。这个异地的夜晚，寒冷温柔着你的骨头。乡关何处是？魂梦依稀时。

一程山水一程歌，一更风雪一更愁。纳兰容若在随扈东巡、去往山海关途中，写下了这首思乡之曲，成就千古名篇。

"山一程，水一程"描写

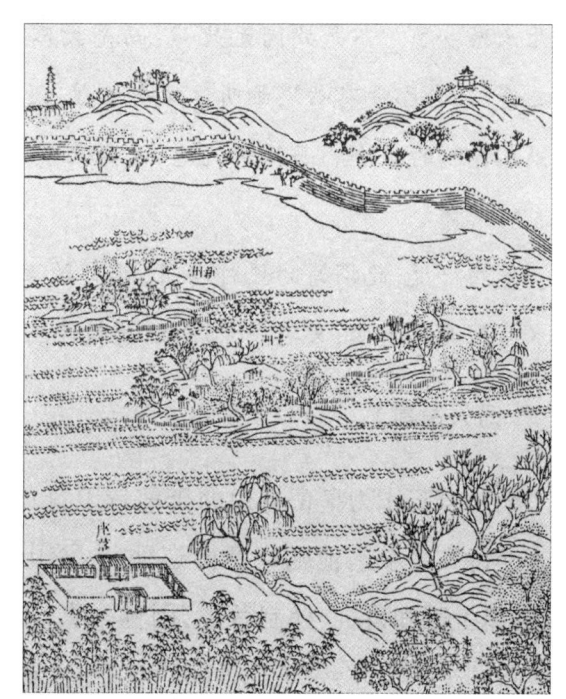

的是一路上的风景，仿佛是一个赶路的行者骑于马上，回头看看身后走过的路而发出的感叹；又仿佛是亲人送了词人一程又一程，山上水边都有亲人送别的身影。

如果说"山一程，水一程"写的是身后走过的路，那么"身向榆关那畔行"写的就是词人往前瞻望的目的地，也激荡出一种"万里赴戎机，关山度若飞"的萧萧豪迈情怀。而"夜深千帐灯"，写出了皇上远行时候的壮观。且想象一下那幅豪壮的场景，风雪之中，夜空之下，一个个帐篷里透出的暖色调的黄色油灯，在群山里，一路绵延过去。多么壮观的景象！难怪王国维会将此与"澄江静如练""落日照大旗""大漠孤烟直"相提并论。

"夜深千帐灯"既是上阕感情酝酿的高潮，也是上、下阕之间的自然转换。夜深人静的时候，正是想家的时候，更何况"风一更，雪一更"。这里的"一更"是指时间，和上面的一程所指的路程，两相映照，又暗示出词人对风雨兼程人生路的深深体验。风雪夜，作者失眠了，于是数着更数，感慨万千，又开始思乡了。不是故园无此声，而是故园有家有亲人，有天伦之乐，有画眉之趣，让自己没有心思细听这风起雪落，没有机会思忖这温暖家门之外还有侵入骨髓的寒冷。而此时此地，远离家乡，才分外地感觉到了风雪夜异乡旅客的情怀。

总的来说，此词写的传神动情，既有韵律优美、民歌风味浓郁的一面，如出水芙蓉纯真清丽；又有含蓄深沉、感情丰富的一面，如夜来风潮回荡激烈。

【词人逸事】

纳兰容若作为皇帝身边的御前侍卫，以英俊威武的武官身份参与风流斯文的诗文之事。他随皇帝南巡北狩，游历四方，奉命参与重要的战略侦察，随皇上唱和诗词，译制著述，因称圣意，多次受到恩赏，是人们羡慕的文武兼备的少年英才，帝王器重的随身近臣，前途无量的达官显贵。然而他却对自己的扈从生涯十分厌倦，不时在词作中体现出乡关之思和怨尤之情。

清康熙二十一年二月十五日，康熙因云南平定，出关东巡，祭告奉天祖陵。纳兰容若随从康熙帝诣永陵、福陵、昭陵告祭，二十三日出山海关，三月的天气仍是风雪迷漫，显出了塞上的苦寒。身为满洲贵胄的纳兰容若，当此之时夜不能寐，风雪凄凄，思乡之情油然而生。他不禁想起了北京什刹海后海家中的温暖和温馨，于是写下了这篇千古佳作。

相见欢

【原文】

微云一抹遥峰^①，冷溶溶。恰与个人清晓画眉同。

红蜡泪,青绫被②,水沉浓③。却向黄茅野店听西风④。

【注释】

①微云一抹:即一片微云。

②青绫:青色的有花纹的丝织物,古时贵族常用以制被服帷帐。

③水沉:即水沉香,用沉香制成的香。这里指这种香点燃时所生的烟或香气。

④黄茅野店:即黄茅驿,指荒村野店。

【赏析】

秋色浓郁,远山连绵,一抹淡淡的云彩,笼罩在远山周围。秋气乍起,升起一阵阵凉意。远山、微云,似乎也冷溶溶如水。这般景致,多么与我所思恋的那位女子在清早画眉相像啊!清晨微凉,一派凄美销魂。

是那一豆残焰也令蜡烛顾影自怜,起了思念吗?不然它如何会流下殷红的泪水来,沾湿了自己的全身。青色丝被任它不整,也不管它可否盖在身上,沉水香袅绕出浓浓的香烟。这般景致,却如何只我一人独自念想。猛地回头,仍旧独自在这野店茅屋中听得西风一阵紧、一阵严。

这首词有解为是思念妻子的作品,时间尚存争议,但大抵认同创作于边塞。纳兰是个多情之人,对所爱之人往往用情很深。在早年与相恋的表妹失之交臂后,二十岁的纳兰容若娶两广总督、兵部尚书卢兴祖之女卢氏为妻。少年夫妻无限恩爱,可惜好景不长,美好的生活只过了短短三年,爱妻便香消玉殒了。那种"曾经沧海难为水,除却巫山不是云"的深厚情感一直使纳兰无法自拔。纳兰虽只有三十余年生涯,但可以肯定的是,步过了坎坷的感情经历,他可谓已熟谙人生,对于生涯中美好的悲剧性追忆,成为他词中主旨,也完全是情理之中的事情。

纳兰作为一位名士,他是成功的。武,他是皇帝身边的御前侍卫,英俊威武的武官身份;文,历史地理、音乐诗词他均有造诣,朝廷内外都颇负盛名。又加以皇室血统、身份高贵,年轻的他既能随皇帝南巡北狩,游历四方,又可随皇上唱和诗词,译制著述。多少人艳羡的锦绣前途、富贵荣华,可偏偏进不了他的心。或许年少时他也曾愿意出仕以兼济天下,为官以拯救黎民,功名利禄加身,繁华锦簇拥人,但最终的他却是从心底里厌倦了官场庸俗与侍从生活,愿意以一身荣华换取一世清明。富贵容易脱身难,身不由己的无奈又使他不得超脱自在,所以他往往身在边塞,心在故乡,常常在词作中表现出乡关之思和怨尤之情。从他一生在边塞所写的词中便可以看出其思想的转变:早期的他意气风发,具有如唐朝边塞诗人一样的功名情怀;可后来的他看透了功名爵位,厌倦了官场生涯,转而生发出对思乡恋亲、怀友伤别的浓烈情感,情感生活的坎坷又使他产生对人间真情的感慨。

这首词意象选用亦颇为着力,词整体的意象"温度"有一番清凉微冷的感觉,情感上则营造了一种悲哀的秋氛。意象呈现方式也是素描与工笔结合。素描如:微云一抹,雾岚菲薄,山如眉黛,斯人独立,黄昏野店,秋叶西风;工笔如:红烛泣泪,青绫不整。

意象上,觉出了它"温度"的冷,情思上,读之则感同身受,纳兰词的"真",其感染力便是如此淋漓痛彻。

相见欢

【原文】

落花如梦凄迷^①，麝烟^②微。又是夕阳潜下小楼西。

愁无限，消瘦尽，有谁知。闲教玉笼鹦鹉念郎诗^③。

【注释】

①凄迷：形容景物凄凉迷茫，这里指悲伤怅惘。

②麝烟：焚烧麝香所散发的烟气。

③闲教玉笼鹦鹉念郎诗：此句化柳永"却傍金笼共鹦鹉，念粉郎言语"之句而来。

【赏析】

落花有意随流水，流水无心恋落花。花儿落了，伊人的心，如小小寂寞的城，上了一把生了红锈的铜锁。

你的梦，早已不是一把锋利无比的剑。无法斩断情网的它，已经老去，静默地躺在剑鞘里。

"夕阳无限好，只是近黄昏。"夕阳多像伊人的脸庞，可它一个微笑也未曾给过你，十几年了。如今，李商隐从地平线上赶来，带走了它，只凭一声叹息。

花落,愁浓。从此,人比黄花瘦。从此,你一心一意,教不知思念为何物的巧嘴鹦哥。念,情人的名字。

这词写的是宫怨。词人以女子的身份入笔,于词中塑造了宫中女子伤春念远的形象。

词之首句"落花如梦凄迷"借用了秦观《浣溪沙》词中的"自在飞花轻似梦,无边丝雨细如愁",营造出一种春花飘落,如烟似梦一般的迷离氛围。这是室外的景象。而室内,熏炉的香烟凫凫袅袅,女子斜倚门廊,静默地看着夕阳又一次慢慢溜下了小楼。此情此景不禁让人想起晏殊的"无可奈何花落去,似曾相识燕归来,小园香径独徘徊",这其中浸润的愁思怕是与这位女子相同吧。这前三句是对环境氛围的渲染,并没有正面对女主人公进行刻画,但是读者可以想见她日日如此消磨时光,心境如水烟般迷离的落落寡欢。

"愁无限,消瘦尽,有谁知?"这三句是正面的心理刻画和情态描摹,鲜明生动,细腻深刻。她日夜思念心上人,可是有一道宫墙横亘,便是隔断了千山万水,终无法将青丝织成同心结,寄给那人。于是只有"为伊消得人憔悴"。可是这一份幽怨又有谁知道呢?

其结处显系柳永"却傍金笼教鹦鹉,念粉郎言语"之句而来,极传神,极细致。因为相思无可排遣,遂只有调弄鹦鹉,教它念意中人的诗,这看似风雅的消遣,其实落寞如空山落花,是她对心上人无可奈何的想念。

总之,这阕小令描写人物外部的细微动作,反衬人物内心的波动,感情细腻婉曲,饱含无限情韵。风格绮丽,凄婉缠绵。语言的锤炼也是容若所注重和擅长的。

昭君怨

国学经典文库

纳兰容若全集

《纳兰词》鉴赏

图文珍藏版

【原文】

深禁好春谁惜^①,薄暮瑶阶伫立^②。别院管弦声^③,不分明。

又是梨花欲谢,绣被春寒今夜。寂寞锁朱门,梦承恩^④。

【注释】

①深禁:深宫。禁,帝王之宫殿。

②薄暮:傍晚,太阳快落山的时候。瑶阶:玉砌的台阶,亦用为石阶的美称,这里指宫中的阶砌。

③管弦声:音乐声。

④承恩:蒙受恩泽,谓被君王宠幸。

【赏析】

世界上最遥远的距离,不是生与死,而是深宫的高门,阻断了我爱你的视线。

春蚕到死丝方尽。这次你离开了我,是风,是雨,是夜晚,是相思成茧。你笑了笑,我还未摆一摆手,一条寂寞的路便展向两头了。这个梨花飘零的季节,正是相信爱的年纪。可是我没能唱给你的歌曲,让你一生中常常追忆……

这首词深挚动人,委婉缠绵。作者省略了主语,从宫禁女子的角度,抒写了对已入深宫的表妹的相思苦恋。

词以宫禁女子口吻疑问语气开篇:在这深深的皇宫里,如此美好的春色又有谁去珍惜? 如此一来,词人就把他的想象与表妹的实际处境吻合起来,增添了艺术魅力。这也是纳兰容若经常使用的艺术手法,明明是作者在想象,而口吻又是所要描写之人的,有时候简直分不清是谁在写。"薄暮瑶阶伫立"这几句是说,傍晚时分。她伫立在瑶台的台阶上,只听到后宫里管弦音乐声传来,怎么听都不太分明。显然纳兰容若的表妹并未受皇上的宠幸,但是又由于她与纳兰之间的款款深情已经被宫墙隔断,遂内心落寞冷清,在一片丝竹之声的衬托之下,越发凄凉孤寂起来。此几句明里是写她的心怀,暗里表达的却是纳兰对其表妹的深切关怀。

词至下阕,发生了微妙的转折,纳兰由对表妹表示关切转为暗生疑虑。"又是梨花欲谢"。是啊,一年过去了,又是梨花要谢的季节。值得注意的是这个"梨花",梨花在古诗词里常常是形容女子容貌和美丽的专用词汇,比如白居易的《长恨歌》中就用"一枝梨花春带雨"来形容杨贵妃的美貌。而女子的命运亦如梨花,梨花易谢,女子的青春复有几何? 纳兰不禁怀疑表妹能否耐住青春的寂寞,能否守住"梧桐相待老,鸳鸯会双死"的誓言。"莫非她真会有盼望皇上临幸之心?"纳兰不禁对其表妹心生怨尤。然而从另一方面想,容若的惊恐疑惧,又何曾不是源于他的一片深情? 可以说,纳兰把这份对表妹的复杂情感表达得千回百转,凄婉缠绵。

当然,这首《昭君怨》除了以上这种解读外,还有其他的解读。比如有人觉得这首词是容若借嫔妃之怨抒写自己十年青春耗费在"御前侍卫"繁琐而机械的公务中,以致有书难读,有念难抒,虽蒙皇恩,却内心孤寂、郁郁寡欢的复杂心绪。也有人认为这首词表达了宫女对生活的渴望,因为"好春"无人怜惜,宫女在怅怅伫立中引领"望幸",等来的却是失望,而年年苦恨又不断重复,在春寒料峭中,无望的宫女只好回到内室去做一个"承恩"的梦了。幻觉中的一点点安慰,无异于镜花水月,既可悲又可叹。这两种解读,亦是"仁者见仁,智者见智",因为诗词鉴赏,本无定论,作者所以作之,心也;读者所以鉴之,亦心也。

昭君怨

【原文】

暮雨^①丝丝吹湿,倦柳愁荷风急。瘦骨不禁秋,总成愁。

别有心情怎说,未是诉愁时节。谯鼓^②已三更,梦须成。

【注释】

①暮雨:傍晚的雨。

②谯鼓:谯楼更鼓。

【赏析】

剪不断,理还乱。是什么样的心事,让你在寂寞如水的夜晚里忧愁如许?

窗外,秋雨已在夏天的绳头上打了结。所有的夏花,一夜之间,不再烂漫。清风吹来,一个人的孤独,就是二胡的琴弦低低沉吟,就是伊人的琵琶依依哀怨。

曾几何时,你们的唇间藏尽湖光山色,张开是鸟鸣,合拢是夕阳。而今,飘满的落叶,已有长城万里。琴师不弹《梁祝》,也已有多年。

冬天即将来临,芦花盖满两岸。可你仍然打不开梦的大门。思念的人在远方。而大雁,大雁,又飞过了连绵的群山。

这是一首哀感顽艳的伤秋之作,上景下情,只轻轻地勾抹,却情致深婉,有余不尽之意令读者去咀嚼。

词从黄昏的秋雨入手,这亦是伤秋词作的常见写法。词人静静伫立在暮雨中,任凭冰冷的秋雨吹湿自己的衣裳,看见曾经郁郁的杨柳被秋风打弯,而亭亭的荷叶也被秋雨淋得悲愁,心中一片忧伤。这二句作为景语,写词人眼里的美好景物在秋风秋雨肆虐之下,不能禁受之状。

而秋夜雨滴风急,仍不间断。在如此令人伤感的氛围里,词人很自然地由"倦柳愁荷"联想到自己的境遇。于是词人感觉自己枯瘦的身躯,再也不能经受这寒秋。一句"瘦骨不禁秋",形象精警地将自己茕茕孑立、销魂无限的情态表现出来,用语十分通俗省净,却让人读后,顿生哀怜。而词人之所以"人比黄花瘦",是因为愁绪萦绕心间,正如词中所言"别有心情",绝非单纯为秋风秋雨而伤怀。不过这愁又"怎说"?是因为爱不可得,还是亲人亡故,抑或是壮志难酬?词人并没有明说,这反而留下广阔的想象空间。"谯鼓已三更,梦须成。"实在寂寞,唯有去梦中消解,然而夜已三更,梦又不成,此情难诉,更愁上加愁了。

纳兰的大部分词,皆若此阕,篇篇含愁,卷卷成悲,倾其一生,写尽了情深与悲伤,一曲弦歌,弹到最后,依旧是曲高和寡,而纳兰的寂寞,终究无人能懂。

酒泉子

【原文】

谢却荼蘼①,一片月明如水。篆香消②,犹未睡,早鸦啼。

嫩寒无赖罗衣薄③,休傍阑干角。最愁人,灯欲落,雁还飞。

【注释】

①荼蘼:落叶或半常绿蔓生小灌木,攀缘茎,茎绿色,茎上有钩状的刺,上面有多数侧脉,致成皱纹。夏季开白花。

②篆香:盘香,形如篆字。

⑤嫩寒:轻寒、微寒。无赖:无奈。

【赏析】

荼蘼的花期已过。曾经的浪漫,曾经的美好,都在绚丽而孤寂的盛放中,归为片片落花,汩汩流水。

人生是否也如四季?春夏时,百花盛开,带给你满眼的姹紫嫣红,然后又一朵朵地消失,空留寻花人疲倦的踪影?天涯流落思无穷。是这样吗?

想起王菲的歌……最后荆下自己舍不得挑剔,最后对着自己,也不大看得起,谁给我的世界,我都会怀疑。心花怒放,却开到荼蘼。

古语曰:"开到荼蘼花事了。"所谓"开到荼蘼"即是言荼蘼开败之日,便是一年的花季结束之时,所有的花也就不会开放了。纳兰此首《酒泉子》一开篇就用了"荼蘼"这一意象,并且还特意把凋零、开败的意味突出一番——用了"谢却"二字。我想纳兰用这个意象,并不是纯粹描摹自然景物,而是有所象征。因为荼蘼是夏天最后的花,它的开放代表着夏日花季的终结,而一切的事,不管有没有结局,都得在这白色微香中曲终人散。而现在连"唯一"的荼蘼花也凋谢了,可见在纳兰看来,所有的精彩和芬芳也随之消融在渐凉的秋意里,一切归于黯然欷歔,走到了尽头。这样,词作一开篇就奠定了凄清哀婉的基调。

"一片月明如水"。现在花季已逝,只有一轮明月,皎皎悬于天宇,播下清冷寂寞的光辉。在这样月明如水的夜晚,李白曾"举杯邀明月,对影成三人",殊为潇洒,然而终是"月既不解饮,影徒随我身",月亮难以为伴,影子也徒随自身。纳兰没有选择像李白一样借酒沉醉,醉后援翰写心,感而抒怀。他没有那样的心境。他只有悄悄燃起心字篆香,一人默默思量自己的重重心事,而越思量就越难以为寝,直至早鸦开始啼叫,还"犹未睡"。总言之,这上阕词,重于写景,而景中含情,明丽清晰。

词至下阕,转以言情为主,情中有景。"嫩寒无赖罗衣薄,休傍阑干角",气候已经有了些许寒意,词人所穿的衣服已经快遮挡不住这微寒了。其实,身寒仍有衣可御,但是心若寒冷,有甚可御?所以他对自己说"休傍阑干角",因为他知道,纵然把阑干拍遍,也无人理解他的登临之意。最后三句,直抒胸臆而意蕴含婉。君不见,"灯欲落,雁还飞",这满腔愁绪,怕是又要延续到第二天了。

生查子

【原文】

东风不解愁,偷展湘裙衩①。独夜背纱笼②,影著纤腰画③。

爇尽水沉烟④,露滴鸳鸯瓦⑤。花骨冷宜香⑥,小立樱桃下。

【注释】

①湘裙:指用湘地丝绸制作的裙子。

②纱笼:纱制的灯笼。

③纤腰:细腰。

④爇:燃烧。水沉:即水沉香、沉香。

⑤鸳鸯瓦:指成对的瓦。

⑥花骨:即花骨朵,花蕾。

这首《生查子》为一篇咏愁之作,想来古诗词咏愁之构,佳作迭出,何其浩繁,如李煜的"问君能有几多愁? 恰似一江春水向东流",欧阳修的"离愁渐远渐无穷,迢迢不断如春水"均以春水喻愁,形象地写出了愁之绵长,有悠悠不尽之感;贺铸《青玉案》"一川烟草,满城风絮,梅子黄时雨"层层递进的三种事物喻愁更与秦观的"春去也,飞红万点愁如海"一样于夸张、比喻的结合中表达了愁之多、愁之深,而宋代著名女词人李清照的"只恐双溪舴艋舟,载不动,许多愁",则于夸张与比较中衬出了愁之多、愁之重。想必在如此多的佳句面前,纳兰作词咏愁绝非易事。但这首《生查子》写来却也不落窠臼,显得较为别致。

且看上阕,词人几笔便勾勒出一位浅浅女子的哀婉伤春形象。纳兰作词,大多评家谓之"尤善小令",此处可见一斑。在这里,作者没有直接描绘女子的容貌,而是以清朝贵族女子平素所穿的湘裙和其纤纤腰身入手,从侧面展现出女子的姿态容貌,给人无限遐想的空间,想来此女何其俊秀,何其温柔。古人作诗,最高境界在于,造景塑性常在于言与不言之间的遐想,此作上阕便有深山不见寺,唯听暮鼓声的效果。

细细品来,东风即是春风,写东风的不解风情,此处便是东风的人格化了。东风却是在偷看湘裙,一个偷字写尽了东风之态,可谓珠玑。湘裙表明了主人公的身份,此处偷看再次暗示出女子的美貌。猜想诗人应该是以东风的视角和身份来观视女子,东风也是女子寂寞的见证吧。下句"独夜背纱笼,影著纤腰画"则交代了时间是晚上:春夜,女子一人在室,视线渐移,细看女子姿态,背靠着丝纱的灯罩,灯光勾勒出女子的纤腰,孤独一影,此画面静谧优美,也有动静映衬,试想软弱的灯光若隐若现,女子的倩影也在摇曳着寂寞,却是那背影仁立安静。一细腰让人浮想,此女子是何等的纤细体态,轻柔娇媚,也让人看到她是如此的娇柔,似有衣带渐宽终不悔,为伊消得人憔悴之感。俨然一副思妇相,绝无半点矫作情。让人想入画探视,猜想女子为何人而愁,在这孤独的夜里一个人难诉愁情。

上阕,几笔文字落在女子身上之物,而非景物描写,在于刻画女子形象,给读者以朦胧之女子容颜,清晰之愁情思绪。此谓画人。

下阕文笔重在写景,描写女子身边环境。景入眼眸的是沉香燃尽的一瞬,香烟袅袅升腾,然后弥散在空气中,犹如女子的愁丝飘散,烟已断,情不断。此处说明夜已深,女子还在孤独徘徊。又转向鸳鸯瓦,露滴已沾瓦片,再次说明夜深难眠。鸳鸯瓦自成双,而女子却是形单影只。此处以双反衬单,以喜衬悲的效果油然而生。已是愁情极致,却还有"花骨冷宜香,小立樱桃下"的冷美景象。作者以花骨比喻女子,立于樱桃花下,静谧而清俗,因愁情而美丽动人。

此首《生查子》主题为咏愁之曲,作者上阕画人,下篇写景,无一愁叹之词,却处处渗透着情愁的气息,字里行间给读者感同身受的触觉。刻画画面上,冷静优美,刻画人物形象上没有冗长的词句,寥寥数笔勾画出内涵丰富女子,笔法细腻。环境的衬托与渲染更是给形象增添了愁绪的内涵,让读者通过环境这一介质直通女子的心里。情与景的融合自然而舒适,优美的字句涂抹出一幅清晰的画面,画中之人,人之内心,与整体俨然相符,女子内心的愁绪也弥漫画卷,令人酸楚。

生查子

【原文】

鞭影落春堤①,绿锦郭泥②卷。脉脉逗菱丝,嫩水吴姬眼③。啮膝④带香归,谁整樱桃宴⑤。蜡泪恼⑥东风,旧垒眠新燕。

【注释】

①陾:同"堤"。

②鄣泥:障泥,马鞯,垫在马鞍之下,垂在马背两侧,以遮挡泥土。

③嫩水吴姬眼:形容春水如同吴地美女的眼波。嫩水:春水。吴姬:吴地美女。

④啮膝:良马名。杜甫《清明》有"渡头翠柳艳明眉,争道朱蹄骄啮膝"。

⑤樱桃宴:从唐朝起,科举发榜的时候也正是樱桃成熟的季节,新科进士们便形成了一种以樱桃宴客的风俗,是为樱桃宴。直到明清,风俗犹存。

⑥恼:惹,撩拨。李白《赠段七娘》有"千杯绿酒何辞醉,一面红妆恼杀人"。

【赏析】

骑一匹骏马,驰过长堤,步步催马,鞭影横飞,我要看尽这春色的美。骏马飞奔,马鞍两边垂障上的轻尘腾飞。路旁女子含情脉脉,目光炯炯有神,好比吴地佳丽的眼波。我游遍全城,骑马归来,带回一缕春日芬芳。是谁主持了一场樱桃宴会,要来庆贺新科进士们。东风徐徐,蜡烛被吹得跳跃起来,弄得它"泪流满面"。去年的燕巢中钻进了新来的燕子,一切似乎如此春风得意。

这首词作于清康熙十五年(1676年),纳兰容若以殿试考中"二甲七名"后的"春风得意马蹄疾,一日看尽长安花"的潇洒姿态。

纳兰的仕途并未遇到什么阻碍,一方面得益于他的门楣,另一方面,他的个人才情与极深的汉学修养也助他步步高升。无论是儒学汇编《通志堂经解》还是涉猎广泛的《渌水亭杂识》,都显示了他的广博的学识。这样的文武英才,自然备受皇帝器重,前途无量。

这首词恰逢其二十二岁仕途腾达的起点上,词中体现了纳兰初期的入世意识和豪放气魄。古人云"相由心生"，此词中的意象正符合了年少时豪放张扬的纳兰心中的狂喜之情。春色正浓，是一年中生机勃勃的开始，孕育了无限生机，在这个时候横鞭策马，即便是飞驰的马蹄溅起春泥，沾湿绿锦，也是不足惜的。除却美景相伴，还有佳人含情的目光，无须多做形容，一双"嫩

水吴姬眼"就把女子的美貌描绘得生动形象，不由得让人想起一双波光水嫩的大眼睛。"鞭影""绿障""春堤""菱丝""嫩水"，各种充满了动感、孕育着生命力的事物重合，将词人激动的心情，舒畅的感受表达得淋漓尽致。如此张扬放纵、豪气冲天，难怪人都言"少年得志、金榜题名"是人生三大幸事之一。

由策马游城为起，描绘途中美景佳人，而后下片承接写至"归"。"归"为"啮膝带香归"，踏尽繁花，享受了众人艳美的目光，即使归来，依旧满身余香。而为了迎接归来，又有人备好了"樱桃宴"，觥筹交错，均是庆贺之词，哪能不叫人心动流连！烛光闪烁，天色已晚，流年似水，这场宴会不知举办过多少次了，但今年却是轮到"新燕"。"蜡泪"本多为悲凉之意象，但在此，一个"恼"字却将红烛也写得俏皮了起来，红烛不再是孤独垂泪，顾影自怜，却似怨恼东风不该，更为人性化，与"东风"恰似一对冤家。最后一句以"新""旧"对比，暗喻光阴流逝，"旧垒"住进"新燕"，虽有感慨，却依旧积极明媚，因为今年的词人，正是入眠的新燕，也正是如此循环往复，世界才得以

生生不息。

《生查子》作为纳兰前期的代表作之一，我们可以从中看到年少的他意气风发，与往后纳兰厌倦官场后的缱绻之词有很大的差异，也正是这种差异，我们才可以看得出一个人的成长历程。

生查子

【原文】

散帙坐凝尘①，吹气幽兰并。茶名龙凤团，香字鸳鸯饼②。

玉局类弹棋，颠倒双栖影③。花月不曾闲，莫放相思醒④。

【注释】

①散帙：指打开的书卷。坐：无故，自然而然。凝尘：尘土聚积。

②茶名二句：龙凤团，茶名，即龙团凤饼，为宋代著名的贡茶，饼状，上有龙纹，故名。鸳鸯饼，形似鸳鸯的焚香饼。一饼之火，可熏燃一日。

③玉局二句：玉局，棋盘之美称。弹棋，古代一种博戏，后至魏改为十六棋，唐为二十四棋。

④莫放句：莫引起相思之情。

【赏析】

被寂寞打开的书卷,经久地合上了。纵然书中有全宇宙的文字,可是没有你的名字。所以,那简陋的爱情,将无法在你那泛黄的日记里驻足停留。

伊人依旧,静若幽兰,美在空空的谷底。可是你寂寞到,要怀念自己了。你为谁流落于此? 流落成落寞的音符,奏不成一支思念的曲子。这个花月之夜。你的爱怜,如这么多年的往事。

这个花月之夜。菩提树又开花了,引起你心中无限惆怅……那时,你是何等的温柔,花瓣撒落到她织满月光的鬓发上……

关于这阕词,历来争论甚多。有人认为作为相府的长公子,纳兰容若是生长在温柔富贵之家,这阕《生查子》便是其饫甘餍肥的贵家生活的生动写照。

也有人认为这是一阕抒发对恋人妻子的真情挚爱的忆旧词,因为"幽兰""龙凤团茶""鸳鸯香饼""双栖影"以及不曾闲的"花月"都衬托了词人对心上人的无限相思。

以上两解皆有道理,然而亦是"局部之真理"。此阕词实际上是一首闺怨词,词人是借少女的闺怨来感怀自己百无聊赖的境况,而在客观上又反映了词人身居贵族之家绮艳优裕的生活。

首句"散帙坐凝尘"说的是散乱的书卷早已蒙上细细的尘土，显然说明了女主人公无所事事的心境已经持续很久了，这一"坐"字，当"无故、无由"来解，表面是不知道什么原因，实际上是慵懒无聊、不想读书。"吹气幽兰并"，这位美丽女子口中散发的温香如兰似麝，然而却是幽兰陷于空谷，无人欣赏。以下四句，词人用龙凤、鸳

鸯、双栖鸟儿皆成双作对来反衬出女主人公的孤单寂寞。你看，即使桌上新沏的龙凤团名茶，燃着鸳鸯饼的香料，她也无法兴致勃勃，好不容易下棋解闷，却又看到双宿鸟儿幸福甜蜜的身影映现在棋盘上。于是，只好发出感叹"花月不曾闲，莫放相思醒"，告诉自己不要生起相思之情。一个"醒"字，一下子就把上边所描绘的幸福美满的欢乐之景拉入梦中。"花月"自然是夜晚，相思也是在梦中，想必那时梦中的自己也流露出微笑了吧。透过最后两句，一种不满闺中生活却又无可奈何的心境，便流露无遗了。

这首词中，纳兰全然不写半点哀愁，但细细读来，全篇句句成哀，句句是悲。词人作此作时，该是梦醒人无，其凄凉心境下发此艳丽之语，定然是有心布置的。

同是写闺怨，纳兰这首小令，遣词用语尽透着华丽之气，诚如夏敬观《蕙风词话诠评》所言，"寒酸语，不可作，即愁苦之音，亦以华贵出之，饮水词人，所以重光后身也。"

生查子

【原文】

短焰剔残花,夜久边声寂①。倦舞却闻鸡②,暗觉青绫③湿。

天水接冥濛④,一角西南白。欲渡浣花溪⑤,远梦⑥轻无力。

【注释】

①短焰两句:残花,烛花,烛心燃烧后结成的穗状物。边声,指边地特有的声音。

②倦舞句:古以闻鸡起舞作为壮士奋发之典故,这里说的是倦于"起舞"却偏偏"闻鸡"的矛盾心情。

③青绫:青色的有花纹的丝织物。古代贵族常以之制作被服帷帐等。

④冥濛:幽暗不明。

⑤浣花溪:在四川省成都市西郊,为锦江支流,溪旁有杜甫故居浣花草堂。这里借指自己的家。

⑥远梦:指思念远方的梦。

【赏析】

惦念是否真只是因为不

舍？念念不忘是否只是因为依恋？那一年，你忘了桃花开过没有。那一年，你说，她一袭粉红，美若仙子。即使那时，她总是爱着一身青衣纱袍，落三千青丝。

夜凉如水，今夜的你，远在天涯。今夜的她，仍在故园的梦寒湖畔，披下一肩长发，不带任何珠花，步摇。风起时，她的白衣布袍就这样随着风，飘啊，飘。你可曾看见，梦寒湖畔她的身影？你可曾听见，她为你吟诵的一首《竹枝词》——山桃红花满上头，蜀江春水拍山流。花红易衰似郎意，水流无限似侬愁。

本阕词为随扈出塞中的思家之作。

上阕言词人身在边地，入夜起徘徊，离忧难禁，惆怅难眠。"短焰剔残花"，写的是蜡烛燃久，烛花渐高，火焰渐短，故需要把残存的烛花剔去，即剪烛，李商隐《夜雨寄北》里就有"何当共剪西窗烛"的诗句。

当然，离家之后，词人也会像李义山一样，想念千里之外的妻子，也会回想和妻子在一起聚首西窗、共剪烛花的恩爱日子。不过词人此时不是在四川，而是身在边塞，能听见"胡笳互动，牧马悲鸣"的萧索边声，只是由于寒夜已久，这些吟啸之声已经沉寂，暂不能闻。

边声没有听到，荒鸡鸣叫的声音，却听到了。"倦舞却闻鸡"一句，用典出新出奇，深藏了诗人的隐怨。《晋书·祖逖传》中有记："（祖逖）与司空刘琨俱为司州主簿，情好绸缪，共被同寝。中夜闻荒鸡鸣，蹴琨觉曰：'此非恶声也。'因起舞。"本来,闻鸡当起舞,壮士当奋发,有所作为,但是词人闻鸡,却倦于起舞了,不但如此,还"暗觉青绫湿",清晨的雾气已经把他的衣裳打湿,让他心生寒凉。纳兰反用"闻鸡起舞"的典故,说"倦舞却闻鸡",表达了他真实而又矛盾的情感。其实纳兰所有词中,他内心矛盾体现得最明显的,就在后期身处边塞所做的作品中。他由于厌倦官场,无心于仕途,细腻的情感无处倾诉,身处边塞,岂能安心入睡?"闻鸡起舞"的积极入世态度本非他所钟爱的,他只能差强人意地生活而不得自由。

纳兰填词就是如此地将情感真实地凸显出来,并不多加掩饰,他也自称"予本多情人,寸心聊自持"。

词至下阕,转以浪漫之笔法出之,写梦里情景,于迷离彷徨中表达了怨尤与离忧交织的心曲。"天水接冥濛,一角西南白",此二句言处于西南方的家乡已在千里之外,故水也是"天水",并且由于距离遥远,幽暗不明,在晨光之中泛出一片朦胧之色。既然遥不可及,那就借着梦回去吧,可谁料梦也"轻无力",不能承托,词人只有任由无边的黑暗把自己吞没了!结句意境凄幽沉婉,尤令人心痛。

生查子

【原文】

惆怅彩云飞①,碧落知何许②?不见合欢花③,空倚相思树④。

总是别时情,那得分明语。判得最长宵⑤,数尽厌厌雨⑥。

【注释】

①彩云飞:彩云飞逝。

②碧落:道家称东方第一层天,碧霞满空,叫作"碧落"。后泛指天上

（天空）。

③合欢花：别名夜合树、绒花树、鸟绒树，落叶乔木，树皮灰色，羽状复叶，小叶对生，白天对开，夜间合拢。

④相思树：相传为战国宋康王的舍人韩凭和他的妻子何氏所化生。据晋干宝《搜神记》卷十一栽，宋康王舍人韩凭妻何氏貌美，康王夺之，并囚凭。凭自杀，何氏投台而死，遗书愿以尸骨与凭合葬。王怒，弗听，使里人

埋之，两坟相望。不久，二冢之端各生大梓木，屈体相就，根交于下，枝错于上。又有鸳鸯雌雄各一，常栖树上，交颈悲鸣。宋人哀之，遂号其木曰"相思树"。后以象征忠贞不渝的爱情。

⑤判得：心甘情愿地。

⑥厌厌：绵长、安静的样子。

【赏析】

《生查子》这个词牌，句句仄韵，历来多用来写愁。吴梅在《词学通论》中有言："惟词中各牌，有与诗无异者。如《生查子》何殊于五绝？此等词颇难著笔。又需多读古人旧作，得其气味，去诗中习见词语，便可避去。"纳兰的这首《生查子》，也是写愁之作，却是颇得五绝精髓所在。

此词颇像悼亡之词。上片首句一出，迷惘之情油然而生。"惆怅彩云

飞,碧落知何许?"彩云随风飘散,恍然若梦,天空这么大,会飞到哪里去呢?可无论飞到哪里,我也再见不到这朵云彩了。此处运用了托比之法,也意味着诗人与恋人分别,再会无期,万般想念,万分猜测此刻都已成空,只剩下无穷尽的孤单和独自一人的凄凉。人常常为才刚见到,却又转瞬即逝的事务所伤感,云彩如此,爱情如此,生命亦如此。"合欢花"与"相思树"作为对仗的一组意象,前者作为生气的象征,古人以此花赠人,谓可消忧解怨。后者却为死后的纪念,是恋人死后从坟墓中长出的合抱树。同是爱情的见证,但诗人却不见了"合欢花",只能空依"相思树。"更加表明了纳兰在填此词时悲伤与绝望的心境。倘若从典故来看,也证明了此词的悼亡之意。

　　下片显然是描写了诗人为情所困、辗转难眠的过程。"总是别时情",在诗人心中,与伊人道别的场景历历在目,无法忘却。时间过得愈久,痛的感觉就愈发浓烈,越不愿想起,就越常常浮现在心头。"那得分明语",更是说出了诗人那种怅惘惋惜的心情,伊人不在,只能相会梦中,而那些纷繁复杂的往事,又有谁人能说清呢?不过即便能够得"分明语",却也于事无补,伊人终归是永远地离开了自己,说再多的话又有什么用呢。曾经快乐的时光,在别离之后就成了许多带刺的回忆,常常让诗人忧愁得不能自已,当时愈是幸福,现在就愈发地痛苦。

　　然而因不能"分明语"那些"别时情"而苦恼的诗人,却又写下了"判得最长宵,数尽厌厌雨"这样的句子。"判"通"拼"。"判得"就是拼得,也是心甘情愿的意思,一个满腹离愁的人,却会心甘情愿地去听一夜的雨声,这样的人,怕是已经出离了"愁"这个字之外。

王国维在《人间词话》中曾提到"愁"的三种境界:第一种是"为赋新词强说愁",写这种词的多半是不更事的少年,受到少许委屈,便以为受到世间莫大的愁苦,终日悲悲戚戚,郁郁寡欢。第二种则是"欲说还休",至此重境界的人,大都亲历过大喜大悲。可是一旦有人问起,又往往说不出个所以然来。而第三种便是"超然"的境界,人入此境,则虽悲极不能生乐,却也能生出一份坦然,一份对生命的原谅和认可,尔后方能超然于生命。

纳兰这一句,便已经符合了这第三种"超然"的境界,而这一种境界,必然是所愁之事长存于心,而经过了前两个阶段的折磨,最终达到了一种"超然",而这种"超然",却也必然是一种极大的悲哀。纳兰此处所用的倒提之笔,令人心头为之一痛。

通篇而看,在结构上也隐隐有着起承转合之意,《生查子》这个词牌毕竟是出于五律之中,然后纳兰这首并不明显。最后一句算是点睛之笔。从彩云飞逝而到空倚合欢树,又写到了夜阑难眠,独自听雨。在结尾的时候纳兰并未用一些凄婉异常的文字来抒写自己的痛,而是要去"数尽厌厌雨"来消磨这样的寂寞的夜晚,可他究竟是数的是雨,还是要去数那些点点滴滴的往事呢? 想来该是后者多一些,诗人最喜欢在结尾处带住自己伤痛的情怀,所谓"欲说还休,欲说还休,却道天凉好个秋",尽管他不肯承认自己的悲伤,但人的悲伤是无法用言语来掩饰住的。

纳兰这首词,写尽了一份自己长久不变的思念,没有华丽的辞藻,只有他自己的一颗难以释怀的心。

【词人逸事】

合欢是夫妻恩爱的象征,合欢花在纳兰容若的眼里和心中都是甜蜜爱情的回忆。甚至在他临死之前还念念不忘那段琴瑟合鸣的美好。康熙二十四年五月二十三日，纳兰容若在寓所召集梁佩兰、顾贞观、姜宸英、吴天章、朱彝尊等人，举行了他生前最后一次宴会。席间，他们以庭院中两棵合欢花分题歌咏，纳兰容若写下一首五律：

阶前双夜合，枝叶敷华荣。疏密共晴雨，卷舒因晦明。影随筠箔乱，香杂水沉深。对此能销忿，旋移迎小槛。

第二天，纳兰容若便卧床不起，"七日不汗"，高烧不退，继而溘然长逝。而去世日期正是康熙三十四年五月三十日，这一天也是其原配夫人卢氏逝世八周年忌日。这对恩爱夫妻终于在冥冥之中团聚了。

点绛唇

寄南海梁亭①

【原文】

一帽征尘，留君不住从君去。片帆何处②，南浦沉香雨③。

回首风流，紫竹村边住。孤鸿语④，三生定许⑤，可是梁鸿侣⑥？

【注释】

①梁药亭：梁佩兰，字芝五，号药亭，别号柴翁，晚更号郁洲。广东南海人。顺治十四年乡试第一，后屡试不第，即潜心治学，从事诗歌写作，名噪一时。康熙四十二年被召回翰林院供职，因不识满文而罢。次年返乡，与屈大均、陈恭尹并称为"岭南三家"，有《六莹堂诗集》。

②片帆：孤舟，一只船。

③南浦：南面的水边，后常用称送别之地。《楚辞·九歌·河伯》："子交手兮东行，送美人兮南浦。"沉香：即沉香浦，地名，在广州西郊的江滨。相传晋广州刺史吴隐之曾投沉香于其中，因而得名。

④孤鸿：孤单的鸿雁。

⑤三生：佛家所说的三世转生，即前生、今生和来生。

⑥梁鸿：指东汉梁鸿。东汉梁鸿家贫好学，不仕，与妻孟光隐居霸陵山中以耕织为业，后避祸去吴，居人庑下为人舂米，归家孟光为之备食，举案齐眉。世人传为佳话。后以"梁鸿"喻指丈夫，亦喻贤夫。

【赏析】

好朋友要走了。这一

走,梦破南楼,山长水阔知何处?

你知道,从此千帆过尽,或许不会再有他。所以你百计留他。

可是来去苦匆匆,泪沾长襟,但留天涯一时,留不得漂泊一世。留君不住。好朋友走了。带着黄昏的一片晚云,他走了。思君如流水。你燃起一缕沉香,紫竹村里的风流,像一首老歌。

梁药亭为了参加进士考试,长期滞留京师,故与容若相识,结为知己。药亭在《赠成容若侍中》诗中写道:"及尔见君子,和颜悦且康。顾念我草泽,自忘躬貂珰。"足见二人相交之友情非同一般。但药亭仕进不利,故于清康熙二十年(1681)离京返粤,此篇大约作于是年。当药亭离京后,容若填此寄赠,表达了对他的深切的怀念。

"一帽征尘,留君不住从君去。"起首一句写药亭意欲南归,留也留不住的惜别眷恋之情。"留君不住从君去",这句虽然势平语简,但是送别之情却有几许翻转,其依本于宋蔡伸《踏莎行》词云:"百计留君,留君不住。留君不住君须去。"将蔡词三句凝成的深情厚谊收缩于简短一句之中,自是含蕴深远。

【词人逸事】

张纯修字子敏,号见阳,又号敬斋,祖籍河北丰润,出生奉天辽阳,隶满洲正白旗,为内务府包衣。后以进士第授江华县令,官至庐州知府。张见阳与纳兰容若相交甚厚,甚至结为异姓兄弟。纳兰容若翰墨传世不多,所能见到者,唯张见阳集其往来尺牍(自丁巳康熙十六年至庚申康熙十九年间),"装池成卷"它是目前唯一研究纳兰笔札的珍贵资料。自张纯修结识纳兰容若以后,他将一部分藏品转赠给纳兰容若。足见二人志趣相投,爱好相从,品性相尚。纳兰容若也曾在给张纯修的信中说道:"一人知己,可以无恨,余与张子,有同心矣。"

纳兰容若去世后,张纯修为其辑刻《饮水诗词集》并作序,称其"所以为诗词者,依然容若自言,'如鱼饮水,冷暖自知'而已"。而词中这副栩栩如生的《风兰图》,正是张纯修为纳兰容若所画。此时,张见阳正在湖南江华,因此词中才有"第一湘江雨"之句,称道见阳所画之风兰堪称画中第一。

点绛唇

【原文】

小院新凉,晚来顿觉罗衫①薄。不成孤酌,形影空酬酢②。
萧寺③怜君,别绪应萧索④。西风恶,夕阳吹角,一阵槐花落。

【注释】

①罗衫:丝织衣衫。

②酬酢：主客之间相互敬酒，主敬客曰酬，客敬主曰酢。

③萧寺：佛寺。

④萧索：萧条、凄凉。

【赏析】

姜西溟是"江南三布衣"中的一位，在京时与纳兰交游甚密，这首词多为纳兰怀念姜西溟所作。

在这首寄词中，纳兰以"小院新凉"起笔，言及天气刚刚转冷，后句由"晚来"自然说到那一天至傍晚时，天气变得凉了，而由"清朝'博学鸿词'考试一般设于秋季"可知，此处说的应该是秋凉。秋凉便觉有些寒意了。

词的上阕从自己的感官出发，写怀友心绪：天色已晚，小院里忽然添了几分寒意，便觉得此时衣裳有些单薄了。念及此处，便想起那友人，为下阕怀人之言埋下伏笔。此时我只能一个人独饮驱寒，"形影空酬酢"一句便把自己的伤怀念远、孤独寂寞的心情刻画得惟妙惟肖。一个人独饮闷酒，自然是对着自己的影子对饮长歌了。可谁又是主谁又是客，来来去去还不是自己一个人罢了。

下阕自然承接到怀念友人处，便提及萧寺。自友人处起笔，想起当初跟友人在萧寺中惺惺相惜之情，对饮长谈之景，对比此刻自己的形影相吊，忽而不觉黯然。恰巧是在萧寺，虽史说"梁武帝萧衍笃信佛教，多造立寺院，而冠以己姓，称为萧寺"，其名出自萧姓，但也觉萧索之意，遂有了下句"别绪应萧索"。此处纳兰匠心独运，把自己的情感转而嫁接到随后而至的秋凉之感上，又用萧寺做引子，显得十分巧妙有味。后边几句乃从容道来，一点都不带滞凝之感。

想想此处应是这种风景：西风劲吹夕阳，虽带着晚风，天气转寒，我怀念友人是否衣缕单薄，不抵风寒呢？想到你处，自是那槐花也承受不起这风寒，萧萧索索，落了一阵，你是否也执酒驱寒，跟我一般寂寞独酌呢。

纳兰此作将自己的思友之情藏起，上阕写己，下阕转至友人，把笔触瞄准了各种秋景，景语之处，句句怀人，显得尤为真挚感人。

点绛唇

咏风兰

【原文】

别样幽芬^①，更无浓艳催开处。凌波^②欲去，且为东风住。
忒煞萧疏^③，争耐秋如许。还留取，冷香半缕，第一湘江雨。

【注释】

①别样：特别、不寻常。幽芬：清香。

②凌波：形容轻盈柔美地在水上行走的姿态。

③忒煞萧疏：意为过分稀疏。忒煞，亦作"忒杀"，太、过分。萧疏，稀疏、萧条。

【赏析】

题画，自古以来大抵有两种传统，一是直写画中风物，二则不是直写风物,亦不限于物内,往往有所发现与寄托。前者重于形,后者工于神。工于神者往往能够更好地表现出所画之物的精髓和气韵来,因此也更受到文人墨客们的推崇和追寻。如同这首《点绛唇·咏风兰》。

关于风兰的"形",在这首词中我们能够获知的仅仅是它不浓艳,淡雅轻盈。既不像唐朝的诗人杜甫写"卷帘唯水白,隐几亦青山"那样明洁而富于技巧,也不像宋代诗人王安石写"一水护田将绿绕,两山排闼送青来"那样逼人眼球,更多的风致却是来自对于"神"的摹写。

本词选取了风兰的一个特性——幽香来写,为我们呈现出一幅淡雅清香的兰景图。闻觉一阵幽香隐隐飘来,环顾四寻,却没有看到有什么浓艳的花朵,倒是清雅的风兰摇曳出别样的风致,一种浅浅的欣喜涌上心头。但转而又产生焦虑,这淡雅幽香的花将要飘落进河水,惋惜感慨的同时也带给我们新的意象空间。

本是题一幅静态的画,却写出了风兰律动的凄美和词人随之变换的情思。中国山水画向来注重意境的营造,无论是着墨之处还是空白之处,无论是浓涂还是淡抹,都有着对于风物表现的深藏的动机。

纳兰容若的词里行间有一种悠长无尽的画意。没有注明,也无须提示,"香""冷""雅"便从纸墨间殷殷透出,随着清澈的流水,随着淅淅沥沥的湘雨,渗着无限凄美的意蕴。

就意境而言,画的空间是广阔的,词的空间也是广阔的。两者的交契融合带给我们视觉与神觉上的美好享受。

点绛唇

对月

【原文】

一种蛾眉^①，下弦不似初弦好。庾郎^②未老，何事伤心早？
素壁斜辉^③，竹影横窗扫。空房悄，乌啼欲晓，又下西楼了。

【注释】

①蛾眉：指蛾眉月，新月前后的月相。呈弯形，犹如一道弯眉，故名。

②庾郎：指南朝梁诗人庾信。

③素壁：白色的墙壁、山壁、石壁。斜辉：指傍晚西斜的阳光。

【赏析】

本篇《点绛唇》汪刻有副题：对月。而从词中所抒写之情景看，确如副题，此作是一首对月伤怀、凄凉幽怨之作。

上阕写到"蛾眉""下弦""初弦"，都指代的是明月，而明月在古典诗词中都被历史地赋予了相思之情。这样的冷清的下弦月挂在天

空,本身就是容易使人伤感的意境,作者又将其与满月做比较,便奠定了整首词的悲戚的色彩。古人每每见到残破的,不圆满的景象都会有一种伤感的情怀。"庾郎未老,何事伤心早?"这句中"庾郎"是作者借以自喻,借庾信的人生际遇表现了自己现在的状况,还表明了他自己此时此刻的孤单与寂寞,作者此刻还正值壮年,正是人生的大好时光,本该是意气风发的时候,然而对妻子的思念却让他的心境苍老了几十岁,已经失掉了许多人生中该有的乐趣。这一切都表明了作者此时此刻客居异地时的孤寂思乡之情,他看到的这一切景色都让作者感到伤心惆怅,以至于产生了难以排解的寂寞。

下阕都是写景,以景寓情的手法在宋词中运用得比较多,这句描绘了作者此时居住的地方的景色,作者化情思为景句,将一切的思念都寄托在了眼前的景色之中,寓情于景又含蕴要眇之致。

"素壁斜辉,竹影横窗扫。"月光静静挥洒在淡雅的墙壁上,竹影缭绕,交错地映在上面,让人感觉它们很是孤单。一个"扫"字,更加丰满了这些静物的意象,有一种静中有动的感觉。"空房悄,乌啼欲晓",静寂的房屋中仿佛又响起了那悲切的啼叫,那悲凉的声音在房间萦绕,久久不能散去,充斥着作者的耳膜,而作者又想到已经亡故多年的妻子,睹物思人,作者料想她如果还健在,一定会在家中的楼上盼望自己能够回去,而自己此时却在异地他乡,与她有千里之遥,更是久久不能归家,这一切都说明了妻子对自己的相思之情,作者借妻子来表明自己的思人、思乡难耐的情怀。而此处与其说是描写了一间空荡荡的屋子,不如说是描写了作者的心房,那种心中空空如也,无依无靠的感觉,让读者从更深的层次明白了作者的悲痛。词末句"又下西楼了",一个"又"字表明了作者对已故妻子的思念之痛每日都在折磨自己。月亮在拂晓时候隐去,这是大自然的规律,千百年来从未变过,然而每当此时,作者的心都会沉浸在一种思念的悲伤中,此处一句,更让通篇那种离愁别绪抒发得淋漓尽致。

就总体而言,这篇词是作者的思乡怀人之作。纳兰容若作为一个富家公子,虽然仕途如意,家世显赫,令许多人羡慕,但自己的感情生活却并不如意。他的前妻卢氏因为难产而死,对他的打击很大。纳兰容若虚年三十二岁就去世,他赋悼亡之年是二十三岁,卢氏卒后,他虽然是"续弦"了的,但"他生知己"之愿,"人间无味"之感,几乎紧攫他最后十年左右的心脉。纳兰对卢氏情真意笃,对和卢氏的恩爱生活没齿难忘。

他为之写了许多悼亡词。而这一首,也颇似悼亡之词。这篇词的风格婉丽凄清,通篇虽然只用了几个淡雅的意象,写出几个冷清的场景,但其中所透露出的无形的哀思,却是难以掩饰的。他写词从来不矫揉造作,而都是发自内心,情至深处,一草一木在他的词中都会被赋予无尽的情感。

这篇词重在抒发杂感,睹物思人,客居他乡,都是作者此时孤独寂寞心情的外在表现。作者在百无聊赖之际,能做的只有对故乡的思念和对亡妻的无限缅怀。

也有人说这篇词是作者专门为怀念亡妻而作,从"未老""伤心""空房"等语看,是为卢氏亡故后作。

【词人逸事】

纳兰容若生平颇多传奇,如生长华阀、位居清要,但情思抑郁、倦于仕禄,并"惴惴有临履之忧"。其虽为满洲贵族,然而所结交的却多为汉人才学之士。在清初那种满汉之防甚严、成见极深的情况下,纳兰却与世称落落难合的"一时俊异"顾贞观、姜宸英、严绳孙、陈维崧、秦松龄等交友契厚。同时,纳兰仗义解囊,才情富艳,颇为狷狂,得姜宸英辈赏识,所以缔为深交。因为姜宸英到京参加"博学鸿词"考试,在京时曾寓萧寺。从"萧寺怜君"一句来看,此词大约就是写给好友姜宸英的。

点绛唇

黄花城①早望

【原文】

五夜②光寒,照来积雪平于栈③。西风何限,自起披衣看。

对此茫茫,不觉成长叹。何时旦,晓星欲散,飞起平沙雁④。

【注释】

①黄花城:在今北京怀柔境内。纳兰扈从东巡,此为必经之地。一说在五台山附近。

②五夜:即五更。古代将一夜分为甲、乙、丙、丁、戊五段,此指戊夜,即第五更。

③栈:栈道。又称"阁道""复道"。中国古代沿悬崖峭壁修建的一种道路。

④平沙雁:广漠沙原上的大雁。

【赏析】

大雁飞回了故乡。它们挥动着翅膀,多像挥动一把把剪刀,途中剪碎了什么。是昔去雪如花,今来花如雪?还是昔我往矣,杨柳依依。今我来思,雨雪霏霏？或是，或不是。你只知道，自己在杨柳青青季节依依离去，却无法在雪花飘飘季节蹁蹁归来。想家，就轻吟一曲淡淡感伤，淡淡愁。而你最大的愿望也就是——在老去的时候，能卸下这一身侍卫的盔甲。在荒芜已久的花园里，种一些树，调一弦素琴，填一首淡泊以明志的小令。

卢氏死后，纳兰随帝王南巡北狩，把自己放逐到万里西风瀚海沙里面去，放逐到斜阳下、断碣残碑里面去。

此时的词又多了铮铮之音，令人耳目为之一新。而这样的词句，却还是不脱悲凉，即使意境开阔了许多。譬如这首《点绛唇》即是如此。

词的上阕展示的是一幅寒夜阑珊的雪景图。天色将明，已到五更，雪光映照，寒气逼人。在雪光的辉映下，诗人看到积雪已经和栅栏齐平。"照来积雪平于栈"中一"平"字写出了下雪之大，天气之严寒，早已不是"今我来思，雨雪霏霏"中的飘飘花雪了，而是早已"积土成山"的积雪，从而给人一种冷凝冰滞之感。再加上西风大作，惊扰词人清梦，难以成眠，于是只好"自起披衣看"。一"自"写出了孤独寂寞之苦。

下阕为感叹。既是行役，那么离家千里，长途跋涉，饱受颠沛流离之苦自是难免，况且还碰上了这样恶劣的天气！遂对此茫茫一片，"不觉成长叹"。长叹什么？或许是感喟漫漫长夜，风一更雪一更，无人能解难耐清寂孤独之苦，或许是叹息虽是天高地阔，远离那枷锁繁华，却依然自由不得，抑或是感叹身在大漠，边声寒苦，而家乡远在千里之外。但是不管如何百感交集，词人总希望能早一些天亮，见到阳光，似乎这是唯一的解脱。于是词人发出了殷殷的期望：晨星将要散落，城下河边沙滩上大雁正飞起，天什么时候才能亮？

整阕词全用白描，但朴质中饶含韵致，清奇中极见情味。

【词人逸事】

梁佩兰自少攻读经史百家之学。清顺治十四年参加广东乡试，获中第一名（解元）。此后六次参加会试均落第。至康熙二十七年，他已年近花甲，但仍第七次赴京参加会试，终于考取进士。

旋被授为翰林院庶吉士。梁佩兰为参加进士考试，长期滞留京师，故与纳兰容若相识，结为知己。在《赠成容若侍中》诗中写道："及尔见君子，和颜悦且康。顾念我草泽，自忘躬貂踏。"但梁佩兰仕进不利，故于清康熙二十年离京返粤，纳兰容若做此词赠别，表达了对他的深切怀念。

康熙二十三年，纳兰容若曾还寄信约他北上共选宋诸家词，信中写道："不知足下乐与我共事否？处此雀喧鸠闹之场，而肯为此冷淡生活，亦韵事也。望之！望之！"虽然这件事最后没能成行，然而梁佩兰还是应约来到北京。康熙二十四年五月，纳兰病前一日曾与南北名士共咏双夜合欢花，其中就有梁佩兰,可见两人相交密切,感情甚笃。

浣溪沙

【原文】

一半残阳下小楼,朱帘斜控软金钩①。倚阑无绪不能愁。

有个盈盈骑马过②,薄妆浅黛亦风流③。见人羞涩却回头。

【注释】

①朱帘:红色帘子。斜控:斜斜地垂挂。

②盈盈:仪态美好的样子。这里指仪态美好的女子。

③薄妆:淡妆。浅黛:指用黛螺淡画的眉。

【赏析】

黄昏时分,你登上狭狭的小楼。夕阳被你娇小的步子挤下了山,留下栏杆一排,珠帘一条,飞鸟一双。

你就这样静静地伫立。左边的鞋印才黄昏,右边的鞋印已深夜。你的愁,很淡,很芳香。它让你又一次数错了,懒惰的分分秒秒。

终于,你骑一匹小马出城。怀中的兰佩,温软,如满月的光辉。他看你时,你也想看他。但是,你却莞尔回头。

纳兰词总的来说都过于伤情悲切。当然,也有些明快的篇章,虽然为数极少,却是难得的亮色。比如这阕清新可人的《浣溪沙》。

上阕情语出之于景语,写女子意兴阑珊之貌。首句点明时间是黄昏,正是夕阳西下时分,朱帘斜斜地垂挂在软软的金钩上,一副颇无心情的懒散样子。"倚阑无绪不能愁"是说这位女子倚靠着阑杆,心绪无聊,而又不能控制心中的忧愁。此三句以简洁省净之笔墨描摹了一幅傍晚时分的深闺女子倚栏怀远图,为下阕骑马出游做好铺垫。

下阕亦刻画了一个小的场景,但同时描绘了一个细节,活灵活现地勾画出这位闺中女子怀春又羞怯的形象。"有个盈盈骑马过"一句,清新可喜,与清照"倚门回首,却把青梅嗅"有异曲同工之妙。特别是"盈盈"一词,形容女子,有说不出的熨帖生动,不由叫人想到金庸《笑傲江湖》中那位美貌少女任盈盈,以及《笑傲江湖·后记》中金庸对她的评价:"这

个姑娘非常怕羞腼腆"。"薄妆浅黛亦风流"一句则凸现了她的风情万种,"薄""浅"形容她的容貌,"亦"字说她稍加打扮就很漂亮。那这样一个袅娜婷婷的小女子出去游玩会发生什么样的趣事呢? 末句言,"见人羞涩却回头"。好一个"见人羞涩却回头"! 这只是少女一个极细微的,几乎叫人难以察觉的动作,词人却捕捉到了,轻轻一笔,就活灵活现地勾画出闺中女子怀春又娇羞的复杂心情。可以说骑马少女薄妆浅黛羞涩回头的神态,把原本显得低沉的夕阳、小楼、斜挂的朱帘、软垂的金钩及无聊的心绪衬托为一幅情景交融、极具美感的画卷,令人读来口角生香,有意犹未尽之感。

国学经典文库

纳兰容若全集

《纳兰词》鉴赏

图文珍藏版

浣溪沙

国学经典文库

纳兰容若全集

《纳兰词》鉴赏

图文珍藏版

【原文】

睡起惺忪①强自支,绿倾蝉鬓②下希时。夜来愁损③小腰肢。

远信④不归空伫望⑤,幽期⑥细数⑦却参差⑧。更兼何事耐寻思。

【注释】

①惺忪:形容刚睡醒尚未完全清醒的状态。

②蝉鬓:古代妇女的一种发式,蝉身黑而光润,故称。马缟《中华古今注》卷中:"琼树(莫琼树)始制为蝉鬓,望之缥缈如蝉翼,故曰'蝉鬓'。"

③愁损:犹愁杀。

④远信:远方的书信、消息。

⑤伫望:久立而远望,这里是等候、盼望。

⑥幽期:指男女间的幽会。

⑦细数:仔细计数。

⑧参差:差池,差错。

【赏析】

假如雨后还是雨,忧伤之后还是忧伤,那么这离别之后的离别,幽居的伊人又怎能从容面对？在梦里,她在探测,远方的人用胳臂拥抱自己的距离。清晨醒来,她用三千烦恼丝,织成了一条彩虹的小径,等他归来。

"我再等一分钟,或许下一分钟,看到你闪烁的眼,很想温暖你的脸。"然而,无可奈何的花,已经落去;似曾相识的燕,也已归来。心上人却在何方？

守候不来,失落的女子,唯有"小园香径独徘徊"……

这首《浣溪沙》,在那些并不熟悉纳兰词的读者看来,也许更像是历史上某个女词人的闺怨作品,而非出自一个位居御前侍卫,有着武官身份的满族男性的笔下。因为这首词在词体上有着很浓的女性化倾向,写一女子思念丈夫的幽独孤凄的苦况,属于伤离之作。

上阕写她的形貌。"睡起惺忪强自支",说的是因刚醒而眼睛模糊不清,要打起精神,支撑住自己。一"强"字写出了挺起精神以迎清晨的艰难与不愿。看她早晨一副睡眼蒙眬、倦于起床的模样,便知昨夜睡得很晚,大概是夜深灯残,灯火明灭之际,才斜靠枕头,聊作睡去。"绿倾蝉鬓下帘时"一句是对她头发的描绘。此处,纳兰用"绿"字来形容她的头发好似绿云,真是给人几多悠远的想象。佳人醒后下帘,头发偏堕也懒得梳理,大概是心有所怀吧。柳永《定风波》词就有"暖酥消,腻云亸,终日厌厌倦梳裹"的句子,用以表达女子由于思恋自己的丈夫,连梳妆打扮之事也无心去做。果不其然,"夜来愁损小腰肢",过度的哀愁已经令她身体受损了,可见心怀之深,愁绪之重。

那么究竟是什么让她"愁损小腰肢"呢?词之下阕从她的心理入手,将原因"娓娓道来"。"远信不归空伫望"言对方远离却没有来信,只有苦苦凝望,寂寂等待。因为不通音信,所以相思难寄,这就必然使她对远方情人的思念更加迫切,相见的欲望更加强烈。遂有下句的"幽期细数",即暗自数着相会的时日,希望能一解相思之苦。然而结果是"却参差",即言由于心思太乱,故而数了又数,却仍然数不清相会的日期。然而不管究于何因,幽期既误,他日再聚已成幻梦。于是发出"更兼何事耐寻思"的喟叹,感觉已经没有什么事情再值得思量了,心境遂臻于绝望。整首词的格调虽平淡幽远,但感情幽婉凄怨,秉持了纳兰词一贯的词风。

浣溪沙

【原文】

已惯天涯莫浪愁①,寒云衰草渐成秋。漫因睡起又登楼②。
伴我萧萧惟代马③,笑人寂寂有牵牛④。劳人只合一生休⑤。

【注释】

①浪愁:空愁,无谓地忧愁。

②漫:副词,莫、不要。

③萧萧:形容马嘶鸣声。代马:北地所产良马。代,古代郡地,后泛指北方边塞地区,《文选·曹植(朔风诗)》:"仰彼朔风,用怀魏都。愿骋代马,倏忽北徂。"刘良注:"代马,胡马也;倏忽,疾也;徂,往也。言驰胡马疾行而北往也。"

④寂寂:形容寂静。牵牛:即牵牛星,俗称牛郎星。

⑤劳人:忧伤之人。《诗·小雅·巷伯》:"骄人好好,劳人草草。苍天苍天!视彼骄人,矜此劳人。"高诱《淮南子》注:"劳,忧也。""劳人"即忧人也。

【赏析】

这首词写得很漂亮,内容也很能引人共鸣:对工作不满,发牢骚。

文化程度高,牢骚就发得漂亮。我们看古人写诗填词,风雅得紧,其实很大一部分篇幅都是发牢骚用的。现在我们置身事外,把诗词作品当作艺术作品来欣赏,而在古人那里,诗词既是艺术创作,更是实用性很强的一种工具——既是发泄工具,也是游戏工具,还是社交工具。

容若写这首词就是为了发牢骚,当时他很可能在做着弼马温一类的官,需要去塞外牧马。容若对工作一向尽心尽力,这次也不例外,把马养得又肥又壮。也许容若能够认识到这样的基层锻炼对自己今后的仕途发展是很有益处的,但他毕竟怀有士大夫情结,又是一个诗人,干

这些粗活儿心里难免会不痛快。不痛快的情绪发之于词,并不激越,却很疏懒,这也许就是性格与文化背景使然吧。

首句"已惯天涯莫浪愁","浪"是空自、白白的意思,这句是说自己一直给领导当小弟,一会儿被支使到这儿,一会儿被支使到那儿,但有什么办法呢,还不是得忍着,愁也没用,反正也习惯了。

接下来"寒云衰草渐成秋",字面上看,这是从心理描写转到景物描写,其实是用第二句来强化第一句所传达出来的情绪,意思是说:这样的苦日子总也没个头,看现在天又冷了,草又衰了,消磨消磨地又是一年过去了。

"漫因睡起又登楼","漫"字有的注本解释为"休""莫",这是不对的,"漫"字没有这个义项。诗词里常见这个"漫"字,比如杜甫的名句"却看妻子愁何在,漫卷诗书喜欲狂","漫"指的是随便地、散乱地。

"漫因睡起又登楼",字面上看,这是动作描写,实则还是传达情绪、深化情绪。"登楼"是诗词的一个套语,起先是"建安七子"里的王粲登了一次楼,在楼上看世界,视野自然和楼下不同,沧浪感慨之情一发而不可收拾,于是写了一篇《登楼赋》,后来不但"王粲登楼"成了一个典故,诗人们有事没事地也总愿意去登个楼感慨一番。感慨的内容也有固定模式,基本不外乎岁月蹉跎、壮志消磨什么的。所以我们只要看到"登楼"就往这方面想,九成都是没错的。在容若这首词里,这样理解自然也没有错。

这一句,先是"又"字用得好,传达出了一种百无聊赖的情绪,而登楼的起因是什么呢?——这更是一个妙笔:"漫因睡起又登楼",仅仅因为睡醒了,就溜达溜达登楼去了。"起床"和"登楼"之间本来毫无逻辑关系,但正是没逻辑才显得有韵味,表现出人物的行为已经不受理性驱动了,如同一具行尸走肉。之所以这样,原因就在前两句里:被各种差事磨的。如果马克思看到了这首词,一定会说这就是人的异化,资本主义就是这样把人摧残为非人的。

人生最恒久的悲哀莫过于真我与角色的不合拍——安贫乐道的人处于贫困的环境中并不会有什么不快,但一个虚荣心强的人来过同样的生活就会感觉生不如死;让一个诗人、士大夫去做奴仆、做跟班,自然也不会觉得好受。不好受,却无力抗争,这能怎么办呢?——如果换到现在,问题就好解决了,给容若一本鸡汤版《论语》了事,但容若那年头学的《论语》却一点都不鸡汤,反而充盈着一种高贵的士大夫情怀。这就真没办法了,只好写诗填词来发泄了。

下片以一个对仗句说明自己的处境:"伴我萧萧惟代马,笑人寂寂有牵牛"。"代马",严格意义上是指代地的马,代是山西北部,古为代郡,这里的马很出名;但到了容若的时候,代马就只是一个泛称了,表示北方的马。"牵牛"就是和织女星隔河相望的牛郎星。这两句是说:和我做伴的没有人,只有马,连牵牛星都笑话我没有法定节假日可以回家探亲。

这两句说得很是凄凉,尤其是第二句,牛郎织女一年一会本来就够惨了,但好歹每年都有这么固定的一天,容若却连这固定的一天休假都没有,想想家里的妻子,越想越想。想也没办法,还是回不去,最后化为一声叹息:"劳人只合一生休"——咱就是这个命,一辈子都别想翻身了。

这里的"劳人",有的注本解作劳苦之人、行役在外的人,这是望文生义的。"劳人"语出《诗经·小雅·巷伯》"骄人好好,劳人草草",这句诗里的"劳人"究竟在训诂上怎么解释,说起来是有一点麻烦的,但是,我们可以肯定的是,在饱受儒家典籍教育的容若那里,对"劳人"的理解应该就是当时儒生们的主流理解,即"忧劳之人"。也就是说,不一定是干体力活儿的、行役在外的人,只要心中忧劳,就是劳人。从这个例子我们可以看出来,要理解古诗词,最好能把古人常读的书都读上一遍。——当然,这个要求太高了,只适用于少数人。

浣溪沙

【原文】

脂粉塘空遍绿苔①,掠泥营垒燕相催。妒他飞去却飞回。

一骑近从梅里过,片帆遥自藕溪来②。博山香烬未全灰③。

【注释】

①脂粉塘:溪名。传说为春秋时西施沐浴处。《太平御览》卷九八一引南朝梁任昉《述异记》:"吴故宫有香水溪,俗云西施浴处,又呼为脂粉塘。"这里指闺阁之外的溪塘。

②片帆:孤舟,一只船。

③博山:古香炉名,因炉盖上的造型似传闻中的海中名山博山而得名。

【赏析】

这首《浣溪沙》(脂粉塘空遍绿苔)看似明白如话,其实很有扑朔迷离的地方。

首句"脂粉塘空遍绿苔",脂粉塘是江南一个美丽的地名,传说也叫香水溪,是西施沐浴的地方。吴王宫中的女子们都去香水溪的源头处洗妆,所以这里的溪水有一种特殊的香气。在容若的词里,脂粉塘长满了青苔,非复旧时模样,古代的美女们一个都看不见了,只看见燕子忙着筑巢。由此引出了第三句"妒他飞去却飞回",一个"妒"字,人物便在如画的词中悄然出现了:有一个站在脂粉塘边的人,正看着这里的绿苔和燕子,心里生出了妒忌。

妒忌谁呢? 字面上看,这个人妒忌的是那些燕子,正是燕子的飞去飞来引起了他的妒忌。我们会很难理解,燕子飞去飞来自是一件再正常不过的事,有什么可妒忌的呢？到了这里,至少存在两种可能的解释。一是这首词是容若扈从康熙皇帝巡游江南的时候作的,他留恋江南的风景,留恋江南的女子(沈宛),但他毕竟是皇帝的跟班,时间是不属于自己的,纵然很希望能像燕子一样在这片美丽的地方逡巡不去乃至筑巢而居,但皇帝鞭梢指东,自己就

不能往西;二是这首词和容若本人的经历并无关系,只是一首闺怨词,词中的人物是一位虚拟的少妇,看着脂粉塘长满青苔了,看着燕子飞来飞去,想到自己的男人离去多时,不知道什么时候才能回来。

　　因为上片含义不明,下片的含义也跟着模糊起来。"一骑近从梅里过,片帆遥自藕溪来",近景是一个男人骑着马经过梅里,远景是一条船缓缓从藕溪驶来。这是画,也是诗;所谓诗中有画,画中有诗,本质上也就是王国维所谓的诗歌里边不存在纯粹的景语,凡是景语其实都是情语。那么,这两句到底表达了怎样的情绪呢？如果从闺怨主题来看,这自然表现的是那位少妇的相思,总希望那一个走过来的就是自家的男人;如果从容若本人的抒情来看,像是他自己陶醉在这江南的诗情画意当中了。

　　这里有一个艺术手法值得注意。大家可以注意一下,无论是山水诗还是山水画,许多名作在用大篇幅表现风景的同时,都会在作品当中点缀一点人气——这点人气可以是非常局部的,要么是山弯里的一缕炊烟,要么是小桥上一个骑驴的人,就是靠着这样的一点人间烟火气,整个作品给人的感觉

就完全不一样了。

"一骑近从梅里过,片帆遥自藕溪来",一个近景,一个远景,都是外景,都是动态的,结句"博山香烬未全灰"转为一个静态的内景。博山炉是香炉的代称,据说长安曾有一位名叫丁缓的巧匠能制作九层博山香炉,炉子上雕刻有千奇百怪的鸟兽,极尽精妙之能事。为什么小资喜欢纳兰词,这就是一例,因为容若的词里尽是这种讲情调的东西,而且人家贵公子的身份在那儿摆着,所以肯定不会出现追捧超市冰淇淋之类的尴尬事。

这种情调,再如号称江南艳宗的"欢作沉水香,侬作博山炉",把恋人比作沉水香,把自己比作博山炉。富贵文人,恋爱也是高贵的。

再看"博山香烬未全灰",这收尾一句的字面意思很简单:用博山炉烧香,香刚刚烧尽,香还有些余热,没有完全成灰。妙就妙在,在前边的铺垫之下,读者自然知道这句纯粹描写博山炉的句子绝对没有这么简单,自然会联想到主人公那望眼欲穿的期待——期待已经完全变冷了,但又没有完全放弃,无

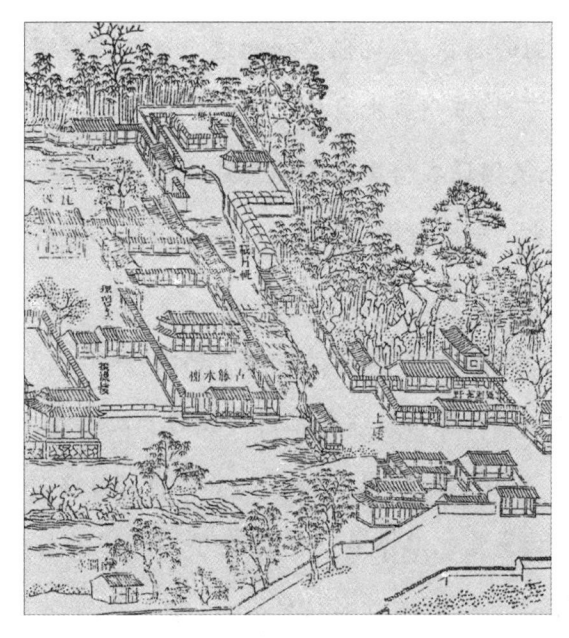

论如何都还有一点余热在无望中继续期待着。这一句比之前人的名句诸如"过尽千帆皆不是,斜晖脉脉水悠悠,肠断白萍洲"一类的更为高明,把期待的心态把握得更加准确,余味也更加深长。

到了最后,我们应该可以推断,这首词以闺怨为主题的可能性应该更大,至少以闺怨主题来理解词意更见容若艺术手法的高超。

这首词还有一个很有趣味的特色:短短的一首小令,用到了好几个地名,但一点也不觉得生硬。原因就在于:这些江南地名实在太美了,美得已经不像地名了。

"脂粉塘"就是词中出现的第一个地名,前边已经讲过,下片的一组对仗里,"一骑近从梅里过,片帆遥自藕溪来","梅里"和"藕溪"也都是地名。有的注本把梅里解释成梅花丛里,把藕溪解释成长满莲藕的小溪,这就望文生义了,尽管字面上确实给人这样的印象,尽管这样理解也一样很有美感。梅里也叫梅李,在无锡东南,相传周太王的长子泰伯、次子仲雍为了满足父亲立幼子季历接班的心愿,避居南方蛮夷之地,被当地土著拥为首领,成为吴国的始祖,而他们最初的这个落脚点就是梅里。我们现在知道吴国旧址在苏州,苏州城出自伍子胥的规划,但这苏州是吴国后迁来的。迁到苏州之后,吴国还在梅里建了泰伯庙。当然,如果从历史学的角度讲,这可是先秦历史的一大疑案,专家们吵得不可开交,我也不知道现在他们有没有争出结果。

藕溪,浙江嘉兴一带有个藕溪,在清代是文人吟咏的一处名胜。但容若这里讲的藕溪应该是无锡西北的一处地方,也叫藕塘桥镇。

脂粉塘、梅里、藕溪,地名取得都这么漂亮,拿着这样的一张地图在手,应该感觉就像捧着一本诗集了。名字的好听与否对人的感觉是很有影响的,容若现在为什么这样有名,除了众所周知的原因之外,名字好听应该也是一大原因。容若和慈禧太后本是一家,如果我们称慈禧为纳兰氏,肯定对她会平添几分好感,如果称容若为那拉容若,至少有相当比例的小资读者就该掉头而去了。在《清史稿·文苑》纳兰容若的本传里,既不称他纳兰氏,也不称他那拉氏,而是用了一个极不符合汉族审美观的名字:纳喇氏。姜宸英给容若撰写墓表,开篇就说"君姓纳腊氏"。名号一个比一个难听。我又是会想,如果词集还是同样的词集,只是题目从《纳兰词》换成《纳喇词》或者《纳腊词》,对销量会有多大的影响呢？记得以前读《伊豆的舞女》时忽发奇想:如果故事不变,书名改成《保定的舞女》,还会有那么多人喜欢吗?

浣溪沙

【原文】

残雪凝辉冷画屏①。落梅横笛已三更②。更无人处月胧明③。
我是人间惆怅客,知君何事泪纵横。断肠声里忆平生。

【注释】

①残雪:尚未化尽的雪。画屏:绘有山水图画的屏风。

②落梅:即《梅花落》,古笛曲名,以横笛吹奏。

③胧明:微明。

【赏析】

这首词是词人感怀身世之作:残雪冷凝的光辉洒在屏风上,使得上面的图画仿佛也变得冷凝起来。耳畔传来《梅花落》的笛声,月色朦胧,沉夜寂寂。我是人世间那个满怀惆怅的过客,知道你为何这般眼泪纵横的在无限哀叹中追忆平生。

又是黄昏时分,瓣瓣梅花在横笛声中,依依飘落。月色如水。

一个寂寞的男子,眼神忧郁,歌喉忧伤,把岁月翻成发黄的线装书,蜷缩在记忆的角落。更鼓声声。

一个寂寞的男子,就是人世间伤心的过客,在回忆中往事中,潸然泪下。花落也断肠……

本词运用了老套的上阕写景,下阕抒情的手法,但景清情切,颇令人动容。"残雪凝辉冷画屏"。残雪是指雪停后留在地面、房屋上的雪,此句是说院子里残雪的余晖衬着月光映在画屏上,使得绘有彩画的屏看上去也显得凄冷。而这时候,幽怨的笛声悄然响起。此处"落梅"并不是指梅花一瓣两瓣的随凉风飘落,而是指古笛曲《落梅花》,李白《司马将军歌》里有句:"向月楼中吹落梅"。"已三更"说明此时已是夜深,词人无法安寝,静听那笛声呜呜咽咽声地惹断人肠,而屋外阒无一人,越发显得月光清辉如此朦朦胧胧。上

阕通过"残雪""凝辉""落梅""三更""月胧明"等字句,营造出了一种既清且冷,既孤且单的意境,大有屈原"世人皆醉我独醒"的孤独感,而这种感觉大抵只能给人带来痛苦和茫然。

下阕,词人紧接着便抛出"我是人间惆怅客"的感喟。好一句"我是人间惆怅客"!纳兰容若可谓是才华绝代的人物,奈何天妒英才,仅活了三十一岁。他在精神气质上颇似贾宝玉的贵胄公子,身居"华林"而独被"悲凉之雾",读他的词,挚意深情而凄婉动人,这是因为婚后仅仅三年,妻子便因病早逝,自己的精神家园重新被毁,这对他的感情影响极大,之后写了许多篇哀感顽艳的回忆、悼念他妻子的诗词。知道了这些,就知道词人在写词时是怎样一种心情了,就不用再问为什么他说自己是人间惆怅客了。接下来一句是"知君何事泪纵横"。这个"君"指的是谁?是朋友?是知己?还是那天上朦胧的月亮?都不是,而恰恰就是纳兰自己。当一个人倦了,累了,

苦了,伤了的时候,便不禁会忍不住地自言自语,自怨自艾,自问自答,何况是纳兰这样的至情至性之人呢?词句至此,已令读者唏嘘不已,不料还有下一句,"断肠声里忆平生"更是伤人欲死,短短七字,不禁令人潸然泪下……

浣溪沙

【原文】

五字诗①中目乍成②,仅教残福③折书生。手挼④裙带那时情。

别后心期⑤和梦杳,年来憔悴与愁并。夕阳依旧小窗明。

【注释】

①五字诗:五言诗。

②目乍成:乍目成,刚刚通过眉目传情而结为亲好。

③残福:残存的薄福,也可谓是短暂的幸福。

④挼:揉搓。

⑤心期:心中相许,引申为相思。

【赏析】

在那首互通情意的五言诗中,你们的目光,平平仄仄,押韵完美。

你说,从你到她,相爱只有一盏月光的距离。她静默着。微笑,成双成对地,开遍她那诱人的嘴角。从此,小径上长出串串的脚印,月光播下长长的身影。

你们钻进两只蝴蝶的故事里,成为主角。那时候,谁也没有想到,夕阳已经备好一把离别的刀。而离别后,你的忧愁,长成了一棵没有年轮的树,永不老去。

这首词写别后相思。

上阕写追忆往日的恋情,写的也是初恋情态。"五字诗中目乍成"。想想你我互赠五言诗文,刚刚通过眉目传情而结为亲好的那时候,该是多么甜蜜!"目乍成"用了一个古老而浪漫的典故。《楚辞·九歌·少司命》曰:"满堂兮美人,忽独与余兮目成。"朱熹注为:"言美人并会,盈满于堂,而司命独

与我睇而相视,以成亲好。"古代男女之间,禁忌甚多,遂有琵琶传幽情,锦字寄相思,不过最令人心旌摇荡的莫过于这眉目传情,秋波暗送了。接下来两句就要说心心相印后的幽会了。因为是私订终身,没经媒婆之言,所以两人亲昵的时间很短暂,这心中的幸福感自然也很短暂。所以两人就要加倍珍惜,"尽教"二字即是言此,这是对幽会中男女双方心理的描绘。"手接裙带那时情"一句则是对幽会中女子神态的细节描绘。少女默默无语,纤手轻捻裙带,潜藏心底的深情却已一泄无遗。上阕用了两个细节描写,便刻画出当日相恋的幸福情景,其结句尤为鲜活动人。

下阕写今日的相思。"别后心期和梦杳"。一个"别"字将时间从幸福美好的当时,拉到倍添相思的如今。自离别后,心心相印的情话,白头偕老的誓言已经变得和梦一样渺茫遥远了。而一个"杳"字,诠释了离别的黯然销魂。这样,"年来憔悴与愁并"也就在情理之中了。古代诗人、词人写自己颜色憔悴、形容枯槁,多用宛转之笔,比如《古诗十九首》有"相去日以远,

衣带日以缓"，贺铸有"憔悴几秋风"(《小重山》)，柳永有"衣带渐宽终不悔"(《蝶恋花》)，赵汝茪有"罗裙小。一点相思，满塘春草"(《摘红英》)，但是纳兰并没有如此委婉而出，而是直抒其怀，毫不隐曲。这也可以说是纳兰自遣之词的特点之一。结句"夕阳依旧小窗明"出之于景语，余有不尽之意。

浣溪沙

【原文】

记绾长条欲别难[①]，盈盈自此隔银湾[②]。便无风雪也摧残。

青雀几时裁锦字[③]，玉虫连夜剪春幡[④]。不禁辛苦况相关。

【注释】

①长条：长的枝条，特指柳枝。

②银湾：即银河。

③青雀：指青鸟，神话传说中西王母所使之神鸟。锦字：锦字书，指前秦苏蕙寄给丈夫的织锦回文诗，后多用以指妻子寄给丈夫以表达思念之情的书信。

④玉虫：喻灯花。春幡：即春旗，旧俗立春日挂春幡于树梢，或剪缯绢成小幡，连缀簪之于首，以示迎春之意。

【赏析】

你又想起，长亭送别时的难舍难分。那一枝枝折下的柳条，轻轻垂下的，不是柳叶，而是花前月下的甜蜜，西窗剪烛的温馨。而如今，风再吹时，已是芳草天涯。已是盈盈一水间，脉脉不得语。

有人说，爱过，是世界上最富有的。却不知，缘分原是那薄薄的春幡，经不起离别的一握揉皱。等缕缕的叹息声，在舌尖上舞蹈时，我们已经老了。再彼此相望，才发现那张曾经熟读成诵的脸庞，早已不再相识。

这是一首抒写离情别绪的词作。清丽典雅，又不失深情婉致。

上阕写离恨。"记绾长条欲别难"是写当时分别的情景。"长条"指柳条。在古人那里，柳与离别有密切关系，古人习惯折柳送别，所以见了杨柳就容易引起离愁，比如王昌龄的《闺怨》："闺中少妇不知愁，春日凝妆上翠楼。忽见陌头杨柳色，悔教夫婿觅封侯"，未言折柳，只是"忽见"，就离情殷殷了。"欲别难"道尽分离时难分难舍的景况。虽然别情难禁，

十分不舍，但一别之后便音容杳然，天各一方了。这句"盈盈自此隔银湾"袭用《古诗十九首》"迢迢牵牛星，皎皎河汉女。盈盈一水间，脉脉不得语"，将自己和恋人比成牛郎织女，分居银河两边。然而牛郎织女还有七夕，还有鹊桥之会，还有"金风玉露一相逢，胜却人间无数"，可是作者和恋人之间有什么？故而，作者慨然叹曰："便无风雪也摧残"，意谓而今纵是无风雪催逼的好时光，也依然是惆怅难耐。此言，直中能曲，凄婉动人。

下阕连用典故，写企盼之情。"青雀几时裁锦字"。"青雀"，即青鸟，传说西王母饲养的鸟，能传递信息，后世常以此指传信的使者。"锦字"，织锦上的字。前秦苻坚时，窦滔未带妻室赴襄阳镇守。其妻苏蕙，因思念丈夫，

织绵为《回文旋图诗》以寄，后世常以此指妻子寄书丈夫，表达相思之情。此句是说盼望着对方音信的到来。接下是"玉虫连夜剪春幡"。春幡，是指立春日做的小旗。古称"立春"春气始而建立，黄河中下游地区土壤逐渐解冻。《岁时风土记》："立春之日，土大夫之家，剪彩为小幡，谓之春幡。或悬于家人之头，或缀于花枝之下。"辛

弃疾《立春日》也有"春已归来，看美人头上，袅袅春幡。"看来这"春幡"当为女子所剪，那么"玉虫连夜剪春幡"所言对象已经不是作者自己了，而是作者想象彼女正在灯下挑灯剪春幡的情景，这不禁让人疑窦顿起：上句分明是言作者自己，而这句怎么猝然言彼呢？其实不难理解。因为上句是盼信，既然锦字不回，作者只好思绪飘然离身，飞入她处，好悉知她的境况如何了。而女子剪幡，好像是盼春。其实是盼望着与情人重聚。此之笔法，堪称迂回曲折，含不尽意。但是这些愿望都成了无望。一句"不禁辛苦况相关"，让人顿从云端跌落，于是失落、忧伤萦怀，难以排遣。

浣溪沙

【原文】

身向云山①那畔②行。北风吹断马嘶声③。深秋远塞④若为⑤情。

一抹晚烟荒⑥戍垒⑦，半竿斜日旧关城⑧。古今幽恨⑨几时平。

【注释】

①云山：高耸入云之山。

②那畔：那边。

③马嘶声：马鸣声。

④远塞：边塞。

⑤若为：怎为之意。

⑥荒：荒凉萧瑟。

⑦戍垒：营垒。戍，保卫。

⑧关城：关塞上的城堡。

⑨幽恨：深藏于心中的怨恨。

【赏析】

戍守的人已归了，留下边地的残堡。十七世纪的草原，那些身向云山的身影，留给了吹断马嘶的北风。射中过深秋的箭，挂过边塞的铁钉，被黄昏和望归的靴子磨平的晚烟。一切都老了，一切都抹上夕阳的锈。

只有一座旧城，不能再瞭望，不能再系马。你黯然地卸了鞍。你的行囊没有剑。历史的锁，没有钥匙。

康熙二十一年(1682)八月，纳兰受命与副都统郎谈等出使觇梭龙打虎

山，十二月还京。此篇大约作于此行中。与此一首写作同时尚有《沁园春》（试望阴山）、《蝶恋花》（尽日惊风吹木叶）等词作。这首词抒发了奉使出塞的凄惘之情。

"身向云山那畔行"。起句点明此行之目的地，很容易让人想起同是纳兰的"山一程，水一程，身向榆关那畔行"。"北风吹断马嘶声。""北风"言明时节为秋，亦称"秋声"。唐苏颋《汾上惊秋》有："北风吹白云，万里渡河汾。心绪逢摇落，秋声不可闻"。边地北风，从来都音声肃杀，听了这肃杀之声，只会使人愁绪纷乱，心情悲伤。而纳兰在此处云"北风吹断马嘶声"。听闻如此强劲，如此凛冽的北风，作者心境若何，可想而知。难怪他会感慨"深秋远塞若为情"。

下阕。"一抹晚烟荒戍垒，半竿斜日旧关城"以简古疏淡之笔勾勒了一幅充满萧索之气的战地风光画面。晚烟一抹，袅然升起，飘荡于天际，营垒荒凉而萧瑟；时至黄昏，落日半斜，没于旗杆，而关城依旧。词中的寥廓的意境不禁让人想起王维的"大漠孤烟直，长河落日圆"以及范仲淹的"千嶂里，长烟落日孤城闭"。故而张草纫在《纳兰词笺注》前言中言，纳兰的边塞词"写得精劲深雄，可以说是填补了词作品上的一个空白点"。然而平心而论，无论是"一抹晚烟荒戍垒，半竿斜日旧关城""万帐穹庐人醉，星影要摇欲坠"，还是"山一程、水一程，身向榆关那畔行，夜深千帐灯"，纳兰都不过是边塞所见所历的白描，作者本身并没有倾注深刻的生命体验，这类作品的张力无法与范仲淹"塞下秋来风景异"同日而语。不过，纳兰的边塞词当中那种漂泊的诗意的自我放逐感的确是其独擅。比如本篇的结尾"古今幽恨几时平"，极写出塞远行的清苦和古今幽恨，既不同于遣戍关外的流人凄楚哀苦的呻吟，又不是卫边士卒万里怀乡之浩叹，而是纳兰对浩渺的宇宙、纷繁的人生以及无常的世事的独特感悟，虽可能囿于一己，然而其情不胜真诚，其感不胜拳挚。

　　观之此词，全篇除结句外皆出之以景语，描绘了深秋远寒、荒烟落照的凄凉之景，而景中又无处不含悠悠苍凉的今昔之感，可谓景情交练。最后"古今幽恨几时平"则点明主旨。

浣溪沙

【原文】

万里阴山万里沙①。谁将绿鬓斗霜华②。年来强半在天涯③。
魂梦不离金屈戍④，画图亲展玉鸦叉⑤。生怜瘦减一分花⑥。

【注释】

①阴山：山脉名。即今横亘于内蒙古自治区南境、东北接连内兴安岭的阴山山脉。山间缺口自古为南北交通要道。

②绿鬓：乌黑发亮的头发。斗：斗取，即对着。霜花：喻指白色须发。

③强半：大半、过半。

④屈戍：门窗上的环钮、搭扣。指梦中思念的家园。

⑤玉鸦叉：即玉丫叉，一种首饰，像树杈那样交叉的首饰。这里指闺人

之容貌。

⑥生怜：产生怜爱之情，可怜。瘦减：犹瘦损。

【赏析】

没有楚天千里清秋，没有执手相看泪眼。只有阴山，胡马难度的阴山。这里，大漠孤烟直，长河落日圆。这里，猎猎的风，将你的寸寸青丝吹成缕缕白发。

岁岁年年，你望见的是

连绵千万里的黄沙。黄沙的尽头，闺中的她管你叫，天涯。

魂牵梦绕中，你将她翩翩的画像打开。一遍遍回想，她的温柔她的笑。直到地老天荒，直到那些离别和失望的伤痛，已经发不出声音来了。

纳兰此篇，亦为边塞词，抒发了出使万里荒漠，与妻子分离的痛苦之情。

上阕写塞上荒凉萧索之景、岁月流逝之感。"万里阴山万里沙。""阴山"，不是确指，而是今河套以北、大漠以南诸山的统称。唐宋以后，诗人、词人写出塞似乎必写阴山，仿佛阴山就是出塞的象征。从王昌龄的"但使龙城飞将在，不教胡马度阴山"，岑参的"四边伐鼓雪海涌，三军大呼阴山动"，到陈亮的"壮气尽消人脆好，冠盖阴山观雪"，无不如此。纳兰亦写阴山，且和"万里沙"并用，虽不如前辈们寄托遥深，但景色写来确实极其广袤。置身于这样一片茫茫沙漠之中，多愁善感的作者自是感慨万端。"谁将绿鬓斗霜华。"这是反问，意谓是谁人使我青丝染成白发？古人常借绿、翠、霜等形容头发的颜色。如张孝祥《转调二郎神》有"绿鬓点霜，玉肌消雪，两处十分憔悴"，李白《秋浦歌》有："不知明镜里，何处得秋霜"。而将两色相比，以衬人朱颜老去，也是惯常作法，如：叶梦得《念奴娇》"绿鬓人归，如今虽，空有千茎雪"。接下来一句点明白发之缘由。"年来强半在天涯。"纳兰本是满洲人，塞外才是他的家乡，然而他现在竟称之以"天涯"，何种心情，可想而知。昔日清高宗要寻侍郎世臣的错儿，见世臣"一轮明月新秋夜，应

照长安尔我家"之句，便大为震怒，说盛京是我们祖宗发祥之地，是我们真的家乡，世臣忘却，以长安为家，大不敬！如果他看见容若这首词，不知要怎么说？

下阕写愁心、离颜。"魂梦不离金屈戍"。出塞半年以来，词人梦魂夜驰，飞越千山万水，去和家里的妻子相会。不是"徘徊不语，今夜梦魂何处去"不是"佳人何处，梦魂俱远"，更不是"梦魂纵有也成虚，那堪和梦无"。作者的梦魂从来就没有离开过故园和伊人。情痴如此，可嗟可叹。若言"魂梦不离金屈戍"说的是魂梦飞渡，静夜之怀，那么"画图亲展玉鸦叉"说的就是对画凝睇，白日相思。你看他亲自展开的妻子的画图，一遍又一遍地想象她的面庞，以至于发出"生怜瘦减一分花"的爱怜体慰之语。是啊，最可怜者，莫过于闺中妻子因思念丈夫而玉容憔悴了。纳兰能做此语，堪称千古之柔情人也。

浣溪沙

【原文】

凤髻抛残秋草生^①,高揾湿月冷无声^②,当时七夕有深盟^③。

信得羽衣传钿合^④,悔教罗袜葬倾城^⑤。人间空唱《雨淋铃》^⑥。

【注释】

①凤髻:古代女子的一种发型,将头发绾结梳成凤形,或在髻上饰以金凤,流行于唐代。此处指亡妻。

②湿月:湿润之月。形容月光如水般湿润。

③七夕:农历七月初七这一天是人们俗称的七夕节,相传,在每年的这个夜晚,是天上织女与牛郎在鹊桥相会之时。深盟:指男女双方向天发誓,永结同心的盟约。

④羽衣:原指以羽毛织成的衣服,后常称道士或神仙所着衣为羽衣,此处借指道士或神仙。钿合:镶嵌金、银、玉、贝的首饰盒子,古代常用来作为爱情的信物。

⑤罗袜:丝罗制的袜子,此处指亡妻遗物。倾城:旧以形容女子极其美丽,是美女的代称,此处指亡妻。

⑥雨淋铃:即雨霖铃。

词牌名。原为唐代教坊曲名,后用为词牌。相传唐玄宗因安禄山之乱迁蜀,霖雨连日,闻栈道铃声,为悼念杨贵妃而采作此曲。

【赏析】

抚摸不到她的青丝一缕。枯黄的秋草,就是她小小寂寞的坟,就是你遥遥的天涯。梧桐有多高,月亮有多远,你有多么沉默。还记得吗?

当她的长发缀满了春光,你就闻闻上面的花香。当她的脸庞映着夜的芬芳,你就吻吻上面的月光。你说,送给爱一片落叶,不要问为什么。只知道,在七夕的誓言里,它曾经那么鲜绿,那么烂漫过。而今。花自飘零水自流。你用夕阳葬下她的芳魂,用泪流成河的喉,再唱一千遍,那首古老的歌。

这是一首低徊缠绵、哀婉凄切的悼亡之作。词中借唐明皇与杨贵妃之典故,深情地表达了对亡妻绵绵无尽的怀念与哀思。

首句"凤髻抛残秋草生"言妻子逝世。"凤髻"指古代女子的一种发型。唐宇文氏《妆台记》载:"周文王于髻上加珠翠翘花,傅之铅粉,其髻高名曰凤髻。""凤髻抛残",是说爱妻已经凄然逝去,掩埋入土,她的坟头,秋草已生,不甚萧瑟。"高梧湿月冷无声"句描绘了一幅无限凄凉的月景。妻子去后,作者神思茕茕,而梧桐依旧,寒月皎皎,湿润欲泪,四处阴冷,一片阒寂。临此寞寞落落之景,作者不禁想起七夕时的深盟。据陈鸿《长恨歌传》云:天宝十载,唐玄宗与杨玉环在骊山避暑,适逢七月七日之夕。玉环独

与玄宗"凭肩而立，因仰天感牛女事，密相誓心，愿世世为夫妇。""当时七夕记深盟"句即用玄宗杨妃之事来自比，言自己和妻子也曾像李杨一般发出"梧桐相待老，鸳鸯会双死"的旦旦信誓。

　　下阕尽言悼亡之情。"信得"两句亦用李杨典故以自指。据陈鸿《长恨歌传》，安史之乱后，唐玄宗复归长安，对杨贵妃思怀沉痛不已，遂命道士寻觅，后道士访得玉环，玉环则"指碧衣取金钿合，各析其半，授使者（指道士）。曰：'为谢太上皇，谨献是物，寻旧好也。'"此处作者的意思是说，原来相信道士可以传递亡妻的信物，但后

悔的是她的遗物都与她一同埋葬了，因此就不能如玄宗一般，"唯将旧物表深情，钿合金钗寄将去"。此言一出，即谓两人之间已经完全阴阳相隔，不能再幽情相传，一腔心曲，再也无法共叙。于是只能"人间空唱雨淋铃"。"雨淋铃"，即雨霖铃，唐教坊曲名。据唐郑处诲《唐明皇杂录补遗》云："明皇既幸蜀，西南行初入斜谷，属霖雨涉旬，于栈道雨中闻铃，音与山相应。上既悼念贵妃，采其声为《雨霖铃》曲，以寄恨焉。"作者用此语，意谓亡妻已逝，滚滚红尘，茫茫人间，如今唯有自己空自怅痛了。一句"人间空唱雨淋铃"，悲恻凄绝，哀伤怆恨，唱出了纳兰字字泣血的心声，如寡妇夜哭，缠绵幽咽，不能终听。

浣溪沙

【原文】

肠断斑骓去未还①,绣屏深锁凤箫寒②。一春幽梦有无间。

逗雨疏花浓淡改③,关心芳草浅深难④。不成风月转摧残⑤。

【注释】

①斑骓:毛色青白相杂的骏马。此处以骏马代指征人。

②凤箫:即排箫。比竹为之,参差如凤翼,故名。

③浓淡:指花的颜色。

④芳草:香草。

⑤不成:犹难道。风月:风和月,泛指景色,亦指男女恋爱的事情。

【赏析】

"肠断斑骓去未还",什么是"斑骓"?很简单,杂色的马。但有的版本写作"班骓",解释起来就深刻得多了:"班骓"即"班马","班"在这里的意思是"离别群",所以"班骓"就是离群的马,比如李白诗里的名句"挥手自兹去,萧萧班马鸣"。班马也因为李白这一名句而有了伤心离别的含义,于是"肠断斑骓去未还"是说心上人骑着马走了,一直没有回来,让自己非常思念。

但这个解释恐怕失之过深,首先因为"班骓"很难等同于成"班马",古文里的确有个别"班骓",但恐怕是"斑骓"的误写;其次这句话是有出处的,即李商隐诗"关河冻合东西路,肠断斑骓送陆郎"。所以,这句词的意思依然是伤别没错,但"斑骓"仅仅是杂色马而已。

"绣屏深锁凤箫寒","凤箫"就是排箫,是用一堆长短不齐的竹管排在一起做成的,形状像凤凰的翅膀,所以叫凤箫。其实单从形状看,说它像老鹰的翅膀也没错,但人们更愿意选用美丽的字眼。这句词写的是闺房景象,女主角很寂寞,说"凤箫寒"其实是说自己冷,至于为什么冷,不是因为没太阳,而是因为没男人。词到这里,主题便很明确了:闺怨。

"一春幽梦有无间",女人想起男人来,最难挨的季节就是春天。想着他,梦着他,日子过得浑浑噩噩、恍恍惚惚。

下片的对仗是很漂亮的句子:"逗雨疏花浓淡改,关心芳草浅深难",花朵被雨水打湿,色彩浓浓淡淡,不再是原来的样子,最牵我心的芳草也在雨中浅深难辨。最后归结为一句伤心话:"不成风月转摧残",难不成老天爷不再有爱心了吗!

详细讲讲"逗雨疏花浓淡改,关心芳草浅深难",字面上看,上句写花,下句写草,初阶读者只能读到这步,但你若能读出这是远景和近景的对照,就说明你在古典诗词上已经进入中高阶的程度了。肯定有人不解:草坪里开花也好,花园里开花也好,花和草明明都是一起的,为什么花是近景、草是远景呢? 答案是:即便花和草真的都是一起的,但这是自然景观,而花是近景、草是远景则是诗歌景观,不是一个范畴。

　　"草"，尤其是"芳草"，是一个诗歌套语，有它的特定含义。"离离原上草"的最后是"又送王孙去，萋萋满别情"，再如"离恨恰如春草，渐行渐远还生"。草产生的意象是：望眼茫茫一片，正所谓"斜阳外，古道边，芳草碧连天"，离人的背影会消失在这里，再也看不见了。

　　知道了这点，再看另一层结构。"逗雨疏花浓淡改，关心芳草浅深难"，在动作上和"举头望明月，低头思故乡"是一类的：一个是由举头望月而低头思乡，一个是由低头看花而举目望远怀人。

　　再看什么叫"关心芳草"。这个"关心"不是 care 的意思，而是一个动宾结构。这从对仗的规则就可以推断出来：上联的这个位置是"逗雨"，很好理解，是个动宾结构，而"关心"和"逗雨"在词性上应当相同。"关心芳草"字面上是说芳草关乎我心，含义是让我"萋萋满别情"的那个男人让我满心挂牵。

　　到此，这两句话还没讲完，还有它们的出处要讲。这漂亮的两句话并不是容若的原创，而是化自王次回（名彦泓，字次回）的"时世梳妆浓淡改，儿郎情境浅深知"。纳兰词里的不少名句妙笔都是要么化自王次回的诗，要么直接套用王次回的诗，但纳兰容若如今名满天下，王次回却没几个人知道，讲文学史的书也讲不到他。我们

甚至可以说，王次回就是藏在纳兰词背后的无名英雄。

王次回是明朝人，他的诗曾经也流行于明清市井。他也算个情种，感情遭际比容若更惨，悼亡诗也没少写。但和容若不同的是，他只是一个落魄文人，还曾在一次科场失意之后写过这样的诗："有才轻艳真为累，作计疏狂不近名"，和柳永那著名的"才子词人，自是白衣卿相"有得一拼。从身世来看，我们去读容若，感觉像看《流星花园》，而去读王次回，自然少了可供小资们意淫的闪光点。换句话说，如果把容若比作西施，王次回就是豆腐西施。

容若的词，远溯秦观、黄庭坚，而最近身的、最重要的源头则是王次回。当容若义无反顾地声称甘愿以词表达男女之情而和秦观、黄庭坚一起下地狱的时候（见上本书讲解"眼看鸡犬上天梯，黄九自招秦七共泥犁"），其实还有个切近的典故：王次回据说就是在上厕所的时候不慎掉进粪坑而死的，正人君子们认为这就是他整天写些情爱诗歌的报应。

地狱有多恐怖，各人有各人的想象，粪坑的恐怖却是近在眼前的。王次回究竟是不是这么龌龊地死去的，史无可考，但这个传说足以说明社会上的一种流行看法。

不过，二人虽属同道，以诗词水准而论，容若确实要胜过王次回一筹。也许贵公子的眼界到底要比穷酸文人为高，中国老一派的文艺理论总是说艺术来自人民、劳动人民创造最伟大的艺术，如果二人转也叫艺术的话，这么说倒也没错。但我更接受普希金的话，诗歌是贵族的，要有贵族气。在眼下的例子里，同样的句子，放在王次回的诗里就总显得期期艾艾的，小家子气，而放在容若的词里，哪怕是原封不动地放进来，气象马上就不一样了。这是一个古今恒常的规律：贵族眼里没有柴米油盐。作为一个生计维艰、家庭负担巨大的普通劳动者，面对这些人我实在掩饰不住心中的嫉妒：他们不需要考虑生计，也不用嫉妒别人；他们心境自然开阔，他们眼界清澈爽朗；写诗填词，日臻境界。是啊，如果整天要为柴米油盐操心，只怕容若写不出这种东西来了。

作为比较，我们来看一下王次回这两句所出的原诗《宾于席上徐霞话旧》：

重见徐娘未老时，蕙兰心性玉风姿。

不忘杜牧寻春约，犹诵元稹纪事诗。

时世梳妆浓淡改，儿郎情境浅深知，

栖鸾会上桐花树，俊眼详看一稳枝。

王次回"时世梳妆浓淡改，儿郎情境浅深知"说的是世态人情的不可捉摸，用女子梳妆和少年情事来做比喻，不可谓不新奇精妙。与容若的化用作比较，王次回显然入世太深、心思太老，不像容若挚情挚性、天真无邪。这是气质使然，更是身世使然。写这类作品，用王国维

的话说，作者入世越浅越好，典型的例子就是李后主生于深宫之中，长于妇人之手，这对自身的成长虽然不利，却是这一类艺术作品最好的土壤。

最后还有一个问题不知道大家注意到没有：为什么容若也好，王次回也好，那么多文人士大夫都热衷于去写闺怨诗词？为什么他们那么热衷于模拟女子的口吻去想男人？——对这个问题应该可以做一下社会学研究了，但大体推测一下，原因可能是这样的：文人们很希望找到红颜知己，和自己能做平等交流，但在那个"女子无才便是德"的年代里，红颜知己实在太难找了。容若的妻子就没法和容若去做诗词唱和，王次回家里也是一样，即便

是欢场上的女子,很多精力也都用来学习吹拉弹唱了,再说就算想学文化,也很难找到合适的老师来教——老夫子去青楼教授之乎者也,想一想也觉得滑稽。于是,妇唱夫随的美好愿望就只有在想象里达成了。

真正能把诗词写好的女子在整个中国历史上都少之又少,多数的才女都存在于文人士大夫的想象世界里。意淫到达了一种境界,就成了艺术。

浣溪沙

【原文】

旋拂轻容①写洛神②,须知③浅笑④是深颦。十分天与可怜春。
掩抑薄寒⑤施软障⑥,抱持纤影⑦藉芳茵⑧。未能无意下香尘⑨。

【注释】

①轻容:一种无花薄纱,宋周密《齐东野语》卷十:"纱之至轻者,有所谓轻容,出唐《类苑》云:'轻容,无花薄纱也。'"王建《宫词》:"嫌罗不着爱轻容。"

②洛神:中国神话人物,即洛水的女神洛嫔,相传她是宓(伏)羲的女儿,故称宓妃。溺死于洛水,成为洛水之神。

③须知:必须知道,应该知道。

④浅笑:犹微笑。

⑤薄寒:微寒、轻寒。

⑥软障:幛子,古代用作画轴。

⑦纤影:清瘦的身影。

⑧芳茵:茂美的草地。

⑨香尘:芳香之尘,多指女子步履而起者。这里指人间。语出晋王嘉

《拾遗记·晋时事》"石崇又屑沉水之香如尘末,布象床上,使所爱者践之。"

【赏析】

紫薇茉莉花残,斜阳照却阑干。轻声吟唱的,是你,洛神一样绝美的女子。月光下,一位翩翩多情公子,执笔作画,为你。

画下,你双眼皮的呼吸和袅娜的脚印。画下,你的酒窝,随微笑,一张一合,醉倒十坛美酒,他的忧愁。

你是春天的姐妹。皱皱眉头,就是微风一缕,细雨一丝。你有薄薄的寒冷,他有暖暖的夕阳。你们一起拥抱的时候,芳草开遍天涯。

这首词清新洒脱,写的是为一美若神仙的女子画像,表达了对这位女子由衷的赞美和怜爱。

上阕说为她画像。"旋拂轻容写洛神",频频地拂拭绢纸为她画像。作者用"轻容"来指代画纸,用"洛神"来指代女子,皆含不胜爱怜之情。因为轻容是纱中最轻者,《类苑》云:"轻容,无花薄纱也";洛神是指传说中的洛水女神,名宓妃,以女神称人,褒爱之心,自是可见。"须知浅笑是深颦"。乍读此句似不可解者,为何浅浅微笑就是深深颦眉?联系上句方知,此句是说,她的形象实在太可爱了,连不高兴时皱眉的样子都好像是在微笑。实绝佳语,绝传神语。而后作者说她"十分天与可怜春"也就十分自然,丝毫不显矫揉造作。不仅不造作,反而清新生动:如此可爱,当是天生;如此美丽,好比春天。

　　下阕说画中的情景,但不是客观的描述,而是语带深情。词人对爱人的怜惜,使得他对画中"她"也照顾得无微不至。画中的"她""罗薄透凝脂",他怕"她"衣衫单薄会感到寒冷,于是把"她"置身在华美的芳香褥垫上。"掩抑""抱持"即表明其怜爱之情切。最后的收束又颇为浪漫,将眼前之人与画中人合一,说她是仙女下到了尘界。而"未能无意"又将她情意绵绵的情态勾出。这种情致绵绵的开怀之作,在纳兰词中实不多见,但也同样体现着纳兰词的真纯深婉。

浣溪沙

【原文】

十二红帘窣地深①,才移刬袜又沉吟②。晚晴天气惜轻阴③。

珠袯佩囊三合字④,宝钗拢鬓两分心⑤。定缘何事湿兰襟⑥。

【注释】

①十二红:小太平鸟的别称,鸟的一种,体形近似太平鸟而稍小,尾羽末端红色,故名。窣:下垂貌。

②刬袜:只穿着袜子着地。沉吟:犹豫,迟疑。

③轻阴:疏淡的树荫。

④珠袯:缀珠的裙带。佩囊:随身系带的用以放零星物品的小口袋。三合字:古代阴阳家以十二地支配金、木、水、火,取生、旺、墓三者以合局,谓之"三合",据以选择吉日良辰。

④宝钗:首饰名,用金银珠宝制作的双股簪子。

⑤兰襟:带有兰花芬芳香气的衣襟。

【赏析】

整个早晨,你想编一个花环,把两个人的爱围住。但花儿却滑落了。黄昏的时候,你垂下红帘,把自己深深地藏起来。可是藏不住的夕阳,流淌出来。落霞与孤鹜齐飞时,爱的,不爱的,都已告别。只剩柔情在徘徊不安。相爱的季节。

你虽然有柳树的腰肢,桃花的眼神,芳草的发髻。但春天又要走了。你不知道。花落谁家。夜晚,花瓣合起。你为谁憔悴?不过是缘来缘散,缘如水。

此篇写闺怨。词只就少女的形貌作了几笔的勾勒,犹如两组影像的组接。

上阕描写闺中场景和她犹豫不定的行动。"十二红帘窣地深,才移划袜又沉吟"。绣织有太平鸟的红色帘幕垂挂在地上,刚刚移动了脚步又迟疑起来。起首这两句,通过描写垂挂的帘幕和犹疑的行为,渲染出女主

人公若有所思、怅然若失的情态,把她的生活环境和内心矛盾含蓄而细腻地揭示了出来,为全词营造出迷离恍惚的意境。以下一句,"晚晴天气惜轻阴"。"晚"点明时间已值傍晚,"晴"说明天气晴朗。因为时候已经不早了,所以树荫不再浓密,转而疏淡。此句表面上说的是少女对轻阴的怜惜,实际上是借物言己,惜阴以自惜,哀婉青春将逝,故要加倍珍惜。

下阕是其梳妆打扮的特写。"珠祉佩囊三合字，宝钗拢鬓两分心。"缀有珠玉的裙带上佩戴着香囊，正切中了"三合"之吉日字；宝钗将发鬓拢起。好像分开的两个心字。如此精妙的刻画，直使女主人公形神毕见了。而"三合字"与"两分心"既是对女主人公装束的如实描绘，也是对其和恋人双方爱

情关系的指代。古代阴阳家以十二地支配金、木、水、火，取生、旺、墓三者以合局，谓之"三合"，据以选择吉日良辰。钗也不仅是一种饰物，它还是一种寄情的表物。古代恋人或夫妻之间有一种赠别的习俗：女子将头上的钗一分为二，一半赠给对方，一半自留，待到他日重见再合在一起。辛弃疾词《祝英台近·晚春》中的"宝钗分，桃叶渡，烟柳暗南浦"，即在表述这种离情。故此词中"宝钗拢鬓两分心"实际上饱含女主人公与自己所爱分离的痛楚。也正是因此，才有了末句"定缘何事湿兰襟"的疑问：我俩的姻缘是前世注定的，你为什么还要泪湿衣襟呢？看其语气，是在反诘，似乎对前景充满信心，其实隐忧无限。或许女主人公早已清楚，这一美好姻缘在现实中屡遭创伤，几经磨难乃至难以为续，而自己又委实难断情缘，遂以慰语自安，亦求安人。

浣溪沙

寄严荪友①

【原文】

藕荡桥边埋钓筒②,苎萝西去五湖东③,笔床茶灶太从容④。
况有短墙银杏雨⑤,更兼高阁玉兰风⑥。画眉闲了画芙蓉⑦。

【注释】

①严荪友:即严绳孙,字荪友,一字冬荪,号秋水,自称勾吴严四,复号藕荡渔人,江苏无锡人,一作昆山人。康熙己未(一作戊午,误)以布衣举鸿博授检讨,为四布衣之一。

②藕荡桥:严绳孙无锡西洋溪宅第附近的一座桥,绳孙以此而自号藕荡渔人。钓筒:插在水里捕鱼的竹器。

③苎萝:苎萝山,在浙江省诸暨市南,相传西施为此山鬻薪者之女。五湖:即太湖,《国语·越语下》:"果兴师而伐吴,战于五湖。"韦昭注"五湖,今太湖。"

④笔床:搁放毛笔的专用器物,南朝徐陵在《玉台新咏序》中说:"琉璃砚盒,终日随身;翡翠笔床,无时离手。"如同今天的文具盒。茶灶:烹茶的小炉灶。从容:镇定,不慌张。

⑤短墙:矮墙。银杏:即白果树,又名公孙树、鸭脚等。

⑥高阁:放置书籍、器物的高架子。玉兰:花木名,落叶乔木,花瓣九片,色白,芳香如兰,故名。

⑦画眉:即汉代张敞画眉事。《汉书·张敞传》"〔敞〕又为妇画眉,长安中传张京兆眉怃。有司以奏敞。上问之,对曰'臣闻闺房之内,夫妇之私,有

过于画眉者。'上爱其能,弗备责也。"后用为夫妇或男女相爱的典实。芙蓉:荷花之别称,严绳孙善画,尤工花鸟,故云。

【赏析】

夏日的藕荡桥边。你住在亭亭的荷叶隔壁,用丝丝的绿萍问候湖水。你的钓竿已经归隐山林。而你,已归隐钓竿。

挥一挥左手,苎萝山从西边归来;挥一挥右手,太湖在东边流淌。

你有一支笔,可以闯入许多唐朝诗人的句子里,没有飞鸟的群山,没有人迹的小径。你有茶灶,可以采撷几片宋词,舀起三江水,煮成清茶一杯。你还有很多从容,留给妻子,在她眉间画上一对对云朵。你有一生的晴朗天气。

严荪友即严绳孙。严绳孙(1623~1702),号藕渔,又号藕荡渔人,江南无锡(今属江苏)人。康熙十八年(1679)以江南名布衣身份被推荐参加"鸿博"考试,临场时,因目疾仅作成《省耕诗》一首即退场,期望能就此脱身。但康熙帝笼络士子之心正切,就援引唐代祖咏以咏雪诗二十字入选的掌故,破格以"久知其名"擢置二等末,授翰林院检讨,让他参与编修《明史》,不久充日讲官,迁右中允,又不久即告别官宦,回归故里,杜门不出,以书画著述终老。著有《秋水集》,小令特佳,清逸幽婉而时见冷隽藏锋。容若与严氏交情颇厚,寄赠不少,本篇大约作于康熙十六年。

此篇作法别致,即全是想象之语,全从对面写来,是对南归故里的苏友的生活情景的描绘。

开首"藕荡桥边埋钓筒,苎萝西去五湖东"二句,言苏友过着隐逸高致的生活,桥边垂钓,五湖泛舟,自在陶然之极。"埋"字表现出欣于垂钓,陶然忘机的沉醉情形,让人生出无限向往之心。"西""东"二字,分明有着苏东坡"竹杖芒鞋轻胜马"的潇洒飘逸,不禁令人歆美。接下是"笔床茶灶太从容",此言或执笔写写画画,或烹茶品茗,从容自乐。这种徜徉山水、从容度日的方式,正是自来遁迹山林者所乐的境界。词里突出地表现了这种闲适、超脱的襟怀。由景物入笔,又以景写人,很好地表达了苏友的山水性情。上阕三句平平叙述,几乎没有任何刻画渲染,但正是在这种随意平淡的语调和舒缓从容的节奏中,透露出作者对苏友一片萧散自得、悠闲自如的情趣的激赏。

"况有短墙银杏雨,更兼高阁玉兰风"。此二句系承上阕意,谓其居处更饶安闲之景,短墙银杏,高阁玉兰,著雨经风更加风流动人。"况有""更兼"二词的运用,更是把这种怡然自得的情怀荡漾得沁溢而出。末句"画眉闲了画芙蓉"。"画眉"用张敞画眉事典,寓指苏友家庭生活和谐,夫妻和美。"画

芙蓉"指闲暇之余,可以游逛芙蓉湖,寄情山水,照应前面"藕荡桥边埋钓筒,苎萝西去五湖东"的意境,凸现了严氏清逸高朗、放情山水的品格。

纵览全词,作者满怀深情地描绘了南归故里的荪友的生活情景,不言自己对友人的怀念,而是写对方归隐之放情自乐。此种写法便显得更为深透,更加倍地表达出思念友人的情怀。

【词人逸事】

纳兰容若虽为满洲贵族、权臣之子、皇帝亲信,然而他本性纯然,完全没有门第观念,为人四海,与僧道、艺人、失第举子、落职官宦均有交游,乐善好施。他与江南很多文朋词友成为莫逆之交,相互切磋学问,砥砺志节;自己的才情也得到他们认同,使一位满洲贵公子在上层社会中超凡脱俗。

无锡人严绳孙便是他的莫逆之交,绳孙工书画,五十七岁时因为是"江南名布衣"而被逼应试博学鸿词科。然而他看透清廷只是利用该科名士做政治工具,仅写了一首诗即托病退场,性德却视为好友,两人词风也相近。

后来绳孙回到江南,隐居在无锡西洋溪藕荡桥之畔,过着闲适惬意的生活,顾贞观《离亭燕·藕荡莲》自注云:"地近杨湖,暑月香甚,其旁为埔荡营,盖元明间水战处也。荪友往来湖上,因号藕荡渔人。这首词是绳孙归隐江南后,纳兰容若的怀友之作,可见二人感情深厚。故宫藏有禹之鼎画纳兰容若像,严绳孙题诗画上。"

浣溪沙

【原文】

欲寄愁心朔雁①边,西风浊酒②惨离颜。黄花时节③碧云④天。
古戍⑤烽烟⑥迷斥堠⑦,夕阳村落解鞍鞯⑧。不知征战几人还。

【注释】

①朔雁:指北地南飞之雁。

②浊酒：用糯米、黄米等酿制的酒，较浑浊。

③黄花时节：指重阳节。

④碧云：青云，碧空中的云。

⑤古戍：边疆古老的城堡、营垒。

⑥烽烟：烽火。

⑦斥堠：斥堠亦称斥候，是中国古代对侦察兵的称呼，多为轻骑兵。

⑧鞍鞯：马鞍子和垫在马鞍子下面的东西。

【赏析】

在边塞送客。寒秋苍茫，大地苍茫，你的别情苍茫。

"我寄愁心与明月，随风直到夜郎西。"在离别的筵席上，你始终无法做到红尘一笑，行到水穷处，坐看云起时。

因为，这里的天，是碧云天。这里的地，是黄花地。因为，这里，温一壶离愁，就能将心中的悲伤喝个够。孤帆远影碧空尽。

终于，故人走了。留下一股烽烟，一片夕阳，一座城楼，一件马鞍。有人说，守着它们一生的人，不知道有几个可以生还。

纳兰词多偏婉约一脉，很多词读来忧伤默默，哀婉不尽。然而偏偏他也有几首偏向豪放的词，这首《浣溪沙》就是其中之一。下阕中"古戍烽烟迷斥堠，夕阳村落解鞍鞯"还颇有唐朝边塞诗的味道。然而纳兰毕竟不是岑参那类边塞诗人，唐时的边塞诗是荒凉中透出豪迈，纳兰词却是豪迈转向了凄凉。

这首词写词人使至塞上，又于客中送客，由此联想到长年戍守边关的将士，遂不胜悲悯和伤怀之感。

上阕写客中送客。首句借用李白《闻王昌龄左迁龙标遥有此寄》诗："我寄愁心与明月，随风直到夜郎西。"李白这首诗是他听说王昌龄被贬谪为龙标尉后所作，其将自己的"愁心"寄与明月，

不仅表现出李王二人的心灵都如明月般纯洁、光明，而且也意喻了只要明月还在，他们二人的友谊就会像皓月一样永远长久。词人引用李白诗句，自然道出了他对友人的一片深情：我将对你的一片情思寄与朔雁，希望它带着我的思念伴你至朔方，聊慰你孤寂的身影。"西风浊酒惨离颜，黄花时节碧云天"两句描述了秋日边地惆怅的离别场景。"西风"句谓秋风中，浊酒一杯，为君饯行，离别的筵宴，不胜忧愁凄苦。"黄花时节碧云天"一句从高低两个角度描绘出寥廓苍茫、萧飒零落的秋景，渲染了离别的苦况，不禁叫人想起范仲淹《苏幕遮》"碧云天，黄叶地，秋色连波，波上寒烟翠"和王实甫《西厢记》"碧云天，黄花地，西风紧，北雁南飞。"

下阕写边关苍茫凄清之景。由于是塞外送客，且友人也是前往边地，所以别筵罢后，词人不禁想到边地戍守情形。"古戍烽烟迷斥堠，夕阳村落解鞍鞯"即是言此。古戍苍苍，烽火已燃，硝烟顿起，戍卒登楼眺望；残阳西落，军卒夕归，卸去行装，驻扎安营。此二句颇能见出纳兰边塞词的雄浑苍凉。

浣溪沙

【原文】

败叶填溪水已冰,夕阳犹照短长亭①。何年废寺失题名。

倚马客临碑上字②,斗鸡人拨佛前灯③。净消尘土礼金经④。

【注释】

①短长亭:短亭和长亭的并称。

②倚马:靠在马身上。南朝宋刘义庆《世说新语·文学》:"桓宣武北征,袁虎时从,被责免官。会须露布文,唤袁倚马前令作。手不辍笔,俄得七纸,绝可观。"后人多据此典以"倚马"形容才思敏捷。

③斗鸡:使公鸡相斗的一种游戏,多用来指纨绔子弟游手好闲,不务正业。

④金经:指佛道经籍。

【赏析】

这首词,是容若在一个萧瑟的冬日里途径一处荒废的寺院,有感而作。

"败叶填溪水已冰",交代外景,残败的落叶填满了小溪，而小溪也早就结冰了。"夕阳犹照短长亭"，"短长亭"在前文已经讲过，是城外供路人歇脚的地方。"何年废寺失题名"，镜头拉近，一座寺院不知是哪年修建的，匾额要么朽坏了，要么被蛛网遮盖了，看不出这寺院的名字。

上片这三句话就像电影一开始时的镜头手法，先给人一个"败叶填溪水已冰"的画面，然后摇成远景"夕阳犹照短长亭"，然后镜头逼近一座废寺，在门口停顿片刻，再模仿人抬头仰望的感觉向上转到匾额。当然，真要用镜头来表现，自然会比这三句词更流畅、更细腻，但在诗词的表现能力里边，这三句已经非常精彩了。

诗词里边写景的句子和电影的镜头手法是异曲同工的，如果不懂这些，写出来的东西就会像室内剧一样，毫无镜头美感可言。这种手法在诗歌艺术史上也有一个发展的过程，唐人讲"诗中有画"，这还只是使诗歌语言具有了静态的画面美，还没有动态的镜头美，到了容若的时候，这种镜头美就比较成熟了。现在还有很多人说诗必盛唐，一来是崇古心理作祟，二来是对历代诗歌缺乏综合了解，三来唐诗比较通俗，易于被广大人民群众接受。事实上艺术总是越发展越高明的，只是越高明的东西就越少有人能够领会。

下片把镜头从"景"切换到了"人"的身上："倚马客临碑上字，斗鸡人拨佛前灯"。这个对仗很工整、很巧妙，也很费解。有注本说这里"倚马客"和

"斗鸡人"对举,意思是这座寺院里的人已经不是往日的善男信女了,而是前来闲游的过客,或是贤人雅士,或是豪门贵族的公子哥们。此中含义,是说无论古今,贤愚不肖,各色人等,此际都成了过去。

但这个解释未必就是对的。这两句词的难解,有人说是用典太偏,我倒觉得难度不在这里,而在于你很难确认它们到底是用典还是白描。

"斗鸡人"确实有个典故。唐玄宗宠爱一个叫作贾昌的斗鸡小孩,给了他极其尊贵的待遇,而且恩宠达几十年之久。但斗鸡斗得再好,毕竟也是个弄臣,贾昌的待遇让文人们很看不惯,少不了写诗讽刺。后来安史之乱爆发,唐玄宗逃亡蜀地,贾昌没了靠山,只好隐姓埋名寄居于一所寺院,家里那么多的财富全被乱兵所劫,一点都没剩下。大概是因为受了这个刺激,也受了这一段寺院生活的感染,等时局稳定下来之后,贾昌没再重操旧业,而是真当和尚去了。他是弄臣出身,一直都是个富贵文盲,老来勤读佛经,也开始识文断字了,从此像换了一个人似的,开始了清苦的修行生活。

"倚马客"也有个典故,这是大家熟知的"倚马千言",现在我们夸一个人可以随时随地给领导写稿子,也可称"倚马千言,文不加点"。

在我看来,这里的"倚马客"和"斗鸡人"都不是白描,而是用典,因为一来这两则典故都很切合容若的身份;二来从对仗规则来看,如果"斗鸡人"是用典,与之对应的"倚马客"应该也是用典,这是通常注本不察的地方。

从"倚马客"来看,容若一来才情过人,确实有着倚马千言,文不加点的本事,二来他做的也正是这种差事,经常要给康熙皇帝处理公文、翻译应景之作等等。"倚马客临碑上字"突出的一个反差:为领导写稿子的大手笔如今竟然在这荒废的寺院里临写碑文。

从"斗鸡人"来看,容若也是一般地"少年得志",虽然不是弄臣,但也不是大臣——以满洲传统论,他只是一个奴才;以工作职责论,也无非是个秘书、保镖、跟班。尽管甚得皇帝宠信,那又如何呢?和斗鸡神童贾昌又有多大的分别呢？越是深入汉文化，越是难免会对自己的身份产生无法认同的感觉。而今在这座荒废的寺庙里，"斗鸡人拨佛前灯"，这个皇帝驾前的红人也像安史之乱以后的贾昌一样，在佛家的世界重新寻找安身立命之所了。

末句"净消尘土礼金经"，所谓"金经"，有注本解释为《金刚经》的简称，这是不对的；有注本认为泛指佛经，这是对的，却未详述此说法的来历。为什么佛经会被称为金经，因为抄写佛经会消耗大量黄金——古人写字，无非是用文房四宝"笔、墨、纸、砚"，至多也就会用到朱砂，而抄写佛经可大不一样，墨里是要掺金粉的。抄啊抄，工工整整的，泥金小楷《金刚经》，想想就觉得漂亮，就觉得尊贵。一个人抄，两个人抄，倒也用不了多少金子，可架不住千千万万个人抄。当千千万万篇漂亮尊贵的泥金小楷佛经被抄完之后，也就又有大量的黄金被这么消耗掉了。历史研究者曾对中国历史上大量黄金的消失感到难以理解，后来得出的结论就是：黄金都被佛祖弄走了，一是金粉抄佛经，二是没完没了地给佛像重塑金身。

重新品位容若这首词的下片三句，"倚马客"表示一流的才干，"斗鸡人"表示荣耀与地位，而这些在一座荒废的寺院之中却完完全全地匍匐了下来，所谓"净消尘土"既写实（拂去衣服上的征尘），也是写虚（忘掉尘世的纷扰），最后的归宿只有这寂寥的佛前。这是怎样一种刺骨的消沉呀。

【词人逸事】

纳兰容若是一位入世极深的士人，然而他所向往的却是温馨自在的生活。在康熙身边多年,他看遍了清廷政治党争倾轧,他想做的事不能做,不想做的事又不得不做。在不停地陪侍出行中耗蚀青春年华,这些都使他厌畏思退。

再加上他的父亲明珠,本来是位政治才能杰出的能臣,在统一台湾、平定三藩、治理黄河水患等重大国务中都起了相当大的推动作用,他还坚定地支持天主教会,为闭塞的皇朝打开了与外界交流的契机。这些都足以使他名垂青史,然而势高位重同时也滋长了明珠的腐败作风,他结党营私,贪污受贿,终被罢相。虽然这些在纳兰容若生前尚未发生,然而这位才子却似乎已然预见到了这个结局。面对朝为权贵、暮则家破势尽犹如穷僧的境遇,纳兰容若自嘲是"斗鸡人拨佛前灯",透出了看破前程却又无可奈何的忧伤之怀!

浣溪沙

【原文】

十里湖光载酒游,青帘低映白洲①。西风听彻采菱讴②。
沙岸有时双袖拥③,画船何处一竿收④。归来无语晚妆楼。

【注释】

①青帘:旧时酒店门口挂的幌子,多用青布制成。白洲:泛指长满白色花的沙洲。唐李益《柳杨送客》诗:"青枫江畔白洲,楚客伤离不待秋。"

②采菱讴:乐府清商曲名,又称《采菱歌》《采菱曲》。

③沙岸:用沙石等筑成的堤岸。双袖:借指美女。

④一竿:宋时京师买妾,一妾需五千钱,每五千钱名为"一竿"。李煜《渔父》:"浪花有意千重雪,桃李无言一队春。一壶酒,一竿身,世上如侬有

几人。"故此处之"一竿"亦可指渔人。

【赏析】

史上文人词句，各有风格。纳兰之词，可谓是情由景生，情景交融。这一首词，读罢内心充满美好的期待。目光所及，如诗如画。

景是湖边之景，文人向来喜爱以湖景为背景，兴许

是由于湖之温和、宁静，令人心境平和。甚是喜爱朱自清的《桨声灯影里的秦淮河》，灯火酒家，映于湖面之上，悠扬醉心令人留恋不已。携酒游于湖面之上，风是江南之风，水为江南之水，酒家门面上的青布幌子掩映着白色的沙洲，好一幅惬意的佳景。

和着西风在小舟之上饮酒，醉心之趣，好似听见采莲曲悠扬地在湖面上拂过，又有沙岸上美女水袖飘然，翩跹起舞，自是美不胜收。此时纳兰又借李后主《渔夫》中"浪花有意千重雪，桃李无言一队春。一壶酒，一竿身，世上如侬有几人"一句，表达身在身中，好似渔夫撑竿，尽享自然情趣的美好感触。当年李后主身为君王身不由己，只得写这样一阕词，画饼充饥，以抚慰自己疲惫无奈之心。在美景之中，纳兰是否也如后主一般惆怅地期待，我们并不能身临其境地大胆猜测，但至少从这词看，基调明朗闲适。纳兰对山山水水尤其喜爱，心心念念想要回归自然，为天地之间的一名酒客便可。这心愿，从满首词间漫溢的情趣就可窥见。

纳兰这词，写得清新、雅致，写景之词历代文人有不少佳作，纳兰写景

却依旧不让人觉得雷同厌倦。勾勒这描绘的图景，秦淮河的灯火之夜又于脑中浮现，朱自清轻柔的笔触淡描："醉不以涩味的酒，以微漾着，轻晕着的夜的风华。不是什么欣悦，不是什么慰藉，只感到一种怪陌生，怪异样的朦胧。朦胧之中似乎胎孕着一个如花的笑——这么淡，那么淡的倩笑。淡到已

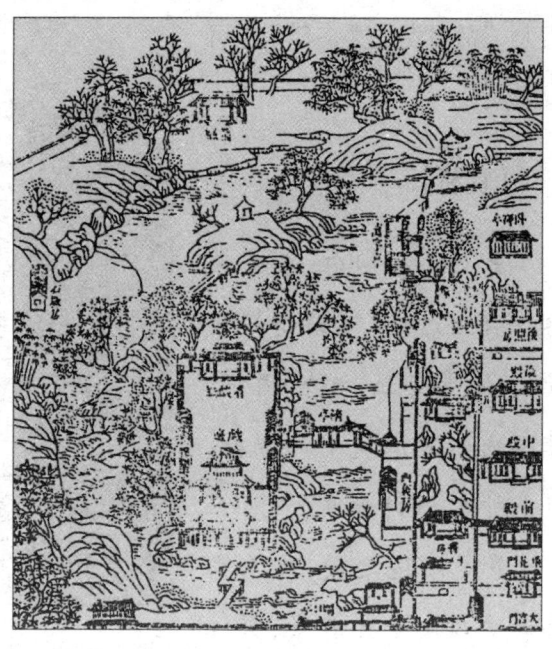

不可说，已不可拟，且已不可想；但我们终究是眩晕在它离合的神光之下的……"湖面、小舟、酒家、沙堤、美女、灯火都有了，便觉人间万千之美，都已获得。纳兰之心，想必也是这般。田园之趣，之于生活，已然足够，不需更多。

读一阕写景之词，读出如此欢愉，纳兰之心，了然于世。

仔细读罢，好似亲眼目睹其人笑容满面。

浣溪沙

大觉寺①

【原文】

燕垒空梁画壁寒②，诸天花雨散幽关③。篆香清梵有无间④。
蛱蝶乍从帘影度⑤，樱桃半是鸟衔残。此时相对一忘言⑥。

【注释】

①大觉寺:可能为今北京西北郊群山台之上的大觉寺。此寺始建于辽成雍四年,初名"清水院",后改"灵泉寺",为金代"西山八景"之一。明宣德年重修,改名"大觉寺"。

②燕垒:燕子的窝。画壁:绘有图画的墙壁。

③诸天:佛教语。指护法众天神。佛经言欲界有六天,色界之四禅有十八天,无色界之四处有四天,其他尚有日天、月天、韦驮天等诸天神,总称之曰诸天。花雨:佛教语,诸天为赞叹佛说法之功德而散花如雨。后用为赞颂高僧、颂扬佛法之词。幽关:深邃的关隘,紧闭的关门。

④篆香:犹盘香。清梵:谓僧尼诵经的声音。南朝梁王僧孺《初夜文》:"大招离垢之宾,广集应真之侣,清梵含吐,一唱三叹。"

⑤蛱蝶:蛱蝶科的一种蝴蝶,翅膀呈赤黄色,有黑色纹饰,幼虫身上多刺。

⑥忘言:谓心中领会其意,不须用言语来说明。

【赏析】

这是纳兰记游之作。面对如此气魄的大觉寺,感受僻静行宫中走动的幽静之感,他不禁感叹道:此时相对一忘言。

大觉寺是北京"八大寺院"之一,始创于辽代。纳兰当时所见的大觉寺是明代的规制。至今大雄宝殿、三世佛殿还保留着明代的木结构,院落宽阔,殿堂高大,花木繁多,以玉兰、银杏最为著名。大殿中保留着精美壁画、悬塑。至今主佛像、"二十诸天""十二缘觉"的塑像保留完好。故纳兰寺中之见,都且苤挲灵泉泉水曾是"八绝"之一,故大觉寺曾有名曰"灵泉寺"。此地一向为文人所爱,有俞平伯的《阳台山大觉寺》,也有季羡林的《大觉明慧茶院品茗录》,可见大觉寺可爱之处,确是不少。

纳兰之词，燕垒二句，"燕垒""空梁""画壁"，皆写表面看去一番荒凉残破的景象：燕群在寺中空梁上筑巢，壁画清冷。本应是普通的写景，若是忽略下文，自然会猜测是否写的是凭吊古迹之词，但对着荒凉的寺中之景，却隐约能闻到幽幽的篆香，清幽的诵经声似有若无。荒凉的院子，霎时变得肃穆清雅，梵天幽静。

佛经梵语，总有这能耐让浮躁之人心神安定，连那看似荒芜的小院，此时也罩了点梵家之光，不似平凡的荒芜。

此时蛱蝶翩跹由帘影下飞过，枝丫上的一颗樱桃被鸟儿啄去半颗。所取之物是自然界最渺小之物，倘若没那宫阙似的古屋，没那回音缭绕的梵音缠绵，不过是人间最单纯的田园之乐。而偏偏这不是田园情趣，此间之意，回味阵阵。乃至似乎还能感受到侍卫在高大殿堂的台阶下巡行，在僻静的行宫跨院当值的情景，地大人少，空旷寂寥，但绝不衰败，反倒有超然幽静的静谧肃穆。这地，是超脱了俗世之态的纤尘。

此中必有真义，心领神会，却只能相对妄言。这最后一句有些许伤感，总显几分消极，但反倒放在这景色中，颇有别样的意蕴。景物寥落却静谧有致，和这才子的伤感，契合正好。

浣溪沙

【原文】

抛却无端恨转长,慈云稽首返生香①。妙莲花说试推详②。

但是有情皆满愿③,更从何处着思量。篆烟残烛并回肠④。

【注释】

①慈云:佛教语,比喻慈悲心怀如云泽之广被世界、众生。稽首:古时的一种跪拜礼,叩头至地,是九拜中最恭敬的。

②妙莲花说:谓佛门妙法。莲花,喻佛门之妙法。莲花世界为佛教所称西方极乐世界。明汪廷讷《狮吼记·摄对》:"安得三轮尽空,化作莲花世界。"推详:仔细推究。

③满愿:佛教语,谓实现了发愿要做的事。唐皮日休《病后春思》诗:"应笑病来惭满愿,花笺好作断肠文。"

④篆烟:盘香的烟缕。回肠:喻思虑忧愁盘旋于脑际,如肠之来回蠕动。

【赏析】

纳兰多情,世人皆知,却少有人知晓他通晓佛学精华。纳兰号为楞伽山人，正是取自于佛学。大乘佛经中有一本非常著名的佛经叫《楞伽经》，全名《楞伽阿跋多罗宝经》。《楞伽》是佛经的一种，传说达摩从西域带来，是佛学中一部很主要的宝典。义趣幽眇高深，读者极需慎思明辨。古人取"山人"为号，有隐居者的意思，故"楞伽山人"即隐于佛经者。

想要抛却无端烦恼转而幽恨更长，纳兰说：慈云稽首返生香，是祈求于神明，愿赐予返生香，好让亡妻回到身旁。

"返生香"一词则由东方朔所写的《海内十洲记》而来："人鸟山"。山多反魂树，能自作声，如群牛吼，闻之心震神骇；伐其根心煮汁为丸，名为"惊精香"或"震灵丸""返生香""震檀香""人鸟精""却死香"。

此时的纳兰丧妻之痛过于深重，已有成癖之态。常理上来说这尊贵的公子，仕途平坦，职位算高，受正统的满人教育，文武全才，不应有心钻研佛学。唯一可解释的是内心的重创，痛失爱人，让他的生活充满了回忆念旧的清冷气息。写这阕词时纳兰在大觉寺中，正值妻子逝世一年，痛定思痛，痛断柔肠，试图摆脱这般消极，却愈是更加思念。无奈只得乞求于神明、乞助于佛道，希望找到一条解脱之道。

妙莲花说，指的《妙法莲华经》，这里的"华"同"花"，莲花喻佛门妙法，这一说法由明代李贽的《观音问》"若无国土，则阿弥陀佛为假名，莲华为假相，接引为假说"而来。《妙法莲华经》被称为佛经中最重要的一部，因其极高的文学、美学价值被众多的文人喜爱。相传当年王安石的女儿出嫁吴家，万分思念父母。王安石为安慰女儿，同时抚慰自己，写了《次吴氏女子韵》：

秋灯一点映笼纱，好读楞严莫念家。

能了诸缘如梦事，世间惟有妙莲华。

这里的妙莲华，指的也是这部经。

有情皆满愿，属于佛学思想，鼓励众生要愿意相信。只需潜心希望，都可如愿。但纳兰却道：更从何处着思量？

读来是有些怀疑和埋怨的。乞求至此，倘若如它所说，有愿景者都可如愿，为何亡故之妻，却迟迟不归？

今生难见，纳兰心里明了，只是不肯接受罢了。每每思念其人，都觉得内心苦痛难耐，才以这乞求的方式，恳上天予他一个奇迹。——不过自我安慰罢了。可奇迹总是不会发生的，于是每思痛楚，都觉得愁绪有如篆烟燃尽留下那凹凸的残烛，无序纷杂。

佛学只得以暂时解脱于苦痛，对这痴情的丈夫，恐是没有那能耐彻底根治他内心的凄苦了。只叹这痴情人，痴情之心顽固又深情。

浣溪沙

小兀喇①

【原文】

桦屋鱼衣柳作城②，蛟龙鳞动浪花腥③，飞扬应逐海东青④。犹记当年军垒迹⑤，不知何处梵钟声⑥，莫将兴废话分明⑦。

【注释】

①兀喇：亦作乌喇，即今吉林省吉林市。

②鱼衣：用鱼皮做衣服。

③蛟龙:传说中能使洪水泛滥的一种龙。

④海东青:一种凶猛而珍贵的鸟,属雕类,产于黑龙江下游及附近海岛。宋庄季裕《鸡肋篇下》:"鸷鸟来自海东,唯青最佳,故号海东青。"《元史·地理志二》:"有俊禽海东青,由海外飞来,至奴儿干,土人罗之以为土贡。"

⑤军垒:军营周围的防御工事。《国语·吴语》:"今大国越录,而造于弊邑之军垒。"

⑥梵钟声:佛寺中的钟声,僧人诵经时敲击。

⑦兴废:盛衰,兴亡。

【赏析】

纳兰其家族——纳兰氏,隶属正黄旗,为清初满族最显赫的八大姓之一,即后世所称的"叶赫那拉氏"。纳兰先祖可上溯至海西女真叶赫部,居吉林松花江流域,后南迁至辽河流域。这年纳兰扈驾东巡,经过兀喇,这兀喇一带,正是纳兰家族曾经的领地。往事悠悠,思古讽今,怀古之思读来并不仅仅是今昔之感,兴亡之叹。

身处家族故地,目睹人们以桦木建构屋宇,用鱼皮做衣服,扦插柳木作为城围,生活简朴。蛟龙鳞动,江边看浪花逐着海东青,一片壮阔景观,却百感萧条,不禁回想起当年叶赫部被爱新觉罗部灭族的往事。上片描绘的,看似是写兀喇的特异景色和风俗民情,实是那郁结之心的爆发前奏。看纳兰所取之景,尽可感受这环境凛冽。似是这蛟龙,传说是使洪水泛滥之龙,再似那海东青,据说是凶猛而珍贵的鸟类,再看浪花是"腥",蛟龙是"鳞动",寒山恶水,好一番沉郁的喟叹!

有景的铺设,下片转为抒情。"犹记"一词,引得回忆当年军垒之迹。"当年军垒",正是海西遗迹。恰逢这时,不知哪里响起梵钟声,历史滚滚往事,随这钟声飘荡回转,悠远冗长。这时感慨,莫将兴废话分明,怕是不知如何话分明罢。以此作结,后人揣测不得,说不清纳兰心中愁绪,算否为恨。前扬后抑,似寓有难言的隐恨。

性德曾祖金台石之妹孟古是清太祖努尔哈赤之皇后、清太宗皇太极之生母。然而为争夺疆土,反目成仇,叶赫部被努尔哈赤吞灭,金台石自焚身亡,其子尼雅哈归降,被划归满洲正黄旗,尼雅哈之子正是纳兰之父明珠。

因而有人说,纳兰其人,潜意识里深藏着对爱新觉罗氏的世仇。这种宗族之仇灭门之恨是否存在,不得而知。但读这词,确实似有潜藏的隐怨。故《饮水词笺注》前言有分析如此:"纳兰塞外行吟词既不同于遣戍关外的流人凄楚哀苦的呻吟。又不是卫边士卒万里怀乡之浩叹,他是以御驾亲卫的贵介公子身份扈从边地而厌弃仕宦生涯。一次次的沐雨栉风,触目皆是荒寒苍莽的景色,思绪万端,凄清苍凉,于是笔下除了收于眼底的黄沙白茅、寒水恶山外,还有发于心底的'羁栖良苦'的郁闷。""几乎是孤臣孽子的情绪了"(严迪昌《清词史》)。这话说得切中肯綮。

这贵公子之心，本是敏感多情，只为尽孝而听从家庭的安排，游于官场，实际无心于此。他注定是这家族的人，遵循着官途尽臣子之忠，为君王出生入死，但不巧有颗"为人之心"，生来抵触奴才之命。服侍君王，并非他所要的诗书人生，太坎坷，太不自由。再加之这祖先史前的恩怨，今昔甚远，叫人郁结。这隐恨，隐得辛苦，恨得怅惘。生是惆怅客。

浣溪沙

姜女祠①

【原文】

海色残阳影断霓②，寒涛日夜女郎祠③。翠钿尘网上蛛丝④。

澄海楼高空极目⑤，望夫石在且留题⑥。六王如梦祖龙非⑦。

【注释】

①姜女祠：又称贞女祠，在山海关欢喜岭以东凤凰山上。据民间传说，在秦始皇时，孟姜女的丈夫被强迫修筑长城，一去几年音信全无。她不远千里去送寒衣，然而却未找到丈夫。她在城下痛哭，城墙因而崩裂，露出了丈夫的尸骨。孟姜女痛不欲生，投海而死。姜女祠就是为纪念她而建，相传始建于宋，明代重修。

②断霓：断虹，称虹为霓。

③女郎祠：即姜女祠。

④翠钿：用翠玉制成的首饰。

⑤澄海楼：楼名。在河北旧临榆县南宁海城上，明兵部主事王致中建。

⑥望夫石：辽宁兴城西南望夫山之望夫石，相传为孟姜女望夫所化。留

题:参观或游览时写下观感、题诗。

⑦六王:指战国齐、楚、燕、韩、魏、赵六国之王。祖龙:指秦始皇。

【赏析】

康熙二十一年壬戌（1682年）二月至五月纳兰扈从东巡,作了一系列的写景词。期间作为臣子的纳

兰,寻访古迹途中心灵受到不少冲击。因纳兰家族先世恩怨、本身的特殊经历和处境,纳兰对历史的怀思亦颇有意味。

这词因景而起,落日残阳挂在薄薄的西天,余晖映在海面上,贴着涌动的浪涛,成一段虚渺的霓虹。冷冽的潮水不辞疲惫,姜女祠里日日夜夜听闻浪涛拍打礁石的动静。这祠又叫贞女祠,据说是为纪念那痴情哭动长城的孟姜女而建。距这痴守女子的年代已去甚远,汪洋与孤守的祠堂相望也不知过了多少个日夜,庙中的孟姜女,盘髻上的翠翘金钿依然网上层层细密的蛛丝与尘埃,翠玉光鲜的着色随着女子投海,一同沉没在历史长卷之中。姜女追随爱人而去,光鲜的历史随时代终结而去。

立于澄海楼上眺望苍茫之景,望夫石一如往昔等待之妻,坚守于南宁海城上。传说孟姜女当年苦等丈夫不归,几番立于此地守望远方,又抱寒衣远赴长城寻找爱人,久之于此化为望夫之石,从此不论风雨都将停留于此,等候一个归期。归期无尽,望夫石伫立至今,已然可见文人墨客参观游览时写下的观感题诗,点滴墨迹都是岁月流淌的痕迹,随着这长久坚守在此的石像

一同见证历史长河,流淌不息。

一转眼,"六王如梦祖龙非"。此"六王",即指战国燕、赵、韩、魏、齐、楚六国。这说法出自唐朝杜牧的《阿房宫赋》,之曰:"六王毕,四海一。"再有《集解》云:"苏林曰:'祖,始也;龙,人君象。谓始皇也。'"故秦始皇又叫祖龙。纳兰感叹,六王毕、四海归一的大业,恍然只如梦了一场,悄无痕迹,秦始皇的英姿也业已长眠于地下。

这词题为"姜女庙",写尽壮阔之景,博大之感,但事实并非单纯记游之作,而是借游此庙发往古之幽思,抒今昔之感,欲抑先扬。纳兰饱读诗书,写词看似直白易懂,实际用典巧妙,字字珠玑,不论写景抒情,都是发自肺腑。忧郁沉敛的骨子里是对历史和现实更加敏感的认知和反思。单就这词,六王如梦祖龙非,思考就甚是凝重。

再细究:为何纳兰要用姜女祠来作为抒情的寄托和引子呢?

为修建长城,流的是百姓的血与泪,哭的是百姓的累或亡。战争带来悲剧连连,人们却依旧为改朝换代互相争夺残杀。参照纳兰祖先的恩怨,也不难理解。历史长卷不断翻看,目光所及,都是泊于苦痛之中的艰难百姓,叫人怎么忍心再读?

沉思至此,难怪这本该尽享荣华的贵公子,一生忧心郁结。

浣溪沙

【原文】

泪浥红笺第几行^①，唤人娇鸟怕开窗，那能闲过好时光。

屏障厌看金碧画^②，罗衣不奈水沉香^③。遍翻眉谱只寻常^④。

【注释】

①泪浥：被泪水沾湿。红笺：红色笺纸。多用以题写诗词或做名片等。

②金碧画：即以泥金、石青、石绿三色为主的山水画。此画古人多画于屏风、屏障之上。

③水沉香：即沉水香，又名沉香。

④眉谱：旧时女子画眉所参照的图谱。

【赏析】

这首《浣溪沙》继承了传统诗词写作一大风格，便是情感女性化。词人借所思念之人的对自己的思念，来表达自己的思念，故虽词浅意显，仍是心思委曲，积思甚多，在情思上，可谓一波三折，别开生面。

从总体上看，全词在"怕""闲""厌"三阶段情感递进中上升。

上片"泪浥红笺"起首，全词的格调基本奠定下来。"泪浥红笺"是一种情感的外放，起头以这种方式，在诗歌中较为常见，也颇有效，在情感统摄上，有开门见山的优势。接着写"唤人""娇鸟"，却"怕开窗"，这时，在情感的表现方式上，较诸"泪浥红

笺"，就显得内敛一些，用"怕"来表现内中矛盾，她大抵会黯然神伤："此遭启窗看，只怕又是，一番空倚栏。"接着情感益发收了一番，用了"闲"这看似无情感的词，然而这"闲"是藏着极深沉情感的，"闲"与"好时光"的交织，是何其让她无奈与痛苦。

下片并未脱离上片的情感轨迹。第一句"屏障厌看金碧画"中的"厌"字，是全词情感的最高点，余下几句，尽是这时情感飞瀑直泻而下的水流，"罗衣犹觉寒"，"眉谱无心思"。"厌"字较之"泪""怕"，更为深沉，所以内敛得也最深。这时她对外部世界的一切只是一个"无心"，对那些氤氲的沉香、华丽的屏画、缤纷的眉谱等，就因一个"厌"，不闻、不看、不画，无有适意，无不伤怀，看似"天命无常，人事随兴"，其实心中的情感确是最为激烈的。这种"非我所爱，皆我所恨"的细腻而激烈的情感，逐渐从词中表现出来。

回观全词，词人在情感处理上颇动心思。在情感的处理手段上，采用

"收"的方法,而情感的表现上,却是念人伤怀,愈感愈深,递相深进的"放"。这首词很短,可谓"小制",然情感上却收放并进,读之味足,感慨至切。

浣溪沙

【原文】

伏雨①朝寒愁不胜,那能还傍杏花行。去年高摘斗轻盈②。

漫惹炉烟双袖紫,空将酒晕③一衫青。人间何处问多情。

【注释】

①伏雨:指连绵不断的雨。

②斗轻盈:与同伴比赛看谁的动作更迅捷轻快。轻盈,多用以形容女子体态的轻快、灵活。

③酒晕:喝完酒后脸上泛起的红晕。

【赏析】

这是一首相思之作,却不同于那种甜蜜憧憬的怀想,亦不是刻骨铭心的感念。如果一定要用一个词来形容这首小令,那么非此二字莫可当得:阑珊。

作者一开始就把我们领入了那片零雨其蒙的小小天地:春潮微寒,连绵的小雨淅淅沥沥,点点滴滴。造物者是有诗意的,总是在那样一个特定的时间为我们呈现这样一个微雨的初晨。

"那能还傍杏花行。去年高摘斗轻盈",正是"春花秋月,触绪还伤"的另一番写照。当年他曾和她在一起攀上杏树枝头摘取花枝,比赛谁最轻盈利落,而今的杏花春雨一如往昔,而佳人已逝,以至于唯恐再见到杏花,触动自己的伤心事。睹物伤情,算是中国诗歌由来已久的传统。

不过纳兰公子的才思却在这传统里有着独特的表现。我们读到这一句,会感到眼前一亮。原因很简单,在这里作者用了"高摘""斗""轻盈",于是一幅轻灵欢快的图景如在目前。

前两句无论零雨还是落花,都是低伏着的意象。这里的突转,意义当然不局限于视觉上的节奏感,它更暗示了词的核心"情",以强烈的对比暗示着当年的意气飞扬与今朝的意兴阑珊。

转到下片,出现一组精工的对句:"漫惹炉烟双袖紫,空将酒晕一衫青。"句中一个"漫惹",一个"空将",极写无聊之态。这里容若仿佛是说,我现在多么无趣啊,恍恍惚惚,呆呆地烤着炉火,饮着乏味的酒,忽忽悠悠就醉了,我也不知是为了什么,我也不知要做什么。

尾句,作者终于舍弃了一切描写与对仗,平平呵出:人间何处问多情。以人间之广大,竟然还是无处寻觅、亦无处寄托那一分多情。看似平淡的一句话,确实已把天地逼反到了极处。这正是"谁念西风独自凉"的境界,西风遍吹,而独有我感到了深深的凉意。天地广大,而唯有我心怀迂曲,无处排遣,无处寄托。

浣溪沙

【原文】

谁念西风独自凉?萧萧黄叶闭疏窗。沉思往事立残阳①。
被酒②莫惊春睡重,赌书③消得泼茶香。当时只道是寻常。

【注释】

①残阳:夕阳,西沉的太阳。

②被酒:醉酒。

③赌书:比赛读书的记忆力。

【赏析】

这首《浣溪沙》写的是宋代女词人李清照与丈夫赵明诚之间相敬如宾、意趣相投的爱情故事。李清照十八岁时与右相赵挺之之子赵明诚结婚,夫妻生活甜蜜恩爱。两人志趣相投,一起收集古玩字画,并一起勘校、考订版本,生活十分闲适惬意。

他们最常做的游戏就是在晚饭后猜书斗茶。两人先煮上一壶茶,然后轮流由一人说出一句或一段古人的诗文,让对方猜这句话出自哪本书、第几卷、第几页、第几行,以猜中与否分胜负,猜对了就优先喝一杯茶。由于李清照的记忆力特别强,几乎是每猜必中,赵明诚不得不甘拜下风。然而,聪明幽默的赵明诚也每每在李清照端起茶杯时讲笑话,结果常常引得她哈哈大笑，以至茶杯倾覆怀中，浇得一身湿漉漉。这便是"赌书消得泼茶香"一句的由来。

这首词通过李清照的口吻，回忆和丈夫曾经的美好高雅的生活，表达天人相隔的无限伤感。同时，纳兰也回忆起自己和妻子的经历，从而生发一种顾影自怜的情绪。

西风吹来，谁会想到有人在这风中独自悲凉？"无边落木萧萧下"，遍地黄叶堆积，万物在沉寂前，似乎都要纷扬一番，如同蝴蝶一样地翻飞。秋也如此壮阔美丽。然而独坐闺中，疏窗紧闭，似乎与世相隔，只因为心中寂寥，独自凄凉。念起往事，独自沉思，在斜风残阳中，无限思量涌来，人何能禁？

这首《浣溪沙》中间"沉思往事立残阳"与"当时只道是寻常"二句，情感极浓，感情上是递进式的：由不知人生为何如此辛苦而"沉思"，思到头终究也无答案，却转头长叹"当时只道是寻常"，如何地悲观决绝，如何地痛不欲生！所以王国维会如此盛赞纳兰："纳兰容若以自然之眼观物，以自然之舌言情。此初入中原未染汉人风气，故能真切如此。北宋以来，一人而已。"

浣溪沙

【原文】

莲漏三声烛半条，杏花微雨湿轻绡①。那将红豆寄无聊。

春色已看浓似酒,归期安得信如潮^②。离魂入夜倩谁招。

【注释】

①轻绡:一种透明而有花纹的丝织品。代指杏花的红色花朵。

②信如潮:即如信潮,信潮,定期而来的潮水。

【赏析】

这阕词,是以女子的口吻话离别之情。

词的上阕,着重写景,即景抒情。莲漏,又称浮漏,是宋代发明的一种计时器。"莲漏三声"点明词人容若正处在一个寂静的夜晚。在这个烛光微摇、略带寒意的夜间,寂寞的容若打开小窗,任那略带寒意的几许杏花春雨轻打自己的脸庞、发丝和那薄薄的绡衣,蓦然发现,寒食节已经近了。

寒食节将近而相思无计可消除—面对此情此景,刻骨的相思便如同春水一般袭来,紧紧萦绕在容若周围。痴心如斯,不由得心生感慨:"那将红豆寄无聊。"红豆是相思的象征,古代女子一般会采撷红豆遥寄思念,作者在这里运用对写法,虽明写爱人采撷红豆遥寄无聊,实则是为了突出词人在思念远

方的妻子,愈见思念之深。此时的纳兰心中所思念的女子会是谁呢?想必是那"生而婉娈"的娇妻卢氏吧。

词的下阕,从身旁的景物出发,即景抒情。在一派杏花春雨柔美的包裹

之中,容若不禁感慨:而今的春色,已然如同这香醇的美酒一般浓烈,让人沉醉。"已看"二字与"安得"相对比,春色愈浓,愈加体现出容若对于离家已久而归期不得的焦急与惆怅,对于远在故乡的卢氏的深切思念。

在这如酒如诗的春色里,远方的伊人于脑海中挥之不去,而遥远的归期却如同潮水一般可望而不可即。心念及此,容若不由得万般惆怅涌上心头,真是"此情无计可消除,才下眉头,却上心头"。那缠绵的情思如同一张晶莹而细致的网,将容若紧紧地裹住。良久,容若望着这深沉的夜色,知道唯有将这一腔无人可诉的思念寄托在寂寞的夜里,在梦里摆脱这无奈而甜蜜的思念,"离魂入夜",与卢氏,魂灵相依。

这首词运笔流畅如行云流水,描写爱情真挚缠绵,低回悠渺的情致渗透在字里行间,使读者不知不觉间已被他深深打动。

浣溪沙

【原文】

消息谁传到拒霜①?两行斜雁碧天长②,晚秋风景倍凄凉。
银蒜押帘人寂寂③,玉钗敲竹信茫茫④。黄花开也近重阳⑤。

【注释】

①拒霜:花名。木芙蓉的别称。冬凋夏茂,仲秋开花,耐寒不落,故名。

②斜雁:斜飞的雁群。碧天:青天,蓝色的天空。

③银蒜:银质蒜头形帘坠,用以压帘幕。

④玉钗:玉制的钗。由两股合成,燕形。

⑤黄花:菊花。重阳:节日名,古以九为阳数之极,九月九日故称"重九"或"重阳"。

【词评】

吴世昌《词林新话》云："此必有相知名菊者为此词所属意,惜其本事已不可考。"

【赏析】

"秋"这个意象是纳兰容若最常用的,几乎是仅次于"愁"。而这一意象的使用,往往也是和"愁"结合起来的,这是传统诗词的一大风格。可以说,纳兰容若的这首《浣溪沙》就是通过渲染"秋"来突出"愁"的,要表达的正是期待落空的愁思之情。

是谁把消息传来,说到秋日拒霜花开的时候就会回到我的身边?它开得如此繁盛了,它告诉我秋天已经如期而至了。长天一色,两行斜雁缓缓向南飞去,这晚秋的景致益发悲凉。

蒜头形制的帘坠压着帘子,寂寞闺中,有人独坐窗前。玉钗轻轻敲着燃烛,人生何其茫茫!今年菊花又开了,大抵重阳又近了罢?

这首词在意象使用上主要采用了渲染法,尤其是对"秋"的渲染。不知何时,思念的人在远方传来消息,说秋天会回到她的身边,所以秋就超出本身作为季节的含义了,秋成为相见的季节,成为期盼的季节。这词中渲染最多的便是"秋"。首先是"拒霜"花开了,然后"两行斜雁"翔"碧天",后更直接说"晚秋风景","黄花开"以及"近重阳",这些都在刻意点染季节。

除用渲染法表达情感外，词中还恰如其分地运用了点染法，对"闲"进行了很好的点染。"银蒜押帘人寂寂，玉钗敲竹信茫茫。黄花开也近重阳。"人寂寞凄凉，万事无心，百无聊赖，无尽空虚，尤其是"玉钗敲竹"一句，表现得何其空虚。词中通过渲染和点染的结合，表现出客观世界的"秋"以及浅层心理世界的"闲"，从而将深层次的"凄凉"表达出来。

吴世昌《词林新话》中说："此必有相知名菊者为此词所属意，惜其本事已不可考。"说纳兰容若有个互为知己的恋人，名字和菊有关系，这首词就是为了她而作的。但是这一推断不能得到考证。《纳兰容若词新释辑评》上说："既然本事无考，我们也不必非去计较对方究竟是谁，只把它当作一首爱情词去欣赏也就够了。"

浣溪沙

【原文】

雨歇梧桐泪乍收，遣怀翻自忆从头。摘花销恨旧风流。
帘影碧桃①人已去，屧痕②苍藓径空留。两眉何处月如钩？

【注释】

①碧桃:桃树的一种。花重瓣,不结实,供观赏和药用。一名千叶桃。

②屦痕:即鞋痕。

【赏析】

这首纳兰词,以全篇来看,应该是表达怀人之心,寄托相思之意的词作。

上阕写景,"雨歇梧桐泪乍收"把这雨打梧桐之景和离恨别情融在一个"泪"字上,做到了情景交融。泪为眼中雨,雨是天之泪。雨泪相对,纳兰以我观物,所看之物便皆着我之色彩,自然,在纳兰眼中梧桐也在为其伤心,漫天秋雨也只不过照示了他的宣泄。"泪乍收"语涉双关,一重理解是梧桐停止滴雨,就好像停止了流泪,如此则梧桐已然通了人性,自是脉脉含情;另一说则是词人听见秋雨暂歇而不再泫然流泪,如此一来,词人伤情,自然显露无遗。但不管作何种解释,词人的伤感在此作中却是不变的。

由此而来的"遣怀"二句也正点明了这种伤感之情。刚收泪眼,就过渡到回忆过往。"遣怀"二句正是承接上边造景时留下的余响加以推进的,此处词人感怀伤情,也自然与故人的一段美好往事有关,在这里,词人应指自己和昔日恋人一起度过的那段美好岁月。词人少年风流,伊人貌美如花,两人相偕,或吟诗作赋,或鼓瑟吹笙。相伴的日子一晃而过,昔日的甜蜜和浪漫随着时间的流逝都成了"旧风流",一个"旧"字顿时显出往事尘封的沧桑,这其中有词人的多少感慨。

下阕承接上阕"旧风流",笔触描写到眼前之景,一片空寂。

"帘影碧桃人已去,屧痕苍藓径空留",此句全然写景,影帘招招,桃依旧青涩,苍藓小径上,鞋痕犹在,人却不知何处去了,表达了好景不长的感慨和无限怅惘的情怀。"屧痕苍藓"表现的意象是伊人离去之后,足迹仍在,这也只能是词人心中所想,不是实景;"径空留"意即小路寂然,依旧在眼前斜陈。"空"并不是外在的虚无,而是内心的空虚,恍恍惚惚,不知所往。

自古以来物是人非、人去楼空都让人无限叹惋,而词人流露更多的是内心的寂寥和孤独。"两眉何处月如钩?"以眉代人,以月抒怀。正是月缺是思,月圆是念。

浣溪沙

西郊冯氏园看海棠,因忆《香严词》有感。

【原文】

谁道飘零不可怜,旧游时节好花天,断肠①人去自今年。

一片晕红②疑着雨,晚风吹掠鬓云偏。倩魂销尽夕阳前。

【注释】

①断肠:形容悲伤到极点。

②晕红:中心浓而四周渐淡的一团红色。这里指晕红的花朵。

【赏析】

纳兰容若这首词是重游伤感之作。词中"一片晕红疑着雨,晚风吹掠鬓云偏"两句,是对海棠的正面描写,使用了纳兰惯用的意象处理方法,也就是给美的意象增加悲剧元素,刻画了一丛楚楚可怜的海棠花:看这海棠凋落,又飘零,谁不会生发一种怜惜的爱意?遥想去年,相偕一同赏花,正是繁花时节好天气,而如今,那令我肝肠寸断的人,别我而去已经一年。

国学经典文库

纳兰容若全集

《纳兰词》鉴赏

图文珍藏版

海棠花有多种,历来是受文人喜爱的花木,因为它高雅淡然,味淡而近乎无味,色美而不觉妖艳,被誉为"花中神仙"。纳兰容若说"一片红晕疑着雨",看样子应该是指红海棠或白海棠。

唐玄宗曾将沉睡的杨贵妃比作海棠。当然也有张爱玲,她有三恨,"一恨鲥鱼多刺,二恨海棠无香,三恨红楼梦未完",足见她对海棠的倾心,只恨于她所爱的竟不能美到极致。苏东坡对于海棠的喜爱,也是尽人皆知的,"只恐夜深花睡去,故烧高烛照红妆"一句,便可见一斑。

下阕中,一片红晕的花朵,似乎沾上了雨点,那么催人心生爱怜,如我一般楚楚可怜。晚风吹起,天边云朵如鬓,随风飘去。伊人梦魂尽销,独立夕阳欲坠前。

龚鼎孳为当时名士,与钱谦益、吴伟业并称"江左三大家",他与纳容若相交甚厚。容若此时与友人故地重游,本是一件高兴的事,他却触景生情,想起龚鼎孳《香严词》中有"重来门巷,尽日飞红雨"的佳句,并由此想起当年游园时的情景,容若从昔日之景着笔,却将今日的悲欢离合寄寓其中。初读时，似感迷茫，再读时，境界尽出。

浣溪沙

【原文】

酒醒香销愁不胜，如何更向落花行。去年高摘斗轻盈。

夜雨几番销瘦了，繁华如梦总无凭[①]。人间何处问多情。

【注释】

①繁华：是实指繁茂的花事，也是繁盛事业的象征。无凭：无所凭借、无所依托。

【赏析】

文章看似怜花，实际借花写出了对故人的思念。

一夜酒醒之后却发现柔弱的花儿已经凋零，只剩下片片花瓣残留，回忆起这些花儿仍在枝头绽放时的美丽容颜，谁能料到眼前这番颓败之景？如何能迈步再去赏花，如何舍得踏上这娇嫩的身躯，再给他们沉重的破坏？

去年高摘斗轻盈：花儿已经凋零，逝去的美好不复返。只有回忆慢慢升起，顺

着血液在全身汩汩流淌，渐渐涌上心头。那悠远的场景缓缓出现，春红柳绿，听得到黄莺嘤咛，听得到笑声如铃，去年今日赏花时，高摘斗轻盈。一起攀上枝头摘取花儿，比赛谁的身姿更加轻盈，一路笑语不断，惊起一片飞鸟。伊人如画美如梅。当时只道是寻常，而今阴阳相隔，只能花下落泪，睹物思人，两处销魂！

"夜雨几番销瘦了，繁华如梦总无凭。"风吹雨打，花儿怎禁得起如此，往日枝头的熙熙攘攘如烟如雾、如画如卷、如梦一场消逝了，不可依托。残留的花瓣无言地展示着时间的无情，繁华亦如此，不过是梦一场，不过是过眼云烟。欲借酒消愁，却愁更愁，醒来不过是更残忍的世界，绵绵阴雨带来的压抑加重了内心的孤寂，屋檐的水珠滴滴敲在心上。

　　纳兰出身贵族，超凡脱俗，才华横溢，宦海生涯平步青云，在别人眼里一切都是值得羡慕的，但是谁能了解他的天性，对仕途的不屑，对功名的厌倦，对友情的追寻，对爱情的坚守，这些堆积在内心深处无处诉说的话渐渐形成一层层厚厚的锈迹，一颗玲珑剔透的心充满了斑斑伤痕。

　　醉时的梦幻、酒后的残酷，往往令人唏嘘不已。夕阳渐渐爬上墙头，时光易逝，红颜老去，只留一地余香借以缅怀，内心的孤寂只能独自品尝，何处问多情？

　　浣溪沙，淘尽了英雄红颜，只留下千载的孤寂与相思。

浣溪沙

【原文】

欲问江梅①瘦几分,只看愁损翠罗裙②。麝篝衾冷惜余熏③。

可耐④暮寒长倚竹,便教⑤春好不开门。枇杷花底校书人。

【注释】

①江梅:江边的梅树。

②愁损:忧伤。翠罗裙:绿色的丝裙。

③麝篝:燃烧麝香的熏笼。余熏:犹余香。

④可耐:同"可奈",无可奈何。

⑤便教:即使、纵然。

【赏析】

想要问问江边的梅花,冷风中你又清瘦了几分? 只看得罗裙也憔悴。熏笼中燃香殆灭,只余下些许残香,衣襟渐凉,哪能忍受这暮色寒风里倚门而立? 即便是盛春中,心中如此凄凉,又有何心情启门游目。枇杷花下,她紧闭闺门,唯索书强读。

全词在情感的表达上呈现一种宛转而含蓄的风格。第一句"欲问江梅瘦几分",明显并非发问,只是想发一番牢骚以解心中愁绪,可紧接着情思上却突转,淡淡地说了声"只看愁损翠罗裙",只是让人看看罢了,并未大发牢骚。下片的"可耐暮寒长倚竹",是将自己的孤单寂寥说出来了;而紧接着的句子却是"便教春好不开门",自己却将自己锁在闺房,独自承受痛苦。词中情感主体的性格特征明显表现得十分复杂,我们可以说她优柔寡断,但正因为这样，她的性格才更迷人，让读者读来才会感同身受。

纳兰容若在这首词中借用了薛涛的典故来凸显自己的寂寞寥落之情。薛涛是唐代著名的女诗人，家道中落后成为一名乐伎。她才情出众，其诗以清词丽句见长，与著名诗人元稹、白居易、张籍、王建、刘禹锡、杜牧、张祜等人都有唱酬交往。当时的中书令韦皋听说了薛涛的才华，对她十分赏识，并准备提名她为校书郎，但是受到护军阻挠，只好作罢。而她"女校书"的名号却被叫响。又因为薛涛家门前有几棵枇杷树，韦皋就用"枇杷花下"来描述她的住地，从此"枇杷巷"也成了妓家之雅称。

后来，由于薛涛几经沉浮，与元稹的爱情也受到打击，于是暮年的薛涛索性穿起道袍，闭门索居，建吟诗楼于碧鸡坊，在清幽的生活中度过晚年，不再参与诗酒花韵之事。

纳兰容若结句用了薛涛典故，婉转曲折地将一种今古之悲轻轻道出，方寸感伤，却油然而生。

浣溪沙

国学经典文库

纳兰容若全集

《纳兰词》鉴赏

图文珍藏版

【原文】

五月江南麦已稀,黄梅①时节雨霏微②。闲看燕子教雏飞。

一水浓阴如霉画③,数峰无恙又晴晖。溅裙④谁独上渔矶⑤。

【注释】

①黄梅:春末夏初梅子黄熟的一段时期,这段时期我国长江中下游地区连续下雨,空气潮湿,衣物等容易发霉。也叫黄梅天。

②霏微:雾气、细雨等弥漫的样子。

③霉画:色彩鲜明的绘画。多用以形容自然景物或建筑物等的艳丽多姿。

④溅裙:古代的一种风俗,旧俗于农历正月元日至月晦,士女酹酒洗衣于水边,以避灾度厄。这里指水边的美丽女子。

⑤渔矶:可供垂钓的水边岩石。

【赏析】

提到纳兰容若,无可避免地谈及他显赫的家世、悲戚的情史,以及他英年早逝的遗憾。如果有一天,当所有明艳的光环、绯色的传闻散去,余下的纳兰,应是一位最率真的诗人,吟游江南、纵马边陲。

五月,水墨江南里,青葱的小麦稀疏错落于阡陌,恰逢黄梅雨时节。"五月江南麦已稀,黄梅时节雨霏微",雨丝簌簌地飘落下来,再有一份闲心静坐,看屋檐下的雏燕恰恰学飞,扇动着稚嫩的翅膀,即"闲看燕子教雏飞"。

烟波流水就像浓墨泼出来的山水画,山峦静谧,隐隐透露出雨过天晴的阳光,正所谓"一水浓阴如罨画,数峰无恙又晴晖"。水边布衣女子赤脚踩上渔矶石,木槌轻举,捣衣声寂静回响在这田园之中,一句"湔裙谁独上渔矶"结尾,余音怅惘,回味无穷。

容若如此婉婉道来,一幅泼墨山水田园画便缓缓铺展在眼前,让人沉醉其中,身心轻盈,浮想联翩。颜色浓处,是云青青兮欲雨,墨色淡处,是水澹澹兮生烟。这样一幅安静的国画,却遇见了"湔裙谁独上渔矶",捣衣女瞬间点碎了安静,使画面变得生动明晰起来,又添了几分彩墨的跳跃。"湔裙"指古代的一种风俗,旧俗于农历正月元日至月晦,士女醉酒洗衣于水边,以避灾度厄。

这首词读来有《诗经》的淡雅之趣,所阐述之事也颇具田园民风,原来生命所需要抵达的从来不是功名利禄、名誉万世,而仅仅是内心的平和与安定。纳兰用他的笔触告诉人们,尘间的确是有这样的地方的。

浣溪沙

咏五更,和湘真韵①

【原文】

微晕娇花湿欲流,簟纹灯影一生愁②。梦回疑在远山楼。
残月暗窥金屈戌③,软风徐荡玉帘钩④。待听邻女唤梳头。

国学经典文库

纳兰容若全集

《纳兰词》鉴赏

图文珍藏版

【注释】

①湘真:即陈子龙。陈子龙,字人中、卧子,号大樽、轶符,松江华亭人。明末几社领袖,因抗清被俘,宁死不屈,投水殉难。有《湘真阁存稿》一卷。本篇作者所和之词为陈子龙的《浣溪沙·五更》:"半枕轻寒泪暗流,愁时如梦梦悠悠。角声初到小红楼。风动残灯摇绣幕,花笼微月淡帘钩,陡然旧恨上心头。"

②簟纹:席纹。灯影:物体在灯光下的投影,此处指人影。

③屈戍:门窗等物上所钉的铜制钮环,上边可扣"了吊",还可以再加锁。此处指闺房。

④软风:和风。玉帘钩:帘钩的美称。

【赏析】

这首词将自己比喻成独守闺房的女子,那种幽怨与缠绵在这首词里面一览无余,形象生动地表达出自己的思念、无聊和心中怀有大志却不能报效国家的忧伤心情。

词的上阕描写了女子在五更时候醒来,天色微明如晕,眼角还有着昨夜的泪痕,思念之泪,就算梦中,也不曾停止过流落,显然是一夜失眠。"微晕娇花湿欲流"中的"湿"字应该是指泪水,仿佛随时都会如泉涌出。

暗淡的灯影映照着竹席的纹路,就像思念的情思缕缕,像女子一生"剪不断,理还乱"的愁绪,竹席冰凉,灯影凄迷,无限感伤。"簟纹灯影一生愁"里的"簟"指竹席,用在这里便指代人影。夜里,她"梦回疑在远山楼",梦见了那座远山的小楼,这个"小楼"是虚指,指代一个思念、等待、眺望心爱之人的地方。

那遥远的山楼就如自己的梦想与远大抱负,明明就在自己的面前,却异常缥缈

遥远,似乎伸出手就可以触碰得到,可是当自己伸出手的时候却发现原来一切都只是梦一场。词人引用这个梦境很明显是在强化自己胸怀大志,却无力施展抱负的那种哀伤。这是因为梦中的远山楼,更加强化了他心中的等待,期盼之情如此强烈与无奈。

词的下阕写天亮之后的慵懒无聊,"残月暗窥金屈戌",寂寞冷清时候,只有那一弯微明的月亮,冰寒地照进了她的闺房,月光也暗淡如纱,没有光泽。金屈戌乃门或窗上的铜制环钮、搭扣,用来代指闺房,之所以用它代指闺房,是为了词的音韵考虑,没有实际意义。

伊人掀开帘子,露出甜蜜的笑颜,伸手相拥的温存,"软风徐荡玉帘钩",突然听见邻居的女子叫喊着梳头的事儿,"待听邻女唤梳头",从而打破了这一宁静。这一句最有艺术魅力,从邻女的早起梳头来反衬她自己慵懒地躺在床上的无聊,此外,把女子从思念的怀想中拉回了现实,举重若轻之笔。纳兰容若的词总是在不经意间就表达出自己的感情,看似如潺潺流

国学经典文库

纳兰容若全集

《纳兰词》鉴赏

图文珍藏版

水,却意义悠远,在轻描淡写之间风轻云淡地将自己的内心情感展露无遗。

读完此词,我们知道纳兰之意并非思念,而在于抒发自己的无聊与无奈的情感。

浣溪沙

【原文】

容易浓香近画屏①,繁枝②影著半窗横。风波③狭路④倍怜卿。

未接语言犹怅望⑤,才通商略⑥已懵腾⑦。只嫌今夜月偏明。

【注释】

①画屏:绘有彩色图画的屏风。

②繁枝:繁茂的树枝。

③风波:比喻纠纷或乱子。

④狭路:窄小的路。

⑤怅望:惆怅地看望或想望。

⑥商略:商讨、交谈。

⑦懵腾:形容模糊,神志不清。

【赏析】

这首《浣溪沙》为爱情词,与大多数纳兰词的冷清凄迷不同,此首词主要描绘恋人初逢的场景,细腻柔婉,缠绵悱恻。

上片前两句写景,"浓香""画屏""繁枝",后一句由景转到人,写的是男子看到恋人时微妙的心理变化。"容易浓香近画屏,繁枝影着半窗横",画屏逶迤,浓香扑鼻,树影横斜。窗半开着,女子露出头来。"风波狭路倍怜卿",这一句是说两人相逢的场面,微风过处,杏花微雨,不禁让窗后的人对急切赶来的人更生怜爱。此处,容若并没有对女子的容貌进行描写,而是通过描写周围的景物,营造一种神秘感。窗后的女子,该是宝钗笼髻,红棉朱粉,或轻颦,或浅笑,或娇嗔,可谓梨花一枝春带雨,薄妆浅黛总相宜,如此那般,不可方物。

下片紧接上片,对相逢场景进行描绘。"未接语言犹怅望",可以想象是女子从树影中看见我已经到来,轻声唤我。或者两人是太久没有见面了,或者沉迷在这幅美丽的图画中不能自拔,忘记了怎么说话,要说什么话,只是呆呆地望着。"才通商略已蔷腾",我们才刚刚开始交谈,容若就已经沉迷陶醉,忘乎所以了。

末句"只嫌今夜月偏明",将描写的视角由叙事转到场景上。"月偏明",月亮稍稍亮了一点,月亮偏偏是亮的。这小小的抱怨,让容若内心深处的欢心喜悦更加暴露无遗。但正是因为月明,才需要更加小心,这又造成了容若内心提心吊胆的情绪。心理的几重复杂,生动传神。

浣溪沙

【原文】

十八年来堕世间,吹花嚼蕊弄冰弦。多情情寄阿谁①边。

紫玉②钗斜灯影背,红绵粉冷枕函偏。相看好处却无言。

【注释】

①阿谁:谁,这里指自己。

②紫玉:紫色的宝玉,古人以为祥瑞之物。

【赏析】

这首词主要描写的是一对夫妇的新婚画面。

此词首句"十八年来堕世间,吹花嚼蕊弄冰弦"是说,悠悠岁月,似水流年,转眼间,又十八载,如今,"我"已是翩翩少年。"吹花嚼蕊"本是吹奏、歌唱之意,这里引申为反复推敲声律、辞藻。"我"时常穿梭在花丛中,享受自然的熏陶,不时折取令人爱怜的绿叶,卷成曲状,放至嘴边吹拂,一曲仿佛天籁,响彻耳际。可是,"多情情寄阿谁边",人渐长,情渐多,多情的我已不再满足这山花、丝竹,那么,这浓情该寄送给何人呢?

下阕，写新婚之夜最是动人。"紫玉钗斜灯影背"，玉人端坐红烛后，端庄娴静，娇小苗条的身影映在淡红中，令人神往。斜镶在发髻上的紫玉钗，散着紫气，好不动人。沙漏细滴，烛身渐短，夜已深了，玉人和我双双躺下了。

"红绵粉冷枕函偏"，红绵纤细柔软，似粉般。然而多时的端坐，早已让红绵凉如清水。温热的肌肤触着这红绵，突觉有阵阵凉意袭来，所以，匣状的枕头也被弄得歪歪斜斜。尽管这般，双双卧床的我及玉人，在红影中"相看好处却无言"，相互凝视着娇媚俊貌，竟没有一句呢喃细语。

这首词上阕与下阕情感表达流畅，上阕"多情情寄阿谁边"既出，下阕即是新婚之夜，中间部分环节虽简略，却刺激读者发挥想象，令人回味无穷。

浣溪沙①

【原文】

锦样年华水样流②，鲛珠迸落更难收③，病余常是怯梳头④。
一径绿云修竹怨⑤，半窗红日落花愁，恹恹只是下帘钩⑥。

【注释】

①这首词描写闺中女子无聊的生活和幽怨的心境。

国学经典文库

纳兰容若全集

《纳兰词》鉴赏

图文珍藏版

549

②锦样年华:锦瑟般的年华。李商隐《锦瑟》诗:"锦瑟无端五十弦,一弦一柱思华年。"此指青春年华。

③鲛珠:泪珠。干宝《搜神记》:"南海之外有鲛人,水居如鱼,不废织绩,其眼泣则能出珠。"

④"病余"句:谓病后多脱发,故怕梳头。

⑤绿云:喻竹叶茂盛。修:长。

⑥惜惜:柔弱貌。

【赏析】

纳兰词万语千言总不外乎一个"情"字。柔情一缕,九转回肠,凄婉处令人不忍卒读。

这曲《浣溪沙》,第一句便杀伤力十足。"锦样年华水样流","锦样年华"说的是年华如锦缎一样绚烂,无限美好,却无奈流逝得太快。更要命的是,当你处在锦样年华这个阶段的时候,并不觉得这有什么珍贵的。只有当时光荏苒年华老去,忽然回忆起来,才体会到往昔青春的难能可贵。

"鲛珠迸落更难收",是说哭得止不住眼泪。"鲛珠"是眼泪的雅称,将这两句连起来看,便是,美好年华像水一样流逝得太快,每每想起便哭得止不住。

词到下阕便开始转换视角,"一径绿云修竹怨,半窗红日落花愁"构成对仗,说少女窗外的景象,有一条小径、一片竹林、半窗落日、点点落花。词人借着女主角的眼睛,看到小径上绿竹如云,只觉得那如云的尽是怨念,看到半窗落日映衬着落花,那飘扬的尽是愁绪。尤其是,风景年年不变,青春却一年年地耗过去了,心里便越发凄楚。

末句"惜惜"一词是柔弱、忧郁的意思,"惜惜只是下帘钩"是描画词中女子怏怏地放下帘钩,关上窗子,想要把"一径绿云修竹怨,半窗红日落花愁"统统隔在窗外。这又是一个巧妙的修辞：前边说绿云修竹是怨，红日落花是愁，于是想用关窗的办法把这些愁都给隔开，可再怎么琢磨，都有种"抽刀断水水更流，举杯消愁愁更愁"的意味在这里。

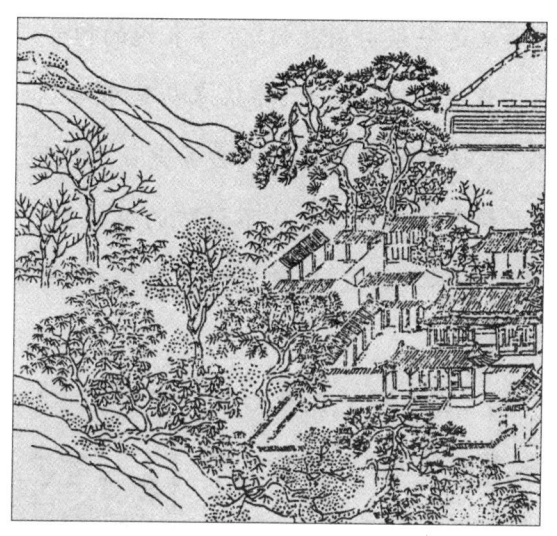

这首词算不上是纳兰词里的一流作品，但"锦样年华水样流"却的的确确是一个千古伤心人可以与之共鸣的句子。老去的人缅怀青春，青春的人惧怕老去，这不是一时一地的感觉，而是人类永恒的无奈与悲伤。

浣溪沙

【原文】

肯把离情容易看，要从容易见艰难。难抛往事一般般①。
今夜灯前形共影，枕函虚置翠衾②单。更无人与共春寒③。

【注释】

①一般般：一样样、一件件。

②翠衾：即翠被。

③春寒：春季寒冷的气候。

【赏析】

纳兰的悼亡词自是千古独绝的，少有人能及得上他的哀伤。这首《浣溪沙》则又是一纸句句愁情、字字哀婉的悼亡。

"肯把离情容易看，要从容易见艰难"，词人说得直白，旧时隋怀若能说忘便忘，这世间不知道要减去多少百结愁肠，即使几番平和了心态去面对过往，也经不住点滴回忆从不设防的缝隙里一路叫嚣而来。而所有离别情绪中最令人不堪忍受的，便是生死之隔；所有陈年过往中最折磨人的，便是对亡者的记忆。

纳兰在妻子卢氏死后虽然没有追随而去，以后的生命里也有过别的女人，但他的伤痛和寂寞，却没有得到一丝一毫的减少。"难抛往事一般般"，细碎的往事一件又一件，想要抛开实在太难。

"今夜灯前形共影，枕函虚置翠衾单"，话说到这已是字中带泪，词人仿佛做了一场短暂的梦，醒来之后，世界已经不是原来的样子，孤窗明月，寂寂书案，冰冷而难耐。他知道，从此以后再也没有妻子为他殷勤问暖，深夜挑灯，再也没有罗香偎人，盈盈笑语，牵挂他在外的脚步。

今夜，灯光满满，记忆满满，屋里却是空空的——妻子已经死了——"更无人与共春寒"，如花美眷，已作尘土，风雨消磨生死别，要他如何熬过那些枯竹冷雨的不眠长夜，如何面对孤灯明灭的客里茕茕？

这首小令将悼亡的情绪在夜晚灯火的映照下肆意铺张，在寥寥言语间蜿蜒流转，或许，纳兰的悲剧不在于卢氏的死亡，也不在于卢氏死亡所带来的悲伤，而在于卢氏死亡后他心灵无法摆脱的幻灭状态。字面上心死如灰的背后,是纳兰的迷惘。

浣溪沙

古北口①

【原文】

杨柳千条送马蹄,北来征雁旧南飞。客中谁与换春衣②
终古闲情归落照③,一春幽梦逐游丝④,信回刚道别多时。

【注释】

①古北口:长城隘口之一。在北京市密云县东北,为古代军事要地。

②春衣:春季穿的衣服。

③终古:往昔,自古以来。落照:落日的余晖。

④幽梦:隐约的梦境。游丝:飘荡在空中的蜘蛛丝。

【赏析】

纳兰容若身为皇帝侍卫,深受康熙喜爱。尽管如此,一次次的扈从远行却让纳兰感到十分厌倦。这种倦怠之情每每在其诗词中都有所体现。这首词写的正是词人扈从远行的事情,是纳兰词中为数不多的塞北词之一。

上片中写出了此次出行的经过,重点写景。"杨柳千条送马蹄,北来征雁旧南飞",首句交代此次扈从的前后时间,春天出发,夏天还没到,在杨柳依依的时节,词人骑着骏马踏上了扈从之路。秋天回京,在春天北来的大雁如今依旧向南飞去,此句可能语带双关,即也指康熙一行仲夏北上,如今向南返归。这一来一回就是一春一秋,其间所受之苦谁人能知?接着是一句反问"客中谁与换春衣",道出心中一片辛酸。只身在外,已经换了季节,身

国学经典文库

纳兰容若全集

《纳兰词》鉴赏

图文珍藏版

上还是春天的衣服,哪能像在家里一样,有人更换衣服。

下片则着重于抒情,开头通过落照、游丝把心中苦闷之情跃然于纸上,即"终古闲情归落照,一春幽梦逐游丝"。我只好把自己的闲情逸致寄托在落日的余晖上,梦境中,竟然隐隐约约追逐飘荡在空中的蜘蛛丝。这是作者对自己常年忙于侍卫职

责,在消磨青春时光的扈从出巡中难得自由的慨叹,当然也流露出其对这种生活的厌倦,只能通过自然之景消磨时光。

纳兰容若生命的一大部分完全迷失在苦闷中,我们可以说,他是一个不称职的侍卫,却是一个中国词坛上难得的词人。

【词人逸事】

纳兰容若身为皇帝侍卫,深受康熙喜爱,"上(皇帝)有指挥,未尝不在侧……上之幸海子,沙河、西山汤泉及畿辅五台、口外直京、乌剌,及登东岳,幸阙里,省江南,未尝不从"。单单是古北口一处,就曾多次护驾经过,如康熙十六年十月,扈驾赴汤泉;康熙二十一年二月至五月,扈驾巡视盛京、乌喇等地;康熙二十二年六月、七月,奉太皇太后出古北口避暑;康熙二十三年五月至八月,出古北口避暑等。

康熙爱读纳兰容若的诗词,经常赏赐给他金牌、佩刀、字帖等礼物:"先后赐金牌、彩缎,上尊御馔、袍帽、鞍马、弧矢、字帖、佩刀、香扇之属甚伙。中岁万寿节,上亲书唐贾至《早朝》七言律诗赐之。月余今赋干清门应制诗,

译御制《松赋》，皆称旨。于是外庭金言，上知其有文武才，且迁擢矣。"清代文坛，纳兰容若算是一个拿到了"金牌"的诗人，这些足见康熙对他的荣宠。然而一次次的护驾远行，自己身为护卫壮志难酬的尴尬身份，已经使他厌倦了这种生活，因而每每在诗词中有所体现。

浣溪沙

庚申除夜①

【原文】

收取闲心冷处浓②，舞裙犹忆柘枝红③。谁家刻烛待春风④。

竹叶樽空翻采燕⑤，九枝灯烬颤金虫⑥。风流端合倚天公⑦。

【注释】

①庚申除夜：即康熙十九年除夕。

②收取闲心：谓约束心思。

③柘枝，即柘枝舞。柘枝舞是中亚一带的民间舞，伴奏音乐以鼓为主，间有歌唱、舞姿美妙、表情动人。此舞唐代由西域传入内地。

④刻烛：古人刻度数于烛，烧以计时。

⑤竹叶：酒名，即竹叶青，亦泛指美酒。采燕：旧俗，立春日剪彩绸为燕

⑥九枝灯:古灯名,一干九枝的烛灯。灺:熄灭。金虫:比喻灯花。

⑦端合:应当、应该。天公:天,以天拟人,故称,即老天爷。

【赏析】

这是一首词写的是除夕之日贵族家守岁的场景。

片首一句"收取闲心冷处浓",意为在寒冷的除夕夜里把浓郁的闲情收起,作者回忆起了当年守岁的场景。"舞裙犹忆柘枝红",意为那柘枝舞女的红裙多么令人怀念啊。这两句看似是回忆,却也道出了作者在除夕夜的一种怀念往昔生活的心情。

纳兰容若是个怀旧的人,他对旧的事物有一种天生的敏感和眷恋,所以才会在除夕之夜写到自己当年观看柘枝舞的情形。"谁家刻烛待春风",这里的"谁家"其实指的就是纳兰容若自己家。这句是说,当年自己常常会在除夕夜里用蜡烛刻出痕迹,来等待新春的到来。这本是一件极为普通的事,但被纳兰在词中提起,可见,他对曾经的家庭生活有多么眷恋。

下片"竹叶樽空翻彩燕,九枝灯灺颤金虫"是说青竹酒已经喝尽了,大家都在头上戴着彩绸做成的燕子来欢庆新年的到来;灯烛已经熄灭了,而剩下的灯花仿佛一条条颤动的金虫。这两句用酒杯、彩燕和灯几种意象来衬托除夕夜的热闹,反映出整个除夕夜的欢腾的情景。这两句还是对仗句。"竹叶樽"对"九枝灯","空"对"灺","翻彩燕"对"颤金虫",很是工整,这些丰满的意象让人非常明了地感觉到了除夕的喜庆气氛。

末句"风流端合倚天公"是说风流是自然形成的,而不是人力所能达到的。这句也表明了纳兰容若对当年逍遥自在生活的无限回忆。

通篇来看,这首词写的是纳兰容若对往年除夕的回忆,词中着力描写了柘枝舞和舞女的美妙风流,也深深地表达了自己的怀念之情。

浣溪沙

红桥①怀古,和王阮亭②韵

【原文】

无恙年年汴水③流。一声水调④短亭⑤秋。旧时明月照扬州。

曾是长堤⑥牵锦缆⑦,绿杨清瘦至今愁。玉钩斜⑧路近迷楼。

【注释】

①红桥:桥名,在今江苏扬州,明崇祯时建,为扬州游览胜地之一。

②王阮亭:王士禛,字子真,一字阮亭,又号渔洋山人,山东新城人。少时多填词,有《衍波词》。

③汴水:古河名,即汴河。发源于荥阳大周山洛口,经中牟北五里的官渡,从"利泽水门"和"大通水门"流入里城,横贯今之后河街、州桥街、袁宅街、胭脂河街一带,折而东南经"上善水门"流出外城。过陈留、杞县,与泗水、淮河汇集。

④水调:曲调名,传为隋炀帝时,开汴渠成,遂作《水调歌》,唐代将它演变为大曲。

⑤短亭:旧时城外大道旁,五里设短亭,十里设长亭,为行人休憩或送行饯别之所。

⑥长堤：指隋堤。隋炀帝时沿通济渠、邗沟河岸修筑的御道，道旁植杨柳，后人谓之隋堤。

⑦锦缆：锦制的缆绳，精美的缆绳。唐颜师古《大业拾遗记》谓隋炀帝"至汴，帝御龙舟，萧妃乘凤舸，锦帆彩缆，穷极侈靡。……每舟择

妙丽长白女子千人执雕板镂金楫，号为殿脚女。锦帆过处，香闻十里。"后以此典喻指帝王穷奢极欲。

⑧玉钩斜：隋代埋葬宫女的墓地。《陈无己诗话》："广陵亦有戏马台下路号玉钩斜。"迷楼：隋炀帝所建楼名。故址在今江苏扬州西北郊。《古今诗话》云："帝幸之，曰：'使真仙游此，亦当自迷。'乃名迷楼。"

【赏析】

"烟花三月"的扬州，素来是文人墨客的汇聚地。康熙二十三年（公元1684年），纳兰容若扈从巡幸江南抵达这里，为和王阮亭在康熙元年（公元1661年）作的一首《浣溪沙》而作此词。

王阮亭的词是针对隋炀帝挖凿汴渠所作，全词如下：

浣溪沙·红桥

北郭清溪一带流，红桥风物眼中秋，绿杨城郭是扬州。

西望雷塘何处是？香魂零落使人愁，淡烟芳草旧迷楼，

隋炀帝为开通运河，征集了大量的劳力，同时也拆散了无数的家庭。身处扬州这座古城，纳兰不禁有感而发："无羌年年汴水流。一声《水调》短亭

秋。旧时明月照扬州。"绵延不绝的汴水似乎仍是隋时的样子,一声声《水调》,长亭又短亭,千年倏忽无尽。明月的清辉仿佛也是旧时的,默默地笼罩着扬州这座古城。

"曾是长堤牵锦缆,绿杨清瘦至今愁。玉钩斜路近迷楼。"隋堤上的杨柳曾系过华美的锦制缆绳,却因此清瘦不堪,至今愁苦难言。那埋葬着宫女的"玉钩斜"就在"迷楼"旁,看来,生死富贵,皆作尘土。末尾那句"玉钩斜路近迷楼"在使用对比突出上,与杜甫的"朱门酒肉臭,路有冻死骨"有异曲同工之妙,强烈的对比真是触目惊心。

词的上阕是诉"生离",到了下阕则开始叹"死别",整首词"婉而多讽"。

【词人逸事】

这首词作于康熙二十三年(1684)十月,是纳兰容若扈驾巡幸江南抵达扬州之时所作。为和王士禛的《浣溪沙》而作。

修禊是古代的一种民俗,于农历三月上旬的巳日(三国魏以后始固定为三月初三)到水边嬉戏,以祓除不祥。清代著名诗人王士禛开启了清代红桥修禊的先河,他在扬州任推官期间,"昼了公事,夜接词人","与诸名士游无虚日"。他去世后,扬州百姓将他和宋代欧阳修、苏

轼并列,建"三贤祠"纪念。康熙元年春,王士禛主持红桥修禊,作《浣溪沙》3首,其中广为流传的名句有:"北郭清溪一带流,红桥风物眼中秋,绿杨城

郭是扬州。"众人皆和韵作诗,一时传为佳话。纳兰容若这首词正是为和此词而作。

康熙三年(1664)春,王士祯再次与诸名士修禊于红桥,王士祯作《冶春绝句》20首,其中"红桥飞跨水当中,一字栏杆九曲红。日午画船桥下过,衣香人影太匆匆"一首脍炙人口,唱和者甚众,一时形成"江楼齐唱《冶春》词"的空前盛况,大有王羲之兰亭雅会之势。王士祯后将这些诗词编成《红桥唱和集》3卷。时至今日,王士祯留下的《绿杨城郭》《冶春》这两首佳词,仍为扬州人传唱不衰。

浣溪沙

郊游联句

【原文】

出郭寻春春已阑(陈维崧),东风吹面不成寒(秦松龄),青村几曲到西山(严绳孙)。

并马未须愁路远(姜宸英),看花且莫放杯闲(朱彝尊),人生别易会常难(纳兰容若)。

【赏析】

这首词是纳兰与友人合谱之作,写在北京西郊的春游:出城来踏春,没想到春天已经尽了。东风吹在脸上已经没有一丝凉意,山路弯弯曲曲折折通往西山。停下马来不要担心路途遥远,且看山花烂漫莫忘举杯畅饮,只是人生分别容易,重聚却很难。

【词人逸事】

纳兰容若没有门第观念,为人四海,与僧道、艺人、失第举子、落职官宦均有交游,乐善好施。他与江南很多文明词友成为莫逆之交,相互切磋学问,砥砺志节;自己的才情也得到他们认同,使一位满洲贵公子在上层社会中超凡脱俗。纳兰仗义助友的事迹也是不胜枚举。这首词的几住作者个个与纳兰交情深厚,无锡人秦松龄因奏销案被斥革十余年,纳兰容若荐举博学鸿词开科录取一等;浙西词派创始人朱彝尊与纳兰容

若也是交谊终生,阳羡词派领袖宜兴人陈维崧曾填《贺新郎·赠成容若》有"昨夜知音才握手"的感佩之言;还有姜宸英和严绳孙与纳兰容若更是莫逆之交。

霜天晓角

【原文】

重来对酒①,折尽风前柳。若问看花情绪②,似当日,怎能够。

休为西风瘦,痛饮③频搔首④。自古青蝇白璧⑤,天已早、安排就。

【注释】

①对酒:面对着酒。

②情绪:心情,心境。

③痛饮:尽情地喝酒。

④搔首：以手搔头，焦急或有所思貌。

⑤青蝇白璧：比喻谗人陷害忠良。唐陈子昂《宴胡楚真禁所》诗："青蝇一相点，白璧遂成冤。"青蝇，苍蝇，蝇色黑，故称。白璧，平圆形而中有孔的白玉。

【赏析】

人间四月天。你们又一次举起别离的酒杯。丝丝杨柳，丝丝话语，不能作别。

想当年，壮志凌云，逸兴遄飞，书生意气，挥斥方遒。那是少年的梦，那是侠客的情，令人魂牵梦绕。如今。同样是饮酒赏花。你却问，当时绽若烟花的菊，为何此刻却含苞如彼此指尖上沉重的心事？

西风北客两飘零。还是痛饮美酒吧。毕竟，人生如水泄平地，各自东南西北流。毕竟，自古以来，宵小之人，妒人娥眉，月明多被云妨。

这首词像是与友人共酌而抒发的感慨。

上阕说重又对酒作别，而此时的心境与当日大不一样，颇蓄惜别之情。"重来对酒，折尽风前柳"是说把酒话别。此处"对酒"与曹操《短歌行》中"对酒当歌，人生几何"以及柳永《蝶恋花》"拟把疏狂图一醉，对酒当歌，强乐还无味"二者中的"对酒"颇不相同。曹操语出慷慨，"对酒"表示及时行乐；柳永语出缠绵，"对酒"表示不胜春愁。纳兰对酒，只为送别，"劝君更尽一杯酒，西出阳关无故人"，是谓也。"折尽风前柳"是用折柳送别的旧典。汉代都城长安东门外的灞桥柳色如烟，都城人们送别亲友至灞桥而止，折柳枝为赠。此后折柳赠别成为我国民俗，故南朝范云诗有"春风柳线长，送郎上河桥"之句。而一个"尽"字，写出了词人的深情——似乎只有折完风前细柳才能显示出他对友人的惜别之情。离别总是黯然销魂，也总能勾起千般感触、万种思量涌上心头。于是就有接下的"若问看花情绪，似当日、怎能縠"。这三句是说别情之外的心绪。饮酒赏花，当为人生快事，只是情绪低落，怎是以前所能相比？想当年少年意气，何等壮志。可如今，只有一声长叹。至此，上阕的情感基调已经由伤别转入对世事人生的感叹，词遂进入下阕。

"休为西风瘦，痛饮频搔首"。这是词人慰己慰友之辞。因为上阕里追忆往事，感慨万千，心潮汹涌而不能自持，所以词人就劝慰到，还是少叹于西风古道这些扫兴之事了，毕竟相聚不易，还是赶紧痛饮美酒吧。最后三句，"自古青蝇白璧，天已早、安排就。""青绳白璧"，语出陈子昂《宴胡楚真禁所》"人生固有命，天道信无言。青蝇一相点，白璧遂成冤"，词人用此典，意谓自古英雄没有几个可酬壮志，给青蝇一点便成败物，我们又何多愁如此，既然上天早已安排好，就无须多言，且饮酒为乐吧。出句貌似洒脱，实大有不平之鸣，然劝慰之意殷殷，彰显出对友人的一片深情。

菩萨蛮

【原文】

黄云紫塞三千里①，女墙西畔啼乌起②。落日万山寒，萧萧猎马还③。笳声听不得④，入夜空城黑。秋梦不归家，残灯落碎花⑤。

国学经典文库

纳兰容若全集

《纳兰词》鉴赏

图文珍藏版

【注释】

①黄云:边塞之云,塞外沙漠地区黄沙飞扬,天空常呈黄色,故称。紫塞:指北方边塞。

②女墙:女儿墙在古代时叫"女墙",包含着窥视之义,是仿照女子"睥睨"之形态,在城墙上筑起的墙垛,所以后来便演变成一种建筑专用术语,特指房屋外墙高出屋面的矮墙。

③猎马:打猎人所乘的马。

④笳声:胡笳吹奏的曲调,亦指边地之声。

⑤碎花:喻指灯花。

【赏析】

这是一首在边塞时写的词,词人身处边塞,离家千里,油然而生思乡之情。

边塞狂飙横扫,黄沙漫天,这北方的大漠,千里无垠,一望无际,西边城墙上,一只孤独的乌鸦一声促啼响起,惊起我的无限感伤。夕阳渐渐落下,满目绵延的山川渐生寒意,烈马萧萧长鸣,一骑独归来。

胡笳一声声传来,催人泪下,不忍卒听。黑色渐渐笼罩下来,边塞马上就要进入漫漫长夜。离乡千里之外,即便在秋梦中也不能回到家乡。孤灯已点上,灯花如泪,簌簌落下。

因为边塞诗词的创作在环境上比其他风格的诗词具有更为开阔的视野和感染力，所以在心理情感上则更显直白性和狂放感。纳兰容若的边塞诗与前人相比，最大的特点就在于情感上更加细腻委婉，曲折有致，这也和他忧郁的性格特点不无关系。

菩萨蛮

【原文】

隔花才歇帘纤雨①，一声弹指浑无语②。梁燕自双归③，长条脉脉垂④。小屏山色远⑤，妆薄铅华浅⑥。独自立瑶阶⑦。透寒金缕鞋⑧。

【注释】

①帘纤雨：如珠帘般的绵绵细雨。

②弹指：形容时间极短。本为佛家语。《翻译名义集·时分》：“《僧祇》云，十二念为一瞬，二十瞬为一弹指。”

③梁燕：梁上的燕子。

④长条：长的枝条，特指柳枝。脉脉：犹默默。

⑤小屏：小屏风。

⑥铅华：妇女化妆用的铅粉。

⑦瑶阶：本指玉砌的台阶，也为石阶的美称。

⑧金缕鞋：指金丝绣织的鞋子。

【赏析】

波渺渺，柳依依。双蝶绣罗裙的女子，你与幸福，只有一朵花的距离。但是春天却送来绵绵细雨，让你久坐闺中，辜负了美好的芳春。

国学经典文库

纳兰容若全集

《纳兰词》鉴赏

图文珍藏版

天晴的时候，双燕已归，柳枝低垂。娇嗔如你，一春弹泪话凄凉。寒夜到来，你掩上望归的门。默默地，朱粉不深匀，闲花淡淡春。

想他的时候，你独自站在瑶阶上。柔肠已寸寸，粉泪已盈盈。

此词内容当是触眼前之景，怀旧日之情，表现了闺中

女子伤春伤离的痛苦和不尽的深思。

上阕第一句"隔花才歇廉纤雨"，绵绵的春雨刚刚停止。"隔花"二字让人想起欧阳修的"隔花啼鸟唤行人"。欧阳修这句是描写春物留人，人亦恋春，明明是游人舍不得归去，却说成是啼鸟出主意挽留。

不过，此篇里的闺中女子是否有此心怀，不得而知。但对春雨，她分明有一种朦胧的娇嗔：蒙蒙的春雨持续了这么长时间，以至于弹指一算，离别已久，竟辜负了美好的春光，遂孤寂无聊，实在无语可述。

虽然此时"浑无语"，但是伤春的意绪已然萌动。于是她看见了梁间的燕子，也要感叹一下它们是"自双归"，一个"自"，似乎写出了她的艳美之情。而杨柳枝也通了人性，含着无限情思垂下枝条。"梁燕自双归，长条脉脉垂"这两句笔势灵动，表达了此闺中女子郁积于心的流连惆怅之情。

下阕仍是一句一景，只是视点由室外转到室内，大概是因为此女子临景伤春，不胜春愁，以至于退避屋内。

首句"小屏山色远"，这里的"山"是画屏上的山，如牛峤《菩萨蛮》所说的"画屏山几重"。这一句所写的情境，《花间集》中颇多见，如毛熙震《木兰

花》"金带冷,画屏幽,宝帐慵熏兰麝薄",张泌《河传》"锦屏香冷无睡,被头多少泪",都可作为理解此句的参考。

此处,值得玩味的是这个"远"字,虽然可以它理解为小屏风上绘有的远山之画图,但是给人的感觉似是另有所指,或者是远方的恋人,或者是一种幽远的情思。"妆薄铅华浅"三句,像是对

她的特写,第一句言淡美的妆容,第二局言独伫瑶阶的寂寞,第三句言寒冷的金缕鞋。这三句既写出了她的自怜之情,也写出了她的孤寂之心,还写出了她得不到安慰与温暖的失望心理(不然就不会用"透寒"二字了),真可谓幽微深婉、饶有韵味。

菩萨蛮

【原文】

催花未歇花奴鼓①,酒醒已见残红舞②。不忍覆余觞③,临风泪数行④。
粉香看又别,空剩当时月。月也异当时,凄清照鬓丝。

【注释】

①催花:即击鼓催花,用于酒令,鼓响传花,声止,持花未传者即须饮酒。
花奴鼓:唐玄宗时汝阳王李琎(小名花奴)善击羯鼓,玄宗尝谓侍臣曰:"速

召花奴将羯鼓来,为我解秽。"后因称羯鼓为"花奴鼓"。

②残红:凋残的花,落花。

③余觞:杯中所剩的残酒。

④临风:迎风,当风。

【赏析】

催促春花盛开的鼓声一直还没有停,酒醒之后已经看见落花纷纷扬扬,感慨这时光何其迅速,而你我又到了饮这离别之酒的时候。不忍倾杯一饮而尽这酒杯中残余的薄酒。面对秋风,离情别绪顿生,情不自禁地流下眼泪。

可爱的人儿啊,如今这离别又出现在眼前,寂空无所依,只留下一轮圆月,独立天际——甚至就连这月亮也与当时我们在一起时不同,你看这凄凉的清光缕缕地照在我的青丝上,如何不催人泪下。

这首词通过临别前和临别时的环境以及心理描写,来渲染相思之情。上片通过临别前饮酒与心绪不宁的矛盾心态,下片更进一步,通过写马上要离别时,突然感到物非人非的强烈情感,表达了面对离别而无法自禁的剧烈情感变化。

这首词表达情感典型特点就是毫不节制,倾倒式地表现情感。

上片情感表现还在自控的范围内,最多是愁肠百结而"不忍覆余觞",

实在不能忍受心中痛苦也只是"临风泪数行"，或许情人问起，她可能还会忍住说是眼中吹进了沙子。

下片就显然增强了情感。眼看马上所爱的人就会很难再看见一次，情感上何以能忍受？原本物是人非都已是催人肝肠寸断的了，她却说就连物也并非原来的物了，天上那轮见证过你我二人爱情事实的圆月也突然冷酷无情起来，这营造了一种极大的内心恐惧感、寂寞感、空虚感。

这种情感表现在纳兰容若是常见的，但中国诗词写作中却并非主流，根本原因在于纳兰容若表达情感的方式是汉族文化的方式，但由于受到自身民族气质影响，表现形式就是自然与真，当然这自然与真是较之汉族文人而言的。汉族文人的诗词在情感表现上多受传统诗歌理论的束缚，如"诗言情"却要求"哀而不伤"，甚至也有"诗言志"等前置的束缚。纳兰容若并不是没有受到汉族文化传统中这些影响很深的传统影响，并不是真正一点也没有"染汉人风气"，而是原来的民族风格也起到了对他整体风格的塑造作用。

这首词中"催花未歇花奴鼓"句引了唐代玄宗时人物李琎的典故。他是大唐睿宗皇帝嫡孙，是唐朝宗室让皇帝李宪的长子，正由于他是让皇帝的长子，所以被封为汝阳郡王。他小名叫花奴，是个长得面容俊美姣好的美男子，并且音乐能力很强，可谓才貌双全。他还擅长弓和羯鼓，聪明敏捷。众

所周知，唐玄宗也是历史上一个极富艺术修养的皇帝，在音乐舞蹈方面都是行家，身边有个多才多艺、才貌双全的美男子花奴，玄宗当然对他很是喜欢，并曾亲自教他音律，据说玄宗还亲自教授他羯鼓。

汝阳王李琎亦是杜甫的诗作《饮中八仙歌》里的人名，在诗中排名第二。"汝阳三斗始朝天，道逢麴车口流涎，恨不移封向酒泉。"翻译出来就是"汝阳王李琎饮酒三斗以后才去觐见天子。路上碰到装载酒曲的车，酒味引得口水直流，为自己没能封在水味如酒的酒泉郡而遗憾。"杜甫笔下，可见李琎的风度。天宝六年(747年)，杜甫时年三十六岁，赠诗汝阳王李琎。在《赠特进汝阳王二十二韵》诗中，杜甫极力颂美汝阳王，述礼遇之厚，明感颂之由透出投赠本意，结果做了个李家的门客。

这首词写思恋、写离别，本身用词也巧，典故也大有可玩味处，真可读可感：花奴不鼓，唯见残红飞舞，前欢不再，而其悲则无穷，读之惨然，起身无绪，怅然若有所思。

菩萨蛮

早春

【原文】

晓寒瘦著西南月①，丁丁漏箭余香咽②。春已十分宜，东风无是非。蜀魂羞顾影③，玉照斜红冷④。谁唱《后庭花》⑤，新年忆旧家。

【注释】

①瘦著：瘦削，这里指弯月或月牙。

②漏箭：漏壶的部件，上刻时辰度数，随水浮沉以计时。咽：充塞、充满。

③蜀魂：鸟名，指杜鹃。相传蜀主名杜宇，号望帝，死后化为鹃。春月昼

夜悲鸣,蜀人闻之,曰:"我望帝魂也。"故称。

④玉照:镜的异名。斜红:指人头上所戴的红花。

⑤《后庭花》:乐府清商曲吴声歌曲名,唐为教坊曲名。本名《玉树后庭花》,南朝陈后主制。其辞轻荡,而其音甚哀,故后多用以称亡国之音。这里喻为凄凉之曲。

【赏析】

提到伤春悲秋,清人钱谦益《李义山诗笺注》序中有句:"绮靡浓艳,伤春悲秋,至于'春蚕到死'、'蜡炬成灰',深情罕譬,可以涸爱河而干欲火。"可见此种情怀多是销魂而略显颓唐的。

想来春秋二季的自然景色一则百废待兴,一则萧条待寂,如此变化,便容易牵引住文人那颗敏感的心,也能够产生一种作诗的环境,在那样的环境里人们更容易抓住景物的特征来表达自己的感情,因此在春秋时候做出来的诗多感情婉转绵长,萧索深沉,而且我们也能与之产生共鸣,所以悲秋伤春的诗才能流传千古。

伤春之作从古至今数不胜数,而纳兰的词里,总也有着伤春的格调,可是他却是最懂春之性情的人,春光年年令人流连,然而春光虽好,流年不早。

仔细注意,便可发现,纳兰的词作几乎都是表述深夜时候的所思所感,这是万籁俱寂时更易于思考么,还是那孤寂的气氛更让人产生凄怆的感情?

春夜将晓，天气寒凉，西南天际仍斜挂着一弯月影，漏壶叮叮咚咚，声声作响，燃尽的香烟在满室间绵转缭绕。

淡月下，调砚聚墨，几笔白描，铁画银钩，写出一个纳兰，无边飞絮无边忧，一地月印一地愁。自古来文人多喜以月为意象，那消逝的繁华景秀，一切都是轮回一场梦，唯有那月。古人今人若流

水，共看明月皆如此。唯有纳兰，"落寂奈何香几许，纳兰饮水随消逝"。行走在消逝中，拭尽英雄泪。君不见，月如水。

此时节本应是春光十分相宜，可偏偏东风无是非，在这凄幽孤独的氛围里将美好春光送去，这怎么能叫人不哀怨不留恋呢？疼痛与沧桑漾满了时间的褶皱，他去过江南，走过塞外，陪伴纳兰的只有风，风声酿成了亘古不变的乐曲，是谁说过呵，灯花瘦尽，何曾梦里依旧，似水流年，风逝无痕，离魂缥缈。

自己实在是不愿意去看那玉照上的身影，你看那头上如火的红花都给人已凉寂之感。只因那形影让人观一眼便觉得伤心欲绝，周身凄冷无比，托意幽婉。记忆深处有孤魂的存在，就有纳兰孑然前行的背影。

提到《后庭花》，即《玉树后庭花》，唐李白曾有作《金陵歌送别范宣》："天子龙沉景阳井，谁歌《玉树后庭花》？"后作为靡靡之音或者亡国之音象征，极有凄凉之意境。

回到这首词中来,是谁在暗夜里哼唱着这首凄凉的《后庭花》呢,惹得我翻身醒来,忆及旧家?朦胧含婉,极具悲感。词中的"寒"与"冷"的意向刻画和心理描绘,独到地将此时忆旧家的情怀凸现出来。

单薄而纯粹的纳兰,单薄而纯粹的纳兰词。

风从净远幽香的地方吹过来,吹进了纳兰那单薄的灵魂深处,晴朗的天于是就满是碎片。

你看他拟人的将东风抱怨起来,都怪你呵,不把春多留住。

叶嘉莹先生曾给纳兰的词心做出这样的解释:"纳兰

却曾以其天生所禀赋的一份纤柔善感的词心,无待于这些强烈的外加素质,而自我完成了一种凄婉而深蕴的意境。"是的,流水落花,情深都在字里行间,让时间搁浅在指缝间。纵使他钟鸣鼎食,金阶玉堂,平步宦海,然而微风婀娜起舞,托起一声叹息,炊烟背后,尘世的烟尘里,蓦然回首,岁月恍如童话。在这一年之计在于春的新年里,只是不知旧家是何景象了。

人们常说,非文人不能多情,非才子不能善怨。而纳兰本就是天资超然清逸,悠然尘世之外。他是孤独的,他也是肆意的。且让我们跟随着纳兰的那"丁丁漏箭"去留恋逝去的春日吧。

菩萨蛮

【原文】

窗间桃蕊娇如倦,东风泪洗胭脂面。人在小红楼,离情唱《石州》^①。夜来双燕宿,灯背屏腰绿^②。香尽雨阑珊^③,薄衾寒不寒?

【注释】

①《石州》:乐府商调曲名。

②绿:昏暗不明。

③雨阑珊:微雨将尽。

【赏析】

东风始来,三月的桃蕊初绽,不胜娇美,慵懒如同刚刚睁开睡眼的少妇。初上绣楼,凭依窗子,远眺之时,"忽见陌头杨柳色",想起久久未归的游子,苦涩的离情溢满心头,泪水湿了新妆。唇齿之间,这一首《石州》曲,吟遍了古今多少离情别绪。忽而想起昨夜那来宿的双燕,"落花人独立,微雨燕双飞",形只影单的少妇倍觉凄凉,灯烛背对屏风,回首处,昏暗不明。春意料峭,微雨将尽,那远方的人是不是只有一张薄衾,又是温,是寒呢?

短短四十来字，上片写尽了春闺情愁，下片写尽了销魂之感。

这首词写的是游子思妇的离别之情，在古典诗词中极为常见。早在初唐张若虚的笔下，就有了"谁家今夜扁舟子，何处相思明月楼"的春闺情怀。丈夫离家，日复一日，思念并没有因时间而成为习惯。某日初上翠楼，忽见桃红，心底多少愁思，涌上心头，难下眉头。"窗间桃蕊娇如倦"，看似写"桃花"，其实写"人面"。"桃之夭夭，灼灼其华"，"桃花"自古便是红颜的象征，都是一种脆弱的美。"人面桃花相映红"，是写花的美，也是写人的美；是写人对桃花的欣赏，更是写人对自己的怜惜。人见桃花烂漫，不由联想到自己也是青春如许，却春闺独居，难以与心中思念的人

共相朝夕。春日本多情，"泪洗胭脂面"便知闺中人心中的愁苦，非窗前的一缕薄烟，也非耳际的一阵轻风，它的厚重也许根本没有什么事物可以用来比拟，也不需要用什么来比拟，既无它诉，便只得轻吟一首哀婉的《石州》曲。

"夜来"二字起首，便知漫漫长夜中闺中人的凄婉心境。南唐亡国词人李煜说，"寂寞梧桐深院锁清秋"，正是如此；南宋女词人易安说，"莫道不销魂，帘卷西风，人比黄花瘦"，正是如此；温庭筠说，"过尽千帆皆不是，斜晖脉脉水悠悠，肠断白蘋洲"，也正是如此。一夜料峭春雨不止，人也久久难以入眠，双燕因深夜寒冷而借宿檐下，相依相偎，触动了闺中人的心事。灯烛背对着屏风，因而昏暗不明，似也困乏欲睡，此时此刻，已至深夜，唯有人独

醒着。"薄衾寒不寒"的设问中,其实早已预设了回答:闺中人"半夜凉初透",凄凉境地下,不由想到远在异乡的人是否能禁得住这番春寒? 由物(燕)及己,由己及人,才有了"寒"的意蕴。

一面是春愁如许,一面是凄婉销魂,都是对于闺中人痛楚心理的刻写,在这个过程中间,还有着景致之间的鲜明对照——一明一暗。总体看来,上片"明"在"桃"字,下片"暗"在"背"字。如果不是春日风和日丽,明媚如新,又怎能一推窗而见桃红一点,娇蕊动人? 如果不是背向屏风,又怎知闺中人

听闻燕声时,回首间,"屏腰"昏暗不明。但无论是"明",还是"暗",无论是白天所见,还是夜晚所闻,所投射的都是闺中人的离情别绪。在一明一暗的对照中,更加凸显了闺中人心绪的低沉。

相传,词人纳兰容若曾与自己青梅竹马的表妹情投意合,然而造化弄人,有情人终究不能成眷属,这位才色双全的佳人却被选入宫中,宫墙深锁。这给纳兰容若带来了无尽的伤感和酸楚,因而这种伤感和酸楚之情在他的词里经常有所显现,有很多以春情闺怨为题材的词作。

菩萨蛮

回文

【原文】

砑笺①银粉②残煤③画,画煤残粉银笺砑。清夜一灯明,明灯一夜清。
片花惊宿燕,燕宿惊花片。亲自梦归人,人归梦自亲。

【注释】

①砑笺:压印有图案的信笺。

②银粉:银色的粉末。

③煤:古代对墨的别称。

【赏析】

纳兰之词,看似句句无意,实际字字泣血。就像这首词,思念之情仿佛
云淡风轻,实则凄婉灼人。

"砑笺银粉残煤画,画煤残粉银笺砑","砑笺"是指压印有图案的信笺,
"煤"即墨的别称。夜色清澈,百无聊赖,词人便开始在压印有图案的信笺
上写写画画。"清夜一灯明,明灯一夜清",小灯一盏,一夜便打发过去。
"清夜"和"明灯"两个意象让此时的气氛显得孤独又凄冷。

百无聊赖的动作,放在回文的效果里,尤其衬景,好似能亲眼目睹灯下
之人对着那印图的信笺眼神游离,反反复复地鼓捣银粉,添添水墨。字字都
被附上了深夜里的灯光。

下片,"片花惊宿燕,宿燕惊花片",落花惊起了宿燕,宿燕惊扰了落花,
这样的描写神化味美,仿佛此刻,不需要明月,不需要和风,只这么坐着,我

们就能听到落花、宿燕的动静，唯美至极。

古代文人骚客用典，"燕"是常出现的意象，这是燕为候鸟之故，随季节变化迁徙，春去秋来，常被引用借以思念亲友，惜叹时光流逝，匆匆而过。不知，这纳兰写花写燕时，是否也有对故友之思呢？无奈叹："亲自梦归人，人归梦自亲。"清夜之人，思念如潮，却为何仍是梦中之人。

纳兰不愧是位高超的词人，他以景观物，能将目光所及的一切信手拈来，成为其情感的寄托。

菩萨蛮

回文①

【原文】

雾窗寒对遥天暮，暮天遥对寒窗雾②。花落正啼鸦，鸦啼正落花。

袖罗垂影瘦，瘦影垂罗袖。风剪一丝红③，红丝一剪风。

【注释】

①回文：诗词中的一种修辞手法。指运用词序回环往复或顺读倒读均可的语句。

②暮天：傍晚的天空。

③风剪:即风吹。

【赏析】

古代的诗词中,士人喜欢用"回文"这种文字游戏来体现自己的才华或者作为娱乐,通常价值不大。这首词描摹的是眼前风物,虽然意义不大,但是依旧不失隽永别致。从中更可看到词人娴熟的文字技巧。

菩萨蛮

【原文】

惜春春去惊新燠①,粉融轻汗红绵扑②。妆罢只思眠,江南四月天③。绿阴帘半揭,此景清幽绝④。行度竹林风,单衫杏子红⑤。

【注释】

①新燠:天气刚刚变热。燠,本义温暖。

②红绵扑:丝绵的粉扑,妇女化妆用品。

③四月天:指初夏之时。

④清幽:风景秀丽而幽静。

⑤单衫:单衣。

【赏析】

这首词描写初夏时节,仕女伤春的情景:怜惜春色,春天却已离去,初夏的天气带来了丝丝微热,化妆时已感到脸上轻汗。梳洗过后来感受一下江南四月的天气。珠帘半揭,绿树成荫,景色秀丽幽静。竹林清风,杏红衣衫,如此的清新灵动。

菩萨蛮

【原文】

新寒中酒①敲窗雨,残香②细袅秋情绪。才道莫伤神,青衫③湿一痕。

无聊成独卧,弹指韶光④过。记得别伊时,桃花柳万丝。

【注释】

①中酒:饮酒半酣时,也指醉酒。

②残香:残存的香气。

③青衫:古代学子或官位卑微者所穿的衣服,借指学子、书生。

④韶光:美好的时光。

【赏析】

雨点敲窗,天气微寒,这样的天气,我明明没有喝多少酒,却一下就醉了。香烟袅袅,一如我满腔的愁绪,缠缠绵绵。我无数次告诉自己,不要再伤怀,可是,很不争气的,还是有泪流下来。

在这孤枕难眠的夜晚,脑中挥之不去的,是与你分别的场面。那日百花吐艳,杨柳依依,竟是好天气。

容若此篇,乃表相思意。此首词作描述的是与伊人在春日离别,到秋日仍念念不忘当日离情,然后在一个急雨敲窗的夜,思念被一触即发,一发不可收拾的境况。容若果真是个痴情种,每每怀人,便会似痴似醉,又难安睡。

该词上片由相思到分别,下片又由无聊到分别,可见那日分别的画面太难忘记。整首词翻转跳跃,屈曲有致,在容若的挥毫笔墨下,相思之苦被描摹得淋漓尽致。

"中酒",意为醉酒。"敲窗雨"即雨敲窗,后世曹雪芹也曾以此入诗:"青灯照壁人初睡,冷雨敲窗被未温。"与容若这句,竟有异曲同工之妙。

"残香",指将要燃尽的香。宋诗人赵鼎有《雨夜不寐》一诗:"西风吹雨夜潇潇,冷炉残香共寂寥。"残香似乎总是与落寞相伴,或者应该是说残香中总能读出几分寂寥。有人就曾以"剪碎一地的残香与叹息"来评价容若的诗词,可见,残香几乎就要成为这位多情公子的代言了。

本二句讲的是,天气微微转寒,外面急雨敲窗,快要燃尽的香烟袅袅升腾着,似乎在无声地诉说着秋日的哀愁。房中人酌饮须臾,竟已是半醉半醒,寂寞无聊。

"伤神"一词,乃伤心之意。唐代杨炯在《益州温江县令任君神道碑》中写道:"佳人不再,荀奉倩之伤神,赤子无期,潘安仁之惨恻。"说的也是为佳人伤心,与此句中所表达的意境极为相似。

词人刚刚才对自己说,不要再沉湎于过往的伤怀中,要试着敞开心扉,岂料不经意间,泪水早已湿了衣襟。这是怎样一种揪心的思念啊,这又是怎样一种身不由己的爱恋啊,明明知道会断肠,会伤神,却偏偏放不下,甚而相思更浓。这样一番深情，谁人读来不唏嘘？

"弹指"，指的是极短的时间，本为佛家语。《僧祇》云："十二念为一瞬，二十瞬为一弹指。""韶光"则是指美好的时光。南宋吴锡畴在其《春日》中写道："韶光大半去匆匆，几许幽情递不通。"抒发的是对春光易逝的感慨。此句承接上一句，续写无聊的心情。在这冷雨萧瑟的秋日，词人坐卧不安，百无聊赖，而韶光却已悄然逝去，令人好不懊恼。此时，词人果真是无聊吗？其实不然。此处暗示出没有恋人在身边，一切都了然无趣，对她的思念，似乎源自对她的依赖。有知己相伴，时光便无须靠无聊来消遣了。

古诗词中，提及"别伊"，似乎都应是不那么欢愉的，一如后唐庄宗李存勖在其《如梦令》中所写："长记别伊时，和泪出门相送。如梦，如梦，残月落花烟重。"本词中的"记得别伊时"不管在结构还是意境上，都与李诗如出一辙，可见容若此句乃为化用。但前者对应的是一派衰败之象，是一种对离别心情的正面衬托。而容若此处，却忆及离别那日的桃红柳绿，春光灿烂，极言春日之美好，反而更加衬托出今日的凄清冷落。相思之痛，一经阳光曝晒，更加惨白，这便是反衬法的妙效之所在。

菩萨蛮

【原文】

梦回酒醒三通鼓,断肠啼鴂^①花飞处。新恨隔红窗,罗衫泪几行。

相思何处说,空有当时月。月也异当时,团圞^②照鬓丝。

【注释】

①啼鴂:杜鹃啼鸣。相传此鸟为蜀主望帝魂化,春末夏初时啼叫,其声惹人生悲。

②团圞:指明亮的圆月。

【赏析】

去年今日此门中,人面桃花相映红。人面不知何处去,桃花依旧笑春风。想起逝去的她,你总是想起这首凄美的唐诗。

那时,吴山青,越山青,罗带结同心。那时,绣帘相依,燕子双飞来又去。可是如今,梦回酒醒的时候,泣血的杜鹃,声声断肠。

这一腔的相思,捂在心间,痛的时候,也不会喊疼。

此阕是月夜怀人之作,凄婉缠绵之至。

上阕首二句，"梦回酒醒三通鼓，断肠啼鴂花飞处"。三更鼓之时酒醒梦回，显然是伤痛彻骨，酒也不能彻底麻痹。古人夜里打更报时，一夜分为五更，三更鼓即半夜时。"啼鴂"，即鹈鴂的啼鸣。鹈鴂一鸣，春将归去，夏季将至。《离骚》云："恐鹈鴂之先鸣兮，使夫百草为之不芳。"张先《千秋岁》云："数声鹈鴂，又报芳菲歇。"姜夔《琵琶仙》云："春渐远，汀洲自绿，更添了几声啼鴂"。半夜酒醒，情意阑珊，此刻耳边偏又传来鹈鴂的悲啼之声，于是伤情益增，愁心愈重，在美酒的放松抚慰下，人怎么能不清泪涟涟？

三四句，"新恨隔红窗，罗衫泪几行"。这是词人假借女子对男子的爱来寄托自己的情思，借女人的口来表达难以启齿、过于缠绵的情感，写得凄然销魂，沁人心脾。

下阕写借酒浇愁、见花落泪后的对月伤心、新恨旧愁。"相思何处说，空有当时月"。在古代，明月时常成为爱情的见证。玉蟾当空，有情人可以相互偎依看月，在月亮下畅叙幽情，山盟海誓或者临虹款步，即使不在一处，也可以相约同看天涯明月，寄取相思。但是此处，词

人说"空有当时月"。一个"空"字表达了爱侣逝后作者无人可与"说相思"的无限悢怆之情。遂想起张若虚《春江花月夜》中的"江畔何人初见月，江月何年初照人？人生代代无穷已，江月年年只相似。不知江月待何人，但见长江送流水"，其关于人生、时光、自然之感慨，不禁使人哑然。末句，"月也异当时，团圞照鬓丝"，当头之明月犹在，但却与别时不同，它现在只是照映

着孤独一人了。此情此景,直叫人想起崔护的"人面不知何处去,桃花依旧笑春风"与周邦彦的"当时相候赤阑桥,今日独寻黄叶路",皆是一种"物是人非事事休"的留恋心情,让人"欲语泪先流"。

容若心肠九曲,总是为了一个情字。如丝如缕,萦回不绝。不过能将相思之苦,婉曲道来,絮而不烦,这亦是天赋情种,有如情花烂漫到难管难收,此等纵情执定亦是纳兰词题材狭窄却出尘高妙之处。

菩萨蛮

【原文】

朔风①吹散三更雪,倩魂②犹恋桃花月③。梦好莫催醒,由他好处行。
无端④听画角,枕畔红冰⑤薄。塞马一声嘶,残星拂大旗。

【注释】

①朔风:北风,寒风。

②倩魂:少女的梦魂。唐人小说《离魂记》谓:衡州张镒之女倩娘与镒之甥王宙相恋,后镒将女另配他人,倩娘因以成病。王宙被遣至蜀,夜半,倩娘之魂随至船上,同往。五年后,二人归家,房中卧病之倩娘出,与归之倩娘合一。

③桃花月:桃月,农历二月的别名。农历二月桃花盛开,故桃月为二月之代称。

④无端:犹言平白无故。

⑤红冰:喻泪水,形容感怀之深。

【赏析】

这首词,是容若塞上之作。历来戍边之作,或豪气干云,或语涉悲愤,然而容若却另辟蹊径,写了塞外一梦。容若借梦境说真心,表达了对和平优雅生活的向往。其次,这首词篇幅短小,但却大量运用了对照手法。上阕写冰雪塞外暮景下梦境之和煦:桃花盛开的春日,美好的伴侣在侧。而下阕则转入残酷的现实,那

辽远的画角,冰冷的旅枕,嘶叫的战马,战旗之上残星点点的夜空。容若这样的笔法,不仅仅是辞藻与意境上的对照,更是他所处现实与他心底理想之间的对照。此词写尽了容若的无奈。

恐怕没有一个人会喜欢战争。自有诗歌始,便有思乡厌战的征人悲歌。《诗经·邶风·击鼓》或许是最早最著名的一首。镗镗的击鼓声里,那被选征入伍的丈夫,将要作别温柔的妻。他将跟随英武的将领孙仲子,离家去国,讨伐陈与宋。他本是农夫,"永远无言地跟在犁后旋转,翻起同样的泥土溶解过他祖先的"。他侥幸逃脱了修筑都城的劳役,却逃不脱变身为一名士兵。——士兵者,以拼命为本分,赴死为责任也。社会崇尚征伐,国君好战喜功,卖力和卖命,不幸或更不幸,总会被选中一件。"醉里挑灯看剑,梦回吹角连营",那是将军的梦。"一将功成万骨枯",他只不过是小兵,被迫前赴后继,随时预备灰飞烟灭。即使幸存,战事结束后的他们仍要离家万里,职守边关:"不我以归,忧心有忡。"因此,《击鼓》代表了行进在锋镝边缘的卫国士兵之深沉怨词。其中"死生契阔,与子成说。执子之手,与子偕老"的誓言成为千古绝唱。

这首《菩萨蛮》,写于康熙二十一年秋,是容若侍卫生涯中真正令他骄

傲的一个秋天。受天子委派,容若随副都统郎坦率兵往打虎儿、梭龙,以捕鹿为名,沿黑龙江行围,径薄雅克萨城下,勘其居址形势,侦察入侵到我国境内的沙俄军队的兵力。这是容若侍卫生涯中唯一一次冒险,他终于能够置身马蹄硝烟之中。在这场冒险中,容若的军事才华以及他未竟的抱负显露无遗。

这支皇帝派出的侦探队伍在当地居民的协助下探敌虚实,测水路通道,进行战略侦察。此番"道险远……间行疾抵其界,劳苦万状"的军事行动远胜于平素的枯燥单调,成为日后容若最回味无穷的经历。故这首《菩萨蛮》虽有思乡的愁绪,却也流露出"万里赴戎机"的豪迈。蔡嵩云《柯亭词论》云容若"尤工写塞外荒寒之景,殆扈从时所身历,故言之亲切如此"。塞马嘶鸣中,残星下的大旗,正是好男儿实现抱负的最浪漫的印记。

菩萨蛮

【原文】

问君何事轻离别,一年能几团圆月。杨柳乍如丝,故园春尽时。春归归不得,两桨松花隔①。旧事逐寒潮②,啼鹃恨未消③。

【注释】

①松花:指松花江,黑龙江最大支流,中国东北北部大河。隔:阻隔。

②旧事：已往的事。

③啼鹃：子规鸟，又名杜鹃，身体黑灰色，尾巴有白色斑点，腹部有黑色横纹。初夏时常昼夜不停地叫。此鸟"规"字与"归"谐音，故后人以此鸟鸣作为思归之声，表达思归之意。

【词评】

"杨柳乍如丝。故园春尽时。"亦凄惋，亦闲丽，颇似飞卿语，惜通篇不称。

——陈廷焯《白雨斋词话》

【赏析】

人生何其短，能与爱人相伴的时间又有多长？即使分秒必争，也嫌时间太短了。可是，现在的你，又是怎么想？竟忍心离开爱人千万里，让她日思夜想人憔悴。只是，你也有你的苦衷，除了儿女情长，还有男人的担当，只得辜负了心爱人儿一片相思意，唯余感伤。

据考证，本首词大约作于康熙二十一年（1682）。这年的二月十一日，身为康熙皇帝的一等侍卫，纳兰容若随君王由北京出发，到盛京（今沈阳市）告祭祖陵，然后巡视吉林乌喇（今吉林市）等地。三月二十五日，北巡队

伍抵达吉林乌喇，在松花江岸举行了望祭长白山等仪式（长白山被认为是满族兴起地）。当时寒气逼人，纳兰容若不由想念起妻子与故园，便怀着无限

惆怅的心情,写下了这首感人至深的作品。

"何事"在古诗词中一般有两种释义,一是指什么事,哪件事,如南朝谢朓的《休沐重还道中》:"问我劳何事?沾沐仰清徽。"唐代方干的《经周处士故居》:"愁吟与独行,何事不伤情?"二是指为何,何故,如晋代左思《招隐》:"何事待啸歌?灌木自悲吟。"清朝李渔《奈何天·

狡脱》:"不解天公意,教人枉猜谜:何事痴呆汉,到处逢佳丽?"本文中是第二种释义。"轻离别",即把离别看得太轻。这句看似容若的自问,其实也是容若想象中的家中爱人娇嗔的抱怨:我们本该朝朝暮暮,你却为何总是忍心与我别离,留我一人凄凄切切。其实。凄凄切切的又何止妻子一人,容若不是正被勾起相思意了吗? 不然也不会空感叹。

"一年能几团圆月",屈指数数,我们在一起的日子有多少呢? 一年也没有几回啊! 这里有夸张的成分,但也是事实。容若每次扈从皇帝出巡或狩猎,都不是三五天的事,短则半月,长则数月,所以一年里夫妻相聚的时光实为短暂。"团圆月"本是形容满月,即十五六的月亮,可是每每被文人们放进诗词作品里,则大多用以反衬"月圆人缺"的意境,如清朝的符曾桂也在其《上元竹枝词》中写道:"不如归去,难畴畴昔,总是团圆月。"表达的也是离人独伤怀。

有道是"此夜曲中闻折柳,何人不起故园情"。在古诗词中,"故园"一词承载了太多的思乡意。且如本句,这种思乡情时被杨柳枝勾起。对容若来说，由于经常随皇帝出巡，所以他京中的妻子，有时又是他的挚友们，都成了他思念深重的"故园"。如同他的《长相思》："风一更。雪一更。聒碎乡心梦不成。故园无此声。"表达的都是离人思乡念乡的一往情深。这里是说：你看，在这仲春时节，北

方已是杨柳依依，而京城一定也是春意正浓吧！可恼的是，这么好的春色，却不能与你相伴共游。

"两桨"，划舟的意象，指代归家。南朝民歌《莫愁乐》："莫愁在何处？莫愁石城西。艇子打两桨，催送莫愁来。"充满了喜乐的气氛。而容若在此表达的却是无奈的感伤：在这春意盎然的季节里，却被这松花江阻隔了归途，欲归不得何其伤。这里，他把不能回家的原因归咎于松花江横在了归途上，其实却是恼恨自己的侍卫之职，完全地身不由己。对于多情的容若来说，善解人意的妻子最是让他牵心挂肠。

明代的张潮在其《幽梦影》一书中谈到，最能感化人心的外界事物无非四种物象："在天莫若月，在乐莫若琴，在动物莫若鹃，在植物莫若柳。"稍加留意，我们便会发现古代文学作品中随处可见吟咏杜鹃的句子和篇章。杜鹃所表，多种含义。有借它抒发亡国之恨、爱国之痛的；有表伤春、惜时之情的；也有抒写游子的思乡怀人之情的；还有抒发谪居的凄苦和幽怨的。本句自然是表达第三种意境。《华阳国志》中说："子规鸣声凄厉，最容易勾起人们的别恨乡愁。"子规即杜鹃。诗词中还有"杜鹃声不哀，断猿啼不切"，"蜀客春城闻春鸟，思归声引未归心"等，都表达了游子深切的故园情。这句是

说,思及这些事,直教人心寒,犹如眼前这寒潮迭起的松花江水。此句于无声处把容若的思归心切,离恨难消表达得淋漓尽致。

【词人逸事】

康熙二十一年二月十一日,康熙皇帝再次由北京出发到盛京告祭祖陵,同时巡视吉林乌喇(今吉林市)等地。纳兰容若作为一等侍卫

扈从。长白山为满洲兴起地,三月二十五日抵吉林乌喇,在松花江岸举行了望祭长白山仪式。这首词大约作于此时,当时天气尚寒,纳兰容若怀念北京的家和家中等待的人,同时流露出作者厌于扈从等事的心情。

菩萨蛮

【原文】

阑风伏雨催寒食①,樱桃一夜花狼藉。刚②与病相宜,琐窗③薰绣衣。画眉烦女伴,央及④流莺唤。半饷试开奁⑤,娇多直自嫌⑥。

【注释】

①阑风伏雨:连绵不断的风雨。寒食:寒食节,在农历清明前一或二日,其时禁火三天,食冷食。

②刚：恰好。

③琐窗：雕刻有连锁花纹的窗。

④央及：请求。

⑤奁：古代女子梳妆用的镜匣。

⑥直：只。自嫌：自己对自己不满。

【赏析】

雨下得永远没有最后一滴。待字闺中的女子，看见樱桃花的凋零，像一首安魂曲。

病中，她有时，温柔在一个人巴山夜雨的诗句里，比春天更为生动。有时，又长在相思树，那一圈圈不断扩大的年轮里。

寂寞的时候，她的衣袖空空，藏不住一点北方的风。清晨，她唤来小图画眉。

梳妆镜前的她，多像娇美的桃花……为了最美丽的开放，想了一千种姿势。

此类描写女子生活之作，纳兰词中屡见，风格颇近于温庭筠和韦庄。此词描绘了寒食节时候，一女子刚刚病起，乍喜乍悲的情态。

起二句先绘寒食节候之景，风雨不止，一夜之间樱花零落。这是全篇抒情的环境、背景，以下便是描绘她在这景象下的一系列的行动。首先是按节令而薰绣衣，"刚与病相宜，琐窗薰绣衣"。天雨衣潮，置炉薰衣，人在病中亦祛寒,喜欢炉温,故言"刚与"。

琐窗,指雕刻有花纹图案的窗子;绣衣,指华丽精致的衣物,"琐窗薰绣衣"的情景,想来是颇为高贵幽雅的,但似乎又透露出一种孤独无聊的气息。

薰完衣,然后就是打扮自己了,"画眉烦女伴,央及流莺唤"。此女刚刚病愈又逢寒食节将至,遂烦请女伴

帮忙梳妆打扮,而此时小黄莺也偏偏在窗外啼啭,想来她的心情还是颇为欢愉的。然而"半晌试开奁,娇多直自嫌"。"半晌"谓许久、好久,"自嫌"是自己对自己不满。那她为何半晌才打开妆奁? 无论怎么装扮,皆自嫌不称心意,又是为何? 小词并未明说,只是摹其细节去刻画她的心理,淡淡地透露了几许自伤的情怀,寄深于浅,寄厚于轻。

菩萨蛮

为陈其年题照①

【原文】

乌丝曲倩红儿谱②,萧然半壁惊秋雨③。曲罢髩鬟偏,风姿真可怜④。
须髯浑似戟⑤,时作簪花剧⑥。背立讶卿卿⑦,知卿无那情⑧。

【注释】

①陈其年:陈维崧,字其年,号迦陵,江苏宜兴人。其年工诗词文赋,为清初阳羡词派之首,与朱彝尊齐名。有词1629首,辑为《湖海楼词》,著有《湖海楼全集》50卷。

②乌丝:指其年之作《乌丝词》,顺治十三年至康熙七年,其年居京华时所填之词,结集为《乌丝词》,誉满天下,为人称赏。此时其年之作虽不乏早期的"旖旎语",但词风已转化,颇含湖海豪气了。红儿:杜红儿,唐代名妓,《全唐诗·罗虬序》"广明中,罗虬为李孝恭从事。籍中有善歌者杜红儿,虬令之歌,赠以彩。孝恭以红儿为副戎所盼,不令受。虬怒,手刃红儿。既而追其冤,作《比红儿》诗百首为一卷。"亦用以泛称歌妓。

③萧然:空寂环堵萧然,不蔽风日,形容空虚四壁萧然,没有任何东西。徐乾学云:其年"所居在城北,市廛库陋,才容膝,蒲帘土锉,摊杜其中而观之","时时匮乏困仆而已"(《陈检讨维崧墓志铭》)。

④风姿:风度姿态。

⑤须髯:络腮胡子。须髯浑似戟:胡须又长又硬,怒张如戟,形容外貌威武。据《清史稿》本传云:"维崧清臞多髯,海内称陈髯。"又《南史·褚彦回传》:"公须髯如戟,何无丈夫意?"

⑥簪花:谓插花于冠。

⑦讶:讶然,惊诧。卿卿:男女间表示亲昵的称呼。

⑧无那:无限,非常。

【赏析】

夕阳,白云,青山,兰舟。冠盖满京华。你的《乌丝词》,你用清贫的唇齿来吟咏。

一曲吟罢,惊得唐诗宋词里的秋雨,落向了天空。玉箫声声,你的歌女,发髻都是平平仄仄的。

她的身影,如风拂杨柳,月照梨花。你的根根胡须,都是江湖豪客。

醉酒后,你喜欢头戴红花,又是妙词一阕。那个秋波盈盈的女子,此刻正背对着你。她一回眸,你的柔情,便永远没有最后一缕。

此篇副题为"为陈其年题照"。陈其年,即陈维崧,字其年,号迦陵,江苏宜兴人,工诗词文赋,为清初阳羡词派之首,与朱彝尊齐名。其年长容若三十岁,为忘年友,但二人交谊至厚。康熙十七年戊午闰三月二十四日(1678年5月14日),其年在扬州,广东著名诗画僧大汕为他画了小像。是年秋,其年入京应博学鸿词科试,其画像亦带到京中,因画像不但画出了陈氏的形貌,而且画出了个性,于是引来了众多诗朋词友的题咏。在诸多诗赋中,容若这首《菩萨蛮》词写得很别致,很风趣,颇有开玩笑的味道。

"乌丝曲倩红儿谱。"乌丝曲,指其年之作《乌丝词》,顺治十三年(1656)

至康熙七年(1668),其年居京华时所填之词,结集为《乌丝词》,誉满天下,为人称赏。红儿,即杜红儿,唐代名妓,后泛指歌妓。此处是借指其年身边的歌女。这句是说其年的《乌丝词》令歌儿舞女谱唱。

那谱唱的效果如何呢?"萧然半壁惊秋雨",萧然,冷落凄清的样子。晋陶潜《五柳先生传》云:"环堵萧然,不蔽风日。"显然是形容家境贫苦,事实也正是如此。徐乾学云:其年"所居在城北,市廛库陋,才容膝,蒲帘上铤,摊柱其中而观之","时时匮乏困仆而已"(《陈检讨维崧墓志铭》)家贫之甚,几至"入门依旧四壁空"的境地了。

惊秋雨,出自李贺《李凭箜篌引》"女娲炼石补天处,石破天惊逗秋雨。"李贺这两句诗是描绘李凭箜篌弹奏的乐声给人们的感受的:高亢的乐声直冲云霄,把女娲炼石补天的天幕震颤。好似天被惊震石震破,引出漫天秋雨声湫湫。用在此处,形容歌女谱唱的陈其年的《乌丝词》震惊世人、轰动京城,真是生动诡谲。

"曲罢髻鬟偏,风姿真可冷。"接下两句,写画像上的吹箫女子。严绳孙《金缕曲·序》云:"题陈其年小照填词图,有姬人吹玉箫倚曲。"可见画上除了其年的画像外,还有此吹箫女子。——一曲唱罢,她发髻斜偏一旁,风姿妩媚,惹人生冷。

"须髯浑似戟,时作簪花剧。"下阕则一转,道出了其年既富湖海豪气,又不无绮艳,既刚且柔的性格和作风。"须髯",据《清史稿》本传云:"维崧清臞多髯,海内称陈髯。"可见容若言"须髯浑似戟"当是实写。如此带有玩笑意味的话语(你的胡子长得简直跟长矛、钩戟一样),也说明他们二人之间的关系是颇为融洽的。"簪花剧",簪花,古代遇典礼宴会佳节,男女皆戴花。剧,玩耍。李白《长干行》云"妾发初覆额,折花门前剧。""时作簪花剧",是说陈其年时常头上戴花戏耍,以诙谐的口吻赞赏其风流倜傥,风采特异。

"背立诉卿卿,知卿无那情。"结尾二句再写画上吹箫女子,用的也是女子口吻——我盈盈背立,是因为我知道如果我站在你(指陈其年)面前,你会控制不住感情的,又有什么大惊小怪的?表面看来似是写陈其年不乏风流旖旎,声华裙屐之好,其实是以戏谑的口吻对这位忘年之友加以赞美。

【词人逸事】

陈维崧出身于讲究气节的文学世家,祖父陈于延是明末东林党的中坚人物,父亲陈贞慧是当时著名的反对"阉党"的"四公子"之一。陈维崧少时作文敏捷,词采瑰伟,曾被名士吴伟业誉为"江左凤凰"。明亡,当时二十岁的陈维崧入清补为诸生,但长期未曾得到官职,身世飘零,游食四方。与当时名流过从甚密。与朱彝尊在词坛并为"阳羡派"领袖。其词风格豪迈奔放,兼有清真娴雅之作,现存《湖海搂词》。康熙十八年,召试鸿词科,时年逾五十,授检讨,修《明史》。

陈维崧长纳兰容若30岁,为忘年之交,但二人交谊至厚。康熙十七年戊午闰三月二十四日,陈维崧在扬州时,广东著名诗画僧大汕为他画了小像。秋天,其年入

京应博学鸿词科试,将其画像亦带到京城,当时有三十余名才人名士为此图题咏。纳兰容若的这首词就是其中之一。

菩萨蛮

宿滦河①

【原文】

玉绳②斜转疑清晓,凄凄月白③渔阳④道。星影漾寒沙,微茫织浪花。金笳⑤鸣故垒⑥,唤起人难睡。无数紫鸳鸯,共嫌今夜凉。

【注释】

①滦河:古濡水,俗名上都河,在今河北东北部。源于闪电河,自内蒙古

多伦县南,折而东南流,入热河境,会小滦河,始名滦河,在乐亭、昌黎之间入渤海。

②玉绳:星名。原指北斗第五星之北二星,常泛指群星,此处指北斗星。

③月白:皎洁的月光。

④渔阳:地名,战国燕置渔阳郡,秦汉治所在渔阳(今北京密云西南)。

⑤金笳:胡笳的美称,古代北方民族常用的一种管乐器。

⑥故垒:古代的堡垒。

【赏析】

上阕用白描写景,写夜宿滦河的月下之景,清晓时分,月光、古道、星辉、浪花,一切都显得朦胧而凄迷。下阕用金笳声烘托夜的孤寂,令人难以入睡。结处描写紫鸳鸯成双成对的夜宿更添自身的孤独和冷清。

这首词是纳兰容若写自己孤身在外,夜宿滦河的行役词。

滦河即在今天的河北东北部,是从北京到山海关的所经之地。作者于康熙二十一年(1682年)三月和八月两次去山海关,这首词描写得是秋冬景色。

上片主要写夜景,在孤独的夜晚,看到斗转星移,天空渐渐明亮,以为天已破晓。其实,那是凄凄的白月光照在了渔阳道上。夜色微茫,星光点点照射在寒沙上,如水上的浪花翻动,一派凄清。这四句把外部环境描写得恰到好处，为下片抒情埋下了伏笔。

下片，写作者的思乡的孤寂之情。金笳就是胡笳，是西北少数民族的典型乐器，声调高扬凄凉，有很强的穿透力，同时有相当强的表现力，所谓"刚柔待用，五音迭进"，在汉代传入中原，逐渐成为一种与胡文化有关的文化符号。金笳悲鸣，伴宿故垒，心中已经足够悲凉，难以入眠。连鸳鸯也怕冷，这里用了侧面描写的手法，从中可见外部环境的恶劣。

词人的情感寓于周围的景中，词人所写的景中又都暗含作者的情感。情景交融，艺术技巧十分巧妙。主要风格上看，用素描来写景。词中的北斗斜转，渔阳古道月微白，星影闪烁，河水微漾，等等，都以点染的方式呈现景。

这不由让读者想起元代散曲作家马致远所做的《天净沙·秋思》："枯藤老树昏鸦，小桥流水人家，古道西风瘦马。夕阳西下，断肠人在天涯。"因为二者都是以呈现状况给读者看，背后情感都是从作者营造的环境中产生的。纳兰的词中，他没有直写自己羁旅生活的心情是多么无奈，没有直写"枯藤、老树、昏鸦"之类的周遭景色是多么荒凉，也没有直写自己返乡期望是多么浓烈。而似乎是以一种凄美的景致衬托哀情，即使是很恶劣的环境也被词人写得如此之美。这分明是词人内心的一种想象。

"星影漾寒沙，微茫织浪花。"其实，外面的夜晚星星再美丽也比不过家乡的美;"无数紫鸳鸯,共嫌今夜凉。"就算家乡的夜晚再怎么冰凉,也比外面的夜晚温暖。也许从这里我们更能看出纳兰容若对于长期在外扈驾远行的厌倦与无奈之情吧。这也更能显出词人内心苦苦的挣扎,足见其此时此刻的心情。

菩萨蛮

【原文】

榛荆满眼山城路①,征鸿不为愁人住②。何处是长安,湿云吹雨寒③。丝丝心欲碎,应是悲秋泪。泪向客中多,归时又奈何!

【注释】

①榛荆:犹荆棘,形容荒芜。山城。依山而筑的城市。

②征鸿:即征雁。

③湿云:谓湿度大的云。

【赏析】

此词乍看之下,便让人想起大数边塞之作。台湾著名学者李敖曾说,唐诗里有一半都是思乡的诗。想必,词从范仲淹《渔家傲》一出,苏辛开创豪放词风以来,表达羁旅行役之苦、怀远思乡之情的词作也是词题材中一个重要组成部分。

有人说,人类文明都是在血与火的洗礼中进步的,自从有了人类社会,战争就像它的附带品,中国历史的发展也不能例外。但战争对于战士们来说,他们首先要面对的是两种残酷的现实:一种是与亲人、家乡的远别;另一种是最终的流血与死亡。而当这两种愁思或恐惧同时占据他们的思想时,他们对亲人和家乡的怀念也就分外强烈。因而，在中华民族几千年的历史中，从《诗经》中的《国风·陟岵》《邶风·击鼓》到唐朝李益的《从军北征》，宋代范仲淹的《渔家傲·秋思》，我们无不可以看到征战所引起的与亲人、家乡的远别，在读者的心灵上引起多么强烈的震撼。

伟大诗人屈原曾说"悲莫悲兮生别离"。在古代，人生最大的悲伤莫过于与亲友远别。而对于战乱诗词来说，"生别离"却是恒久以来重要的表达内容之一。纳兰这首《菩萨蛮》便是在这种文化背景中产生的。

词的上片，开篇纳兰便展现出一派荒芜之境，"榛荆满眼山城路"说的是行役途中所见，榛荆，犹似荆棘，此处便是荒蛮之地了。料想当时应该为纳兰出行途中所作。

山城遥遥，满眼荒芜颓败之景，荆棘一样的植物在这城边的行军道上显得格外刺眼。忽然从远天传来断断续续的几声嘶哑的雁鸣，在丝丝雨声中，它们只顾前进，倏忽间就飞向远方去了，像那断雁前来，却不为愁人暂住片刻，那为何还有"鸿雁传书"的古语呢？想必不过是自己一厢愁情，更无处安放罢了。前路未知，雨还是丝丝缕缕，越加觉得寒冷，但归处何在？

纳兰发此感叹，极易让人想到清朝史事，当时清廷准备与罗刹（今俄罗斯）交战。军情机密一切需要人去打探，康熙于是派出八旗子弟中精明强干之人,远赴黑龙江了解情况,刺探对方军情。正是因为纳兰等人的辛苦侦察和联络,清廷得以在黑龙江边境各民族的支持下,顺利完成了反击俄罗斯侵略的各种战略部署。想必此词就是途中所作。而另一首同词牌的词作中,纳兰提到"明日近长安,客心愁未阑",想来则是归途中所作了。

下片抒情,承转启合中纳兰表现出不凡的功力,把上片末句中"寒雨"与自己的心绪结合起来,自然道出"丝丝心欲碎,应是悲秋泪"的妙喻。俗话说:"触景生情","睹物思人"。出门在外的行役之人、游客浪子,眼中所见、耳中所闻、心中所感都包含着由此触发的对遥远故乡的眺望,对温馨家庭的憧憬。李白《春夜洛城闻笛》中有:

"此夜曲中闻《折柳》,何人不起故园情!"说的便是诗人听到《折柳》曲,生发出思乡之情的佳句。纳兰此处也是如此,看到那断雁远征,奔赴远地而不知暂住。寒雨丝丝,想来自然成了悲秋之泪,凡所苦役沿途所遇景物,都被蒙上了一层浅浅诗意的惆怅。想到此处,不觉黯然泪下,发出"泪向客中多,归时又奈何"之叹。

纳兰一生虽然没有经历战乱之祸,但此期间边庭政治斗争却一直没有停息,由此纳兰作为御前一等侍卫,不免卷入宫廷的政治祸乱中,早是心生疲倦。

那塞上满眼荆棘顽强生存着,昭示着在人间,而自己却只剩一腔怅意结于胸中。呼之不出，是故郁郁。

菩萨蛮

【原文】

荒鸡再咽天难晓①，星榆落尽秋将老②。毡幕绕牛羊③，敲冰饮酪浆④。山程兼水宿，漏点清钲续⑤。正是梦回时，拥衾无限思⑥。

【注释】

①荒鸡：指三更前啼叫的鸡。旧以其鸣为恶声，主不祥，认为荒鸡叫则战事生。

②星榆：白榆树。

③毡幕：即毡帐。

④酪浆：牛羊等动物的乳汁。这里指酒。

⑤钲：古代行军或歌舞时用以指挥进退、动静的乐器。

⑥拥衾：即拥被。

【赏析】

还未三更鸡已鸣过一阵，怕是战事将起，可鸡鸣再次消歇时，天依然难见晨晓。天未亮，尘未绝，秋天却将老去。"一叶落而知天下秋"，你看那满树繁华如星光坠落，尽了秋日便将寒冬。冬天，北国的冬天，放牧的牛羊要用毡幕圈起来才行，饮食牛羊酪浆得敲碎冰块，这本也算塞外一番快乐生活。只可惜，这是不太平的北国。

翻山过水风餐露宿，只因那行役之匆，钲鼓急敲和着漏壶滴答，时刻催人进发。夜以继日，再多劳苦怕也难敌思乡的苦。此一刻午夜梦回，正是战鼓急点；再一宿夜半难眠，只剩了无限思念。拥被而卧，却是衾褥不敌寒，是人太多思量还是景本凄然？

这是一首描绘边塞行役中的生活及思念家园的小词。

上片皆出以景语，而景物无不凄然关情。"荒鸡"既点出时间又指出事因，一个"荒"字起头便定了悲凄的基调。而鸡鸣"再咽"表明当事人是辗转难眠，"咽"更添了凄凉之感。"星榆落尽秋将老"，星星一样繁盛的白榆树也落尽了叶子，秋天都要过去，天地只是肃穆而荒凉了。过几日牛羊也要用毡围成圈

幕了，连饮食酪浆都怕要敲碎冰块才行。后两句既写北方冬天的酷寒，又为下阕写行役之苦作铺垫。整个色彩基调由凄清入荒凉，再进入一种肃杀的境地。让人不禁想象北方冬天战鼓累累，大地一片萧索的场景，顿觉寒气袭来。简单几句景物描写，却写出了无限凄楚之情。纳兰始终是婉约派，词总是写得含蓄动人。上片虽没有明写边关和塞外寒冬，却让人联想到了唐边塞诗人岑参那首最著名的《白雪歌送武判官归京》，"散入珠帘湿罗幕，狐裘

不暖锦衾薄""瀚海阑干百丈冰，愁云惨淡万里凝"，冬日的塞外寒苦便呈现在我们面前，那难消的行愁实在理由足够。

下片写行止无定，夜以继日，唯梦中可暂得安慰，但好梦又不成，只剩有无限的苦思了。"山程兼水宿，漏点清钲续"句无疑让人想到那首《长相思》，"山一程，水一程，身向榆关那畔行，夜深千帐灯"，同样的跋山涉水风雨兼程，同样的夜宿无眠怅惘寂寞。"风一更，雪一更，聒碎乡心梦不成，故园无此声"，好一首《长相思》，是说不尽的相思扰人清梦，还是那风雪声聒碎了"乡心"？此刻"正是梦回时"，却"拥衾无限思"。又是一番好梦难成，那唯一的安慰也没了。是谁说，你自日想的会在夜晚梦里实现呢？可是身躺着，心却醒着，为何要这般苦思？这里暂无风雪，这里尚未寒冷，我的"故园"，却

还是一再出现在这里，在我的脑海里我的心里，我醒着的"梦"里，我也只好把她安放在我的词里。

幸而容若有词这番天地，有着文字的世界来给个出口。那行役的劳苦不敌思乡的苦，相思无限无处诉，借着文字是抒了情发了苦还是更寂寥了？多少，应该还是给了他安慰吧。

午夜梦回，爱怎么回味就怎么回味。但人前人后，却要装出什么都没有发生过的样子。

你可以的，我们都可以，人都是这般活。

国学经典文库

纳兰容若全集

《纳兰词》鉴赏

图文珍藏版

菩萨蛮

【原文】

白日惊飚冬已半[①]，解鞍正值昏鸦乱。冰合大河流[②]，茫茫一片愁。烧痕空极望，鼓角高城上。明日近长安[③]，客心愁未阑。

【注释】

①惊飚：谓狂风。

②冰合句：谓大河已为冰封，河水不再流动。李贺《北中寒》诗："黄河冰合鱼龙死。"

③此代指北京。

【赏析】

北风卷地白草折，十一月必然是大风飞扬的天气，边塞的冬天已至半，你终于是要踏上归途了。长烟落日，黄昏古城，本是苍茫壮美，却只是王维笔下的。馆外野店，正解鞍马，群鸦未歇，重重飞影暗沉了远方暮色，也乱了你心间一片芳草碧连天；这样的长城外古道边，想必你早已厌倦。于是，你策马随大河东去，可是冰封的黄河水如何奔涌东流？问君能有几多愁？茫茫大地无声无息，萧索一片却全在说愁。

思归的马蹄，越山过水，踏过的原野，还极目可望野火烧过的痕迹，前方的城阙鼓楼上人影渐丰。高楼望断，天涯已是昨天；再挥一鞭，明日就到家园。你却说，日暮乡关何处是，烟波江上使人愁。这久别的北京明明就是你的长安，你的心何苦愁未阑？

这一阕羁愁归思之词当是作于纳兰与康熙二十三年冬南巡返程途中。整阕词很明显溢满了伤感愁绪，上下片结尾两处出现"愁"字，可见纳兰是愁心难泯，天生多情的他最不吝惜的怕就是愁了。只是我们还是不解，离家远行的时候，他思家成愁实属人之常情，此番回京返乡该是欣慰甚至高兴才对，

怎的也愁呢？可是容若就是容若，他若不多愁善感，恐怕只是一个温柔的富贵公子，而成不了一代垂名的天才词人。我们且残忍地剥开他几段愁，看看这到底是一位词人，还是一名愁客？

"风渐渐，雨纤纤，难怪春愁细细添。"这是《赤枣子》里的春愁；"愁无限，消瘦尽，有谁知？"这是《相见欢》里的夏愁；"西风一夜剪芭蕉，满眼芳菲总寂寥。强把心情付浊醪。"这是《忆王孙》中的秋愁。一年四季都是愁，怕还是不够。在外漂泊的时候，他写"长漂泊，多愁多病心情恶。"（《忆秦娥》）在家居安的时候，他又写"好天凉夜酒盈樽，心自醉。愁难睡。"（《渌水亭秋夜》）似乎才情满腹的纳兰，真是愁如江海茫茫无期，天下怕是没有谁如他

这般，是当之无愧的多愁客了。至此，该知这阕词里的归家生愁不是奇，是至情至真。虽然，只是纳兰的愁心一点，却成就了一阕好词。看来，这愁客成了词人实在太顺理成章。谁让他那么易愁，更那么爱把愁记在词里。友人说，上天忌妒他的才华而让他生得多病多愁；也许，从一开始，老天就把才华赋在他的愁里。

本篇写景为主，将个人愁绪隐于归途所见所感中，让人生出一种怜忧。

首起二句白描手法勾画出一幅白日深冬归程图：狂风卷折的冬日，归途昏鸦飞乱了天边的云霞，词人解鞍少驻初程。画面壮丽而又消沉，让人生出欲说难言的怅惘。"惊飚"将冬日寒风之凛冽与气候的恶劣一词道出，精到而更有画面感。"冰合大河流，茫茫一片愁"，将归程图拉伸至无限壮阔之处，有种"长河落日圆"的雄阔壮丽。

下阕，归程图纵横延伸。放眼望去，苍茫的草原上是一片野火的烧痕；极目仰望，远处城阙鼓楼上人影渐丰，想起繁华的北京城已经不远，然而旅途的劳累愁苦并不能消减。结尾两句化自谢朓《暂使下都夜发新林至京邑》"大江流日夜，客心悲未央"，在全词有画龙点睛之效，这愁便是纳兰的经典式愁。词中景皆是昏暗凄然，令人生忧，然景致壮阔处又别有一番风度。结句言浅意深，引人深思。

菩萨蛮

寄梁汾①苕中②

【原文】

知君此际情萧索③，黄芦④苦竹⑤孤舟泊。烟白酒旗青，水村⑥鱼市⑦晴。柁楼⑧今夕梦，脉脉春寒送。直过画眉⑨桥，钱塘江上潮。

【注释】

①梁汾：顾贞观，字华峰（一作"封"），号梁汾。江苏无锡人，康熙十一年(1672)举人，著有《积书岩集》及《弹指词》。

②苕中：一名苕水，有二源，一曰东苕，出浙江天目山之阳，东流经临安、余杭、杭县，又东北经德清县为余石溪，北至吴兴县为雪溪，一曰西苕，出天目山之阴，东北流经孝丰县，又北经安吉县，又东经长兴县，至吴兴县城中，两溪合流，由小梅、大浅两湖口入于太湖，相传夹岸多苕花，秋时飘散水上如飞雪，故名。顾梁汾南归后曾寓居苏州此地。

③萧索：萧条，凄凉。

④黄芦：落叶灌木，叶子秋季变红。

⑤苦竹：又名伞柄竹，笋有苦味，不能食用。

⑥水村：水边的村落。

⑦鱼市：卖鱼的市场。

⑧柁楼：船上操舵之室，亦指后舱室。因高起如楼，故称，这里借指乘船之人。

⑨画眉：指汉张敞为妻子画眉之故事，喻夫妻和美。

【赏析】

细看古来情缘，这缘分千百种，伯牙和子期的高山流水是一种，霸王别姬的生死情缘是一种，嵇康与山涛的挚友决裂是一种，甄妃与曹植的相思相望不相亲是一种，秦叔宝与朋友的两肋插刀是一种。

古人形容知己，用高山流水以喻之。纳兰一生重情，也重知音。纳兰的知己之求，一种神交于千里的相知相悯。顾贞观则是纳兰此生不得不提的知己挚友。中国文化中的知己之情，往往体现于患难之时、离别之际。此词作于顾贞观回无锡为母亲丁忧之时。纳兰全词词眼即在一个"知"字。无此"知"何以纳兰仿佛随顾贞观一路同行？无此"知"，何以字字写景，却句句入情呢？"知君此际情萧索"，纳兰与顾贞观的交契之深，便在这一句——"我知你"。最最平易的一句，却最是显得难得，可贵……"黄芦苦竹孤舟泊"一句，化用白居易《琵琶行》的"黄芦苦竹绕宅生"之句。一语双关，既是写顾贞观于孤舟之景，亦有暗指他同白居易一样是千古的伤心人，如《琵琶行》中所说"同是天涯沦落人"。

转笔一写"烟白酒旗青，水村鱼市晴"。陈廷焯在《云韶集》中评此句："画景"明明是纳兰所幻想的景物，却最是真实可信，最是云淡风轻。那是一幅淡泊明朗的风景，祥和安宁的停泊之所。名为写景，却是在以安宁的景物安抚挚友的情绪。在你失意的时候，却可停泊在此温柔宁静之所。这一番平抚挚友的心意是不言自明的。

纳兰全词以所幻想之景入句，然而所包含的一路相随慰藉之情，却是在字里行间流动的华彩。"柁楼今夕梦，脉脉春寒送。"柁楼乃船尾舵工庇身之楼。今夕夜里，我身处柁楼之中，我就是那舵工，为你掌舵护航，为你送走这春季寒冷的风。这一具有幻境色彩的叙述之下，

不言而喻的深情便是：你我知己，一旦倾心认可，便为你千寻万顾……

"直过画眉桥，钱塘江上潮。"意谓梁汾归去心切，得享和美的家庭快乐和安闲隐居钱塘江畔的生活。直为，犹言只为。画眉桥，梁汾有咏六桥之自度曲《踏莎美人》，谓自删后所留"其二"中有句云："双鱼好记夜来潮，此信拆看，应傍画眉桥。"自注："桥在平望，俗传画眉鸟过其下即不能巧啭，舟人至此，必携以登陆云。"

菩萨蛮

【原文】

萧萧几叶风兼雨，离人偏识长更苦[1]。欹枕数秋天，蟾蜍下早弦[2]。夜寒惊被薄，泪与灯花落。无处不伤心，轻尘在玉琴[3]。

【注释】

①长更：长夜。

②蟾蜍:指月亮,《后汉书—天文志上》"言其时星辰之变",南朝梁刘昭注:"羿请无死之药于西王母,姮娥窃之以奔月……姮娥遂托身于月,是为蟾蜍。"后用为月亮的代称。早弦:上弦月。

③玉琴:玉饰的琴。亦为琴的美称。

【赏析】

风也萧萧,雨也萧萧,窗外秋叶凋零破碎,人却辗转反侧,久久难眠。异乡漂泊,经年不归,只因那难抑的孤独,故而独独品出了长夜漫漫的痛楚。辗转反侧,忽而望见深秋的月,半月当空,凄冷如水,正如此时的心境。

不知何时已昏昏睡去,也不知道醒来又是何时,只是忽然倍感夜里透骨的寒冷,灯烛摇晃明灭,灯花也随着脸颊上的泪滑落下来。此时此景,处处勾连起心中的伤感,尽付与琴声。

这首词写一位"独在异乡为异客"的离人,适逢深秋之夜,孤枕难眠的凄惶心境。

上片,先展开一幅凄凉萧条的秋夜图卷。"秋风秋雨愁煞人",秋叶、秋风、秋雨、"秋天""蟾蜍",营造萧索、凄凉的意境。"蟾蜍"代指月亮,"羿请无死之药于西王母,娥窃之以奔月……娥遂托身于月,是为蟾。"这个带着传奇色彩的典故也给月亮增加了离别与相思的蕴意。在这个凄清的深秋之夜,"离人偏识长更苦",只有处于某种境地的人才懂得特定事物的特定含义。"长更"就是"长夜"的意思,长夜何以"苦"呢?只因心中孤寂难耐,"欹枕"却久久难以无眠。这与范仲淹的"黯乡魂,追旅思,夜夜除非,好梦留人睡"颇有同感。一个"数"字反映词人百无聊赖,无所寄托,唯有无意识地遥望长空残月,更加耐人寻味。

从"数秋天"到下片"夜寒惊被薄"之间存在着一个时间的跳跃。这个空隙中所留下的是词人无意识地昏昏睡去和被夜寒突然惊醒的凄惶境地。设身处地想来,一个"惊"字形象地描绘出了这种半夜醒来、无所依托的孤苦心境。"寒"不仅仅是身体的寒冷,长年别离,孤身在外,心里也生出无尽的寒意。

下片对"情"的经营也是恰到好处。全词上下无一字半言着落在"孤"、"独"之类的字眼上,却透着一份刻骨的孤单之感。"泪与灯花落"一句,有着别样独特的含义。泪珠与灯花相对簌簌落下,营造出人与灯烛相对而泣的情景,人怜灯花,灯花却不知怜人。"泪眼问花花不语,乱红飞过秋千去。"因而生出无限的惆怅,一声悠长的叹息也暗含其中。因而觉出无限的伤心,付与瑶琴,然而,却无人听。一声琴音,一腔愁情,孤寂的色彩也显得更加浓厚。

词人的笔法流畅,仅仅据着眼前所见、心中所感,而一一道来,却在朴素中营造出凄美绝伦的意境。这一点丝毫不亚于李煜在《相见欢·无言独上西楼》中绘出的"寂寞梧桐深院锁清秋",二者相通之处在于景中融情,上片与下片的连接和互通,情与景的交融也正是本词取胜的关键。

除此之外,本词中从景的描绘到情的抒发是有着一个渐入的过程的。起初词人只觉出长夜漫漫的寂寥,但被深秋之夜的寒冷惊醒后,心底的忧伤被"惊"动,无限伤心被莫名触动,独自对着灯花,泪水相伴而落,自而凄惶不堪,本词的情感在这里也就达到了高潮。继而写"玉琴",赋予词更加悠长不绝的深刻意味。

有人说，"纳兰多情而不滥情，伤情而不绝情"，他一生有过不少的"悼亡之吟""知己之恨"，"家家争唱饮水词，纳兰心事几人知?"那些不幸的爱情经历为他的创作植入了影影绰绰的凄凉情怀。这首词就是表达心中寂寞之情、孤苦之意的一首代表作，字里行间，景中意外，都是纳兰容若无限孤寂、忧伤的情思。

国学经典文库

纳兰容若全集

《纳兰词》鉴赏

图文珍藏版

菩萨蛮

【原文】

为春憔悴留春住，那禁半霎催归雨①。深巷卖樱桃，雨余红更娇②。黄昏清泪阁③，忍便花飘泊。消得一声莺④，东风三月情⑤。

【注释】

①半霎：极短的时间。

②雨余：雨后。

③阁：含着。

④消得：禁得起。

⑤三月情：暮春之伤情。

【赏析】

你留不住将逝的春天,所以你比落花憔悴。

黄昏,雨来催归。在悠长,悠长,又寂寥的雨巷里,你邂逅了一个丁香一样的,结着愁怨的姑娘。她有着,桃子脸樱桃嘴,怀揣着一抹柳色,走过江南小街,环佩叮当。但当你转身凝望时,在雨的哀曲里,消散了她的颜色,消散了她的芬芳,消散了她丁香般的惆怅。

泪水的兰舟,泊在了你远望的眼神里。那封无法寄出的红笺,翩然从指尖滑落……

这是一首伤春伤怀之作。

词首句起势不凡,为全篇定下了留春不住而辗转憔悴的情感基调。春天就要过去了,我为春天的逝去而变得憔悴,能把春天留住的话该有多好啊!以下一句"那禁半霎催归雨",以稍带夸张的手法,发出了留春无计的感问:可是春天哪里禁得住来催她回去的半霎雨滴呢?

起首二句营造了一种与欧阳修《蝶恋花》"雨横风狂三月暮,门掩黄昏,无计留春住"相类似的氛围和心境:同样的雨横风狂,催送着残春,主人公同样想挽留住春天,但风雨同样无情,留春不住。临此境,欧词中的女主人公感到无奈:"泪眼问花花不语,乱红飞过秋千去",只好把感情寄托到命运同她一样的花上;而纳兰词中的主人公生出无限怜惜:"深巷卖樱桃,雨余红更娇"，于雨后愈显娇嫩的樱桃中暂得慰藉。关于"深巷卖樱桃，雨余红更娇"这二句，顾随《驼庵诗话》认为，其虽然清新鲜丽，但无甚回味，不耐咀嚼。但是小词未必语语耐嚼，才能为至境。绘画大师齐白石曾有一"不盈尺之作"，画的是红樱一盏，娇艳欲滴，敢问有何深意？只不过是认为其物趣天然、最是悦人罢了。纳兰此句亦是如此，虽无甚微言大义，但是于意境还是颇为相合的。

下阕，词人由怜惜转为伤怀。"黄昏清泪阁，忍便花飘泊"。这其实是个倒装句。词人实在不忍看到春天的花瓣都飘零凋落了，夕阳黄昏之中，他只得泪眼盈盈。而就在这时候，他听见一声黄莺的啼叫顺着东风飘忽而至，唤起了他对三月阳春的深情。末句，"消得一声莺，

东风三月情"。"消得"本来是经受得住，这里谓无法经受，因为这一声莺啼，唤出了"东风三月情"。此处"三月情"应指惜春之情。但宋朱淑真有

《问春》诗,诗中有"东风负我春三月,我负东风三月春"这样的句子,所以"三月情"或指恋情,亦无不可。

如此观之,此词似含有一段隐情,表面上是欲留春住,其实是想留人,想留而不能留,或才是诗人的心痛处。

结合上阕,可以这样来想象一个意境:春日黄昏后,深巷,伊人在巷中越走越远,诗人想留想追,话未出口,天上已下起了雨,不得已,只能返回,忽而雨停,伊人已不见了踪迹,只有雨后的樱桃红得娇艳,恰如伊人。自己一个人只能对落花流泪,而东风之中一声莺啼,又唤起三月里对她的深情……

菩萨蛮

【原文】

晶帘一片伤心白①,云鬟香雾成遥隔②。无语问添衣,桐阴月已西。

西风鸣络纬③,不许愁人睡。只是去年秋,如何泪欲流。

【注释】

①晶帘:水晶帘子。形容其华美透亮。

②云鬟香雾:形容女子头发秀美。

③络纬:虫名。即莎鸡,俗称络丝娘、纺织娘。夏秋夜间振羽作声,声如纺线,故名。

【词评】

钱仲联《清词三百首》云:"短幅而语多曲折,能透过一层写。"

盛冬铃《纳兰容若词选》:"容若与卢氏伉俪情笃,卢氏死后,容若'悼亡之吟不少,知己之恨尤深'(叶舒崇《皇清纳腊室卢氏墓志铭》)。这些'悼亡之吟'出自肺腑,其心愈苦,其情愈真,是纳兰词集中十分引人注目的部分。这首《菩萨蛮》作于清康熙十六年秋,距卢氏之死约三个月。'无语问添衣,桐阴月已西',因一个细节又惹起无尽哀思,夜深人独,凄然泪流,容若写下当时的感受,有恨海难填之痛。"

黄天骥《纳兰容若和他的词》:"秋夜,诗人对着月色,无法入睡,想起了远隔关山的妻子。最后两句,暗喻年年离别。去年,离别的眼泪还可以强忍;今年,虽然景色依然,伤心人却无法压抑自己的感情了。"

毛泽东《毛泽东读文史古籍批语集》:"悼亡。"

【赏析】

世间最悲惨的,莫过于

天人永隔。而我和你,竟不幸被老天薄待如此。你狠心去向那天上瑶池,我却在人间地狱苦煎熬。都说红尘好,我却恨不能随你而去。只要有你,即便是做牛郎织女,等待一期一会,也不愿如今这般,空守着回忆,却今生永不能再见。

据考证,本词作于康熙十六年秋,即卢氏新亡不久。小令所取只是日常生活中"添衣"的小事,却勾起纳兰容若无边的怀念与哀痛。自从爱妻卢氏逝去之后,再无人为他添置寒服。对他关怀备至。虽有仆役无数伴在侧,却哪及得上妻子的温柔可人,让他心暖,瞬间融化。

　　"晶帘",指的是水晶帘,华美透亮。李白的《玉阶怨》中也提到了晶帘:"玉阶生白露,夜久侵罗袜。却下水晶帘,玲珑望秋月。"此物给人一种清冷之感,说不出的萧萧然。"伤心"乃"极"的意思,"伤心白"为极白。李白有诗曰:"平林漠漠烟如织,寒山一带伤心碧。""伤心碧"泽作极绿。这句表面是说,晶帘看上去白花花一片。其实在容若看来,这样的白是一种惨白。这就奠定了他的情绪基调,心情是极为低落的。何以至此呢?从下一句"云鬟香雾成遥隔"就看出了端倪,原来是这惨白的晶帘,让他想起了新亡的妻子,他与她,就如同被这一袭晶帘相隔,可望而不可即。断肠人是易感的,就连这无辜的晶帘,也成了他假想的刽子手——让他们夫妻二人阴阳相隔。"云鬟"意为乌黑的秀发,出自杜甫的《月夜》"香雾云鬟湿,清辉玉臂寒",是诗人写给妻子的,容若在此用以代指自己的妻子。"香雾"即身上的香气似雾浓,同样代指妻子。"云鬟香雾成遥隔",他那温柔贤淑、有着乌黑长发和浓雾般香味的妻子,如今已与他天上人间。此情此景,怎一个"白"字了得?

　　"无语"承接上一句,即思念的人儿已不在身边,即便天气转凉,也无法问她要不要加衣裳,正是照应了前句中的"成遥隔"。卢氏在世时,总是对他嘘寒问暖,关爱有加,会时刻注意着天气的变化,提醒他加减衣服,从来不会让他冻着热着。而此刻,当他感受到些许凉意的时候,不但再无她在身边提醒他添衣,就是他想到要关心她,要敦促她添衣,也苦无机会。此时的容若,是痛?是憾?已分不清。"添衣"一事,本为家常,在容若一贯的精美词作中也不大会出现。但这时的容若,一心沉湎在对爱妻的追忆中,最能勾起他温情的,就是与妻子的点滴过往,这些比起他的遣词造句要重要得多。而在旁人读来,却丝毫不嫌无味,反而觉得沾了烟火气的容若,更是让人心疼着。"桐阴月已西",意为月亮已经从梧桐树阴间消失,沉下西方,即指夜色已深。可是容若却被思念揪痛了心,睡意全无。

　　"西风"意为秋天的风,大多表示瑟瑟寒风,别有一种凄凉的意味在里面。如"帘卷西风""古道西风瘦马""回首西风何处疏钟"等，都有凋零败落之意。"络纬"指的是蟋蟀。蟋蟀又叫"促织"，一到秋天它就开叫，仿佛是在催促大家赶快织衣御寒。"愁人"当然指的是容若自己。这个"不许"，难道真是因为秋风吹蟋蟀鸣叫而吵得他无法成眠吗？当然不是，都说夜来最思念，尤其又是在如此凄清的秋夜

中，他对她的想念，恐怕已经翻江倒海了，如何能歇？这一句的意境和唐代张籍的《秋夜长》极为相似，张在诗中写道："愁人不寐畏枕席，暗虫唧唧绕我傍。"一样是在秋夜，一样的无眠，只是后者是满满的孤寂之意，至于心中是否怀人，就不得而知了。

这一结句直白易懂，却最动人心弦。你能看见吗？还是一样的秋色：秋风习习，虫鸣唧唧，梧桐树下月无踪。而你也如同那调皮的月亮，"无情"地没入遥远的天边，让我看也看不见，摸也摸不着，怎能不让我伤心欲绝？末句一个"欲"字，将出未出，形容泪已流尽再无泪可流，真是哀痛到了极致。这里，容若的痛极之情被描画得极为精准，让人读来心梗然。李清照在《武陵春》中写下："物是人非事事休，欲语泪先流。"不管是这里的无语凝噎，还是容若的欲哭无泪，都是凄凄惨惨，似让读它的人也断肠。

菩萨蛮

【原文】

春云吹散湘帘①雨,絮粘蝴蝶飞还住。人在玉楼中,楼高四面风。柳烟丝一把,暝色笼鸳瓦②。休近小阑干,夕阳无限山。

【注释】

①湘帘:用湘妃竹制成的帘子。

②鸳瓦:鸳鸯瓦,成双成对的瓦。顾贞观《青玉案》有"自古有情终不化。青娥冢上,东风野火,烧出鸳鸯瓦"。

【赏析】

如今没有夕阳,有的只是低低的阴云,有的只是霏霏细雨。烟丝缠着柳条,湿湿滴落着黯然,那许多幽怨!高楼挡不住寒风,重山阻挡了归路。这思念,何处排遣?

此篇中,容若塑造了一个痴痴等候恋人归来的伊人形象,而此伊人,想必是投射

了他自己的影子。黄天骥曾评论说:"这是楼头思妇怀念远方游子的词。云收雨散,春意阑珊,她登上高楼,远望远方。在苍茫的暮色中,她只见杨柳如烟,看不清楚。于是她叮嘱自己,不要凭栏纵目了。因为那夕阳落在无限远

山之中,而行人更在远山之外,怎么也望不见!"

首句"春云吹散湘帘雨"中的"春云"让人捉摸不透。春天的云吹散了雨,似乎也合情合理,可是四季之中,云吹散了雨的情景随时看见,为什么偏偏要用到"春云"和"湘帘雨"?

"湘帘雨"原来是有出处的,毛泽东曾经在 1961 年写道:"九嶷山上白云飞,帝子乘风下翠微。斑竹一枝千滴泪,红霞万朵百年衣。洞庭波涌连天雪,长岛人歌动地诗。我欲因之梦寥廓,芙蓉国里尽朝晖。"娥皇和女英,为了寻找南巡的舜帝,千里迢迢找到潇湘。得知舜帝死在苍梧,泪如滂沱,守着潇湘竹,"斑竹一枝千滴泪"。她们的眼泪洒在山野的竹子上,形成美丽的斑纹,世人称之为"斑竹"。"湘帘雨"自然是因为思念而致,湘妃竹编制的帘子青翠欲滴,像是流淌着湘妃的眼泪,充满了浓情蜜意。

"春云"指的是女子的美发。《花月痕》第七回:"春云低掠两鸦鬟,小字新镌在玉山。""春云吹散湘帘雨"说的是女子的秀发太美,美到让湘妃竹上斑斑泪痕都消失得没有踪迹。单从首句来看,便是一个美女的速写图。

"絮粘蝴蝶飞还住",柳絮和蝴蝶,似乎是从来不会沾边的两种东西,却在某种时空里因为缘分相遇,而且"飞还住"注定改变了彼此的航向。这一句难道不是有关爱情的隐喻?有情人相遇,飞的不飞了,漂的也不漂了,纠缠在一起,经历一段爱情的凤缘。这不是每个人心中的愿望吗?可是,有情人的结局如何?下句做了说明。

"人在玉楼中",玉楼,指的是华丽的楼阁。宋辛弃疾《苏武慢·雪》:"歌竹传殇,探梅得句,人在玉楼琼室。"处在这样一个华贵、优美的地方,物质生活是丰裕的,女主人也无疑是优雅、高贵的,按理说不应再有什么奢望,可那"工楼"中的人却不这样想,她的感觉却是"楼高四面风"。

"楼高四面风",楼本来很高,加之四面风让这楼显得更加空旷、寂寥。"四面风"让人疑惑,难道容若觉得一面的风还不够寒冷,不够让人心酸,一

国学经典文库

纳兰容若全集

《纳兰词》鉴赏

图文珍藏版

定要让这华美的玉楼有四面受敌之困的感觉？一般的楼不会有这样四面全开着窗子，容若之所以会这么写，闺中人会这么感觉，完全是一种主观的情绪在作祟。

从这两句词可以看出，有情人的结局不过是人去楼空而已。

"柳烟丝一把"中的"丝"出乎意料。柳树远看像烟雾，又像丝。为什么用"丝"来形容"柳烟"？"丝"和相思的"思"非常接近。正表达了玉楼女主人的相思之情像柳树的叶子一样繁密、悠长。容若这样写，非常巧妙地借用了"春蚕到死丝方尽，蜡炬成灰泪始干"中的"丝"字，写出来别有一番风韵。

"暝色笼鸳瓦"中的"鸳瓦"指的是鸳鸯瓦。唐李商隐《当句有对》："秦楼鸳瓦汉宫盘。"指成双成对的瓦。为什么容若提到了"鸳瓦"？是因为玉楼女主人是独守的鸳鸯，正渴盼着情人归来的她，自然觉得鸳鸯瓦刺痛了她的心。用"暝色"而不用其他快活的、让人欣喜的颜色，正是因为女主人情绪低落。

最末二句"休近小阑干。夕阳无限山"和这首词作的其他句子相比，用词浅白，也最容易理解。意思是：不要靠近阑干，因为可以看见夕阳落入崇山峻岭之中。用"无限"来修饰"山"，刻画出了女主人的内心世界，山外还是山，无穷无尽的山，我的有情人，他在哪重山之外呢？隔着这重重的山，他什么时候才能翻越回来呢？

这首词写得十分含蓄，只描写景物而不明确说出主旨，很接近《花间集》的风格。前六句描写春天傍晚时的景色。最后两句才微微透露出词的旨意，"休近小阑干"。正如辛弃疾《鹧鸪天》："肠已断，泪难收。相思重上小红楼。情知已被山遮断，频倚阑干不自由。"

菩萨蛮

回文

【原文】

客中愁损催寒夕[①]，夕寒催损愁中客。门掩月黄昏，昏黄月掩门。翠衾孤拥醉[②]，醉拥孤衾翠。醒莫更多情，情多更莫醒。

【注释】

①愁损：忧伤，犹愁杀。

②翠衾：即翠被。

【词评】

这是一阕回文词，每句都颠倒可诵，一句化为两句，两两成义有韵。回文作为诗词的一种别体，历来不乏作者，但要做到字句回旋往返，屈曲成文，并不是容易的事。有些人把这当作文字游戏，不免因词害义，以至文理凝涩，牵强难通，结果是欲显聪明，反而给人以捉襟见肘的感觉。容若此作虽然并无特别值得称颂之处，但清新流畅，运笔自如，在同类作品中自属佼佼者，故录之以备一格。

——盛冬铃《纳兰容若词选》

醒莫更多情,情多更莫醒。问世间,情为何物?

情是才下眉头、又上心头的缠绵,是剪不断、理还乱的悱恻。情是口角处噙香的温柔,还是眉宇间低回的婉转。情是戒不了的瘾,情是治不愈的病。情是幸福时的酸楚,情是寂寥时的痛楚。情是说不清、道不明的心结,情是忘不了、放不下的牵挂。

情为何物?情在不能醒。

这首小词,每两句都是反复回文。"客中愁损催寒夕",从最后一个字"夕"倒着往前读,就是下一句"夕寒催损愁中客"。整首词倒读,也是极协音律的回文词。由于有这两个特点,因此每一句开头的一字和结尾的一字也要押韵,如""""门·昏""翠·醉""醒·情"皆是如此。

"回文"之作大多虽为游戏文字所作,不过这首"回文"词却不仅仅是为了文字游戏所作。它有感情、有韵味、有意境,深入地表达了作者"情在不能醒"的无奈情绪。

先看第一联回文句:"客中愁损催寒夕,夕寒催损愁中客。"前一句写词中主人公愁绪孤寂,独身的孤冷似乎把周遭的空气都凝结,寒夕似乎是因为他而提早来临。后一句写呼呼的寒气使得本已孤冷愁怨的主人公似乎更加愁怨冷寂。虽是回文，但前后两句的意思并不重复，下句是作更深一层的演绎。

接下一联："门掩月黄昏，昏黄月掩门。"门内人为不触景伤情，把能引起遐思的良辰美景关在门外；门外，月色撩人，昏黄多情，照着孤独掩着的门，更显落寞。前一句为情，后一句为景，亦情亦景，情景交融。

"翠衾孤拥醉，醉拥孤衾翠。"门里人漫漫长夜独坐，披着翠衾抱着酒壶，"举杯销愁愁更愁"；夜凉如水，醉意弥漫，主人翁拥着翠衾觉得似乎没那么冷，像那个她就在旁边，温柔温暖……这一联，写借酒浇愁，写醉酒拥人，矛盾中见深沉蕴藉。

最后一联："醒莫更多情，情多更莫醒。"为全词精警之笔。夜风吹来，词人仿佛清醒了许多，但感着此情此刻，心里却更加地痛苦。爱之深，痛之切啊！对于自己的"多情"，词人都有点害怕了，以至于告诫自己醒来以后不要再有多情之举。然而因为情多，清醒却愈发痛苦，那还是不要清醒吧，毕竟在醉生梦死中，能忘记冷酷现实里的一切。全词读罢，但觉其中充满幽怨愁绪，寂寒情恨，痛苦万分。如此深厚之内蕴，恐怕绝非普通游戏之作可以道出。

菩萨蛮

【原文】

飘蓬只逐惊飙转①,行人过尽烟光远。立马认河流,茂陵风雨秋②。

寂寥行殿锁③,梵呗琉璃火④。塞雁与宫鸦⑤,山深日易斜。

【注释】

①飘蓬:随风飘荡的飞蓬,比喻漂泊或漂泊的人。惊飙:突发的暴风,狂风。

②茂陵:明宪宗朱见深的陵墓。在今北京市昌平区北天寿山。

③行殿:可以移动的宫殿,犹行宫。皇帝出、行在外时所居住的宫室。

④梵呗:佛家语,佛教作法事时念诵经文的声音。琉璃火:即琉璃灯,用玻璃制作的油灯,多用于寺庙中。

⑤塞雁:塞鸿。宫鸦:栖息在宫苑中的乌鸦,唐王建《和胡将军寓直》:"宫鸦栖定禁枪攒,楼殿深严月色寒。"

【赏析】

纳兰叹兴亡的词并不少见,这首写得尤其别致。

写的是茂陵之景,出现得并不突兀。

开头就是那随风飘荡的飞蓬,随着突发的狂风飘零,不知何处。实际说的是人生之不定向,人同飞蓬,漂泊天涯,不知道归处在哪,都是匆匆过客。相比于广袤的大自然,人类不过是渺小的苇草,寄蜉蝣于天地,渺沧海之一粟,丝毫无力掌控生命的方向。主宰的从来是如同"惊飙"的命运,何时急转,何时直下,何时消亡,何时弱化,都不能预知,只能顺从它的变化,跟从它的脚步。人生漫长,实际上却始终心似游子,漂泊沉浮。开头七个字,纳兰完全似旁观陈述之人,写景看似自然随意,却足以读出压抑沉郁,不免有些消极意味。

景色萧条,行人过尽,远方好似全然是烟光一片,看不清将去往哪里,写的是内心极度的无助和孤寂。因用情太深而备感苦楚,因知己太远而无处倾吐郁结的苦水,纳兰也只得感叹,行人过尽。知己聚少,爱人不再,这软弱的身躯仿佛只是愣愣立于世界中心,看周遭一切,都是空旷漫长——这才停下马来,该要认河流,思思去向了。"茂陵风雨秋"已然出现在眼前。

上片构述巧妙,让茂陵的出现颇为合理,亦融进了萧瑟的风。可见纳兰来到此处,有所思,有所虑,有所郁结,像要寻些什么来慰藉自己。

茂陵即明十三陵宪宗朱见深的陵墓,这里应是代指整个十三陵,隐含咏那已逝的明朝。但用的是宪宗之典,又另有意味。宪宗其人,算是史上唯一因贵妃之死抑郁而亡的君主,他与万妃的感情,可谓孽缘一桩。哪怕是因万妃专横,险些断了后,这君主仍是对她死心塌地。虽算不上一代英明的皇帝,也算得上是一个痴心的男人。面对这样一代君主的陵墓,纳兰何思呢?同是痴心思念,身陷丧妻之痛的纳兰,大概是感受到共通的悲凉。

爱情逝去之痛,如落花流水,周遭一切随爱人远去,光华散尽。他与这痴心君王的心是相通的,足可见纳兰对亡妻情深,深至无处不思量,历史之思,不仅大国兴亡,也有小家悲喜。亡妻之死,在他心里留下的伤,痛了一辈子,念了一辈子,任何包含有过去的景致,都能勾起些惆怅来。

下片起写茂陵之景,"寂寥行殿锁,梵呗琉璃火",白描写景,反复吟读,满是苍凉之感,纸间散发出全是悲苦的气息。行殿之锁,梵呗琉璃,都是历史沉淀的标志事物。历史浩瀚,时光流转,那些兴盛的朝代,早被铜锁锁于时空深宫之中,褪去当年屋瓦楼阁金碧辉煌的琉璃,只剩梵呗声声,琉璃灯微亮,诵着安详的经文,亮着高墙里的微火。最终,只留下塞雁与宫鸦仍旧盘旋,仿佛为找寻昔日之景而聒噪地牢骚满腹。

纳兰道"山深日易斜",山谷愈深,日易沉落,悖论一语,却无比沉重,字字铿锵有力,直落到心底里去。过往再深远,日终究沉落。

菩萨蛮

过张见阳山居,赋赠

【原文】

车尘马迹纷如织,羡君筑处真幽僻①。柿叶②一林红,萧萧四面风。

功名应看镜,明月秋河③影。安得此山间,与君高卧④闲。

【注释】

①幽僻:幽静偏僻。

②柿叶:柿树的叶子,经霜即红。诗文中常用以渲染秋色。

③秋河:银河。

④高卧:高枕而卧,比喻隐居,亦指隐居不仕的人。

【赏析】

一箪食,一瓢饮,不改其乐。那是颜回的淡泊。

采菊东篱下，悠然见南山。那是陶潜的宁静。

《圣经》云：你出自尘土，必归于尘土。

人生在世，功名权势，终究如同镜花水月，一场空而已。与其车尘马迹，忙忙碌碌，不如垂钓碧溪，对一张琴，一溪云，一壶酒。且逍遥，信步其中。

此篇为过张见阳故居之作，抒发了词人对悠闲自适的隐逸生活的向往。

"车尘马迹纷如织"，首句写己况，自己身在繁华中，门前车尘马迹来来去去。"车尘马迹"，本即熙攘之景，再加上"纷如织"，这就生动淋漓地道出了都市喧嚣热闹至极的情形。那都市繁华不好吗？君不见，"宝马雕车香满路"，何其繁丽，何其蔚然！然而词人觉得不好，觉得厌烦。而正是因为他素来厌倦高门华阀的贵族人家的生活，厌倦侍卫官单调乏味的生活，所以当他过见阳山居之所时，才会发出"羡君筑处真幽僻"的感喟，表达对见阳山居的美慕之情。

"羡君筑处真幽僻"，"真幽僻"，幽僻在何处？——幽僻在红彤彤的一林柿叶，幽僻在萧萧作响的四面秋风。"柿叶一林红，萧萧四面风"，两句景语，悠然恬淡，萧散疏落，既是友人居所幽静的具体体现，又是词人美慕的缘由。——上阕以己处之喧阗与友人处之清幽做对比，递出心中艳美之情。

下阕则抒发了归隐山林的渴望。"功名应看镜，明月秋河影。"二句牵出"功名"二字。功名如何？"看镜""明月""秋河"云云似是在说功名利禄之事无非是镜中之月，河中之影一样，如烟如云，虚无缥缈。而正因为功名虚幻如梦，所以要舍弃它，追求山泽鱼鸟一般闲适的生活？

非也。此处的"功名应看镜"，所用并非"镜花水月"的意象，而是用杜甫《江上》诗"勋业频看镜，行藏独倚楼"的诗意。全诗如下："江上日多雨，萧萧荆楚秋。高风下木叶，永夜揽貂裘。勋业频看镜，行藏独倚楼。时危思报主，衰谢不能休。"显然这两句诗中，杜甫是嗟叹勋业未成而容颜易老，正如金圣叹在《杜诗解》中指出："频看镜"者，老年心热人，忽忽自忘其白，妙在一"频"字。

所以容若此处所写"功名应看镜，明月秋河影。"两句，实非是将功名利禄视若镜中之月，而是说，与其整日忙忙碌碌，对镜忧老，叹息不止，倒不如放下心来，栖此碧山，与友人高卧，畅叙幽情，惬怀为闲。此之句意，上承前句之"羡君筑处真幽僻"的"羡"字，说明正是由于自己放不下功名利禄，故此才生出"羡君"的感叹；下启尾句"安得此山间，与君高卧闲"的"安得"二字，表达了"与君高卧闲"的闲适还只是一种期盼，一种理想，不知何时才能实现。

小词质朴显露，但情深意切，不失为佳作。

菩萨蛮

【原文】

乌丝①画作回纹②纸，香煤③暗蚀④藏头字⑤。筝雁⑥十三双，输他⑦作一行。

相看仍似客，但道休相忆。索性不还家，落残红杏花。

【注释】

①乌丝：乌丝栏，指上下以乌丝织成栏，其间用朱墨界行的绢素，亦指有墨线格子的笺纸。

②回纹：原指回文诗，此处指意含相思之句的诗。

③香煤：古代妇女用以画眉的化妆品，或指香烟。

④暗蚀：暗中损伤，谓香烟渐渐散去。

⑤藏头字：将所言的事分别藏在诗句的头一字。

⑥筝雁：筝柱。因筝柱斜列如雁行，故称。

⑦输他：犹言让他。

【赏析】

伊人远信杳杳来，长长的锦书回环，她故意蚀去了藏头诗的第一个字，谁的耳边总有绝句在萦绕？我们俩诗词对唱真的很美妙。她的眼角眉梢，她的梨涡浅笑，她过得好不好？这十三根弦的筝柱齐整如雁阵，完全让人输了弹奏它的心绪。都说弦上起相思，古筝脉脉，那传递相思的十三双鸿雁能飞到她身旁吗？

她说，红杏绽了满园。然而，杏花落了，你也未回家。你知道，你已是她

国学经典文库

纳兰容若全集

《纳兰词》鉴赏

图文珍藏版

双手围成的家,你是她全部的牵挂。可是你在边塞,注定是她今生最美的客。既然彼此相看如客,就别再徒费相思,索性漂泊在外,让红杏凋尽。不要再说回忆别说在想她,她苦苦思念得都放了狠话。

一个塞外,一个江南。他和她注定相遇,又似乎必然分离。最浪漫的邂逅,换一场美丽的错过,谁不曾想那个擅做长诗的吴兴才女沈宛,能常伴容若身旁,与他诗词相对、红袖添香?容若既然娶了她,便不愿负她,可终究门第族别,美好的日子总是短暂。这一段分别,也太过漫长,长过了所有春华的花期,长过了思念的终极。

上阕起写词人收到妻子的长篇书信后,拆开发现"香煤暗蚀藏头字",妻子故意用眉笔或香烟火蚀了藏头诗的第一个字,让丈夫猜猜是什么意思。显然,这是因二人平日多以诗词对弈,互通心曲,这个小小游戏自然会勾起夫君的回忆,引发词人的无限相思。既然产生了相思,那怎么少得了寄托思念的筝弦与鸿雁?下一句"筝雁十三双,输他作一行"的出现便顺其自然而更添情怀。"筝雁",即筝柱,柱行斜列如雁阵。《隋志·乐志下》谓筝为十三弦之拨弦乐器。"输他",犹言让他(它)。筝柱齐整,就让它排列着好好一行吧,无心去弹拨了;十三弦,筝柱正好十三双,一个"双"字又道出多少隐痛?你我夫妻双双,谁不想把家还?可是眼下分隔两地,实在不如这雁柱成双。一语双关,将郁郁之情寓于其中,意出言外。一封家信引发的相思与孤郁,在典故的层层铺垫下,显出古奥深雅之美,别有一番韵味。想念着他的她,在他的思念里,成了天上的月牙。可望而不可即,心若咫尺却是天涯。

下阕幽婉含蓄,借妻子的口吻抒发词人内心的惆怅与无奈。"相看仍似客,但道休相忆",世人皆羡慕相敬如宾,可你我结缘以来,举案齐眉的日子越来越少,还谈什么白首不相离?何况你我之间,客气只会生疏了彼此,可怜没办法相互依偎,容我有机会也愿意端茶送水……沈宛于康熙二十三年归性德后,性德仍是十分忙碌,除平

时需要入宫执勤外,还常随康熙出巡,在家中的时间很少。所以词人此处如斯言。"索性不还家,落残红杏花"为赌气之语:索性在外面别回来好了,反正杏花都谢尽了,还回来做什么。妻子的嗔怪,自然是有容若的行踪难定、归期遥遥等现实原因,怨气是有,倒也不是真的恨他怪他。作为红颜知己,她自然是最懂他,岂会不知他的无奈与牵挂?她只是太过思念了,她只是郁闷老天不肯给她一个团圆。而容若,用这样的口吻,诉着凝心而愁的相思,皆只因深爱。只是向来含蓄的容若,总要把深爱表达得曲折。

减字木兰花

新月

【原文】

晚妆欲罢,更把纤眉临镜画。准待分明①,和雨和烟两不胜②。莫教星替③,守取团圆终必遂。此夜红楼④,天上人间一样愁。

【注释】

①准待:打算等待。

②宋杜安世《行香子》词:"寒食下,半和雨,半和烟。

③李商隐《李夫人三首》诗:"惭愧白茅人,月没教星替。"

④红楼:华美的楼阁,指富家小姐的住处。

【赏析】

此词后注有"新月"二字,表明这是一首咏物词。

咏物诗词,是诗词中的一个门类。才高之人,尤其喜欢在咏物上逞才使气。宋张炎《词源》说:"诗难于咏物,词为尤难。体认稍真,则拘而不畅;摹写差远,则晦而不明。"正说明咏物词之难写。

苏轼咏杨花一词，本是次韵之作，却超越了原作。姜夔自度《暗香》《疏影》二曲，以咏梅花。这都是咏物词中的翘楚了。

纳兰的这首咏新月之词，没有一处粘于月，却又处处在写月，没有亏待月。正所谓不即不离，妙合无垠。而他寄托在月中的一种深情，一段怨愁，犹如那高悬在天空中的孤月一轮，冰清玉洁当中，透着凛凛的寒意，轻而易举地让人沉沦。

词的上片，以月喻眉，取其形似。同时以月的朦胧迷

离写情的幽微难明。手法高明，让人分不清这到底是在写月，还是在写人。

"晚妆欲罢，更把纤眉临镜画。"妆是晚妆，眉是新月眉。新月眉，以新月之弯拟眉形，形象生动，俏皮得很。眼睛是心灵的窗户，眉毛则是眼睛的精魂。古人以水波喻眉，以远山喻眉，以柳梢喻眉，以新月喻眉。山、水、树、月，自然界的钟灵毓秀，诗人毫不吝啬地都用来形容心爱女子的眉，可见这"眉"真是无限风光，满纸风情。纳兰开笔由月及人，写了一个女子，精心打扮，一切准备就绪，只剩最后一道工序：细细描眉。这样精心，这样刻意，定是为了某个特殊的人，或是某个特意地约定。想必她是要在相见之时，将最美的一面呈现给最爱的人。

"准待分明，和雨和烟两不胜。"和雨和烟两不胜，是化用杜安世的词，杜词本是写烟雨之下的嫩柳，不胜烟雨之柔媚娇弱的情态。纳兰既以此写了女子柔媚之态，同时以借烟雨之迷离写月的朦胧，一如女子心心念念的那

一段情,准待分明,却不分明。正是这种朦胧不明,这种阻隔,让人愁心顿起,忧虑横生。阻隔和幽暗,有时是一种美,有时却是磨蚀人的意志和灵魂的毒药。

词之下片,自然过渡到一种悲情愁绪中。只是绝望之为虚妄,正与希望相同。在一片浓浓的情愁之中,隐隐约约地透着几许希望的光芒。

"莫教星替,守取团圆终必遂。"月儿啊,只要你不被群星的光芒所掩盖,不让群星取代了你的位置,终有一日,人们能得见那轮静静的满月,高高地挂在天上,注视着人间有情的圆满。月缺了,终有月圆的时候,没有人能够阻挡。可分离了,就一定有团圆的时候吗?坚持过,就一定会求得一分完满吗?

纳兰对此仿佛是有信心的,但结句却落入了现实的悲哀之中:此夜红楼,天上人间一样愁。想象再怎么丰满,也代替不了现实的骨感。此时此夜难为情,在这样一个孤独的夜,守着一轮残缺的月,虚拟的温暖与圆满,终无法替代现实的寒凉与残缺。所以,我不能再这样自欺欺人了,我也不想再安慰自己,用缥缈的幻想。我只

知道此刻,我的心仍然是悲哀的,我的痛苦是真实的,我的眼泪也是真实的。想必这月也是一样,天上人间一样愁啊!

很显然,纳兰这首词所写的一定不是妻子,而是一段幽微难言、耗尽了

他真情却因种种阻隔无法如愿的感情。"莫教星替"化用李商隐的诗句,李商隐以此来表达不愿续弦取代对妻子的深情,而纳兰则是寄望于对方,不要因为人世间的阻隔动摇了两人的情意,不要因为无法预料的未来削弱了自己在她心中的分量。这阻碍实在是大得很,天上人间,说的是月与人之间的距离,也是她与他之间的距离。

纵使分离,此后各有怀抱。但你终究是那个陪我横渡过时间之河的人。你在我心中翻起过的波澜,永不会流逝。

你我的心,像一朵雪白的并蒂莲,

梗上秀挺,欢欣,鲜妍——

在主的面前,爱是唯一的荣光。

减字木兰花

【原文】

烛花摇影,冷透疏衾刚欲醒①。待不思量,不许孤眠不断肠。

茫茫碧落②,天上人间情一诺③。银汉难通④,稳耐风波愿始从。

【注释】

①疏衾:掩被而眠而感到空疏冷清。

②碧落:道家称东方第一层天,碧霞满空,叫作"碧落"。后来泛指天上(天空)。

③一诺:谓说话守信用。

④银汉:天河,银河。

【赏析】

烛影摇晃,将我唤醒。薄薄的被子如何能耐得住寒凉?再难将息,以后不准想，不准独自入睡，不准思念断肠，否则，苦到自己心痛。阴阳两隔的感情如何能够丢弃？还是愿意与你相思到老。

关于此阕《减字木兰花》的词解及写作背景，有所争议，说法有二。一说乃悼念亡妻卢氏，一说为怀念入宫恋人谢氏。因容若没有标记题词，所以无别据可考。但从词意来看，前一种说法的可能性较大。如此大的悲伤，若非生离死别，怎能安然担承？

首句中最让人意想不到的是"刚欲醒"。寒夜烛影摇晃，被子甚薄，让人无法入睡，好不容易稳稳躺下，经久而眠，却又被内心的感情所扰，睡不踏实。睡之前没有来得及熄灭的烛花此时摇曳如人影晃过，让本该入睡的容若又再次醒来。

"烛花摇影"本应是一个多么温馨的场景。灯光在黑暗中通常都能带给人无限的暖意与安定，若有良人相伴，或温柔同眠，或剪烛小语，都是锦上添花。而在这里，却成了映衬孤苦飘摇的心情的一个佐词。衾风正冷，枕鸳正孤，愁肠不可用酒舒。此时，容若感觉冷到彻骨，冷到心底。

"冷透疏衾"也颇值得玩味，季节转变，早该将这薄薄的被子换成厚被子，依照容若家里的生活条件，他不会连换厚被子的钱都没有，佣人也不会想不到，可是他却依然盖着薄被子。难道是因为这个被子留有亡妻卢氏的体香，这是他们曾经美好生活的象征，他不肯轻易撤掉？保存亡人的物品以此来纪念亡人，亡人已经无知觉，活着的人不过平添了一份愁思而已。

此句连用三个"不"字，在用词凝练、经济的古诗词中，同一句话里出现三个一样的"不"字，实在让人捉摸不透。再看看"不"字前后的语境："不思量"即不要去想，"不许孤眠不断肠"即不准一个人睡觉，也不许思念到断肠。"不"允许的恰恰是他最难戒掉、整日在想的。容若是在劝诫自己，还是在告慰

那去世的灵魂？他仿佛在对亡妻卢氏说：我不会想你，也会很快续弦，也不伤心到断肠。可是，现实情况真的是这样吗？半夜了，容若还是"欲醒"，更何况是白日，就更加"难以将息"了。

　　容若的孤眠，应了那句"惆怅双鸳不到，幽阶一夜苔生"。这样郁暗青苔一样的孤独惆怅，湿答答地能滴出水珠子来，落在心里，幽幽的，是那种发不出一点声响的孤寂离落之感。孤，又总是与苦如影随形，苦至肠断。

　　"一诺"，指的是说话极守信用。出自《史记·季布栾布列传》："楚人谚曰：得黄金百斤，不如季布一诺""碧落"，道家所称的东方第一层天，因碧霞满空而叫作碧落。在这里泛指天上。白居易的《长恨歌》里也有："上穷碧落下黄泉，两处茫茫皆不见。"容若取其句意，慰其执念。

　　半夜突然醒来的容若在想什么呢？他仿佛来到了天上，看望新来天界的妻子卢氏，两人又一次郑重承诺：当初讲好的感情，一定不能变。你在天界等我，我会来的。

　　"一诺"既是容若在提醒卢氏记得当初的诺言，也是在向卢氏表达自己

完成诺言、信守诺言的决心。

这是苏轼的一阕《江城子·乙卯正月二十日夜记梦》。苏门六君子之一的陈师道曾用"有声当彻天,有泪当彻泉"评赞过此词。浑厚功底之余,乃非情深不能及。悼亡词中,能与苏轼相提并论的,恐怕只有容若。

苏轼与妻子王弗感情甚笃,王弗十六岁时嫁于苏轼,她天资聪慧,知书达礼,是苏

轼的生活伴侣,也是文字知己。得妻若此,夫复何求?苏轼和容若遭遇相同。上天嫉妒,过早地夺走了他们的爱人,独留夫婿年年断肠,夜夜心伤。

减字木兰花

【原文】

相逢不语,一朵芙蓉着秋雨。小晕红潮①,斜溜鬟心②只凤翘③。待将低唤,直为④凝情⑤恐人见。欲诉幽怀,转过回阑⑥叩玉钗。

【注释】

①小晕红潮:害羞时两颊上泛起的红晕。

②鬟心:鬟髻的顶心。

③凤翘:古代女子凤形的首饰,或者冠帽上插的鸟羽装饰。

④直为：只是因为。

⑤凝情：情意专注，这里指深细而浓烈的感情。

⑥回阑：回栏，曲折的栏杆。

【赏析】

这首词犹如一部情景短剧，语短情长，尺幅千里。尤其是心理和动作的细节描写，传神贴切，美得让人迷醉。

据说这首词是描写容若和他青梅竹马的表妹在皇宫里见面的情景。据野史记载，表妹从小和容若两小无

猜，过着无忧无虑的日子，表妹曾暗示容若："清风朗月，辄思玄度。"只可惜年幼的容若当时并未理解其中真正的含义。后来表妹因选秀而入深宫，二人从此成陌路，天涯两端。适逢国丧，皇宫要大办道场。容若灵机一动，买通了进宫诵经的喇嘛，裹挟在袈裟大袖的僧人行列中偷偷地混进了皇宫。

其实，我们不需要考证纳兰的这段情史。而纳兰的这首词所写的相逢的地点，也未必就是皇宫，只是有一点可以肯定：这是一段只属于他与她两人的秘密，是他们青葱岁月里初绽的爱之蓓蕾，清新，含蓄，欲说还休，却掩饰不住一种天然的纯情和风流。当然，正是因为这段情之幽隐，一种无法言说的阻隔，使这次相逢更显得弥足珍贵，更富于刺激性。也为人物在特定环境下提供了特殊的传情达意方式，颇富戏剧感。

词的上片重在写相逢之情景。

她无语，其实是此时无声胜有声。她婉约，如一朵芙蓉著秋雨。她娇羞，小晕红潮，斜溜鬟心只凤翘。芙蓉著雨，如梨花带雨，如一盏青花，摇曳在江南的烟雨里，流淌着诗意。这一句简笔，隐含着多少繁盛的情意和神韵。

更妙的是这一句细节描写："小晕红潮，斜溜鬟心只凤翘。"因为偶遇了心爱之人，一抹心悸，一分驿动，一分浓情，此时此刻，却不能对他言明。千言万语只化成了一点娇羞，一抹红晕，一个低头，连带着头上的凤翘也跟着从鬟发上斜溜了下来。

娇羞是赠予爱着自己的人的一种专利，这温柔的情愫，不懂的人不会珍惜，也难以体会其中的真意。若一个女子在一个男子面前不害羞，只有两种可能：要么是毫不在乎，要么是过于熟悉。而这显然是一对有情之人。我想，低头的一刻，足以融化爱人的心。

一样的娇羞，李清照说"和羞走，倚门回首，却把青梅嗅"，这是一个情窦初开的少女，还没有那么多婉曲的心事。而将娇羞写成经典的则是徐志摩的那一句："最是那一低头的温柔，似一朵水莲花不胜凉风的娇羞。"正如此时纳兰笔下的女子。

不用任何言语，我早已读出你眼波中的秘密。从此，我就掉进这盈盈眼波之中，深深沉溺。

词的下片，用"转过回阑叩玉钗"这一动作细节，写了有情之人欲诉幽怀而不得的矛盾与折磨。

"待将低唤，直为凝情恐人见。"多想冲出无形的屏障与樊篱，感受你真实的呼吸，哪怕只是轻轻地一声唤，让你知道，眼前的这一切，不是梦境，不是虚幻，这一切都是真的，而我，此时此刻，就在这里。只是，恐惧和担心，终于还是抑制了这种冲动，想说不能说，才最折磨。想爱不能爱，才最寂寞。

咫尺天涯。

世界上最遥远的距离，是明明相爱，却不能在一起。是明明就在眼前，却无法对你言语。不甘，无奈，能如何呢？"欲诉幽怀，转过回阑叩玉钗。"只能假装不经意地走过，却在快走出对方视线的时候，一个回头，用玉钗轻叩回阑。情定三生，不离不弃。这扣玉钗之举，就像有情之人焚香拜月，是一种仪式，一种约定，一种彼此间心有灵犀的回应。

凡事相信，凡事盼望，凡是忍耐，爱是永不止息。

当一切被时光漂洗得模糊依稀，唯你的一抹娇羞，依然清晰得一如往昔。

减字木兰花

【原文】

从教铁石①，每见花开成惜惜②。泪点难消，滴损苍烟玉一条③。

怜伊太冷，添个纸窗疏竹影。记取相思，环佩④归来月上时。

【注释】

①从教：任凭、听任。铁石：铁肠石心。

②惜惜:可惜、怜惜。

③玉一条:指梅树。

④环佩:代指所思恋之人。姜夔《疏影》:"想佩环月下归来,化作此花幽独。"

【赏析】

伊人飘进了一瓣梅花里。在梅树里生长,她可爱的微笑,就是梅花的清香幽幽。而多情的你,已被诀别,温柔地诅咒成铁石心肠,不会笑,不会哭。

可是当梅花盛开,暗香浮动月黄昏时,你却脉脉含情地站在梅树下,时时凝睇,时时怜惜。寒冷的夜里,晶莹的露珠是梅的眼泪。你轻轻地呵了一口春天的空气,飘成暖暖的围巾,给寂寞的她披上。现在,请在心间,刻下那两个字。月亮出来时,你想念给她听。

有评家说,由"添个"句可知此词乃题画词,所题是梅花,此言大抵不差。不过容若此阕咏梅词,却不同于其他词人的题咏之作。

古代咏梅的诗词很多,精绝者如姜夔的《暗香》《疏影》,陆游的《卜算子》。《暗香》一词,以梅花为线索,通过回忆对比,抒写今昔之变和盛衰之感;《疏影》则连续铺排五个典故,用五位女性人物来比喻映衬梅花,从而把梅花人格化、性格化,集中描绘了梅花清幽孤傲的形象,寄托作者对青春、对美好事物的怜爱之情。陆游的《卜算子》则借梅比喻为人的原则和品德,也堪称高妙。

　　但不管是姜夔，还是陆游，他们的咏梅手法再高妙，刻画得再精美，终究也是将梅花当作一件承载他们思想趣志的道具。容若此词则不然。综观全词，他仿佛是在感慨冷惜自己稚弱清高的爱人，那梅与他，仿佛是对月临影的故知，彼此是平然对坐的尊重，不存在谁被常，谁被赞的问题，人与梅已经完全地合而为一了。因此，这首咏梅词，写得清奇别致，富有浪漫特色。

　　上阕始二句从心理感受上落笔，虽不正面描绘梅花，但梅花之神韵已出。"从教铁石，每见花开成惜潜"，纵使是铁石心肠之人，每一次见到这晶莹如玉、花开姣姣的梅花也总会流露出依依怜惜之情的。短短两句，三处强调——"从教"强调语气，"每见"强调频率，"惜惜"强调感情，于是梅花之含情脉脉之神韵顿现。继二句则把

笔宕开，写梅边之竹。"泪点难消，滴损苍烟玉一条"，谓那朦胧的月色下，斑竹沥沥，就好像是玉条上滴洒了点点泪水。

　　下阕由梅及人，由人及梅，人融梅中，梅又露着人的深情，遂有"怜伊太冷，添个纸窗疏竹影"，谓怕梅花太冷，所以特加了竹林围护。这既是从护梅之竹，从侧面烘托梅之娇贵，又是把梅当人而加以体贴慰藉，尽赋予一腔柔情，此之构想，可谓奇绝。最后二句，"记取相思，环佩归来月上时"，宕笔写去，说梅花也有魂，她特于今夜月上时归来。归来作何？有前几句柔情之语

铺垫,梅花归来怕是与词人共赴幽约吧。此阕咏梅词虽无一笔正面去刻画梅之形貌,但却又笔笔不离梅花,此正所谓"不即不离",因而梅之形神反而历历可见。

减字木兰花

【原文】

断魂无据①,万水千山何处去? 没个音书,尽日东风上绿除②。
故园春好,寄语落花须自扫。莫更伤春,同是恹恹③多病人。

【注释】

①断魂:忧伤的梦魂。无据:无所依凭。

②绿除:长满绿草的台阶。

③恹恹:形容精神萎靡的样子。王实甫《西厢记》:"恹恹瘦损,早是伤神,那值残春。"

【赏析】

又是离歌,一阕长亭暮。万水千山面前,他是个漂泊的左括号,闺中的伊人,可是苦苦等待的右括号?

牵手,两人的爱才能完整。然而,王孙去,萋萋无

数,南北东西路。

青鸟不传云外信,已有数月。被思念灼伤的你,挪移天下的高山,用来望归。

你相信,必有菊,开在家园的南山。必有落花,飘若伊人的裙裾。只是,再也不能伤春。

病中,空空的杯盏,装满天涯,装满故乡,装满八月十五奔走相告的月光。

这是一首缱绻清远的相思之作,写法颇为清奇巧妙,像是夫妇书信往来问答。

上阕以闺中妻子的口吻说相思。"断魂无据,万水千山何处去?"起句化用韦庄《木兰花》"万水千山不曾行,魂梦欲教何处觅",拓开境界,写梦魂飞渡万水千山,于私情中写出高远苍茫。

那么,妻子为何要梦魂远渡呢?因为整日春风吹来,台阶上的草都绿了,而所思之人却没有音书寄来。"没个音书",用的是明白如话的口语,像极了妻子埋怨娇嗔的口吻。

而"尽日东风上绿除",明是写景暗写心情,反衬出妻子如萋萋芳草般的愁情:东风吹绿满阶绿草,一片春光照眼,这本是赏心悦目之景,却因为东风无法为她传递书信而显得凄然。

下阕以远行在外的丈夫的口吻嘱对,说他与妻子一样地相思着。"故园春好,寄语落花须自扫",故园春色美好,你就把一腔心思寄给落花吧。"落花"一语双关,寓指的是飘零在外的丈夫,其本身则是指即将消逝的美好春

色,所以才有后句的"莫更伤春"。而"莫更伤春"中的"春",既是实指,也是虚指,指眼前春光,亦是指两人的感情牵挂。这三句可谓词约义丰,含蓄蕴藉。末一句"同是恹恹多病人",情意深长,道出两人心有灵犀为情所苦的情状。"恹恹多病人"化用了《西厢记》:"恹恹瘦损,早是伤神,那值残春。"《西厢记》全名《崔莺莺待月西厢记》,是元代著名戏曲作家王实甫的杰作。书中,张生闲观普救寺之时,巧遇了寓居于此的相国小姐崔莺莺。二人相爱,却遭到父母反对,在侍女红娘的帮助下,有情人终成眷属。

原诗句"恹恹瘦损,早是伤神,那值残春。罗衣宽褪,能消几度黄昏?风袅篆烟不卷帘,雨打梨花深闭门;无语凭栏杆,目断行云",是描绘崔莺莺的相思苦状,流淌着忧伤愁闷的情绪,可谓中国古代女子共同的心语诉说。容若化用其语,却不易其景,不改其情,与整首词词境十分相合。

减字木兰花

【原文】

花丛冷眼①,自惜寻春来较晚②。知道今生,知道今生那见卿。
天然绝代,不信相思浑不解③。若解相思,定与韩凭共一枝④。

【注释】

①冷眼:冷淡的待遇。

②寻春:游赏春景。

③浑不解:犹言全不解。

④韩凭:又作韩朋、韩冯。晋干宝《搜神记》卷十一载,战国时宋康王舍人韩凭娶妻何氏,甚美,康王夺之。凭怨,王囚之,沦为城旦。凭自杀。其妻乃阴服其衣,王与之登台,妻遂自投台下,左右揽之,衣不中手而死。遗书于带,愿以尸骨赐凭合葬。王怒,弗听,使里人埋之,冢相望也。宿昔之间,便有大梓木生于两冢之端,旬日而大盈抱,屈体相就,根交于下,枝错于上。又有鸳鸯,雌雄各一,恒栖树上,晨夕不去,交颈悲鸣,音声感人。宋人哀之,遂号其木曰"相思树"。用为男女相爱、生死不渝的典故。

【赏析】

过花丛而冷眼,看落花如雨,叹息我们相见太晚,幸福已经擦身而过,便难以再相守。知道今生,今生就要如此,再不能见到你。连理千花,相思一叶,青衫湿泪痕,只是想起了那些如古老诗歌一样凄美的故事,还是相思衷情逢着了梧桐春雨?天生丽质如你,冰雪聪明如

你,相信一定理解我的此般相思苦绪。若是有幸得解了相思,一定也能如韩凭,收获连理共枝依的至死不渝。

这首词大概是为进宫的意中人而作。上片言相逢恨晚。"花丛冷眼",化用元稹《离思五首》(其四)"取次花丛懒回顾,半缘修道半缘君"。意思是自己不再寻花,经过"花丛"也懒于回看,这一半因为修道一半因为你。容若情贞较之元稹,更深甚。"自惜寻春来较晚"化用杜牧《叹花》的典故。据说唐朝著

名诗人杜牧游湖州时结识了一位未成年美好少女,便与少女母亲约定十年后等少女成人就来迎娶。十四年后,杜牧出任湖州刺史,往日少女已为人妇三年。杜牧感叹中做了这首《叹花》:"自恨寻芳到已迟,往年曾见未开时。如今风摆花狼藉,绿叶成阴子满枝。"容若此处即说自己与所恋女子错过了,无缘结为夫妻,却又无法再相见。接下两句叠写今生难见,无奈与苦情凄然纸上,令人怅惘销魂。

若是知道前世约定的人终会在灯火阑珊处出现,谁会在今生来一场繁华的等待呢?在华灯初上的街市甚至杳无人迹的阡陌,都有可能发生着各种形式的邂逅,人生最美好的相遇莫过于灵魂相遇,而灵魂默契的人最终的结局通常是分别,彼此深深交契,却无缘擦身而过。所以人生最无奈的相遇莫过于朝夕相处,生活中的各取所需,灵魂却完全陌生。只是今生已经错过了的两个人,来生真的会再次刻骨铭心地相逢吗?

痴缠的爱恋,伴着深深的思念,那"天然绝代"的人啊,一定理解这相思源远。"不信",是的,我不信你不理解,凭你天资聪颖,凭我的自信,更凭你

我相知的深情。结句,"若解相思,定与韩凭共一枝",用韩凭的故事,以第二人称的口气,似以词代柬。战国宋大夫韩凭被康王夺妻,夫妻双双自尽后未得愿合葬,却于各自坟头生出"相思树",又有鸳鸯二鸟栖于枝头,旦暮悲鸣。容若眼睁睁看着恋人入宫和韩凭的遭遇何其相似?他们的无能为力因了皇权而更多无奈与凄苦,韩凭尚得死后与妻子魂魄化鸟相守,而容若呢?活生生的一对恋人被拆散,贵为明珠公子也无能为力,那苦定是活生生的叫人难受。

"死生契阔,与子相悦。执子之手,与子偕老。……生死与离别,都是大事,不由我们支配的。比起外界的力量,我们人是多么小,多么小! 可是我们偏要说:'我永远和你在一起,我们一生一世都别离开。'——好像我们自己做得了主似的。"

我们都做不了主。

你的过去我来不及参与,你的未来我也错过了。

卜算子

咏柳

【原文】

娇软不胜垂[1],瘦怯那禁舞。多事年年二月风,翦出鹅黄缕[2]。
一种可怜生[3],落日和烟雨。苏小门前长短条[4],即渐迷行处。

【注释】

①娇软不胜垂:套用隋炀帝《望江南》"堤上柳,娇软不胜垂"。
②"多事"二句:化自贺知章《咏柳》"不知细叶谁裁出,二月春风似剪刀",罗隐《送前南昌崔令替任映摄新城县》"二月春风何处好,亚夫营畔柳

③可怜生：可怜。生，语助词，无实义。

④苏小门前长短条：苏小即苏小小，据《乐府广题》，苏小小大约是南齐时人，钱塘名伎，相传家门前有柳树成荫。

【赏析】

这是一首咏柳词，用拟人写柳树，又用柳树喻人，很是巧妙。黄天翼《纳兰容若和他的词》中说："词以'新柳'为题。表面上，作者描绘一株娇嫩柔弱的柳树，其实以柳喻人。意境相当优雅含蓄。"

初春，埋在古柳枯干中的梦苏醒过来，伸出"娇软不胜垂"之柳枝。娇软就是柔美娇好，轻飘。不胜，与苏东坡之"高处不胜寒"中"不胜"同，指不能禁得住。柳枝娇嫩柔美，垂下树，担心瘦瘦的身躯是否能够禁得春风，禁得垂落弯折？"瘦怯那禁舞"，如此瘦弱又怎受得那凉风突如其来的随心所舞？那二月之风却偏偏年年多事，"剪出鹅黄缕"，看似不禁垂

舞之嫩条也是拜二月春风所赐，才得以如烟似雾的鹅黄一春。

苏小，即苏小小历史上有两位，一位为南朝齐时钱塘名妓，另一位也是钱塘名妓，不过是南宋时的。在这首词里，苏小是后者。传说她曾邂逅一位

穷困书生,赠银百两,助其奔逐前途,博得功名。但是,这个书生一去未归,从此杳无音信。最后,苏小小把自己的美色呈之街市,度过余生。

"苏小门前长短条"是说,小小门前之柳亦是风流得尽,长枝短条随风摇,"即渐迷行处",要说柳色迷人,摇摇曳曳掩了行人前路,大有可通之处,恐怕行人更愿意迷醉在西风夕阳之下。然而,若要在使一女子躲藏在疏枝稀柳中,可谓是掩

耳盗铃罢。事实上苏小小就曾经被人认为藏于柳色中。苏小小本不是变色之龙,所以,可说苏小小本是柳。一个如春柳一样的女子,"娇软""瘦怯""可怜"美丽,却年年二月风剪。

上片侧重描画弱柳之形,但已是含情脉脉。下片侧重写其神韵,结处用苏小小之典,更加迷离深婉,耐人寻味。

卜算子

塞梦

【原文】

塞草晚才青,日落箫笳动①。戚戚凄凄入夜分②,催度星前梦。

小语绿杨烟,怯踏银河冻。行尽关山到白狼③,相见惟珍重。

【注释】

①箫笳:箫和胡笳。

②戚戚:悲伤的样子。凄凄:形容心情凄凉悲伤。

③关山:关口和山岳。白狼:即白狼河,今辽宁大凌河。

【赏析】

《卜算子》又名《百尺楼》《眉峰碧》《楚天遥》等。相传是借用唐代诗人骆宾王的绰号。骆宾王写诗好用数字取名,人称"卜算子"。

这首《塞梦》是纳兰于塞外羁旅时思念妻子所作。

"塞草晚才青",是日落时分,边塞的草在黄昏的天色里才显出青绿的颜色,此处也暗指白日行军匆忙,杂

事诸多,只有黄昏时分陷入安静时才开始觉得周围景致的苍凉。

"日落箫笳动",夕阳才缓缓落下,箫笳之声便在大漠上蔓延开了,这里"箫笳"指的是管乐器。箫声婉转幽凉,笳声沉郁悲切,二者交错,突显出塞上荒凉空远的景色。卢纶《送张郎中还蜀歌》有句:"须臾醉起箫笳发,空见红旌入白云。"也是借箫笳之声延伸出这个大漠的苍凉。

"暮色四合,箫笳沉凉,这一个夜入得如此缓慢凄清,我已不忍再看,转回营帐时却一步一回顾天际星光,原来这一场羁旅,所想要逃避的也不过是对你的相思无涯。用情之至,却使得在各自天涯之时噬骨之痛,那么,我若速速睡去,你是否也能赶来见我一面,聊解相思,也告诉我,家乡的柳枝、清河可有了什么变化。"

"戚戚凄凄入夜分"一句用典,出自李清照《声声慢》:"寻寻觅觅,冷冷清清,凄凄惨惨戚戚",描写的是自己在入夜后愁惨的心情,与易安相仿,那么不难理解所隐含的意思也是"乍暖还寒时候,最难将息"。杜甫《严氏溪放歌行》:"况我飘蓬无定所,终日戚戚忍羁旅。"所要表达的也便是这般羁旅生涯惨淡悲愁的心情。

在这般心情的驱使之下,终究相思难耐,只得"催度星前梦",催促引渡妻子的梦魂来到边塞,与自己相会。此句化用于汤显祖《牡丹亭·游魂》:"生性独行无那,此夜星前一个"一句。《牡丹亭》又名《还魂记》,是汤显祖的传世之作，小说描写了杜丽娘与柳梦梅生死离合的爱情故事，汤显祖在该剧《题词》中有言："如杜丽娘者，乃可谓之有情人耳。情不知所起，一往而深。生者可以死，死可以生。生而不可与死，死而不可复生者，皆非情之至也。"而纳兰在此处用以指代夫妻情深，是以纵使关山阻隔，也愿梦魂相聚。

到了下阕，也不知是睡了醒了，妻子那娇影袅袅娜娜地竟真的出现在了眼前，更欲耳畔轻柔情话私语，只是这个时节银河尚冻，路人皆不敢踏足那冰封的小河，杨柳蒙烟，天寒彻骨，却不知伊人独自如何能到得了这塞外边关荒凉之地。

于是紧接着"行尽关山到白狼，相见惟珍重"一句便

解释了妻子魂魄如何抵达的塞外，却是将关山踏遍才寻到远在白狼河的丈夫，这一句也暗喻了妻子不畏关山路途艰难，思念夫君，想要见到夫君，必要见到夫君的深情。晏几道《鹧鸪天》："从别后，忆相逢，几回魂梦与君同。今宵剩把银钮照，犹恐相逢是梦中。"与此处有相似的妙处，虽然纳兰并未真正见到妻子，但两首词皆是指情人相见，亦真亦幻，梦里梦外难辨，相见却又不敢确认的恍惚心情。

既是相见了，应是有百般情话关切相问，可是相别之久，相思之深，却让酝酿了这许多年的千言万语在心绪中百转千回，不知从何言起，最终吐出口的，只有珍重二字。想来情到深处反而不能言语，甜言蜜语该多是独处之时盘旋。词到此处，蕴含了一语将破未破的玄机，万里迢迢相聚却只道一声珍

重,情意盘旋缱绻,一唱三叹,使闻者不由得只觉一片感怀在心,却又不敢妄作言辞以打碎这梦魂相聚的深绵。

这首《塞梦》,典型而深刻地描写出纳兰常年羁旅在外,厌于扈从生涯,时时怀恋妻子,思念家园,故虽身在塞上而相思不灭,遂朝思暮想而至于常常梦回家园,与妻子相聚。短短数字,将这种凄惘的情怀刻画得淋漓尽致,入木三分。

卜算子

五日

【原文】

村静午鸡啼,绿暗新阴覆。一展轻帘出画墙,道是端阳①酒。

早晚夕阳蝉,又噪长堤柳。青鬓长青自古谁,弹指②黄花③九④。

【注释】

①端阳:农历五月初五日,端午节。

②弹指:形容时间极短,本为佛家语。《法苑珠林》卷三引《僧祇律》:"二十念为一瞬,二十瞬名一弹指,二十弹指名一罗预,二十罗预名一须臾,一日一夜有三十须臾。"后来诗文多作"一弹指顷",表示极短的时间。

③黄花:菊花。

④九:指农历九月初九日,即重阳节。

【赏析】

这首词所选取的不过是小山村里夏天正午时候的一幅极为平常的图景,却用层层对照、相互关联的手法写出了词人心中独到的情思和深长的意味。

　　正是午夏时分,鸡鸣之声响起在寂静的村落,阳光下树木的枝叶明暗层次,阴阳错落。那轻帘开处,端阳节的酒香溢满在空气中。可夕阳终究会到来,那不知疲倦的知了又会在河畔长堤的柳荫中嘶叫不已。不由想到,古往今来,没有谁能够留住鬓边的缕缕青丝,时光急急地流逝,而今也是如此,不过是弹指之间,就又到了那秋意倍浓的黄花时节。

　　从听觉角度打量,在"村静午鸡啼"一句中,词人用鸡的叫声反衬出山村的安静,这与王维的"蝉噪林愈静,鸟鸣山更幽"有异曲同工之妙。我们不禁会想,为何闹中可以取静呢?原因是这些闹声(鸡鸣、蝉噪、鸟叫)本身只是些轻微、细小而不易引起人们注意的动静,因此只能在静谧的氛围中才能引起人的关注,人的关注最终凸显了周围环境的安静。

　　同样的,"又噪长堤柳"看似写蝉声,却透露出夕阳河畔一缕静谧的乡村气息。但这声蝉叫却不再单单只是"静"的旨归,蝉声在我国古典诗词中承担着时光易逝、年华老去的蕴意,此外蝉声也惯有浓厚的悲凉意味。这些特殊意味的流露最终指向本词咏叹时光易逝的主旨,感慨之情油然而生。

　　从午日到夕阳西下这半天内的跨越,不过是词人对于目前之境的近程写照;而从"端阳酒"到九月黄花时节,却是词人心中更远处的联想和感喟。

国学经典文库

纳兰容若全集

《纳兰词》鉴赏

图文珍藏版

这两组时光轴上的端点,一大一小、一远一近地照应着词人心之所想,情之所发。

随后,"青鬓长青自古谁"却将这种相对性伸展到更为普遍、更为深邃的人生主题上——生命有限。词人却并没有在此更多地着墨,没有写自己在这有限的人生旅程中,是要报国杀敌,干一番轰轰烈烈的事业,还是茗茶赏花,自得其乐而已,因为他写词的本意并不在此。只

是想到秋日很快就会到来,恍然之间,就是一弹指的工夫,手中的酒樽中又会盛满有着浓浓秋意的黄花酒,又是一年将尽啊,年年如是,青丝终将耐不住时光的变迁,心中便觉无限惆怅。

意到而发,所发之意回味无穷;意尽而止,所止之处恰得其妙。

采桑子

【原文】

彤霞久绝飞琼字①,人在谁边。人在谁边,今夜玉清眠不眠②。
香消被冷残灯灭,静数秋天。静数秋天,又误心期到下弦③。

【注释】

①飞琼:指许飞琼,传说中的仙女,西王母身边的侍女,后泛指仙女。

②玉清:原指仙人。陈士元《名疑》卷四引唐李冗《独异志》谓:"梁玉清,织女星侍儿也。秦始皇时,太白星窃玉清逃入衙城小仙洞,十六日不出,天帝怒谪玉清于北斗下。"这里指所思念的人。

③心期:心愿、心意。

【赏析】

我所思兮在桂林,欲往从之湘水深。侧身南望涕沾襟。

《四愁诗》里,那个忧心烦怅的男子,是绝望的。迷唱"人在谁边"的你,却更绝望。

湘水深深,毕竟还有舟楫可渡。宫门幽幽,又有什么可以渡?

所以,你只有等待。残灯明灭枕头欹,谙尽孤眠滋味。而伊人,在"清且浅"的河汉中,行行渐远,行行渐渺。成一种仙音,让人终生留恋。

这首《采桑子》,上阕写仙境,下阕写人间。天上人间,凡人仙女,音书隔绝,唯有心期。

首一句"彤霞久绝飞琼字",便点出仙家况味。道家传说,仙人居住的地方有彤霞环绕,于是彤霞便作了仙家天府的代称。飞琼是一位名叫许飞琼的仙女,住在瑶台,作西王母的侍女。据说瑶台住着仙女三百多人,许飞琼只是其中之一，她在某个人神相通的梦境中不小心向凡问泄漏了自己的名字，为此而懊恼不已——按照古代的传统，女孩家的名字是绝对不可以轻易示人的。最后"飞琼字"的"字"是指书信。如此，整句话即谓：许久没有收到仙女许飞琼从仙家天府寄来的书信了。那么，既无书信可通，不知道仙女现在正在哪里呢？她为何还不寄信给我呢？她心里到底在想什么？——迭唱"人在谁边"，叹息反侧。

"今夜玉清眠不眠"，玉清也是一位仙女的名字，在人间也留下了几多美丽的故事。据唐人笔记，玉清为梁玉清，她是织女星的侍女，在秦始皇的时代里，太白星携着梁玉清偷偷出奔，逃到了一个小仙洞里，一连十六天也没有出来。天帝大怒，便不让梁玉清再作织女星的侍

女，把她贬谪到了北斗之下。"今夜玉清眠不眠"，也就是说容若在惦记着那位仙女：今夜你在玉清天上可也和我一般的失眠了吗？——容若自己的无眠是这句词里隐含的意思：正因为我无眠，才惦记着你是否和我一样无眠。容若是在思念着一位仙女吗？这世间哪来的仙女？这，就是文人传统中的仙家意象了。仙女可以指代道观中的女子，也可以作为女性的泛指。写爱情诗，毕竟无法直呼所爱女子的名姓，所以总要有一些指代性的称谓。

词的下阕，由天上回落人间，由想象仙女的情态转入对自我状态的描写。"香消被冷残灯灭"，房间是清冷的，所以房间的主人一定也是清冷的，那么，房间的主人为什么不把灭掉的香继续点燃，为什么不盖上被子去暖暖

地睡觉，就算是夜深独坐，又为什么不把灭掉的灯烛重新点起？那是因为，房间的主人想不到这些，他只是静静地坐在漆黑的房间里"静数秋天"，静静地计算着日子。也许仙女该来信了吧？也许该定一下相约的时间了吧？等待的日子总是过分的难挨，等待中的时间总是过分的漫长。待到忽然惊觉的时

候，才发现"又误心期到下弦"。就在这一天天的苦捱当中，不知不觉地晃过了多少时光。这末一句，语义朦胧，难于确解，但意思又是再明朗不过的。若"着相"来解，可以认为容若与仙女有约于月圆之日，却一直苦等不来，挨着挨着，便已是下弦月的时光了；若"着空"来解，可以认为容若以满月象征团圆，以下弦月象征缺损，人生总是等不来与爱侣团圆的日子，一天一天便总是在缺损之中苦闷地度过。此正如《诗经·关雎》所言：求之不得，寤寐思服；悠哉悠哉，辗转反侧。

采桑子

【原文】

谁翻乐府凄凉曲①，风也萧萧，雨也萧萧，瘦尽灯花又一宵。
不知何事萦怀抱②，醒也无聊，醉也无聊，梦也何曾到谢桥③。

【注释】

①翻：演唱或演奏之意。乐府：诗体名，初指乐府官署所采制的诗歌，后将魏晋至唐可以入乐的诗歌，以及仿乐府古题的作品统称乐府，宋以后的词、散曲、剧曲，因配乐，有时也称乐府。

②怀抱：心胸。

③谢桥：谢娘桥，古时称所爱的女子（或妓女）为"谢娘"，称其所居处为"谢桥"。

【词评】

眼界大而感慨深。

——梁启超

这词表现一种莫名其妙的心情，诗人在风雨中听到凄凉的曲调，不知怎的，变得坐立不安，寂寞、凄凉、失望、空虚的情绪，笼罩着他的心头。他患的是时代的忧郁症。

——黄天骥《纳兰容若和他的词》

【赏析】

你听，你听。谁在历史深处轻声哼起了《葬花吟》？

雨声渐渐沥沥，打着李易安眼眸里栽种的那株芭蕉。我悄悄地打开心窗，那些我们曾经一一命名的青鸟，飞向了一把把铜锁。我等你敲门。所有的门，所有的灯都在等。火焰还没有熄灭，我的眼睛始终在点燃着它。

千山万水，天下的风景都在这里。其实我知道自己为何这样伤心。只是无奈。无奈。我是一只华丽的酒杯，你是我的酒，我的河流，却已经干涸，不知流向何处。而桃花，依旧笑着春风。而我，再也不是你的良药，再也不能进入你的梦。

究竟是谁在静寂的夜里翻唱着凄切悲凉的乐府旧曲？此时此刻，一灯荧荧如豆，四壁默默昏黄，词人茕茕孑立，落寞清寂的影子投在墙上，如一段段伤心的往事。萧萧的风声随之伴和，那是李煜悲歌的惆怅；雨声亦复萧萧，那是苏东坡悼亡的感伤。如斯风雨之夜，词人唯有孤灯相映，独自听了一夜

的雨，眼见灯芯燃尽、散作灯花。一"瘦"字，仿佛让人寻觅到李易安那比黄花还瘦的身影；一"又"字，表明了夜不成眠已不止一日，这愁情的沉重，怎堪言说？

那么，词人为何连连彻夜难眠呢？是身世遭遇的感慨？是理想失落的悲愁？抑或是触物思人的感伤？

词人的回答是："不知何事萦怀抱"。原来这一怀凄婉，却是情发无端，是一种对社会、人生朦胧而迷惘的体验和追问。因为无法命名，所以词人清醒时百无聊赖，即使借酒沉醉也难遣满怀愁情。

那无论是清醒或是沉醉，都难以逃避的苦闷究竟何为呢？追问到底，倏然笔锋一转，荡出一句"梦也何曾到谢桥"，于是所思之人呼之欲出，跃然纸上，读者便可豁然明白，此词当是一篇思念之词。因为所谓"谢桥"，代指谢娘所在之地。谢娘者，于唐宋诗词通常泛指所恋之美人。在此处，词人重新翻用了北宋晏几道的名句："梦魂惯得无拘检，又踏杨花过谢桥"。于晏几道，虽身陷俗尘，但是灵魂终究是自由的，如同晴空之羽，可以飘然入梦，在

梦中与心爱之人相会。然于
纳兰更多的是绝望:纵能入
梦,果真能如愿到访谢桥,重
与离人相聚吗?

尽管思念热烈如火,可
是梦境终究不能随心所欲地
掌控的。记得在《红楼梦》第
一百零九回中,宝玉在黛玉
死后日夜悬念,然而黛玉芳
魂竟不入梦,于是宝玉慨然
叹曰:"悠悠生死别经年,魂
魄不曾入梦来。"这句诗可视为"梦也何曾到谢桥"的另一注脚。或许所恋
之人,今生不复相见,后约无期,而连魂梦也未可重逢,致使词人不由自主地
向小晏抗辩,以冰雪股的声音幽幽地质疑:天若有情,又怎会让人欲梦也无
缘一见?

采桑子

【原文】

严霜①拥絮频惊起,扑面霜空②。斜汉③朦胧,冷逼毡帷火不红。
香篝④翠被浑闲事,回首西风。何处疏钟⑤,一穗灯花似梦中。

【注释】

①严霜:凛冽的霜,浓霜。霜起而使百草衰萎,故称。
②霜空:秋冬的晴空。

③斜汉:指秋天向西南方偏斜的银河。

④香篝:熏笼。古代室内焚香所用之器。

⑤疏钟:稀疏的钟声。

【赏析】

塞上的夜,沉沉如水。月落的时候,秋霜满天。罗衾不耐五更寒。

曾几何时,小园香径,人面如桃花。你牵着她的手,闭着眼睛走,也不会迷路。那时的翠被,是多么的温暖。那时回廊下,携手处,花月是多么的圆满。

如今,边塞。在每个星光陨落的晚上,你只能一遍一遍数自己的寂寞。守护一朵小小的灯花。在梦中,已是十年飘零十年心。

此篇苦寒、孤寂。作于何年何地,难以确考,而从词中描写的情景看,可能是作于扈驾巡幸途中,有论者以为是在其妻卢氏病殁之后。

词中是写边塞寒夜的感受。上阕全用景语,写塞上寒夜,而景中已透露出凄苦伤感。首句"严霜拥絮频惊起","絮"字似乎可作两解,一指柳絮般的雪花,二是指絮被。作雪花解,整句话谓严寒的霜气卷起雪花如飞絮飘扬;作絮被解,则是说在寒冷的霜夜,半卧着以絮被围裹身体。但观"频惊起"三字,"絮"应该为絮被,因为夜里奇寒,拥被不能取暖,几次三番地被寒冷惊起。屋里的境况如此,那外边如何呢?"扑面霜空。斜汉朦胧。"天空寒雾迷漫,银河斜横长空,但朦胧不清,冷气相逼,使得行军的毡帐里燃起的炉火也红不起来。

下阕，联想、回忆、幻境相结合，写似梦非梦的心理感受。"香篝翠被浑闲事"。回想当初家中，熏笼焚香，其暖融融，怀拥翠被，温暖舒适。当然，这种暖意不仅是身体上的，更是心理上的。因为"香篝"也好，"翠被"也罢，都是隐隐地指向词人的

妻子的。这一切在那时都是"浑闲事"，再平常不过了，但在现在，却是殊难想象，遥不可及的。"回首西风"。回头看账外，只有西风在吹，方知在"冷逼毡帷火不红"的环境中，"香篝翠被"的生活确实似在"梦中"，离自己已经很遥远了。最后两句，"何处疏钟，一穗灯花似梦中"。这时词人听到稀疏的钟声，而帐中只有"一穗灯花"，在灯光朦胧中似在梦中，不知身在何处，孤凄情怀，不免难以忍耐。词中景情俱到，含思要眇，良多蕴致。

采桑子

【原文】

冷香萦遍红桥梦①，梦觉城笳。月上桃花，雨歇春寒燕子家。
莲篌别后谁能鼓②，肠断天涯③。暗损韶华④，一缕茶烟透碧纱⑤。

【注释】

①冷香：清香。红桥：桥名，在江苏省扬州市，明崇祯时建，为扬州游览

胜地之一。

②箜篌：古代拨弦乐器名。有竖式和卧式两种。

③肠断：形容极度悲痛。

④韶华：美好的光阴，比喻青年时期。

⑤碧纱：绿纱灯罩。

【赏析】

那一夜，你宿在红桥。睡中，郁金香的冷香幽幽。醒来，只有孤寂的空城，凄楚的笳声。

自从离别后，天也悠悠，地也悠悠。伊人的离去，让你断肠的琵琶。永远地爱上了休止符。

高山流水的琴韵，已无处可寻。而所谓青春，本是

一杯浓浓的香茶，只是后来，香气越来越淡。寄词红桥桥下水，扁舟天涯谁是伊？

这首词叙述所爱的女子离去后的苦闷心情。上景下情。景象的描绘由虚到实，虽未言愁而愁自见。抒情之笔又直中见曲，且再以景语绾住。其黯然伤神之情状极见言外了。

上阕描写春夜。红桥指红色栏杆的桥，不是扬州的红桥。作者扈驾南巡到扬州，是在康熙二十三年(1684)十月至十一月间，与这首词描写的时令不符。红桥是夜宿地点，用"冷香"，与下面"雨歇春寒"有关。"萦遍"二字，

描写花香之浓郁,梦中也能闻到。"梦觉"句,写梦醒后的情景。雨已停歇,月亮破云而出,城楼上隐隐传来笳声,窗外的桃花在月光下散放清香,帘栊间燕子静静地栖息。作者用白描的手法,写春夜的景色,简练而贴切。正如张继《枫桥夜泊》诗,只用"月落乌啼""江枫渔火"数字,就烘托出秋夜的气氛。

故王国维在《人间词话》中说:"大家之作,其言情也,必沁人心脾。其写景也,必豁人耳目。其辞脱口而出,无矫揉妆束之态,以其所见者真,所知者深也。"

下阕写别后的怀念,一别之后,箜篌空悬,不免睹物思人,黯然神伤。而令人肠断者,岂是无人会弹箜篌,实是怀念伊人远隔天涯。犹如辛弃疾《满江红》词:"人去后,吹箫声断,倚楼人独。""暗损"二句慨叹美好年华的消逝。一缕茶烟,飘进碧纱窗,使人产生"今日鬓丝禅榻畔,茶烟轻飏落花风"的心情。

采桑子

咏春雨

【原文】

嫩烟分染鹅儿柳①,一样风丝。似整如攲,才着春寒瘦不支②。

凉侵晓梦轻蝉腻^③，约略红肥^④。不惜葳蕤^⑤，碾取名香作地衣^⑥。

【注释】

①鹅儿柳:泛起鹅黄色的柳枝。

②不支:不能支撑,谓力量不够。

③轻蝉:指蝉鬓。此处指闺中人。

④约略:略微、轻微。

⑤葳蕤:形容枝叶繁盛的样子。

⑥地衣:地毯。

【赏析】

春天的雨,有着美丽的唇。说出的第一句,是薄薄的雾,轻轻地凝在杨柳眉间,天也朦胧,地也朦胧。春风吹来的时候,她便瘦弱晴丝,托不起一只荡秋千的蝴蝶。

春天的雨,又像是闺中的女子,眼角都是三月天气,因此喜欢睡懒觉,不喜欢小花伞。她的小脚,常放在云的怀里,偶尔打江南雨巷走过。

然而无情的还是她,推着春雨的小车,轻碾落花无数。

容若有着一种不可言喻的自然情节,他的词"纯任性灵",给人一种"纤尘不染"的感觉。敏感任性的天性与人生的真切体验化成的词,感觉特别的自然流丽、清新秀隽。比如这首咏春雨的《采桑子》。

春雨如何表现?是不是句句皆需有"春"有"雨"?后蜀欧阳炯曾写过

一首描写春景的《清平乐》："春来阶砌,春雨如丝细。春地满飘红杏蒂,春燕舞随风势。春幡细缕春缯。春闺一点春灯,自是春心缭乱,非干春梦无凭",句句不离"春"字,不但颇不达意,反而显得矫揉造作,给人以堆砌之感。容若此阕咏春雨之词,妙在词中无一句春雨,却又句句不离春雨。

首句即从初春之弱柳写起,别是一番心思。"嫩烟分染鹅儿柳,一样风丝"。春雨微细若烟雾,落在泛起鹅黄色的柳枝上,仿佛是空中飘洒着游丝一样。说"嫩烟",说"鹅儿柳",说"催",都使人感到这是春天特有的那种毛毛细雨,也即"沾衣欲湿"的"杏花春雨"。这种细雨,似暖似冷,如烟如梦,情思杳渺难求,正如秦观《浣溪沙》:"自在飞花轻似梦,无边丝雨细如愁。""似欹如歌,才着春寒瘦不支",这句是说微风吹来,细雨若直若斜,就好似弱柳刚被春寒,娇瘦不支。容若词,"瘦"字用得实在妙极,这"瘦"一出来,清婉也就有了。

"凉侵晓梦轻蝉腻,约略红肥"。古人言弱柳,总是不自觉地将它与娇弱的美人联系起来,比如张先《满江红》"过雨小桃红未透,舞烟新柳青犹弱。记画桥深处水边亭,曾偷约"中就用新柳隐喻他娇美的恋人。容若此句也是如此,将弱柳拟人,托以闺中女子。也许有人会问,容若此词里并未直言闺中女子啊。的确,直言确实没有,容若用的是"轻蝉"借代。明叶小鸾《艳体连珠发》:"如云美焉,是以琼树之轻蝉,终擅魏主之宠。"容若此处,即以轻蝉这一古代妇女发式代指闺中人,谓春雨凉意袭人,晓梦初醒,令人烦恼,但略显安慰的是,她又看到红花已绽,略显鲜丽。然而"天公不作美",这"约略红肥"喜人的春景,转眼之间就变成了"绿肥红瘦"。末句,"不惜葳蕤,碾取名香作地衣"。春雨真是无情,一点怜花之心也没有,就这样催落名香,化作红红的地衣一片。春雨欺花,所谓风流罪过,明是怨春,实是惜春情怀,由此描摹刻画便将春雨之形神表现得尽致淋漓。

【词人逸事】

纳兰容若从 1678 年到 1684 年每年有很多时间随康熙出巡或奉使在外,这首词便是他陪同康熙出巡塞外时所作。宦海生涯使他深谙皇室内幕。多次出巡又使他得到体察民情的机会。所以他虽然出身于富贵之家,生活在朱邸红楼中,作为贵胄公子、皇帝近臣的八旗子弟,身上却没有纨绔习气,视势利似尘埃,视功名如糟粕。他借咏雪道出自己"不是人间富贵花"的感慨,道出了卓尔不群的高洁情操,同时抒发了不慕人世间荣华富贵,厌弃仕宦生涯的心情。

采桑子

【原文】

非关癖爱轻模样,冷处偏佳。别有根芽①,不是人间富贵花。

谢娘别后谁能惜,飘泊天涯。寒月悲笳②,万里西风瀚海沙。

【注释】

①根芽:比喻事物的根源、根由。

②悲笳:悲凉的笳声。笳,古代军中号角,其声悲壮。

【赏析】

雪一直都是文人骚客笔下的常客,他们将雪看作灵性、高洁之物,竭尽所能去赞美、描绘。而容若却不是这样,他爱雪的圣洁高雅,却只是捧于掌心,用满目的爱怜看着这朵朵的雪花飘然而落,就好比有些情感,淡淡的记忆,远甚于轰轰烈烈的记录。

纳兰容若从公元 1678 年到 1684 年,每年有很多时间随康熙出巡或奉使在外，这首词便是他陪同康熙出巡塞外时所作。康熙十七年（公元1678年）十月，纳兰容若扈从北巡塞上之时，惊讶于这里的雪居然如此凛冽，有着不同于中原的气势，便有感而发，写下了这首词。

这首《采桑子》原有小题"塞上咏雪花"，它浸染着北方塞外的风情，读起来格外激昂人心：我并不是偏爱雪花轻舞飞扬的姿态，也不是因为它越寒冷越美丽，而是因它有人间富贵之花不可比拟的高洁之姿。谢娘故去之后还有谁真的了解它、怜惜它呢？它在天涯飘荡，看尽冷月，听遍胡笳，感受到的是西风遍吹黄沙的悲凉。

容若虽然出身于富贵之家，身上却没有纨绔习气，反而视势利似尘埃，视功名如糟粕。容若借咏雪道出自己"不是人间富贵花"的感慨，表现了自己卓尔不群的高洁情操，同时也抒发了不慕人世间荣华富贵、厌弃仕宦生涯的心情。

"谢娘别后谁能惜，飘泊天涯。"下片的词句透着沉沉的分量，仿佛一个衣着华贵的青年，神情忧郁地立于雪飘万里的寒风之中，就连雪花飘满他的肩头，也浑然不觉，只是一心在想，这情这景，除他之外，还有谁在远方一同关注。这句话似在问天，其实是在问他自己。"谢娘"是指东晋著名才女谢道韫，此刻，容若将自己与她相提并论，是在表明自己自有风骨，不同于世间的凡夫俗子。

在纳兰眼中，荣华富贵、名利权势不过都是过眼烟云，再多的富贵也比不上他那颗向往自由的心。漫天的飞雪从天飘落却又瞬间融化成水珠，这就好比容若那颗高贵的心，假使硬要去承受世间一星半点的纠缠，那么，他宁愿化作水来结束自己。

　　因此，词的最后那句"万里西风瀚海沙"就更显得悲凉壮阔。仿佛一个拥有不羁灵魂的才子，想融入广袤的天地之间，却一直没有机会。或许，容若一生的追求，只有被那时的片片雪花瞥见，而后，又随着雪花落地，一同埋入这塞外的土地之下，无声无息，销声匿迹。

采桑子

【原文】

桃花羞作无情死，感激东风。吹落娇红[①]，飞入窗间伴懊侬[②]。

谁怜辛苦东阳瘦，也为春慵。不及芙蓉，一片幽情冷处浓。

【注释】

①娇红：嫩红，鲜艳的红色。这里指花。

②懊侬：烦闷。这里指烦闷的人。

【赏析】

　　容若的心，时刻都像晶莹剔透的水晶，迎着阳光，透着忧郁的光芒。在这首小令中，容若淡淡地写出了伤春自怜的哀伤。这表面上看是一首伤春伤离之作:桃花并非无情地死去,在这春阑花残之际,艳丽的桃花被东风吹落,飞入窗棂,陪伴着伤情的人共度残留的春光。有谁来怜惜我这像沈约般飘零殆尽、日渐消瘦的身影,为春残而懊恼,感到慵懒无聊。虽比不上芙蓉花,但它的一片幽香在清冷处却显得更加浓重。

容若在写这首词的时候年纪尚轻,早先他拜在名师门下,熟读四书五经,中了举人后便开始积极备考,就在科举考试最后一关的殿试时,他却突然得了风寒,失去了参加由皇帝亲自主持考试的机会。

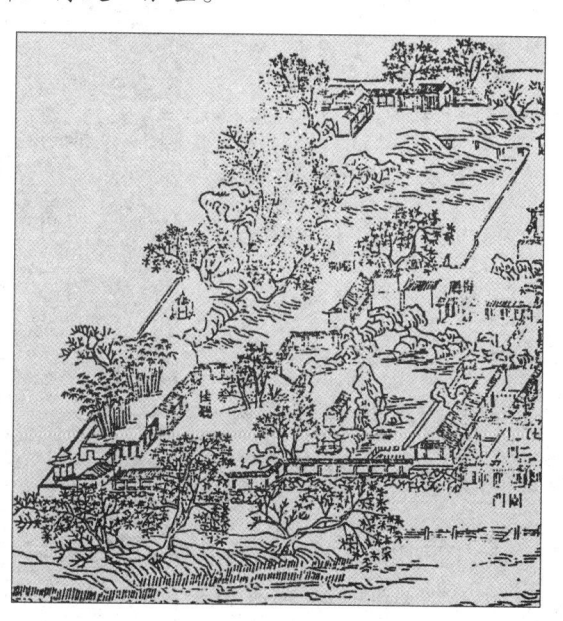

在床榻上无聊躺着的容若有感而发,写下了这首《采桑子》。他想,如果桃花是有情的,在春天过去的时候,就这样被东风无情地吹落,实在是悲凉。正如同自己,要想等到下一次的殿试,便是三年之后了。当别的学子与皇帝侃侃而谈的时候,本是踌躇满志的他,只能守着病榻,看着飘零的桃花,与这残春一起度过。

可见,这首词是容若借着伤春抒写伤怀之情。所以,容若在词的上片写到的"懊依",正是为了这件事情。花开花落有时,但零落总是让人不甘心的,桃花本是要零落成泥碾作尘的,却正巧一阵东风,吹入了容若的小窗,为这个陷入烦闷的才子聊以慰藉。

看到桃花无可奈何的命运,容若也为自己感伤了起来,从下片开始,"谁怜辛苦东阳瘦",便是容若的自况。所谓"东阳瘦"说的是南朝著名诗人沈约,沈约和容若是一样的美男子,有才有德,容若以沈约自比,既是说自己风流才俊，更是感伤自己身体单薄。而后所接"也为春慵"，更是说出自己的身心之所以如此的慵懒，并非是为其他闲杂之事所累，只是春天就要结束了。

"不及芙蓉，一片幽情冷处浓。"虽然容若认为桃花妖艳，却还是比不上芙蓉的清幽芬芳。其实，容若这里所指的芙蓉并不是荷花，而是联系到唐朝李固在芙蓉镜下科举及第的典故。李固在考试落第之后游览蜀地，从一位老妇人那里得知，自己明年会在芙蓉镜下科举及第。结果第二年，李固果然中第，榜上那句"人镜芙蓉"

也刚好印证了老妇的预言。容若因病失去殿试的机会，于是有感而发，叹一句"一片幽情冷处浓"，写尽了自己懊恼的"幽情"。

采桑子

【原文】

拨灯书尽红笺①也，依旧无聊。玉漏迢迢，梦里寒花隔玉箫。
几竿修竹②三更雨，叶叶萧萧。分付秋潮，莫误双鱼到谢桥③。

【注释】

①红笺：红色笺纸，多用以题写诗词或做名片等。

②修竹：长长的竹子。

③双鱼：指书信。谢桥：这里指情人所居之外。

【赏析】

词的开篇，便是词人扑面而来的无聊情绪。他在灯下给她写信，即使写满了信纸却仍是意犹未尽，心里惆怅无比。虽然词中并未提及信的内容，但从"依旧无聊"这四个字中，便已经略知一二。此刻，漏声迢迢相伴，令人如醉如痴，仿佛在梦中与她相见，朦朦胧胧不甚分明。室外秋雨敲竹，滴在树叶上，点点声声，淅淅沥沥。

词的最后，纳兰不忘提醒自己，不要将这孤独寂寞的苦情都付与此时的秋雨中，而忘记了将写好的书信寄给她。

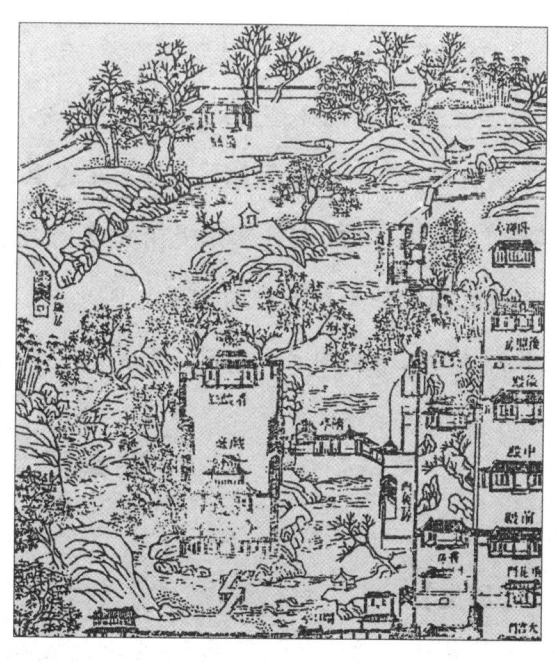

世界之大，悠悠众生，心中有个记挂的人，或许才没那么孤单。借着昏黄的灯光，将满腹的思恋倾注于纸间，让我告诉你，即使我们天各一方，也依然隔绝不了我对你的思念。这种悲伤无望，却又充满想象的爱情，看似无聊，却是持久永恒的。

诗词中，"红笺"多是用来指相思之情，只要写出红笺，一切便都在不言之中了。下接一句"玉漏迢迢，梦里寒花隔玉箫"，引自秦观的词句"玉漏迢迢尽，银河淡淡横"。漏是古时候计时的一种器具，常被叫作玉漏、银漏、春漏、寒漏等。

诗词中,"漏"一向是寂寥、落寞、时间漫长的意向,在这里也不例外。以"玉漏"表达长夜漫漫,时空横亘的无奈之情。时间是相思最大的敌人,容若大概在这首词中是想表达自己爱着一个人,却无法接近。在接下来一句"梦里寒花隔玉箫"中,揭晓了容若感慨时光的缘由。

"玉箫"并非是指乐器,而是一个人名,在这首词中,它指代心里思念的情人。而"寒花",就是寒冷季节里开放的花。接着,词的下片不再写心情,转而写窗外的景色,既然无法入睡,那干脆看着外面的景色,来缓解内心的惆怅吧。

"几竿修竹三更雨,叶叶萧萧",雨后的夜景,树木萧萧,好比自己的心情,无奈之中透着几分茫然。结尾一句"分付秋潮,莫误双鱼到谢桥",呼应了开篇的那句"拨灯书尽红笺也"。在这里,"分付秋潮"中的"秋潮"是指"有信"。古人眼中,潮水涨落是有一定时期和规律的,所以,人们便将潮水涨落的时期定位如约而归的期限。因此,这句词是说要将信托付给秋潮,向那个收信的人表达自己的心意,预示着凡事能够完满结束。

采桑子

【原文】

谢家庭院残更立,燕宿雕梁①。月度银墙②,不辨花丛那辨香。

此情已自成追忆,零落鸳鸯。雨歇微凉,十一年前梦一场。

【注释】

①雕梁:刻绘文采的屋梁。

②银墙:月光下泛着银白颜色的墙壁。

【赏析】

关于这首词,有人说是容若在凭吊一个知己,也有人说是容若追忆往昔所写,议论种种,难下定论。虽然词的背景扑朔迷离,却不妨碍我们今天在读到它时,沉浸在美好的情境之中。

开篇所写到的"谢家庭院",是在隐喻这是在写当下的实景,谢家庭院指南朝宋谢灵运家。谢灵运在会稽始宁县有依山傍水的庄园,后来常用"谢家庭院"代称贵族家园,也指闺房。所以可以看出,这是容若在怀念一段情缘。下片开始的那句"此情已自成追忆"更是证明上片是属于追忆往昔的情感了,而最后一句更是点名了这段情感的时间,是发生在十一年前。如梦一场的时光令这段情感逐渐模糊,但并没有被遗忘。

容若的这首《采桑子》虽然没有指明他所怀念的女子为何人,但从词面的字句来看,不是妻子就是表妹。不管是谁,"谢家庭院残更立,燕宿雕梁",开篇这句的意象,是容若常用的,尤其是"谢家",所以,后人推断容若爱恋的这名女子一定是姓谢。不过真相是否如此,也只能任由猜测了。

这首词写得十分华美动人,有种浓郁之美,在华丽的雕梁上,燕子熟睡着。夜深人静之时,万物进入梦乡,唯有月光悄悄安抚着大地。而此时,却还有一个人无法入眠,任凭月光洒落一身,他只是独立中庭,孑然影孤。短短十数字,就将思念者孤独寂寥的心态描写出来,叫人分辨不出,这个独自伫立在月光下的人,到底是被相思所苦的容若,还是偶尔神伤的自己。

接下来,"月度银墙,不辨花丛那辨香",朦胧的月色中,花丛的位置难以辨认,只好根据花香来判断方向,好比词人要根据恋人身上的香气来辨认她在花丛的位置一样。可是,容若自己明白,这份感情只可追忆,却无法挽回。而后一句"零落鸳鸯",则是引出了最后的结局"雨歇微凉,十一年前梦一场"。往事如烟散去,回忆空空,容若沉吟至此,才忽然觉出了雨夜后的微凉,同时也觉察出,这十一年前的梦,早就该醒了吧。

采桑子

【原文】

那能寂寞芳菲节,欲话生平。夜已三更。一阕悲歌泪暗零。

须知秋叶春花促,点鬓星星。遇酒须倾,莫问千秋万岁名。

【赏析】

这是一首写于春天的词。

春季本应是万物复苏的时节,词里却叹出"那能寂寞芳菲节,欲话生平。夜已三更。一阕悲歌泪暗零"。花草香美,却倍感无聊,因而与友人话起了生平。夜至三更,谈到有感而发,禁不住弹唱一阕。悲歌低吟浅唱,竟引得清泪暗零。

泪为什么而流呢？原来是"须知秋叶春花促，点鬓星星"。春花秋叶，季节更替，年复一年地催促时光流转，人亦由少到老。恍惚间，见那鬓角，已增了白发。这"星星"二字，代指白发星星点点。这便是无常的人生，物换星移，转瞬即逝。

最后，词人感慨，"遇酒须倾，莫问千秋万岁名"。有酒须饮才是，何必要问那"千秋万岁"之名。功名再有为，不过仍旧是春梦一场，如今夜已三更，春梦也该散尽。难怪，这一阕悲歌，引得如此愁情满腹，不胜凄凉。

岁月匆匆，一阕悲歌恰巧击中这才子心内的柔软地，禁不住泪流，喟叹人世苦短，世事虚妄。

采桑子

九日

【原文】

深秋绝塞①谁相忆，木叶萧萧。乡路②迢迢。六曲屏山和梦遥。佳时倍惜风光别，不为登高。只觉魂销。南雁归时更寂寥。

【注释】

①绝塞：极远的边塞。

【赏析】

所谓"九日",即农历九月九日重阳佳节。每逢佳节倍思亲,这一年的重阳节,纳兰出塞离家,形单影只,顿觉内心孤苦寂寞,为表达自己的思乡之情,他写下了这阕词。

上片由景入,"深秋绝塞谁相忆,木叶萧萧。乡路迢迢。六曲屏山和梦遥"。深秋,边塞偏远之地,落叶萧萧,一片萧索肃杀之气,清冷寥然。还乡之路迢迢,似是只能在梦里才能见到。"六曲屏山"释义为曲折之屏风六曲,因屏风曲折若重山叠嶂,故称为"屏山",这里指代为家园。

下片道"佳时倍惜风光别",意思是说逢此佳节,故园风光正好,却觉得与平时有别。异乡之景,再美不如家乡的田舍。亲友团聚之佳节,独自在外,今日心情,自是与平日有异。所以,纳兰只能无奈地叹道:"不为登高。只觉魂销。"重阳节有登高的习俗,此时,词人身处异地不能与家人一同登高望远,难免暗自神伤。寥寥数语,写尽内心彷徨凄苦。

结句承之以景,借以雁南归来反衬出此刻的寂寥伤情的苦况,即"南雁归时更寂寥"。古人常以大雁表达思乡怀人,这里是说,望着天上的一群归雁,纳兰想到了自己,大雁们都回家了,唯独"我"还在他乡一个人过节,这让他觉得更加寂寞。

这天涯羁客，飘零于此，只叹，何时才可再见到故土的熟悉欢愉啊。

采桑子

【原文】

海天谁放冰轮①满，惆怅离情。莫说离情，但值良宵②总泪零。
只应碧落③重相见，那是今生。可奈今生，刚作愁时又忆卿。

【注释】

①冰轮：月亮，圆月。

②良宵：景色美好的夜晚。

③碧落：道教语。指青天、天空。

【赏析】

卢氏离世后，任何良宵美景对纳兰而言都是赘余的。从此，他生活的重心便迷失在无边的惆怅里。

词人挥笔头句就是无奈的质问：

"海天谁放冰轮满，惆怅离情。"是谁在夜空里缀了那么个皎洁的圆月？匆匆一瞥就不禁要令人惆怅起来。美景如水，荡漾的是如烟的轻柔，倒映的是清晰的内心模样。这惆怅离情，倏然浮起了。

"莫说离情，但值良宵总泪零"。而对纳兰来说，这"莫说"又着实是真心吗？思念愁苦，离别沉痛，只是倘若不说，他难道就能逃离了触景伤情，丝毫不会念及？这"莫说"二字，更像是词人的自言自语，想忘却难忘，想那愁绪停止又无力控制，所以也只能对自己暗许，不再说

了，不再说了。良宵而落泪，可是，这又有什么办法？

既然无力逃脱记忆的深渊，纳兰也只能寻求一些希冀："只应碧落重相见，那是今生。"只应碧落，才有重见的可能，可今生，又如何去到那里啊！今生最想实现的事情，不过是再见一面，再走一遭，却已是天上人间。"可奈今生，刚作愁时又忆卿"，可奈可奈！因触景而伤了情，因伤了情，又再回忆了已亡人。

这个多情的男子，该如何逃离那无边的寂苦，该如何逃离那悲楚的回忆。离别的时候，一个人烧纸成灰，离别以后，还要一个人吞咽苦水，对着美景，也是泪水不止。人生这件事，说长不长，说短不短，只怜惜这些多情重情的人，对于逝去的人事，无能为力，又百般苦痛。

采桑子

国学经典文库

纳兰容若全集

《纳兰词》鉴赏

图文珍藏版

【原文】

白衣裳凭朱阑①立,凉月趄②西。点鬓霜微,岁晏③知君归不归?

残更目断传书雁,尺素还稀。一味相思,准拟④相看似旧时。

【注释】

①朱阑:即朱栏,朱红色的围栏。

②趄:即"走"之意。

③岁晏:一年将尽
的时候。

④准拟:料想、
希望。

【赏析】

秋日天已微凉,风
愈渐萧瑟,人也变得踌
躇怀旧。

印象中,故人还身
着那白色的衣衫倚靠着

朱红栏杆,秋月带着凉气将冷艳的光向西落去,思绪同那皓月也一并沉下
来。思念渐深,纳兰眼看鬓角浮起点点的霜白,顿时乱了心绪。年已至末,
不知道故人归不归。一声声自问,湿了衣襟。更漏都已滴尽,他亦望穿天
际,日日企盼传书的鸿雁,然而,等的书信却迟迟未至。无奈,他只能一味地

思念,料想着,相见的时候故人依旧是迷人的旧时模样。

显然,这是阕岁末怀人之作,怀的是谁,却多猜测。是久思未见的初恋,还是亡故的妻子,抑或红颜知己沈宛,又或者是挚友贞观?读来是五味杂陈的思念,像着了过量的盐,尝来有了涩味。

细品这词,颇有意味,善于用典的纳兰,仍旧在短词之中,巧妙化用了前人的词句。词中上片首句就是取自明代王彦泓的《寒词》十六之一,文曰:从来国色玉光寒,昼视常疑月下看。况复此宵兼雪月,白衣裳凭赤栏杆。

下片借以"大雁"这一意象来抒发苦等书信的一味相思。"大雁"有典,取自《汉书·苏武传》。相传当年苏武出使匈奴,被扣留匈奴十九年,后汉使者对匈奴单于说,汉天子上林苑打猎时,打获大雁一只,其脚系有帛书,上写着"苏武在匈奴何处",因而匈奴单于放苏武回到汉朝。后来,"大雁"这个意象在诗词中,便是用以表达思乡怀人的情思。

最后,末句引用宋时晏几道《采桑子》:"秋来更觉销魂苦,小字还稀。坐想行思,怎得相看似旧时。"秋来萧瑟之景叫人乱了心绪,坐想行思,怎也无法躲避开这纷乱的回忆,以及对故人的相思。相看似旧时,怀念过去之人深切苦楚,可如何能回到旧时的时光,不再为这时光渐远而伤怀叹息?恐怕时光的脚步还是听不见词人心底恰似痴狂的呐喊,无法让他如愿他穿梭回到过去吧。

纳兰这词,清清婉婉,秋景静美处,读之仿佛能见到他身着秋衫伫立窗前的神情:看月色西沉,盼雁回信至。读来痛心,也觉孤楚。

采桑子

居庸关①

【原文】

嶲周声里严关②峙,匹马登登③,乱踏黄尘。听报邮签④第几程。行人莫话前朝事,风雨诸陵。寂寞鱼灯⑤,天寿山⑥头冷月横。

【注释】

①居庸关:关名。旧称军都关、蓟门关,长城重要关口,控军都山隘道(军都陉)中枢。据传秦修长城时,将一批庸徒(佣工)徙居于此,故得名"居庸"。

②嶲周:意为车轮转一周,嶲通"规"。严关:险要的关门,险要的关隘。

③登登:象声词,指马蹄声。

④邮签:驿馆驿船等夜间报时的更筹。

⑤鱼灯:鱼形的灯。

《纳兰词》鉴赏

图文珍藏版

⑥天寿山：天寿山位于北京昌平东北部。山麓一带黄土深厚，原名黄土山，明建十三陵后改名天寿山。地势险要，上陡下缓，南临十三陵盆地；东西扼山口，古为军事要地。

【赏析】

康熙二十一年（公元 1682 年），纳兰被康熙派遣率兵赴西域，为解决西北问题做准备。以往外出，纳兰都是作为随侍巡幸，然而这次，他却是作为一军之帅统领全军。

居庸关在北京昌平西北，得名始自秦。当年，纳兰就是从此经过，于戎马倥偬间赋得这曲《采桑子》。词上阕主要写景，"鵊鵊声里严关峻，匹马登登，乱踏黄尘。听报邮签第几程"。"鵊"音"希"，鵊鵊是燕子的别名，用来称子规鸟。险要的关门相对耸峙，马蹄声、杜鹃声，以及军行报时的更筹声相互混杂，于纷乱弥漫的黄尘中若隐若现。短短几个字，词人便描摹出一幅落满尘埃的居庸历史画卷。

帝王荒冢被历史笑谈自来是最平常不过之事，然而词人一句"行人莫话前朝事，风雨诸陵"，则透露出无限的苍凉。来往的行人不要再议论那过往的人、事了，历史风雨飘摇，终究要归于静默。

接下来"寂寞鱼灯，天寿山头冷月横"一句，纳兰将这清冷的意味写到了底，"鱼灯"是帝王陵寝之灯，意指凄惨阴森的意象。这一句全是写景，却透露出纳兰凄冷的心境。或许,这其中的况味除了纳兰也只有那"鱼灯"或"冷月"才能知晓了罢。

或许,那黄沙遍野的战场让纳兰也从中看到了自己的影子,看到了自己的生前身后——也是风雨。所以,他才会用一颗敏感寂寞的心体悟到了历史的凄冷苍凉。

采桑子

【原文】

凉生露气湘弦润①,暗滴花梢。帘影谁摇,燕蹴风丝上柳条。
舞鸡镜匣开频掩②,檀粉慵调③。朝泪如潮,昨夜香衾觉梦遥。

【注释】

①湘弦:即湘瑟,湘妃所弹之瑟。亦指代瑟。瑟,弦乐器。
②鸡:形似鹤,黄白色。《异苑》谓:"矿山鸡爱其羽毛,映水则舞,魏武时南方献之。公子苍舒令置大镜前,鸡鉴形而舞,不知止,遂乏死。"
③檀粉:化妆用的香粉。

【赏析】

长夜微凉。而我只觉寂寞。柳树又绿了,我以为它们不会的。

不是你说的吗,等你回来的时候,柳树才会绿如烟海的。究竟是他们在骗我,还是你。你看到了吗,燕子都回来了。回不来的你,在哪儿呢?

手指碰到了琴弦。凝了露水,铮的一声低响,余音宛转。可是我却不想再弹了。

镜匣里面都是你送给我的胭脂,眉黛,发钗。我能做的却只是茫然地看眼前渐渐地就模糊起来,时光在耳边飞快退回,细碎的断裂声。怎么就又哭了呢?我都以为自己已经没有眼泪了。

这首词是从闺中女子的角度写的,描写她清晨醒来的所见所思,空灵别致。

首句"凉生露气湘弦润,暗滴花梢",此描绘的是静物。晨起凉生,寒冷的露气浸润了琴瑟,露珠滴在了花梢上。湘弦,即湘瑟,屈原《远游》:"使湘灵鼓瑟兮,令海若舞冯夷。"因此称琴瑟的弦为湘弦,即湘灵所鼓之瑟弦。此处"湘弦润"颇多玩味。时值清晨,而湘弦被露气润湿,说明了这弦昨晚被人弹过,并且弹完之后,不知为何没有放回匣中。那她昨晚为何要弹琴?阮籍《咏怀》诗:"夜中不能寐,起坐弹鸣琴。"她是女子,自然没有阮籍政治理想不能实现的痛苦,但是弹琴遣怀解忧的心思多少是相通的。这样,容若以貌似平淡的景语在开篇就为全词留下悬念。

"帘影谁摇,燕蹴风丝上柳条",此是描绘动景,眼光锐利细腻,捕捉瞬间景物情状似在无意间,却使词句于此灿然生色。将此句改作现代诗也许更显其轻灵:

是谁把帘子的影儿摇动,风来如丝。

一只燕子斜飞。

抓住其中一根。

轻轻一荡。

翻身跃上了柳条。

回到词中，"蹴"意为踩或踏，以风为秋千之绳，荡上柳条，其实这只是一种视角的错觉，当时的情形实际是，风吹来丝丝凉意，忽见一只燕子飞上了柳枝，但词人

换了一种角度来捕捉了瞬间的错觉，可说是一个美丽的错觉，这样不但表现了燕来之迅捷与轻盈，还产生了无限的诗意。下阕，"舞鹍镜匣开频掩，檀粉慵调"，这句杂糅数典说她开镜梳妆的情态。根据南朝宋范泰《鸾鸟诗》序：古时有一人，偶获一只鸾鸟，非常喜欢，但是却不能让它鸣叫。于是就用金色的笼子装饰它，用珍贵的食物饲喂它，但是鸾鸟却越来越悲伤，三年不鸣。其夫人说："曾听闻鸟见其类而后鸣，你为何不悬一面镜子映照它呢？"此人从其言。鸾鸟看见自己孤单的身影后，慨然悲鸣，哀响云天，振动一下翅膀后就死了。《异苑》里也有这样的故事，有一山鸡，爱其羽毛，映水则舞，魏武时南方献之。公子苍舒命人置一面大镜，鸡鉴形而舞，不知道停止，以至于最后累死了。后人就以鸾或山鸡图案镌刻为镜子背面的装饰。容若用上面的典故，是说她对镜理妆时，看到别离后自己孤单憔悴的形貌，自怜自伤，镜匣频开频掩，香粉也懒得匀调。那她为何摆出一副慵懒疏倦的样子呢？就是刚刚她不是还看到了"帘影谁摇，燕蹴风丝上柳条"这样令人喜悦的情

景吗？究竟为何呢？

且看结尾："朝泪如潮，昨夜香衾觉梦遥。"清晨醒来，她泪如泉涌，昨夜的香衾依旧，但是美好的梦再也没有了。到此，首句"凉生露气湘弦润"的悬念算是解开了。昨夜她有萧郎相伴，一起弹琴吟唱，可谓琴瑟相合。但是恋人夜里就离去了，于是她再无心弹琴，独卧不成眠。清晨起来，想起此事，顿觉分

外悲伤，虽有燕子柳枝暖融之景相慰，但仍是忧愁万分，不想理妆，只想流泪，然而无论如何，幽期已成佳梦，遥不可寻。

【词人逸事】

词中的"东阳瘦"用的是南朝沈约的典故，纳兰容若以沈约自况，形容自己像沈约一样病容憔悴、抑郁多疾。

沈约，字休文，吴兴武康人，南朝齐、梁时期著名的诗人，他对近体诗谐韵的发展做出了巨大贡献，他和当时著名诗人谢朓开创了在诗歌发展历史上值得一书的著名诗体——"永明体"，是近体诗派的先声。

公元503年，萧衍逼迫齐和帝禅位，改国号为梁，这就是历史上著名的僧侣皇帝梁武帝，沈约在灭齐的过程中立功，被任命为尚书仆射，受到武帝的宠信。公元513年，这位诗坛的一代宗师忧惧辞世。死后，被武帝谥为"隐"，世称沈隐侯。

沈约在一次书信中谈到自己日渐清减,腰围瘦损,此事便成了一个典故,习见的用法是"沈腰"或"沈郎腰"。唐朝初期,著名的史学家姚思廉和他的父亲姚察在所著史籍《梁书·沈约传》中,高度赞誉了他的人品和文品,评价他"高才博洽、一代英伟。"姚思廉在《梁书·沈约传》中记载:"沈约,永明末出守东阳……百日数旬革带常应移孔,以手握臂率计月小半分。"沈约操劳过度,日渐消瘦后,被世人以"东阳销瘦""东阳瘦体"称之,形容其体瘦。

采桑子

【原文】

土花①曾染湘娥黛,铅泪②难消。清韵③谁敲,不是犀椎④是凤翘⑤。
只应长伴端溪紫⑥,割取秋潮⑦。鹦鹉偷教,方响⑧前头见玉箫。

【注释】

①土花:苔藓。

②铅泪:晶莹凝聚的眼泪。语本唐李贺《金铜仙人辞汉歌》:"空将汉月出宫门,忆君清泪如铅水。"

③清韵:清雅和谐的声音或韵味,指竹林风动之声。

④犀椎:犀槌,古代打击乐器方响中的犀角制小槌。

⑤凤翘:古代妇女凤形首饰。

⑥端溪:溪名,在广东高要东南,产砚石,制成者称端溪砚或端砚,为砚中上品,即以"端溪"称砚台。端溪紫,指紫色的端溪砚。

⑦秋潮:秋季的潮水、情怀等。

⑧方响:古磬类打击乐器,由十六枚大小相同、厚薄不一的长方铁片组

成，分两排悬于架上。用小铁槌击奏，声音清浊不等，创始于南朝梁，为隋唐宴乐中常用乐器。

【赏析】

这首词写的是一段深隐的恋情，用苔藓遍布的竹子和晶莹难以消除的泪水来打开全词，意欲告诉读者，这段恋情的苦楚，真的是如泪如疤。

斑痕累累的湘妃竹，青青如黛，竹身长满了苔藓，晶莹的泪水难以消除。真的就如同词中所写的那样："土花曾染湘娥黛，铅泪难消。"这词中所写的，也实在就是他的心性，容若一生睟心境悲苦凄凉，无人能懂。

正如那斑痕累累的湘妃竹一样，虽然青青如黛，竹身上却是长满苔藓，就如同容若虽然是人人羡慕的相爷公子，是皇帝身边的大红人，是满腹文采的大才子，但他的内心深处结满的疤痕，有几个人能看到呢？只有容若自己能够感受到。他出身富贵，地位显赫，仕途顺利，相貌俊秀，就连妻子也是门当户对，这一切是任何男人都可望而不可即的，却被纳兰一人所占有。然而，他却依然不满。

"清韵谁敲，不是犀椎是凤翘。"所谓"犀椎"是指犀槌，古代打击乐器方

国学经典文库

纳兰容若全集

《纳兰词》鉴赏

图文珍藏版

696

响中的犀角制成的小锤子。而"凤翘"则是古代妇女凤形的首饰。这句话的意思是清韵声声,那不是谁在用犀槌敲击乐器,而是她头上的凤翘触碰到了青竹,从而发出清雅和谐的响声。

是何人的发簪碰到了青竹,这个人是容若的情人还是红颜知己,在词中并未提及,但可以得知的是,这个女子最终是未能和容若厮守一起的。

这样,也就可以理解容若开篇的悲情词句了,或者可以说是事出有因,却也应了那句情何以堪。而在下片里,容若将写景转为抒情,尽情抒发了一番相思之苦。"只应长伴端溪紫,割取秋潮。鹦鹉偷教,方响前头见玉箫。"意思是:秋色多么撩人、秋意无限,应该将这些用端砚写成诗篇。将相思之语偷偷教给鹦鹉,当与她相逢又难以相亲时,鹦鹉或可传递心声。

总体来说,这首词的写作风格清新淡雅,虽然不能算是容若作品中的上乘之作,但将相思之苦刻画得淋漓尽致,也算是一首别致的小词。

采桑子

【原文】

而今才道当时错,心绪凄迷。红泪偷垂,满眼春风百事非。

情知此后来无计①,强说欢期②。一别如斯,落尽梨花月又西。

【注释】

①无计:无法。

②欢期:佳期,欢聚的日子。

【赏析】

也许,我哒哒的马蹄是美丽的错误。也许,我不该在你的门前踟蹰流连,不该去敲爱情那扇肝肠寸断的门。

再度春风,已是物是人非事事休,欲语泪先流。那段苦涩的故事,不过是些山,将没入云海。不过是弹指的瞬间,却留下永恒的疼痛。

我们终于知道,相聚后,那再一次高高举起的,却不再是花,而是天涯。一别如斯。年年如别。

这是阕怀人之作,至于所怀何人,不甚明晰,或是沈宛,或是入宫的表妹谢氏。但不论所怀何人,"心绪凄迷"总为其旨。

首句"而今才道当时错,心绪凄迷",用的是歧义之语。"当时错",现在才明白、才后悔,可是当时"错"的究竟是什么呢?是当初不该与你相识?是当初与你相识后而没有相知?还是当时就该牢牢抱住你、不放你离去?"错",可以是此,可以是彼,词中并未交代清楚,这反倒给读者留下了广阔的想象空间。"红泪偷垂,满眼春风百事非"。红泪,形容女子的眼泪。当初,魏文帝曹丕迎娶美女薛灵芸,薛姑娘不忍远离父母,伤心欲绝,等到登车启程以后,薛灵芸仍然止不住哭泣,眼泪流在玉唾壶里,染得那晶莹剔透的玉唾壶渐渐变成了红色。待车队到了京城,壶中已经泪凝如血。容若用这个典故,不知道有没有更切合一些的含义呢?

——有情人无奈离别,女子踏入禁宫,从此红墙即银汉,天上人间远相隔。这,是否又是表妹的故事?容若没有明言,只说那个女子,她在偷偷垂泪,至于为谁伤心,不得而知。

"满眼春风百事非",这似乎是个错位的修辞。要说"百事非",顺理成章的搭配应是"满眼秋风"而非"满眼春风",但春风满眼、春愁宛转,由生之美丽感受死之凄凉,在繁花似锦的喜景里独会百事皆非的悲怀,尤为痛楚。此刻的春风和多年前的春风没什么两样,但此刻的心绪却早已经步入了秋天。

"情知此后来无计,强说欢期",回想当时的分别,明明知道再也不会有见面的机会了,但还是强自编织着谎言,约定将来的会面。那一别真成永诀,此时此刻,欲哭无泪,欲诉无言,唯有"落尽梨花月又西"——情语写到尽处,以景语来做结;以景语的"客观风月"来昭示情语的"主观风月"。这既是词人的修辞，也是情人的无奈。正是：无限愁怀说不得，却道天凉好个秋。

采桑子

【原文】

明月多情应笑我，笑我如今。辜负春心①，独自闲行独自吟。

近来怕说当时事，结遍兰襟②。月浅灯深，梦里云归何处寻。

【注释】

①春心：春景所引发的意兴或情怀。

②兰襟：芬芳的衣襟。比喻知己之友。《易·系辞上》："二人同心，其利断金；同心之言，其臭如兰。"襟，连襟，彼此心连心。

【赏析】

是谁说过，思念是一种痛，一种无可名状，又难以痊愈的痛。

我想，回忆也是。你曾说过，我像风，放浪不羁，快意人生，时常吹得你的心，无所适从。你也说过，你像水，微风乍起时，荡起的涟漪中止了你宁静的生活；而当风平浪静后，你也只能端坐如云,重新静守那一湖的寂寞……

我笑了,对你说我要做伴你一生的夏夜晚风;你也笑了,水晶般的眸子里潜藏着淡淡的忧伤。现在我有点懂了,时光变幻,四季交替,哪里又有永远的夏夜和不息的晚风呢?因此我们的故事,注定是一场失速的流离,一场彷徨的关注,一场风花的悲哀,一场美丽的悲剧……谢却荼蘼,起身轻叹,一曲《长相思》勾起来伤心,时光苍茫的洪涛中,一曲一调地演绎着那古老的歌谣——"生死契阔,与子相悦;执子之手,与子偕老"……

容若这阕词,清新隽秀,自然超逸,明白如话,非常自然。但是所写为何,尚有争议。有人说是怀友之作,由"结遍兰襟"佐证。——当然,说容若"结遍兰襟",也并非夸饰之语。他的确广交游,善交游,有很多志同道合的朋友。

而容若本人也是极重友情,他的座师徐乾学之弟徐元文就曾在《挽诗》中赞美道:"子之亲师,服善不倦。子之求友,照古有烂。寒暑则移,金石无变。非俗是循,繫义是恋。"

但是"兰襟"一词,还有别义,晏几道《采桑子》"别来长记西楼事,结遍兰襟"中的兰襟,指的就是美女之衣衫。元好问《泛舟大明湖》"兰襟郁郁散芳泽,罗袜盈盈见微步"中的兰襟,也是此义。除此之外,容若此词里还有"春心""当时事""梦里云归"等婉曲之词。但最让人感觉其不似怀友之作的地方还在于，容若此篇多次化用晏几道词句。凡此种种，都说明此篇合该是写情之作，是追怀过去的一段情事。

首句，"明月多情应笑我"，实为倒装，应理解成："明月应笑我多情"，显然是化用了苏轼的"故国神游，多情应笑我、早生华发。"东坡啸出此句，那是因为他由凭吊周郎而联想到自己徒抱壮志，想为国分忧而不可得，而生命短促，人生无常，自己白发已然。故东坡的笑，苦笑也。那容若的笑，又是什么笑呢？"笑我如今。辜负春心，独自闲行独自吟"。这句极其自然朴素，化用前人词句，了无痕迹，如同己出。晏几道曾作过一首《采桑子》词，和容若此篇无论在用韵还是在词句上都大大相像：

前欢几处笙歌地，长负登临。月幌风襟，犹忆西楼着意深。

莺花见尽当时事，应笑如今。一寸愁心，日日寒蝉夜夜砧。

容若词"笑我如今"与晏词"应笑如今"相对，"辜负春心"与"一寸愁心"相对，"独自闲行独自吟"与"日日寒蝉夜夜砧"相对。可以说，容若上阕词简直就是晏几道下阕词的翻版。晏词下阕的意思是，那啼叫的黄莺和盛开的花朵曾见尽了当时月光柳影下两情依依、情话绵绵的情景，如今，它们恐怕会笑话我的寸寸愁心、丝丝寂寞。知道了晏词言何，容若此言何义，也就十分明朗了。容若曾经和她（谢娘或沈宛）有过一段"双鸳池沼水溶溶"

的美好恋情,那时他与佳人同调宝瑟,同拨金猊,同唱鹧鸪词。可是如今,只有"独自闲行独自吟"的失落和惆怅了,而那些燕舞莺歌的明媚的春光,也只有辜负殆尽了。

所以下阕,词人会说,"近来怕说当时事,结遍兰襟"。所谓"当时事"即是往昔的情事,也就是"结遍兰襟",情分极深。那他为何怕说当时情事呢?末句,"月浅灯深,梦里云归何处寻",因为夜静更阑,残月渐落,孤灯将灭,面对此情此景,他知道已然是事随云去,己身难到,"梦逐烟消水自流"了。爱人已经失去,空提往事,只会令人心生无限怅惘,遂只好"怕说",不说了。

谒金门

【原文】

风丝袅,水浸碧天清晓。一镜①湿云青未了②,雨晴春草草③。

梦里轻螺④谁扫⑤,帘外落花红小。独睡起来情悄悄,寄愁何处好。

【注释】

①一镜:指像一面明镜的平水。

②青未了:青色一望无际。

③草革：忧虑劳神的样子。

④轻螺：指黛眉。螺，螺黛，古人用以画眉的青黑色颜料。

⑤扫：描画。

【赏析】

这首词以乐景写哀情，凸显了伤春意绪：柔风细细，水面上映出一望无际的云朵。雨过天晴后这春色反而令人增添愁怨。梦中曾与伊人相守，轻轻地为你描画眉毛。梦醒则唯见帘外落花，这一怀愁绪该向何处排解呢？

纳兰出生于名门望族，从小就有过人的天赋，读书识字都很厉害，常常过目不忘。不但如此，他年幼时就能够习骑射，十七岁便入太学读书，十八岁中举。一路上都顺风顺水的容若，按说应该是意气风发，可是，他的词意间却总是有一种淡淡的愁怨，化不开、解不散。

"风丝袅，水浸碧天清晓。"寥寥数字便写出了春日的美好景色。容若写景，一向是如同淡淡的山水画一样，柔风阵阵，水面上倒映出天空的云朵，水清云淡，风和日丽，这是多么美好的春日，容若也是沉浸在这春日中，格外享受。

但接下来，他便从这景色中看到了愁绪，"一镜湿云青未了，雨晴春草草"。所谓"一镜"就是指像一面明镜的平水。水波静止无痕，仿佛一面透亮的镜子，折射出天空美丽的云彩。

"湿云"是一个很好的意象,这要与后面一句联系起来,"雨晴春草草"。刚下过雨的晴天显得湿润怡人,容若将仿佛还没干透的天气写入词中,令人读后别有韵味。而这里的"草草"二字,则是忧虑劳神的样子。

虽然这美好的雨后春日令人神清气爽,但是容若依然感到疲惫怠倦,这是因为春思扰人,容若在思念中,自然无法做到一心去欣赏春日的美景。上片独独写景,写出春日的景物,与别的写景不同,容若写景,只是简单的几笔,便能刻画得深入人心。

而在下片,容若则是开始写心,既然春光无心欣赏,那便是心中藏着事情,"梦里轻螺谁扫",一句疑问打开下片的开端,也写出容若为何事而烦忧。他在担忧一个人,惦念着一位佳人。

词中所写的"轻螺"指黛眉。梦里谁为佳人描眉,当外面落红开始,梦境醒来便飘逝而去,现实依然是孤独一人,这真是让人忧伤的事情,一腔的闲情该如何寄托,只能是付与诗词之中,聊以慰藉。

"帘外落花红小。独睡起来情悄悄,寄愁何处好?"容若以反问结束整首词,他自己也不知道,这一腔的幽思该如何化解,提笔像是自问,又好像是寻求答案。这种矛盾的心情让人看后不由得心疼,爱一个人,真的就如此纠结吗?

这百年前的情感,已经由不得后人去妄自揣测了,只能从词的字里行间,去寻觅词人当时的心境,共同体会。

好事近

【原文】

帘外五更风,消受晓寒时节。刚剩秋衾一半[①],拥透帘残月。

争教清泪不成冰[②]? 好处便轻别。拟把伤离情绪[③],待晓寒重说。

【注释】

①剩:与"盛"音意相通。此"盛"犹"剩"字,多频之义。

②争教:怎教。

③伤离:为离别而感伤。

【词评】

全是凭吊语,绝非新朝新贵的语气。

——严迪昌《清词史》

【赏析】

本篇是容若的一首简短小词,上片写相思,似乎是在回忆中找寻往昔的欢乐,又像是在怀念妻子,在她离去后产生了伤感之情。这首词意扑朔迷离,耐人寻味,有着重情重义之感,也有迷惘哀伤的纠结。

词的开头便直言了生命的不可承受之重,"帘外五更风,消受晓寒时

国学经典文库

纳兰容若全集

《纳兰词》鉴赏

图文珍藏版

节",竹帘之外传来五更的寒风,在这清秋寒冷的早晨实在让人难以消受。这首词写与妻子乍离之后的伤感,写得如此直白动人,只怕是容若的内心真的是无法再忍耐下去了。而后接下去便说道:

"刚剩秋衾一半,拥透帘残月。"孤夜难眠,秋夜冷冰冰的被子因多出了一半而晓寒难耐,于是,便拥被对着帘外的残月,望着它回忆往昔,只可惜,月亮似乎也知道他的心事,窗外所对的只是一轮残月而已。

　　欢乐和幸福都是短暂的,世上没有什么事情是长长久久,永不变更的。容若而今只剩下独自一人,孤独无依,此刻,窗外的残月更是加重了他的这种孤独感,这让词人情难自禁,一时间泪流满面。

　　故而下片有"争教清泪不成冰",没有过渡也没有任何引申,简单的白描却将糟糕的心情写得入木三分。而今一人独自赏月,想起往日的种种,怎教清泪不长流,空自凝噎呢?这句中的"成冰"更是写出清冷孤寂的意味。泪流至结成冰,这该是怎样的一种哀愁,容若的孤独和寂寞,在卢氏离去后便更加明显,但凡卢氏之前用过的衣物、住过的楼阁,对容若来说,都是一种折磨。

　　所以,容若才会说"好处便轻别。拟把伤离情绪,待晓寒重说"。容若自己也知道,面对这样铺天盖地的哀伤,最好的方法,就是不把离别之事放在心上,让这离愁别绪待到天亮以后再去想吧。

国学经典文库

纳兰容若全集

《纳兰词》鉴赏

图文珍藏版

如此的哀伤,似真非真,似幻非幻,极富浪漫色彩。在词的最后,容若从回忆中抽身,回归现实,他知道现而今已经是人去楼空,物是人非了,与其在回忆中痛苦挣扎,不如转身睡去,让梦境和睡眠赶走孤独和寂寞。

好事近

【原文】

马首望青山,零落繁华如此。再向断烟衰草,认藓碑题字。

休寻折戟话当年,只洒悲秋泪。斜日十三陵下,过新丰猎骑①。

【注释】

①新丰:县名,汉高祖七年置,唐废,治所在今陕西临潼西北。猎骑:骑马行猎者。

【赏析】

总有隐隐青山,总有嶙峋瘦马,也总有匆匆的赶路人。他们今生一遇,就凋零了天涯芳草,几个朝代的繁华。

寒蝉凄切。秋风中冰冷的碑文,像一把多年失修的锤子,凿在历史那泛黄的墙壁上,声声寂寞,声声悲。

孤星映月,你听见猎猎的风衣,卷走尘土,一袭袭罩在,古老的十三陵上,像一阵急促的咳嗽声,碎裂在新王朝的上空。

这是一首描写秋猎的词,词中所描绘的是在北京十三陵地区的行猎。十三陵是明朝国君的墓地,理应有一番繁华雄伟的景象的,然而容若到此,看见的是什么呢?

首句"马首望青山,零落繁华如此",通过马头向前望去,眼前是一脉青山,都市的繁华早已不见,只有一片萧索冷落的景象。诗人似乎有些不甘心,那昔日的辉煌盛景果真就难以再寻了吗?

"再向断烟衰草,认藓碑题字"。看来,确实如此,如今只有"断烟衰草"中的长满苔藓的石碑,尚且存留着一些"繁华"的记忆。

"认藓碑题字"一句,大约是出自唐可止《哭贾岛》诗:"暮雨滴碑字,年年添藓痕"。

面对眼前这份萧索冷清的景象,看着被枯草掩埋的石碑,纳兰心中感慨万千。"衰草"就是干枯的草,而所谓的"藓碑"则是指长满了苔藓的石碑。此句是说,被苔藓覆盖了的石碑上,还可以模糊地辨认出之前所刻下的碑文,时光就是这样无情,人们还以为将真实留在石碑上就可以万古长存,其实在时光面前,任何东西都是脆弱、不堪一击的。

想到此,纳兰便心生悲凉。自己的生命也不过是白驹过隙,匆匆几十年犹如流星划过,很快就没了。自己没有去做自己想做的事情,而是整日陪在皇帝身边,做些并不情愿的工作,这样的日子什么时候才能够到头啊?所以,在下片的时候,纳兰便将遐想止住,他知道无益的多想毫无意义,所以他才会无奈地写道:"休寻折戟话当年,只洒悲秋泪。"所谓"折戟"就是断戟被沉没在沙里,指惨败。

"休寻折戟话当年",此句出自杜牧《赤壁》诗:"折戟沉沙铁未消,自将磨洗认前朝"。杜牧于会昌二年(842)出任黄州刺史期间,曾游览黄州赤壁矶,在江边淤沙之中发现一支折断了的铁戟。

这支铁戟,经过了六百多年还没有被时光销蚀掉,经过一番磨洗之后,杜牧鉴定它曾是赤壁之战的遗物,于是抚今追昔,发出了"东风不与周郎便,铜雀春深锁二乔"的兴亡之感。容若此处是"休寻折戟话当年",显然反用杜诗,意谓不要寻思那

古往今来兴亡之事,单是眼前的秋色便已令人生悲添慨了。

结尾二句,"斜日十三陵下,过新丰猎骑",斜日照耀下的明十三陵已非当年的十三陵,大清王朝的宫廷侍卫们组成的打猎队伍正昂然从这里走过。这两句所绘情景形成了一种强烈的对比,颇含兴亡之感和轮回之叹,令人深思。在《赤壁》诗里,杜牧把赤壁大战成败的关键归结为偶然的"东风",固然有些牵强,那么大明王朝的灭亡又是有什么原因造成的呢?明代也曾有过兴盛的时期,如今却只剩夕照十三陵;现在清王朝的"新丰猎骑"虽赫赫扬扬,将来会不会也零落殆尽呢?词作就此打住,余悠悠不尽之意,启人联想。

好事近

【原文】

何路向家园,历历①残山剩水②。都把一春冷淡③,到麦秋天气④。

料应重发隔年花⑤，莫问花前事。纵使东风依旧，怕红颜不似。

【注释】

①历历：(物体或景象)一个一个清晰分明，意思是零落。

②残山剩水：残存的山岳河流，零散的山水，明灭隐现的山水。

③冷淡：不热情、不热闹。

④麦秋天气：谓农历四五月，麦子成熟后的收割季节。

④隔年花：去年之花。

【赏析】

歌云：不要问我从哪里来，我的故乡在远方……

生命如风筝，漂泊得再远、再久，那线的一端，系住的始终是故乡。如今，关山的路，阡陌万千。却没有一条可以回乡。

春风，从你的胸膛打马经过，折掉了你一季的快乐之枝。你只有举起千斤的目光，把重重的山峦，眺望成一马平川，让思归的心，恣意驰骋……

家中那株盛开的海棠花，凋谢后尚可重发。可是即逝的红颜，她能再度与自己演绎烂漫的花前事吗？衾风冷，枕鸳孤，最销魂。

在容若心中，爱情的位置非同一般，他往往把与妻子的别离、相思看得比什么都重要，故他在长年的护从、入值的生涯中，总是为离愁别恨所困扰。本篇所写，则又是一回的分别，并且从"料应重发来年花""怕红颜不似"之语来春，还是写在妻子死后的，因是一篇伤悼之作。

国学经典文库

纳兰容若全集

《纳兰词》鉴赏

图文珍藏版

"何路向家园，历历残山剩水"。由于是随扈在外，关山迢递，无路通向家园，所以心头眼底的山山水水都成"残山剩水"了。

"残山剩水"本义是指国土分裂，山河不全，如范成大《万景楼》诗："残山剩水不知数，一一当楼供胜绝。"那容若此句，是说大清朝山河破碎了吗？显然不是，容若作此语，其实是移情作用使之。

按照现代的"移情说"，在创作过程中，物我双方是可以互相影响、互相渗透的比如，把"我"的情感移注到"物"中，就会出现像杜甫《春望》"感时花溅泪，恨别鸟惊心"之类的诗句；而"物"的形象、精神也同样会影响到诗人的心态、心绪，如人见松而生高风亮节之感，见梅而生超尘脱俗之思，见菊而生傲霜斗寒之情。

容若公干在外，远离家园，因思家而心生忧伤，这种主观感情投射到路途中的山水之上，遂有"残山剩水"。这与秦观由于心烦意乱，移情于物，将群山说成"乱山"（《南歌子》"乱山何处觅行云？"）的做法是一样的。

"都把一春冷淡，到麦秋天气。"这二句是说，已经一春未归，转眼之间，已是春尽夏初之时。结合前句，麦秋天气的山水当然是青山秀水，绮旎风光，但是词人却说"残山剩水"，可见离愁真能淡褪了一切色彩，别情果然令人触目神伤！

"料应重发来年花，莫问花前事"，下阕承接上阕离愁情绪，道出无限心伤的深层原因。此处，"来年花"之典来自后主李煜事。

根据《南唐书·昭惠周后传》记载，后主曾与周后移植梅花于瑶光殿之西，等到花开之时，周后已经死了，后主睹花忆怀，因之成诗："失却烟花主，东风不自知。清香更何用，犹发去年枝。"意谓当初一起栽花，相约花开共赏，如今，梅花已开，然而

蛾眉已残，空留这一树梅香，又有何用？容若用此典，当是自指：今年芳菲消歇的花枝上，来年还会芬芳重发，可是自己的妻子将何在焉？于是他就告诫自己，不要回忆花前月下的往事，因为即使东风还是昔日的东风，可是红颜已非昔日的红颜，玉人已经永远地逝去了……

人生就是这样错过一场又一场美景，有些人对这些错过不以为然，但对于纳兰来说，每一次错过都是一道伤痕。他用伤痕累累的心，吟咏出这些千年，甚至万年之后都不会被忘记的词。他与他那些隐约的心事，统统被记载了下来。

一络索

长城

【原文】

野火拂云微绿①，西风夜哭。苍茫雁翅列秋空②，忆写向，屏山曲③。

山海几经翻覆④。女墙斜矗。看来费尽祖龙心⑤,毕竟为、谁家筑?

【注释】

①野火:指磷火,鬼火。

②苍茫:空旷辽远。

③屏山曲:如屏风一样曲折的山形。此处指绵延起伏的长城。

④山海:山与海。翻覆:巨大而彻底的变化。

⑤祖龙:指秦始皇。《史记集解》载苏林注:"祖,始也;龙,人君象。谓始皇也。"

【赏析】

四面的沙粒都安静下来,将方圆万里的夜晚,交给大漠的野火。秋风夜哭,你仿佛长了两千岁,立在秦汉时的边关上,手边的雁翅,无限苍茫。时间如高僧入定,落日在凝固,山河在翻覆。你从秦朝返回,一脸怅惘,一脸感慨。古老的长城上,朔风正在猎猎地吹。不知为谁。

纳兰主词要抒写"性灵",又当有风人之旨,骚雅之意。本篇即可视为一例。其于篇中对秦始皇修筑万里长城不无贬,同时也寓含鉴今之深意。

"野火拂云微绿,西风夜哭"。首二句写塞上所见所听。词人看见的是大漠荒野之夜,磷火绿光闪闪,好像与天上的云朵连到了一起;听见的是阵阵西风呼啸,俨然如战场冤魂的哀哀夜哭。词作一开头就给读者展现了一幅野火连天、秋风悲咽的凄厉悲壮之图。

接下一句,"苍茫雁翅列秋空",把前两句勾勒的壮阔的景致拉得开阔无际:空旷辽阔的秋日,大雁翅列长空,词人仰望,顿觉一片苍茫。至此,词人已经把秋日边地的寥廓之景写到了极致,若再作类似于"大漠孤烟直,长河落日圆"的阔阔之语,就会显得境界单一,缺乏灵动。那该如何应对?

且看容若下句:
"忆写向、屏山曲"。
好一句"忆写向、屏山曲"!忽地将大开大合之景凝入小小的屏山,真不愧才子笔法也!所谓"屏山曲",就是屏风曲折如山,容若这里是说
雁阵列空的景象就如同屏风所绘,从而将时空从空旷的大漠挪移到了温馨的家中,伸缩驰骋可谓极其灵动,呈现一种迷离之美。此之笔法,堪与姜夔的"已入小窗横幅"相比。

姜白石有一首非常著名的咏梅词《疏影》,其最后三句是"等恁时,重觅幽香,已入小窗横幅",意思是等到那时再重寻梅花的幽香,已经为时已晚,因为那时花已落,香已残,只剩下空秃的疏影,而美丽的梅花则已经变成了小窗上的图画了。一个是雁列长空,倏然飞入曲折屏山;一个是梅花飘落,翩然嵌入小窗横幅,其时空变幻,均是妥帖浑成,不着痕迹。

下阕,词人由写景转为抒情。"山海几经翻覆,女墙斜矗。"想当初,秦始皇费心劲力,终于统一六国,而后又修筑了举世闻名的万里长城,然而几经山河变换,几经兴亡更替,赳赳不可一世的始皇安在？的确,六国破灭,好似一场梦幻;祖龙雄威,已非昔日,曾经的万里长城,也残余为"女墙斜蠹"了,那么,曾费尽移山心力的始皇,究竟是为谁修建这绵延万里的巍巍长城呢？"看来费尽祖龙心,毕竟为、谁家筑？"这可以说是即景抒情,但词人的忧患意识和苍凉之悲感亦充溢满纸,深具感发的魅力,启人深长思乡。

一洛索

【原文】

过尽遥山如画,短衣匹马①。萧萧木落不胜秋②,莫回首、斜阳下。

别是柔肠萦挂③,待归才罢。却愁拥髻向灯前④,说不尽、离人话。

【注释】

①短衣匹马:短衣,短装。古代为平民、士兵等服装。穿着短衣,骑一匹骏马。形容士兵英姿矫健的样子。出自唐代杜甫《曲江》:"短衣匹马随李广,看射猛虎终残年。"

②萧萧:冷落凄清的样子。木落:落叶。

③萦挂:牵挂。

④拥髻:谓捧持发髻,话旧生哀。

【赏析】

莫问马蹄声。吟鞭一指,过尽青山,便是天涯。无边落木萧萧下,不尽长江滚滚来。征途中的秋,沉郁如杜甫的七律。

所以,那寂寥的秋景,回首顿成悲。一场寂寞凭谁诉。独在家中守候的那人,思念成锁。你打马归来,是唯一的钥匙。

国学经典文库

纳兰容若全集

《纳兰词》鉴赏

图文珍藏版

此是一首别有情趣的抒发离愁别恨的小词。

"过尽遥山如画，短衣匹马"。词人身着短衣，乘着骏马，奔驰在征途上，那历历如画的青山，已被自己远远地甩在了身后。一"尽"字说明了行程之远，一"匹"字，彰显了征途之寂寞。

"萧萧落木不胜秋"，承"遥山如画"而来，显得大气磅礴。"萧萧落木"显然出自杜甫《登高》中的名句"无边落木萧萧下，不尽长江滚滚来"。杜甫诗里，落木而说"萧萧"，并以"无边"修饰，如闻秋风萧瑟，如见败叶纷扬，无论是描摹形态，还是形容气势，都极为生动传神。

容若虽去其"无边"，只袭用"萧萧落木"四字，但景物之萧瑟和意境之深远，还是历历如绘的。而"不胜秋"三字，也说明了容若为何要弃老杜"无边"二字之缘由：仅是无边落叶，就已经让人不能经受秋天的萧寥了，倘再加之以"无边"，此情此景，则何人可堪？所以就有了下一句的"莫回首、斜阳下"，只

顾策马而行吧，千万不要回头，那夕阳西下，落木萧萧的景象会让^断肠的。

"别是柔肠萦挂，待归才罢"。此句字面的意思是：我是特别地牵挂你啊，这种柔肠百转的思念之心只有等你回来以后才能停止。

在下阕的开端，纳兰使用如此直白的语气写出了思念之情，这种感情如此浓烈，所以在分离之后，更显得孤寂和落寞。在这首词的最后，纳兰自己也写道："却愁拥髻向灯前，说不尽、离人话："闲愁越想越多，只有当两人重

新见面之后，才能化解，离人话说不尽，说得尽的只有彼此之间对对方的牵挂。

这就出现了一个问题：这个"我"指的是谁？是容若还是别人？若是容若自己，怎还会有"待归才罢"之语呢？显然，这句话说得并不是词人自己，而是与自己遥隔千里的妻子。

这就是此阕小词的别致之处：词的上阕写的是征途之景，其见闻感受皆从自己一方落墨，下阕则是从闺中人一方写来的，是作者假想中的情景。

因此，其高明之处不在于按题中应有之义诉说了柔肠千转的思念之情以及对归家团聚之目的渴望，而在于最后做了一笔反面文章，强调自己怕发付不了他日两人相聚，灯前絮话时她的那种'说不尽、离人话'的无限深情，因而又添新愁。这较之唐代诗人李商隐的名句"何当共剪西窗烛，却话巴山夜雨时"，意思更深了一层。所以此篇极有浪漫特色，极见情味。

一络索

雪

【原文】

密洒征鞍①无数，冥迷②远树。乱山重叠杳难分，似五里、蒙蒙③雾。

惆怅琐窗④深处，湿花轻絮。当时悠扬得人怜，也都是、浓香助。

①征鞍:犹征马。指旅行者所乘的马。

②冥迷:迷蒙,迷茫。

③蒙蒙:迷茫的样子。

④琐窗:镂刻有花纹图案的窗棂。

【赏析】

这首词为咏雪之作:马背上落满密洒的白雪,远处树木冥迷,乱山杳渺,不甚分明,仿佛一切都置于蒙蒙雾中。雪花飘入了窗棂,好像是湿花柳絮,又勾起了无限感怀。那纷飘的雪花之所以惹人冷爱,除了它那轻盈的体态之外,还由于它得到了浓郁芳香的暗助。

乍一看,这首《一络索》读起来并不是很顺畅,似乎还有些拗口,这并非是容若的功力不够,而是要涉及音律的问题了。除去韵律问题不讲,从词意来说,这首咏雪词还是十分好的,算得上是上乘作品。

"密洒征鞍无数,冥迷远树。"虽然这是咏雪词,但词中并未出现"雪"字,甚至和雪相关的词汇也没有提及。但即便如此,依然可以看出,容若这是在写雪景。落下的雪片密密麻麻地散落在马背上,模糊了远处的树木。在这场大雪中,远处的山都看不清楚,到处都是迷蒙的一片,真可谓"乱山重叠杳难分,似五里、蒙蒙雾"。

写完雪景,下片便是以景写情。先是道出"惆怅"在窗棂深处,接着便写道雪花如同柳絮一般飘入窗户。在这里,容若一个意境用得很好,将雪花形容为"湿花",雪花落地即化,就好像打湿的柳絮一样,十分贴切。

也正是因为如此,这样的雪才让人怜惜,不过容若最后也提到,雪花之所以得到世人的喜爱,除了它们自身的圣洁之外,还得益于浓郁的芳香。"当时悠扬得人怜,也都是、浓香助。"雪花怎么会有芳香,想来这是词人的一种想象。

在窗户后面,看到外面白茫茫的一片银色世界,偶尔会有几片雪花飘落进来,在窗台上融化成水。就仿佛花朵一样,让人冷惜,自然,也就联想到了花朵的芳香。雪花在容若的笔下,灵活而有了生气。这首词虽然不算尽人皆知的好作品,但其中的情趣也是别有味道,读罢今人忍不住遐想一番。

清平乐

【原文】

烟轻雨小,望里青难了。一缕断虹①垂树杪②,又是乱山残照③。凭高目断征途,暮云千里平芜④。日夜河流东下,锦书⑤应托双鱼⑥。

【注释】

①断虹：一段彩虹，残虹。

②树杪：树梢。

③残照：落日的光辉，夕照。

④平芜：草木丛生的平旷原野。

⑤锦书：锦字书，指前秦苏蕙寄给丈夫的织锦回文诗，后多用以指妻子寄给丈夫以表达思念之情的书信。

⑥双鱼：亦称"双鲤"，一底一盖，把书信夹在里面的鱼形木板，常指代书信。

【赏析】

"天青色等烟雨，而我在等你。"这里是塞上。烟雨蒙蒙的时候，总能想起故乡。想起雨后屋檐下，守望如虹的你。踏上征程，我已难回鞍辔。

所谓登高，无关望远。不过是看晚云，一遍遍地错过家园。不过是看乱山中，夕阳如血，梦魂如烟。

大江流日夜，客心悲未央。你的信，鸿雁何时传到？

容若的边塞诗词中，总是不时地流露出一己之愁思。这首征程思乡之作，写塞上离情，全凭景物化出。

"烟轻雨小，望里青难了"。烟轻轻的，雨微微的，塞上是一望无际的青色。此二句是写细雨轻烟之中的远山之景。

"青"字是写青翠的山色，"难了"即是杜甫《望岳》"岱宗夫如何？齐鲁青未了"中的"未了"，是写青翠之色的莽莽苍苍。

"一缕断虹垂树杪，又是乱山残照"，二句言雨后的景象，同样苍茫寂寥，但是多了些凄惨冷落：一缕断虹垂在树梢，山峦错杂堆叠，又是残阳斜照时候。用"乱"形容山，是移情于物，足见心烦意

乱；用"又是"修饰"乱山"，可知此广阔荒寒之景已经屡见不鲜。

下阕仍然是实景，苍茫凄凉。"凭高目断征途，暮云千里平芜。"容若此时扈从康熙，正走到一座高岭上，他凭高远望，将要踏上的征途被茫茫的暮云隔断，只有草木丛生的旷野迤逦千里。

自古诗人词客，善感多思，每当登高望远，远目临风，更易引动无穷的思绪：家国之悲，身世之感，古今之情，人天之思，错综交织，纷然而至，例如陈子昂登上幽州古台，便发出了"念天地之悠悠"的感叹。可是，词人"凭高目断"，却不是为了去寻求感慨，而是计算征程，希望能早日结束扈从生活，好回到故园，与日思夜想的妻子团聚。

结尾二句，"日夜河流东下，锦书应托双鱼"就是承此意而来。山下有河，日日夜夜，向东流去，见此情景的容若遂在心底呼唤：妻子啊，快点把书信装在双鱼腹中，托人给我捎来吧！此篇全作景语，但无处不寓征人怀思之

苦情。

清平乐

【原文】

青陵蝶梦^①，倒挂怜么凤^②。退粉收香情一种，栖傍玉钗偷共^③。
惝惝镜阁飞蛾^④，谁传锦字秋河^⑤？莲子依然隐雾^⑥，菱花暗惜横波^⑦。

【注释】

①青陵蝶梦：晋干宝《搜神记》："大夫韩凭取妻美，宋康王夺之，凭怨王，自杀，妻阴腐其衣，与王登台，自投台下，左右揽之，着手化为蝶。"指离别的妻室。

②么凤：鹦鹉的一种。体形较燕子小，羽毛五色，每至暮春来集桐花，故又称桐花凤。

③玉钗：玉制的钗。由两股合成，燕形。亦指美丽的女子。

④惝惝：幽深貌，悄寂貌。镜阁：指女子住室。

⑤锦字：书信。秋河：银河。

⑥莲子：即怜子。隐雾：谓隐遁待时，犹"隐约"。

⑦菱花：指菱花镜，古代铜镜名，镜多为六角形或背

面刻有菱花者名菱花镜,亦泛指镜。横波:眼神闪烁,有神采。

【赏析】

有人说这首词是纳兰在怀念与妻子往的种种深情。

词的上半片纳兰沉醉在过往的深情当中,迷醉。词的下片,纳兰徘徊在现实的凄寂当中,自怜。

青陵台下,韩凭夫妻化蝶,用生命演绎了情爱传奇。他们在人世间求不得的圆满,在另一个世界却可以延续。而我俩呢?却天人永隔。你成了阴间最孤独的魂,我成了人间最无主的人。斯人已去,我却留在原地,痛苦地守着一份回忆。

空寂的闺房再也没有了你的踪影,么凤倒挂,依然是那样楚楚可怜。睹物思人,怎能不让人惘然若失,情难自已。一种灼烧心口的感觉,空气中弥漫的是你的气息,对你的思念触手可及。你可记得,鸳鸯枕上,红罗帐内,退粉收香,一种深情?散落在枕旁的那一枝钗,偷偷共着这份欢悦。

这是词的上半片,写得婉转、隐约,尤其是后两句充满迷离香艳的气息。这是纳兰写得最香艳的一首词,只是这香,这艳,不在其表,而是在骨于里。

下半片,从回忆转入到了现实。

你曾梳过妆的镜阁,在时光中幽深沉寂。室内飞舞着的飞蛾,只懂得扑火,又怎能将我的锦书传递?传递到遥远的秋河?这又是纳兰的痴情了。明明与妻子阴阳晓隔,还想着将书信传递。

莲子依然隐雾,菱花暗惜横波。当初你怜惜我待时而起的深意,我依然记得。我多想做那菱花镜,还能日日偷惜你的横波。菱花偷惜横波,情深之人,做人还不够。要做你的镜子,日日看你的眼眉。做你的小羊,愿你那温柔的皮鞭,轻轻抽在我的身上。做你的腰带,日日缠绕在你的腰间。做你的手镯,日日贴在你的心上。

真是一种深情，十分缠绵。

我更觉得这首词不是纳兰写给妻子的，而是在追忆过往的一段暧昧、隐约、不分明、欲说还休的痴缠。一段曾经燃烧过的激情。谁的青春不孟浪，谁在年轻时不渴望着

大把风光？经历过了，而不迷失自己。因为懂得，所以才能慈悲，才会加倍珍惜。这不也是人之常情？

说它是在写一段无法言说的情。关键是以下两句：

退粉收香情一种，栖傍玉钗偷共。

莲子依然隐雾，菱花暗惜横波。

前者有着偷欢的刺激，紧张，写得隐隐约约，只可意会，不可言传。纳兰写给妻子的情书那么多，都是坦荡直白，自然流出。一个"偷"字，若说是用在与妻的缠绵上，有些不当。

后者有着欲说还休、旧情难忘的意味。对你的爱怜，就像是隐在雾中，见不得阳光，不能分明。身不由己的我，还不如那一枚镜子，镜子还可以偷偷欣赏你的妩媚。一个"暗"字，道出了他婉曲的心思。

缠绵相顾，情脉脉兮，说于朝暮。

缠绵相顾，颠倒思兮，难于倾诉。

唉，一种缠绵，十分辛苦。

清平乐

【原文】

将愁①不去,秋色行难住。六曲屏山②深院宇,日日风风雨雨。

雨晴篱菊③初香,人言此日重阳。回首凉云④暮叶,黄昏无限思量。

【注释】

①将愁:长久之愁。将,长久。

②六曲屏山:如山峦般曲折往复的屏风。

③篱菊:谓篱下的菊花。语出晋陶潜《饮酒》诗之五:"采菊东篱下,悠然见南山。"后用以为典实。

④凉云:阴凉的云。南朝齐谢朓《七夕赋》:"朱光既夕,凉云始浮。"

【赏析】

愁绪绵长,驱之不去。隐身于秋色中的时光,任你挽留,总也脚步难住。庭院深深,更兼六曲屏风相隔,益显深幽。秋风秋雨连绵,伏雨晚寒亦是愁不胜。

终是风停雨住,篱边菊花初绽,在夕阳中吐露幽芳。隐然间听人说起,今日又是重阳节了。茫然四顾,却见暮色苍茫,夕阳已经落去,凉云轻笼,晚风中的树叶萧萧。这样的黄昏,让人思绪千回百转。

这是一首重阳佳节的感怀之作。但这里的感怀绝非一般的"秋感",而是在深宅秋雨,在苍茫独立中勃发的隐怨长愁。容若此词,没有上景下情,而是劈首言愁,结句意蕴深长,留下无限思量,甚至连一个轻轻的叹息都没有,只任万千愁绪勃发于胸却止于唇间。沉吟之间,容若,有没有回身进屋,给我们一个苍凉的背影。一片黄叶无声落下。此情此景,让人想起泰戈尔的那句,"秋天的黄叶,它们没有什么可唱,只叹息一声,飞落在那里。"

"将愁",是谓愁怨绵长。"将",长久之意。《诗经·商颂·烈祖》中有"以假以享,我受命溥将。"清代马瑞辰,在《毛诗传通释》中释此句,"盖言我受天之命溥且长,犹《公刘篇》'既溥既长',以

溥长对举也。"《楚辞·九辩》中也有"岁忽忽而遒尽兮,恐余寿之弗将。"东汉时的王逸,著有《楚辞章句》,是《楚辞》最早的完整注本,其注说,"惧我性命之不长也。"将,亦为长之意。容若词句,常领风骚之旨,由此亦可见一斑。屏山,即屏风,六曲,为十二扇。李商隐《行至金牛驿寄兴元渤海尚书》中有"六曲屏风江雨急,九枝灯檠夜珠圆"句。此处的屏山与深院,容若是否别有所指,我们不得而知。然而,华贵的相府,于容若来说,却是精美的雕笼。词中的隐怨长愁源自何处,容若没有说。感叹时序变化之外,他的心,在哪里缥缈,又在哪里能有所依附呢?

"雨晴篱菊初香,人言此日重阳。"伏雨稍歇,篱菊初香,似有一丝小小的欣喜。然而,这只是牵扯出无言愁绪的一个小小铺垫。人言今日是重阳,生生让人动弹不得。古时,重阳是一个大的节令,烟火中的人们,该是为它的到来准备了很久。而容若,竟恍若人言方知今日是重阳。容若的心里,该是怎样的生亦何欢,死亦何哀呢。"凉云",在诗词中非常常见,即阴凉的

云。南朝谢朓《七夕赋》:"朱光既夕,凉云始浮。"姜夔《蓦山溪》词:"荷苒苒,展凉云,横卧虹千尺。"南宋词人高观《喜迁莺》:"凉云归去。再约著,晚来西楼风雨。"若单单是一个凉云,倒也能奈,其后缀以暮叶,则苍茫苍凉之意顿生。"黄昏无限思量",庭院深深几许,不及愁怨。

容若的这阙《清平乐》,亦似一幅小立轴。画中,斯人独立,庭院深深深几许,锁住他的身心和冷冷清秋。篱边那几盏初菊,开得极是落寞,装点画面,倒是映照出他内心的凄清。此词,亦合在黄昏或是秋雨夜,反复低吟,让心融入他那旷世惆怅之中,入"人言愁,我始欲愁"之境。

清平乐

秋思

【原文】

凉云万叶,断送清秋节。寂寂绣屏香篆灭,暗里朱颜消歇。
谁怜影吹笙,天涯芳草关情。懊恼隔帘幽梦,半床花月纵横。

【赏析】

这首秋思词,纳兰再次隐去了自己,以男子作闺音。体贴入微,几可乱真。

整个词写得清纯婉丽,不事雕琢,纯任性灵。所以,尽管这首词并没有太大的新意,却也别样幽芬,风姿摇曳。像一朵小花,安静丛容,那一份优雅与清芬,流转在天地间。

这首秋思和马致远的《秋思》"古道西风瘦马,小桥流水人家。斜阳下,断肠人在天涯"一样,以意象结构全篇,意在象外。

上片写了在一个清秋时节,在一个幽寂的空闺内,佳人自怜着红颜消歇。

凉云万叶，断送清秋节。
凉云、万叶，拉开了清秋的序
幕，而秋也是在他们的陪伴
中走过的。这里的"断送"，
用来极妙。断送不是今天我
们所说的葬送，个人觉得，这
里兼引逗和度过两层含义。
一语关合两义，真是妙笔。

作"引逗"之义，比如：宋
代吴潜《满江红》词："向黄昏

断送客魂销，城头角。"元代阿鲁威《蟾宫曲》："故国山河，水落江空，断送离
愁，江南烟雨，杳杳孤鸿。"若理解为度过时光，词中也有依据。如唐代韩愈
《遣兴》诗："断送一生惟有酒，寻思百计不如闲。"元代段成己《江城子》词：
"断送余生消底物？兰可佩，菊堪餐。"

寂寂绣屏香篆灭，暗里朱颜消歇。词人的视野在拉近，镜头定格在了闺
房里面。这闺房是寂寂的，绣屏寂寂地掩着，篆香寂寂地熄灭。静与寂，没
有一点生机，没有一点意趣，正像这闺中女子一般，了无情绪。对镜自看，但
见红颜一点点老去，韶华一点点消歇。徒留叹息。

下片同样用意象写了两件事。怜影吹笙，懊恼幽梦。

谁怜影吹笙，天涯芳草关情。是谁，在顾影自怜，吹着寒笙？笙声吹送，
如慕如诉，连天涯芳草也知道关情，为之动容。抑或是，是笙声中关合着天
涯芳草，芳草边的那个离人？聚散都是缘，离合总关情。情在吹笙怜影间，
也在天涯芳草间。

懊恼隔帘幽梦，半床花月纵横。也许是笙声惊醒了伊的好梦。她懊恼

国学经典文库

纳兰容若全集

《纳兰词》鉴赏

图文珍藏版

着隔帘的幽梦，想伸手抓住这梦境，想留住这梦境，却是空空。床上，只有花月纵横斑驳的影子。花在月下缠绵，人却凄清难耐。这花与月联手在嘲笑着女子的寂寞，怎么不让人心生懊恼？

懊恼隔帘幽梦，半床花月纵横。意象美得让人不敢逼视，艳得那么顽固，也冷得让人揪心。花月兀自纵横半床，哪管得了人的隔帘幽梦。疏离，隔膜。

夜月一帘幽梦，春风十里柔情。一帘幽梦，寂寞叫人心动。

就算是丢失在风中，就算是芬芳尽，就算是音尘绝，你也依然是我流年里最好的风景。

择一城终老，遇一人白首。

携一帘幽梦，许一世倾城。

一个女子的心思，简单而又深刻。单一而又丰富。

清平乐

【原文】

凄凄切切①，惨淡黄花节②。梦里砧声浑未歇③，那更乱蛩悲咽④。

尘生燕子空楼，抛残弦索床头⑤。一样晓风残月，而今触绪添愁⑥。

【注释】

①切切:哀怨、忧伤貌。

②黄花节:指重阳节。黄花,菊花。

③砧声:捣衣声。

④蛩:指蟋蟀。悲咽:悲伤呜咽。

⑤弦索:弦乐器上的弦,指弦乐器。

⑥触绪:触动心绪。

【赏析】

思亲重阳佳节,却是惨淡黄花节。

黄昏的余晖里,你坐在孤独的风里,影子犹如深秋的落叶。想起伊人玉兰花瓣般的面容,你总是意犹未尽。有时候嘴角略带甜蜜,有时候哀愁泻于双目间。而她已经走了那么远,那么远。

梦中,你见过最深情的面孔,最柔软的笑意。在炎凉的世态之中,灯火一样给予你温暖的方向。虽然现在,你已经无法再拥抱,路途念念不忘的失去。

回忆,是一种味道。无法释去,更无法追寻。

这首词是作者在重阳佳节为感爱妻之逝而作,为悼亡词。

国学经典文库

纳兰容若全集

《纳兰词》鉴赏

图文珍藏版

"凄凄切切",首句即极尽伤情之词。这四个字,孤立来看,看不出其凄凉几何。它实际上是脱自欧阳修《秋声赋》中的"凄凄切切,呼号愤发",在欧阳修啸出此伤心句之前,其实是很有一番铺垫的:"噫嘻悲哉!此秋声也,胡为而来哉?盖夫秋之为状也:其色惨淡,烟霏云敛;其容清明,天高日晶;其气慄冽,砭人肌骨;其意萧条,山川寂寥。故其为声也,凄凄切切,呼号愤发。"所以,知此,就会知道当词人写下这四个字时,其悲心若何。

"惨淡黄花节",这句点明时令是重阳。而重阳佳节,正是登高,遍插茱萸,赏菊饮酒之佳时,词人何以会觉得"惨淡"?作者并未马上说出缘由,而是继续描摹惨愁之景。"梦里砧声浑未歇",古人有秋夜捣衣、远寄

边人的习俗,因而寒砧上的捣衣之声便成了离愁别恨的象征。此处词人不仅听到砧声,而且这催人发愁的砧声还更鼓未歇。这幅情景本来已经使人不胜其苦了,偏偏这时候又传来悲咽的蛩声。

"那更乱蛩悲咽",墙边蟋蟀鸣叫,亦是触发人们秋思的。李贺《秋来》诗云:"桐风惊心壮士苦,衰灯络纬啼寒素。"至此,上阕以实写制造了不胜悲伤凄楚的氛围,词人内心的秋潮已经开始暗自汹涌了。

下阕,"尘生燕子空楼,抛残弦索床头",本于宋周邦彦《解连环》词:"燕子楼空,尘锁一床弦索",点出悼亡之情,让内心潮水汩汩流出。燕子楼,在

江苏徐州,唐时张建封的爱妓关盼盼曾居于此,张死后,盼盼仍居此楼十余年不嫁。这里借指亡妻的居室。因为妻子已经亡故,所以言"燕子空楼"。因为亡故已久,所以曰"尘生",而床头的琴弦也早已束之高阁,任其蒙尘抛残。

末二句,"一样晓风残月,而今触绪添愁"。"一样晓风残月",此句显然是化用柳永《雨霖铃》里的词句:"今宵酒醒何处?杨柳岸,晓风残月。"柳永的"晓风残月",似工笔小帧,无比清丽,且客情之冷落,风景之清幽,离愁之绵邈,皆凝于其中。然而词人在"晓风残月"前添了"一样"二字,就变"古语为吾语"了,送别之意尽去,而悼亡之音弥浓,颇有崔护"人面不知何处去,桃花依旧笑春风"的物是人非之情。

最后一句,"而今触绪添愁",点明玉人已殒,睹物思人,触绪添愁的主旨,而词人本就相思无绪的心怀,此时也就愈益伤情彻骨,无法排遣了。

清平乐

忆梁汾

【原文】

才听夜雨,便觉秋如许。绕砌蛩螀人不语①,有梦转愁无据②。
乱山千叠横江③,忆君游倦何方④。知否小窗红烛。照人此夜凄凉。

【注释】

①蛩螀:蟋蟀和寒蝉。蛩,蟋蟀。螀,蝉。

②无据:不足凭、不可靠。

③横江:横陈江上,横越江上。

④游倦:犹倦游,指仕宦飘泊潦倒。

【赏析】

劝君更尽一杯酒,西出阳关无故人。这世间让人感动的,原本也有友情。也许,昔日伴君今夜须沉醉的友人,早已一马远去,只剩西风古道上的黄尘。也许,曾经少年风流的哒哒马蹄,如今只有一行形影孤寂的不舍嘶鸣。

但只要彼此的心灵是贴近的,就算千山万水也可以交换心意。正如诗云:忆君无所赠,赠子一片竹。竹间生清风,风来君相忆。也许,总有一天,我们也会化为一片竹林,在风中升华彼此的情谊。

这是一首秋夜念友之作,抒发了作者对顾梁汾深切的怀念和深挚的友情。全篇亦情亦景,交织浑融。

"才听夜雨,便觉秋如许"。容若似乎有一种"雨情结",而"雨"在容若的词

里,又似乎总有一种凄清哀婉的情调,并且常常和"秋"联系起来,比如"萧然半壁兼营秋雨""一朵芙蓉著秋雨""夜雨做成秋""秋雨,秋雨,一半西风吹去"等等,简直不胜枚举。此处亦然,一开篇就以"才听夜雨"为全词奠定了秋夜感怀的基调,似乎预示着词人对友人的怀顾也将似这秋雨一般,绵绵不断,细若愁思。

"绕砌蛩螀人不语",写完了秋雨,词人转写蟋蟀和寒蝉。在古诗词里,蛩吟多是催愁之声,比如程垓《卜算子》"楼下蛩声怨",用如泣如怨来形容

"蛩声"，以显主人公的凄怨情怀。而寒蝉多作凄声，比如柳永《雨霖铃》中的"寒蝉凄切"，用作写临别情景，愈加增其哀戚。此处，词人将蛩蝉并举，谓寒蝉之哀嘶与秋蛩之低吟连成一片，如此，则词人之愁绪几何，寂寞几许，读者自可想见。所以在这种不胜寂寥的情形下，只能是"人不语"，窗外的秋声已让他不忍听闻了。于是词人只好寄希望于梦了。但结果如何呢？

"有梦转愁无据"，终于因忆念故人而成梦了，但是梦醒成愁，故梦也不可靠，不能慰人相思了。观之上阕，词作从窗外写起，以实笔出之，由"夜雨"和"蛩蝉"有声而"人不语"的秋声秋意中，引来了对故人的怀念。

过片转而虚写。词人于梦中想象，极目远望，只见水天空阔、乱山无数；那么，对方此去之远，其觌面之难早已不言自明了。"乱山千叠横江"，由于江山阻隔而与梁汾不得相见，遂点到"忆君"之题旨。"忆君游倦何方"，"游倦"，即倦游，指仕宦不得意而思归隐，张孝祥《水调歌头·过岳阳楼作》曾有"湖海倦游客，江汉有归舟"，辛弃疾《水调歌头》也有"倦游欲去江上，手种橘千头"。此处，词人遥问友人倦游于何方，包含着其对湖海漂泊、怀才不遇的友人的深切关怀。

"知否小窗红烛。照人此夜凄凉。"在古典诗词中，"灯"或"烛"似乎常与孤独寂寞相连,灯下的情景也是相聚的少,离散的多,因此"灯"就成为表现相思离别之情的最好意象。这在纳兰词中也有所述:"夜寒惊被薄,泪与灯花落。""秋梦不归家,残灯落碎花。""月浅灯深,梦里云归何处。""因听紫塞三更雨,却忆红楼半夜灯。"当然还有此处的"知否小窗红烛,照人此夜凄凉"。对友人无形的思念,通过有形的灯烛倾诉着或伤别、或念远、或期盼的感情。这夜不能寐的纱纱思绪,通过夜色中飘摇跳荡的烛火,连接着朋友的天涯路和词人的小轩窗,表现了一种无以名状的凄清冷落之情。

在发出了"忆君游倦何方"的内心思语之后,词人终以"小窗红烛"之眼前景收束,更加突出了"此夜凄凉"的氛围和心境。

【词人逸事】

顾贞观是江苏无锡人,其曾祖顾宪成是晚明东林党人的领袖,可谓真正的书香门第。顾贞观的个人才情和文化素养也自然与众不同,是当时很有名气的江南文士。康熙十五年的春夏间,康熙十五年与权相明珠之子纳兰容若相识,成为交契笃深的挚友。或许是气质的相互吸引,或许是才情的彼此契合,两人第一次相见,便有"一见即恨识余之晚"之感,相见甚欢,相谈甚多,彼此引为知己。而在词坛的成就两人同样齐名,举凡清史、文学史、词史无不将二人相提并论,被视为风格近似、主张相同的词坛双璧。

清平乐

【原文】

塞鸿①去矣,锦字②何时寄。记得灯前伴忍泪,却问明朝行未。

别来几度如埒③,飘零落叶成堆。一种晓寒残梦,凄凉毕竟因谁。

【注释】

①塞鸿：塞外的鸿雁。塞鸿秋季南来春季北去，故古人常以之作比，表示对远离家乡的亲人的怀念。

②锦字：书信。

③珪：同"圭"。古代帝王或诸侯在举行典礼时拿的一种玉器，上圆下方，此处借喻月圆而缺。

【赏析】

醉笑陪君三万场，不诉离伤。这豪迈的承诺，你再一次无法做到。

漂泊太久，你的离伤已经累累。家书不来，你累累的伤痕不愈。都说，时间是水，回忆是水波中的容颜。那夜离别，她憔悴的容颜，如

莲花的开落。她挽留的唇，如月光的叮咛。可是你，挥一挥衣袖，还是走了。

如今，月亮圆了又缺。你已走到了异地的落叶里。她忧伤，你就飘零成堆。

又是一首塞外怀妻的小令，凄婉哀怨中透露出一丝寂寥难眠的心境。

"塞鸿去矣，锦字何时寄。"塞鸿，即塞雁，秋季南飞，春季北返。古诗文中常以之比喻远离家乡，漂泊在外的人。"锦字"用典，《晋书·列女传》载前秦时，窦滔被流放到边疆地区，其妻苏蕙思念不已，遂织锦为回文旋图诗相寄赠。诗图共八百四十字，文辞凄婉，宛转循环皆可以读。"塞鸿去矣"，望着塞上的鸿雁向南飞去，容若不禁长思：妻子啊，你的书信何时才能寄到？

"记得灯前伴忍泪,却问明朝行未",由盼望家书到来,转为追忆与她分别时的情景。此二句,化用唐韦庄《女冠子》词:"别君时,忍泪伴低面,含羞半敛眉",融合无间,犹如灭去针线痕迹,有妙手偶得之感,把一幅既温馨又感伤的画面呈现在我们面前:妻子忍着眼泪为丈夫打点行装,依依话别,却总是小心翼翼地问:明天真的就要走了吗? 她多么希望能从丈夫嘴里得到不走的消息,哪怕只是推迟一天,再多一天团聚的日子啊。这种情深一往的夫妻感情,从只言片语中便浓重地渲染了出来,让读者感动不已。

"别来几度如珪,飘零落叶成堆",下阕描绘此时的愁思与寂寞。"如珪",指月圆而缺,南朝江淹《别赋》:"乃至秋露如珠,秋月如珪……与子之别,思心徘徊。""几度如珪",是说分离时间的长久。"落叶成堆",点出秋色已深,渲染了离情的凄苦:算算又过了好些日子了,月亮圆了又缺,随风飘落的叶子叠了一层又一层。我每天都在寒冷中醒来,连一个完整的梦都不曾有了,这些还不是因为没有了你在我身边陪伴,嘘寒问暖吗? 末二句,"一种晓寒残梦,凄凉毕竟因谁",以残梦凄凉绾结,突出孤独难耐,相思怨别的深情。

清平乐

【原文】

孤花片叶,断送清秋节①。寂寂绣屏香篆灭②,暗里朱颜消歇③。
谁怜散髻吹笙④,天涯芳草关情⑤。懊恼隔帘幽梦,半床花月纵横。

【注释】

①清秋节:清爽的秋天时节。

②香篆:即篆香,形似篆文。

③朱颜:红润美好的容颜,指美人。消歇:消失,止歇。

④吹笙:喻饮酒。宋张元幹《浣溪沙》:"谑以窃尝为吹笙。"

⑤关情:动心,牵动情怀。

【赏析】

又是冷落清秋节。月亮,是柔软又冰凉的花朵,重阳夜,它没有开。守望天涯的女子,寂寂的房间,寂寂的心坎,寂寂的人生。只是无人怜惜。两个人的爱,原来隔有一帘幽梦。所以,平生不会相思的人,才会相思,便害相思。

此词抒写少妇清秋懊恼、思念丈夫之情怀。但其情婉而隐,词中只用清秋孤花片叶、天涯芳草,以及寂寂绣屏、香篆熄灭,半床花月之景,将深隐的愁情具象化,极迷离惝恍,极空灵含婉。

上阕写愁。"孤花片叶,断送清秋节",二句点出室外景和时节。"孤花"谓菊花是孤零零的,"片叶"谓叶子似只有一片,此二句显然是移情入景:由于女主人公的内心是寂寞的,所以当其以孤独之眼观物时,万物皆带孤独之情。既如此,这采菊饮酒的重阳节,怎会不被断送呢?

"寂寂绣屏香篆灭,暗里朱颜消歇",此二句承上句"断送",自然转入室内景和景中人。在寂寂的闺房,她黯然独处,绣屏也显得孤单冷落,而篆香又熄灭了；终日鸾孤如此，她秀美的容颜已经憔悴得不成样了。"暗里朱颜消歇"，脱自李白《寄远》诗："坐思行叹成楚越，春风玉颜畏消歇"，但比白诗愁情更甚：白诗里是"畏消歇"，即还没有消歇，背景是暖煦的春风；而容若词里是

"消歇"，已然成果，背景是寂寂的绣屏和已经熄灭的香篆。

下阕写思。"谁怜散髻吹笙"，承接上阕末句而来，"朱颜消歇"应予惋惜，可是无人怜之。"谁怜"一词，叩心击骨，自身消歇无人怜，却还要去怜别人，这就产生了下句的"天涯芳草关情"。关情者何？当然是那位让她魂牵梦绕、行役在外的玉郎了。于是在自己照影吹笙，饱尝落寞后，又希冀晚上与他梦中相会，谁知好梦却被惊醒。"懊恼隔帘幽梦"一句，写出了"好梦难留人谁"的恼情恨意。既然梦不成，那就只有醒来。"半床花月纵横"，醒来之后，只有半床的月下花影，纵横交错，惹人相思不止。

容若的这首词，轻幽柔婉，缠绵悱恻，致力于追求结构链和情感链的完美统一。全词在结构链的连接上，上阕先点出时令，景物由外而内，由高而低，由大而小，由景而人；下阕承己而写，由己及人，由笙及梦，由梦及醒，由醒及恼，层层写来，针线细密。在情感链的连接上，上阕由花之"孤"而自然点出"断送"之念，以"断送"一词总揽全篇。再接以"寂寞""灭""暗"、"消

歇"等词一路回应"断送";下阕由"消歇"而生,由"冷"而"照"而"吹",而"梦"而"懊恼",环环递接,链条甚紧。其缜密的结构链与柔密的情感链相应相绾,有机地结合在一起,颇具匠心。

清平乐

弹琴峡题壁

【原文】

泠泠①彻夜②,

谁是知音者。如梦前朝何处也,一曲边愁难写。

极天③关塞④云中,人随落雁西风。唤取⑤红襟翠袖,莫教泪洒英雄。

【注释】

①泠泠:形容清凉、冷清,借指清幽的声音。

②彻夜:整夜,一夜。

③极天:指天之极远处,远处。

④关塞:边关,边塞。

⑤唤取:唤得、唤着。

【赏析】

冷冷彻夜，谁是知音者？如梦前生何处也，一曲心愁难写……曾说，用一弦锦曲，写尽绮丽，写尽温柔。写尽前生的缘，写尽今生的梦……可奈今生，早已忘却锦曲的调子。任冷冷弦音，随风飞去，舞作迷茫的幽叹。

如梦的前朝繁华，如今再无寻处。唯有边塞的西风，若似曾相识的笑颜。锦弦音，再斑斓时，你孤独得都不是自己了。寂寞的心，一半高山，一半流水，只是琴韵早已不再悠扬。

此篇为行役塞上之作。词中抒发了关塞行役中的"边愁"及作者的兴亡之感。

词作由冷冷水声起兴。"冷冷彻夜"，清越的流水声，整夜响动不停。用"冷冷"形容流水的清脆悠扬，自是十分精当。容若既是饱学之士，化用陆机《招隐诗》中的名句"山溜何冷冷，飞泉漱鸣玉"，也就十分自然。然而唐刘长卿曾作过一首《听弹琴》诗，里面也有"冷冷"二字："冷冷七弦上，静听松风寒。古调虽自爱，今人多不弹。"可见这"冷冷"既可以形容流水，亦可以描述琴声。此处容若正是由潺潺的流水声联想到冷冷的琴声，从而发出"谁是知音者"的疑问。

那容若为何又会因琴声而发问"谁是知音者"呢？这里面有一个古老而清雅的故事。晋大夫俞伯牙，善乐，曾游泰山，观沧海，感慨寄于琴内，奈何无人能会其意。一日，伯牙焚香抚琴。一樵夫立于旁侧，久不离去。伯牙为之惊异，问曰："知何曲否？"答曰："孔子赞颜回。"伯牙听罢，遂重抚一曲。樵夫曰："巍巍乎若泰山，洋洋乎若流水。有高山流水之音"。伯牙为之叹，此知我人也！遂与钟子期结为挚友。翌年，伯牙闻子期卒。以头抢地，绝琴断弦，誓永不复鼓。人究其因，方知知音无觅也。显然，此处容若由溪声而琴声，由琴声之知音而人之知音，这一连串的联想，都是据此高山流水的故事而来的。

"如梦前朝何处也，一曲边愁难写"，看来，这鸣琴一样的水声勾起的还不仅仅是知音难觅的慨叹，这前朝如梦、边愁难写的无端意绪、种种悲感，皆复杂地交织在一起。至此，整个上阕，都是从听觉上引来的愁情落笔。

下阕转而从视觉、从眼前景上进一步渲染这种愁情。"极天关塞云中"，关塞的形势极其险要，似在极天，似在云中。"极天"言关塞之远，"云中"谓关塞之险，皆出之于夸张之辞。这样险要的边关之地，自然是极其寥廓辽远的。"人随落雁西风"，猎猎西风之中，只有南回的北雁伴随着羁旅边关的漂泊之客。在上阕里，词人说，"一曲边愁难写"，那么此时，在极天云中的关塞，而行军中又伴随着"落雁"和"西风"，这时候"边愁"会如何？更到哪里去找知音者呢？

"唤取红襟翠袖，莫教泪洒英雄"，结尾二句，由辛弃疾《水龙吟·北固亭怀古》中词句"倩何人，唤取红巾翠袖，揾英雄泪"化出，自然浑成，表达了难以名状的孤独寂寞的情怀，深切感人。

清平乐

【原文】

风鬟雨鬓①，偏是来无准。倦倚玉阑看月晕②，容易语低香近。

软风吹遍窗纱③,心期更隔天涯④。从此伤春伤别⑤,黄昏只对梨花。

【注释】

①风鬟雨鬓:形容妇女在外奔波劳碌,头发散乱。后代指女子。

②月晕:又称"风圈",月光被云层折射,在月亮周围形成的光圈。

③软风:柔和的风。窗纱:窗户上安的纱布、铁纱等。

④心期:心中相许。引申为相思。

⑤伤春:因春天到来而引起忧伤、苦闷。伤别:因离别而悲伤。

【赏析】

容若是一个真性情的人,也是一个非常需要爱情的男人,他的爱情曾随着表妹的入宫一度低沉,随着妻子卢氏的去世差点毁灭,甚至随着沈宛的离去而消散殆尽。不过还好,在他的内心,始终保存了有关爱情的一点追求,而容若又将这点追求,放入了诗词中,时刻提醒自己,原来,爱情并未走远。这首《清平乐》就写到了恋爱中的男女,道出了他们想见又害怕见的矛盾心情。

"风鬟雨鬓"本是形容妇女在外奔波劳碌,头发散乱的模样,可是后人却更喜欢用这个词去形容女子。女子与他相约时,总是不守时间,不能准时来到约会地点。但容若在词中并无任何责怪之意,他言辞温柔地写道:"偏是来无准。"虽然女子常常不守约定时间,迟到的次数很多,但这并不妨碍容若对她的宠爱。想到与女子在一起的快乐时光,容若的嘴角便露出微笑。

"倦倚玉阑看月晕,容易语低香近。"记得旧时相约,你总是不能如约而至。曾与你倚靠着栏杆在一起闲看月晕,软语温存,情意缠绵,那可人的缕缕香气更是令人销魂。如今与你远隔天涯,纵使期许相见,那也是可望而不可即了。从此以后便独自凄清冷落、孤独难耐,面对黄昏、梨花而伤春伤别。

过去的时光多么美好,但美好总是稍纵即逝。在容若的回忆里,这份美好过分短暂,好像柔软的风,只是轻微吹过脸庞,便一逝而过。"软风吹过窗纱,心期便隔天涯。"与《清平乐》的上片相比,下片的格调显得哀伤许多,因为往昔的美好回忆过后,必须要面对现实的悲凉。

在想过往日与恋人柔情蜜意之后,今日独自一人,看着春光大好,真是格外感伤。容若一向是伤春之人,那是因为他内心深处一直藏着一份早已远逝的情感,就如同这春光一样,无论眼下再怎么美好,总有逝去的那一天。

"从此伤春伤别,黄昏只对梨花。"结局就是这样,有时候,人们往往知道结局是无法逆转的,但站在时光的路口,依然想不自量力地去扭转乾坤。

最终,伤的只有自己。

清平乐

【原文】

参横月落①,客绪从谁托。望里家山云漠漠②,似有红楼③一角。

不如意事年年,消磨绝塞风烟。输与五陵公子,此时梦绕花前。

【注释】

①参横月落:月亮已落,参星横斜,形容夜深。

②漠漠:紧密分布或大面积分布的样子。

③红楼:指家园
的楼阁。

【赏析】

纳兰每逢离家
在外,都会觉得凄惶
无依,而后写下只言
片语,隔着几百年的
时光,让后来的读者
为之心折。

"参横月落,客
绪从谁托",月亮已

落,参星横斜,正是天将破晓之际,纳兰已经要从汉儿村出发了。"客绪"是
指一种行旅怀乡的愁思。这满心的情绪,真真是,义该从何说起呢。

在这样的茫然无奈中,词人抛出了虚化的两句,"望里家山云漠漠,似有红楼一角",太多执着的情绪容易让人产生幻觉,纳兰似乎也并不介意在这里用这种方式变现他思乡之情。红楼即是指家园的楼阁,显然是想象之语,而在这里,"楼"并不是重点,红楼一角之下,定是有佳人倚栏,翘首企盼着词人的归期吧,此情悠悠,两心知。

下片四句是要连贯在一起看的。

先说后两句。"输与五陵公子,此时梦绕花前",五陵公子,是指京都的富豪子弟。单看这两句自然是无头无脑,不过连上前面两句,"不如意事年年,消磨绝塞风烟"就可以看出,纳兰这其实是在抱怨了。他感叹道,我年年都有不如意之事,要戍守塞外,在缕缕风烟中消磨时光。看来,我的确是比不

上此时正在游赏玩乐的京城贵族子弟们啊,他们恐怕此时正过着国色天香般的生活吧。

词人拿远行在外孤寂无聊的自己,和在京师里过着悠闲生活的人们相比,在看似情绪平静的表面之下,他实在是忍不住满腹牢骚了。短短四句,言浅而意深。

这样一个结句,也是对上片落句的回照,在整首词里构成了一种前后勾连、回环往复的韵致,《清平乐》这样短小的词牌能写出这样回环往复的意味,可见纳兰情意之深切,也更让人觉得其中哀伤之情愈加的缠绵委婉。

清平乐

【原文】

角声哀咽,襆被^①驮残月。过去华年如电掣^②,禁得番番离别。

一鞭冲破黄埃^③,乱山影里徘徊。蓦忆去年今日,十三陵下归来。

【注释】

①襆被:用包袱捆上衣被。

②电掣:电光急闪而过,喻迅速、转瞬即逝。

③黄埃:黄色的尘埃。

【赏析】

这首词是在康熙十六年(公元 1677 年)十月时所作,当时,纳兰正值二十二岁,已被康熙皇帝授予三等侍卫的官职。而这一年,距妻子卢氏去世已过了两个春秋。彼时,纳兰对凡能轻取的身外之物无心一顾,却对求之而不能长久的爱情流连向往。这种种情绪,可以从这首词里窥得一斑。

"角声哀咽,襆被驮残月",角声即是画角之声,画角是古代一种管乐器,传自西羌,形如竹筒,上端细下端大,用竹木或皮革等制成,因为表面有彩绘,故称为画角。古时军中多用它来警昏晓,振士气,肃军容。因此在古诗词中,它也常作为边地孤寂空旷的意象。

接下来两句慨叹年华尽在番番的别离中飞逝。他讴歌爱情的欢乐与温暖,但这些对他却是那样难得与可贵:"过去华年如电掣,禁得番番离别。"时间本就留不住,内心敏感如纳兰,更容易觉得时光飞逝,更何况别离时多、相见时少。上片先景后情,写得极是伤感。

"一鞭冲破黄埃,乱山影里徘徊",下片开头又是一句白描。"一鞭"是指一道残阳,纳兰眼前之景,正是黄昏日暮,黄尘阵阵,山影重重,行路匆匆。如此景况则更令人不胜怅惘。

最末两句以追忆去年今日之情景收束,"蓦忆去年今日,十三陵下归来","十三陵"是明代十三个皇帝陵墓的总称,纳兰去年曾去过那里,当时看到想到了什么,这里没有说,但稍一推想其实是很明白的,一代帝王终成尘土,万里河山换了姓氏,古今多少事,当时执着,可都抵不过时间。在这种惘然失落中,怀归之意便倍加翻出。

一首《清平乐》短短几句,能够跌宕婉曲,转折入深,这在小令中是极难得的,也因此可见纳兰功力。

清平乐

【原文】

画屏无睡,雨点惊风碎。贪话零星兰焰坠,闲了半床红被。
生来柳絮飘零。便教咒^①也无灵。待问归期还未,已看双睫盈盈。

【注释】

①咒：祈祷。

【赏析】

纳兰词多愁善感，皆因他是多情痴情之人。纳兰与卢氏的婚姻本是一桩幸事，却也让他产生了其他的苦恼。作为康熙的贴身侍卫，容若经常随帝出巡，这

样的离别对他和卢氏来说无疑是痛苦的，每次夫妻离别都恋恋难舍，也便因此多出了许多埋怨。

这次就是这样的情景，别前之夜，夫妻双双不寐，絮语绵绵，空使灯花坠落，锦被闲置。

"画屏无睡，雨点惊风碎"，一切景语皆情语，这里的"惊"字实在巧妙，分别之际，最痛苦的莫过于遥想别离后的无依无靠之感。本是两心相依，今后要相隔千里，又让人怎能不暗自伤神。

"贪话零星兰焰坠"，"兰焰"也称兰烬，即是烛花，因灯烛余烬状似兰心而得名。纳兰这里描画得细致，"贪话零星"四字之间是两人说不尽的缠绵情意，第二天就要走了，不知什么时候能再听见爱人的声音，那随便说些什么都好，一字一句，都想记在心里，这样，日后一人独处时，或许会容易熬一些吧。

话说到这里，纳兰终于忍不住埋怨了，"生来柳絮飘零"，柳絮生来注定是要四处飘零的，既然如此，那么"便教咒也无灵"，即使祷告也没有用处。

既然分别已无可改变，那就只好预问归期了，可是，她还没等开口，早已秋波盈盈，清泪欲滴了。"待问归期还未，已看双睫盈盈"，纳兰若不是极爱卢氏，断然是写不出这样的句子的，那种小儿女的婉媚娇痴，欲问归期而先已含情脉脉的情态跃然纸上，俏丽婉媚，实在是传神之笔。

不过造化欺人，到头来他还是被命运捉弄了。一对倾心相与的爱侣，不到三年时光就生生地长别了，这对纳兰无疑是一场致命的打击。那执手相握，话里春风拂面的时光，恍如昨日。只剩这往昔词句，令当事者伤神，让知情者扼腕。

清平乐

【原文】

麝烟①深漾，人拥缑笙氅②。新恨暗随新月长，不辨眉尖心上。

六花斜扑疏帘，地衣③红锦轻沾。记取暖香④如梦，耐他一晌寒严。

【注释】

①麝烟：焚麝香发出的烟。

②缑笙氅：犹如仙衣道服式的大氅。

国学经典文库

纳兰容若全集

《纳兰词》鉴赏

图文珍藏版

751

③地衣:地毯。

④暖香:带有温暖气息的香味。

【赏析】

这首词抒发了纳兰这位富贵公子的叹息。锦衣玉食的生活在普通百姓看来是求之不得,可是在纳兰眼中,却觉寂寞寥落。

从首句"麝烟深漾"便可看出,纳兰是处于奢华之地。深漾的麝香是取自于麝的高级动物香,其味芬芳宜人,香味持久。再看其穿着,"人拥缦笙氅"。氅是古时用于遮寒的外衣,即今天人们说的披风。

天寒地冻,难得有闲时候,坐拥冬衣,一任思绪自由驰骋。"新恨暗随新月长",旧梦不再,愁恨便也随着时光的流逝越来越长。"不辨眉尖心上",显然是脱胎于李清照的"才下眉头,却上心头"。纳兰的遗憾是刻骨铭心的,是剪不断理还乱的惆怅,是伊人远去后旧愁新恨在心底渐渐堆积而成的。

"六花斜扑疏帘,地衣红锦轻沾","六花"即雪花,因为古人有"草木之花多五出,度雪花六出"的说法,因此常以六花指代雪花。雪花轻飘入暖阁,沾在地毯上,落到梳妆台上。一个"沾"字,轻盈得如纯白的蝴蝶,花开息声,蝶舞翩跹。红锦,是一样很闺阁的物什,同鸾镜、胭脂、衾凤枕鸳之类常出现在诗词中。词行此处,便也不难猜想这眉尖心上的新恨所为何人了。

"记取暖香如梦,耐他一晌寒严。"暖香入梦,梦中温香软玉,莺声燕语,是何等的春光旖旎。这融融春意沉淀在心底,既不敢翻开来轻易触碰,又忍不住日日温习,望梅止渴一般,靠这一抹温存的旧忆聊以取暖。

清平乐

上元月蚀①

【原文】

瑶华映阙②,烘散荄墀③雪。比似寻常清景别④,第一团圆时节。

影娥忽泛初弦⑤,分辉借与宫莲⑥。七宝修成合璧⑦,重轮岁岁中天⑧。

【注释】

①上元:俗以农历正月十五日为上元节,也叫元宵节。月蚀:月食。

②瑶华:指美玉。晋葛洪《抱朴子·助学》:"故瑶华不琢,则耀夜之景不发。"

③荄墀:生长着瑞草的殿阶。荄,一种象征祥瑞的草。

④清景:犹清光。三国曹植《公宴》:"明月澄清景,列宿正参差。"晋葛洪《抱朴子·广譬》:"三辰蔽于天,则清景暗于地。"

⑤影娥:即影娥池。汉代未央宫中池名,本凿以玩月,后指清可鉴月的水池。初弦:上弦月,指阴历每月初七八的月亮。其时月如弓弦,故称。

⑥宫莲:莲花瓣的美称。

⑦七宝:圆月的美称,古代民间传说,月由七宝合成,故云。

⑧重轮:月亮周围光线经云层冰晶的折射而形成的光圈,古代以为祥瑞

之象。

【赏析】

这首词全用白描写月食,前后八句,写了月食的全过程及其不同的景象:上阕前一句描绘了月全食时所见的景象,入蚀之月仿佛是光彩照人的美玉一般,生长着瑞草的殿阶上,呈现出洁白一片的景象。景象与往年相

比,更富朦胧感、梦幻感,可谓是第一团圆之节。下阕写月出蚀之情景,前两句写月蚀渐出,犹如初弦夜之景,后两句写蚀出复圆,清辉洒满天上人间。

忆秦娥

【原文】

春深浅[1],一痕摇漾青如剪[2]。青如剪,鹭鸶立处[3],烟芜平远[4]。

吹开吹谢东风倦,缃桃自惜红颜变[5]。红颜变,兔葵燕麦[6],重来相见。

【注释】

①深浅:偏义词,指深。

②摇漾:摇动荡漾。

③鹭鸶:又叫"鸬鹚"。水鸟名,翼大尾短,颈和腿很长,捕食小鱼。

④烟芜:烟雾中的草丛。亦指云烟迷茫的草地。

⑤缃桃：即缃核桃，结浅红色果实的桃树。亦指这种树的花或果实。

⑥兔葵燕麦：形容景象荒凉。兔葵，植物名，似葵，古以为蔬。燕麦，一种谷类草本植物。

【赏析】

唐代文豪刘禹锡因参与王叔文、柳宗元等人的革新运动被贬郎州司马。十年后，被朝廷"以恩召还"，回到长安。这年春天，他去京郊玄都观赏桃花，写下了《玄都观桃花》："紫陌红尘拂面来，无人不道看花回；玄都观里桃千树，尽是刘郎去后栽！"用以讽刺那些暂时得势的奸佞小人。

这首诗引起很多人的不满，于是他又因"语涉讥刺"而再度遭贬，一去就是十二年。十二年后，诗人再游玄都观，写下了《再游玄都观》："百亩庭中半是苔，桃花净尽菜花开。种桃道士归何处？前度刘郎今又来。"不改初衷，依然如故，"前度刘郎今又来"的不懈斗争精神，一直为后人敬佩。

纳兰容若化用刘禹锡玄都观诗的典实写了这首《忆秦娥》，却没有了刘禹锡的斗志，而是通过花开花落，世事变迁，暗透了今昔之感和不胜身世的孤独之情。

这首词用刘禹锡玄都观诗之典暗喻了今昔之感：春已深，春水摇荡着，岸边露出整齐如剪的青绿色的涨水痕迹。那正是鹭鸶站立的地方，烟雾中草地一片凄迷，看不到尽头。东风吹来，将百花吹开，又将百花吹谢，桃花在这春风中感受着红颜的渐变。红颜将老，眼前这凄凉的景色谁又重来相看呢！

"春深浅"，这里用的是偏义词，指深。而后一句"一痕摇漾青如剪"则是写出春意深深，春水荡漾的情景。容若写词很注重词句的打磨，"摇漾"二字用得恰到好处，也很见功力。

"青如剪，鹭鸶立处，烟芜平远。"这首词的上片俨然一派大好的春光，岸边露出涨潮的水是青绿色的，犹如被剪刀剪过一般整齐。这样的景色想想也觉得宜人。在绿波之中，还有鹭鸶站立

着，远处的草地在烟雾中一片迷蒙，看不清楚哪里才是尽头。

上片中，容若用了许多元素，构成了一幅春景图，有水鸟、草地、绿水等等，这些都是春日里最常见的景物，但是在容若的笔下，却是显得格外有生机，别有一番情趣在其中。上片写景之后，下片并未抒情，容若依然在描述春天的风貌。

"吹开吹谢东风倦，缃桃自惜红颜变。"春风吹来，桃花落下，风过花落这样的意境，容若许多词中也有用过，这是他用来写人世无常，岁月变迁常用的一种意象，但每次写起，都有不一样的感觉。

这首词中，容若用到了许多自然景物还有植物，例如"鹭鸶""缃桃"等，

这些都给这首词注入了新鲜的活力，不显得刻板。在活泼的氛围中，书写闲愁，这恐怕是容若的拿手好戏，他将闲愁与春光结合得恰到好处。

最后，在一片美景中，容若写出了他想要表达的意思："红颜变，兔葵燕麦，重来相见。"红颜易老，春光易逝去，只有抓紧时间，才能享尽人生。不然空待到最后，想见的人都不知道该去哪里相会了。

【词人逸事】

唐代文豪刘禹锡因参与王叔文、柳宗元等人的革新运动被贬郎州司马。10年后，被朝廷"以恩召还"，回到长安。这年春天，他去京郊玄都观赏桃花，写下了《玄都观桃花》："紫陌红尘拂面来，无人不道看花回；玄都观里桃千树，尽是刘郎去后栽！"用以讽刺那些暂时得势的奸

佞小人。这首诗引起很多人的不满，于是他又因"语涉讥刺"而再度遭贬，一去就是12年。12年后，诗人再游玄都观，写下了《再游玄都观》："百亩庭中半是苔，桃花净尽菜花开。种桃道士归何处？前度刘郎今又来。"不改初衷，依然如故，"前度刘郎今又来"的不懈斗争精神，一直为后人敬佩。

纳兰容若化用刘禹锡玄都观诗的典实写了这首《忆秦娥》，却没有了刘禹锡的斗志。而是通过花开花落，世事变迁，暗透了今昔之感和不胜身世的孤独之情。

忆秦娥

【原文】

长飘泊,多愁多病心情恶。心情恶,模糊一片,强分哀乐①。

拟将欢笑排离索②,镜中无奈颜非昨。颜非昨,才华尚浅,因何福薄?

【注释】

①强分哀乐:指喜怒哀乐分辨不清。强分,勉强分辨。

②离索:指离群索居的萧索之感。

【赏析】

这一壶漂泊,唱着谁的东风破?终究是浪迹天涯难入喉。长此往后,多愁多病的身心只会消瘦再消瘦。微笑都假了,灵魂像飘浮着。所谓哀乐,不过是强自分离了,分辨得出的最是模糊。

有人说,当你强颜欢笑,有时候笑着笑着就真的乐了;于是希望能假借欢笑来排遣孤独寂寞。只是对镜,却发现容颜已老,不复当年。今非昔比,消逝的容颜,再回不到从前。才华尚且非深而浅,为何偏偏就如此福薄呢?

生亦何欢,死亦何苦?人生的无奈,到头来只换得一个苦。梦着苦,醒着更苦……

这是一首抒发厌宦的小词。"福薄"二字是为感慨所在。"多愁多病"之身,长年漂泊之境,朱颜衰败之景,种种不如意事如此,遂令"心情恶",尽管"拟将欢笑"来排遣索寞难耐的离愁别绪,但奈何日月蹉跎,人生易老,故而只有自叹自恨福薄了。

容若是御前侍卫，扈从生涯中，几年离索，忙于帝命，南巡北征。换了别人，可能为伴君之荣窃喜，可是谁让他是容若呢？纳兰心事几人知？知道的怕是觉着他命太好而不知福吧？世俗如此，也奈何不得别人的目光。容若的"福薄"，怕正在于他的命贵吧。若不是侍卫的身份，他也不必耗费光阴在那些看似无上尊荣却碌碌无为的事上。是的，他并不热爱甚至厌恶这个职业，他甘愿做个普通人，与爱妻相伴，做对平凡的小夫妻。他们可以诗词对饮，可以共剪窗烛。就是这样的渴望，对容若是最不能得。多少"山一程，水一程"，就孕育了多少"多愁多病心情恶"。

首句"长飘泊，多愁多病心情恶"，借鉴苏轼"多情多感仍生病，多景楼中"，连用"多"字，给人强烈的印象。正因为长期漂泊多病多愁，才"心情恶"到"模糊一片，强分哀乐"。哀与乐，怎么会模糊得分不清呢？其实，只因心中无乐，却要表现出乐态，所谓强颜欢笑，强掩哀愁。

"拟将欢笑排离索，镜中无奈颜非昨"。寂寞和烦闷郁结压抑了太久，以为能用欢笑驱遣。可是对镜的时候，却发现昔日的容颜已老去，岁月催人老，岁月使得"颜非昨"。常年漂泊，多年离索，多愁多病之身，加上朱颜改，问君能有几多愁？不说也知愁未休。于是容若要问，"才华尚浅，因何福薄"？为何要给我这多病的身躯，多愁的面容？我不曾有旷世奇才，奈何天妒福薄？这一问，将所有的愤懑、愁苦一并吐出，怨天还是命？恐怕只是怨生不逢时。恨这身份、这官位，这怨是久积而难再抑制，便一发而快，不顾什么皇家王命，也不顾词作反对直露的大忌。容若的真性情，由此可见一斑。

忆秦娥

龙潭口①

【原文】

山重叠②，悬崖一线天疑裂。天疑裂，断碑题字③，古苔横啮。

风声雷动鸣金铁④，阴森潭底蛟龙窟⑤。蛟龙窟，兴亡满眼，旧时明月。

【注释】

①龙潭口：说法不一。一说为龙潭山口，地在清代吉林府伊通州西南，即今吉林市东郊龙潭山。康熙二十一年春，作者扈驾东巡过经此地；一说今山西盂县北之盂山亦有"龙潭"，又称"黑龙池"，作者曾几度赴山西五台山，本篇所指或为此地；又或

者指北京西山的黑龙潭，作者也曾几次游历。

②重叠：同样的东西层层堆叠。

③断碑：断裂残缺的石碑。

④鸣金铁:形容风雷声如同金钲戈矛撞击之声。

⑤蛟龙:传说中能使洪水泛滥的一种龙。

【词评】

感慨倍多,遥思腾越。

——严迪昌《请词史》

【赏析】

纳兰容若曾扈从到西山黑龙潭,写下了这首《忆秦娥·龙潭口》。

这首词写到了龙潭口的景致及词人所见之感:龙潭口群山环绕,举目望去,天空只露一线,仿佛天幕要裂开了。断碑上长满了苍苔,那苍苔好像在啃咬着碑文。龙潭口处如同风雷大作,发出了如同金钲戈矛撞击般的巨大声响,那阴森的潭底正是蛟龙的洞府吧。旧时的明月仍在,叫人升起无限怅惘之情、兴亡之叹!

容若是个天生的词人,也是个天生的隐士,他喜爱清净,热衷独处。随着圣驾来到这个黑龙潭,见识了这里的清幽与寂静,容若内心打开了一个深深的缺口,他仿佛看到了自己这些年来,无谓的忙碌多么没有意义。

"山重叠,悬崖一线天疑裂。"悬崖好像要断裂开来,容若运用夸张的笔法,将景物写到了极致。容若写词,从心而写,所以,无论是写景还是抒情,总是能让人感受到震撼人心的一面。虽然这首写景的词,容若并未提到任何抒情,但字里行间,读词的人依然能够感受出那份悲怆和凄凉。

"天疑裂,断碑题字,古苔横啮。""断碑""古苔"都让人感到悲凉。而在下片,容若更是将这种悲凉推到了制高点。"风声雷动鸣金铁,阴森潭底蛟龙窟。"如此豪迈的词句在容若的词中很少见到,让后人不但感受到了龙潭口的险峻,也同样看到了一个不一样的、内心刚硬的容若。

但容若毕竟还是感性的,词的最后,他无奈地感叹道:"蛟龙窟,兴亡满眼,旧时明月。"看到旧时的明月,想到今朝的岁月,真是岁月无情,人世无常啊。

黑龙潭的山色浸染了纳兰尚未尘封的心灵,更激发了他胸中那点自由浪漫的天性。遥想古人,可以仗剑走天涯,做自己喜欢做的事,看自己喜欢看的风景,容若忍不住也跃跃欲试。

【词人逸事】

纳兰容若曾扈驾到西山黑龙潭,写下了这首《忆秦娥·龙潭口》。据说这里石色青黑,树木萧森,荫浓苔滑。泉水从深潭底冒出,水势较旺。周围的山林于背阴处更高大繁茂，因为谷中土厚，阴处含水，不似向阳坡上风大干燥。而潭口处黛色石崖下会让人有山岩开裂、潭深难测之感。这股泉水属于石灰岩地区溶洞、裂隙中的暗河涌出，水量较大，传说东海龙王的七子于此潜居。清代这里一度由皇家敕建黑龙王庙。纳兰容若游历至此，观其情其景，为其震撼，大发兴亡之叹。

醉桃源

【原文】

斜风细雨正霏霏①，画帘拖地垂②。屏山几曲篆香微③，闲庭柳絮飞④。

新绿密，乱红稀。乳莺残日啼。余寒欲透缕金衣⑤，落花郎未归。

【注释】

① 霏霏：（雨、雪）纷飞；（烟、云）很盛。

② 画帘：有画饰的帘子。

③ 篆烟：盘香的烟缕。

④ 闲庭：安静的庭院。

⑤ 缕金衣：即金缕衣。以金丝编织的衣服。

【赏析】

落花有意随流水,流水无心恋落花。其实落花未曾厚于流水,流水又何曾负于落花?花自飘零水自流。到底是谁的错?

或许他们都没有错,错就错在命运不该如此安排,让他们相遇,相爱,却不能相守。我追逐着你,就如流水追逐着落花,看着前方的你近在咫尺,却如在天涯。

有一种感觉总在失眠时,才承认是怀念。有一种目光总在分手时,才看见是依恋。有一种心情总在离别后,才明白是失落。有一种梦境总在醒来后,才了解是眷念。有一种缘分总在失去后,才相信是永恒。

小词描写女子的闺中情绪,清新雅致,颇有"花间"风味。

首句,"斜风细雨正霏霏","斜风细雨"叫人想起唐张志和作的《渔父》词里的那句"青箬笠,绿蓑衣,斜风细雨不须归",当然张词描绘的是一幅斜风细雨垂钓图,表现的也是作者浸沉在江南春色的自然美景之中的欣快心情。此处"斜风细雨"与"霏

霏"连用,突出风雨正盛,已经没有渔翁的浪漫和闲适,有的似乎只是闺中女子的盼晴之心。

"画帘拖地垂",这句由室外景转向室内景。房屋是华美的,画帘垂地,此刻静无人声,曲折的屏风掩住了室内景象,那尚未燃尽的篆香,余烟袅袅。

接下来,场景再由室内转回室外,从视觉和听觉两个方面写开。"闲亭柳絮飞",闲亭,即寂静的小亭,此为静景;"柳絮飞",柳絮如浮云,并无根蒂,天地阔远,随风飞扬,此为动景。这表面的一动一静之景,其实反映了女主人公的心情亦在动静之间,颇不能平。

"新绿密,乱红稀",下阕首二句仍是室外景。春雨初霁,绿色的叶子由于雨水的滋润渐转葳蕤;而盛开的花朵在雨水的敲打之下,已是落红阵阵,顿显稀疏。一"新"一"乱",一"密"一"稀",对比鲜明,直追李清照的"绿肥红瘦"。接下一句"乳莺残日啼","残日"说明

已是黄昏时分,此时身在闺中女主人公听见了乳莺的啼叫声。春天莺啼,自能唤得人春心萌动,况且还是乳莺啼呢。"余寒欲透缕金衣。落花郎未归。"果然,一声莺啼唤起了寂寞几许。因为"余寒"指雨后的寒冷,而雨后的薄寒又怎能"欲透缕金衣"呢?一个"透"字,隐隐写出了心中的冷意。"落花郎未归",结尾如春光乍泄,点醒题旨,表达了伤春伤别的愁情,有含蓄不尽之致。

画堂春

【原文】

一生一代一双人①,争教②两处销魂。相思相望不相亲,天为谁春?

浆向蓝桥③易乞,药成碧海难奔④。若容相访饮牛津⑤,相对忘贫。

【注释】

①"一生"句:语出唐骆宾王《代女道士王灵妃赠道士李荣》:"相怜相念倍相亲,一生一代一双人。"

②争教:怎教。

③蓝桥:在陕西蓝田东南蓝溪上。传说此处有仙窟,相传唐代秀才裴航与仙女云英曾相会于此,求得玉杵臼捣药,终结为夫妇。专指情人相遇之处。

④"药成"句:《淮南子·览冥训》:"羿请不死之药于西王母,姮娥窃之,奔月宫。"高诱注:"姮娥,羿妻,羿请不死之药于西王母,未及服之。姮娥盗食之,得仙。奔入月宫,为月精。"李商隐《嫦娥》:"嫦娥应悔偷灵药,碧海青天夜夜心。"

⑤饮牛津:指天河边。传说海边居民曾乘槎至天河"见一丈夫牵牛饮

之"。见晋张华《博物志》卷三。这里指与恋人相会的地方。

【词评】

以为此恋人为"入宫女子","浆向蓝桥易乞"似说恋人未入宫前结为夫妇是很容易的;"药成碧海"则用李义山诗,似说恋人入宫,等于嫦娥奔月,便难再回人间;李义山身入离宫与宫嫔恋爱,有《海客》一绝,纳兰容若与入宫恋人相会,也用此典,居然与李义山暗合。

——苏雪林《清代男女两大词人恋史之谜》

【赏析】

她是你心中的最美,你以为你们可以白头偕老,相拥至死。触手可及的幸福,满得似要溢出来。生活好甜,梦里都要笑出来。

一生一代一双人,别无所求。只是那红线,偏生短了那一截。绕来绕去,兜兜转转,终究,还是散了。

将门贵胄又如何,失了她,你一无所有。曾经见过天花乱坠的美,所以那些所谓的绝色,对你而言,太渺小。相思相望不相亲。几多无奈。

这首小词是容若对一段可遇不可求、"相思相望不相亲"的苦涩恋情的真挚独白。他毫不遮掩,敢于直面这悲剧式的情缘,很有些宝黛之恋的意味。

首句便是"一生一代一双人，争教两处销魂"，明白如话，无丝毫妆点：明明是天造地设的一双人，却偏要分离两处，各自销魂神伤、相思相望。对恋人来说，这样的遭际真是残酷至极，也难怪容若会追问："天为谁春。"在幽幽凄凄的容若看来，纵使塞北莺飞、江南草长又能怎样，万千锦绣的山川美景，只关乎万千世人，与他，却无半点关系。

下阕转折，接连用典。"浆向蓝桥易乞"，此是裴航的一段故事：裴航在回京途中与樊夫人同舟，赠诗以致情意，樊夫人却答以一首离奇的小诗："一饮琼浆百感生，玄霜捣尽见云英。蓝桥便是神仙窟，何必崎岖上玉

清。"裴航见了此诗，不知何意，后来行到蓝桥驿，因口渴求水，偶遇一位名叫云英的女子，一见倾心。此时此刻，裴航念及樊夫人的小诗，恍惚之间若有所悟，便以重金向云英的母亲求聘云英。云英的母亲给裴航出了一个难题："想娶我的女儿也可以，但你得给我找来一件叫作玉杵臼的宝贝。我这里有一些神仙灵药，非要玉杵臼才能捣得。"裴航得言而去，终于找来了玉杵臼，又以玉杵臼捣药百日，这才得到云英母亲的应允。——这不仅仅是一个爱情故事，在裴航娶得云英之后还有一个情节：裴航与云英双双仙去，非复人

间平凡夫妻。

"浆向蓝桥易乞",句为倒装,实为"向蓝桥乞浆易",容若这里分明是说:像裴航那样的际遇于我而言并非什么难事。言下之意,似在暗示自己曾经的一些因缘往事。到底是些什么往事?只有词人冷暖自知。

那么,蓝桥乞浆既属易事,难事又是什么?是为"药成碧海难奔"。这是嫦娥奔月的典故,颇为易解,而容若借用此典,以纵有不死之灵药也难上青天,暗喻纵有海枯石烂之深情也难与情人相见。这一叹息,油然又让人想起那"相逢不语"的深宫似海、咫尺天涯。"若容相访饮牛津"仍是用典。有一古老传说,谓大海尽处即是大河,海边曾经有人年年八月都会乘槎往返于天河与人间,从不失期。天河世界难免令人好奇,古老的传说也许会是真的?于是,那一日,槎上搭起了飞阁,阁中储满了粮食,一位海上冒险家踏上了寻奇之路,随大海漂流,远远向东而去。也不知漂了多少天,这一日,豁然见到城郭和屋舍,举目遥望,见女人们都在织布机前忙碌,却有一名男子在水滨饮牛,煞是显眼。问那男子这里是什么地方,男子回答:"你回到蜀郡一问严君平便知道了。"严君平是当时著名的神算,上通天文,下晓地理,可是,难道他的名气竟然远播海外了吗!这位冒险家带着许多的疑惑,调转航向,返回来时路。一路无话,后来,他当真到了蜀郡,也当真找到了严君平,严君平道:"某年某月,有客星犯牵牛宿。"掐指一算,这个"某年某月"正是这位海上冒险家到达天河的日子。那么,那位在水滨饮牛的男子不就是在天河之滨的牛郎吗?那城郭、屋舍,不就是牛郎、织女这一对金风玉露一相逢的恋人一年一期一会的地方吗?"若容相访饮牛津,相对忘贫",容若用典至此,明知心中恋人可遇而不可求、可望而不可亲,只得幻想终有一日宁可抛弃繁华家世,放弃世间名利,纵令贫寒到骨,也要在天河之滨相依相偎、相亲相爱,相濡以沫。

眼儿媚

【原文】

林下闺房世罕俦①,偕隐②足风流。今来忍见,鹤孤华表③,人远罗浮④。中年定不禁哀乐,其奈忆曾游。浣花⑤微雨,采菱斜日,欲去还留。

【注释】

①林下:形容娴雅、超脱。俦:同类。这句意谓其人不同凡类。

②偕隐:夫妻一起隐居。

③华表:古代宫殿、城垣或陵墓前所立石柱。鹤孤华表:比喻去世。

④罗浮:罗浮山,在广东省。

⑤浣花:古时蜀地风俗,以每年四月十九日为浣花日。

【赏析】

今夕何夕,月淡风轻。那一段沁人心脾的曲调,永远在琵琶的弦上凝而不发;那一章绝美的诗句,永远在红笺中让人沉醉;那一番闭月羞花的容貌,永远在红烛下动人心魂……那可是京城第一美人,你的心上人吗?今夕何夕,柔云淡月。

你在静默中温馨回望,唯恐今生与她失之交臂,竟许下"山无陵,天地和,乃敢与君绝"的誓言。雪纷纷,比翼齐飞;意浓浓,风雨同舟。今夕何夕,月逝西窗。

再归来,"大堂内春秋帐冷,庭院外海棠凋零",想当初海誓山盟,看如今劳燕分飞。

曲未终,弦已断,有凰,无凤。步入中年的你,其情何堪?

词人偶至旧日与心爱女子同游之地,却见物是人非,遂怀想万千。这篇即写此种感慨。

"林下闺房世罕俦",林下,非言山林之下;闺房,弗指女子卧房。林下闺房,是用典。

《世说新语·贤媛》中有一则故事:谢遏和张玄各夸各的妹妹好,皆是天下第一。当时有一尼姑,与二人皆识,有人就问这位尼姑:"你觉得到底谁的妹妹更好呢?"尼姑说:"谢妹妹神情散朗,有林下之风;张妹妹清心玉映,是闺房之秀。"此处,词人将林下、闺房并举,毕现伊人的风致绝伦、不同凡响。

夸赞完心爱女子后,词人接下来便说道:"偕隐足风流。"偕隐,指夫妇相携隐居,这里用的是东汉鲍宣桓少君夫妇同归乡里的典故。(详见《后汉书》)既然心上人是谢妹妹、张妹妹一般的人物,那么若能与此女子结为夫妇,一起隐居,待老终身,岂不是人生快事?

然而那只是美好的愿望,如烟似梦。"今来忍见,鹤孤华表,人远罗浮。"此三句，词人联用事典，抒写伊人已逝的怅然之情。"鹤孤华表"，据《搜神后记》，辽东人丁令威在灵虚山学道成仙，后化鹤归来，落于城门华表柱。有少年想射它，鹤说："有鸟有鸟丁令威，去家千年今始归。城郭如故人民非，何不学仙冢累累。"后以鹤归华表比喻去世。罗浮，即罗浮山。

据唐柳宗元《龙城录》，隋时赵师雄迁罗浮，日暮于林间酒肆旁，见一美人淡装素服出迎，与语，芳香袭人。因与酒家共饮。雄醉寝，及至酒醒，始知身在梅花树下，美人已去，雄惆怅不已，才知是遇上了梅花神。词人两番用典，写爱人故去，先前种种良愿，诸般美好，皆似醉酒之后的南柯一梦。

过片转写如今中年的哀伤。"中年定不禁哀乐"一句，用谢安事典。

南朝宋刘义庆《世说新语·言语》："谢太傅语王右军曰：'中年伤于哀乐，与亲友别，辄作数日恶。'"翻译成现代汉语即是：人到中年，很容易感伤。每每和亲友告别，就会难受好几日。

词人言"中年定不禁哀乐"，实际上正是"中年伤于哀乐"的另一种表达，添一"定"字，似是强调。紧接一句，"其奈忆曾游"，伤感无奈之下，他不由得回想起当年和伊人一起游玩的情景。

何种情景？"浣花微雨，采菱斜日。"微雨洗涤花树，夕阳之下，水边采菱，诸般情形，皆同往昔。但是物是人非，佳景虽常在，丽人却永逝。所以，词人在旧地徘徊流连,将去却难以离去。这也就是最后一句的"欲去还留"。不忍触及旧痛,故曰"欲去";不能忘记旧情,故曰"还留"。词人缅怀之情,缱绻缠绵,如江水滔滔,如琴音绕梁。

纳兰这首词,表面上看,更像是首馈赠之词,写给一位隐居的友人,赞扬他对生活的田园之态。字句之中,纳兰表露了对退隐凡尘,隐居林下生活的向往,也无意倾吐了对理想生活的渴望。履贵处丰的公子,却不满于生活轨迹的局限性,出入于俗世丑态,违其志所向。赞美之中同时表达了他所渴望的生活形式,正如这友人的田园情趣,只需小屋一间就可。因而,既有赞美友人豁达之心,又能坦言自身对隐居无限向往,一词双关。

纳兰并无贪心,只求有"种豆南山下,草盛豆苗稀"的净土一方,于他就已足够。

眼儿媚

中元夜有感

【原文】

手写香台金字经。惟愿结来生。莲花漏转,杨枝露滴,想鉴微诚。

欲知奉倩神伤极,凭诉与秋擎。西风不管,一池萍水,几点荷灯。

【赏析】

我要真诚、郑重地告诉佛,下辈子我和亡妻还要喜结连理,不再分开。香台的金字经我已经抄写了很多,希望佛能看见我的真诚。一直默默陪伴我的秋灯,也可以知道妻子去世之后我的伤神寂寞。

放几盏荷灯在水池里,它们稳稳当当漂向远方,没有被西风惊扰,希望能载回亡妻的魂来。

爱之深、情之切,难免伤到自己。容若这首词,充满了青灯古佛、金经香台的佛门意境。中元节来源于佛教,起源于"目莲救母"的故事。传说在佛陀弟子中,神通第一的目犍莲尊者,惦念过世的母亲,他用神通看到其母因在世时的贪念业报,死后堕落在恶鬼道,过着吃不饱的生活。目犍莲于是用他的神力化成食物,送给他的母亲,但是他的母亲不改贪念,见到食物,仍然贪心不止,生怕其他恶鬼来抢食,食物在她口中因此化成火炭,让她无法下咽却又饥饿难耐。目犍莲目睹母亲的痛苦却救不了母亲,心中十分痛苦,请教佛陀如何是好。佛陀说:"七月十五日是结夏安居修行的最后一日,法善充满,在这一天,盆罗百味,供巷僧众,功德无量,可以凭此慈悲心,救渡其亡母。"目莲遵佛旨意,于七月十五用盂兰盆盛珍果素斋供奉其母,其母亲终得食物。这一天也是地宫打开地狱之门的日子,已故的亲人回家团圆,是中国三大冥节中最重要的一个。

金字经,指的是以金泥(将金粉溶成接著剂)书写的佛典。汉译佛典、西藏译及西夏文佛典等,皆有金字经。金字经一般通行于中国、朝鲜、日本等国。

容若和妻子卢氏结婚三年,感情甚笃。卢氏突然撒手离去,对于重视感情的容若来说,他的痛苦刻骨铭心。这首写于中元节的词作正是容若专门为悼念亡妻卢氏所作。今生的缘分虽然已经尽了,但是那份笃定的感情却永世不会改变,希望来生能够再次相聚。

容若的首句难得写得如此单纯,细究原因,大约是容若在香台上虔诚地书写金字经的时候,本来就是怀着一颗单纯的心——就是要和亡妻卢氏在下一

辈子再续前缘,所以才有这样单纯明净的词作。

容若在这里没有写景,也没有抒情,只是将自己的内心直截了当、郑重地告诉了佛。这种明净而坚决的感情让我们这个时代的人汗颜,能够获得这样的感情是我们的奢望和理想。

莲花漏来源于东晋时候的高僧慧远。李肇的《唐国史补》曾经记载:"慧远以山中不知更漏,乃取铜叶制器,状如莲花。"杨枝也来自佛教,是佛教中专门用来清洁牙齿的齿木。《五分律》中曾经记载:"佛言,应嚼杨枝。嚼杨枝有五功德,消德、除冷热涎唾、善能别味、口不臭、眼明。"

如何让佛知道我要"惟愿结来生"的诚意? 这一句词正是承接上句而来。"莲花漏转,杨枝露滴"这些都可以看见我的忠诚。

"奉倩神伤极"的故事来自裴松之注的《三国志·魏志》,其中有故事是说:荀粲,字奉倩,他的老婆因病去世,还没有出殡。有人前去看望奉倩,奉倩虽然不哭了,但是看得出,他已经伤了神。

奉倩在妻子病逝之后不到一年也随她而去，年仅二十九岁。容若也是一个不能忘情的多情人，三十一岁就英年早逝，不能不说跟妻子卢氏去世之后他的极度抑郁有极大关系。

容若在中元节去佛前的香台上书写金字经，妻子的去世让他有了和奉倩一样的经历，他也"神伤极"，

除了向佛诉说他来世想和妻子再续前缘的心事，容若只有"凭诉与秋擎"，跟秋灯诉说成了他唯一抒发感情的途径。

"荷灯"是中元节这天用彩纸制作的荷花状的灯，漂浮在水上，来为亡者照亮回家的路。

西风不管不顾独自去了，剩下的只是一池秋水，几点荷灯而已。

容若这句写得非常寡淡，心境异常凄凉。连平日最令人厌倦的西风，在容若这里都有可以眷顾之处，结果西风却无情地去了，将繁华热闹和昔日的美好一同带走，只剩下漂浮在水面上给亡人引路的荷灯。这几盏荷灯要漂向何处？它能不能将卢氏的魂魄引导回家？即使卢氏回家，阴阳相隔，一样也是看不见。

容若的人生悲凉之感从来没有如此明显地表达过,真让人有一种英雄气短的感觉。

眼儿媚

【原文】

独倚春寒掩夕霏①,清露泣铢衣②。玉箫吹梦,金钗画影④,悔不同携。

刻残红烛曾相待④,旧事总依稀⑤。料应遗恨⑥,月中教去,花底催归。

【注释】

①夕霏:傍晚的雾霭。

②铢衣:传说神仙穿的衣服。重量只有数铢甚至半铢。因用以形容极轻的衣服,如舞衫之类。

③玉箫、金钗:同指所恋之人。画影:比喻看不真切的美丽景色。

④刻残红烛:古人在蜡烛上刻度,烧以计时。相待:对待。《韩非子·六反》:"犹用计算之以相待也,而况无父子之泽乎?"

⑤依稀:含糊不清,不明确。

⑥遗恨:未尽的心愿,未完成的理想,遗憾。

【赏析】

《眼儿媚》这个词牌,听起来似乎柔若无骨,有着娇俏可人之意。容若写了许多和这个词牌有关的词,大多是伤感怀念之词。这首词也不例外,这是他写对恋人思念无果的一首哀伤之词。

这首词抒写对恋人的思念,写得十分婉转,千回百转的相思情抵不过时光的流逝，在如水的岁月中，爱情不过是弹指一挥间的等待，与那亘古的时光相比，这些相思，短暂得如同清晨的露水，转瞬即逝。

独自伫立在春天傍晚的雾霭之中，细雨将衣服打

湿。梦里都是你美丽的身影，那些相携相伴的美好时光却偏偏失掉了，怎不叫人懊悔。夜已深沉，曾经秉烛相待，如今往事依稀。想必会终生遗憾，花前月下的往事，已经一去不回。

近代学者吴梅认为容若是集大成者，他认为容若的小令是："凄婉不可卒读，顾梁汾、陈其年皆低首交称之。究其所诣，洵足追美南唐二主。清初小令之工，无有过于容若者矣。同时佟世南有《东白堂词》，较容若略逊，而意境之深厚，措词之显豁，亦可与容若相勒。然如《临江仙·寒柳》《天仙子·渌水亭秋夜》《酒泉子·荼蘼谢后作》非容若不能作也。又《菩萨蛮》云：'杨柳乍如丝，故园春尽时。'凄婉闲丽，较'驿桥春雨'更进一层。或谓容若是李煜转生，殆专论其词也。承平宿卫，又得通儒为师，搜辑旧籍，刊布艺林，其志尚自足千古，岂独琢词之工已哉。"

"岂独琢词之工已哉"，吴梅将容若的词已经完全分析透彻了，在容若的词中，他对于词句的雕琢就好像是一位能工巧匠对一块璞的雕琢一般，从

璞变成玉这个过程十分繁复,而容若却是力求将词做到如此。

"独倚春寒掩夕霏,清露泣铢衣"开篇第一句是描写失意的人独自站在春寒之中,任凭露水打湿衣服。在这句话里,"夕霏"用得格外动人,夕霏是指傍晚的雾霭,在傍晚的雾霭中,一个失意的人独自倚靠,于春日里孤独站立,这听起来就是一幅绝美的画面,容若写词,已经远远超出了字面的意境。

接下来,他又写道:"玉箫吹梦,金钗画影,悔不同携。""玉箫、金钗"同指所恋之人。容若以此来隐喻自己所恋之人,而且在词中还用梦影这样美好而虚无缥缈的意境,令整首词读起来既有忧伤的情思,又不乏唯美的意境。

在经历了上片的幽思之后,下片转而写现实的事情,"刻残红烛曾相待,旧事总依稀"。这里要对"刻残红烛"解释一番,刻残红烛是指古人在蜡烛上刻度,用来计时用的。词人用在这里,是说往昔四目相对的日子已经一去不复返了,而今的形单影孤,令自己更加怀念过去的美好日子,可是过去的就是过去了,想再多也是不能回还的。

所以,在词的最后,容若写道:"料应遗恨,月中教去,花底催归。"遗憾就是遗憾,无法弥补,终生带着遗憾走下去,直到尽头,生命就是这样,无法挽回,无法补救,但或许也正是因为如此,生命才更显得弥足珍贵吧。

眼儿媚

【原文】

重见星娥碧海查①,忍笑却盘鸦②。寻常多少,月明风细,今夜偏佳。

休笼彩笔闲书字③,街鼓已三挝④。烟丝欲袅,露光微泫⑤,春在桃花。

①星娥:神话传说中的织女。此处指明眸善睐的美女。唐李商隐《圣女祠》:"星娥一去后,月姊更来无?"朱鹤龄注:"星娥谓织女。"

②盘鸦:指妇女盘卷黑发而成的头髻。

③笼:通"拢",牵、拈之意。

④街鼓:设置在京城街道的警夜鼓。宵禁开始和终止时击鼓通报。始于唐宋,以后亦泛指"更鼓"。挝:敲打。

⑤微泫:水微微下滴流动之貌。此处形容爱妻的脸光彩照人。

【赏析】

你很少在你的词中开心地笑过。你笑的时候,也是若有所思,仿佛她已经化作了一只蝴蝶,永远地栖息到了你的心上。一旦稍微展眉,那只蝴蝶就会受惊飞走。但这一晚,你却快乐无比。

你刚刚远行回来,伊人心花开了,却强忍着笑容。她的一切都和平时没有什么不同,但不知为什么,她在你眼里却有一种异乎寻常的美丽。

炉香静静地飘着,外面的街巷里,三更的鼓声刚刚打过。夜已阑珊。你再也不想写什么了。推开了手头的纸和笔,坐在那里,微笑地凝视着她那如桃花般动人的面孔。人生若只如初见,那该多好。

此篇写归家与爱妻重逢之喜悦，其中表现出的夫妻爱情之快乐、喜悦之情感，在纳兰词中极为少见，实为难得。

"重见星娥碧海查"，首句即说别后重新见到了妻子。容若将妻子称为"星娥"，是有本依。星娥，神话传说中的织女。李商隐《圣女祠》诗有"星娥一去后，月姊更来无?"义山名之圣女"星娥""月姊"，那是因为圣女乃天界神仙，颇难得见。此处容若承袭义山，用"星娥"称呼自己的妻子，意谓自己常年扈从在外，不能还家，见妻子一面就如同乘碧海槎去天河见织女一面一般。那容若归家后重见的"织女"，她在干什么呢? "忍笑却盘鸦"，她忍住欢笑，重新梳绕着她乌黑的发髻，显得妩媚动人。一个"却"字，把妻子内心深处一股难名状的喜悦激动之情恰当地反映出来。见此"无声胜有声"的情景，作者遂感叹道:"寻常多少，月明风细，今夜偏佳"，意即往日虽也曾有过类似的情景，可是今夜，玉蟾皎皎，清风细细，自然胜过了那时的感受。上阕写夫妻相契的欢好，情溢于词，韵传字外。

"休笼彩笔闲书字，街鼓已三挝"，下阕前二句进一步写欣喜之情状:面对姣好美艳的妻子，便不再拈笔作字，纵然是夜已深，还是喜不自持。"休笼彩笔闲书字"一句，化用赵光远《咏手二首》之二:"慢笼彩笔闲书字，斜指瑶阶笑打钱。"原诗表达的是一副怅然无绪的心情，此处，作者用一"休"字告诫自己:不要再援翰以遣闲心啦，好好与佳人共享眼前花辰吧。于是在袅袅沉香之中，他仔细地端详着妻子,看她秋波盈盈,言笑宴宴,好像春天里的桃花一般。"露光微泫",出自南朝宋谢灵运《从斤竹涧越岭溪行》诗:"岩下云方合,花上露犹泫。"谢灵运的这句诗,描摹山水,不陶而净,不绘而工,容若借之形容爱妻光彩照人的容颜,十分精当,给人以无穷的美感和无尽的联想。"烟丝欲袅,露光微泫,春在桃花",这最后三句亦情亦景,清新委婉,情致深厚。

眼儿媚

咏梅

【原文】

莫把琼花①比淡妆②,谁似白霓裳③。别样清幽,自然标格④,莫近东墙⑤。

冰肌玉骨⑥天分付⑦,兼付与凄凉⑧。可怜遥夜⑨,冷烟和月,疏影⑩横窗。

【注释】

①琼花:比喻雪花。

②淡妆:淡雅的妆饰。

③霓裳:谓神仙的衣裳。相传神仙以霓为裳。语本《楚辞·九歌·东君》:"青云衣兮白霓裳。"

④标格:风范、品格。

⑤东墙:东边的墙垣。程垓《眼儿媚·咏梅》:"一枝烟雨瘦东墙,真个断人肠。"

⑥冰肌玉骨:用于赞美妇女的皮肤光洁如玉,形体高洁脱俗,这里形容

雪中梅花的超逸之态。

⑦分付：付与、交给。

⑧凄凉：孤寂冷落。

⑨遥夜：长夜。

⑩疏影：疏朗的影子。形容梅花的形貌。

【赏析】

梅花冰肌玉骨，斗寒开放，不与凡花为伍，有着独特的清纯与脱俗，所以，咏梅自古以来也就是文人墨客笔下的不朽主题，被文人们看作是崇高人品的象征。容若自然也不例外，他倾倒在梅花清纯脱俗的品相下，称赞梅

花的品格，以此喻己之品格，"莫把琼花比淡妆，谁似白霓裳。"容若认为梅花比过任何的花，没有花会有梅花的品格，在这首词里，词人将自己在现实生活中的感受，带入了词句中，他备受压抑的心灵，在咏梅的时候得到了情感的释放。

容若以梅花自比体现在上片最后一句："别样清幽，自然标格，莫近东墙。"将梅拟人，清淡雅洁，表达了淡雅高洁，不愿流俗的愿望。梅花并非名贵之花，不过是冬日里的一抹淡雅，但就是这份淡雅，令容若仿佛看到了另一个自己。在开花的季节，那些百花争奇斗艳的时候，梅花孤傲地躲在墙角。可是在百花休眠、寒冬腊月的时候，梅花独独要崭露头角。即便风再

冷，雪再大，也要傲然挺立，为冬日带来一抹色彩。

正因为如此，容若在词的下片才会写道："冰肌玉骨天分付，兼付与凄凉。"梅花的这份冰肌玉骨，仿佛是上天赐予的，可是上天赐予了梅花冰肌玉骨，并未赐予它一个好时候。容若想到自己，不也正是如此吗，生不逢时，无法得到心灵上的真正自由，就算锦衣玉食，有着种种别人羡慕的好生活那又如何？还不是活得如同行尸走肉。

容若只得在词的最后感慨："可怜遥夜，冷烟和月，疏影横窗。"在寂静的夜空，遥望明月，嗅着梅花的清香，度过这漫漫的黑暗。

自古圣贤皆是寂寞啊。

朝中措

【原文】

蜀弦秦柱不关情①，尽日掩云屏②。已惜轻翎退粉③，更嫌弱絮为萍④。

东风多事，余寒吹散，烘暖微醒⑤。看尽一帘红雨⑥，为谁亲系花铃⑦。

①蜀弦:即蜀琴,汉蜀郡司马相如所用的琴。相传相如工琴,故名。亦泛指蜀中所制的琴。秦柱:犹秦弦。古秦地(今陕西一带)的一种弦乐器。似瑟,传为秦蒙恬所造,故名。关情:动情。

②云屏:有云形彩绘的屏风,或用云母作装饰的屏风。

③轻翎:蝴蝶。

④弱絮:轻柔的柳絮。

⑤微醒:微醉。

⑥红雨:红色的雨,比喻落花。

⑦花铃:指用以惊吓鸟雀的护花铃。

【赏析】

当寂寞的眼神爱上伤春,聆听花开的声音也是一种销魂的美丽。想念的日子里,你会在心底轻吟一曲。

忧伤,在唇齿间轻轻流动,说与飞絮,诉与蝴蝶。然飞絮尚无语,蝴蝶亦翩翩。玉箫吹到肠断处,你便掩上了红窗。爱如落花飘零的美丽。春风不能解忧,只能断肠。

这是一首描绘暮春之景和抒发伤春怨春之情的小词。

首句即说春日寂寂,百无聊赖,纵是有动听的乐曲也不能引起愉悦之情。"蜀弦秦柱不关情",蜀弦,即蜀琴,泛指蜀中所制之琴。秦柱,犹秦弦,指秦国所制琴瑟之类的乐器。唐彦谦《汉代》:"别随秦柱促,愁为蜀弦么。"既然琴瑟逸韵都难以使她动情,那么就只有整日地掩上云母屏风,独自忧伤了。"尽日掩云屏",而掩上屏风,又是因为窗外春景,不忍再睹。那外面是什么样的景致呢?"已惜轻翎退粉,更嫌弱絮为萍",蝴蝶已经褪粉,柳絮也飘落水中。

这预示着春事已消歇。"已惜"说明他的惋惜怜爱之情,而"更嫌"分明是一种懊恼的情怀了。此二句景语,已蓄伤春之意。

下阕转写薄情的东风。"东风多事,余寒吹散,烘暖微醒"。表面的意思是,东风真是多事,吹散了春日余寒,送来融融的暖意,令人陶醉。

说"东风多事",可足后两句"余寒吹散,烘暖微醒",哪里是作怨语,分明是对春风褒奖有嘉嘛。这不是自相矛盾?且看后面一句,"看尽一帘红雨",红雨,指落花纷纷如雨,李贺《将进酒》诗"桃花乱落红如雨",史肃《杂诗》"一帘红雨枕书眠",似为此句所本。那为何会花瓣散落如雨,满地落花狼藉?此一追问,便知当然是"东风多事"了。结合前三句,方知原来作者是怨东风带走了明媚的春光,尽管它吹散了余寒,送来了温暖,但它又摧残花落,令人心伤。

花是春天的象征,落花飘零满地,意味这万紫千红的春天也将匆匆而去。遂有了结尾句的叹问："为谁亲系花铃?"花铃,指为防鸟雀而置的护花铃铛。据王仁裕《开元天宝遗事花上金铃》载,天宝初年,有一宁王,喜好声乐,风流蕴藉,诸王皆不如他。春天到来,他在后园中系上了很多的红丝为绳,缀满了金铃,系在花梢之上,遇见有鸟雀聚集在花枝,就令园吏敲击铃铛惊吓它们。后来,诸宫都效仿宁王此举,是为惜花。此处,作者反用"金铃"之典,意思是说东风刮得如此之甚,花瓣落成红雨,飘零殆尽,纵使惜花,在花枝上缀满金铃,可这又是为谁而系呢?"为谁亲系花铃",结处此语,充满着愁绪无着,愁怀难遣的寂寞感和失落感。小词亦景亦情,其情中景,景中情自然浑融,空灵蕴藉,启人远神。

山花子

【原文】

林下①荒苔道韫②家,生怜③玉骨④委尘沙。愁向风前无处说,数归鸦。

半世浮萍随逝水,一宵冷雨葬名花⑤。魂是柳绵吹欲碎,绕天涯。

【注释】

①林下:幽僻之境,引申为退隐或退隐之处。

②道韫:谢道韫,东晋诗人,谢安侄女,王凝之之妻。以一句"未若柳絮因风起"咏雪而闻名,后世因而称女子的诗才为"咏絮才"。

③生怜:可怜。

④玉骨:清瘦秀丽的身架,多形容女子的体态。

⑤名花:名贵的花,同名花一样的美人。

【赏析】

人生不过是一场绚烂的花事。

那一年，花开得不是是好，可是还好，我遇见了你。那一年，花开得好极了，像是专门为了你。那一年，落英缤纷，零落萎谢花事了。从此，我失去了你。

落英缤纷之中，看见冰冷的绝望。

这首词有人说是悼亡，有人说是咏物，在某种程度上，他写的也是自己。

词之上阕悲叹玉骨委尘沙，下阕怜惜冷雨葬名花。两者都讲述了同一个道理：好物易散琉璃碎，美好的东

西，从来都不会长久。它生来，要活在人的追忆中、惋惜中、悲悼中。

"林下荒苔道韫家，生怜玉骨委尘沙。"纳兰词中，林下、谢娘出现频率极高，足见纳兰对这位东晋名门才女的偏爱。《世说新语》中说谢道韫"神情散朗有林下之风"，比清心玉映的闺房之秀还要略高一筹。林下之风是真正的名士之风，源于竹林七贤，他们聚于竹林之下，越名教而任自然，跟随心的方向，活出真实的自我。

谢道韫不但有林下之风，还有咏絮之才，她"未若柳絮因风起"的咏雪之句，流传千古。而这二美兼擅的名女子，最终也只是葬身于荒苔之下，尘沙之中，一抔黄土收艳骨，一抹尘沙掩风流。端的让人怜惜得心疼。这种怜

惜，只为多情之人而设；这种心痛，只有知音才能懂。"愁向风前无处说，数归鸦。"世人读不懂我的寂寞，就像云儿听不懂风的话。天地之大，没有人听我说话，我能做的，只是伫立西风，数着一只一只归鸦，它们携带着四合的暮色，一点点逼近，一点点将人吞没。而纳兰的惆怅与失落，也有如这黑绸之夜，无边无垠，浓得化不开，穿不透。

　　他怎能不想到自己？他从所爱的女子身上看到了自己，还有他诡异的命运。半世浮萍随逝水，想我半生，如无根之萍，随水飘逝，辗转无定。其实，他何曾活到了半世，但对一个心字成灰的人来说，这无爱的生，这无情的流离，一日长于一百年，活着像是煎熬，了无生之欢悦。

　　一宵冷雨葬名花，意象瑰丽。冷雨无情，不管你是卑贱还是名花，不管你是渺小还是国色，一概摧残，一概葬送。我半世为人，只换你一宵倾城，一朝春尽。一朝春尽红颜老，花落人亡两不知。这悠悠离魂，似风中柳绵，被无情撕碎，随风散落在天涯。

　　越看越觉得这词写的是林黛玉，而纳兰就是她今生偏要遇着的他——宝玉。黛玉不姓别的姓，偏偏姓林，林下之风，不言而喻。黛玉也有咏絮之才，她叹柳絮今生谁取谁收，叹它嫁于东风春不管，凭尔去，忍淹留。黛玉葬花，更是凄艳。"侬今葬花人笑痴，他年葬侬知是谁。质本洁来还洁去，一杯净土掩风流"。高洁如你，冷艳如你，多情如你，才高如你，在埋葬着落花，也在埋葬着自己的青春，自己的幽情，自己的落寞。

开到荼蘼花事了。所有纯净的恩宠，都消散在流光里，不留痕迹。

如果爱有天意，在来生的那个世界，只有一个我，只有一个你。默然相爱，寂静欢喜。

山花子

【原文】

欲语心情梦已阑[1]，镜中依约见春山[2]。方悔从前真草草[3]，等闲看。环佩只应归月下[4]，钗钿何意寄人间[5]。多少滴残红蜡泪，几时干。

【注释】

①梦已阑：梦醒。阑：残，尽。

②依约：隐隐约约。春山：女子眉毛的美称。

③"方悔"句：清彭孙遹《卜算子》词："草草百年身，悔杀从前错。"

④环佩：古人衣带所配之玉器，后专指女子之装饰物。

⑤钗钿：女子之装饰物，代指已逝爱人的遗物。

【赏析】

梦里相聚,总有千言万语,刚要一吐衷情,梦却醒了。来到你的梳妆台前,菱花镜中仿佛依稀又看见你对镜描眉的样子。多懊悔呵,这么美丽的一张容颜,为何从前没有看了又看,仔仔细细;这么相爱的一个人儿,为何从前没有疼了又疼,分外珍惜。你的首饰还在,我的爱恋还在,人,却无处相依。这环佩钗钿就不应留在人间,该随月华而去。蜡烛啊,也因思念你流下了眼泪,到天明,点点滴滴。

容若的一场春梦,梦醒时哀伤碎了一地。于他而言,梦,是无边的幸福,醒,是满怀的痛苦。悼亡的诗词,不需要雕饰的辞藻,不需要华丽的章句,只言片语,早已泪流满面。"衣裳已施行看尽,针线犹存未忍开。"伊人旧物,往昔华年,若那

青铜菱花镜是一条时光的隧道,映入其中,有多少爱可以重来?

世界上最远的距离,不是生与死的距离,而是我站在你面前,你不知道,我爱你。

世界上最远的距离,不是我站在你面前,你不知道我爱你,而是爱到痴迷,却不能说我爱你。

世界上最远的距离,不是我不能说我爱你,而是想你痛彻心脾,却只能

深埋心底。

世界上最远的距离，不是我不能说我想你，而是彼此相爱，却不能够在一起。

……

在一起，老天何吝惜？非要让对方成了你眼泪中的名字，才追悔莫及？一切的错过都会空余恨，当时只道是寻常似乎是相爱永恒的叹息。

容若的这首小令，又是深切地悼念，一波三折地抒情委婉深挚。

首句"欲语心情梦已阑"化自辛弃疾《南乡子·舟中记梦》："别后两眉

尖。欲说还休梦已阑。"辛弃疾也是写梦中思人，未说话而人已醒。容若用"春山"代指梦中之人。春山，用来形容女子的眉毛，最早出于卓文君的一段轶事，她的眉毛被形容为"如望远山"。显然，这样的比喻比柳叶细眉胜之而无不及，是只可意会不可描摹的绝妙。此后，诗词里的"远山""春山""远山长""春山翠"等，便都是说眉毛了，眉和山的关系源远而根深。

"方悔从前真草草，等闲看"，一梦心碎，才后悔从前没仔细看那春山俊眉花容月貌，辜负了无数韶华。人生若只如初见，何事秋风悲画扇。等闲变却故人心，故人心未变，只是所有的遗恨都只化作一场相思雨。叹一句：当时只道是寻常。

思念若蔓上春草，风中秋叶，随处摇曳世间每个角落，无边无垠。也只好沉重地说："环佩只应归月下，钗钿何意寄人间。"旧时故物何必再见，见了不过徒增伤感。上句用杜甫《咏怀古迹》五首之三的"画图省识春风面，环佩空归夜月魂"，是过昭君村而吟咏昭君之作；下句用白居易《长恨歌》

"为将旧物表深情，钿合金钗寄将去"，是杨贵妃死后，方士为之招魂，杨贵妃取钿合金钗各一半，让方士转交唐明皇以念旧好。容若这里是反用这两个典故，同时点明梦里怀念的那个人，已仙逝了，显然是为卢氏的悼亡之作。

"多少滴残红蜡泪，几时干"，末句似乎在问蜡泪何时能流干，其实是自问心伤何时能止。李义山的《无题》早就告诉我们：蜡炬成灰泪始干。那么容若，他内心的伤痛，怕是要到自己的生命终结之时才停止；思念，会纠缠他到与爱妻亡魂相会。如此深情，又是我们流多少眼泪，才能停止感动呢？

山花子

【原文】

风絮飘残已化萍①,泥莲刚倩藕丝萦②。珍重别拈香一瓣③,记前生。

人到情多情转薄,而今真个悔多情。又到断肠回首处,泪偷零。

【注释】

①风絮:随风飘悠的絮花,多指柳絮。

②泥莲句:泥莲:指荷塘中的莲花。倩:请、恳请。萦:萦绕、缠绕。

③拈:用手指搓捏或拿东西。

【赏析】

这首词好得让人无法措手。很多人记住纳兰的词,除了"人生若只如初见""当时只道是寻常"外,就是这句"人到情多情转薄,而今真个悔多情"。在另外一首同一词牌的词中,纳兰又说了一次:"人到情多情转薄,而今真个不多情。"

词的上阕也写得极妙。

风絮飘残已化萍,泥莲刚倩藕丝萦。看似毫无关联的两句,其实大有关联。风絮飘残，落入水中，化为浮萍。风絮是浮萍的前世，浮萍是风絮的今生，看来，这漂泊聚散不是偶然，都是前定，都是缘分。泥莲刚倩藕丝萦，其义类似于藕虽断了，丝仍连在一起。往日情景再浮现，藕虽断了丝还连，说断何曾断，丝丝缕缕纠结缠杂。今昔与往日，不是时间的界限可以隔开的，今昔在某种程度上是往日的累积，没有谁可以抛下过去的自己，脱胎换骨，重新做人。

正因为此，纳兰才说：珍重别拈香一瓣，记前生。既然世上一切皆有因果，前世五百次的回眸，才换得今生的一次擦肩而过。那么，我只能拈香一瓣，燃于佛前，祈求你记住前生。佛说：前生我们因缘天定。今世不能在一起，这遗憾或许前生可填补。我虔诚地问佛，人世间的爱是什么。佛说，爱由心生，世间的爱，一切皆有因果。

何者是因，何者是果？词的下阕已经告诉我。

人到情多情转薄，而今真个悔多情。因是情多，果是情薄。面对这个结局，而今的我真是悔恨自己多情。多情自古空余恨，早知如此，何必当初。回首往事前尘，愁肠百转，唯有泪偷零。男儿有泪不轻弹，弹了也未必有人能懂，所以，要哭也只能在心里偷偷地哭，绝不示于人。打落门牙和血吞，纳兰就是哭，也哭得这般隐忍！

聚是缘起，分是缘灭，缘起缘灭，一切强求不得。在这场因果轮回、缘起缘灭的情爱修行当中，纳兰却学不会舍得。他执着于这个果，探求着前世因，想解脱却从没有真正地解脱。

"人道情多情转薄，而今真个悔多情。"短短的一句，道尽了情的丰富。好的词就是这样，如八宝楼台，每个角度都是风景。一千个读者，就有一千个哈姆雷特。但前提是，这个哈姆雷特是典型的，是永恒的，他身上有着无数人的影子，却

永远又是独特的这一个。纳兰这句词，也是这样。

人道情多情转薄，而今真个悔多情。这个薄可以理解为绚烂至极归于平淡。多情并没有在时光的冲刷下了无痕迹，而是将浓烈沉淀为安静，清淡。日子在云淡风轻中过，对你的一切都成了习惯。一种熟悉的依赖。不需要证明，不需要刻意，那爱意却一丝一毫未曾减损。这个悔，可以理解为无奈至极的反话，说悔不曾悔，只是对你的情太留恋，太依赖，仿佛融入了自己的呼吸。离了你，离了呼吸。早知你终会离去，缘无法相守，我又何苦当初如斯多情？

人道情多情转薄，而今真个悔多情。想想红楼梦中的贾宝玉，对哪个水做的骨肉没有怜惜之情，而结果呢？恼了这个，负了这个，相爱的无法相守。真是"爱博而心劳，忧患日甚矣。"多情，即爱博。情多累美人，纵是八面玲珑，岂能尽如人意，而爱，尤其是情爱，本来就是排他而私我的感情，那心底里最爱的一个，难免会因此而生嗔、痴、妒、恨。这不是"人道情多情转薄"

又是什么？公子情多，佳人情薄，这薄是欲爱而不得的恼恨，尽管心底里是深深装着他一个人，从来不曾忘记。因爱而成恨，因爱而离分，又怎能不悔多情？

多情？无情？一个难解的谜。

看人间故事为谁拈香，问多少情伤悲喜无常。静坐流年，笑看红尘过往。

山花子

【原文】

小立红桥柳半垂，越罗裙飏缕金衣^①。采得石榴双叶子^②，欲贻谁？

便是有情当落日，只应无伴送斜晖。寄语东风休著力，不禁吹。

【注释】

①越罗句：谓其衣着
华美。越罗，越地所产之
丝织物，轻柔而精美。缕
金衣，绣有金丝的衣服。

②著力：用力、尽力。

【赏析】

依立在垂柳飘飘的
红桥上，罗裳轻舞随风

飘。摘下两片石榴叶，想要赠给谁？如果说有情的话，也只有明月了，只有

他孤独地送走夕阳。希望借助东风(春风)将心中话讲给你听,东风呀不要吹得太用力了,这些悄悄的情话是轻易就会被吹散的。

这首词写一女子怜春惜春又因幽凄孤独而怨春的情态。刚摘下两片石榴叶,但不知应该留给谁?才希望东风带去心中话,却又怕东风太劲而被吹散。她孤独地立在垂柳飘飘的红桥上,孤独地送走夕阳,以迎接充满希望的明月。一切的一切都在虚无缥缈之中。

"小立红桥",一个"小"字,将小女子孤单落寞的情态一语拖出;在杨柳依依,柳丝飘飘的春风里,秀丽女子悠然垂立于桥上。你站在桥上看风景,看风景的人在桥上看你,好一幅意境唯美的画面。"红桥",有着红色栏杆的小桥,色彩艳丽而显青春活力,尽显小家碧玉之范与江南气息。"越罗裙飐缕金衣",这让人想起那句"劝君莫惜金缕衣,劝君须惜少年时",在这里好像是说,不要重视什么秀罗华服,只要好好珍视这春光,珍惜一份美丽心事或美好情谊就够了。这句写女子衣饰华美,轻柔精美的丝织裙配金缕衣,明显是大户人家年轻小姐。这样姣好富贵的女子,偏偏有着难言的忧愁,多么

像容若自己,生于温柔富贵却向往江南小户自在平凡。而纳兰的心事,好比女子的怀春,"如鱼饮水,冷暖自知"。

女子孤伫红桥,满怀的心事究竟何指?接下来"采得石榴双叶子,欲贻

谁?"句便透露出她怀春的幽凄孤独之意。"石榴"本就有特殊寓意,"双"字则更明确透露女子渴望有人知她心事。我们现代人常拿三叶草喻幸福,常常说恋人一起于三叶草丛寻得四叶草便可长相厮守。草木树叶和鱼鸟等的成双入对常被拿到诗词里,反衬男女主人公的形单影只。那么这里的女子摘了两片石榴叶,却不知赠给谁,怀春而孤寂,是拟人心的落寞与伤怀。

下阕直说"便是有情当落日,只应无伴送斜晖",明月有情,落日有意,却总不得相伴,只在那夕阳西斜的时候,月儿才送上一程,送完了斜晖又孤独亮出冷辉。为什么我们总是相互思念而不能相见呢?说相见不如怀念,那是再也不相

见。而我们明明都还想见,明明该热烈地爱恋,却被隔开在天涯的两边。还有什么比恋人的分离让人无奈而伤感的呢?就像容若自己,常年扈从在外,与爱人的分离是常态,他便因着那在远方思念他的爱人的思念而更强烈地感到孤独。

美好的春天,就这样伤怀下去吗?"寄语东风休著力,不禁吹",只希望东风能捎去远远地祝福和思念,带去心底最真挚的爱恋。可是东风哟,你可不要太用力,不然这些悄悄话是要被吹散的。女子的心事,向来细腻,她的情感再深也敌不过现实。恋爱中的人总有脆弱的灵魂,似乎觉得情话不亲自传到对方的耳朵里,彼此间的情意就会被吹散。这位姑娘,怨起春来,也

是别有一番动人情调。她是可爱的,而字里行间透露的这番幽凄,最是挠人心肺,说呼吸到容若内心的多愁多痛,是否感性了点?

山花子

【原文】

一霎灯前醉不醒①,恨如春梦畏分明②。淡月淡云窗外雨,一声声。

人到情多情转薄,而今真个不多情。又听鹧鸪啼遍了③,短长亭。

【注释】

①一霎:谓时间极短。顷刻之间,一下子。

②春梦:春夜的梦。比喻转瞬即逝的好景,也比喻不能实现的愿望。

③鹧鸪:鸟名。体形似雷鸟而稍小,头顶紫红色,嘴尖头,红色,脚短,亦呈红色。

【赏析】

这首词写离恨:孤灯之前,一下子沉醉不醒,又怕醉中梦境与现实分明起来。窗外的舒云淡月,细雨声声。人若太过多情,情就变得淡薄,而现在我已经真的不再多情了。可是,窗外又传来鹧鸪啼鸣之声,那送别的短亭长亭之处是否有人驻足倾听?

"摊破浣溪沙"实际上就是由"浣溪沙"摊破而来。所谓"摊破",是把"浣溪沙"前后阕的结尾,七字一句摊破为十字,成为七字一句、三字一句,原来七字句的平脚改为仄韵,把平韵移到三字句末,平仄也相应有所变动。又叫"山花子"。

国学经典文库

纳兰容若全集

《纳兰词》鉴赏

图文珍藏版

此词写的是离情。上下片都是前情后景,情景交融。

"一霎灯前醉不醒,恨如春梦畏分明。"一片离愁待酒浇,愁越深,醉得越快,仿佛是一刹那间的事。心事太沉重,清醒太磨人,还不如沉溺在梦境里、醉乡中,万事不过心。这现实,是一分钟也不愿意多待的,真真怕醒来。醒来了,现实与梦境界限太分明,让人连幻想逃避的余地都没有了。恨与梦,怕的是过于分明,清醒的理智不如激情的沉醉,它总是提醒着你,面对着现实的冰冷。

不去想,不能想,不愿想。想来想去,人还在天涯,只能尝试着沉沦。一种令人迷醉的无望,一种难以自拔的爱,像醉酒,像溺水。越是挣扎陷得越深,身已无力,心却不甘。真是欲罢不能。

多情自古空余恨,好梦由来容易醒。

不得不醒来,独自面对:淡月淡云窗外雨,一声声。此句很像"梧桐树,三更雨,不道离情正苦。一叶叶,一声声,空阶滴到明"。原来,这一声声敲打的是我的心;这一滴滴,是上天为我洒下的离恨之泪。

上阕以"一声声"收尾,留下了一个绵延无尽,向着无穷远方伸展的空间,供人思量。

"人道情多情转薄,而今真个不多情。"多情无情,都是一种修行。无情不似多情苦,一寸还成千万缕。多情太甚,伤人伤己,也许最好的选择是:薄情。而这终究只是纳兰失望至极的反话而已。而今真个不多情?不是,是身不由己,是言不由衷。是空有多情之念之心,却无法实实在在给心爱之人一个温暖的拥抱,一个坚实的肩膀,可以让她毫无顾忌地哭泣。如其在悬崖上展览千年,不如在爱人肩上痛快地哭一晚。

这便是纳兰的不多情吗?道是无情却有情。

"又听鹧鸪啼遍了,短长亭。"多情?无情?人停留在情的漩涡里挣扎,时间却从不为谁停住脚步。转眼间,又听鹧鸪啼遍了,短长亭。新的一天,伴着鹧鸪"行不得也哥哥"的呼唤,姗姗来临。

明天,又是新的一天,我会在哪里呢?"何处是归程,长亭连短亭。"长长短短的亭子,上演着别离,又有哪一处可以通向回家的路?可以让我停泊呢?没有。短亭长亭,聚积着的都是漂泊的灵魂,"行不得也哥哥"的声声唤,又唤得回什么?

每个人的心里,都有一

方魂牵梦萦的土地,它让一切漂泊都有了方向,有了意义。让一切离恨都能得到补偿,都得纾解。

这便是乡土情结。柯灵说:"每个人的心里,都有一方魂牵梦萦的土地。得意时想到它,失意时想到它。逢年逢节,触景生情,随时随地想到它。海天茫茫,风尘碌碌,酒阑灯灺人散后,良

辰美景奈何天,洛阳秋风,巴山夜雨,都会情不自禁地惦念它。离得远了久了,使人愁肠百结……辽阔的空间,悠邈的时间,都不会使这种感情褪色,这就是乡土情结。"

何人不起故园情? 脚步走遍海角天涯,心却系着它。

山花子

【原文】

昨夜浓香分外宜,天将妍暖护双栖①,桦烛影微红玉②软,燕钗③垂。

几为愁多翻自笑,那逢欢极却含啼④。央及莲花清漏⑤滴,莫相催。

【注释】

①妍暖:谓晴朗暖和。双栖:飞禽雌雄共同栖止,比喻夫妻共处。

②桦烛:用桦木皮卷蜡做成的烛。红玉:红色宝玉,古常以比喻美人的

肤色。

③燕钗:旧时妇女别在发髻上的一种燕子形的钗。

④含啼:犹含悲。

⑤央及:请求、央告。莲花:即莲花漏。清漏:清晰的滴漏声,古代以漏壶滴漏计时。

【赏析】

这首词有人说是怀友,有人说是追忆与恋人欢度良宵的情景,容若的许多词总是给人模棱两可的感觉,既是相思,又是相恋,搞不清楚他到底想要表达哪种情绪。或许这样的词作更好,因为猜不透,所以更显得朦胧。

整首词愁情绵绵不绝,仿佛比春风还要绵绵,比春宵还要长远。在夜色中,心中充满了孤独和无聊,唯有梦里才可与你一会。在一个天气良好的夜里,花开云走,容若心中充满寂寞,提笔写下这首词,"昨夜浓香分外宜",乍一看起来,似乎是一首意境与心境同样欢愉的词,写到美好的天气,还有夜色里浓郁的花香,二者相宜。

"天将妍暖护双栖",晴朗暖和的天气中,夫妻二人双宿双栖。"妍暖"在这里是夫妻双宿双栖的意思。问世间情为何物,为伊消得人憔悴。春风无法洗去内心的忧愁,即便再好的春光,再美好的夜晚,也无法抹去夫妻二人之间的情分。

"桦烛影微红玉软，燕钗垂。"多么温馨的一幕，多么美好的回忆，这一切都因为回忆中的那个人不在身边，而显得犹如一幕惨淡的剧目，不忍去看。情爱就好像是双生花，轻易地将爱情中的两个人纠缠在一起，可是谁能想到，这之后的爱人，是如何面对世事沧桑变幻的呢？

"几为愁多翻自笑，那逢欢极却含啼。"依然的孤寂之感，但少了些香艳的感觉，用情依然深切，却不是你侬我侬的感觉，意境清疏，是词中的好句。人虽寂寞，可是想到与朋友在一起度过的欢声笑语的日子，心里就生出无限的喜悦。

"央及莲花清漏滴，莫相催。"时间过得虽然很快，但相逢总是令人高兴的，不要催着分离。似悲似喜的情感，容若这首词并不是为抒情而抒情，因写情而抒情，他的抒情在写景中自然而然地带出，十分自然。

青衫湿

悼亡

【原文】

近来无限伤心事，谁与话长更？从教①分付②，绿窗红泪③，早雁初莺。

当时领略④,而今断送,总负多情。忽疑君到,漆灯⑤风飐⑥,痴数春星。

【注释】

①从教:听任,任凭。

②分付:同"吩咐"。

③红泪:指伤离或死别的眼泪。晋王嘉《拾遗记·魏》:"文帝所爱美人,姓薛名灵芸,常山人也……灵芸闻别父母,歔欷累日,泪下沾衣。至升车就路之时,以玉唾壶承泪,壶则红色。既发常山,及至京师,壶中泪凝如血。"

④领略:欣赏,晓悟。

⑤漆灯:灯明亮如漆谓之"漆灯"。

⑥风飐:风吹。

【赏析】

最近有太多的伤心事,我能与谁倾诉于这漫漫长夜?一切听从命运的安排,早春时节,窗外绿影婆娑,大雁归来,黄莺歌舞,任凭泪流满面。

当年与你欣赏美景,如今却丧失了,辜负了往日的一片深情。忽然一阵风吹,明灯随风摇动,我以为是你的魂魄回来了,罢了,我只能痴情地数星等待。

纳兰标有"悼亡"字样的词共七首,其中《青衫湿遍》一首作于康熙十六年(1677)六月中,这一首作于何年不详。词中所抒发的仍是对亡妻深切怀

国学经典文库

纳兰容若全集

《纳兰词》鉴赏

图文珍藏版

念的痴情。

上片起句便说自己的无限伤心，无人与共，凄清孤独，自爱妻亡故后，终日以泪洗面。伤心的泪，一次次地流，总是在找你的模样，总是在回忆，有你的日子，我是如何的幸福。近来无限伤心事，谁与话长更。但是现在，我却是那么孤独，一个人对着漫漫长夜，无人私语。依旧绿叶婆娑的窗，依旧红花摇曳的庭院，依旧温柔缠绵的风，依旧温婉清冽的井台，一只飞鸟从一棵芭蕉叶上穿过，一条青虫在一根翠竹上蠕动。

这首词有个特点，从"从教分付"起，往结尾"痴数春星"，全是四字一句，韵致堆砌，很有味道。话语平白，却意象幽美，意境悠凉。

下片沉痛地怨诉辜负了往日的多情。这么美的景，我是多么爱慕，恬静，幽雅，轻灵，可是，可是，没有你，这一切的存在又有何意义！你才是我的一切，才是我灵魂可以安逸、美丽、快乐的所在。你在我晶莹的泪光中浮现，那么美地笑着，携着前世的爱，携今生的眷念，雁飞了，莺也飞了，只有一滴滴的泪水，在我的脸颊流淌，很想，很想，牵你的手，去看漫天的雨，去看纯洁的雪。很想，很想，温暖的黄昏，抱着你，做你一生的爱人。

值得注意的是结穴处宕起一笔，用虚拟之景收束，极精彩，极浪漫，可谓宕出远神，耐人寻味。这一结尾与唐人卢仝《有所思》："相思一夜梅花发，忽到窗前疑是君。"宋人贺铸《小梅花》："一夜梅花忽开疑是君。"周邦彦《过秦楼》："谁信无聊为伊，才减江淹,情伤荀倩,但明河影下,还看稀星数点"等等有异曲同工之妙。

青衫湿遍

悼亡

（按此调谱律不载,疑亦自度曲）

【原文】

青衫湿遍,凭伊慰我,忍便相忘。半月前头扶病①,剪刀声、犹共银釭②。忆生来、小胆 怯空房。到而今,独伴梨花影,冷冥冥、尽意凄凉。愿指魂兮识路,教寻梦也回廊③。

咫尺玉钩斜路④,一般消受,蔓草残阳⑤。判把长眠滴醒,和清泪、搅入椒浆⑥。怕幽泉、还我为神伤⑦。道书生薄命宜将息⑧,再休耽、怨粉愁香。料得重圆密誓,难禁寸裂柔肠⑨。

【注释】

①扶病:带病行动。

②银釭:银白色的灯盏、烛台。

③回廊:曲折环绕的走廊。

④玉钩斜:古代著名游宴地。在江苏江都,相传为隋炀帝葬宫人处,后泛指葬宫人处。

⑤蔓草：爬蔓的草。

⑥清泪：眼泪，宋曾巩《秋夜》诗："清泪昏我眼，沉忧回我肠。"椒浆：以椒浸制的酒浆，古代多用以祭神。《楚辞·九歌·东皇太一》："蕙肴蒸兮兰藉，奠桂酒兮椒浆。"

⑦幽泉：指阴间地府，借指死者。

⑧将息：调养休息，保养。

⑨寸裂：碎裂。

【词评】

道光己丑夏五，余有骑省之戚，偶效纳兰容若为此，虽非宋贤遗谱，其音节有可述者。

——周之琦《怀梦词》

【赏析】

这首词应为所有悼念亡妻之作的第一首，作于卢氏亡故半月之后：眼泪已经湿透了所有的衣服，我需要你的安慰，你怎么可以忍心将我忘记呢！你走半月以来我拖着愁病之躯，像你在时那样西窗剪烛。我生来胆小，害怕一个人独守空房，到如今却只有梨树花影相伴，冷冷清清，受尽凄凉。希望你的魂魄能认识回家的路，到梦中与我相聚。你已长眠地下，即使坟冢近在咫尺，芳魂却无处找寻，只有斜阳中荒草遍野的荒凉。夜里在哭泣中醒来，就

809

让我用这和着眼泪的浊酒来祭奠已逝的你吧。却又害怕你在黄泉之下还要因此而为我伤心难过。劝慰我要好好保重，不要再沉迷于往日的浓情蜜意。那些海誓山盟的旧梦难圆，回想起来只能让人肝肠寸断。

落花时

【原文】

夕阳谁唤下楼梯，一握香荑①。回头忍笑阶前立，总无语，也依依。

笺书直恁无凭据②，休说相思。劝伊好向红窗醉，须莫及，落花时。

【注释】

①香荑：女子柔嫩的手指。《诗·卫风·硕人》中有"手如柔荑"句。原指散发着芳香的嫩草。荑，茅草的嫩芽。

②直恁，竟然如此。无凭据，不能凭信。

【赏析】

落花时节，楼外好风光。落日余晖更添盛景，谁能舍弃这良辰美景不去约会？一个风姿绰约的姑娘正从楼梯上下来，当看见是自己的心上人时，先是下意识地回头

看看有没有别人，然后嫣然一笑站住了。尽管一句话没说，但绵绵的情谊早

国学经典文库

纳兰容若全集

《纳兰词》鉴赏

图文珍藏版

已从眉梢间泄露了。

姑娘为何一语不发？谁让你失约的呀？她说："这信中的期约竟如此不足凭信。"你既然相约又爽约，就不要再说对我情深似海相思不绝了。嗔怪过后，她又说，快珍视这让人沉醉的美好春光吧，莫要待到花落空折枝。

这首词是写夕阳西下时，一对恋人相会时既相亲又娇嗔的约会。那是百年前，约会难得。生命犹露滴，如幻更似虚。相逢若相知，逝亦不足惜。

容若对于爱情，向来执着动人，这一首《落花时》写与恋人间的温情和且亲且嗔的缠绵爱恋，细腻而饶富生趣。

"夕阳谁唤下楼梯，一握香荑"，夕阳西下的伊人，手指白嫩如荑。仿佛是场千年之恋，回到上古的《诗经》时代，"手如柔荑，肤如凝脂"（《诗经·卫风·硕人》）。姣好的女子也许没有倾世的面容，却有着庄姜之美，用白茅芽比喻美人手指，不见貌而惊其貌。难得相约，却又是个"静女"，《诗经·郑风·静女》里是"静女其姝，俟我于城隅，爱而不见。"这里的女子在夕阳无限好的时候终于下得楼梯，却"回头忍笑阶前立，总无语，也依依"，一言不发，叫人摸不着头脑，这番模样是羞还是恼？她就静静地在阶前立着，转头笑而不语，避见情郎。而无论怎样，她在他的眼里，始终是楚楚动人的。二人的相会，从女子落笔，精致活泼。女子的形貌神情,心思暗涌,小儿女间的爱嗔情态,都写得惟妙惟肖。

"笺书直恁无凭据,休说相思",却原来,只为这般而忍笑伫立,见人不语。女子对所爱男子向来有份独得的霸道,这不是她苛刻为点小事就生气,而是她真心太在乎。是书信中的期约不足凭信吗?她只是怪他信中相约

又失约,既然误期爽约就不要说什么对我相思了。可是她自己的相思又岂是一个约会时间的耽误就停得下来的?即便是怨,那也是因为有爱,何况他还是来见她了。"劝伊好向红窗醉,须莫及,落花时",大约是看见情人慌乱着急,自己心下又不忍,以俏皮的口吻转口来抚慰情人珍重春光好沉醉,不要因为犹豫而耽误了两人相处的好时光。言语间隐有"有花堪折直须折"的雅骚之意,含情女子的曲款心事,不言而喻。男女彼此间且亲且嗔的复杂心态,活泼灵动,饶富生趣,情态逼真。

好春光,不如梦一场,梦里青草香;那么好时光,就不如醉一场,情人见面该及时爱恋不负韶光。这首《落花时》写情人幽会,细腻动人,画面美好。眉目,春光,笑容灿烂,情意缱绻,风流而似月照清荷,别有一番雅趣。

其实在潇洒之外,心头更藏着一份不泯的深情。长相思,是心里始终叩着的一根弦,无论山长水远,风高浪急,世情流转,容颜如何变更,这根弦会一直勒在心上不断。

河渎神

国学经典文库

纳兰容若全集

《纳兰词》鉴赏

图文珍藏版

【原文】

风紧雁行高，无边落木萧萧。楚天魂梦与香销①，青山暮暮朝朝。

断续凉云来一缕，飘堕几丝灵雨②。今夜冷红浦溆③，鸳鸯栖向何处？

【注释】

①楚天魂梦：指宋玉《高唐赋》所载楚王梦见巫山女。她与楚王欢会，临分别时说："妾在巫山之阳，高丘之阻。且为朝云，暮为行雨。朝朝暮暮，阳台之下。"后来在诗文中便以此作为男女情事的常用之典。香销：喻女子死亡。陆游《沈园》诗："梦断香销四十年，沈园柳老不飞绵。"

②灵雨：好雨。《诗经·鄘风·定之方中》："灵雨既零，命彼倌人。"笺："灵，善也。"

③冷红：泛指秋天的寒花。浦溆：水滨。

【赏析】

秋天的风总是急促又凌厉的,似一位冷面的孤僻老人,在恶狠狠地驱逐夏天离去。惧怕寒冷的大雁们开始飞往温暖的南方了,它们扇动着长长的翅膀,在又高又远的天空中排着队飞行。哀鸣声声,如泣如诉。

雁群阵阵,渐次隐没于天空边缘。即便它们如此结伴远行,每只雁却仍然像是孤雁,以自我的频率静静振翅。在漫长的迁徙途中,千山万水的阻隔之下,会有多少只可怜的雁儿飞不到温暖的南国呢?人们往往对此一无所

知,看到的仅仅是季候变迁的讯号。

那些死去的叶子啊,迫不及待地掩埋着盛夏的秘密。飒飒的风声响应着雁群,把声声哀鸣割得破碎又尖利。苍茫的天地万物仿佛在举行一场声势浩大的葬礼。

逝去的,再也不会回来。

青山如斯,佳期如梦。唯有梦里的佳人,仍是最初的可爱模样。笑意盈盈,欲语还休。却柔弱得如一星灯火,稍纵即逝。沉醉不知归路时,惊觉恍然梦一场。

这首词起笔便是一片萧瑟寂冷之感,"风紧雁行高,无边落木萧萧"很容易让人联想到杜甫《登高》一诗:"风急天高猿啸哀,渚清沙白鸟飞回。无

边落木萧萧下，不尽长江滚滚来。"杜甫登高远眺，满目荒凉，山河仍破碎，年华匆匆逝去，满腹的豪情壮志竟至这般落魄之境，滚滚的江水是说不尽的苍凉。纳兰在此化用杜甫的这首诗，我猜测，意在表达纵然自己外表仍是风华正茂，而内心经历了太多沧桑，漂泊的灵魂不得安身，此等凄然，脱口而出，该是凝聚了诗人的多少愁绪。

后句仍是用典，楚怀王为寄相思于梦中化为云和雨的女子，建了朝云庙。纳兰在此用作男女情事之意，逼近词的主题。曾经有过的艳情，如梦似幻。"香销"来源于陆游为亡妻唐婉所做的悼亡诗《沈园》中"梦断香销四十年，沈园柳老不飞绵"一句，纳兰与陆游的感情经历有几分相似，不同之处在于，陆游始终牵挂的是唐婉一人，而纳兰则是在懵懂之时恋上青梅竹马的表妹，初懂爱情时失去挚爱卢蕊，生命尽头遇见江南才女沈宛，而唐婉与沈宛的结局却是那般相似，用尽心力在一起，却终不能相守，待到佳人逝去，方恨世事无常。深情的诗人只能做出一首首如泣如诉的凄绝之词，来寄托对心爱之人的苦思。

下阕只是写景，却包含情意。"灵雨"本指绵绵春雨，《诗经·鄘风·定之方中》表达卫文公劳瘁国事之意。而作者在此，绝不是表达这般明朗的意境。云本是不可感之物，诗人却说它是"凉"的，云雨散散地浮在天际，互不相依，与上文的"雁群"有相同的孤独之感。雨本是好雨，它飘落在诗人苍凉的心里，便也化作了点点滴滴的愁绪，夜色渐浓，这漫天漫地的愁绪，更不可能化得开了。

末句是问句，诗人望着凄冷的雨想到被雨打落的寒花。花开得再美，秋天的冷雨一来，柔弱的花儿怎么承受得住呢。这花也是纳兰与沈宛的爱恋之花，他们携手冲破了世俗的枷锁，全然不顾地结了婚，而花期却短暂得让人怜惜。盛夏的芳华终究是短暂的，在冷酷的秋天面前，这美丽完全不堪一击，它还是破碎了。凄艳的残红铺满了冰冷的水滨，心也如这水滨一般，残破、冰凉、死寂。于是，再也没有鸳鸯可以停留至此，再也承载不起一份纯真爱恋的重量。漂泊的一颗心，终于再也找不到归宿。只因这秋水太凉，只因这秋天太决绝。

古人形容多情之人多薄命，意为"情深不寿"。读罢此诗，唯一的感受便是此。无奈纳兰这般多情之人，这薄情的尘世是容不下的。也或许，纳兰本就不属于这样淡漠的世间，但愿在遥远的另一个时空，他会寻得心之归处。

海棠春

【原文】

落红片片浑如雾，不教更觅桃源路①。香径晚风寒②，月在花飞处。

蔷薇影暗空凝伫③,任碧飑轻衫萦住④。惊起早栖鸦,飞过秋千去。

【注释】

①桃源路:桃源,即桃花源,晋陶渊明在《桃花源记》中描写了一个与世隔绝、安居乐业的好地方,用以比喻不受外界影响的地方或理想中的美好地方。

②香径:花间小路,或指满地落花的小路。

③蔷薇:落叶灌木。有单瓣、复瓣之别,色有红、粉红、白、黄等多种,很美丽,初夏开放。凝伫:凝望伫立,停滞不动。

④飑:颤动、摇动。

【赏析】

晋陶渊明在他的《桃花源记》中描写了一个与世隔绝、安居乐业的好地方,称之为桃花源。之后,桃花源似乎就成为人们心目中的避世理想之所,可惜,这个地方不过是陶渊明的虚构,世间哪里会有这样美好的地方呢?

如果说有,那也只能是世人心目中的一个理想向往罢了。容若便是一心向往着这样的世外桃源。这首《海棠春》看似写景,实则抒情,容若的心在这首词里表露无遗,他想要逃离这个纷繁的俗世,想要去一个清净的地方安度余年。

虽然,这样的愿望对于一般人来说,似乎并不难实现,但对于纳兰容若,这个天生就富贵的男人来说，却是无法实现的心愿。老天爷总是公平的，他给予你一样东西的时候，也会收走你的另一样东西。

在世间男子为了功名利禄、荣华富贵，舍弃自由，舍弃自我奋力拼搏的时候，那个一生下来就什么都有了的容若，却偏偏想抛弃这些，去找寻自由。当然，这份自由就如同那臆想中的桃花源一样无法触摸得到。

容若之苦，在于心苦，所以他的词里，大多是将这种无法言说的心苦表达出来，或者借景抒情，或者以物言志。

这首词勾画月夜下孤清寂寞的情景：春风吹过，落花纷纷，如烟似雾，叫人禁不住要去寻觅那世外桃源。花间小径，晚风伴着轻寒，将花瓣吹到月光底下。墙壁上蔷薇

的倩影里，有人默默地伫立凝望着眼前的一切，任凭风吹衣袂，花瓣萦绕。清风惊起早醒的晨鸦，使得它们扇动着翅膀飞过秋千去了。

"落红片片浑如雾"，开篇一句便充满了诗情画意，叫人向往，但随后一句，则是将人从天堂拉入人间，"不教更觅桃源路"，如此美景，忍不住想要叫人去寻找那桃花源的踪迹，可是究竟入口何处呢？无人可知。

在看似美景之下，其实在美丽之外，心头更是藏着一份凄凉的情怀。这首词的总体基调是清冷的，"香径晚风寒，月在花飞处"。每一个字都流露出了不泯的深情，只是可惜，这份情怀无人可寄，故而越发显得凄冷。

清冷孤寂是容若心里头始终扣着的一道伤口，无法撼动，无论人生之路如何行走，世情如何变幻，容若心头的这道疤痕，都不会退去。这是命运带给他的伤，而他无能为力，便将这伤带入了词中。

读着容若的词，感怀着他的伤，不禁泪流。"蔷薇影暗空凝伫，任碧飚轻衫萦住。"一个孤寂的身影，任凭风将自己的衣衫吹起，身上感到些许的冷，但心里更冷，容若最苦的便是没有知己，在苏轼的《怀渑池寄子瞻兄》中说道："人生到处知何似？应似飞鸿踏雪泥。泥上偶然留指爪，鸿飞那复计东西。"

知己是一个男人最好的解忧酒，可惜容若没有，所以，任凭"惊起早栖鸦，飞过秋千去"。他也只能是在大片大片的忧伤中，沿着自己的轨迹，掉入灰暗的深渊，无法逃脱。这是一道美丽的疤痕，让容若一生都在写着绚烂孤寂的诗词。

这份情怀，延绵不绝，洇了千年。

海棠春

【原文】

凉月转雕阑①，萧萧木叶声干②。银灯飘落琐窗闲③，枕屏几叠秋山④。朔风吹透青缣被⑤，药炉火暖初沸。清漏沉沉无寐⑥，为伊判得憔悴。

【注释】

①凉月：秋月。雕阑：即雕栏，华美之栏杆。

②干：形容声音清脆。

③琐窗：亦作"琐牕"。镂刻有连锁图案的窗棂。

④枕屏：枕前屏风。

⑤朔风：北风。青缣：青色织绢。

⑥清漏：清晰的滴漏声。古代以漏壶滴漏计时。

【赏析】

这首词书写相思之苦：秋月转过了栏杆，窗外传来的是萧萧落叶之声。灯光在窗边摇曳，枕前的屏风如山峦起伏。北风吹透了锦被，寒意顿生，药在炉上沸腾。漏声清晰地回响耳畔，对你的思念即使让我憔悴，也无怨无悔。

锦堂春

秋海棠①

【原文】

帘外淡烟一缕,墙阴几簇低花。夜来微雨西风里,无力任欹斜②。

仿佛个人睡起,晕红不著铅华③。天寒翠袖添凄楚④,愁近欲栖鸦⑤。

【注释】

①秋海棠:多年生草本植物,叶背和叶柄带紫红色,花淡红色,供观赏。

②欹斜:歪斜不正。

③铅华:妇女化妆用的铅粉。

④翠袖:青绿色衣袖,泛指女子的装束,这里指秋海棠的绿叶。凄楚:凄凉悲哀。

⑤栖鸦:乌鸦欲栖息时,指黄昏时候。

【赏析】

珠帘外一缕淡淡的轻烟,墙阴处几簇矮矮的鲜花。昨夜秋风吹来一场细雨,花枝无力任凭风雨将她吹斜。那娇美的神态仿佛美人睡起之后脸上泛起的红色,不施粉黛却娇艳欲滴。寒风中那绿色的衣袖更为她平添了几许凄楚,在黄昏之中徒增无限清愁!

清愁是容若抒写不尽的主题,他的每首词,几乎都带有淡淡的愁云,这首词中也提到了,"帘外淡烟一缕",帘外的淡淡烟云,一缕便飘散在风中,好像刚才什么也没有出现。开门见山,便写到了烟雾消散,犹如自己的愁绪,淡然一抹,偶尔飘来,随即飘走。

"墙阴几簇低花"不过是墙角下的几朵小花，容若却能欣赏到它们独有的魅力。在墙角的阴凉面下，几簇低矮、不被重视的小花，长在那里，它们虽然卑微，却生命力顽强，只要一点点的阳光，便能自由自在地开放。

容若是在写花，也是在美慕花的自由。"夜来微雨西风里，无力任敧斜。"虽然夜晚一场暴雨，会让花朵凋零、倾斜，看似要枯死一般，可是只要第二天照样出太阳，它们便会再次回转过来。

这就是生命的力量。容若是渴望这种力量的，于是，这种生命力顽强的花，在他眼中，也别具一番风韵。下片写到花的样子，仿佛是在描述一个美貌的女子，"仿佛个人睡起，晕红不著铅华。"好像刚刚睡醒的女子，不施粉黛，素面朝天，却可爱真实，让人怜惜。就好像这花

一样,让人无法不去关爱。

"天寒翠袖添凄楚,愁近欲栖鸦。"寒风中,它们努力绽放,要将最后的颜色在这枯黄的世界中保存得更长久一些,可是它们不知道,看花的人,却在黄昏中,看到它们,更看到了哀愁。

太常引

自题小照

【原文】

西风乍起峭寒生①,惊雁避移营②。千里暮云平,休回首、长亭短亭。无穷山色,无边往事,一例冷清清。试倩玉箫声③,唤千古、英雄梦醒。

【注释】

①峭寒:料峭的寒意。形容微寒。

②惊雁:犹言惊弓之鸟。移营:转移营地。

③玉箫:玉制的箫或箫的美称。

【赏析】

清秋时节,西风乍起,原本就荒凉的塞外更是冷清异常。遥望天边,雁群被安营扎寨的将士们惊扰,展翅飞向温暖的南方,绵远的暮云如华丽绸缎铺在天际,却是一派凄凉。

往事不堪回首，只因太过难忘。那送别离人的长亭短亭，那绵延无穷的山峦，那梦中萦绕的悠扬玉箫声，无不盘旋在心头。初秋的清寒渗进了梦里，让梦也变得沉甸甸。思念绵绵，恰似这眼前的荒漠，无边也无际。一曲离歌，声声都是离人泪。

这词的创作时间大致可考，为康熙二十二年或二十三年孟秋，纳兰容若作为御前一等侍卫随康熙出行，路过塞罕坝以北至拜察一带时，有人为纳兰容若绘了一幅出塞图。归来后纳兰容若在画上题词，故作此篇。既是题词，亦是表达自己对于人世的看法，表露一些心志。

"西风乍起峭寒生，惊雁避移营。"西风乍起，点明时节为初秋。峭寒常形容春寒，但此处意在道初秋之清寒。秋天刚至，凉风阵阵，吹得刺骨，在这边陲之地，更加感到凄寒。皇帝的随行兵营正在忙着迁移，不料惊起了大雁，展翅高飞逃散到远方。

"千里暮云平，休回首、长亭短亭。"开阔的边地，夕阳时分，暮云延伸千里，在天际与地平线交汇处才消失踪迹。回首遥望，则是数不尽的长亭短亭。

"无穷山色，无边往事，一例冷清清。"塞北的山峦在远处重叠，山连着山无穷无尽，就像不休的往事，无尽的回忆。往昔的烟雨地，曾经的红花绿树、喧嚣热闹，在此想来，都变得沉寂。往事，先是念想，再是思索，想得多了,这心境不仅仅没了浮华欢愉,而是在沉静中更多了凄清,甚至满是凄清了。

"试倩玉箫声,唤千古、英雄梦醒。"着意而为箫曲,唤起千古的追思,无数英雄豪杰的寂寥与惆怅。

全诗看似是很平实地写景之作,正如王国维称赞纳兰容若时所说,"以自然之眼观物,以自然之舌言情",这首词以朴实自然的言语描绘

了真实的自然之景,毫无矫揉造作。这样的风格也正印证了纳兰容若的为人,率直真诚,这与他在这首词里表露的很多想法也是紧密联系的。

诗中写惊雁,而纳兰容若自己何尝不是一只惊雁呢?出身官场,从小便看着尔虞我诈、人世险恶。在功利而浮躁的官场,他只有冷眼相待,因为不置身事外就难免会招致灭顶的祸难。

他身边就是最好的例证,纳兰容若的父亲——纳兰明珠。明珠从清朝入关开始几十年都是权倾朝野,一人之下万人之上,最后还不是被康熙革了职落得惨淡,虽然后来复得大学士之位,也不再被重用,只得郁郁而终。纳兰家没落之前,纳兰容若早已与世长辞,真不知这是幸还是不幸,毕竟纳兰容若走时才三十一岁。但相较传言中的以纳兰容若为原型创作出的贾宝玉,亲眼见证家族的衰亡来讲,或许这也真是不幸中的万幸吧!

且不谈其他,仅纳兰容若的父亲便是勾结党羽、贪污行贿的官场典型,

纳兰容若从小受着这样的熏陶，怎么可能好过。所以他只能默然，只有默然，才能子而介立，独守其身。

但这样的默然又与纳兰容若自己的追求相悖，和很多文人志士一样。纳兰容若也有自己的抱负。他也想建功立业，报效国家，实现自身的最高追求。但时间久了，他才发现什么精忠报国，什么远大抱负，都只不过为了一个"名利"，到底都只是空，一场梦罢了。

所以诗人一句"唤千古、英雄梦醒"，真真是嗟叹。空有满腔热血而不得抱，心里念的都是岳飞、李广，但终究只是场英雄梦，醒醒吧！

太常引

【原文】

晚来风起撼花铃[①]，人在碧山亭。愁里不堪听，那更杂、泉声雨声。

无凭[②]踪迹，无聊心绪，谁说与多情。梦也不分明，又何必、催教梦醒。

【注释】

①花铃:护花铃。用以惊吓鸟雀,保护花草。

②无凭:无所凭据,即无法寻找。

【词评】

"梦也不分明。又何必催教梦醒"亦颇凄警。

——陈延焯《白雨斋词话》

缠绵往复。

——张德瀛《词征》

【赏析】

孤独的夜里,一个人与沉默对峙,与一颗伤痕累累的心共处。人在低落的时候,时间便格外难挨。所谓漫漫长夜,便是这般。黑夜让人看清自己,也看清时间是怎样在流逝。

这时的思念便成了折磨,梦境便成了片刻。曾经拥有过的温暖和幸福,如今只剩下朦胧的轮廓,教人不敢相信。伊人的倩影依稀可见,却远在天边。一场梦,一场空。终究是连追忆都无迹可寻。

唐代诗人李白在《春夜宴从弟桃李园序》中写道："夫天地者，万物之逆旅也；光阴者，百代之过客也。而浮生若梦，为欢几何。"后人便由此援引出"浮生若梦"一词。时至晚清，诗人袁枚有一才华横溢的妹妹，名为袁机，为清代烈女之一。她为抱守金锁之约，哪怕遭受非人折磨也要恪守三从。丈夫去世后，她作《随园杂诗》伤怀："草色青青忍自怜，浮生如梦亦如烟。"

而纳兰的这首词，恰恰也是对"浮生若梦"这一人生哲学的阐释。

纳兰在作词时，偏爱写梦境。而梦境的内容多是与逝去的恋人重逢，由此来寄托对亡妻的思念，如《金缕曲》"三载悠悠魂梦杳，是梦久应醒矣"，"午夜鹣鹣梦早醒。卿自早醒侬自梦，更更。"凄恻婉绝，感人肺腑。不由得让我想到苏轼那首字字凝血的《江城子》，借由梦境，想象妻子的音容笑貌，表达诗人心中的哀痛与凄凉。

而这首词是否为亡妻所作，无从考证。诗人在梦中的碧山亭偶遇一位女子，无奈还未确定伊人的心迹，就被多事的花铃吵醒了。花铃本是惜花而设，而夜风凄冷，撼动了花铃，并未驱逐恼人的乌鹊，却惊扰了诗人的美梦。本是含愁之人，加上梦醒时的惆怅，热闹的泉声雨声便愈加难以忍受。花铃响得那般无辜，一如纳兰因梦中女子萌动的爱恋，而它们都拥有两样结局，要么满心欢喜，花儿摇曳春色好，要么两手空空，一笼烟雨一场梦。

耳边的声音愈是喧闹，诗人的心里便愈是空落。"无凭踪迹"引自宋晏几道《鹧鸪天》："相思本是无凭语，莫向花笺费泪行。"思念太苦，又那般沉重。深深的愁绪该从何说起，说了又有谁人能懂呢？多情自古多烦恼，由梦中之人联想到自身，又陷入更深的愁思。当年那个懂我悠悠之心的人，早已被命运埋葬在红墙之内了。如今这梦中的佳人，只见身影，便已杳杳。就连倾诉心迹的机会，也不可求了。

　　哪怕是在有一丝慰藉的梦里，也不敢确定伊人的心意，梦醒之后就更难以明白了。纳兰实在深情，自嘲一番无解，又挂念起那梦中的女子。既然只是幻梦一场，为何不让我的梦境再久一些呢？"梦也不分明"出自唐张泌《寄人》诗："倚柱寻思倍惆怅，一场春梦不分明。"末二句最受后人好评，纳兰的相思之愁，实是缠绵凄婉，百转千回。

　　浮生若梦，为欢几何？李白这般旷达之人，在这豪迈的诗句里也禁不住光阴的流转，流露出了几分颓然。烈女袁机的诗句被后人误解为她哥哥所作，她的一番愁苦凄凉，又有多少后人知悉呢？而纳兰，沉迷于一个个虚幻的梦境中，祈求暂且忘记离愁别绪，偏偏梦也不知心，如此往复，他便也分不清梦境与现实。醒时思念，梦时牵挂。似这愁绪，无穷无尽。

　　人生本就是幻梦一场，快乐短暂，忧思绵长，纸醉金迷不过是过眼云烟罢了。那些美好的时光遥远得仿佛从未出现过,而日日夜夜地吟诵,赋予了它们新的生命。然终不是真切存在的幸福,美得朦胧,却远在千里。倒不如就当作梦一场,聊以慰藉这惨淡的当下。

四和香

【原文】

麦浪翻晴风飐柳①,已过伤春候②。因甚为他成僝僽③,毕竟是、春迤逗④。

红药阑边携素手⑤,暖语浓于酒。盼到园花铺似绣,却更比、春前瘦。

【注释】

①飐:风吹物使其颤动摇曳。

②伤春:因春天到来而引起忧伤、苦闷。

③僝僽:烦恼、忧愁。

④迤逗:挑逗、勾引、引诱。

⑤红药:红芍药。素手:洁白的手,多形容女子之手。

【赏析】

容若是一个把自己幸福建立在别人幸福之上的人,如果他关心的人不幸福,那么他也不幸福。这样的人,注定会活得比较苦。容若写得一手好词,尤其擅长以抒情的词牌来写作,用白描的方式,笔端轻柔地勾勒,几笔下来,便是一幅绝好的画面,让人无法释手,无法闭眼。

这首词也是如此,娇羞宛然,冰雪轻盈。虽然是写春日风光,是一首伤春之词,但词中显露出来的,竟是一幅活生生的春归图,"麦浪翻晴风飐柳,已过伤春候。"开

篇第一句描绘出了一幅田园景色,风光一片大好,在麦浪翻滚的时候,风吹动晴空,云彩随同麦浪一起游走,田园春光糅合在一起,既让人看到春日的纯粹,又可以感受到田园景象的美丽,容若的词在这里,似乎并非为写愁而写,就是要单纯地描绘这眼前的景物。

但是接下来这句,真的是可以看出容若内心的愁苦:"因甚为他成僝僽,毕竟是、春拖逗。"这么好的春光,为何还要哀愁呢,难道仅仅是因为春光太短暂了吗?容若在这样美的风光中,照旧无法放下内心的忧虑,到底是什么让他如此幽思呢?想来就是那名占据他心房的女子。

"红药阑边携素手,暖语浓于酒。"回忆里有着温暖的过去,红药花栏

边,曾与爱人携手饮酒,耳鬓厮磨。可是如今,依然是等到了这春暖花开之日,却为何物是人非,景物可以年年相似,看风景的人却是无法回来。

"盼到园花铺似绣,却更比、春前瘦。"李清照写过一句词叫"人比黄花瘦",容若这句"却更比、春前瘦"颇有几分李清照词的意蕴。到底是春瘦还是人瘦,只有容若心里才更清楚、更明了。

一首温柔的词,一曲婉转的歌。一句长一句短,回环往复,流连不歇。这首词看似写伤春之情,却是写尽容若内心的细碎柔情,温柔好梦,真是堪比春风瘦。容若是一个特别的词人,他有着人人羡慕的身世,却总是填写哀伤的词,他爱过几个女子,却最终都没给她们带去过幸福,而容若自己也没有幸福过。

寻芳草

萧寺记梦

【原文】

客夜怎生①过? 梦相伴、绮窗吟和②。薄嗔佯笑③道,若不是恁凄凉,肯来吗?

来去苦匆匆,准拟待、晓钟④敲破。乍偎人一闪灯花⑤堕,却对着琉璃火。

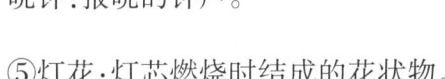

【注释】

①怎生:怎样,怎么。

②吟和:吟诗唱和。

③薄嗔佯笑:假意嗔怒、故作嗔怪。

④准拟:料想,打算,希望。晓钟:报晓的钟声。

⑤灯花:灯芯燃烧时结成的花状物。

【赏析】

这首词的副标题为萧寺纪梦,所谓的萧寺便是指佛寺,容若寄宿佛寺,在佛门圣地,寂静暗思,不由得心生感叹。

"客夜怎生过?"在这佛寺中要如何度过,才能不显得这夜晚分外漫长?想来想去,便只有思念恋人,只有想起与恋人相守时的美好时光,这夜晚才不会那么黑暗。"梦相伴、绮窗吟和。"夜里做梦,梦到昔日的恋人,二人相伴窗前,吟诗作对,十分快活。容若在寺庙里做着美梦,可惜,现实是残酷的,他孤独一人,置身山寺,在他的梦境中,那份独独属于他的美好也并没有继续下去。

"薄嗔佯笑道,若不是恁凄凉,肯来吗?"恋人一脸娇羞,故意质问容若,

"如果不是你过于孤独，你会来找我吗?"容若无言以对，平日乏味单调的生活，早已使得他失去了圣湖殿斗激情，爱情远离他的那日，他便早已是忘记了爱情的模样。

恋人在睡梦中的质问，其实也是容若的扪心自问，如果不是自己过于孤寂，是否还会想起往日的恋人，还有往日相爱时的美好情感。必然不会，因为早就已经习惯了一个人的日子，如何还会去让自己再置身于想念之中呢。

"来去苦匆匆，准拟待晓钟敲破。"不过，容不得他细想，好梦易碎，在钟声里，容若醒了，甚至还来不及和恋人告别，就这样匆匆苏醒。看到晨曦从窗口进来，照亮房屋的每一个角落，容若暗生悔意。

好梦为何不能多停留片刻呢。可是世事不往往就是如此吗，总是在最美的时候，便戛然而止，留给人们无尽幽思。"乍偎人一闪灯花堕，却对着琉璃火。"

这美梦忽然醒来，留下自己在冰冷的现实中空对着琉璃灯，看着灯花坠落，犹如看着自己美好的往昔零落，内心凄惶。

添字采桑子

（按此调词律不载，词谱有促拍采桑子，字同句异。一本作采花。）

【原文】

闲愁似与斜阳约，红点苍苔^①，蛺蝶^②飞回。又是梧桐新绿影，上阶来。

天涯望处音尘^③断，花谢花开，懊恼离怀。空压筐^④金缕绣，合欢鞋。

【注释】

①苍苔：青色苔藓。

②蛺蝶：蛺蝶科的一种蝴蝶，翅膀呈赤黄色，有黑色纹饰。

③音尘：音信，消息。

④钿筐：镶嵌金、银、玉、贝等物的筐。

【赏析】

等你，在夕阳下，在翩翩的蝶舞中。夕阳沉落，明月升起。

等你，在对影成三人的酒杯中。望断江南山色远，人不见，草连空。

等你不来。相思也成为一种伤害，爱也成了一道讳疾忌医的伤痕。

花谢，飘落一地忧伤。情到深处人孤独。

这首词，写一闺中女子般切盼望心爱的人由远方归来的情怀。词中对人物面貌举止着墨不多，对其内心活动的刻画和环境景物的描写却极深，极细致。

"闲愁似与斜阳约"，用笔极为精湛优美，一上来就给人以美的享受。

写"闲愁"的句子,宋词里多如牛毛,名句就不可胜数,比如贺铸有"试问闲愁都几许？一川烟草,满城风絮,梅子黄时雨",戴复古有"这一点闲愁,十年不断,恼乱春风",李清照有"一种相思,两处闲愁"。容若的可贵之处在于,他写"闲愁",能自铸别辞,尽

脱前人窠臼:"闲愁似与斜阳约",不说正当愁绪满怀之时,偏又逢夕阳西下,而说愁情仿佛是与夕阳有约,一个"约"字就把闲愁写活了,一年三百六十五日,日日黄昏都有夕阳,那岂不是说日日黄昏,闺中人都有闲愁吗？容若这句"闲愁似与斜阳约",可谓一空依傍,角度新颖,构思奇特。

"红点苍苔,蛱蝶飞回。又是梧桐新绿影,上阶来",这四句是首句闲愁情怀的景物化。前两句谓粉红色的蛱蝶翩然飞来,落在了苍苔之上,远远望去似是红色装点了苍台。后两句是从欧阳修诗句"梧桐秋院落,一霎雨添新绿"（《摸鱼儿》）脱化而来,容若把"新绿"换成"绿影",且将"梧桐""新绿"叠合成一个新的意象,化用前人诗句,天衣无缝,浑然一体。而"上阶来"一句,又把梧桐绿影活化了,给人以逗引春愁之感。

过片点明离愁。"天涯望处音尘断,花谢花开,懊恼离怀。""音尘断",似是出自李白《忆秦娥》中"咸阳古道音尘绝",添以"天涯望处",更显远人音信杳无,闺中人引颈西望后的失望寂寞。"花谢花开",化用韩偓《六言三首》诗句"半寒半暖正好,花开花谢相思",意思是说花谢花开,盼了一年有

一年,而远人仍未归来,于是懊恼离怀倍添于心。

"空压钿筐金缕绣,合欢鞋。"结尾二句,化离情为绮景,点明闺人心事。值得注意的是此处的"合欢鞋"。合欢鞋,既指鞋上所绣图案,又指制鞋工艺。图案,是指鞋上常绣有莲、藕、鸳鸯、鸾鸟等物;工艺,是说将两鞋帮并齐,依照图样用针绣透两帮而缝纳,完毕之后,再用刀自两

帮间剖开,于是两鞋帮就有了相同的绒状花样,称为合欢绣。除此之外,合欢鞋还有另一说:双行双止,永不分离,并且"鞋"音近于"偕",所以"凡娶妇之家,先下丝麻鞋一两,取和谐之义"(《中华古今注》卷中)。比如王涣《惆怅诗》:"薄幸檀郎断芳信,惊嗟犹梦合欢鞋"。容若这两句说的是,远人不归,闺中人所制合欢鞋无人穿用,只能闲置在筐筐之中。词人并来直接诉陈怀人之语,而是借景于合欢鞋以曲折说之,使词意婉转层深,独具韵致。

荷叶杯

【原文】

帘卷落花如雪,烟月①。谁在小红亭?玉钗敲竹乍闻声②,风影略分明③。

化作彩云飞去,何处？不隔枕函边④,一声将息晓寒天⑤,肠断又今年。

【注释】

①烟月:云雾笼罩的月亮,朦胧的月色。

②玉钗:玉制的钗。由两股合成,燕形。

③风影:随风晃动的物影。

④枕函:中间可以藏物的枕头。

⑤将息:调养休息,保养,这里是珍重、保重的意思。

【赏析】

心爱的女子,她知道,这是你寂寞不安的表示……

你爱月夜访竹,问竹,清洁如许,可有愁心,可愿共人知？

她听出来了,你是在寻觅一位红颜知己。其实,她就是一竿冰清玉洁的翠竹。种在你的屋前,朝夕看着你,守住你。

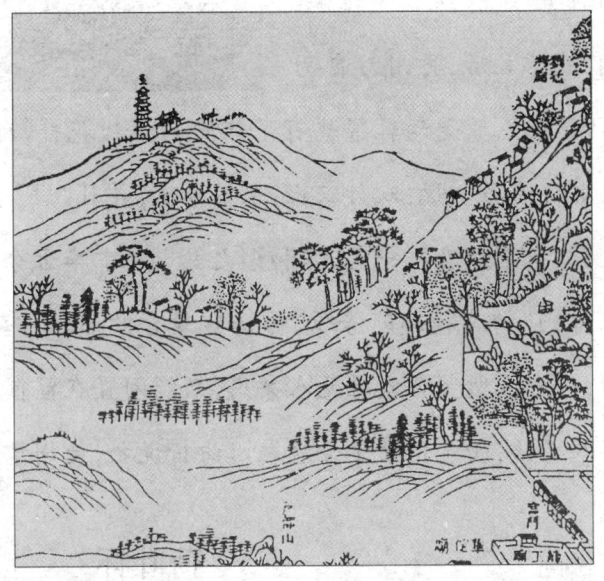

在落花如雪的月夜里,朦朦胧胧中,你又看到了她立在小红亭边绰绰的身影。又仿佛听到了几声玉钗轻敲翠竹的声音。

是她回来了吗？踏着溶溶烟月而归,不改昔日的风貌？只是一瞬的回眸,伊人已化作彩云飞。从此,心如黄河九曲。往昔的珍重,便成了今日的断肠。

　　此篇是怀念妻子卢氏之作,浮想联翩,颇有浪漫特色。

　　上阕写梦中幻景,别饶风致。"帘卷落花如雪。烟月。谁在小红亭。"在落花霏霏如雪的月夜里,朦朦胧胧的烟雨中,仿佛看到了妻子正亭立在小红亭里,身影历历,卓然可爱。

"帘卷落花如雪",将落花喻为雪花,凸显其轻盈、散漫之态,前人已有之,宋之问《寒食还陆浑别业》诗"洛阳城里花如雪,陆浑山中今始发",王安石《钟山晚步》诗"小雨轻风落栋花,细红如雪点平沙",似皆为其本。

　　接下一句,写词人仿佛听到了几声玉钗敲竹般的声响,"玉钗敲竹乍闻声",此之空寂幽静,与高适《听张立本女吟》中"自把玉钗敲彻竹,清歌一曲月如霜"的意境颇似:一个纤弱女子,在皎皎月下,情不自禁地从发髻上拔下玉钗,敲着阶沿下的修竹,打着拍子,朗声吟诵起来。以钗击节大约是唐宋以来文人歌吟的习惯,而本词中的那位"小红亭"里的女子,信手击竹,对月而吟,大概是求"知音赏"吧。知音者谁? 当然是多情的词人了。然而这毕竟是梦中情景,词人并非在揣度妻子心事,而是写他梦中的景象。"风影略分明",正是言梦中妻子的身影不甚分明,影影绰绰,朦朦胧胧。整个上阕写梦中情事,活泼生动,风致嫣然。

　　下阕则由幻象转为奇想的描绘。"化作彩云飞去。何处","彩云",是对心爱女子的代称,大约出自李白《宫中行乐词》中的"只愁歌舞散,化作彩云飞。"这句是说她的形影化作彩云飞逝了,然而飞往何处呢?词人并未作答,显得含吐不露,更为意蕴深藏。接下又转而回到现实中来,直叙此时不能忘情的心境。"不隔枕函边",意谓与她的枕边的情义总是隔不断的。最后二句,"一声将息晓寒天,断肠又今年","将息",即珍重、保重,宋谢逸《柳梢青·离别》词有"香肩轻拍。尊前忍听,一声将息",容若此处是用当年曾有过的嘱咐珍重的情景,和此际无限伤感之语作对比,凄情苦况尽在其中,令人凄然惘然。

荷叶杯

【原文】

知己一人谁是? 已矣。赢得误他生。有情终古似无情,别语悔分明。

莫道芳时易度,朝暮。珍重好花天^①。为伊指点再来缘^②,疏雨洗遗钿^③。

【注释】

①好花天:指美好的花开季节。

②再来缘:下世的姻缘,来生的姻缘。

③钿:指用金、银、玉、贝等镶饰的器物。

【赏析】

终于,你等到了。高山流水遇知音。她是那么冰雪聪明。吹花嚼蕊弄冰弦,赌书消得泼茶香。真真神仙眷侣。然而,那一支高山流水曲,还未来得及演绎,知音便已去。

你伤心至极,醒也无聊,醉也无聊。梦好也难留,真个残忍。黄泉碧落,你恨不能随她而去。

只是高堂在上,幼子在下,你有你的责任。真爱已矣。只向从前悔薄情。天上人间,从此眉不展。

这是一首怀念亡妻的小词,凄婉哀怨,动人心魄。"知己一人谁是?已矣。"词发端显旨,开头径直道出"知己"二字,点明了卢氏对自己无可替代的重要正在于相知相许,琴瑟相得,这一定位在悼亡词中显得格外珍贵动人。然而,这样一位知己竟然猝然离世,凄然归天,令人恨然心痛。"已矣"一句,虽

只有两字,但是笔力千钧,直抒伤痛之情,已是先声夺人。接下来"赢得误他生",却笔锋勒马,由刚转柔,用情语铺叙。"赢得"即落得,"他生"即来生,李商隐《马嵬》诗有"海外徒闻更九州,他生未卜此生休","误"即来生被误,属于正话反说,意思是今生遇见你,不可能有别的选择了,其实是指生死不

渝。此篇前三句,连连转折,感情却层层升腾:先说"知己一人"正是爱妻,接着倏然一句"已矣",再接着一句说爱妻虽亡,但是两人情意至死不渝。

接下两句,"有情终古似无情,别语悔分明,"前一句化用杜牧《赠别》中诗句"多情却似总无情,惟觉樽前笑不成",表达了对亡妻铭心刻骨的缅怀。"有情",指双方本来就有真挚感情,此刻死别,更是思绪万端,黯然销魂。也许词人应当表现两人曾经缱绻缠绵的柔情,但实际上,却是默然与妻子亡魂相对,无以为语,所以说"终古似无情"。"终古"字强调,说明这是一种普遍现象。为什么"有情"反而似"无情"呢? 这是因为,在死别的情绪高潮中,一般的言语和感情根本不足以充分表达深浓的怀念和追悼,而永别的伤感痛苦又使得词人近乎铁血心肠;也许是最多情的人反而会有这种漠然无情的表情。说"似",又正道出这"无情"的表象下蕴藏着"有情"的实质。这"有情"与"无情"的矛盾统一绝妙地反衬出情之深刻,刻骨铭心。也正因为如此,才有了后一句的"别语悔分明"。按常理来说,词人思念卢氏,念及她对自己的温柔体贴,

病体沉沉时尚不忘嘱咐自己千事万事,这些话事后想起来应该会非常分明,怎会言"悔"呢? 其实,"别语悔分明"同"有情终古似无情"一样,都是一种

错位的表达：词人后悔将别语记得太分明，是因为妻子千嘱咐、万叮咛之后，就飘然而逝，而一想起对自己的深情别语，他就痛不欲生。假若别语记得不是很分明，自己也就不会这么痛苦了。"别语悔分明"，淡淡一句，却蕴含极深，用情彻骨。

下阕，"莫道"三句，仍是抒发这剪不断的丝丝挂念，缕缕哀思。"莫道芳时易度，朝暮"，意谓不要说良辰美景能轻易度过，我朝朝暮暮都忖念着你啊。既是"朝暮"思念，那么这良辰美景，也应是虚设了。那又为何要"珍重好花天"，爱惜这美好的花开季节呢？这是因为要"为伊指点再来缘，疏雨洗遗钿"，即要收拾好亡妻遗物，使她来生看见此物时，为她指点，让她能记起前生。"为伊指点再来缘"一句，用的是韦皋、韩玉箫事。韦皋年轻时游历江夏，住于姜使君处教书。姜家有一婢女，名叫玉箫，年仅十岁，常往服侍韦皋，二人久而生情。后来韦皋因事离开，便和玉箫约定：少则五年，多则七年，一定回来接走玉箫。五年过去了，韦皋没有回来，玉箫总是在鹦鹉洲上默默祈祷，就这样又过

了两年，到了第八年的春天，玉箫绝望了，悲伤之下，绝食而死。后来，韦皋出任蜀州，当时祖山人有少翁的法术，能使死者魂魄出现在人面前。韦皋见

玉箫魂魄，就和她说，明日就托生，十二年后再为侍妾。后来有一次，适逢韦皋诞日，东川卢尚书献一歌姬祝寿，年十二，名字就叫玉箫。于是韦皋唤她，发现就是以前的婢女玉箫。词人用此典故，是深感从前美满已成绝望，深痛知己的永诀，幻想再续前缘，深切感人。最后"疏雨洗遗钿"一句，清淡凄冷，有景有情，全词情意飞流直下，到这里收刹非但没有不妥，还恰到好处地催人泪下。

南歌子

【原文】

翠袖凝寒薄①，帘衣入夜空②。病容扶起月明中，惹得一丝残篆、旧熏笼③。

暗觉欢期过，遥知别恨同。疏花已是不禁风，那更夜深清露、湿愁红④。

【注释】

①凝寒：严寒。《文选·刘桢<赠从弟诗之二>》："岂不罹凝寒，松柏有本性。"李善注："凝，严也。"

②帘衣：即帘幕。《南史·夏侯亶传》："（亶）晚年颇好音乐，有妓妾十数人，并无

被服姿容，每有客，常隔帘奏之，时谓帘为夏侯妓衣。"后因谓帘幕为帘衣。

③残篆：指点燃的篆字形的香将要燃尽。

④清露：洁净的露水。愁红：谓经风雨摧残的花，亦以喻女子的愁容。

【赏析】

因为你不在，以前我们一起时做的事，现在都惹得人伤心。你多么可恨，竟让我一人独自，看那清凉如水的月色。白色的月光下，镜中的我，脸色竟然也是这般苍白。不，我不要你看到我这般憔悴的模样。我一定要面若桃夭，唇如樱桃，巧笑倩兮，眉目流盼，看你归来。

夜已深了，你睡了吗？还是与我一样，独望残月呢？是否还记得，我为你点燃的熏笼味道？那时，你曾说，你喜欢这味道，因为这味道可以让你想起我。你若有一天远行，定要带它在身边才好。

你这样每晚因思念我而哭泣，生病了如何是好？愿托明月，将我对你的思念，送至你的身边。其实却也是不必的，因为你我的思念，早已穿越千里，到达对方身旁。其实我们一直都在一起，不曾分离。

《南歌子》也名《水晶帘》《碧窗梦》等，都是很美的名字。原是唐教坊曲名，后用作词牌名。这阕《南歌子》，全从对方落笔，写她苦苦相思的情态，被人评为容若"哀感顽艳，得南唐二主之遗"的代表之一。

首二句是说，入夜，帘幕里空空寂寂，他不在身旁，不免单寒凄冷。"翠袖凝寒薄"，系用杜甫诗《佳人》"天寒翠袖薄，日暮倚修竹"句意，杜诗写了一位为丈夫所遗弃的妇人自保贞洁的德操品行。这里用以描摹女主人公不胜清寒之貌，同时暗示她离居的忧伤，和对远人一往情深的盼望。"帘衣入夜空"，帘衣，就是帘子，帘是用来隔开屋里屋外，似是人穿的衣裳，故曰。"空"既可以指帘内空寂，也可以指帘外空漠，总之是衬人离怀之语。此句，意境幽夐美妙，直叫人想起陆龟蒙的"画扇红弦相掩映，独看斜月下帘衣"：一位绝色女子，在月光之下，神色黯淡，思念归人。

"病容扶起月明中"，清凉如水的夜晚，一人独自，身难暖，心亦寒，更何况"病容扶起"？"病容扶起"，也就是扶病而起。想必是皎洁的月光下，她对镜自视，发现自己倏然憔悴许多，而此僬憔模样，她又不想让远人看到，所以辗转反思，难以成眠，于是只好"病容扶起"，看那如水月色了。

"惹得一丝残篆,旧薰笼"。夜已深了,篆香也将要燃尽,她还没有睡,独望残月后,她又凝视着旧时的薰笼,想起往日与他一起点燃熏笼的情景。"惹得"二字,精妙非常,似是说那淡白色的烟丝丝缭绕,分明是她对他的心,万般牵挂,不能割舍。

"暗觉欢期过,遥知别恨同",下阕首二句终于点明离别相思的题旨了。二人的欢期已经过了,但即便分离已久,她仍然知道,恋人和自己一样,都在思念着对方。接下三句,"疏花已是不禁风,那更夜深清露,湿愁红。"表面意思是说,花朵已经稀疏冷落,不能经受风吹,又怎么经得起夜深露重呢?于是经风著露,只落得个惨绿愁红。

实际上,"疏花"是与上阕的"病容"相对应的,古人常有把女子比成花朵,以花朵经受风雨摧残喻女子青春易逝的写法,词人此处亦然。所以表面上谓花朵一片惨淡,实际上是说女子再也不能经受离愁别恨的折磨,否则就会憔悴红颜,身心交瘁,伤心彻骨。这最后三句,写花写人,一语双关,情韵宛然。

南歌子

【原文】

暖护樱桃①蕊，寒翻蛱蝶翎②。东风吹绿渐冥冥③，不信一生憔悴，伴啼莺。

素影④飘残月，香丝拂绮棂⑤。百花迢递玉钗声，索向绿窗⑥寻梦，寄余生。

【注释】

①樱桃：樱桃属的乔木和灌木。

②翎：翎毛，鸟翅和尾上的长羽毛，这里指翅膀。

③冥冥：形容高远、深远，此处谓绿荫渐渐浓密。

④素影：月影。

⑤香丝：指柳条，又指美人的头发。绮棂：饰有花纹的窗棂。

⑥索向：须向、该向。绿窗：绿色纱窗，代指女子所居之处。

【赏析】

春暖花开，樱桃花蕊初绽，和暖的春风仿佛在围护着它，翻飞的蝴蝶犹带着寒意。东风吹着柳丝，春意渐浓，愁亦渐生，不信平生都只能在莺啼中度过。一弯残月升起，几许柳丝拂动。百花丛中不断传来玉钗声，那声声传情，恍如隔世，遁入梦中。

容若有感而发写下这首词伤春纪念，看似写春日妩媚的春光，其实是在借景抒情，感怀某人。这名被容若想念的女子，站在风中，含情不语，精致的面容好像一朵带着露珠的花朵，摇曳风中。

这样的女子，任谁都会心动，容若在文字中丝毫没有提及过有关女子的任何描写，但是人们就是可以通过容若的词句，看到女子模糊却可爱的模样。写男女之情，容若的词十分了得，他写的从来不是肤浅低俗的男欢女爱，也从来不是大义凛然的教义，他的爱在词中宛如露珠般透明，让人内心柔软。

如他自己在词中写的那般："暖护樱桃蕊，寒翻蛱蝶翎。"春暖花开，樱桃花楚楚绽放，花蕊露出，好不娇羞。翩翩飞舞的蝴蝶还有着几分寒意，慵懒地挥舞着翅膀，这看似写花、写蝶，却又更像写人、写心。

"东风吹绿渐冥冥，不信一生憔悴，伴啼莺。"这一句便是彻底表达容若这一刻的心神激荡，他用白描的手法使得词境若现，生动地写出春景清丽可观之处。容若写到不愿意一生都在莺啼中度过，看来他是想与人共同欣赏这大好春光，而不是要在这美好的春光中，独自老去。

"素影飘残月，香丝拂绮棍。"残月枝头上，这首词极为传神地写出容若内心的情态，这首词词情清婉，哀苦不露，自然能够打动人心。至于词中究竟何意，所写何人，已经不重要了，领略容若词中意，只看读词人此时心境了。

"百花迢递玉钗声，索向绿窗寻梦，寄余生。"但愿余生能够得偿所愿，与心爱的人一同畅游天地，那便真的是此生无憾了。

南歌子

古戍①

【原文】

古戍饥乌集②，荒城野雉飞③。何年劫火剩残灰④，试看英雄碧血，满龙堆⑤。

玉帐空分垒⑥，金笳已罢吹⑦。东风回首尽成非，不道兴亡命也，岂人为⑧！

【注释】

①古戍：边疆古老的城堡、营垒。

②饥乌:饥饿的乌鸦。

③荒城:荒凉的古城。野雉:野鸡。

④劫火:亦作劫火、刼火、刧火,佛教语,谓坏劫之末所起的大火,后亦借指兵火。

⑤碧血:为正义死难而流的血,烈士的血。龙堆:白龙堆的略称,古西域沙丘名,此处谓沙漠。

⑥玉帐:主帅所居的帐幕,取如玉之坚的意思。

⑦金笳:胡笳的美称,古代北方民族常用的一种管乐器。

⑧兴亡:兴盛与衰亡。

【赏析】

戍守的人已归了。留下,边地的残堡。一千八百年前的草原,如今,是沙丘一片……

百年前英雄系马的地方,百年前壮士磨剑的地方,这儿你黯然地卸了鞍。一切都老了,一切都抹上风沙的锈。

撩起沉重的黄昏,唤来守更的雁。趁着月色,做一个铿锵的梦。谁自人生来,要回人生去?古今成败,原是过眼云烟,创痛与悲戚最永恒。

这首边塞词,不啻是一篇吊古战场文,悲凉慷慨。

首句即吸收李白《战城南》"乌鸢啄人肠,衔飞上挂枯树枝"和沈佺期

《被试山塞》"饥乌啼旧垒,疲马恋空城"的诗意,表现了萧萧古戍、饥乌群集的惨切之景。次句,"荒城野雉飞",是化用刘禹锡"麦秀空城野雉飞"句意,把古战场阴森怖栗的情景写得活灵活现。接下"何年"三句,颇有唐朝边塞诗的味道,但容若毕竟又不是岑参那类边塞诗人,唐时的边塞诗是荒凉中透出豪迈,容若却是豪迈转向了凄凉。"何年劫火剩残灰",是哪一年的战乱造就了如今一切的皆似残灰? 惨淡的历史已遥不可考,如今只有看英雄们当日的碧血,化作了这蛮荒的土色。"试看英雄碧血,满龙堆","碧血",典出

《庄子·外物》:"人主莫不欲其臣之忠,而忠未必信,故伍员流于江,苌弘死于蜀,藏起血三年,而化为碧。"后来就把忠臣志士所流之血称为"碧血"。容若此处谓,君不见那些忠魂碧血,不管何方埋骨,到头来不都是付与这无边瀚海了吗? 上阕,古戍、荒城、劫灰、碧血……组成的是一幅凄惨悲凉的大漠边城之景,奏响的是一曲旧堡败垒的苍凉沉郁悲歌。

下阕前两句承接上阕,继续铺写古战场萧然之景。"玉帐空分垒,金笳已罢吹",军中将帅的军帐再也不能分开营垒,悲咽的金笳也已永远停吹了。"空分""已罢",四字写出昔景的黯然难以淹留。既然古战场遗下了残灰,遗下了英雄的战骨,玉帐成空,金笳已罢,那就说明厮杀斗争,恩仇荣辱,一切都成过去,于是,词人不禁废然道:"东风回首尽成非,不道兴亡命也,岂人

为"。"东风回首"，出自李煜《虞美人》词"小楼昨夜又东风，故国不堪回首月明中"，此处是说如今回首前朝往事，但觉物是人非，事事皆休。所以，词人最终感言，兴亡之理，不在人为，而在乎天命，遂见纳兰词哀伤风骨。——在那片八旗子弟抛头颅、洒热血的战场上，容若既不缅怀"开国英雄"的功

烈，更不悲歌慷慨，从中吸取振奋精神的力量，却在那里冷冷清清忧忧戚戚地寻寻觅觅。这种行径，还真颇有点"不肖子孙"的意味。

秋千索

（按此调词谱不载，或亦自度曲。一本作拨香灰）

【原文】

　　药阑①携手②销魂③侣，争④不记、看承⑤人处。除向东风诉此情，奈⑥竟日⑦、春无绪。

　　悠扬⑧扑尽风前絮，又百五⑨、韶光⑩难住。满地梨花似去年，却多了、廉纤雨⑪。

【注释】

　　①药阑：药栏，芍药之栏，泛指花栏。南朝梁庾肩吾《和竹斋》："向岭分

国学经典文库

纳兰容若全集

《纳兰词》鉴赏

图文珍藏版

花径，随阶转药栏。"

②携手：手拉手。

③销魂：形容伤感或欢乐到极点，若魂魄离散躯壳，也作"消魂"。

④争：怎，怎么。

⑤看承：看待，对待，宋黄庭坚《归田乐引》词："看承幸厮勾，又是尊前眉峰皱。"

⑥奈：无奈、怎奈。

⑦竟日：终日，从早到晚。

⑧悠扬：飘扬。

⑨百五：寒食日。在冬至后的一百零五天，故名。

⑩韶光：美好的时光，多指美丽的春光。

⑪廉纤雨：细微之雨、毛毛细雨。廉纤，细小，细微。

【赏析】

当年，虹是湿了的小路，月的足迹深深，美人的足迹深深。那个男子柔柔地牵着，心爱之人的纤纤素手，一步一吻地，在那药栏之畔流连，流连。慢慢步远，身旁星群散了。

再回首，男子两袖空空，美人被一朵柳絮带走。东风不起，相思的心花不开。往事如寂寞空城。唯有梨花，忆起雨后的故事。忆起凋零。

这是一首怀人之作，至于写给哪位红颜，难以考证，我们只将其作为一首爱情词看待。

上阕侧重写孤寂之情。"药阑携手销魂侣，争不记看承人处"，当年曾与心爱的人携手款步在园亭中药栏之畔，虽然现在已时过境迁，但又怎能不记起当时特意相迎相会的情景呢？此二句写对往日欢会的追忆，珠玑情深，字字流连，比如"携手""销魂""争不记"

"看承"都是浓语。当然浓语蕴浓情，那这一腔如醇酒一般的深情厚谊，伊人不在，都付与谁呢？"除向东风诉此情，奈竟日春无语"，意思是除了向春风诉说以外，真是别无选择。然而令人无可奈何的是东风不起，春天整日不作一语，如此不解人意。显然，此处作者把春天拟人化了，既指自然界之景观，又含社会之人事，颇似于朱淑真的"把酒送春春不语，黄昏欲下潇潇雨"，把主客双方的不同情意和心态共织于一体，显出艺术的蕴含美。

下阕着重写景，景中含情。"悠扬扑尽风前絮"，词人鹄望的东风终于来了，但却不是倾听他的哀诉，而是吹起柳絮飘扬，四处飞舞。古代，杨柳飞絮是暮春的使者，而此处说"扑尽风前絮"，一"尽"字，道出了柳絮全被春风吹去后春也将尽的隐隐惆怅与冷惜。而这时候，又正是清明寒食时节，此时春色最浓，却是将残之候，所以清明前后的美好春光总是难以驻留。"又百五韶光难住"，一个"又"字，惜春怀人的怅惘之情又叠加一层。接下一句，承前句"风前絮""韶光"，谓柳絮、梨花依然如昔，但伊人却踪影难觅，遂不胜悲怆。"满地梨花似去年",化用刘方平《春怨》"寂寞空庭春欲晚,梨花满地不开门",将"不开门"三字替换为"似去年",词句遂由表现失落女子青春已逝的凋零之感转为表现风景依稀,犹似昔年,而人事已非的伤怀情绪。结句用"却多了帘纤雨"收束,谓天公不作美,帘纤的细雨又沾湿了满地的梨花,令人难以为怀,更平添了含婉忧伤的情韵。

【词人逸事】

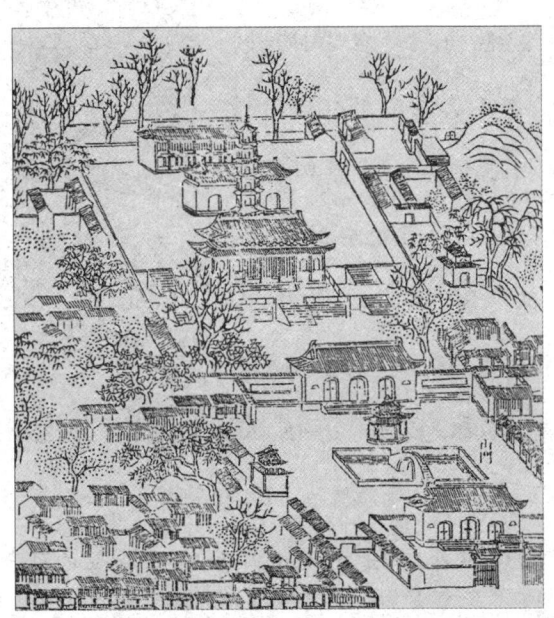

纳兰容若把自己的别墅命名为"渌水亭",一是因为有水,更是以慕水之德自比。并把自己的著作也题为《渌水亭杂识》。词人取流水清澈、淡泊、涵远之意,以水为友、以水为伴,在此疗养、休闲、作诗填词、研读经史、著书立说,并邀客燕集,雅会诗书——一个地道的文化沙龙。渌水亭畔四处都是他的足迹,亲人、朋友、知己、爱侣,无不在这里为他留下过美好的回忆。然而在物是人非之后,这些美好的回忆更让人不堪回首。所以,时于纳兰容若来说,渌水亭即是他人生的乐土,又是其悲伤的根源,同样也是他创作的源泉,在此地纳兰容若留下了许多感人至深的千古佳作。

秋千索

【原文】

游丝①断续东风弱,浑无语、半垂帘幙。茜袖谁招曲槛②边,弄一缕、秋千索③。

惜花人共残春薄,春欲尽、纤腰④如削。新月才堪照独愁,却又照、梨花落。

【注释】

①游丝:指飘浮在空中的蛛丝。

②茜袖:女子的红色衣袖,指美女。曲槛:曲折的栏杆。

③秋千索:指秋千的绳索。索,绳索。

④纤腰:细腰。

【赏析】

容若的悼亡词总是让人欲语泪先流,他的词有着直插心扉的锋利之处,

但也有着微风拂面的温柔之处。在他的许多悼亡诗里,都流露出了哀婉凄楚的相思之情和怅然若失的怀念之情。这首《秋千索》是容若为卢氏所作,

是一首抚今忆昔、触景伤情之作。

上片的第一句"游丝断续东风弱，浑无语、半垂帘幌"道出了春风中的无奈感，游丝的飘荡，低垂的房帘，还有悄无声息的状态。这一切都寓意着心境的沉闷，全词以这样的一种意境起篇，而在下片的结尾一句，却是"新月才堪照独愁，却又照、梨花落"，以这样的一句结束整首词，新月照在满地的落花上，无限伤心尽在不言中。

容若最是懂得爱的人，他与卢氏情比金坚，而今卢氏逝去，留他一个人独自面对这滚滚红尘，是多么滑稽而又凄惨的境况。容若的爱并没有随同卢氏的死去而渐渐减弱，反而愈发的深刻。

他不像古代其他的男子，三妻四妾，当女人为玩物。容若一旦爱上，便是海枯石烂，至死不渝。可惜，上

天不作美，容若而今只能靠着记忆去找寻当日的幸福，正如他词中所写的那样："茜袖谁招曲槛边，弄一缕、秋千索。"

当日那个红衣飘飘的女子，仿佛还在眼前，可现实却是，空荡荡的秋千，只能随风摇摆。这真是："惜花人共残春薄，春欲尽、纤腰如削。"爱惜花朵的人总是伤感春日的短暂，但岂不知，时光已逝，万物凋零，这就是世间的规律，谁也无法逃避。

几句话便道尽了离别之痛，生离尚且如此，更何况死别，容若所经历的

痛楚更是他的百倍。所以,在容若的词中,悼亡已经不只是一种追念了,更是一种安抚自己勇敢活下去的勇气。

花开花落终有期,或许有一天,那个所爱的人,会以一种你所不知道的方式,静静地回到你身边。

秋千索

【原文】

垆边唤酒双鬟亚,春已到、卖花帘下。一道香尘碎绿苹,看白袷、亲调马①。

烟丝宛宛愁萦挂②,剩几笔、晚晴③图画。半枕芙蕖④压浪眠,教费尽、莺儿话。

【注释】

①白袷7:袷同"夹",白色夹衣,旧时平民的服装,亦借指无功名的士人。调马:训练马匹。

②宛宛:迟回缠绵的样子。萦挂:牵挂。

③晚晴:谓傍晚晴朗的天色。

④芙蕖:荷花。此处指绣有荷花的枕头。

【赏析】

这首词应当是容若在心情稍好的状态下所写的,词里有种抑制不住的悸动之情,仿佛是在暗示着什么,仿佛种子要破土而出,要发芽前的那种征兆。或许,春日来了,容若内心的某种冲动也有了蠢蠢欲动的开始。

这首词一味地描写,将眼前所见到的景物都写了进去,开篇写道:"垆边换酒双鬟亚,春已到卖花帘下。"这句话里的"亚"通"压",是低垂的意思。双鬟挽成环形,在古代还未出嫁的少女通常都是这种发型。这里指的就是一名少女在酒垆买酒的情景。

少女买完酒,自然要回到归处,脚下的灰尘随着裙摆,在阳光下荡漾,刺眼的阳光中,那微微的颗粒,欢娱地跳跃着。容若在此用到一个词为"香尘",芳香之尘,尘埃怎能芳香呢?这不外乎是容若的一种比拟,在这首词中,香尘也是指湖水中的水禽,在水面上游走,划破水纹,荡漾出的水波。

"一道香尘碎绿苹",水波阵阵,原本漂浮在水面上的绿色浮萍被打乱,好一幅春日图。随即写道"看白袷亲调马",白衣飘飘的少年在亲自驯马,他飞身上马,将不听话的马匹训练得服服帖帖。马匹终于听从他的指挥,疾驰而过,荡漾起的灰尘,搅碎了一池的绿萍。这上片便在一片混乱的春日中结束。

　　"烟丝宛宛愁萦挂"，真是多情公子空余恨，这般的伤神又是为了哪般呢？想这么多于己无关的事情，倒不如专心致志地去欣赏眼前的美丽春日，"剩几笔晚晴图画"，将这一幅美好的春日图画在纸上，永远留下记忆，岂不是更好？

　　欣赏完春光，作完画，不如小睡片刻，在春日暖意盎然的时刻，做一场美梦，再也没有比这更惬意的事情了。"半枕芙蕖压浪眠，教费尽莺儿话。"容若半倒在枕头上，闭目养神，心情渐渐放松，仿佛神游太空，看到更加虚幻美好的景物。即便是黄鹂鸟再清脆的叫声，也无法将他从梦中唤醒。

　　春日就这样在睡梦中逐渐走远，渐行渐远。

秋千索

【原文】

　　锦帷初卷蝉云绕①，却待要起来还早。不成薄睡倚香篝②，一缕缕残烟袅。

　　绿阴满地红阑悄，更添与催归啼鸟③。可怜春去又经时④。只莫被人知了。

【注释】

①锦帷:锦帐。

②香篝:即薰笼。

③催归:鸟名,子规,杜鹃的别称。

④经时:历久。

【赏析】

这首词为伤春之作:初睡醒来,头发松散,蝉鬓形的

发式像乌云一样地盘绕着。要起床看天色尚早,连微睡也不成,只好倚着薰笼看袅袅残烟升起。绿肥红瘦,春事悄歇,子规鸟又开始啼叫了,原来春光已经离去了许久,只是闺中终日愁苦的人没有发觉而已。

浪淘沙

【原文】

野宿近荒城,砧杵无声①。月低霜重莫闲行②。过尽征鸿书未寄③,梦又难凭④。

身世等浮萍,病为愁成。寒宵一片枕前冰⑤。料得绮窗孤睡觉⑥,一倍关情⑦。

【注释】

①砧杵:捣衣石和棒槌,亦指捣衣。

②闲行:微行,此处为闲步之意。

③征鸿:远飞的大雁,即征雁。

④难凭:不可凭信。

⑤寒宵:寒夜。

⑥绮窗:雕刻或绘饰得很精美的窗户,代指闺人、思妇。

⑦关情:动心,牵动情怀。

【赏析】

纳兰容若虽然只有短短三十一年生命,但他的名气却是很大,他是清代享有盛名的词人。在当时词坛并不是很兴盛的时候,纳兰与阳羡派代表陈维嵩、浙西派掌门朱彝尊鼎足而立,并称"清词三大家"。

但要论起这三人的成就,只能是说纳兰更胜一筹,因为作为满族人,纳兰能够对汉族文化做到掌握得如此精深,不得不让人称奇。

这首词抒发的是相思相念之情:上片描述野店孤寂,一片荒城,听不到思妇的捣衣之声。月夜相思,霜华凝重。虽然鸿雁讨尽,然而书信未至,纵有好梦,仍是愁怀难遣。下片写身世之感和孤独情怀,身世如同浮萍飘浮不定,愁苦成病。寒夜无眠,枕边一片冰冷凄清。料想此时闺中思妇也是孤枕独眠,更加伤情,加倍动情。

野外荒城,孤寂小店,一片凄凉,以这样的情景开篇,似乎与纳兰一贯的风格有些不符,过于戚悲,甚至还有些鬼魅。在这样荒芜的野外,自然是无法听到妇人捣衣的声音。开篇的这一句话,仿佛是毫无

关联的两句废话,"野店近荒城,砧杵无声",用这样一句脱离现实,有些荒诞主义的词句起篇,纳兰在接下来却并不是写得更超脱现实,而是回归到了现实之中。

"月低霜重莫闲行。"月夜之下,霜露凝重,相思无尽处,这孤寂的野外,渺小的店铺,满眼放去,尽是孤寂的影子。虽然这是写相思之情的词,但是纳兰却用了一个全新的情境去诠释,十分鲜有。

"过尽征鸿书未寄,梦又难凭。"虽然鸿雁早已飞过,但想要等到的信件却没有送来,就算是今夜能够做到好梦,也仍有满怀愁绪。鸿雁传书,一向是代表古代男女之间相互传情的典故。纳兰善于用典,众所周知,他总是能

轻而易举地化典,将其为
已所用,看似天衣无缝,
恰到好处。

这里也是如此,前一
句的孤寂情境,配合这一
句的锦书未到。情景交
融,更显得动人,揪动人
心。相思之人没有捎来
音信,在万籁俱寂的夜
晚,无法入眠,不由得开
始胡思乱想,便想到了自
己的一生,从而变得更加
惆怅。

"身世等浮萍,病为愁成。"想到自己的一生,如同水中浮萍一般,漂泊
无依,无法找到一个想要停留的地方,生生世世,永不离开。人生最大的悲
哀并非是穷困和潦倒,而是失去生活的方向,无法找到人生的目标。

纳兰要为大清国尽职尽责,这是他与生俱来的义务。他要为父母尽职
尽责,这是他必须担负的义务。这种种他无法推卸掉的义务,让他只能留在
一个他不愿意停留的地方,踟蹰不敢离开。尽管在他的灵魂深处,无时无刻
不在呐喊着远离,可是人生岂是说走就能走开的局面? 进无法进,退无法
退,在进退两难的人生夹缝中,纳兰乏味、厌倦地立于宫门之内,理想之外。

"寒宵一片枕前冰。"夜色如水,寒冷刺骨,枕前一片冰凉,孤枕难眠,想
来那位被相思之人此刻也是对窗感叹,夜不能寐吧? "料得绮窗孤睡觉,一
倍关情。"两地相思,两处闲情,更加重彼此之间的感情。

这首词并不知道纳兰是写给哪位女子，这世上还有哪个女子能让他如此牵肠挂肚，不能放下。其实，其中种种，也不必太认真地去计较，只要能够从过去的美好中吸取养分，让自己的回忆不再单薄，那便足够了。

国学经典文库

图文珍藏版

叙不尽纳兰忧思 品不够容若才情

纳兰容若全集

第三册

[清] 纳兰容若⊙原著 刘凯⊙主编

线装书局

浪淘沙

【原文】

闷自剔残灯,暗雨空庭^①,潇潇已是不堪听^②。那更西风偏著意,做尽秋声^③。

城柝已三更^④,欲睡还醒,薄寒中夜掩银屏^⑤。曾染戒香消俗念^⑥,怎又多情。

【注释】

①空庭:幽寂的庭院

②潇潇:形容风雨急骤。

③秋声:秋天西风起而草木摇落,其肃杀之声令人生情动感,故古人将万木零落之声等称为秋声。

④城柝:城上巡夜敲的木梆声。柝,古代巡夜时敲击的木梆。

⑤银屏:装有银饰的屏风。

⑥戒香:佛家说戒时所燃之香。

纳兰的寂寞,无人能懂。他的寂寞犹如天空上的流星,一闪而过,不留给任何人捕捉的机会。人们只能从流星划过后的影踪,去妄自推测纳兰内心的凄凉与寂寞。

独坐灯前,秋夜空庭,风雨潇潇,已是令人愁闷,偏那西风又于此时送来了秋声,好像是专意要将愁人的烦恼加重。柝声传来,已是三更,身感寒凉袭人,遂将屏风紧掩。本来告诫自己要远离尘世烦恼,如今偏生又开始陷入情里不可自拔。

"闷自剔残灯",让人想到纳兰是个容易亲近的人,在灯前独坐,百无聊赖,只得面对残灯,自娱自乐。这样的男子,虽然性情忧郁,但却在骨子里有着让人喜爱的部分。开篇一句正是其心情困顿,无可抒发的无奈写照。

到了"暗雨空庭,潇潇已是不堪听"已经是痛到极致的一种状态了,风雨潇潇而落,空气清冷,在晦暗的夜空下,这雨声还有风声是如此不堪入耳,听到耳朵里,仿佛都是刺在心头,针扎一般,让人难以忍受。

"那更西风偏著意,做尽秋声。"可是秋风不解人意,偏偏刮个不停,将凄凉的秋意刮遍人心。在纳兰的词中有很大一部分都是悲伤欲绝的词,相

国学经典文库

纳兰容若全集

《纳兰词》鉴赏

图文珍藏版

当凄切,所谓"观之不忍卒读",字字句句情真意切,有着无法宽宥的自责与责他。

正是因为内心有着无法解开的悲伤情结,纳兰的辞章里便总是凄凄切切,悲悲惨惨。无法想象,纳兰这样一个锦衣玉食的贵公子,他不在自己舒适的环境里安享幸福,却偏偏要将自己放置在一个凄苦的氛围内,犹如苦行僧一样,不断前行,不断折磨自己。

人们无法理解的纳兰,并非摈弃生活,恰恰相反,正是因为他太爱生活,太热爱自己的生命,所以才会特别重视这份深沉的爱。多数人猜测纳兰是富贵公子无聊时抒发闲情,不过是打发无聊日子罢了。可是,谁能真正懂得纳兰内心的情伤? 想来就是纳兰自己,也会迷失在自己的情伤中,无法看透。

"城柝已三更,欲睡还醒",已经是三更天了,夜深人静,自己却还是难以入眠。纳兰在孤寂的夜色中,看着天色一点点变明亮,眼看着第二天的白日就要升起来了,可是自己却还是似睡非睡,似醒非醒。

无聊的夜间,独坐桌旁,守着一盏孤灯,看着窗外寒夜中的星空,心早已苦成了一个又一个黑洞。在这个深夜中,"薄寒中夜掩银屏"。纳兰在为什么愁思呢? 是为女子,还是为友人? 难以说清。

这突如其来、绵绵不绝的愁绪,让纳兰自己也对自己产生了嘲讽之意,

《纳兰词》鉴赏

图文珍藏版

他暗叹道："曾染戒香消俗念,怎又多情。"就此结束了整首词。不需要什么冠冕堂皇的理由为自己的愁苦开脱。

夜深了,风起了,落叶萧萧,纳兰在房间里轻叹,身旁没有可以倾诉的人,这是多么深的孤独。从前种种,是永远的痛。而今一切,是无奈的人生。

浪淘沙

【原文】

紫玉拨寒灰①,心字全非②。疏帘犹是隔年垂③。半卷夕阳红雨入,燕子来时。

回首碧云西④,多少心期,短长亭外短长堤。百尺游丝千里梦,无限凄迷⑤。

【注释】

①紫玉:指紫玉钗。寒灰:犹死灰,灰烬,这里喻指心如死灰。《三国志·魏志·刘传》:"扬扬止沸,使不烂,起烟於寒灰之上,生华於已之木。"

②心字:心字香,古人将盘香制成心字形。

③疏帘:指稀疏的竹织窗帘。

④碧云:青云,碧空中的云。

⑤凄迷:怅惘,迷惘。

【赏析】

本篇是容若词中的代表作之一。上片写道少妇于闺房之中无聊思春,"紫玉""寒灰"可以看出这名少妇的家境似乎不错,而"拨"通"扒",用玉去扒灰,似乎难以理解,但加上之后一句,便可以迎刃而解了。

"紫玉拨寒灰,心字全非",所谓的"心字"便是心字香烧完后,灰烬落在地上,构成了心字的形状。词中的这位少妇,手持紫玉,拨弄着香燃烧后留下的灰烬,一地混乱,正如少妇那颗无处收拾的芳心。

"疏帘犹是隔年垂",再看那竹帘,常年未动,去年便是这样垂挂着,而今依旧如此,或许明年也仍旧这样,毫无变化吧。少妇感慨日月如梭的心情在这个句子中赫然呈现,容若将一个已过韶华的女人心理描写得淋漓尽致。"半卷夕阳红雨入,燕子来时。"这句话初看显得有些情理不通,夕阳如何能够半卷,而雨又怎么能是红色的呢?

其实联系上下文来看,便能理解了,少妇将帘子半卷起来,夕阳透进来,真的就是半卷夕阳了,而在夕阳下的雨,因为映衬,果真便看似红色。容若在这里用的词语结构十分巧妙,似乎平淡无奇,但却禁得住回味,能让人隐约感觉到一种美好的意境,但却是无法再用词语去表达。

词中的这位少妇像是在怀念故人,但词意却在此刻又显得格外扑朔,耐人寻味。而到了下片,词意又有了转变,开头便直言"回首碧云西,多少心期","回首"便是回望过去,重看往昔的岁月,而"心期"则是指心愿,妇人思念着与故人往昔的美好岁月,也感慨着重新相守,希望故人能够如同燕子归来一样,重回家乡,回到她的身边。

不过从下一句"短长亭外短长堤"可以看出，这个愿望有多么渺茫，即便望断碧云，也是难以实现了。正如词中所写的那样短长亭外短长堤，在诗词中，亭子和堤坝通常有两个意向，一是送别，二是思念。在这句话中二者同时出现，大概是容若为了表现少妇焦急不安的内心，故意设置的。为了能够有足够的力量去表现诗词的意境。

词写到这里，一直都是少妇自怨自艾的个人情绪表达，语言真挚感人，令人为之动容，接下去这句"百尺游丝千里梦，无限凄迷"结束了全篇，也让人体会到思而不得的痛苦有多深，就如美梦一场后，醒来忽然发现，头顶依然是破瓦蛛丝盘结，身边依然是空空荡荡，一无所有。

容若的这首词似真非真，极富浪漫色彩，全词曲折跌宕，通篇情景浑融，凄迷动人。读起来让人黯然销魂，内心潮湿。写春怨可以有多种，但容若选择了从对方落笔写起，通过少妇在闺中的无聊举动和室外的景象，写出一派伤春伤情的形象。

此调原为唐教坊曲，后来才用作词牌。唐朝时期刘禹锡、白居易等人都有《浪淘沙》之作，而且都是咏浪淘沙者，词牌名就此流传下来。唐朝时期的文人做此本还是平仄不拘的，一直到李煜开始，始创新声始为长短句，分了上下片，才将《浪淘沙》分出了不同的体格，形式多样。容若所写的《浪淘沙》也很多，纳兰词集中共有十首。

　　容若是最懂得相思之情的人，他能够准确地描写出少妇于闺中寂寞无聊的伤春情思也是因为他经历过这种感情。若问世间情为何物，最是相思无奈何，容若明白世间的一切相思皆是苦中带甜，虽然绝望，但却还是有着希望。

　　正如晏几道《虞美人》词中所写的："去年双燕欲归时，还是碧云千里锦书迟"，相思之中的人都盼望着能够重逢相见，但无奈的是，长亭之外更短亭，相见之路千山万水，思念之人不知道身处何方。纵使千种思念，最终也不得已，只能化作笔下的词句，化作梦中的期盼，希望

能犹如百尺游丝，飘至千里之外，让思念的人知道。

　　苏轼写道"梦随风万里，寻郎去处"，而容若则吟道"百尺游丝千里梦，无限凄迷"，容若甚至梦过后便是凄凉的现实，在梦的衬托下，现实更显得凄迷万端。这首词布局清晰，脉络顺畅，词意虽苦，但写法上却是清秀俊逸，格调高雅，不失为一首可以反复吟诵的好词佳篇。

浪淘沙

【原文】

红影①湿幽窗，瘦尽②春光。雨余③花外却斜阳。谁见薄衫低髻子④？抱膝思量。

莫道不凄凉，早近持觞⑤。暗思何事断人肠。曾是向他春梦里，瞥遇回廊⑥。

【注释】

①红影：指鲜花的影子。

②瘦尽：以人之清瘦比喻春日将尽。

③雨余：雨后。

④低髻子：低垂的发髻，指低垂着头。髻子，发髻。

⑤持觞：举杯。

⑥回廊：曲折环绕的走廊。

【赏析】

泰戈尔哀伤地写道："世上最远的距离不是生与死，而是我站在你面前，你却不知道我爱你。"

纳兰容若淡然地写道:"谁念西风独自凉,萧萧黄叶闭疏窗,沉思往事立斜阳。"

这是清朝贵胄的手笔,清词的普遍成就不大,虽然康熙皇帝大力崇文,但是八旗子弟并不是真的会去认真钻研,诗词写得好的人十分罕有,可是容若却能用哀伤的调子,将词演绎到这般境界,实在是清词的一个里程碑。

一个一生锦衣玉食的浊世佳公子,偏偏有着如此深沉的哀思。古人说:"少年不识愁滋味,为赋新词强说愁。"如果说容若也是如此,那他这般沉郁的情感,倒也是迸发得恰到好处。

曹雪芹在《红楼梦》中写过许多诗词佳句,其中也不乏幽思之句,凄凉和美丽的意境使人绝倒,但看到容若的词,却更能感受到,何为肝肠寸断,满纸凄凉意了。这首词是写哀愁,容若写愁,从不强调,只要淡淡几笔,就能让看客心伤神伤,恨不得泪流满面。

这首词描写相思萦怀的

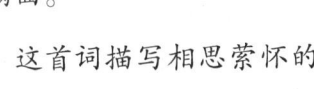

幽独伤感:透过小窗望去,春雨打湿了红花,春光将尽。雨停了,却已是夕阳西下之时。谁看到她穿着单薄的衣衫,低垂着头,抱膝思量的孤独身影?把酒独酌,无限凄凉。曾像做梦一样地在回廊里与她相遇,怎不让我伤心断肠?

"红影湿幽窗,瘦尽春光。"容若的伤春之词很多,他是最懂春日的人,伤春感怀，并不单单是因为春日的逝去，而是怀念春光里的时光。时光易老，人更易老，老去的岁月无处追寻，只有伤怀，却无法捕捉。这才是最感伤的。

在容若的词里，意境十分美。开篇这句实则是与周邦彦的"雨过残红湿未飞。珠帘一行透斜晖"暗合，容若随手拈来，将古人的词用在

了自己的词里，浑然天成，令人不觉有何不妥。

周邦彦写的是雨后残红在斜晖下投射于珠帘，而到了容若的词里则变得更加简洁洗练，更富美感。"红影"指鲜花的影子。鲜花的影子，透过小幽窗看去，别有风情，被打湿的花朵在暗影下，摇曳出多姿的风采，比起周邦彦的残红湿未飞，更显得有韵味。

而多出的感叹"瘦尽春光"，其实有着李清照的"绿肥红瘦"的哀怨无奈。同样是感慨春光消瘦，容若与李清照到底谁高谁低，难以判决。古为今用的例子，在诗词写作上不算少数，就好比崔颢写的黄鹤楼，而后来李白模仿，写成了凤凰台，这二者之间到底哪个艺术成就更高，没有固定的评判。

承接上句，"雨余花外却斜阳"。"余"即是后，雨后的花朵在斜阳下，而梦中的她却是穿着单薄的衣衫，绾着低垂的发髻，挺立在暮日下，低头思量。雨后、鲜花、美人、夕阳这些事物构成了容若笔下的一幅美丽的画。

上片最后写道那位女子"还惹思量"。词中所写的这名女子为何人，无

法考证，但从词面来看，是一位温婉可人的女子，让人忍不住想去怜惜。上片写完雨后景色，下片便转而写情。

"莫道不凄凉，早近持觞。"思念的人不知身在何处，只能自己独自饮酒，这真是无限凄凉的事情啊。容若自己也感慨道"暗思何事断人肠"。在人世间，还有什么能比相思更苦人心的呢？

想念着远方的佳人，既然无法得见，那便在梦中相会吧。岂料梦醒之后，凄凉更是加深几分，"曾是向他春梦里，瞥遇回廊"。像梦中那样，能够与她在回廊处相遇，该有多好。容若的这首词，就在这个卑微的愿望中结束。

相爱相处到最后，留下的仅仅是这些柔弱的回忆，尚能安慰一下内心的伤痛。

浪淘沙

【原文】

夜雨做成秋，恰上心头，教他珍重护风流①。端的为谁添病也②，更为谁羞？

密意未曾休③，密愿难酬。珠帘四卷月当楼。暗忆欢期真似梦，梦也须留。

【注释】

①风流：风韵，多指美好的仪态。

②端的：究竟、到底。

③密意：隐秘的情意。

【赏析】

上阕先写环境氛围，烘托无奈之心境，秋雨袭来，愁上心头，离别之时，互道珍重。究竟是为谁相思成疾，又是为谁害羞？下阕写她对离人的深怀眷念，相思之情未曾断绝，只是想见的心愿难以实现。明月升起，将楼阁四面的珠帘卷起。不由得追忆往事，回味欢聚的快乐，如梦如真，叫人怅惘。

容若落拓无羁的性格，天生超逸脱俗的禀赋，还有出众的才华，都让他显得与众不同，他出身豪门，钟鸣鼎食，入值宫禁，金阶玉堂，可是他却有着常人难以体察的矛盾心情和无形沉重的压力。这首《浪淘沙》依然是写愁，写那无边无际，一生无法消除的愁绪。

对亡妻的怀念,对友人的牵绊,还有对自身现状的不满以及无能为力的无奈,都让容若感到悲哀。人世间最可悲的事情莫过于明知道无意义,却不得不去做,明知道不愿意,又不得不强颜欢笑去做的事情。

对职业的厌倦,对富贵的藐视,还有对他的仕途的不屑,令容若身上别具一番气质,他对轻而易举得到的一切荣华富贵都毫不珍惜,甚至抱着厌恶的心态,他想要抛弃身边的一切,包括他那个富贵的家庭,可是他无法做到,早在他出生的时候,上天就将这些沉重地压在了他的身上,让他无法推卸。

秋风秋雨愁煞人。深秋时分,最是人心苦闷之时,看到万物凋零,一切都要归于沉寂,心内自然是不好受的。容若自幼体弱多病,他一直身患寒疾,总是会因为天气变幻无常,而卧病在床。

这样的季节,孱弱的身体,无尽的人生,一切都让容若感到万念俱灰。"夜雨做成秋,恰上心头",一想到秋天,首先想到的便是连绵的细雨,还有早早就降临的夜晚,愁绪重回心头,但是容若究竟是为谁人而愁呢?

"教他珍重护风流。"看似对友人道珍重,希望朋友能够在今后的岁月中过得更好,但细读之下,似乎又不是。"端的为谁添病也,更为谁羞?"思念友人,也不至于会思念成疾,如果是思念恋人,那么这位恋人又会是哪位女子呢?纵观容若生平,似乎捕捉不到和这名女子相关的信息。

既然没有踪迹可寻,那么姑且当作是容若拟人的一种写法吧。在这首词中,容若隐秘的情感得以宣泄,他悄声诉说道:"密意未曾休,密愿难酬。"从未停止过想念,只是这想念无法得以相见,故而遗憾。

明月当空,对夜色叹息,这就是一场虚无的梦幻。"珠帘四卷月当楼",楼阁上的珠帘卷起,明月照进来,光线暗淡,更加让这思念变得不真实起来,或许"暗忆欢期真似梦,梦也须留",这一切都只是容若在病中,胡思乱想出来的吧,所谓对伊人的思念,也不过是他胡乱所想的。

容若的身体每况愈下,在康熙二十四年(1685 年)暮春,容若带着满心的遗憾,抱病与几位好友聚会了一番,饮酒大醉一场后,就此一病不起,七日后于五月三十日溘然而逝。容若终于离开了这个他不喜欢的地方,他用了一种决绝的方式,就此离开。

只是留下了那些爱他的人,和他爱的人,继续在尘世间轮回挣扎,每逢夜雨时,都会想念他。而他是否也会在天的那一端,思念这地上曾经与他共同生活过的人呢?

浪淘沙

国学经典文库

纳兰容若全集

《纳兰词》鉴赏

图文珍藏版

【原文】

眉谱待全删，别画秋山。朝云渐入有无间①。莫笑生涯浑似梦，好梦原难。

红咮啄花残②，独自凭阑。月斜风起袷衣单③。消受春风都一例，若个偏寒④？

【注释】

①朝云：意谓那画出的独特样式的眉毛，好像是笼罩着朝云的远山，脉脉含情。朝云，早晨之云。又，指巫山神女。详见宋玉《〈高唐赋〉序》。故这里喻男女情事。又，此句亦可解作那远山笼罩的早晨的流云。

②红咮：红的鸟嘴，通常指鹦鹉。

③袷衣：即夹衣。

④若个：哪个、何处。清赵翼《中秋夕感作》："一家依旧团月，怜汝孤魂若个边？"

【赏析】

春风阵阵，吹在不同的人身上却是不同的感觉。心事绵绵的人，感觉到的春风必定是凄清难耐的,衣衫薄,心冰冷。尘封的回忆,又被多情的风不经意地翻开,历历的往事恍然如昨日,而曾在身畔的佳人早已香消玉殒。

春风不解愁人意,魂梦难续独自伤。如果不能回到过去,深陷梦中也是幸福的啊。

多美好的梦境,也有醒来的时候。唯独这漫长的孤独,无穷也无尽。多想忘记一切,抑或是回到最初。然而,就算什么都忘了,你的脸依然清晰如初。

眉谱源自唐朝唐明皇时期,他令画工画十眉图:一鸳鸯眉,二小山眉,三五岳眉,四三峰眉,五垂珠眉,六却月眉,七分梢眉,八涵烟眉,九拂云眉,又名横烟眉,十倒晕眉。作为古代女子描眉的图谱。

而纳兰词中的女子,却不按照眉谱中的样子画眉,而是另创新样。为何如此呢?定是为了将自己打扮得更美,好让心上人喜欢,所谓女为悦己者容,便是此意。纳兰在《浣溪沙·泪浥红笺第几行》也写到眉谱:"屏障厌看金碧画,罗衣不奈水沉香。遍翻眉谱只寻常。"女子嫌眉谱中的式样缺乏新意,不能把自己的美丽完整地展现出来,翻遍了眉谱,也找不到称心的。这既描写了动作,也描写了恋爱的复杂心情。

"朝云"句为转折,表明如上所见只是南柯一梦。夫妻恩爱,正当好处,而梦已醒,妻子化作朝云而去,永远消失。可见这也是一首悼亡诗。"有无间"是诗人常用的一个说法,如杜牧《洛阳长句二首》:"草色人心相与闲,是非名利有无间。"意为看淡世事,不为世俗所累,闲云野鹤般自在。纳兰在此也是表达虚空之境,妻子描眉的倩影只是梦一场,梦醒了,人也就消失了。

虽说浮生若梦,但做一个好梦也是不容易的,因为梦境的内容并不能为主观所决定。佳人早已香消玉殒,梦里也难以寻得慰藉。该句出自唐李商隐《无题二首》之二:"神女生涯原是梦,小姑居处本无郎。"表达梦醒之后的怅然与孤寂。

下片梦醒,回到现实。暮春时节,词人独自靠着栏杆,久久地思念。红色的鸟嘴把花儿啄得残了,花儿凋零一地,更添荒凉。

不知不觉夜已深了,月亮也落了下去,晚风阵阵,吹着诗人单薄的衣裳,渐渐生出凉意。春风本无偏私,吹到每个人身上的感觉应该都是一样的,但什么人会更觉得寒冷呢?答案很明显,就是纳兰这样的"伤心人"。曾经有妻子做伴时,有她无微不至的关怀,这样的夜里,怎会感觉寒冷呢?如今妻子已经不在身边了,想起她的温柔,她的身影,晚风吹在身上这般刺骨,心里更是冰凉一片。

这首词也能算作悼亡一类。上片写梦的美好,下片写梦醒后的惆怅。

这般的对照是格外让人感伤的。纳兰在词中关于冷暖的感知，让我想到他的词集《饮水词》，取自"如鱼饮水，冷暖自知。"纳兰一生留下两本词集，早年的《侧帽词》，和绝笔《饮水词》。从词名便可以看出纳兰心境的变化，"侧帽"语出

《北史·独孤信传》："信在秦州，尝因猎日暮，驰马入城，其帽微侧，及旦而吏人有戴帽者，咸慕信而侧帽焉。其为邻境及士庶所重如此。"纳兰认为自己也是如此俊逸洒脱，便取"侧帽"作词集名，颇有几分年少轻狂、风流自赏的味道。

而《饮水词》就不同了，"家家争唱饮水词，纳兰心事谁人知"，这是《饮水词》风靡时流行的一句话。纳兰的心事，即便写出来为万千人所看到，而真正懂得的人，也仅他自己而已。

浪淘沙

【原文】

清镜①上朝云，宿篆②犹薰。一春双袂尽啼痕③，那更夜来山枕④侧，又梦归人。

花底病中身,懒约溅裙⑤。待寻闲事⑥度佳辰⑦,绣榻重开添几线,旧谱翻新。

【注释】

①清镜:明镜。

②宿篆:指隔夜点燃的盘香。

③啼痕:泪痕。

④山枕:枕头。古代枕头多用木、瓷等制作而成,中凹两端突起,其形如山,故名。

⑤溅裙:典出《北齐书·窦泰传》。窦泰母有娠期而

不产,大惧。有巫曰:"渡河溅裙,产子,必易。"泰母从之俄而生泰。后以"溅裙""溅裙"谓妇女有孕至水边洗裙,分娩必易,一说可度厄辟灾。这里是溅裙人的意思,指情人或某女子。

⑥闲事:无关紧要的事。

⑦佳辰:良辰,吉日。

【赏析】

思念折磨人,却也给思念中的女子添了一份别样的忧郁之美。盈盈的泪眼,微垂的眉黛,轻轻的叹息,苍白的面容,令人无限怜爱。

思念使人变得忧郁,无论是多么乐观豁达的女子,一旦陷入爱里,一样

会黯然神伤。爱让人变得温柔，从心底，到一切。这是幸福，也是折磨。

快乐终究是短暂的，短暂得如同一场烟火，一个梦。绚烂，美妙，却转瞬即逝。余下的，便只有无穷无尽的空落与孤寂。

这首词写闺怨。闺怨诗是古典诗歌里一个

独特的门类，它多以弃妇、思妇为写作对象，以伤春怀人为主题。但是，多数闺怨诗并不是单纯写女子，而是借女子之怨表达诗人之怨。有了这层深意在其中，闺怨诗便多了一份幽怨缠绵之美，悠长含蓄之味。借此物而言他是中国文人惯用的手法，使得诗意更为百转千回，让读者更加捉摸不透诗人那颗细腻婉转的心。

纳兰在这首词中写了一个在闺中怀人的女子。朝霞映在了妆镜上，昨夜点燃的盘香还未熄灭。余香袅袅，明媚的光线涌进房中，多么美好的春晨。而女子却因思念泪流不止，襟袖上尽是泪痕，生生辜负了眼前这大好的春色。昨夜又梦见丈夫归家，醒来却是孤单一人。失落难言，更添新愁。"一春双袂尽啼痕"化用五代顾夐《虞美人》词："画罗红袂有啼痕。"同样是描写闺中女子的伤春和离愁。

妆镜本该照玉人，然一春之中尽是伤感，憔悴的神色怎么比得过绚丽的霞光呢。空气里依然弥漫着昨夜的檀香味道，梦中的温情，此刻却难再继续。香灰零落，似片片破碎的梦境。如此愁绪丛生的一个清晨，这漫长的一天又该如何度过呢。纳兰该是何等心细如发，写女子的神态心情竟能如此传神。选择一个慵懒的早晨，写刺目春光，写夜之香灰，再写女子满襟袖相思泪。由浅入深，细腻婉转。淡淡愁绪，深深相思，迷蒙幽怨。

无奈日子还是要继续。花儿开得娇艳欲滴，美丽动人，花下相思成疾的我却无心观赏。这般美好的春色，本该是和他在花下共赏的。无奈人不归，花儿开得忘情。花期终究是短暂的啊，正如我的青春时光，稍纵即逝。王昌龄那首著名的《春怨》便是表达此意："忽见陌头杨柳色，悔教夫婿觅封侯。"春情易逝，青春短暂。眼前花儿美艳，这怨恨便再添一层。

不忍再看花，连在湘绢上作画的心情都没有了。情绪低落，百无聊赖。离情恰似藕丝，绵长黏人，缠在心头，剪不断理还乱。只能黯然神伤，以致腰肢瘦削，裙带嫌长，为伊消得人憔悴。这样的时日过了多久呢？数不清，大概只有绣榻知道吧。春色这般恼人，倒不如把门关上，在寂寞中度日如年。

"寂掩重门"出自唐戴叔伦《春怨》诗："金鸭香消欲断魂，梨花春雨掩重门。"同是写闺中女子的怨之深，哀婉凄楚。以此句结尾，用动作表现女子的千般愁绪，万般无奈。这首闺怨诗写得直白哀伤，惹人伤感。

纳兰的愁，丝丝缕缕，不可断绝。如同闺怨那么绵长婉转，只好借思妇言自己。我们并不懂得,但能隐隐感觉,也不失为一种朦胧之美。

离人不归,春光独好。忧思绵绵,花自飘零。

浪淘沙

秋思

【原文】

霜讯下银塘①,并作新凉。奈他青女忒轻狂②。端正一枝荷叶盖,护了鸳鸯。

燕子要还乡,惜别雕梁③。更无人处倚斜阳。还是薄情还是恨④,仔细思量。

【注释】

①霜讯:即霜信,霜期来临的消息。银塘:清澈明净的池塘。

②青女:传说中掌管霜雪的女神,此处指冷风。轻狂:放浪轻浮。

③雕梁:刻绘文采的屋梁。

④薄情:不念情义,多用于男女之间的情爱。

【赏析】

这首词写伤离之恨:深秋时节已到,霜华渐落,新凉乍起,冷风大作。荷叶下一对鸳鸯正在躲避寒风。燕子辞别画梁,飞往南方。独立夕阳下,看到此景此情,心中究竟是怨还是恨,令人谜惘,还要仔细思量。

浪淘沙

望海

【原文】

蜃阙①半模糊,踏浪惊呼。任将蠡测②笑江湖③。沐日光华还浴月,我欲乘桴④。

钓得六鳌⑤无? 竿拂珊瑚⑥。桑田清浅问麻姑⑦。水气浮天天接水,那是蓬壹⑧?

【注释】

①蜃阙:蜃楼。古人谓蜃气变幻成的楼阁。

②蠡测:蠡酌,以瓠瓢测量海水。比喻见识短浅,以浅见量度人,"以蠡测海"的略语。

③笑江湖:《庄子·秋水》中,"秋水时至,百川灌河。河伯欣然自喜,以

天下之美为尽在己"，后见到大海，则望洋兴叹云："吾长见笑于大方之家。"

④乘桴：乘坐竹木小筏。《论语》云："道不行，乘桴浮于海。"

⑤六鳌：神话中负载五座仙山的六只大龟。相传渤海之东，有一深壑，中有岱舆、员峤、方壶、瀛洲、蓬莱五山，乃仙圣所居之地。然五山皆浮于海，常随潮波上下往还。(《列子·汤问》："帝恐流于西极，失群仙圣之居，

乃命禺强使巨鳌十五，举首而戴之。迭为三番，六万岁一交焉。五山始峙而不动。而龙伯之国有大人，举足不盈数步而暨五山之所，一钓而连六鳌，合负而趣归其国，灼其骨以数焉。于是岱舆、员峤二山流于北极，沉于大海，仙圣之播迁者巨亿计。"

⑥珊瑚：许多珊瑚虫的骨骼聚集物，树状，供玩赏。

⑦麻姑：中国神话人物。东汉时应召降临蔡经家，能掷米成珠，相传在绛珠河畔以灵芝酿酒以备蟠桃会上为西王母祝寿，故旧时为妇女祝寿多绘麻姑像以赠，称麻姑献寿。

⑧蓬壶：蓬莱。古代传说中的海中仙山。晋王嘉《拾遗记·高辛》："三壶则海中三山也。一曰方壶，则方丈也；二曰蓬壶，则蓬莱也；三曰瀛壶，则瀛洲也。形如壶器。"

【赏析】

这首词用神话传说、历史故事来写望海的感受:站立在海边,远望那茫茫大海,那迷迷蒙蒙梦幻一般的境界,令人不由得惊呼。想起了古人所说的道理,任那浅薄无知者去嘲笑吧。大海沐浴了太阳四射的光芒,又好像给月亮洗了澡,我要乘着木筏到海上去看个分明。乘槎于海上垂钓,可曾钓得大鳌吗?其实那钓竿也只是轻拂珊瑚罢了。沧海桑

田的巨变,只有麻姑知晓,要想知道这巨变,只有去问她了。看那水天一色,苍茫难辨,哪里才是传说中的蓬莱仙岛呢?

浪淘沙

【原文】

双燕又飞还,好景阑珊①。东风那惜小眉弯②。芳草绿波吹不尽③,只隔遥山。

花雨忆前番④,粉泪偷弹⑤。倚楼谁与话春闲?数到今朝三月二⑥,梦见犹难。

【注释】

①阑珊:残,将尽。

②那惜:不顾惜,不管。小眉弯:皱眉。

③芳草:香草。

④花雨:落花如雨,形容彩花纷飞。

⑤粉泪:旧称女子之泪。

⑥三月二:古代"上巳"节,汉以前以农历三月上旬巳日为"上巳",是游春之日,这天人们到水边洗濯、饮酒、欢聚等,以为驱邪避祸,消除不祥。故王季桥《上巳》诗:"曲水湔裙三月二。"

【赏析】

这首词写闺怨离愁:春将尽,春景将残,双燕飞还,东风不顾那闺中女子的伤春意绪,直将芳草吹绿,让繁花零落,她又深情地怀念着远方的离人。想起当初落花缤纷时的情景,不禁潸然泪下。谁来排解她春日的寂寞无聊呢?明日即当欢会,却无法如期相约相见。

雨中花

送徐艺初归昆山^①

【原文】

天外孤帆云外树,看又是、春随人去。水驿灯昏^②,关城月落^③,不算凄凉处。

计程应惜天涯暮^④,打叠起、伤心无数^⑤。中坐波涛^⑥,眼前冷暖,多少人难语。

【注释】

①徐艺初:纳兰容若座师徐乾学之子,名树谷,字艺初,江苏昆山人,康熙进士。昆山:县名,今属江苏,因境内有昆山而得名。

②水驿:水路驿站。

③关城:关塞上的城堡。

④计程:计算路程。

⑤打叠:整理,准备,收拾。

⑥中坐波涛:此处指触犯朝纲。中坐,即中座,指星犯帝座。

【赏析】

纳兰的词中偶然可见美丽却生疏的词牌名,有他和朋友们自创的,譬如

《青衫湿遍》《踏莎美人》；还有很少有人谱度的词牌，譬如这《雨中花》。《雨中花》在《全唐诗·附词》仅有一首，双调，不过九十四字。

纳兰的《雨中花》写得短小清雅，起首一句"天外孤帆云外树"就足以使人倾倒。一点孤帆游于天外，便已经是说不尽的苍茫孤寂了，树影婆娑，影于云外，更显得这云天寂静高远。宋代贺铸《望西飞》有"计留春，春随人去远"之句，纳兰化用之：

离别的时刻，看天外孤帆远影，云外天低树稀，顿觉春天也将伴随着你的离开而远去。从此征途漫漫，无限凄凉。计算行程，收拾心情。虽无意触犯朝纲，但看尽人间冷暖后，也不由得感叹：多少人有苦难诉啊！

上片写景，下片写情，情景交融，浑然天成。这首天籁般的小词是赠予徐艺初的。

徐艺初是纳兰容若的老师徐乾学的儿子。提起徐乾学大家可能感到陌生，但是他的舅父可是无人不知无人不晓：明末清初著名学者顾炎武。据说徐乾学曾得到顾炎武的悉心指点，加之天资聪颖，八岁就能写出漂亮的文章。康熙九年(1670年)，徐乾学金榜题名，得中榜眼，从此晋身仕途。没想到康熙十二年(1673年)，爆发了"副榜未取汉军卷"案，两个主犯，一个是徐乾学，另一个就是当年和他同榜的状元蔡启僔。那次考试徐乾学任顺天乡试考官，取纳兰容若为举人，因此徐乾学是他的"座师"。徐乾学因为"坐取副榜不及汉军镌级"而被事中杨雍建弹劾,遭到降级调用的处罚,回了老家江苏昆山。当时徐艺初还没有成家,一直陪伴在父亲身边。

纳兰容若对老师之不幸深表同情,故本篇大约作于送老师之时。他所赠虽为艺初,但艺初实为徐乾学之子,可见借题发挥之旨,词中既表达了对座师的同情和安慰,也流露出对自己前程的牢骚和不平。

纳兰容若去世那年,恰逢徐艺初中进士,不知纳兰可曾喝到了朋友那杯及第酒?纳兰的词非但柔美,更有真性情。这首昔年旧词,寓情于景,寄下的多少关切,多少同情。这样的词,每每读起,总是让人感慨不已。

【词人逸事】

康熙十一年,徐乾学任顺天乡试考官,取满洲权臣明珠之子纳兰容若为举人,因此徐乾学是容若的"恩师"。这年徐乾学与蔡启僔这两位纳兰的座师,也因科举选人不当,皆以"副榜未取汉军卷"的罪名被削职,降级调用。蔡启僔回归了故里浙江德清县,徐乾学则回了老家江苏昆山。纳兰对二位座师之不幸深表同情,故本篇大约作于送座师的同时。纳兰所赠虽为艺初。艺初实为徐乾学之子,可见借题发挥之旨,词中既表达了对座师的同情和安慰,也流露出对前程的牢骚和不平。

雨中花

国学经典文库

纳兰容若全集

《纳兰词》鉴赏

图文珍藏版

【原文】

楼上疏烟①楼下路,正招余、绿杨深处。奈卷地西风,惊回残梦②,几点打窗雨。

夜深雁掠东檐去。赤憎是、断魂砧杵③。算酌酒忘忧,梦阑酒醒,愁思知何许?

【注释】

①疏烟:谓香火冷落。

②残梦:谓零乱不全之梦。

③砧杵:捣衣石和棒槌,亦指捣衣。

【赏析】

突然之间,我已不知自己是谁。那莫可名状的茫然,那没有名字的忧愁。如举杯言散,尽离欢。从此,你在天涯,我在海角。

夜已深,如孤雁的哀鸣。蓦然回首,看见你的笑,千回百转的温柔。我就悲伤,伤到骨里。永远都不会忘记,你站在杨柳深处,向我挥手,微笑的样子。

想起你，我就灿若桃花般。满眼的荒芜过后，我知道，你要远走。

是否，你还是你，我还是我？是否，愁思无痕？是否，寂寞无怨？今夜，我希望能这样无伤大雅地痛彻心扉。

此篇写秋夜愁思，全词用意象烘托，至于愁思为何，却不易言喻。

上阕由梦境起，前二句写梦中情景。楼上是冷落的烟火，楼下是寂寞的小路。迷蒙的杨柳深处，正有绰绰的身影召唤着他。"正招余、绿杨深处"，绿杨是离别的意象，容若曾经写过一阕凄凉

的塞上离愁别恨之作《浣溪沙》，开篇一句就是"又到绿杨曾折处"。"正招余"，招他的是谁？是亡妻？是恋人？还是故人？

"奈卷地西风，惊回残梦，几点打窗雨。"后三句写西风夜雨惊断了梦魂。

"奈"字承前句的"正"字，写出正好有梦却猝然被扰的无奈之情。"西风""残梦""打窗雨"，皆是凄冷的意象。

下阕写夜深不寐。"夜深雁掠东檐去"，递出了鸿雁的意象。午夜梦回，与词人一样被惊醒的是鸿雁，鸿雁受惊雨中凄飞的苦境暗合了词人苦闷愁怨的心境：他们同是黑夜中寂寞凄苦的"伤心人"。接下一句又出现了"砧杵"的意象。古人有秋夜捣衣、远寄边人的习俗，因而寒砧上的捣衣之声便成了离愁别恨的象征。词人说砧杵"断魂"，又说"赤憎"，究竟是何事让他愁绝如此呢？"算酌酒忘忧，梦阑酒醒，愁思知何许。"写借酒消忧，但

梦尽酒醒,愁思仍不得解。

整首词前面只是一些意象的连缀,只在结尾处提到愁绪,然而对于因何而忧愁却并无点出,或是故园之思,或是怀人之苦,或是悼亡之痛,或是人生家族之忧。抑或词人之愁,从来就不是一端,而是纠结着思乡怀归、相思怨别、恐惧凄惶、寂寞寥落

诸种情绪,难以断然分开。而这样的情绪一旦反映到词中,就形成其词缠绵往复、恍惚迷离的特色,让人只觉浑茫茫一片感伤落寞,有一股无法压抑的巨大的悲哀、恐惧、沉痛涌流其中,并与对个体、家族、人生的思索连在一起。或许也正是这种复合性,才使得容若的词常常笼罩着一种不易言喻的氛围,具有言有尽而意无穷的美学效果。

于中好

【原文】

谁道阴山行路难①?风毛雨血万人欢②。松梢露点沾鹰细,芦叶溪深没马鞍③。

依树歇,映林看。黄羊高宴簇金盘④。萧萧一夕霜风紧⑤,却拥貂裘怨早寒⑥。

【注释】

①阴山：中国内蒙古自治区中部山脉，东西走向，包括狼山、乌拉山、色尔腾山、大青山等。

②风毛雨血：指狩猎时禽兽毛血纷飞的情状。

③马鞍：一种用包着皮革的木框做成的座位，内塞软物，形状做成适合骑者臀部，前后均凸起。

④黄羊：因东汉阴识用黄羊祭祀灶神致富，后世即用以为典，表示祭灶的供品。高宴：盛大的宴会。

⑤霜风：刺骨寒风。

⑥貂裘：用貂的毛皮制作的衣服。

【赏析】

"天苍苍，野茫茫，风吹草低见牛羊"，辽阔的大漠总能让人在这里忘却世俗的种种烦恼和执念。这首词便是康熙二十二年(公元1683年)，纳兰扈从至山西五台山时所作。在这里，他感觉到了天地的壮美与浩瀚，发出了内心的赞叹。

"谁道君王行路难，六龙西幸万人欢"，语出太白《上皇西巡南京歌》，一生不羁的谪仙在御前也不得不作逢迎之词,纳兰又怎能免俗?"风毛饮血"便是他侍康熙帝狩猎时的情景。

清朝马背上得天下,历朝君主都非常重视骑射本领。尽管入关后没有了随心驰骋的草原,皇帝每年秋天都会率臣子围猎,也是取不忘祖训之意。走出四四方方的京城,山峦连绵起伏,听松涛阵阵,鹰击长空也觉得渺小,可谓是"松梢露点沾鹰绁,芦叶溪深没马鞍"。

"依树歇,映林看",依树而歇,把酒言欢,"黄羊高宴"自不能少。这里的黄羊出于东汉阴识,指祭祀时的一种习俗。夜色阑珊时,早寒已悄然来到。走出帐外,阴山的风寒是貂裘挡不住的,那一片豁达开朗的气派更让人神往。"萧萧一夕霜风紧,却拥貂裘怨早寒","怨早寒"与其说是埋怨,不如说这是纳兰始料未及的惊异。不是温柔水乡,不是繁华京城,如此透彻的寒冷,如此酣畅的寒冷,或许只驻足于难得一见的辽远的阴山脚下。

漫漫长夜,坐听穿林打叶声,起身踱步走走停停,只有此时纳兰才能得到少有的安宁吧。

于中好

国学经典文库

纳兰容若全集

《纳兰词》鉴赏

图文珍藏版

【原文】

小构园林寂不哗,疏篱曲径仿山家①。昼长吟罢《风流子》②,忽听楸枰③响碧纱。

添竹石④,伴烟霞。拟凭樽酒⑤慰年华。休嗟髀里今生肉,努力春来自种花。

【注释】

①山家:山野人家。

②《风流子》:原唐教坊曲名,后用为词牌。分单调、双调两体。单调三十四字,仄韵。

③楸枰:棋盘,古时多用楸木制作,故名。

④竹石:竹与石。

⑤樽酒:犹杯酒。

【赏析】

纳兰一生向往宁静闲适的生活,然而,他心中的那条疏篱曲径,在朱门富贵的府邸可有安身之处呢?

"小构园林寂不哗,疏篱曲径仿山家",榆柳成荫的园林不喧哗吵闹,疏篱山径的场景不过是模仿寻常人家的景致罢了。在这权相明珠府邸，借取平常老百姓家的庭院做景，不过是借景取意，不得作真。

"昼长吟罢《风流子》，忽听楸枰响碧纱"，白天吟诵《风流子》，便是纳兰到了荒山村野也离不开的一份闲情逸致。"楸枰响碧"是指清脆的金石之音，楸木纹理细腻微妙，用于制作围棋棋盘常见的侧楸枰。纳兰的生活中怎能没有棋？就在这一角楸枰中，纳兰悟得功名不过虚妄，悟得幽居山间的乡野之乐。

历代文人对竹的感情非同一般，宁可食无肉，不可居无竹，所以，纳兰吟道："添竹石，伴烟霞。拟凭樽酒慰年华。"竹林之间，晚霞天边，举杯畅饮以慰藉青春年华。此时的纳兰已不再是青涩少年了，如今，他经历了人生种种劫难，还有什么放不开的呢？

"休嗟髀里今生肉"，"髀里今生肉"是指长久不骑马，大腿上的肉又长了起来。词人用在这里是形容自己长久过着安逸舒适的生活，无所作为。"努力春来自种花"，争取明年春天带上锄头，自己来种些花草，装饰庭院。花田下，一人执锄，恬淡娴静，美不胜收。

纳兰的心早已在世俗的奔波中劳累疲倦，对于过往的尘世，他没有力气再回头观望。现在的他，需要的只是一方余田，一个庭院，倚着闲窗静静地回味着这半生交加的苦忆。

于中好

【原文】

背立盈盈故作羞,手挼梅蕊①打肩头。欲将离恨寻郎说,待得郎来恨却休。

云淡淡,水悠悠,一声横笛②锁空楼。何时共泛春溪月,断岸垂杨③一叶舟。

【注释】

①手挼:用手揉弄。梅蕊:梅花蓓蕾。

②横笛:笛子。即今七孔横吹之笛,与古笛之直吹者相对而言。

③垂杨:垂柳,古诗文中杨柳常通用。

【赏析】

纳兰这首小词,借女子的形象和心态抒写"离恨",通篇都用白描,不加雕饰,显得朴素而清丽。

上片是在追忆往日的幽会,纳兰用轻盈笔触描画了女子娇嗔伴羞的形

象,情意婉转但遣词造句间并不让人觉得刻意雕琢。"背立盈盈故作羞"的"盈盈"二字的确是灵动精巧,将词中女主角的风姿、仪态之美妙动人浓缩在其中。

"手挼梅蕊打肩头"是极能体现纳兰词风的一句化用。女子纤纤素手挼碎了梅蕊,抛向情郎肩头,嗔怪之情与娇羞之态相融,此情此景必是旖旎万分。"欲将离恨寻郎说,待得郎来恨却休",见不到你时,心中积攒了无数的抱怨,等着下次见面的时候告诉你,可是,一旦见到你,心里所有的愁怨便都消失不见了。

下片转笔写眼见耳闻之景,"云淡淡,水悠悠。一声横笛锁空楼",淡淡之云与悠悠之水,伴和着耳畔空寂的笛声,烘托出离恨的凄苦。一个"锁"字表现出笛声不绝,仿佛凝滞的状态。

自古以来,笛声总是清冷空幽的。而此时,离别在即,相见无期,让人怎能不满心愁绪?结句以虚笔勾画了一幅月夜春泛的美妙图画,并以此虚设之景,进一步抒发了离恨的心曲。"何时共泛春溪月,断岸垂杨一叶舟",想象中的良辰美景,更衬得当下的离别之苦不堪忍受。

古时不比如今,车行不便,一别之后有可能就是余生难再相见。时间,

距离,生死,纵使情比金坚也只能在现实面前俯首称臣。一个纳兰,又能奈它何。

于中好

【原文】

独背残阳上小楼,谁家玉笛韵偏幽①。一行白雁遥天暮②,几点黄花满地秋。

惊节序,叹沉浮,秾华如梦水东流③。人间所事堪惆怅,莫向横塘问旧游④。

【注释】

①玉笛:玉制的笛子,笛子的美称,指笛声。

②白雁:候鸟。体色纯白,似雁而小。

③秾华:指女子青春美貌。

④横塘:古堤名,一为三国吴大帝时于建业(今南京)南淮水(今秦淮河)南岸修筑,亦为百姓聚居之地;另一处在江苏省吴西南。诗词中常

以此堤与情事相联。旧游:从前游玩过的地方。

【赏析】

人如何能彻底挣脱过往?

我想,成长的过程,便是学着对曾经的一切释怀,无论是幸福抑或悲伤。

没有人能彻底遗忘过去,即便是那些内心强大的人,也会面临怅然若失的时刻,不经意与过往的碎片重逢。

不断忘记,才能不断往前。回忆终究只是过眼云烟,唯有眼下才是值得珍惜的。

可是,时间在那么快地流逝着,每一刻都在下一刻成为过去。怎样才叫珍惜呢? 在飞逝的时光中,我们错过的,远比拥有的要多得多。我们把这称之为人生。

北宋词人贺铸《青玉案》:"凌波不过横塘路,但目送,芳尘去。锦瑟华年谁与度? 月桥花院,琐窗朱户,只有春知处。碧云冉冉蘅皋暮,彩笔新题断肠句。试问闲愁都几许? 一川烟草,满城风絮,梅子黄时雨。"有人说,这是终生郁郁不得志的贺梅子登高伤怀之作,也有人说,这是他追忆一位女子的怀人之作。难解的词,常常为绝妙。因为后人无法知悉词人创作时的心情,便只能考究句子中的典故意象,以此为线索,追溯始末。一首词往往有多重意蕴,任何一种解读都有根据,这也是最为后人痴迷的地方。众说纷纭之间,一首词被罩上朦胧的面纱,却更有一番风味。

"独背残阳上小楼,谁家玉笛韵偏幽。"秋日的黄昏,纳兰独自登楼,遥望风景。夕阳将他的影子一点点拉长,词人的心,也如同眼前惶惶的落日般,缓缓沉没。忽然传来幽幽的笛声,凄婉哀伤,如泣如诉。纳兰在这里用了一个"偏"字,笛声婉转,刚好触发了他心底想忘而不能忘的哀愁。他埋怨这多情的笛声,本已是孤单单一人,笛声还来轻叩他心门。然而,笛声依然幽幽地诉说着,词人的心里早已是荒凉的一片。

"一行白雁遥天暮,几点黄花满地秋。"此句写眼前之景。遥望天际,一行白雁往天尽头飞去;地上,几点零落的黄花,写尽了秋天的萧瑟。这句比"满地黄花堆积"更能刻画出秋天的凄凉,如同写作中的白描和修辞,一个简洁,一个繁复,但表达效果却是各有千秋。李清照是为怀念丈夫所作:"满地黄花堆积,憔悴损,如今有谁堪摘。"花无人同摘,才堆了满地。纳兰则是登高所见,入眼皆是寥落之景,衬托出词人凄凉的心境。

"惊节序,叹沉浮,秾华如梦水东流。"纳兰幽幽地叹息,春花秋月,时光飞逝,人生路多坎坷,就这样庸庸碌碌地度过一年又一年。曾经的美好如同水般匆匆流走,短暂易逝,只能追忆。"秾华"有两层意思,一是指女子青春美貌,二是指繁盛艳丽的花朵。那么,这首词是怀念旧情人,在这里便能找到根据了。

"人间所事堪惆怅，莫向横塘问旧游。"往事如烟，挥之不去。每每思及，惆怅万分。"横塘"源自六朝事迹：吴大帝时，自江口沿淮筑堤，谓之横塘。后来，诗人们便以横塘代指男女情事，或代指江南。贺铸《青玉案》："凌波不过横塘路，但目送，芳尘去。"路遇佳人，却不知所往。纳兰仿佛是在自言自语，还

是不要再想那些如烟的往事了，不然又会忍不住地心酸，泪湿衣襟了。然而，总是难以抑制地去想，因为始终无法忘怀。人生漫长，回忆太重，怎么走得动呢，还是忘了吧。可是，纳兰做得到吗？做到了，又怎会写这些读之使人断肠的词句呢？罢了，不过是一场自我安慰而已。

于中好

【原文】

雁帖寒云次第①飞，向南犹自②怨归迟。谁能瘦马关山道，又到西风扑鬓时。

人杳杳③，思依依④，更无芳树⑤有乌啼。凭将扫黛⑥窗前月，持向今宵照

别离。

国学经典文库

纳兰容若全集

《纳兰词》鉴赏

图文珍藏版

【注释】

①次第：依次，依一定顺序，一个挨一个地。

②犹自：尚，尚自。

③杳杳：犹隐约、依稀。

④依依：恋恋不舍。

⑤芳树：泛指佳木。

⑥扫黛：画眉，女子用黛描画眉毛，故称。

【赏析】

这首词抒写相思，含思隽永、语近情遥：上阕写秋意渐浓，北雁南飞，犹怨归迟，而人却难归。人已难归，偏又逢西风扑鬓，瘦马关山。下阕写愁思，离人杳杳，相思依依，又闻树间乌鸦鸣啼。原来那曾在窗前画眉时见到的明月，如今又照在别离之人身上了。

于中好

【原文】

别绪如丝睡不成，哪堪孤枕梦边城①。因听紫塞三更雨②，却忆红楼半夜灯③。

书郑重，恨分明，天将愁味酿多情。起来呵手封题处^④，偏到鸳鸯两字冰。

国学经典文库

纳兰容若全集

《纳兰词》鉴赏

图文珍藏版

910

【注释】

①边城：临近边界的城市。

②紫塞：北方边塞。

③红楼：红色的楼。泛指华美的楼房。指富贵人家女子的住房。

④呵手：向手呵气使暖和。封题：物品封装妥当后，在封口处题签，特指在书札的封口上签押，引申为书札的代称。

【赏析】

人间销魂是离别。冬天的边城，形单影孤的你，没有月夜一帘幽梦，没有春风十里柔情。只有，被离别的刀锋划伤的伤痕。

窗外，塞上的冷雨萧萧。远在家中的她，可是孤灯痴痴地想你？

书已成，却是那么的沉重。你已厌倦漂泊，甚至思念，都已不是一杯对饮的酒。今夜好冷，你的双唇已经冻僵，再也不能以吻封缄。天水一方，相见遥遥，一寸柔肠情几许？

此篇所写，仍是思念。词人出使塞上而依然魂牵梦绕着闺人，他对妻子的钟爱可谓铭心刻骨了。

首句"别绪如丝睡不成",化自梅尧臣"别绪如丝乱",别后情怀最难堪,寤寐思服,辗转反侧,但这还不算最难过。最难过的是"那堪孤枕梦边城",孤零零地躺着,在"梦边城"。此处"梦边城",殊为难解,按照常规的句法,这应该说"梦见边城",但联系后文,这里却应该是"梦于边城"。容若此刻正在边塞公干,孤枕难眠。

"因听紫塞三更雨,却忆红楼半夜灯。""紫塞",即边塞,语出鲍照《芜城赋》:"北走紫塞雁门。"紫塞原本应该实有其地,就在雁门关附近,但后来便被诗人们用来泛指边塞了。"红楼",指华美的楼阁,如苏轼《水龙吟》:"小舟横截春江,卧看翠壁红楼起。"这里代指家中的楼阁。这两句谓沉沉寒夜里,听着边塞的雨声,不知为何,心却回到了家乡,回到了妻子的红楼,看着楼上白色的窗帘微微透出浅黄的灯光。夜深了,她还没睡,她一定也在想念我吧?

下阕"书郑重,恨分明",化用李商隐"锦长书郑重,眉细恨分明"。李商隐的原诗是一首《无题》:"照梁初有情,出水旧知名。裙衩芙蓉小,钗茸翡翠轻。锦长书郑重,眉细恨分明。莫近弹棋局,中心最不平。"这首诗的背景是李商隐新婚不久之后,在仕宦旅途上遭遇了不公正的待遇。诗的前四句是描写妻子王氏之美,后四句很传神地写出了妻子对自己的深切关心以及为自己所遭受的不公的愤愤不平。容若截取"书郑重""恨分明"二语,语义有些让人迷惑，大概容若是要把我们引向李商隐的原诗也说不定。至于引到李商隐原诗的哪一步，甚为难说，也许只是引到"妻子对丈夫的关切和命运与共"这一层；也许容若仅仅是断章取义，是说自己正在给她写信，写得郑重其事，相思之恨也甚是分明；也许这个"书"是

指自己收到的书，"恨"是指书信里的恨；也许，还有更深的什么含义……但无论如何，这又属于"如鱼饮水，冷暖自知"的事了。

接下来"天将愁味酿多情"，真是无限多情的一笔，把"愁"和"多情"用"天"关联了起来，是说"愁"和"多情"就是天生的一对。我愁绪萦怀，因为我对你多情；我对你多情，所以愁丝如织。一个"酿"字，更显匠心。

"起来呵手封题处，偏到鸳鸯两字冰"，以一个小细节、小动作作为收尾，愈显巧妙。封题，是古代书札封口处的签押。容若辗转反侧，终于还是按捺不住思念，起来写信，写好后，因为天冷，所以呵着手给信笺签押，偏偏签押到鸳鸯两字的时候毛笔的笔尖被冻住了。"偏到鸳鸯两字冰"从字面看，可以存在好几种解释，至于"鸳鸯"，明显比较奇怪：在书信封口上签押，为何要签"鸳鸯"两个字呢？——也许有什么特殊讲究，也许这只是寄信人和收信人的名字吧？那个"冰"字，可以理解为手，可以理解为毛笔，字面上都讲得通，但真正"冰"的那个应该是心才对。

于中好

【原文】

冷露无声夜欲阑①,栖鸦不定朔风寒。生憎画鼓楼头急②,不放征人梦里还。秋淡淡③,月弯弯,无人起向月中看。明朝匹马相思处④,知隔千山与万山。

【注释】

①冷露:清凉的露水。

②画鼓:有彩绘的鼓。

③淡淡:水波荡漾的样子。

④匹马:一匹马,后常指单身一人。

【赏析】

一望无际的大草原,那是胡马的故乡。空空无痕的碧云天,那是大雁的旧居。

那么,征人的故乡在哪里? 当年送别他的人,如今可好?

当年事依稀犹记,当年人却再也无缘重逢……

也许,记起了杨柳岸边,和风的细语。以为会天长地久,可杨柳是别离的情绪。

也许,记起了花前月下,夜色的柔和。以为时光就此定格,但月总有阴

晴圆缺。

那些日子都已过去。如今，别君只有相思梦，遮没千山与万山。如今，只有淡淡的秋、弯弯的月。只有以千山万山为脚。思念的时候，就往故乡的方向，一步一步地挪移。

这篇亦是写征人对闺中妻子的相思之情，清丽空灵，明白如话。

起首两句，"冷露无声夜欲阑，栖鸦不定朔风寒"，化用唐王建《十五夜望月寄杜郎中》"中庭地白树栖鸦，冷露无声湿桂花"写塞上早寒。寒夜将尽，于夜深时分悄然暗凝的露水，此刻寂然无声；北风凛冽，把已经栖息的乌鸦吹得惊飞不定。这两句，一静一动，与词人颇难平静的心境暗合。

"生憎画鼓楼头急，不放征人梦里还"，这两句顿然打破首二句动静之间的平衡，呈现出一种焦躁不安，令人着恼地气氛。"生憎画鼓楼头急"系用辛弃疾《鹧鸪天》"只愁画角楼头起，急管哀弦次第催"，谓可憎的画鼓偏又楼头急响，声声恼人，令征人无法入梦还乡。"不放征人梦里还"，"征人"显然是词人自指。"不放"，即不让，宋词里有"守定花枝，不放花零落"的诗句。此处用"不放"形容急骤的画鼓声，似是说这鼓声急如行军，能将人的梦魂擒住，不让其归家与妻子团聚。如此寒夜，画鼓扰人，有梦难回，于是懊恼惆怅，个中况味，实在是可想而知。

过片拈出秋，点出月，进一步绘景并烘托氛围。"秋淡淡，月弯弯"，"淡

淡",原作澹澹,谓颜
色淡,不浓。比如李
煜有"澹澹衫儿薄薄
罗",唐元稹有"款款
春风澹澹云"。"澹
澹"二字,一个用以
形容衣衫,一个用以
描绘春风,都是清雅
妍美,美不胜收。容
若是"秋淡淡",但秋
乃一抽象词汇,不像
衫、云那样具体,怎能
以"淡淡"形容呢?
实际上,秋"淡淡",

是指秋天那种淡淡的气息、氛围,与后面的"月弯弯"形成相互关照的关系,共同衬托词人内心深重的思念。后面一句"无人起向月中看",也不是说真的无有一人看月,而是说除了自己一人以外,再也没有谁起身在月光下凝望,从而突出了他的孤独寂寞、凄清伤感。

结尾两句"明朝匹马相思处,如隔千山与万山",化用岑参《原头送范侍御》诗"别君只有相思梦,莫遮千山与万山",出之于虚笔,料想明朝更会越行越远,归程阻隔,相思更烈,归思难收了。

于中好

咏史

【原文】

马上吟成促渡江，分明闲气属闺房①。生憎久闭金铺暗②，花冷回心玉一床③。

添哽咽，足凄凉。谁教生得满身香④。只今西海年年月⑤，犹为萧家照断肠⑥。

【注释】

①闲气：为无关紧要的事情而生的气，《春秋孔演图》谓："正气为帝，闲气为臣。"闺房：妇女的梳妆室、卧室或私人起居室，此处代指萧观音。

②生憎：最恨、偏恨。金铺暗：萧观音作有十首《回心院词》，其一有"扫深殿，闲久铜铺暗"之句。金铺，门户之美称。

③回心：指回心院。唐宫院名，高宗王皇后及萧嫩妃被囚之所，词牌名辽萧后作。玉一床：比喻满床清冷的月色。玉，指月色。萧观音《回心院词

·其七》有"笑妾新铺玉一床"句。

④"谁教"句：萧观音《回心院词·其九》："若道妾身多秽贱，自沾御香香彻肤。"

⑤西海：本指传说中西方神海。此处指帝京中太液池。今北京之北海、中海、南海，元明时亦称太液池，因其在皇城之西，故又称西苑、西苑太液池、西海子。

⑥萧家：指萧观音家。

【赏析】

世上情歌千万首，唱尽爱情悲欢离合，只有少数能唱进你心。

史上悲剧数不尽，演尽人生凄凉无常，却少有人会与你共鸣。

别人的故事，终究不是自己的，感同身受是个太过理想化的词，除非你亲身经历。

但总有那么一些时候，别人的快乐悲伤能触动你的心。比如夜深人静时耳边响起的一段清唱，惶然无措时偶遇的一个眼神，失落时看到的一个同样孤独的人。这种微小的奇妙感应，常常让人觉得温暖。

这是一首咏史词，作者通过写辽懿德皇后观音的悲惨命运来表达自己内心的苦闷牢骚。萧观音，辽道宗耶律洪基懿德皇后，辽代女作家。相貌沉鱼落雁，娇艳动人，个性内向纤柔，很有才华。重熙年间被燕赵国王耶律洪基纳为妃，生太子耶律濬，后被立为皇后，尊号懿德皇后。由于谏猎秋山被皇帝疏远，作《回心院》词十首。1075年（大康元年）十一月，契丹宰相耶律乙辛、汉宰相张孝杰、宫婢单登、教坊朱顶鹤等人向辽道宗进《十香词》诬陷萧后和伶官赵惟一私通。萧观音被道宗赐死，其尸送回萧家。纳兰在词中同情萧皇后的悲剧命运，以此感伤自身。

　　"马上吟成促渡江，分明闲气属闺房。"辽代皇帝爱好打猎，常常误了国事，萧皇后便作诗以讽谏皇帝，《伏虎林应制》："威风万单压南邦，东云能翻鸭绿江。"催促皇帝挥戈渡江。然而萧皇后的直言快语却埋下了祸根，皇帝怀恨在心，从此萧皇后失宠。而纳兰却为萧皇后打抱不平。闲气，《春秋孔演图》谓："正气为帝，闲气为臣。"旧谓英雄伟人，上应星象，禀天地特殊之气，应世而出，故称。纳兰以闲气称萧皇后，可见他有多么怜惜这位勇敢却命途不济的女子。

　　"生憎久闭金铺暗，花冷回心玉一床。"这句写萧皇后失宠之后被打入冷宫的凄凉之境。心中怨念深重，将冷宫的门长久地紧闭，房内幽暗凄凉。玉一床，喻满床清冷的月色。萧皇后失宠后，曾作十首《回心院词》来乞求皇帝回心转意。"展瑶席，花笑三韩碧；笑妾新铺玉一床，从来妇欢不终夕。展瑶席，待君息。"然而皇帝却不屑一顾，不念夫妻往日情分，万般宠幸新欢，萧皇后的怨恨便更加深重。

"添哽咽,足凄凉。谁教生得满身香。"冷宫中的生活寂寞苦闷,想起曾经的欢情不复,薄情人另寻新欢,心中更是幽怨难当。泪水不尽,凄凉更甚。"热薰炉,能将孤闷苏;若道妾身多秽贱,自沾御香香彻肤。热薰炉,待君娱。"再次点燃香炉,满身生香,只求皇帝别再对自己的一片痴心不闻不问。

"只今西海年年月,犹为萧家照断肠。"《回心院词》写得缠绵悱恻,哀感动人。然而皇帝却轻信了小人的谗言,误以为萧皇后与乐师有染,一怒之下将她赐死。西海本指传说中之西方神海,从词意看,这里大约是指北京之西海。萧家既是萧观音家。西海的月光年年如此,怕是只有萧家人见后会格外感觉凄凉吧。佳人已逝,一片赤诚,终被置之不顾。月色凄寒,大概也是在怜惜萧皇后吧。

纳兰为萧皇后叹息,打抱不平,实则是在悲叹自己身为侍卫危机四伏。御前侍卫和皇后一样,虽然被皇帝所重视,但终究只是皇帝的附属物,一旦受小人谗言陷害,便性命难保。深宫人心难测,人人自危。纳兰借萧皇后的凄楚一生,感伤自己这般身不由己,也隐隐流露出对小人和皇帝的牢骚,对于自己特殊身份的无奈。篇末以景结,更显韵高旨远。月光幽幽,让萧家人倍感凄凉,也让纳兰黯然心伤。

【词人逸事】

辽代皇后多姓萧,且多有被黜者,其中辽懿德皇后萧观音,颖慧秀逸,才色绝伦,娇艳动人,她善诗词、书法、音律,弹得一手好琵琶,称为当时第一。曾作诗《伏虎林应制》,其句云:"威风万单压南邦,东云能翻鸭绿江。"讽谏皇帝之好猎。然而辽道宗正乐此不疲,根本听不进皇后的劝谏。帝后虽位在至尊,但其实只是皇帝的附属品,她们的命运大都操纵于皇帝之手,萧皇后也不例外,从此她便被道宗疏远,尝尽深宫孤寂。

萧观音作《回心院词》共10首,希望打动丈夫的心,重拾往日的欢乐。萧观音叫宫廷乐师赵惟一谱上音乐,以玉笛、琵琶演奏。萧观音与赵惟一丝竹相合,每每使听的人怵然心动,于是后宫盛传两人情投意合。

辽道宗长期打猎,当时的皇族耶律乙辛因为平乱有功渐渐大权独揽,野心日益增大。于是趁流言四起之时

构陷萧皇后,暗中派人作《十香词》进献萧皇后,说是宋国皇后所作,萧皇后若能把它抄下来并为它谱曲,便可称为二绝,也好为后世留一段佳话。《十香词》遣词用语都十分暧昧,但这正合孤寂中萧皇后的心态,于是她便亲手用彩绢抄写一遍,此外,她还在末端又写了一首题为《怀古》的诗:"宫中只

数赵家妆,败雨残云误汉王;唯有知情一片月,曾窥飞燕入昭阳。"

耶律乙辛以《十香词》为物证到辽道宗那里诋毁皇后,更就《怀古》诗进行曲解:"诗中'宫中只数赵家妆','惟有知情一片月',正包含了'赵惟一'三字,此正是皇后思念赵惟一的表现。至此辽道宗大怒,认定萧观音与赵惟一私通,敕令萧观音自尽,赵惟一凌迟处死。纳兰容若为此而填词咏"才色过人多薄命"之旨。

于中好

十月初四夜风雨,其明日是亡妇生辰

【原文】

尘满疏帘①素带②飘,真成③暗度④可怜宵。几回偷拭青衫⑤泪,忽傍犀奁⑥见翠翘⑦。

惟有恨,转无聊。五更依旧落花朝。衰杨叶尽丝难尽,冷雨凄风⑧打画桥⑨。

【注释】

①疏帘:指稀疏的竹制窗帘。

②素带:白色的带子,服丧用。

③真成:真个,的确。

④暗度:不知不觉地过去。

⑤青衫:青色的衣衫,黑色的衣服,古代指书生。

⑥犀奁:以犀牛角制作而成的梳妆盒。

⑦翠翘:古代妇人首饰的一种,状似翠鸟尾上的长羽,故名。这里指亡妻遗物。

⑧冷雨凄风:形容恶劣的天气或悲惨凄凉的处境。

⑨画桥:雕饰华丽的桥梁。

【赏析】

回来了,从天涯,我回来了。可你在哪儿,在哪儿呀?你说过要等我回来,相约白首,为何失言,为何失言?我回来了,回来了,你听见了吗,听见了吗?

是我来晚了,我日夜兼程,可还是来晚了,你走了,带着一怀的愁绪,走了,带着眷恋与不舍,走了。你走了,留下一缕青丝,一支碧钗,留下思念与我相伴；你走了，留下一叠素稿，半壁残诗，留下寂寞与我相伴。物是人已非，从此，孤灯伴冷衾，箫音独自鸣。

这是一首悼亡之作。词序云："其明日是亡妇生辰"，可知十月初五日是为其亡妻卢氏之生日。自然这又引发了词人对亡妻深深的怀念，遂赋此以寄哀思。

起首句，"尘满疏帘素带飘"，夜已深沉，窗帘上落满尘土，风儿静静地吹了进来，室内一片死寂，只见素带飘动。此处，值得注意的是一系列冷落寂静意象：窗帘是"疏帘"，带是"素带"，动作是"飘"，"尘满"，则说明疏帘许久没有打扫，所以这句整体给人营造出来的感觉是：物是人非，人去楼空，往事尘封。

"真成暗度可怜宵"，"可怜宵"，通俗言之，即可爱之夜，为诗人钟情之语。比如宋谭宣子《江城子》"可爱风流年纪可怜宵"，苏轼《西江月》"莫教空度可怜宵。月与佳人共僚。"初四之夜，是个"可怜宵"，本是最当珍重的一个晚上却只有词人一人孤单度过了，所以说"暗度"，自是凄凉孤寂之意。

"几回偷拭青衫泪，忽傍犀奁见翠翘"，词人在这个寂寥的夜晚，好几次想起妻子，总要偷偷地抹上几回眼泪，忽然看见妻子的梳妆盒旁边躺着一支翠翘，更不由得睹物思人。

"偷拭青衫泪",这个"偷"字颇令人费解。既然是一人夜不能寐,独自沉思往事,流泪即流泪,何必"偷偷地抹去眼泪"呢,难道怕谁人看见? 问题就在于此处"偷",不是实指,而是虚笔,作为一个符号意象,它传达的一个意思是:情何以堪。

"惟有恨,转无聊。五更依旧落花朝",夜不能寐,转眼已是五更天,马上就要天亮了。"落花朝"即落花时节的早晨。十月初五不是落花时节,五月才是。卢氏之死正在五月。词人由妻子的生辰想到忌日,"依旧"二字无限悲伤:无论如何,妻子也不可能死而复生,失去的便永远也回不来了,以后的每一天皆是一落花朝呀。

"衰杨叶尽丝难尽,冷雨凄风打画桥",最后两句以景语作结,"衰杨"不是杨树,而是柳树,"丝"谐音"思",此是诗人们颇为常用的一个谐音双关。"衰杨叶尽丝难尽",用今之白话言即是:卢氏虽然死了,但她永远活在我的心中。

于中好

送梁汾南还，为题小影

【原文】

握手西风泪不干，年来多在别离间。遥知①独听灯前雨，转忆同看雪后山。

凭寄语，劝加餐，桂花时节约重还。分明②小像沉香③缕，一片伤心欲画难。

【注释】

①遥知：谓在远处知晓情况。

②分明：简单明了。

③沉香：熏香料名，又称沉水香、蜜香。

【赏析】

西风中，我俩握手告别，而离别的泪，一直未干。这一年来，我们几乎都在别离中度过。如今，想象身在远方的你，独自坐在窗前听雨，真是说不尽的凄凉。不过，想到我们曾经一起在雪

后登山观景，又甚为安慰。希望远方的你一定要保重，不要忘记我们的约定——桂花时节再逢君。你的小像在沉香中清晰可见，可是我对你的思念，却是不可具象的啊。

清康熙二十年（1681），顾贞观的母亲去世，顾贞观不得不离开京师，回到老家无锡。临行前，容若依依惜别好友，竟难过到无语凝噎。时值秋雨时节。容若为顾贞观写了诗词相赠。在分开的这段日子，他相思无减，又写下了《送梁汾》《木兰花慢·立秋夜雨，送梁汾南行》等，诉不尽的离别惆怅与一往情深。

从容若赠与顾贞观的多首词作中可以看出，顾在他的心中是举足轻重的，甚至情比手足。可惜因为职务之别，二人相聚的日子却是屈指可数。纳兰身为皇帝的近侍，随驾出巡是家常便饭，仅康熙十九年至二十年（1680—1681），他就先后跟随皇帝巡幸了巩华城、遵化、雄县等地，所以才有"年来多在别离间"的遗憾慨叹。而

1681年，顾贞观的家乡无锡传来噩耗，其老母亲不幸故去，贞观遂打点行李准备回家奔丧。这时的容若好不容易回到京师，能与挚友相伴，饮酒作诗，偷得浮生半日闲。岂料贞观突逢家变，虽心下难舍，却不得不与他作别。

离别的日子梅雨绵绵，容若的心情就如同这天气般潮湿晦涩。在好友就要登上归途之际，容若在西风中紧紧握着他的手，许久才松开。直到好友消失在天际，他才惊觉，湿润的面庞，任西风怎么吹也吹不干。他自嘲地想，许是雨水吧。可是他心里知道，湿漉漉的心，该不会也是被雨淋湿了吧。

这缠绵的雨，不知何时休。自从与贞观一别，这天气一直不放晴，容若对此颇为烦恼。因为在这样的季节、这样的天气里，他总是忍不住要想念远方的挚友。他想着，在千里之外的无锡，贞观一人坐在窗前听雨，朋友不在身边，母亲也新亡，他该是何等的孤独和痛苦啊！其实，孤独痛苦的，又何止贞观一人呢？不过，当容若转念想起他们在京师的日子，两人一同在雪后观山景，那情景历历在目，恍若就发生在昨天一样，容若顿时觉得思念稍解。原来，回忆也是思念的解药啊！

"凭寄语，劝加餐。"意在表露对挚友的关怀之情，嘱咐他不要太过伤心，要好好吃饭，保重身体。不过，这句直白之语，似乎有点不合时宜，或者破坏了那么一点点雅致的情调。可是，容若不是住在高台的谪仙人，他是一个有血有肉、有情有义的凡人，面对遭逢家变的友人，

面对只身在异地的友人，他的事无巨细的关怀，正是最质朴的感情凸显。谁能说，此句读来不是字字关心，字字真情呢？接着，容若又提起二人的相约，离别前贞观答应他，等到桂花飘香的时节就回来京师，与他相聚。容若也知

道,好友不会忘记这个约定,但是,他怕好友不能忍受现下的孤苦,所以特意提醒他,让他心中永远有念想。其实,容若也是在安慰自己——忍受住暂时的分离吧,很快就会再见面的。

离愁无限,难寻出口,容若只好坐在沉香楼前顾贞观的小像前,默默地回忆着往昔。香雾缭绕中,贞观的容颜还清晰可见,可是,纵是那世间最高明的丹青手,也画不出你我二人此时的伤情。此句极言思念之深重。"一片伤心欲画难"化自唐朝诗人高蟾《金陵晚望》中的"世间无限丹青手,一片伤心画不成"。意为世间无数大画家,谁也难画出此刻的一片伤心之感。在此,容若所要表达之意,正好与高蟾诗句中的意境契合。真可谓是自古诗人多善感哪!

【词人逸事】

梁佩兰在纳兰容若的祭文中说:"黄金如土,惟义是赴。见才必怜,见贤必慕。生平至性,固结于君亲,举以待人,无事不真。"梁佩兰的话不无溢美之词,然而用于纳兰容若却决不夸张。对友情的珍视在他的诗词中随处可见,生平挚友如严绳孙、顾贞观、朱彝尊、姜宸英辈,当时都不过是汉人布衣,而纳兰容若已早登科第,又是皇族贵胄,然而却虚己纳交,待人至诚至真,推心置腹。当时朝野满汉种族之见甚深,而他的朋友却都是江南人,而且皆坎坷失意之士,纳兰容若倾尽自己的全力帮助他们,对于顾贞观更是如此。

当顾贞观离开京城,回乡奔丧时,纳兰容若自是难舍难分。除本篇外,还有诗《送梁汾》、词《木兰花慢·立秋夜雨,送梁汾南行》等,皆极尽深情地表达了诚挚的友情和一往情深的伤别之意。

河传

【原文】

春浅[1],红怨[2],掩双环[3],微雨花间昼闲。无言暗将红泪弹。阑珊[4],香销轻梦还。

斜倚画屏思往事[5],皆不是,空作相思字。记当时,垂柳丝。花枝[6],满庭蝴蝶儿。

【注释】

①春浅:谓春意浅淡。

②红怨:为花落伤感。

③掩双环:掩门,关起门。

④阑珊:残,将尽。

⑤画屏:有画饰的屏风。

⑥花枝:开有花的枝条。

【赏析】

许多的往事,才下眉头,却上心头。那一天,绣塌旁,春雨淅沥,你们,听雨,谈天。那一天,雕栏曲处,杨柳依依,你们,赏花,倚栏。

一切的时光,都如开在衣角的春天,温柔又腼腆。而什么时候,如水的月光,被你们遗失了呢。

想起时,却似十年踪迹十年心,空余叹息,以及无望的回首。当时的样子,天真烂漫。连纯白枕头都留着美梦的余香,像春日里的细风,轻轻的,暖透小小的你。而如今,月似当时,人似当时否?

此词写微雨湿花时节,闺中女子的一段难以诉说的柔情。全词以形象出之,极缠绵婉约之致。

"春浅,红怨,掩双环",首句即描摹了一幅残败的暮春图景。春色已浅,凋零的春花,也似充满了怨愤的情绪,令人不忍目睹,只得把门关上,独自沉吟。

"掩双环",主语当然是闺中女子了,于是自然过渡到下两句"微雨花间昼闲,无言暗将红泪弹"微雨蒙蒙,一人独立花间,白日里,空虚无聊,只有弹泪无言。此处,"昼闲"是因,"泪弹"是果,因为索寞无绪,无人可说,所以只有静默无语，流下悲伤的泪水。

"阑珊，香销轻梦还。""阑珊"，本义是将尽、衰落，既可以指物，亦可以指人。此处，"阑珊"二字并没有主语，所以既可以说春色阑珊（春色将尽），亦可以说意兴阑珊（精神低落）。但不管作何解，传达出来的情感基调皆同，即感伤春逝之情。"香销

轻梦还"，化用李清照《念奴娇》"被冷香销新梦觉"，以"轻梦"替掉易安"新梦"，虽是一字之移，含义却大不一样。"新梦"，是梦乡新到；"轻梦"，是指做的很浅的梦，梦乡说不定还没有到。梦乡未到，一下子就醒了，梦中的情景消逝，眼前一片凄凉，那人早已不在身边了，这种表达，就句意而言，比易安更为凄苦哀怨。

"斜倚画屏思往事，皆不是，空作相思字。"上阕说闺中女子怅怅地醒来，这里说她醒来后，斜倚着画屏，开始思念往事。但足左也不是，右也不是，一切都令人伤感，都让人倍感凄清，此时此刻只剩相思二字占据了全部情怀。"相思字"，即相思语、相思字句，亦为词人最为钟情之词。譬如苏轼有"向彩笺写遍，相思字了，重重封卷，密寄书邮"，辛弃疾有"相思字，空盈幅；桐思意，何时足？"，张炎有"薛涛笺上相思字，重开又还重摺。"词人此

处,"空作相思字",意谓她面对一片春景不田伤感,意中人不在身边,对景伤情,将写满了相思字也无计可施。

"记当时,垂柳丝,花枝,满庭蝴蝶儿。"最后四句回忆起当时与意中人相会的情景:柳丝,花枝,蝴蝶,春光旖旎。而如今往事皆非,空作相思意。全篇荡漾着一种淡淡的哀伤,写尽了"思往事"的刻骨铭心的寂寞情怀。

木兰花令

拟古决绝词

【原文】

人生若只如初见,何事①秋风悲画扇②?等闲③变却故人④心,却道故人心易变。

骊山⑤语罢清宵⑥半,泪雨霖铃终不怨⑦。何如薄幸⑧锦衣郎⑨,比翼连枝当日愿。

【注释】

①何事:为何,何故。

②画扇:有画饰的扇子。此处用班婕妤典故。班婕妤为汉成帝妃,被赵飞燕谗害,退居冷官,后有诗《怨歌行》,以秋扇为喻抒发被弃怨情,

后人遂以秋扇喻女子被弃。

③等闲：无端，平白地。

④故人：指情人。

⑤骊山：在陕西临潼东南，因山形似骊马，呈纯青色而得名，是著名的游览、休养胜地。

⑥清宵：清静的夜晚。《太真外传》载，唐明皇与杨玉环曾于七月七日夜，在骊山华清宫长生殿里盟誓，愿世世为夫妻。白居易《长恨歌》："在天愿作比翼鸟，在地愿作连理枝。"后安史乱起，明皇入蜀，于马嵬坡赐死杨玉环。杨死前云："妾诚负国恩，死无恨矣。"

⑦"泪雨"句：唐郑处诲《明皇杂录补遗》："明皇既幸蜀，西南行初入斜谷，属霖雨涉旬，于栈道雨中闻铃，音与山相应。上既悼念贵妃，采其声为《雨霖铃》曲，以寄恨焉。"

⑧薄幸：薄情，负心，也指负心的人。

⑨锦衣郎：指唐明皇。

【词评】

决绝意谓决裂,指男女情变,断绝关系。唐元稹曾用乐府歌行体,模拟一女子的口吻,作《古决绝词》容若此作题为"拟古决绝词谏友",也以女子的声口出之。其意是用男女间的爱情为喻,说明交友之道也应该始终如一,生死不渝。

——盛冬铃《纳兰容若词选》

题目写明:模仿古代的《决绝词》,那是女方恨男方薄情,断绝关系的坚决表态。这里用汉成帝女官班婕妤和唐玄宗妃子杨玉环的典故来拟写古词。虽说意在"决绝",还是一腔怨情,这就更加深婉动人。

——于在春《清词百首》

【赏析】

初见惊艳,再见依然。这也许只是一种美好的愿望。初见,惊艳。蓦然回首,曾经沧海。只怕早已换了人间。所以你说,人生若只如初见?

是的,人生若只如初见,所有往事都化为红尘一笑,只留下初见时的惊艳、倾情。忘却也许有过的背叛、伤怀、无奈和悲痛。这是何等美妙的人生境界。

正如，君子之交淡如水。正如，相濡以沫，不如相忘于江湖。正如，有情不必终老，暗香浮动恰好，无情未必就是决绝，我只要你记着：初见时彼此的微笑……

这首词，看似明白如话，实则用典绵密。

"人生若只如初见，何事秋风悲画扇"，秋风画扇，是诗词当中的一个意象符

号——扇子夏用，迨至秋风起了，扇子又该如何呢？汉成帝时，班婕好好受到冷落，凄凉境下以团扇自喻，写下了一首《怨歌行》："新裂齐纨素，皎洁如霜雪。裁成合欢扇，团团似明月。出入君怀袖，动摇微风发。常恐秋节至，凉飙夺炎热。弃捐箧笥中，恩情中道绝。"扇子材质精良，如霜似雪，形如满月，兼具皎洁与团圆两重意象，"出入君怀袖"自是形影不离，但秋天终至，等秋风一起，扇子再好也要被捐弃一边。——这就是秋风画扇的典之所出。"人生若只如初见，何事秋风悲画扇"，人之与人，若始终只如初见时的美好，就如同团扇始终都如初夏时刚刚拿在手里的那一刻，该是多好？

下面两句"等闲变却故人心，却道故心人易变"，看似通俗易懂，如叨家常，其实也是用典，出处就在谢朓的《同王主簿怨情》："掖庭聘绝国，长门失欢宴。相逢咏茶蘼，辞宠悲团扇。花丛乱数蝶，风帘入双燕。徒使春带赊，坐惜红颜变。平生一顾重，宿昔千金贱。故人心尚永，故心人不见。"谢这首诗，也是借闺怨来抒怀的，最后两句"故人心尚永，故心人不见"，正是容若

"等闲变却故人心,却道故心人易变"一语之所本。意思大约可解为:你这位故人轻易地就变了心,却反而说我变得太快了。

下阕继续用典,"骊山语罢清宵半,泪雨霖铃终不怨",这是唐明皇和杨贵妃的故事。"七月七日长生殿,夜半无人私语时",此长生殿就在骊山华清宫,这便是"骊山语罢清宵半",后来马嵬坡事过,唐明皇入蜀,正值雨季,唐明皇夜晚于栈道雨中闻铃,百感交集,依此音作《雨霖铃》的曲调以寄托幽思。

"何如薄幸锦衣郎,比翼连枝当日愿",这里的"薄幸锦衣郎"仍指唐明皇,"比翼连枝当日愿"则是唐明皇和杨贵妃在长生殿约誓时说的"在天愿作比翼鸟,在地愿为连理枝"。此处容若的意思应该是:虽然故人变了心,往日难再,但无论如何,过去也是有过一段交情的。——以过去的山盟海誓对比现在的故人变心,似有痛楚,似有责备。

这首词,若作情事解,则看似写得浅白直露;若依词题解,实则温婉含蓄,怨而不怒,正是"君子绝交,不出恶声"的士人之风。但我们始终无法说清容若的这首词到底是真有本事,还是泛泛而谈。也许这是他一位故友的绝交词,也许只是泛泛而论交友之道,皆很难说。

虞美人

秋夕信步^①

【原文】

愁痕满地无人省,露湿琅玕影^②。闲阶小立倍荒凉^③。还胜旧时月色在潇湘。

薄情转是多情累,曲曲柔肠碎。红笺向壁字模糊^④,忆共灯前呵手为伊书。

【注释】

①信步:漫步,随意行走。

②琅玕:一种青色似珠玉的美石,是孔雀石的一种,又名绿青。喻竹。

③闲阶:空荡寂寞的台阶。

④红笺:红色笺纸,多用以题写诗词。向壁:面对墙壁。

【赏析】

这首词描写对妻子的思念:秋夜闲庭信步,露湿苍竹,愁痕遍地却无人了解。

在空荡的台阶前小立,只剩下这旧时的明月洒满庭院,心境倍感荒凉。无情

的人都是因为当初太过多情,早已肝肠寸断了。信笺仍在,那信中模糊的字迹,让人又回忆起当初曾在凉夜的灯下呵手书写的情景来。

虞美人

【原文】

绿阴帘外梧桐影,玉虎①牵金井②。怕听啼鴂③出帘迟,恰到年年今日两相思。

凄凉满地红心草④,此恨谁知道? 待将幽忆寄新词,分付芭蕉风定月斜时。

【注释】

①玉虎:井上的辘轳。

②金井:栏上有雕饰的水井,一般用以指宫廷园林里的井。

③啼鴂:啼鸣的杜鹃鸟。

④红心草:草名,一说为红心灰藋之俗称。相传唐王炎梦侍吴王,久之,闻宫中出辇,鸣箫击鼓,言葬西施。吴王悲悼不已,立诏词客作挽歌。炎应教作了《西施挽歌》,有"满地红心草,三层碧玉阶"之句。后以"红心草"作为美人遗恨的典故。

国学经典文库

纳兰容若全集

《纳兰词》鉴赏

图文珍藏版

【赏析】

这首词为怀念恋人之作：窗外洒下梧桐绿色的树荫，倒映在金井的辘轳之上。又到了年年相思的日子，因为害怕听到杜鹃的哀啼而迟迟不敢走出门来。那满怀相思的红心草已是凄凉满地，心头的遗恨又有谁能够明了？于是只好将这满怀的思绪写作一曲新词，在芭蕉风定、月影西斜时寄去我的相思。

提到虞美人，脑海中总躲不过后主的绝笔，"春花秋月何时了，往事知多少"。才忆起故国月明，便有项王一曲悲歌回响耳畔"虞兮虞兮奈若何"。战场上的争斗虞美人无奈，却愿为连理枝再续前缘。传说战后受到战争蹂躏的土地遍开虞美人，那如鲜血般浓艳的色彩是地下安眠人的呓语。后主也罢，虞姬也罢，那些长眠的精魂也罢，花开艳丽的虞美人背后站立的竟是无情的决绝与分离。

这应是作于春末夏初的一首词吧。

帘外树已成荫，不似那只得遥看的朦胧草色。若是糊上松绿色的软烟罗作为窗纱，更应是春意盎然。说到这号称"百树之王"的梧桐，民间盛传其矧时知令，"梧桐一叶落，天下皆知秋"便是知秋的写照。《魏书·王肃传》中曾有言"凤凰非梧桐不栖"，说的便是这百鸟避之的青桐。不同于人们印象中的法国梧桐——那些写在张爱玲笔下秋风里那簌簌的梧桐，那些遍布衡山路淮海路的老树——这绿荫帘外的梧桐，正是"一株青玉立，千叶绿云委"的青桐。

玉虎金井，极尽巴洛克式的奢华，可再精美的雕饰也不过是深井和缠于深井之上用以汲水的辘轳。"玉虎牵金井"的描摹下，看到的是"雕栏玉砌应犹在"的背影，只为等待那宿命般的"朱颜改"。抑或，我们也可以换一个角度思量：纳兰日思夜想的那人今已栖于梧桐

枝上，她的命运犹如那看似繁华的辘轳，被紧紧牵于皇家金井之上。今生能让纳兰做此隐晦叹息的，除了他的表妹还能有谁呢？"虞美人"之曲不负其名。

"郎骑竹马来，绕床弄青梅"，纳兰当时或许并不知他的人生中相思相

望不相亲的人，不只是他的表妹。梧桐雨，长恨歌，纳兰短暂的生命中几度春秋，"春风桃李花开日，秋雨梧桐叶落时"，竟像是偈语一般，划过他的人生。纳兰与表妹此时虽是生离，却难言再见。思之而不得之，纳兰的周遭似有着一层离情别怨。连那窗外杜鹃之声，似也在用自然的语言诉说着，预言着，让人不忍听闻。

杜鹃，亦花亦鸟，传说是望帝杜宇所化。相传岷江恶龙为害人间，当地的少女龙妹为了解救百姓迎战恶龙，却被恶龙囚禁于五虎山铁笼中。又一个英雄美人的开端，结果也是顺理成章。少年杜宇得仙翁相助救出龙妹，打败恶龙，受拥戴为蜀地王。然而传说到了这里却峰回路转。杜宇被篡位贼臣囚禁，龙妹因不愿为贼人妻也被锁入牢笼。传说杜宇惨死山中，化作一只小鸟，飞到龙妹身边，啼叫着："归汶阳！归汶阳！"龙妹知丈夫已去，芳魂化作杜鹃鸟，从此同丈夫比翼于天地间。

鸟鸣无心，听者有意。听不得杜鹃的啼血声声，它最勾人伤怀。"山无棱，天地合，江水为竭，冬雷阵阵，夏雨雪，乃敢与君绝"，纵然没有鸟鸣，年年今日，两人异地相对同相思。此恨谁知？天知，空中划过啼血杜鹃；地知，便开出了似红泪般的红心草。那红心草开于飘过淡淡柳絮的湖畔，开于光影错

落的月下荷塘,开于花径绿篱畔。它吐露着新叶,新叶也泛着红晕;它羞涩地绽开小花,小花也羞赧地顶着深红的小帽。低头,不语,晴空过处,只那么寂静地,婷婷而立。

"自在飞花轻似梦",携红心草梦回春秋,便有一曲《西施挽歌》。相传唐代王炎,夜梦侍吴王,闻言西施已香消玉殒,应诏作此诗。"满地红心草,三层碧玉阶。"从此,红心草如那逝去的美人,在"春风无处所"的季节,婷婷婷婷地摇曳于浮云飘过的微风中,微叹"凄恨不胜怀"。

即使是这样凉薄的一叹也难容于尘世。李清照对芭蕉,叹"阴满中庭,叶叶心心舒卷有舍情"。这无端的情愫抑郁于胸中,剪不断,亦载不动;不能大声哭,也不能放声笑。"何处合成愁?离人心上秋。"梦窗以芭蕉说文解字:"不雨也飕飕。"红樱桃,绿芭蕉,云破月来的良宵,漏断人静的春夜,这纠缠于胸的幽幽往事只得寄存于诗行中。风飘飘,雨潇潇,月子弯弯千年同照九州;离人魂,昨夜梦,年年今日,但见流光无情把人抛。

虞美人

【原文】

春情只到梨花薄①,片片催零落②。夕阳何事近黄昏,不道人间犹有未招魂。

银笺别梦当时句③,密绾同心苣④。为伊判作梦中人,长向画图清夜唤真真⑤。

【注释】

①春情:春天的景致或意趣。

②零落:树木枯凋。

⑤银笺:白色的信笺。

④同心苣:像连锁的火炬状图案花纹,或指织有同心苣状图案的同心结,古人常用以象征爱情。

⑤画图:图画。真真:唐杜荀鹤《松窗杂记》:"唐进士赵颜于画工处得一软障,图一妇人甚丽,颜谓画工曰:'世无其人也,如可令生,余愿纳为妻。'画工曰:'余神画也,此亦有名,曰真真,呼其名百日,昼夜不歇,即必应之,应则以百家彩灰酒灌之,必活。'颜如其言,遂呼之百日……果活,步下言笑如常。"后因以"真真"泛指美人。

【赏析】

荒寒的春天梨花繁盛,不料却落尽了。黄昏你为什么要来?我还是个未招魂呢。深记当时的信笺,密密缝制的同心苣。为了能把你唤回,我甘愿长睡不醒,只做梦中人。

春来梨花开,风去梨花落。美好的爱情亦是如此,来时绚烂,去时凄绝。此阕极言相思的沉重。上片以景处之,结处点出相思,清灵美好。下片追忆梦中人,别有一番凄楚意。在承接上片的浓情蜜意之后,结句则化实为虚,写想象之景,意蕴悠长,别具浪漫色彩。

梨花薄,指的是梨花丛密之处。薄,指草木丛生之处。《楚辞·九章·思美人》:"揽大薄之芳茝兮,搴长洲之宿莽。"洪祖兴补注:"薄,丛薄也。"《淮南子·真训》:"鸟飞千仞之上,兽走丛薄之中"。高诱注:"聚木曰丛,深草曰薄。"

首句"春情只到梨花薄",说的是梨花开的繁盛之处显示了春天的浓情。除了梨花,其他的地方春天来了没有?"只到"似乎表明时间尚且还在早春,其他地方虽然有春天的光临,但都不是"浓情"。这一句词作留给读者"千树万树梨花开"的印象。接下来的一句"片片催零落"却让人丧气。梨花落

尽之后，这早春的美景还不是一片荒寒？让人顿感萧瑟之苦。

这也让读者心生惊异，容若写春天的景色，起初是舍不得笔墨，只是浅淡地描绘了春天的梨花，接着笔锋一转，直接就写了梨花落尽之后春天的荒寒。让人触目惊心。一年四季只有春天的景色最为美丽动人，而就在这最值得珍惜的春天，容若却发出了这样的悲音，为了什么？他是在写美人陨落还是在写自己大好年华某种情感突然被扼杀之痛？

下句更让人不忍卒读。

黄昏日落是再普通不过的自然景观，古有"夕阳无限好，只是近黄昏"，抒发的是一种人生苦短的感叹。容若却对黄昏提出了疑问：为什么黄昏会来到？这一问让笔者称奇。

容若为什么会这么发问？原因是"不道人间犹有未招魂"。这个"未招魂"是谁？是容若自己还是别人？行文至此，容若没有在词作中说明他是在写别人。我们暂且以为他是在写自己。直译过来就是：夕阳为什么到了黄昏，难道你不知道这个世间还有应该离世而没有离世的未招魂？

容若直白地表达了他想弃世而去的想法。首句的写景"春情只到梨花薄,片片催零落"就有了感情的基石。词的上阕所表达出来的这种决绝的情绪来源何处？容若遭遇了什么？他为什么会写出这样的词句？这些深深牵动读者心的问题，让读者继续往下寻找答案。

银笺，素白之笺纸。同心苣，织有相连锁的火炬形图案的同心结。古人以之作为爱情的信物。前蜀牛峤《菩萨蛮》："窗寒天欲曙，犹结同心苣。"

容若念念不忘的是与爱人生死离别时候的"当时句"，以及作为爱情信物的"同心苣"。看来是这场爱情让容若深陷其中而不能自拔，甚至有弃世而去的念头。

他们俩爱到了什么程度？一定是刻骨铭心，一定是除了她，再没有人可以让他再投入感情。这样的真爱情，自古就很难碰到。看到容若爱成这样，为他揪心的同时也感觉深深的宽慰，真爱难得，既然有幸遇到，爱到死去活来又何妨呢？

真真，美人的代称。此处借指所思之情人或妻子。唐杜荀鹤《松窗杂记》："唐进士赵颜于画工处得一软障，图一妇人甚丽，颜谓画工曰：'世无其人也，如可令生，余愿纳为妻。'画工曰：'余神画也，此亦有名，曰真真，呼其名百日,昼夜不歇,即必应之,应则以百家彩灰酒灌之,必活。颜如其言,遂呼之百日……果活,步下言笑如常。'"宋范成大《戏题赵从善两画轴》:"情知别有真真在,试与千呼万唤看。"

对着绘有美人图像的画轴呼唤,美人就会变成真人,活过来。这样的故事无疑是神话,可是爱到痴狂的容若却情愿相信这是一个真实的故事。他说:为了你我甘愿相信这样的神话故事,做一回梦中人,千呼万唤只要能够把你唤回来。

虞美人

【原文】

曲阑深处重相见,匀泪偎人颤。凄凉别后两应同,最是不胜清怨月明中①。

半生已分孤眠过,山枕檀痕涴②。忆来何事最销魂,第一折技花样画罗裙③。

【注释】

①不胜:受不住,承担不了。清怨:凄清幽怨。

②山枕:枕头,古代枕头多用木、瓷等制作,中凹两端突起,其形如山,故名。檀

③折枝:中国花卉画画法之一,不画全株,只画连枝折下的部分。花样:供仿制的式样。罗裙:丝罗制的裙子,多泛指妇女衣裙。

【赏析】

半生孤枕难眠,余生如何度过? 那晚的你,如梨花带雨,如月光般娇美纯洁。以为离开你我可以跟从前一样,没想到却是事事休。你自己画的衣服图案让我至今难忘,思念,它不肯停。

此阕乃怀念佳人而作。如纳兰词一贯的格局,上阕极言相守的美好,叫人读来心旌荡漾。下阕便转为现实,写繁华落尽的凄凉。离别后,二人月夜相思,别有一种断肠。全词将失意一倾到底,用词精致婉约,意境却极为凄怆,辛酸入骨。容若选择用白描的手法深入内心,感情真挚,用词清爽。

江淹说:"黯然销魂者,唯别而已矣。"离别之后再提笔写到离别,当初的痛又要在心中重演一遍,该是如何的折磨人?

容若忍痛提笔再写从前,最让他销魂的约会总是铭记不忘。然而,这是一场怎样的约会? 一般的约会都是花前月下,甜美无比,容若的约会不但要躲到"曲阑深处",而且是"匀泪偎人颤",这一句大有深意。容若没有写女友的容貌、姓名等,单单写到了她的三个动作,"匀"

"偎"和"颤"。"匀"是容若在替女友擦泪，还是女友自己在擦泪无关紧要，重要的是一个人该有多少泪才会用到"匀"这个字？汩汩的泪水流个不停，心里极度委屈，伤心的事情太多，想要诉说却连头绪都理不清。"偎"是依靠，一个人能提供给另外一个人信赖、安全感才会用到这个词。不过，情人之间的依偎超越于一般的"偎"，最让人向往。封建社会里，男女的依偎有一种要终身相守的意味在里面。联想到结局，我们不由得唏嘘，容若这种爱情最终是没有好结局的。"颤"有一种想要爆发却又强忍，不愿在情人跟前轻易表露自己委屈的心理状态。

约会就这样被写完，笔力千钧却又似乎轻描淡写，从容若的这种书写态度里，我们也可以一窥他回忆从前时候的复杂心态。

离别之后，伤口会渐渐愈合。容若却不这样，仿佛一道深痕，刻下的是经年的痛。

"凄凉别后两应同"中的"应"写的最值得玩味。"应"和潜在的"不应"形成了矛盾，容若劝自己应该像普通人一样，将恋爱的伤痕忘记，然而内心那个脆弱、敏感的容若却对过往恋恋不舍，难以忘怀。内心与外在的纠结，就像别离前与别离后一样完全不同。至于别后有什么样的不同，容若没有

写到，可是凭借想象，也可以勾勒出容若每天面对着"物是人非"所产生的"事事休"的悲叹该有多么频繁。

最触动他内心的、最让他感觉不一样的自然是约会那晚的月光和现在的月光。正如苏轼所言"但愿人长久，千里共婵娟"。明月的长久与人相聚的短暂，这文戏剧性的对比，常常让人感带气短情长，言说不尽。

"半生"最难解。容若三十一岁就去世了，写这首词的时间最多也就二十多岁，怎么可以说自己都过完了半生？在这里，容若用了夸张的修辞手法，表达了他再也无法忍受孤枕难眠的滋味，他想要结束单身生活的强烈愿望。

山枕，指的是枕头，古代枕头多用木、瓷等制作，中间凹，两端突起，其形如山，故名。檀痕，指的是带有香粉的泪痕。"山枕檀痕浣"这句是从女友那边落笔，写了女友同样孤枕难眠的境况。

两个相思的人，都孤枕难眠，在各自的世界里痛苦不已。

容若的落笔还是回到了约会的那晚。时间上，似乎形成了一个完整的环，讲述的故事又回到了起点。然而，与之前"匀泪偎人颤"完全不同的是，容若这次写了女友的衣裳，"第一折枝花样画罗裙"，女友的聪慧和美丽全在这一句话里。容若讲述女友衣服的心情也完全不一样。

折枝，是中国花卉画的画法之一，不画全株，只画连枝折下的部分。花样,即供仿制的式样。罗裙,丝罗织成的裙子,泛指妇女衣裙。

兰心惠质的女子,不屑用外面的庸脂俗粉,而别出心裁地用山水画的折枝技法,在素自的罗裙上画出意境疏淡的图画。这样的女子自然不俗,这样的爱情,容若自然难弃。

虞美人

为梁汾赋

【原文】

凭君料理花间课①,莫负当初我。眼看鸡犬上天梯②,黄九自招秦七共泥犁③。

瘦狂那似痴肥好④,判任⑤痴肥笑。笑他多病与长贫,不及诸公衮衮向风尘⑥。

【注释】

①料理:本为指点、指教。此处为辑集。课,指词作。花间,词人以后蜀赵崇祚编的《花间集》比喻自己的词作。

②天梯:道教中所说的登天的云梯。鸡犬上天梯,即一人得道,鸡犬升天之意。

③黄九:北宋诗人黄庭坚,因排行第九,故云。秦七:北宋词人秦观,因

排行第七,故云。此借指词人与顾贞观。

④瘦狂、痴肥:比喻官场失意者与得意者。作者以瘦狂自喻,而以痴肥比喻那些脑满肠肥的人。

⑤判任:一任、任凭。

⑥诸公:此指仕进得意、占据险要地位者。衮衮:谓络绎不绝。风尘:指仕途、官场。

【赏析】

顾子,你曾言:人人争唱饮水词,纳兰心事有谁知。君言此,表君知。初相识,你玉树临风立于我面前,我知道,我生命中的知己来到了。

只有在你面前,我才完全是我自己,我的人前尊耀,背后落魄,我所有的心不甘情不愿在你面前可以尽情展现。细细想来,那些江南俊杰们,严绳孙、朱彝尊、陈维崧、吴汉槎等不肯为朝廷折腰,却愿意和我这奸相之子、皇帝近侍亲近,皆因有你。一生诗文交与你,知君不负当初我,终结成为《饮水词》。

真的是这样:霸业等闲休,跃马横戈总白头。莫把韶华轻换了,封侯。多少英雄只废丘。来、来、来,顾子,牵你手共走江湖。金裘花马换美酒,与君同销万古愁。

词题"为梁汾赋",梁汾即顾贞观,为容若的第一知音。这首词当写于容若与顾贞观结交的初期,事由是:容若委托顾贞观把自己的词作结集出版。对于古代文人而言,为人辑集庶几等同于托妻寄子,是把自己的全部心血托付出去。这等事情容若若要托付出去,舍顾贞观之外再无旁的人选。而此篇也正可以看作是二人同怀同道的率真写照。

"凭君料理花间课,莫负当初我",容若这是叮嘱顾贞观:我的词集选编出版之事全权委托你了,切莫辜负当初我将你引为知己的本意啊。此处容若用"花间课",并非说他的词风效法《花间集》,只不过是以之代指自己的词作罢了。事实上,容若的词风和词学主张都是远远超出花间的。花间一脉是词的源头,属于"艳科",花间之美在于"情趣",而非"情怀"。而容若的词学主张,虽是从花间传统而来的,仍然提倡"情趣",但同时主张性灵,主张填词要独出机杼、抒写性情。也就是说,这是处在情趣和情怀之间的一个点,是为性情。所以,为容若所推崇的前辈词人,既非温、韦,也非苏、辛,而是秦七、黄九。这便是下一句里的"眼看鸡犬上天梯,黄九自招秦七共泥犁"。

"鸡犬上天梯",此是淮南王刘安"鸡犬升天"的典故,谓刘安修仙炼药,终有所成,一家人全都升天而去,就连家里的鸡犬也因沾了一点药粉而跟着

国学经典文库

纳兰容若全集

《纳兰词》鉴赏

图文珍藏版

一起升天了。这句是说眼看小人入仕朝廷,登上高位。"黄九自招秦七共泥犁"。秦七,即秦观;黄九,即黄庭坚。秦七婉约,黄九绮艳,故而并称。泥犁,本指地狱,此处用黄庭坚事典:黄庭坚年轻时喜好填词,格调绮艳温婉,人争而传之。当时,有一关西和尚,名叫法云,斥责黄庭坚,说他作的黄色小调,撩拨世人淫念,罪过太大,将来要堕入地狱的。此处,秦七和黄九显然就是容若和顾贞观的自况,而容若用这个典故,也是说:我们不求富贵显达,只耽于填自己的艳丽小词,你们那些鸡犬尽管升天好了,我们即使下地狱也不后悔!

下阕,"瘦狂那似痴肥好,判任痴肥笑",瘦狂和痴肥是南朝沈昭略的典故。沈昭略为人旷达不羁,好饮酒使气,有一次遇到王约,张目视之:"你就是王约吗,为何又痴又肥?"王约当下反唇相讥道:"你就是沈昭略吗,为

何又瘦又狂?"沈昭略哈哈大笑道:"瘦比肥好,狂比痴好!"容若用这个典故,是断章取义式的用法,与顾贞观自况瘦狂,把对立面比作痴肥,表面是说你们痴肥尽管笑话我们瘦狂,我们既然不如你们,那就随便你们怎么笑吧!但是实际上却是说:你们这些痴肥满脑肥肠,无所用心,也配笑话我们?此时的容若,哪里是一个多情种子,分明是一位狂放豪侠么!

末句"笑他多病与长贫,不及诸公衮衮向风尘","笑"字上承"判任痴肥笑"——痴肥们所笑为何?笑的是我们的多病与长贫。这里,多病与长贫实

有所指,多病的是容若,长贫的是顾贞观,两个人放在一起,遂为贫病交加。容若最后语带反讽,谓我和顾贞观一病一贫、一狂一瘦,实在比不上你们各位痴肥风风光光地究究向风尘呀。"举世皆誉而不加劝,举世皆非而不加沮。"我走我路,任人评说。这是一个"德也狂生耳"的旷达形象,也是一个绝世才子的风流自赏。

虞美人

【原文】

风灭炉烟残炧①冷,相伴惟孤影。判教狼藉醉清樽②,为问世间醒眼是何人?

难逢易散花间酒,饮罢空搔首。闲愁总付醉来眠,只恐醒时依旧到樽前。

【注释】

①残炧,烧残的烛灰。

②判:甘愿,不惜。樽:古代盛酒的器具。此处借指醇酒。

【赏析】

举世皆浊我独清,众人皆醉我独醒。那是屈原沉重的感喟。判教狼籍醉清樽,为问世间醒眼是何人？那是你悲苦的叹息。

世上人皆浑浑噩噩，却活得简单快乐，若独清独醒，便活得悲凉寂寥。你的时代并不需要你。所以没有红袖为你添香，没有英雄为你温泪。

你始终是一个孤独者，在人生戏剧惨白的舞台上演出苍凉的悲剧。你是一尊华丽的雕塑，是情为你安上了那颗会滴泪的心。你永远是心的所有，唇是远离。

本词有"为问世间醒眼是何人"一句，有人据此推测是容若为好友顾贞观作的。与否如此，无法考证。但从本篇秉承骚踪，蕴含骚人之旨来看，此说还有颇有道理的。

首二句即以冷风、残烟、烛灰、孤影交织而成一幅孤寂凄凉的室内独居图景。"风灭炉烟残地冷，相伴惟孤影"，冷风吹灭了香炉中的残烟，燃尽的烛灰早已不再温热；陪伴他的，只有自己孤单的影子。他既是自感忧愁如此，漫漫长夜该如何打发呢？

虞美人

【原文】

峰高独石当头起,影落双溪①水。马嘶人语各西东,行到断崖无路小桥通。

朔鸿②过尽归期杳,人向征鞍老。又将丝泪③湿斜阳,回首十三陵④树暮云黄。

【注释】

①双溪:此处指北京昌平境内的一条小溪。

②朔鸿:从北方向南飞的大雁。

③丝泪:微细如丝的眼泪。

④十三陵:明代十三个皇帝陵墓的总称,位于北京昌平天寿山麓。

【赏析】

这首词写行役中的感受:上阕写景,天寒地冻,高峰独石,边塞一片肃杀之气。

征人马上相逢,来不及多说就又要各奔东西。旅途艰辛,行到断崖处,只有小桥为路。下阕写思归苦情，鸿雁飞过却不能代为传书，旅人他乡为客，音信杳然。泪水如丝染透夕阳，回首眺望，只看见十三陵附近亭亭如盖的大树和被夕阳染黄的暮云。

纳兰容若是叶赫那拉氏的后人，他一出生就被安排到了天皇贵胄的家庭，注定一辈子享尽富贵荣华。可是，容若偏偏不爱锦衣玉食的生活，更是从心底里厌倦官场的庸碌与俗气。"身在高门广厦，常有山泽鱼鸟之思"，或许，这就是他常感悲伤的原因之一吧。也正因为如此，容若的词里总是带有一种淡淡的忧伤，一如他的性情，忧郁凄婉。就像这首《虞美人》，满是萧索之景、悲戚之情。

康熙十五年（公元1676年），二十二岁的纳兰容若随圣上巡视昌平，这首词就是在此间完成。此时的容若是康熙皇帝的御前侍卫，并常以武官身份参与风流斯文的诗文之事，以过人的文才武略而备受康熙赏识，所以，皇帝无论南巡北狩，还是四方游历，纳兰都常伴其左右。

双溪是北京昌平境内的一条小溪，天寒地冻的时节，眼前尽是一派肃杀的景象，高峰兀立，巨石挡路。骏马在空旷的原野中嘶鸣，行人相遇来不及说上几句话就又各奔西东。正感叹旅途的艰辛与孤独，偏偏又行到了断崖处，只有小桥为路。天空中有鸿雁飞过，却不能代为

传书,这一番遭遇令人心生感慨,思归之情油然而生。行走在异乡,最好的年华早已如逝水一般悄然没了踪迹,所谓"客里年华悄"。想着想着,就不知不觉淌下了眼泪,泪眼模糊中回首眺望,只见十三陵附近亭亭如盖的大树和被夕阳染黄的暮云。

这首词所写的本是一个常见的题材,无非人在行役途中的一番感慨长叹,但纳兰展现出了一片更加情深意远的境界。以羁旅行役为主题的词并不少见,"移舟泊烟渚,日暮客愁新"(孟浩然《宿建德江》)所展现的是一种清愁,"夕阳西下,断肠人在天涯"(马致远《天净沙·秋思》)更多的是一种惆怅,纳兰的《虞美人》则是一股锥心的悲切之感。这种痛不是歇斯底里的,而是绵长蕴藉的。

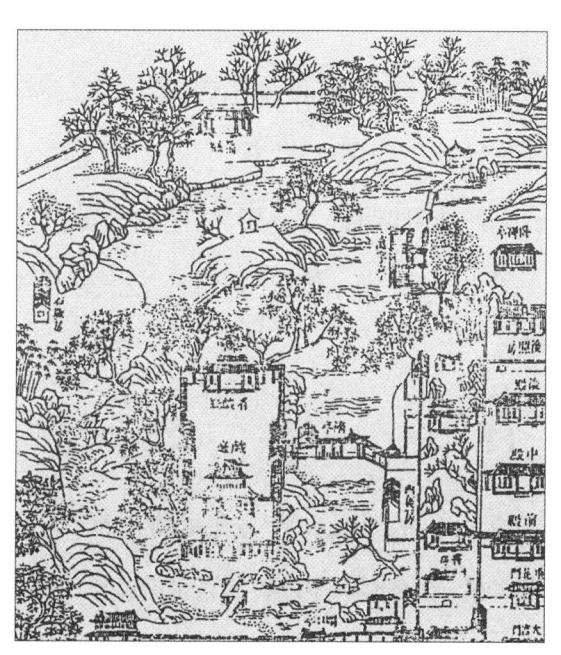

一个人心中得有多少悲伤,才能将文字浸染上眼泪的苦涩?人们常说"触景伤情",当纳兰"份情"的原因再无从考证时,我们也唯有把那一腔化不开的愁绪归咎于萧瑟斑驳的秋景。

虞美人

【原文】

黄昏又听城头角,病起心情恶。药炉初沸短檠①青,无那残香②半缕恼多情。

多情自古原多病，清镜怜清影③。一声弹指泪如丝，央及东风休遣玉人④知。

【注释】

①短檠：矮灯架，借指小灯。

②残香：将要烧尽的香。

③清镜：即明镜。清影：清朗的光影，月光，这里是清瘦的身影。

④央及：央告。休遣：暂时释放。玉人：容貌美丽的人，对亲人或所爱者的爱称。

【赏析】

纳兰的词，总是让人感觉缱绻幽情，本篇自然也不例外。这首词写的是男女之情，全词辞藻优雅，言浅意深，可谓是直抒胸臆的佳作。

一开篇，作者就为我们描绘了这样一个场面，"黄昏又听城头角，病起心情恶"，黄昏时分，城头号角响起，词人身患疾病，心情异常低落。接着容若向我们交代了此时他正在做什么，"药炉初沸短檠青，无那残香半缕恼多情"，本来是一位在家养尊处优的公子，即使在家过的不是"饭来张口，衣来伸手"的生活，可如今是在塞外，没有奴仆跟随在身边，患病的容若只能自己

动手煎药,心中的凄凉感可想而知。而且案头的短灯明灭不定,燃着的香也是残的,似乎在嘲笑自己的多情。

那么,容若到底是因何而生病呢?他在下阕给出了答案:"多情自古原多病。"患病之人一般都会自怜自伤,容若自然也不例外,更何况是独自病在异乡,没有亲人的悉心照料,没有朋友的嘘寒问暖,所以他只能无奈地揽镜自照,结果看到的却是自己日渐消瘦的容貌。

词的结尾两句似乎很好理解,"一声弹指泪如丝,央及东风休遣玉人知",病中的容若触景伤情,以至于轻轻弹一下手指,就伤心得泪下如丝,但是他又不想让想念之人知道自己患病的消息后徒增伤心,于是央求东风不要把这个消息告诉她。

虞美人

【原文】

彩云易向秋空散,燕子怜长叹。几番离合总无因,赢得一回一回亲①。

归鸿旧约霜前至②,可寄香笺字③?不如前事不思量,且枕红蕤欹侧看斜阳④。

【注释】

①长叹：烦恼，忧愁。

②归鸿：归雁。诗文中多用以寄托归思。

③香笺：散发香气的信笺。

④红蕤：红蕤枕。传说中的仙枕。唐张读《宣室志》卷六记载玉清宫有三宝：碧瑶杯、红蕤枕和紫玉函，红蕤枕似玉微红有纹如粟。亦借指绣枕。

【赏析】

这首词写闺妇相思的痛苦矛盾心情：秋天的彩云总是易散，燕子飞去，引人长叹。离合聚散总无因由，只赢得了满怀愁绪。约定霜期之前即归来，既是如此，也应该寄封书信来慰相思啊！还是不要想以前的那些事了，不如枕着绣枕侧身看夕阳西下。

此阕中，容若借闺中人之口，诉不尽的相思愁情。他笔下的佳人，思绪绵长，痛苦矛盾。但全词又以自宽自慰之语结束，颇有"悉多翻自笑"的妙趣，使词情显得些许婉转清透。

早在《红楼梦》中，曹雪芹就通过晴雯的命运展示了人生美好的无常。"霁月难逢，彩云易散"。容若难道不知道彩云天生就像肥皂，外表光鲜亮

丽,却难以长久。人生美好
的东西,哪样不是如此? 喜
欢的人得不到,想要的事业
追求不到,竭尽全力要摆脱
死亡的阴影,最后的归宿不
过如此。容若后来信佛,与
此不无关系。

　　容若为什么在词作的开
始就写到了彩云? 很多评论
家认为,这首词是从闺中人
的角度写的,写她相思的愁情难耐,写她痛苦矛盾的心理。闺中人的角度,
是容若经常用到的。在这种词作中,他往往假扮成闺中人,通过自己男性的
角度来揣摩,叙写对方的情感、心理的变化。而容若作为叙述人。他的感情
世界也会暴露无遗。

　　所以,彩云既是容若对于闺中人身份、人生的定性,也是闺中人的自况。
闺中人为什么要用彩云来形容自己,而不是俗常所见的凤凰、牡丹之类? 作
为女性,谁不愿意自己是女王,是天仙,可以保有永生的美丽和爱情? 徐志
摩有一首著名的诗作《偶然》,写的就是彩云和流水的爱情。这首诗作里的
爱情来得洒脱、高贵,飘逸自然,全然没有拖泥带水之感。而容若词中的彩
云却难免有许多感伤和人生不如意在内。笔者以为,闺中人一定不会有人
愿意用彩云来形容自己。而能这样说的只有容若,容若在这里面掺杂了他
对女性生活和命运的理解。无非是想说明,闺中人虽然深知自己的美丽,可
同时也明了这种美丽的短暂。词句有一种洞察人世、不去奢求、淡然接受命
运安排的成熟。这也更加凸显了容若作为叙述人、代言人的身份。

"秋空"也来得突兀,一年四季,每个季节的彩云都容易散得无影无踪,何必独独写到"秋空"?秋风来得猛烈、强劲,秋空往往一碧万顷,空空荡荡,彩云的踪迹会消失得更加彻底。如果这首词真的是在说一个女子的命运,这个女子的命运就真的是值得深深同情和悲哀的。连消散之后的踪影都找不到,人生无常、命运多舛,就更不在话下了。

"燕子怜长叹",连燕子都会因为闺中人命运值得同情而发出长叹,何况是多情的容若和善感的你我?燕子最常见的意向就是筑巢檐下,而闺中人的命运却不如燕子,她不知道人生的归宿在哪里。闺中人一生的遭际,她的命运究竟如何?下一个春天来了,她还有没有欣赏美景的心情?下句接着讲述。

不但有"离合",而且是"几番",最可恨的是这种种的离合都没有原因,仿佛是命定,又仿佛是归宿。这几次起起落落留下来的结果就是"一回僝僽一回亲"。看起来,愁苦和亲似乎是一半一半,其实,一定是愁苦多于亲。

闺中人是在总结自己的恋爱经历吗?几次

起起落落折腾下来,闺中人早已心灰意冷,展望未来,她是不是已经失去了信心,还是有一种人老珠黄、暮年将至,爱情似乎与我无缘的愁情在里面?

容若即便不是写知己，一定也是在写曾经熟知的某个恋人，其实总结容若一生的恋爱经历，跟这位闺中人何其相似。句句看似写闺中人，难道这不是容若的自况？

香笺，指散发有香气的信笺。这两句意谓远行的丈夫曾约定霜期之前就归来，可是却没有回来，人不回来也应该寄封信回来安慰相思之情啊！

这句突然让读者醒悟，之前所写的闺中人的离合，其实是和丈夫之间的小吵小闹、小情绪，这种感情的波折，事后回忆起来，反倒有一种甜蜜和唯美在里面。

这首词作前后的情绪很不统一，词作的前半部分，看得出闺中人是怀着极度强烈的情绪来表现自己的，而后半部分，回忆到从前和丈夫在一起的恩恩怨怨，反倒笼罩了一层甜蜜的气氛，情绪也不再狰狞。这种情绪的突转似乎很不合理，也很不连贯，却非常符合闺中人情绪化、容易发脾气、亦嗔亦怒的女性身份和性格特征。容若写来特别真实。

红蕤枕，传说中的仙枕，此处代指绣花枕。

闺中人很善于自我安慰，自我调节，看得出是一个性格泼辣、心无城府、湘云一般敢爱敢恨的人。她劝自己的话也来得很自然，如大白话一样直来直去。

虞美人

【原文】

银床①淅沥②青梧③老,屧④粉秋蛩⑤扫。采香⑥行处蹙连钱⑦,拾得翠翘⑧何恨不能言。

回廊⑨一寸相思地,落月成孤倚。背灯和月就花阴,已是十年踪迹十年心。

【注释】

①银床:指井栏,一说为辘轳架。

②淅沥:象声词,形容轻微的风雨声、落叶声等。

③青梧:梧桐,树皮色青,故称。

④屧:鞋的木底。

⑤秋蛩:蟋蟀。

⑥采香:范成大《吴郡志》云:吴王夫差于香山种香,使美人泛舟于溪以采之。谓采香喻指曾与她有过一段恋情的去处。

⑦连钱:连钱马,又名连钱骢。即毛皮色花纹、形状似相连的铜钱。

⑧翠翘:古代妇人首饰的一种,状似翠鸟尾上的长羽故名。指翡翠

翘头。

⑨回廊:用响履廊的典故。宋范成大《吴郡志》:"响履廊,在灵岩山寺。相传吴王令西施辈步履,廊虚而响,故名。"其遗址在今苏州市西灵岩山。

【赏析】

流光飞转,物是人非之后,曾经依偎相随的佳人,早已远去而不可再寻。伤痛如何不多? 还有什么可以重新拥有?

也许只有这相同的旧日回廊,相似的月灯花影。在相恋的人之中,最痛苦的是谁呢? 是烟消云散的那个? 还是碧海青天夜夜心的这个呢?

已是十年踪迹十年心。十年之后,我们是朋友还可以问候,只是那种温柔再也找不到拥抱的理由。

这首缅怀昔日恋人的《虞美人》,又是表面明白如话、水波不兴,实则用典绵密、潜流滚滚的一篇。

"银床淅沥青梧老","银床",一般有两种解释,一为井栏,一为辘轳。此处,银床是指井栏,因为容若这句是依本于前人《河中石刻诗》中的"井梧花落尽,一半在银床"。"屧粉秋蛩扫","屧",鞋之木底,与粉字连缀即代指女子,此处借指所恋女子的踪迹。此二句是说秋风秋雨摧残了井边的梧桐,蟋蟀不再鸣叫,她那美丽的身影踪迹难寻。

"采香行处蹙连钱",采香行处,传说吴王在山间种植香草,待到采摘季节,便使美人泛舟沿一条小溪前往,这条小溪便被称为采香径。如此浪漫的名称自然成为诗人们常用的意象,比如姜夔有"采香径里春寒",翁元龙有"香深径抛春扇"。容若此处是用"采香行处"来比喻当初那心爱的女子曾经流连的地方。"连钱",草名,叶呈圆形,大小如钱,故称。但文徵明曾作《三宿巖》诗,里面有"春苔蚀雨翠连钱",谓青苔被雨水侵蚀,好像连钱的斑纹。所以,"连钱"又可以代指苔痕。如此,则这句应解为:所爱之人旧日的行经之处已经长满青苔,久无人迹,这就与前一句"银床淅沥青梧老"在意境上契合无间了。

接下来"拾得翠翘何恨不能言",化用温庭筠《经旧游》成句:"坏墙经雨苍苔遍,拾得当年旧翠翘。"温庭筠的这一句庶几是容若上阕词的缩影:"坏墙经雨苍苔遍"就等于"银床淅沥青梧老,屧粉秋蛩扫","拾得当年旧翠翘"就等于"采香行处蹙连钱,拾得翠翘何恨不能言"。因此容若这句"拾得翠翘何恨不能言",未必是说在爱侣昔日

行经之地拾到了她当初遗落的一只翠玉首饰,伤感而不能言,或许只是要把我们引到温庭筠的"拾得当年旧翠翘"而已,表达的仅仅是一种情感,而未必真是写实。

下阕开始，"回廊一寸相思地，落月成孤倚"，"回廊"，用春秋吴王"响屐廊"之典。据宋范成大《吴郡志》，响屐廊，在灵岩山寺，相传吴王令西施等美女穿着木鞋履步其上，咔哒作响，回音缭绕。"一寸相思地"，是化用李商隐的名句"一寸相思一寸灰"，容若说出"一寸相思"，给人即刻联想就是"一寸灰"，更显出怀念与伤逝。

末句"背灯和月就花阴，已是十年踪迹十年心"，本自高观国《玉楼春》词中的"十年春事十年心，怕说湔裙当日事"，乃点题之句，是说距离当初欢会已经过了十年，而此十年之中，不管她在何方，我都魂牵梦绕，心怀系之。十年，对于容若而言，就是他全部生命的三分之一，就是他成年生活的几乎全部时光，而缅怀故地，依然不能忘情，其挚情挚性，由此可见一斑。

借酒消愁吧。"判教狼藉醉清樽"，即是说我情愿喝得酩酊大醉，借着醇酒来麻醉自己。"判教""狼藉"，都是决绝之语，这就说明词人之愁并非一般愁楚，其中定然包孕许多痛切和无奈，否则他也不会大声质问苍天，谁是这世间清醒不醉之人呢？"为问世醒眼是何人？"这句质问，似也点明了词人为何会有满腔郁郁之怀。《楚辞·渔父》说，"屈原既放，游于江潭，行吟泽畔，颜色憔悴，形容枯槁。渔父见而问之曰：'子非三闾大夫与？何故至

这句"为问世间醒眼是何人"正是由此化出。历史上，屈原因为独醒，所以
悲愤太深，以致憔悴可怜。如今，容若因为清醒阅世，所以"闲愁"萦怀，以
致孤清之感难以排遣。"为问世间醒眼是何人"。"是何人"？还不是容若
自己？

"难逢易散花间酒，饮罢
空搔首"，花间问饮酒，李白
《月下独酌》有"花间一壶酒，
独酌无相亲。举杯邀明月，
对影成三人。"由于此句中有
"难逢易散"，所以这里的"花
间酒"应指美景良辰时与知
己（即顾贞观）畅饮的酒宴：
为何能与知己畅饮的盛宴总
是相逢难，离别易，而人去宴

散后，只能对着满桌的空杯搔首长叹。"饮罢空搔首"，辛弃疾《虞美人》有
"一尊搔首东窗里，想渊明《停云》诗就，此时风味"，也是抒发知音稀有，一
人独居的寂寞与苦闷，语境与容若此句很像。

"闲愁总付醉来眠，只恐醒时依旧到樽前"，既然闲愁萦怀。难以排遣，
我还是用美酒和梦乡来逃避它吧。但只怕醒来之后，满腔的愁思就会让我
又一次来到酒杯的面前。全词迂回曲折，结尾二句又绕到"酒"字，但此时
已非"判教狼藉醉清樽"了，而是对酒产生了怀疑，心中隐忧赫然可见，这大
概又是李白的"抽刀断水水更流，举杯销愁愁更愁"了吧。

鹊桥仙

【原文】

倦收缃帙①,悄垂罗幕②,盼煞一灯红小。便容生受博山香③,销折得、狂名多少④。

是伊缘薄,是侬情浅,难道多磨更好? 不成寒漏也相催⑤,索性尽、荒鸡唱了⑥。

【注释】

①缃帙:浅黄色书套。亦泛指书籍、书卷。

②罗幕:丝罗帐幕。

③生受:承受、享受。博山:博山炉,因炉盖上的造型似传闻中的海中名山博山而得名,一说像华山,因秦昭王与天神博于此,故名,后为香炉的代称。

④销折:抵消、损耗。狂名:狂士的名声。

⑤不成:表示反诘语气。寒漏:寒天漏壶的滴水声。

⑥索性:直截了当,干

脆。荒鸡:指三更前啼叫的鸡,旧以其鸣为恶声,主不祥。

【赏析】

这首词是对往日甜蜜生活的追忆和怅惘:上阕忆旧,帘幕低垂,慵懒地收起书卷,看那灯前等待的人儿已经望穿秋波了。享受着这袅袅香烟之气,博得狂士之名。下阕赋今,和你的缘分太薄,如今缘尽人去,难道好事必将多磨?偏那寒漏之声又来催我入眠,可是愁苦难耐,难以成眠,索性等待鸡鸣天亮好了。

"倦收缃帙,悄垂罗幕",起首两句写二人在书房里甜蜜相聚的情景。他们相对读书,读着读着,就把那一帙帙翻动过的书,丢弃一边,只顾沉醉在爱情的温馨中,谁都懒得把书收起。书房里的帷幕,悄然而垂,环境几多安谧宁静,似乎偌大的世界,此刻只有他们两人。此处,"倦""悄"两字,委婉曲折地表达出了书房里的脉脉情思。

"盼煞一灯红小",第三句写相聚时的心情。他们多希望灯火暗淡下去,好让他们在朦胧之中感受梦一般的幸福。在以上的描写中,"倦收""悄垂"和"盼煞",一款一紧,恰好表现出相爱者外表和内心的冲突,他们抛弃书卷,默默无言,但是内心却翻滚着感情的波涛。这样的情态,不涉轻狂,却显得旖旎甜蜜。

"便容生受博山香"。博山，即博山炉，旧时妇女在博山炉里燃起檀香，用以熏衣。"生受博山香"，即是说耳鬓厮磨，彼此得以亲近。而"便容"二字则说明他想不到她会爱他，竟让他获得爱情的温暖。幸福来得如此之快，这使他充满喜悦，自然引出了"销折得、狂名多少"的想

法。主人公觉得，为了她，为了幸福，即使受到指责嘲讽，也颇为值得。然而激动也罢，欢愉也罢，此一切皆成过去。下阕，"是伊缘薄，是侬情浅"两句一落，情绪尽变，也表明了上阕所写，不过记忆中的愉悦。如今，再难相聚。为何零落如此，谁也不知。紧接着，词人还追问一句：难道多磨更好？人常言，"好事多磨""祸兮福所倚"，现在失去了爱情，难道反是将来获得幸福的先兆？以上三句，词人诘问，如发连珠，感情强烈，道出了失恋者极度苦恼的心情。他似乎在怨她，又似乎在怨己，绝望之余，又觉得仍有一线希望残存。此之微妙的心理，于三个问号中和盘托出。

一首小词，连发三问，此种表达已属罕见。更使人吃惊的是，词人还要再问一次："不成寒漏也相催？"难道更漏也要催人起来，存心不让人安睡吗？此一问，无理至极，失眠之卜与漏声更有何干？然而，此句一下，又清楚地表明失恋者从苦恼转为愤懑，觉得谁也不同情他，甚至连寒漏也来作践。如此愤懑之情，到了极限，遂迸发出最后一句，"索性尽、荒鸡唱了"。他再

也不准备睡了，索性眼睁睁地迎接黎明，此心一横，便不计较扰人清梦的荒鸡之鸣了。

这首词，上阕轻倩的旋律和下阕忧郁的调子形成了鲜明的对比，当读完全词，读者就会于一片嫣红的词采中，觉察到失恋者心情的阴冷。此也是容若爱情词所表现的特有色调。

鹊桥仙

【原文】

梦来双倚，醒时独拥，窗外一眉新月。寻思常自悔分明，无奈却、照人清切[1]。

一宵灯下，连朝镜里，瘦尽十年花骨[2]。前期[3]总约上元[4]时，怕难认、飘零人物。

【注释】

①清切：清晰准确，真切。

②花骨：花骨朵，这里形容人的容貌优美俏丽。

③前期：从前的约定。

④上元：节日名，俗以农历正月十五日为上元节，也

叫元宵节。

【赏析】

这首词述说哀婉的怀思和身世的隐怨:梦里你我相偎相依,醒来时却是寂寞孤单,只有窗外的一弯新月做伴。当初在月色分明时与你共度的情景,细想来常自悔恨未能珍惜。怎奈如今又逢照人清切的明月,却已人事全非,容颜消瘦衰老。从前我们总是在上元时节相约,而今如果再相见,怕是我这飘零之人你已经难以辨认了。

本篇像是悼亡之作,又像是写给分别十年之久的某一恋人的。风格恍惚隐晦,思绪跌宕跳跃,颇有李商隐无题诗的幽眇朦胧。

"梦来双倚,醒时独拥,窗外一眉新月。"起首三句写从梦中醒来,唯见一弯新月,空寂素寞,而梦中双倚的情景不见了。此处,"梦"与"醒"相对,"双倚"与"独拥"相对,梦中与情人并倚阑干,醒来却独自拥衾而卧,虽不言愁,但愁思已跃然纸上。"窗外"句写醒后的情景,见新月如眉而引起回忆。描摹新月,最为熨帖者,莫过于用"钩"字形容,比如李煜有"无言独上西楼,月如钩",秦观有"又是一钩新月照黄昏",谢逸有"一钩新月天如水"。但是此处,词人却偏偏不用"一钩",而是别用"一眉",这是因为此刻他眼中的新月,已不是新月,而是恋人的弯弯月眉。

"寻思常自悔分明,无奈却、照人清切。"这三句转而痛悔当时、怨恨此际,心绪颇为矛盾——我亦曾寻思,对于往昔情事,自己原本不应该记得这么清楚,若能模糊一些,淡忘一些,也许就不会像今天一样痛苦不堪了。然而月光照得如此清澈,纵欲淡忘也不能啊。"无奈却、照人清切",此句与前句"一眉新月"暗合,因为他眼中的新月就是伊人的秀眉。

所以月光如许,往事亦如许,怎么能反而淡忘呢?

下阕,"一宵灯下,连朝镜里,瘦尽十年花骨"三句是遥想情人的景况。"一宵"并非言只有一宵,而是言每一宵,与"连朝"同义,是说情人年年灯下愁思,对镜含悲。"花骨",花本无骨,此是虚拟,是以花骨比喻女子弱骨珊珊,容颜消瘦衰老。如宋史达祖《鹧鸪天》:"十年花骨东风泪,几点螺香素壁尘。"十

年里,她灯下镜中,郁郁寡欢,鸟啼花怨,能不玉肌瘦损,憔悴消骨吗?最后二句归结到自身。十年来漂泊风尘,形容憔悴,过去与情人常约定在元宵夜相会,将来假如能重见,恐怕她已不认识我这个"飘零人物"了。"前期总约上元时",若变将来时为现在时,就是欧阳修《生查子》"去年元夜时,花市灯如昼,月上柳梢头,人约黄昏后"的意境,这当然是无限温馨甜蜜,然而"怕难认、飘零人物"一句又道出了如今自己大不如意的怅惘和忧伤,其中既有哀婉的怀思,也有身世之感的隐怨。所谓"飘零人物",显然是有感慨的,至

于感慨为何,读者自可以根据容若身世来揣想了。

鹊桥仙

七夕①

【原文】

乞巧楼空②,影娥池冷③,佳节只供愁叹。丁宁休曝旧罗衣④,忆素手为余缝绽⑤。

莲粉飘红⑥,菱丝翳碧⑦,仰见明星空烂。亲持钿盒梦中来⑧,祝天上人间非幻。

【注释】

①七夕:农历七月初七的晚上,神话传说天上的牛郎、织女每年在这个晚上相会。

②乞巧楼:乞巧的彩楼。乞巧,旧时风俗农历七月七日夜(或七月六日夜)妇女在庭院向织女星乞求智巧称为"乞巧"。《荆楚岁时记》载:"七月七日为牵牛织女聚会之夜。是夕、人家妇女结缕彩,穿七孔针,或金银铃石为针,陈瓜果于庭中以乞巧。有喜子(蜘蛛)网于瓜上,则以为符应。"又,《东京梦华录·七夕》云:"至初六、初七日晚,贵家

多结彩于庭,谓之'乞巧楼',铺阵磨喝乐、花瓜酒炙、笔砚针线。或儿童裁诗,女郎歹呈巧,焚香列拜,谓之乞巧。妇女望月穿针,或以小蜘蛛安合子内,次日看之,若网圆正,谓之得巧。"

③影娥池:汉代未央宫中池名,本凿以玩月,后以指清澈鉴月的水池。《三辅黄图》谓:汉武帝于望鹄台西建俯月台,台下穿池,月影入池中,使宫人乘舟弄月影,因名影娥池。

④丁宁:同叮咛,反复地嘱咐。罗衣:轻软丝织品制成的衣服。

⑤素手:洁白的手,多形容女子之手。缝绽:缝补破绽,这里是缝制的意思。

⑥莲粉:即莲花。

⑦菱丝:菱蔓。翳:遮掩。

⑧钿合:镶嵌金、银、玉、贝的首饰盒子。相传为唐玄宗与杨贵妃定情之信物,泛指情人间之信物。

【赏析】

这首词表达爱妻亡故之后人去楼空的伤感:又是七夕佳节,然而现在却人去楼空,物是人非,怎不暗生凄凉之感呢!反复叮咛不要让人晾晒那件旧罗衣,因为那是你亲手为我缝制的,见到它更会引起我深重的愁怀。俯看荷塘上莲花飘零,菱丝遮掩了碧波,而人却瘦了一半。拿出你我定情的钿盒表达我对你的痴情,但愿我们天上人间终能相见。

当我怀念你的时候,不说美貌,不说风情,甚至不提才华。你只是我的妻,朴实、平淡、深情的妻,我忆起你最浪漫的时候,不过是"忆素手为余缝绽",用柔软温暖的手为我缝补破旧的衣衫。这便是纳兰容若的爱。

这份爱滋养了纳兰,却也在爱妻离世后深深灼伤了他的心。

"乞巧楼空,影娥池冷","乞巧"是指旧时风俗农历七月七日,女子们登上搭建好的乞巧楼,准备精洁果品,焚香拜月,为自己一双巧手,求一段美满的爱情,嬉嬉闹闹,欢乐非常。望着庭院中的彩楼,纳兰仿佛看到去年今日,卢氏在楼上拜月的身影。可是,时过境迁,佳人不再,就连汉宫秋月下歌舞升平的影娥池,怕也只能在这佳节里空叹悲凉了吧,这便是"佳节只供愁叹"。

七月正是夏末秋初,池中藕花开了又谢,谢了又开,层层叠叠,新花旧朵次第而生。本是正常的新旧交替,年年若此,诗人却品评说"莲粉飘红,菱花翳碧,仰见明星空烂"。只因那是你亲手为我缝制的衣裳,所以上面便载满了关于你的回忆,不愿让你逝去之后的时光的尘埃将其沾染。更畏惧的是,衣衫上细碎的针脚牵起我对你痛入骨髓的思恋。

《纳兰词》鉴赏

图文珍藏版

　　虽然我们生不能执子之手，但幸好，还有曾经那些生生世世的约定。"亲持钿合梦中来，信天上、人间非幻"，"钿合"一句，典出《长恨歌》，本是唐玄宗与杨贵妃的定情之物，后泛指情人间的信物。既然完不成"执子之手，与子偕老"的爱情宣言，就让我衷心祈祷，祈祷一个情比金坚的爱情诺言的实现——我们，天上人间相见！

　　问世间情为何物，直教生死相许？爱，就爱了，深深爱，狠狠爱。天上人间相见，不是人人都能承受得住的凄丽哀婉。

南乡子

【原文】

　　柳絮晚悠飏①，斜日波纹映画梁②。刺绣女儿楼上立③，柔肠④，爱看晴丝百尺长⑤。

　　风定却闻香，吹落残红在绣床⑥。休堕玉钗惊比翼⑦，双双，共喋蘋花绿满塘⑧。

【注释】

①悠飏：飘忽不定貌，飘扬、飞扬。

②画梁：有彩绘装饰的屋梁。

③刺绣：用彩线在纺织品上绣出图画。

④柔肠：温柔的心肠，多指女子缠绵的情意。

⑤晴丝：虫类所吐的、在空中飘荡的游丝。

⑥残红：凋残的花，落花。

⑦比翼：传说中一种雌雄一起飞的鸟，飞时翅膀挨着翅膀，比喻恩爱

夫妻。

⑧喋:吮吸。

【赏析】

这首词描绘少女钚春的
形象:上阕描摹时景,傍晚时
候,柳絮飘飞,落日斜映在池
塘上,波影映照着画梁。刺
绣女儿伫立在绣楼之上,春
怀寂寂、情意绵绵地看着空

中飘荡的游丝。下阕进一步描绘孤寂之情,风停了,却闻到飘落在绣床上的
落花的余香。池塘中的水鸟、鱼儿正成双成对地吮吸着满塘绿色的浮萍,千
万别让头上的玉钗掉下惊扰了它们。

与其他大量伤感、惆怅的词相比,纳兰容若这一首《南乡子》倒是显得
清新可喜,词中"刺绣女儿"独立绣楼,怀春伤春的形象生动感人,羞涩中不
乏泼辣,微恼下又怀柔情,宛若乡里邻家的俏皮女子。

这首词上阕描摹时景,傍晚时候,柳絮飘飞,落日斜映在池塘上,波影映
照着画梁。刺绣女儿伫立在绣楼之上,春怀寂寂、情意绵绵地看着空中飘荡
的游丝。下阕进一步描绘孤寂之情,风停了,却闻到飘落在绣床上的落花的
余香。池塘中的水鸟、鱼儿正成双成对地吮吸着满塘绿色的浮萍,女子小心
翼翼地在侧旁观,心中暗暗说道:"千万莫让头上的玉钗坠落下来惊扰了它
们啊!"

"绣楼女儿"那小心"休堕玉钗"的细节和怕"惊比翼"的心理将她内心
深处的怀春之情表现得愈加微妙和真实,与其说她怕惊吓到成双成对的鸟

儿和鱼儿，倒不如说她从心底美慕它们。

有人曾将纳兰容若词中的女子形象归为四类：一为闺中思妇，如《相见欢》（落花如梦凄迷）、《浣溪沙》（十二红帘率地深）、《踏莎行》（春水鸭头）等词作中各自呈现了情态各异的思妇形象；二为亡妻，容若悼念亡妻的词甚多，如《青衫湿·悼亡》《鹊桥仙·七夕》《南乡子·为亡妇题照》《金缕曲·亡妇忌日有感》等词作都凸现了他对妻子的一片深情，更是将卢氏温婉贤淑、优雅聪慧的形象描摹得十分生动；三是寂寞宫女，这些女子居于深宫之内，却得不到帝王的宠幸，只能在时光流逝中看着自己逐渐老去的容颜暗自嗟叹，任岁月吞噬着自己最好的青春韶华却只能虫尝苦酒，真实凄凉悲惨，如《昭君怨》；第四类便是怀春少女了。

在《生查子》（东风不解愁）中，纳兰描写了一个在月夜怀春伤春的少女形象，"东风不解愁，偷展湘裙衩。独夜背纱笼，影著纤腰画"。夜风拂动少女的罗裙，她不禁埋怨起不解人意的东风，而后又在灯影中顾影自怜，其实她所怨的未必是东风，或许是"檀郎"；在《菩萨蛮》（隔花才歇廉纤雨）里，春雨初歇，一位妙龄少女无心梳妆打扮，只是默默地走出闺房，凝望楼阁，看着"梁燕自双归，长条脉脉垂"，她"独自立瑶阶"，"透寒金缕鞋"，一"独"一"透"便道出了女子的满腹心事。

《饮水词》中写到怀春少女的作品并不多，但每一首读来都各有滋味。这些词作虽然也萦绕着一股淡淡的感伤和郁郁之情，但整体来说摆脱了容若其他悼亡词的愁肠百结、锥心刺骨之痛，让人能够比较轻松地阅读。

互相思慕是人之常情，男欢女爱也往往是从互有好感开始。"Whoever is agirl does not want to be loved, and whoever is a boy does not want to be royal to his lover。"这是《少年维特之烦恼》中的名句，郭沫若先生的翻译通俗易懂："青年男子谁个不善钟情？妙龄女人谁个不善怀春？"

虽说"哪个男子不钟情，哪个少女不怀春"，但是遵古代礼法，男子在花红柳绿间寻欢作乐能博得"风流"的雅号，怀春的女子却常常横遭指责，比如《西厢记》里的崔莺莺，比如《牡丹亭》中的杜丽娘，哪一个不是受尽了苦痛、历尽了波折才能与所爱的男子走到一起？

男人们尽可以高呼"窈窕淑女，君子好逑"，也可以公然在路旁"下担""脱帽"，"但坐观罗敷"，乃至不事耕锄，而女子却必须得将自己对心上人的中意与思念藏于心底，倘若还没有心上人，就只能在闺房中偷偷摸摸地做一番水泡般的幻想。

幻想多了，期待也就多了，但现实却往往并不能完全满足人们的期待，所谓"月移云影动，疑是玉人来"，当那些怀春的少女把周围的景与物全部打上爱情的印记之后,她便开始懂得了什么叫"愁"。

南乡子

秋莫村居

【原文】

红叶满寒溪^①,一路空山万木齐。试上小楼极目望,高低。一片烟笼十里陂^②。

吠犬杂鸣鸡,灯火荧荧^③归路迷。乍逐横山时近远,东西。家在寒林^④独掩扉。

【注释】

①寒溪:寒冷的溪流。

②陂:山坡。

③荧荧:灯光闪烁的样子。

④寒林:秋冬的林木。

【赏析】

普通的暮秋山水田园风光,在纳兰笔下,总能于有声有色、亦动亦静间散发出空旷寂寥的味道。于是,一幅极具透视效果的风景画便跃然纸上。

题注为"秋莫村居",所谓秋莫即是秋暮。"莫"与"暮"是古今字,即古字表假借义,今字表本义。"莫"的古字是形象日落草莽之中,本义为昏暮。红叶是北国深秋的标志。当累累果实收获殆尽、世间万物开始褪去繁华始见萧条的时候,唯一能带来亮色的大概就是这山野间曼妙的红枫。然此时此刻,"红叶满寒溪",这预示着寒冬将至,一年即将走到尽头。

枫叶落下,深秋的帷幕也算真正地落下了,一时间满山树木尽是枝丫,正是"万木齐"的"空山"。容若自山外进入山间小村之时沿途所见无非是些光秃秃的枝干,相信以他的敏感多情定会在心中默默感慨"善万物之得时,感悟生之行修"吧。

自古多情伤离别,更那堪冷落清秋节。在这样肃穆的季节离去,内心的凄迷可想而知。回首遥望连山,看着它们近了又逐渐远去,只有寒林深处中那可称之为"家"的归宿掩映在迷蒙的远山背后,孤孤单单,遗世独立,"试上小楼极目望,高低,一片烟笼十里陂"。

这首《南乡子》着眼深秋的清冷凄婉之意境,少了一丝淡漠,多了一层怅惘,真是应时、应景之作,发自容若之肺腑心声。

南乡子

捣衣①

【原文】

鸳瓦已新霜②,欲寄寒衣转自伤③。见说征夫容易瘦,端相④,梦里回时仔细量。

支枕怯空房⑤,且拭清砧就月光⑥。已是深秋兼独夜,凄凉,月到西南更断肠。

【注释】

①捣衣:古人将洗过头次的脏衣服放在石板上捶击,去浑水,再清洗。明杨慎《丹铅总录·捣衣》:"古人捣衣,两女子对立执一杵,如舂米然。尝见六朝人画捣衣图,其制如此。"

②鸳瓦:即鸳鸯瓦,指成对的瓦。

③寒衣:冬天御寒的衣服。自伤:自我悲伤感怀。

④端相:细看,端详。

⑤支枕:将枕头竖起、倚靠。

⑥清砧:捣衣石的美称。

【词评】

"九月寒砧催木叶,十年征戍忆辽阳"(沈佺期《古意呈补阙乔知之》诗)。"长安一片月,万户捣衣声。秋风吹不尽,总是玉关情。"(李白《子夜吴歌》)秋风一起,戍边军士们的妻子就要忙着为远方的亲人准备寒衣了。

水边砧上，清杵声声，那月下捣衣的动人情景，也饱含着思妇们的深情，牵动了骚人们的诗思。容若这一首《南乡子》也是以此为题材创作的，且意境凄清，心理描写非常细腻，在众多的同题作品中，有其独到之处。

——盛冬铃《纳兰容若词选》

【赏析】

长安一片月，万户捣衣声。秋风吹不尽，总是玉关情。又到秋风乍起，又是寒叶萧瑟。

空房自伤的闺中女子，又开始月下捣衣，为夫君重新浣洗和裁剪过冬的寒衣。一砧一杵，一思一念。梦中爱人消损的容颜，一直栖息在她心头最柔软的地方。

寒衣兼明月，千里寄相思。相思也难寄，夜夜成断肠。

"捣衣"是古诗词中常见的题目，所写都不离征夫怨妇的内容。本词也是如此，词人以一个丈夫戍边在外自己留在家中的年轻妇人口吻，一气呵成，哀而成篇，将其思、其苦、其怨的心理活动细腻地表现出来。

"鸳瓦已新霜"，因为古时捣衣，多于秋夜进行，所以词作首句即点明时令。"鸳瓦"，即鸳鸯瓦，只是称物，无甚特殊含义。"新霜"是初霜，前几日还未下霜，近几日突然落霜了，是为"新"。屋外，鸳鸯瓦上已结了一层薄薄的清霜,那屋内呢?"欲寄寒衣转自伤",屋内孤灯下,她对着准备为他寄去的寒衣暗自心伤。此处,"欲""转"二字颇值得留意。"欲"是做好衣服,将寄未寄;而"转"说明先前心情并非"自伤",但是一想到寄给丈夫寒衣就感到伤心。那她为何如此呢?元朝姚燧曾作过一首清新别婉的元曲《寄征衣》:"欲寄君衣君不还,不寄君衣君又寒。寄与不寄间,妾身千万难",惟妙惟肖地道出了思妇内心的苦楚。那么此处,这

位女子是否也同《寄征衣》中的女主人公一样,有着"妾身千万难"一般的心思?

且看下句"见说征夫容易瘦,端相"。看来,不是"千万难"的心思,而是牵挂丈夫,唯恐玉郎憔悴:都说戍边在外的人受尽苦寒,相貌容易消瘦,真想再好好地看他一眼啊。然而细细端详还不够,"梦里回时仔细量",还想在夜梦中与他相遇,执手相望。

"枕怕空房,且拭清砧就月光。"然而她并没有入梦,因为寒衾孤单,空房寂寞。既然夜不能寐,而牵挂之心又盈盈于怀,所以只有趁着月光再为他缝制一件秋衣。而此时"已是深秋兼独夜",秋寒意重,孤单夜长,所以月下捣衣,一砧一杵,一思一念,无不透着牵挂,无不透着哀怨,无不透着凄凉。至此,一个让人怜惜不已的怨妇形象跃然纸上。然而词作并未结束,词人继

续渲染她哀怨的心情。

末句，"月到西南更断肠"。蓦然回首，发现斜月沉沉，挂在西南方向，想着天下多少有情人早已相拥而眠，不由得更加让我欲断肠！此之结句情景并茂，其幽怨之情，自是承接前面的"自伤""怯空房""凄凉"层层写来的，所以情致幽婉，情调凄绝。全词犹如一曲秋夜箫声，呜咽婉转，的确是一篇"断肠"之作。

南乡子

御沟晓发

【原文】

灯影伴鸣梭①，织女依然怨隔河②。曙色远连山色起③，青螺④，回首微茫忆翠蛾⑤。

凄切客中过⑥，料抵秋闺一半多⑦。一世疏狂应为著⑧，横波⑨，作个鸳鸯消得么⑩？

【注释】

①鸣梭：梭子，织具。

②织女：织女星的俗称，位于银河以东与牵牛星隔银河相对。古代神话中相传织女与牛郎隔天河相对，每年七夕渡河相会。后人以此比喻夫妻或恋人分离，难以相见。

③曙色：破晓时的天色。

④青螺：喻青山。

⑤微茫：迷漫而模糊。翠蛾：妇女细而长的黛眉，古代女子以青黛描画

修长的眉毛,故称,借指美女。

⑥凄切:凄凉悲切。

⑦秋闺:秋日的闺房,指易引秋思之所。

⑧疏狂:豪放,不受拘束。

⑨横波:比喻眼神闪烁流动,如水闪波。

⑩消得:值得、配得。

【赏析】

"十里平湖绿满天,玉簪暗暗惜华年。若得雨盖能相护,只羡鸳鸯不羡仙。"1959 年,香港导演李翰祥为自己的作品《倩女幽魂》写了这首诗。

二十多年过后,这首诗又出现在导演徐克翻拍的同名电影中,被题写在一幅古色古香的画上,徐克将这首诗做了细微改动:"十里平湖霜满天,寸寸青丝愁华年。对月形单望相护,只羡鸳鸯不羡仙。"变更几字,诗的意境便有了不同,但情感仍然是相同的,一句"只羡鸳鸯不羡仙"道破了多少痴儿怨女的情怀。

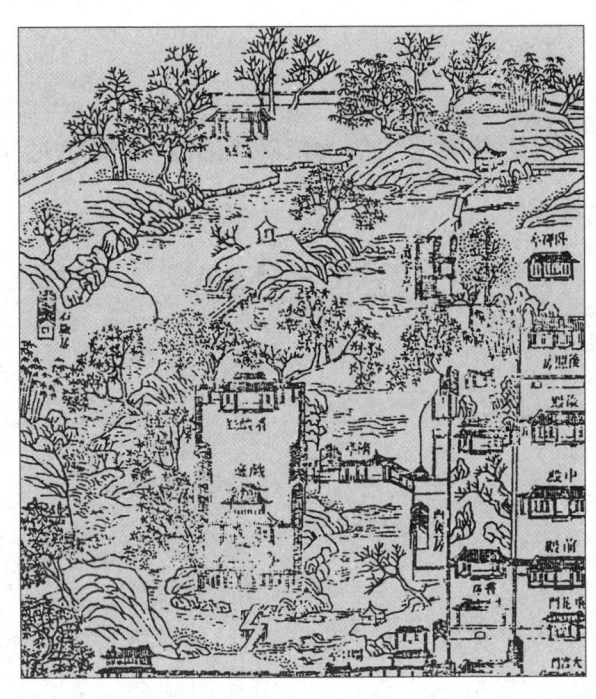

容若也是其中一个被猜透了心思的痴情人。

在这首《南乡子》中,纳兰容若自称"一世疏狂",只想"作个鸳鸯",这一

国学经典文库

纳兰容若全集

《纳兰词》鉴赏

图文珍藏版

番温情缠绵与风流性情令人心生向往，但无奈他的一生恰好与这单纯的愿望背道而驰。

虽然一心想过平淡质朴的生活，但皇帝的隆恩厚爱像一道金玉枷锁，即使容若从来都不想要，却无从推拒。旁人想要但得不到的荣华富贵反而成了他的噩梦，他对自由人生的向往全被这一道挣不开的缰绳束缚住了，他内心深处的疏狂反而成了心魔，让他在现实中不得安宁，在梦境中难偿夙愿。此一悲。

与妻子做一对生死相守，不离不弃的鸳鸯也是他的梦想，但事与愿违。结婚三年夫妻两人聚聚散散，情深之至不能时时相守就成了遗憾；三年之后，卢氏病逝，纳兰的心也便随着去了。此二悲。

纳兰容若在写这首《南乡子》(灯影伴鸣梭)时，他的妻子卢氏还在世。或许是陪帝王巡狩，或许外出办差，纳兰因故与妻子有短暂的离别。上阕描绘了柳沟清晨晓发时的情景：这天他身在柳沟，天蒙蒙亮正待出发时，天际隐隐还有织女星在闪烁。容若没有直接表达自己对妻子的思念之情，而是通过织女"怨隔河"来抒发情感，微茫的远山宛若闺中之人的蛾眉，这更引发了作者在下阕的感叹：只叹此生多在客中度过，与闺中人大半在别离之中，总是身为行役，但自己却无时无刻不在盼望与闺中之人长相厮守，度过一生，那些寻常人竞相追逐的荣华富贵，还抵不上闺中人闪烁流动、如水清澈的眼神。

万千富贵，也抵不过红颜一笑，人们常爱在才子之前许以"风流"二字，纳兰这一番表白自然是风流中的极致，纵使如柳永一般"忍把浮名，换了浅斟低唱"的才子，也少有这般"疏狂"的表白。遗憾的是，纳兰的"疏狂"之愿最终还是落了空的。

安意如在《当时只道是寻常》中曾引用过纳兰写给好友严绳孙的一封

信,信中说:"弟胸中块垒甚多,非酒可浇,庶几得慧心人以晤言消之而已。沦落之余,久欲葬身柔乡,不知得如鄙人之愿否?"安意如说这句话可以作为《南乡子》一词的"绝好注解",事实上这也可以作为纳兰一生悲苦的原因之一。纳兰容若内心深处是厌倦官场的,但却摆脱不了,所以,安意如将其比作"一只

被囚禁在金笼里的婉转高歌的鸟",纵使天高云淡,纵使双翼丰满,却也飞不出这命运的罗网。

这首词中还有一处需要注意:纳兰虽用了"秋闺"二字,但后世学者多认为此处的"秋"所指的未必是季节。秋天是个倒霉的季节,自从宋玉在《九辩》中用一句"悲哉秋之为气也,萧瑟兮草木摇落而变衰"奠定了悲秋的基调,后世诗人、词人莫不争相效仿,农民眼中这个收获的季节俨然成了悲凉、感伤、萧索、凋零的同义词。

以"五行论"观四季的话,秋属金,而在七情中,悲也属金,所以这两种意象的融合仿佛浑然天成。去夏迎冬的自然轮回使秋天在文学中成了繁华谢幕和残酷未来将至的信号,这就与古代文人普遍而深刻的失落、失意心态形成契合。即使在四季如春的好地方,只要文人心中有一片落叶,他便会觉得秋风扫遍了整个世界。

所以纳兰在这首词中用到的这个"秋"字,很有可能只是心境的写照,

而非真实的时令。

南乡子

【原文】

烟暖雨初收,落尽繁花小院幽。摘得一双红豆子^①,低头,说着分携泪暗流^②。

人去似春休,卮酒曾将酹石尤^③。别自有人桃叶渡^④,扁舟^⑤,一种烟波各自愁。

【注释】

①红豆子:红豆,相思树的种子,果实成荚,微扁,子大如豌豆,色鲜红,古代文学作品中常用来象征相思,也叫"相思子"。

②分携:离别。

③卮酒:犹言杯酒。酹:以酒浇地,表示祭奠,古代宴会往往行此仪式。石尤:传说古代有商人尤某娶石氏女,情好甚笃,尤远行不归,石氏思念成疾,临死叹曰:"吾恨不能阻其行以至于此。今凡有商旅远行吾当作大风为天下妇人阻之。"见元伊世珍《琅嬛记》引《江湖纪闻》。后因称逆风、顶头风为"石尤风",故后人以之喻阻船之风。

④桃叶渡:渡口名。在今江苏南京秦淮河畔。相传因晋王献之在此送其爱妾桃叶而得名。后人以此指情人分别之地。

⑤扁舟:小船。

【赏析】

这首词写离愁别恨:上阕追忆往昔。风雨初晴,小院中落花满地,更显幽静。采下两颗红豆,低头和你说着分别,不觉泪流。下阕写别后幽情。以酒饯行,人各东西,好像连春天也被你带走了。与你分别之后,定然还有人在这里乘小船作别。同样的分别,但各人却有其各自的离愁。

别离,别分离;再见,再相见。

垣别的话语,其实满是悠悠寄托。

你走了,把我的春天也一并带走了,灿烂繁花瞬间凋落,温暖芳香的空气变得凄凉。从此再也没有花儿会如你这般,开在我的心上。

曾以为我不会再流浪,只因有你在身旁。

烟波浩渺,无边无际,你乘的扁舟消失于朦胧中,如同我散不尽的愁思,只有你的身影在心上游荡。来来回回,让人黯然销魂。

这首词是送别情人时所作。后来纳兰在《采桑子·而今才道当时错》中交代了这次离别的背景。纳兰任侍卫多年,虽说是极有权势的官职,但目睹太多官场黑暗,纳兰却常觉精神苦闷,繁杂无聊。经友人顾贞观介绍,纳兰结识了江南才女沈宛。两人起初只是书信往来,后来便渐生情愫。终于在一年秋天,沈宛北上,两人一见如故,一段缠绵悱恻的故事由此开始。

然而世事无常,正在他们享受着相聚的快乐时,纳兰却要随康熙南下巡视江南。皇命难违,两人只得分别,纳兰许诺,回来之后,两人便完婚。在这段漫长的、交织着思念与快乐的旅程中，纳兰写下了一组著名组诗《梦江南》，写尽了江南的风光如画。

归来后纳兰便娶沈宛为妾，两人恩爱如蜜。然而好景不长，由于纳兰地位的特殊，既是皇帝贴身侍卫，又是满清贵族，竟然娶了一位汉族民间女子。纳兰处处受压，终于不得已与沈宛分离，送她回江南。这便是这首《南乡子·烟暖雨初收》的写作背景。

暮春时节，空气温润，小雨初歇。繁华落尽，小院幽深。分离在即，沈宛摘下一双红豆，赠予纳兰作别。红豆自古以来就是爱情的象征。沈宛怕纳兰看到她感伤而愈加伤心，便低着头暗暗流泪。却都被纳兰看进了眼底。沈宛在离别之际依然这般体贴，更勾起纳兰的万般不舍。雨后花落满地，手中

的红豆鲜艳圆润，垂眼流泪的伊人，这眼前的一切都让人感伤无限。

佳人就像春天一样离去了，虽曾奠酒祭祀石尤风也无济于事。石尤风，即逆风或顶头风。纳兰用在这里，是在想对沈宛说，多么希望我是你的牵绊啊，这样你就不会离我而去了。

桃叶渡是秦淮河畔的一个渡口，因晋王献之在此做歌赠其妾桃叶而得名。纳兰以王献之为喻，从前晋王送别桃叶的地方，现在又有人在送别侍妾

了。一叶扁舟带走了离人,烟波荡漾,离去的人和送别的人都各自承受着无限的忧愁。

离别是这般依依不舍,纳兰和沈宛都不知道,这一别,又要等到何时才能相见。后来,沈宛在江南产下一子,纳兰却已与世长辞……

一个美丽的故事却有着这般凄惨的结局,只能悲叹世事的无常,与命途的苍凉。纳兰一生所遇,倾心之人有三个,青梅竹马的表妹进了深宫,相爱三年的妻子卢氏因难产而死,沈宛又因出身之嫌而不能伴在他身旁。每段故事都是这般凄凉。纳兰为她们所作的诗词多不胜数,或是怀念往日幸福时光,或是慨叹自己不知珍惜,或是寄托深深的思念,或是抒发离别时的无限感伤。纳兰是性情中人,无奈命运对他却无一丝偏爱。他的早逝,对于他来说,又何尝不是一种解脱呢?

南乡子

【原文】

何处淬吴钩^①?一片城荒枕碧流^②。曾是当年龙战地^③,飕飕。塞草霜风满地秋。

霸业等闲休④。跃马横戈总白头⑤。莫把韶华轻换了,封侯⑥。多少英雄只废丘⑦。

【注释】

①淬:淬火。吴钩:钩兵器形似剑而曲,春秋吴人善铸钩,故称,后也泛指利剑。

②碧流:绿水。

③龙战地:指古战场。龙战,本谓阴阳二气交战。《易·坤》:"龙战于野,其血玄黄。"后遂以喻群雄争夺天下。

④霸业:指称霸诸侯或维持霸权的大业。

⑤跃马横戈:谓手持武器,纵马驰骋。指在沙场作战。

⑥韶华:美好的年华。封侯:封拜侯爵,泛指显赫功名。

⑦废丘:荒废的土丘。清汤潜《广陵杨花篇》诗:"风流千古隋天子,回首雷塘只废丘。"

【赏析】

这也可以算是一首悲凉满溢的边塞诗。

纳兰的一生中曾多次扈从康熙外出边塞,对边塞苦情有一定的了解。他既感慨于边塞风光的雄壮与辽阔,又对边塞的荒芜而伤感。这首词便是后者的抒发。

吴钩，听名字便知道它出自春秋时期的吴国。猜想吴王阖闾应是一位不折不扣的兵器收藏家吧，兵器的背后隐藏着他一统天下的霸业之想。说这是欲望也罢，梦想也罢，那个时代的人，爱好兵器不是偶然的。《吴越春秋》中有记

载，阖闾的收藏中有一样已为世人所熟知，那是浸染了鲜血的莫邪剑。阖闾还是不满足，诏告天下，用百金悬赏善制钩的能工巧匠。

自古上行下效，蔚然成风。春秋时五霸的齐桓公喜欢穿紫色的衣服，紫衣便通行全国，以至于五匹白绢不敌一匹紫布。同样的，吴王一声令下，制钩便在全国兴起。重赏之下必有勇夫。有一个作钩者求百金之赏，阖闾不以为然，他问："你的钩与众人的有何不同而求赏呢？"

作钩人语出惊人："吾之作钩也，贪而杀二子，衅成二钩。"以子之血抹于钩上而铸成宝钩。满眼金钩，大同小异，吴王如何能识得浸润过鲜血的那两支？钩师默默转向众钩前，唤二子之名："吴鸿，扈稽，我在于此，王不知汝之神也。"话间刚落，两支钩便飞到钩师胸前。见过这两只钩的神奇，吴王便将之奉为贴身宝物。当然，钩师也得到了二子之血换来的百金之赏。

吴钩作钩之称，而其原形是钩是刀还是剑，至今都是一个未解之谜。然而无论以什么形制出现，它都离不了兵器的核心。多少只吴钩便有多少征夫以性命作抵押，赌一场成王败寇的战役。如果说一公升的眼泪承载着一

个花样少女对抗病魔的十年,那么征夫的十年又包含着多少离人泪、亲人泪,多少绝别泪?

龙战。只要是战争,无论是正义的进攻还是罪恶的侵略,留给人间总是生灵涂炭。特别是人类将自然赋予的智慧用于战争时,生命的消逝已使得我们麻木,最后面对的竟是一些冷冰冰的数字来描述内心的哀伤。因此,很难想象那些主行云布雨的群龙兴风作浪时该是如何暗无天日的鏖战。

那些曾经两军对峙万马奔腾的战场,曾经怨声载道民不聊生的城池,曾经被虎视眈眈的领土,如今已平静得只剩一片青冢,一丛衰草,一水绕绿。埋藏于青史的刀光剑影已渐渐黯淡,响彻云霄的鼓角铮鸣早已随风远去。碧云天如江南,黄叶地似京都,那凛冽的霜风横扫千里后才天下瑟缩着明白,已是边塞凉秋。

被荒芜的烽火台幽幽地讲述着那意气风发的少年往事,被湮没的黄尘古道似也久久沉浸于那些战火连天的岁月。跃马横戈,英雄的身姿停驻于一瞬,却用了终其一生将这个形象放大,完善,并牢牢地刻画在了春风不度的边城。

都道韶华易逝,这一生换了什么?

"韶华休笑本无根",连随风过尽的柳絮也期望着好风上青云,何况学而优则仕的古人?陆游以近半百之年,应邀约"匹马戍梁州",越万里关山

亦不过难免觅封侯之俗。然而仅仅八个月，一纸诏书，英雄卸甲，梦断关山时已身老沧州，抱憾终身。"冯唐易老,李广难封",千百年来,做此不平之鸣的何止王勃一人? 龙城飞将一戍守边境,教胡马望阴山而却步,却因难对刀笔之吏自刎于沙场,多少让人看轻封侯。

以中国文人的性格,对封侯一事似也不是那般执着,说得最明白的莫过戚继光了。想当初戚家军在霄汉天兵一般大败倭寇,也淡泊明志,"封侯非我意,但愿海波平"。然而被封侯的戚继光身影远去后,倭寇的侵略更是变本加厉。他未曾忘危负年华,倒是年华负他,一生心血终付诸东流水。

风萧萧兮易水寒,壮士一去兮不复返。多少忠魂埋骨他乡,却换得兴亡难定,盛衰无凭。英雄过气,青青河畔草掩映的或许只一座真伪难辨的衣冠冢。一世豪杰,一处废丘,一阵秋风过尽,谁人记得发冲冠? 昔人已去,唯见水寒。

南乡子

为亡妇题照

【原文】

泪咽更无声,只向从前悔薄情。凭仗丹青重省视①,盈盈②,一片伤心画不成^③。

别语忒分明^④。午夜鹣鹣梦早醒^⑤。卿自早醒侬自梦,更更^⑥,泣尽风檐夜雨铃。

【注释】

①丹青:丹和青是古代绘画常用的两种颜色,借指绘画,此处指亡妇的画像。省视:犹认识、忆起。

②盈盈:形容举止、仪态美好。

③一片句:套用,唐代高蟾《金陵晚望》:"世间无数丹青手,一片伤心画不成。"或金代元好问有《家山归梦图》诗:"卷中正有家山在,一片伤心画不成。"

④忒:方言,太、特。

⑤鹣鹣:鸟名,即鹣鸟,比翼鸟,似凫,青赤色,相得乃飞。比喻夫妇情谊。⑥更更:一更又一更,指整夜。

【赏析】

这首词写在亡妇画像之上:眼泪无声,只因为原来自己的薄情而后悔。如今只剩你的画像让我拿来回忆了,你那盈盈之态,得来比眼前的画像清晰,于是一片伤心,难以描画。分别时的言语太清晰分明了,天还没亮,与你双栖双飞的美梦就醒来了。你早已醒来离开,而我却犹沉浸梦中,整夜在窗下聆听伤心的夜雨霖铃之声。生离死别,最让人肝肠寸断。

时间是一把筛子,把零碎和不重要的过滤,留下最让人难以割舍的东西。然而,在这漫长的过程中,很多珍贵的东西,不知不觉变了模样甚至消失。到最后,看着空空如也的双手,唯有空悲切。

远不过时间,长不过思念。思念掺杂着悔恨,泪水流不尽。

如果时间可以倒流,那该多好。可惜时间永远不会给人这样的机会。失去的一旦失去,便永远不会回来。

这首词是一首悲痛万分的悼亡词。标题为"为亡妇题照",指的就是在亡妇灵前的画像上题字。纳兰与妻子卢蕊结婚三年后,妻子因难产而死。纳兰面对妻子遗像,悲痛欲绝,无语凝噎,悔恨自己当初对妻子薄情,没能珍惜美好时日。

纳兰在《浣溪沙·谁念西风独自凉》中这样写道:"被酒莫惊春睡重,赌书消得泼茶香。当时只道是寻常。"同样表达了没有珍惜两人相伴的时光,深深的悔恨和无力感。如果当时能料到今日,怎么会冷落妻子呢。只能怪自己身在福中不知福,让这好时光白白流逝。如今失去,才知珍贵。

"省识"出自杜甫《咏怀古迹五首》其三:"画图省识春风面,环佩空归夜月魂。"元帝从图画里略识昭君，实际上就是根本不识昭君，所以就造成了昭君葬身塞外的悲剧。杜甫写昭君之怨，也是自身怀才不遇之怨。纳兰叹息现在只能在画图上重新看到妻子的容颜，然而画图只画出了她美好的仪态，却不能画出她眉目含愁的神韵。"一片伤心画不成"，既指妻子的悲伤无法描摹，也指自己心中的悲痛之深。

妻子临别时的话犹在耳边，音容笑貌仍在，人却香消玉殒。"鹣鹣"即比翼鸟，后引为夫妻之意。鹣鹣梦醒比喻夫妻不能白头偕老，浮生若梦，一生为一梦，那么死就是梦醒。如今妻子尘梦已醒，而自己还沉沦在尘梦之中，受尽相思和痛苦的折磨。妻子不在了，诗人在路途中失散了唯一伴侣，便只剩下了一只翅膀，无论如何也不可能飞到温暖的国度了。

长夜漫漫，凄冷难挨。纳兰就和当年唐明皇在剑阁夜雨闻铃而悼念杨贵妃一样，把眼泪都流尽了。然而哪怕悲痛再多，已不在人世的妻子，也不会知道了。

这首词写得凄楚动人，缠绵悱恻，读来催人泪下，肝肠寸断。纳兰最亲密的人，最体贴他懂得他的人，不在了。就像丢失了一半翅膀，再也无法飞翔。拥有时浑然不觉，失去时方知其珍贵。纳兰悔恨不已，却又无能为力。妻子毕竟是不在了，多少眼泪和悔恨，都不可让时光倒流。纳兰把沉痛的感情倾注于这首《南乡子》中，一字一句都是由血泪凝成的。

既然浮生若梦，那么就更该好好珍惜寻常的时光，把温暖珍藏，并悉心守护，不要等到失去时再惋惜后悔。珍贵的往往是为我们所忽视的，这是人生的无奈，但我们并非不能改变。

一生一梦间，永恒的只有无限的回忆和哀思。知音难觅，相逢短暂。唯有珍惜每分每秒，才不至于悔恨失去。

红窗月

【原文】

梦阑酒醒①，早因循过了清明②。是一般心事，两样愁情。犹记回廊影里誓生生。金钗钿盒当时赠③，历历春星。道休孤密约，鉴取深盟。语罢一丝清露湿银屏。

【注释】

①梦阑句：王安石《千秋岁引》词："梦阑时，酒醒后，思量著。"

②因循：延宕，拖延。宋王雱《倦行芳慢》词："算韶华，又因循过了，清明时候。"

③金钗句：唐陈鸿《长恨歌传》："进见之日，奏《霓裳羽衣曲》。以导之。定情之夕，授金钗钿盒以固之。"

【赏析】

长情之人，必是不快乐的。因为他的心底装了太多的伤痛，难以抚平，更难以忘怀。正如背着一个个沉重的包袱，步伐被负累拖着，一步一顿，走得辛酸，走得缓慢。而善忘之人，心里空空，快乐悲伤，均匆匆即逝，这又何尝不是一种幸福呢？

　　容若无疑是负担着包袱行进的人，偏偏他的包袱，比他人的沉得多，多得多。生离死别不是每个人都能坦然释怀的。遥想当初的快乐时光，历历犹在眼前，然而人却早已阴阳两隔。佳人已逝，所有的伤痛和孤单，都成了

重重的石头，压着依然在尘世浮沉的人的心。偏偏这些石头，眼泪冲刷不动，时光消融不了，只能惶惶然在无边的寂寞中度日。回忆常常猝不及防地造访，那颗负荷累累的心，一旦被回忆击中，便痛彻心扉。

　　无尽的梦，交织着回忆，缠绕在荒凉的日子里。当初

两人信誓旦旦许诺的情景记得那样清晰，长长的回廊，似漫漫的旅途。曾以为能携手走过漫长的一生，却在半路让你失散在了茫茫人海中。

　　回廊深深，一切恍然如梦。

　　梦醒时分，终于明白，两人相伴的温暖时光，再也不可能成为现实了。就算依然相爱，却各自面临着重重阻碍，今非昔比，咫尺天涯。还记得那个春星疏朗的夜晚，晚风温柔，如梦似幻。送她金钗钿盒作定情信物，当着星光起誓，不会辜负我们的密约，要牢记我们深深的盟誓。夜深人静，清露已降，润湿了镶银屏风，而心里却温暖如昼。

　　把回忆娓娓道来，只因旧情太过难忘，纵使自己千般不舍，万般留恋，伊人也早已随风而逝。留下来的那个人，只有凭这些尚还清晰的记忆，孤独揸

过余生。

　　纳兰在这首词里，将妻子去世后自己的心情写得凄楚缠绵，哀感动人，可见纳兰用情之深。而偏偏是他的这番深情与执念，让他沉迷其中，感时伤怀，拥有不了尘世中的平凡幸福。负重累累，心已成灰。

　　纳兰化用了多首前人之笔，"梦阑酒醒"出自王安石

《千秋岁引》词："梦阑时，酒醒后，思量著。"人生大梦一场，到头方知是梦。纳兰的表意却与王安石"众人皆醉我独醒"不同，纳兰意在表达梦醒时的惆怅与寥落。"早因循过了清明"出自宋王雱《倦行芳慢》词："算韶华，又因循过了，清明时候。"春光将尽，韶华易逝。佳期如梦，终难长久。"犹记回廊影里誓生生"出自柳永《二郎神》词："钿盒金钗私语处，算谁在、回廊影下。"柳永也是用典，互赠信物是七夕之夜恋人间的重要活动，源自唐明皇与杨妃初次相见，"定情之夕，授金钗钿合以固之。"（《长恨歌传》）。"金钗钿盒当时赠"，纳兰当初与妻子在回廊中互赠信物，确定彼此心意，此情此景，依然历历在目。纳兰在此，大概也是以唐明皇自比，唐明皇对杨贵妃的死耿耿难忘，因这般情投意合的感情太过难得。纳兰悼念妻子，与唐明皇悼念杨贵妃，心情一样沉痛。

　　回忆越是清晰，便越是残忍。曾经许下的天长地久的诺言，春日夜晚天空舒朗的星，曲曲折折的回廊，伊人的娇羞可爱模样……回想起，依然那般

动人。誓言已逝,回忆却能代替人而存在,以字句的形式,天长地久。这便是词人最深情的寄托。

红窗月

(按此律作红窗影,一名红窗迥)

【原文】

燕归花谢,早因循、又过清明①。是一般风景,两样心情。犹记碧桃影里,誓三生②。

乌丝阑纸娇红篆③,历历春星④。道休孤密约④,鉴取深盟⑥。语罢一丝香露、湿银屏⑦。

【注释】

①因循:本为道家语,意谓顺应自然。清明:二十四节气之一,在此节日里人们扫墓和向死者供献特别祭品。

②碧桃:一种供观赏的桃树,花重瓣,有白、粉红、深红等颜色。三生:佛家所说的三世转生,即前生、今生和来生。

③乌丝阑纸:指上下以乌丝织成栏,其间用朱墨界行的绢素,后亦指有墨线格子的笺纸。娇红:鲜艳的红色。

④历历:一个个清晰分明。春星:星斗。

⑤孤:辜负,对不住。密约:秘密约会,秘密约定。

⑥鉴取:察知了解。深盟:指男女双方向天发誓,永结同心的盟约。

⑦香露:花草上的露水。银屏:银饰装饰的屏风。

【赏析】

这首词写与恋人的离情:燕子归来,群花凋谢,又过了清明时节。风景与往年相同,然而心境却大不相同。还记得往年我们在桃花树下情定三生的情景。上阕写此时情景,点出本题,即风景如旧而人却分飞,不无伤离之哀叹。在丝绢上写就鲜红的篆文,好像那天上清晰的明星一般。当时说道不要辜负你我的密约,这绢丝

上的深盟即可为凭。说罢一滴泪珠滴在银屏之上,那情景至今犹历历在目。

这首词,有人说是容若为其亡妻所作,有人说是为他那嫁入宫中的表妹所作,为谁而作,我们姑且不去研究,但是,我们可以确定的是,这首词应该算是一首悼亡词,悼念亡妻或者自己与表妹那段有缘无分的感情。

词的上阕主要是写景与追忆往昔。"燕归花谢,早因循又过清明",燕

子归来,群花凋谢,又过了清明时节,首句交代了时令,即暮春时节。容若用"燕归"来暗指世间一切依旧,可是自己所爱之人却不能再回来,所以才会"是一般风景,两样心情"。

风景与往年没有什么区别,然而心境却大不相同,只因为伊人不在,所以容若很自然地回忆起往事:当是春光正好之时,两人在桃花树下情定三生。这就是"犹记碧桃影里、誓三生"。容若在这里用到了"三生石"的典故。相传唐朝名士李源与洛阳惠林寺的圆泽和尚是非常要好的朋友,有一次,两人同游峨眉山,途中圆泽辞世,在临终前他与李源约定十三年后的中秋之夜相见于杭州的天竺寺外。十三年后,李源信守诺言,专程赶往杭州践约,去赴圆泽的约会,在寺外见一牧童骑牛而至,口中吟唱:"三生石上旧精魂,赏月临风不要论,惭愧情人远相访,此身虽异性常存。"唱罢,牧童拂袖隐入烟霞而去。容若在此处用李源与圆泽的友情来比喻自己与恋人的爱情,极言两人爱情之深厚。

词到下阕,容若睹物思人,发出了旧情难再的无奈慨叹。"乌丝阑纸娇红篆,历历春星",在丝绢上写就的鲜红篆文,如今想来,就好像那天上清晰的明星一样。那么,丝绢上到底写的是什么呢?容若在"道休孤密约,鉴取深盟"这句中给出了答案,原来记载的是当初二人的海誓山盟,这些文字作为凭证,见证了不要相互辜负的密约。但是,容若没有想到,誓言也会有无法实现的一天,如今回忆起往事,情景仍然历历在目,眼泪止不住流了出来,打湿了银屏。词到"语罢一丝香露湿银屏"时戛然而止,留给人们无限的想象空间。

三生,流露出容若对美好爱情的向往,然而往往事与愿违,从小青梅竹马的表妹面对皇权的压力,不得不进入深宫,昔日恩爱的妻子,在天意的安排下,过早地逝去。这位文武全才的多情公子,难道真的命中注定得不到一份完美的爱情吗?

踏莎行

【原文】

春水①鸭头,春衫鹦嘴,烟丝无力风斜倚。百花②时节好逢迎,可怜人掩屏山睡。

密语③移灯,闲情④枕臂,从教⑤酝酿孤眠味。春鸿⑥不解⑦讳相思,映窗书破⑧人人字。

【注释】

①春水:春天的河水。

②百花：各种花。

③密语：秘密的、悄悄的话语。

④闲情：闲散的心情。

⑤从教：任凭、听凭。

⑥春鸿：春天的鸿雁。

⑦ 不解：不懂，不理解。

⑧书破：书写错乱，指雁行不成"人"字形。

【赏析】

春水朵朵涟漪，悄悄爬上了鸭子的头。鹦鹉薄薄的嘴唇，轻声一唤，山上的春花都红了。烟丝靠着风的肩膀，把百花时节，荡得左边一朵，右边一簇。可是你却睡得可爱，眼睑的屏风虚掩着，给多情的往事留着一道缝儿。

那时候，我们说了，四只耳朵都装不满的话，以手臂为枕，为梦。可是就在大雁飞过时，你醒了。讨厌，队也不能成个"人"字。

这又是容若很可爱别致的一阕词。写春景如画，摹春怨如见，清丽凄婉。

"春水鸭头，春衫鹦嘴。"这两句用比喻。写春天的河水，涟涟碧绿，翠如鸭头一般颜色。"烟丝无力风斜倚"，春天的风，也是轻缓，而略带温暖的，连淡白的烟丝都吹不散，摇摇曳曳，仿佛是在依靠着风似的。

国学经典文库

纳兰容若全集

《纳兰词》鉴赏

图文珍藏版

前三句,分别以轻妍倩美的笔触描摹了春水、春花和春风,而这三般景致,正是春天丰韵之所在。所以接下来,用"百花时节"轻点带过,为三春之景作结,为女子春思牵出线头。春天到了,水绿衫红,柳絮斜倚,百花盛开,如此的百花时节,正是情人幽会的好时节,可她却偏偏掩起了屏风,独自沉睡。这上阕既描绘了春景宜人,又于结处点出"可怜人"无聊无绪的情态。春景与她形成了极大的反差,这就透露了"可怜人"的独自忧伤。

下阕二句承上阕结句,追忆往日良宵共度的情景。"密语移灯,闲情枕臂。"那时,天色渐渐暗了,你将灯移过来,火焰跳跃,只映得亮我脸上的朵朵红晕。我们说着那些秘密的话语,头枕着手臂,互相端详着,永远也不疲惫。然而,当年的亲密无间,如胶似漆,却酿成了今日孤眠的痛苦。"从教酝酿孤眠味",这句诗,分明有着范仲淹"残灯明灭枕头敧,谙尽孤眠滋味"的凄然感人力量。

"春鸿不解讳相思,映窗书破人人字。"结尾二句,自"孤眠味"外,取来雁字,真是愁上加愁。自然界的大雁,飞行时总成人字,所以睹雁字而思及远人就成了古诗词里的传统。比如晏几道的"天边金掌露成霜,云随雁字长"。李清照的"雁字回时,月满西楼"。周密的"雁字无多,写得相思几许"。而此处,词人说"春鸿不解讳相思,映窗书破人人字"。谓大雁不知避讳此时的相思,偏偏从窗外飞过,却不成"人"字的阵形,真是一支生花妙笔,旁逸斜出,从烦怨的心理上再加深加细地铺写相思的苦情,构思之巧妙,令人观止。

踏莎行

寄见阳

【原文】

倚柳题笺,当花侧帽[①],赏心应比驱驰好[②]。错教双鬓受东风,看吹绿影成丝早[③]。

金殿寒鸦[④],玉阶春草[⑤],就中冷暖和谁道?小楼明月镇长闲[⑥],人生何事缁尘老[⑦]。

【注释】

①侧帽:斜戴着帽子,语见《周书·独孤信传》谓信"在秦州,尝因猎,日暮,驰马入城,其帽微侧,诘旦,而吏人有戴帽者,咸慕信而侧帽焉。"后以谓洒脱不羁的装束。

②赏心:心意欢乐。驱驰:策马快奔。

③绿影:绿发,指乌亮的

头发。

④金殿:金饰的殿堂,指帝王的宫殿。

⑤玉阶:玉石砌成或装饰的台阶亦为台阶的美称,指朝廷。

⑥镇长:经常,常。

⑦缁尘:黑色灰尘,常喻世俗污垢。

【赏析】

赏花题柳,风流自赏,闲散度日的生活总比从驾驱驰,日夜奔波劳碌要好。后悔选择了这样的生活,让自己早生华发。在宫廷里生活、做事,其中甘苦自识,冷暖自知,又能对谁叙说? 看那小楼上赏月的经常是孤独悠闲,何必要沾染这世俗的尘埃呢!

这是一篇寄给友人张见阳的寄赠之作。词中表达了作者对侍卫护从生涯的厌倦,对安闲自适生活的渴望。

"倚柳题笺,当花侧帽。"起首两句写词人风流自赏。"倚柳题笺",表面上谓斜倚着垂柳题作诗填词,实际上出自南宋刘过《沁园春》中的

"傍柳题诗,穿花劝酒",这是古代文人清水映兰式的风雅。"当花侧帽",表面是说在花丛中斜戴着帽子行走,实际上也是有行文出处的。

"侧帽"一词,语出北史独孤信传:"因猎日暮,驰马入城,其帽微侧。诘旦而吏人有戴帽者,咸慕信而侧帽焉。"译成现代文就是:北周独孤信,形貌

清丽，为当时美男子，所以常有人以他为模仿的对象。某天，他出城打猎，不知不觉中天色已晚，而他要赶在宵禁之前抵家，所以加鞭策马。由于马骑太快，头上的帽子被吹歪了，也来不及扶正。不明就里之人目睹此状，大感惊艳，觉得他潇洒异常。于是第二天起，满街都是模仿独孤信侧帽而行的男人。容若此处，在"侧帽"一词前添上"当花"二字，其风流倜傥之处，比之北周独孤信，自是有过之而无不及。

"赏心应比驱驰好。"此句一出，当知词人前二句渲染自己风流自赏的意图何在了。他是"醉翁之意不在酒"：他说自己"倚柳题笺"也好，"当花侧帽"也罢，其实都是为了与鞍马驱驰的索然寡味相对比，是为了强调"驱驰"生涯使他辜负了赏心悦目的美好时光。所以接下两句，词人会说自己无奈地坠入滚滚红尘之中，身不由己，满头黑发早早地被生活所累，染上了白霜。"错教双鬓受东风，看吹绿影成丝早。""错教"，即不该教，亦即说明选择天涯漂泊的生涯，选择金阶侍立的职务，都是个错误。然而他有选择的权利吗，他能摆脱"天已早、安排就"的一切吗？

"金殿寒鸦，玉阶春草，就中冷暖和谁道。"所以，在下阕里，他把自己比拟为殿上的寒鸦和殿阶的春草，只能整天枯寂地在一旁兀立，没有人知道他的冷暖,而他也辜负了闺中的少妇,让她只能夜夜空对露头明月。终言之,他觉得侍卫官的生活,百无一是。在给友人张见阳,也就是本篇《踏莎行》所赠之人的信中,他曾不加遮挡地写出了自己对仕宦生涯的无奈和幽愤:"弟比来从事鞍马间,益觉疲顿,发已种种,而执行艺如昔,从前壮志,都已骧尽。"

"人生何事缁尘老",词做最后一句诘问,力透纸背:这世间,到底有多少风尘琐事让我在无奈中悄悄老去啊?!"人生何事缁尘老",一声感叹,重如千钧,苍茫冷落充满了对人生的困惑和现实生活中种种不如意的苦恼……

踏莎行

【原文】

月华如水,波纹似练,几簇淡烟衰柳。塞鸿一夜尽南飞[①],谁与问倚楼人瘦?

韵拈风絮[②],录成金石[③],不是舞裙歌袖。从前负尽扫眉才[④],又担阁镜囊重绣[⑤]。

【注释】

①塞鸿:塞外的鸿雁。有唐王仙客苍头塞鸿传情的故事,因常以"塞鸿"指代信使。

②韵拈风絮:指谢道韫咏雪之典。谢道韫为谢安侄女,王凝之之妻。曾在家遇雪,谢安问如何形容雪花,其侄谢朗答"撒盐空中差可拟",道韫认为"未若柳絮因风起",受到谢安称赏。后世因而称女子的诗才为"咏絮才"。

③金石:指《金石录》。宋赵明诚撰。赵明诚之妻李清照,号易安居士,宋代著名词人,对金石书画也有相当高的造诣,《金石录》一书,实际是夫妇二人的合著。

④扫眉才:指有文学才能的女子。唐王建《寄蜀中薛涛校书》:"扫眉才子知多少,管领春风总不如。"

⑤担阁:耽搁,耽误。镜囊:盛镜子和其他梳妆用品的袋子。

【赏析】

这首词是怀念妻子之

作:秋夜,月光如水般清澈,水波如同白练一般,月色下烟柳摇曳。大雁一夜之间都飞走了,谁来问问,靠在楼窗的人为何而变得清瘦?你的才情唯有谢道韫、李清照可比,你我意气相投,你又绝非那爱慕浮华之人。只怪我辜负了你的才情和往日那美好的时光,如今只能徒增感慨。

梅梢雪

元夜①月蚀

【原文】

星球映彻②,一痕微褪梅梢雪。紫姑③待话经年别,窃药④心灰⑤,慵把菱花⑥揭。

踏歌⑦才起清钲歇,扇纨仍似秋期⑧洁。天公毕竟风流绝,教看蛾眉⑨,特放些时⑩缺。

【注释】

①元夜:元宵。

②映彻:晶莹剔透貌。

③紫姑:神话中厕神名。又称子姑、坑三姑。相传为人家妾,为大妇所嫉,每以秽事相役,正月十五日激愤而死。故世人作其形夜于厕间或猪栏边祭之。见南朝宋刘敬叔《异苑》卷五、南朝梁宗懔《荆楚岁时记》。一说她姓何名楣字丽卿,为唐寿阳刺史李景之妾,为大妇曹氏所嫉,正月十五日夜被杀于厕中,上帝怜悯命为厕神。旧

俗每于元宵在厕中祀之,并迎以扶箕。事见《显异录》以及宋苏轼《子姑神记》。

④窃药:传说后羿得不死之药于西王母,其妻姮娥盗食之,成仙奔月。见《淮南子·览冥训》,后以"窃药"喻求仙。

⑤心灰:谓心如死灰,极言消沉。

⑥菱花:指菱花镜。古代铜镜名,镜多为六角形或背面刻有菱花。

⑦踏歌:传统的群众歌舞形式,互相牵手或搭肩,以脚踏地为节拍。

⑧秋期:指七夕。牛郎织女约会之期。

⑨蛾眉:美人的秀眉。比喻新月前后的月相犹如一道弯眉,故名。这里喻月蚀时仍明亮的部分。

⑩些时:片刻,一会儿。

【赏析】

这首词咏节序风物:天空星光璀璨,梅梢之雪不明,月已初蚀,紫姑欲与人诉说经年的别离之情,而嫦娥却自愧窃药奔月,心灰意懒,以致不愿揭开镜面。月蚀渐出,地上锣声才歇,人们便开始踏歌庆祝,那月光还像中秋时节一样清澈明亮。老天也是风流之人,为了让人们看到新月如眉的景色,故意将月缺的时间延长了。

唐多令

雨夜

【原文】

丝雨纤红茵①,苔阶压绣纹②。是年年、肠断黄昏。到眼芳菲都惹恨③,那更说,塞垣春④。

萧飒不堪闻⑤。残妆拥夜分⑥。为梨花、深掩重门⑦。梦向金微山下去⑧,才识路,又移军⑨。

【注释】

①丝雨:像丝一样的细雨。红茵:红色的垫褥。唐元稹《梦游春七十

韵》："铺设绣红茵,施张钿妆具。"这里指红花遍地,犹如红色地毯。

②苔阶:生有苔藓的石阶。

③芳菲:芳香的花草。

④塞垣:本指汉代为抵御鲜卑所设的边塞,后亦指长城,边关城墙。

⑤萧飒:形容风雨吹打草木发出的声音。

⑥残妆:亦作"残装",指女子残褪的化妆。夜分:夜半。

⑦重门:宫门,屋内的门。

⑧金微山:即今天的阿尔泰山。后汉永元三年耿夔遇北单于于金微山,大破之,单于走死,山在漠北,去朔方五千余里,唐置金微都督府。

⑨移军:转移军队。

【赏析】

细雨霏霏,使庭院里变得花红阶绿。年年都在断肠的黄昏中度过。满眼的芳菲都无端惹起春愁,更不要说是边关的春色了!那风雨萧飒的声音是不能听的,听了会让人伤心。夜半时分拥坐无眠,妆已残,人孤单,为了不让梨花飞尽于是紧紧关上闺门。梦里来到你征战的沙场,谁知才刚刚找到去路,却转移了军队,不知所踪。

这是一首拟闺怨词。词人全从对方写来,假想雨夜黄昏时候的闺人思我之情景。词从雨中红花写起。"丝雨织红茵"，霏霏的雨是细细的，所以言"丝雨"。丝雨飘飘，朦朦胧胧，落在花瓣上，像是女子用丝线编织着什么似的。这个"织"字，联想巧妙，用笔工致，直是将春雨的迷离之美写活了。"红茵"，本义是红色垫褥，此处形容红花开遍，犹如铺了红色的地毯。这是写花红。"苔阶压绣纹"，"苔阶"，是

生有苔藓的石阶。"压绣纹"，是说阶上青苔苍苍，似是织物上的花纹。这是写阶绿。首二句以丝雨、红花、苔藓、石阶为抒情主人公勾勒了一个冷艳凄迷的意境，为下文的女主人公的伤心断肠，寂寞相思伏了暗线。

"是年年、肠断黄昏"，此抒情之句将首二句营造的意境在时间上进行无限延伸。"是年年"，是说红花满地、苔痕上阶的景象、黄昏悲伤的愁情，不是今年才有，而是年年如此，情意一出胸膛，便倍加深厚；语气一吐唇间，便愈益沉痛。

"到眼芳菲都惹恨，那更说，塞垣春。"花草满园，蝶飞燕舞，如斯好景，衬人哀伤心肠，本来就"惹恨"，更何况思念的人又远行塞垣，经久未归，年年春天，年年不能相携呢！一边是伤春惹起的幽恨，一边是远人不归牵出的幽怨，一经"那更说"三字的连接、强化，遂生成如潮水般的相思苦情。

下阕夜雨萧萧，再添心中之愁。"萧飒不堪闻，残妆拥夜分。"窗外是萧

飒的风雨,不忍听闻;窗内是伤心的闺人,泪罢妆残。百无聊赖,万般无奈中,她只能寂寞地拥夜而坐。而这个时候,她又看见夜雨催落梨花,那片片飘零片片飞的白色梨花,让她不忍目睹,于是便掩上了层层的门,但是她心湖里那一圈圈又是冷,又是怨的痴情,早被引出。

"为梨花、深掩重门",化用戴叔伦《春怨》诗"金鸭香消欲断魂,梨花春雨掩重门",用黄昏时雨打梨花的景象,衬托了一位深怀相思之情的女子的孤寂的心态,同时又再次渲染出一种凄凉的意境、哀怨的心情。

"梦向金微山下去,才识路,又移军。"这三句写她的梦境。"金微",即今之新疆阿尔泰山。唐贞观间以铁勒卜骨部部地置金微都督府,乃以此山得名。此处词人说"金微",非谓他真到了金微山,而是化用唐人张仲素诗典而已。张仲素《秋闺思二首》其一云:"碧窗斜月蔼深晖,愁听寒螀泪湿衣。梦里分明见关塞,不知何路向金微。秋天一夜静无云,断续鸿声到晓闻,欲寄征衣问消息,居延城外又移军。"此处,词人"梦向金微山下去"和"才识路,又移军"两句就是分别从张诗颔联"梦里分明见关塞,不知何路向金微"和尾联"欲寄征衣问消息,居延城外又移军"化出,意思是说在梦里她到了关塞,那关塞正是她魂牵梦萦的地方,因为她的良人就出征到那里。她不由大喜:快,去金微山下找他!可是,刚刚摸清路,他又到了别处,真叫人愁绪万端,寝食难安。如此结句,含思隽永,朦胧要眇,在全文词意上也更推进一层,谓即使相思也是所思无处,这便更增添了伤痛之苦情。

唐多令

塞外重九

【原文】

古木向人秋。惊蓬掠鬓稠①。是重阳、何处堪愁?记得当年惆怅事,正风雨、下南楼②。

断梦几能留。香魂一哭休③。怪凉蟾④、空满衾裯⑤。霜落乌啼浑不睡,偏想出、旧风流。

【注释】

①惊蓬:疾飞的断蓬,喻行踪漂泊不定。也用来形容散乱蓬松的头发。

②南楼:在南面的楼,南朝宋谢灵运有《南楼中望所迟客》诗。

③香魂:美人之魂。

④凉蟾:皎月,指秋月。唐李商隐《燕台诗·秋》:“月浪衡天天宇湿,凉蟾落尽疏星入。”

⑤衾裯:指被褥床帐等卧具,语出《诗经·召南·小星》:“肃肃宵征,抱衾与裯,实命不犹。”

【赏析】

“古木向人秋。惊蓬掠鬓稠。”写秋季景象,纳兰看到了一叶落知天下秋,他将荒凉写入词中,秋季不需要去描述,只要侧耳倾听那静寂无声的野外,就能够听到秋季寂寞的声音从耳边飘过。这声响不是来自树间,不是来自风声,而是来自纳兰的内心深处,那一抹寂寞发出的声响。

"是重阳、何处堪愁?"一处反问,由重阳感到神伤,由秋声而感知寒意。这里的何处堪愁,用到了极致。愁在何处,何处又有愁? 秋季时节,孤寒处境,心意难平,而后由这眼前的事物,想到了往日的情景,"记得当年惆怅事,正风雨、下南楼"兼写物境与心境。二者相得益彰,令词义在此融洽。

空荡的阁楼上,风雨之中,纳兰思念的那个人走下楼梯,步履轻盈。至于这个人是谁,无从说起,也无须说起。上片在一位女子的脚步声中轻柔结束,这段描写感情细腻,色泽绮丽,有花间词人的遗风,更有一股纳兰自己的风格之气。

这里写到女子轻移步伐走下南楼,女子的娇羞与妩媚尽在词中展露。佳句皆因佳人得,这短短的几个字,就勾画出了一幅美丽的画面,更因为如此,纳兰的相思才更让人心疼,这样的相思,到底是为哪个女子产生?

"断梦几能留,香魂一哭休。"从睡梦中惊醒,脸颊被泪水湿透,冰凉的感觉直入心扉,范仲淹曾在《苏幕遮》中说:"酒入愁肠,化作相思泪。"可是在这里,纳兰不需要酒,那点点相思泪便涌出眼帘。

"怪凉蟾、空满黍裯。"在这里,"凉蟾"是指明月,他是化自李商隐的《燕台诗'秋'》:"月浪衡天天宇湿,凉蟾落尽疏星入。"愁肠化作相思泪,比起上片来，愁绪在这里又添一折，又进一层，愁更难堪，情更凄切。

"霜落乌啼浑不睡，偏想出、旧风流。"既然无法安然入睡，那些前尘旧事自然是无法控制地涌上心头，过去种种，今日看来，全是眼泪。纳兰的心，被眼泪浸泡得已然脆弱不堪，一击就碎。这个男人，最大的不幸便是太过多情，无法忘情了。

踏莎美人

清明

（按此调为顾梁汾自度曲）

【原文】

拾翠①归迟，踏青②期近，香笺③小叠邻姬④讯。樱桃花谢已清明，何事绿鬓⑤斜亸⑥宝钗横。

浅黛⑦双弯，柔肠几寸，不堪更惹其他恨。晓窗窥梦有流莺，也说个侬⑧憔悴可怜生⑨。

【注释】

①拾翠：拾取翠鸟羽毛以为首饰，后多指妇女游春。语出三国魏曹植

《洛神赋》:"或采明珠,或拾翠羽。"

②踏青:清明前后到野外去观赏春景。

③香笺:信笺,因少女之手,散发香气,故云。

④邻姬:邻家女子。讯:通"信"。

⑤绿鬓:指乌黑发亮的头发。

⑥斜鬌:斜斜地垂下来。

⑦浅黛:指女子用黛螺淡画的眉毛。

③个侬:犹这人或那人。

⑨生:用于形容词词尾。

【赏析】

这首词写闺中女子清明相约踏青却百无聊赖的春愁:清明快要到了,正是游春踏青的好时节,邻家女伴写来信笺相邀游春。然而樱桃花都谢了,清明将过,却不知为了何事而蹉跎。只因疏慵倦怠,本就愁绪满怀,于是不愿再去沾惹新恨了。如此愁绪谁能明了,恐怕唯有那清晓窗外的流莺知晓了。

喜欢一个人,真的好痛好难。

一开始是明亮的,全世界似乎都变粉红色。一切看在眼中都是美好,就算天崩地裂,只要还能看到他的微笑,那也没什么。可是渐渐就变了,向着我们所不能控制的地方滑过去。再也不会快乐了。

他看不到呢……无论做什么，说什么，他都注意不到，读不懂其中的意思。微笑依旧，看在眼里却只剩沉闷的痛。

有时候真的是怎么也想不明白，爱情究竟是由谁来安排。苦苦追求的得不到，得到了的却弃之若敝履。怎么就会这么不公平……

"踏莎美人"是顾贞观自度曲。一半《踏莎行》一半《虞美人》，合起来倒也雅致不俗。副题为"清明"。清明正是游春踏青的好时节，古代有游春的习俗，本篇即以此为题的咏节令之作。

上阕前二句说游春拾翠归来得迟了，而踏青之约日近。"拾翠归迟"，拾翠，本意是拾取翠鸟的羽毛作首饰，语出曹植《洛神赋》："或采明珠，或拾翠羽。"后多指女子游春。比如杜甫《秋兴》诗："佳人拾翠春相问，仙侣同舟晚更移。""踏青期近"，"踏青"即春天出城到郊外游览。古代诗词中常以踏青和拾翠并提，如吴融《闲居有作》："踏青堤上烟多绿，拾翠江边月更明"。这一联泛写春来游春的活动，而将春天少女的心事隐含于"迟""近"二字之中。

"香笺小叠邻姬讯"，结下一句承前说邻女有约踏青。"香笺"，即信笺，大约因其出自邻家少女之手，散发着香气，所以言"香"吧。"邻姬讯"，是说收到了邻家女孩的信。那信上所写为何？"樱桃花谢已清明，何事绿鬟斜鬏、宝钗横。"信上写道：樱桃花已经谢了，都到了清明，你怎么还是一幅慵懒无力的样子呢？"绿鬟斜鬏、宝钗横"，写女主人公疏慵倦怠之貌：绸缎般的长发松松绾起，随意地斜着，一支钗禁不住，就要从流云一般的发间滑出来，可谓生动逼真，清丽轻灵。

下阕则自叙心怀，亦是对邻家少女的答复：不是我不喜欢春天的踏青，而是本来就心绪不佳，愁怀不解，实在不愿再去沾惹新恨了。"浅黛双弯，柔肠几寸"，浅黛，指女子画得很淡的眉毛。双弯，即轻轻地皱着眉头。柔肠，柔曲含情的心肠。几寸，当是几丝愁绪萦怀。这八个字，写这个少女的淡淡

心事、淡淡愁，堪称清丽含婉，风韵别致。"不堪更惹其他恨。"风流含蓄之后接以率直袒露，则显得灵巧高妙。

现在，这位少女自吐心怀说不愿再去沾惹新恨了，但是此种幽幽心事又有谁知道呢？故于结处说唯有那清晓窗外的流莺明了。"晓窗窥梦有流莺，也觉个侬憔悴、可怜生。"意即我心事重重地睡去，清晨从梦中醒来，即使是那婉转啼鸣的莺儿也觉得我很憔悴，惹人怜爱。结尾二句，幽思含婉，清丽轻灵，表达出百无聊赖的阑珊意绪。

临江仙

寄严荪友①

【原文】

别后闲情何所寄,初莺②早雁相思③。如今憔悴异当时,飘零心事,残月落花知。

生小④不知江上路,分明却到梁溪⑤。匆匆刚欲话分携,香消梦冷,窗白一声鸡。

【注释】

①严荪友:严绳孙。

②初莺:借喻暮春之时。

③早雁:借指秋来之日。

④生小:犹自小,幼小。

⑤梁溪:水名,在江苏

无锡西,源出惠山,流入太湖。古时此水极窄,梁时疏浚,故名,这里指严荪友的家乡。

【赏析】

诗云:我寄愁心与明月,随风直到夜郎西。词云:欲凭江水寄离愁,江已东流哪肯更西流。如今,暮云过了,秋光老尽,伴明月清风共一醉的知己好

你的思念，何物可寄？只能憔悴，心事如落花飘零，无人知。于是，"从别后，忆相逢，几回魂梦与君同"便成了你最大的心愿。哪里知道，清晨一声鸡鸣，便已梦逐烟销水自流。

此篇为寄赠之作。挚友一别，无日不思念，遂填此寄赠，表达了对挚友深切的怀念。"别后闲情何所寄"，首句即径直抒怀而来。词之常例是起句叙景而不言情，但在纳兰词中，却往往是景缘情设，语因情工，词因情遣，从不拘限。词中，作

者思友之心，愈益难耐，所以开篇七字就将友人去后自己寂寂无聊的心事道出。"初莺早雁相思"，对远方朋友的别思之情，无人能懂，只有那早归的雁莺能懂我的那一片心思。"初莺"，即早莺，早莺其实不早，仅是诗词里的一个意象。不仅不早，早莺啼叫，一般是春色将暮之时。"早雁"，即初秋的大雁，借指秋日。这句在言词人怀友之心无人能解的同时，又叠加了一层相思的含义，即春去秋来，无日不相思念友。"如今憔悴异当时。飘零心事，残月落花知。"三句写别后的憔悴和寂寞，明白如话。"异当时"，当时曾与友人聚集在花间草堂，谈诗论文，观摩书画，推心置腹，畅叙友情。然而如今，只有孤身一人，似是在天涯飘零，此种心事，大概只有残月落花知道了。"残月落花知"，等于不知。因为花已凋零，月已转残，它们只会勾起词人思怀往日

相聚时其乐融融的情景。

"生小不知江上路,分明却到梁溪。"过片两句写梦中情景。词人由思念至深至切而生出梦幻。在梦里,生来不知江南路的他,却来到了苏友的家乡。"分明"一词,是说梦境清清楚楚,简直就像是现实中来到了江南一样,此与"生小不知"的对比映衬,更见出词人这一虚拟之笔的深挚感人。"匆匆刚欲话分携",然而但好梦难留,正欲话别后相

思时,梦中温馨的情谊却忽而消逝了,令人不胜怅惋。"香消梦冷,窗白一声鸡。"结处化用唐胡曾《早发潜水驿谒郎中员外》"半床秋月一声鸡,万里行人费马蹄",将其拳拳的友情,深切的怀念,表达得含婉不尽,启人联想。

【词人逸事】

严绳孙,字荪友,号藕渔,又号藕塘渔人,江南无锡人。工隶、楷书,6岁即能作径尺大字,曝书亭匾为其所书。二十多岁时,抛弃举子业,游历于山水之间,与朱彝尊、姜宸英被誉为江南三布衣。清顺治六年,参加由江南名士太仓吴伟业主盟的慎交社,结识了一批东南名流。顺治十一年,与邑中顾贞观、秦松龄等十人结云门社,时称云门十子。康熙十四年结识满族词人、大学士明珠之子纳兰容若,成为莫逆。

康熙十八年(1679)三月,朝廷调举博学鸿儒,严绳孙以江南名布衣身份

被荐与"鸿博"试,他却因受荐而避试,临场借目疾仅成《省耕诗》一首即退场,期望脱身。当时康熙帝笼络士子之心正切,遂引唐代祖以咏雪诗二十字入选的掌故。破格以"久知其名"擢置二等末,授其翰林院检讨,参与《明史》编纂,后历任日讲起居注官、山西乡试正考官、右中允兼翰林院编修、承德郎等职。康熙二十四年(1865)辞官回家乡隐居,杜门不出,以书画著述终老。

临江仙

永平道中①

【原文】

独客单衾谁念我②,晓来凉雨飕飕③。缄书欲寄又还休④,个侬憔悴⑤,禁得更添愁。

曾记年年三月病,而今病向深秋。卢龙风景白人头⑥,药炉烟里,支枕听河流。

【注释】

①永平:清代永平府,在今山海关一带。

②单衾:薄被。

③飕飕:形容雨声。

④缄书:书信。

⑤个侬：这人，那人。

⑥卢龙：今山海关西南一带，滦河流经此地，清代属永平府。

【赏析】

这是一首抒写乡关客愁的边塞词：孤眠独卧，夜来衾薄，清晓愁雨，不胜清寒，有谁会念及我呢？想要给你写信遥寄相思，又害怕你看了更添新愁，愈加憔悴，于是只好作罢。记得原来都是三月春愁多病，没想到今年却病向深秋了。在这深秋时节，卢龙风景萧疏，令人伤感，暗生白发。只得在药炉的烟雾缭绕下，侧耳倾听江河的奔流之声来排遣愁苦之情了。

行在羁旅的男子，思念更如春草，渐行渐远还生。家中的她，还好吗？

一纸憔悴寄相思？又怕她知晓自己瘦损的容颜，为我担忧为我愁。这么多年了。年年伤春，年年病在深秋。

他脸上沧桑更浓，不再是那个动辄一声弹指泪如丝的少年公子了。甚至没有皱眉，他只是眼眸忧郁，神色忧伤地靠在那里。在药炉烟里，支枕听河流。

这篇《临江仙》作于永平道中，永平是指清代的永平府，其故境在今河北省东北部陡河以东，长城以南的地区，是出关通辽东的必经之路，由此可知容若作此词时是初登征程后不久。用词体咏边塞风情，宋元以来并不多见。纳兰几度扈驾宸游或奉命出使塞上，写了几十首边塞词，这对词史是一大贡献。其中不无豪迈的气度和壮阔的场面，但绝少开怀乐观，而是大多苍凉悲怆的意绪。严迪昌《清词史》云："几乎是孤臣孽子的情绪。"此篇客中卧病之作也是如此。"独客单衾谁念我，晓来凉雨飕飕。"起首二

句写自己孤眠独卧的寂寞。因为身在永平道中，在山海关一带，所以言"客"；因为远离故园而无妻子好友相伴，所以言"独"。合在一起，"独客"就道出了羁旅孤独的心理感受。"单衾"，与"独客"相契，传达的是一种"罗衾不耐五更寒"的感觉，此是从身体感受而言的。有了心理、身体两方面的铺垫后，"谁念我"，这一深情感慨，就从衷心自然流发出来。"晓来凉雨飕飕"，是写单衾独卧后清晨醒时的情景，也是对"谁念我"的答言和反衬：清晓寒凉，冷雨飕飕，偌大的世界，似乎只有它们挂记着我，衬托我的忧愁。

"缄书欲寄又还休，个浓憔悴，禁得更添愁。"接下来三句写家书作毕，欲寄还休的矛盾心理：写好了书信又犹豫，家中娇妻因为自己外出而担忧、憔悴，如若收到我生病的家书，必愁上添愁，身体娇弱的她，如何经受得住呢？"缄书欲寄又还休"，与李清照《凤凰台上忆吹箫》中的"生怕离怀别苦，多少事、欲说还休"有异曲同工之妙，也道出了词人虽在羁旅，虽在病中，但

仍牵挂娇妻,关念切切的多情。

"曾记年年三月病,而今病向深秋",下阕进一步写乡关客愁的难耐,思念闺阁中人心情的难解。"年年三月病",不是说词人年年三月都会生一场大病,而是花用韩偓《春尽日》诗:"把酒送春惆怅在,年年三月病恹恹。"说自己年年三月都会伤春,都会因春愁忧思成疾;如今远在塞外,不见闺中人,只有以恹恹病躯独向深秋,谙尽孤寂滋味。

"卢龙风景白人头,药炉烟里,支枕听河流。"结尾三句,用眼前景表达无穷无尽的愁怀。深秋季节,卢龙地区风景萧疏,令飘零人物增添伤感之情,而致暗生白发。所以终日只有拖着病躯,身向药炉烟里,于客舍中支起枕头,侧耳听着隐隐的水声,而心思如游丝缕缕,水烟漠漠……

临江仙

【原文】

丝雨如尘云著水,嫣香碎入吴宫①。百花冷暖避东风,酷怜娇易散,燕子学偎红②。

人说病宜随月减,恹恹却与春同③。可能留蝶抱花丛,不成双梦影,翻笑杏梁空④。

【注释】

①嫣香:娇艳芳香,亦指娇艳芳香的花。吴宫:指春秋吴王的宫殿,春秋吴都有东西宫,据汉袁康《越绝书·外传记·吴地传》载:"西宫在长秋,周一里二十六步,秦始皇帝十一年,守宫者照燕失火,烧之。"

②偎红:紧贴着红花。

③恹恹：精神萎靡不振的样子。

④杏梁：文杏木所制的屋梁，言其屋宇的高贵。汉司马相如《长门赋》："刻木兰以为榱兮，饰文杏以为梁。"

【赏析】

"丝雨如尘云著水"，如梦境一般美丽的景致被这七个字雕刻得雅致纤巧、过目难忘，令人不禁遥想，是怎样一双修长精致的手执笔雕琢出了如此巧夺天工的文字？

纳兰的文字之美、意境之真让人总是忍不住怀疑：他的书桌前是不是常年铺着画纸，每每文思涌上，定要先描绘出一幅真切到可以触碰的图画才会动笔将之化为文字？即便不是这样，那么那些图画也一定曾存在于他的心里，所有的文字都不过是他对自己心境的素描而已，细腻却不矫揉，华美但不肤浅。

这首《临江仙》写于暮春时节，此时的纳兰不仅因逝去的春光而心生感慨，身体也正抱恙而忍受着折磨，愁病交加，以至于他竟生出了兴亡之叹，令人读来忍不住蹙眉心痛。

空中的愁云仿佛氤氲着水汽，蒙蒙细雨飘洒过后，吴宫里的残花散落了一地。娇美的宫花最经不得风雨，这满地落英让人怜惜不已，以至于连过路的飞燕也学着人的样子紧紧依偎在了花下。

景物之愁加剧了纳兰的苦闷，"人说病宜随月减"，但他却自叹道"恹恹却与春同"，他的疾病并未随着时间的流逝而好转，反而如这暮春一样萎靡颓丧。拖着病体出得门来，只见蝴蝶飞舞流连，却迟迟不肯离开花丛，但梁上的燕子早已成双成对地飞走了，忍不住对着那空落落的屋梁苦笑一下。

纳兰心中有苦，且苦不堪言，偏偏他又是潇洒不起来的男子。倘若他能有两分陶潜的豁达，在失意时依旧有"采菊东篱下，悠然见南山"的闲情雅致，或者他若能有三分李白的飘逸，纵然千金散尽依旧"仰天大笑出门去"，再或者他若能有五分苏东坡的达观，即使官场屡屡受挫依然能与清风明月相伴，泛舟游玩，观"山高月小，水落石出"，只要得他三人的几分风骨，他或许就能快乐一些、乐观一些，或许就不会在年华最盛、才学丰盈之年黯然凋零。但如果真是那样，他也便不是为后人念念不忘的纳兰了。

纳兰确实是个风流的才子，但绝对不是个潇洒的文人。他的词，愁心漫溢，句句读来令人心伤，这一首满含兴亡之感的《临江乡》便是佐证。

词中"吴宫""杏梁"等出于前人辞赋的词语中隐隐藏着莫大的忧虑，其时正是康熙盛世，对时代的兴亡忧患显然不会是纳兰词作的主题，惜时伤春又加身世感伤才更贴合纳兰的风格。他甄选的不过都是些平淡如水的词汇，然而这些词语却偏偏在他的指尖化成一段旋律——为心弦所演奏，曲曲萦绕于耳,终久不绝。

爱妻早亡,后续难圆旧时梦,以及亲友的聚聚散散常常使他备感人生无常。种种悲观与困惑化为对仕途的厌倦、对富贵的轻看、对人生的消极,他对凡能轻取的身外之物无心一顾,但求之心切的爱情与自由却终归不得。

临江仙

【原文】

长记碧纱窗外语①,秋风吹送归鸦。片帆从此寄天涯②,一灯新睡觉,思梦月初斜。

便是欲归归未得,不如燕子还家。春云春水带轻霞③,画船人似月④,细雨落杨花。

【注释】

①碧纱窗:装有绿色薄纱的窗。

②片帆:孤舟,一只船。

③春云:春天的云。春水:春天的河水。轻霞:淡霞。

④画船:装饰华美的游船。南朝梁元帝《玄圃牛渚矶碑》:"画船向浦,

锦缆牵矶。"

【赏析】

这首词写在春天回忆秋天的离别:记得当时我们在碧纱窗外低语话别,当时秋风吹起,天色将晚,暮鸦飞回。从此以后便一叶孤舟在天涯漂泊,半夜从梦中醒来,月亮才刚刚西斜。即使想回来却不能回来,连秋去春归的小燕子都不如。在这春日里若能一起看山水如画,烟柳画船,细雨杨花的美景,该是何等的惬意!

为什么总是不能忘记那些细碎的往事呢?

碧纱窗外,是你的寂寞、伊人的等待。喃喃细诉的,不是风,而是零乱的心。归鸦总是随着秋风而来,这份欲归的心情,诉向谁边?

漂泊异乡,是春风,也该把故园的柳吹拂成丝了吧? 是春雨,也该把故园的花润成鲜丽了吧? 然而,守望的,只有一盏昏黄的灯;入梦的,也只是那斜斜的残月。

不是你这一生只爱孤寂、只爱漂泊,而是想归都不能啊。燕子寒来暑往,路途虽远,行程虽苦,总还有到家的一日,而你呢?

又是春天了。画舫游于灯影桨声,穿于红尘扰攘。而你,任风鼓白色长袍,心淡如月光。细雨无声地落下来落下来,杨花湿了,重了,落了,漂泊的你,也有靠岸的一天吗?

这篇仍写厌恶仕宦，天涯思归之情绪。

春天到来了，而分别是在去秋薄暮，长别既久，今又相思顿起，故于起句劈头就"长记"别时的情景。"长记碧纱窗外语，秋风吹送归鸦。"秋风袅袅，吹送寒鸦归巢，而我却不得不离家奔赴王事。碧纱窗外，你我依依别话的情景，早已长铭于心，时时念及。

接下来，"片帆从此寄天涯。""片帆"紧承"窗外语""归鸦"而来，写自己从此羁旅天涯，漂泊他乡的孤旅之景，思归的主旨很是明显。"一灯新睡觉，思梦月初斜"是写自己在客舍的凄迷之情：刚刚睡醒，独对一灯荧荧如豆；因为天涯孤旅难耐，所以梦里也在思念故园，思念家中美妻。

下阕接前意脉，再伸欲归不得，连秋去春归的小燕子都不如的恨憾。

"便是欲归归未得，不如燕子还家。"化用顾夐《临江仙》"何事狂夫音信断，不如梁燕犹归"，将燕子和自己做对比，颇有深意。是啊，燕子要飞便飞，来去自如，可以随时飞回旧巢，但自己王事在身，身不由己。比着比着，他不禁希望有朝一日能与心上人徜徉在春云春水之间，欣赏着烟柳画船，沐浴着杨花细雨，享受一番舒心写意的生活。

"春云春水带轻霞"，"春云春水"化用高观国《霜天晓角》"春云粉色，春水和云湿"，巧妙地表现了水天一色，云映水中的景象，而"带轻霞"三字，更为这幅旖旎风光画卷，点带了几许迷离的绚烂烟霞，使其无限迷人。在如此迷魂淫魄的春景掩映下，词人携着如花似月、皓腕凝雪的妻子，步履款款，徜徉在湖边画船，看那细雨飘若晴丝，柳絮飞如雪花，真是惬意无比，浪漫无伦。

"春云春水带轻霞。画船人似月，细雨落杨花。"最后宕出一笔，描绘想象中与伊人春光共度的情景，化虚为实，极其浪漫，这就使小词更富深情远致了。

又是一首表达相思的词。纳兰写词时似乎从不考虑同类题材自己已写过太多，或者在他眼里，此时的相思不能等同于彼时的牵挂，今日的愁绪和昨天的烦扰也是两个模样。纳兰这样想着，便确实写出了主题相同，但意境相异的佳作，一句有一句的悲伤，一首有一首的味道。

临江仙

谢饷樱桃

【原文】

绿叶成阴春尽也，守宫偏护星星①。留将颜色慰多情，分明千点泪，贮作玉壶冰②。

独卧文园方病渴③，强拈红豆酬卿④。感卿珍重报流莺⑤，惜花须自爱，休只为花疼。

【注释】

①星星：通"猩猩"，形容樱桃猩红的颜色。

②玉壶冰:酒名。宋叶梦得《浣溪沙·送卢》词:"荷叶荷花水底天,玉壶冰酒酿新泉,一欢聊复记他年。"

③文园方病渴:汉司马相如曾任孝文园令,"常有消渴疾",因此称病闲居,见《史记·司马相如列传》,后遂以"文园病"指消渴病,这里谓文人落魄,病困潦倒。

④红豆:代指樱桃。

⑤流莺:即莺。流,谓其鸣声婉转。

【赏析】

辽、金旧俗有"荐新"、"献时新"之举,即或由皇帝赏赐大臣,或达官贵人互送刚刚成熟的果物珍品,樱桃一直被视为果中之珍,遂于仲夏成熟之日相互馈赠。从词题"谢响樱桃"来看,是说纳兰得到了友人馈赠的樱桃,所以填了这首情真意深之词以示答谢,但是,这首词真的是为答谢而填的应酬之作吗?

一开篇,词人就用到前文提到的杜牧与少女之母十年约定的典故,在这首词中,纳兰将杜诗中的"绿叶成阴子满枝"化用为"绿叶成阴春尽也",其中所表达的悲惜之情也就不言而喻了。

"守宫偏护星星",守宫指的是守宫砂,相传如果用朱砂喂养壁虎,等到其吃满七斤朱砂后,就会变得全身朱红,然后再将壁虎捣烂,这样就成了守宫砂,将其点染在处女的肢体,颜色不会消退,只有在发生房事后,其颜色才会变淡消退,一些朝代便把选进宫的女子点上守宫砂,使其有所畏惧,不敢与宫中其他男子私通。

用守宫砂来验证女子是否贞洁的做法到底有没有科学依据,我们暂且不论,纳兰在这里用到"守宫"的典故,想必他思念之人十有八九就是一个宫女,而与他有过一段情缘,最后被迫入宫的女子,除了他的表妹,就没有其他人了。

"留将颜色慰多情,分明千点泪,贮作玉壶冰",在这句中,纳兰又用到"红泪"的典故,魏文帝曹丕所爱的美人薛灵芸在被迎娶时,因为舍不得离开父母而痛哭流涕,她以玉唾壶盛泪,泪水落在壶中成了红色,还没有到京师,壶中的泪已凝如血色,后世称女子的眼泪为"红泪",在纳兰的眼中,表妹赠予他宫中的樱桃,就仿佛是点点泪水,这泪水就像苦酒一样积聚,让他沉醉其中。

有的人可能会质疑,既然表妹已经入宫,又怎会赠予纳兰樱桃?如果纳兰是一介布衣,自然就不要想了,但他的家族本是皇亲重戚,他自己又是皇帝的贴身侍卫,在这种特殊的身份下,偶尔见一见表妹这个中表至亲应该还是可以的,当然两人不可能频繁见面,更不可能互诉相思之情,所以,纳兰心中才会有无限的相恋之苦。

"独卧文园方病渴,强拈红豆酬卿",在这句中,纳兰又用到了典故。据史记《史记·司马相如列传》记载，汉司马相如曾任孝文园令，"常有消渴疾"，因此称病闲居，后世遂以"文园病"指消渴病，纳兰在这里自比司马相如，说自己正失意病卧，你盛情馈送了樱桃，于是我强忍着病痛吃了它，以示对你的酬答。

"感卿珍重报流莺，惜花须自爱，休只为花疼"，在这黄莺啼遍的季节，纳兰十分感谢表妹还能如此珍重情谊。同时也劝慰表妹怜惜花落时也要自爱，不要总是为花落而生悲。

纳兰在写词时并不是刻意用典，而是诸多典故已经熟读于心，完全成为自己语言的一部分，自然而然地就用到词中，这首词就是纳兰用典手法的一个典范。

临江仙

塞上得家报,云秋海棠①开矣,赋此

【原文】

六曲阑干三夜雨,倩谁护取娇慵②？可怜寂寞粉墙东③,已分裙衩绿④,犹裹泪绡红⑤。

曾记鬓边斜落下,半床凉月惺忪⑥。旧欢如在梦魂中,自然肠欲断,何必更秋风。

【注释】

①秋海棠:多年生草本植物,叶子斜卵形,叶背和叶柄带紫红色,花淡红色,供观赏,又称"八月春""断肠花"。《采兰杂志》载:古代有一妇女怀念自己的心上人,但总不能见面,于是经常在墙下哭泣,眼泪滴入土中,后在洒

泪之处长出一植株,花姿妩媚动人,花色像妇人的脸,叶子正面绿、背面红的小草,秋天开花,名曰"断肠草"。《本草纲目拾遗》也记载:"相传昔人有以思而喷血阶下,遂生此草,故亦名'相思草'。"纳兰容若扈驾塞上,或奉命出使,于塞外得家书后作此词。

②娇慵:柔弱倦怠的样子,这里指秋海棠花。此系以人拟花,为作者想象之语。

③粉墙:用白灰粉刷过的墙。

④裙钗:裙子与头钗都是妇女的衣饰,旧时借指女子。

⑤绡红:生丝织成的薄纱、薄绢。

⑥惺忪:形容刚睡醒还未完全清醒的状态。

【赏析】

上阕化虚为实,海棠花开了,家中那栏杆外愁雨不断,谁来呵护海棠那娇慵的身影? 那美丽的花朵在粉墙东边娇艳而寂寞地绽放,绿叶托出了粉红色的花蕾,好像是在薄纱一样的花瓣上宿雨犹存。下阕转入追怀往昔,那令人怀念的往日美好时光如同在梦中,此时只剩肝肠欲断的凄苦之情,又何况秋风刮来呢?

这首词作于纳兰出访塞外途中,收到家书,得知自家院中的秋海棠开花的消息,思绪万千,睹物思人,想起曾经与亡妻点点滴滴的生活片断,不由大发感叹。

上阕化虚为实,从想象中落笔。"六曲阑干三夜雨",化用晏殊《蝶恋花》"六曲阑干偎碧树,杨柳风轻,展尽黄金缕",写阑干曲折,秋雨绵绵。"六曲阑干""阑干"是唐宋词中常用意象,常常作为一种必不可少的装饰性场景,见证风景和人物心态的变化。至于"六曲",同"六曲屏山"一样,都是诗词语言袭称。此处,容若是运用"六曲阑干"这一意象构筑出一种浮华绚丽的美境,为写秋海棠的香艳之美作铺垫装饰。

接下来一句,写连绵的秋雨过后,秋海棠开花了。花开若何?"倩谁护取娇慵",娇慵,原是形容女子的柔弱倦怠,这里用以形容秋海棠,显然是以人拟花:秋海棠花是如此的娇艳,请谁来保护娇美又慵懒的她呢?

"可怜寂寞粉墙东。已分裙衩绿,犹裹泪绡红。"三句继续以人拟花,写花之容貌。可爱的她在粉墙的东面寂寞兀立,那好似女子之翠绿裙衩一样的绿叶,托出了粉红色的花蕾,好像是薄纱一样的花瓣上宿雨犹存。"可怜""已分""犹裹",皆是语中含睇,笔带流连,清丽可人。

下阕追忆人之往昔。以花喻人,人比花娇。"曾记鬓边斜落下,半床凉月惺忪",与王彦泓"可记鬓边花落下,半身凉月靠阑干"只有几字之异,实际上也正是由王诗化出,道出了花前月下的美好往事:记得你曾把花插在头上,那时,月儿高悬,洒下半床清辉。一觉醒来,花儿从鬓边轻轻滑落,望着睡眼朦胧的你,我不由如痴如醉。然而,"旧欢如在梦魂中",那花辰旧欢,似是一场春梦,在醒来后,了无痕迹。

"自然肠欲断,何必更秋风",结尾二句,系用双关,描绘了此时肝肠欲断凄苦之情。有一个美丽的传说:古时一位痴情女子,遭情郎抛弃后,肝肠寸断,伤而落泪,泪入土中,生出一花,人曰:秋海棠,又称"断肠花"。此处,"自然肠欲断"即是缘此传说,谓秋海棠本来就是断肠花,让人哀愁,哪还禁得起萧瑟秋风呢?当然这仅是双关语的表义,内在含义是:每每想起这些刻骨铭心的往事，就好像做一场秋梦，忍不住的肝肠寸断，哪还禁得起那些凄风惨雨呢……花虽年年开，人却一去不回来。这真是断肠人对断肠花，回忆越美就越痛苦……

也许，一阕词读罢，也只记得一句"旧欢如梦"。旧欢已然成一梦，那么新人呢？我们都看到，这位续娶的夫人是极爱纳兰的。她定然非常年轻，还是满脸稚气的，见花开了，赶紧簪一枝在鬓下，然后喜滋滋地给夫君写一封书信报知花信，一副小儿女情态。斯人已逝，海棠依旧，她可知她簪花的样子，与昔年的旧人多么相似？然而，纵使知道这花中有几多故事，她依然希望花开

博得枕边人一笑：这样的爱，带着些许委屈，有自得其乐的意味。只要你能让我爱着你，我愿意为你心中藏着"她"的那个小房间，细心拂拭打扫。这一切，在塞上秋风中黯然神伤的纳这一切，在塞上秋风中黯然神伤的纳兰，你可知晓？

临江仙

【原文】

飞絮飞花何处是？层冰积雪摧残①。疏疏一树五更寒②。爱他明月好，

憔悴也相关③。

最是繁丝摇落后,转教人忆春山④。湔裙梦断续应难⑤。西风多少恨,吹不散眉弯⑥。

【注释】

①层冰:犹厚冰。宋辛弃疾《念奴娇·和南涧载酒见过雪楼观雪》词:"便拟明年,人间挥汗,留取层冰洁。"

②疏疏:稀疏貌。唐贾岛《光州王建使君水亭作》诗:"夕阳庭眺,槐的滴疏疏。"

③相关:彼此关连,相互牵涉,互相关心。

④春山:春日的山,亦指春日山中。春日山山色黛青,因喻指妇人姣好的眉毛,这里指代亡妻。

⑤湔裙:古代的一种风俗。旧俗于农历正月元日至月晦,仕女酹酒洗衣于水边,以辟灾度厄。

⑥眉弯:弯弯的眉毛。清龚自珍《太常行》词:"似他身世,似他心性,无恨到眉弯。"

【词评】

容若《饮水词》,在国初亦推作手,较《东白堂词》(佟世南撰)似更闲雅。

然意境不深厚,措词亦浅显。余所赏者,惟《临江仙·寒柳》第一阕,及《天仙子·渌水亭秋夜》《酒泉子》(谢却荼蘼)一篇,三篇耳,余俱平衍。又《菩萨蛮》云:"杨柳乍如丝。故园

春尽时。"亦凄惋,亦闲丽,颇似飞卿语,惜通篇不称。

——陈廷焯《白雨斋词话》

容若《饮水词》才力不足。合者得五代人凄惋之意。

——陈廷焯《白雨斋词话》

悼亡。

——《毛泽东读文史古籍批语集》

《词则大雅集》:缠绵沉着,似此真可伯仲小山,颉颃永叔。

——张草纫《纳兰词笺注》

清代词论家陈廷焯在《白雨斋词话》中说:"余最爱《临江仙》'疏疏一树五更寒,爱他明月好,憔悴也相关'。言之有物,几令人感激涕零。容若词亦以此篇为压卷之作。"陈廷焯强调"比兴",从这观点出发自然对此词十分推许。不过,纳兰容若咏寒柳,也确是"言之有物"。他写的既是受冰雪摧残的寒柳,也是一个遭到不幸的人。整首词,句句写柳,又句句写人,意境含蓄幽远,是一首写得比较成功的咏物诗。 ——黄天骥《纳兰容若和他的词》

性德《临江仙·寒柳》,文廷式推为《饮水》压卷,陈延焯亦赏之。然今

国学经典文库

纳兰容若全集

《纳兰词》鉴赏

图文珍藏版

人多不知此词所云，以不解"湔裙梦断续应难"句意也。黄天骥引李义山《柳枝词序》注之，亦强作解人。按"湔裙"，用窦泰事也。《北齐书·窦泰传》："窦泰，字世宁，大安捍殊人也。初，泰母期而不产，大惧。有巫曰：'渡河湔裙，产子必易。'泰母从之，俄而生泰。"容若盖以喻卢氏难产而死也，则此词亦悼亡之作。

——赵秀亭《纳兰丛话》

咏物词要写好很不容易，正如南宋著名词人张炎在其论词著作《词源》中所说的那样："体认稍真，则拘而不畅；模写差远，则晦而不明。"如果单纯地就物咏物，即使刻画形容到惟妙惟肖的地步，总也呆板无神，意义不大，算不得上乘之作。所以论者多以为好的咏物词必须"不离不即"，也就是既不偏离所咏之物，又不黏着于物上，而做到有物有情。容若这一首咏寒柳之作，就在咏物时融入自己的思想感情，而且"收纵联密，用事合题"（此八字为《词源》对咏物词所提的要求），实际上借物寓情，因物见意，所以自臻妙境。对此，连一向对纳兰词持较苛的陈廷焯也表示叹服，评为"言中有物，几令人感激涕零"。

——盛冬铃《纳兰容若词选》

【赏析】

干净无尘的飞絮飞花落身何处？积雪和污泥是命定的悲愁。我孑然独立，萧瑟一生。明月知我心，悲喜与共。繁华褪去，柳叶似弯眉，前缘难再续。西风强劲，却吹不散我眉头的悲愁。

通常杨柳被文人墨客视为伤感的象征。《红楼梦》中，初春时节大家结社咏柳，其中不乏感伤的诗句，而宝钗的诗"白玉堂前春解舞，东风卷得均匀，蜂团蝶阵乱纷纷。几曾随逝水，岂必委芳尘。万缕千丝终不改，任他随聚随分,韶华休笑本无根。好风频借力,送我上青云。"却一改前人以柳为感伤的惯例,给杨柳以新的解读。

容若的词依旧延续着感伤的路数,并将这种情怀推向了极致。

"飞絮飞花何处是",春天杨柳的飞絮飘得满地都是,忙于世俗生活的人谁会去关心飞絮落到了哪里?作为一个敏感的词人,容若看到了飞絮飞花那种不一样的品质,让他大生感慨?

飞絮飘落无助,被春风刮得到处都是,漂浮无定。传说,落到水中的飞絮会化为浮萍。无论是飞絮还是飞花,最终都逃不脱漂泊不定或者化为浮萍的命运。而其中最可怕的是,就是容若在这首词中所写的,它们常常会被"零落成泥碾作尘",忍受"层冰积雪摧残"之苦。

"层冰积雪"出自《楚辞·招魂》:"层冰峨峨,积雪千里。""魂兮归来,北方不可以止些。层冰峨峨,积雪千里些。归来兮,不可以久些。魂兮归来,君无上天些。"

离开了柳树,柳絮就没了根,最终逃不脱悲苦的命运。离开了爱妻卢氏,容若也是孤魂一个。

"飞絮飞花"春季才有,而"疏疏一树"却是秋冬才有的景致。这首词从春写到了秋,将近乎一年的景致容纳其中。萧瑟的秋风不但让柳叶全部落光,成了"疏疏",而且让柳树经受了一夜又一夜"五更寒"的煎熬。这棵柳树让我们想到了离开妻子卢氏的容若。从春到秋到冬，一路都是寒冷，从来没有体会过温暖。

读到此，无论是在何种季节，都让人浑身瑟瑟发抖，深感人生的不易、情感的曲折。

在如此疏冷的环境中，连影子也试图逃避离开，只有天上的明月，那曾经照见容若和卢氏幸福的明月，依旧不肯离去，像当初的卢氏一样，默默陪伴着他。这让容若爱屋及乌，对它出自真心地进行了一番"感激涕零"的赞扬。明月就像去世了的卢氏，容若则如柳树，同在一个时空，他们依

旧相依相知，不肯舍弃彼此。这是容若极度思念的表示，同时也有许多的无奈，人生就是这样况味复杂，让人无语到词穷。

李商隐有诗："总把春山扫眉黛，不知供得几多愁。"通常用柳叶来形容女性的眉毛，满地的柳叶让容若很自然就想到了女性的眉毛。

春山是诗词里面常见的一种意象，既可以实指春色中的山峦，也可以比喻为女子的眉毛。"眉扫春山淡淡，眼裁秋水盈盈"，是以春山比喻眉。春

山既然可以比喻为女子的蛾眉，便也可以用作女子的代称，容若由柳叶的形态联想到蛾眉的曼妙，联想到心爱的女子，曾经的故事……

当初，洛阳女孩柳枝听到了李商隐的诗，觉得他写得特别好。就求邻居，即李商隐的堂兄帮忙求诗歌一首，还相约"湔裙水上"，结果阴差阳错，两人偏偏错过了缘分，柳枝嫁给了某个大官，李商隐

只能徒然伤悲。容若和表妹的姻缘也是这样错过的。

湔，这里是洗的意思。中国古代风俗，三月三日上巳节，女人都相约去水边洗衣。一方面可以除掉身上的晦气，一方面给男女提供了约会的机会，李商隐的初恋故事就和湔裙有关。

另外，湔裙还有另外一个典故，见于《北齐书·窦泰传》。说的是窦泰的妈妈在电闪雷鸣、暴雨倾盆的夜晚做了噩梦，随后怀孕，产期过了却生不出孩子，于是请巫师想办法。巫师说："你只要'渡河湔裙'，生孩子就会容易了。"卢氏也死于难产。

凝眉不散，愁绪难了。结语是直抒胸臆，也点出了这首词的主旨是有关悼亡的。这首词读完之后让人依旧惆怅难了，余兴未减。

临江仙

孤雁

【原文】

霜冷离鸿惊失伴^①，有人同病相怜。拟凭尺素寄愁边^②。愁多书屡易，双泪落灯前。

莫对月明思往事，也知消减年年。无端嘹唳一声传^③。西风吹只影，刚是早秋天。

【注释】

①离鸿：失群的大雁，比喻远离的亲友。

②尺素：书写用的一尺长左右的白色生绢，借指小的画幅，短的书信。陆机《文赋》："函绵邈于尺素。"

③嘹唳：形容声音响亮凄清，这里指孤雁哀鸣声。唐陈子昂《西还至散关答乔补阙知之》诗："葳蕤苍梧凤，嘹唳白露蝉。"

【赏析】

瘦马载你，在这边塞荒地，渐行渐远。秋风萧瑟天气凉，草木摇落露为霜。一只失群的孤雁，用孤独的雁蹼划破了长空，想回到故乡。却不知，在地上，还有一个同样无依无靠的可怜人。

夜深，如愁绪盈满。家书写尽，只是无奈。在这一夜乡心两处同的时刻，月华也绝裾而去，留给你因思念而憔悴的容颜。再清晨，雁声伴你，瑟瑟寒风中，匹马单衣……

孤雁在古典诗文中有着特殊的意义，它或象征天涯孤客，或比喻夫妻失偶，或喻指友朋失伴，等等。故诗人咏孤雁实系咏孤独之凄怀。这首咏"孤雁"之作亦如是，诗人描绘了"刚是早秋天"里的一只孤独的大雁，又将人雁合一，情景合一，因而雁之孤影与人之孤独，交织浑融，抒发了孤寂幽独的情怀。

词作开门见山，写孤雁的失群惊魄。"霜冷离鸿惊失伴，有人同病相怜"，一只失群的孤雁在深夜的冷霜中凄凄独飞，那呼唤同伴的辗转哀鸣一声声划过夜空，传进愁情正炽、夜深无眠的词人耳中，让他不能不生出"同病相怜"之感、"愁多"魂销之叹。"有人同病相怜"，好一个"同病相怜"！一下子就把

人和雁，一个天上，一个地下的距离拉近了，合二为一。

鸿雁在古诗词里，常做信使代称，如晏殊的"鸿雁在云鱼在水，惆怅此情难寄"，所以接下来，词人马上由离鸿想到了写信抒怀。"拟凭尺素寄愁边，

愁多书屡易，双泪落灯前。"夜深人静，辗转难眠，也想写封家书将心中的苦闷说给她听，无奈愁绪太多，写了又写，改了又改，终不成书，以致最后，不由一声感叹，泪珠滚滚滴落灯前。

过片写家书不成后的独对明月的内心感受。因为在明月皎皎的夜晚，所有过往的回忆都会潺潺流动起来，异常明晰深刻。而每一次情不自禁地思量，都会摧折心肝，损耗青春的容貌，消减健康与寿命。所以词人袭用唐白居易《赠内》诗"漠漠暗苔新雨地，微微凉露欲秋天，莫对月明思往事，损君颜色减君年"告诫自己往事已如缕如烟，切莫胡思乱想，自添愁绪。

然而"树欲静而风不止"，远处又无端传来一声悲怆的雁鸣，牵怀动绪不止。"无端嘹唳一声传"，"无端"一词，用得极好，表面是说"嘹唳一声"的没有来由，实际上是说自己无缘无故，不知来自何方的凄凉愁绪。最后两句"西风吹只影，刚是早秋天"，既是写雁，也是写人——孤雁和我又要在这初秋时节瑟瑟寒风中，形孤影单地上路了——一语双关，留给我们一个极富画面感的联想空间……

蝶恋花^①

【原文】

辛苦最怜天上月,一昔^②如环,昔昔都成玦^③。若似月轮^④终皎洁^⑤,不辞冰雪为卿热。

无那尘缘容易绝,燕子依然,软踏帘钩^⑥说。唱罢秋坟愁未歇,春丛^⑦认取^⑧双栖蝶^⑨。

【注释】

①这首与以下三首《蝶恋花》均为悼亡之作,作年不详。

②一昔:一夜。昔,同"夕",见《左传·哀公四年》:"为一昔之期。"纳兰容若曾在其词序说亡妻曾在梦中"临别有云:'衔恨愿为天上月,年年犹得向郎圆。'"

③玦:玉块,佩玉的一种。形如环而有缺口,借喻月缺。

④月轮:泛指月亮。

⑤皎洁:明亮洁白,多形容月光。

⑥帘钩:卷帘所用的钩子。

⑦春丛:春日丛生的花木。

⑧认取:辨认,认得。取,语助词。

⑨双栖蝶:用梁山伯、祝英台死后化蝶的典故。

【词评】

作者自己只活到三十二岁,可是,他的妻子比他还早死几年。他有许多题名是悼念亡妻的词。这一首虽没有题名,看起来也是悼亡的作品,而且是最动人感人的。

——于在春《清词百首》

《饮水》短制如《蝶恋花》诸阕,颇近欧柳,清雅过之而蕴藉不及。

——赵秀亭《纳兰丛话》(续)

四首是悼亡之作。性德原配卢氏,乃两广总督卢兴祖之女,于康熙十三年成婚,婚后三年,卢氏死于难产。继室官氏。这当是悼念卢氏。第一首首句,以后作者《沁园春》小序,点明悼念亡妻。其余秋坟鬼唱,化蝶双栖,斑骓无寻,梦成今古,暗香飘尽,惜花人去等,都是死别之词。缠绵悱恻,哀怨凄厉,诚如杨芳灿所云"思幽近鬼"(《饮水词序》语)者,谭献《箧中词》评曰:"势纵语咽,凄淡无聊,延巳(冯延巳)、六一(欧阳修)而后,仅见湘真(陈子龙)。"

——钱仲联《清词三百首》

这首《蝶恋花》是容若的代表作之一,历来受到论者和选家的重视。词上阕因月起兴,以月为喻,回忆当初夫妇间短暂而幸福的爱情生活,则曰"但似月轮终皎洁,不辞冰雪为卿热",真是深情人作深情语。下阕借帘间燕子,花丛双蝶来寄托哀思,设想亡妻孤魂独处的情景,则曰"唱罢秋坟愁未歇,春丛认取双栖蝶",这又是伤心人作伤心语。纳兰词既凄婉,又清丽的风格在这里得到了充分的体现,称它为传世的名篇,是当之无愧的。

——盛冬铃《纳兰容若词选》

容若《蝶恋花》:"辛苦最怜天上月,一昔如环,昔昔都成玦。若似月轮终皎洁,不辞冰雪为卿热。无那尘缘容易绝。燕子依然,软踏帘钩说。唱罢秋坟愁未歇,春丛认取双栖蝶。"此亦悼亡词。"昔"即"夕"字,见《左传》。

——吴世昌《词林新话》

【赏析】

那是海上生出的明月,天涯共此时的惆怅。歌者寂寞的独语,在苍白的夜色中,踽踽独行。没有四月紫色的弹奏,没有夏花温柔的烂漫,只有枯叶,只有夕阳。

试问情深深几许? 杨柳再也堆不起沉重的烟尘。寒夜的琵琶,我把你听成了万里愁肠。记不起你的名字。宋朝的柳郎琴声吟唱,所有的宋词,都是红粉知己。

你的何在? 脉脉人千里,风情两处,烟水万重。我写的离愁,已有千岁,只是鸿雁在云鱼在水,此情谁寄?

爱上一个人,要用一生来忘记。回忆犹如一根银针,冷不防就刺进骨髓。你是我终身的疼痛。

面对"爱情"这两个字,人们常常感叹:好辛苦! 这样的感情体验,到了纳兰容若笔下，获得了这样充满诗意的表述："辛苦最冷天上月！"

不是吗？你看那天上的月亮，"一昔如环，昔昔都成玦"，等得好辛苦，盼得好辛苦！

人间夫妇，往往如此。词人夫妇，更是如此。纳兰容若身为宫中一等侍卫，常要入值宫禁或随驾外出，所以尽管他与妻子卢氏结婚不久，伉俪情笃，但由于他的地位独特，身不由己，因此两人总是离别时多，团圆时少，夫妇二人都饱尝相思的煎熬。

而今，仅仅是婚后三年，卢氏年仅二十一岁芳龄，竟然离纳兰容若而去了，这给词人留下了怎样一个无法弥补的终生痛苦与遗憾！在难以消释的痛苦中，词人让心中的爱妻

逐渐化作天上一轮皎洁的明月。

这是一个凄切的梦。词人希望这个梦真的能够实现，希望妻子真的能像一轮明月，用温柔的、皎洁的月光时刻陪伴着自己。他还想：如果高处不胜寒，我一定不辞冰雪霜霰，用自己的身、自己的心，去温暖爱妻的身、爱妻的心。

但是，那终归是一场梦。尘世因缘毕竟已经断绝，令人徒唤奈何。惟有软踏帘钩的堂前燕，依然相亲相爱，呢喃絮语，仿佛在追忆这画堂深处昔日洋溢的那一段甜蜜与温馨。

此情此景，让人不禁想起宋人欧阳修同样的伤心和怅惘："去年元夜时，花市灯如昼。月上柳梢头，人约黄昏后。今年元夜时，月与灯依旧。不见去年人，泪湿春衫袖。"

词人现在的愁绪，真是剪不断，理还乱。凄苦之中，他想到了李贺。"秋坟鬼唱鲍家诗，恨血千年土中碧。"他想用哀悼来减轻内心的思念，却不知这样做，反而增添了幽恨。于是，他只有祈愿化作一只彩蝶，于来年春日，在那烂漫花丛中与爱妻

的精灵形影相随、双栖双飞……

蝶恋花

【原文】

又到绿杨曾折处，不语垂鞭，踏遍清秋路。衰草连天无意绪①，雁声远向萧关去②。

不恨天涯行役苦③，只恨西风，吹梦成今古。明日客程还几许，沾衣况是

新寒雨④。

【注释】

①衰草:干枯的野草。意绪:心意,情绪,南朝齐王融《咏琵琶》:"丝中传意绪,花里寄春情。"

②萧关:古关名,故址在今宁夏固原东南,为自关中通向塞北的交通要冲,此处指边关。

③行役:旧指因服兵役、劳役或公务而出外跋涉,泛称行旅出行。

④新寒:气候开始转冷。

【赏析】

昨夜的行程,顷刻便从春天抵达了清秋。那匹叫作忧伤的汗血马,飞驰过一路的凄凉。山高水长,你们的海誓山盟,在未及告别的古道上,已经去意彷徨。

暗夜下,倚鞍小寐。梦中,一盏青灯下读伊人的红笺,却永远看不清她的相思。而窗外盛开着一树落寞的海棠,冷冷地看你在梦中哭泣。当天光唤醒遥远的前方,你依然是跃马扬鞭的旅人。

没有梦,没有今古,只有无尽的江山在脚下。而前路,只有驿站,你如何停住脚步？

又是一篇凄凉的塞上离愁别恨之作。

"又到绿杨曾折处"，词的起句，用一"又"字，说明他离家已经不止一次了。过去离家，在这里折柳赠别；今番远出，又在这里折柳临歧。旧景重现，倍添惆怅。这一句，"又"与"曾"互相呼应，恰切地表达出词人对不断行役的愁烦情绪。

"不语垂鞭，踏遍清秋路。"词人独自离去了，他默默不语，无力地垂着马鞭，闷闷不乐的神态宛然如现。很清楚，如果容若热衷于名利，当他又一次得亲銮驾时，大概会唱出"春风得意马蹄疾""踏花归去马蹄香"之类的句子。但是，出于对仕途的厌倦，他含愁带恨地离开了京城，陪皇帝出发。而这种无聊无赖的情绪，又竟贯穿在踏遍清秋路的过程中。一路上，词人无精打采，怅然若丧，似乎是魂离躯壳。

"衰草连天无意绪"，承"清秋"而发。凉秋九月，塞外草衰，枯草连天，当是实景。但草的枯荣，是自然现象，这里说连衰草也无聊无味地伸到天边，单调索寞，这实际上是词人自己"无意绪"的反射。"无意绪"三字，是全诗之眼，整首词的描写都是围绕着这三个字展开。

放眼平芜,毫无意趣,抬头仰望,也是兴味索然。"雁声远向萧关去",长空雁叫,远向萧关,它离开温暖的南方,这和征人步入穷荒一模一样。所以,听到雁声嘎然长鸣,添愁惹恨。

下阕。"不恨天涯行役苦",说不恨,那不过是反语,因为从全篇的意味来看,恰恰是要表现天涯行役之恨。然而词人觉得,行役之苦毕竟是有限的,如果把它与虚度光阴之苦两相比较,那么行役之苦也不算甚。容若在一首调寄《金缕曲》的词里说过:"两鬓萧萧容易白,错把韶华虚度。"他认为经年蹭蹬于山程水驿,等闲间白了少年头,才是最堪痛心疾首之事。为了强调这一点,下面便跌出"只恨西风,吹梦成今古"一句。西风,与清秋、衰草、雁声相联系。秋风起了,

吹梦无踪,一瞬间便觉年华飞逝,使人有今昔云泥之叹。想到这里,词人感到这征戍的幽恨没完没了。最后两句,"明日客程还几许,沾衣况是新寒雨。"渐行渐远,道路迢递,到明日,离愁别绪又不知要添多少?何况寒雨绵绵,沾衣惹袖,这客途秋恨,比刚刚离京时一定更浓更深了。

整首词,从折柳开始,以寒雨收束,暗用《诗经·小雅·采薇》"杨柳依依,雨雪霏霏"之诗意,真切感人,实是词中上品。

蝶恋花

【原文】

萧瑟兰成看老去①,为怕多情,不作怜花句。阁泪倚花愁不语②,暗香飘尽知何处?

重到旧时明月路。袖口香寒,心比秋莲苦③。休说生生花里住④,惜花人去花无主。

【注释】

①萧瑟:寂寞凄凉。兰成:北周庾信之小字。北周庾信《哀江南赋》:"王子滨洛之岁,兰成射策之年。"唐陆龟蒙《小名录》:"庾信幼而俊迈,聪敏绝伦,

有天竺僧呼信为兰成,因以为小字。"此处词人借指自己。

②阁泪:含着眼泪。宋无名氏《鹧鸪天·离别》:"尊前只恐伤郎意,阁泪汪汪不敢垂。"

③秋莲:荷花,因于秋季结莲,故称。

④生生:世世,一代又一代。

【赏析】

一颗心竟比秋莲还要愁苦,这是纳兰词的格调,也是纳兰的心声。

一叠《饮水词》,就像一幅以纳兰心语为线索的情感拼图,堆叠着对亡人的思念、对离人的牵挂、对命运的无奈、对人生的困惑,拼在一起便可以看见纳兰完整的人生。但是它们却并未拼接起来,所以后人纵使旁观着纳兰的喜怒愁苦,却终究猜不透他的心思,只好看着再无迹可寻的空白散落了一地的遗憾。

"心比秋莲苦",这种滋味到头来也只有纳兰一人品尝得到。何其孤独!

纳兰在这首《蝶恋花》中自比兰成,兰成是北周诗人庾信的小字。庾信早期的作品雍容华贵,且多艳情成分,但由于家国之痛以及人世的诸般磨砺,庾信后期自抒胸怀与怀念故国的诗作反而多了几分沉淀的色彩,更

值得揣摩与推敲。有人曾说"庾信的性格既非果敢决毅,又不善于自我解脱,亡国之哀、羁旅之愁、道德上的自责,时刻纠绕于心,却又不能找到任何出路,往往只是在无可慰解中强自慰解,结果却是愈陷愈深",由此"情纠纷

而繁会,意杂集以无端",诗中的情绪便显得有几分沉重和无奈。

这种性格、这般文风,果真与纳兰有几分相似了。

杜甫曾作《咏怀古迹》:"庾信平生最萧瑟,暮年诗赋动江东"。纳兰在这里自比为多才的庾信,或是想通过庾信年轻时的"萧瑟"来表达自己内心的孤单,或是想借此来表达目睹百花凋残时油然而生的迟暮之感。

纳兰睹花伤神,又怕作词而引发伤感情绪,因此决意"不作怜花句",但是他含着眼泪倚在花侧时,看着落红散尽而不知香飘何处,心里的愁绪反而又多了几重。"花谢花飞花满天,红消香断有谁怜?"文人多情,自古便是如此。盼花开又怕花谢,每到落花时节便总会生出伤春之意,纳兰就在这暮春时分重游故地,心中不禁起了感伤。

他又走过曾与爱人一起走过的小径,当初月明风清,如今却"袖口香寒",一颗心竟比秋莲还要愁苦。昔日许下的声声誓言仿佛还在耳畔,惜花之人却已经和自己阴阳两隔,真正是"一朝春尽红颜老,花落人亡两不知"。

蝶恋花——这个宋词中司空见惯的词

牌名字虽然起得缠绵旖旎，但宋朝的词人却很少将之用于表达夫妻之情，晏殊父子、欧阳修、苏东坡、柳永的作品中都有以《蝶恋花》为词牌的佳作，但没有一首像纳兰一样将"悼亡"作为主题，还将情感表达得如此深沉动人、反复萦纡。

全词在"不作怜花句"的悲伤基调中展开，在词人欲说还休、欲休还说的情绪感染下，读者也不知不觉就被他带入了悲伤的情境里。读过整首词后，我们大可以将词中的"花"理解为纳兰牵挂的爱人，花失惜花人，人失爱人，对着眼前凋零的花朵，纳兰情不自禁地想起了逝去之人，人花相对无语，纵使心里比秋莲还苦却也无人可以倾诉。

有人曾说纳兰的词是"玫瑰色与灰色的和谐"，大概就是这样吧。他笔下的花朵娇艳美丽，却偏偏是即将凋谢的花朵；他笔下的爱情深沉坚定，却又是生死相隔的爱情；他笔下的幸福甜蜜温馨，然而又总是回忆中的幸福。他有过如花美眷，终究抵不过似水流年；他向往海阔天空，最后还是被迫在名利场中兜兜转转。即便如此，纳兰还是保持着持久的赤诚和本色的纯净。不论写相思还是悼亡，不论抒情还是写景，他的词中都是一派天然清隽的色彩，伤情却不无病呻吟，悲痛却无厌世色彩，也没有吟风弄月、轻薄为文的纨绔不羁。

翻开《饮水词》,泪、恨、愁、伤心、断肠、惆怅……俯拾皆是,触目感怀。这位认定自己并非人间富贵命的乌衣公子呕其心血,掬其眼泪,和墨铸成了这一首首妙词,也成就了纳兰的绝世风华。

蝶恋花

夏夜

【原文】

露下庭柯蝉响歇①。纱碧如烟,烟里玲珑月。并著香肩无可说②,樱桃暗吐丁香结③。

笑卷轻衫鱼子缬④。试扑流萤⑤,惊起双栖蝶。瘦断玉腰沾粉叶⑥,人生那不相思绝。

【注释】

①庭柯:庭园中的树木。晋陶潜《停云》诗:"翩翩飞鸟,息我庭柯。"

②香肩:散发着香气的肩背。

③樱桃:比喻女子的嘴唇如樱桃般小巧红艳,此处代指恋人。丁香结:丁香的花蕾。用以喻愁绪之郁结难解。唐尹鹗《拨棹子》词:"寸心恰似丁香结,看看瘦尽胸前雪。"

④鱼子缬:绢织物名。唐段成式《嘲飞卿》:"醉袂几侵鱼子缬,飘缨长凤皇钗。"

⑤流萤:飞行无定的萤。唐杜牧《秋夕》诗:"银烛秋光冷画屏,轻罗小扇扑流萤。"

⑥玉腰:称美女的腰,指蝴蝶的身体。

【赏析】

"执子之手,与子偕老。"这是《诗经》中对爱情最美的诠释,相爱的人无不是想拉住对方的手,一辈子走到尽头。等到山山水水都看过的时候,身旁还有爱人,容颜老去,但笑容依旧。

但往往有些爱情,总是在最美的时候停止。当沧海桑田、岁月苍茫的时候,这些爱情还依然鲜活地在相爱的人的脑海中。只是可惜,相爱的人,早已是天涯海角,难以相守了。这份爱情便会变得愈加珍贵,正是因为失去过才知道珍惜。

人世间的事情往往如此,纳兰的这首词描绘夏夜与恋人共度的情景:庭院结满露珠的树上,有蝉在鸣唱,轻纱如烟似雾,月色朦胧。你我默默地肩并着肩,心中的愁绪却暗自消解。朦胧月下,你笑着卷起衣袖,扑捉飞来飞去的萤火虫,却不经意惊起了花上双宿双栖的蝴蝶。如今想来怎不让人相思成病,日渐消瘦,伤心欲绝。

纳兰的恋人究竟是指他的表妹,还是沈宛,或者是早逝的卢氏都无法看出,但这份爱情在这首词中,却显得格外的美丽。"露下庭柯蝉响歇。"夏天的夜晚,蝉虫的叫声就在四周,两个相爱的人在夜色下相依相偎,看着远处,庭院里的树木，幸福就洋溢在四周的空气里，细腻极了。

月色如此朦胧，好似轻柔的纱帐，温柔地洒落在二人身上，纳兰将词境的浪漫气氛推置到了最高点。"纱碧如烟，烟里玲珑月。"在这样的浪漫气氛中，二人却是相对无语，不是无话可说，而是不需要说。

有的时候，只要知道彼此就在身边，能够感受到对方的体温，那就可以了，"并著香肩无可说，樱桃暗吐丁香结"。纳兰也是这样想的，他与恋人依偎在月色下，这句话里有两个典故，"樱桃"并非是指真的樱桃，而是比喻女子的嘴唇如樱桃般小巧红艳，此处代指恋人。在孟棨的《本事诗》："白尚书姬人樊素善歌，妓人小蛮善舞。尝为诗曰：樱桃樊素口，杨柳小蛮腰。"

还有一处是"丁香结"，是用以喻愁绪之郁结难解。即便是怀抱着恋人，心里也有难化解的愁绪。但纳兰的表面依然是波澜不惊，上片结束后，下片便显得更为活泼一些，因为这是一首思念恋人的词。

"笑卷轻衫鱼子缬。试扑流萤，惊起双栖蝶。"恋人衣袖飞舞，在院子中捕捉蝴蝶，这美好的景象却只能是存在于记忆中了，因为恋人走远，自己只能独自看这月夜，想当日的美好，今日更觉得凄凉。

"瘦断玉腰沾粉叶，人生那不相思绝。"最后这句十分动人，人生处处是

国学经典文库

纳兰容若全集

《纳兰词》鉴赏

图文珍藏版

相思,令人思念成疾,令人为之气绝。情之深处,只怕也就是如此了。

蝶恋花

出塞

【原文】

今古河山无定据^①。画角声中^②,牧马频来去^③。满目荒凉谁可语? 西风吹老丹枫树。

从前幽怨应无数。铁马金戈^④,青冢黄昏路^⑤。一往情深深几许,深山夕照深秋雨。

【注释】

①无定据:没有一定。宋毛开《渔家傲·次丹阳忆故人》词:"可忍归期无定据,天涯已听边鸿度。"

②画角:古管乐器,传自西羌。形如竹筒,本细末大,以竹木或皮革等制成,因表面有彩绘,故称。发声哀厉高亢,古时军中多用以警昏晓,振士气,肃军容。帝王出巡,亦用以报警戒严。

③牧马:指古代作战用的战马。

④铁马金戈:形容威武雄壮的士兵和战马。代指战事,兵事。

⑤青冢:指汉王昭君墓,在今内蒙古自治区呼和浩特南。

【词评】

看出兴亡。

——《毛泽东读文史古籍批语集》

此首通体俱佳。唯换头"从前幽怨"不叶,可倒为"幽怨从前"。

——吴世昌《词林新词话》

几乎是孤臣孽子的情绪了。

——严迪昌《清词史》

【赏析】

据《吹剑录》记载:东坡在玉堂日,有幕士善歌,因问:"我词何如柳七?"曰:"郎中词,只合十七八女郎,执红牙板,歌'杨柳岸、晓风残月';学士词,须关西大汉,铜琵琶,铁绰板,唱大江东去'。东坡为之绝倒。"这个典故常常被引用来说明豪放词和婉约词的区别。自从豪放与婉约被人们当作划分词风的标志之后,除了李煜、苏东坡、辛弃疾这寥寥几人之外,能够将豪放之情寄寓在婉约之形中的,也就只有纳兰容若了,以至于王国维都评价纳兰词是"北宋以来,唯一人尔"。

从词题中我们能够知道,这是一首出塞词。首句"今古河山无定据",即是纳兰发出的感叹,同时也道出了自古以来,权力纷争不止、江山变化无常这一无法改变的客观事实。

接下来纳兰用白描的手法为我们描绘了一幅生动的边塞秋景图,"画角声中,牧马频来去",由于战事连年不断,所以战马在画角声中频繁往来。

因为不停地纷争、不息的战火，所以行走在边塞道路上的纳兰，看到的是西风吹散落叶这样荒凉萧索的景色，那飘荡在空中的叶子，似乎在向他诉说着无穷的幽怨。

汉元帝时，昭君奉旨出塞和番，在她的沟通和调和下，匈奴和汉朝和睦相处了六十年。她死后就葬在胡地，因其墓依大青山，傍黄河水，所以昭君墓又被称为"青冢"，杜甫有诗"一去紫台连朔漠，独留青冢向黄昏"，纳兰由青冢想到王昭君，问她说："曾经的一往情深能有多深？是否深似这山中的夕阳与深秋的苦雨呢？"

作为康熙帝的贴身侍卫，纳兰经常要随圣驾出巡，所以他的心中也充满了报国之心，但他显然不想通过"一将功成万骨枯"的方式来成就自己的理想抱负，所以在尾句中纳兰又恢复了多情的本色，他以景语结束，将自己的无限深情都融入无言的景物之中，在这其中，既包含了豪放，又充满了柔情，甚至我们还会体味到些许的凄凉与无奈。

谢章铤在《赌棋山庄词话》中曾说过："长短调并工者，难矣哉。国朝其惟竹垞、迦陵、容若乎。竹垞以学胜，迦陵以才胜，容若以情胜。"而读完纳兰这首词风苍凉慷慨的词作，我们才发现谢氏此言不虚。

国学经典文库

纳兰容若全集

《纳兰词》鉴赏

图文珍藏版

蝶恋花

【原文】

准拟春来消寂寞①。愁雨愁风，翻把春担阁②。不为伤春情绪恶，为怜镜里颜非昨。

毕竟春光谁领略③？九陌缁尘④，抵死遮云壑⑤。若得寻春终遂约，不成长负东君诺⑥。

【注释】

①准拟：料想、打算。

②翻：同"反"。担阁：耽搁、迟延、担误。

③毕竟：终归，终究，到底。领略：欣赏，晓悟。

④九陌：汉长安城中的九条大道，《三辅黄图·长安八街九陌》："《三辅旧事》云：长安城中八

街、九陌。"泛指都城大道和繁华闹市。缁尘：黑色灰尘。常喻世俗污垢。

⑤抵死：经常，总是。宋晏殊《蝶恋花》："百尺楼头闲倚遍。薄雨浓云，

抵死遮人面。"云壑:云气遮覆的山谷,此处借指僻静的隐居之所。唐于鹄《过凌霄洞天谒张先生祠》诗:"乃知轩冕徒,宁比云壑眠。"

⑥东君:传说中的太阳神或指司春之神。《史记·封禅书》:"晋巫祠五帝、东君、云中、司命之属。"

【赏析】

这首词表现词人厌于侍卫生涯、蹉跎日老的感慨:本来打算在大好的春光下消遣寂寞,无奈愁风愁雨辜负了春光。情绪不好并不是因为伤春所致,而是因为对镜顾影自怜,形容已日渐憔悴。那繁华的闹市总是将幽僻的山谷遮蔽,有谁来领略这美好的春光? 怎样才能不辜负春光,遂我心愿呢,难道总是让我有负春神吗?

"准拟"一词的意思是料想,打算。纳兰开篇写道:"准拟春来消寂寞。"他本来是打算要在这大好的春光下消遣寂寞的。春光美好,本该出去游玩,或是怀着愉悦的心情欣赏春日美景,但纳兰却偏偏要去消遣寂寞。

寂寞如影随形,伴随纳兰一生。这种情绪让纳兰成为伤情的公子哥,但同时也让他留给后世众多优美的诗词。寂寞的纳兰本想在春光下消遣,却没想到运气如此不好,偏偏赶上了春雨,这不合时宜的雨打扰了纳兰消遣的念头,纳兰觉得这是辜负了春光。故而他写道:"愁雨愁风,翻把春担搁。"

这首词表现词人厌于侍卫生涯、蹉跎日老的感慨:本来打算在大好的春光下消遣寂寞,无奈愁风愁雨辜负了春光。情绪不好并不是因为伤春所致,而是因为对镜顾影自怜,形容已日渐憔悴。那繁华的闹市总是将幽僻的山谷遮蔽,有谁来领略这

美好的春光? 怎样才能不辜负春光,遂我心愿呢,难道总是让我有负春神吗?

无法过上自己想过的生活,难怪纳兰总是会心情烦愁。他自己心里也清楚,自己的烦闷并非是天气原因造成的,而是由于其他外在因素。故而他会忧伤地在上片结尾处写道:"不为伤春情绪恶,为怜镜里颜非昨。"

侍卫的工作磨平了纳兰的心性,他每日进宫当值,或者陪同皇帝出游,在这单调无聊的岁月里,生活如何能够丰富多彩? 纳兰是有这样一颗浪漫自由的心的,但他却必须要学着压抑自己的天性,学着要像他的父亲那样,去当好一个官,能够在仕途上越走越远。

这样的心情，如何能够在这大好的春光里寻觅到快乐。纳兰只能顾影自怜，看着镜子里的自己的样貌，感慨日益的消瘦，只能是心境的郁结造成的。写完自己为何抑郁之后，纳兰在下片中依然自问："毕竟春光谁领略。"看到外面春雨阵阵，迷蒙了

这春的大地，纳兰不禁想到，除了自己之外，还有谁会在这个时候，想到要去感受春光呢？"九陌缁尘，抵死遮云壑。"这里说的"九陌"是指汉朝时候，长安城里的九条大道，在《三辅旧事》云：长安城中八街、九陌。而在这里，纳兰是指都城大道和繁华闹市。

纳兰认为繁华的闹市总是将清幽之地遮蔽，让他无法寻觅得一丝安宁。"若得寻春终遂约，不成长负东君诺。"在这首词的最后，纳兰无奈而又向往地写道，怎样才能不辜负春的美意，怎样才能随了自己的心愿，在这春光中好好地享受片刻安宁呢？

看似一首叹春的词，其实是纳兰表达内心哀怨的一首词，词中的字字句句都是纳兰内心的真实写照。他渴望有自由单纯的生活，还希望能够远离尘嚣，可是世事总是不遂人愿，让他在这里借词抒发情感。

临江仙

【原文】

点滴芭蕉心欲碎,声声催忆当初。欲眠还展旧时书。鸳鸯小字[1],犹记手生疏[2]。

倦眼乍低缃帙[3]乱,重看一半模糊。幽窗冷雨一灯孤。料应情尽,还道有情无?

【注释】

①鸳鸯小字:指相思爱恋的文辞。《全元散曲·水仙子·冬》:"意悬悬诉不尽相思,谩写下鸳鸯字,空吟就花月词,凭何人付与娇姿。"

②生疏:不熟练。

③缃帙:浅黄色书套。亦泛指书籍、书卷。

【赏析】

那是另一个时空下雨打芭蕉的夜晚。

心欲碎,不知是芭蕉心碎,还是纳兰心碎。"早也潇潇,晚也潇潇",古往今来的诗词中,芭蕉似总喜欢同雨相伴出现。雨滴芭蕉,入梦,美酒半酣有唐汪遵心恋江湖;入画,王摩诘《雪打芭蕉》令人忘却寒暑,白石老人大叶泼墨深感酣畅淋漓;入乐声,《雨打芭蕉》淅淅沥沥,似雨滴蕉叶比兴唱和,急雨嘈嘈,私语切切,诉尽人间相思意。

至于这芭蕉心,正如易安所言"舒卷有余情"。禅语云"修行如剥芭蕉",如果我们的心已被世间种种欲念所裹,那么修行便是将层层伪装脱去,"觅心"找回纯真的自我,"明心"则是彻悟尘世的一切杂念,方可见性。

纳兰心中,芭蕉心在其不展吧。因其不展,枝枝叶叶才藏得住纳兰梦萦半生的回忆,层层叠叠容得下纳兰多愁又敏感的心。其实何止善感的纳兰,"此夜芭蕉雨,何人枕上闻",纵是梅妻鹤子的林逋也难掩芭蕉雨下那些撩人的情思。

"忆当初",短短三字便如一把利剑斩断今生。今生已作永隔,窗外雨声风声入耳,曾有多少夜晚流逝于情意缱绻的呢喃? 未来又将有多少不眠的孤夜,唯有旧忆聊以回味? 所幸,过去的日子并未消逝于流年,在那发黄的红笺之上仍可略窥一二。

"鸳鸯小字,犹记手生疏",怕是纳兰也在怀念把笔浅笑的她吧。此语原出王次回《湘灵》:

戏仿曹娥把笔初,描花手法未生疏。

沉吟欲作鸳鸯字,羞被郎窥不肯书。

　　纳兰与这位明末的才子是颇有渊源的。王次回出身金坛望族,仕宦之家,连他的女儿王朗也是著名的词人。与他的祖上相比,王次回的仕途之路一生不得志,仅在晚年做了松江府华亭县训导,不过是个无名无实的小官。然而他的作品上承李义山,下启清初词坛,对近代的鸳鸯蝴蝶派也颇有影响。纳兰诗词中常见王次回《凝雨集》的影踪,可又有多少人知道,王次回也如纳兰一般,爱妻早丧,不过凉薄人世一孤伶人。若可同世而立,纳兰与次回或许也能成惺惺知己吧。

　　当年的娇俏语长萦耳畔,那副欲语还休的羞涩模样犹在心头,鸳鸯小字里,似可见这位解语花的身姿若隐若现。然而,以为是一生一世的一双人,所托竟几页满蘸相思意的旧时书。南宋蔡伸曾慨叹,"看尽旧时书,洒尽今生泪"。蔡伸是书法家蔡襄之孙,官至左中大夫。名门之后,位高权重又如何? 三更夜,霜满窗,月照鸳鸯被,孤人和衣睡。

　　旧时书一页页翻过,过去的岁月一寸寸在心头回放。缃帙乱,似纳兰的碎心散落冷雨中,再看时已泪眼婆娑。"胭脂泪,留人醉",就让眼前这一半清醒一半迷蒙交错,梦中或有那人相偎。

　　又是一窗冷雨,纳兰看到了半世浮萍随水而逝,如记忆中挥之不去的她,"一宵冷雨葬名花"。还是纳兰身边这盏灯,只是不再高烛红妆,唯有寒

月残照，灯影三人。太白对孤灯空长叹，"美人如花隔云端"。故人入梦，又渐行渐远，"是邪？非邪？立而望之，偏何姗姗来迟。"汉武帝为李夫人招魂，灯影明灭处，留得千古一帝不得见的叹息。

罢了，一梦似千年，从来是人生长恨水长东。刘禹锡一句，"东边日出西边雨"，留多少痴念在人间。已道无情，而情至深处难自己。这般深情厚谊，在纳兰心中恐怕已不是简单的有情，而是人

生难得的知心人。如果说情是前生五百次的回眸，爱是百年修得之缘，那么知心便是三生石畔日日心血的倾注。

有情无？

纳兰笃定不念今生，料想今生情已尽。一心待来生，愿来生再续未了缘，可有来生？

临江仙

【原文】

昨夜个人曾有约，严城玉漏三更①。一钩新月几疏星②。夜阑犹未寝，

人静鼠窥灯。

原是瞿唐风间阻③，错教人恨无情。小阑干外寂无声。几回肠断处，风动护花铃④。

【注释】

①严城：戒备森严的城池。唐皇甫冉《与张潨宿刘八城东庄》诗："寒芜连古渡，云树近严城。"

②新月：农历每月初出现的弯形的月亮。

③瞿唐：即瞿塘，峡名，为长江三峡之首，也称夔峡。西起重庆奉节白帝城，东至巫山大溪，两岸悬崖壁立，江流湍急，山势险峻，号称西蜀门户，峡口有夔门和滟堆。间阻：阻隔，间隔。

④护花铃：为保护花朵驱赶鸟雀而设置的铃。

【赏析】

纳兰词总是悲切缠绵，催人泪下。这首《临江仙》也是如此，寥寥语句勾画了他与恋人相约却又未能见面的一段经历，言辞之间情真意切、哀感动人。

"昨夜个人曾有约，严城玉漏三更。"报

时的沙漏中，细沙滑下，标志着时间无情流逝。戒备森严的城内街道空无一

人，词人独自等待了大半个夜晚，"严城"二字更增添了这孤独凄凉的色彩。相思与等待之苦，确是不堪忍受。

李后主《菩萨蛮》(花明月暗笼轻雾)写与小周后幽会之事，亦可称为男女幽会之名篇，然后主只述小周后匆忙出宫之状，并不提自己心思如何。盖因后主当时为帝，深夜幽会，只图一时之乐，未必懂得普通青年男女恋爱之时的相思之苦。

而纳兰毕竟不同，丞相之子、御前侍卫的身份并未给他带来任何感情上的特权，从开始的刻骨相思到后来的宫闱之隔，唯一甜蜜的回忆怕只有相遇之初两情欢洽的时光了。

"一钩新月几疏星。"天上的一钩新月，点点疏星，这样的景色在纳兰看来，不过是一番别样的孤寂凄清。人一生又遇上多少个一钩新月天如水的夜？若所等之人如约来到，那此情此景，二人可能会在月下对酌，可能会联词唱和，也可能，只是并肩漫步在如水月色中，任低声耳语惊起了宿鸟剪碎了花影。然而，这样心心念念等待之人终究没有到来，面对新月疏星，只能听凭思念和寂寞在惘然中纠缠不休。

三更时分，风定夜静，相约之人却迟迟不来，心情犹疑不定之中，纵夜阑灯昏，又怎得安然好眠？"鼠窥灯"三字令人想起秦少游《如梦令》中"梦破鼠窥灯，霜送晓寒侵被"一句。四周寂静无声，连小鼠也出来窥探。而无果的等待，一室的悄然，早已让人心内冷凉一片。言语至此，已是沉沉无半点生气，寂寞至极。

等待实在是一种人生苍老的过程，更何况所等之人是有约在先的恋人？词人久待不见人来，甚至开始主动为对方寻找爽约原因。"原是瞿塘风间阻"，瞿塘是何景观？长江三峡的瞿塘峡，西起重庆市奉节白帝城，东至巫山大溪，两岸悬崖壁立，山势险峻，水流湍急，行船艰难。狂放不羁如李白都曾在《荆州歌》中说：

"白帝城边足风波，瞿塘五月谁敢过？"

纳兰在这里设想，恋人一定遭遇了像瞿塘峡的风一样的意外变故，才没来赴约。想必此刻伊人正在独倚高楼，拍遍栏杆，苦无良计。继而

强自解嘲道，这岂不是要教人误以为对方无情么。黯然神伤之至，根本挂不住嘴角那一抹自嘲的笑。横亘在他们之间的是一条何其难逾的鸿沟，纳兰必然是心知肚明，却也无计可施，只得任由情绪陷入长久痛苦的相思之中。

"小阑干外寂无声"，深夜难眠容易让人产生回忆，昔日与恋人在回廊约会的场面历历在目，而此时此刻，只剩下护花铃声颤动，空留断肠人。

循句读来，令人不免忆及《诗经·郑风》那一句："青青子衿，悠悠我心。"

同是候人不至，《诗经》中以女子的口吻直述思念，蜕去了一切躯壳，省去所有外在的描述；纳兰则描写细腻，以外部的景物来映衬人物内心的波动焦虑，词中尽是相恋相约而不得相见的哀婉缠绵，婉转低回与《子衿》的坦然直率很是不同，但情绪毕竟是相通的。蜿蜒在这些诗句中的思念是如何缠绵漫长，让后来的人无不心有戚戚。毕竟在喧嚣尘世对一个人产生这样持久的思念而始终心无厌倦，实在太难。

在《诗经》中，并无交代郑女所等男子因何失约，最终有没有来。不解释，不交代结局，也便能存有一种期待。而纳兰词似乎连这样的邈远期盼也不曾留给读者，人人皆知，现实终归问不得"后来"二字，纵使纳兰深情如是，亦无法避免后来在无奈之中接受了家族的安排，与两广总督卢兴祖之女卢氏结合。至于再后来，即使纳兰旧情不忘，趁国丧期间请喇嘛入宫念经之机混入宫中，也如愿见到了旧日恋人，却因为宫禁森严，二人只能远远相望，没有能够说上哪怕是一句话。

临江仙

【原文】

尽日惊风①吹木叶。极目嵯峨②，一丈天山③雪。去去④丁零⑤愁不绝，那堪客里还伤别。

若道客愁容易辍。除是朱颜⑥，不共春销歇⑦。一纸乡书和泪摺，红闺此夜团圆月。

【注释】

①惊风：狂风。

②嵯峨：形容山势高峻。

③天山：在新疆中部。此处是以天山代指塞外之山。

④去去：一步一步地远行，越去越远。

⑤丁零：古代少数民族名，汉时游牧于我国北部和西北部。《史记·匈奴列传》："后北服浑庚、屈射、丁零、鬲昆、薪犁之国。"张守义正义："已上五国在匈奴北。"此处是借指塞外极边之地。

⑥朱颜：红润美好的容颜。

⑦销歇：衰败零落。

【赏析】

这首词表现天涯羁旅、游子落拓的凄凉悲伤；在这里，尽日狂风呼啸，极目望去，天山脚下树叶

尽落，积雪盈丈，一片皑皑白色。渐行渐远已经让人愁不自胜了，更何况还是在行役当中的伤别。若想行人的客愁能够停止，那除非是红润的容貌常在，不会像春花一样地凋萎。而现在朱颜憔悴，春华销歇，又当如何呢？写好书信，含着眼泪折起，而此时不也正有人孤独地对着团圆明月，怀念着我这远在天山的人吗！

临江仙

散花楼关客

【原文】

城上清笳城下杵①。秋尽离人，此际心偏苦。刀尺又催天又暮，一声吹冷蒹葭浦②。

把酒留君君不住。莫被寒云③，遮断君行处。行宿黄茅山店路④，夕阳

村社迎神鼓⑤。

【注释】

①清笳:谓凄清的胡茄声。唐杜甫《洛阳》诗:"清笳去宫阙,翠盖出关山。"城下杵:指捣衣之声。杵,捣衣所用的棒槌。

②蒹葭:蒹和葭都是水草,本指在水边怀念故人,后以"蒹葭"泛指思念异地友人。语出《诗经·秦风·蒹葭》:"蒹葭苍苍,白露为霜。所谓伊人,在水一方。"

③寒云:寒天的云。

④黄茅山店:指荒村野店。黄茅,茅草名。唐白居易《代书诗一百韵寄微之》:"官舍黄茅屋,人家苦竹篱。"

⑤村社:旧时农村祭祀社神的日子或盛会,《旧唐书·文苑传下·司空图》:"岁时村社雩祭祠祷,鼓舞会集,图必造之,与野老同席,曾无傲色。"

【赏析】

这首词为赠别之作:秋日将尽,凄清的胡笳声掺和着砧杵声传入耳中,四周一片凄凉。深秋送别,心中无限凄苦。日落西山,长满蒹葭的水滨平添了萧疏凄冷。你将上路远行,置酒送别,想要将你留下却无法留住。不要让愁云遮住了你行走的路,使我看不到你远行的身影。你是否会在途中夜投荒村,在夕阳中看那里社鼓迎神的庆典。然而这一切我都无法看到了,只能独自黯然伤怀。

临江仙

【原文】

眼底风光留不住,和暖和香,又上雕鞍去①。欲倩烟丝遮别路,垂杨那是相思树②。

惆怅玉颜成间阻③,何事东风,不作繁华主。断带依然留乞句④,斑骓一系无寻处。

【注释】

①雕鞍:雕饰有精美图案的马鞍。

②相思树:相传为战国宋康王的舍人韩凭和他的妻子何氏所化生。据晋干宝《搜神记》卷十一载:"宋康王舍人韩凭妻何氏貌美,康

王夺之,并囚凭。凭自杀,何投台而死,遗书愿以尸骨赐凭合葬。王怒弗听,使里人埋之,两坟相望。不久二冢之端各生大梓木,屈体相就,根交于下,枝错于上。又有鸳鸯雌雄各一,常栖树上交颈悲鸣。宋人哀之,遂号其木曰

国学经典文库

纳兰容若全集

《纳兰词》鉴赏

图文珍藏版

'相思树'。"

③间阻：阻隔。

④断带：割断了的衣带。这里用李商隐《柳枝词序》序云：商隐从弟李让山遇洛中里女子柳枝，诵商隐《燕台诗》，"柳枝惊问：'谁人有此，谁人为是?'让山谓曰：'此吾里中少年叔耳。'柳枝手断长带，结让山为赠叔，乞诗。"

【赏析】

这首词依然为怀念亡妻之作：眼底虽然有无限的春光，但春暖花开仍然难以留住征人，他又骑马离去了。请那如丝烟柳不要遮住去路，难道这垂柳也是相思之树吗？如今你那美丽的容颜，我再也见不到了，怎不叫人痛苦惆怅，为何那东风留不住繁华旧梦呢？割断的衣带上还留有当年我求你写的诗句，可你却早别我远去，不知归处了。

临江仙

【原文】

夜来带得些儿雪，冻云一树垂垂①。东风回首不胜悲。叶干丝未尽，未死只颦眉②。

可忆红泥亭子外③，纤腰舞困因谁？如今寂寞待人归。明年依旧绿，知否系斑骓④？

【注释】

①冻云：严冬的阴云。南宋陆游《好事近》词："扶杖冻云深处，探溪梅

消息。"

②颦眉：皱眉。晋戴逵《放达为非道论》："是犹美西施而学其颦眉，慕有道而折其巾角。"

③红泥亭子：即红亭，长亭。路途中行人休憩、送别之处。

④斑骓：毛色青白相杂的骏马。唐李商隐《无题》："斑骓只系垂杨岸，何处西南待好风。"

【赏析】

这首词为咏寒柳之作，可与前首一样意含悼亡之旨：垂柳带着前夜下的雪，望去犹如片片浮云。回首春天不胜伤悲，如今叶子已经干落，而柳丝尚存，还没有冻死，只是像病了一般皱着眉头，如同如今愁病交加的我。记得当初你我在红亭送别时，那垂柳在为谁而摇曳多姿？如今只剩我自己寂寞得等待你归来。明年那垂柳依然会变绿，却不知道是否还有人在那里系上骏马，长亭送别。

在中国古诗词的大观园里，柳树就像袅娜婷婷的古装美女，获得了历朝历代文人骚客的青睐。纳兰这首《临江仙》也是咏柳之作，不过却更为特别，因为他所吟咏的不是春意枝头闹的春柳，而是冬天落雪后的一株寒柳，这在离别的伤感意境外陡然又多了几分料峭，读来让人不由得想掩一掩衣领。

容若所写的这一棵柳树处境甚是惨淡，不仅要对抗冬天严酷的寒风，还要经受霜雪的磨砺。容若看见它时，干枯的枝干上还带着前夜落下的积雪，望过去就仿佛有片片浮云坠落在了树端，不过浮云毕竟还是飘逸的，这一簇积雪却泛着逼人的寒气。凛冽的寒风吹过，回忆起春风的和煦忍不住心生悲凉，这树的叶子早已落净，但柳丝尚存还没有冻死，只是像病了一般皱着眉头，就好像愁病交加的自己。

所愁为何？仍旧是对亡妻的无尽思念罢了。

在上阕写完眼前之景，纳兰便在词的下阕照旧陷入了回忆：当初你我在红亭作别时春光正好，那柳树当真是茂盛至极。微风轻轻吹过柳枝，它便随风摇曳生姿，娇美不已。可是如今，只剩下我自己一人伫立红亭，"寂寞待人归"。

亡人已去又怎能归来，纳兰定然也是明白这个道理的。他思罢往昔又念明朝："明年依旧绿，知否系斑骓？"待到挨过寒冬，明年春天红亭左右的垂柳依然会变绿，却不知道是否还会有人在那里系上骏马，长亭送别？纵使再有人在此话别，我却也终归是见不到你了。

这是不是一棵所寄之情最伤的柳树呢？前人惋惜的多是天各一方、难以聚首的遗憾，纳兰所叹的却是阴阳相隔、永不聚首的恨事。

临江仙

卢龙大树

【原文】

雨打风吹都似此，将军①一去谁怜？画图曾见绿阴圆。旧时遗镞②地，今日种瓜田。

系马南枝③犹在否，萧萧欲下长川。九秋黄叶五更烟。只应摇落尽，不必问当年。

【注释】

①将军：指将军树，即大树。

②遗镞：指遗弃或残剩的箭镞。

③南枝：朝南的树枝，比喻温暖舒适的地方，此处指故土故国。

【赏析】

爱在作品中用典的文人，唐有李义山，宋有辛弃疾，清代便是纳兰容若。然而，他的用典看似繁复，实则不着痕迹，仿佛信手拈来，借着眼前所见之景来剖白自己的心迹罢了。

自然界的风吹雨打和历史长河的波澜起伏似乎是一样的，雨过则天晴、潮平则海阔，时光荏苒中景物依旧，只是斯人一去不返。古人以大树喻军功,如今古木参天而昔日纵马扬鞭、驰骋沙场的将军早已化为一抔黄土,还有几人记得他当时的功劳,又有几人记得凭吊逝去的英雄? 这便是纳兰在上阕里抒发的情感。

词的下阕似乎全在慨叹时光的不可逆转:"系马南枝犹在否,萧萧欲下长川。九秋黄叶五更烟。只应摇落尽,不必问当年。"江河奔流,曾经拴着战马的树枝还在吗? 是否早已化作深秋的落叶、五更的晨烟? 任何人都无力阻拦一去不回头的岁月,任何语言和行动在注定消逝的光阴前都空洞苍白,那么,过去的丰功伟绩、英雄旧事又何须再提!

后世学者考证认为这首词大概作于康熙二十一年(公元 1682 年),当时纳兰容若作为一等侍卫扈从康熙皇帝东巡,在途中写了《临江仙·永平道中》等数篇作品,这一首可能也是其中之一。

与那些细腻婉转的悼亡词、恨别词相比,这首词多了几分英气,然而,"豪放是外放的风骨,忧伤才是内敛的精魂",安意如的这句评价再贴切不过。即便是这类融入了历史兴亡的大视野的词作,也沾染着纳兰骨子里的忧郁气质。在旷达的茫茫原野上,行走着的始终是那个忧伤旷古的灵魂。

鬓云松令

【原文】

枕函香，花径漏①。依约相逢，絮语黄昏后②。时节薄寒人病酒③。划地梨花④，彻夜东风瘦。

掩银屏，垂翠袖。何处吹箫，脉脉情微逗⑤。肠断月明红豆蔻⑥。月似当时，人似当时否？

【注释】

① 花径：花间的小路。南朝梁庾肩吾《和竹斋》："向岭分花径，随阶转药栏。"

② 絮语：连续不断地说话。

③ 薄寒：微寒。病酒：饮酒沉醉或谓饮酒过量而生病。

④ 划地：无端地、平白地。

⑤ 逗：引发、触动。

⑥ 红豆蔻：植物名。宋范成大《桂海虞衡志·志花·红豆蔻》："红豆蔻花丛生……一穗数十蕊，淡红鲜妍，如桃杏花色。蕊重则下垂如葡萄，又如火齐璎珞及剪彩鸾枝之状。此花无实，不与草豆蔻同种。每蕊心有两瓣相

并,词人托兴曰比连理云。"

【赏析】

这首词是写怀念恋人的痴情:枕头上还留有余香,花径里尚存春意,那梨花一夜之间在东风中飘落。病酒之后的黄昏恍惚间与她相遇,仿佛来到原来相约的地点,在夕阳下细语绵绵。而今却银屏重掩,影只形单。在孤孤单单中又听到了脉脉传情的箫声。此时,明月正照在那红豆蔻之上。那时曾月下相约,如今月色依然,人却分离,不知她是否依然如旧?

这首词是写月夜怀念所爱之人的痴情。

柔情婉转,语辞轻倩,似丽人姿容初展,风神微露。

上阕从痴情入忆的感受写起。"枕函香,花径漏。依约相逢,絮语黄昏后。"起首四句写回忆里的室

外情景:在花径泄露春光,枕头都留有余香的美好日子里,他与伊人在黄昏时见面,絮语温馨情意绵绵。

清初满族进取有为的贵族子弟,每日晨昏定省弓马骑射,汉文满文蒙文都需温习。一天的功课安排颇紧,唯有黄昏时分才有空闲,这也是为什么容若词中屡屡出现黄昏夕阳的字眼,除了《采桑子》里有"月度银墙"之语,《落

花时》又写："夕阳谁唤下楼梯，一握香荑。回头忍笑阶前立，总无语，也依依。"可知容若与伊人相会也多在晚间。

"时节薄寒人病酒，铲地梨花，彻夜东风瘦。"接下写与伊人分别后，如今夜间的景况。在清寒的天气里，词人借酒消愁，沉醉不醒，而东风彻夜无息，无故吹落梨花满地。一夜过尽后再看满树梨花竟似瘦减不少。

"掩银屏，垂翠袖。何处吹箫，脉脉情微逗。"下阕四句写别后词人相思成痴、痴情入幻的迷离之景。前两句写她在闺房里，寂寞地掩着屏风，青绿色的衣袖低低垂下，似是欲说还休。

后两句，词人心魂则由彼处，倏然飞回此处，写这时候他依稀听到了她那脉脉传情的箫声，只是不知人在何处。"何处吹箫"，箫中含情；"脉脉情微逗"，情转温软醉人。

"肠断月明红豆蔻"，接下来一句则再由幻境回到现实。写如今夜色沉凉，月光照在院中的红豆蔻上，那红豆蔻无忧无虑开得正盛，让人触景伤情。"月似当时，人似当时否？"于是又联想到曾与她同处在月下的情景，而如今月色依然，人却分离，她还依稀如旧吗？月亮永恒，恋情却苦短，"肠断月明红豆蔻，月似当时，人似当时否？"人，尤其是至情之人，又怎能经受住如此一问？在这月的孤独落寞中，昔日繁华凋零，容若反问这句清丽而沧桑的"月似当时，人似当时否？"比起小山的"当时明月在，曾照彩云归"，更显情深、意浓,凄凄惨惨戚戚历历可见。

鬓云松令

咏浴

【原文】

鬓云松,红玉①润。早月多情,送过梨花影。半晌斜钗慵②未整。晕入轻潮,刚爱微风醒。

露华③清,人语静。怕被郎窥,移却青鸾镜④。罗袜⑤凌波⑥波不定。小扇单衣,可耐⑦星前冷。

【注释】

①红玉:红色宝玉,比喻红色而有光泽的东西,古常以比喻美人的肤色。

②慵:慵懒。

③露华:清冷的月光。

④青鸾镜:镜子。相传罽宾王于峻祁之山,获一鸾鸟,饰以金樊,食以珍羞,但三年不鸣。其夫人曰:尝闻鸟见其类而后鸣,何不悬镜

以映之。王从其意,鸾睹形悲鸣,哀响中霄,一奋而绝。见《艺文类聚》卷九十引南朝梁范泰《鸾鸟诗序》。后因以"青鸾"借指镜。清阮元《小沧浪笔

谈》卷三:"青鸾不用羞孤影,开匣常如见故人。"

⑤罗袜:丝罗所制之袜。

⑥凌波:形容女子脚步轻盈,飘移如履水波。语出曹植《洛神赋》:"凌波微步,罗袜生尘。"

⑦可耐:怎奈,可恨。

【赏析】

这首词描摹女子情态,粉香脂腻,接近花间词风:月色初上,穿过梨花,多情地映照着她蓬松的发髻,红润的肌肤。无奈她娇惰慵懒,迟迟不肯梳妆,脸上泛着红潮,享受着拂面的清风。直到月色清冷,夜阑人静,才开始梳妆,又怕被爱郎窥见,于是悄移明镜。看她怜步微移、步履轻盈,衣着单薄,怎么能耐得住这夜晚的寒冷呢?

南楼令

【原文】

金液①镇心惊,烟丝似不胜。沁鲛绡②、湘竹无声。不为香桃③怜瘦骨,怕容易,减红情④。

将息⑤报飞琼⑥,蛮笺⑦署小名。鉴凄凉、片月⑧三星⑨。待寄芙蓉心上露,且道是,解朝酲⑩。

【注释】

①金液:古代方士炼的一种丹液,谓服之可以成仙,也用来喻美酒。

②鲛绡:传说中鲛人所织的绡,亦借指薄绢、轻纱,亦可代指手帕、丝巾。

③香桃：指仙境里的桃树，唐李商隐《海上谣》："海底觅仙人，香桃如瘦骨。"亦可解为香桃骨，比喻女子的坚贞风骨，柳亚子《题纯农四婵娟室填词图》："嶔崎自爱香桃骨，哀怨难忘碧血花。"

④红情：犹言艳丽的情趣。

⑤将息：保重、调养。

⑥飞琼：许飞琼，传说中的仙女名，西王母的侍女，后泛指仙女或者美丽的女子。

⑦蛮笺：谓蜀笺，唐时指四川地区所造彩色花纸；或唐时高丽纸的别称，宋顾文荐《负暄杂录·纸》："唐中国纸未备，多取于外夷，故唐人诗多用蛮笺字，亦有谓也。高丽岁贡蛮纸，书卷多用为衬。"

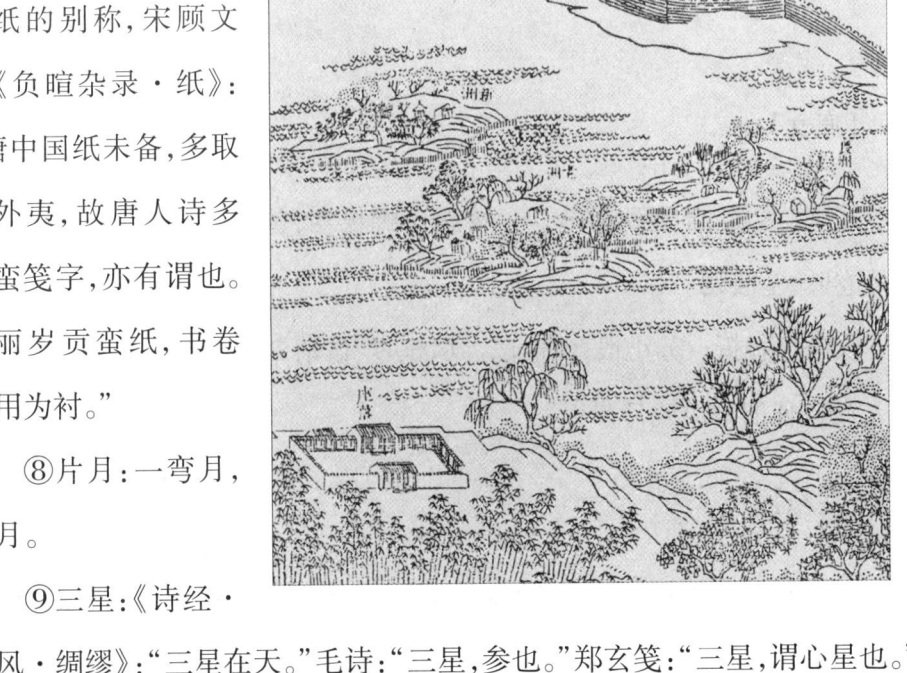

⑧片月：一弯月，弦月。

⑨三星：《诗经·唐风·绸缪》："三星在天。"毛诗："三星，参也。"郑玄笺："三星，谓心星也。"均专指一宿而言，但天空中明亮的三星，有参宿三星、心宿三星、河鼓三星，这里指心宿三星。

⑩朝醒：谓隔夜醉酒早晨酒醒后仍困惫如病。

【赏析】

这首词用众多典故抒发朦胧之情：美酒喝过了，平静的心为之惊动，连那轻缓的香烟也仿佛承受不了。手帕上沁满了泪痕，连那满是泪痕的湘妃竹也默默无声。不贪恋那如仙境一般的境界，而是怜爱那仙女一般的人，怕的是容易消减了爱情。在信笺上写下诗句，签上小名，送与天上的仙女报声珍重。明镜一般的天空，弯月明星，倍觉凄凉。待我寄去荷花上的露水，让它宽慰你那如醉如痴的相思。

淡黄柳

咏柳

【原文】

三眠①未歇，乍到秋时节。一树斜阳蝉更咽，曾绾灞陵②离别。絮已为萍风卷叶，空凄切。

长条莫轻折。苏小恨，倩他说。尽飘零、游冶章台③客。红板桥④空，湔裙人⑤去，依旧晓风残月。

【注释】

①三眠：指柽柳，又名人柳，即三眠柳，此柳的柔弱枝条在风中摇曳，时时伏倒。

②灞陵：古地名。本作霸陵。故址在今陕西西安市东。

③游冶：出游寻乐。章台：秦宫殿名，以宫内有章台而得名，此处指妓楼舞馆。

④红板桥:红色木板搭建的桥。

⑤湔裙人:代指情人或某女子。

【赏析】

这首词咏秋初之柳,作为咏柳之作,容若以写景开始,以抒情终结。通过初秋时节,柳条暗黄色的清新场景,写出柳枝带给他的惆怅与安慰。古人一般写到柳条,总是与离别有关,容若的这首词也不例外。

"三眠未歇,乍到秋时节",三眠柳还没有来得及休息,秋天就乍然降临了。一个"乍"字刻画出了秋天的突然而至,为写离别之苦展开铺垫。紧接着,离别被顺理成章地牵引出来,"一树斜阳蝉更咽,曾绾灞陵离别",夕阳西下,在树梢上的太阳,更显得日落西山的迷茫。寒蝉幽咽,经过灞陵时便要分别。

如今,"絮已为萍风卷叶,空凄切",飞絮飘落水面成为浮萍,风卷落叶飞舞,空留悲凉凄切。通过写柳,容若抒发了别有怀抱的人生感悟,营造出了一个温婉感人的情景,仿佛我们在与此人一同经历送别的伤痛。

而到了下片,容若却表现出一种温情脉脉的情绪来,他轻柔地写道:"长条莫轻折。"不要轻易地折断柳条诉说离别，离别虽有遗憾，但只要不告别，内心便依然充满温情。而后一句"苏小恨，倩他说"则是在写一代名妓苏小小。容若用苏小小的故事写出自己的惆怅与伤感。而后的两

句，自然也是围绕离别而写，"尽飘零、游冶章台客。红板桥空，湔裙人去，依旧晓风残月"。

词写到这里，颇有几分柳永的风范，但容若更显得干脆，既然红桥之上，离别已经无法挽回，那么就干脆道别了吧。就让自己与这晓风残月独自相守，为离去的人祝福。

青玉案

辛酉人日

【原文】

东风七日蚕芽①软。青一缕、休教剪。梦隔湘烟征雁远。那堪又是，鬓丝吹绿，小胜②宜春颤。

绣屏浑不遮愁断，忽忽年华空冷暖。玉骨几随花骨换。三春醉里，三秋别后，寂寞钗头燕。

【注释】

①蚕芽：即桑芽。

②小胜：即玉胜，又称华胜。古代一种玉制的发饰，为花形首饰。

【赏析】

这首词吟咏节序，是咏节序词中的佳作，意在感伤离别。

在这一天，容若想到是人类的生日，内心不禁涌起了阵阵愁绪，"东风七日蚕芽软。青一缕、休教剪"。传说女娲初创世，在造出了鸡狗猪牛马等动物后，于第七天造出了人，所以，古人把农历正月初七这天视为人类的生日。正月初七是人日，这天刚好是桑树吐新芽的日子，春天已经露出了端倪，树木开始泛出绿色。

看到这春日即将来临的景象，容若并没有为新一轮的生命轮回感到兴奋，而是隐隐不安地担忧到"梦隔湘烟征雁远"。思念之人不在身边，远在千山万水之外，就好像南飞的大雁一样，遥远得无

法看到，甚至，就连思念也抵达不了。

　　没有与相爱的人在一起，就算这春日再怎么美好，也失去了本来的意义。想到这里，容若的内心不禁又泛起波澜。"那堪又是，鬓丝吹绿，小胜宜春颤。"这一句，写绿色开始四处长出，绿色是生命的颜色，这个春天又要来临了。词人流露出无可奈何的惆怅情怀。"小胜"即玉胜，又称华胜。古代一种玉制的发饰，为花形首饰。容若看到春色盎然，但是想到不在身边的恋人，便提不起精神来欣赏这春景。

　　看着恋人的发簪，想念着恋人的容貌，他感到孤独万分。上片境界阔大而情调哀伤，而在下片的时候，则是直接抒写离情。

　　"绣屏浑不遮愁断，忽忽年华空冷暖。"山川遮不断思念，年华过去，但对于恋人的思念依然永不停歇。容若想到远在他方的恋人虽然早已是容颜不再，但一想到她，自己的内心便是暖融融的。

　　"玉骨几随花骨换。"这是感慨时光太过匆匆，连女子的容颜也在悄悄更换。但是"三春醉里，三秋别后，寂寞钗头燕"，虽然在青春的流逝中，岁月一年一年的变迁，但是，自己的思念从没有停止过。

　　这首伤别离的词，写容若与相爱的人不能相守的苦恼，最后以寂寞结尾，在这个人日里，容若独自品尝寂寞，享受寂寞，却是最终被寂寞所淹没。

青玉案

宿乌龙江^①

【原文】

东风卷地飘榆荚^②，才过了，连天雪。料得香闺香正彻^③。那知此夜，乌龙江畔，独对初三月。

多情不是偏多别，别离只为多情设。蝶梦百花花梦蝶^④。几时相见，西窗剪烛^⑤，细把而今说。

【注释】

①乌龙江：即黑龙江。

②榆荚：榆树之荚，榆树结的果实。

③香闺：指青年女子的内室。

④蝶梦：《庄子·齐物论》："昔者庄周梦为胡蝶，栩栩然胡蝶也，自喻适志与！不知周也。俄然觉，则蘧蘧然周

也。不知周之梦为胡蝶与，胡蝶之梦为周与？周与胡蝶，则必有分矣。此之谓物化。"后以"蝶梦"喻迷离恍惚的梦境。

⑤西窗剪烛：犹言剪烛西窗，指亲友聚谈。语出李商隐诗《夜雨寄北》："何当共剪西窗烛，共话巴山夜雨时。"此指与所思恋的人聚谈。

【赏析】

这首词的写作时间和背景，赵秀亭在《纳兰丛话》中有所提道："性德《青玉案·宿乌龙江》上片云：'东风卷地飘榆荚，才过了、连天雪。料得香闺香正彻，那知此夜，乌龙江畔，独对初三月。'此亦清康熙二十一年春夏扈从东巡之作。乌龙江，即松花江，此指驻跸之大乌剌虞村，地在鸡林（今吉林市）下游八十里。圣祖于三月二十八至四月初三皆驻大乌剌，故'独对初三月'云云全为写实。"

看来，这是纳兰外出公干，内心悸动，写下行役在外、思念爱妻的深情，以表达内心的温存之词：乌龙江一带天气早寒，夏天刚刚过去，冬天便立即到来。想必此时闺中正是花香四溢的时

候，哪里知道在乌龙江上的离人正独自黯然神伤！并不是因为多情而多了离别，而是因为离别偏就是为多情人而设的。与你身处离别，犹如迷离恍惚之梦境。什么时候才能与你相聚，秉烛夜谈，诉说我的衷情呢！

这首词的艺术成就很高，其中黄天骥在《纳兰容若和他的词》中对这首

词的评价很高："冬天，诗人到了乌龙江畔，远离家乡，思念自己的亲人，渴望着团聚。这词一气呵成，不事雕饰，是作者真朴感情的自然流露。"

"东风卷地飘榆荚"，东风刮过，带着寒冷，将地面飘落的榆荚卷起，飞舞空中。这夏天才刚刚过了，冬天就要来了。对于没有秋天过渡的黑龙江，纳兰显得还是十分不适应，来到这个地方，看到"才过了，连天雪"，不禁感慨时光匆匆，天地之大，一不小心，自己竟然与妻子相隔了这么远。

"料得香闺香正彻。"想到妻子的房间里定然是花团锦簇，家里现在正是春暖花开的日子，可是自己却在这天寒地冻的远方。想到这里，纳兰内心也忍不住要不平衡一下了。离开心爱的妻子，离开热爱的家乡，来到这里，难道真的是天意弄人？

上片的最后一句，纳兰似是在问，也似是在回答"那知此夜，乌龙江畔，独对初三月"。在这黑龙江的夜里，想念着远方的妻子，渴望有朝一日的团聚。那时再回想起自己曾独自一人在远方思念亲人，那时的幸福必定会更加强烈。

为什么人世间总是要有离别呢，既然团聚是亲人们最大的幸福，为什么老天总是要时不时地就让亲人们尝尝留别之苦？纳兰在下片对这个问题进行了思索,他写道:"多情不是偏多别,别离只为多情设。"

或许这正是上天对相亲相爱人们的一种考验,要用离别去考验他们之间的真情,看这真情是否经得住离别的考验。想到这里,纳兰似乎宽心了许多。他盼望着回去的那一天,便可以和亲人们在窗前,安然地诉说着今日的愁苦。"蝶梦百花花梦蝶。几时相见,西窗剪烛,细把而今说。"

纳兰的心,在自我的不断安慰中,渐渐柔软,变得透明。这个男子的多情,在此时,显得愈发可爱。

月上海棠

中元塞外①

【原文】

原头野火烧残碣②,叹英魂才魄暗销歇。终古江山,问东风几番凉热③。惊心事,又到中元时节。

凄凉况是愁中别,枉沉吟千里共明月^④。露冷鸳鸯,最难忘满池荷叶。青鸾杳^⑤,碧天云海音绝^⑥。

【注释】

①中元:中元节,指农历七月十五日。旧时道观于此日作斋醮,僧寺作盂兰盆会,民俗亦有祭祀亡故亲人等活动。

②残碣:残碑。

③凉热:寒暑,冷暖。

④沉吟:深思吟咏。

⑤青鸾:即青鸟,神话传说中为西王母取食传信的神鸟,借指传送信息的使者。化用李商隐《无题》:"蓬山此去无多路,青鸟殷勤为探看。"

⑥碧天云海:形容天水一色,无限辽远。此句化用李商隐《嫦娥》:"嫦娥应悔偷灵药,碧海青天夜夜心。"

【赏析】

这首词的副标题是"中元塞外",是作者在塞外鬼节之时的悲慨之作。中元在古代也就是中元节,俗称鬼节,这样一个时节,纳兰身处塞外,陪同皇上出行,远离家乡,远离家人,无法为

逝去的人祭祀，这是纳兰内心的悲哀。但他身为皇帝侍卫，随同皇帝出行，保护皇帝的安全是他的职责，他无法推卸。

人生或许就是如此，得到这样，就必须失去那样，纳兰得到了富贵与功名，就要失去自由和理想。他的内心即便再不情愿，也无能为力。在这样的一种心情下，纳兰在塞外，想到城里如今正是家家祭奠亡人的日子，不由得悲怆。

中元时节到来，面对眼前荒漠的残碑断碣，想起古往今来那些浴血沙场的英魂。无论他们的贤愚不肖，都早已成为过去。历史就是如此无情，古今寒暑，胜衰兴亡都成陈迹。身处塞外，恰逢中元之日，但音书阻隔，令人更加孤独寂寞。于是独自沉吟那千里共明月的诗句，虽不免惘然神伤，但却可聊以自慰。

"原头野火烧残碣，叹英魂才魄暗消歇。"词的开篇就与塞外荒凉的景致相吻合，纳兰此刻的心情十分荒凉，所以他的词句也分外凄惶，站在塞外的戈壁滩前，他遥想当年，多少英雄曾在这里浴血奋战，战死沙场。而今古往今来，他们

的英名留在人们心中,但谁还会去祭奠他们? 这些英魂是否就游荡在这空荡的塞外,悲戚得无法安息? 纳兰这首词一开始始终在怀古伤今,他认为历史是无情的,从不会对那些历史中的人存在一丝感情。所以,在这空旷的塞外天地间,纳兰想到那些逝去的人,内心更显得悲凉。

"终古江山,问东风几番凉热。惊心事,又到中元时节。"那些英雄都是如此被遗忘,那么像他这样卑微的无名小卒,岂不更是湮没于历史的尘埃中,无法显露出来吗? 想到这里,纳兰更是愁苦。上片就此结束。

而在下片开始,依然是从忧伤中写起:"凄凉况是愁中别,枉沉吟千里共明月。"今日是鬼节,自己无法与家中取得联系,无法得知家里的境况,只能共同欣赏头上的这一轮明月,希望明月能将自己的思念带回去。

"露冷鸳鸯,最难忘满池荷叶。"从这句词可以略微猜到,纳兰思念家人同时,也在思念爱人,鸳鸯戏水,难忘的是满池的荷叶。当日的美好情景浮现眼前,真是令人陶醉,可惜的是,这里是塞外,没有鸳鸯,更没有荷叶,只有猎猎的大风和满目的荒凉。

最后,纳兰无奈地写下:"青鸾杳,碧天云海音绝。""青鸾"是传说中的一种神鸟,能够送信,这个典故来自李商隐的《无题》:"蓬山此去无多路,青乌殷勤为探看。"而"碧天云海"则是形容天水一色,无限辽远。这个也是化用李商隐《嫦娥》:"嫦娥应悔偷灵药,碧海青天夜夜心。"

塞外的这个夜晚,注定难眠。想念家人,思念亡人,既然无法安睡,那便为他们祈福祷告吧。

月上海棠

瓶梅①

【原文】

重檐淡月浑如水②,浸寒香一片小窗里③。双鱼冻合④,似曾伴个人无寐。横眸处⑤,索笑而今已矣⑥。

与谁更拥灯前髻,乍横斜疏影疑飞坠。铜瓶小注,休教近麝炉烟气。酬伊也,几点夜深清泪。

【注释】

①瓶梅:插在瓶中以供观赏的梅花。

②重檐:两层屋檐。

③寒香:清冽的香气,形容梅花的香气。

④双鱼:双鱼洗,镌刻有双鱼形象的洗手器。冻合:犹言冰封。唐李益《盐州过胡儿饮马泉》诗:"从来冻合关山路,今日分流汉使前。"

⑤横眸:流动的眼神。

⑥索笑:犹逗乐,取笑。

【赏析】

词的上片通过写闺中人的相思之苦,来抒发伤逝之情。这首词借瓶梅抒发相思和伤逝之情。纳兰写词，总是充满离愁哀怨，这首词的基调也是如此，但却又有些不同，整首词虽然弥漫着一些孤寂之感，但总的来说，还是比较温暖清淡，犹如淡淡的白月光，从窗口轻柔地洒下，让人心头明亮。

月光如水洒在屋檐上，瓶中的梅花开了，小窗里沉浸在一片清香当中。天气寒冷，双鱼洗已经结冰，孤单的人儿不能入睡。回想当时的眉目传情，而今都已一去不返。当初与谁一起在灯下花前，看那梅花的疏影？如今，又是铜瓶花开，麝烟缭绕，而你却不在身旁了，唯有以这几滴相思之泪寄托我的深情。

"重檐淡月浑如水，浸寒香一片小窗里。"月光是古往今来，众多词人抒发思念之情的最佳选用之物。纳兰说淡月如水，月光如水一样清澈，也如水一样冰凉。洒下的月光在屋檐下形成一道冰冷的帘子，隔开了窗内与外面的景物。

而此时，屋子里的梅花开放了，绽放的花朵散发出幽香，小屋内一片暗香，屋外月光冰凉，屋内清香四溢。乍一看来，这首词的意境十分清淡，并无相思之苦，也无伤逝之情，只是对景物的一种白描，可是继续读下去就能发现，原来淡然未必就是

平静,不说并不代表不在乎。

"双鱼冻合,似曾伴个人无寐。"这里的一个需要解释的是"双鱼",是指双鱼洗,镌刻有双鱼形象的洗手器,宋张元干《夜游宫》词:"半吐寒梅未坼,双鱼洗,冰澌初结。"这里是说洗手器皿中的水都已经冻成了冰,凝结在了一起,天气的寒冷程度可想而知。这样的天气,钻进被窝,美美地睡上一觉,是再舒服不过的了。可是满心愁绪的纳兰,却是无论如何也睡不着的。

"横眸处,索笑而今已矣。"睡不着的原因自然是内心有所牵挂,那美丽的眼眸,那动人的微笑,而今看来,都是无法忘怀。在深夜里,独自躺在床上,孤枕难眠,想到恋人的容颜,清晰如昨,可是眼下却是天涯海角,无法相见,这怎能不叫人悲伤!

纳兰这首伤逝词,写到上片,悲伤过度。到了下片的时候,纳兰似乎沉思了许久,慢慢提笔写道:"与谁更拥灯前髻,乍横斜疏影疑飞坠。"回忆往昔,当日与谁一起相拥灯前,与谁一起看花飞花落,与谁一起海誓山盟,与谁一起想着如何去天长地久?

往日的美好,却都早已在岁月的流逝中一同不见了,"铜瓶小注,休教近麝炉烟气。"如今,又是铜瓶花开的时候,可是檀香冉冉升起的烟雾中,再也看不到你笑颜如花的脸庞了。"酬伊也,几点夜深清泪。"我只能在此刻,用泪水祭奠我们共同拥有的过去。

纳兰的这首词以悲情结尾,结束全词,整首词清新自然,虽然是悲切,但却读起来让人没有压抑之感,是首好词。

一丛花

咏并蒂莲①

【原文】

阑珊玉佩罢霓裳②,相对绾红妆③。藕丝风送凌波去,又低头、软语商量④。一种情深,十分心苦,脉脉背斜阳。

色香空尽转生香,明月小银塘⑤。桃根桃叶终相守⑥,伴殷勤、双宿鸳鸯。菰米漂残⑦,沉云乍黑,同梦寄潇湘⑧。

【注释】

①并蒂莲:并排长在同一茎上的两朵莲花。

②阑珊:零乱、歪斜。李贺《李夫人

歌》："红璧阑珊悬佩,歌台小妓遥相望。"霓裳:即《霓裳羽衣曲》,唐代著名舞曲,为开元中河西节度使杨敬忠所献,初名《婆罗门曲》,经唐玄宗润色并制歌词,后改用今名。传说中亦有唐玄宗登三乡驿、望女儿山及游月宫密记仙女之歌,归而所作等说。

③绾:盘绕,系结。

④软语:体贴温柔委婉的话。

⑤银塘:清澈明净的池塘。南朝梁简文帝《和武帝宴诗》之一:"银塘泻清渭,铜沟引直漪。"

⑥桃根桃叶:桃叶是晋王献之爱妾,桃根是桃叶的妹妹。王献之《桃叶歌》:"桃叶复桃叶,渡江不用楫。但渡无所苦,我自迎接汝。"又,"桃叶复桃叶,桃树连桃根。相怜两乐事,独使我殷勤。"

⑦菰米:菰之实。一名雕胡米,古以为六谷之一。

⑧潇湘:指湘江,因湘江水清深故名。相传舜二妃娥皇、女英没于湘水,遂为湘水之神。这里借二妃代指并蒂莲。

【赏析】

这首词吟咏并蒂莲,形神兼备:并蒂莲花开了,犹如刚刚跳过舞后玉佩阑珊的美人，两朵莲花盘绕联结在一起。微风摇动，藕丝相连，在夕阳下，窃窃私语，含情脉脉，如同凌波仙子般美丽动人，怎不叫人心生怜爱！明月之下，银塘之中，散发着醉人的清香。池中莲如同桃根与桃叶般姐妹情深，永不分离，又有殷勤的鸳鸯游来做伴。即使风云变幻，花瓣凋落，也会像娥皇、女英般共同进退，生死不弃。

咏物之词，是纳兰的强项，这首词，纳兰歌咏并蒂莲，所谓并蒂莲，也就是并排生长在同一个根茎上的两朵莲花。后人有用并蒂莲形容相亲相爱之人，并蒂莲也是祝福的花朵，常形容天长地久。

在纳兰的笔下，并蒂莲更显得超凡脱俗，"阑珊玉佩罢霓裳，相对绾红妆"这句词中有几个典故需要点名出来，首先"阑珊"是凌乱、歪斜的意思，是纳兰化自李贺的《李夫人歌》："红璧阑珊悬佩珰，歌台小妓遥相望。"而后面的"霓裳"则是取自唐玄宗时期的一首歌舞曲《霓裳羽衣曲》。

并蒂莲就好像是两个相对而视、含情脉脉的人刚刚跳过舞蹈，此时有些歪斜地相互依靠，站在那里。将并蒂莲拟人化，而且还将它们形容为舞者，纳兰的词的确是有与他人不同的过人之处。

"藕丝风送凌波去，又低头、软语商量。"依

然是拟人的写法,将并蒂莲描写得如同高贵典雅的仙子一般,在微风吹拂下,她们似乎是在窃窃私语,聊着女儿家的心事。令人看到后,心神荡漾。

咏物词虽然是写物,但实则是写情。这首《一丛花》也不例外,看似是写并蒂莲的美丽芬芳,但实则是纳兰要借并蒂莲来写出自己内心的忧伤和思念。在上片前两句赞美并蒂莲之后,最后一句便是忍不住流露出心声:"一种情深,十分心苦,脉脉背斜阳。"

情深之人自然心苦,这点纳兰是最有体会的。借着写并蒂莲的柔情相守,写出自己心情的苦闷。下片的描写有些峰回路转,不再是描写并蒂莲,但依然是淡然的笔调,通过写景,表达内心。

"色香空尽转生香,明月小银塘。"明月之下,荷塘看起来十分空灵,并蒂莲的芬芳在空气中蔓延,让人嗅到后,心里舒缓。写完并蒂莲,写完荷塘,纳兰又写了桃树:"桃根桃叶终相守,伴殷勤、双宿鸳鸯。"

在这首词中,不论是并蒂莲,还是桃树,或者是之后的鸳鸯,无不是一双一对,这与孤单的纳兰比起来,幸福很多。而纳兰也正是看到它们的成双成对,更觉得自己如此寂寞,这首词便是为此而生。

"菰米漂残,沉云乍黑,同梦寄潇湘。"在词的最后,纳兰用"潇湘"这个典故,写出娥皇女英的故事,用娥皇女英的痴情,暗示自己对爱情也是痴心不改,共同进退,与爱人相知相守的决心。

这首词虽然格调不高,但它以咏物抒深情,咏物之间而情则愈浓,读来令人回味无穷,艺术上也不乏可取之处。

剪湘云

误方

（按此调为顾梁汾自度曲）

【原文】

险韵①慵拈,新声②醉倚。尽历遍情场,懊恼曾记。不道当时肠断事,还较而今得意。向西风、约略③数年华,旧心情灰矣。

正是冷雨秋槐,鬓丝憔悴,又领略愁中送客滋味。密约④重逢知甚日,看取青衫和泪⑤。梦天涯、绕遍尽由人,只樽前迢递⑥。

【注释】

①险韵:韵字生僻难押的诗韵。

②新声:新作的乐曲,新颖美妙的乐音。或指新乐府辞或其他不能入乐的诗歌。

③约略:大概,大略。

④密约:秘密约会,秘密约定。

⑤青衫和泪:唐白居易贬官江州司马时所作《琵琶行》:"座中泣下谁最多,江州司马青衫湿。"后喻指失意之官吏。

⑥迢递:形容时间久长。唐韦应物《春宵燕万年吉少府南馆》诗:"河汉上纵横,春城夜迢递。

诗言志,词言情。这首词是写恋友惜别时的难受场面。纳兰将这首词写得别具一格,独树一帜,有别于其他的送友词。这首词整体的艺术表现力极强,是一朵散发异香的奇葩,有着浓郁的纳兰风。

这首词上片说采用新声填词,不愿采用险韵,在酒醉中随意填写新词,无拘无束。还记得往日情场失意,懊恼不已,而今日的失意却要比往日的失意更令人沉痛,透出送别的浓浓伤感。对着秋风暗数年华,无论古今都令人心灰意冷。下片写愁风冷雨,形容憔悴,又一次领略到送别的愁苦滋味。盼望重逢却不知何时可见,看泪满青衫,离愁无限,天涯路远,唯有以酒相送了。

"险韵慵拈,新声醉倚。"词一开篇也说到了填词,纳兰的意见是用新声填词,不用险韵。所谓"险韵"是指韵字生僻难押的诗韵。词的写作,看似随意,其实难度很大,要写出词境,更要符合韵

律,仿佛一首歌一样,要美中带着规律。

这一点上,纳兰自然是高手。这首送友的词,在一开篇却提到了写词,的确是有些出乎人们的意料。而后便开始懊恼往昔,追忆过去,"尽历遍情

场,懊恼曾记",历经情场万千,而今却是懊恼不已。

一个人最怕的不是无情,而是多情。纳兰正是一个多情之人,他饱受多情之苦,为情所困。在这里,他也毫不隐瞒自己的弱点。他为此懊恼不已。可是比起今日的惆怅,往日的那些却又算不了什么。"不道当时肠断事,还较而今得意。"

友人要离他而去,对珍惜朋友的纳兰来说,无疑又是一个打击,所以,他此刻万念俱灰,值得提笔写词,表达内心的寂寥。"向西风、约略数年华,旧心情灰矣。"数数自己走过的年华,真是没有几件值得高兴的事情。纳兰此刻的心情并不是所有人都可以理解的,他出身富贵,却始终落落寡欢。

这一点,很多人都无法看透,只是如果读过纳兰的词,看过纳兰的文,就不难发现,这个男人的心里,始终珍藏着一份真挚的情感,无法释怀。而在这首词中,通过送朋友,他再次将这份情感表现了出来。

上片写完愁苦,下片便提到了送友人离去的心情,正是冷雨清秋时节,自己面容憔悴,只因为内心凄凉。而今看到朋友离开,更是饱受挣扎的痛苦。"正是冷雨秋槐,鬓丝憔悴,又领略愁中,送客滋味。"

纳兰将友人离别的情节描写得入木三分,十分传神,写景之中也写情,

"密约重逢知甚日,看取青衫和泪"。唐白居易贬官江州司马时所作《琵琶行》:"座中泣下谁最多,江州司马青衫湿。"后用青衫喻指失意之官吏。

纳兰沿用前人典故,写出今日自己的心情,更显得落寞。"梦天涯、绕遍尽由人,只樽前迢递。"这是化用唐韦应物《春宵燕万年吉少府南馆》诗:"河汉上纵横,春城夜迢递"的意境,形容时间久长,相思难忍。

这首词短小精悍,口语化极强,语言生动,带有节奏感,把含蓄与明快融为一体,纳兰将形式与内容更好地融合在了一起。

金人捧露盘

净业寺①观莲,有怀荪友

【原文】

藕风轻,莲露冷,断虹②收,正红窗、初上帘钩。田田③翠盖④,趁斜阳、鱼浪⑤香浮。此时画阁垂杨岸,睡起梳头。

旧游踪,招提⑥路,重到处,满离忧。想芙蓉、湖上悠悠。红衣狼藉,卧看桃叶送兰舟⑦。午风吹断江南梦,梦里菱讴⑧。

【注释】

①净业寺:据

《啸亭杂录》云："成亲王府在净业湖北岸,系明珠宅。"故净业寺在净业湖边,旧址大约在今北京什刹海后海宋庆龄故居附近。

②断虹:一段彩虹,残虹。

③田田:形容荷叶相连的样子,古乐府《江南曲》中有"莲叶何田田"的句子。

④翠盖:饰以翠羽的车盖,指形如翠盖的植物茎叶。

⑤鱼浪:波浪,鳞纹细浪。

⑥招提:音译为"拓斗提奢",省作"拓提",后误为"招提",其义为"四方",四方之僧称招提僧,四方僧之住处称为招提僧坊,北魏太武帝造伽蓝创招提之名,后遂为寺院的别称。此处指净业寺。

⑦兰舟:木兰木制造的船。这是文学作品中常用的对船的美称。

⑧菱讴:菱歌,采菱之歌。

【赏析】

这首词是作者去净业寺观赏莲花时,怀念朋友,有感而发之作。

起首一句直接写景,将净业寺的景色描绘得十分美丽。"藕风轻,莲露

国学经典文库

纳兰容若全集

《纳兰词》鉴赏

图文珍藏版

冷",清冷的空气仿佛扑面而来。藕风轻抚面庞,让人感到神清气爽。容若站于岸边,看着池塘里的荷叶,荷叶田田,这番景象,的确怡人。而接下来的一番景象,更是美不胜收。

"断虹收,正红窗初上帘钩。"应该是刚下过一场雨,不然也不会出现彩虹,彩虹并不完整,只是残留在天边的一段而已。但这又何妨,彩虹挂在天际,映红了窗纱。"田田翠盖,趁斜阳鱼浪香浮","田田"形容荷花相连的样子,"鱼浪"即是波浪。池塘里大片的荷叶飘来阵阵清香,鱼儿在水里欢畅地游荡,卷起了层层波浪,这番景致,让人心旷神怡。"此时画阁垂杨岸,睡起梳头。"华丽的楼阁前垂下了丝丝杨柳,娴静的风景让人倦怠着方才起床梳头。看来,净业寺的荷花塘带给容若的不只是视觉上的享受,还有心灵上的安抚。

上片在悠闲的韵律中结束,而到了下片,容若的内心则充满了愁绪,这是他曾经来到过的故地,这番美景,他曾见到过。"旧游踪,招提路,重到处,满离忧。"当日与友人一起游玩,内心自然清爽,而今,容若独自前来,虽然美景依旧,但身边没有了友人的陪伴,总是不免感到有些孤单。

"想芙蓉湖上悠悠。红衣狼藉,卧看少妾荡兰舟。"想到过去,不知道友人现在是否也在某处泛舟游玩,当日看到美人在舟船上躺卧,那番闲情逸致,今日竟是多么想再重温一下。

"午风吹断江南梦,梦里菱讴。"这首怀念的词在一片怀念声中结束,容若应当知道,岁月如流水,世事无法留住。既然如此,那便在这个惬意的下午,自己来到这里,看着美景,感怀故人吧。

洞仙歌

咏黄葵

【原文】

铅华不御,看道家妆就。问取旁人入时否。为孤情淡韵,判不宜春,矜标格、开向晚秋时候。

无端轻薄雨,滴损檀心①,小叠宫罗镇②长皱。何必诉凄清,为爱秋光,被几日、西风吹瘦。便零落、蜂黄③也休嫌,且对倚斜阳,胜偎红袖。

【注释】

①檀心:浅红色的花蕊,这里指黄葵紫褐色的花心。

②宫罗：一种质地较薄的丝织品。镇：久、常之意。

③蜂黄：古代妇女涂额的黄色妆饰。也称花黄、额黄。

【赏析】

咏物是许多词人喜爱的一种作品形式，在容若的词作中，咏物词也不占少数。这首词便是在吟咏黄葵的外貌和情致。

黄葵，其实就是秋葵、黄蜀葵，七至十月开花，状貌似蜀葵，花亦不像蜀葵之色彩纷繁，大多为淡黄色，近花心处呈紫褐色。许多词人的词作中，都有过黄葵的影踪，但容若能写出自己的新意来。这首写黄葵的词便是表达出它身上一种清冷孤傲的气质，读来十分动人。

"铅华不御，看道家妆就。"黄葵的黄色花瓣，在容若看来好似道人的黄衣，所以在这里，容若将黄葵比作出世的道人。这个拟人十分形象，更显得黄葵在人们心目中的不同地位了。而后容若写道："问取旁人入时否。"

这句是在问黄葵的这身打扮是否合乎潮流，其实也是在问自己，清高得是否已经脱离了大众群体？容若看似是在写黄葵，其实也是在写自己。"为孤情淡韵，判不宜春，矜标格、开向晚秋时候。"

这句话是写黄葵和自己一样，都是开花在深秋时节，在百花争艳的时候，它默默无名，可是百花纷纷凋谢，它才开始怒放，在瑟瑟的秋风中，傲视一切。容若自己不也正是如此吗？他与其他的富家公子哥不一样，其他的公子哥一心享乐,从不去思考生命的意义,唯独容若,对生命思考透彻。

有了感同身受的体会,容若写起词来,更显得心应手。在下片,容若写道:"无端轻薄雨,滴损檀心,小叠宫罗镇长皱。"可是与世人不同,走超凡脱俗的路线,注定是要付出代价的,在清冷的秋季,黄葵绽放,被冷雨浇灌,花蕊忍不住颤抖。花朵毕竟是娇艳的,哪能受得了凄风苦雨。

随后,容若又写道:"何必诉凄清,为爱秋光,被几日西风吹瘦。"即便是这样,也毫不后悔,何必去诉说凄凉,只要能够为这美好的秋日奉献出光彩,真是被西风吹过又能如何呢?容若内心的话在词的最后,展露无遗。

"便零落蜂黄也休嫌,且对倚斜阳,胜偎红袖。"黄葵在夕阳下,傲然绽放,远比那些姹紫嫣红,春暖时节开放的花朵更显得多出几分妩媚。

这就是容若的词,也是容若的内心所想。

东风齐著力

【原文】

电急流光^①,天生薄命,有泪如潮。勉为欢谑^②,到底总无聊。欲谱频年离恨,言已尽、恨未曾消。凭谁把、一天愁绪,按出琼箫③。

往事水迢迢④。窗前月,几番空照魂销。旧欢新梦,雁齿小红桥⑤。最是烧灯时候,宜春髻、酒暖蒲萄⑥。凄凉煞,五枝青玉⑦,风雨飘飘。

【注释】

①电急流光:形容时间过得极快,犹如电闪流急。

②欢谑:欢乐戏谑。南朝梁刘勰《文心雕龙·谐隐》:"怨怒之情不一,欢谑之言无方。"

③琼箫:玉箫。

④迢迢:形容遥远。也作"迢递"。

⑤雁齿:比喻排列整齐之物,常比喻桥的台阶。

⑥蒲萄:即葡萄酒。

⑦五枝青玉:指灯。《西京杂记》谓,咸阳宫有青玉玉枝灯,高七尺五寸,作蟠螭,以口衔灯,灯燃,鳞甲皆动。

【赏析】

容若在这首词里诉说了自己透彻心扉的伤感与苦情:时光飞逝,人生苦短,又加上天生福薄,想到这些不觉泪如雨下。即使强颜欢笑,最后也是百无聊赖。想要将胸中的愁苦写下，然而所有的语言都已说尽，但心头之恨仍然未消解。是谁在吹奏玉箫，那箫声如此凄切，更使人销魂。那窗前的明月，又一次照着月下这销魂之人。

往事如同江水般连绵不断地涌上心间，梦里忆里都是你我往日的欢会，那最宜人的是元宵佳节，可以久久地欣赏你那形状美丽的发髻，饮着那暖人的葡萄美酒。如今梦已醒，忆成空，只有凄风冷雨，寂寞孤灯，怎不叫人断肠伤情。

词的上片写人生苦短，泪眼蒙眬之凄迷感受。"电急流光，天生薄命，有泪如潮。"短短十二个字，就将内心的愁苦通通宣泄出来，"泪"是此片的关节。后面所写，虽然都是与泪无关，但可以看出，容若的这首词里，字字句句，都藏着眼泪。"勉为欢谑，到底总无聊。"在伤心的时候，欢乐也变得无聊了，勉强的笑容，总是难以持久的，放下面具，自己真的无法遏制悲伤。

"欲谱频年离恨，言已尽、恨未曾消。"离恨就是这样，就算千言万语一切都已消失，但离愁不会消失。容若写自己的悲戚，默然无语，千愁万怨似乎随着两行泪水咽入胸中，无法言说。

在上片的最后，容若写道："凭谁把、一天愁绪，按出琼箫。"一怀愁怨，触绪纷来，胸中的郁闷无法排遣，于是只得吹箫排解。词的下片开始，容若更是将清愁写入骨髓深处，让它们同寂寞一起流淌。

"往事水迢迢。窗前月，几番空照魂销。"提到离愁，便不能不写到往昔，一个过去丰富的人，往往最有忧愁的资格，容若就是这样的人，他的"旧欢新梦，雁齿小红桥"都是他的忧伤来源。这首词在这里声情凄苦，词音细滑，似满心而发出的感慨，读过之后，令人感到悲伤欲绝。

"最是烧灯时候，宜春髻、酒暖葡萄。凄凉煞、五枝青玉，风雨飘飘。"结尾两句，融情入景，表达了绵绵无尽的哀愁。这首词可以因声传情，声情并茂。容若将词演绎得通篇婉转流畅，环环相扣，起伏跌宕，真是一首好词。

满江红

茅屋新成，却赋①

【原文】

问我何心，却构此、三楹茅屋②。可学得、海鸥③无事，闲飞闲宿？百感都随流水去，一身还被浮名束。误东风、迟日杏花天④，红牙⑤曲。

尘土梦，蕉中鹿⑥。翻覆手⑦，看棋局。且耽闲殢酒⑧，消他薄福。雪后谁遮檐角翠，雨余好种墙阴绿。有些些⑨、欲说向寒宵⑩，西窗烛。

①却赋:再赋。却,再。

②三楹茅屋:泛指几间茅屋之意。楹,房屋一间为一楹。

③海鸥:海上常见的一种海鸟。性喜群飞,羽毛多黑白相间,以鱼螺、昆虫或谷物、植物嫩叶等为食。古人以与海鸥为伴表示闲适或隐居。

④杏花天:杏花开放时节,指春天。

⑤红牙:乐器名,檀木制的拍板,用以调节乐曲的节拍。

⑥蕉中鹿:《列子·周穆王》:"郑人有薪于野者,遇骇鹿,御而击之,毙之。恐人见之也,遽而藏诸隍中,覆之以蕉,不胜其喜。俄而遗其所藏之处,遂以为梦焉。"后以此典而成"蕉中鹿",形容世间事物真伪难辨,得失无常等。蕉,通"樵"。

⑦翻覆手:《史记·郦生陆贾列传》:"陆生因进说他曰:'……汉诚闻之,掘烧王先人冢,夷灭宗族,使一偏将将十万众临越,则越杀王降汉,如反覆手耳。"杜甫诗《贫交行》:"翻手作云覆手雨,纷纷轻薄何须数。"后以

此典而成"翻云覆雨""翻覆手"等,形容人反复无常或惯耍手段。

⑧潨酒:沉湎于酒,醉酒。宋刘过《贺新郎》词:"人道愁来须潨酒,无奈愁深酒浅。"

⑨有些些：有少量、有一点点。

⑩寒宵：寒夜。

【赏析】

世事是这样不如人意，我多想造几间草房，在那里过着自由自在的生活。把酒言欢，看雪赏雨，打猎植柳，不甚快哉！可造化弄人，冲破重重桎梏，飘然隐逸，简直如白日梦，只能让感慨随流水消散，而自己还被功名束缚。

陶渊明一句"采菊东篱下，悠然见南山"羡煞多少人，亦有数辈先贤与陶渊明同一行径，不为五斗米折腰，每日过着看"山气日夕佳，飞鸟相与还"的优哉日子。纳兰虽人在仕途，却淡泊功名，欲效陶渊明等先贤的心情则更为明显，他有诗云："吾本落拓人，无为自拘束。倜傥寄天地，樊笼非所欲。"

康熙二十三年（1684年），顾贞观南归整三年，为招顾贞观回京，纳兰特地修建了几间茅屋，并写下了这首词以迎接顾贞观。

这首词的上片侧重叙志。问我为什么要造这几间草房，可是为了像海鸥那样无忧无虑，自由自在？将心中的感慨都付与流水，抛开这人世浮名的束缚，在那春天赏花歌舞。

国学经典文库

纳兰容若全集

《纳兰词》鉴赏

图文珍藏版

下片点出为何要摆脱"浮名束"。是因为这人生如梦，变幻无常，令人无可奈何，不如冷眼旁观，与友人把酒言欢，消受清福。一起看雪赏雨，西窗剪烛。

与这首词同时完成的还有一首明志诗《寄梁汾并茸茅屋以招之》："三年此离别，做客滞何方？随意一尊酒，殷勤看夕阳。世谁容皎洁，天特任疏狂。聚首羡麋鹿，为君构草堂。"可见他与顾贞观的友情之深厚。

诗词的字里行间，更洋溢着对现实生活的不满。譬如海子的《面朝大海，春暖花开》："从明天起，做一个幸福的人/喂马，劈柴，周游世界/从明天起，关心粮食和蔬菜/我有一所房子，面朝大海，春暖花开。"表面上看，是对世俗生活的回归，"我"要"关心粮食和蔬菜"了；实质上说，还是对现实生活的抛弃，因为所谓"面朝大海"，即是背离现实——"喂马，劈柴，周游世界"这样的日子，看似简单，我们都明白，无论有多少个明天，这种日子也不会实现的。纳兰也是如此。诗人所选择的心目中的全新的生活，恰恰是最普通、最平实的生活，他把进行正常生活当作一种理想化的升华，这说明什么问题呢？说明他现在进行的生活是不正常的、背离他们自身理想的。

纳兰是权臣的长子，康熙帝的近侍，朝廷的重点培养对象，天生贵胄，多少人艳羡。作为被艳羡的对象，纳兰本人，却表现了让人惊讶的冷静，有出离尘世的透彻眼光。纳兰在审视自己当前的人生状况时，用了两个比喻：蕉叶覆鹿，翻手为云、覆手为雨。

"蕉中鹿"即指蕉叶覆鹿。砍柴人去打柴，阴差阳错下打死了一头肥硕的鹿。打柴人特别高兴，但是鹿太大，他带不走。他急中生智，将鹿藏在了芭蕉叶下。等他回来时，却找不到鹿了，他非常讶然，以为只是做了一个白日梦而已。"翻手为云、覆手为雨"典出《史记·郦生陆贾列传》，现在指人手段高明、权势大，其原本的意思，形容人反复无常。

这两个典故都指向同一个意向：命运的无常。打柴人前一刻还在为天降的好事欣喜若狂，下一刻发现那种喜悦的由来——一头鹿如同它的出现般，凭空消失了。他甚至开始怀疑自己命运中那一小段极度欢愉的时间是黄粱一梦，对实际发生的现实也产生了怀疑。当繁华的命运过后，我们独自啜饮生活的残酿时，谁又能说服自己昔日的繁华真的在自己身上出现过？

人们能相信的，只有现在，只有此刻，超出这个范畴的，我们脆弱的神经无法承受。说服自己相信一个失去的美好，远比说服自己忍受此刻的贫凉要难。

而事实上，有几人的一生能永远保持那种高调的繁华呢？烟花盛放，必然会走向寂灭；三春似锦，一定会走向秋凉。生命的本质是高低起伏的，如同抛物线，这条线的终点，一定是向着远方寂静的地平线。

可是，像纳兰这样在春日的繁花中欢乐畅饮酒浆的人，还是一个人世阅历尚浅的年轻人，竟然能把命运审视得如此通透，真真让人佩服。陶渊明若知纳兰，当引为知音。

【词人逸事】

纳兰容若虽人在仕途，却淡泊功名，欲效陶渊明等先贤的心情则更为明显，他有诗云："吾本落拓人，无为自拘束。倜傥寄天地，樊笼非所欲。"

康熙二十三年（1684），顾贞观南归整三年，为招顾贞观回京，纳兰容若特地修建了茅屋三间，并写下了《满江红·茅屋新成·却赋》以迎接顾贞观，同时作诗以明志《寄梁汾并葺茅屋以招之》："三年此离别，做客滞何方？随意一尊酒，殷勤看夕阳。世谁容皎洁，天特任疏狂。聚首羡麋鹿，为君构草堂。"可见他与顾贞观的友情之深厚。

满江红

【原文】

为问封姨①，何事却、排空卷地。又不是，江南春好，妒花天气。叶尽归鸦栖未得，带垂惊燕飘还起。甚天公不肯惜愁人，添憔悴。

搅一霎，灯前睡。听半饷，心如醉。倩碧纱遮断，画屏深翠②。只影凄清残烛下③。离魂缥缈秋空里④。总随他、泊粉与飘香⑤，真无谓。

【注释】

①为问:犹相问、借问。封姨:古时神话传说中的风神,亦称"封家姨""十八姨"、"封十八姨"。唐谷神子《博异志·崔玄微》载:唐天宝中,崔玄微于春季月夜,遇美人绿衣杨氏、白衣李氏、绛衣陶氏、绯衣小女石醋醋和封家十八姨。崔命酒共饮。十八姨翻酒污醋醋衣裳、不欢而散。明夜诸女又来,醋醋言诸女皆往苑中,多被恶风所挠,求崔于每岁元旦作朱幡立于苑东,即可免难。时元旦已过,因请于某日平旦立

此幡。是日东风刮地,折树飞沙,而苑中繁花不动。崔乃悟诸女皆花精,而封十八姨乃风神也。

②倩碧纱二句:倩,乞求、恳求。碧纱,碧纱窗、绿色的窗户。

③只影:谓孤独无偶。

④离魂:指远游他乡的旅人。缥缈:隐隐约约,若有若无。

⑤泊粉:指少许的残花。

【赏析】

这首词写塞上秋风排空卷地之景和自己的凄清无聊之情:相问秋风因

何这般排空卷地地刮来。现在又不是江南的妒花时节，为何要如此狂风大作。狂风将树叶吹落，归来的乌鸦无处栖息，使小燕惊飞，欲垂落，又被风吹起。老天不肯怜惜愁苦的旅人，偏要为他增添憔悴。在灯前刚刚睡去，便被狂风声搅醒。耳听着片刻的风声，便令人心醉。指望那绿窗与画屏能遮挡住狂风。孤灯残影，离魂缥缈，吹残的花瓣与飘散的花香都随之而去，怎不叫人倍觉伤情。

塞上的秋日，不若京城的秋天红叶堕地，硕果满枝，却是一片苍冷景色，连风也不若紫禁城里的秋风飒爽中带着温婉，而是"排空卷地"而来。容若这位惜花人，自然几多抱怨。

这首《满江红》便是写塞上秋风横卷之景和自己的凄清无聊之情：想问秋风，因何这般排空卷地而来。现在又不是江南的妒花时节，为

何要如此狂风大作。狂风将树叶吹落，使归来的乌鸦无处栖息，使小燕惊飞，几欲坠落，又被风吹起。老天不肯怜惜愁苦的旅人，偏要为他增添憔悴。在灯前刚刚睡去，便被狂风声搅醒。耳旁的狂风吹了半晌，心如酒醉一般混沌不明。指望那绿窗与画屏能遮挡住狂风。孤灯残影，离魂缥缈，吹残的花瓣与飘散的花香都随之而去，怎不叫人倍觉伤情。

苦旅天涯者，怕的便是萧瑟之景。马致远一曲《天净沙·秋思》吟得多

少断肠客潜然泪下。纳兰容若所见，非"枯藤老树昏鸦、古道西风瘦马"之哀景，而是更进一筹，愁苦中带着毁灭与悲摧："叶尽归鸦栖未得，带垂惊燕飘还起"，连秋之悲哀中仅有的可停泊之心的宁静也丧失了，乌鸦归而无处栖息，小燕子被吹得在风中惊恐扑腾，煞是可怜。诗人目睹这一切，叹息说"甚天公不肯惜愁人，添憔悴"。

可是，一位飘零天涯的旅人，连自己的命运尚且无从把握，又怎能奈何得了这呼啸而来、肆意而去的狂风呢？他只能眼睁睁看着残花委地，自己身世的飘零，也如这落花一般无可奈何。

真是"总随他、泊粉与飘香，真无谓"吗？无可奈何而已。

满江红

为曹子清题其先人所构楝亭，亭在金陵署中①。

【原文】

籍甚平阳②，羡奕叶、流传芳誉③。君不见、山龙补衮，昔时兰署④。饮罢石头城下水，移来燕子矶边树⑤。倩一茎黄楝作三槐⑥，趋庭处。

延夕月，承晨露。看手泽⑦，深余幕。更凤毛才思⑧，登高能赋。入梦凭将图绘写，留题合遣纱笼护⑨。正绿阴青子盼乌衣⑩，来非暮。

【注释】

①曹子清：曹寅，字子清，清文学家，号荔轩，又号楝亭，先世为汉族，原籍丰润（今属河北），自其祖父起为满洲贵族的包衣（奴仆），隶属于正白旗，为小说家曹雪芹祖父。楝亭：曹寅之先人所建，亭边植楝木，故以"楝"名亭。金陵：古邑名，今南京市的别称。

②平阳:地名,在今山西境内,相传古帝尧时为都。这里指金陵。

③奕叶:累世,代代。芳誉:美好的名声。

④山龙:指古代绘于衮服或旌旗上的山、龙图案。兰署:即兰台,指秘书省。

⑤石头城:古城名,又名石首城。故址在今江苏南京清凉山,本楚金陵城,汉建安十七年孙权重筑改名,城负山面江,南临秦淮河口,当交通要冲,六朝时为建康军事重镇。

⑥黄楝:落叶乔木,树皮味极苦,紫褐色,有灰色斑纹,羽状复叶,小叶卵状披针形,花小,绿黄色,树皮可入药,有祛湿热的作用,也叫苦树。三槐:相传周代宫廷外种有三棵槐树,三公朝天子时,面向三槐而立,后因以三槐喻三公。

⑦手泽:先辈存迹,此处指皇帝的题字。

⑧凤毛才思:比喻子孙有才似其父辈者。

⑨纱笼:谓以纱蒙覆贵人、名士壁上题咏的手迹表示崇敬。王定保《唐摭言》:"王播少孤贫,尝客扬州惠昭寺木兰院,随僧食飧,诸僧厌怠,播至,已饭矣。后二纪,播自重位出镇是邦,因访旧游,问之,题已皆碧纱幕其上,播继以二绝句曰:'……上堂已了各西东,惭愧黎饭后钟。二十年来尘扑面,如今始得碧纱笼。'"

⑩青子:指梅实,泛指尚未黄熟的果实。乌衣:指燕子。

【赏析】

当俞伯牙遇见钟子期,一曲《高山流水》流传于世,汩汩之流水,巍峨之高山,仿若天籁之音与心灵之沟通,响遏行云,天地万物宛若一体。

当旷世奇才李白遇见汪伦,蒙其恩,望着千尺之深的桃花潭水,留下了千古绝句"桃花潭水深千尺,不及汪伦送我情",长亭外,都门帐饮无绪,无尽的是那脉脉的离人的泪。

而当天性哀愁、情思抑郁的纳兰容若,遇见自幼颖慧,四岁能辨声律,十几岁时,"即以诗词经艺惊动长者",诗词曲通晓的曹寅,又岂是一曲《高山流水》能奏尽两人间的绵绵情谊? 同是深宫院内人,相逢何必曾相识。

曹家与清室有着特殊关系,曹寅的祖父曹振彦为满洲贵族之包衣,属正白旗。而自曹振彦之子曹玺始至其子曹寅、孙曹颙等连续三代为江宁织造。曹寅比康熙皇帝小五岁,其母又是康熙皇帝的乳母。康熙二十三年(1684 年)冬季康熙南巡,而在康熙南巡前六个月,曹玺死在江宁织造任上。十一月康熙巡幸到南京,特往曹府抚慰吊念。纳兰在陪同康熙南巡期间,专程来曹府,看望曹寅。

康熙二十四年五月初,曹寅至京,纳兰病殁之前,作此词相赠。纳兰与曹氏关系如此，且对曹氏了解甚深，因此在词中不免颇多盛赞语，但决不能简单看成逢迎之作。

一眼望去，这首《满江红》多处用典，然而细读便可发现，在典雅中不乏纳兰词一贯的清新自然之感，在蜿蜒曲折里不失流畅生动。

开篇起笔便称颂曹氏自祖上起声名显赫，方誉盛大，享有高官厚禄。"石头成下水"是化用李德裕的故事。据《中朝故事》记载：

李德裕居廊庙日，有亲知奉使于京口，李曰："还日，金山下扬子江中零水，与取一壶来。"其人举棹日，醉而忘之。泛舟止石城下，方忆。乃汲一瓶于江中，归京献之。李公饮后，叹讶非常。曰："江表水味，有异于顷岁矣。此水颇似建业石城下水。"其人谢过不隐也。

这故事记载的似乎只是一个传说一般的故事，想要表明的也不过是建业即石头城旧时繁华，连水质也与别处不同。词人由远处潺潺的石头城下水，描写至庭外布满岁月之痕迹的高大黄楝树。"三槐"则是相传周代宫廷外种有三棵槐树，三公朝天子时，面向三槐而立，后世因此以三槐喻三公。纳兰在这里假想，定是曹氏的先人栽种了一株黄楝于庭外，极为委婉地赞颂了曹家的鼎盛，有三公之功高位显者在。

"延夕月，承晨露。看手泽，深余慕"，承袭昨日的夕月，而俯身拾取今日的晨露,时光流逝,接着转而说看到题字,词人深深钦慕。手泽,本指手汗,后指先人之遗物或遗墨等。《礼记·玉藻》有言:"父没而不能读父之书,手泽存焉而。"

此处作为皇帝的题字或是单纯指曹氏先辈的题字,都并不影响词意的理解。在言语间,词人流露出的真挚钦佩之情。

继而用"凤毛"两字极尽描写曹寅承袭祖上的过人才华。《世说新语·容止》有:"王敬伦风姿似父。桓公望之曰:'大奴固有凤毛。'"晁瑞礼也在《永遇乐》中说过:"龙阁先芬凤毛荣继,当世英妙。"

紧接着锦上添花,"入梦凭将图绘写,留题合遣纱笼护","纱笼"指宰相纱笼,典故来自唐五代王定保《唐摭言》中故事,后世以此作为世态炎凉,以势取人之典。但纳兰在这里反用其意,说曹家祖上自是显赫,即便是今日也是地位不同一般。

"正绿阴青子盼乌衣,来非暮。"乌衣意为名门望族子弟,此处是词人自指。词章到了这里,在奢华笔墨极尽之时笔调一转,借问你我何时聚,最是青梅结子时。由景至情,而能将情凌于景上,显得更为真切而婉丽。犹令人想到那句,"钟期既遇,奏流水以何惭"。

情到深处自是真,华美辞藻典章故事之下字句间流露的是一片真切。透过这一首《满江红》的浮华颂赞,能看到的,是纳兰、曹寅间说不尽的几多情谊。

【词人逸事】

曹子清即曹寅,先世汉族,自其祖父起为满洲贵族的包衣,隶属于正白旗。曹寅16岁时入宫为康熙御前侍卫,一说曾做过康熙伴读,曹寅与康熙这对少年君臣在幼时建立了良好的关系,一生深得康熙信任。曹寅与纳兰容若同为康熙帝侍卫8年，交谊很深。曹寅描述纳兰容若时曾这样写道："忆昔宿卫明光宫，楞伽山人貌姣好。"楞伽山人就是纳兰容若的号。而纳兰容若的骑术、剑术、武艺、文章在当时皆是一流的。而纳兰容若对曹寅也不吝赞美之词，这首《满江红》就是康熙二十二

国学经典文库

纳兰容若全集

《纳兰词》鉴赏

图文珍藏版

年他扈驾南巡到江宁时所作。可见二人的交情和对彼此的仰慕。

甚至到了曹寅的孙子曹雪芹时依然延续，和珅将曹雪芹所著的《红楼梦》奉呈乾隆皇帝，弘历阅读后说："此盖为明珠家事作也。"难怪俞樾在《小浮梅闲话》中据此说贾宝玉就是纳兰容若，开了《红楼梦》研究中索隐派先河。

满江红

【原文】

代北燕南①，应不隔、月明千里。谁相念、胭脂山下②，悲哉秋气③。小立乍惊清露湿，孤眠最惜浓香腻。况夜乌、啼绝四更头，边声起④。

销不尽，悲歌意；匀不尽，相思泪。想故园今夜，玉阑谁倚？青海不来如意梦⑤，红笺暂写违心字⑥。道别来、浑是不关心，东堂桂⑦。

【注释】

①代北：泛指汉、晋代郡和唐以后代州北部或以北地区。今山西北部及河北西北部一带。燕南：泛指黄河以北地区。

②胭脂山：即燕支山。古在匈奴境内，以产燕支（胭脂）草而得名。匈奴失此山，曾作歌曰："失我燕支山，使我妇女无颜色。"因水草丰美，宜于畜牧，一向为塞外值得怀念的地方。

③秋气：指秋日的凄清、肃杀之气。

④边声：边境上的马嘶、风号等声音。范仲淹《渔家傲》："四面边声连角起，千嶂里，长烟落日孤城闭。"

⑤青海：本指青海省内最大的咸水湖，蒙语为"库库诺尔"意即"青色的湖"。在青海东北部大通山、日月山和青海南山之间，北魏时始用此名。后比喻边远荒漠之地。

⑥红笺：红色笺纸。多用以题写诗词。违心：跟心愿相违背，不是出自本心。

⑦东堂桂：语出《晋书·郤诜》：郤诜以对策上第，拜仪郎。后迁官，晋武帝于东堂会送，问诜曰："卿自以为何如？"诜对曰："臣举贤良对策，为天下第一。犹桂林之一枝，昆山之片玉。"后因称科举考试及第为"东堂桂"。

最深的爱,是无法言说的,最深的痛苦,亦是如此。在极度的情绪面前,语言到底还是太苍白。

然而不能相见,也只有以一纸书信作为寄托。单薄的纸片怎能承载起那般深厚的思念呢?怕是早已落满相思泪,不忍卒读了吧。

想念是一个动作,一种情绪,也是一个个孤单的日子,分分秒秒都难挨,一日如三秋。相见的人远在天边,相见的日子遥遥无期。

这是一首塞上月夜念妻怀乡之作,凄婉动人,伤情备至。秋日凄清,边声荒凉。又到月圆之时,而故园在千里之外。想到闺中孤独一人的妻子,纳兰不由得悲从中来。为了减轻妻子的苦恼,在写家信时,故意显得薄情寡义,偏偏说自己一点儿也不想家。可是这样一来,心里的痛苦反倒更深了。这首词是纳兰容若典型的边塞词。

"代北燕南,应不隔、月明千里。"代北燕南,泛指山西、河北一带。代北,原指汉、晋时期之代郡,唐以后之代州北部等。燕南,泛指黄河以北之地。在这里纳兰应该是以代北指代自己所在的边塞,以燕南指代妻子所在的家乡。千里共婵娟,借着月光的清辉,缩短了自己与妻子之间的漫长距离。这距离不是空间上的,而是心灵上的距离。起笔的这一句便饱含凄怨,

国学经典文库

纳兰容若全集

《纳兰词》鉴赏

图文珍藏版

令人黯然神伤。

"谁相念、胭脂山下，悲哉秋气。"胭脂山，《通典》纪：甘州删丹县，有胭脂山。这里泛指塞外泥土红色的山。"悲哉秋气"出自宋玉《悲秋赋》："悲哉，秋之为气也。"秋气指秋日凄清肃杀之气，草木零落，秋风萧瑟，荒凉的边塞更加冷清。触

目所及，皆是一派萧索。纳兰在这样的境况之下，悲伤和孤独充满了心房。

"小立乍惊清露湿，孤眠最惜浓香腻。况夜乌、啼绝四更头，边声起。"这句写词人自己备受思念煎熬的情形。秋天寒露浓重，纳兰默立夜中满怀心事，不久便被露水的寒冷惊醒。或许纳兰发了很久的呆，他却只觉得过了一小会。也或许秋天的露水没有冰凉到能将他惊醒，而是他的心底太需要温暖。一个人睡去，最想念的，还是在家时枕畔的脂粉香气。想念那一份柔软的温暖，那一份熟悉的心安。心中愁绪万千，辗转难眠，偏偏聒噪的夜乌还来扰人清梦，提醒着他已是四更时分了。天快亮了，凄凉的边声，悠悠地传来，更让人无限伤感。

"销不尽，悲歌意。匀不尽，相思泪。想故园今夜，玉阑谁倚。"这句直抒胸臆，承接上文，进一步写词人心底的悲戚。凄凉的边声催下了眼泪，那悠远而苍凉的乐声，似悠长的思念，似无边的孤独，似漫天的萧瑟。眼泪止不住地落下，也无法冲淡心中的苦涩。想起那遥远的家乡，在这月圆人未圆

的夜晚，是谁靠在玉阑边，对月伤怀呢？答案很明显，就是那独守空房的闺中人。

"青海不来如意梦，红笺暂写违心字。"这句写词人违背心意，在家信中故作冷漠。独自在这荒凉的塞外，不知何时才能归家。又不忍让妻子知道自己这般魂牵梦萦着家乡，索性在家信中撒谎，告诉她自

己一点也不想家，好减轻妻子的烦恼。路途漫漫，归期遥遥，纳兰这般顾着妻子的感受，自己却更加痛苦难耐。纳兰有多么疼爱妻子，由此便可见一斑。

"道别来、浑是不关心，东堂桂。"科举考试而及第称为"东堂桂"。语出《晋书·郤诜传》：郤诜以对策上第，拜仪郎。后迁官，晋武帝于东堂会送，问诜曰："卿自以为何如？"诜对曰："臣举贤良对策，为天下第一。犹桂林之一枝，昆山之片玉。"考试及第与家信有什么关系呢？想来纳兰是想借科举来表达编造谎言就像考试及第一样艰难。明明已经被思念折磨得夜不能寐，还要在家信中隐藏心意，不让妻子察觉自己的忧思。在心爱之人面前克制自己的情感是多么痛苦啊。然而纳兰太过深情，所以即便是这样，他也不愿让妻子多承担一丝烦恼。本是多情，偏作无情，其中的辛酸挣扎，也只有纳兰一人能够明了。

这首词写得哀婉缠绵,将词人复杂的心理描写得淋漓尽致。无数的情绪交织在一起,寂寞,思念,伤感,痛心。偏偏这些情绪,却不能倾诉,这才是最痛苦之处。

满庭芳

【原文】

埃雪翻鸦,河冰跃马,惊风吹度龙堆。阴磷夜泣[①],此景总堪悲。待向中宵起舞,无人处、那有村鸡。只应是,金笳暗拍,一样泪沾衣。

须知今古事,棋枰胜负,翻覆如斯。叹纷纷蛮触[②],回首成非。剩得几行青史,斜阳下、断碣残碑。年华共,混同江水[③],流去几时回。

【注释】

①埃雪三句:埃,古代瞭望敌情之土堡,或谓记里程的土堆。龙堆,沙漠名,即白龙堆。阴磷:即阴火,磷火之类,俗谓鬼火。

②蛮触:《庄子·则阳》:"有国于蜗之左角者,曰触氏;有国于蜗之右角者,曰蛮氏。时相与争地而战,伏尸数万。"后有"触

蛮之争"之语,意谓由于极小之事而引起了争端。白居易《禽虫十二章》之七:"蟭螟杀敌蚊巢上,蛮触之争蜗角中。"

③混同江:指松花江。见《清一统志·吉林一》:"混同江,在吉林城东,今名松花江。"

【词评】

黄天骥《纳兰容若和他的词》:"纳兰容若到了松花江畔。这一带,正是满洲在入关前各个部族互相吞并斗争的地方。诗人凭吊古战场,满怀心事,情绪悲怆。当然,纳兰容若不懂得满洲内部统一的历史意义,但是,战乱总给人民带来损害,所以诗人也有他不满的理由。读了这首词,我们多少可以体会到残酷的战争在人们心上留下的创伤。"

张草纫《纳兰词笺注》卷三:"……按女真在明代分为三大部族:建州女真、海西女真、野人女真。纳兰氏属于海西女真的叶赫部。各部之间经常互相残杀。后建州女真的努尔哈赤剪平各部族,作者的高祖金台什战败,自焚而死。叶赫  部世居混同江畔,因此这首词不是一般的怀古,还包含着对自己的祖先在部族战争中被残杀的隐痛。参考黄天骥《纳兰容若和他的词》。"

盛冬铃《纳兰容若词选》:"此词也是容若出使梭龙途中之作。上半阕极写绝塞隆冬的荒凉景况和自己悲怆的心情,下半阕则感谓古今兴亡,如同棋局翻覆、蛮触相争,转眼成空,毫无意义。这可能是因当年建州女真与海西女真之间的争斗而兴叹。全词写景、抒情、议论,三者互相映衬,又一气贯通,融合为茫茫边愁,艺术上看,有它成功的地方。"

【赏析】

途经古战场,曾经腥风血雨的地方,如今一片太平。或许还残留着不散的阴魂,但英雄们的名字,早已无人知晓。

时间的手翻云覆雨,无人能敌。沧海桑田,斗转星移。一切纷争,或许毫无意义。

解读这首词之前,首先需要了解创作背景。当时纳兰同康熙巡幸关外,路过混同江畔,脚下正是各个部族互相厮杀的古战场。目之所及,皆是一望无垠的荒寒。然而纳兰的感慨却不止字面上这么简单,这就要追溯到纳兰的身世了。

纳兰容若是满族人,但他的始祖却是蒙古人,满族在明朝末年分为三大部族,建州女真、海西女真和野人女真,各部之间经常互相残杀。纳兰的始祖原姓土默特,他们的部族消灭女真纳喇部,并迁移到纳喇的土地上,土默特族改姓纳喇,纳喇族在这里繁衍壮大之后,迁徙到叶赫河岸,形成了拥有十五个部落的叶赫部,被称为叶赫那拉氏,纳喇也译作纳兰,这便是纳兰容若的姓氏来历。

当时,建州女真的努尔哈赤也来投靠势力强大的叶赫部,叶赫部长对他关照有加,还将自己的小女儿许配与他。后来,努尔哈赤在关外建立了疆域,逐渐发展壮大。为了扩张势力范围,他甚至与自己的同族人海西女真争夺领土,杀死了自己的岳父。接着,大败了纳兰容若的曾祖父为首领的叶赫部。叶赫部投降,从此,纳兰氏划归满洲正黄旗。祖先的仇恨与亲情,纠缠不清。

国学经典文库

纳兰容若全集

《纳兰词》鉴赏

图文珍藏版

纳兰虽未曾经历,但也陆续知晓了家族的历史,对于满清,始终有着复杂的感情。然而自小他便受了两种教育,在汉人文化的熏陶之下,他也变得有了几分汉人的心性,从他的词中,便可见一斑。

这首词是纳兰随康熙巡逻关外时,路经古战场所感。"堠雪翻鸦,河冰跃马,惊风吹度龙堆。阴磷夜泣,此景总堪悲。"起笔便极尽凄寒,读之使人毛骨悚然。哨堡上压着厚厚的积雪,乌鸦翻飞而起。河里结了坚硬的冰,有战马从上空越过。白龙堆上盘旋着凌厉的朔风,还有那闪烁的鬼火,似是鬼魂在幽幽哭泣。目之所及,皆是苍凉凄清,这一切都让纳兰感伤不已。

"待向中宵起舞,无人处、那有村鸡。只应是,金笳暗拍,一样泪沾衣。""中宵起舞"为用典,《晋书·祖逖传》:"(祖逖)与司空刘琨俱为司州主簿,情好绸缪,共被同寝。中夜闻荒鸡鸣,蹴琨觉曰:'此非恶声也。'因起舞。"纳兰在这里是说,想像刘琨、祖逖那样闻鸡起舞、及时奋发,但在这样荒凉死寂的地方,怎么会有报时的村鸡呢?壮志难酬,轻拍金筘发出的苍凉的声音,也能让他黯然落泪。

心中意难平,眼前却只有一片废墟,多年潜藏心底的愤恨,最终化成了无边的苍凉落寞。

"须知今古事,棋枰胜负,翻覆如斯。叹纷纷蛮触,回首成非。"下片议论。历史的手翻云覆雨,或负或胜,如同一盘变幻莫测的棋局。"蛮触"典出《庄子集释》:"有国于蜗之左角者,曰触氏;有国于蜗之右角者,曰蛮氏。时相与争地而战,伏尸数万。"后以"蛮触"比喻因小事争吵的双方。在纳兰眼中,祖先们以生死为代价的争斗,和蛮触之争别无两样。得失成败,实在是毫无意义。

"剩得几行青史,斜阳下、断碣残碑。年华共,混同江水,流去几时回。"历史的洪流汹涌而过,留下的,也只不过是几行青史、断碣残碑而已。曾经金戈铁马,势同水火,如今子孙已同朝为君臣。那些未酬的壮志,壮烈的英雄,都已化作沧海桑田,教人不堪回首。年华似水,浩浩荡荡,无穷无尽,而人和历史都只是其中的渺小微尘。

纳兰写这首词时,心中必定是惊涛骇浪。祖先的恩怨,万丈的豪情,历史的洪流,岁月的无常,都在他心中激荡。然而,他的眼前,却是那曾经有无数人战死,如今一片荒凉的废墟。斗转星移,今非昔比。他只能吟一首悲怆凄然的词,以此来寄托哀思,悼亡祖先。

【词人逸事】

纳兰容若现可考的始祖名星恳达尔汉,蒙古人,姓土默特,发展壮大后一举剪灭女真呐喇部,移居其地,改姓纳喇。后族众繁衍,人多势盛,迁至叶赫河岸,形成拥有十五个部落的叶赫部,被称为叶赫纳喇(又译纳兰、那拉)氏,为满洲八大姓之一。当时清太祖努尔哈赤尚势薄兵寡,势力强大的叶赫部长杨吉砮十分器重努尔哈赤的才干,将幼女孟古许配之,孟古后生清太宗皇太极,被尊为孝慈高皇后。努尔哈赤在关外建立基业后,姻眷之间却因争夺疆土变成了水火不容的仇敌。

在对抗努尔哈赤统一东北女真的战争中,城陷身死。天命四年,努尔哈赤大败叶赫部,性德的曾祖父叶赫部首领贝勒金台石被困城楼台,宁死不降,自焚身亡。并诅咒:"我叶赫那拉氏,就算只剩下一个女子、也要灭你们满洲国!"清末的慈禧太后,即出于叶赫那拉氏。因此,世俗有一说。这正是应验了金台石的诅咒。以致慈禧倒行逆施,果然使大清因她而亡国。其子尼雅韩束手归降,尼雅韩即为纳兰祖父。此后,金台石劫后的子孙就被

满庭芳

题元人《芦洲聚雁图》

【原文】

似有猿啼,更无渔唱①,依稀落尽丹枫②。湿云影里,点点宿宾鸿③。占断沙洲寂寞④,寒潮上、一抹烟笼。全不似、半江瑟瑟,相映半江红。

楚天秋欲尽,荻花吹处,竟日冥蒙⑤。近黄陵祠庙⑥,莫采芙蓉。我欲行吟去也,应难问、骚客遗踪⑦。湘灵杳、一樽遥酹⑧,还欲认青峰。

【注释】

①渔唱:渔人唱的歌。

②丹枫:经霜泛红的枫叶。唐李商隐《访秋》诗:"殷勤报秋意,只是有丹枫。"

③宾鸿:即鸿雁、大雁。

④占断:全部占有,占尽。唐吴融《杏花》诗:"粉薄红轻掩敛羞,花中占断得风流。"

⑤冥蒙:幽暗不明。

⑥黄陵祠庙:即黄陵庙。传说为舜二妃娥皇、女英之庙,亦称二妃庙,在今湖南湘阴之北。北魏郦道元《水经注·湘水》:"湖水西流,径二妃庙南,世谓之黄陵庙也。"

⑦骚客:指屈原。

⑧湘灵:古代传说中的湘水之神;一说为舜妃,即湘夫人。酹:以酒浇

地,表示祭奠。

【赏析】

秋之悲哀,是祭奠一次生命盛宴结束。纳兰对秋的体验,比任何人都要深刻。这也能够解释,为什么在纳兰的题画词中,这首关于秋景的作品堪称翘楚:他是懂画的人,是懂秋情的人,更是懂秋之髓味的人。

这首《满庭芳》是题在一首元人旧作《芦洲聚雁图》上的。虽然这幅画如今早已失传,但还好,我们有纳兰容若的词,得以重新描画这幅元人妙作的神髓:图画栩栩如生,仿佛能听到猿啼,却没有渔唱之声,红色的枫叶已经落尽,天空的湿云里飞过点点雁影。寂寞沙洲,滚滚寒潮,

轻烟朦胧,完全不像白居易所描绘的江边傍晚美丽的情景。已近深秋,芦花处处,一派迷蒙之景。经过二妃黄陵祠庙,千万不要采摘荷花。我欲行吟而去,想起三闾大夫,如今却难寻踪迹。想起娥皇、女英,她们的踪影已杳不可见,于是不胜叹惋,只有举杯遥祭。

透过纳兰的词我们大致可以知道,《芦洲聚雁图》描绘的应是一幅山水图,有洲渚、鸿雁、秋草和斜阳。"占断沙洲寂寞,寒潮上、一抹烟笼"化自苏东坡《卜算子》中一句"寂寞沙洲冷"。她讲述了一个女子未能得到爱却最

终得到了爱人的怀念的故事。悲哀,毕竟不悲凉。纳兰容若把苏轼词中的五个字演绎成十三个,氤氲,伤感,感断心弦的忧愁——典型的纳兰风韵。

在化用了苏东坡的名句后,词人紧随其后信手拈起白居易的《暮江吟》:"一道残阳铺水中,半江瑟瑟半江红。"他说,我没有看到半江瑟瑟半江红的景致啊。是啊,"寒潮上、一抹烟笼",雾气轻闭江面,自然无处寻得残阳铺水的可爱景象,取而代之的是带些寒意的江景。

至此一叹,惆怅之情还可言说,转到下阕,惆怅之心却难以言表,余韵悠长。楚国的天空秋色已尽,苇絮四处飘落,使这天气愈加阴沉、昏暗。临近娥皇、女英的祠堂之侧,怎能不让人生冷悯而采摘芙蓉呢?想要远离尘嚣之地且吟着歌曲离去便罢,只是,怕也难寻的踪迹啊!如同娥皇、女英一般。一去杳然。欲想杯酒遥祭,却不知九嶷山在何处。

水调歌头

题西山秋爽图

【原文】

空山梵呗①静,水月影俱沉。悠然一境人外,都不许尘侵。岁晚忆曾游处,犹记半竿斜照,一抹界疏林。绝顶茅庵里,老衲②正孤吟。

云中锡③,溪头钓,涧边琴。此生著几两屐,谁识卧游心?准拟乘风归去,错向槐安回首,何日得投簪④?布袜青鞋⑤约,但向画图寻。

【注释】

①梵呗:佛教徒作法事时念诵经文的声音。

②老衲:年老的僧人。亦为老僧自称。亦有借用于道士者。

③锡：即锡丈，谓僧人出行。

④投簪：丢下固冠用的簪子。比喻弃官。

⑤布袜青鞋：多指隐者或平民的装束，借指隐居。

【赏析】

在人们的印象中，题画诗似乎可供发挥的空

间不大，多为应景之作，但是也不乏佳品，譬如纳兰容若的这首《水调歌头》。

上阕侧重景与境的描写：空山梵呗，水月洞天，这世外幽静的山林，不惹一丝世俗的尘埃。还记得那夕阳西下时，疏林上一抹微云的情景。在悬崖绝顶之上的茅草屋中，一位老和尚正在沉吟。下阕侧重观画之感受与心情的刻画。行走在云山之中，垂钓于溪头之上，弹琴于涧水边，真是快活无比。隐居山中。四处云游，一生又能穿破几双鞋子，而我赏画神游的心情又有谁能理解？往日误入仕途，贪图富贵，如今悔恨，想要归隐山林，但是这一愿望要到何日才可以实现呢！只希冀从这画中得到安慰。

"只在此山中，云深不知处"的隐士生活为许多古代士人所倾慕。空山不见人，青枝茂密，绿叶扶疏，一个简朴的小茅棚里，老僧微闭双目虔诚地念诵经卷。他是念诵的《金刚经》还是《多心经》不可而知，只听到梵音声声在静谧的山林中悠远回荡，把寂静的夕阳无限拉长。

诗人对这种生活产生了无限向往，看着这幅画作，禁不住神游开去，觉得官宦日子真是受罪。这种心态类似于今天的城市白领梦想着去乡下承包一块土地，开垦自己的一块菜园、养一群鸡鸭。

虽然纳兰容若为我们描述的景色美若天外，让我们心生向往，可是有些东西，包括某些生活方式，我们一生也不可能真正拥有。不过，这并不妨碍我们去体味、去追求。向往美、向往一种极致的洒脱，到底比追求一些黑暗的、无聊的生活要好。

水调歌头

题岳阳楼图

【原文】

落日与湖水，终古①岳阳城。登临半是迁客②，历历数题名。欲问遗踪何处，但见微波木叶，几簇打鱼罾③。多少别离恨，哀雁下前汀。

忽宜雨，旋宜月，更宜晴。人间无数金碧，未许著空明。淡墨生绡④谱就，待俏横拖一笔，带出九疑⑤青。仿佛潇湘夜，鼓瑟旧精灵。

【注释】

①终古:往昔自古以来。

②迁客:遭贬迁的官员。

③鱼罾:渔网。

④生绡:未漂煮过的丝织品。古时多用以作画,因亦以指画卷。唐韩愈《桃源图》诗:"流水盘回山百转,生绡数幅垂中堂。"

⑤九疑:亦称"九嶷",山名,在湖南宁远南。

【赏析】

岳阳楼与江西南昌的滕王阁、湖北武汉的黄鹤楼并称为江南三大名楼,自古就有"洞庭天下水,岳阳天下楼"之誉。岳阳楼自建成之日起就受到了文人骚客的无限喜爱。人们不时高登楼上,把酒言欢,或吟诗,或长啸,或抒胸中之块垒,或抒发满怀豪情。可浏览八百里洞庭湖的湖光山色岳阳楼,是艺术创作中被反复描摹、久写不衰的一个主题。

纳兰容若的这首《水调歌头》为题画之作,所题之画的主题,正是岳阳楼。纳兰容若在诗歌中赞美图画,感慨人事:这岳阳楼的落日与湖水自古以来都是岳阳城的名胜。来到这里的大都是迁客骚人，留下了无数不朽的诗句。但要问寻他们的遗踪，却只能看到洞庭微波，木叶凋零，几处渔网横卧。人世间多少离恨，都如同这寂寞哀雁飞下孤洲。无论风雨晴空，无论明月暮霭，都各具风情。人间无数精美的金碧山水画，都不及它的澄澈空明。只用淡墨生绢摹画，巧妙地横向拖出一笔，那九疑山青青的风神便呈现出来，就如同在这潇湘夜色中，那湘水之神正弹奏着古瑟般栩栩如生！

这首词可谓是题画词中的翘楚，意境空灵，将画面中的景色与岳阳楼、洞庭湖的典故、名句融于一处，丝毫不见雕琢痕迹。观诗如览画，且词句铿锵，更富音律之美感，读过之后，满口辞藻的余香。

凤凰台上忆吹箫

除夕得梁汾闽中信，因赋

【原文】

荔粉初装①，桃符欲换②，怀人拟赋然脂③。喜螺江双鲤④，忽展新词。稠叠频年离恨⑤，匆匆里、一纸难题。分明见、临缄重发，欲寄迟迟。

心知。梅花佳句，待粉郎香令⑥，再结相思。记画屏今夕，曾共题诗。独客料应无睡，慈恩梦、那值微之⑦。重来日，梧桐夜雨，却话秋池⑧。

【注释】

①荔：植物名。又称木莲。常绿藤本，蔓生，叶椭圆形，花极小，隐于花托内。果实富胶汁，可制凉粉，有解暑作用。

②桃符：古时挂在大门上的两块画着门神或写着门神名字，用于辟邪的桃木板。后在其上贴春联。借代春联。

国学经典文库

纳兰容若全集

《纳兰词》鉴赏

图文珍藏版

③然脂:泛指点燃火炬、灯烛之属。

④螺江:水名,也称螺女江。在福建福州西北。宋葛长庚《寄三山彭鹤林》:"瞻彼鹤林,在彼长乐嵩山之上,螺江之角。"双鲤:一底一盖,把书信夹在里面的鱼形木板,常指代书信。

⑤稠叠:稠密重叠,密密层层。频年:连续几年。

⑥粉郎:傅粉郎君,三国魏何晏美仪容,面如傅粉,尚魏公主封列侯,人称粉侯,亦称粉郎。香令:晋习凿齿《襄阳记》:"刘季和曰:'荀令君至人家,坐处三日香。'"后以"香令"指三国魏荀彧。亦用以借指高雅才识之士。

⑦慈恩:慈恩寺的省称。唐代寺院名。旧寺在陕西长安东南、曲江北,宋时已毁,仅存雁塔(大雁塔)。今寺为近代新建在陕西西安南郊。唐贞观二十二年李治(高宗)为太子时,就隋无漏寺旧址为母文德皇后追福所建,故名慈恩寺。微之:元稹,字微之。

⑧话秋池:唐李商隐《夜雨寄北》:"问君归期未有期,巴山夜雨涨秋池。何当共剪西窗烛,却话巴山夜雨时?"却:再。

【赏析】

这是纳兰词里少见的喜气洋洋的作品。以往除夕,诗人多沉浸在对妻子的感怀中,愁眉不展。唯有这次,虽然也是思人之作,却是欣欣然的、不悲哀的。只因为,他在除夕之夜接到了顾贞观(号梁汾)从闽中寄来的信。

薛荔萌发,春联欲换,在这辞旧迎新的时刻,怀人之情油然而起,遂点灯而赋,却欣喜地得到了来自闽中友人的书信,展开来奉读那动人的新词。这多年的离愁别恨,又岂能在这匆匆书写的一纸信文中说尽。于是信写好后,将封寄出,又拆开来,犹恐漏掉什么、未尽深意。

记得曾经的除夕之夜,我们在一起题诗。心中明了,那咏梅的佳句还在等待着你回来题赋。料想你独在闽中,此时正辗转不眠,而京华旧游之事犹如梦幻,你已不在其中。遥想他日重逢,当是在梧桐夜雨之时,那时定然能一起追忆今日的情景。

世上能使人辗转反侧的,除了爱情,还有友情。爱情,能使生命中处处洋溢着玫瑰的甜香,每时每刻都如梦幻般甜蜜,相比而言,友情更像是一行诗,用细细密密的句子斜斜地插入你的生活,把每一个孤单乏味的瞬间填满。

诗人以一种快乐到天真的态度记下了对朋友的想念。"梅花佳句，待粉郎香令"，粉郎，对俊秀男子的雅称。冬日红梅大放，梅乃岁寒三友，其花美艳，其质高洁，读书人总爱取梅一瓶，共坐联对作诗。我的朋友，曾经的除夕夜，我们一起咏梅作诗，今年我依旧等着

你，等你回来一起写下关于梅花的美丽诗篇。这种感情，朴实，感人，充满依恋。

在欢乐的佳节，你是否如纳兰容若一般，会想起像顾贞观一样能陪伴你走过生命的每一个孤寂瞬间的朋友？若有一友如纳兰之于梁汾、如梁汾之于纳兰，真是人间幸事。

凤凰台上忆吹箫

守岁①

【原文】

锦瑟何年②，香屏此夕③，东风吹送相思。记巡檐笑罢④，共捻梅枝。还向烛花影里，催教看、燕蜡鸡丝⑤。如今但、一编消夜，冷暖谁知？

当时。欢娱见惯,道岁岁琼筵,玉漏如斯⑥。怅难寻旧约,枉费新词。次第朱幡剪彩⑦,冠儿侧、斗转蛾儿⑧。重验取⑨,卢郎青鬓⑩,未觉春迟。

【注释】

①守岁:农历除夕一夜不睡,送旧迎新。

②锦瑟:漆有织锦纹的瑟。借喻往日的好时光。李商隐《锦瑟》:"锦瑟无端五十弦,一弦一柱思华年。"

③香屏:华美的屏风。南朝梁简文帝《美女篇》:"朱颜半已醉,微笑隐香屏。"

④巡檐:来往于檐前。

⑤燕蜡鸡丝:即燕蜡与鸡丝,旧俗农历正月初一做节日食品。明瞿佑《四时宜忌·正月事宜》谓:"洛阳人家,正月元日造丝鸡、蜡燕、粉荔枝。"

⑥琼筵:盛宴、美宴。玉漏:古代计时漏壶的美称,唐苏味道《正月十五夜》诗:"金吾不禁夜,玉漏莫相催。"

⑦次第:依次地。朱幡:指显贵之家所用的红色旗幡。剪彩:古代正月七日,以金银箔或彩帛剪成人或花鸟图形,插于发髻或贴在鬓角上,也有贴于窗户、门屏,或挂在树枝上作为装饰的,谓之"剪彩"。

⑧斗转:乱转。宋康与之《瑞鹤仙·上元应制》:"闹蛾儿、满路成团打

块,簇着冠儿斗转。"蛾儿:古代妇女于元宵节前后插戴在头上的剪彩而成的
应时饰物。

⑨验取:检验、查看。

⑩卢郎:传说唐时有卢家子弟为校书郎时年已老,因晚娶,而遭妻怨。
宋钱易《南部新书》丁:"卢家有子弟,年已暮犹为校书郎,晚娶崔氏女,崔有
词翰,结褵之后,微有慊色。卢因请诗以述怀为戏。崔立成诗曰:'不怨卢郎
年纪大,不怨卢郎官职卑。自恨妾身生较晚,不见卢郎年少时。'"后用为
典故。

【赏析】

锦瑟无端五十弦,一弦一柱思华年。

转眼又到了除夕。
除夕,除夕,除去往夕。
它意味着与往夕告别,与
旧人告别,与旧我告别。
带着几分敬畏,几分期
许,载欣载驰,奔向明日,
奔向前程,奔向未知。

从前种种譬如昨日
死,从后种种有如今日
生,像一个神圣庄严的仪
式。多希望有这样利落的告别,与昨天挥挥手,不带走任何记忆,不留下一
片云彩。

可谁又能做到呢?人,从某种意义上来说,就是过去和回忆的集合体。

尤其是,过往和回忆是那样美,那样华丽,让今日的我,不忍也不能放下。

对纳兰这样一个恋旧的人,更是如此。

过去的除夕是怎样的呢?香屏此夕,巡檐笑罢,共捻梅枝。烛花影里,争看燕蜡鸡丝。

今天的纳兰是怎样的呢?一编消夜,冷暖谁知?

融融春夜,在弥漫的年味中,在鲜花着锦的铺排中,整个人沉浸其中,本是一大幸福。更美的是,与相亲的人,相爱的人,共捻梅枝,共灯烛影。当一个人的幸福,被人感知着,并分享着,这幸福往往是加倍的,是暖心的。

今夕何夕?形单影只。一个人,靠一本书,独自消磨着这个夜。冷与暖,如鱼饮水,只能自知。当一个人的落寞,无人能知,这落寞往往也是加倍的,是蚀心的。

过去的温暖反衬着今天的落寞,过去的繁华反衬着今天的萧瑟。在这样的一个佳节,本是要与过去告别,却偏偏只能抓住过去,靠着过去的余温温暖着今日冰凉的自己。如何放下?如何舍弃?

舍不下。所以词的下片起始依旧在回忆过去。欢娱见惯,岁岁琼筵,好一个天上人间。只可惜,当时的自己没有领略,因为身处其中,因为见惯不怪,而今想起来,才知可贵,才知珍惜。就像鱼在水中,从不知道水的珍贵,直到有一天它离开了水,在岸上挣扎时,才知水对自己而言,就是生命。当时的约定，当时的诺言呢？而今俱成梦境，新词写得再多，也是枉费。

过去的华丽提醒着今日的自己，那些过去都是回忆中的场景。现实中的场景又是怎样的呢？次第朱幡剪彩，冠儿侧，斗转蛾儿。看起来多么华丽，多么热闹！可别忘了，热闹是他们的，纳兰什么也没

有！过往的繁华已让人不堪，现实的繁嚣更是让人受刺激。他只能徒然慨叹着：卢郎清鬓，未觉春迟。明明是说韶华已逝，好梦难留，却强作解语，安慰自己说："未觉春迟"。这真是，伤心人的违心语，当不得真的。

但，纳兰又能怎样呢？如果不自我安慰一下，岂不是要在回忆与现实的双重压迫下，无法呼吸？

不知道写这首词时，纳兰身在何处。从他的经历来揣测，应该是写在随康熙出巡扈从期间。做着一个在外人看来风光无比的御前侍卫，谁又能知道当事人自己的内心感受？赏心应比驱驰好，他无法赏心，只能违心。

借着佳节良辰，抒发胸中块垒。

除夕，一夜连双岁，五更分两年。新与旧在此同时登场，纠结着。即使一个内心并不敏感的人，在这个特殊的时刻，也会生出与往日不一样的情愫。

明天，又是新的一天。

明天,却不是新的一天。

金菊对芙蓉

上元^①

【原文】

金鸭消香^②,银虬泻水^③,谁家夜笛飞声?正上林雪霁^④,鸳鸯晶莹^⑤。鱼龙舞罢香车杳^⑥,剩尊前、袖掩吴绫^⑦。狂游似梦,而今空记,密约烧灯^⑧。

追念往事难凭。叹火树星桥,回首飘零。但九逵烟月^⑨,依旧笼明。楚天一带惊烽火^⑩,问今宵,可照江城^⑪?小窗残酒,阑珊灯炧,别自关情。

【注释】

①上元:上元节。节日名,俗以农历正月十五日为上元节,也叫元宵节。

②金鸭:一种镀金的鸭形铜香炉,多用以熏香或取暖。唐戴叔伦《春怨》诗:"金鸭香消欲断魂,梨花春雨掩重门。"

③银虬:亦作"银蚪",银漏、虬箭。古代一种计时器,漏壶底部的银质流水龙头。

④上林:上林苑,古宫苑名。一为秦旧苑汉初荒废至汉武帝时重新扩

建。故址在今西安市西及周至、户县界;一为东汉光武帝时建造,故址在今河南洛阳市东汉魏洛阳故城西,东汉永平十五年冬车骑校猎上林苑即此;一为南朝宋大明三年建造,故址在今江苏南京市玄武湖北。后泛指帝王的园囿。

⑤鸳甃:用对称的砖瓦砌成的井壁,亦借指井。宋秦观《水龙吟》词:"卖花声过尽,斜阳院落,红成阵,飞鸳甃。"

⑥鱼龙舞:古代百戏杂耍节目,亦称鱼龙杂戏、鱼龙百戏。唐宋时京城于元宵节盛行此戏,唐张说《侍宴隆庆池》诗:"鱼龙百戏分容与,凫鹢双舟较溯洄。"鱼龙,指古代百戏杂耍中能变化为鱼和龙的狻猊模型,亦为该项百戏杂耍名。香车:用香木做的车,泛指华美的车或轿。

⑦吴绫:古代吴地所产的一种有纹彩的丝织品,以轻薄著名。

⑧烧灯:点灯,指举行灯会或灯市,指元宵节,旧俗于正月十五晚张灯结彩供人通宵观赏,故称。

⑨九逵:四通八达的大道,后多指京城的大路。

⑩楚天:古代楚国在今长江中下游一带,位居南方,所以泛指南方天空为楚天。烽火:古时边防报警的烟火,比喻战火或战争。

⑪江城:临江之城市、城郭。唐崔湜《襄阳早秋寄岑侍郎》诗:"江城秋气早,旭旦坐南闱。"

【赏析】

这首词抒写上元之日的感怀：元宵佳节到来，看香炉中轻烟袅袅，漏壶滴水，不知哪里传来了玉笛之声。现在园囿中正是大雪初霁，飞檐碧瓦分外晶莹。街市上热闹非常，鱼龙杂耍，香车宝马，只有我一个人对酒独坐。记得当初相约今日一起赏灯，如今却恍然成梦。怀念往事，心中难平。那满眼的灯火璀璨，却是不堪回首。那京城的通衢大道上，烟云缭绕，月色朦胧。如今南方战事未平，不知今日是否也会有如此热闹的灯火相照？而我却对着小窗残酒，望着微弱的烛光，感慨万千。

唯有华丽的词句，才配得上华丽的佳节吧。元宵佳节，纳兰府中吃穿用度必然不同凡响，可是，锦衣玉食的生活却只能让纳兰的内心更加落寞、苍凉。

所谓金鸭，是古人用来熏香或取暖的鸭形铜香炉，镀金镶翠，更显其华丽。"银虬"则是古代计时器漏壶底

部的银质流水龙头，若放在今天，这两样东西则可称之为"华贵典雅的家居设计"。他人做此类句子，多是出于美好的想象，大胆地使用华美的修辞，于纳兰，却是实打实地写实，描绘眼前的景象。

这首词是在抒写上元之日的感怀：元宵佳节到来，看香炉中轻烟袅袅，漏壶滴水，不知哪里传来了玉笛之声。现在园囿中正是大雪初霁，飞檐碧瓦

分外晶莹。街市上热闹非常，鱼龙杂耍，香车宝马，只有我一个人对酒独坐。记得当初相约今日一起赏灯，如今却恍然成梦。怀念往事，心中难平。那满眼的灯火璀璨，却是不堪回首。那京城的通衢大道上，烟云缭绕，月色朦胧。

如今南方战事未平，不知今日是否也会有如此热闹的灯火相照？而我却对着小窗残酒，望着微弱的烛光，感慨万千。

　　这样的好日子，词人想到的不是上街游乐，而是离别的故人，甚至想到了远方的战事。纳兰容若写作此诗时，吴三桂已死，但是他孙子吴世璠继续称帝，康熙帝派大军围剿湖南，所以有"楚天一带惊烽火"之说。

　　欢乐的节日再热闹，也感染不了一颗孤寂的灵魂。"小窗残酒，阑珊灯炧"，诗人对着小窗独酌，一杯残酒就度过了一个良宵。世上最悲的描写，不是以悲写悲，而是以乐写悲。纳兰容若用全城的欢乐衬托一个的孤寂，让我们看到的，是一个孤寂的人在孤寂的夜晚，任由名为孤寂的幽灵在他灵魂深处狂欢。

国学经典文库

纳兰容若全集

《纳兰词》鉴赏

图文珍藏版

琵琶仙

中秋

【原文】

碧海年年①,试问取冰轮②,为谁圆缺?吹到一片秋香,清辉了如雪。愁中看、好天良夜,知道尽成悲咽③。只影而今,那堪重对,旧时明月。

花径里戏捉迷藏,曾惹下萧萧井梧叶④。记否轻纨小扇⑤,又几番凉热。只落得、填膺百感⑥,总茫茫、不关离别。一任紫玉无情⑦,夜寒吹裂。

【注释】

①碧海:此处指青天。

②冰轮:即圆月。

③悲咽:悲伤呜咽。

④井梧叶:井边梧桐的树叶。

⑤轻纨小扇:指纨扇,即用细绢制成的团扇。

⑥填膺:充塞于胸中。

⑦紫玉:古人多截取

紫玉竹为箫笛,因以紫玉为箫笛之代称。

【赏析】

抒发哀怨的感情时,幽怨的人最先想到的往往是月亮。唐明皇夜会梅妃,杨贵妃得知自己深爱的男人心中还装着别的女人,满怀忧伤,饮酒独醉,开口便是"海岛冰轮初转腾,见玉兔,玉兔又早东升"(《贵妃醉酒》)。纳兰容若思念起心头的人儿,起首也是"碧海年年,试问取冰轮,为谁圆缺"。

这首词描绘了中秋月下的景致:年年岁岁,问那天上的明月在为谁圆缺?夜风吹得桂花飘香时,那月色更加清净如雪。这花好月圆的美好景色,在满怀愁绪的人看来也只觉伤感呜咽。形单影只,该如何去面对那旧时的明月?曾记得我们在鲜花小径追逐嬉戏,惹得梧桐树叶纷

纷飘落,还记得那轻纱团扇陪伴了几个寒秋,如今却只落得胸中百感交集,无处申诉。任凭那幽咽的笛声唤起旧梦,吹到天明。

想必,容若所思念的,是他青梅竹马的恋人。看他所回忆的情节"花径里、戏捉迷藏,曾惹下萧萧井梧叶"。钟鼎人家青年男女,家教甚严,举止必然大方稳重,及笄的丫头、弱冠的小伙儿必然不好意思跑来跑去地捉迷藏,能做这种游戏的,当是"郎骑竹马来,绕床弄青梅"的年纪。小小的姑娘一

定还是"妾发初覆额",一点儿不懂得羞呢,会"折花门前剧"。

那真是不会再来的美好时光,我们玩得多么畅快,撒了欢地在满是花朵的小路上奔跑,连梧桐树的叶子都被我们夸张的笑声与叫声惊落了几片。曾经我们共同走过的美好日子,并不短暂,"记否轻纨小扇,又几番凉热"。用细薄的纨素糊就的小团扇,陪伴我们在漫长的夏日赶凉风、扑流萤,经历了几多华年? 那时,我们天真烂漫,亲密无间。

冰轮出碧海,美则美,却美得冷入骨髓。夜风吹动盛放的桂花,靖冷的月光下,甜香的桂花竟然映现了白雪般冷艳的气质,让夜色更觉凄清。这样清冷的夜、清冷的心,唯有清冷的曲子才能与之相配。诗人用一支紫玉笛吹出哀婉的曲子,表达内心浓浓的抑郁与伤怀。

御带花

重九夜①

【原文】

晚秋却胜春天好,情在冷香深处②。朱楼六扇小屏山③。寂寞几分尘土。虬尾烟销④,人梦觉、碎虫零杵⑤。便强说欢娱。总是无憀心绪⑥。

转忆当年,消受尽皓腕红荑⑦,嫣然一顾。如今何事,向禅榻茶烟⑧,怕歌愁舞。玉粟寒生⑨,且领略、月明清露。叹此际凄凉,何必更,满城风雨。

【注释】

①重九:即重阳,农历九月九日。旧时在这一天有登高的风俗。

②冷香:指清香的花。唐王建《野菊》诗:"晚艳出荒篱,冷香着秋水。"

③朱楼:谓富丽华美的楼阁。《后汉书·冯衍传下》:"伏朱楼而四望

兮,采三秀之华英。”屏山：
屏风。

④虬尾：指盘曲若虬
的盘香。虬：古代传说中
有角的小龙。

⑤碎虫零杵：断续的
虫声和杵声。

⑥无憀：空闲而烦闷
的心情,闲而郁闷。

⑦皓腕：洁白的手腕,多用于女子,三国魏曹植《洛神赋》“攘皓腕于神
浒兮,采湍濑之玄芝。”红萸：指重阳节插戴茱萸。

⑧禅榻：禅床。宋郭象《睽车志》卷三：“惟丈室一僧,独坐禅榻。”

⑨玉粟：形容皮肤因受寒呈粟状。

【赏析】

重阳节这天,天涯孤客,倍思亲人。纳兰容若独上小楼,啜饮着比天涯
孤旅更为孤寒的伤悲。离家者尚有还家之日,远离人世者又怎会有归来之
时？这首词写重阳节的无聊心绪,同时忆旧抒怀。

深秋季节的景致要比春天更美好,无限风情尽在秋日的花香深处。小
楼的屏风落下些许微尘,却无人打扫。盘香烟消,孤独的人被窗外传来的虫
鸣声和捣衣声惊醒,再难成眠。即使强颜欢笑,那百无聊赖的心绪也难以消
减。记得当年,有伊人相伴一旁,那嫣然一笑,如今犹自灿烂。现如今,却空
寂无聊,独自禅坐,怕见那歌舞繁华。清风雨露,霜华渐生,不觉寒冷。纵使
不是满城风雨,而是胜却春天的美好秋夜,也已经只能感受到无比的凄凉冷

清了。

"冷香"一处，有两种说法。一说指菊花、梅花等傲寒之花清幽的香气，另一种说法，则指女人香。或许在纳兰的印象中，妻子的气息就带着这般凉意的甜蜜。

重阳佳节，秋菊盛放，本来是"萧疏篱畔科头坐，清冷香中抱膝吟"（《红楼梦·对菊》）的日

子，如今的容若却只能自问"圃露庭霜何寂寞，鸿归蛩病可相思"（《红楼梦·问菊》）。没有快乐，只有哀愁。当年与妻子嬉戏欢愉的小楼，如今盛满的不再是欢快的笑声，而是沉重的寂静。虽未曾常伴青灯，没了你的陪伴，人世繁华也褪去了光彩。爱人生命凋萎，容若的心便也寂灭了，寻常日子由一幅青绿山水瞬间褪色成了黑白水墨。

纵然晚秋却胜春天好，能使人在这人间好景中感叹"此际凄凉"的，恐怕也只有爱情了。这样的爱情，我们读来心醉；那身处爱情中的人，却是无尽地心碎。此情此景此爱恋，闻者悲戚，说者断肠。

东风第一枝

桃花

【原文】

薄劣东风,凄其夜雨,晓来依旧庭院。多情前度崔郎[1],应叹去年人面。湘帘乍卷[2],早迷了、画梁栖燕。最娇人、清晓莺啼,飞去一枝犹颤。

背山郭、黄昏开遍。想孤影、夕阳一片。是谁移向亭皋[3],伴取晕眉青眼[4]。五更风雨,莫减却、春光一线。傍荔墙、牵惹游丝[5],昨夜绛楼难辨[6]。

【注释】

①崔郎:崔护,字殷功,博陵(今河北定县)人。唐代诗人,官至御史大夫、岭南节度使。据唐孟棨《本事诗·情感》记载:崔护于清明日游长安城南,因渴求饮,见一女子独自靠着桃树站立,遂一见倾心。次年清明又去,人未见,门已锁。崔因题诗于左扉:"去年今日此门中,人面桃花相映红。人面不知何处去,桃花依旧笑春风。"

②湘帘:用湘妃竹做的帘子。宋范成大《夜宴曲》诗:"明琼翠带湘帘斑,风帏绣浪千飞鸾。"

③亭皋:水边的平地。《汉书·司马相如传上》:"亭皋千里,靡不被筑。"王先谦补注:"亭当训平……亭皋千里,犹言平皋千里。皋,水旁地。"

④晕眉:谓妇女晕淡的眉目。青眼:即柳眼。

⑤荔墙:薜荔墙。游丝:飘浮在空中的蛛丝。

⑥绛楼:红楼。

【赏析】

三月水暖,桃花次第开,漫随风,舞清香。古人因此将正月至三月桃花开放的季节取名为桃花春。纳兰这首咏桃花之作便应该是写于这样一个桃花飘香的阳春之日。

东风第一枝是词牌名,据传为唐人吕谓老首创,原为咏梅而作,又名

《琼林第一枝》。双调,上片九句,押四仄韵,五十字;下片八句,押五仄韵,五十字,共一百字。

"薄劣东风,凄其夜雨,晓来依旧庭院","薄劣"是薄情的意思,这里是借用了宋朝张元干《踏莎行》中的一句:

"薄劣东风,天斜落絮,明朝重觅吹笙路。"

东风薄情,夜雨凄迷,早晨的庭院依然如旧,而深深庭院中多情的桃花却绽开了。词本就贵在委婉曲折,层深跌宕,而咏物之词则又须若即若离,

含蓄微妙,纳兰这首词起笔便很有种欲扬先抑的味道。

提起了桃花,就总会让人联想起唐代那个美丽的故事。

唐代孟棨在他那本记录了许多诗歌故事的《本事诗》里这样写道:

"相传唐崔护清明郊游,至村居求饮。有女持水至,含情倚桃伫立。明年清明再游访,则门庭如故,而人去室空矣。遂题诗云:'去年今日此门中,人面桃花相映红。人面不知何处去?桃花依旧笑春风。'"

风流倜傥的才子偶然经过一户人家,门扉轻掩,阶前无尘,几枝桃花斜出墙外,在春风里颤动身姿,悄然飘下零落的花瓣。拾眼间,却见一清秀女子倚门而立,嫣然而笑。那一刻,瞬间成千古。一年以后,又是一个明媚的春天,当才子再回故地,人已杳然,只留下那丛桃花,灿然开放在春天里,笑靥正如那心仪的女子。也许这位名叫崔护的才子没有想到,这一阕伤情之作竟绵绵荡荡流传至今,他的名字也因诗而存。

这个儒雅书生并无炫人的财富,但却把一份思念刻成一首小诗,挂在桃花绽放的梢头,在春天的阳光下,与影影绰绰的记忆一起放大成一片片离愁,让今人唇齿之间还摩擦着"人面桃花"的珠溅玉屑,徜徉在花飞花谢的爱情之中。

因而,桃花已然成为一种象征,纳兰在这里唏嘘,此情此景如果崔护看到，应当会发出人面桃花的感叹吧。情绪尚在"人面桃花"的故事里徘徊，至"湘帘乍卷"才猛地回神，看梁间栖燕。纳兰在这里没有点明，却可以推想，彼时看见的定当是双飞双栖的燕子，因此才会一时迷神。

与此同时，清晓黄鹂在枝头啼叫，那细嫩轻柔的啼鸣声最是动人，当它飞去后，桃枝犹自颤抖，别有一种楚楚动人的姿态。"娇"一字描摹出声音的细嫩、清润。前蜀李珣的《望远行》中便有这样的用法：

"琼窗时听语鹦娇，柳丝牵恨一条条。"

到了这里，词转入下片，纳兰的思绪也由眼前的庭院推延到山郭，他想象桃花在夕阳里的美丽风采。想着想着，却觉得这样的桃花似乎太孤单，"想孤影、夕阳一片"，独立夕阳中，愈美丽就愈显得悲凉。于是词人给桃花找了水边杨柳为伴，从而使它愈加动人迷离。

愿望终归是愿望，"五更风雨，莫减却、春光一线"一句将人拉回了现实，夜来的风雨减损了春色，一笔宕开，却紧接着在结尾句点醒题旨，回照了开端。那鲜艳的桃花依傍在薜荔墙下，愈发红艳可爱，牵惹着游丝，与那红色的楼阁互掩难辨。情景在此熔铸合一，有一种悠然不尽的邈远深意，

通篇读来,有感可发有情可叹。

古时的女子偶一回眸,然后羞涩地一笑,就绘成一幅"人面桃花"的画卷,不仅让崔护心动,也隔着千百年的时光让纳兰感叹让今人迷醉,缠绵成一首绝唱。而纳兰这首桃花词写得恰如那女子的涩然一笑,低回婉转之间是艳若桃花的不尽情意。

秋水

听雨

(按此调谱律不载,疑亦自度曲)

【原文】

谁道破愁须仗酒,酒醒后,心翻醉。正香消翠被^①,隔帘惊听,那又是、点点丝丝和泪。忆剪烛、幽窗小憩^②。娇梦垂成^③,频唤觉、一眶秋水^④。

依旧乱蛩声里,短檠明灭^⑤,怎教人睡。想几年踪迹,过头风浪^⑥,只消受、一段横波花底^⑦。向拥髻、灯前提起^⑧。甚日还来,同领略、夜雨空阶滋味。

【注释】

①翠被:翡翠羽制成的背帔。

②忆剪烛:语出唐李商隐《夜雨寄北》诗:"何当共剪西窗烛,却话巴山夜雨时。"谓剔烛芯。后以"剪烛"为促膝夜谈之典。元杨载《题火涉不花同知画像》诗:"裘暖鸣鞭疾,翠帘深剪烛频。"小憩:短暂休息。

③垂成:事情将近成功。

④秋水:秋天的水,比喻人(多指女人)清澈明亮的眼睛。

⑤短檠：矮灯架，借指小灯。唐韩愈《短灯檠歌》："一朝富贵还自恣，长檠焰高照珠翠；吁嗟世事无不然，墙角君看短檠弃。"

⑥风浪：比喻艰险的遭遇。

⑦横波：水波闪动，比喻女子眼神闪烁。

⑧拥髻：谓捧持发髻，话旧生哀，是为女子心境凄凉的情态。

【赏析】

读纳兰一阕《秋水·听雨》，禁不住想起林黛玉的一首《秋窗风雨夕》。黛玉病卧潇湘馆，秋夜听雨声渐沥，心下凄凉，遂仿《春江花月夜》之格作词曰："泪烛摇摇爇短檠，牵愁照恨动离情。谁家秋院无风入？何处秋窗无雨声？"字字句句的秋情，字字句句的伤悲。曹雪芹在代书中人作词时拿捏得向来很准，譬如第七十回"林黛玉重建桃花社，史湘云偶填柳絮词"，他让身世飘零的黛玉作词曰："叹今生谁舍谁收？嫁与东风春不管，凭尔去，忍淹留。"人物哀哀凄凄的形象跃然纸上。到了心思缜密、踌躇满志的宝钗则一改倾颓气色："韶华休笑本无根，好风凭借力，送我上青云！"颇有男儿声韵。

黛玉毕竟是闺阁女儿，有悲，无阅历；有情，无情事。一篇《秋窗风雨夕》下来，华美流畅，感动的，却更多是黛玉自己。因她身处秋境，身系飘零，词句引导出的是内心深处的悲伤，但在多数读者身上，难以引发共鸣。纳兰容若不同，同为少年才俊，纳兰毕竟年长些，阅历多些，在这篇《秋水》中引入自己的感情经历，旁人看了更易懂。

这首词写诗人听秋雨而生发的情感：谁说消愁一定要喝酒，酒醒之后，心反而醉了。伊人已不在身边，寂寞无聊，却听得窗外淅淅沥沥地下起了秋雨，可知那雨水是伴着泪水流下的呢。记得当初秋夜闻雨，西窗剪烛，你当时刚要睡着却又被频频唤醒，眼神迷离的情景。现在已经是秋虫哀鸣，灯光明灭，可寂寞却叫人无法入睡。回想这几年的足迹，经历的风风雨雨，只有与你相守的日子最让人安慰。想和灯烛前拥的你诉说，又不知什么时候才能再回来，让我们一起领略这秋雨缠绵的无尽秋意！

怀念故人的心碎的词句，偏偏用了让人心碎的典故。"忆剪烛幽窗小憩"一句，典出晚唐李商隐《夜雨寄北》："君问归期未有期，巴山夜雨涨秋池。何当共剪西窗烛，却话巴山夜雨时。"这是李商隐身居遥远的巴蜀写给远在长安的妻子的诗句。唐人的旧句子，或华丽或雄浑，难见这种朴实无华又深情的小文字，多么亲切有味。每每夜深读起，齿颊生香，心下平和，幸福中，裹杂着一些缠绵的思念，小小的忧愁。只是这种小伤悲的词句，用到纳兰容若的词中，便是大悲痛了，有苏轼《江城子》"千里孤坟，无处话凄凉"的

国学经典文库

纳兰容若全集

《纳兰词》鉴赏

图文珍藏版

悲哀——只因李商隐的妻还在世，在远方的长安城等待着丈夫归来，还能有"共剪西窗烛"的日子；而纳兰容若的妻香魂已逝，纵使世人为她写情词万言也唤不回来伊人的一声回应。

梁何逊写"夜雨滴空阶，晓灯离暗室"；蒋捷说"悲欢离合总无情，一任阶前点滴到天明"；纳兰容若叹息道"甚日还来，同领略夜雨空阶滋味"。斯人去后，诗人的生命里只剩下"乱蛩声里，短檠明灭"，漫长的秋夜，雨滴敲打着空阶无法入眠。

年轻的容若不知独自熬过了多少个失眠夜，他也曾想过借酒浇愁，得出的结论却是"一谁道破愁须仗酒"。这酒醒后，心反而醉得更深，痛得更多。

妻子离世后，纳兰容若的日子，秋雨绵绵，恨绵绵。容若三十一岁英年早逝，对他来讲，也许其中的禅益远大于遗憾。

水龙吟

题文姬[①]图

【原文】

须知名士倾城，一般易到伤心处。柯亭[②]响绝，四弦[③]才断，恶风吹去。

万里他乡，非生非死，此身良苦。对黄沙白草④，呜呜卷叶，平生恨、从头谱。

应是瑶台⑤伴侣。只多了、毡裘⑥夫妇。严寒鬐篷⑦，几行乡泪，应声如雨。尺幅⑧重披⑨，玉颜千载，依然无主。怪人间厚福⑩，天公尽付，痴儿呆女⑪。

【注释】

①文姬：汉蔡文姬，名蔡琰，字文姬，生卒年不详。陈留圉（今河南杞县南）人。为汉大文学家蔡邕之女。博学能文，有才名，通音律。有《悲愤诗》两首传世。

②柯亭：古地名。又名高迁亭。在今浙江绍兴西南，以产良竹著名。晋伏滔《长笛斌》："邕避难江南，宿于柯亭。柯亭之观，以竹为椽。邕仰而盯之曰：'良竹也。'取以为笛，奇声独绝。历代传之，以至于今天。"

③四弦：指琵琶。因有四弦，故称。

④黄沙白草：形容边塞的荒凉景象。

⑤瑶台：美玉砌的楼台。亦泛指雕饰华丽的楼台，指传说中的神仙居处。

⑥毡裘:古代北方少数民族用毛制成的衣服。

⑦觱篥:古代的一种管乐器,形似喇叭,以芦苇为嘴,以竹做管,吹出的声音悲凄,羌人所吹。唐刘商《胡笳十八拍》第七拍:"龟兹愁中听,碎叶琵琶夜深怨。"

⑧尺幅:指小幅的纸或绢,泛称文章、画卷。

⑨披:披露、陈述。

⑩厚福:多福、大福。

⑪痴儿呆女:指迷恋于情爱的男女。

【赏析】

在赏析这首词之前,我们首先要了解一下蔡文姬。

蔡文姬的父亲是大名鼎鼎音乐家蔡邕。文姬在父亲的熏陶下,既博学能文,又善诗赋,兼长辩才与音律。她的丈夫卫仲道更是一名才子,夫妇两人恩爱非常,可惜好景不长,不到一年,卫仲道便因咯血而死。当时正处东汉末年,军阀混战,北方匈奴趁机掠掳中原一带,蔡文姬与许多被掳去的妇女一齐被带到南匈奴。

容若的这首题画之作,正是描写文姬被掳时的情景。

"须知名士倾城,一般易到伤心处",这句中的"倾城"应解释为美女,首句的意思：名士与美女都有一个共同的特点，那就是多情而敏感，他们最容易生愁动感。

接下来，在"柯亭响绝，四弦才断，恶风吹去"这句中，容若提到两个典故。

相传蔡文姬的父亲蔡邕避祸于江南，有一次宿于柯亭，看到这里的椽子是用竹子做成的，于是将其买下，制成笛子后，音色十分优美。

"柯亭响绝"的意思是说蔡邕已经逝去，人们再也听不到美妙绝伦的笛声了。

蔡文姬受父亲的熏陶，很小就精通音律，能通过断弦的声音判定是第几根弦。一开始，蔡邕还不以为然，为了证明自己的判断，他有意弄断另一根琴弦，蔡文姬又准确地指出是第四根，因此后人也称蔡文姬为"四弦才"。在这里"断"有断弦之意，"四弦才断"暗指蔡文姬经历了丧夫之痛。

了解了以上两个典故后，其他词句就显得平白如话，十分容易理解了，"恶风吹去"指的是蔡文姬被匈奴掳去的事实。随后，容若对蔡文姬赴漠北的情景进行了描写，并对其"万里他乡，非生非死，此身良苦"，"玉颜千载，依然无主"的悲惨命运表示了哀叹和同情，最后三句更是对老天让那些"痴儿呆女"偏得"人间厚福"发出了不平的慨叹。

此外，有的词学家联系当时的时代背景，认为这首词乃是一首借题发挥之作，是容若借蔡文姬为顾贞观的好友吴兆骞鸣不平，这种解读也有一定的道理。

【词人逸事】

蔡文姬,名琰,字昭姬,为避司马昭的讳,改为文姬。蔡文姬的父亲是大名鼎鼎的蔡邕。文姬在父亲的熏陶下自小耳濡目染,既博学能文,又善诗赋,兼长辩才与音律。初嫁河东卫家,卫家是河东世族,她的丈夫卫仲道更是太学出色的士子,夫妇两人恩爱非常,可惜好景不长,不到一年,卫仲道便因咯血而死。文姬守寡在家。

当时正处东汉末年,军阀混战,北方匈奴趁机掠掳中原一带,在"中土人脆弱、来兵皆胡羌,纵猎围城邑,所向悉破亡。马边悬男头,马后载妇女,长驱入朔漠,回路险且阻"的状况下,蔡文姬与许多被掳去的妇女,一齐被带到南匈奴。

饱受番兵的凌辱和鞭笞,一步一步走向渺茫不可知的未来,当时蔡文姬刚刚 23 岁,正值青春年华。然而这一去就是 12 年。她嫁给了虎背熊腰的匈奴左贤王,饱尝了异族异乡异俗生活的痛苦。后为左贤王生下两个儿子,她学会了吹奏"胡笳",相传《胡笳十八拍》即为其所作,曲调哀怨,动人心魄。后来曹操统一北方,挟天子以令诸侯。曹操少年时代曾受蔡邕教导,得知文姬被掳,便派使者携带黄金千两,白璧一双,将她赎回,后改嫁董祀。

纳兰容若所题之画正是文姬被掳时的情景,对她"万里他乡,非生非死。此身良苦","玉颜千载,依然无主"的命运表达了深刻的哀叹和同情。

水龙吟

再送荪友南还

国学经典文库

纳兰容若全集

《纳兰词》鉴赏

图文珍藏版

【原文】

人生南北真如梦,但卧金山^①高处。白波^②东逝,鸟啼花落,任他日暮。别酒盈觞,一声将息,送君归去。便烟波万顷,半帆残月,几回首、相思苦。

可忆柴门深闭,玉绳低、剪灯夜雨。浮生如此,别多会少,不如莫遇。愁对西轩,荔墙叶暗,黄昏风雨。更那堪、几处金戈铁马^③,把凄凉助。

【注释】

①金山:山名,在江苏镇江西北。这里代指严绳孙的家乡。

②白波:白色波浪,水流,此处喻指时光。

③金戈铁马:金属制的戈,配有铁甲的战马。指战争。

【赏析】

纳兰是个至情至性的人,纳兰词中所表露出的情感,无论是恋情、夫妻情、友情,无一不是体现了一种痴的情怀。本篇是为严绳孙南归所赋的赠别之作,其实在这首词填写的同时,纳兰还有四首诗词赠别绳孙,故此处说"再送"。

纳兰起笔不凡,"人生南北真如梦"一句抛出了"人生如梦"这等千古文人常叹之语,其后接以他总挂在嘴边的归隐之思,令全词的意境在开篇时便显得空远阔大。"白波东逝,鸟啼花落,任他日暮",白描勾勒出的情景或许是此时,也或许是想象:看江水东流,花开花落,莺歌燕语,任凭时光飞逝,这是何等惬意。

在这样逍遥洒脱的词境中,纳兰叹道,"别酒盈觞,一声将息,送君归去",点出了别情。自古送别总是断肠时,古时不比如今,一别之后或许就是此生再难相见,因而古人或许在自己的生死上能阔达一番,却也总对与友人的离别无可奈何。

眼前你我离别之情充满了酒杯,只能一声叹息,送你离去。而离去之后,天地便换了风光,"便烟波万顷,半帆残月",岂止是送行人,远行人自身亦是满腔悲愁,的的确确就像纳兰说的,"几回首,相思苦"。

下片首句转入了回忆,"可忆柴门深闭,玉绳低、剪灯夜雨","玉绳"是星名,通常泛指群星,这里的意思是说忆起柴门紧闭,斗转星移,夜雨畅谈的时光。之后的一句，多少可以看出纳兰的一些悲观情绪。他说，"浮生如此，别多会少，不如莫遇"，这话说得实在悲凉，人在时间面前终归是渺小的，时间不可逆转正是种种迷惘痛苦的根由。

"愁对西轩，荔墙叶暗，黄昏风雨"转笔又是白描写景，如今离别，又兼愁风冷雨，四字小句层层将气氛层层渲染开去。倒是篇末一句，有种不同于前面词句的雄浑苍凉的味道，"更那堪几处，金戈铁马，把凄凉助"，将国事与友情融为一体，使得这首词境界扩大了不少。

纳兰填完此词一个月后，便溘然长逝了。这次离别之后，两人也便真的没有了再次相见的机会。隔着时间的长河，凝聚在词句中这种怆然伤别的深挚友情依旧令人感叹不已。

百字令

【原文】

人生能几？总不如休惹、情条①恨叶。刚是尊前同一笑，又到别离时节。灯烛残，炉烟爇②尽，无语空凝咽③。一天凉露，芳魂④此夜偷接。

怕见人去楼空，柳枝无恙，犹扫窗间月。无分暗香深处住，悔把兰襟⑤亲结。尚暖檀痕⑥，犹寒翠影，触绪添悲切。愁多成病，此愁知向谁说？

【注释】

①情条：指纷乱的情绪。

②爇：燃烧。

③凝咽：犹哽咽，哭时不能痛快出声。

④芳魂：谓美人的魂魄。

⑤兰襟:芬芳的衣襟,比喻知心朋友。襟,连襟,彼此心连心。

⑥檀痕:带有香粉的泪痕。檀,即檀粉,化妆用的香粉。

【赏析】

"人生能几?"这首词的开篇,纳兰就直言人生苦短。三国时期,枭雄曹操就在面对奔流而去的茫茫大江时喟叹一声:"对酒当歌,人生几何?譬如朝露,去日苦多。"不过,他饮酒饮出的是一腔豪气,纳兰涌上心头的却是无奈和寂寞。

"人生能几?总不如休惹、情条恨叶",本不该坠入情恨的纠葛之中,却又欲罢不能,"情条"是指纷乱的情绪。在这里,词人似乎对自己的"多情"有一股悔意,虽悔却又无意去改,当真是率性之至。

上阕写幽会,既像实写,又像因思念亡妻而产生的幻觉,读来便有了几分缥缈迷离的感觉,更加耐人寻味。"刚是尊前同一笑,又到别离时节",这两句是在写两人刚刚对饮一杯,相视而笑,离别的时间就到了。就好像灰姑娘必须在午夜十二点前抽身一样,"离别"二字是个魔咒,让纵然相爱却不能长相厮守的现实有着强烈的宿命感。

"灯炧挑残,炉蒸烟尽,无语空凝咽",残灯摇曳,炉烟燃尽,两人只能默默无语暗自垂泪,就连道别的话也不忍心说出口,似乎说过"再见"之后就会瞬间海角天涯。"一天凉露,芳魂此夜偷接",读到此处,我们或许可以将这当作词人与意中人暗夜相会的情景,但"芳魂"二字一出心里便了然了,这更像一首悼念卢氏的词。纳兰大概是深夜辗转反侧,难以成眠,勾起了旧日与卢氏相守的点滴回忆,或者是期待在梦中能与佳人的芳魂相聚。"凉露"二字既可指现实中的深夜露水,也可理解为是纳兰这腔怨恨的无限悲凉。

下阕从回忆或梦境回到了现实,纳兰怕见"人去楼空",现实却正是如此。柳枝如丝,犹自拂过她曾经住过的阁楼,明月照旧,照着容若一人孤独的身影。纳兰长叹:"无分暗香深处住,悔把兰襟亲结。"你我有缘无分,不能同居共处,真悔恨当初那样的亲昵。这般悔恨着,却仿佛看见了她满脸泪痕、身影绰绰,自己那无边的愁绪就被触动开了,即"尚暖檀痕,犹寒翠影,触绪添悲切"。愁苦交叠,以至于相思成病,这一番寂寞哀愁又能向谁倾诉呢?

全词就在散溢开来的孤独感、无力感中戛然而止,更加令人九曲回肠,添悲增恨。

百字会

【原文】

绿杨飞絮,叹沉沉院落、春归何许①?尽日缁尘吹绮陌②,迷却梦游归路。世事悠悠,生涯未是,醉眼斜阳暮。伤心怕问,断魂何处金鼓③?

夜来月色如银,和衣独拥,花影疏窗度。脉脉此情谁得识?又道故人别去。细数落花,更阑未睡④,别是闲情绪。闻余长叹,西廊唯有鹦鹉。

【注释】

①沉沉:幽深的样子。何许:什么,哪里。

②缁尘:黑色灰尘。常喻世俗污垢。绮陌:繁华的街道,亦指风景美丽的郊野道路。

③金鼓:即钲。《汉书·司马相如传上》:"抾金鼓,吹鸣籁。"颜师古注:"金鼓谓钲也。"王先谦补注:"钲,铙。其形似鼓,故名金鼓。"

④更阑:更深夜尽,深夜。

【赏析】

这首词唱叹的是与故人别后的孤苦寂寞。别去的"故人"是谁无法考证,但从这词中透露出来的低回伤感可知绝非一般朋友,必是词人的红颜或者知己无疑。

"绿杨飞絮,叹沉沉院落、春归何许",首句的意境极美,深深的庭院中,绿杨悄然抽枝,飞絮自在飘扬,竟没察觉到春意已浓郁至此。一个"叹"字就奠定了全词的基调,淡淡的感伤混迹于字里行间,揣摩可得。

"尽日缁尘吹绮陌,迷却梦游归路",终日的凡尘俗事让人迷乱,自己想走的那条路便是无论如何也寻不到了。纳兰就像一个迷路的孩子,虽然出身望族、才华横溢、前途光明,但这不是他想要的,他就这样在似锦的前程里感慨喟叹，试图抗拒最终又无奈接受。

"世事悠悠，生涯非是，醉眼斜阳暮。伤心怕问，断魂何处金鼓？"醉酒之后抬头观天际夕阳，只觉世事变换，人生无常，就连远处传来的金鼓之声，也令人伤心断肠。

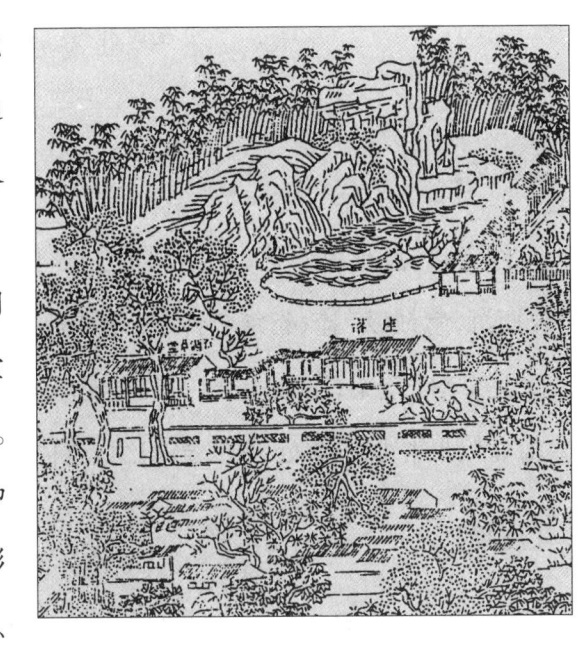

从上阕"斜阳"到下阕"夜来"，不禁唏嘘：就连宣纸上的光阴也是留不住的。月色如银似水，孤独的人却只能和衣独坐在窗前的花影里。知己别离的孤苦无告、幽独寂寞又有谁能够知晓？夜深难眠，空数落花，心绪寂寞如斯，那慨然长叹之声也只有西廊的鹦鹉能听到了。

"脉脉此情谁得识？又道故人别去。"这是本词中最令人伤心的一句，人生最可怕的不是没有知己，而是知我者又别我而去。倘若俞伯牙一生不遇钟子期，也不过因无人能懂自己而黯然，但既得知己又复失去，哀莫大于心死，琴声再美又弹给谁听？人们常说"人生得一知己则死而无憾"，古人惜字如金，"知己"二字简直妙极，不论红颜知己还是生死之交，能懂自己心思者最是难求。

纳兰心思细腻，醉酒时的糊涂与清醒后的残酷让人伤心魂断，他的不快乐似乎只有这位"故人"能懂，可是"故人"此际又要别他而去，难怪他会伤心了。

百字令

废园有感

【原文】

片红飞减，甚东风不语、只催漂泊。石上胭脂花上露，谁与画眉商略？碧①甃瓶沉，紫钱钗②掩，雀踏金铃索。韶华如梦，为寻好梦担阁。

又是金粉③空梁，定巢燕子，一口香泥落。欲写华笺凭寄与，多少心情难托。梅豆④圆时，柳绵飘处，失记当初约。斜阳冉冉，断魂分付残角⑤。

【注释】

①碧甃：青绿色的井壁，借指井。

②紫钱：指苔藓。钗：妇女的一种首饰，由两股簪子合成。

③金粉：喻指繁华绮丽的生活。

④梅豆：梅花苞蕾。

⑤断魂：灵魂从肉体离散，指爱得很深或十分苦恼、哀伤。残角：远处隐约的角声。

【赏析】

心境不同,看到的风景也就不一样。就比如在这片废园之中,有人看到的是残垣断瓦下萌生的盎然春意,有人看到的是荒芜破败、满目疮痍,纳兰必定是后者。在萧索景象中黯然神伤也是人之常情,但大多数人的感伤是一时的,不像纳兰的愁绪常是绵延不休的,一株小草引发的哀伤往往会蔓延成一座森林。

在这首词里,纳兰的满腹感慨就是由废园之景引发的:园内残花飘飞,东风沉默地催促着百花的凋谢。石头上已经撒落了一片花瓣,如胭脂一般,画眉在枝头啼鸣婉转,犹如人在闲谈。井壁被杂草深掩,钗头被苔藓掩盖,麻雀还踏在护花铃上鸣啼,往日相游相嬉

的踪迹都不见了。这番景象让纳兰忍不住感叹:"韶华如梦,为寻好梦担阁。"人生如梦,美好的时光易逝,都因为固执地寻找旧梦耽搁了。

所谓一语成谶,这不正是纳兰自己一生的缩影吗?他原本可以生活得幸福洒脱的,却为寻"旧梦"而郁郁寡欢,以至在鼎盛之年撒手尘寰。

纳兰到这废园中时正是春满人间,原本华美的屋梁已显斑驳,燕子又飞回这里衔泥筑巢了,坠落的花瓣撒了一地。梅花开时,柳絮飘处,曾有他们

当时的约许,夕阳西下,残角声起,"欲写华笺凭寄与",纳兰想给谁写信寄托情思我们不得而知,但"多少心情难托",这情感想必是深沉而热烈的,只怕用尽所有语言也难以诉尽。

这首词里大有不胜今昔和不胜孤凄之慨,读后便被一种凄凉伤感的氛围所环绕。

百字令

宿汉儿村

【原文】

无情野火,趁西风烧遍、天涯芳草。榆塞①重来冰雪里,冷入鬓丝吹老。牧马长嘶,征笳②乱动,并入愁怀抱。定知今夕,庾郎瘦损多少。

便是脑满肠肥,尚难消受,此荒烟落照。何况文园憔悴后,非复酒垆③风调。回乐峰④寒,受降城远,梦向家山绕。茫茫百感,凭高唯有清啸⑤。

【注释】

①榆塞:泛称边关、边塞。

②征笳:旅人吹奏的胡笳。

③酒垆:卖酒处安置酒瓮的砌台,亦借指酒肆、酒店。

④回乐峰:回乐县境内的一座山峰。回乐县唐属灵州,为朔方节度治所,在今甘肃灵武西南。

⑤清啸:清越悠长的啸鸣。

【赏析】

塞上景致荒凉,诗人出使塞上,途中所见,百感交集:塞上荒凉萧索,无情的野火趁着秋风将无边的芳草都烧遍了。再一次来到边塞，又是风雪交加，寒风刺骨，催人老去。战马嘶鸣，号角声起，凄冷苦寒，让人伤怀，如庾郎愁怀难遣，致使身心憔悴消瘦。即便是脑满肠肥的得意之人，也难以承受这长河落日、大漠孤烟的悲凉之景，又何况是如同司马相如这样往日风采不再的多愁多病之身呢？塞外苦寒荒凉，旅人梦回故乡，心中百感陈杂，思绪茫茫，只有登高长啸才能抒怀。

词中"定知今夕，庾郎瘦损多少"中提到的"庾郎"是指北周诗人庾信。庾信的父亲是梁代诗人庾肩吾，他自幼同父亲行走于萧纲的宫廷，后来又和徐陵一起任萧纲的东宫学士，共创出"徐庾体"，是著名的宫廷作家，久负文名。西魏仰慕庾信才华，强留之。后北

周代魏，庾信也一直得到器重。但是，庾信以身仕敌国而羞愧，满心怨愤，郁郁终了。

纵览这篇《念奴娇》，仿佛庾信之类人的作品，流露出浓郁的亡国哀怨。

纳兰容若的曾祖是在与努尔哈赤的对抗中自焚而死的。这两个部族，在明朝中叶时都受过明朝的封爵，是明朝的藩属。明朝末年，爱新觉罗部逐渐壮大，遂背叛明朝，而叶赫部的酋长、纳兰容若的曾祖忠心于明，不肯与努尔哈赤为伍，遂遭吞并。叶赫家的女子在努尔哈赤后宫为妃，叶赫家才完成了由仇敌到贵戚的转变。

纳兰容若的亡国之感，当是来源于此。从这个角度上说，称其为明朝遗民也不过分。这样我们也就不难理解，作者面对荒烟落照为何如此悲愤了——凭高唯有清啸。如庾信般夹在故国与今日朝廷间，内心被祖先的仇恨与仇敌的恩宠所折磨，是进、是退，是喜、是悲？这是年轻的纳兰无法辨析清楚的，只能登高长啸暂且释怀。

台城路

上元

【原文】

阑珊火树鱼龙舞，望中宝钗楼①远。靺鞨②余红，琉璃③剩碧，待嘱花归缓缓。寒轻漏浅。正乍敛烟霏④，陨星⑤如箭。旧事惊心，一双莲影藕丝断。

莫恨流年似水，恨销残蝶粉⑥，韶光忒⑦贱。细语吹香，暗尘⑧笼鬓，都逐晓风零乱。阑干敲遍。问帘底纤纤⑨，甚时重见？不解相思，月华⑩今夜满。

【注释】

①宝钗楼：唐宋时咸阳酒楼名，指歌楼酒肆。

②靺鞨：红靺鞨，又称靺鞨芽，即红玛瑙。相传产于靺鞨国，故名。

③琉璃：用铝和钠的硅酸化合物烧制成的釉料，常见的有绿色和金黄色两种，多加在黏土的外层，烧制成缸、盆、砖瓦等。

④烟霏：云烟弥漫，烟雾云团。

⑤陨星：流星，代指燃放之烟火。

⑥蝶粉：蝶翅上的天生粉屑，唐人宫妆。

⑦忒:副词,太、过于。

⑧暗尘:积累的尘埃,前蜀薛昭蕴《小重山》词:"思君切,罗幌暗尘生。"

⑨纤纤:形容小巧或细长而柔美。这里代指所思念的女子。

⑩月华:月光,月色。

【赏析】

这首词写的是在元宵之夜的所见所想:上元之夜,灯事已近尾声,人们渐渐离去,远远望去,闹市中的歌楼酒馆也愈来愈远了。远远望去灯市上红红绿绿的灯火像靺鞨、琉璃般星星点点,缓缓地消散。夜已深,寒意袭人,漏壶的水也快要滴完了。突然见到一双莲花形的灯影,于是陈年旧事被勾起,如同烟花般骤然升起,并迅速扩散,令人心惊,又令人情思难断。莫怪美好时光太过短暂。想你当

时细声细气的谈笑,吐气如兰,如今我却是两鬓生尘,散落在清晨的寒风里。寻遍栏杆,那帘下的纤纤丽人,何时还能再见?月亮不知道人的相思,偏偏要在今夜团圆。

台城路

洗妆台①

【原文】

六宫佳丽谁曾见②,层台尚临芳渚③。露脚斜飞,虹腰欲断④,荷叶未收残雨。添妆何处,试问取雕笼⑤,雪衣分付⑥。一镜空蒙,鸳鸯拂破白蘋去。

相传内家结束,有帊装孤稳,靴缝女古⑦。冷艳全消,苍苔玉匣⑧,翻出十眉遗谱⑨。人间朝暮。看胭粉亭西,几堆尘土。只有花铃,绾风深夜语。

【注释】

①洗妆台:指金章宗为李妃所建的梳妆楼,在今北京北海琼华岛上,高士奇《金鳌退食笔记》称之为"广寒之殿",今已不存。晚明王圻《稗史汇编·地理门·郡邑》谓:"琼花岛梳妆台皆金故物也。……妆台则章宗所营,以备李妃行园而添妆者。"其自注云:"都人讹为萧太后梳妆楼。"时人误以为是辽萧太后之梳妆楼,遂多有讹而咏之者,本篇亦如是。

②六宫:古代皇后的寝宫,正寝一,燕寝五,合为六宫。《礼记·昏义》:"古者,天子后立六宫,三夫人、九嫔、二十七世妇、八十一御妻,以听天下之

内治,以明章妇顺,故天下内和而家理。"郑玄注:"天子六寝,而六宫在后,六官在前,所以承副施外内之政也。"因用以称后妃或其所居之地。佳丽:美貌的女子。

③层台:重台,高台。芳渚:长有芳菲花卉的水边。

④露脚:露滴。宋周邦彦《早梅芳·牵情》词:"河阴高转,露脚斜飞夜将晓。"虹腰:本意虹的中部,这里指虹桥,拱桥,指今北海太液池之永安桥。

⑤雕笼:指雕刻精致的鸟笼,代指笼中之鸟。

⑥雪衣:白色的羽毛,即雪衣女,泛指某些白色的鸟类,这里指白鹦鹉。《太平御览》卷九二四引唐郑处诲《明皇杂录》:"开元中,岭南献白鹦鹉,养之宫中……忽一日,飞上贵妃镜台,语曰:'雪衣娘昨夜梦为鸷鸟所搏,将尽于此乎!'"

⑦内家:指皇宫宫廷,或指宫女、太监。帊装:即帊服,谓盛服。孤稳:玉,古代契丹语的音译。女古:金、黄金,亦为古代契丹语的音译。

⑧冷艳:形容花耐寒而艳丽,也指耐寒而艳丽的花或人物冷傲而美艳。玉匣:玉饰的匣子,亦指精美的匣子,汉代帝王葬饰,亦赐大臣,以示优礼,即所谓"金缕玉匣"。

⑨十眉遗谱:即《十眉图》,十样不同的美女眉型画图。唐玄宗命画工

绘制。唐张泌《妆楼记·十眉图》："明皇幸蜀，令画工作十眉图，横云、斜月，皆其名。"明杨慎《丹铅续录·十眉图》："唐明皇令画工画十眉图。一曰鸳鸯眉，又名八字眉；二曰小山眉，又名远山眉；三曰五岳眉；四曰三峰眉；五曰垂珠眉；六曰月棱眉，又名却月眉；七曰分梢眉；八曰逐烟眉；九曰拂云眉，又名横烟眉；十曰倒晕眉。"

【赏析】

这首词为登临吊古，以辽太后往事，抒发以古为鉴之意：往日那六宫中美丽的皇后妃嫔早已消逝，谁又见到过呢？而今只有这太液池畔高高的楼台依稀尚存。雨脚斜飞，水漫拱桥，荷叶田田，残雨潇潇，眼前是一片迷蒙的景象。要问在何处添妆，只有笼中的鹦鹉能够回答。眼前只有一片空蒙碧水，鸳鸯游荡于白蘋之间。辽代宫中曾以玉饰首，以金饰足，而不再采用汉家宫中的妆束样式。如今繁华落尽，玉匣生苔，从中翻出唐代的《十眉图》。人间变换只在朝夕之间。看那曾经的胭粉亭中已是尘土堆积，只有护花铃还摇曳在深夜的风雨之中。

台城路

*塞外七夕*①

【原文】

白狼河②北秋偏早,星桥③又迎河鼓④。清漏频移,微云欲湿,正是金风玉露⑤。两眉愁聚。待归踏榆花,那里才诉。只恐重逢,明明相视更无语。

人间别离无数。向瓜果筵⑥前,碧天⑦凝伫⑧。连理千花,相思一叶,毕竟随风何处。羁栖⑨良苦。算未抵空房,冷香⑩啼曙。今夜天孙⑪,笑人愁似许。

【注释】

① 七夕:农历七月七日。

②白狼河:古水名,即今辽宁境内的大凌河,因发源于白狼山而得名。

③星桥:神话中的鹊桥。北周庾信《舟中望月》诗:"天汉看珠蚌,星桥似桂花。"

④河鼓:星名,属牛宿,在牵牛之北,一说即牵牛。《史记·天官书》:"牵牛为牺牲。其北河鼓,河鼓大星,上将;左右,左右将。"司马贞《索隐》引孙炎曰:"河鼓之旗十二星,在牵牛北。或名河鼓为牵牛也。"《尔雅·释天》:"何鼓谓之牵牛。"

⑤金风玉露：秋风和白露，亦借指秋天。秦观《鹊桥仙》："金风玉露一相逢，便胜却人间无数。"

⑥瓜果筵：七夕夜食瓜果的习俗。

⑦碧天：青天，蓝色的天空。

⑧凝伫：凝望伫立，停滞不动。

⑨羁栖：滞留他乡。

⑩冷香：指花、果的清香或清香之花，代指女子。清侯方域《梅宣城诗序》："'昔年别君秦淮楼，冷香摇落桂华秋。'冷香者，余栖金陵所狭斜游者也。"

⑪天孙：星名，即织女星，指传说中巧于织造的仙女。

【词评】

逼真北宋慢词。

——谭献《箧中词》

情怀迥然不像出于华阀的"富贵花"所有，这就是纳兰才性异于常人处。有谁如纳兰这样年方青壮、位处清贵，却把随天子出巡看成行役天涯的苦差使呢？

——严迪昌《清词史》

【赏析】

这首词咏七夕,作于第一次扈驾出巡塞外,抒发羁栖之苦:又是七夕之夜,白狼河的秋天来得格外的早,又到了牛郎织女鹊桥相会的日子。时光流转,湿云微微,正是这秋风白露相逢的初秋时节。两眉凝聚,乡愁升起,只有等到踏上回家的路,才能倾诉。只怕相逢的时候,明明四目相对,却仍旧相顾无言。人世间有别离无数,都在这七夕之夜,举头仰望碧天,遥寄相思。那连理枝、相思树的誓言,如今都随风飘向了何处?羁旅之苦,想来家中伊人同样独守空闺,相思成灾,暗自垂泪。今夜天空的织女星,恐怕也要笑人间也有如此的离愁别苦!

木兰花慢

立秋夜雨,送梁汾南行

【原文】

盼银河迢递,惊入夜,转清商①。乍西园蝴蝶,轻翻麝粉②,暗惹蜂黄③。炎凉。等闲瞥眼,甚丝丝、点点搅柔肠。应是登临送客,别离滋味重尝。

疑将。水墨画疏窗④。孤影淡潇湘⑤。倩一叶高梧,半条残烛,做尽商量⑥。荷裳⑦。被风暗剪,问今宵、谁与盖鸳鸯。从此羁愁万叠⑧,梦回分付啼螀⑨。

【注释】

①清商:商声,古代五音之一。古谓其调凄清悲凉,故称。谓秋雨、秋风之声。晋潘岳《悼亡诗》:"清商应秋至,溽暑随节阑。"

②麝粉：香粉，代指蝴蝶翅膀。

③蜂黄：古代妇女涂额的黄色妆饰。也称花黄、额黄，此处代指蜜蜂。

④水墨：浅黑色，常形容或借指烟云疏窗：雕刻有花纹图案的窗户。

⑤孤影：孤单的影子。潇湘：本指湘江或指潇水、湘水，此处代指竹子。

⑥商量：斟酌、商讨。

⑦荷裳：用荷叶做衣服，这里指荷叶

⑧羁愁：旅人的愁思。万叠：形容愁情的深厚。

⑨螀：即"寒蝉"，蝉的一种，比较小墨色，有黄绿色的斑点，秋天出来鸣叫。

【赏析】

这首词为送别之作：盼望着高远的天河出现，入夜却偏偏下起了悲凄的秋雨。秋风乍起，园中蜂飞蝶舞，一片凄凉的景象。世态炎凉。入秋夜雨本来是件等闲之事，但今夜那丝丝点点之声却搅断了我的寸寸柔肠。送别又偏偏是在立秋夜雨之时，更加愁上添愁。烟雨蒙蒙，好像一幅疏窗孤影的水墨画。加上夜雨梧桐、泣泪残烛，令我费尽思量。荷叶被西风吹散，今夜谁来让鸳鸯栖息呢？从此以后旅途劳顿，离忧恼人，当梦醒的时候，唯有悲切的寒蝉声相伴了。

开篇小序写得明白,这是一首送别之作。在清朝康熙二十年(公元 1681 年)秋天,梁汾南的母亲去世,他还乡奔丧时,纳兰写了这首《木兰花慢》为他送行。

"盼银河迢递,惊入夜,转清商。"开篇三句是说盼望着高远的天河出现,入夜却偏偏下起了悲凄的秋雨。清商是古代五音之一,也叫商音,调子悲凉凄切。依照阴阳五行学说,商与秋皆属"金",因此在诗词中商、秋可以通用,清商即清秋。在这里借指入夜后的秋雨之声凄清。

"乍西园蝴蝶,轻翻麝粉,暗惹蜂黄。"西园,本是某一园林名,后来也泛指园林。"麝粉"本来是香粉的意思,在这里代指蝴蝶翅膀。这三句是说秋风乍起,园中蜂飞蝶舞,一片衰飒的景象。三句之后的"炎凉"两字像是概括,也表明了前面所描绘的景象暗喻着仕途的炎凉变幻。

词句到了这里,纳兰才似乎觉出今夜秋雨的愁人之意似的,本以为入秋夜雨是等闲之事,但今夜那丝丝点点之声却令人搅断寸寸柔肠。而后纳兰为这样凄冷的情景找了理由,"应是登临送客,别离滋味重尝",想来,是因为此时正是别离时,这淅沥秋雨才这样断人肠吧。

紧随其后的两句,"水墨画疏窗,孤影淡潇湘"意境很是空淡疏缈。疏窗是雕刻有花纹图案的窗户。潇湘,本指湘江,是离愁别恨的代名词,在这里无非是纳兰心事的一种寄托,和下片开头"疑将"两字连在一起看,勾勒出这样一幅景象:秋夜雨洒落在疏窗上,那雨痕仿佛是屏风上画出的潇湘夜雨图。"潇湘"二字本就是离愁别恨的代名词,在这里无非是纳兰心事的一种寄托。

"倩一叶高梧,半条残烛,做尽商量",这句子纳兰说得婉转,"倩"是请、恳求的意思。窗外夜雨梧桐、屋内泣泪残烛,怎不让人伤神?因此纳兰说,能否请梧桐和灯烛细做掂量，莫要此时再添人愁绪。

"荷裳。被风暗剪，问今宵、谁与盖鸳鸯"，已至秋天，荷塘自然也是一片萧索，到了"从此羁愁万叠，梦回分付啼螀"，纳兰终于将送别二字明写在了词面上，"螀"是蝉的意思，在诗词中是重要意象之一，通常表达悲戚之情，用于离别的感伤。纳兰这三句意味你将上路远行，从此以后旅途劳顿，离忧恼人，当梦醒的时候，唯有悲切的寒蝉声相伴了。词人把这样的话放在词末，惜别离愁之意溢于言表。

瑞鹤仙

丙辰生日自寿。起用《弹指词》句，并呈见阳①

【原文】

马齿加长矣②，枉碌碌乾坤，问汝何事。浮名总如水。判尊前杯酒，一生长醉。残阳影里，问归鸿、归来也未③？且随缘、去住无心④，冷眼华亭鹤唳⑤。

无寐。宿醒犹在⑥。小玉来言⑦，日高花睡。明月阑干，曾说与、应须记。是蛾眉便自,供人嫉妒⑧,风雨飘残花蕊。叹光阴、老我无能,长歌而已⑨。

【注释】

①丙辰:康熙十五年,此年纳兰容若22岁。《弹指词》:指顾贞观《弹指词》(金缕曲·丙午生日自寿)。见阳:张见阳,即张纯修,字子敏,号见阳,辽阳人。隶汉军正白旗,累官安徽庐州府知府,有《语石轩词》一卷。

②马齿:马的牙齿。后因以谦称自己虚度年华,没有成就。《穀梁传·僖公二年》:"荀息牵马操璧而前曰:'璧则犹是也,而马齿加长矣!'"

③归鸿:归雁,诗文中多用以寄托归思。

④随缘:佛教语,谓佛应众生之缘而施教化,缘,指身心对外界的感触,后指顺应机缘,任其自然。无心:不是存心的。

⑤冷眼:冷静理智的眼光,冷淡的态度。华亭鹤唳:南朝宋刘义庆《世说新语·尤悔》:"陆平原河桥败,为卢志所谗,被诛,临刑叹曰:'欲闻华亭鹤唳,可复得乎?'"华亭在今上海松江西,陆机于吴亡入洛以前常与弟云游于华亭墅中。后以"华亭鹤唳"为感慨生平悔入仕途之典。

⑥宿酲:犹宿醉,三国魏徐干《情诗》:"忧思连相属,中心如宿酲。"

⑦小玉:神话中仙人侍女名,泛称侍女。

国学经典文库

纳兰容若全集

《纳兰词》鉴赏

图文珍藏版

⑧蛾眉:美人的秀眉,也喻指美女,美好的姿色。屈原《离骚》:"众女嫉余之蛾眉兮,谣诼谓余以善淫。"

⑨长歌:放声高歌。

【赏析】

这首词是作者22岁生日抒怀自寿之作:年龄又长了一岁,自问在这莽莽乾坤中,在这大千世界里。徒自碌碌无为,所营何事! 这人世浮名如同流水,转眼即逝。不如一醉方休,常睡不醒。夕阳西下,问天空鸿雁是否已经归来? 不如达观处世,顺其自然,对富贵功名之事须冷眼相看。心绪不佳唯借酒解忧,疏懒度日,日高不起。侍女说你我在月明凭轩之时,曾经共语人生,既是高标见妒,出众的人才,便自然要遭人嫉妒,犹如那美丽的鲜花遭遇风雨的摧残一样。感叹时光蹉跎,一事无成,唯有长歌解忧。

十五六岁的年纪对我们来说,正是所谓的花季,但是对于古人而言,已是娶妻生子、独当一面的年岁了。由此,我们也就不难理解,为什么二十二岁的纳兰容若会在生日这天写下一篇抒怀自寿之作。

年龄又长了一岁,自问在这莽莽乾坤中,在这大千世界里,徒自碌碌无为，所营何事！这人世浮名如同流水，转眼即逝。不如~醉方休，长睡不醒。夕阳西下，问天空鸿雁是否已经归来？不如达观处世，顺其自然，对富贵功名之事须冷眼相看。

心绪不佳唯借酒解忧，疏懒度日，日高不起。侍女说你我在月明凭轩之时，曾经共语人生，既是高标见妒，出众的人才，便自然要遭人嫉妒，犹如那美丽的鲜花遭遇风雨的摧残一样。感叹时光蹉跎，一事无成，唯有长歌解忧。

丙辰年，即公元1676年，性德中二甲第七名进士，并以诗词才藻大获称誉。正在人生顺风顺水之际的性德表现了过人的稳重，以及今天我们这个年岁的人难以理解的淡定。

雨霖铃

种柳

【原文】

横塘如练。日迟帘幕，烟丝斜卷。却从何处移得，章台①仿佛，乍舒娇眼。恰带一痕残照，锁黄昏庭院。断肠处、又惹相思，碧雾蒙蒙度双燕。

回阑恰就轻阴②转。背风花、不解春深浅。托根③幸自天上，曾试把《霓裳》④舞遍。百尺垂垂⑤，早是酒醒，莺语如剪。只休隔、梦里红楼，望个人儿见。

【注释】

①章台：指京城的宫苑。

②轻阴：淡云或疏淡的树荫。

③托根：犹寄身。

④霓裳：就是《霓裳羽衣曲》，唐代乐曲名，相传为唐玄宗所制。

⑤百尺：十丈。喻高、长或深。垂垂：渐渐。

【赏析】

《雨霖铃》是一首词牌名，也写作《雨淋铃》。后人中，以柳永的《雨霖铃》最是打动人心，"多情自古伤离别，更哪堪，冷落清秋节！今宵酒醒何处？"仿佛字字都雕刻在人的心上，叫人无法抹去那痛楚。柳永的离别低回特别，好像火焰的余烬，惨烈中带着美丽。容若的这一首《雨霖铃》却是别有一番风味在词间。

这首词写相思相忆的恋情。"横塘如练"，这里的"横塘"是古堤名，在江苏吴西南，泛指水塘，这首词的情景感觉范围很小，池塘旁边，门帘之后，一个人在日暮西沉的时刻,隔着门帘,看着水塘边的景色变幻。

"日迟帘幕,烟丝斜卷。"看似惬意,却又寂寞难耐。夕阳西下,柳条依依,在暗黄的光芒下如烟似雾,让人看不清楚。"却从何处移得,章台仿佛,乍舒娇眼。"且问是从哪里移来的,张开娇眼,说是从章台而来。词人无法探究柳树的来处,但它们能够在这水塘边,陪伴自己度过夕阳沉落下的黯然时光,彼此之间,也算是缘分一场。

既然是相思相忆之词,那么这首词就势必要提到所思之情、所忆之人,容若在上片中只是略微写到自己的伤怀之情,"恰带一痕残照,锁黄昏庭院"。此时夕阳残照,仿佛锁住了黄昏的庭院。无法与相爱的人相守在一起的感觉,就好像这黄昏中的庭院一样,深深之处,尽是离散之寂静。

夕阳残照,放眼望去,所看到之处,尽是相思不尽的离愁,"断肠处又惹相思,碧雾蒙蒙度双燕。"成双成对的燕子在风中飞来飞去,形影不离。与形单影孤的自己相比,简直是太幸福不过了。

上片在淡然的忧伤中结束。而到了下片,则是情绪稍微地缓转了一些,"回阑恰就轻阴转。背风花、不解春深浅。"自己就好像栏杆后的花朵,在风中摇曳,活在自己的世界中,而不知道春天已经来了。

独自享春,是无法体会到春日的幸福的。无法在现实中看到自己想要的结果,那么便干脆寄托在虚幻中吧。"托根幸自天上,曾试把《霓裳》舞遍。百尺垂垂,早是酒醒莺语如剪。""霓裳"就是唐代乐曲《霓裳羽衣曲》。这里是说,曾在梦里随着乐曲翩翩起舞,欢唱不已,可是酒醒之后,看见黄莺宛转,那百尺长条随风飘摇,摇曳生姿,凄凉便会加倍。

"只休隔梦里红楼,望个人儿见。"为了能和心爱的人相会,容若便不惜忍受梦醒后的凄凉,也要在睡梦中看到心爱的人,只要看到她的摇曳生姿,内心便会生出百转千回的柔情,细细密密,无法割舍。

既然清醒无益,那不如沉醉不醒吧。

疏影

芭蕉①

【原文】

湘帘卷处,甚离披翠影②,绕檐遮住。小立吹裙,常伴春慵③,掩映绣床金缕④。芳心一束浑难展⑤,清泪裏、隔年愁聚。更夜深、细听空阶雨滴,梦回无据。

正是秋来寂寞,偏声声点点,助人离绪。缃被初寒⑥,宿酒全醒,搅碎乱蛩双杵⑦。西风落尽庭梧叶,还剩得、绿阴如许。想玉人、和露折来⑧,曾写断肠句。

【注释】

①芭蕉:芭蕉属多年生的树状的草本植物,叶子很大,果实像香蕉,可以吃。

②离披:分散下垂貌,纷纷下落貌。《楚辞·九辩》:"白露既下百草兮,

奄离披此梧揪。"

③春慵:春天的懒散情绪。五代刘兼《昼寝》诗:"花落青苔锦数重,书淫不觉避春慵。"

④掩映:彼此遮掩,互相衬托。绣床:装饰华丽的床,多指女子的睡床。金缕:指金丝制成的穗状物。

⑤芳心:指女子的心境。

⑥缬被:染有彩色花纹的丝被。

⑦蛩:蟋蟀的别称。

⑧玉人:容貌美丽的人。

【赏析】

这首词借咏芭蕉寓托怀人之意:卷起竹帘,看到那摇动的芭蕉绿影婆娑,遮住了屋檐。伊人春日慵懒,晚起

后小立风中,轻风吹起她的罗裙,绣床金缕掩映。芭蕉芳心裏泪,如人心之愁聚。深夜侧耳倾听空阶夜雨,愁绪使人难以成眠。本来正是秋来寂寞之时,偏又雨打芭蕉,声声助怨。锦被难以御寒,宿醉已经全醒,耳边传来虫鸣杵捣之声,离愁于是更甚。秋风袭来,梧叶落尽,而芭蕉绿荫依旧。和着露水被伊人折下,借叶题诗,以寄相思离恨。

这首词是容若借着咏芭蕉寓托怀人之意。

芭蕉向来是词人们笔下的常客,这种植物属多年生的树状的草本植物,叶子很大,仿佛一把遮天的伞,为忧愁的人遮住哀伤。词的开篇,直接点名

词意，"湘帘卷处，甚离披翠影，绕檐遮住。

卷起帘子，门外的那棵芭蕉树绿影婆娑，高大的树干撑起树叶，遮住了房檐。绿荫之下，人总是会产生慵懒的情绪。在这首词的开头，容若便使用这样一种隐晦、不点名的手法，将自己慵懒、漫不经心的心态写出。

而后他才慢慢道来："小立吹裙，常伴春慵，掩映绣床金缕。"不但是他自己慵懒不愿意动身，就连伊人也慵懒至极。这词中所形容的女子到底是谁，无法得知，但她懒懒的身影出现在楼阁之上，对着镜子梳妆打扮，身影若隐若现地出现在门板之后，让人忍不住心动，这大好景色之下的美人，该是多么诱人的一处风景。

但这景象并不是真的，而是容若回忆中的一幕，想来这个女子应当是已经离他而去了，不知道是不是妻子卢氏生前的景象。"芳心一束浑难展，清泪裹、隔年愁聚。"词越往下写，越能看到容若内心的挣扎与痛苦。

他想与女子一聚，可是现实无奈，他的愿望难以实现。于是悲哀之下的容若，只得独自在夜里忍受寂寞与孤冷。"更夜深细听，空阶雨滴，梦回无据。"夜里有雨，小雨无声，但一点一滴都下在容若心里，让他愁绪满怀，难以入眠。

下片开始,则点明时节,"正是秋来寂寞,偏声声点点,助人离绪"。正是秋季时节,难怪雨水缠绵不绝,也难怪容若愁绪不断,秋季本就是个令人无法放下的季节,在这个季节里,看到万物凋零,心中倍感凄凉。

所以"缬被初寒,宿酒全醒,搅碎乱蛩双杵"。锦被外空气寒冷,隔夜的宿醉已经醒来,酒醒之后,才觉得头脑昏沉。看到门外,却已是"西风落尽庭梧叶,还剩得、绿阴如许。"这不留情面的西风将梧桐叶刮落,想几何时,那里还是绿荫一片呢。

词的结尾,容若看景伤情,也只得"想玉人、和露折来,曾写断肠诗句"。"玉人"原指容貌美丽的人,这里指代词人思念的人。写下这断肠的词句,只为了思念那岁月中的一个人,如此无奈,却又是如此伤情。

潇湘雨

送西溟归慈溪①

(按此调谱律不载,疑亦自度曲。)

【原文】

长安一夜雨,便添了、几分秋色。奈此际萧条②,无端又听、渭城风笛。

咫尺层城留不住,久相忘、到此偏相忆。依依白露丹枫,渐行渐远,天涯南北。

凄寂。黔娄当日事,总名士、如何消得？只皂帽蹇驴,西风残照,倦游踪迹。廿载江南犹落拓^③,叹一人、知己终难觅。君须爱酒能诗,鉴湖^④无恙,一蓑一笠。

【注释】

①西溟:即姜宸英,号湛园,又号苇间,浙江慈溪人,与朱彝尊、严绳孙称"三布衣"。慈溪:隶属浙江,因治南有溪,东汉董黯"母慈子孝"传说而得名。

②萧条:寂寥冷落,草木凋零。

③落拓:贫困失意。

④鉴湖:湖名,即镜湖,又称长湖、庆湖。在浙江绍兴城西南二公里,为绍兴名胜之一。

【赏析】

纳兰容若这首浸满秋之悲凉的作品是赠予好友姜宸英的。

这首词为赠别之作,劝慰与不平并行。"长安一夜雨,便添了、几分秋色。奈此际萧条,无端又听、渭城风笛"，京城下了一夜的秋雨，更增添了几分秋色。面对这秋色萧条，正无奈之际，又没来由地传来了声声的别离之曲，这就更增添了离愁别恨。

"咫尺层城留不住，久相忘、到此偏相忆"，近在咫尺的高城却无法将你留住，昔日你我共处时的优游自得之乐，此后便成了令人思念的往事。"依依白露丹枫，渐行渐远，天涯南北。凄寂"，你将渐行渐远，从此你我天各一方，心中有无限凄凉孤寂。

"黔娄当日事，总名士、如何消得？""黔娄"本是人名，据《高士传》中记载，他家里十分贫苦，终生隐居不出门，死时衾不蔽体。纳兰用在这里是指代贫穷而高洁的隐士。词中说到，忽然想起当年黔娄的故事，即使是名士风流，又如何承受得了呢？

"只皂帽蹇驴，西风残照，倦游踪迹"，"皂帽蹇驴"是黑色的帽子，用在诗词里，是比喻节气高尚。只希望从此两袖清风，在西风的伴随之下，浪迹天涯。

"廿载江南犹落拓，叹一人、知己终难觅"，虽然你二十年来在江南负有盛名，但至今仍以疏狂而落落寡欢，难逢知己。"君须爱酒能诗，鉴湖无恙，一蓑一笠"，"一蓑一笠"借指隐士的生活。别后想必会更加且醉且歌，洒脱不羁，独钓于江湖之上。

自古英雄多寂寞。姜宸英是名震江南的才子，却仕途不顺，到七十岁才中了一个探花，授编修。姜宸英的一生是悲哀的一生。纳兰容若早逝，没能看到这位挚友最后让人嗟叹的结局。康熙三十八年（公元1699年），姜宸英的编修板凳还没坐热，就被牵连进了科场弊案，银铛入狱。当康熙发现这是一场冤案，赦免其出狱时发现他已饮药自尽。

"君须爱酒能诗，鉴湖无恙，一蓑一笠"，正如词的最后一句，那样的人生,虽然没有耀眼的梦想,却有着生命静静消隐的余韵,纵使不平、抑郁,依然绵长抒婉,也是一场优美伤凄的人生之旅。比起囚笼中的一杯毒药后痛断肝胆的挣扎,那江上的叹息简直就是轻快的叹咏了。早已往生的纳兰若知爱友结局如此,情何以堪?

【词人逸事】

姜宸英,字西溟,擅词章,工书画。生性疏放,屡试不第。初以布衣荐修明史,与朱彝尊、严绳孙称"三布衣"。康熙三十六年中探花,授编修,年已七十。后因顺天乡试案被牵连而于死狱中。有《苇间诗集》《湛园未定稿》《湛园藏稿》等。其山水笔墨遒劲,气味幽雅。楷法虞、褚、欧阳,以小楷为第一。唯其书拘谨少变化。包世臣称其行书能品上。兼精鉴,名重一时。家藏兰亭石刻,至今扬本称姜氏兰亭。

纳兰容若与其相识很早,姜宸英回忆说:"君年十八九,举礼部,当康熙之癸丑岁。未几也,余与相见于其座主东海阁学士公(徐乾学)邸。"姜宸英生性豪迈疏狂,而纳兰容若却并不以其狂怪为戒,且交游甚厚,康熙十七、十八年留居西溟于府邸。二人诗词往还,多唱和之作。

风流子

秋郊即事

【原文】

平原草枯矣,重阳后,黄叶树骚骚①。记玉勒青丝②,落花时节,曾逢拾翠③,忽听吹箫。今来是、烧痕残碧尽,霜影乱红凋。秋水映空,寒烟如织,皂雕飞处④,天惨云高。

人生须行乐,君知否,容易两鬓萧萧⑤。自与东君作别,刬地无聊⑥。算功名何许,此身博得,短衣射虎⑦,沽酒西郊⑧。便向夕阳影里,倚马挥毫⑨。

【注释】

①骚骚:形容大风的声音。

②玉勒:玉饰的马衔。青丝:青色的丝绳,指马缰绳。

③拾翠:拾取翠鸟羽毛以为首饰,后多指妇女游春。

④皂雕:一种黑色大型猛禽。

⑤萧萧:花白稀疏的样子。

⑥刬地:照样,依旧。

⑦短衣:指带短下摆或短后摆的紧身上衣,为打猎的装束。射虎:指汉李广和三国吴孙权射虎的故事,诗文中常用以形容英雄豪气。

⑧沽酒:买酒。

⑨挥毫:写毛笔字或作画。

【词评】

意境虽不甚深,风骨渐能骞举,视短调为有进,更进,庶几沉着矣。

——况周颐《蕙风词话》

【赏析】

纳兰的词婉转含蓄,常使人误以为他定是一位只会感伤、吟风弄月的文弱书生。事实上,作为满人的后裔,纳兰善骑射,身手了得。而他所向往的,也是能够驰骋沙场、实现男儿抱负的苍茫大地。

"平原草枯矣,重阳后,黄叶树骚骚","骚骚"是形容风大,重阳节过后,平原上的草都枯萎了,黄叶在疾风中凋落。"记玉勒青丝,落花时节,曾逢拾翠,忽听吹箫",记得春日骑马来此踏青时,多么的意气风发。如今故地重游已是萧瑟肃杀,空旷凋零,可谓"今来是、烧痕残碧尽,霜影乱红凋"。"秋水映空,寒烟如织,皂雕飞处,天惨云高",秋水映破长空,寒烟弥漫,苍穹飞雕,一片苍茫。上阕在一片萧瑟又富有豪迈气息的画面中结束。

下阕，词人开始表达自己渴望为国拼杀的志向。"人生须行乐，君知否，容易两鬓萧萧"，人生在世，年华易逝，须及时行乐。"自与东君作别，划地无聊"，"划地"是照样、依旧的意思，这里是说，自从与你分别以后，我的心绪依旧很无聊。

"算功名何许，此身博得，短衣射虎，沽酒西郊"，想想功名利禄算得了什么，不若沽酒射猎，英姿勃发，在夕阳下挥毫泼墨，那是何等畅快！末尾，一句"便向夕阳影里，倚马挥毫"道出了词人的豪气。

纳兰容若在京西郊猎时有词《风流子·秋郊射猎》，正表明他血脉中仍有这种武士豪迈激情的涌动，尽管他终想回避尘寰闹市，于宁静淡泊中觅诗寻梦，尽管他诗词有卿卿之情，不乏细腻精致，但柔中不软，悲中不颓，抑或有绵绵凄婉之致，却不同靡靡之音，更没有扭捏之态。

【词人逸事】

纳兰容若并不仅仅是一位只会感伤、吟风弄月的文弱书生。作为满人的后裔，八旗子弟在清初，还较多保留着善骑射，骁勇尚武的传统习俗，纳兰容若作为御前护卫更是不可能例外！韩菼说他"上马驰猎，拓弓作霹雳声，无不中"；徐乾学赞他"有文武才，每从猎射，鸟兽必命中"，可见其武功与身手。特别当他不在帝王身边时,沽酒射猎,却是英姿勃发,神采飞扬。

纳兰容若在京西郊猎时有词《风流子·秋郊射猎》,正表明他血脉中仍有这种武士豪迈激情的涌动,尽管他终想回避尘寰闹市,于宁静淡泊中觅诗寻梦,尽管他诗词有卿卿之情,不乏细腻精致,但柔中不软,悲中不颓。抑或有绵绵凄婉之致,却不同靡靡之音,更没有扭捏之态。

沁园春

【原文】

试望阴山①,黯然销魂,无言徘徊。见青峰几簇,去天才尺;黄沙一片,匝地无埃②。碎叶城荒③,拂云堆远④,雕外寒烟惨不开。踟蹰久⑤,忽冰崖转石,万壑惊雷。

穷边自足秋怀。又何必平生多恨哉?只凄凉绝塞,蛾眉遗冢⑥;销沉腐草,骏骨空台⑦。北转河流,南横斗柄⑧,略点微霜鬓早衰。君不信,向西风回首,百事堪哀。

【注释】

①阴山:内蒙古自治区中部山脉。东西走向,包括狼山、乌拉山、色尔腾山、大青山等。

②匝地:满地,遍地。

③碎叶城:高宗调露元年置,属条支都督府,在今吉尔吉斯斯坦首都比什凯克以东的托克马克市附近,它与龟兹、疏勒、于田并称为唐代"安西四镇"。

④拂云堆:古地名,在今内蒙古包头西北,唐时朔方军北与突厥以河为

界,河北岸有拂云堆神祠,突厥如用兵必先往祠祭酹求福,张仁愿既定漠北,于河北筑中、东、西三受降城以固守,中受降城印在拂云堆,故拂云堆又为中受降城的别称。

⑤踟蹰:徘徊,心中犹疑,要走不走的样子。

⑥蛾眉遗冢:指古代和亲女子之墓。此处用王昭

君出塞的典故。《汉书·匈奴传下》:"元帝以后宫良家子王嫱,字昭君赐单于。"王昭君墓在今内蒙古自治区呼和浩特南。传说当地多白草而此冢独青,人称"青冢"。

⑦骏骨:据《战国策·燕策一》载郭隗用买马作喻,说古代有用五百金买千里马的马头骨,因而在一年内就得到三匹千里马的,劝燕昭王厚币以招贤,后遂以"骏骨"喻杰出的人才。

⑧斗柄:构成北斗柄部的三颗星。

【赏析】

在一个孤寂的日子,唐朝诗人陈子昂独自登上了位于现北京市大兴的幽州台,感怀抒郁,写下了苍凉的怀古之作《登幽州台歌》:"前不见古人,后不见来者。念天地之悠悠,独怆然而涕下。"一千年后,清朝诗人纳兰容若体会到了与他类似的心境,不过地点不是北京大兴,而是西北边塞。

这首词是纳兰容若康熙二十一年（1682年）出使唆龙所作，抒发凄凉伤感之情：遥望苍凉的阴山，不禁令人黯然销魂，徘徊不前。只见那高高的山峰高耸入云，接近天际，眼前黄沙遍地，却不起一丝尘埃。那唐代的碎叶古城早已荒凉，拂云堆也遥远得看不见。唯见飞翔云外的雕鹰和那寒烟茫茫、愁惨不散的荒漠景象。正徘徊不前之际，忽听得山崖轰鸣，仿佛是巨石滚动，又像是万丈深壑里发出的惊雷隆隆。人生不必有多少遗恨才能伤感，这荒凉边塞看了已经让人愁苦满怀了！想到王昭君凄凉出塞，如今人已死去，但遗冢犹存；而那掩埋在荒漠野草中的，是当年燕昭王求贤所筑的高台。河水依

然向北流去，北斗星柄仍是横斜向南。愁苦之人已经未老先衰。你若不相信，只需要在秋风中回首往事，必定愁苦满怀！

看纳兰对边塞风光的描写，会发现非常有趣的现象，他套用了李白《蜀道难》对蜀地的描述。开篇一句"试望阴山，黯然销魂，无言徘徊"，几乎就是对《蜀道难》开篇的意译。"见青峰几簇，去天才尺"，与"连峰去天不盈尺"如出一辙；待到了"忽冰崖转石，万壑惊雷"，岂不是"飞湍瀑流争喧豗，砯崖转石万壑雷"的再造？《蜀道难》是名篇中的名篇，小孩启蒙的必备篇目，也许在幼年纳兰的心中，所谓的凶、所谓的险，就是李白所描绘的样子。纳兰没有进过川蜀，无缘见千年前李白所惊叹的蜀道，不过，他在西北边塞见

到了幼年印象里只有诗歌中才会出现的崇山峻岭。

同样是浪漫主义诗人，面对险峻的高山，李白显现出的是洒脱的浪漫，描绘了山有多险，然后说"不如早还家"，俨然一位背包客，看看，赞叹一番就算了。纳兰则心重得多。他追忆了边塞的往昔，想到了昭君出塞，燕王求贤。

王昭君，一位美丽如娇花软玉的女子，可也颇有女中丈夫的气概。当其他初入宫的女子都无奈地涨红了脸凑出银子去贿赂画师时，唯有她骄傲地扬起头颅，对小人不屑一顾。画师毛延寿也是个手黑的人物，你不把她画美就算了，偏偏给她点上一颗"丧夫落泪痣"，害得她入宫三年，无缘君面。到底

不是平凡女子，宁可远走荒边，也不老死宫中。一个女人，本身就已经美得惊心了，偏偏她又如此果敢，有生命的活力，纵使年华老去于荒凉的土地，依然引得无数人思慕与怀念。

燕昭王是小国的国君，想使国家强盛起来，可求才不得，遂向老臣郭隗求教。郭隗告诉他，若求千里马而不得，肯花五百金买一副千里马的骨头，自然就有人将千里马送上门。为求良驹，不惜五百金买一副骨头，这份气魄，浪漫得动人心魄。这是只有古人才想得到、做得到的事情。燕昭王竟然照着做了，果然吸引了大量人才，使燕国步入黄金时代。

那些浪漫的理想年代已经过去,那些满怀激情的风流人物已然消隐,存留于世间的只有蛾眉遗冢,骏骨空台。陈子昂于幽州台上之悲,悲的是孤独,悲的是历史的苍凉。纳兰容若之悲,初看悲的是边塞苍凉的景色,说到底,还是悲的历史的天空下已经寂灭的岁月的故事。

沁园春

【原文】

丁巳重阳前三日①,梦亡妇淡妆素服,执手哽咽,语多不复能记。但临别有云:"衔恨愿为天上月,年年犹得向郎圆。"妇素未工诗,不知何以得此也,觉后感赋长调。

瞬息浮生,薄命如斯,低徊怎忘②。记绣榻闲时,并吹红雨③;雕阑曲处,同倚斜阳。梦好难留,诗残莫读,赢得更深哭一场。遗容在,只灵飙一转④,未许端详。

重寻碧落茫茫⑤。料短发朝来定有霜。便人间天上,尘缘未断;春花秋叶,触绪还伤。欲结绸缪⑥,翻惊摇落,减尽荀衣昨日香。真无奈!倩声声邻

国学经典文库

纳兰容若全集

《纳兰词》鉴赏

图文珍藏版

笛,谱出回肠。

①丁巳重阳前三日:指
康熙十六年农历九月初六
日,即重阳节前三日。此时
纳兰容若亡妻已病逝三个
多月。

②低徊:形容萦绕回荡。

③红雨:指落花。唐李
贺《将进酒》:"桃花乱落如
红雨。"

④灵飙:灵风、神风。指
梦中爱妻飘飞的身影。

⑤碧落:天空。语出白居易《长恨歌》。"上穷碧落下黄泉,两处茫茫皆
不见。"

⑤绸缪:紧密缠缚,缠绵,情意深厚,这里指夫妻恩爱。

【赏析】

纳兰与妻子卢氏相处的时间虽然短暂,但是感情却十分深厚,丁巳年即
康熙十六年,也就是卢氏逝世这一年。妻子逝世不久,尸骨未寒,所以词人
时时思念,幻想能与其再续前缘。这一年重阳节前三天的夜晚,词人竟真的
在梦中与亡妻相会,两人相对哽咽,说了许多思念之语,临别之时,妻子赠诗
"衔恨愿为天上月,年年犹得向郎圆"与词人。但是,梦境虽美,终究也是一

场空幻,醒来之后只会让痛苦进一步加深,于是在感慨无奈之下,词人提起笔来,写下这首词。

"瞬息浮生,薄命如斯,低徊怎忘",词一开篇,容若就以咏叹的笔法写出了对亡妻的一往情深,人生苦短,瞬息即逝,本来是伉俪情深,无奈妻子却红颜薄命,短暂的三年快乐相处换来的是一生的哀思。

由于对亡妻的思念萦绕在容若的心间,容若自然也就开始回忆与卢氏新婚后的恩爱生活,"记绣榻闲时,并吹红雨;雕阑曲处,同倚斜阳",当初相依相偎坐在绣榻上,吹着飘飞的花瓣,在栏杆的拐弯处共同欣赏黄昏的景色,在这句中,以往昔的欢乐做对比,反衬出词人如今的孤单与愁苦。

"红雨"在这首词中有两种可能的解释:一是指桃花,李贺《将进酒》有"桃花乱落如红雨"之句;二是指落花如雨,刘禹锡《百舌诗》中有"花枝满空迷处所,摇动繁英坠红雨"。

接着容若开始倾诉自己失去爱妻之后的痛苦,"梦好难留,诗残莫读,赢得更深哭一场",人生中最大的痛苦莫过于生死离别,此时的容若已经开始究诘起命运来,他珍爱生命,可惜生命最后却是瞬息浮生,他珍惜爱情,可是爱情却得而复失,他想与心爱之人梦中相会,互诉衷肠,结果却只是好梦难留,当所有的一切都化为乌有时,他只能无奈地在深夜里痛哭流涕。这时他又想起梦中妻子的模样,只可惜这梦去得太快,还没来得及仔细端详,亡妻便已"灵飙一转",词到此,更加平添一分悲痛之情。

下阕开篇紧承上阕结尾,写梦醒后词人想要重寻梦境,可惜"碧落茫茫",无迹可寻。在悲愁和痛苦的煎熬之下,容若猜想第二天自己的头上一定会增添许多白发,这句与苏子的"纵使相逢应不识,尘满面,鬓如霜"十分相似,可是苏子要十年才尘满面,鬓如霜,容若却是一夜白头,抛却真假不论,其中孰深孰浅,已无须多说。

命运是无法改变的,但是痴情的容若却偏偏要与命运做一番抗争,他固执地发出:"便人间天上,尘缘未断;春花秋叶,触绪还伤",虽然生死相隔,但尘缘并不会就此割断,否则又怎会在梦中相见,那春花秋叶都是触动感伤的琴弦,让人看后不胜凄怆。

一对恩爱的夫妻本想白头偕老,结果妻子却像木叶一样飘然陨落,这恐怕是人生中最大的遗憾,以至于容若从此"减尽荀衣昨日香"。"荀衣"有两个典故,一指东汉荀彧嗜爱香气,身带之。所坐之处,香气三日不散。二是

《世说新语·惑溺》中记载:荀奉倩与妇至笃,妇病亡,痛悼不已,岁余亦亡。这里两个典故合用,说明自妻子死后,容若已经形容憔悴,丰神不再。

词到结尾,"真无奈!倚声声邻笛,谱出回肠",在无限的愁绪之中我们又听到词人发出一声无可奈何的叹息,在这里"邻笛"亦是一个典故,魏晋之间,向秀经过友人旧庐,闻邻人奏笛,感怀亡友,作《思旧赋》来悼念。而词人此时谱写的,岂不正是这种令人断肠的伤心曲。

纳兰填词并非一气呵成,而是反复斟酌,反复修改,因此此词也有多个版本,在此就不一一评说。

沁园春

代悼亡

【原文】

梦冷蘅芜①,却望姗姗②,是耶非耶?怅兰膏③渍粉④,尚留犀合;金泥⑤蹙绣⑥,空掩蝉纱⑦。影弱难持,缘深暂隔,只当离愁滞海涯。归来也,趁星前月底,魂在梨花。

鸾胶⑧纵续琵琶。问可及当年萼绿华⑨?但无端摧折,恶经风浪;不如零落,判委尘沙⑩。最忆相看,娇讹道字⑪,手剪银灯自泼茶。今已矣,便帐中重见,那似伊家。

【注释】

①蘅芜:香草名。晋王嘉《拾遗记·前汉上》:"(汉武)帝息于延凉室,卧梦李夫人授帝蘅芜之香。帝惊起,而香气犹着衣枕,历月不歇。"闽徐䍌《梦》诗:"文通毫管醒来异,武帝蘅芜觉后香。"

②姗姗:走路从容,不紧不慢的样子。

③兰膏:一种润发的香油。

④渍粉:残存的香粉。

⑤金泥:用以饰物的金屑。

⑥蹙绣:蹙金,一种刺绣方法,用金线绣花而皱缩其线纹使其紧密而匀贴,亦指这种刺绣工艺品。

⑦蝉纱:像蝉翼一样薄的纱。

⑧鸾胶:相传以凤凰嘴和麒麟角煎成的胶,可黏合弓弩拉断了的弦,俗称丧妻男子再婚。

⑨萼绿华:传说中的仙女名。自言是九疑山中得道女子罗郁。晋穆帝时,夜降羊权家,赠权诗一篇,火瀚手巾一方,金玉条脱各一枚。见南朝梁陶弘景《真诰·运象》。李商隐《重过圣女祠》:"萼绿华来无定所,杜兰香去未移时。"

⑩判:甘愿、甘心。尘沙:尘世。

⑪道字:一种将字拆开的文字游戏。

【赏析】

　　这首词为悼亡爱妻之作:蘅芜袅袅,似梦非梦,看到你步履轻缓,从容不迫地姗姗走来,这景象是真是幻? 眼前你润发用的香油,粉盒中残存的香粉,依旧在妆奁中静静地躺着;装饰用的金屑和没有绣完的绣品还放在那里。面对着这些你曾用过的东西,睹物思人,怎能不怅然心伤。真希望我们不是天人永隔,滞留天涯。你忽然回到我身边,趁着这明月星空,在曾经相约的梨花树下与我相见。纵然是续娶了后妻,但又怎么能与你相比呢? 如今让我无端经受这样的打击,如尘沙般

孤独零落。最令人伤神追忆的是你读错了字的娇柔之声,和那剪去灯芯,赌气泼茶的柔媚之态。如今一切美好都已结束,即使再次相见,也不是当时的样子了。

　　喜新厌旧是世人常态,眼前有娇媚新人,自然将往昔旧人抛诸脑后。可是,对于痴情的纳兰来说,他虽然在家族的逼迫下迎娶了一位新人,但是,他的心始终思念着亡妻。

　　"梦冷蘅芜,却望姗姗,是耶非耶?"蘅芜袅袅,似梦非梦,看到你步履轻缓,从容不迫地姗姗走来,这景象是真是幻? "怅兰膏渍粉,尚留犀合;金泥

魇绣,空掩蝉纱",眼前你润发用的香油,粉盒中残存的香粉,依旧在妆奁中静静地躺着;装饰用的金屑和没有绣完的绣品还放在那里。面对着这些你曾用过的东西,睹物思人,怎能不怅然心伤。真希望我们不是天人永隔,滞留天涯,即"影弱难持,缘深暂隔,只当离愁滞海涯"。希望你"归来也,趁

星前月底,魂在梨花"。你能回到我身边,趁着这明月星空,在曾经相约的梨花树下与我相见。

"鸾胶纵续琵琶。问可及当年萼绿华?""鸾胶"原是指凤凰嘴和麒麟角煎成的胶,用以黏合弓弩拉断了的弦,俗称丧妻男子再婚。"萼绿华"则是传说中的仙女名。纳兰在这里是想对亡妻说,新夫人纵使艳若三春牡丹,也比不过逝去的人儿——她在他的心中是"萼绿华",天国芳蕊,远胜过人间富贵花。

"但无端摧折,恶经风浪;不如零落,判委尘沙",如今让我无端经受这样的打击和风浪,早知如此,不如像尘沙一般四处飘零。"最忆相看,娇讹道字,手剪银灯自泼茶",最令人伤神追忆的是你读错了字的娇柔之声,和那剪去灯芯,赌气泼茶的柔媚之态。如今一切美好都已结束,即使再次相见,也不是当时的样子了,"今已矣,便帐中重见,那似伊家"。

读罢这首词,我们便可感觉出容若对妻子深刻而又真切的爱,令人动容、叹惋。

【词人逸事】

纳兰容若性格落拓无羁,禀赋超逸脱俗,才华出众,与他出身豪门,钟鸣鼎食,入值宫禁,金阶玉堂的前程,构成一种常人难以体察的矛盾感受和心理压抑。再加上爱妻早亡,后续难圆旧梦,以及挚友聚散,内心深处的困惑与悲观是难以释怀的。对仕途的厌倦和不屑,使他对凡能轻取的身外之物无心一顾,但对求之却不能长久的爱情,对心与境合的自然和谐状态,却流连向往。

康熙二十四年(1865)暮春,纳兰容若抱病与好友一聚、一醉、一咏三叹。然后便一病不起,七日后溘然而逝。病时,康熙曾派人探望并送御药,闻其亡故之讯,为之惋惜。纳兰容若的业师徐乾学为其撰写墓志铭、神道碑。纳兰容若葬于京西皂甲屯纳兰祖茔,带着无限的爱与永远十九岁的娇妻卢氏合葬于山明水秀之境,从此相依相伴、永不分离。

金缕曲

赠梁汾①

【原文】

德也狂生耳②。偶然间、缁尘京国,乌衣门第③。有酒惟浇赵州土④,谁会成生此意⑤。不信道、竟逢知己。青眼高歌俱未老⑥,向樽前、拭尽英雄泪。君不见,月如水。

共君此夜须沈醉。且由他、蛾眉谣诼⑦,古今同忌。身世悠悠何足问,冷笑置之而已。寻思起、从头翻悔⑧。一日心期千劫在⑨，后身缘、恐结他生里。然诺重，君须记。

【注释】

①梁汾：即顾贞观。

②德：作者自指。

③京国：京城，国都。乌衣门第：指世家望族。

④赵州土：平原君好养士，死后虽未葬赵州，但他是赵国公子，又是赵相，故称他的墓为"赵州土"。

⑤成生：纳兰容若自指，纳兰原名成德，故云。

⑥青眼：黑色的眼珠在眼眶中间，青眼看人则是表示对人的喜爱或重视、尊重。相传晋阮籍为人能做青白眼，见愚俗之人为白眼，见高人雅士、与己意气相投者则为青眼。

⑦谣诼：造谣诽谤。

⑧翻悔：对先前允诺的事情后悔而拒绝承认。

⑨千劫：佛教语，指旷远的时间与无数的生灭成败，现多指无数灾难。

【词评】

岁丙辰，容若年二十有二，乃一见即恨识余之晚，阅数日，填此曲为余题照。极感其意，而私讶他生再结语殊不祥，何意竟为乙丑五月之谶也。伤哉。

——顾贞观《弹指词》

词旨嶔崎磊落，不啻坡老、稼轩，都下竞相传写，于是教坊歌曲无间不知有侧帽者。

——徐釚《词苑丛谈》

今读容若"后生缘恐结他生里"句，山阳闻笛，愈增腹痛矣。

——谢章铤《赌棋山庄词话》

金粟顾梁汾舍人，风神俊朗，大似过江人物。无锡严荪友诗："瞳瞳晓日凤城开，才是仙郎下直回。绛蜡未消封诏罢，满身清露落宫槐。"其标格如许。

——冯金伯《词苑萃编》

纳兰容若（成德）深于情者也。固不必刻画花间，俎豆兰畹，而一声河满，辄令人怅惘欲涕。情致与弹指最近，故两人遂成莫逆。读两家短调，觉阮亭脱胎温、李，犹费拟议。其中赠寄梁汾《贺新凉》《大酺》诸阕，念念以来生相订交，情至此，非金石所能比坚。仆亡友侯官张任如（仁恬），才高命薄，死之日，仆挽之云："本是肺腑交，已矣，似此人间谁识我。可怜肝肠断，嗟乎，从今地下始逢君。"戊申，仆寓居宁德，寒食怀人，凄怆欲绝，填《百字令》云："春光似箭，看莺娇蝶懒，清明又到。梨树阴阴闻故鬼，如诉如啼如祷。南国家山，杜鹃滴血，绿遍王孙草。满城苦雨，柳条檐际飞扫。却忆张籍当时，酒边戏语，百样添烦恼。寒食西风吹点泪，此际才为情好。一别六年，夜台无雁，幽信何从讨。孤游已屡,个人曾否知道",盖仆曾与君泛论交际,君笑曰:"清明肯流几点泪,方见好也。"心怪其语不祥,越一年,而君竟殁。今读容若"后生缘恐结他生里"句,山阳闻笛,愈增腹痛矣。

——丁绍仪《听秋声馆词话》

这首慢词,赠顾贞观,风格便与贞观的《金缕曲》二首相近。为自己写照,也为其交友写照,中间又交错着对蛾眉谣诼的感叹,歇拍云"重然诺,君须记。"可以参证性德身任救吴汉槎入关一事。读此令人增风谊之重。徐釚《词苑丛谈》云:"词旨欹崎磊落,不啻坡老、稼轩,都下竞相传写。"

——钱仲联《清词三百首》

【赏析】

我本狂妄,只是无意中生在京城豪门,蒙受污浊世气。其实,我最是仰慕广交贤友的平原君,有酒也是朝向赵州,可惜谁能懂得我的心意。哪里想到,我竟然找到了你这样的知己,而且我们尚未年老,还能对酒当歌,真是令人好不快意! 你我惺惺相惜,今日就在酒杯前,抹尽我们的英雄泪吧! 你看,今晚月色如水,不正见证了我们的友谊吗?

今夜,让我们不醉不休。自古贤才遭嫉妒,所以我们都把这人生的失意看开吧,你我都是一样! 让这反复无常的人世沧桑都见鬼去吧,我们要冷笑着把所有的非议与不公放在一边。不期然间知己相遇,在这个重要的时刻,我要郑重承诺,我们的友谊千古不变。而我们错过的时间,也许只能等到来世再弥补了。请你也一定要好好记住。

清代的词坛,一度出现词人用"金缕曲"这一词牌填词的景象。而其中最受人瞩目的,莫过于纳兰容若这一首。容若出身显贵,却知音难觅。所以当他遇到才高八斗、志同道合的顾贞观(号梁汾)后,自是相见恨晚,真情难掩。但是出身寒门的顾贞观，在初见容若时自然是放不开的。为了打消顾贞观的疑虑，明白自己对他的心意，容若便挥笔写下了这首脍炙人口的《赠梁汾》。

起句颇有气势，也颇为突兀，十分抓人眼球。作为权倾朝野的宰相明珠的长子，容若竟然喊出"我纳兰容若也是个狂妄的小子"的口号，着实令人费解和不可置信。可是后面一句却道出了容若真正的想法。"缁尘"是尘污之意，谢朓有诗云"谁能久京洛，缁尘染素衣"，恰好被容若所用，他说自己本无意生在京城贵族之家，因为难免要被尘污沾染。在此，他表达出自己并不因为出身高贵而有优越感，反而对家世充满鄙夷。所以，他希望出身寒门的顾贞观不要有所顾忌，不要把他当做别的豪门子弟来看待，而要理解他的心意。

"有酒惟浇赵州土"出自唐代诗人李贺的诗句："买丝绣作平原君，有酒惟浇赵州土。"李贺写这两句诗，是为了表达对那些赏识贤士的人的怀念。每当他举起酒杯，都会浇向赵州的方向，因为他觉得偌大的世界，只有一个平原君值得景仰。而容若和李贺的心意是一样的，都对爱惜人才的人充满敬慕之心。当然，这

里面还有一段故事,这得从容若和顾贞观的相识说起。顾贞观有一挚友吴兆骞,因科场舞弊案而受到牵连,被流放到宁古塔(今黑龙江宁安)。这时的顾贞观为好友蒙受不白之冤而感到悲愤交加,尤其在得知吴兆骞在戍边的苦况之后,更是在一筹莫展之下作被誉为"千古绝调"的《金缕曲》词两首。容若偶读这两首词,被顾吴二人的真挚友情感动得涕泪长流,于是许诺要帮顾贞观救出吴兆骞。后来,容若求助于父亲明珠,终于救出了吴兆骞,顾吴二人对他无限感激。而他三人的友情,也从这时候开始了。所以,容若在此借用李贺的这句词,便是表达了对顾吴二人生死之交的友情的礼赞和钦羡。而后句的"谁会成生此意",则透露出他的孤独的悲哀。毕竟他的这些心意,他为顾吴二人的不公平遭遇的悲愤,都是无人知道的。

这两句的情感一转,遂从孤独、愤懑转而成为惊疑和惊喜。这两句表达了容若不敢相信竟然交到顾贞观这样一位朋友的欣喜之情。"青眼"是高兴的神色,杜甫在其《短歌行》中写道:"青眼高歌望吾子,眼中之人我老矣。"容若翻用其意,说幸好他和顾贞观相遇时还未曾老去,还可以举杯高歌。不过,在对饮之前,我们要把泪擦干净,不管是之前的失意之苦,还是如今的相遇之喜,都让它随着泪水一并宣泄掉吧!

这一句作为上阕的收尾,别有深意。这是该词中唯一一处描写景色的句子,夜凉如水,月如钩,惨惨淡淡,又清莹洁白,既衬托先前的悲凉之意,又喻示二人的纯洁友谊,并借月见证他们今日的情意。

"共君此夜须沉醉。"此句一个"须"字,也是饱含深意。该句的意思是我们今夜要不醉不休。乍一看,似乎是为庆贺二人的相识相知,实际却有"麻木、放纵一回"的意思。和杜甫的"白日放歌须纵酒"一句意境相近。为何要大醉方休呢?后面紧接"且由他、蛾眉谣诼,古今同忌"算是作答。容若深知,在此世道,有才之士,特别是出身卑微的人,大都难逃被人排挤、备受不公的命运。所以他建议好友不要去管这些俗事，不如一醉了事得好。容若说这句话，其实也有自欺欺人的成分在里面。后面一句"身世悠悠何足问，冷笑置之而已"，表明他从顾贞观等人的遭遇中，又联想到了自己不如意的际遇和命运。由此可见，容若内心对这无奈的人生还是心存芥蒂的，无法做到一醉了事那么洒脱。所以最后，他只好发出了"寻思起、从头翻悔"的感叹，意即若要寻思，从一开始就错了。既然这是我们的命运，那姑且这样吧。

最后这两句又回到了容若写作该词的初衷上来，他要表达的是对顾贞观的诚挚友情。所以他说，还好我们今日能有幸相遇，一旦彼此倾心，这份友谊便万古长青，历尽千劫而不改初衷。唯一遗憾的是，我们如今才相遇，自是错过了一些好时光，所以也只能等到来世再弥补了。对容若来说，这不是煽情，而是真情流露，因为

这份友情的到来，对他来说太重要了。他希望顾贞观能明白自己的真心，向自己敞开胸怀，真正地接纳自己，而不要有什么疑虑和顾忌。

这首词作于康熙十五年(1676),纳兰容若此年获殿试二甲七名,赐进士出身,并授三等侍卫,不久又晋为一等。据顾贞观记云:"岁丙辰,容若年二十有二,乃一见即恨识余之晚,阅数日,填此曲为余题照。"

纳兰容若以贵胄公子,皇帝近侍的身份与沉居下僚的顾贞观相识,不但大有相见恨晚之叹,且对其不幸的遭遇深表同情。两人遂成为生死之交,直到纳兰容若去世,这份情意也没有断绝。《炙砚琐谈》提到,纳兰容若为顾贞观题照"一日心期千劫在,后身缘、恐结他生里。然诺重,君须记。"顾贞观答词亦有"托结来生休悔"之语。等到纳兰容若去世后,顾贞观回到故里,一天晚上梦到纳兰容若

对他说:"文章知己,念不去怀。泡影石光,愿寻息壤。"当天夜里,其妻生了个儿子,顾贞观就近一看,发现长得跟纳兰容若一模一样,知道是其再世,心中非常高兴。一月后,再次梦到纳兰容若与自己作别。醒来后连忙询问别人,听说孩子已经夭折。这段传说足见两人友情的深厚和生死不渝。

金缕曲

【原文】

生怕芳樽满①。到更深、迷离醉影，残灯相伴。依旧回廊新月在，不定竹声撩乱。问愁与、春宵长短。人比疏花还寂寞，任红蕤②、落尽应难管。向梦里，闻低唤。

此情拟倩东风浣。奈吹来、余香病酒，旋添一半。惜别江郎浑易瘦③，更著轻寒轻暖。忆絮语，纵横茗碗④。滴滴西窗红蜡泪，那时肠、早为而今断。任枕角，欹孤馆⑤。

【注释】

①芳樽：精致的酒器，亦借指美酒。

②红蕤：花萼。

③江郎：指南朝齐江敩或指南朝梁江淹。

④絮语：连续不断地说话。

⑤枕角：角制的或用角装饰的枕头。欹：斜靠着。孤馆：孤寂的客舍，唐许浑《瓜州留别李诩》诗："孤馆宿时风带雨，远帆归处水连云。"

【赏析】

这首词为怀友之作：入夜起相思，酒不但不能排解愁情，而且只有孤灯相伴，惆怅反而更胜。当时相聚的景象依然，但人却已经分离。愁情绵绵不绝，比这春宵还要更长。红花落尽，花枝萧疏，这花仿佛也是孤独寂寞，但是此时的人又比这疏花还要寂寞。唯有梦里才可与你相见。

请东风消愁不但消不得，反倒是添愁添恨了。本已为离别而瘦损，如今又偏逢这乍暖还寒的时节，于是就更令人生愁添恨了。当年我们一边品茶，一边低声说话，议论纵横。分别时西窗蜡滴红泪，这记忆如今想起，更使人伤心肠断。独自寄寓在孤独寂寞的会馆中，更感四周冷静凄清。

思念友人，最解忧的便是酒水了。"生怕芳樽满"，所谓"芳樽"是指的造型精致的酒容器，在这里则是借指美酒。美酒在手，却怎么也喝不醉，这真是让人难堪而又无奈的事情。或许是愁绪太深，是太多酒都无法浇灭的缘故吧。

"到更深、迷离醉影，残灯相伴。"一直到更深露重，夜深人静时分，依然半醉半醒，无法安然入睡，残灯相伴左右，更显得自己孤立无依靠。

此刻，思念朋友的心情更加剧烈，"依旧回廊新月在，不定竹声撩乱"。回廊上看天，月亮依然，洒落月光，四周竹叶随风摆动，声音扰乱人心，本就烦忧的心，更在这声声竹声中，无法收拾。

所以，纳兰忧伤地自说自话："问愁与、春宵长短。"春宵苦短，这愁绪却漫长无期，"燕子楼空弦索冷，任梨花、落尽无人管"。燕子飞去，人去楼空，就算落花飞尽，也是无人打理。那空空的楼阁，如同纳兰空荡的内心，失去了居住的人，便显得格外空旷，纳兰珍视友谊，所以，他的友人远去，对他来说，实在也是一件愁苦的事情。

可是，这样的感情却并不是人人都能理解的，而纳兰也并不打算告诉别人，让别人为他分忧，"谁领略，真真唤。"只有自己安慰自己了。

"此情拟倩东风浣。"此情可待成追忆，这份对友人的思念之情，在春风的吹拂下，四处散去，但吹去又生，纳兰的内心，始终

无法安抚。"奈吹来、余香病酒，旋添一半。惜别江淹消瘦了，怎耐轻寒轻暖。"分别也有一阵时日了，似乎在日夜的思念中，逐渐消瘦了下去，但纳兰并不在乎这样的消瘦，他只想早日和朋友相聚在一起。

"忆絮语、纵横茗椀。"这些都是和朋友在一起的美好回忆，可是现今却是无法实现的梦想了，所以，纳兰想来，不禁泪流："滴滴西窗红蜡泪，那时肠、早为而今断。"那时的美好时光中，他们怎么会想得到今日的分别呢？

分离总是让人痛苦的，纳兰虽然生性忧伤，但是这痛苦也让他无法承受，不过既然无法补救，那就只能依靠自己化解自己的愁绪了。"任角枕，倚孤馆"。这独自一人的忧伤时日何时才能够结束呢？

夜深时分，孤寂难耐，纳兰的苦，谁能探知呢？

金缕曲

寄梁汾

【原文】

木落吴江矣①。正萧条、西风南雁②,碧云千里。落魄江湖还载酒③,一种悲凉滋味。重回首、莫弹酸泪。不是天公教弃置④,是才华、误却方城尉⑤。飘泊处,谁相慰。

别来我亦伤孤寄⑥。更那堪、冰霜摧折,壮怀都废⑦。天远难穷劳望眼,欲上高楼还已。君莫恨、埋愁无地。秋雨秋花关塞冷,且殷勤、好作加餐计⑧。人岂得,长无谓⑨。

【注释】

①吴江:吴淞江的别称,县名,属江苏省。梁汾要归于江南居苏州等地,故云木落吴江。

②南雁:南飞的大雁。

③"落魄"句:化用唐杜牧《遣怀》:"落魄江湖载酒行,楚腰纤细掌中轻。"落魄,穷困失意,为生活所迫而到处流浪。

④天公:天,以天拟人,故称,此处指朝廷。弃置:扔在一边,废弃。

⑤方城尉:指温庭筠,温庭筠曾为方城(今河南方城)尉,世称温方城。

⑥孤寄:独身寄居他乡。

⑦壮怀:豪壮的胸怀,唐韩愈《送石处士赴河阳幕》诗:"风云入壮怀,泉石别幽耳。"

⑧加餐:慰劝之辞,谓多进饮食,保重身体。

⑨无谓:即无所作为。化用唐李商隐《无题》:"人生岂得长无谓,怀古思乡共白头。"

【赏析】

清初的词坛有一个很奇怪的现象,便是许多词人竞相用《金缕曲》这个词牌填词,例如当时的词人陈维崧,他一生写下的《金缕曲》大概便有几百首,但是在清代的《金缕曲》中,最引人瞩目的还算是纳兰的这首《金缕曲》了。

这是纳兰初识顾梁汾时酬赠之作。他与顾梁汾情谊深厚,所以写下词章,纪念友谊,顾梁汾对纳兰也是情深义重,他也曾写文曰:"其于道义也甚真,特以风雅为性命,朋友为肺腑。"说的就是他和纳兰之间的友谊。

顾梁汾长纳兰近二十岁,他郁郁不得志,住在纳兰府中,纳兰作为相府中的公子，却丝毫没有端起架子，反而与顾梁汾相交甚欢，二人有许多共同语言，虽然地位悬殊，但却是心意相通。

这首词的词境空辽寂寞，这与纳兰自身的心境也有关系，纳兰虽然是门第显赫，但是他却一直认为是命运对自己的捉弄，令自己深陷豪门之中，无法自拔，无法去追求自己喜欢的生活。

所以，开篇头一句便是"木落吴江矣。正萧条、西风南雁，碧云千里。"看似没有写出寂寞的心情，但实际上千言万语都已经融会在了词章中，碧云千里之下，西风大雁，还有萧萧的落木，这些景象，无一不是透露着寂寞。

而后的寂寞便是叠叠加深，"落魄江湖还载酒，一种悲凉滋味"。一种悲凉滋味在心头，纳兰与顾梁汾虽然情谊深厚，但顾梁汾总是要离开的，这首词便是纳兰写与顾梁汾的赠别词，友谊再长久，也抵不过时间和空间的距离。所以"重回首、莫弹酸泪"，这都是天意，何必去计较呢。

只要彼此心中有着牵挂，总还是会有见面的一天的。"不是天公教弃置，是才华、误却方城尉。飘泊处，谁相慰。"这里是纳兰安慰顾梁汾的话，顾梁汾怀才不遇，纳兰必然也是看在眼里的。他告诉顾梁汾，不要怀疑自己，只要坚持，总有雨后天晴的一天。

在下片开始，纳兰便开始感伤自己："别来我亦伤孤寄。更那堪、冰霜摧折，壮怀都废。"在寂寞中，打发时光，这是一件很惆怅的事情，此处的词章，句句写出寂寞，纳兰最擅长写寂寞，此处他虽然没有提及，但每个字眼都让人觉得深入骨髓的清冷。

"天远难穷劳望眼，欲上高楼还已。君莫恨、埋愁无地。秋雨秋花关塞冷，且殷勤、好作加餐计。"天高虽然任鸟飞，但自己却是无法把握自己的命运，词在最后，纳兰也只得悲伤地感慨道："人岂得，长无谓。"是啊，生命总是世事变幻无常，宿命安排，岂是人事能预料的，还是听天由命吧。

据徐钆在《词苑丛谈》中说："此词一出，都下竞相传写，于是教坊歌曲间，无不知有《侧帽词》者。"词境悠远，情谊深厚，想不传唱都难。

金缕曲

亡妇忌日有感①

【原文】

此恨何时已。滴空阶、寒更雨歇，葬花天气②。三载悠悠魂梦杳③，是梦久应醒矣。料也觉、人间无味。不及夜台尘土隔④，冷清清、一片埋愁地。钗钿约⑤，竟抛弃。

重泉若有双鱼寄⑥。好知他、年来苦乐，与谁相倚。我自终宵成转侧⑦，忍听湘弦重理。待结个、他生知己。还怕两人都薄命，再缘悭、剩月零风里⑧。清泪尽，纸灰起⑨。

【注释】

①这首词作于康熙十九年农历五月三十日，为卢氏故去三周年忌日。

②寒更:寒夜的更点,
借指寒夜。葬花天气:农
历五月下旬,正是落花
时节。

③魂梦:梦,梦魂。

④夜台:坟墓,亦借指
阴间,南朝梁沈约《伤美人
赋》:"曾未申其巧笑,忽沦
躯于夜台。"

⑤钗钿约:即"金钗"
"钿合",指夫妻的盟誓。
白居易《长恨歌》:"惟将

旧物表深情,钿合金钗寄将去。钗留一股合一扇,钗擘黄金舍分钿。但令心
似金钿坚,天上人间会相见。"

⑥重泉:犹黄泉、九泉,旧指死者所归。

⑦终宵:中夜,半夜。

⑧缘悭:缺少缘分。《儒林外史》第三十回:"只为缘悭分浅,遇不着一
个知己。"

⑨纸灰:给死者当钱用的纸烧成的灰。

【词评】

性德《金缕曲·亡妇忌日有感》有"三载悠悠魂梦杳"句,知作于清康熙
十九年五月,卢氏丧三年之际。又据"我自终宵成转侧,忍听湘弦重理"句,
知是时已有续弦之议。另《虞美人》词云:"银床淅沥青梧老,屧粉秋蛩扫。

采香行处蹙连钱,拾得翠翘何恨不能言。回廊一寸相思地,落月成孤倚。背灯和月就花阴,已是十年踪迹十年心。"卢氏归容若在康熙十三年,既云"十年心",词作期则在至康熙二十七年(1683)。所谓"拾得翠翘何恨不能言",盖有新人在侧,欲说不能耳。此当作于纳官氏后。十九年已有"重理"之议,取官氏或在十九、二十年间。

——赵秀亭《纳兰丛话》(续)

此词纯是一段痴情裹缠、血泪交溢的超越时空的内心独白语。时隔三载,存亡各方,但纳兰痛苦难泯。结篇处尤为伤心动魄,为"结个他生知己"的愿望也难有可能而惊悚。顾贞观曾评纳兰词"容若词一种凄惋处,令人不能卒读"(榆园本《纳兰词》),当指这一类。

——严迪昌《清词史》

这又是一阕悼亡之作。作者在卢氏夫人逝世三周年的忌日,追念亡妻,不禁悲从中来,转侧难眠。因想打破人世冥间的界限,通问近来消息;又想跨越今生来世的鸿沟,结个他生知己。词意悲切,而不加修饰,只如家常相对,倾诉衷肠。其一往情深、哀不自胜之处,感人至深。

——盛冬铃《纳兰容若词选》

悼亡词,要用血和泪写成,情感真挚,哀思缠绵,语言要自然朴素,不尚涂泽。说真挚,但不要庸俗,著名的元稹《遣悲怀》诗,虽真实,但夹杂一些庸俗的东西。千古的词家绝作,只有苏轼的《江城·记梦》情挚而又形象突出,双方人物活动在梦中与梦外。《饮水词》中悼亡之作较多,有人物活动,更突出的是主观抒情,极哀怨之致。这一阕可谓代表。语言方面,有些典故和代词,但比较为人们所熟知和常用,与全词无关。

——钱仲联《清词三百首》

【赏析】

又是一首《金缕曲》,仿佛已经成为一种习惯,自从妻子卢氏逝去之后,纳兰就一直在自己编造的情网中痛苦地挣扎着,他时常沉溺于对美好往日的追忆中,因此也写下了几十首的悼亡之作,而这首则称得上他所有悼亡词中最感人的一首。

词一开篇,作者就化用李之仪《卜算子》中"此水几时休,此恨何时已"的成句,看似突兀的一个反问句,却真实地道出纳兰对卢氏之死所表达出的哀伤痛悼之情,虽然卢氏已经去世三年,但是纳兰对她的思念却一直没有停止,他也曾想开始新的生活,却又始终放不下旧情,在亡妇忌日之时,他的这种郁结已久的矛盾心情终于得以释放,一个"恨"字,点明了全词的主旨。

接下来作者交代了时间、地点,"滴空阶、寒更雨歇,葬花天气",中国古代诗人写景物,通常是借景抒情,温庭筠在《更漏子》中曾写道:"梧桐树,三更雨。不道离情正苦。一叶叶,一声声,空阶滴到明。"与温庭筠所表达的离情别绪相比,纳兰所表达的生死之痛自然显得更加凄苦。

卢氏的忌日是农历五月三十日,此时正是绿叶茂盛、花渐凋谢的暮春季节,因此说是"葬花天气"。屋外雨声连连,而纳兰的心情则沉重凄清,所以他虽然身在春季，却感受此时已是"寒更"。

对于卢氏的离世，纳兰始终不能承认这个事实，因此他总希望这只是一个梦，等到梦醒之后，卢氏就会出现在他的面前。但幻想终究是幻想，又会有哪个梦一做就是三年呢？对于卢氏之死的原因，纳兰猜想是因为她"料

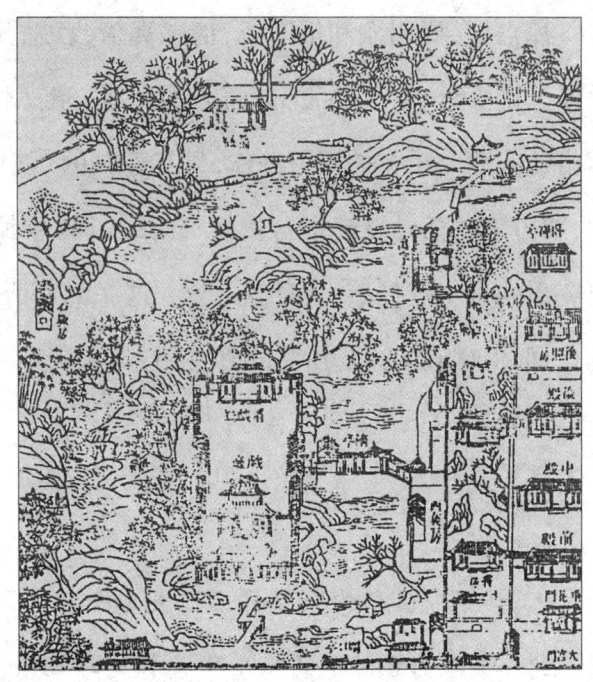

也觉、人间无味"。因为坟墓虽然冷清孤寂，但是却能够把所有的愁苦都埋葬于地下，这句话就给今人留下了一个疑问，既然卢氏死后与她结婚仅三年的丈夫会留下如此之多的悼亡之作，那在她生前又会有怎样的愁苦让她觉得"人间无味"呢？

上片结尾"钗钿约，竟抛弃"呼应开篇"此恨何时已"，似有怨恨之意，你和我本有钗钿之约，如今你却为何要违背誓言，让我独自一人痛苦地生活在人间？

全词到了下片，纳兰开始倾诉自己的别后生涯。"重泉若有双鱼寄。好知他、年来苦乐，与谁相倚。"纳兰在这里设想阴间如果能通书信，自己也就能够知道卢氏这些年来的苦乐哀思与谁一起相伴度过。

从生前的恩爱，到关心亡妻死后的生活，甚至在其逝去后经常夜不能寐、辗转反侧地思念她，可见纳兰对卢氏的爱已经深入骨髓。"湘弦"一词在这里明指纳兰害怕睹物思人，因此不忍再弹那哀怨凄婉的琴弦，也暗含了

他不忍续弦再娶之意。

据记载，纳兰在卢氏死后，"悼亡之吟不少，知己之恨尤多"。由此可见，纳兰不但把卢氏当成了自己的贤内助，更是把她视为知己，这在封建社会中，是一个难能可贵的观念，因此在妻死不能复生、自己又不忍续弦的情况下，纳兰想要和卢氏"待结个、

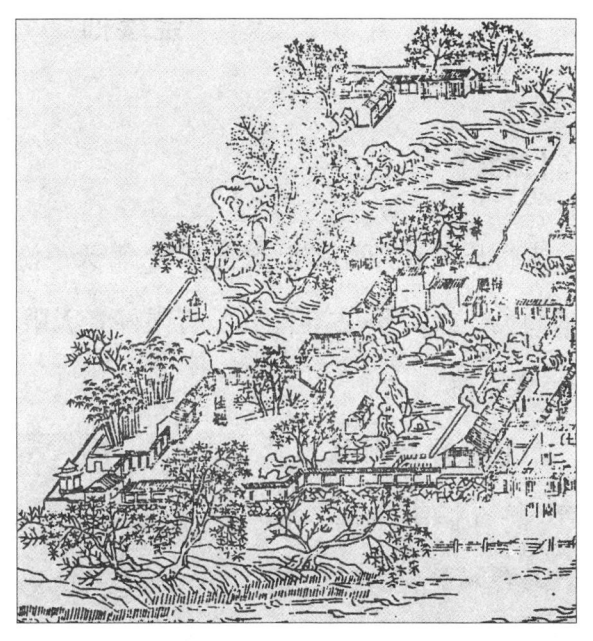

他生知己"，这虽然是一种不切实际的自我安慰，但是纳兰对此无比地执着，甚至还害怕他们两个人即使来生结缘，却也像今生这样命薄，美好的光景、美好的情缘不能长久。

全词写到这里，纳兰也照应"此恨何时已"，表达出三层怨恨，今生无缘在一起，此为第一恨；幻想阴间能通书信，却事不可能，此为第二恨；希望来生能再做夫妻，却又怕两人命薄，仍然人鬼殊途，此为第三恨。

在词的结尾，纳兰终于从内心世界回到现实，在那空阶之上，亲手点燃了祭奠亡妻的纸钱，并且自己心中所有的情感都化成一句话，"清泪尽，纸灰起"。

全词读完，不禁让人潸然泪下，如果世间真能有这样真挚的情感，那么死亡也就变得不再可怕。

金缕曲

【原文】

未得长无谓。竟须将、银河亲挽，普天一洗①。麟阁才教留粉本②，大笑拂衣归矣。如斯者、古今能几？有限好春无限恨，没来由、短尽英雄气。暂觅个，柔乡避③。

东君轻薄知何意。尽年年、愁红惨绿④，添人憔悴。两鬓飘萧容易白⑤，错把韶华虚费。便决计、疏狂休悔。但有玉人常照眼⑥，向名花、美酒拼沉醉。天下事，公等在。

【注释】

①普天：整个天空，遍天下。

②麟阁：即麒麟阁，汉代阁名，在未央宫中。汉宣帝时曾将霍光等十一功臣画像置于阁上以表扬其功绩，封建时代多以画像置于"麒麟阁"表示卓越功勋和最高的荣誉。粉本：画稿，古人作画先施粉上样，然后依样落笔，故称画稿为粉本，指图画。

③柔乡：即温柔乡，谓女色迷人之境。汉伶玄《赵飞燕外传》："是夜进合德，帝大悦，以辅属体，无所不靡，谓为温柔乡。语曰：'吾老是乡矣，不能

效武皇帝求白云乡也。'"

④愁红惨绿:谓经风雨摧残的败花残叶。宋辛弃疾《鹧鸪天·赋牡丹》词:"愁红惨绿今宵看,却是吴宫教阵图。"

⑤飘萧:鬓发稀疏貌。

⑥玉人:指美女。照眼:耀眼,晃眼,指强光刺眼。

【赏析】

一句"竟须将、银河亲挽,普天一洗"让人禁不住拍案:好一阕《金缕曲》!这是何等的豪放,堪与苏东坡的"会挽雕弓如满月,西北望,射天狼"一较高下。词风如此沉雄郁勃,谁能想到,这是俊雅的公子纳兰容若的作品?更难想到的是,这首词讲的是仕途失意的故事,抒发的是郁郁不得志的情怀:

追求的理想总是不能实现,这世事不公,确实需要挽来天河,将天空洗净,令世道清明。朝廷要重用

之时,却大笑辞受,拂衣而去了。像这样的壮举,古来能有几人?美好的春光总是有限,然而遗恨却是无限的。不由得让英雄气短,于是找个温柔乡不问世事。春天总是无情无义,年年都要弄得落红满地,让人平添愁绪。人生本来苦短,却又把大好的时光都浪费了。于是下定决心,不为自己的疏狂而后悔。有佳人常伴,有美酒常醉。至于天下的事,就由你们去处理吧!

一个英雄，活活地憋屈了。

英雄的悲，不在血染沙场，马革裹尸。能以一腔热血报国家、筹君王是古时英雄的最高荣誉。英雄最悲戚的莫过于三尺青锋不因磔裂敌人的骨骼而断裂，却因岁月的浸染而锈蚀；刚毅的容颜

不因大漠呼号的风沙而粗砺，却被安逸的日子折起道道松懈的皱纹。

读古代英雄的故事，最感觉悲哀的不是曹沫、专诸，也不是岳飞、袁崇焕，而是廉颇，一位老将军。

《史记·廉颇蔺相如列传》记载，廉颇被免职后，去了魏国。赵王想再次起用他，派人去看他的身体情况。廉颇的仇人郭开听说了这件事，偷偷贿赂了使者。

"赵使者既见廉颇，廉颇为之一饭斗米，肉十斤，被甲上马，以示尚可用。"使者与廉颇会面，这位老将军见自己能有重披战甲的机会非常高兴，他吃了一斗米、十斤肉——为了表示自己还不老，身体依旧健硕，老人家当着赵国使者的面吃了十二斤半的米饭、十斤肉——让人看了心酸。他想获得的，不过是再次纵横沙场的机会。可那天杀的使者收了郭开的钱，回来报告赵王说："廉颇将军虽老，尚善饭，然与臣坐，顷之三遗矢矣。"意思是说，廉将军虽然已经老了，还很能吃，但是和我坐了一会儿，就去了三次厕所。言下之意，廉颇已然是个老饭桶了。"赵王以为老，遂不用。"

一代名将，没能用剑夺取自己往日的荣光，在一个收受贿赂的小人面前像个憨傻的孩子般表现自己健壮的身体和笑傲敌阵的野心，他遭到了不公平的世道无情地嘲弄。虽然一心想为国家出战，但是他一直再没有得到任用，廉颇最终在楚国的寿春（今安徽省寿县）郁郁而终。这样的结局，让人想到陆游。陆游自幼即立志杀胡救国，终身未能如愿，临终时写下了如老剑悲鸣的《示儿》：死去元知万事空，但悲不见九州同。王师北定中原日，家祭毋忘告乃翁！

纳兰容若文武全才，天生才情出众，抱负满怀。再加上初入仕途时正遇上三藩之乱，他报效国家、青史留名的愿望被激起。然而当他请命上战场杀敌，却没有得到君、父的赞同，大有壮志难酬、前途渺茫之感。只是这种豪气却始终没有兑现在亲历亲为的实践中，纳兰容若只有把这一气吞山河的胸怀消磨在仕途官场上，不能建功立业，只能虚度年华，人也变得惆怅消极。

人生就是如此荒诞，有人一生追求"但有玉人常照眼，向名花、美酒拼沉醉"而不得，有人却不得不"但有玉人常照眼，向名花美酒拼沉醉"。前者享受这种生活是"小人得志"，后者沉溺于此生活是"英雄失意"。幸耶？非耶？个中滋味，不是旁人可以知晓的。

国学经典文库

纳兰容若全集

《纳兰词》鉴赏

图文珍藏版

【词人逸事】

纳兰容若文武全才,天生才情出众,抱负满怀。再加上初入仕途时正遇上三藩之乱,他报效国家、青史留名的愿望被激起。然而当他请命上战场杀敌,却没有得到君、父的赞同,大有壮志难酬,前途渺茫之感。于是在《金缕曲》中他这样写道:"竟须将,银河亲挽,普天一洗。"这是何等的豪放! 堪与苏东坡的"会挽雕弓如满月,西北望,射天狼"一较高下。只是这种豪气却始终没有兑现在亲历亲为的实践中。纳兰容若只有把这一气吞山河的胸怀消磨在仕途官场上,不能建功立业,只能虚度年华,人也变得惆怅消极。

金缕曲

*姜西溟百别,赋此赠之*①

【原文】

谁复留君住? 叹人生、几番离合,便成迟暮②。最忆西窗同剪烛,却话家山夜雨③。不道只、暂时相聚。滚滚长江萧萧木④,送遥天白雁哀鸣去。黄叶下,秋如许。

日归因甚添愁绪。料强似、冷烟寒月,栖迟⑤梵宇⑥。一事伤心君落魄,两鬓飘萧未遇。有解忆、长安儿女⑦。裘敝入门空太息⑧,信古来、才命真相负。身世恨,共谁语?

【注释】

①康熙十八年(1679)秋,姜西溟以母丧返里,纳兰容若资助之,并赋诗词以赠,本篇为其中的一首。

②迟暮:黄昏,比喻晚年,暮年。

③"最忆"二句:化用李商隐《夜雨寄北》:"君问归期未有期,巴山夜雨涨秋池。何当共剪西窗烛,却话巴山夜雨时。"

④"滚滚"句:用杜甫《登高》:"无边落木萧萧下,不尽长江滚滚来。"

⑤栖迟:滞留、淹留。

⑥梵宇:佛寺。

⑦"有解"句:仿杜甫《月夜》"遥怜小儿女,未解忆长安"之意而用之。

⑧"裘敝"句:指"裘弊金尽"的典故。《战国策·秦策一》:苏秦"说秦王书十上而说不行。黑貂之裘敝,黄金百斤尽,资用乏绝,去秦而归。"皮袍破了,钱用完了,比喻境况困难,形容为功名奔走而未能如愿。

【赏析】

这首词为赠别之作:谁还能将你留住呢?感叹人生无常,几经离合,便到了年老之时。还记得我们秉烛夜谈、闲话夜雨的情景。却不知道那只是短暂的相聚,没想到你这么快又要离去。在这深秋的季节独自上路,看滚滚长江,无边落木,大雁哀鸣的苍凉之景。黄叶遍地,秋意正浓,离愁更浓!为什么回家还要如此难过呢?怎么也比这冷烟寒月的佛寺要强得多啊。只是因为已经两鬓斑驳却仕途不济而伤心落魄。家中尚有思念你、盼望你归来的小儿女,而你却因不第而归,空自叹息。自古以来都是天妒英才,贤人大都怀才不遇!这难以平复的身世之恨,又能对谁倾诉呢?

金缕曲

慰西溟[1]

【原文】

何事添凄咽[2]?但由他、天公簸弄,莫教磨涅[3]。失意每多如意少,终古几人称屈。须知道、福因才折。独卧藜床看北斗[4],背高城、玉笛吹成血。听谯鼓[5],二更彻。

丈夫未肯因人热,且乘闲、五湖料理[6],扁舟一叶。泪似秋霖挥不尽[7],洒向野田黄蝶[8]。须不羡、承明班列[9]。马迹车尘忙未了,任西风、吹冷长安月。又萧寺[10],花如雪。

【注释】

①西溟:即姜宸英,又字湛园,浙江慈溪人。

②凄咽:形容声音悲凉呜咽。

④簸弄:在手里摆弄。挑动,磨涅:磨砺浸染。

④藜床:用藜茎编织的床。北斗:指北斗七星,北斗星的位置近于天的中心,比喻地位非常尊贵,因常以喻指朝廷。

⑤谯鼓:更鼓,古代于城门望楼之上置鼓,为鼓楼,用以报时或警戒盗贼。

⑥乘闲:趁着空闲。唐韩愈《复志赋》:"时乘闲以获进兮,颜垂欢而愉

愉。"五湖:太湖及附近四湖,汉赵晔《吴越春秋·夫差内传》:"入五湖之中"。徐天佑注引韦昭曰:"胥湖、蠡湖、洮湖、滆湖,就太湖而五。"春秋时,范蠡佐越王勾践灭吴后,浮舟太湖,易名鸱夷子皮、陶朱公,谓隐退江湖之志。唐李白《留别王司马嵩》诗:"陶朱虽相越,本有五湖心。"料理:安排、办理。

⑦秋霖:秋日的淫雨。《管子·度地》:"冬作土功,发地藏,则夏多暴雨,秋霖不止。"

⑧野田:田野。黄蝶:黄色的蝴蝶,唐王建《过绮岫宫》诗:"武帝去来罗袖尽,野花黄蝶领春风。"谓郊野田间黄蝶蹉跎蹁跹,引申为家园、知己。

⑨承明:即承明庐,汉承明殿旁屋,侍臣值宿所居,称承明庐;又三国魏文帝以建始殿朝群臣门曰承明,其朝臣止息之所,亦称承明庐。班列:指朝廷或朝官,官阶,品级。

⑩萧寺:西溟居京时曾寓萧寺。姜西溟在为纳兰容若撰写的《祭文》中云:"于午未间,我蹶而穷,百忧萃止,是时归兄,馆我萧寺。"

【词评】

"慨然长叹,劝慰中透不平","殊有风鸣万窍、怒涛狂卷的气韵。决不是自缚于南唐一家者所能出手的,至于神虚情匮的工匠们更是难加问津。"

严迪昌《清词史》

【赏析】

西溟即姜宸英,这个名字,喜爱纳兰词的人并不陌生,时而可见纳兰与他的酬唱之作。姜西溟,是江南有名望的才子狂士。他才高八斗,却仕途挫折。一心问鼎功名,屡考屡败,屡败屡考,到七十岁才得中探花。

这首词就是纳兰于康熙十八年安慰姜西溟落第而作的:为了什么哽咽哭泣呢? 既然命运不济,试而不第,那就放开胸怀,任老天爷摆弄,总不能因此而折磨自己。人世间的事本来就是失意的比如意的多,自古以来都是这样。要知道是因为自己才气太高,福气才会减损啊。不若远离繁华闹市,归隐山林,独自高眠,卧看北斗七星,吹笛自乐,听更鼓报夜。

大丈夫不要因求仕不得而躁急。虽求官不成,但正好学范蠡,泛游五湖,消闲隐居,怡然自得。纵有伤情之泪,亦当洒向知己者。不要羡慕那些位列朝堂的人,那些京城里的衮衮诸公终日为仕途而忙于奔走,不如以达观处之,任那些得意人儿去奔忙吧! 自己闲看萧寺中鲜花盛开,如雪

国学经典文库

纳兰容若全集

《纳兰词》鉴赏

图文珍藏版

般散落!

纳兰的性情恬淡舒雅,朋友科考失败,他并没有劝慰他"继续努力、从头再来"的语句,而是安慰并赞美他"须知道、福因才折",并为他设想了一种贴近理想的非常浪漫的生活方式:如范蠡一般泛舟五湖,享受怡然自得的时光。

小令看似简单,实则十分考验功底,它要求词人于三五字就能模景述情,并一言即中,这需要敏锐的洞察力与高超的词句把握能力。说纳兰是其中翘楚,当之无愧。就像这首小令,简简单单、平平淡淡的几个字,就能让你内心某个地方忽地痛一下,进而泪如雨下。

姜宸英中探花已是康熙三十六年(公元 1697 年)。康熙十二年(公元 1673 年),容若与姜西溟相识;至康熙二十四年(公元 1685 年)纳兰去世,两人有十二年之久的稠密友情。我们不难想象,这十二年间,西溟有多少次颓唐落第,细致贴心的朋友纳兰又有多少次及时送上了温暖的慰藉。

金缕曲

简梁汾①

【原文】

洒尽无端泪。莫因他、琼楼寂寞②,误来人世。信道痴儿多厚福,谁遣偏生明慧③。莫更著、浮名相累。仕宦何妨如断梗④,只那将、声影供群吠⑤。天欲问,且休矣。

情深我自判憔悴。转丁宁、香怜易爇⑥,玉怜轻碎。羡杀软红尘里客⑦,一味醉生梦死。歌与哭、任猜何意。绝塞生还吴季子⑧,算眼前、此外皆闲事。知我者,梁汾耳。

【注释】

①简:简札、书信。

②琼楼:形容华美的建筑物,诗文中有时指仙宫中的楼台。

③明慧:聪明,聪慧。汉刘向《说苑·谈丛》:"辩智明慧,不如遇世。"

④仕宦:指做官。断梗:折断的桃梗,比喻漂泊不定。

⑤声影供群吠:语本汉王符《潜夫论·贤难》:"谚曰:一犬吠形,百犬吠声。"后以"吠形吠声"比喻不察真伪,随声附和。形,或作"影",故以"声影"谓没有根据的谣传。

⑥丁宁:叮咛,反复地嘱咐。爇:烧、点燃。

⑦软红尘:飞扬的尘土,形容繁华热闹,亦指繁华热闹的地方。宋卢祖皋《鱼游春水》词:"软红尘里鸣鞭镫,拾翠丛中句伴侣。"

⑧吴季子:指顾贞观好友吴兆骞,字汉槎,吴江人,为江南才子,被称为"江左三凤凰"之一。

人世间有很多事情,是只有知己才能懂的,讲给不相干的人听,只会徒增烦扰。这首词就是纳兰写给自己的知心好友顾贞观的,词里抒发了他对朝廷的担忧和对现实的不满情绪。

仕宦不利,命多乖舛,未得朝廷重用,错来人世一遭。终于相信了痴儿多厚福的说法,可老天为何还要生出那么聪明的人来呢。不要再为世上的浮名所累。仕途为官如同断梗,漂泊无定,本算不得什么,只有那些诬陷和中伤如同群犬吠声,又无法辩证之事,才是令人悲哀的。还是不要问那么多了!

我这里对你深情思念,以至形容憔悴,但也心甘情愿。且听我说,香草易于点燃,美玉易于破碎,忠良之士易受侵害。多么羡慕那些醉生梦死的凡夫俗子,他们哪有那么多的烦恼。眼前最重要的事是吴汉槎自边塞宁古塔归来,其他的都是等闲小事,我自倾尽全力!能明白我的人,也只有你顾梁汾了。

人若没有知己,是多么孤独的事情。管仲若没有理解他的鲍叔牙,不过是个人们眼中贪小利的小人;俞伯牙如果没有懂他的钟子期,一曲《高山流

水》奏与谁听？恐怕也只能归之于高山流水。纳兰容若有了顾贞观（梁汾），才觉得人生无憾，一句"知我者，梁汾耳"，说不尽的踏实与欣慰。人生得一知己足矣！

　　这首词是写给好友顾贞观，抒发自己的担忧和对现实的不满：仕宦不利，命多乖蹇，未得朝廷重用，错来人世一遭。终于相信了痴儿多厚福，可老天为何还要生出那么聪明的人来呢。莫要再为世上的浮名所累。仕途为官如同断梗，漂泊无定，本算不得什么，只有那些被人诬陷，如同群犬吠声，又无法辩诬之事，才是令人悲哀的。还是不要问那么多了！我这里对你深情思念，以至形容憔悴，但也心甘情愿。且听我说，香草易于点

燃，美玉易于破碎，忠良之士易受侵害。多么羡慕那些醉生梦死的凡夫俗子，没有那么多的烦恼。眼前最重要的事是吴汉槎自边塞宁古塔归来，其他的都是等闲小事，我自倾尽全力！能明白我的人，只有你顾梁汾了。

【词人逸事】

　　纳兰容若为人至情至性，对朋友更是肝胆相照，即使是从来没有见过面的吴兆骞也是全力帮助，不求回报。

吴兆骞,字汉槎,吴江人,为江南才子,被称为"江左三凤"之一。汉槎为顾贞观好友,为人恃才傲物,落拓不羁。顺治十四年,以丁酉科场案被告发"舞弊",翌年三月于京师复试,因清高不愿受辱而拒不答卷,而被清廷降罪,发配至黑龙江宁古塔充军,二十余年不得赦归。好友顾贞观全力营救,无奈奔波十余年都没有成功。后在京认识纳兰后,一日作《金缕曲》二首,寄吴汉槎,被纳兰看到,大为感动,认为西汉苏武和李陵的赠答诗、西晋向秀的《思旧赋》和顾贞观这两首以书信形式填的词,堪称文坛三件极品,并决心营救。

纳兰容若经过五年的努力,最后托身为宰相的父亲明珠帮助,使吴兆骞结束了流放生涯。之后又感到吴兆骞久经风霜,担心他衣食有忧,于是在他回京后便被聘为纳兰家馆师,教授其弟学业。1684 年农历十月,吴兆骞病故,纳兰容若十一月从江南回京,亲自为他操办丧事,出资送灵枢回吴江。纳兰对朋友可谓是仁至义尽,有始有终,而"生馆死殡"的侠义行为也被后世传诵为友谊的楷模。

金缕曲

秋水轩旧韵

【原文】

疏影①临书卷。带霜华、高高下下,粉脂都遣。别是幽情②嫌妩媚③,红烛啼痕④休泫⑤。趁皓月、光浮冰茧⑥。恰与花神⑦供写照⑧,任泼来、淡墨无深浅。持素障,夜中展。

残釭⑨掩过看逾显。相对处、芙蓉玉绽,鹤翎⑩银扁。但得白衣⑪时慰藕,一任浮云苍犬⑫。尘土隔、软红偷免。帘幕西风人不寐,恁⑬清光⑭、肯惜鹤裘⑮典⑯,休便把。落英剪。

【注释】

①疏影:疏朗的影子。

②幽情:深远或高雅的情思。

③妩媚:姿态美好可爱。

④啼痕:泪痕。

⑤泫:下滴貌。

⑥冰茧:冰蚕所结的茧,为普通蚕茧的美称。这里指蚕茧纸,用蚕茧壳制成的纸,取其洁白缜密。

⑦花神:指花的精神、神韵。

⑧写照:描写刻画,犹映照。

⑨残釭:油尽将熄的灯。

⑩鹤翎:鹤的羽毛,喻指白色的花瓣。

⑪白衣:白色衣服,指白色花朵。

⑫浮云苍犬:白云苍犬,白衣苍狗。喻事物变幻无常。宋杨万里《送乡人余文明劝之以归》诗:"苍狗白衣俱昨梦,长庚孤月自青天。"

⑬恁:如此、这样。

⑭清光:清亮的光辉,多指月光。

⑮鹔裘:鹔鹴裘。相传为汉司马相如所穿的裘衣,由鹔鹴乌的皮制成;一说,用鹔鹴飞鼠之皮制成。

⑯典:典当。

【赏析】

"疏影横斜水清浅,暗香浮动月黄昏",林逋这两句诗将梅花的形象深深定格于国人心中。所以,从纳兰这首词开篇的"疏影"二字便可知道,这是一首咏梅作。

寒冬腊月,白雪皑皑之际正是赏梅好时节。"带霜华、高高下下,粉脂都遣",逊雪三分白的梅换了银妆,霜华下,暗香来。"别是幽情嫌妖媚,红烛啼痕休法",梅花高雅的情思衬托着它姣好可爱的姿态,宛如蜡烛滴落在烛台上留下的斑斑"泪痕"。

"残缸掩过看逾显。相对处、芙蓉玉绽,鹤翎银扁","鹤翎"本指鹤的羽毛。掩过残缸,没有红烛摇曳投下的点点昏黄,斑斑烛影,纳兰似融于梅心,聆听梅花于寂静冷月下的款款诉说。那些旧事仿佛化作枝头花瓣,不语婷婷,玉芙蓉一般沉静,鹤翎般无瑕。

"但得白衣时慰藉,一任浮云苍犬。尘土隔、软红偷免","浮云苍犬"又作白云苍犬,纳兰感叹这一袭白衣的素梅,似流连于岁月的驻点,回溯人间的沧海桑田,以岿然不动的静夜思感悟已幻化成风的过往。"软红"是温柔之乡,是烦恼之事,是种种尘土杂念。俗世中怎生成这般梅之姿态? 那定是跨越了红尘世界的欲念,淘炼得来的纯真。

末尾一句"休便把,落英蓁",落英下掩映的似纳兰纯真的自我。纳兰明白,物是人非的蹉跎岁月不过转身一瞬,唯有赤子般纯洁的心方得有限的永恒。

金缕曲

再赠梁汾,用秋水轩旧韵①

【原文】

酒渑青衫卷②,尽从前、风流京兆③,闲情未遣。江左知名今廿载④,枯树泪痕休泫⑤。摇落尽,玉蛾金茧⑥。多少殷勤红叶句,御沟深、不似天河浅⑦。空省识,画图展。

高才自古难通显。枉教他、堵墙落笔,凌云书扁⑧。入洛游梁重到处⑨,骇看村庄吠犬。独憔悴、斯人不免。衮衮门前题凤客,竟居然、润色朝家典⑩。凭触忌,舌难剪。

【注释】

①秋水轩:明末清初孙承泽之别墅,位于都城西南隅。

②渑:污染。青衫:青色的衣衫,黑色的衣服,古代指书生。

③京兆:指京师所在地区,这里指北京。

④江左：古时在地理上以东为左，江左也叫"江东"，指长江下游南岸地区，也指东晋、宋、齐、梁、陈各朝统治的全部地区。梁汾为江苏无锡人，故云。

⑤枯树：凋枯之树，这里指南朝梁庾信之《枯树赋》。泫：流泪。

⑥玉蛾：白色飞蛾，喻雪花，元薛昂夫《端正好·高隐》套曲："须臾云汉飘白蕊，咫尺空中舞玉蛾。"金茧：金黄色的蚕茧，比喻灯火，清陈维崧《瑞鹤仙·上元和康伯可韵》词："看火蛾金茧，春城飞遍。"

⑦"红叶"句：红叶题诗的典故。唐代红叶题诗、结成良缘的故事较多，情节略同而人事各异。僖宗时，宫女韩氏以红叶题诗，自御沟流出，为于佑所得。佑亦题一叶，投沟上流，亦为韩氏所得。不久，宫中放宫女三千人，佑适娶韩氏。成礼日，各取红叶相示，方知红叶是良媒。见宋刘斧《青琐高议·流红记》。御沟：流经宫苑的河道。天河：银河。

⑧堵墙：唐杜甫《莫相疑行》："忆献三赋蓬莱宫，自怪一日声烜赫。集贤学士如堵墙，观我落笔中书堂。"此谓围观者密集众多，排列如墙，后多用以为典实。凌云：杜甫《戏为六绝句》之一："庾信文章老更成，凌云健笔意纵横。"本为赞扬庾信笔势超俗，才思纵横出奇，后遂以

"凌云笔"泛指为文作诗的高超才华。

⑨入洛:用陆机、陆云兄弟入洛的典故。陆氏二人于晋太康末自吴入洛,后得以发迹,但最终被谗遇害,见《晋书·陆机传》。游梁:典出《史记·司马相如列传》:"(司马相如)以赀为郎,事孝景帝为武骑常侍,非其好也。会景帝不好辞赋,是时梁孝王来朝,从游说之士齐人邹阳、淮阴枚秉、吴庄忌夫子之

徒,相如见而说之,因病免,客游梁。"后以"游梁"谓仕途不得志。

⑩题凤:南朝宋刘义庆《世说新语·简傲》:"嵇康与吕安善,每一相思,千里命驾。安后来值康不在。喜(康兄)出户延之,不入。题门上作'凤'字而去。喜不觉,犹以为欣,故作'凤'字,凡鸟也。"后因以"题凤"为访友的典故。朝家典:朝廷的典策。

【词评】

唱和篇什中所激射的莫名悲凉和惆怅、难以言传的郁积极其显然。

严迪昌《清词史》

【赏析】

纳兰容若与顾贞观(梁汾)互相引为知己,赠予顾贞观的作品甚多。此

篇《金缕曲》开篇小引中一个"再赠"，说明了二人间稠密融洽的关系。

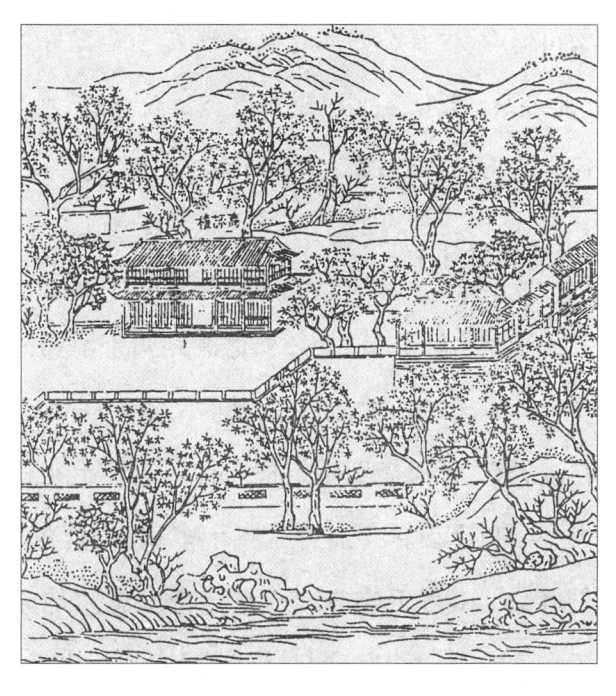

纳兰这首词是用秋水轩旧韵表现自己的心志之作：一杯浊酒，泪湿青衫，从前在京兆的秋水轩唱和的风雅之事，闲情尚未排遣。你的名声在江南已经有二十多年了，却仍像庚信那样伤感流泪。你的才华如同白雪盈满天空，烟火灿烂散落。只是在朝为官比登天还难，朝廷对于人才并不是真的重用，所以才华难以施展，枉费了你堵墙凌云的旷世才情。仕途坎坷，志向难酬，于是难免斯人憔悴。才华卓越，横空出世的风流人物居然只能为朝廷粉饰太平，怎不叫人愤懑。纵然对朝廷有犯忌之论，以至招灾惹祸，但仍不改刚正不阿的本性。

顾贞观年长容若二十岁，此人满腹才华抱负，却不圆滑、不谙官场之道，做官日子不长就被排挤，愤愤挂冠而去。纳兰出身官宦世家，耳濡目染，对官场上的尔虞我诈、互相倾轧早已看得通透。他自己也是热血男儿，知道男子汉满怀抱负的雄心，然而，这黑暗的官场又怎是梁汾这样的天真书生所能涉足的？他推心置腹地告诉自己的朋友"究究门前题凤客，竟居然、润色朝家典"，你这样有真本事的人，去做官也不会给你施展抱负的机会，不过是让你给朝廷装点门面罢了。

清朝时统治者对文化抓得很严，读书人随便发牢骚是要掉脑袋的。纳

国学经典文库

纳兰容若全集

《纳兰词》鉴赏

图文珍藏版

兰家门高贵，这样公开写诗宽慰朋友也是冒着风险的，他不是不明白，不过他"凭触忌，舌难翦"，即使知道会招致祸害，也要把心里所想的说出来。纳兰这牢骚，为梁汾而发，也是为自己而发。

【词人逸事】

关于秋水轩韵出处，必须追溯到明末清初的一次文坛活动。秋水轩本是明末孙承泽的别墅，位于京城西南隅，有江湖旷朗之胜。清初周亮工之子周在浚居京，孙氏借别墅给他入住。康熙十年秋，周在浚自为座主，主持一个大型唱和活动。参加者有二十多家，由曹尔堪开题首唱，填了一首铣韵《贺新郎》。龚孝升响应，今阅《定山堂集》，他先后填了 23 首，可谓洋洋大观了。且皆以"卷"字韵起，以"剪"字韵止。于是海内名士胜流，风起云涌纷纷竞填此调，你寄我，我寄你，邮简为之堆积如山。可见这次词坛盛事，波澜万顷。其后辑为《秋水轩唱和词》。

纳兰此篇即用其韵而成。

摸鱼儿

午日雨眺①

【原文】

涨痕添、半篙柔绿②，蒲稍荇叶无数③。空蒙台榭烟丝暗④，白鸟衔鱼欲舞⑤。桥外路。正一派、画船箫鼓中流住⑥。呕哑柔橹⑦，又早拂新荷，沿堤忽转，冲破翠钱雨⑧。

兼葭渚，不减潇湘深处。霏霏漠漠如雾。滴成一片鲛人泪⑨，也似汨罗投赋⑩。愁难谱。只彩线、香菰脉脉成千古。伤心莫语，记那日旗亭，水嬉散尽,中酒阻风去。

【注释】

①午日:五月初五日,即端阳节。

②涨痕:涨水后留下的痕迹。柔绿:嫩绿,也指嫩绿的叶子或水色。

③蒲:蒲柳,即水杨。荇:多年生草本植物,叶略呈圆形,浮在水面,根生水底,夏天开黄花,全草可入药。

④空蒙:细雨迷茫的样子。台榭:台和榭,亦泛指楼台等建筑物。

⑤白鸟 白羽的鸟,鹤、鹭之类。

⑥箫鼓:箫与鼓,泛指乐奏。

⑦呕哑:象声词,形容声音嘈杂。柔橹:谓操橹轻摇,亦指船桨轻划之声。

⑧翠钱:新荷的雅称。

⑨鲛人:神话传说中的人鱼。典出《洞冥记》:"(吠勒国人)乘象入海底取宝,宿于鲛人之舍,得泪珠,则鲛所泣之珠也,亦曰泣珠。"后谓神话传说中的鲛人流出泪珠能化作珍珠。

⑩汨罗投赋:战国时楚诗人屈原因忧愤国事投汨罗江而死,后人写诗作赋投入江中,以示凭吊。

词的副标题为"午日雨眺",这首词写于五月初五端午节,纳兰雨中凭眺生情,感怀而作。端午时节,春水涨池,水草丰茂碧绿。烟雨空蒙,楼台掩映,白鸟衔鱼起舞。桥外水路上,一派画船歌舞、桨声"呕哑"的春景图。荷叶新纱,船桨在岸边忽然转过,划破了这一池的碧绿。湖面的小岛,风情不比湘江美景逊色。细雨霏霏,如烟似雾,化为鲛人的眼泪,滴成珍珠,又仿佛是将诗赋投入汨罗江中所溅起的。

而此际闲愁难以述说,只有凭借用彩线缠裹粽子投入江中,以示这千古的脉脉哀思了。记得当初我们在这端午之日的酒楼上,泼水嬉戏、酒醉兴尽而去的情景,回想起此,不由伤心满怀,只有低头不语了。

"涨痕添、半篙柔绿,蒲稍荇叶无数。"涨水后留下痕迹,水草丰茂,春景过渡到夏景的景象在词的开篇展露无遗,宋苏东坡《书李世南所画秋景》诗:"野水参差落涨痕,疏林欹倒出霜根。"纳兰虽然是取意境其中,但也运用得恰到好处。

"空蒙台榭烟丝暗,白鸟衔鱼欲舞。"柳条随风舞动,如烟似梦,而白鹭捕鱼的姿势很是优美,犹如舞蹈一般。纳兰欣赏着这美好的景物,仿佛置身于画中一般，"桥外路。正一派、画船箫鼓中流住。呕哑柔橹，又早拂新荷，沿堤忽转，冲破翠钱雨"。上片是写景，写出景色之美，而让读词的人也深陷其中，感受着这看似普遍，但却别有风味的景物，而到下片开始，则是借景抒情了。

"蒹葭渚，不减潇湘深处。"愁绪蔓延开来，深深荡漾开去，而霏霏细雨，细密如针织，仿佛雾气一样笼罩在四空，"霏霏漠漠如雾。滴成一片鲛人泪，也似汨罗投赋。"如同泪雨一样，好似是在为投江自尽的屈原悼念默哀。

愁绪难以谱写，只有写入词章，以来聊表心意，"愁难谱。只彩线、香菰脉脉成千古。伤心莫语。"无言以对伤心事，看到这美好景色，却难以提起兴致，虽然是借着祭奠屈原来写出心中惆怅，但其实纳兰祭奠的是自己那无法言说的哀愁。

"记那日旗亭，水嬉散尽，中酒阻风去。"记住这美好的景象吧，不要总是记住过去悲伤的事情，那样只能苦了自己。

摸鱼儿

送座主德清蔡先生①

【原文】

问人生、头白京国②，算来何事消得。不如罨画清溪上③，蓑笠扁舟一只。人不识。且笑煮鲈鱼④，趁着莼丝碧。无端酸鼻⑤。向歧路销魂，征轮驿骑⑥，断雁西风急。

英雄辈，事业东西南北。临风因甚成泣？酬知有愿频挥手，零雨凄其此日⑦。休太息。须信道、诸公衮衮皆虚掷⑧。年来踪迹。有多少雄心，几番恶梦,泪点霜华织⑨。

【注释】

①蔡先生:蔡启僔,字昆旸,号石公,德清人,康熙庚戌一甲一名进士,授修撰,历官左春坊左庶子,有《存园草》。

②京国:京城,国都。

③翟画:色彩鲜明的绘画。明杨慎《丹铅总录·订讹·翟画》:"画家有翟画杂彩色画也。"多用以形容自然景物或建筑物等的艳丽多姿。

④鲈鱼:用南朝张季鹰的典故。刘义庆《世说新语·识鉴》谓:"张季鹰辟齐王东曹掾,在洛,见秋风起,因思吴中莼菜羹、鲈鱼脍,曰:'人生贵得适意尔,何能羁宦数千

里以要名爵?'遂命驾便归。俄而齐王败,时人皆谓为见机。"后以此为思乡赋归之典。

⑤酸鼻:因悲伤而鼻子发酸,眼泪欲流。

⑥征轮:远行人乘的车。驿骑:骑驿马传递公文的人,或指驿马。

⑦零雨:慢而细的小雨。《诗·豳风·东山》:"我来自东,零雨其蒙。"

⑧诸公衮衮：旧时称身居高位而无所作为的官僚。

虚掷：白白地丢弃、扔掉。

⑨霜华：喻指白色须发。

【赏析】

蒙蒙细雨，别意凄凄。驿马即将启程，纳兰"无端酸鼻。向歧路销魂，征轮驿骑，断雁西风急"，在苍冷阴郁的天空下，词人不禁流下了眼泪，对着马车中的人挥手作别。这便是词中"酬知有愿频挥手，零雨凄其此日"的情景。

纳兰送走的这位车中人不是红颜，不是美人，而是一位白发苍苍的老者——纳兰容若的老师兼知己蔡启僔。蔡启僔曾是科举考试的主考官，他在成百上千个考生的试卷中将纳兰的作品甄选而出，并将他圈为举人。

然而，就在纳兰中顺天府乡试举人的第二年，蔡启僔就被小人污蔑，卷入一场廷内争斗。纳兰容若知晓老师的为人，知道老师多年来对事业的付出和高远的志向。"问人生、头白京国，算来何事消得。"纳兰细腻，善于体贴人意，开篇就是一句宽慰人的话语，在这壮阔暗郁的京国，纵使熬白了头发又有什么意义？

蔡启僔的故乡在风景如画的江南。纳兰便用南朝张季鹰的典故劝慰老师："不如罨画清溪上，蓑笠扁舟一只。人不识。且笑煮鲈鱼，趁着莼丝碧。"据说张季鹰见秋风渐起北雁南归，思恋起家乡莼菜羹碧绿爽滑，鲈鱼鲜嫩美味，便官印一挂，潇洒还家。纳兰说，老师的故乡有清溪、扁舟，鲈鱼、莼丝，既然如此，您不如回家做一名隐士，寄情于山水之间，享受闲适的生活。

"英雄辈，事业东西南北。临风因甚成泣？酬知有愿频挥手，零雨凄其此日。休太息。须信道、诸公衮衮皆虚掷。"世上事，几多期望，几多怅惘。得时便得，舍时便舍，人生洒脱，况味非常。虽然那些在金銮殿上屹立不倒的衮衮诸公，确实得到了身外浮名，但是他们的生命都在权势的烤炙中丧失了活力，他们的心灵是在官场的大酱缸里浸淫腐坏、生满龌龊的蛆虫。老师啊，所谓人生，"有多少雄心"，就有"几番恶梦"，最后不过落得"泪点霜华织"。

蔡启僔此去非是西出阳关，而是风景秀美的江南。那里斜风细雨，桃花流水这未必不是另一段滋味非常的生活的开端。今日的挥别，挥去的只是一段陈腐无趣的岁月尘烟。

【词人逸事】

蔡启僔，字昆旸，号石公，德清人。幼年去京，随任吏部侍郎、东阁大学士的父亲读书。诗宗王维、孟浩然；书法颇得颜真卿真谛，凡所读书，皆小楷抄录。著作有《燕游草》《存园集》。清康熙九年进士，并钦点为状元，充任日讲官。关于蔡启僔中状元前后还有一段趣事：

康熙八年，蔡启僔作为浙江湖州府举子进京会试，途经淮安府山阳县，山阳县令是他的乡试同年，他到县衙投了名刺，准备拜访，门房见他破帽旧衣，其貌不扬，但名刺上写着"举人某某"，不便梗阻，还是进去通报。山阳县令知其出身贫寒，以为

是来打秋风的，在名刺上批了四个字："查明回报。"门房心领神会：县太尊不愿见，但不便直接回绝。于是他来了一番仔细盘查，恨不得把蔡某人的祖宗八代都问一遍。蔡启僔勃然大怒，拂袖而去。第二年庚戌科会试，蔡启僔大魁天下，中了状元，山阳县令这才知道得罪了贵人，赶紧修书一封，附上一份厚礼，想修弥前非。蔡启僔并不领情，在礼贴上批了二十八个字："一肩行李上长安，风雪谁怜范叔寒？寄语山阳贤令尹，查明须向榜头看。"其轻狂和才情由此可见一斑。

康熙十年辛亥纳兰容若举顺天乡试。时徐乾学与蔡启僔为主考官。十一年，为顺天（今北京）乡试主考官，号称知人，但徐蔡二人却以"副榜未取汉军卷"而被削职。康熙十二年癸丑，这位受了不白之冤的名士被迫回归故里，作为弟子的纳兰容若填此词以示同情和宽慰。

国学经典文库

纳兰容若全集

《纳兰词》鉴赏

图文珍藏版

忆桃源慢

【原文】

斜倚熏笼①,隔帘寒彻,彻夜寒如水。离魂何处②,一片月明千里。两地凄凉,多少恨,分付药炉烟细。近来情绪③,非关病酒,如何拥鼻长如醉④。转寻思不如睡也,看道夜深怎睡。

几年消息浮沉,把朱颜顿成憔悴⑤。纸窗淅沥⑥,寒到个人衾被。篆字香消灯烬冷⑦,不算凄凉滋味。加餐千万,寄声珍重,而今始会当时意。早催人一更更漏⑧,残雪月华满地。

【注释】

①熏笼:一种覆盖于火炉上供熏香、烘物和取暖用的器物。

②离魂:指远游他乡的旅人或游子的思绪。

③情绪:心情,心境。

④拥鼻:掩鼻吟的省称。《晋书·谢安传》:"安本能为洛下书生咏,有鼻疾,故其声浊,名流爱其咏而弗能及,或手掩鼻以效之。"后以此指雅音曼

声吟咏。

⑤憔悴：黄瘦，瘦损。

⑥纸窗：纸糊的窗户。

⑦灯炧：谓灯烛将熄，灯烛余烬。

⑧更漏：古时夜间凭漏壶表示的时刻报更，所以漏壶又叫更漏。

【赏析】

《忆桃源慢》，美丽的词牌，同样美的还有纳兰的词，婉转低回，仿若一曲悠扬的笛音，清脆动人。思念是世上最真最美的情感，却也是最悲最痛的情愫，当人在思念时，总是能感到心中疼痛，而纳兰的厉害之处就在于，他能够让别人为他的思念，而同样感到心痛，这样的词，读起来，泪与疼一起溢出。

这首词为塞上思亲、念友之作：斜倚在熏笼边上，寒气透过帘子袭进来，彻夜如冰水般寒冷。远游他乡的人身在何处，只在明月千里之外。天各一方，两地相思，都交付给了这药炉细烟。近来极坏的情绪不是由于饮酒太多，又怎能暗自吟咏，仿佛酒后沉醉呢！辗转寻思还不如早早睡去，否则到了深夜更无法入睡。

几年来你的消息断断续续，沉浮不定，把相思的人儿都折磨得形影消瘦了。窗外风雨声淅沥，屋内人单衾薄寒冷。篆字形的香都燃尽了，灯烛的余烬也变得凄冷了。千万要记得照顾好自己，寄去一声珍重，如今才能体会到你当时的心意。更漏一遍遍催人入睡，窗外此时已是月光遍地了。

"斜倚熏笼"，自己斜倚在暖炉上，暖炉传递来的热量传遍全身，此刻想到远方的你，是否能够与自己一样，也有暖流在身旁？如果你没有在屋内，那么外面寒风阵阵，你又是如何驱寒呢？

纳兰想着远在他方的人，内心不禁一阵纠结，"隔帘寒彻，彻夜寒如水"。此时隔着门帘望去，外面天寒地冻，这样的天气，想着离人孤身在外，夜里该在哪里过夜呢？夜晚的寒冷将会是白日的百倍，不知道离人如何安置自己。

叹息阵阵，纳兰虽然担忧，但他自己却是无能为力的，只能给予关心和问候，希望远方的人平安健康。想到这里，纳兰似乎安慰了些，虽然远隔千里，但毕竟是在一轮明月下，看到月光，此刻离人也能看到这月光，这样，他们似乎又没有离那么远了。

"离魂何处，一片月明千里。两地凄凉，多少恨，分付药炉烟细。"话虽如此，但两地分隔，还是多少会难过，长久的思念，终于成疾，在煎药的炉子上，冒起烟雾阵阵，看去，让人思绪缥缈，仿佛回到过去。

"近来情绪，非关病酒，如何拥鼻长如醉。转寻思不如睡也，看道夜深怎睡。"但在上片最后，纳兰却并不承认，自己的病是因为思念过度引起的，他说这病并非是思念而起，而这愁绪也并非是因为生病而起。但他骗得了别人，却骗不过自己，夜晚时候，大家都安然入睡，他却是辗转反侧，无法入眠。

上片悲苦，下片淡然，既然无法相聚，那就期望各自都过得好吧。"几年消息浮沉，把朱颜顿成憔悴。"长期的打探彼此的消息，结果只能是让各自憔悴,这又何必呢?"纸窗渐沥,寒到个人衾被。"窗外渐渐沥沥的雨声,带来阵阵寒意,这寒意仿佛穿透棉被,侵入骨髓,这是寂寞的寒。

"篆字香消灯炧冷,不算凄凉滋味。加餐千万,寄声珍重,而今始会当日意。"檀香熄灭,烟尘落满一地,这比起自己内心的凄惶来说,不算什么凄凉的,此刻想到身在外地的人,只希望他能够珍重。

这首怀人的词在最后,也只是以祝福与哀伤融合结尾,"早催人一更更漏,残雪月华满地。"祝福外地的朋友,但想到自己,也只能独自一人待在家里,看到月光满地,愁绪再次涌上心头。

湘灵鼓瑟

(按此调《谱》《律》不载,疑亦自度曲。一本作《剪梧桐》。)

【原文】

新睡觉,听漏尽乌啼欲晓。屏侧坠钗扶不起,泪浥余香悄悄。任百种思量都来,拥枕薄衾颠倒。土木形骸①,自甘憔悴,只平白占伊怀抱。看萧萧一剪梧桐②,此日秋光应到③。

若不是忧能伤人,怎青镜朱颜便老④。慧业重来偏命薄,悔不梦中过了。忆少日清狂⑤,花间马上,软风斜照。端的而今,误因疏起⑥,却懊恼误人年少。料应他此际闲眠,一样百愁难扫。

【注释】

①土木形骸:形体像土木一样自然,比喻人不加修饰的本来面目。南朝宋刘义庆《世说新语·容止》:"刘伶身长六尺,貌甚丑悴,而悠悠忽忽,土木形骸。"

②萧萧:风声。一剪
梧桐:谓梧桐叶被秋风
吹落。

③秋光:秋日的风光
景色。

④青镜:即青铜镜。
唐李峤《梅》诗:"妆面回
青镜,歌尘起画梁。"

⑤清狂:放逸不羁。
晋左思《魏都赋》:"仆党
清狂,怵迫闽濮。"

⑥疏起:疏懒而贪睡。

【赏析】

纳兰的可爱之处在于他对情感没有半分的掩藏和羞涩,即便是他的词中略有修饰,那也是艺术的效果。在纳兰的内心深处,时刻涌动着真挚的情感,无论是对朋友,对爱人,还是对其他事物,他都尽可能地将这份情感告诉他们知晓,或许在纳兰看来,含蓄并非是矜持,而是阻隔爱蔓延的一道门。

这首词同样如此,这首词以赋法铺叙,表达幽婉深意,是纳兰词中较为普遍,也较为常见的一种表述方式。但这并不妨碍这首词的精妙之处。写刚刚睡起,所看所想所念的景物。"新睡觉,听漏尽乌啼欲晓。"刚刚睡醒,听到漏声断绝,乌鸦啼鸣,天快要亮了。可惜自己却是久病缠身,无法起身。

虽然头脑清醒,但身体却好似不属于自己一般,这样的状态,总是难免心灰意冷的。"屏侧坠钗扶不起,泪浥余香悄悄。"想着这些,就觉得眼泪上

国学经典文库

纳兰容若全集

《纳兰词》鉴赏

图文珍藏版

涌，病身难起，不胜愁苦，默默无语，泪痕未消。

梦里一定是有着凄苦的梦境，不然为何眼角还有未干的泪痕，醒来之后，慢慢清醒，万种愁绪便奔涌而来，"任百种思量都来，拥枕薄衾颠倒"。于是任各种愁绪都来侵袭，只在这衾枕间颠倒辗转，挥之不去。

纳兰从不扭捏作态，他的苦便是苦，他从不隐瞒，也从不遮掩，他的苦与乐都是他自己最真实的感受，而他写入词章中，也为读者提供了最真实的感受。"土木形骸，自甘憔悴，只平白占伊怀抱。"纳兰却不是惺惺作态，他只是为了得到爱人的温暖宠爱，所以才憔悴如此。

"看萧萧一剪梧桐，此日秋光应到。"看那秋风将梧桐吹落，便知道秋天已经到了。年华已逝，容颜易老，纳兰不想在大好的年华便虚度过去，他想要抓紧时光，好好享受，上片的愁思，到下片便是开始自醒了。

"若不是忧能伤人，怎青镜朱颜便老。慧业重来偏命薄，悔不梦中过了。"如果不是忧愁能够伤人，那么镜子里面的容颜怎么会日渐衰老？命运真是弄人，想当初年少轻狂，花间马上，意气风发。如今憔悴，疏懒落寞，却怪被愁闷困扰耽误了大好年华，料想他此刻也一样闲来寂寞，愁绪难平吧！

当日的意气风发，与今日的愁绪满怀，满面病容真是两个极端，"忆少日清狂，花间马上，软风斜照。端的而今，误因疏起，却懊恼误人年少。料应他此际闲眠,一样百愁难扫。"但是只能接受,谁也无法改变既定的现实,纳兰躺卧在病床之上,看到自己憔悴的容颜,想到往昔美好的岁月,除了哀叹,还能做什么呢?

大酺

寄梁汾

【原文】

怎一炉烟,一窗月,断送朱颜如许。韶光犹在眼,怪无端吹上,几分尘土。手捻残枝,沉吟往事,浑似前生无据①。鳞鸿凭谁寄②,想天涯只影,凄风苦雨。便砑损吴绫③,啼沾蜀纸④,有谁同赋。

当时不是错,好花月、合受天公妒。准拟倩、春归燕子,说与从头,争教他、会人言语。万一离魂遇,偏梦被、冷香萦住。刚听得、城头鼓⑤。相思何益?待把来生祝取。慧业相同一处。

【注释】

①无据:没有依据或证据。

②鳞鸿:鱼雁,指书信。

③砑损:指反复书写,致使吴绫也被碾压得光亮。砑,碾压。

④蜀纸:犹蜀笺。叶葱奇注引《国史补》:"纸则有蜀之麻面、屑末、滑石、金花、长麻、鱼子十色笺。"

⑤城头鼓:战时城上传令的鼓声或报更的鼓声。

【赏析】

印象中,纳兰多做些清丽的花间小词,偶尔狂放一回,便让人惊艳,例如那首成名作《金缕曲·赠梁汾》,其狂放悲壮,"不啻坡老、稼轩"(彭孙遹遹《词藻》)。

梁汾是顾贞观的号。今人知晓梁汾,多因他是纳兰的挚交。其实回到清初,他的名气未必比纳兰小。顾贞观是清初著名的诗人,才高八斗,也是一代俊秀人物,可惜他一生郁郁不得志,早年任秘书省典籍,受人排挤离职。李渔曾作诗对他的经历做过大概描述:"镊髭未肯弃长安,美尔芳容忽解官;名重

自应离重任,才高那得至高官。"(《赠顾梁汾典籍》)可见他的才华,更可见他的憋屈。

顾贞观辞官后,再次上京,是经人介绍做了纳兰的老师。那时的纳兰,正是弱冠年纪,顾贞观已是不惑之年。年龄并没有阻碍一对志趣相投者成为挚友,据顾贞观回忆:"岁丙午,容若二十有二,乃一见即恨识余之晚。"

作为家庭教师,顾贞观与纳兰日日相伴书案,培养了深厚的感情。顾贞观母丧南归后,纳兰写下了这首词表达对这位老师及知己的思念:

每日孤独地面对炉中香烟、窗前明月度过无聊的时光,送走了美好的年华。美好的春光还在眼前,却无端被蒙上了几分尘埃。手捻着凋落的花枝,思怀往日交游之事,禁受这仿佛是前生注定的别离之苦。音书杳渺,想你在天涯之外形单影只,独自承受这凄风冷雨,就算是把绫纸写遍,泪洒相思,但又能与谁人共赋呢!在花好月圆的时候,你我共度,连老天爷也生出了妒忌。会人言语的燕子归来,这便更惹人庄起对往日的怀念。梦中与你相遇,这美梦却偏偏又如此冷清寂寞。耳畔传来城头更鼓的声音,梦醒之后再难成眠。相思之情日益增加,于是祈祷来生还能够与你相逢相知,共在一处。

人一生来世上,便投身于熙熙攘攘的人群。有趣的是,与这么多人相处,却很少有人觉得感情充实,大半人无端生出孤独的惆怅。所以,人们如饥似渴地渴求"爱"。这爱,有情爱,有纯爱,有亲情之爱,有友情之爱……纷纷总总,不一而足。浅薄者多以为"爱"只有男女之爱,在孤独之心的驱动下去寻找两情相悦的男女。单纯些的,生出些怨女痴男的故事;放荡些的,四处寻芳猎艳,只可惜肉体的快乐,填不满心灵的空洞。

爱,更多的是种安慰,与肉体无关。漫漫人生路,纵使路边风景晴天碧染,花树横生,也需要一个人和你共同走走停停地赏玩,分享心中的赞叹与快乐。更何况,有几人的生命之路是在平原上一路伸展到远方。

转应曲

【原文】

明月,明月。曾照个人离别。玉壶红泪相偎^①,还似当年夜来。来夜,来夜,肯把清辉重借^②?

【注释】

①玉壶红泪:东晋王嘉《拾遗记》卷七:"(魏)文帝所爱美人,姓薛名灵芸,常山人也。……时文帝选良家子女以入六宫,(谷)习以千金宝赂聘之,既得,乃以献文帝。灵芸闻别父母,嘘啼累日,泪下沾衣。至升车就路之时,以玉唾壶承泪,壶则红色。既发常山,及至京师,壶中泪凝如血。"后因以"玉壶红泪"称美人泪。

②清辉:清澈明亮的光辉多指日月之光,这里指月光。

【赏析】

明月啊明月,你曾经照着那人的离别。如今美人流着眼泪与我相依相偎,就像当初的夜晚一样。夜啊夜,能不能将当初皎洁的月光再重新借给我,让我回到从前呢?

《纳兰词》鉴赏

图文珍藏版

点绛唇

寄南海梁药亭①

【原文】

一帽征尘,留君不住从君去。片帆②何处? 南浦③沉香雨。

回首风流,紫竹村边住。孤鸿④语,三生定许,可是梁鸿侣。

【注释】

①梁药亭:梁佩兰,字芝五,号药亭,别号柴翁,晚更号郁洲。广东南海人。顺治十四年乡试第一,后屡试不第,即潜心治学,从事诗歌写作,名噪一时。康熙四十二年被召回翰林院供职,因不识满文而罢。次年返乡,与屈大均、陈恭尹并称为"岭南三家",有《六莹堂诗集》。

②片帆:孤舟,一只船。

③南浦:南面的水边,后常用称送别之地。

【赏析】

这是一首送友人的离别词。

纳兰送诗的这位梁药亭,正是"岭南三家"之首梁佩兰。梁佩兰热衷功名,求学之路历尽坎坷,被授予翰林院庶吉士时,他已年届六十。然而,梁佩兰在仕途道路上并不顺利,功名屡试不中,终于在花甲年考中进士,次年即告假归里。此后十五年,结兰湖诗社,遍历名山,与海内名士尽情唱和。这首送别诗写于梁佩兰青年时代考试不中返乡之际。

药亭的家乡远在岭南,即广东南海。他由京城南下广东,一路上跋山涉水,十分辛苦,因此纳兰感叹"一帽征尘"。到底是风华正茂,书生意气,挥斥方遒。离别虽是依依不舍,却没有太多忧思。只有"留君不住从君去",一派好男儿志在千里的从容。

古有李白叹"孤帆远影碧空尽",而纳兰也难隐对朋友的关怀,"片帆何处",自是药亭那有沉香之名的故乡。"南浦沉香雨"则源自一个典故。相传晋时岭南官员吴隐之清正廉洁,造福一方,因此深得百姓爱戴。离去时,老百姓为了感激他纷纷致送礼品,而吴隐之一一婉拒,于元兴三年两袖清风离开广东。在珠江河上行走时,突然间风浪四起,忽然

间,吴夫人想起来手上的沉香扇是百般推辞不下方才收下的一位父老所赠之物。听闻此言,吴隐之马上焚香向天祷告,把沉香扇投入江心,江面立刻风平浪静,江心浮现一座小岛,即现在的沉香浦。

药亭在老家时,曾经有一段悠居乡里的日子,是许多清雅之士求之而不得的,所谓"回首风流,紫竹村边住",说的就是药亭进京前的这般风雅生活。西风不语,流年偷换,那年的药亭已不再如初到皇城时那般意气风发,尽管文字依旧激昂,却也掩不住屡试不中的怀疑和失落。"孤鸿语"三字,流露出寂寞孤独的意味。如此说来,怕是纳兰也没有想到,孤鸿语冥冥中竟是药亭躲不开的宿命。

或许是纳兰早已深刻地了解这位他乡故人,否则何出"三生梁鸿侣"的

溢美？传说东汉梁鸿家贫好学，不愿做官，与妻子孟光隐居霸陵山中，以耕织为业，两人相敬如宾，举案齐眉，夫妻生活十分幸福，被世人传为佳话。后以"梁鸿"喻指丈夫，亦喻贤夫。纳兰将梁鸿比梁佩兰，便是对他的高度赞美。

尽管梁佩兰一生不得志，或许还满腹牢骚，然而，还有什么比自由更可贵呢？那份闲适与从容，或许是存在于每个人心中的一片净土吧。

满宫花

【原文】

盼天涯，芳讯①绝。莫是故情②全歇？朦胧寒月影微黄，情更薄于寒月。麝烟销，兰烬③灭。多少怨眉愁睫。芙蓉④莲子待分明，莫向暗中磨折。

【注释】

①芳讯：嘉言，对亲友音信的美称。

②故情：旧情。唐王昌龄《李四仓曹宅夜饮》诗："霜天留饮故情欢，银烛金炉夜不寒。"

③兰烬:蜡烛的余烬,因状似兰心,故称。

④芙蓉:荷花。此句化用《乐府诗集·清商词一·子夜夏歌之八》有"乘月采芙蓉,夜夜得莲子"之句。

【赏析】

人间多是惆怅客,更有纳兰痴情人。满腹苦水,叫他如何排解忧愁,唱尽悲歌?

直道"盼天涯,芳讯绝",令人联想那"独上高楼,望尽天涯路"之人,"芳讯"是对亲友音信的美称。不知那独倚高楼望断天涯路之人,是否也同纳兰一样,苦苦期望,只为寻得亲友们的一句嘉言。

可是想见之人不见容面,想闻之讯未得其踪,"莫是故情全歇",难道是曾经的旧情全然已尽? 这句词可解为纳兰的呓语之言。她是否已经不在那里了? 虽然答案早已在他心中盘旋了千遍万遍,但纳兰还是不忍对自己说,她已经消逝在天涯。

"朦胧寒月影微黄,情更薄于寒月",看那朦胧的月色,昏暗微黄,满是寒冷萧条,于是心头更觉寒意阵阵。所谓"一切景语皆情语",同样的月亮,为什么纳兰眼中的就尤其寒冷凄清? 不过是他内心愁苦郁闷罢了。

此刻,词人才意识到,麝香烧尽的香烟都已散去,燃尽呈兰花之态的烛心也熄灭,即"麝烟销,兰烬灭"。烟缕散去,残烛烧尽,最后徒留烛心,好似在向纳兰提醒着它曾经的存在。一切事物消逝之迅速,不是我们所能控制的，这也更加深了作者的愁绪，"多少怨眉愁睫"，怨眉愁睫，该用什么解？

最后，"芙蓉莲子待分明"，从《乐府诗集》中"乘月采芙蓉，夜夜得莲子"而来。芙蓉大概取的是其谐音"夫容"，此处是描写情人幽会之景。愁情满腹的纳兰取的是反意，写故人幽会的欢愉，更是自嘲自己的落寞孤楚，反衬得一地凄凉。"莫向暗中磨折"，莫问，莫问！莫问暗中磨折，似是自慰，却更多无可奈何。

或许，世间最痛苦的情感，便是思念还在，思念的那个人却已消逝。就如同纳兰，捧着这份厚重的情，无处寄托，无可释怀，只能寄予词间。

望江南

咏弦月

【原文】

初八月①，半镜上青霄②。斜倚画阑③娇不语，暗移梅影过红桥④，裙带北风飘。

【注释】

①初八月：即上弦月。农历每月的初七或初八，月亮呈月牙形，其弧在右侧。

②青霄：青天，高空。

③画阑：有画饰的栏杆。

④红桥：红色之桥。

【赏析】

古诗词中往往有些短章，言少情多，含蓄不尽。词人驾驭文字，举重若轻,而形往神留,艺术造诣极深。纳兰的这首《望江南》即其一例。

这首小词清丽空灵,开篇前两句便勾勒出一派清冷素雅的景致。"初八月,半镜上青霄",初八之上弦月斜挂天边,后接女子倚阑不语的娇人情景,"斜倚画阑娇不语",雕栏画栋在清辉之下寂寂无声,不知谁家女子此刻正在独倚画阑,不言不语。

转而,词人又刻画了月移梅影的景象,"暗移梅影过红桥,裙带北风飘。""红桥",位于瘦西湖南端,始建于明末崇祯年间,原为红色栏杆的木桥,后在乾隆元年改建为拱形石桥,取名虹桥。那在红桥上出现的缥缈人迹是谁?在读者尚未回过神来的时候,便已经"北风飘",渐行渐远,消失在梅枝摇曳的暗香之间。

纵观全词,这神秘女子于寒风之中,观月,离去,已置读者于似闻不闻、似解不解之间,末尾,她更是从罗带中断续飘出,使人情思萦绕,如月下花影,拂之不去。

明月棹孤舟

海淀①

【原文】

一片亭亭空凝伫②。趁西风、霓裳遍舞③。白鸟惊飞④,菰蒲叶乱⑤,断续浣纱人语。

丹碧驳残秋夜雨⑥。风吹去、采菱越女⑦。辘轳声断⑧,昏鸦欲起,多少博山情绪⑨?

【注释】

①海淀:指今北京西郊之海淀镇。即纳兰家别墅自怡园,后自怡园并入圆明园之一的长春园。

②凝伫:凝望伫立,停滞不动。

③霓裳:即《霓裳羽衣曲》。

④白鸟:白羽的鸟。鹤、鹭之类。

⑤菰蒲:指菰和蒲。水边多年生草本植物,地下茎白,地上茎直立,开紫红色小花。

⑥丹碧:泛指涂饰在建筑物或器物上的色彩。犹丹青,指绘画。

⑦越女:古代越国多出美女,西施尤其著名,后因以泛指越地美女。

⑧辘轳:安在井上绞起汲水斗的器具。

⑨博山:博山炉,古香炉名。因炉盖上的造型似传闻中的海中名山博山而得名。一说像华山,因秦昭王与天神博于此,故名。

【赏析】

这首词描述了纳兰观荷时所发的千愁万绪。

"一片亭亭空凝伫"是说含苞待放的荷花在池水上独自开放,无人欣赏。"空"字的出现流露出词人对红颜易逝、往日难追的感慨。"趁西风霓裳遍舞"一句还是在说荷花的美丽。一阵风吹过,荷花如同美女般翩翩起舞。

"白鸟惊飞,菰蒲叶乱,断续浣纱人语。"白色羽毛的鸟儿从菰蒲中飞起,留下满地的零乱,这时传来断断续续的声音,才知道,原来是浣纱人。"浣纱"原是一种衣服的布料,后用来指代西施。隔着历史长河,西施也曾似纳兰一般站在这满池荷花面前愁绪万千吧。

可是如今早已"丹碧驳残秋夜雨"。"丹碧驳残"在说绘画上的丹青色彩因为年代久远早已褪色，词里比喻往日的幸福生活不可再得。这里似乎隐含着诗人对爱妻的怀念。

"风吹去采菱越女。"古代越国多出美女，最著名的莫属西施，于是后人因此以越女泛指越地美女。风吹去了春天吹来了冬日，吹绿了树叶又吹落了绿色。风总是无情的，越地的采菱女子怎经得起时光这般如风拂过？她们姣好的容颜在风的一次次到来、离去中消逝，在岁月的长河中渐渐沉淀。

此时，纳兰心中对亡妻难以名状的思念、对理想与现实矛盾的忧郁以及在茫茫宇宙中的飘零之感，这些情感纠缠在一起紧紧包围着他，却无人诉说，于是话到嘴边，他也只能问一句"辘轳声断，昏鸦欲起，多少博山情绪"。"辘轳"是安在井上用来绞起汲水斗的器具，"博山"原本是指男女欢爱，这里意为对单纯天真爱情的追求。辘轳的声音断断续续响起在耳边，黄昏时的乌鸦叫声凄厉，然而在这看似平常的寒夜里，不知有多少人望穿了秋水，痴等心念之人。

容若的词就是这样，清丽又耐人回味，唇间流转，迤逦清香。

【词人逸事】

纳兰家的别墅在今北京西北郊的海淀,如今圆明园的长春园遗址上曾是纳兰容若生活的地方。如今早已荒芜。而附近翠湖旁的皂甲屯则埋葬着这位多情的词人。

皂甲屯清代叫"皂荚屯",是纳兰家在满族进关后的封地,并作为家族坟地先后埋葬了纳兰家五代二十一人,当时墓地蔚为壮观,人称"京西小十三陵"。纳兰容若去世时年仅31岁,也葬入这里,有20世纪70年代初出土的纳兰墓志为证。然而历史变迁,沧海桑田,如今这片土地已找不到当年墓地的丝毫遗迹了,满怀纳兰公子"风流休数鸳鸯社,只是伤心皂荚屯"的追忆却找不到可以凭吊的地方。

望海潮

宝珠洞

【原文】

汉陵风雨,寒烟衰草,江山满目兴亡。白日空山,夜深清呗①,算来别是凄凉。往事最堪伤,想铜驼巷陌②,金谷③风光。几处离宫④,至今童子牧牛羊。

荒沙一片茫茫,有桑乾一线,雪冷雕翔。一道炊烟,三分梦雨,忍看林表斜阳。归雁两三行,见乱云低水,铁骑⑤荒冈。僧饭黄昏,松门凉月拂衣裳。

【注释】

①清呗:谓佛教徒念经诵偈的声音。

②铜驼巷陌:地名,即铜驼街,在今河南洛阳故洛阳城中,以道旁曾有汉铸铜驼两尊相对而得名。为古代著名的繁华区域。

③金谷:古地名,在今河南洛阳西北,泛指富贵人家盛极一时但好景不长的豪华园林。

④离宫:古代帝王在都城之外的宫殿,也泛指皇帝出巡时的住所。

⑤铁骑:披铁甲的战马,指精锐的骑兵。

【赏析】

纳兰容若曾随康熙幸游北京西山八大处宝珠洞,他凭高远望,写下塞篇《望海潮·宝珠洞》。

上片泛写眼前景及由此生发的感慨,"汉陵风雨,寒烟衰草,江山满目兴亡"。古人的陵墓荒凉冷落,历史风云变幻,于此,全都消逝无痕。只有那郊外的寒冷烟雾和衰萎的野草还凝聚着一片苍绿,一语点出兴亡之叹。"白日空山,夜深清呗,算来别是凄凉。"白日里山空幽静,夜深时佛经入耳,听来着实令人觉得凄凉无比。

随后"往事"三句,引出"铜驼巷陌"和"金谷"两处地名。铜驼巷陌即是铜驼街,原址在今河南省洛阳市故洛阳城中,以道旁曾有汉铸铜驼两枚相对而得名,为古代著名的繁华之地。金谷,古地名,原址在今洛阳市之西北,后亦代指繁华之地、游宴之所。这三句的意思是,最令人伤心惆怅的莫过于往日的繁华兴盛早已消失殆尽，一去不返了。

下片，词人转而写凭眺所见之景，"荒沙一片茫茫，有桑乾一线，雪冷雕翔"，"桑乾"此处指河名。荒沙苍凉浑茫，河流萧疏寥落，茫茫的雪山上大雕展翅而翔。这番景致虽带有一种凄清伤感的情调，但又不乏豪宕嶒崎的特色。

"一道炊烟，三分梦雨，忍看林表斜阳"，炊烟袅袅，树梢残阳，已是说不尽的凄怆悲凉，天边还有归雁三两成行，更是将氛围烘托得寂寥萧索。到"见乱云低水，铁骑荒冈"一句，词境被推向高潮，而词人又在读者尚沉浸在苍茫阔大的悲壮情绪中时，急转直下抛出一个空远的收尾。

"僧饭黄昏，松门凉月拂衣裳"，"松门"是前植松树的屋门，此指寺庙之门。黄昏时端一碗僧饭，穿过寺庙之门拂袖而去，这或许才是纳兰眼中惬意悠然的生活吧。

这首词的情境收放之间极具张力，不愧为纳兰词"苍凉豪宕"风格的代表作品。

【词人逸事】

纳兰容若曾随康熙幸游北京西山八大处宝珠洞。他扈从康熙凭高远望，写下这篇《望海潮·宝珠洞》。

宝珠洞位于八大处的最高一处，站在平坡山巅宝珠洞眺远亭上，宜南向、东向眺望。南望，永定河一线缥缈如带似纱。由它千万年泛滥冲刷形成的西山洪积扇，至今在其两岸仍可见大片荒沙、累累土岗。

山下不远是八宝山、老山、田村山、石景山，两千年前的汉墓早已少为人知，山脚下元代翠微公主的陵墓湮没无寻，明代贵戚葬地已被清朝王公坟茔逐渐取代。

东南望，辽金残毁的城垣尤在，元大都址上的明清北京城紫气东来。辽宋于会城门北、紫竹院一带进行了高梁河会战，辽军铁骑的驰援，使宋军大崩溃。金兵攻陷辽幽州城，在其上建中都城。元人将金中都付之一炬后，东移城廓建大都城。历史变迁，王朝更迭，都邑兴废，引发了纳兰容若的无限感慨。

少年游

【原文】

算来好景只如斯。惟许有情知。寻常风月①，等闲谈笑，称意即相宜②。

十年青鸟音尘断③，往事不胜思。一钩残照④，半帘飞絮，总是恼人时。

【注释】

①寻常：普通，一般。风月：本指清风明月，后代指男女情爱。

②称意：合乎心意。相宜：合适，符合。

③青鸟：神话传说中为西王母取食传信的神鸟。《山海经·西山经》："又西二百二十里，曰三危之山，三青鸟居之。"郭璞注："三青鸟主为西王母取食者，别自栖息于此山也。"又，汉班固《汉武故事》云："七月七日，上于承华殿斋，正中，忽有一青鸟从西方来，集殿前。上问东方朔，朔曰：'此西王母欲来

也。'有顷，王母至，有两青鸟如乌，侠侍王母傍。"后遂以"青鸟"为信使的代称。

④残照：指月亮的余晖。

【赏析】

想来纳兰应是掰着手指写这首词的吧。

细细数来，好景不过只那些时日，翻来覆去地搜寻也不再多。常说人生如戏，其实又何尝不是一种全新的尝试？只是这些尝试不可以倒带、定格或重复，更没有机会再次完善，只有眼睁睁地看错误客观地存在，走过的路难

再回首。几千年前,子在川上曰:"逝者如斯夫!不舍昼夜。"

是啊,逝者如斯!我们可以征服自然,天堑变通途;可以改造世界,高峡出平湖。而面对奔流不复回的岁月,不见古人,不见来者,悠悠天地间只一句逝者如斯,昼夜间便越过几千年。

好景不长,这是千百年流传的古训。墨菲定理告诉我们,越害怕的事情越会发生。越渴望,越难求;越珍惜,便越易失去。相知相伴,最是难求。若为友人,"海内存知己,天涯若比邻";若为爱人,万两黄金容易得,知己一个也难求。如当年的钟子期与俞伯牙,管仲与鲍叔,苏东坡与黄庭坚,可唱和,可调笑,甚至可以意见相左。知己,是求同存异,即使并不赞同也可以理解。

这里的知己,不是纳兰的那些好友,而是她——"寻常风月,等闲谈笑"。她能与他共剪西窗烛,与他同赏夜雨芭蕉,与他依偎着听残荷雨声。她或许没有咏絮才,抑或谈不上停机德。但她懂他,懂他的浅唱低吟,懂他的眉尖心上。只一个"懂"字——芳心重,即使离去,也沉沉地压在纳兰心头。从与纳兰相知相许开始,她便像一棵树深深地植于纳兰心头,狠狠地扎下根去,发芽,长大,平平淡淡的岁月里成长着他们的记忆,而后便永久地定格成一幅画。也有落叶,也有花开,那是三分谈笑,二分思念,一分微嗔,剩下的是半生相忘于江湖。

那些日子虽无大喜,回忆起来却总是沁着丁香一般若有若无的甘甜。何谓幸福?这是人世间无法量化衡量的参数。身处名利场,纳兰集权势、财富、地位、才情和皇帝的宠信于一身,却久久难以感到幸福。知己不在,五瓣丁香已伴斯人远去,惟余悠悠清香轻浮人间。这位令他念念难忘的知己,定是如丁香一般的女子吧:

她默默地走近/走近/又投出/太息一般的眼光。

她飘过/像梦一般地/像梦一般地凄婉迷茫。

像梦中飘过/一枝丁香地/我身旁飘过这个女郎；

她默默地远了/远了/到了颓圮的篱墙/走尽这雨巷。

【词人逸事】

这般女子，比之西湖，比之西子，"淡妆浓抹总相宜"。相宜，陆游曾吟《梨花》，"开向春残不恨迟，绿杨率地最相宜"。无论是在人生的春秋还是晴雨，遇到她，孤单消弭，一切未知便立刻有了答案——那不是参考，而是确定，是唯一。她随风而过，不似斯佳丽那般疯狂固执的爱，却如一杯陈年女儿红，令人沉溺于往事中久久不愿醒转。可惜，可叹，十年音尘断，连送信的青鸟也无影无踪！

青鸟又名三青鸟，传说女神西王母的使者，"赤首黑目"分别唤作一名曰大鵹，一名曰少鵹，一名曰青鸟。古时的"鵹"即"鹂"，听名字便知是三只亮丽轻快的小鸟。其实这三青鸟本是凤凰的前身，为多力健飞的猛禽，后来才转变为一代玲珑小鸟。三青鸟是有三足的神鸟，只有在蓬莱仙山可见。传说西王母驾临前，总有青鸟先来报信。"青鸟不传云外信，丁香空结雨中愁"，可见青鸟也常作为传递幸福佳音的使者出现在诗页中。

送信的青鸟不见，那些陈年往事日日温习，愈思量愈清晰，愈清晰愈徒增烦恼。本是"花有清香月有阴"之时，本应与爱人尽享"春宵一刻值千金"，那千古同月落下的清辉在人间划出一道铜墙铁壁，一边"琴瑟在御，莫不静好"，另一边只剩"一钩残照，半帘飞絮"。所谓"世上本无事，庸人自扰之"，不过未到伤情处。那一份执着的念想，那些共同走过的细细碎碎的日子，她的一颦一笑，他的一言一语，打碎了，搅匀了，和一团泥。捏一个你呀塑一个我，生当同衾，死亦同椁，成就一生的承诺。

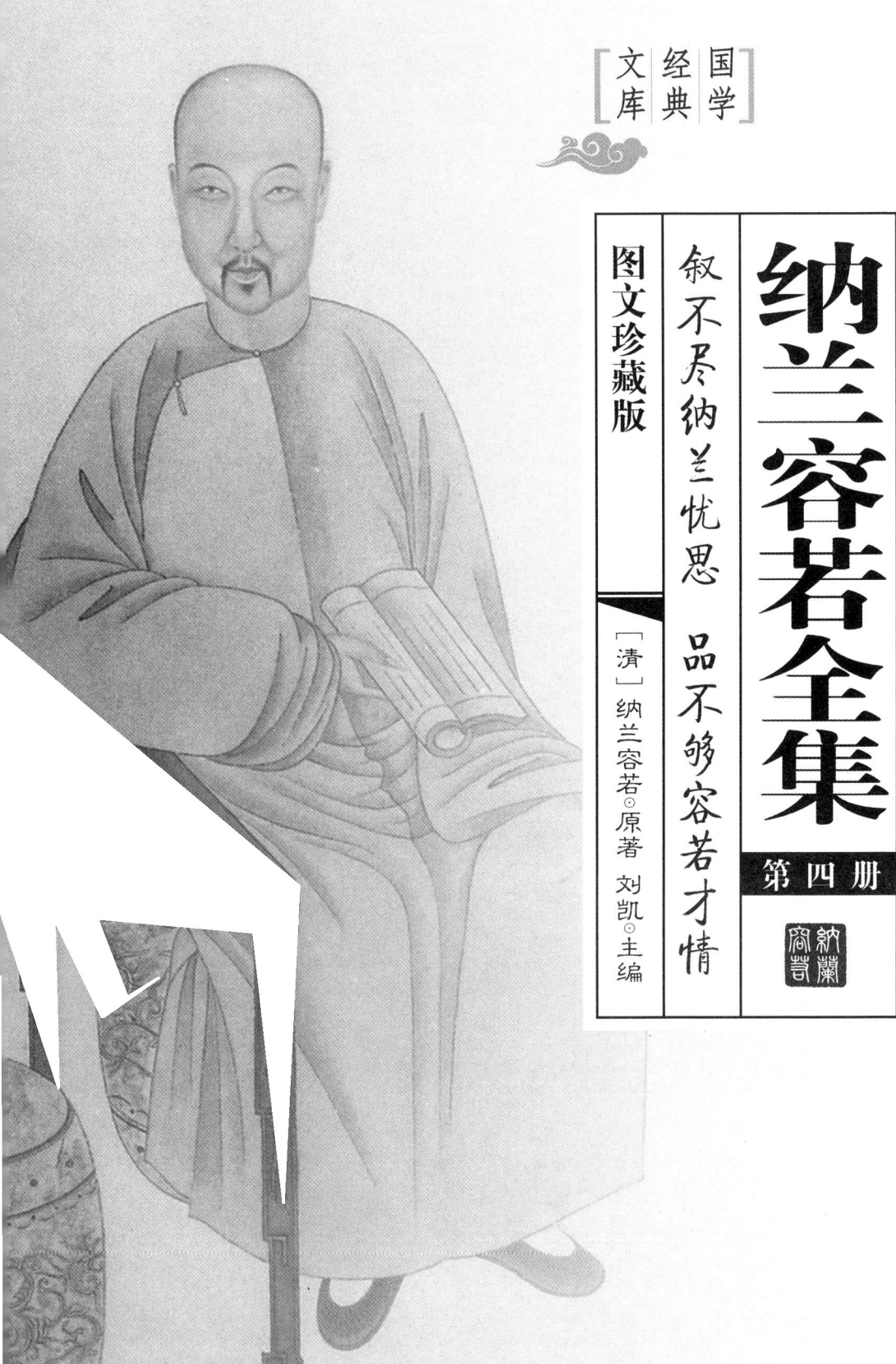

国学经典文库

图文珍藏版

叙不尽纳兰忧思　品不够容若才情

纳兰容若全集

第四册

[清]纳兰容若·原著　刘凯·主编

线装书局

茶瓶儿

【原文】

杨花糁径樱桃落①。绿阴下,晴波燕掠②。好景成担阁。秋千背倚,风态宛如昨③。

可惜春来总萧索。人瘦损,纸鸢风恶④。多少芳笺约⑤,青鸾去也⑥,谁与劝孤酌?

【注释】

①糁径:洒落在小路上。糁,煮熟的米粒,这里是散落的意思。

②晴波:阳光下的水波。唐杨炯《浮沤赋》:"状若初莲出浦,映晴波而未开。"

③风态:犹风姿。宛如:好像,仿佛。

④瘦损:消瘦。纸鸢:风筝。

⑤芳笺:带有芳香的信笺。

⑥青鸾:即青鸟或指女子。唐王昌龄《萧驸马宅花烛》诗:"青鸾飞入合欢宫,紫凤衔花出禁中。"

【赏析】

好一派怡红快绿的浓浓春色!

三四点青苔浮于波上,一两声莺啼鸣于树下。已暮春时节,樱桃散漫,柳絮飘扬,风日晴和不够,须要人意好才算得好景。一句"成担阁",人意便隐身于旧梦中。此去经年,斯人不在,便是良辰好景虚设。

同是花开莺啼,草长鹭飞的时节,因着这"担阁"二字,都黯然失了颜色。困酣娇眼的杨花,飘飘摇摇,萦损柔肠;看樱桃空坠,也无人惜。燕双飞,犹得呢喃低语,"为怜流去落红香,衔将归画梁",竟是黛玉葬花的心境一般。庭院深深处,小园香径下,唯有幽人独往来。

"秋千背倚,风态宛如昨",纳兰斜倚秋千,抚着冰凉的秋千索,追忆那些朝朝暮暮。去年今日此门中,人约黄昏后;今年花依旧,不见去年人。往事淌过心头,斯人何在?"可惜春来总萧索",他望向春雁回彩云归,望向细雨过桃花落,望向角声寒夜阑珊,只望得一怀愁绪空握。天涯一隅,不知她在那一方可也凭栏忆?泪眼望花,花亦无语。

"人瘦损纸鸢风恶",纸鸢,便是我们现在说的风筝,南方叫鹞,北方称鸢,因此也有"南鹞北鸢"之说。东风恶,纸鸢飘摇,如纳兰那颗摇摇欲坠的心,堪比黄花瘦。想他们也曾芳笺成约,执手一生吧?如今山盟犹在而锦书难托,斯人已去而此情空待,伤情处,"红笺为无色"。

青鸾何在?怕这世上无人曾见。传说青鸾有着世间无人听过的天籁之声,因为它只为爱情而歌;它亦为爱情而生,一生只为找寻另一只青鸾偕老相伴。它踏遍万水千山,仍是形单影只,因为这世上只一只青鸾。当它偶然望向镜中的自己,竟以为此生如愿,一曲绝美的歌声响彻云霄。从此,青鸾便成为世间坚贞不渝的爱。

东方的青鸾，西方的纳西索斯，他们终其一生追寻着"知我心者"。纳兰又何尝不是？待友人，他不以贫贱富贵为念；待爱人，终生执着于心间。鸿雁不归，青鸾去也，那一份黯然销魂的痴念，叫他与谁人说？只听见纳兰低唱一句："谁与劝孤酌。"谁劝孤酌？无解。杨花处处，飞燕双双，融融春意中泛起心头的，是吹不去化不开的悲凉。

渔父

【原文】

收却纶竿落照红①，秋风宁为蒻芙蓉②。人淡淡，水濛濛，吹入芦花短笛中。

【注释】

①纶竿：钓竿。

②宁为：乃为，竟为。

【词评】

风致殊胜。一时胜流，咸谓此词可与张志和《渔歌子》并称不朽。

——唐圭璋《词学论丛·成容若〈渔歌子〉》

【赏析】

几乎所有的词评人都赞纳兰的小令是天籁，格高韵远，极缠绵婉约之致。

而眼前这一首是纳兰为友人徐虹亭写的一首题画词。徐釚在《词苑丛谈》卷五品藻篇中曾说："余旧嘱谢彬画《枫江渔父图》，长白成容若为余《渔父》词云云,同人以为可与张志和并传。"可见是纳兰作这首词时,是对着一幅名为《枫江渔父图》的画卷,将画意凝为诗情,融进了这首曾在张志和笔下大放异彩的词牌。

抛开那首"西塞山前白鹭飞"不说,先来看纳兰的词。

"收却纶竿落照红",常读《饮水词》的人看见这句便可会心一笑了,纳兰一贯钟情的白描手法在此一显无余。夕阳西斜、晚霞烂漫,渔人悠然收竿,首句铺展在读者面前的,就是这样一幅场景。纶竿即为钓竿。落照,西斜的夕阳。"收却"二字用在全词的开头,别有一番意味。从字面上看,"收却"与"落照红"是同时发生的动作,而纵览全词,则可体味出这两者其实有着暗示的因果关系:因"落照红"而"收却纶竿",无须多言,便道出了黄昏中渔人逍遥自得,不假它求,这种自由自在的情绪,为整篇作品奠定了基调,又与下句的描述前后呼应。"秋风宁为翦芙蓉"承接上句,由落照的色彩写到秋风的声响,由人之主体写到荷花之喻体,仍然是从细节着手,以拟人的手法,描述飒飒秋风之凉意吹飘,不求它物,只为了能轻轻地摆动水中那一簇簇绝美的荷花。此处着一"宁"字,赋予了秋风人的性情与品格,出奇地于平和中凸现词人强烈的感情。从声韵上讲,"宁"作连词用时,读去声,放在动词的前面或句首,表示在现实情况下对选择某事物坚定的意志和愿望。可以解作"情愿""宁可"。如《史记·屈原列传》中有:"宁赴常流,而葬乎江鱼腹中耳。"

翦,《说文解字》云:"齐断也。"此处为形容词,即剪剪,引申为齐整、摇动貌。如欧阳修《暮山溪》句:"纤手染香罗,翦红莲,满城开遍。"

芙蓉是荷花的别称。《国语·招魂》中就有"芙蓉始发,杂制荷些"一句,《古诗十九首》中也有:"涉江采芙蓉,兰泽多芳草。"

荷花自古在诗词曲赋中都代表着一种高洁淡泊、出淤泥而不染的意象,如《离骚》:"制芰荷以为衣兮,集芙蓉以为裳。"于画于词,我们都能感受到这种以花喻人之高洁和淡泊的情怀,而更让人玩味的是,荷花的花期是在夏天,至秋便开始逐渐残萎,并非处于最清丽娇娆的状态,然而纳兰却依然让秋风执意为凄美的秋荷吹拂,其间之情感暗示与唐人郭恭的《秋池一枝莲》可谓同出一辙,其诗云:"秋至皆零落,凌波独吐红。托根方所得,未肯即随风。"其中的自持之情与超脱之意都可在纳兰这首词中见得相通之处。勾勒完了风物,"人淡淡,水濛濛。吹入芦花短笛中"一句抛出一个空远淡漠的远景,人影稀,烟水蒙,笛音轻,纳兰将他的"山泽鱼鸟之思"寄托于词中。时人称纳兰题画诗词有种"烟水迷离"之感,从这首小令的诗情画境中也可见一斑。

唐圭璋在《词学论丛·成容若〈渔歌子〉》盛赞道:"风致殊胜。一时胜流,咸谓此词可与张志和《渔歌子》并称不朽。"

私以为,纳兰这首小令,虽算不上前无古人,却的确可以说后无来者了。

《纳兰诗》释解

五言古诗

早春雪后同姜西溟作①

【原文】

西山雪易积,北风吹更多。

欲寻高士②去,层冰郁嵯峨③。

瑠璃一万片,映彻桑干诃④。

耳目故以清,苦寒其如何?

朝鸦背城来,晴旭满岩阿⑤。

春泥冻尚合,九衢交鸣珂⑥。

忽睹新岁华,履端⑦布阳和。

不知题柱客⑧,谁和郢中歌⑨?

【注释】

①姜宸英,字西溟,号湛园,又号苇间,浙江慈溪人。清初著名文学家、

书法家。曾屡试不第,直至七十高龄时才中进士。不料两年后任顺天乡试副考官一职时,受主考官连累入狱,最后病死狱中。而性德与姜的结识时间颇早,系康熙十二年(一六七三年)夏便与姜缔交,两人之后也保持着密切联系。此诗应当作于性德与姜交往中的某年早春姜在京时,但具体时间无法求证。

②高士:志趣、品行高尚的人,多指隐士。

③嵯峨:山高峻貌。

④桑干河:其上游河段流经山西黄土高原,称之为桑干河;下游始称永定河,又因该河段常患洪水,因而便常改河道,故原俗称无定河。

⑤岩阿:山之曲折处。

⑥鸣珂:玉器相撞之声。

⑦履端:一年之初,即正月元旦。

⑧题柱客:指风流才俊、荣显之士。

⑨郢中歌:指高雅的诗歌。郢中之歌有《阳春白雪》和《下里巴人》。

挽刘富川①

【原文】

人生非金石,胡为年岁忧?

有如我早死，谁复为沉浮？

我生二十年，四海息戈矛②。

逆节忽萌生，斩木起炎州③。

穷荒苦焚掠，野哭声啾啾。

墟落断炊烟，津梁④绝行舟。

片纸入西粤，连营倏相投。

长吏或奔窜，城郭等废丘。

背恩宁有忌，降贼竟无羞。

余闻空太息，嗟彼巾帼俦⑤。

黯澹金台望，苍茫桂林愁。

卓哉刘先生，浩气凌斗牛。

投躯赴清川，喷薄万古流。

谁过汨罗水⑥，作赋从君游？

白云如君心，苍梧⑦远悠悠。

【注释】

①刘钦邻（一六四四年至一六七四年），今江苏仪征人，因其曾任广西富川知县，故又称为刘富川。康熙十三年（一六七四年）九月于三藩之乱中被捕，后不忍被叛军羞辱，自缢殉节。

②戈矛：原意指武器，此处指代战争。

③炎州：《楚辞·远游》："嘉南州之炎德兮，丽桂树之冬荣。"后以"炎州"泛指南方广大地区。

④津梁：江河。

⑤巾帼俦：巾帼指古代妇女裹首的头巾或发饰；俦：同类，辈。

⑥汨罗水:即汨罗江,为湖南省北部的一条河。诗人屈原忧愤国事,投此江以死。此处以此赞颂刘富川如屈子投汨罗般的伟大献身赴义精神。

⑦苍梧:即苍梧县,位于今广西壮族自治区东部,地处浔、桂两江汇合处。

为王阮亭题戴务旃画①

【原文】

心与西山清,坐对西山②雪。

山空多幽响,芳草久云歇。

白云如沧洲③,缥缈不可越。

丹青意何长,宛此山径折。

卧游失所见,空林一片月。

【注释】

①王士祯(一六三四年至一七一一年),原名王士禛,字子真,又字贻上。号阮亭,又号渔洋山人。清初著名诗人、文学家。王于康熙十五年(一六七六年)春入京,曾与性德有往来,故此诗当作于其时。戴本孝(一六二一年至一六九一年),字务旃,号前休

②西山:当指北京西山,古称"太行山之首"。

③沧洲:隐士之住所。

桑榆墅同梁汾夜望①

【原文】

朝市竞初日,幽栖闲夕阳。

登楼一纵目,远近青茫茫。

众鸟归已尽,烟中下牛羊。

不知何年寺,钟梵②相低昂。

无月见村火,有时闻天香。

一花露中坠,始觉单衣裳。

置酒当前檐,酒若清露凉。

百忧兹暂豁③,与子各尽觞。

丝竹在东山,怀哉讵能忘④!

【注释】

①顾梁汾《弹指词·大江东去》词自注云:"忆桑榆墅在二层小楼,容若与余昔年乘月去楼中夜对谈处也。"因两人多年交往

晷面均在北京,故可知桑榆墅也应在北京,但其详址待考。此诗的写作时间也待考。

②钟梵:寺院的钟声和诵经声。

③豁:去除。

④讵能忘:怎能忘,反诘语气。

送施尊师归穹窿^①

【原文】

突兀穹窿^②山,丸丸^③多松柏。

造化钟灵秀,真人爱此宅。

真人号铁竹,鹤发^④长生客。

天风吹羽轮,长安驻云舄^⑤。

偶然怀故山,独鹤去无迹。

地偏宜古服,世远忘朝夕。

空坛松子落,小洞野花积。

苍崖采紫芝,丹灶煮白石。

檐前一片云,卷舒何自适。

他日再相见,我鬓应垂白。

愿此受丹经^⑥,冥心炼金液。

【注释】

①施名道源,字亮生,别号

铁竹,清初著名道士,尊师是对其的敬称。后被委施主持重修穹窿山道观,被封为养元抱一宣教演化法师。此诗当作于康熙十五年(一六七六年)秋,其入都宣法期间。

②穹窿:山名,在江苏吴县西南。

③丸丸:高大挺直貌。

④鹤发:白发。

⑤云舄:漫漫无边的云海。

⑥丹经:讲述炼丹术的经书。

寄朱锡鬯①

【原文】

萍梗②忽南北,相聚复相离。

去年一相见,正值落花时。

秋风苦催归,转眼岁已期。

淅淅秋叶落,绵绵秋夜迟。

开户见残月,道远有所思。

丈夫故慷慨,此别何凄其③!

明发揽尘镜,新寒生鬓丝。

【注释】

①朱彝尊(一六二九年至一七〇九年),字锡鬯,号竹坨,又号驱芳,今浙江嘉兴人。清代著名文学家,也是清初著名藏书家之一。又朱于康熙十四年九月自京返乡奔父丧,直至十七年夏才再入京。结合诗意,此诗似作于

康熙十五年秋。

②萍梗：浮萍与断梗，比喻行踪不定。

③凄其：凄凉、悲怆貌。其，乃词尾词，无意。

茅斋^①

【原文】

我家凤城北，林塘似田野。

蓬庐^②四五楹，花竹颇闲雅。

客俗鸡能谈，忧来酒堪把。

容膝岂在宽，惬意自潇洒。

静中生虚白，念虑^③寂然寡。

忽悟形与器，万物尽虚假。

窗中见斗牛，门前骤^④车马。

试问此间阎^⑤，当时住谁者？

因之叹尘世，我心聊以写。

【注释】

①矛斋，又称茅屋、草堂或花间草堂。纳兰容若的矛斋建成于康熙十八年夏，此二诗系作于康熙十九年之春。

②蓬庐：古代驿站里供人休息的屋子。

③念虑：思虑。

④骤:马快跑貌。

⑤间阎:间泛指门户,人家;阎指里巷的门,此处指房屋建筑。

又

【原文】

闲庭照白日,一室罗古今。

偶焉此栖迟,抱膝悠然吟。

吟罢有余适,散瞩复披襟。

时开玉杯卷,或弹珠柱琴。

檐树吐新花,枝头语珍禽。

花发饶冶色,禽鸣多姣音。

色冶眩春目,音姣伤春心。

夕阳下虞渊①,寂寞还空林。

清光复相照,片月西山岑②。

【注释】

①虞渊:隅谷,古神话传说中日没之处。

②岑:寂静、寂寞之意。

杂诗七首

【原文】

举世觅仲连①,乃在海中岛。

往问齐赵事，默然望林表。

灌园于陵中，绝食太枯槁。

神龙亦见首，不然同腐草^②。

虚言托泉石，蒲轮恨不早。

登朝表宿誉，食肉^③以终老。

【注释】

①仲连：鲁仲连，战国时齐人。喜为人排忧解难，高蹈不仕。

②腐草：比喻卑微之态。

③食肉：出自《左传—庄公十年》："肉食者鄙，未能远谋。"肉食者泛指只能食肉的高官贵族。此处暗喻鲁公变为废人。

又

【原文】

李白^①谪夜郎，杜甫^②困庸蜀。

纷纷蛉志辈^③，昏塞饱粱肉^④。

造物岂无意，与角去其足。

末俗谀高位,文成贵珠玉。

纵云咸池⑤奏,我愚不能读。

一言欲赠君,焚砚削简牍。

此事属穷人,君其享百禄。

【注释】

①李白(七〇一年至七六二年),字太白,号青莲居士,唐代浪漫主义诗人。被誉为"诗仙"。安史之乱时,作为永王幕僚,因永王被肃宗陷害,李白受到牵连,被流放夜郎,后又中途获赦。

②杜甫(七一二年至七七〇年),字子美,号少陵,唐代著名现实主义诗人,与李白合称"李杜",被誉为"诗圣"。安史之乱时,杜甫几经辗转,来到成都浣花溪畔,并建了"杜甫草堂",困顿度日。最后病死在湘江的一只小船中。

③蜍:癞蛤蟆;蜍志辈乃嘲讽胸无大志者之意。

④粱肉:精关的饭食。

⑤咸池:《礼记·乐记》中有云:"《咸池》,备矣。"郑玄对其注曰:"黄帝所作乐名也,尧增脩而用之。"故"咸池"乃为古乐曲名。

又

【原文】

雅颂十九首①,议者死三尺②。

曹刘③始宏放,颜谢④颇雕饰。

亦有射洪子,变风厉逸翮。

希古⑤惜已勤,形合理则隔。

泉明白澹荡,尽变待甫白。

轻举游五城⑥,冥研破八极⑦。

咿咿奏皇华,末俗自不识。

我诚拙文词,四顾复不适。

异士今何在,山川故如昔。

幼时颇脑满⑧,芜秽⑨期荡涤。

兹事亦大难,中年飞扬息。

砚有前岁尘,书惟稚龄迹。

述作非吾愿,一杯永今夕。

【注释】

①"雅""颂"皆属于《诗经》;"十九首"指代《古诗十九首》。

②三尺:因古代的剑长约三尺,故以"三尺"代指剑。

③曹刘:曹操、刘备的并称。

④颜谢:南朝宋诗人颜延之与谢灵运的并称。

⑤希古:仰慕古人之意。

⑥五城:传说中神仙居住之所。

⑦八极:古时谓八方极远之地。

⑧脑满:肥头大耳,常说脑满肥肠,形容饱食终日,无所进取之人。

⑨芜秽:原意为荒芜、荒废;此处指诗坛之复古现象。

又

【原文】

逸骥千里足,君行日一舍①。

休暇岂不欣,何以塞高价②。

鹤鸣引双雏,欲集高堂下。

见君养凫鸥,矫翮复悲吒③

【注释】

①一舍:古以三十里为一舍。

②高价:通常指器物的珍贵,后又比喻人的身份、地位之高。

③悲吒:亦作悲诧,悲叹、悲愤之意。

又

【原文】

重衣①少不胜,跃马今踰险。

落景②望戈留,孤云迎阵敛。

元戎爱仲宣③,荒碛同帷簟。

军前笳鼓沸,幕后琴书澹。

清尊侍华灯，谈宴不知疲。

一言合壮志，磨盾记其词。

悲吟击龙泉④，涕下如绠縻⑤。

不悲弃家远，不惜封侯迟。

所伤国未报，久戍嗟六师。

激烈感微生，请赋从军诗。

【注释】

①重衣：衣上加衣。

②落景：落日的余晖。

③仲宣：王粲，字仲宣，汉末
文学家，"建安七子"之一。善于
诗赋。

④龙泉：剑名。

⑤绠縻：形容泪如雨下。

又

【原文】

扈酒①洒荒郊，缟衣②泣少妇。

金屏③方宛转，一夕向长暮④。

狐兔呼凄飙，鸺鹠啸宿雾。

忆子伴刺绣，頳颜⑤恶君语。

邻人起踯躅⑥，哀响凋芳树。

不知吹箫人,离魂渺何处。

我生不能闻,猿哭与蝥诉。

三声断肠迟,不如妇一词。

【注释】

①厄酒:厄为"卮"的繁体,指盛酒的容器;厄酒即一杯酒。

②缟衣:举办丧事时所穿的白色衣服。

③金屏:门内的屏风;此处指居所。

④长暮:死亡。

⑤頳颜:因羞愧而脸红之态。

⑥踯躅:徘徊不前。

又

【原文】

药误求仙人,禄湛①患失客②。

文章猦貉噭,勋名过眼息。

西方有至人,莲花护金碧。

艳艳池水中,列圣坐相觌。

风声宣上法,鸟韵开迷魄。

称名弹指③到,百劫慈云侧。

捐兹宇宙乐,从彼金仙迹。

【注释】

①禄湛:高官厚禄。

②失客:失意的文人志士。

③弹指:时间量词,比喻时间短暂。

山中

【原文】

微月翳^①高岭,松风起群壑。

近山无术阡,高下森华薄^②。

涉涧愁窈窕^③,顾步眩冥寞。

高树暗如山,倾崖石欲落。

羁离^④悲夜猿,险峭伤病鹤。

缅怀万物情,此时欣有托。

山中一声磬,禅灯破寥廓。

【注释】

①翳:遮蔽、掩盖。

②薄:草木丛生之处。

③窈窕:深邃幽美貌。

④羁离:漂泊异乡。

效江醴陵杂拟古体诗二十首①

班婕妤②怨歌

【原文】

团团望舒月,皜皜③冰蚕绢。

欲却炎天暑,比月裁成扇。

望舒圆易缺,金风换炎节。

风凉秋气寒,匣扇复谁看?

扇弃何足道,感妾伤怀抱。

对月泪如丝,君恩异旧时。

【注释】

①江醴(四四四年至五○五年),字文通,宋州考城人,南朝著名文学家。梁武帝时官至醴陵侯。性德此诗便是效其体。

②班婕妤:西汉女辞赋家。为汉成帝之妃,初入宫时为少使,随即便立为婕妤。其人善诗赋,且作品颇多,但现今仅存三篇:《自伤赋》《捣素赋》和一首五言诗《怨歌行》。

③皭皭:明亮洁白。

王仲宣从军

【原文】

中原嗟丧乱,志士奋从军。

所从智勇宰,仗钺渡漳滨。

龙旗①飞壁垒,豹尾肃勾陈。

戈铤耀晴日,甲胄②炫屯云。

孙吴萃猛将,管乐聚谋臣③。

予时备七校,秉羽介犀鳞。

一麾服荆扬,再举靖巴黔。

东征西载怨,泽洽④威自振。

箪壶夹道路,筐篚⑤馈玄纁。

文皮裹干戚,奏凯邺城闉。

功名垂钟鼎,丹青图麒麟。

【注释】

①龙旗:与下句中的"豹尾"均指军中之仪仗。

②甲胄:甲指铠甲;胄指头盔。二者结合亦称盔甲。

③孙吴:三国时期的吴国;管乐:齐国名相管仲与燕国名将乐毅的并称。

该句讲吴、蜀人才济济。

④泽洽：恩泽给予。

⑤筐篚：盛放物品的竹器。

刘公干公宴^①

【原文】

曜灵下濛汜^②，素魄^③复徘徊。

浃日盛娱游，清夜还追陪。

华池俯高馆，波光映丹榱。

锦茵藉丰席，绮宴罗金杯。

舞袖空中扬，歌声清且哀。

鲦鳞跃文藻，六马仰刍菱^④。

灵囿鹿虞虞^⑤，灵台鹤皑皑。

燕喜时未央，福履恒厥绥。

明明衮衣^⑥宰，济济薪樕^⑦才。

何幸厕文学，得尽朽钝材。

愿赋《振鹭》^⑧诗，常歌醉言归。

①刘桢(？至二一七年),字公干,"建安七子"之一。与同为"建安七子"之一的王粲关系要好。东汉著名文学家,尤善诗歌。

②曜灵:指太阳;濛汜:日出之处。

③素魄:月亮。

④刍荬:喂马的草料。

⑤虞麌:群聚貌。

⑥衮衣:又称衮服,因其上绘有龙的图案而得名,为古代皇帝与王侯的礼服。

⑦樏:《诗经·大雅·棫朴》:"芃棫朴,薪之樏之。"堆积之意。

⑧《振鹭》:此诗表达了宴请宾客时欢歌起舞之状。此处泛指公宴诗。

曹子建七哀①

【原文】

东园桃李姿,是妾嫁君时。

燕婉②为夫妇,相爱不相离。

良人忽远征,妾独守空帷。

忧来恒自叹，冀死魂追随。

又念妾死时，谁制万里衣？

幸有双鲤鱼③，拟为寄君辞。

终日不成章，含泪自封题。

君若得鲤鱼，剖鱼开素书。

但看书中字，一一与泪俱。

【注释】

①曹植（一九二年至二三二年），字子建，曹操之子，曹魏著名文学家。生前被称为陈王，死后谥号"思"，因此后世又称其为陈思王。著有《七哀》诗。

②燕婉：汉·苏武《诗》之二："结发为夫妻，恩爱两不疑。欢娱在今夕，燕婉及良时。"比喻夫妻和爱。

③双鲤鱼：古代以双鲤鱼寄相思信，后以此泛指书信。

左太冲咏史①

【原文】

吾闻赵公子，好客埒②三君。

能令千载后,买丝绣其真。

讵如燕昭王^③,金台筑嶙峋。

迎骓既隆礼,师郭亦殊伦。

奕世^④储壮士,殉义忘厥身。

荆轲^⑤去不返,渐离^⑥踵入秦。

至今易水上,歌筑声犹新。

何代无奇人,台荒蔓荆榛。

【注释】

①左思(约二五〇年至三〇五年),字太冲,西晋著名文学家,齐国临淄

人。左思出身贫寒,自幼便

其貌不扬,好在自身发愤勤

学,终有所成。著有《咏史八

首》。

②埒:等同,相同。

③燕昭王(前三三五年

至前二七九年),名职,又称

昭王或襄王。公元前三一二

年至公元前二七九年在位,

原为韩国人质。其在位期间

派兵遣将打破东胡、齐国,成就了燕国之盛世。

④奕世:累世,一代接着一代。

⑤荆轲(? 至前二二七年),字次非,战国末期魏国人。为人慷慨仗义。

后受燕太子丹委托入秦刺杀秦王,不中,被肢解而死。

⑥渐离:燕国著名琴师,容貌俊美,与荆轲是好友。荆轲刺秦出发前,他与太子丹将其送至易水,并弹奏一曲变徵之声,为荆轲送行。后亦因刺杀秦王未中而被害。

陆士衡赠弟①

【原文】

我形子洛城,子影只华亭。

仰看鸿雁翔,能不念平生。

昔为同根树,今若叶辞枝。

凉风起间阖②,各自东西飞。

鸰原③日以远,棣萼日以晚。

终当复旋归,勉子加餐饭。

【注释】

①陆机(二六一年至三〇三年),字士衡,西晋著名文学家,与其弟陆云合称"二陆",被誉为"太康之英"。吴郡吴县人。他"少有奇才,文章冠世",却最终死于"八王之乱"。李白在《杂曲歌辞·行路难》中感慨道:"陆机才多岂自保"。著有《赠第士龙》一首。

②间阖:典故名,出自《楚辞·离骚》。原意为传说中的天门,此处指洛阳都门。

③鸰:《诗·小雅·常棣》:"脊令在原,兄弟急难。"脊令即鹡鸰,原为水鸟,若失去居所,便飞鸣求类,比喻兄弟有难应互相帮助。现以"鸰原"代指兄弟。后句中之"棣萼"亦代指兄弟。

嵇叔夜言志①

【原文】

杨朱②泣路岐,墨翟③悲素丝。

灵蔡甘曳尾,郊牛惮为牺。

处则尚其志,出则颠其颐。

子云自投阁,董生④常下帷。

琅玕啄凤鸾,腐鼠吓鸱鸢。

寒蝉饮清露,苍蝇集腥膻。

予生实懒慢,傲物性使然。

涉世违世用,矫俗连俗欢。

金羁非鹿饰,丰草意所安。

琴弹《广陵散》⑤,啸上苏门巅。

采术服黄精,终期学长年。

【注释】

①嵇康(二二四年至二六三年),字叔夜,三国时期魏国著名文学家、思想家、音乐家。为"竹林七贤"的精神领袖。后因遭小人谗言,被司马昭

处死。

②杨朱：字子居，战国时期著名哲学家，反对儒墨思想，主张"贵生""重己"。

③墨子（前四六八年至前三七六年），名翟，战国时期著名的教育家、思想家、军事家。为墨家学派的创始人。他提出"兼爱、非攻"等观点，著有《墨子》一书。

④董生：董仲舒（前一七九年至前一〇四年），西汉著名思想家、教育家、政治家。汉景帝时任博士，讲授《公羊春秋》。

⑤《广陵散》：又名《广陵止息》。古代大型琴曲。嵇康便以善谈此曲而著称。

阮嗣宗咏怀①

凉燠②递推迁，今古迭朝暮。

出岫无还云，落花宁上树。

朱颜瞬息改，鬓发③须臾素。

浮生匪金石，焉得常贞固。

途穷行辙返，恸哭畏迷误。

青眼予何好？白眼予何恶？

诞矣鲁阳戈，荒哉夸父④步。

长啸复衔杯，松乔安可睹。

【注释】

①阮籍(二一〇年至二六三年)，字嗣宗，三国魏之著名文学家、思想家。"竹林七贤"之一。阮籍在政治上采取明哲保身的态度，常以醉酒来躲避司马昭对时事的询问。后因被迫为司马昭自封晋公写过"劝进文"，才使得司马昭对其违背礼法的行为采取容忍态度，最终得以终其天年。

②燠：《尔雅》："燠，煖也。"暖、热之意。

③鬒发：黑发。

④夸父：古神话传说人物。有"夸父逐日"之说。

许玄度寓居①

巢父②逊箕颍，善卷遁淮甸。

家世本高阳，于越爱葱蒨③。

云兴秀岩壑，霞蔚美金箭。

镜水碧芙蕖,铜溪红菡萏。

石匮屡冥搜,丹梯惬凌缅。

漾舟樵风湾,筑室兰渚岸。

涧清缨斯濯,尊滑羹可荐。

玄从王子谈,理同谢公④辨。

欲祛义常胜,内朗胸无战。

风月偶行游,萍踪何足羡?

【注释】

①许询(生卒年不详),字玄度,才华横溢,善属文。他终身不仕,常与友人游山玩水,吟咏作对。且善析玄理,与孙绰同为东晋玄言诗的代表人物。

②巢父:因其筑巢而居,故得名"巢父"。唐尧时的隐士。

③葱蒨:草木茂盛秀美之貌。

④谢公:指谢安。南朝·刘义庆《世说新语·任诞》:"桓子野每闻清歌,辄唤'奈何!'谢公闻之曰:'子野可谓一往有深情。'"

<h1 style="text-align:center">郭景纯游仙^①</h1>

【原文】

蒙庄主养生,苦李^②贵道德。

为善无近名^③,知白守其黑。

梦蝶岂寓言,犹龙信难测。

漆园春秋久,柱下商周易。

大道生之根,背福即罹极。

昔人求神仙,嗜欲戕其直。

浩乎鲲鹏^④飞,去矣六月息。

无为自清静,葆光常不匮。

何必从山臞^⑤,餐霞服琼液。

【注释】

①郭璞(二七六年至三二四年),字景纯,东晋著名文学家和训诂学家。三二四年,王郭命他占卜造反胜算多大,璞言必败,被杀之。

②苦李:指老子。因其生于楚国苦县历乡曲仁里,故得名。

③出自《庄子·养生主》:"吾生也有涯,而知也无涯;以有涯随无涯,殆已!已而为知者,殆而已矣。为善无近名,为恶无近刑;缘督以为经,可以保身,可以全生,可以养亲,可以尽年。"

④鲲鹏:《庄子·逍遥游》:"北冥有鱼,其名曰鲲,鲲之大,不知其几千里也;化而为鸟,其名为鹏,鹏之背,不知其几千里也,怒而飞,其翼若垂天之

云。"鲲"为一种大鱼;"鹏"为一种鸟。常用来比喻一些宏伟之事。

⑤山癯:即山脊。

陶渊明田家①

【原文】

结庐柴桑村,避喧非避人。

当春务东作,植杖躬籽耘。

秋场登早秫,酒熟漉葛巾②。

采罢东篱菊,还坐弹鸣琴。

磬折辱我志,形役悲我心。

归华③托陈荄,倦鸟栖故林。

壶觞④取自酌,吟啸披予襟。

【注释】

①陶渊明(约三六五年至四二七年),字元亮,号五柳先生。东晋著名诗人、文学家。曾任江州祭酒、镇军参军等小职,后辞官归隐,过起了悠闲自在的田园生活。

②漉葛巾:陶渊明嗜酒,曾取头巾过滤酒喝。

③归华:落花。

④壶觞:饮酒之器具。

鲍明远玩月①

【原文】

娟娟秋月辉,皎皎明镜飞②。

清如积水光,莹若凝冰霜。

窈窕女墙东,徘徊绮户中。

晃惊梁上燕,微见网中虫。

天香生桂树,玉露泣芙蓉。

佳人坐空房,金波映高张。

乌啼既含怨,嫦娥更怀伤③。

牛女隔银渚,终岁犹相望。

自妾嫁征夫,关山路何长。

安得为清影,夜夜在君旁。

【注释】

①鲍照(约四一五年至四六六年),字明远,南朝宋著名文学家。任临海王刘子顼的前军参军时被乱军所杀。著有《玩月城西门解中》一首。

②该句中的"娟娟""皎皎"皆形容月光明亮美好之貌。

③以该句中的"乌""嫦娥"的怨来衬托佳人与丈夫的分别之苦。

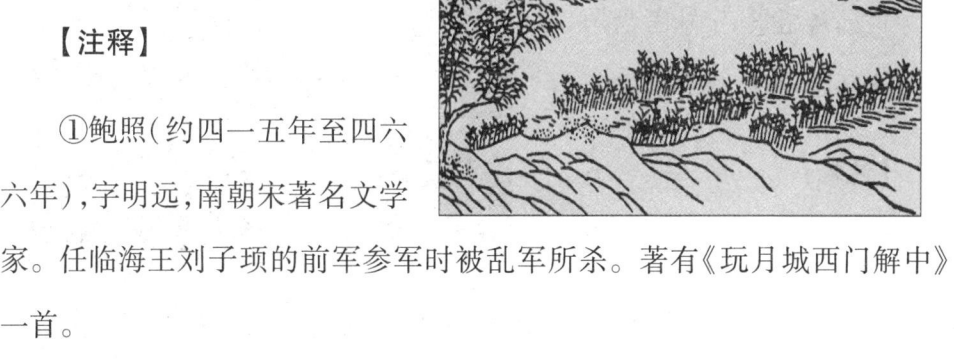

谢康乐游山①

【原文】

会稽②东南美,淳渊③环峙岳。

绣嶂郁盘纡,金峰耸崭削。

非由巨灵④劈,无假五丁凿。

芙蓉易秀蕚,列壁展丹腹⑤。

虬松偃苍盖,蟠藤森翠幕。

鲜葩耀阳崖,芳兰媚幽薄。

披榛出风磴,援葛度烟壑。

见叱初平羊,看飞道林鹤。

弦歌禽鸟瞬,琴筑涧泉落。

云霞烂锦绥,薇蕨⑥傲珍错。

世慕簪组贵,宁知考盘乐。

永怀园绮踪,将寻晨肇药。

【注释】

①谢康乐:即谢灵运(三八五年至四三三年),东晋阳夏人。因其小名为"客儿",故又称谢客。因曾任临川内史一职,又称谢临川。他兼通史学,工书法。江淹著有《谢临川游山》。

②会稽:因浙江绍兴的会稽山而得名。谢康乐曾于此处游山玩水。

③淳渊:聚水深潭。

④巨灵:古时传说洪水泛滥,人间疾苦不堪,天帝便命巨灵神下凡解救万民。后人便以巨灵神为河神。

⑤丹腹:可供涂饰的红色颜料。

⑥薇蕨:指薇和蕨两种植物。穷困之人常食之。

颜延年侍宴^①

【原文】

枫陛^②叶紫微,桂宫御黄屋。

阁道驰凤辇,芳苑骋鸾毂。

乘阳布春令,税驾^③钟山麓。

卿云^④冠绝巘,复旦光浚谷。

风飏绵羽唪,烟染黄丝绿。

依阜列琼筵,临湖张黼幄。

宫悬金奏阕,鼓吹笳箫^⑤续。

圣德弘诞被,皇情畅遐瞩。

江清冯夷俯,海静阳侯伏。

潮随献琛舫,汐送输贶舶。

宝气蜃楼幻,冰轮蚌珠^⑥浴。

龙瓒和睿容,羽爵醉揆牧。

方聆燕镐咏,旋听横汾曲。

拜手^⑦进赓扬,微才惭朴樕^⑧。

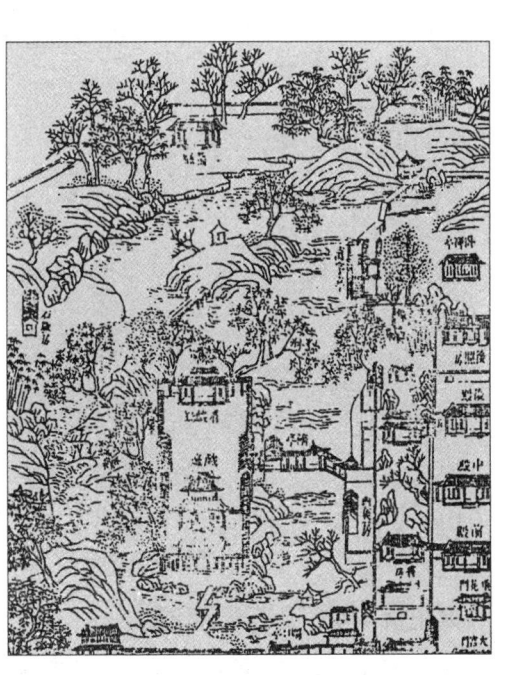

【注释】

①颜延之(三八四年至四五六年),字延年,南朝宋著名文学家,琅琊临沂人。博览群书,文章炬赫一时。与谢灵运并称"颜谢"。有文集三十卷。江淹著有《颜特进侍宴》。

②枫陛:指朝廷。

③税驾:"税"通"脱",解驾、停车之意。

④卿云:彩云,祥瑞之兆。

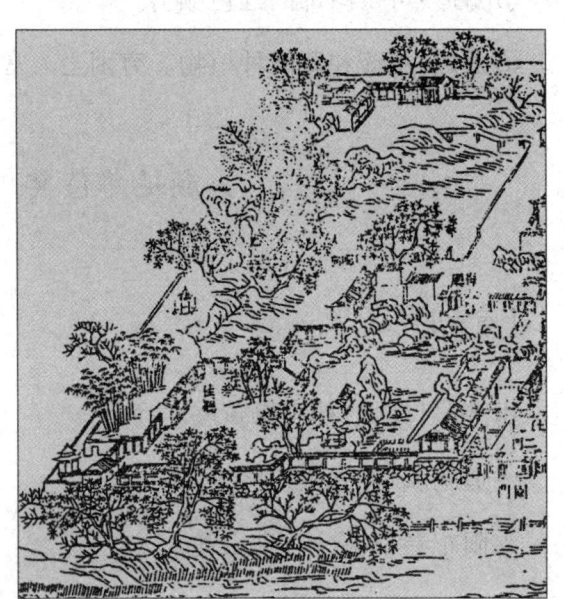

⑤笳箫:即笳管。

⑥玭珠:即蚌珠,珍珠。

⑦拜手:古代男子跪拜礼的一种,又叫"空手""拜首"。

⑧朴樕:小树。

谢惠连捣衣[①]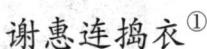

【原文】

火正辞炎辔,金行御商镳[②]。

槭槭[③]风惊叶,湛湛露盈条。

月迟素砧冷,霜早青林凋。

蟋蟀怨空墀,鸿雁哀层霄。

秋容脆纤葛,雪色嫌轻绡④。

深闺怀藁砧,万里边城遥。

罗帏怯凉飔,况乃朔地飙。

柔荑⑤运双杵,清响发严宵。

金釭焰稀微,珠斗横寂寥。

捣此八蚕绮,将为御寒袍。

量以金粟尺,裁用并州刀。

长短记君身,肥瘦昧君腰。

同心绾绣带,合欢藏翠翘⑥。

带表相思切,翘明企望劳。

应知着衣时,泪点当未消。

【注释】

①谢惠连(四○七年至四三三年),南朝宋著名文学家。其十岁便能文,十分聪慧。因谢惠连举止轻薄,有违当时世论,故不得仕进。后人把他和谢灵运、谢朓合称为"三谢"。

②商镳:秋风。

③摵摵:象声词,落叶声。

④轻绡:一种透明带花纹的轻纱。

⑤柔荑:出自《诗经·硕人》:"手如柔荑,肤如凝脂。""柔荑"本指初生的茅草,后常用来比喻女子之手。

⑥翠翘:古代妇女首饰的一种,因状似翠鸟尾部翘起的长羽而得名。

卢子谅时兴①

【原文】

代谢感时序,迭微叹日月。

憨彼鹎鸠②鸣,忍此众芳歇。

林园无鲜蕊,原野飞陨叶。

王孙伤岁暮,志士励穷节。

劲莛蠹惊飙,贞松翠霜雪。

昂昂泽中雉,矫矫韝上鹰。

物性不可渝,人宁不如物。

努力崇明义,岂为威武屈!

【注释】

①卢谌(二八四年至三五○年),字子谅,范阳涿人。有才华,善属文。谌与姨夫刘琨关系密切,屡有赠答。后琨被杀,朝廷不敢吊祭,谌为其上表审理,言辞十分恳切。后在襄国遇害。

②鹎鸠:即杜鹃鸟。

谢玄晖观雨①

【原文】

冉冉敬亭云,泠泠北崎风。

仰见城西隅,崇朝②隋蝃蝀。

霡霂③散帷幔,霏微入帘栊。

讼庭滋草碧,铃阁泫花红。

之子期未至,琴尊谁与同?

登楼一以望,山城如画中。

青笠岩际叟,绿蓑溪上翁。

白鸟讵有营,飞飞西复东。

嗟予徇④微禄,润物惭
无功。

【注释】

①谢朓(四六四年至四九九
年),字玄晖,陈郡阳夏人,南朝齐著名山水诗人,与谢灵运对称为"小谢"。
东昏侯永元初,遭人诬陷,下狱,并死于狱中。谢玄晖著有《观朝雨一首》。

②崇朝:一个早晨;比喻时间
短暂。崇,通"终"。

③霡霂:《尔雅·释天》:"小雨谓之霡霂。"小雨之意。

④徇:追求,谋求。

沈休文东园[①]

【原文】

暮出石城东,青郊行迤逦。

纵横阡复陌,村舍炊烟起。

落日隐远峰,霞雯蔚成绮。

骎骎[②]骤归骑,林鸦鸣未已。

折柳旧樊圃,蔬药种霍靡[③]。

荆扉临曲碕,淮水绿弥弥[④]。

萝径足幽寻,茅亭可延伫。

清风为我客,皓月为我主。

信宿[⑤]即吾庐,乾坤皆逆旅。

【注释】

①沈约(四四一年至五一三年),字体文,吴兴武康人,南朝著名文学家、史学家。勤奋好学,博览群书,善于诗文。历仕宋、齐、梁三朝。著作颇多,明人张溥辑有《沈隐侯集》。沈著有《宿东园》一首。

②骎骎:形容马快跑的样子。

③霍靡:形容草木柔弱,随风飘浮状。

④弥弥:水满,水盛之貌。

⑤信宿:连住两夜。

范彦龙古意①

【原文】

左掖缪补衮,西清翊垂旒。

祥风玉墀②度,丽日金掌浮。

篷羽鹓鹭序,接迹夔龙③俦。

岱畎有威凤,千秋瑞虞周。

舜文正当阳,池上复来游。

雕喈叶笙磬,黼黻④宣皇猷。

文章贵纶綍,佩玉锵琳球。

珠露饮帝梧,琅霜啄昆丘。

饮啄得所止,砥志无外求。

嗤彼随阳雁,但为稻粱谋。

【注释】

①范云(四五一年至五○三年),字彦龙,南乡舞阴人,南朝著名文学家。他自幼才思敏捷,八岁便能诗,善属文。曾任侍中、吏部尚书等职。任职期间直言善谏,天监二年病故,梁武帝闻讯痛苦不已,死后追赠侍中、卫将军,赐谥曰文。

②墀:宫殿前的台阶。

③夔龙:传说中的单足爬行动物。

张景阳忆友①

【原文】

浓阴晦郊墅,重云结岩岫②。

匣瑟鸣鹍弦,林花涴绮绣。

适适③响径泉,淙淙泻檐溜。

兔隐失弦望,乌潜昧昏昼。

原田徐黍浸,陇坂苞稂莠。

求友息嘤鸣,携俦寡猿狖。

茅斋久岑寂,离索④常在疚。

郁陶⑤王贡冠,绵邈萧朱绶。

一日为三秋,盍簪何时又?

【注释】

①张协(生卒年不详),字景

阳,安平人,西晋著名文学家。官至河间内史,为官清廉。后至天下大乱之

时,辞官隐居,吟咏为乐。永嘉初年,复征为黄门侍郎,终因病重逝于家中。

②岩岫:峰峦。

③适适:此处代指象声词。音读。

④离索:离群索居。

⑤郁陶:内心忧郁、郁闷之态。

和友人饮酒

【原文】

君有饮酒诗，足继柴桑翁。

言得此中理，一醉等洪濛[2]。

我性虽不饮，劝客愁尊空。

遇我高阳徒，酣适颇能同。

自君贻此编，浩如沃心胸。

岂知古达者，半藉麴[3]蘖功。

学道与识字，苦心终见穷。

未老习便宜，趋事舍劳躬。

愿君多酿黍，暇日来相从。

【注释】

①柴桑翁：因陶渊明晚年隐居柴桑，故称之。

②洪濛：天地形成之前的混沌之态。

③麴：同"曲"，酒母。

又

【原文】

我生如飞蓬，飘然落天际。

太虚①浩漠漠，生理偶然契。

神明本无方，耳目有拘系②。

循想起形迹，蕴积为身世。

穷神知化源，外物敢为厉。

我欲尽世人，梦梦③遇一切。

惟有饮者心，庶几得所憩。

【注释】

①太虚：天空。

②有拘系：有拘束，有限制。

③梦梦：昏暗不明。

又

【原文】

秦皇作长桥，驾海跨烟雨。

三山苦相招，石重不可举。

我不梦蝴蝶，醉后亦栩栩。

遐哉勾漏令①，丹砂未堪许。

不如营一尊②，迟我山中侣。

【注释】

①勾漏令：官名，勾漏县县令。

②一尊：即一樽酒。

题画寄友人

【原文】

梁燕忽已去，飒然秋在堂。

澹澹东篱姿，疏花不成行。

闲窗展缣素①，丹青破微茫。

咫尺烟雾生，隐映枫林苍。

屈注天河水，倒挂千尺梁。

岩壑竞喷薄，倏令心骨凉。

山川似剡中②，扁舟兴难忘。

因之寄远道，矫首飞鸿翔。

【注释】

①缣素：可作书画的细绢；此处指画卷。

②剡中：指剡县一带。乃山水胜地。

高楼望月

【原文】

戚戚①复戚戚，高楼月如雪。

二八正婵娟^②,月明翡翠钿。

由来工织锦,生小倚朱弦。

朱弦岂解愁,素手似云浮。

一声落天上,闻者皆泪流。

别郎已经年,望郎出楼前。

青天人海水,碧月如珠圆。

月圆已复缺,不见长安客^③。

古道白于霜,沙灭行人迹。

月出光在天,月高光在地。

何当同心人,两两不相弃。

【注释】

①戚戚:相亲相近的样子。

②婵娟:指美女。

③长安客:泛指出门在外之人。

送梁汾^①

【原文】

西窗凉雨过,一灯乍明灭。

沉忧从中来,绵绵不可绝。

如何此际心,更当与君别。

南北三千里,同心不得说。

秋风吹蓼花^②,清泪忽成血!

①康熙二十年(一六八一年)秋,顾贞观返乡奔母丧,性德作此诗送行。

②蓼花:一年生草本植物,花小,呈白色或浅红色,可用以调味或入药。后代指对亡亲的哀悼。

唆龙与经岩叔夜话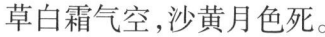①

【原文】

绝域②当长宵,欲言冰在齿。

生不赴边庭,苦寒宁识此?

草白霜气空,沙黄月色死。

哀鸿失其群,冻翮③飞不起。

谁持《花间集》④,一灯毡帐里。

【注释】

①唆龙,即梭龙,康熙二十一年秋,性德奉命侦查梭龙的动态,而岩叔亦参加其中。

②绝域:极边远之地。

③翮:鸟的翅膀。

④《花间集》:由后蜀人赵崇祚所编。其内容大都描写美人妆容及日常生活之貌,又以花喻女人娇媚之姿态,故得名。被认为是最早的词选集。

国学经典文库

纳兰容若全集

《纳兰诗》释解

图文珍藏版

1361

效齐梁乐府十首①

朱鹭②

【原文】

整翮辞炎服③,乘春向帝畿。

沉浮茄下④食,容与藻中依。

瑞日明丹羽,恩波浣赤衣。

醉颂于胥乐,鸣珂踏月归。

【注释】

①南朝齐、梁时代有一种诗体称为"齐梁体"。其内容多吟咏风月,形式讲求音律精美。

②朱鹭:又名朱鹦,全身羽毛以白色为主,掺杂红色,面颊皮肤呈鲜红色,嘴细长而末端弯曲。古时以在鼓上装饰朱鹭叼鱼之形象为美。

③炎服:代指南方。

④茄下:此处代指鱼。

巫山高

【原文】

江声送客帆,巫峡望巉岩①。

秋夜猿啼树,霜朝鹤唳岩。

花红神女颊,草绿美人衫。

阳台②不可见,风雨暗松杉。

【注释】

①巉岩:高峻陡峭的山岩。

②阳台:指楚·宋玉《高唐赋》中所云巫山神女一事;后指男女相会之处。

芳树

【原文】

连理无分影,同心岂独芳?

傍檐巢翡翠①,临水宿鸳鸯。

叶叶含春思,枝枝向画廊。

君情若比树,妾意复何伤!

国学经典文库

纳兰容若全集

《纳兰诗》释解

图文珍藏版

【注释】

①翡翠:一种水鸟,羽毛颜色鲜艳。

有所思

【原文】

雁帛①音尘绝,河桥草色青。

愁凝远山黛,梦断隔花铃。

并语红襟燕,双移碧汉星②。

夫君在何处,顾影惜娉娉。

【注释】

①雁帛:古代将帛系在雁足上传信,又称"雁足书",此处代指书信。

②碧汉星:"碧汉"即银河;"碧汉星"即指牛郎和织女二星。

折杨柳

【原文】

陌上①谁攀折? 闺中思忽侵。

眼凝清露重,眉敛翠烟深。

羌笛临风曲,悲笳②出塞音。

纵垂千万缕,那系别离心!

【注释】

①陌上:"陌"即东西走向的小路;指路上。

②笳:即"胡笳",古代北方民族的一种类似于笛子的吹奏乐器。

梅花落

【原文】

春色凤城来,寒梅逼岁开。

条风①初入树,缥雪渐侵苔。

粉逐莺衣散,香黏蝶翅回。

陇头②人未返,急管莫频催。

【注释】

①条风:《山海经·南山经》:"(令邱之山)其南有谷焉,曰中谷,条风自是出。"郭璞注:"东北风为条风。"指东北风。

②陇头:借指边塞。

洛阳道

【原文】

九重开帝阙①,八达②控天街。

金马蛾眉柳,铜驼兔目槐③。

歌钟④传甲第,棨戟列台阶。

何事扬雄宅,春风草径埋。

【注释】

①帝阙:皇城宫门。

②八达:又作"八闼"。作八窗解。

③"金马"指金马门,"铜驼"指铜驼门。

④歌钟:古代的一种铜制的编钟。

长安道

【原文】

井干①通帝座,太液起蓬莱。

衔壁金钮列,悬黎②甲帐开。

仙盘承晓露,凤轸③殷春雷。

偏令路旁客④,日暮走黄埃。

【注释】

①井干:原为井上面的围栏,后泛指楼台。

②悬藜:即县藜,一种美玉的名字。

③凤轸:华美之车;此处为天子之车。

④路旁客:路旁流离颠沛的穷苦人民。

雨雪

【原文】

朔地寒威至,征人未寄衣。

龙城风早劲,葱岭雪初飞②。

已听谣《黄竹》,复闻歌《采
薇》。

那禁望乡泪,不及雁南归。

【注释】

①汉《横吹曲》之名。纳兰

容若于康熙二十一年(一六八二年)秋奉命到东北边疆"觇梭龙",此诗当于

其时所作。

②"龙城""葱岭"皆指偏远之地。

王明君①

【原文】

椒庭充选后,玉辇②未曾迎。

图画君偏弃,和亲妾请行。

不辞边徼③远,只受汉恩轻。

颜色黄尘老,空留青冢名。

【注释】

①王明君:即王昭君,名嫱,晋时为避司马昭名讳而改为"明君"或"明妃"。

②玉辇:皇帝所乘之车。

③边徼:边塞。

拟古四十首

【原文】

煌煌古京洛①,昭代盛文治。

日予餐霞人②,簪绂忽如寄。

微尚竟莫宣③,修名期自致。

荣华及三春,常恐秋节至。

学仙既蹉跎,风雅④亦吾事。

【注释】

①京洛:原指京城洛阳;后代指都城。

②餐霞人:《文选·颜延之》:"中散不偶世,本自餐霞人。"李周翰注:"餐霞,仙者之流。"指得道成仙之人。

③莫宣:未曾向外人提及。

④风雅:《诗经》中包括《国风》《大雅》《小雅》等部分,后世以"风雅"泛指文学。

又

【原文】

相彼东田麦,春风吹袅袅①。

过时若不治,瓜蔓同枯槁。

天道本杳冥②,人谋苦不早。

荒庐日旰③坐,百虑依春草。

四顾何茫然,凝思失昏晓。

【注释】

①袅袅:柔软纤长、随风摇曳的样子。

②杳冥：幽暗看不清的样子。

③日旰：日暮。

又

【原文】

乘险叹王阳，叱驭来王尊。

委身置歧路，忠孝难并论。

有客赍①黄金，误投关西门。

凛然四知言，清白贻②子孙。

【注释】

①赍：送东西给别人。

②贻：遗留。

又

【原文】

客从东方来，叩之非常流。

自云发扶桑①，期到海西头。

白日当中天，浩荡三山秋。

回风②忽不见,去逐灵光③游。

烛龙莫掩照,使我心中愁。

【注释】

①扶桑:传说日出于扶桑之下,故代指日出之处。

②回风:回旋的风。

③灵光:神异的光辉。

又

【原文】

天门诀荡荡①,翁艳②罗星躔。

白日瞩微躬③,假翼令飞骞。

平生紫霞心,翻然向凌烟。

双吹凤笙歇,宛转辞群仙。

越影爾④浮云,横出天驷前。

玉绳耿中夜,斗杓何时旋?

【注释】

①诀荡荡:开朗明亮的样子。

②翁艳:茂盛状。

③微躬:自谦词,卑贱的身躯。

④爾:通"蹑"。踩、踏。

又

【原文】

旷然成独立,片月相古今。

眷①兹西北楼,斜晖明玉琴。

清影②忽以去,怅惘予何心。

【注释】

①眷:亦作"睠",回顾,思慕。

②清影:原为月光,此处代指所爱之人。

又

【原文】

竹生本孤高,脩然①自植立。

矫矫云中鹤,翱翔何所集。

丈夫故豁达,身世何汲汲②!

外物信非意,潦倒翻成泣。

瞻彼岭头云,扶疏③被原隰。

延伫当重阴,西风吹衣急。

【注释】

①脩然:形容无拘无束、自由自在的样子。

②汲汲:形容急切的样子。

③扶疏:大树枝叶繁盛之貌。

又

【原文】

寒沙连云起,遥空白雁落。

之子①方从军,深闺竟寂寞。

天远岂知返,路阻长河②络。

北风吹瘦马,铁衣不堪着。

从军日未久,朱颜镜中削。

悠悠复悠悠,人生胡不乐?

【注释】

①之子:这个人。

②长河:特指黄河。唐·王维《使至塞上》:"大漠孤烟直,长河落日圆。"

又

【原文】

妾如三春花,君如二月风。

濟濟从东来,吹作夭桃红①。

一朝从军行，令人叹飞蓬。

何似云间月，清辉千里同。

【注释】

①夭桃红：以艳丽的桃花比喻少女美丽的容貌。

又

【原文】

天地忽如寄，人生多苦辛。
何如但饮酒，邈然①怀古人。
南山有闲田，不治委荆榛。
今年适种豆，枝叶何莘莘②。
豆实既可采，豆秸亦可薪。

【注释】

①邈然：遥远、久远的样子。
②莘莘：众多的样子。

又

【原文】

宇宙何荡荡，彼苍亦安知？

屈平放江潭,子胥乃鸱夷①。

升沉本偶然,遇合宁有时。

千古恨如此,徒为吊者悲。

微生一何幸,勖②哉遘昌期③。

【注释】

①鸱夷:革囊。

②勖:勉励。

③昌期:昌盛兴隆的时期。

又

【原文】

三月燕已来,清阴①杏子落。

春风在青草,吹我度城郭。

道逢贵公子,银鞍紫丝络。

藉草展华茵,相邀共杯酌。

为言相见欢,殷勤费酬酢②。

久之语渐洽,礼数少脱略③。

初夸身手好,漫叙及勋爵。

惜哉君卿才,何事失宦学?

予笑但饮酒,日暮风沙恶。

走马东西别,归路烟漠漠。

【注释】

①清阴:天气阴凉。

②酬酢:亦作"酬酢"。相互敬酒。

③脱略:放任不拘。

又

【原文】

予生未三十,忧愁居其半。

心事如落花,春风吹已断。

行当适远道,作计殊汗漫①。

寒食青草多,薄暮烟冥冥。

山桃一夜雨,茵箔②随飘零。

愿餐玉红草③,一醉不复醒。

【注释】

①汗漫:漫无边际,渺茫无际。

②茵箔:用来养蚕的竹帘和竹席。

③玉红草:传说中的一种草,长于昆仑山,有"食其一实则醉卧三百年"之说。

又

【原文】

松生知何年,崎嵚①倚天碧。

其上无女萝②,其下远荆棘。

何用托孤根,苍崖多白石。

亦有青兰花,吐芬在其侧。

【注释】

①崎嵚:险峻崎岖之山。

②女萝:《诗·小雅·頍弁》:"茑与女萝,施于松柏。"毛传:"女萝,菟丝,松萝也。"即松萝。

又

【原文】

美人临残月,无言若有思。

含颦但斜睇①,吁嗟怜者谁。

予本多情人,寸心聊自持。

浩歌幽兰曲,援琴终不怡^②。

私恨托远梦,初日照帘帷。

【注释】

①睨:斜眼看,比喻女子多情之态。

②怡:心情美好、愉悦之态。

又

【原文】

安石^①负盛名,乃在衡门^②初。

名僧既接席,妙伎^③亦同车。

仕进良偶然,年已四十余。

军国事方棘,围棋看捷书。

所以丝竹欢,陶写^④待桑榆。

晚造泛海装,始志终不渝。

马策西州门,想像生存居。

君看早达者,怀抱竟何如?

【注释】

①安石:谢安之字,东晋著名学者、政治家。他多才多艺,不仅善文法,更通音律。曾指挥东晋军队打败前秦大军,因被晋孝武帝猜忌,至广陵避难,后病死,谥号文靖。

②衡门:简陋的房屋。

③妙伎:妙龄歌女。

④陶写:宋—辛弃疾《满江红·自湖北漕移湖南席上留别》词:"富贵何时休问,离别中年堪恨,憔悴鬓成霜。丝竹陶写耳,急羽且飞觞。"愉悦情性、消除郁闷之意。

又

【原文】

凉风飒然至,秋雨满空阶。
室有积忧人,所思在天涯。
蟋蟀鸣北牖,蛛丝落高槐。
明发①出门望,爽气正西来。
西山有润阿②,肥遁③以为怀。

【注释】

①明发:黎明,天明。

②涧阿:山涧弯转处。

③肥遁:唐·牟融《登环翠楼》诗:"我亦人间肥遁客,也将踪迹寄林丘。"退隐、隐遁之意。

【原文】

生本蒲柳姿^①,回飙任西东。

心如秋潭水,夕阳照已空。

落花委波文,天地如飘蓬。

忽佩双金鱼,予心何梦梦!

不如葺茅屋^②,种竹栽梧桐。

贵贱本自我,荣辱随飞鸿。

何哉阮步兵,慷慨泣途穷。

【注释】

①蒲柳姿:比喻体质衰弱,容颜易老。

②葺茅屋:康熙二十三年,性德修建茅屋三间招顾梁汾归京。并写下《寄梁汾并葺茅屋以招之》一诗云:"三年此离别,作客滞何方?随意一尊酒,殷勤看夕阳。世谁容皎洁,天特任疏狂。聚首羡麋鹿,为君构草堂。"可见二人之交情非同一般。

又

【原文】

客遗绌绮琴,言是雷霄斸。

能啼空山猿，亦飞秋涧瀑。

援之发古调，三奏不成曲。

朱弦①澹无味，予亦聊免俗。

【注释】

①朱弦：以熟丝做成的琴弦，古有"朱弦三叹"一说，意谓音乐之美妙。

又

【原文】

白云本无心，卷舒南山巅。

遥峰如梦中，孤影相与还。

忽然间高霞①，霏霏②欲成烟。

风花落不已，流辉转可怜。

皎洁自多愁，况复对下弦。

高楼夜已半，惜此不成眠。

【注释】

①高霞：霞本不该在高空，但此处为梦境之描写，故作"高霞"。

②霏霏：烟雾缭绕之态。

又

【原文】

岁星①不在天,大隐金马门②。

微言亦高论,一一感至尊。

文园苦愁疾,凌云气萧瑟③。

乘传④威始伸,谏猎情亦切。

所为一卷书,乃在身后出。

【注释】

①岁星:即木星。

②金马门:汉代之宫门,在当时为文人聚集之所,曾有很多人待诏金马门,后来比喻功成名就。

③萧瑟:景象凄凉之感。

④乘传:《史记·田儋列传》:"田横乃与其客二人乘传诣雒阳。"裴骃集解引如淳曰:"四马下足为乘传。"古时用四匹下等马拉的车子。

又

【原文】

西汉有贾生①,卓荦②真奇士。

赍志终未达,盛年身竟死。

为文吊屈平,可怜湘江水。

愤俗谢勋贵③,轻生答知己。

临风忽搔首,吾亦从逝矣。

【注释】

①贾生:指贾谊(前二〇〇年至前一六八年),洛阳人,西汉著名文学家、政治家。十八岁便才学显著,二十几岁便被破格提为太中大夫,后因群臣嫉妒,贬为太傅,终病死。

②卓荦:卓越,出众。

③勋贵:功名富贵之辈。

又

【原文】

风翔几千仞,羽仪①在寥廓。

结巢梧桐顶,层云覆阿阁②。

非无青琅玕③,不寄西飞鹤。

一鹤正西飞,翩翩长苦饥。

玉潭照清影,独自刷毛衣。

生得谢虞罗,光彩非所希。

【注释】

①羽仪:比喻才德出众,受人尊重。

②阿阁:四面有檐的楼阁。

又

【原文】

初日澹杨柳，对之何所言。

东风几千里，吹入十二门。

天地忽如寤①，青草招迷魂。

堂堂复堂堂②，春去将谁论！

【注释】

①寤：睡醒。

②堂堂：形容气势强，有气魄的样子。

又

【原文】

世运倏代谢，风节①弃已久。

磬折②投朱门，高谈尽畎亩。

言行清浊间，术工乃逾丑③。

人生若草露，营营苦奔走。

为问身后名，何如一杯酒。

行当向酒泉，竹林呼某某。

时有西风来,吹香满罂缶④。

不问今何时,仰天但搔首。

【注释】

①风节:风骨节操。

②磬折:表卑躬屈膝,受耻辱之态。

③逾丑:极丑的败类。

④罂缶:大腹小口的陶制容器。

又

【原文】

宛马①精权奇,欻②从西极来。

蹴踏不动尘,但见烟云开。

天闲③十万匹,对此皆凡材。

倾都看龙种,选日登燕台。

却瞻横门道,心与浮云灰。

但受伏枥恩,何以异驽骀④?

【注释】

①宛马：古西域大宛所产的名马。

②欻：忽然，迅速。同"歘"。

③天闲：皇帝养马之处。

④驽骀：劣质马匹。

又

【原文】

落日忽西下，长风自东来。

天地果何意，逝水去不回。

世事看弈棋①，劫尽昆池②灰。

长安罗冠盖，浮名良可哀。

不如巢居子③，遁迹从蒿莱。

【注释】

①弈棋：又作"奕碁"。下围棋。

②昆池：此处当指汉武帝在长安修建的昆池。

③巢居子：即巢父，相传尧曾让位于他，他不接受；后世便用以泛指隐居不仕之人。

又

【原文】

行行重行行,分手向河梁①。

持杯欲劝君,离思激中肠②。

努力饮此酒,无为居者伤。

【注释】

① 河梁:分手送别之地。

②中肠:内心的情感。

又

【原文】

长安游侠子,黄金视如土。

结交及屠博①,安知重珪组②。

一朝列华筵③,羞与朱履伍。

惜哉意气尽,委身逐倾吐。

时俗尚唯阿,至人亦伛偻④。

惟昔有赠言,深藏乃良贾。

【注释】

①屠博:屠夫和赌博者一类的人,用以指代地位低贱之人。

②硅组：官职、爵位。

③华筵：华美高贵的筵席。

④伛偻：对权贵弯腰折背的丑陋姿态。

又

【原文】

闭关谢西域，汉文何优柔。

圣泽余亥步，遐荒如甸侯①。

旅獒②既充贡，越巂亦见收。

蜑③族进珊瑚，不烦使者求。

昭回④云汉章，烛及海外州。

人生睹盛事，岂羡乘槎游。

【注释】

①甸侯：甸服之内的诸侯；甸服，距王都两千里。

②旅獒：《尚书》篇名，当时的西方部族献上獒，太保作《旅獒》，以劝诫武王不要沉湎于酒乐之中。

③蜑：同"蛋"，为南方一带的少数民族。

④昭回：星辰闪耀回旋，后指代日月。

又

【原文】

圣主①重文学,清时无隐沦②。

遂令拂衣者,还为弃繻人③。

适意聊复尔,去来若无因。

昔采西山薇,今忆淞江莼④。

【注释】

①圣主:英明的天子。

②隐沦:《文选·鲍照诗》:"尊贤永照灼,孤贱长隐沦。"李善注:"隐沦,谓幽隐沉沦也。"幽隐沉沦于乱世者。

③弃繻人:原指汉代之终军。后借指年少便立下大志之人。

④莼:江浙一带的一种水生蔬菜,《世说新语·言语》:"陆机诣王武子,武子前置数斛羊酪,特以示陆曰:'卿江东何以敌此?'陆曰:'有千里莼羹,但未下盐豉耳!'"可见莼菜之味美。

又

【原文】

结庐①依深谷,花落长闭关②。

日出众鸟去,良久孤云还。

回风送疏雨，微芬扇幽兰。

白日但静坐，坐对门前山。

生世多苦辛，何如日闲闲③。

【注释】

①结庐：出自陶渊明《饮酒》中"结庐在人境，而无车马喧"。构建房屋之意。

②闭关：闭门谢客。

③闲闲：从容自得、悠闲自在的样子。

又

【原文】

与君昔相逢，乃在苎萝村①。

相逢即相别，后期安可论。

扬蛾启玉齿，声发已复吞。

讵绝赏音者，其如一顾恩②。

【注释】

①苎萝村：为中国古代四大美女之首西施的故乡，此处并不是实指，而是借此来表示与"君"相逢正如在苎萝村遇见西施一样美。

②一顾恩：原指汉帝从未对王昭君有过一顾之恩；后借指帝王对下臣之薄情。

又

【原文】

信陵①敬爱客，举世称其贤。

执辔过市中，为寿监门前。

邯郸解围日，鞴②矢引道边。

救赵适自危，故国从弃捐。

功成失去就，始觉心茫然。

再胜却秦军，遭谗竟谁怜！

趣归不善后，作计非万全。

博徒卖浆者，名字亦不传。

惜哉所从游，中讵无神仙？

饮酒虽达生，辟谷③乃长年。

【注释】

①信陵：信陵君（？至前二四三年），名无忌，战国时期著名的政治家、军事家。他于魏国衰落之际，延揽食客，自成一派。后曾两度击败秦军，挽救魏国危机。最终因伤于酒色而死。

②鞴：皮革制的盛置弩箭的袋子。

③辟谷：即不吃五谷，只食气，为道家修炼的一种方法。后借指与世无争的处世态度。

【原文】

积雪在房栊①,新月光欲凝。

照地若无迹,娟娟②破初暝。

明灯迟我友,揽裘坐开径③。

人生何茫茫,即事偶成兴。

南飞有乌鹊,绕树栖不定。

持杯欲问之,东风吹酒醒。

【注释】

①房栊:窗户。

②娟娟:美好的样子。

③开径:心情极好。

又

【原文】

魏阙①有浮云,荫兹白日暮。

返景下铜台②,歌声发纨素③。

流辉如有情,千载照长路。

漳河不西还,百川尽东赴。

时哉不可失,说言^④思所悟。

雨后望西陵,蔓草萦古墓。

安得为飘风,永吹连枝树^⑤。

【注释】

①魏阙:宫门之上赫然显立的观楼,后借指朝廷。

②铜台:即铜雀台,位于河北临漳县境内。该地古时称邺,三国时期曹操营建邺都,修建了"三台"之一的铜雀台。

③纨素:洁白的细绢。此处代指歌女。

④说言:正直、慷慨之言。

⑤连枝树:枝叶相连之树。常用来比喻爱情,而此处比喻兄弟之情。

又

【原文】

春风解河冰,戚里^①多欢娱。

置酒坐相招,鼓瑟复吹竽。

而我出郭门,望远心烦纡^②。

垂鞭信所历,旧垒啼饥乌。

吁嗟献纳者,谁上流民图!

一骑红尘来,传有双羽书^③。

慷慨欲请缨,沉吟且踟蹰。

终为孤鸣鹤,奋翥凌云衢。

【注释】

①戚里:君主外戚聚集之地。

②纡:心中郁闷盘结。

③双羽书:类似鸡毛信,表军事急件。

又

【原文】

彩虹亘东方,照耀不知晚。

川长组练明,关塞若在眼。

我友昔从征,三岁胡不返?

边马鸣萧萧,落日照沙苑①。

封侯固有时,寄语加餐饭。

【注释】

①沙苑:又称"沙海",位于大荔县洛、渭河之间。其地多沙,环境恶劣。此处泛指沙漠一带。

又

【原文】

朔风①吹古柳,时序忽代续。

庭草萎已尽,顾视白日速。

吾本落拓②人,无为自拘束。

倜傥寄天地,樊笼非所欲。

嗟哉华亭鹤③,荣名反以辱。

有客叹二毛④,操觚序金谷⑤。

酒空人尽去,聚散何局促。

揽衣起长歌,明月皎如玉。

【注释】

①朔风:冬天的寒风。

②落拓:不受约束,放荡不羁。

③华亭鹤:有"华亭鹤唳"一说;指华亭谷的鹤的叫声,表示对过去的留恋不舍之情。

④二毛:斑白的头发。

⑤金谷:晋石崇所筑的金谷园。

又

吾怜赵松雪^①,身是帝王裔。

神采照殿廷,至尊叹昳丽^②。

少年疏远臣,侃侃持正议。

才高兴转逸,敏妙擅一切。

旁通佛老言,穷探音律细。

鉴古定谁作,真伪不容谛。

亦有同心人,闺中金兰契^③。

书画掩文章,文章掩经济。

得此良已足,风流渺谁继?

【注释】

①赵孟頫(一二五四年至一三二二年),号松雪,吴兴人,元代著名画家、书法家,亦工诗文。曾受元世祖赞赏,历任集贤直学士、济南路总管府事等职。后虽因朝廷矛盾重重,曾借病归隐,但到了延祐三年,太子对其信赖有加,使其官至一品,声震天下。

②昳丽:神采奕奕,容颜焕发。

③金兰契:又称"金兰会"。旧时汉族妇女婚姻习俗及组织。相传旧时少女多人结为姐妹,她们互相依偎,不肯嫁人,即使嫁人,也不肯住在夫家。更有甚者还加害强迫她们成婚的丈夫。

平原过汉樊侯墓①

【原文】

云龙会影响,驾驭从豁达。

樊侯鼓刀人,时来遂挥喝。

一撞重瞳②营,再排隆准③闼。

良平④信美好,对此气应夺。

斯人在层泉,犹胜懦夫活。

【注释】

①樊哙(前二四二年至前一八九年),沛县人。汉初大将军,封舞阳侯,谥武侯。其墓在平原(今山东平原县)。康熙二十三年(一六八四年)十月初六日(十一月十二日)纳兰容若随皇帝南巡经过平原,作此诗。

②重瞳:一个眼睛里有两个瞳孔;传说项羽便是重瞳子。

③隆准:宋·苏轼《送郑户曹》诗:"隆准飞上天,重瞳亦成灰。"代指汉高祖刘邦。

④良平:即张良、陈平,皆为刘邦立下汗马功劳。

圣驾临江恭赋①

【原文】

黄幄②临大江,山川借颜色。

鲸鲵③久已尽，不待天弧射。

按图识要汛，怀古讨遗迹。

帆樯擒虎渡，营垒佛狸④壁。

时清非恃险，何事限南北。

却上妙高台⑤，悠悠天水碧。

【注释】

①康熙二十三年（一六八四年）十月二十三日及二十四日，纳兰容若随扈南巡镇江，作此诗。

②黄幄：天子所用之黄色帐幕。

③鲸鲵：比喻凶狠的敌人；这里指吴三桂等三藩之徒。

④佛狸：《宋书·索虏传》："嗣死，谥曰明元皇帝，子焘，字佛狸，代立。"北魏太武帝拓跋焘的小字。

⑤妙高台：位于浙江省宁波市，又名妙高峰，因顶上有坪如台，故名妙高台。又"妙高"乃梵语"须弥"之意，故又名"晒经台"。

虎阜①

【原文】

孤峰一片石，却疑谁家园。

烟林晚逾密，草花冬尚繁。

人因警跸②静，地从歌吹喧。

一泓剑池水，可以清心魂。

金虎既销灭，玉燕亦飞翻。

美人与死士,中夜相为言。

【注释】

①即虎丘,康熙二十三年(一六八四年)十月二十七日纳兰容若随皇帝南巡至虎丘,作此诗。

②警跸:古代皇帝出入时,侍卫站于道路两旁,为其清道;出为警,入为跸。

江行①

【原文】

木落江已空,清辉澹鸥鹭。

不见系缆石②,寒潮没瓜步③。

帆移青枫林,人归白沙渡。

似有山猿啼,窈然④潇湘暮。

【注释】

①康熙二十三年(一六八四年)十月二十三日纳兰容若随皇帝乘舟南巡至镇江,后又于十一月初四日乘舟江行北返。结合诗意,此诗当作于此次江行北返途中。

②系缆石:船只靠岸时用以系缆绳之石。

国学经典文库

纳兰容若全集

《纳兰诗》释解

图文珍藏版

③瓜步:"步"又作"埠",山名,且此山南临大江,相传吴人曾于江畔卖瓜,故得名。

④窈然:深远、幽然貌。

宿龙泉山寺①

【原文】

招提②偶然到,再宿离喧杂。

列岫霁③始开,双扉晚初阖。

禅心投钵龙,梵响④下檐鸽。

既闲陵阙望,亦谢主宾答。

遥夜一灯深,石炉烧艾蒳⑤。

【注释】

①关于"龙泉山寺"的所在地,各家颇执一说。一说此寺在河北阜平县之龙泉关附近。云康熙二十二年(一六八三年)二月和九月纳兰容若曾随扈途经此关,此诗或作于其时。但考《康熙起居注》,当时并无登山诣寺之

记载。又一说此寺在今辽宁千山,云康熙二十一年(一六八二年)春性德随扈至此处时曾诣该寺,并于其时作此诗。但考《康熙起居注》,此年四月二

十一日(五月二十七日)皇帝虽曾诣寺,但并未停驻,与诗中所云"再宿无喧杂"情景不合。又北京城不远之处有古刹潭柘寺(曾名嘉福寺、龙泉寺)和灵光寺(曾名龙泉寺、觉山寺),或亦有可能为此诗所云之"龙泉山寺"。

②招提:宋应麟《杂识》:"私造者为招提、若兰,杜枚所谓善台野邑是也。"寺院的别称。

③霁:《说文》:"霁,雨止也。"此处指雪停。

④梵响:诵经念佛之声。

⑤艾药:又作"艾纳",松树皮上生出的一种莓苔,散发香气。

题李空同诗卷,和王黄湄韵①

【原文】

李侯卓荦②人,骨体本不媚。

貂珰③焰屡触,全生偶然遂。

昌言④勖友朋,赠答不无谓。

想其诗成时,良亦自矜贵。

果得身后名,讥谗复何畏!

【注释】

①李梦阳(一四七三年至一五三〇年),号空同子,字献吉,明朝著名文学家,工诗文,为前七子之一,与何景明并称文坛领袖。曾因写弹劾刘瑾奏章,被谪山西布政司,不久又因他事下狱,后得幸免。王黄湄(一六四五年至一六九七年),名又旦,字幼华,清顺治十五年(一六五八年)进士,善诗文词句,文采风流,清初著名诗人。

③貂珰：原意为古代侍中的冠饰；此处借指宦官、权贵一类。

④昌言：正当、正大的言论。

野鹤吟赠友

【原文】

鹤生本自野，终岁不见人。

朝饮碧溪水，暮宿沧江滨。

忽然被缯缴①，矫首盼青云。

仆亦本狂士，富贵鸿毛轻。

欲隐道无由，幡然②逐华缨③。

动止类循墙④，戢身⑤避高名。

怜君是知己，习俗苦不更。

安得从君去，心同流水清！

【注释】

①缯缴：又作矰缴，射取飞禽的工具。

②幡然：快速而彻底地改变。

③华缨：古代宦官的冠缨，此处代指官场。

④循墙：沿墙而走，表示小心而畏惧之感。

⑤戢身:藏身隐迹,代指引退。

暮春别严四荪友^①

【原文】

高云媚春日,坐觉鱼鸟亲。

可怜暮春侯,病中别故人。

莺啼花乱落,风吹成锦茵^②。

君去一何速,到家垂柳新。

芙蓉湖上月,照君垂长纶^③。

【注释】

①严绳孙(一六二三年至一七〇二年),字荪友,晚号藕荡渔人,无锡人。善诗词书画,与朱彝尊、姜宸英并称为"江南三布衣"。康熙十四年(一六七五年),与性德结交,康熙二十四年(一六八五年),严辞官归隐,此诗当为其年四月性德送严归乡时作。

②锦茵:锦制的垫子。这里指花草铺地之景。

③垂长纶:垂下长长的钓鱼丝。这里借指闲逸的隐居生活。

七言古诗

填词

【原文】

诗亡词乃盛,比兴①此焉托。

往往欢娱工,不如忧患作。

冬郎②一生极憔悴,判与三闾共醒醉。

美人香草可怜春,凤蜡红巾无限泪。

芒鞋心事杜陵③知,只今惟赏杜陵诗。

古人且失风人旨,何怪俗眼轻填词。

词源远过诗律近,拟古乐府特加润。

不见句读参差三百篇,已自换头④兼转韵。

【注释】

①比兴:古代诗歌的一种传统表现手法,指诗有寄托之意。

②冬郎:韩偓(八四二年至九二三年),字致光,号致尧,乳名为冬郎,晚唐著名诗人。其人才华横溢,工诗,满腔抱负却不获用,仕途十分坎坷,故有"冬郎憔悴"一说。

③杜陵:即杜甫。

④换头:诗词的下阕开始处句式与上阕开始处不同。

新晴

【原文】

新晴暖风吹柔荑①,绿烟如剪稻苗齐。

夕阳一片照长堤,隔林残雨犹凄凄。

柳外如闻骢马②嘶,柳丝带雨拂深闺。

谁家少妇最高梯,凝情空怨锦江西。

【注释】

①柔荑:柔嫩的茅草嫩芽。

②骢马:御史所乘之马。

长安行赠叶切庵庶子①

【原文】

长安旧是帝王宅,万户千门丽金碧,歌钟甲第②尽王侯,绣幰③雕鞍照长陌。

纷纷入眼竞繁华,春日春光好谁惜!春风初吹上林草,一夜雪深山尽老。

雪花飞来大如席,化作新泥遍周道④。角声呜呜破早烟,惊鸦飞去未明天。

青楼绮阁不卷帘,玉河冻合层冰坚。只疑此际行人绝,宁知槐柳森成列。

经过借问此为谁?云是东南贵游客。嗟哉人生何不齐,清者如云浊者泥。

忽忆昆山叶夫子,磊磊落落随所栖。羡君著书穷岁月,羡君意气凌云霓。

世无伯乐谁相识?骅骝⑤日暮空长嘶。我亦忧时人,志欲吞鲸鲵。

请君勿复言,此道弃如遗。闻道西山有瑶草⑥,何不同君一采之。

【注释】

①叶方蔼(一六二九年至一六八二年),字子吉,号切庵,苏州昆山人。顺治十六年(一六五九年)进士。顺治十八年(一六六一年),清廷借口"抗粮",发生"江南奏销案",因欠银一厘即被降官,因此民间有"探花不值一文钱"的说法。不久授上林苑蕃育署丞。康熙十四年(一六七五年),迁国子监司业,再迁侍讲。康熙十七年(一六七八年),撰修《明史》,任总裁官。康熙二十一年(一六八二年)病卒。谥文敏。有

《读书偶存稿》《独赏集》留世。

②甲第:豪门贵族。

③幰:车上的帷幔。

④周道:大路、官路。

⑤骅骝:红色的骏马。

⑥瑶草:传说中的一种仙草,能医治百病。

送马云翎归江南①

【原文】

侧身宇宙间,长啸久独立。

之子我友人,南归事蓑笠。

交情如谷风,澹澹②复习习③。

吹君渡江去,片帆春雨湿。

弃捐④世所悲,予独为君喜。

君归茸屋南山里,燕麦青青才覆雉。

新莺啼过眠未起,笑看我辈红尘死。

【注释】

①马种(一六四九年至一六七八年),字云翎,江苏无锡人,工诗,尤擅《柳枝词》。康熙十一年(一六七二年)考中举人,与性德相交甚契。马分别于十二年、十五年两应会试均未中,返无锡故里,十七年秋逝,年仅三十。此诗当写于云翎第一次落第归乡之时。

②澹澹:恬美安静的样子。

③习习:微风和煦的样子。

④弃捐：遗弃、废置。

又赠马云翎①

【原文】

岩峣②最高山，山气蒸为云。

物本相感生，相感乃相亲。

吁嗟人生不可拟③，君南我北三千里。

一朝倾盖便相欢，两人心事如江水。

君身似是秋风客④，身轻欲奋凌霄翮。

语君无限伤心事，终古长江江月白。

世事纷纷等飞絮，我今潦倒随所寓。

惟愿饮酒读君诗，花前醉卧梦君去。

【注释】

①此诗作于《送马云翎归江南》之后不久。

②岩峣：又作"峣峣"。山之高峻貌。

③拟：猜测、揣度。

④秋风客：因汉武帝曾作《秋风辞》，故得名"秋风客"。

送荪友①

【原文】

人生何如不相识！君老江南我燕北。

何如相逢不相合，更无别恨横胸臆。

留君不住我心苦，横门骊歌②泪如雨。

君行四月草萋萋，柳花桃花半委泥。

江流浩淼江月堕，此时君亦应思我。

我今落拓③何所止，一事无成已如此。

平生纵有英雄血，无由一溅荆江水。

荆江日落阵云低，横戈跃马今何时。

忽忆去年风雨夜，与君展卷论王霸。

君今偃仰④九龙间，吾欲从兹事耕稼。

芙蓉湖上美蓉花，秋风未落如朝霞。

君如载酒须尽醉，醉来不复思天涯。

【注释】

①康熙十五年（一六七六年）四月严绳孙将自京返乡之时，性德作此诗以送别。当时各地战事如火如荼，性德此诗中亦显示出其壮志难酬之情，感慨良多。

②骊歌：作者是弘一法师李叔同；分别之时唱的歌。

③落拓：穷困潦倒，寂寞失落。

④偃仰:《荀子·非相》:"与时迁徙,与世偃仰。"比喻跟随世俗进退。

柳条边边墙也,以柳为之,在塞外^①

【原文】

是处垣篱防绝塞^②,角端^③西来西疆界。

汉使今行虎落^④中,秦城合筑龙荒外。

龙荒虎落两依然,护得当时饮马泉。

若使春风知别苦,不应吹到柳条边。

【注释】

①此诗系纳兰容若于康熙二十一年春随扈至东北时所作。

②绝塞:极远的边塞地区。

③角端:弓名,是以异兽之角做成的。

④虎落:用以边界防御的竹篱。

春晓曲效《金荃》体①

【原文】

铜龙②水尽霞光小,细雾纤纤织幽草。

烟锁绿纱春色深,帘钩燕踏呢喃早。

海棠咽露胭脂重,花底嫩寒吹鸟梦。

娇眠绣被起来迟,一枕香云③坠金凤。

芙蓉泪湿鸳鸯绮,郎骑嘶风④蹴花去。

游丝不解系相思,半萦愁绪横塘⑤路。

【注释】

①唐代著名诗人、词人温庭筠著有《金荃集》(已佚)。其所撰之《乐府倚曲》中有《春晓曲》,纳兰容若此诗乃效其体。

②铜龙:铜制的龙形喷水器。

③香云:比喻妇女带有香味的头发。

④嘶风:形容马势迅猛。

⑤横塘:古堤名,此处指山水之路。

题赵松雪画《鹊华秋色》卷①

【原文】

历下亭②边两拳石,不似江南好山色。

乍看落日照来黄,浑疑劫火烧将黑。

更无枫橘点清秋,惟见萧萧白杨白。

君为此山令山好,空翠俄从楮间滴。

知君着意在明湖,掩映山光若有无。

曲折似还通泺口③,苍茫定不属城隅。

鲤鱼风高网罟集,仿佛渔唱来菰蒲④。

一竿我欲随风去,不信扁舟是画图。

【注释】

①《鹊华秋色图》是赵孟頫于一二九五年回到故乡时为周密所画。此诗系纳兰容若于康熙二十三年所作。

②历下亭:位于济南,因南临历山,故得名。

③泺口:位于济南市北部地区,因地处古泺口而得名。

④菰蒲:代指湖泊河泽。

五言律诗

茉莉

【原文】

南国素婵娟①,春深别瘴烟。

镂冰含麝气,刻玉散龙涎。

最是黄昏后,偏宜绿鬓[2]边。

上林声价重,不忆旧花田。

【注释】

①婵娟:形容女子姿态优美,这里代指美女。

②绿鬓:乌亮的鬓发。形容女子年轻貌美。

丁香

【原文】

芳谱称佳客,仙株也姓丁。

鹤翎风细细,鸡舌[1]气冥冥。

紫胜心中结,银珰耳上星[2]。

深闺多韵事,名爱借余馨。

【注释】

①鸡舌:即丁香。其气芬芳,可治口气。

②紫胜、银珰:妇女的首饰和银盾耳饰。

鱼子兰

【原文】

石家金谷里，三斛①买名姬。

绿比琅玕②嫩，圆应木难③移。

若兰芳竞体，当暑粟生肌。

身向楼前堕，遗香泪满枝。

【注释】

①斛：古代量器名，也是容量单位。一斛十斗，后改为五斗。

②琅玕：翠绿的竹子。

③木难：又作"莫难"，宝珠名。

荷

【原文】

鱼戏叶田田①，凫飞唱采莲。

白裁肪玉瓣，红剪彩霞笺。

出浴亭亭媚，凌波步步妍。

美人怜并蒂②，常绣枕函边。

【注释】

①田田：莲叶茂密相连的样子。

②并蒂:两朵或两朵以上的花并排长在同一根径上。常用来比喻夫妻恩爱。

又

【原文】

华藏①分千界,凭阑每独看。

不离明月鉴,常在水晶盘。

卷雾舒红幕,停风静绿纨②。

应知香海③窄,只似液池④宽。

【注释】

①华藏:又称"华府",佛家之府库。

②纨:细绢。

③香海:借指佛门。

④液池:即太液池,是唐代最重要的皇家御池。

桂

【原文】

丛树淮南茂，秋林峤①外芳。

碧珊天女珮，金缕月娥纕②。

露铸鸾钗色，风熏鹫岭③香。

酿花新醑熟，昧美胜椒浆④。

【注释】

①峤：泛指高峻陡峭之山。

②纕：女子身上的佩带。

③鹫岭：因在印度，佛曾居住于此地，故后世借指佛寺。

④椒浆：即用椒浸泡而制成的酒，古时多用来祭奠神灵。

题苏文忠《黄州寒食》诗卷①

【原文】

古今诚落落②，何意得斯人。

紫禁称才子，黄州忆逐臣。

风流如可接，翰墨③不无神。

展卷逢寒食，标题想后尘。

国学经典文库

纳兰容若全集

《纳兰诗》释解

图文珍藏版

【注释】

①苏文忠即北宋著名文学家、书画家苏轼,字子瞻,号东坡居士,死后追谥文忠。嘉祐间进士,学识渊博,天资聪颖,精通诗文书画。元丰初被贬至黄州,于元丰三年(一〇八〇年)寒食节作《黄州寒食》一诗。②落落:众多而堆积的样子。③翰墨:即"笔墨",泛指文章、书法。

郊园即事

【原文】

胜侣招频嬾①,幽寻②度石梁。

地应邻射圃③,花不碍球场。

解带晴丝弱,披襟露叶凉。

此间萧散绝,随意倒壶觞④。

【注释】

①嬾:同"懒",懒惰,懈怠。

②幽寻:探胜寻幽。

③射圃:习射场所。

④壶觞:盛酒之器具。

入直西苑①

【原文】

望里蓬瀛②近，行来阆苑齐。

晴霞开碧沼③，落月隐金堤。

叶密莺先觉，花繁径不迷。

笙歌回辇④处，长在凤城西。

【注释】

①西苑指旧时北京的北海、中海、南海以及太液池，为清代宫禁之内苑。此诗当系纳兰容若任侍卫期间某次值班时所作。

②蓬瀛：指蓬莱和瀛洲。相传为神仙所居之处。泛指仙境。

③碧沼：碧水池。

④回辇：天子御驾回转。

景山①

【原文】

雪里瑶华岛，云端白玉京②。

削成千仞势,高出九重城③。

绣陌回环绕,红楼宛转迎。

近天多雨露,草木每先荣。

【注释】

①景山:又称煤山,在今北京神武门之北。据考,康熙曾多次至此,此诗当为其中某次性德随扈到此时所作。

② 玉京:道家传说为天尊居住之所。

③九重玻:古代天子所居之紫禁城有门九重而得名。

蕉园①

【原文】

见说斋坛闭,前朝大乙②祠。

莺边花树树,燕外柳丝丝。

宫簪③人稀到,词臣例许窥。

今朝陪豹尾④,新长万年枝。

【注释】

①蕉园：即芭蕉园，在北京太液池东。

②大乙：又作"太乙"。

③宫籞：天子的禁苑。

④豹尾：天子车乘上的装饰物，挂在最后一辆车上。

雄县观鱼①

【原文】

渔师②临广泽，侍从俯清澜。

瑞入王舟好，仁知圣网宽。

拨鳞③飞白雪，行鲙缕④

金盘。

在藻同周宴，时容万姓看。

【注释】

①据《康熙起居注》记载，康熙皇帝曾多次到雄县，而作为侍卫的纳兰容若必当随扈前往。此诗应是在其中某次观鱼时节的随扈中所作。

②渔师：渔人。

③拨鳞：鱼儿在水中嬉戏游动。

④缕:细丝、细线。

戒台同见阳作①

【原文】

敧斜②一径入,门向夕阳边。

何必堪娱赏,凋零自可怜。

松寒疑有雪,僧老不知年。

只合千峰上,长吟看月圆。

【注释】

①此首并未载于《通志堂集》中,而是据《饮水诗词集》补入。戒台即"戒台寺",位于北京西郊门头沟区马鞍山麓,历史悠久。见阳与纳兰容若二人于国子监就读时相识,后多年来往密切,康熙十八年秋见阳离京赴湖南就任江华知县。此诗当作于上述交往期间内。

②敧斜:歪斜不正。

送张见阳令江华①

【原文】

楚国连烽火,深知作吏难。

吾怜张仲蔚②,临别劝加餐。

避俗诗能寄,趋时术恐殚。

好名无不可,聊欲砥^④狂澜。

【注释】

①张纯修,号见阳,字子敏,溵阳人;江华,位于湖南省西南部;康熙十八年,张见阳令江华县,性德作此诗以送。

②张仲蔚:张纯修之别称。

③殚:《广雅》:"殚,尽也。"

④砥:比喻力量所起的支柱作用。

寄梁汾,并茸茅屋以招之^①

【原文】

三年此离别,作客滞何方^②?

随意一尊酒,殷勤看夕阳。

世谁容皎洁,天特任疏狂阳^③。

聚首羡麋鹿,为君构草堂。

【注释】

①性德与梁汾(顾贞观)二人感情深厚。康熙二十年梁汾归乡丧母,后

性德特为其修建茅屋招他回京,直至康熙二十三年梁汾才自乡返京。此诗当作于其年春。

②此处云梁汾"归乡"为"作客",可见性德认为梁汾的故乡应在北京才对。表达了其希望梁汾速速归京之情。

③疏狂:狂放无拘束。

岁晚感旧

【原文】

时序忽云暮,离居倍悄然①。

谁将仙掌露②,换却日高眠。

短梦分今古,长愁减岁年。

平生无限泪,一洒烛花前。

【注释】

①悄然:忧愁的样子。

②仙掌露:汉武帝好神仙之道,特命人作承露盘,上有仙人墩以接甘露,服之以延年。

盛京^①

【原文】

拔地蛟龙宅^②，当关虎豹城。

山连长白^③秀，江入混同清。

庙社灵风肃，豪强右族^④更。

明明开创业，休拟作陪京^⑤。

【注释】

①盛京即今辽宁省沈阳市，曾为后金都城，一六三四年清太宗皇太极改称沈阳为"盛京"。康熙二十一年三月上旬纳兰容若曾随皇帝在盛京驻留。

②蛟龙宅：蛟龙象征帝王，为帝王居所。

③长白：即长白山，横亘于中国的吉林、辽宁、黑龙江三省的东部及朝鲜两江道交界处，为东北第一高峰。

④右族：名门贵族。

⑤陪京：即陪都，是国家在正式首都之外设立的辅助性首都，以加强对全国的控制。

松花江①

【原文】

宛宛经城下，泱泱②接海东。

烟光浮鸭绿，日气射鳞红。

胜擅佳名外，传讹旧志中。
即混同江也。《金史》有宋瓦江，旧志遂以混同、松花为二江，误矣。

花时春涨暖，吾欲问渔翁。

【注释】

①松花江发源于中、朝交界的长白山天池，跨越黑龙江省、吉林省、辽宁省和内蒙古四省区，是黑龙江右岸的最大支流。康熙二十一年（一六八二年）春，纳兰容若随皇帝到东北，曾多次泛舟松花江上，此诗当系其时之作。

②泱泱：形容水势浩大。

沈进士尔燝归吴兴,诗以送之①

【原文】

成名方得意,几日问归舟。

独有离居者②,萧然感素秋③。

一筇④黄叶寺,孤棹白苹洲。

无限江湖兴,因君寄虎头⑤。时梁汾客苕上。

【注释】

①沈进士尔燝,康熙二十一年进士,浙江吴兴人,与性德为好友。中进士不久旋即返乡。性德赠此诗以送别。

②离居者:离开友人单独居住者。

③素秋:指秋季。古代五行中说,秋属金,其色白,故称素秋。

④筇:一种竹子,适合作拐杖。

⑤虎头:即虎丘,顾梁汾归江南后居住在此。

与经生夜话①

【原文】

率意②元无咎③,经心④始自疑。

昔人犹有恨,今我竟何期。

客与齐书帙⑤,人来问画师。

若无心赏⑥在,愁绝更从谁。

【注释】

①经生即指经纶,字岩叔,浙江余姚人,画家,善绘侍女,纳兰容若之同事及友人。

②率意:率性,随意。

③无咎:无过失。

④经心:留心,注意。

⑤帙:量词,用以装套的书。

⑥心赏:心情舒畅,怡然自得。

咏笼莺

【原文】

何处金衣客①,栖栖②翠幕中。

有心惊晓梦,无计啭③春风。

漫逐梁间燕,谁巢井上桐。

空将云路翼,缄恨④在雕笼。

【注释】

①金衣客:即指莺,因其浑身羽毛金黄而得名。

②栖栖:忙碌不安的样子。

③啭:鸟婉转地鸣叫。

④缄恨:含恨。

塞外示同行者^①

【原文】

西风千万骑,飒沓^②向阴山。

为问传书雁,孤飞几日还?

负霜^③怜戍卒,乘月望乡关。

王事兼程促^④,休嗟^⑤客鬓斑。

【注释】

①此诗系康熙二十一年(一六八二年)秋纳兰容若奉命出使边塞参与"觇梭龙"时所作。

②飒沓:快速迅猛的样子。

③负霜:受霜寒之苦。

④促:紧急,急迫。

⑤嗟:慨叹,伤叹。

国学经典文库

纳兰容若全集

《纳兰诗》释解

图文珍藏版

驾幸五台恭纪①

【原文】

杳杳②丹梯上,迢迢翠辇回。

慈云笼户牖,佛日③现楼台。

珠树④参天合,金莲布地开。 金莲花,惟山中有此种。

共传天子孝,亲侍两宫来。

【注释】

①康熙二十二年(一六八三年)二月及九月纳兰容若曾随皇帝两次赴五台山。而结合诗意,此诗系九月赴五台山时(或其后)所作。

②杳杳:幽远宁静的样子。

③佛日:比喻佛法慈悲为怀,普渡无私,如日之普照大地。

④珠树:传说中的仙树。

扈从圣驾祀东岳礼成恭纪①

【原文】

岱宗柴望②处,仙跸③迥云霄。

礼乐犹三代,诸侯协肆朝。

东封金牒字,南指玉衡杓④。

阙里⑤应相近,回銮亦不遥。 时传旨南巡回日祀曲阜圣庙。

【注释】

①东岳即泰山,康熙二十三年(一六八四年)纳兰容若随扈南巡至此,并于十月初十日、十一日两次临东岳庙。此诗当系其时之作。

②柴望:古时的祭礼。"柴"就是烧柴祭天地;"望"就是祭山川。

③仙跸:帝王的车乘。

④玉衡杓:北斗俗称"杓星",北斗七星之第五星为玉衡。

⑤阙里:孔子故里山东曲阜。

金陵①

【原文】

胜绝江南望,依然图画中。

六朝几兴废,灭没但归鸿。

王气倏云尽,霸图谁复雄?

尚疑钟隐②在,回首月明空。

【注释】

①金陵即今南京,别名秣陵、建业、扬州、建邺、建康等。康熙二十三年

（一六八四年）十一月初一至初四日（十二月六日至九日）。纳兰容若随皇帝南巡至金陵，此诗当作于其时。

②钟隐：即李煜（九三七年至九七八年），字重光，号钟隐，又号莲峰居士，彭城人。在位十五年，世称南唐山后主。

夜合花①

【原文】

阶前双夜合，枝叶敷华荣。

疏密共晴雨，卷舒因晦明。

影随筠箔②乱，香杂水沉生。

对此能销忿，旋移近小楹③。

【注释】

①此诗是纳兰容若逝前七日即康熙二十四年（一六八五年）五月二十三日所作，也是性德一生中的最后一首诗。

②筠箔：竹帘。

③楹：屋前的柱子。

七言律诗

春柳

【原文】

苑外银塘乍^①泮^②冰,柳眠初起鬖髿髻^③。

谢娘微黛轻难学,楚女纤腰弱不胜。

袅雾萦烟枝濯濯^④,鼓风困雨浪层层。

絮飞时节青春晚,绿锁长门半夜灯。

【注释】

①乍:刚刚开始。

②泮:融化。

③鬖髿:头发凌乱貌。

④濯濯:光亮,明朗的样子。《晋书·王恭传》:"恭美姿仪,人多爱悦,或目之云,濯濯如春月柳。"

赋得月下听泉,得阳字

【原文】

阴森松桧敞虚堂,月白泉清入户凉。

半岭清晖涵①水木,断崖风雨溅衣裳。

漾漾碧草侵阶合,噭噭②惊乌出岫长③。

兴熟只应来往惯,明朝携酒待斜阳。

【注释】

①涵:包含。

②激激:鸟叫声。

③出岫长:飞出山峰,向远方去。岫,山峰。

通志堂成①

【原文】

茂先②也住③浑河④北,车载图书事最佳。

薄有缥缃⑤添邺架⑥,更依衡泌⑦建萧斋⑧。

何时散帙⑨容闲坐,假日消忧未放怀。

有客但能来问字,清尊宁惜酒如淮⑩。

【注释】

①通志堂在今北京什刹后海北沿性德的旧居之中,早已湮没。因《通志

堂经解》最初刻于康熙十二年，那时就用此堂作为该书书名，所以建成时间应该不晚于康熙十二年（一六七三年）。另外徐乾学《通志堂经解序》也有记载："经始于康熙癸丑(十二年)，自《通志堂经解》刊出。"

②茂先：才德兼备的前人。

③也住：同皇上一样也住在这里。

④浑河：桑干河,后改名叫永定河。

⑤缥缃：缥,淡青色。缃,浅黄色。古代常用这两种颜色来做书套或者书袋的丝卷,所以后来代指书卷。

⑥邺架：后世把他人的藏书称作邺架。

⑦衡泌：隐居的地方,或指隐居生活。泌,指泉水。

⑧萧斋：书房。

⑨散帙：打开书卷。

⑩淮：表示酒多。

幸举礼闱，以病未与廷试①

【原文】

晓榻茶烟揽鬓丝，万春园里误春期②。

谁知江上题名日③，虚拟兰成射策④时。

紫陌⑤无游非隔面⑥，玉阶⑦有梦镇⑧愁眉。

漳滨⑨强对新红杏⑩，一夜东风感旧知。

【注释】

①此诗作于康熙十二年（一六七三年）三月。徐乾学《纳兰墓志铭》："会试中式，将廷对，患寒疾，太傅曰：'吾子年少，其少俟之。'"礼闱，自唐朝以后在京举行的进士的会试都归礼部主持，所以叫礼闱或者礼部试。

明朝多是在春天举行，又称为春闱或春试。延试，也叫殿试，会试后到殿廷上由皇上亲自发问的考试。

②纳兰容若已经通过了这次会试，但却因病没能参加廷试，这里比喻耽误了廷试的机会。

③江上提名日：即进士提名日。

④射策：对策。皇帝发问，考生来回答。

⑤紫陌：比喻京师。

⑥隔面：比喻考试对策相隔。

⑦玉阶：金殿。

⑧镇：经常。

⑨漳滨：漳河的岸边，也指京师。

⑩新红杏：比喻金榜题名的新科进士。

秋日送徐健庵座主归江南四首①

【原文】

江枫千里送浮飔②，玉佩③朝天④此暂辞。

黄菊承杯频自覆，青林系马试教骑。

朝端事业留他日，天下文章重往时。

闻道至尊⑤还侧席，柏梁⑥高宴待题诗。

【注释】

①徐健庵，即徐乾学（一六三一年至一六九四年），字原一，号健庵，别号玉峰先生，曾任内阁学士、刑部尚书等职。南直隶苏州府昆山县（今江苏省昆山县）人。曾奉命编纂《大清一统志》《清会典》《明史》等，著有《憺园集》《虞浦集》《词馆集》《碧山集》等。康熙三十三年九月十日（一六九四年十月二十八日）病逝。座主，科考的主考官。

②飔：冷风或者疾风。

③玉佩：古代贵族以玉为配饰，以玉来喻德。

④朝天：拜见帝王。

⑤至尊：皇帝。

⑥柏梁：七言古诗的一种，汉武帝元封三年在柏梁台上与众臣饮酒作赋，每人一句，每句用韵，后世大多仿此。

又

【原文】

玉殿西头落暗飔，回波①宁作望恩辞。

蛾眉②自是从相妒③，骏骨④由来岂任骑。

白首尽为酬遇⑤日，青山真奈⑥送归时。

严装欲发频相顾，四始重拈教咏诗。

【注释】

①回波：每句六言，第一句用"回波尔时"四字起，所以叫回波。后来也指舞曲。

②蛾眉：比喻美人，后来也比喻君子。

③妒：同"妒"，嫉妒。

④骏骨：比喻贤才。

⑤遇：知遇。

⑥真奈：怎奈。

又

【原文】

不同纨扇怨凉飔，咫尺重华①好荐辞②。

衡岳雁排回日字，葛陂龙待化来骑。

斑斓③正好称觞④暇，丝竹谁从着屐时。

弱植⑤敢忘春雨润，一生长诵《角弓》诗。

【注释】

①重华：指代圣主。

②好荐辞：好的举荐之辞。

③斑斓：色彩错杂、鲜艳灿烂的样子。

④称觞：举起酒杯祝酒。

⑤弱植：软弱并且难以扶持的人。

又

【原文】

惆怅离筵拂面飔，几人鸾禁①有宏辞。

鱼因尺素殷勤剖，马为障泥郑重骑。

定省^②暂应纾^③远望,行藏端^④不负清时^⑤。

春风好待鸣驺^⑥人,不用凄凉录别诗^⑦。

【注释】

①鸾禁:帝王的住处。

②定省:儿女早晚向家人问安。

③纾:排除。

④端:真的。

⑤清时:清平时代,太平盛世。

⑥鸣驺:古代贵族进门,随从的骑卒在前面呼喊开道。

⑦别诗:离别之诗。

即日又赋^①

【原文】

商飙^②猎猎^③帝城西,极目平沙草色齐。

一夜霜清林叶下,五原秋迥^④塞鸿低。

相将绿酒浮萸菊^⑤,莫向黄云听鼓鼙。

此日登高兼送远,欲归还听玉骢^⑥嘶。

【注释】

①即日又赋:当天又作赋,想要表达的感情还没有尽兴。

②商飙:秋天的风。

③猎猎:风声。

④迥:远。

⑤萸菊:萸,茱萸,有香味的植物。菊,菊花。两种都是用来泡酒的香料。

⑥玉骢:白马。

再送施尊师归穹窿①

【原文】

紫府②追随结愿深,日归行色乍骎骎③。

秋风落叶吹飞鸟④,夜月横江照鼓琴。

历劫飞沉宁有意,孤云去住亦何心。

贞元朝士⑤谁相待,桃观重来试一寻。

【注释】

①此诗应当作于康熙十五年秋。

②紫府:仙人居住的地方。

③骎骎:迅疾。

④飞鸟:漫天飘扬。

⑤贞元朝士:指唐

贞元年间的八司马、刘禹锡、柳宗元等。刘禹锡《听旧宫中乐人穆氏唱歌》诗云:"曾随织女渡天河,记得云间第一歌;休唱贞元供奉曲,当时朝士已无多。"刘禹锡在贞元年间担任郎官御史,后遭谗被贬,二十多年后,以太子的宾客再入朝,感慨今昔,后来诗文中多用此典。

南海子①

【原文】

相风②微动九门③开,南陌离宫万柳栽。

草色横粘下马泊,水光平占晾鹰台④。

锦鞲⑤欲射波间去,玉辇疑从岛上回。

自是软红⑥惊十丈,天教到此洗尘埃。

【注释】

①南海子:北京南郊的南苑,在永定门外,为辽、金、元、明、清五代的皇家猎场和花园。康熙十六年(一六七七年)和十九年(一六八○年)农历二月中旬纳兰容若作为侍卫随皇帝到南苑,此诗应当是性德其时某次随扈所作。

②相风:观测风向的仪器。

③九门:古代天子有九门,即路门、应门、雉门、库门、皋门、城门、近郊门、远郊门、关门。

④晾鹰台:位于南海子南部,皇家射猎和游玩的地方,同时也是皇帝阅兵操练的地方,所以也叫练兵台。

⑤锦鞲:此处指代马。

⑥软红:原意是绵软的尘土;后来代指尘世的繁华热闹。此处形容春天的落花。

扈驾西山①

【原文】

凤翥龙蟠②势作环,浮青不断太行山。

九重殿阁③葱茏里,一气风云吐纳间。

熊虎自当驰道④伏,蚊螭长捧御书闲。

黄图⑤此日论形胜,惭愧频⑥叨侍从班。

【注释】

①西山,在北京西郊的丰台区,为太行山的支脉。由诗意来看,此诗的写作时间应当在草木茂盛的时节。

②凤翥龙蟠:形容西山之势犹如凤凰飞舞,蛟龙盘踞一般。

③九重殿阁:天子的宫殿。

④驰道:天子所用的道路。

⑤黄图:本是书名,此处引申为皇帝与臣子之意。

⑥频：多次。

拟冬日景忠山应制^①

【原文】

岩峣^②铁凤^③锁琳宫^④，亲侍鸾舆^⑤度碧空。

圣主^⑥岂因崇象教^⑦，宸游^⑧直自接鸿濛^⑨。

远山雪有一峰白，别浦枫余几树红。

天意不教常肃杀，伫看宇宙遍春风。

【注释】

①景忠山在今河北省迁安县的西北，滦河附近。据《康熙起居注》，康熙十七年（一六七八年）十月二十日皇帝曾登山游览，此诗应当是性德在那时所作。

②岩峣：山势高俊的样子。

③铁凤：山势如凤凰展翅。

④琳宫：仙人所住的宫，也指道观、殿堂。

⑤鸾舆：皇帝的车驾。

⑥圣主：康熙皇帝。

⑦象教：佛教。释迦牟尼佛离世，各大弟子十分羡慕，刻木成佛，用其形象教人，所以称佛教为象教。

⑧宸游：帝王的巡游。

⑨鸿漾：宇宙没形成时的混沌之状，这里指九天之上。

秋夜

【原文】

庾亮①南楼发兴同②，稍闻疏响起梧桐。

苹风凉晕初弦月，草露秋归满院虫。

灯火有情添夜课，文章无效悔前功。

相思此际江边客，夹岸蒹葭听不穷③。

【注释】

①庾亮：东晋大臣，颍川鄢陵（今河南鄢陵北）人，曾仕东晋元帝、明帝、成帝三朝。

②发兴同：秋夜同庾亮赏月的兴致相同。

③夹岸蒹葭听不穷：蒹，获，没有长穗的芦苇。

葭，刚开始长的芦苇。此句指秋风吹芦获的萧索之声充斥着两岸。

中元前一夕^①枕上偶成

【原文】

酒醒池亭耿^②不眠,帐纹漠漠隔轻烟。

溪风到竹初疑雨,秋月如弓渐满弦。

残梦远经吹角戍^③,明河^④长亘^⑤捣衣天。

哀蛰^⑥饯晓^⑦浑多事,也似严更^⑧古驿边。

【注释】

①中元前一夕:农历的七月十四日。

②耿:靠着枕头而睡。或说心情不安。

③角戍:戍边的号角。

④明河:银河。

⑤亘:横贯。

⑥蛰:蝗虫,俗称"蚱蜢",也指蟋蟀。

⑦饯晓:送走月色,迎接天亮。

⑧严更:警夜行的更鼓。

净业寺^①

【原文】

红楼高耸碧池深,荷芰生凉豁远襟。

湖色静涵孤刹②影，花香暗入定僧心③。

经翻佛藏④研朱荚⑤，地赐朝家⑥布紫金⑦。

下马长堤一吟望，梵钟杂送海潮音。

【注释】

①净业寺建于明·嘉靖年间，清初期重修。《啸亭杂录》有记载："成亲王府在净业湖北岸，系明珠宅。"由此可知，净业寺在净业湖畔，离纳兰容若家很近。

②刹：本来是佛塔顶上的装饰，叫作相轮，后来多指佛塔或者佛寺。

③定僧心：将混乱的俗世念头去除，以平静安定的内心取代。

④佛藏：佛教经书的总称。

⑤荚：书简。

⑥朝家：朝廷或者国家。

⑦布紫金：布，布施。向贫民布散钱财。

垂丝海棠

【原文】

天孙①剪绮系赖②丝，似睡微醒困不支。

晓露冷匀新茜靥③,春烟晴晕淡胭脂。

樱桃对面羞酩态,棠棣④相窥妒艳姿。

惟有粉垣⑤斜日色,爱扶红影弄参差。

【注释】

①天孙:星名,织女星。

②赦:浅红色。

③茜靥:晕红的脸庞。

④棠棣:俗称棣棠,黄色花,春末开,初夏熟。

⑤垣:墙。

杏花

【原文】

不是心伤艳蕊梢,依稀扶醉过花朝。

枕函宿粉匀无迹,病颊微红淡欲消。

羯鼓①催开春艳艳,早莺啼破雨飘飘。

竹篱村店年时会,想得当垆②尔许娇。

【注释】

①羯鼓:一种乐器。两面蒙着公羊的皮,腰部细,所以叫羯鼓。南北朝时期由西域传入内地,盛行于唐开元、天宝年间。

②当垆:也作当卢,即卖酒。垆,放置酒坛的土垛。

又

【原文】

马上墙头往往迎，一枝低亚①帽檐横。

画桥压浦知何处，红袖招人绰有情。

深巷月斜留蝶宿，小池烟晓拂衾轻。

秋千索下春才半，暗数流光到卖饧②。

【注释】

①亚：树的枝桠。

②饧：麦芽或谷芽制成的糖。

又

【原文】

吹罢江梅才几日，一枝闲淡又斜晖。

寒禁花信①愆期易，病减春游好事稀。

池面留脂娇独绝，楼头听雨梦相违。

社钱掠得茅庵去，也胜前村买醉归。

【注释】

①花信：从小寒到谷雨，一百二十天，八个节气，我国古代每五日为一候，计二十四候，人们在每一候内开花的植物中，选一种花期最准的植物作

代表,为一种花信,并称之为"二十四番花信"。

又

【原文】

婷婷谁伴度春宵,点染疏枝浅色娇。

丁字帘前香梦断,粉光亭外薄寒消。

移来片月如梅影,从此东风到柳条。

花似去年人忆别,卖花消息绝无①。

【注释】

①谬:悲切。

又

【原文】

一段柔情百媚生,炉他流水去无声。

凝妆似解登垣望,薄怒何当破笑迎。

绣户红云烘壁带,画梁残照泊檐旌。

曲江好在花千树,憔悴谁知浪①得生。

【注释】

①浪:妄加。

上巳清明①

【原文】

怅望天涯②令节同，酒怀诗思两匆匆。

流杯③亭榭鸣鸠雨，近水人家插柳风。

芳草何心长自绿，桃花无赖只能红。

踏青祓禊④相将去，牢记归途此日逢。

【注释】

①古代原定于三月上旬的一个巳日，因此叫上巳。曹魏之后，这个节日改定为三月三日。过去的习俗，于此日在水边洗去污垢，祭祀祖先。魏晋以后便在这个节日进行水边宴会、春天郊游。然而有时还是以三月上旬为巳日，不一定是三月三日。清明，农历二十四节气之一。在春分后，谷雨前。清明按过去的习俗有踏青扫墓等活动。此时上巳与清明赶到了一起。

②天涯：此处指在江南的顾梁汾。

③流杯：古代的习俗，上巳节日，在水边宴会，把酒杯放到水上，顺流而

下,停在谁面前,那人便取杯饮酒。

④祓禊:古代的习俗,上巳节日,在水边洗去污垢,称作祓禊。

绿阴

【原文】

春雨春风洗故枝,残红落尽碧参差。

烟光薄处蜂犹觅,日影添来马不知。

匝地①重阴迷别径,卷帘浓翠润枯棋②。

乱蝉转眼柴门路,又见先生坦腹时。

【注释】

①匝地:满地。匝,环绕。

②枯棋:木质的棋子。

雨后

【原文】

宿雨芦村暑乍清,归云①天外一峰晴。

蝉嘶柳陌多相应,燕踏琴弦别作声。

白日旋消高枕②过,秋风又向乱砧③生。

伤心咫尺江干路④,拟着渔簑计未成。

①归云:雨停云散。

②高枕:无所忧虑。

③乱砧:把衣服放在石砧上用棒子打击的嘈杂声。

④江干路:泛指江边的道路。

汤泉应制四首①

【原文】

清时礼乐萃朝端,次第郊原引玉銮。

河岳千年归带砺②,寝园③三月拜衣冠。

便从畿甸亲民隐,更启神泉示从官。

非独炎灵④钟坎德,恩波深处不知寒。

【注释】

①汤泉,此处指的是马兰峪温泉,康熙皇帝曾多次来到此地,由诗中的"寝园三月拜衣冠"可知,此首诗应当于康熙二十年三月所作。应制诗,起自唐、宋,封建时代官僚奉旨所作、所和的

诗。唐代后大多为五言六韵或八韵的排律。内容多为歌颂功德,少数的也表达一些对皇帝的盼望。

②带砺:也作带厉,比喻长久。

③寝园:陵园,天子的墓穴。

④炎灵:炎帝神农氏。

又

【原文】

六龙①初驻浴兰天,碧瓦朱旗共一川。

润逼仙桃红自舞,醉酣人柳②绿犹眠。

吹成暖律回③燕谷,散作熏风入舜弦。

最是垂衣④深圣德,不须词笔颂甘泉⑤。

【注释】

①六龙:古代皇帝的车驾有六马,马八尺称为龙,所以六龙即为皇帝车驾的代称。

②人柳:树名,柽柳。李商隐《江之嫣赋》有记载:"岂如河畔牛星,隔岁祇闻一过。不及苑中人柳,终朝剩得

三眠。"

③回:回旋,回荡。

④垂衣:称颂皇帝拱手垂衣,无为而治。

⑤甘泉:汉朝有甘泉宫,武帝经常来此避暑,接见各个侯王及外国客。

又

【原文】

鱼鳞①雁齿②镜③中开,溅沫为霖④遍九垓。

不用劫灰⑤求仿佛⑥,便从天汉象昭回⑦。

桑坛法驾⑧乘春转,鹤禁⑨仙镳⑩问寝来。

遥祝海隅同帝泽,年年长听属车⑪雷。

【注释】

①鱼鳞:水的波纹。

②雁齿:比喻排列整齐的事物,因为桥的台阶排列很整齐,所以常常用来比喻桥。

③镜:比喻水面好像镜子一般。

④溅沫为霖:传说龙吐出的沫为霖,比喻皇帝广施恩德。

⑤劫灰:汉武帝开凿昆明池底部,有很多黑灰,高僧称它为劫灰。此处指长安的昆明池。

⑥求仿佛:求与昆明池相类似。

⑦象昭回:星辰的光辉回转。

⑧桑坛法驾:皇帝的车驾。

国学经典文库

纳兰容若全集

《纳兰诗》释解

图文珍藏版

⑨鹤禁:天子所住的地方。

⑩仙镳:皇宫。

⑪属车:皇帝出行时候的侍从车。

又

【原文】

身向咸池①傍末光,三危露暖不成霜。

金铺②照日初涵影,玉甃③生烟别作香。

地接蓬莱④通御气,波翻豆蔻⑤散朝凉。

微臣幸属赓歌⑥日,愿借如川献寿觞⑦。

【注释】

①成池:古人认为西方王母娘娘有很多年轻漂亮的侍女,成池是这些仙女沐浴的地方。此处比喻汤泉。

②金铺:门上用金装饰的铺子。

③玉甃:院子里面的井。

④蓬莱:海上的仙岛。

⑤豆蔻:多年生常绿草本植物,可入药,有香味。

⑥赓歌：作歌以回答。

⑦寿觞：祝寿用的酒杯。

喜吴汉槎归自关外，次座主徐先生韵①

【原文】

才人今喜入榆关②，回首秋笳冰雪间。

玄菟③漫闻多白雁，黄尘空自老朱颜。

星沉渤海无人见，枫落吴江④有梦还。

不信归来真半百，虎头⑤每语泪潺湲。

【注释】

①吴兆骞（一六三一年至一六八四年），字汉槎，江南才子。"座主徐先生"即徐乾学。汉槎被顾贞观、徐乾学和性德等人所救，在康熙二十年十月，从宁古塔戍地返回京，此诗应当作于其时（或其后）。

②榆关：今天的山海关。

③玄菟：古郡名，汉武帝所置。后来泛指边塞要地。

④吴江：吴汉槎的家乡。

⑤虎头：即虎头牌，清朝衙门的门首挂着虎头牌，写着"禁止闲人擅入"等字。因为吴汉槎遭受官衙之害二十余年，所以用"虎头"比喻压迫势力。

兴京陪祭福陵^①

【原文】

龙盘凤翥气佳哉,东指斋宫^②御辇来。

影入松楸仙仗远,香升俎豆^③晓云开。

盛仪备处千官肃,神贶^④承时万马回。

豹尾叨陪^⑤须献颂,小臣惭愧展微才。

【注释】

①此首诗题系刊登错误。在盛京(今沈阳市)的是福陵,而在兴京(今辽宁省新宾县西)的是永陵。此诗题应为《盛京陪祭福陵》或《兴京陪祭永陵》。纳兰容若在康熙二十一年三月初六日(一六八二年四月十三日)跟随皇帝祭福陵,十一日(四月十八日)又祭永陵。而两地相距甚远,此诗当是写其中之一。

②斋宫:皇帝行祭天地大典前的斋戒的地方。

③俎豆:俎和豆,旧时祭祀、飨宴所用的装食物用的两种礼器,也泛指各种礼器,后引申为尊敬祭奉的意思。

④神贶:神灵的恩赐。

⑤叨陪:担任陪侍。

山海关①

【原文】

雄关阻塞戴灵鳌,控制卢龙②胜百牢。

山界万重横翠黛,海当三面涌银涛。

哀笳带月传声切,早雁迎秋度影高。

旧是六师开险处,待陪巡幸扈星旄③。

【注释】

①山海关位于河北秦皇岛市东北部,有"天下第一关"的美称。而诗中结语"待陪巡幸",可以看出不是随皇帝出行时所作。性德在康熙二十一年秋奉命"觇梭龙"到东北去,这首诗有可能是于此行中经过山海关时所作。

②卢龙:位于山海关西,是古代的战场。

③星旄:皇帝的仪仗。

古北口^①

【原文】

乱山如戟拥孤城,一线人争鸟道行。

地险东西分障塞,云开南北望神京。

新图已入三关^②志,往事休论十路兵。

都护^③近来长不调,年年烽火报升平。

【注释】

①古北口位于北京市密云县东北的古北口镇,长城的重要关口,地势险峻。由诗意可知,应是平定三藩(康熙二十年十二月)及收复台湾(二十二年闰六月)后所作,具体时间待考。

②三关:此处指地势险要。

③都护:官名,戍守边关的将士。

扈跸霸州^①

【原文】

霸山重镇奠神京,鸾辂^②春游淑景明。

万派银涛冲古岸,四围玉^③护严城。

花承暖日迎来骑,柳带新膏绾去旌。

八砦^④雄图今更固,行随赏乐胜蓬瀛。

【注释】

①霸州,位于今河北省霸县。此诗系纳兰容若于康熙二十三年二月随康熙皇帝出巡经过此地时所作。

②鸾辂:皇帝所坐的车。③玉甃:此处形容城墙好像井壁一样坚实光滑。

④八砦:现在作八寨,地名。此处指八方的外藩。

泰山^①

【原文】

灵符作镇敞天门^②,群岳称宗秩望尊。

三观峰高擎日月,五株松偃老乾坤。

雕甍^③贝阙^④神宫^⑤壮,碧藓苍崖古碣存。

远眺齐州^⑥烟九点,不知身在白云根。

【注释】

①康熙二十三年九月,纳兰容若随皇帝南巡,在十月初十日(一六八四年十一月十六日)及十月十一日(一六八四年十一月十七日)连登泰山,此诗应当是那时或之后所作。

②天门:泰山顶上的天门。

③甍：屋脊。

④阙：门观。

⑤神宫：此指碧霞的君祠。碧霞君，传说是东岳大帝的女儿。

⑥齐州：此指中国的九州。

病中过锡山^①

【原文】

润州^②山尽路漫漫，天入蓉湖漾碧澜。

彩鹢风樯连塔影，飞鸿云阵度峰峦。

泉烹绿茗徐蠲渴^③，酒泛青瓷渐却寒。

久爱虎头三绝誉，今来仍向画中看。

【注释】

①锡山，在江苏无锡惠山的东部。纳兰容若在康熙二十三年（一六八四年）十月二十七日（十二月三日）随皇帝南巡到无锡，第二天游惠山，此诗应当是那时或之后所作。

②润州：古地名，今天的镇江，隋朝时置此州，到宋朝时改名为镇江府。

③蠲渴：解渴。蠲，去除。

又

【原文】

棹女^①红妆映茜衣，吴歌清切傍斜晖。

林花刺眼篷窗人,药裹②关心蜡屐③违。

藕荡波光思澹永,碧山岚气望霏微。

细莎斜竹吟还倦,绣岭停云有梦依。

【注释】

①棹女:划船的女人。

②药裹:药包。

③蜡屐:用蜡来涂饰木鞋做装饰。

曲阜①

【原文】

万骑新过五父衢②,玉銮停御辟池初。

弦歌疑尚闻兴阕③,荆棘④还看自剪除。

秘笈⑤琳琅怀里玉,宝光腾跃壁中书。

小臣久已瞻麟角⑥,何幸趋承俎豆余。

【注释】

①康熙二十三年(一六八四年)秋天纳兰容若随皇帝南巡,从江南返京的途中到曲阜祭祀孔庙。此诗应当是那时所作。

②五父衢:古代的道路名。旧址在今山东曲阜县的东南。

③兴阕:作歌。

④荆棘:比喻苦难。

⑤秘笈:收藏珍贵稀缺之书的箱子。

⑥麟角:本用来比喻稀世的珍宝。此处指孔子的遗迹。

<h2 style="text-align:center">题《竹炉新咏》卷^①并序</h2>

【原文】

惠山听松庵竹茶炉岁久损坏,甲子^②秋,梁汾仿旧制复为之,置积书岩中,诸名士作诗以纪其事。是冬,余适得一卷,题曰《竹炉新咏》,则明时王舍人孟端、李相国西涯诗画并在,实听松故物也。喜以归梁汾,即名其岩居曰新咏堂。因次原韵。

炉成卷得事天然,乞与幽居置坐边。

恰映芙蓉亭下月,重披斑竹岭头烟。

厕如董巨^③真高士,诗在成弘^④极盛年。

相约过^⑤君同展看,淡交终始似山泉。

【注释】

①此诗作于康熙二十三年农历十二月(一六八五年初)。

②甲子:康熙二十三年。

③董巨:南唐画家董源、五代宋画家巨然,并称为"董巨"。

④成弘:明成化、弘治年(一四五五至一五零五年),是明代的盛世之年。

⑤过:经过其门,顺便去看看。

五言排律

扈驾马兰峪,赐观温泉,恭纪十韵①

【原文】

御天来凤辇②,浴日启③龙池④。

野迥⑤纡⑥皇览,春浓值圣时。

落花萦彩仗,初柳拂朱旗。

行漏⑦三辰⑧拥,停銮万象⑨随。

瑞征⑩泉是醴⑪,喜溢沼⑫生芝。

特许观灵液⑬,相将陟禁墀⑮。

气凝浆五色,味结露三卮。

仙跸程遥度⑯,慈闱⑰驾近移。

倍隆长乐⑱养,兼采广微诗。

扈从诚多幸,重华⑲赏荐辞。

【注释】

①此诗应当作于康熙二十年(一六八一年)三、四月之间。

②凤辇:皇帝的车。

③启:开。

④龙池:成池,比喻汤泉。

⑤野迥:旷野。

⑥纡:缓慢的样子。

⑦行漏:夜行。

⑧三辰:此处指三星。

⑨万象:指众多的星星或者万物。

⑩瑞征:吉祥的好兆头。

⑪醴:甘甜的泉水。

⑫沼:小的水池。

⑬灵液:汤泉。

⑭相将:被特别允许赏泉的官员互相提携。

⑮禁墀:皇宫的台阶。

⑯程遥度:从很远的地方过来。

⑰慈闱:两宫的太后。

⑱长乐:汉朝设有长乐宫,太后住的地方,也叫东宫。

⑲重华:本来是古代圣肾之君虞舜的号,此处指皇帝。

玉泉十二韵①

【原文】

地涌西山脉,名标禁籞泉。

百层飞作雨,万顷汇成渊。

润下②终归海,源高却自天。

萦烟来树杪③,带雪落云边。

隐见瑶光④曳,琤瑽⑤珮响传。

红栏桥宛转,乌榜⑥棹洄⑦沿。

星汉⑧随湾泻,楼台倒影鲜。

蛟龙蟠翠岛,雁鹜起琼田。

镜面晶荧合,珠痕荡漾圆。

翠流初放荇⑨,娇拥半开莲。

睿赏悬孤鉴,余波溢九璇⑩。

那居⑪真有庆,鱼藻在诗篇。

【注释】

①玉泉,在北京西郊的玉泉山下,"玉泉垂虹"是燕京的八景之一。康熙皇帝曾多次来此处游玩休息。此诗应当是某次随皇帝出巡到此所作。

②润下:即水。由于水往下流,滋润万物,所以叫润下。

③树杪:树梢,树枝的末尾。

④瑶光:美玉的光彩,祥瑞之兆。

⑤玎璁:玉佩的碰撞声。

⑥乌榜:游湖的船。

⑦棹洄:水流回旋的样子。

⑧星汉:指银河。

⑨荇:也作"莕",一种贴着水面生长的小草。

⑩璇:美玉。

⑪那居:清闲的样子。

和唐·李昌谷《恼公》诗原韵①

【原文】

洞户层层碧,雕阑处处红。屏山开孔雀,绮石缀芳丛。

麝②靥③安黄小,蛾眉④点黛浓。纤腰欺柳带,慧思展蕉筒⑤。

粉盒调湘芷⑥,瓷瓶插水茫。宿枝寻晓蝶,书叶爱春虫。

被浪翻灵粟,帷云飚紫茸。昼眠妆复整,晚浴汗初融。

罗袜宜乘雾,仙裙⑦可趁风。寄诗搴芍药,擘纸研⑧芙蓉。

砚拂琉璃匣,香熏翡翠笼。媚花⑨簪⑩蔓鹤⑪,心果⑫剥荷蜂。

乍见波⑬先注,佯羞意若蒙⑭。投梭嗤北里⑮,抱布炫⑯南赟。

华烛然青凤,文茵⑰藉绿熊。柔携荑⑱样手,笑映月如弓。

诅信⑲为行雨,还疑化彩虹。梦中游洛浦,意外到崆峒。

只合巫山住,何须石峁⑳封。但期常比翼,即似骤乘龙。

续续㉑更催箭㉒,丁丁㉓漏尽铜㉔。誓要长久约,密订往来踪。

汉渚㉕明星隐,咸池旭日烘。霞光生绮㉖縠,树色辨青葱。

喜气胶投漆,离情泪染枫。王昌联井舍㉗,宋玉隔墙墉㉘。

露浥桃初绽,风披李正秾。异香㉙专寄寿㉚,射鸟莫过冯㉛。

鸾影㉜昏㉝秦镜,鸥弦㉞解蜀桐㉟。白头吟早就,黄耳信无从。

苔满斜纹砌,尘凝刻琐栊。暗添瑶瑟㊱怨,渐减雪肌丰。

郎性翾秋蒂,侬操励晚菘㊲。选歌嗔傅婢㊳,买卜倩骖僮㊴。

水面窥金鲤,楼头望玉骢。自怜江柳态,谁忆海棠容。

尽日怀将仲,无时见子充。赠遗传《陌上》,期㊵送说《桑中》。

四叶裁新袖,三花剪细鬓。笑言知宴宴^㊶,弃置叹邛邛。

鹦鹉声犹唤,鸳鸯梦少通。夜将愁共永,春与意俱融。

写恨盈千叠,思君不再逢。挑灯增懊恼,依枕即惺忪^㊷。

镜听^㊸何曾吉,瓢占^㊹并是凶。凄凉怜永夜,寂寞类深宫。

独瘵悲青女^㊺,烧香问碧翁^㊻。合欢虚旧绣,连理悔重缝。

薄命嗟秋扇,伤心泣曙钟。代题闺里怨,未觉锦囊^㊼空。

【注释】

①唐·李贺(七九〇至八一六年),字长吉,唐代著名诗人,福昌昌谷(今河南洛阳宜阳县)人。后人因为他的家在福昌昌谷,所以叫他李昌谷。此诗作于康熙二十四年(一六八五年)春天,怀疑是纳兰容若怀念沈宛之作,诗中深深地表达了怀念和伤感的情思。

②麝:香味。

③靥:脸上的酒窝。

④娥眉:蛾的须子,弯曲细长,比喻女子的眉毛。

⑤蕉筒:酒杯。

⑥芷:香草,又叫白芷,女子用的香粉。

⑦裾:衣服上的大襟。

⑧砑:展开。

⑨媚花:像花一样娇媚。

⑩簪:此处用作动词,插上这样的簪钗。

⑪蔓鹤:簪钗上面用小鹤作装饰,以细细的铜丝当作蔓茎缀上去,戴上它走起路来颤悠悠的。

⑫心果:心中最喜爱的水果。

⑬波:眼中的余波。

⑭意若蒙:好像是怀有真情意。

⑮北里:唐代长安平康里位于城北,称作北里,其地是妓院的所在地。后来泛指娼妓聚集的地方,多用于贬义。

⑯炫:迷惑。

⑰文茵:车上的座席。

⑱黄:刚长出来的白色嫩芽,常用来形容女子的手指。

⑲讵信:岂可相信。

⑳石窍:古代春秋齐地的邑名。故址在今山东省长清县东南。

㉑续续:连续不断。

㉒更催箭:催更用的箭。

㉓丁丁:滴水声。

㉔漏尽铜:铜漏一直滴水。

㉕汉渚:天河。

㉖绮:细绫,有花纹的丝织物。

㉗井舍:乡邻家舍。

㉘墙墉：高墙。

㉙异香：美女。

㉚寄寿：让寿命有所寄托。

㉛冯：欺负、凌辱。

㉜鸾影：美人的妙影。

㉝昏：不清楚。

㉞鹍弦：用鹍鸡筋经加工后制成的琵琶弦，剔透光亮，非常坚韧，余音清晰悦耳。

㉟蜀桐：蜀中产的桐木。也代指用这种桐木制成的乐器。

㊱瑶瑟：用玉制成的琴瑟。

㊲励晚菘：用冬天坚挺的菘鼓励自己。

㊳傅婢：亲信的侍婢。

㊴买卜：买居住的地方。

㊵期：约会。

㊶宴宴：喜悦，高兴。

㊷惺忪：苏醒。

㊸镜听：也叫"听镜""听响卜""耳卜"等，一种占卜的方法。在除夕或岁首的夜里，把镜子抱在胸前，偷听路人无意说出的话，来占卜吉凶祸福。

㊹瓢占：也是一种占卜的方法。

㊺青女：天上的神仙。

㊻碧翁：指上天。

㊼锦囊：用绸、缎、帛等制成的袋子，古人用来装信件或者书稿。

五言绝句

雪中和友

【原文】

哀雁兼邻杵①，共君寒夜心。
窗前吹宿火②，朔雪满空林。

【注释】

①杵：捣衣用的木槌。

②宿火：深夜里的烛火。

又

【原文】

竹坞①寂无人，雪深山路涩。
涧底响层冰，居人自朝汲②。

【注释】

①竹坞:竹林繁茂的山坞。

②汲:从涧底或者井底打水。

又

【原文】

白屋①无人事,况逢春雪余。

山中问梅蕊,频寄一行书。

【注释】

①白屋:贫穷之人住的茅草屋。

秋意

【原文】

苑云①衔日去,疏雨欲来时。

忽见小庭中,草花三两枝。

【注释】

①苑云:浓云。

又

【原文】

凉风昨夜至，枕簟①已瑟瑟。

小女笑吹灯，床头捉蟋蟀。

【注释】

①枕簟：枕席。

又

【原文】

雨声池馆秋，漠漠①横塘水。

水鸟故窥人，飞入荷花里。

【注释】

①漠漠：密实或大面积分布的样子。

题胡瑰《射雁图》①

【原文】

人马一时静，只听哀雁音。

塞垣无事日，聊欲②耗雄心。

【注释】

①胡瑰：五代·后唐画家，擅长画边塞射猎，尤其擅长画马，形象逼真。

②聊欲：不得已而为之。

题赵松雪《水村图》①

【原文】

北苑②古神品，斯图得其秀。

为问鸥波③亭，烟水无恙否？

【注释】

①此诗作于康熙二十四年春夏期间。

②北苑：南唐的画家董源曾经是北苑使，所以世人称他为董北苑，最擅长画山水。

③鸥波：隐居者住的地方，后比喻无拘无束的安乐生活。

七言绝句

上元月食①

【原文】

夹道香尘拥狭斜②,金波③无影暗千家。
姮娥④应是羞分镜,故倩⑤轻云掩素华⑥。

【注释】

①有人说此诗是康熙三年(一六六四年)正月十五日(二月十一日)上元节的晚上所作,这种说法正确的话,性德那时只有十岁,那么此诗是他诗作中最早的一首。上元,指农历正月十五日。

也叫元宵节。

②狭斜:僻静、昏暗的小街曲巷。

③金波:月亮。

④姐娥:也指月亮。

⑤倩:请别人做事。

⑥素华:皎白的光华。

敬题元公张大中丞遗照二首①

【原文】

豸冠丰采著垂鱼,共拟威棱肃剪除。

今日拜瞻温克甚,悬知宿好但诗书。

又

【原文】

忆从驹齿奖空群,执戟谁知似子云。

钟鼎旗常公不朽,好凭班范纪余芬。

【注释】

①此二诗是根据张纯修在康熙三十年(一六九一年)刊行的《饮水诗词集》补进来的。"元公张大中丞"指的是纯修的父亲张滋德。

题见阳小照①

【原文】

雨雪山空独悟迟,羡君潇洒出尘姿。

灵和别殿临风晚,最忆春前第一枝。

【注释】

①此诗是根据张纯修刊行的《饮水诗词集》补进来的。

从友人乞秋葵种①

【原文】

空庭脉脉②夕阳斜,浊酒盈樽对晚鸦。
添取一般秋意味,墙阴小种断肠花。

【注释】

①此诗是根据《词人纳兰容若手简》补进来的。秋葵与秋海棠（俗称断肠花）分别属于锦葵科和秋海棠科,所以有人说最后一句好像不是想种秋海棠,而是种秋葵的意思。

②脉脉:饱含温情,默默地用眼神表达感情。

咏史

【原文】

千秋名分绝君臣①,司马编年继获麟②。

莫倚区区周鼎③在,已教俱酒作家人。

【注释】

①古代封建社会,把君臣名分看得很重要,觉得这是亘古不变的规定。②获麟:传说春秋时期鲁忠公于十四年春天去西方狩猎,猎得了麒麟。③周鼎:王权的象征。

又

【原文】

一死难酬国士①知,漆身吞炭只增悲。

英雄定有全身策②,狙击③君看博浪椎。

【注释】

①国士:济国的将士。

②全身策:保护自己不遭迫害的安全策略。

③狙击:趁人不注意的时候,突然袭击。

【原文】

章武①谁修季汉②书,建兴③名号亦模糊。

笑他典午④标凡例,不遣青龙⑤混赤乌⑥。

【注释】

①章武:三国时期蜀汉昭烈帝刘备的年号(二二一至二二三年),一共三年。这是蜀汉政权的第一个年号。

②季汉:蜀汉。

③建兴:三国时期蜀汉后主刘禅的第一个年号,一共十五年。这是蜀汉政权的第二个年号。但是三国时期东吴的君主吴废帝孙亮也以建兴为年号(二五二年四月至二五三年),一共两年。所以此处意思模糊。

④典午:典和司都有掌管的意思。午,生肖是马,故典午隐含了司马的意思。晋帝姓司马,因此后来说典午指的就是晋。

⑤青龙:三国时期魏明帝曹叡的年号(二三三至二三七年),一共五年。

⑥赤乌：三国时期东吴君主孙权的第四个年号，一共十四年。

又

【原文】

诸葛①垂名各古今，三分鼎足势浸淫②。
蜀龙吴虎真无愧，谁解公休③事魏心④？

【注释】

①诸葛：指诸葛亮、诸葛瑾及诸葛亮的堂弟诸葛诞。

②浸淫：逐渐蔓延，扩散。

③公休：诸葛诞的字。

④事魏心：忠于魏国的心。

又

【原文】

汉江①高接蜀江②流，霖雨漂沉版筑③休。

可惜不教樊口④下，襄阳⑤仍属魏荆州⑥。

【注释】

①汉江：又叫汉水，古代叫沔水，发源于陕西西南部，由北向南贯穿湖北省，到武汉流入长江。全长一五七七千米，是长江最大的支流。

②蜀江：长江。

③版筑：在两个夹板中间填上土筑成墙，即城防。

④樊口：在今湖北省襄阳境内，因为樊港流入江之口，所以叫樊口。

⑤襄阳：原名襄樊，今湖北省的重镇。

⑥荆州：古代称为江陵，在今湖北省，曾是三国时期魏、蜀、吴争相抢夺的军事要地。

又

【原文】

痛哭难为入庙身，谯周①本意劝称臣。

市桥②旗帜咸阳战，不及成家尚有人。

【注释】

①谯周(一九九至二七〇年),字允南,巴西西充国(今四川西充)人。三国时期蜀汉学者、官员,著名的儒学大师和史学家。

②市桥:也叫金花桥或者石牛门,在今四川省成都市之西。

又

【原文】

卷甲空回①丁奉军,陵江②官号已更新。

若将唇齿论吴蜀,可有宫门拜表人。

【注释】

①卷甲空回:吴永安六年(二六三年),魏国伐蜀国,蜀国向吴国求救,吴国派丁奉率军向寿春,结果蜀国灭亡,丁奉率军返回,吴国并没有诚意要救蜀国,仅仅是作势回应,其实就是看着蜀国灭亡,所以叫卷甲空回。②陵江:魏国的杂号将军,是五品官员。

又①

【原文】

劳苦西南事可哀,也知刘禅本庸才。

永安②遗命分明在,谁禁先生自取来?

【注释】

①有的学者说此诗是批评诸葛亮不听从刘备的"永安遗命",而对刘禅愚忠,以致耽误国事,表现出了纳兰容若开明的政治思想,在他所处的皇权至上的时代,难能可贵。

②永安:刘备章武三年四月二十四日逝世时候的宫名。

又

【原文】

名士①何曾忘义熙②,故将山水托游嬉。

韩亡秦帝浑闲事,谁续临川内史诗。

【注释】

①名士:指谢灵运（三八五至四三三年），东晋著名的山水诗人，东晋陈郡阳夏（今河南太康）人。

②义熙:四〇五年至四一八年，东晋安帝司马德宗的第四个年号，一共十四年。

又

【原文】

宝槊①金貂②别有才，踏围鸣鼓日千回。

老兵不少俞灵韵，亲向营门逐马来。

【注释】

①宝槊：槊上系着七宝彩饰，骑在马上的武将手中所拿的长矛。槊，长丈八的茅。

②金貂：汉朝以后皇帝左右侍臣官员的冠饰。

又

【原文】

零落金莲帖地灰，练儿①顾盼自雄才。

三千宫女同时出，也爱潘妃国色来。

【注释】

①练儿：即梁高祖武皇帝萧衍（四六四至五四九年），字叔达，小字练儿。南兰陵（今江苏省常州市）人。大梁政权的建立者，庙号高祖。开始在齐国做雍州刺史，他的兄弟萧懿是齐国的有功之臣，却被谗冤而死，萧衍就起兵灭了齐国，自立为帝。

【原文】

注籍①纷纷定价余,市曹行雁②待铨除③。

后来又变停年格,请命谁收薛琡书。

【注释】

①注籍:按照户口登记在册,此处指注册任官职。

②行雁:比喻求官的人很多。

③铨除:选官入职。

【原文】

上使空持白虎幡①,谁教博议采袁翻。

高车劲敌婆罗在,特与凉州作外藩。

【注释】

①白虎幡:绘有白虎图案的旗。古代用作传布朝廷政令或军令的标志。

国学经典文库

纳兰容若全集

《纳兰诗》释解

图文珍藏版

又

【原文】

金龙玉凤埒①高阳,富贵从夸章武王。

王谢风流君不见,世家原自重文章。

【注释】

①埒:等同,媲美。

又

【原文】

朝政神龟①已可知,羽林②旁午③辱张彝。

洛阳大有平城使,正是倾赀④结客时。

【注释】

①神龟:五一八年二月至五二〇年七月,北魏君主魏孝明帝元诩的第二个年号,一共两年多。

②羽林:羽林军,皇宫内的禁卫军。

③旁午:一纵一横叫旁午,此处形容羽林军无所顾忌地侮辱殴打张彝一家人。

④赀:财物。

又

【原文】

中允^①功名洗马^②才，旧僚陪送有谁哀？
临湖殿^③里弯弓客^④，却向宜秋洒涕回。

【注释】

①中允：官名。掌管
侍从礼仪。

②洗马：本来是太子
出行前的引官，到隋唐的
时候改为司经局洗马，专
门掌管太子宫中的书。

③临湖殿：朝参的
地方。

④弯弓客：指杀死李
建成的李世民。

又

【原文】

羽衣木鹤想前身，不到升仙到奉宸^①。

自是平章②曾入奏,在廷何限赋诗人。

【注释】

①奉宸:唐代武则天称帝时设立的宿卫近侍的官府。开始叫控鹤院,后来改叫奉宸院。

②平章:官名,即同平章事,同中书门下平章事的简称。平章本是商量处理国事的意思。位高时,相当于宰相之职;位低时,也在五品以上。

又

【原文】

军职新加吕用之,神仙楼殿极参差。
那知论谪浑①无赖,曾傍江阳后土祠。

【注释】

①浑:全,都。

又

【原文】

博学今无沈晦①伦,宣和②名论③一时新。
众中大有摇头客,莫便轻欺下坐人④。

【注释】

①沈晦(一○八四年至一一四九年),字元用,号胥山,钱塘(今浙江杭

州）人。宋徽宗宣和六年（一一二四年）间进士。

②宣和：一一一九年至一一二五年，宋徽宗的第六个年号和最后一个年号。北宋用宣和这个年号一共七年。宣和七年十二月宋钦宗即位仍用此年号。

③名论：沈晦等人的著名的政论。

④下坐人：指沈晦等职位不高的人。

又

【原文】

都监声名敌指挥，隔河降表最先驰。

赤岗事与滹沱①异，勿问中朝没字碑。

【注释】

①滹沱：金攻打北宋的重要战场，此处指代金讨伐北宋这一历史事件。

密云^①

【原文】

白檀山下水声秋,地踞潮河最上流。

日暮行人寻堠馆^②,凉砧^③一片古檀州。

【注释】

①密云:位于北京市东北部的燕山山脉脚下,历史悠久。从诗中内容可知,此诗是写秋天的景象。康熙十五年(一六七六年)农历九月十二日皇帝曾停留密云,纳兰容若也随皇帝出巡停留在此,但此说尚待考证。

②堠馆:山村的小店。

③砧:捶布捣衣用的石头。

南海子^①

【原文】

分弓列戟四门开,游豫^②长陪万乘来。

七十二桥天汉^③上,彩虹飞下晾鹰台。

【注释】

①此诗应当是康熙二十三年二月所作。

②游豫:快乐安闲的样子,后来指帝王出巡。

③天汉:天河。

又

【原文】

红桥夹岸柳平分,雉兔年年不掩^①群。

飞放何须烦海户,郊南新置羽林军^②。

【注释】

①掩:趁其没有防备的时候,射中他。

②羽林军:守卫皇宫的禁卫军。

上元即事

【原文】

翠毦^①银鞍南陌回,凤城箫鼓殷如雷。

分明太乙峰头过,一片金莲^②火里开。

【注释】

①毦:用羽毛或兽毛制成的装饰物,常用来装饰头盔、犬马或兵器。

②金莲:黄色,迎着太阳而开,花开成片。

咏柳,偕梁汾赋^①

【原文】

烟水频年瘦不支,相看余得许多丝。

灵和旧事今如梦,却到人间管别离。

【注释】

①梁汾:即顾贞观(一六三七至一七一四年),原名华文,字远平、华峰,也作华封,号梁汾,清代著名

词人,江苏无锡人。与陈维嵩、朱彝尊并称明末清初"词家三绝",同时与纳兰容若、曹贞吉共享"京华三绝"之誉。偕,一起。

又

【原文】

弱絮残莺一半休,万条千缕不胜愁。

只应天上张星①伴,莫向青门②系紫骝。

【注释】

①张星:二十八星宿之一,在天的南方。此星掌管珍宝、宗庙所用以及衣服,同时掌管饮食、赏罚之事。此处指朝廷的俸禄。

②青门:泛指京城的都门。

题《虞美人蝴蝶》画扇

【原文】

写得春风分外娇,粉痕零落晕红潮。

曲终梦醒浑①无那②,同向斜阳恨寂寥。

【注释】

①浑:真的,的确是。

②无那:无可奈何。

有感

【原文】

帐中人去影澄澄^①,重对年时芳苃灯。

惆怅月斜香骑散,人间何处觅韩冯^②?

【注释】

①澄澄:原是形容水澄净清澈,此处指空荡荡。

②韩冯:也作韩凭或者韩朋。传说战国时期宋康王舍人韩冯,娶何氏为妻,很漂亮,被康王抢走了。韩冯抱怨,康王把他囚禁,韩冯于是自杀。何氏也自杀,留下遗书,希望

康王把她的尸骨和韩冯合葬。康王很生气,于是命人把两人埋了,但是坟墓相对。然而一夜之间,两坟墓之间生出梓木来,根在地下相交,枝盘错在上面,又有鸳鸯栖息在树上,朝夕不离,悲鸣不已,让人悲伤。后世用此代表男女相爱、至死不渝的爱情。

书鲍让侯诗后^①

【原文】

多少才情艳绮霞，羡君能赋上林花。

如余砚北^②浑^③无事，只傍红窗枕木瓜。

【注释】

①鲍让侯：即鲍鼎铨，字让侯，康熙八年(一六六九年)举人，曾任知县，江苏无锡人。

②砚北：几案面朝南，人坐在砚的北面，指从事著作。

③浑：一直。

记征人语^①

【原文】

列幕平沙夜寂寥，楚^②云燕^③月两迢迢。

征人自是无归梦，却枕兜鍪^④卧听潮。

【注释】

①康熙十七年八月清军在衡州打败了吴三桂,进驻到岳州,此诗即作于那时。

②楚:指湖北、湖南一带。

③燕:指河北燕山一带。

④兜鍪:也作"兜牟"。秦汉以前叫胄,古代战士戴的头盔。

又

【原文】

横江^①烽火未曾收,何处危樯系客舟?

一片潮声飞石燕,斜风细雨岳阳楼^②。

【注释】

①横江:古代的长江渡口,在今安徽省和县的东南部。

②岳阳楼:在今湖南岳阳西门城头,紧挨着洞庭湖畔,始建于三国东吴时期,与湖北武汉的黄鹤楼、江西南昌的滕王阁并称为江南三大名楼。

又

【原文】

楼船昨过洞庭湖^①,芦荻萧萧宿雁呼。

一夜寒砧霜外急,书来知有寄衣无?

【注释】

①洞庭湖:在今湖南省北部,是我国第二大淡水湖,号称"八里洞庭",风光绮丽动人。

又

【原文】

旌旗历历射波明,洲渚宵来画角①声。
啼遍鹧鸪②春草绿,一时南北望乡情。

【注释】

①画角:古代一种乐器,外形像竹筒,竹木或皮革制成,外加彩绘,所以叫"画角"。通常在黎明和黄昏时吹响,等同于出操或休息的信号,古时军中常用来报警黄昏黎明,声音高亢动人,鼓舞士气。

②鹧鸪:鸟类的一种,体形像鸡,但比鸡小,大多羽毛黑白杂错,背上和胸、腹等部的眼状白斑非常明显。

又

【原文】

青燐点点欲黄昏,折铁难消战血痕。

犀甲玉袍^①看绣涩^②，《九歌》原自近招魂^③。

【注释】

①袍：今作"桴"，指鼓槌。

②绣涩：不光滑并且生锈了。绣，此处是"锈"。

③《楚辞》中有《九歌》和《招魂》，此处是告慰死难的战士的亡魂。

又

【原文】

战垒临江少落花，空城白日尽饥鸦。

最怜陌上青青草，一种春风直到家。

又

【原文】

阵云黯黯^①接江云，江上都无雁鹜群。

正是不堪回首夜，谁吹玉笛吊湘君^②？

【注释】

①黯：黑。

②湘君：传说舜南巡死后，成为湘水男神，后世称之为湘君。

又

【原文】

边月无端照别离,故园何处寄相思?

西风不解征人苦,一夕萧萧①满大旗。

【注释】

①萧萧:凄清孤独的样子。

又

【原文】

移军日夜近南天,蓟北①云山益渺然。

不是啼乌衔纸②过,那知寒食又今年。

【注释】

①蓟北:今河北省蓟县以北。

②纸:此处指清明时节上坟用的纸。

又

【原文】

鬓影萧萧夜枕戈,隔江清泪断猿多。

霜寒画角吹无力,归梦秦川①奈尔何!

【注释】

①秦川:泛指今陕西、甘肃的秦岭以北的关中平原地带。因为春秋、战国时期地属秦国而得名。

又

【原文】

一曲金筇客泪垂,铁衣闲却卧斜晖。

衡阳十月南来雁①,不待征人尽北归。

【注释】

①雁:一种候鸟,古代传说雁十月南归到衡阳就不再往南了,此处暗指衡阳已经从吴三桂手中收回两个月了。

【原文】

才歇征鼙①夜泊舟,获花枫叶共飕飕②。

醉中不解双韃③卧,梦过红桥访旧游。

【注释】

①鼙:古代军中的战鼓。

②飕飕:形容风声。

③韃:盛弓箭的工具。

又

【原文】

去年亲串①此从军,挥手城南日未曛②。

我亦无端双袖湿,西风原上看离群。

【注释】

①亲串:指亲戚或者关系亲近的人。

②曛:落日的余光。

赋得《柳毅传书图》，次陈其年韵^①

【原文】

黄陵^②祠庙白苹洲，尺幅图成万古愁。

一自牧羊泾水上，至今云物不胜秋。

【注释】

①柳毅传书是神话故事。洞庭龙女在夫家遭虐待，柳毅见此就仗义为龙女传送家书，入海见龙王。龙女得救后，与柳毅感情日增，于是结成夫妇。陈其年，即陈维崧（一六二五至一六八二年），字其年，号迦陵，清代词人、骈文作家，宜兴（今江苏）人。清初与朱彝尊、纳兰容若并称为三大词人。

②黄陵：指洞庭湖边的黄陵庙，古称黄牛庙、黄牛祠，又称黄牛灵应庙，都建在舜之二妃的坟墓上。

国学经典文库

纳兰容若全集

《纳兰诗》释解

图文珍藏版

【原文】

花愁雨泣总无伦,憔悴红颜画里真。

试看劈天金锁去,雷霆原恼薄情人①。

【注释】

①薄情人:指虐待龙女的丈夫。

又

【原文】

晶帘碧砌玉玲珑,酒滴珍珠日未中。

忽报美人天上落,宝筝筵里尽春风。

又

【原文】

凝碧宫寒覆羽觞,洞庭歌罢意茫茫。

玉颜寂寞今依旧,雨鬟风鬓①枉断肠。

【注释】

①鬓:古代妇女梳成环形的发卷。

国学经典文库

纳兰容若全集

《纳兰诗》释解

图文珍藏版

题照^①

【原文】

画出东风别一般,绿窗人静独凭阑。

就中真色^②图难就,最是春山^③两笔难。

【注释】

①题照:在画像上题词。

②真色:人的真实本色,内在思想和性格。

③春山:春天的山色如黛,比喻女子的双眉如春山。

别意

【原文】

晶帘低映美人蕉^①,雨歇芳丛点未消。

应是玉鞭归较晚,故从花底坐无聊。

国学经典文库

纳兰容若全集

《纳兰诗》释解

图文珍藏版

【注释】

①美人蕉:双关语。既是花的名字,又说美人的心焦躁难挨。

又

【原文】

浓香如雾恍难寻,执烛樱桃^①伴夜深。

惭愧十郎^②归未得,空题红泪寄焦琴^③。

【注释】

①樱桃:比喻女人的樱桃小嘴,此处代指女人。

②十郎:古代有两个"十郎",唐代的李益和清代的李渔。因为李渔和纳兰容若同处一个时代,当时也没有社会地位,所以此处指的应该是李益。李益,字君虞,唐代诗人,陕西姑臧(今甘肃武威)人,后迁往河南郑州。

③焦琴:琴中的佳品。

又

【原文】

独拥余香冷不胜,残更数尽思腾腾^①。

今宵便有随风梦^②,知在红楼第几层?

【注释】

①腾腾:一直跳动,好似火焰那样旺盛。

②随风梦:随风而来的好梦。

又

【原文】

芭蕉阴暗玉绳①斜,风送微凉透碧纱。

记得夜深人未寝,枕边狼藉一堆花。

【注释】

①玉绳:星名。经常泛指群星。

又

【原文】

银屏对影自生怜,正是看花中酒①天。

剪却合欢双带子,一般牵恨又今年。

【注释】

①中酒:醉酒。

又

【原文】

茗碗①香炉事事幽,每当相对便无愁。

金笼自结双栖愿,那得齐纨怨早秋。

【注释】

①茗碗:茶碗。茗,由嫩芽制成的茶或者由老叶制成的茶。

暮春见红梅作,简梁汾①

【原文】

杏花庭院月如弓,又见江梅一瓣红。
知是东皇②深着意,教他终始③领春风。

【注释】

①康熙二十一、二十二年春季纳兰容若都不在京城,只有二十三年春天在京城,所以此诗应该是作于那时。

②东皇:指司春之神。

③终始:即始终。

咏絮

【原文】

落尽深红绿叶稠,旋看轻絮扑帘钩①。
怜他借得东风力,飞去为萍②入御沟③。

【注释】

①帘钩:卷帘用的钩子。古代的床上都有幔,睡觉时拉上,白天用帘钩

挂在两旁,就像现在的蚊帐一样。

②萍:水上的浮萍。

③御沟:也叫禁沟,指的是宫墙外面的护城河。

柳枝词

【原文】

一枝春色又藏鸦①,白石清溪望不赊②。

自是多情便多絮③,随风直到谢娘④家。

【注释】

①藏鸦:乌鸦躲藏起来。此处是说柳树枝繁叶茂,春色渐深。

②赊:远。

③絮:双关语。既指柳絮,又指思绪。

④谢娘:晋朝女诗人谢道韫有文才,所以后人把才女称为"谢娘"。

又

【原文】

春到江南春草生，乍惊摇曳扑帘旌^①。

黄鹂无语昏鸦起，深闭重门^②待月明。

【注释】

①帘旌：帘端所缀的装饰。也泛指帘幕。

②重门：多层的门。

又

【原文】

七香车^①过殷^②轻雷，十里红楼^③照水开。

遥指玉鞭^④鞭白马，柳阴阴下是郎来。

【注释】

①七香车：用多种香木制成的车，非常华贵，最早出现于商周时期。

②殷：雷声。

③红楼：古代富贵人家的女儿住的地方。

④玉鞭：比喻有才之士。

又

【原文】

水亭无事对斜阳，宛地①轻阴却过墙。

休折长条惹轻絮，春风何处不回肠。

【注释】

①宛地：此处应该是指纳兰容若曾经到过的北京近地宛平。

又

【原文】

何处纤腰不可怜，缠头①抛与沈郎钱②。

女儿睡觉推窗看，忽忆迎欢旧系船。

【注释】

①缠头：唐朝打赏给唱歌跳舞之人的小费。

②沈郎钱：东晋大将军王敦手下的参军沈充所造的钱币。此种钱非常轻，并且小，就像榆钱似的。

国学经典文库

纳兰容若全集

《纳兰诗》释解

图文珍藏版

【原文】

永丰坊里谢啼鹃^①,移植红泥^②曲槛边。

凉月一帘思往事,是他曾与伴无眠。

【注释】

①啼鹃:传说杜鹃啼血,叫声凄苦。

②红泥:因为杜鹃啼血,染红了泥土。实际上指的是花栏边上的落红花瓣。

又

【原文】

人去楼空属阿谁? 月明惟见影垂垂。

寻常已是堪愁绝,何况春来赠别离。

又

【原文】

何事凭阑怨月明,乍晴楼阁倍晶莹。

相思一夕溪流涨,倒影丝丝拂水平。

又

【原文】

绿到长干^①第几桥？晚晴帘幕隔吹箫。

前身自是轻狂甚,嫁得东风带水飘。

【注释】

①长干:古代建康里的巷名,此处泛指京城里的街巷名。

又

【原文】

辛夷^①开罢絮纷纷,青粉墙头日未曛。

记得个人春病起,是他萦惹^②绿罗裙。

【注释】

①辛夷:中药材,又叫木笔,俗称玉兰,落叶乔木,高数丈,春初开花,有香气,主要产于中国河南、陕西等地。

②萦惹:牵缠,招引。

又

【原文】

手绾长条倚水楼,困人风日懒梳头。

濛濛一抹催花雨,半系斑骓①半系舟。

【注释】

①斑骓:毛色相杂的骏马。

又

【原文】

软风吹雪带微香,曾向珠楼扫钿①床。

塘上鸳鸯三十六,只今何处月茫茫。

【注释】

①钿:把金属宝石等镶嵌在物品上做装饰。

又

【原文】

风过游丝卷落花,又随飞絮上檐牙。

东邻为约清明后,陌^①上轻衫共采茶。

【注释】

①陌：田间东西方向的道路，也泛指道路。

又

【原文】

一水萦回雁齿桥,红泥亭搭绿丝绦^①。

浔阳纵有麻姑^②信,春雨春风自寂寥。

【注释】

①绦：用丝线编织的花边或扁平带子，用来装饰衣物。

②麻姑：道教中的神话人物。《神仙传》有记载：麻姑，修道于牟州东南姑馀山，东汉时应仙人王方平之召，降于蔡经家，十八九岁，很漂亮，自

称"已见东海三次变为桑田"。所以古代用麻姑比喻高寿。江西有麻姑山，在今南城县的西南部，风景秀丽，物产丰富。

又

【原文】

细细萍吹水面风,百花飞尽绿阴同。

别离管尽人如昨,罗袖长垂玉筋^①红。

【注释】

①玉筋:眼泪。

又

【原文】

休栽杨柳只栽桐,待凤藏鸦好尽空^①。

不见胥台^②明月夜,一池黄叶但西风^③。

【注释】

①好尽空:结果总是一场空。

②胥台:即姑苏台,故址在今江苏省吴县的西南部,为春秋时期的吴王阖闾所建。

③黄叶、西风:眼前所见的秋景,也象征了吴王的失败。

又柳枝词①

【原文】

长条短叶漾东风,寒食青郊处处同。

不待含烟兼带雨,春山一半绿纱中。

【注释】

①马云翎死于康熙十七年(一六七八年)秋天,由诗意来看,此诗应当是在马云翎辞世之后所作。系康熙十八年晚春时所作。

又

【原文】

马卿①苦亿红泥阁,我亦伤心碧树村。

病骨沉绵词客死②,更谁攀折与招魂。"绿杨天半

红泥阁,朱槿风前翠袖人。"亡友马孝廉云翎《柳枝词》。

【注释】

①马卿:纳兰容若的已故的朋友马云翎。

②词客死:马云翎因为没考中回乡,却不幸早逝,年仅三十岁。

【原文】

池上闲房^①碧树围,帘文如縠是上斜晖。

生憎飞絮吹难定,一出红窗便不归。

【注释】

①闲房:可能是马云翎曾经住过的地方。

【原文】

翠袖寒轻立画桥,江讴越吹激山椒^①。

看来都未关情绪,别向东风弄柳条。

【注释】

①山椒:山顶。

【原文】

只恐随风化彩云,梦回酒醒怨斜曛^①。

陌头自领行人意,可奈闲来便见君。

【注释】

①曛:落日的余光。

又

【原文】

三春何处系人情,惟有垂杨傍户明。

月到帘栊①遮不断,雨来池馆听无声。

【注释】

①帘栊:也作"帘笼"。窗帘和窗牖。也泛指门窗的帘子。

又

【原文】

萧条齐映白苹洲,宛转青蛾恨未休。

梅雨过时憔悴了,年年无绪到清秋。

又

【原文】

密护轩窗障小楼,从今不作少年游。

一生几许心闲日,不见相思见又愁。

初夏月偕仲弟作①

【原文】

云母②窗扉夜不肩③,露华和月满中庭。
可怜春去无多日,已怯微喧④敞画屏。

【注释】

①仲弟:纳兰容若的二弟揆叙,生于康熙十三年(一六七四年)二月。纳兰容若比他大十九岁。

②云母:矿石名,俗称千层纸。因为它的晶体呈片状,极薄,并且很华丽,所以古人常用云母装饰门窗。

③肩:本指从外面关门的门闩。后来用为动词,即上闩关门。

④瞎:暖。

龙泉寺书经岩叔扇①

【原文】

雨歇香台散晚霞,玉轮②轻碾一泓③沙。

来春合向④龙泉寺,方便⑤风前检较⑥花。

【注释】

①岩叔为经纶的字,著名画家。龙泉寺有多处。此处的龙泉山寺可能是以前曾以"龙泉寺"为名的潭柘寺或者灵光寺,两寺都在北京的西郊。

②玉轮:月亮。

③泓:深而广。

④合向:共同向某处去。

⑤方便:佛语,指诱导某人,使其领悟佛的真正意义。

⑥检较:本来写作"检校",散官名,非正式官衔。

又

【原文】

绣旛①风定昼愔愔②，证取莲花不染心。
佛法自来空色相③，当年何事苦吞针④？

【注释】

①旛：古时仪仗用绣帛作长幅，上面围上圆罩子，下面系着铃铛，后来作为旌旗的总称。

②愔愔：寂静凄清。

③空色相：佛家讲究一切皆空之相。

④吞针：佛语。但此处是自讨苦吃的意思。

上元竹枝①

【原文】

碧落②箫声转玉壶③，踏灯④随处笑相呼。
相逢若个能相赏，消得金霞⑤照夜珠。

【注释】

①竹枝:乐府名。由古代巴蜀间民歌演变而来。唐代刘禹锡把民歌变为诗体,开始盛行起来。后来多写为《竹枝词》。

②碧落:天空。

③转玉壶:漏声已经转了好几次,夜都过午了。玉壶,即漏,计时的工具。

④踏灯:上元节的时候,街市挂满灯,人们上街赏灯叫作踏灯。

⑤金霞:妇女缀有金饰的礼服。

又

【原文】

舞散应怜化彩云,尽收红紫付东君①。

长安②一片团圆月,只有秧歌彻晓闻。

【注释】

① 东君:司春之神。

②长安:泛指京城。

又

【原文】

天上^①朱轮绣幰^②车,几看春色到梅花。

而今却畏春寒甚,独掩重门自试茶。

【注释】

①天上:皇帝所住的地方。

②幰:车上的帷幔。此处指皇宫里的车。

又

【原文】

半落银灯爆麝煤^①,似闻秾^②李踏歌回。

上清^③更有新翻曲,不许琼签^④傍晓催。

【注释】

①麝煤:即麝墨,写字所用的墨。

②秾:花木茂盛的样子。

③上清:即侍女。

④琼签:漏壶的美称,报时用的工具。

杂题

【原文】

岩扉日日望城闉^①,近水谁家背市尘。

白板^②窗齐乌柏树,红衫飘曳上楼人。

【注释】

①闉:城的重门。

②白板:门。

又

【原文】

碧嶂夫容^①不可攀,闲听客话钓台间。

惟应短棹迎潮去,雷殷空江看雪山。

【注释】

①夫容:即芙蓉,荷花的别称。

又

【原文】

亦有闲园临水斋^①,行来棋响渐丁丁。

新阴四面无穷竹,一迳中通白石亭。

【注释】

①水裔:水边。

又

【原文】

碧城①西去面山椒,细路缘堤未觉遥。

日上丽谯看浴马,千章②高柳赤阑桥。

【注释】

①碧城:《太平御览》有记载:"元始(元始天尊)居紫云之阙,碧霞为城。"后来"碧城"指仙人住的地方。

②千章:千棵,指数量之多。

缑山曲①

【原文】

刘郎西阁阮郎东,嬴女吹箫别故宫。

嫁尽仙姬春寂寞,独留鸡犬护花丛。

【注释】

①缑山:在今河南省偃师县。

国学经典文库

纳兰容若全集

《纳兰诗》释解

图文珍藏版

又

【原文】

人间曾见杜兰香^①，乱点明珰压绣裳。

今日素衣翻贝叶^②，一灯风雨拜空王^③。

【注释】

①杜兰香：仙女名。

②贝叶：佛经名。

③空王：佛的别称。

又

【原文】

齐州客去九烟青，送别蓬山第二亭。

浅酌劝君休^①尽醉，人间百岁酒初醒。

【注释】

①休：不要。

【原文】

紫诰^①题衔敕众灵,明朝同谒翠华^②亭。

垂鬟小女司铜漏,误报晨签落曙星。

【注释】

①紫诰:指诏书。古代皇帝的诏书装在锦囊中,用紫泥封口,加盖印章,所以称紫诰为诏书。

②翠华:皇帝的仪仗中,旗杆上的旗帜用翠装饰,后来翠华多指皇帝。

又

【原文】

智琼^①携手阿环^②随,同侍瑶阶看舞姬。

玉茗主人新换职,大罗宫^③里教填词。

【注释】

①智琼:《搜神记》中的仙女。

②阿环:仙女名。

③大罗宫:天宫。

又

【原文】

绿蒲经雨叶初齐,箫鼓楼船下碧溪。

风散满衣红蜡泪①,五更同化杜鹃啼。

【注释】

①蜡泪:蜡油顺点着的蜡烛向下流,像流泪一样。

又

【原文】

鹤俸①分田②过海隅,碧窗鹦鹉记呼卢③。

唐家空有王摩诘④,不识瑶池⑤雪后图。

【注释】

①鹤俸:泛指微薄的官俸。

②分田:分得田地里的作物。

③呼卢:古代一种赌博游戏。总共五子,五子全黑的叫"卢",头彩。掷子时,大声喊叫,希望全黑,因此叫"呼卢"。

④摩诘:即王维,号摩诘,唐朝大诗人,著名的画家。

⑤瑶池:传说中西王母为天子祝寿的地方。

又

【原文】

校书①香案石函②开,楚庙③残碑绣紫苔。

一纸黄封呼宋玉④,好携《天问》礼瑶台⑤。

【注释】

①校书:本来是汉魏时期校勘书籍的官员,后来用来形容有才的女子。但也把能诗能文的妓女称为女校书。

②石函:石头制成的匣子。

③楚庙:巫山的神女庙。

④宋玉:又名子渊,东周战国时鄢(今襄樊宜城)人,楚国的诗人。

⑤瑶台:仙人住的地方。

又

【原文】

侍女开笼放白云,两天晴雨一山分。

上元①不喜方壶②住,借与苏家玉局③君。

【注释】

①上元:仙女名。

②方壶:传说是东海仙山。

③玉局:地名,在今四川成都。

和元微之《杂忆诗》①

【原文】

卸头才罢晚风回,茉莉吹香过曲阶。

忆得水晶帘畔立,泥人②花底拾金钗。

【注释】

①元稹(七七九至八三一年),字微之,别字威明,唐代洛阳(今河南洛阳)人,著有爱情诗《杂忆诗》五首。早年和白居易一起提倡"新乐府"。后人常把他和白居易并称"元白"。

②泥人:低声细语乞求别人。

又

【原文】

春葱^①背痒不禁爬,十指掺掺^②剥嫩芽。

忆得染将红爪甲,夜深偷捣凤仙花^③。

【注释】

①春葱:形容女子手指嫩白的样子。

②掺掺:形容女子的手指纤细。

③凤仙花:也叫指甲花、小桃红、金凤花等。花有红白紫等色,把花捣碎加上明矾可以用来染指甲。

又

【原文】

花灯小盏聚流萤,光走琉璃贮不成^①。

忆得纱橱和影睡,暂回身处妒分明。

【注释】

①形容萤火虫发出的光就像琉璃一般,一直飞动,就是没法贮存。

柬西溟①

【原文】

廿载疏狂世未容,重来依旧寺门钟。

晓衾何处还家梦,惟有凉飙起古松。

【注释】

①西溟是纳兰容若的好友姜宸英的字。柬:信件等,此处以诗代信,即寄。此诗是姜宸英南归之后的寄诗。

题歌儿诗册①

【原文】

分明雪面②转金铃③,红烛娇歌倚画屏。

作使④座中诸狎客⑤,泥他沉醉唤他醒。

【注释】

①给歌女的诗册题诗。

②雪面:此处是说歌女涂白粉涂的很厚。

③金铃:本是一种植物。此处形容歌女长时间跳舞歌唱,白粉已经被汗水洗掉,脸色发黄了,然而还得像金铃一样摇摆。

④作使:强作姿势应付人。

⑤狎客:本义是伴随皇帝游玩的人,后来指嫖客。

松花江①

【原文】

弥天塞草望逶迤②,万里黄云四盖垂。

最是松花江上月,五更曾照断肠时。

【注释】

①纳兰容若在康熙二十一年春随皇帝东巡,又在同年秋天奉命"觇梭龙",都经过松花江。此诗应是其中一次经过此地所作。松花江流域在我国东北地区的北部,是黑龙江右岸最大的支流。

②逶迤:也作逶迪、逶蛇。形容道路、山脉、河流等弯弯曲曲,拐来拐去,此处指松花江弯弯曲曲。

渌水亭①

【原文】

野色湖光两不分,碧云万顷变黄云。

分明一幅江村画,着个闲亭挂夕曛②。

【注释】

①渌水亭是纳兰容若与朋友们相聚的地方,性德还把自己的一处住宅叫作"渌水亭",然而渌水亭所在的位置说法不一,有的说在北京什刹海边,有的说在西郊玉泉山下,还有的说在封地皂甲屯玉河边,有待考证。渌水,即清澈干净的水。

②夕曛:落日。

玉泉

【原文】

芙蓉殿①俯②御河③寒,残月西风并马看。

十里松杉清绝④处,不知晓雪在西山。

【注释】

①芙蓉殿:皇宫内的宫殿名。

②俯:俯瞰。

③御河:即玉泉,因为河流源于玉泉。

④清绝：十分凄清幽静。

西苑杂咏，和荪友韵①

【原文】

宫花半落雨初停，早是新炎撤画屏。

何必醴泉①堪避暑，藕丝风好水西亭。

【注释】

①纳兰容若的好友严绳孙（字荪友）写七言绝句《西苑侍直》诗二十首，根据朱彝尊《曝书亭集卷三十七》中的《严中允（瀛台侍直）诗序》记载"诗作于二十一年六月"，那么纳兰容若的和诗应当在其后不久，由诗意看来，各诗不是

作于同一时间。此诗写作时间当在康熙二十一年（一六八二年）六月之后，到这一年九月上旬性德赴东北边疆"觇梭龙"前。

②醴泉：即甘泉，泉水里带有甘美的味道。此处指唐代的醴泉宫（在今陕西麟游）。

又

【原文】

离宫近绕绿苹洲，冰簟银床①到处幽。

好是万几②清暇日，亲持玉勒③奉宸游④。

【注释】

①冰簟银床：本意是清凉的竹席，以银装饰床。此处是说湖面平静的样子。

②万几：皇帝治理国事称为万几。

③玉勒：玉装饰的马衔，此处代指御马。

④宸游：皇帝出巡游玩。

又

【原文】

太液①东头散直②迟，一双水鸟掠杨枝。

从臣献罢乎滇③颂，坐听中涓④报午时。

【注释】

①太液：太液池，此处指北京的西华门外的北海、中海、南海三海。元明清都有太液池，元时叫西华潭；清时叫太液池。

又

【原文】

进来瓜果每承恩，豹尾前头拜至尊①。

正是日斜花雨散，传呼声在望春门②。

【注释】

①至尊：对皇帝的尊称。

②望春门：宫门名，故宫内的一道宫门。

又

【原文】

幔展轻罗一色裁，琐窗①深映拂云槐。

重帘那得微风入，叶叶荷声急雨来。

【注释】

①琐窗：雕有或者绘有花纹的窗子，指妇人的居室。

又

【原文】

黄幄临池白鸟飞,金盘初进鲙鱼肥。

太平时节多欢赏,丝络雕鞍^①半醉归。

【注释】

①丝络雕鞍:本指马饰,此处指受到皇帝赏赐的官员。

又

【原文】

射生^①才罢晚开筵^②,十部笙箫动暝烟^③。

月上南湖波似练,几星灯火是龙船。

【注释】

①射生:射猎鸟兽等。

②筵:酒席。

③暝烟:本来是比喻战乱的,此处形容暮色昏暗。

又

【原文】

青丝蜀锦护银塘①,谁许延秋②报早凉。

缥缈③蓬山应似此,不知何处白云乡。

【注释】

①银塘:清澈干净的池塘。

②延秋:本是唐宫的宫门名。此处泛指宫门。

③缥缈:高远,隐隐约约的样子。

又

【原文】

才翻①急雨②暗金河③,曲罢催呈杂技多。

一自花竿身手绝,那将妙舞说阳阿④。

【注释】

①翻:编制辞曲,此处指吹奏、演唱。

②急雨:比喻气势宏伟的歌曲。

③暗金河:此处反映塞外歌曲的内容。

④阳阿:古代著名的娼女阳阿擅长歌舞,后来便将乐曲称为阳阿。

又

【原文】

玉映窗扉静不开,藕花深处绝①尘埃。

三更露坐清无暑,共待蕉园彩鹢②回。

【注释】

①绝:隔绝。

②彩鹢:古人常在船头画上鹢,绘以彩色。后来便借指船。

又

【原文】

香引轻飔①散玉除②,下帘声徼退朝初。

马曹③此日承恩数,也逐清班④许钓鱼。

【注释】

①飔:凉风。

②玉除:用玉石砌成或装饰的台阶,此处指皇宫宫殿的台阶。

③马曹:管理马匹的官。纳兰容若做侍卫期间曾管理御用的马匹,所以此诗中自称"马曹"。

④清班:清贵的官员。多指文学侍从等官员。

又

【原文】

烟柳①千行宿鸟多,虹梁②曲曲水萤过。

新凉却爱中元节,万点荷灯散玉河。

【注释】

①烟柳:烟雾笼着的柳树林。也泛指柳树林。

②虹梁:拱桥弯弯像彩虹一样,所以叫虹梁。

又

【原文】

夜深帘幕卷银泥①,十二楼②高望欲迷。

莲漏③滴残闻动锁,一钩斜月碧河西。

【注释】

①银泥:用金银装饰窗棂的花纹窗户。

②十二楼:此处指皇宫中的楼阁。

③莲漏:计时用的工具。

又

【原文】

轻云欲傍最高楼,重露看垂白玉旒①。

处处红芳零落尽,众香国里不曾秋。

【注释】

①旒:旗子下面悬挂的饰物。

又①

【原文】

时攀御柳拂华簪②,水槛行开玉一函。

几日乌龙江上去,回看北斗是天南。

【注释】

①此诗作于康熙二十一年秋天,纳兰容若奉命"觇梭龙"离京前几天。

②华簪:头饰,华贵的冠簪。

又

【原文】

玲珑朱阁拟三山，上驷门^①依御柳间。

倦听月中歌吹杳^②，晨凫^③秣^④罢夜分还。

【注释】

①上驷门：即上驷院的门。上驷院是康熙年间隶属内务府管的三院之一（三院是上驷院、奉宸苑、武备院），掌管宫内所用的马。

②杳：渺茫，深远。

③晨凫：野鸡，因为它常常在早晨飞，所以叫晨凫。

④秣：本义是喂马的饲料，此处用作动词，即饲喂。

国学经典文库

纳兰容若全集

《纳兰诗》释解

图文珍藏版

【原文】

制胜由来仗德威,夜郎何物敢轻违!

河清①欲颂惭才尽,空羡儒臣②赐宴归。

【注释】

①河清:形容国家太平盛世之貌。

②儒臣:泛指读书人出身或者有学问的大臣。

又

【原文】

讲帷迟日记花砖,下直归来一惘然。

有梦不离香案①侧,侍臣那得日高眠。

【注释】

①香案:放置香炉的长方形桌子。此处指皇帝的御案。

又

【原文】

不须惆怅忆江湖,身入金门①待漏图。

中使擎来仙掌露,蓴羹风味得如无?

【注释】

①身入金门:指自己在朝廷做官。

又

【原文】

花映初阳覆绮寮①,玉珂②双引望中遥。

凭君莫作烟波③梦,曾是烟波梦早朝。

【注释】

①绮寮:雕刻或装饰的漂亮的窗子。寮,小窗。

②玉珂:本义是马头上的装饰。此处指马。

③烟波:本指烟雾缭绕的湖面。此处是归隐的意思。

从军曲

【原文】

细柳门开部曲①闲②,元戎③亲送六飞④还。

预陈辟谷⑤他年志,许赐华阳十里山。

【注释】

①部曲:军队。

②闲:安静的样子,此处形容军队纪律严肃分明。

③元戎:主将,统帅。

④六飞:古代皇帝的车用六匹马驾驭,所以叫六飞。

⑤辟谷:不吃五谷,只食气,吸取自然的正能量,是道家修炼成仙的一种方法。

又

【原文】

锦衾①千里惜余香,独宿天山五月凉。

梦断荒城天欲晓,李陵②祠下月如霜。

【注释】

①锦衾:锦缎制成的被子,此处代指家人。

②李陵:字少卿,西汉将领,陇西成纪(今甘肃天水市秦安县)人。率军与匈奴作战,战败投降于匈奴,后来病死在匈奴。后人为他建了祠堂,即李陵祠。

塞垣却寄

【原文】

绝塞山高次第登,阴崖时见隔年冰。

还将妙写簪花手①,却向雕鞍②试臂鹰。

【注释】

①簪花手:比喻中了进士。因为纳兰容若也是进士,所以用簪花手自称。

②雕鞍:雕刻着华美图案的马鞍,此处指宝马。

又

【原文】

千重烟水路茫茫,不许征人不望乡。

况是月明无睡夜,尽将前事细思量。

又

【原文】

碎虫零叶共秋声,诉出龙沙①万里情。

遥想碧窗红烛畔,玉纤②时为数归程。

【注释】

①龙沙:即白龙堆,是非常著名的罗布泊景观之一。

②玉纤:纤细如葱,洁白如玉的手指,此处指代女人。

又

【原文】

枕函①斜月不分明,梦欲成时那得成。

一派西风连角②起,寒鸡已到第三声。

【注释】

①枕函:中间可以藏东西的枕头。

②角:号角。

平山堂①

【原文】

竹西歌吹忆扬州,一上虚堂②万象③收。

欲问六朝佳丽地,此间占绝广陵④秋。

【注释】

①平山堂:在今扬州市西北郊蜀的大明寺内,是扬州西北名胜之地。康

熙二十三年十月二十二日(一六八四年十一月二十七日)纳兰容若随皇帝

南巡到扬州,曾在此游玩,此诗应该是作于那时。

②虚堂:没有人住的地方。

③万象:江南的各处名胜。

④广陵:即江苏扬州。

江南杂诗①

【原文】

妙高云级试孤攀,一片长江去不还②。
最是销魂难别处,扬州风月润州山。

【注释】

①纳兰容若在康熙二十三年十月下旬至十一月初随皇帝南巡,曾先后到镇江、苏州、无锡、江宁。

②去不还:江水东去不复返。

又

【原文】

邓尉溪村万树梅,霜残月白半春开。
金台游客时相忆,那得年年看一回。

【原文】

九龙①一带晚连霞,十里湖堤半酒家。

何处清凉堪沁骨,惠山泉试②虎丘③茶。

【注释】

①九龙:山名,在今江苏无锡的西郊,因为泉水著称。

②试:品尝。

③虎丘:在今苏州西北郊,传说春秋时期吴王夫差把他的父亲葬在这里,葬后三天有白虎盘踞在坟墓,所以叫虎丘。

又

【原文】

紫盖黄旗①异昔年,乌衣朱雀②总荒烟。

谁怜建业③风流地,燕子归来二月天。

①紫盖黄旗:比喻皇帝的气势。

②乌衣朱雀:乌衣巷、朱雀桥。东晋王导、谢安所住的地方,两个地方离得很近,故址在今南京的秦淮河一带。

③建业:吴国的都城,今江苏省南京市的旧称之一。

秣陵怀古

【原文】

山色江声共寂寥,十三陵①树晚萧萧。

中原事业如江左,芳草何须怨六朝。

【注释】

①十三陵:中国明朝皇帝的墓葬群,从明成祖到明毅宗共十三个皇帝。在北京市昌平区的天寿山。

四时无题诗①

【原文】

挑尽银灯月满阶,立春先绣踏青鞋。

夜深欲睡还无睡，要听檀郎^①读《紫钗》。

【注释】

①此诗的第一首及第十四首是根据张纯修在康熙三十年(一六九一年)刊刻的《饮水诗词集》补进来的。

②檀郎:妇女对丈夫或所倾慕的男子的赞称。

又

【原文】

一树红梅傍镜台，含英次第晓风催。

深将锦幄^①重重护，为怕花残却怕开。

【注释】

① 锦幄:用锦绣的帐幕。幄，帐幕。

又

【原文】

金鸭^①香轻护绮棂^②，春衫一色飏蜻蜒。

偶因失睡娇无力,斜倚熏笼③看画屏。

【注释】

①金鸭:鸭形的香炉,金属铸造。

②棂:窗户或者阑干上的格子。

③熏笼:古代放在炭盆上的一种烘烤和取暖的用具,可以熏香,熏衣。

又

【原文】

手捻红丝凭绣床,曲阑亭午柳花香。

十三时节春偏①好,不似而今惹恨长。

【注释】

①偏:正好,恰巧。

又

【原文】

青杏园林试越罗,映妆残月晓风和。

春山①自爱天然妙,虚费筍奁②十斛螺。

【注释】

①春山:形容女人的眉毛很美。

②筠奁:女人用的梳妆匣。

又

【原文】

绿槐阴转小阑干,八尺龙须^①玉簟寒。

自把红窗开一扇,放他明月枕边看。

【注释】

①龙须:多年生草本植物,根茎贴着地生长,极细软,多分枝。茎可以用来织席,叫作龙须席。

又

【原文】

水榭同携唤莫愁^①,一天凉雨晚来收。

戏将莲茟^②抛池里,种出花枝是并头。

【注释】

①莫愁:古代传说之女子名,后来常用来当作女孩儿名。

②莲菂:莲实,即莲子。

又

【原文】

小睡醒来近夕阳,铅华①洗尽淡梳妆。

纱幮②此日偏惆怅,剪取巫云③做晚凉。

【注释】

①铅华:即铅粉,古代妇人用的化妆品。

②纱幮:也作"纱厨",即纱帐,室内用来避蚊。

③巫云:巫山的云。巫云是云的一种极致。用来比喻爱情。

又

【原文】

追凉池上晚偏宜,菱角鸡头①散绿漪。

国学经典文库

纳兰容若全集

《纳兰诗》释解

图文珍藏版

偏是玉人怜雪藕,为他心里一丝丝。

【注释】

①鸡头:芡实的别称。一年水生草本植物,有白色的须根及不明显的茎,茎上和花叶都有刺,夏天茎端开花,结果实。新鲜鸡头可生吃。煮熟的鸡头味像莲了,也可酿酒及入药。

又

【原文】

却对菱花①泪暗流,谁将风月印绸缪②?
生来悔识相思字,判与齐纨③共早秋。

【注释】

①菱花:菱的花。菱,一年水生草本植物,夏天开白色的花,果实有硬壳,有角,可以食用。

②绸缪:男女之间的情爱缠绵。

③齐纨:齐地产的扇子,扇子以齐地出产的白细绢制作的为佳品。

国学经典文库

纳兰容若全集

《纳兰诗》释解

图文珍藏版

又

【原文】

解尽余酲^①爇^②尽香,雨声虫语两凄凉。

如何刚报新秋节,便觉清宵分外长。

【注释】

①余酲:即宿醉,酒没有醒。

②爇:烧。

又

【原文】

《璇玑》^①好谱断肠图,却为思君碧作朱。

几夜西风消瘦尽,问侬还似旧时无?

【注释】

①《璇玑》:前秦窦滔的妻子所织的回文诗图。总计八百四十一字,纵横反复,纵、横、斜、交互、正、反读、退一字、迭一字读都可成诗,诗有三、四、五、六、七言不等,堪称绝妙,广为流传,叫作璇玑图。她为寻回真爱所做的故事也流传至今。

又

【原文】

菊香细细扑重帘,日压雕檐起未饮[1]。

端的为花憔悴损,一枝还向胆瓶添。

【注释】

[1]饮:想要。

又

【原文】

是谁看月是谁愁？夜冷无端上小楼。

已过日高还未起,任教鹦鹉唤梳头。

又

【原文】

凝阴容易近黄昏,兽锦[1]还余昨夜温。

最是恼人风弄雪,睡醒无事总关门。

【注释】

[1]兽锦:织有兽形图案的锦被。

又

【原文】

玉指吴盐^①待剖橙,忽听楼外马蹄声。

问郎今日天寒甚,却是何人抵暮行?

【注释】

①吴盐:江淮一带晒制的散盐,色白而味淡。

又

【原文】

漫学吹笙苦未调,娇痴且自阅焚椒^①。

博山^②香尽残灰冷,零落霜华带月飘。

【注释】

①焚椒:椒有香味,可以作饮食用,也可入酒,还可以焚烧当作香薰或者取暖用。

②博山:香炉。

又

【原文】

漫燕甜香漫煮茶,桃符①换却已闻鸦。

宿妆②总待侵晨③换,留取鬓心柏子花。

【注释】

①桃符:用桃木刻成的符,古人在元旦,用桃木板写上"神荼""郁垒"二神的名字,或者用纸画上二神的图像,挂在或者贴在门首,来祈福消灾。

②宿妆:夜晚画的妆容。

③侵晨:天快亮的时候。

艳歌①

【原文】

红烛迎人翠袖垂,相逢长在二更时。

情深不向横陈②尽，见面消魂去后思。

【注释】

①有的学者认为《艳歌》四首是纳兰容若为爱妻卢氏所作，也有学者认为，是为住在外面的沈宛所作，有待考证。

②横陈：横卧，横躺。

又

【原文】

欢近三更短梦休，一宵才得半风流。

霜浓月落开帘去，暗触玎玲碧玉钩①。

【注释】

①碧玉沟：挂门帘用的玉制成的钩子。

又

【原文】

细语回延①似属丝，月明书院可相思？

墙头无限新开桂，不为儿家折一枝②。

【注释】

①回延：形容雨细并且绵长。

②古代把科举中第称为"折桂"。

又

【原文】

洛神①风格丽娟肌，不见卢郎年少时。

无限深情为郎尽，一身才易数篇诗。

【注释】

①洛神：神话中的女神。

为友人赋①

【原文】

不将才思唱临春②，爱着荷衣③狎④隐沦⑤。

分付芙蓉湖上月，好留清影待归人。

【注释】

①此诗中的景物像极了江南风光，且有"才思"之女子也与沈宛相一致。所以有的学者认为此诗虽以《为友人赋》为题，然实则表达出纳兰容若

对沈宛的思念之情。

②临春：南朝陈后主所建的楼阁。此处代指宫廷。

③荷衣：如荷叶般的衣裳，后来常指隐者的服饰。

④狎：亲近，接近。

⑤隐沦：指隐者。

又

【原文】

梦里谁曾与画眉，别来几度燕相窥。

小楼日暮愁无那①，折取藤花寄所思。

【注释】

①无那：无可奈何。

又

【原文】

往事惊心玉镜台①，分香庭院长莓苔。

百花深护桃源犬，不许潜吟②起夜来。

【注释】

①玉镜台：晋代温峤的玉镜台。温峤北征刘聪，获得一枚玉镜台。从姑有女，嘱咐温峤替她寻找女婿，温峤有和此女成婚的意思，所以下玉镜台为

定礼。后引申为结婚的聘礼。

②潜吟:低吟。

又

【原文】

长安北望杳茫茫,泣向薰笼忆旧香。

惆怅玉环空寄与,紫薇郎①是薄情郎。

【注释】

①紫薇郎:唐朝的官名。紫薇侍郎的简称,后来改名叫中书侍郎。

又

【原文】

珍重娇莺啄柳芽,清狂曾赋压墙花。

皑皑①自许人如雪,何必丁宁②系臂纱③?

【注释】

①皑皑:雪白的样子。

②丁宁:即"叮咛"。

③系臂纱:比喻宫女受宠。

又

【原文】

朝衣①欲脱换轻衫,无恙西风旧布帆②。

秋入玉潭新月冷,休因索寞③怨崔咸④。

【注释】

①朝衣:即官衣,朝官
所穿的官服。

②布帆:用布作船帆
的小船。后人以此比喻旅
途平安。

③索寞:形容消沉,没
有生气。

④崔咸:字重易,咸元
和二年中进士。尤善诗
歌,死于太和八年十月。

偕梁汾过西郊别墅①

迟日②三眠伴夕阳,一湾流水梦魂凉。

制成天海风涛曲,弹向东风总断肠。

国学经典文库
纳兰容若全集
《纳兰诗》释解
图文珍藏版

【注释】

①此诗是在康熙二十四年（一六八五年）春天所作。

②迟日：即春天。

又①

【原文】

小艇壶觞晚更携，醉眠斜照柳梢西。

诗成欲问寻巢燕，何处雕梁有旧泥？

【注释】

①此首诗未载于《通志堂集》，而是据张纯修的《饮水诗词集》补入。

别荪友口占①

【原文】

离亭人去落花空，潦倒③怜君类转蓬。

便是重来寻旧处，萧萧日暮白杨风。

【注释】

①纳兰容若的好友严绳孙，在康熙二十四年（一六八五年）四月离京返家乡无锡，所以纳兰容若以此二诗送别。②潦倒：颓废，失意。比喻仕途曲折不顺，十分艰难。

又

【原文】

半生余恨楚山①孤,今夜送君君去吴。

君去明年今夜月,清光犹照故人无?

【注释】

①楚山:即巫山,因为战国时期巫山属于楚国。

《纳兰赋》精选

雨霁赋

宿雾开，阴霾豁。纸窗明，檐溜寂。柱础润收，鸟啼音悦。爰启户以驰眸，快晴光之朗澈；瞻叆叇以渐高，觉霡霂之顿绝。尔乃风帷开卷，云绮舒张；鹊刷羽以出树，日穿漏而逗光。远山皎兮如沐，流水奔兮若狂。园林被濯以呈彩，草砌迎薰而异香。密筱摇烟而挺翠，幽兰含露而腾芳。鱼喁喁以噞水，蝶款款以轻飏。炉烟直而缭绕，琴韵调而铿锵。此则积雨初晴之候，诚不禁其惊异而徜徉也。至若涂泥静涤，平原旷邈；油衣乍脱，轻轩载道；足轻蜡屐，颇掀雨帽；乘盈潦而行舟，曳晴丝以垂钓。落彩虹于天半，挂朱霞于木杪。叹万象之俱新，羡两仪之信好。

回思风雨如晦，鸡鸣不已之时，魂消夜暗，梦断晨曦。谁知天漏忽补，毕宿差池。谁炼女娲之石，长曳醉酒之旗。是则有往必有复，有戚必有怡。观初晴于积雨，乐天命而奚疑。更有霭霭浮云，去若飘蓬；恢恢碧宇，独露苍穹。目无纤翳，皎魄当空；天君安泰，清明在躬。摄伏群阴，以成大工。万汇昭苏，其乐融融。不又以悟改过迁善之业，与惩忿窒欲之功也哉！于是瞻眺庭除，中心豁如；静坐晴轩，乐志琴书。观我生之消息，任天运以卷舒。知显晦之维命，而又何所用其健羡与？

注：有学者认为这篇赋应为纳兰容若的早期作品，具体的写作年代尚待考证。

自鸣钟赋

缅昔二仪肇判，三辰初曦。轩辕制器尚象，伊祁治历明时。岐伯铸钟而调嶰竹，挈壶司漏以协璇玑。用能揆合昏旦之盈缩，平章度数之精微。是以仲叔、羲和守之百世而勿失，天官、太史用之亿代而靡违者也。丕惟圣祖龙兴，造邦中宇。聪明时宪，风云应虞。改革制度，厘

定规矩。历授西洋，法依古里。

厥初爰有自鸣之钟，创于利马豆氏。虽形体之大小多所殊，而循环于亥子初无异。至其后人之传教推步，益臻于神妙。帝乃命以钦天，纪官司于凤鸟；易刻漏以兹钟，建灵台于云表；显列众辰之图，深藏运机之奥；抉《宣夜》之渊弘，殚《周髀》之浩渺尔。其外之可见者，加尺茎于图上，俨窥天之玉衡；譬夸父之逐日，莫之推而勇行。辰标上下四刻之初正，刻著一十四分之奇赢。尺每交于一辰之疆界，则内钟之不可睹者，若为考击而闻声。始则宫商间发，继则剽栈齐鸣。珰珰丁丁，钑钑铮铮。随烟高下，从风飘零。既犹

伦夔之和律吕,渐若襄旷之奏韶頀。逾半晷而稍歇,遇中正而愈钧。盖如龙吟寂而虎啸旋起,猿啼息而鸡号迭兴。实动仪苍昊健行之无息,而一准朱轮飞辔之均平。赐谷虞渊,蚤暮不差于累黍;昆吾蒙汜,昼宵罔忒于权衡。故其为声也,不假鲸鱼之象,非由乐人之撞。

　　四序流音于汉殿,奚关铜屳之颓?终年叶韵于丰山,岂尽繁霜之降?于以范围岁月,统章而无乖;消息寒暑,晦朔而勿爽。此其造历之密,不徒与太初麟德为颉颃;制作之精,非仅同弘度承天相揖让。知自此枫庭冀莱,可勿生阶;彤陛鸡人,无烦戴绛。总由一机柚所自舒卷,若有群鬼神为之鼓荡。于是深宫听之,不失九重之宵旰;在位闻之,毋愆百职之居诸。纵令雨晦风潇,而惜阴之士自识晨昏而运甓;即使终霾且噎,而刺绣之姬应知中昃而添丝。或处深山幽谷之中,若聆音而起,当弗昧于茅索绹之候;或居修竹长林之内,若辨响而兴,亦勿迷弋凫与雁之期矣。余为转辗思维,末由悟其蕴,低徊俯仰,惟有叹其神。则知为是钟者,诚默夺造化之工巧,潜移二气之屈伸。洵足媲铜仪玉箫,垂为典则而难改;且可配大挠章亥,祀之奕世而常新。迨将黜公输而褫子野,夫何《周礼》凫氏之足云。

　　注:"自鸣钟"是指一种按时自击,发出声音来报告时间的钟。

五色蝴蝶赋

夫惟昆虫之羽化兮，俨离俗而登仙。矧彩翼之有斐兮，备文章之自然。伊蝴蝶之微物兮，久托兴于曩篇。陋唐人短赋之未工兮，余因感徼外之有五色者，乃为之抽茧绪于毫端。肆考载籍所记，则产自丹青之树；流观博物之编，则生于橘柚之园。腻软纤

腰，若荆艳临风而婵婉；参差舞翼，似阳阿长袖之翩翩。尔其啄芳尘于蕊里，饮玉露于花间。弱比收香之么凤，清同瘱叶之寒蝉。柳院儿童，解惜轻须除细网；兰闺窈窕，最怜新粉扑齐纨。双飞款款，并戏娟娟。所由荡子之妻，见悠扬而兴惋；怀春之女，对夹拍而含酸者也。又尝旁搜《尔雅》之书，泛览方舆之记。曾闻栖香鹤蔓者，则帏帐牵情；绚彩罗浮者，则车输比翅。既小大之形殊，亦玄黄之色异。说者谓南方朱鸟之乡，位属离明之地。故其山川卉木，悉炫菁华；鸟兽虫鱼，咸彰绮丽。

曩余奉使出塞，吉日脂车。晓背阳乌而轺辘，宵瞻玄武而驰驱。经途万

里之远,径陟大荒之隅。讵知绝漠固阴之薮,太蒙沍寒之区。葱菁乔陵,匪乘春而燠若;逶迤深谷,不吹律而阳舒。其中乃有同心并蒂之葩,含英而翕赩;四照九衢之萼,吐秀而扶疏。遥而睇之,初疑百阵文禽之翔集;迫而观之,乃识千群锦蝶之翱飞。尔时忽觌斯蝶,目夺志丧;玩其藻缋非常,斑斓诡状;几为延伫而流连,几为凝神而仿像。或玄如阆风之鹤,或赤若炎洲之雀。或黄如金衣公子,或缟若雪衣慧女。或彪炳如长离之羽,或错落如孔爵之尾。或黑若喻麋之墨,或黝若秋蝝之翼。或青如木难之珍,或红如守宫之殷。或绿若雄头之毳,或晃如鹦鹉之背。或赪似珊瑚,或纹成玟瑂。或缥碧如八蚕之绵,或绀翠若螺子之黛。或蔚若天台建霞,或鲜如蝃蝀垂华。或褐若伊蒲之色,或绛比鸡人之帻。或炯炯如银睛,或辉辉若金星。或紫似河庭之贝,或蓝同琼岛之瑛。或烂熳若析支氍毹,或璀璨如大秦琉璃。于斯益信宇宙之广大,造化之绸缪。

地何生而非美,物何处而无尤。假有绘于紫茸云气之帐者,必谓赵后香魂之变化;若有绣于冰绡雾谷之裙者,必非汉宫赤凤所能留。是岂止唐家芍药阑前,仅有玉屑金麩之熠熠,南氏桂椒厨内,但诧离红胗白之翛翛而已哉!意惟是域也,远接

昆仑之丘,遥连星宿之海。玄圃群玉之恒储,碧水九芝之常笩。女床鸾鸟之攸栖,丹穴凤皇之是萃。故为珍族所诞生,而有此文婿之可爱者欤?爰是遂命从者麾筵,仆夫张罗,剪取组羽,全生修柯。曜灵时未匿,停骖聊复歌。歌

曰："翩翩者蝶，颭彩幽墟。与蜂为侣，作凤之车。偷得嫦娥月华帔，裁为蛾女五云裙。诗人遇物能成赋，那羡滕王《蛱蝶图》。"歌毕就枕，倦游华胥，不觉梦为蝴蝶而栩栩，寤同庄叟而蘧蘧也。噫！异矣！

注：《五色蝴蝶赋》写于康熙二十一年至康熙二十四年之间，应是纳兰容若奉命出使太皇太后的家乡科尔沁草原后回京所做的颂扬文字，以表示对太皇太后的敬意。

金山赋

粤昆兑之涵峙，赜覆载之殊观；矧金山之灵秀，矗砥柱于波澜；踞南徐之京口，对瓜步之江干。焦屿东浮，则抹微云而似髻；石帆西漾，则罨轻霭而如鬟。尔其为山也，形惟特立，势若凌空。岩巇砌云而磊石可，洞穴漱浪而玲珑。珍卉含葩而笑露，虬枝接叶而吟风。芝英翕赩，兰蕊青葱。仙杏敷霞以弄色，江梅吐玉以舒容。青鸟扬音于修竹；天鸡耀羽于芳丛。上栖鹳鹊之危巢，下潜鼍鼇之幽宫。其中则有绀宇栉比，丹楼鳞集。高台崔巍而孤耸；虚亭弘厂而双立。登殿则绚烂丹青，瞻像则辉煌金碧。周廊庑于山根，俯檐楹于水侧。镂珉石以为阑，饰椒泥而成壁。亘宇宙之古今，历乾坤之阖辟。阳侯荡之而不动，蜚廉鼓之而不仄。远而望之，疑蜃气之结银楼；近而即之，恍鲛人之开绡室。时而烟霏雾凝，则水天杳冥，不辨灵仙之宅，惟闻钟磬之声。时而云开日霁，则景色澄丽。两岸之间，可晰鳌峰之毫发；百里之外，能窥贝阙之参差。或当秋月如练，金波潋艳，则山阁晶莹，若冰壶之濯桂殿也。或当雪密寒江，林峦玉装，则浮图倒景，若玻璃之涌宝幢也。

曾闻韵士至此相羊，亦有名流于焉寄赏。苏子瞻留玉带于山门，滕元发乘扁舟而破浪。贤如鸿渐，漫云冽井在盘涡；智若景纯，何事栖神于浩荡？以山僻在东南，孤悬沆漭。故为轩驾之所弗游，虞巡之所未上。今皇帝膺宝箓，揽乾纲；轶羲农，跨陶唐。武功诞著，文德丕彰；兼总六合，并包八荒。勋高乎千古，道冠乎百王。赐粟帛于庶老，蠲田赋于万邦。河海清宴，中外乐康。以岳镇为苑囿，以溟澥为池隍。爰稽自古巡狩之典，诹吉上元甲子之辰。命屏翳先驱而洒道，使箕伯挥扇而清尘。肃天驷王良之万骑，戒羽林列宿之千屯。飙驰玉轶，雷动金根。旌旗蔽云日，鼓吹咽山林。

天子乃升泰岱，越徐扬，逾淮泗，渡长江，泛楼船于中流，遂登兹山驻跸而骋望焉。于是南眺江路，百川争赴。始汗漫于巴梁。恣汪洋于荆楚。北眷海门，万壑竞奔。吐潮汐而不息，注扶桑而无垠。乃眷西顾，泮涣邗沟。

实京坻于天庾,宜漕运之咽喉。左睇丹徒,襟江带湖。鹜百粤之商贾,辏三吴之舳舻。是日也,皇情既畅,天颜有喜,爰亲展宸翰,麾毫陟厘,星流电激,龙翔凤翥。笑汉帝章草之弗工,陋唐宗飞白之无势。聿题以"江天一览",永宠光于山寺。时某以小臣幸得备虎贲之执戟,隶宿卫于钩陈。虽不敢追踪于风后、力牧,陪游襄城、姑射之盛;庶窃比迹于相如、扬雄,扈从上林、甘泉之伦也。因逡巡匍匐于帐殿之下,谨再拜手稽首而献颂曰:

圣德备矣巡万方,鸾旂羽葆纷蔽江,蛟龙为驾鼋鼍梁,陟彼金山瞰大荒,朝宗碧海波不扬,雕题穷发尽来王,带砺江山历服长,南巡游豫岁为常,亿万斯年乐未央。

注:纳兰容若曾于康熙二十三年十月二十三日随皇帝游览金山,此赋应为当时所作。

灵岩山赋

神仙堂奥,闉阇屏藩。万峰环拱,百渎横奔。问吴宫之故址,伤越国之兵屯。楼台非昔,川谷犹存。惟南斗之星分,实咸池之禀气。山势天平,湖光日沸。路羊肠以南趋,水龙池而东溉。倚孤塔之凌霄,俯姑苏之丛卉。北枕支硎,西瞻邓尉。接穹窿以为宗,镇岸崿以为纬。东带横山五岛,前瞰胥溪一市。万顷苍茫,四时暧谲。既采掇乎芳菲,亦顾盼以雄毅。思夫三让之高风,使荆蛮之俗同。及两国之仇始,乃吴都之更雄。凭高论守,隔水谋攻。石室羁人,囚栋梁之策士;苎萝娇女,备洒扫于后宫。既开四域,渐薄侯封。酒已倾而连醉,歌益妙而未终。

山川际盛，草木向荣。既安逸乐，遂广游踪。春泾采香，溪花如倩。扁舟驾风，锦帆似箭。泛越女于溪中，馆吴娃于天半。步廊响屟，离宫酣晏。妆台秋镜，万六千顷之波；黛点春螺，七十二峰之

变。坐峨石以鸣琴，临平池而洗砚。浓淡俱鲜，阴晴各善。亦有豨巷鸡陂，鹿洲鸭苑。洞庭消夏之湾，浮玉可盘之甸。岂若云岫参差，林岚隐见。台阁玲珑，烟霞舒卷。雪积璘璘，晴开面面。东吴胜游，兹实其选也。夫何阊阖晨开，不废长洲之猎；艅艎夕至，遂径酿酒之城。有目空悬，无心效瞽。虎丘谁踞，鹤市多惊。惟兹岩石，巍然不倾。乃至辘轳断緪，双井犹清；罗绮烟销，百花常发。松杉古路，反为竹杖盘桓；兰桂深岛，惟是棋枰暂歇。彼老人之枯坐，石不点头；乃艳女之经游，迹余深窟。无生国里，高阁涵空；有色天中，讲堂喻筏。亦人事之更新，非天道之若阙。龟望水而能化兮，鱼听讲而不没；信斯岩之有灵兮，亦何异乎林屋之终塞。

注：纳兰容若于康熙二十三年随扈南巡到苏州，此赋应写于当时或其后不久。灵岩山是苏州的名胜，又因塔前的一块"灵芝石"而得名"灵芝山"。

《纳兰杂文》精选

石鼓记

　　予每过成均，徘徊石鼓间，辄竦然起敬曰：此三代法物之仅存者！远方儒生或未多见，身在辇毂，时时摩挲其下，岂非至幸！惜其至唐始显，而遂致疑议之纷纷也。《元和志》云：石鼓在凤翔府天兴县南二十里，其数盈十，盖纪周宣王田于岐阳之事。而字用大篆，则史籀之所为作也。自贞观中，苏勖始志其事。而虞永兴、褚河南、欧阳率更、李嗣真、张怀瓘、韦苏州、韩昌黎诸公，并称其古妙，无异议者。

　　迨欧阳文忠，则疑自周宣至宋垂二千年，理难独存。夫岣嵝之字，岳麓之碑，年代更远，尚在人间，此不足疑一也。程大昌则疑为成王之物，因《左传》成有岐阳之蒐，而宣王未必远狩丰西。今蒐岐遗鼓既无经传明文，而帝王辙迹可西可东，此不足疑二也。至温彦威、马定国、刘仁本，皆疑为后周文帝所作，盖因史"大统十一年西狩岐阳"之语故尔。按古来能书如斯、冰、邕、瑗无不著名，岂有能书若此而不名乎？况其词尤非后周人口语。苏、李、虞、褚、欧阳近在唐初，亦不遽尔昧昧。此不足疑三也。至郑夹漈、王顺伯，皆疑五季之后，鼓亡其一，虽经补入，未知真伪。然向傅师早有跋云："数内第十鼓不类，访之民间，得一鼓，字半缺者，较验甚真，乃易置以足其数。"此不足疑四也。郑复疑靖康之变未知何在;王复疑世传北去,弃之济河。尝考虞伯生尝有记云:"金人徙鼓而北,藏于王宣抚宅。迨集言于时宰,乃得移置国学。"此不足疑五也。予是以断然从《元和志》之说而并以幸其俱存无伪焉。

　　尝叹三代文字,经秦火后至数千百年,虽尊彝鼎敦之器,出于山岩屋壁陇亩墟墓之间,苟有款识文字,学者尚当宝惜而稽考之,况石鼓为帝王之文,列胶庠之内,岂仅如一器一物供耳目奇异之玩者哉! 谨记其由来,以告夫世之嗜古者。

　　注:石鼓于唐代初年发现于陕西凤翔三畤原,上面刻有四言诗,但文字已残缺不全。对于此石是何时之物众说纷纭,无有定论。石鼓先后曾被安置在凤翔孔庙和学府,宋大观二年,徽宗将其迁到汴京国学。金兵入汴京后,见到石鼓颇以此为奇,便将其运到燕京,后由元大德间虞集移置于国子监。纳兰容若于康熙十年辛亥(一六七一年)就读国子监,当有机会观览石鼓,并于其后撰此记。纳兰容若旁征博引,力主石鼓为周宣王时物,可供参考。

贺人婚序

桥填乌鹊,停梭传天上双星;门列鸳鸯,挟瑟艳人间三妇。荧荧碧月,玉镜临台;扰扰绿云,珠帘动幌。谱秦箫于岭上,岂有他欤?解郑佩于江皋,方斯盛矣!东家某子,芙蓉秋藻,杨柳春姿。临琪树于崔生,照玉山于裴叔。纪瑜逸藻,青镂投怀;江令高情,彩毫入梦。才擅枯珠之岸,缘成种玉之田。青锁窥窗,香染尚书之宅;红绡系幔,丝牵宰相之楼。觅杵臼于玄霜,得灵犀于彩翼。于是雀屏夜启,鸳帐晨开;旭日初升,方当奠贽;晓霞未烂,早赋催妆。

争萦潘岳之车,轻飔弱袂;顾盼王濛之镜,重整新冠。百子催铺,七香待驾。路焚石叶,携来红泪之壶;台照环榴,看挂火齐之钏。流苏四角,垂锦带于中心;罗绣双缠,系朱丝于上腕。正安抹额,反插搔头。繁休伯之定情,相于永结;贾公间之联

句,叹息应知。莞蔚横陈,丽三星于洞户;葳蕤浅闭,对满月于高楼。况复七日初还,五云方现。纹添弱线,可知缘结今生;漏永银壶,幸值筹长此夜。凤皇应律,自识阳回;鹍旦销声,无忧天曙。仆燕贺未能,凤占有庆。美人公

子,宁代董生却扇之词;名士倾城,庶同曹植感婚之赋。聊疎短引,用佐美谈云尔。

拟《设东宫官属谢表》

康熙十五年月日臣等恭遇皇上册立东宫,特设詹事府、左右春坊、司经局等官,以资辅导。臣等谨奉表称谢者:伏以宫悬银榜,长男题青石之书;门启铜扉,元良居白鹤之禁。正重离之位,玉册金文;命涒震之官,银章紫绶。爰求博望之多才,允入瀛洲之妙选。庆流宗祏,欢洽舆图。窃惟冢嫡所以系人心,储闱所以贰宸极。是以帝王大典,豫教为先;辅导得人,宫僚为重。承华斯建,必资羽翼之功;崇贤既开,即勤师傅之任。不登嗜鲍,引礼惟严;旋赋钓鳌,绳愆特峻。

晋重贺循之儒宗,亲受太子之拜;汉尚桓荣之稽古,群看博士之尊。温峤上侍臣补益之箴,伯药献赞导嬉游之讽。未有九旗初建,四友即宾,五胜凤娴,三长咸集如今日者也。陛下太室呈祥,尧门启瑞。幼敏等于汉幄,孝德迈于周门。胥臣之答文公,端俟贤良之赞;贾生之规汉帝,快瞻有道之长。将君我而齿让之惟先,自长世而慈保之无尽。亦有山涛作傅,小辇称荣;刘寔为师,行高致誉。于是斟酌隋唐之制,增设辅导之员。一宫弹肃,答于王珉之书;一时才贤,让诸王恭之表。萧傅风高于杜曲,殊宠攸加;窦婴戚重于西京,清秩斯显。遂使龙楼应制,瞻驰道而从容;凤阁登英,向苍旂而赓拜。五礼六乐,无非毓性之方;三德九功,并是储精之具。岂直处瑶山而作咏,见诸山海之经;吹铜律以迎和,得之太师之户。臣等愧家丞之秋实,鲜庶子之春华。藻思难窥，本乏卜兰泉涌之赞；盛德靡际，惟矢乐人海润之歌。伏愿天姿玉裕，茂德川沉。得保傅若二疏，有宾客如四皓。问安视膳，克尽两宫之欢；继体重轮，大慰兆民之望。则千年少海之波，光浮若镜；五色前星之曜，气蔚成珠矣。

注：胤礽于康熙十四年十二月十三日（一六七六年一月二十七日）被立为皇太子，纳兰容若拟此谢表以颂圣。

节录嵇中散《与山巨源绝交书》并书后

"不涉经学，性复疏懒，筋驽肉缓。头面常一月十五日不洗，不大闷痒，不能沐也。每常小便而忍不起，令胞中略转，乃起耳。又纵逸来久，情意傲散，简与礼相背，懒与慢相成，而为侪类见宽，不攻其过。又读《庄》《老》，重增其放。故使荣进之心日颓，任实之情转笃。此由禽鹿，少见驯育，则服从教制；长而见羁，则狂顾顿缨，赴汤蹈火；虽饰以金镳，飨以嘉肴，愈思长林而志在丰草也。"

嵇中散绝交书为澹兄写，丙辰余月哉生明成德

国学经典文库

纳兰容若全集

《纳兰杂文》精选

图文珍藏版

赋性迂僻，落落寡合，益成真懒。澹兄索书甚久，不为握管。偶于案间见中散绝交书，喜其懒与予同，乃为书此。

注：此文并未载入《通志堂集》中。正文中前几行为纳兰

容若节选并亲手书写的嵇康《与山巨源绝交书》来应答高士奇的请求，其后则为纳兰容若为此文所写的"书后"，虽然只有寥寥数语，但从中仍可看见浓浓衷曲。

高士奇，字澹人，号江村、全祖。清朝史学家。官至詹府少詹事，为清圣祖康熙帝所崇信。后因结党营私被弹劾，解职归乡。他与纳兰容若是字交，颇有才华。

嵇康，字叔夜，三国著名思想家、音乐家、文学家。他的《与山巨源绝交书》是历史上第一篇真正体现文人独立性格的讽喻作品。

拟《御制大德景福颂贺表》

康熙十六年月日臣等恭遇皇上御制《大德景福颂》，恭祝太皇太后万寿。臣等谨奉表称贺者：伏以瑶池高宴，白云飞长乐之宫；骞树清歌，玉霞映

濯龙之殿。青瞳白发,下金母于西池;琼佩仙琚,联婺光于南极。集九重之庆,君子惟祺;进万年之觞,天颜有喜。窃惟大电绕斗,统辟寿丘;瑶光贯虹,庆流华渚。吞神珠而诞禹,晕璧月而生汤。仰圣哲之降祥,实隆慈之载育。他若汉皇提三尺剑,瑞启昭灵;唐宗成一统功,美钟

神武。各本让善于天之义,以展事亲如帝之思。然上和熹圣德之颂,著述徒出史官;尊文明崇化之宫,徽号空加文母。未有兼禄位寿名之德,致显扬祝嘏之休,焕彩兰宫,增华桂殿,如今日者也。陛下仁孝性成,尊养备至。两宫定省,奉太任太姒之欢;一德趋承,竭文子文孙之力。

钦惟太皇太后福懋三朝,恩昭九有。诚周方甸,非止崇曳练之风;机协圆灵,不仅恃观图之识。诒谋恭俭,上掩汉京;缔造艰难,争光邠室。犹念非景福咸备,曷瞻四海之母仪;惟大德在躬,斯表九重之福禄。维时当阳春布泽之辰,正宝婺腾辉之日。玉舆随侍,翟服齐班。八千岁为春秋,孰比大椿之遐算;三千年一花实,谁似蟠桃之植根。亲制《卿云》《晨露》之词,恭上南山万寿之颂。奏《霓裳》于大内,如聆侍女之笙;庆长宁之永年,应送上元之酒。乌飞可祝,引彼虎贲之弓;鸽放未央,纪以金笼之数。岂止奚斯颂鲁,燕喜来寿母之诗;文考歌风,思媚及周姜之妇。臣等《内则》粗窥,阴教未谙。学惭博物,讵进张华女史之箴;才谢天人,敢效陈思姜嫄之颂。伏愿道洽彤庭,范垂椒寝。启贤启圣,龙栋盘于亿龄;母地母天,燕玺宝于百世。法宋家

圣后,号尧舜于女中;追汉代贤妃,习经典为博士。不须泰山进长生之枕,授术神仙;新垣刻延寿之杯,迓休人主矣。

注:康熙十六年(丁巳)四月二十五日(一六七七年五月二十六日)为太皇太后的寿辰,圣祖康熙帝制《大德景福颂》,书锦屏,进献给太皇太后。纳兰容若撰此《拟御制大德景福颂贺表》以贺。也有学者怀疑此文乃为代明珠拟。

赋论

诗有六义,赋居其一。记曰:登高能赋,可为大夫。诗一变而为骚,骚一变而为赋。屈原作赋二十五篇,其原皆出于《诗》。故《离骚》名经,以其所出之本同也。于时景差、唐勒、宋玉之徒相继而作。而原之同时大儒荀卿亦始著赋五篇。原激乎忠爱,故其辞缠绵而

恻恻;卿纯乎道德,故其辞简洁而朴茂。要之,皆以羽翼乎经,而与三百篇相为表里者也。

汉之兴也,名儒则有董仲舒、贾谊、儿宽、司马迁、萧望之、扬雄、刘向、刘歆父子;东京则有班固、崔骃、崔寔、张衡、蔡邕之徒,多者至数十篇,少者亦数

篇。而其最著者曰司马相如。相如之词虽称侈丽闳衍,失讽谕之义。然考之佚传,相如尝受经于胡安,蜀人多传其业,其功至与文翁等。故曰:"文翁倡其教,相如为之师"《地里志》语。后世以俳优目相如之词者非也。班固书称枚皋善为赋,特以皋不通经术,为赋颂,好嫚戏,以故得黩贵幸,仅比东方朔、郭舍人,而皋亦自言为赋不如相如。由此观之,则知相如之赋之所以独工于千古者,以其能本于经术故也。其言曰:"赋家之心包括宇宙,总览人物,斯乃得之于内,不可得而传。"推相如之意,盖真有所谓不可传者哉! 其可传者侈丽闳衍之词,而不可传者其赋之心也。若能原本经术,以上溯其所为不传之赋之心,则所可传者出矣。

经术之要莫过于三百篇,以三百篇为赋者,屈原、荀卿而下至于相如之徒是也;以三百篇为诗者,苏、李而下至于晋、魏、六朝、三唐以及于今之作者皆是也。《艺文志》曰:"自孝武立乐府而采歌谣,于是有代、赵之讴,秦、楚之风,皆感于哀乐,缘事而发,亦可以观风俗,知厚薄云。"则乐府者,又赋之变也。诗变而为骚,骚变而为赋,赋变而乐府,乐府之流漫浸淫而为词曲,而其变穷矣。穷则必复之于经。故能以六经持万世文章之变,即诗赋一道犹可以见贤人君子之用心。若遂薄之为雕虫末技,吾未见扬雄之《法言》《太

玄》，谓可直驾《离骚》而上之。天下万世可无《法言》《太玄》，决不可无《离骚》；《法言》《太玄》或有时可泯没，《离骚》决不可泯没也。愚按赋之心本一原，而其体制递换，亦可缕数：骚，一也；两京之浑融博奥，一也；黄初以还及乎晋、宋之初，潘、陆、孙、许以隽雅为宗；南北朝以降，颜、鲍、三谢以繁丽为主；萧氏之君臣，争工月露；徐、庾之排调，竞美宫奁；至唐例用试士，而骈四俪六之习，风雅之道，于斯尽丧。中世杜牧之辈始推陈出新，更为奇肆，实以开宋人滂漫无纪极之风，而赋之体又穷矣。本赋之心，正赋之体，吾谓非尽出于三百篇不可也。

注：文中提到的《地里志》为《汉书·地理志》，《艺文志》为《汉书·艺文志》。《法言》《太玄》二书皆由西汉扬雄所著。《法言》一书旨在捍卫和宣扬儒家的仁义道德思想；而《太玄》一书则是以儒家思想为出发点，阐发了作者的哲学思想。

原诗

世道江河，动成积习。风雅之道，而有高髻广额之忧。十年前之诗人，皆唐之诗人也，必嗤点夫宋。近年来之诗人，皆宋之诗人也，必嗤点夫唐。万户同声，千车一辙。其始亦因一二聪明才智之士深恶积习，欲辟新机，意见孤行，排众独出，而一时附和之家，吠声四起。善者为新丰之鸡犬，不善者为鲍老之衣冠。向之意见孤行，排众独出者，又成积习矣。盖俗学无基，迎风欲仆，随踵而立，故其于诗也，如矮子观场，随人喜怒，而不知自有之面目，宁，不悲哉！

有客问诗于予者曰:"学唐优乎? 学宋优乎?"予曰: "子无问唐也,宋也,亦问子之诗安在耳?《书》曰:'诗言志'虞挚曰:'诗发乎情,止乎礼义。'此为诗之本也。未闻有临摹仿效之习也。古诗称陶、谢,而陶自有陶之诗,谢自有谢之诗。唐诗称李、杜,

国学经典文库

纳兰容若全集

《纳兰杂文》精选

图文珍藏版

而李白有李之诗,杜自有杜之诗。人必有好奇縋险、伐山通道之事,而后有谢诗。人必有北窗高卧,不肯折腰乡里小儿之意,而后有陶诗。人必有流离道路,每饭不忘君之心,而后有杜诗。人必有放浪江湖,骑鲸捉月之气,而后有李诗。近时龙眠钱饮光以能诗称。有人誉其诗为剑南,饮光怒;复誉之为香山,饮光愈怒;人知其意不慊,竟誉之为浣花,饮光更大怒,曰:'我自为钱饮光之诗耳,何浣花为!'此虽狂言,然不可谓不知诗之理也。"客曰:"然则诗可无师承乎?"曰:"何可无也! 杜老不云乎:'别裁伪体亲风雅,转益多师是汝师。'凡骚、雅以来,皆汝师也。今之为唐为宋者皆伪体也,能别裁之,而勿为所误,则师承得矣。作诗原。

注:此文体现了纳兰容若诗论的最主要的核心思想,即诗要有自家的面目。

原书

予笃好书,每谓书有天分,而非尽关乎仿效;书有兴会,而不必出乎矜持。《传》云:"人心不同,有如其面。"桓温欲似刘琨,而琨婢以为甚似而非。予谓惟书亦然。聚千百能书之人于此,其笔迹无一同。聚千百不能书之人于此,其笔迹亦无一同。使必出于同,则千古书法止一右军足矣。即如右军学卫夫人,而究之卫自卫,王自王,临《兰亭》者亦各自见笔意也。若铢而较,寸而合,岂复有真面目耶?王绍宗曰:"我书每精心空思,率意而成。闻虞世南不临摹,但被中画肚,我亦如之。"坡公云:"我书意造,本无法。"盖古人绝技必有神明所寓,兴会所触,动与天随而不自知。

予每当笔砚精良时,或无意中有得意之笔,否则不但掣肘迫书,即稍一勉强,而愈作愈不佳。程子所云:"作字须敬。"此亦儒者持心语,而书法岂关此哉!古之能书者或观剑器,或听江声,或见蛇斗,此岂有书之事哉!然而会心有在矣。予尝谓熟读蒙庄即可悟作书之理。悠悠千古,解吾语者谁也?予恐书家之涉仿效矜持者有鹦哥娇、秦吉了之诮,故作书原。

注:"鹦哥娇"为鹦鹉的俗称,宋代苏轼《仇池笔记·李十八草书》有云:"刘十五论李十八草书,谓之鹦哥娇。"比喻书艺犹鹦鹉之学人语仅能数句。尚未成熟。秦吉了,鸟名,又称吉了、了哥、八哥,能说人语。

忠孝二箴

有序

窃惟含齿戴发之伦,罔不知有君亲。而生成高厚,在某更有不同者。肉食锦衣,朱轮华毂,出自襁褓,至于弱壮,承恩席宠,溢分逾涯。而悠悠岁月,'罔知报称,朝夜兴思,怵惕靡安。夫苍穹之高,非虫豸所能感;春晖之煦,非寸草所能答。然而犬马之诚,乌鸟之私,有不能自已者。敬赋二箴,书之座右,庶几出入观览云。

济济群工,盈盈朝列,独臣卑微,瞻天近日,缀衣趣马,俾之供职。长杨五柞,豹尾龙脊,晷刻无离,时呼在侧。尔发尔肤,咸帝之德。尔食尔衣,咸帝之泽。恩之渥矣,真同罔极。葵思倾阳,马思竭力。曾是有知,不共朝夕。胝踵可捐,敬勤无忒。

右忠箴

高门悬薄,孰不有亲?藐予小子,独异等伦。有怙有恃,玉叶金茎。鞠我育我,早被华缨。程母画荻,韦相传经。延师就塾,望尔有成。箕裘之业,庶几克承。婉兮娈兮,突弁如星。有玉勿琢,恐坠家声。先师垂训,显亲扬名。敢不黾勉,无忝所生。

右孝箴

注：此文应是纳兰容若于康熙十五年（一六七六年）三月中进士后所作。与他其他的作品相比较，这篇文章流露出的情感明显的有某些"违心"的地方，想必在当时的处境下，纳兰容若自有他的苦衷。

纳兰容若虽从小便受忠孝的礼教熏陶，但思想开明、抱负远大的他却屈为一个朝廷侍卫，且他的父亲结党营私、收受贿赂，这些使得性德对内心深处的忠孝观念产生怀疑。

《易》九六爻大衍数辨

《易》，言理也。而数有不通，则无以明理。何先儒亦似有昧于数以昧于理者乎？他不具论，即如每卦六爻，必分冠之曰九曰六。先儒曰："九为老阳，六为老阴，君子欲抑阴而扶阳，故阳用极数，阴用中数。"是说也，予窃疑之。

夫阴阳天道，岂徒用数而能抑之扶之哉？尝深思而得之曰：此无他，天地之正数不过一二三四五之正数,至六七八九十之成数则各有所配,非正数矣。作《易》者每用正数。故孔子曰:"参天两地而倚数。"其参天,不过一也,三也,五也,而一与三与五非九乎?其两地,不过二也,四也,而二与四非六乎?此九六为天地正数,故可分冠于各爻。若曰扶阳抑阴,于分爻之义无取,其昧于数者一也。又如大衍之数五十,其用四十有九。先儒曰:"数所赖者五十。"又曰:"非数而数以之成。"是说也,予尤疑之,夫数贵一定,而曰所赖五十,非数而数,不大诞缪哉?

尝深思而断之曰:此脱文也。天一,地二,天三,地四,天五,地六,天七,地八,天九,地十,数正五十有五。故乾坤之策始终此数。《系辞》明曰:"天数二十有五,地数三十。"五十有五,岂不显然?而何独于此减其五数,以另为起例哉?至于所用之数,或曰:"除六虚言之。"引揲蓍为证,亦非也。盖数始于一,终于五。天道每秘其始终,以神其消长。故虚一与五,以退藏于密,则其用四十有九而已。此后世遁甲之术所由出也。若曰除六虚,于始终之义未明,其昧于数者二也。虽然,亦谓其理当如是耳。有不信者,试为焚香静坐以深探之。

《诗》名物驺虞辨

身为大儒,则毋务为新奇之论。如《诗》驺虞之为仁兽,其说旧矣。独贾谊《新书》本《韩诗》章句,谓驺为文王之囿名,虞乃司兽之官。后儒竟无有从之者。欧阳文忠学博才鸿,常力诋先儒穿凿附会之非,其立论不波,固粹然大儒也。乃独于《新书》有取焉,谓毛、郑未出之前,说者不闻以驺虞为兽,汉人侈称祥瑞,亦无有以为言,不知其何物也,于是直断以无此义。噫,误矣!

按《山海经》云:"林氏国有珍兽,大若虎,五彩毕具,名曰驺牙。"即《诗》所谓驺虞也。太公《六韬》、淮南《鸿烈》皆云散宜生曾得驺虞以献纣。相如《封禅书》曰:"囿驺虞之珍禽,徼麋鹿之怪兽。"又一见于《瑞应图》,一见于《王会图》,皆是物也。张平子《东京赋》则曰:"囿林氏之驺虞。"何平叔《景福殿赋》则曰:"驺虞承兽,素质仁形。"晋安帝时,新野有驺虞见。又罗愿《尔雅翼》以为似马。王伯厚以为驺吾、驺牙、驺虞一物也。然则确证甚多,安得谓无是物乎?其他纵不可信,而太公在毛、郑之前,淮南、相如、《山海经》与毛同时,比郑为先,尚亦不足信乎?乃知毛、郑之说不为无据,而欧公此论特未之详考耳。吁!是诗词旨与序义相合,较更明白,似无待辨。而吾独惜文忠大儒乃有此误也,或亦其好新奇之过与?

元旦帖子

黍谷阳回,葭灰气动。车迎三素,斗转七星。晓莺传第一新声,早识上林树色;江鲤破于层冻浪,遥连太液波光。句芒始届东郊,青帝旋居左个。

销沉寒漏，胥归爆竹声中；绽泄春光，先到梅花影里。于时青袍朝士，金谷名流，并簇辛盘，争烧甲煎。举尊前柏叶，夸盛事于年年；传胜里金花，览物华于处处。达夫常侍，怀故

乡客鬓之篇；摩诘词臣，赋元旦早朝之什。莫不惊心岁腊，属望书云。至于鸟卜年丰，蚕烧岁稔；燕裁双尾，鸡画重睛；当门并贴桃符，委巷竞称椒颂。尔乃对景物之更新，伤华年之易逝；醉屠苏而耳热，拨商陆而心寒。噫嘻！庭除拥篲，漫陈崔寔之书；旆厦横经，空梦戴凭之席。倘化工假我以岁月，花鸟助我以文章，庶几日丽嘤鸣，即待寸珠之照；当此冰开鱼曝，可无尺素之移。

端午帖子

节自天中，时当夏仲。五花施帐，争歌长命之词；重碧盈尊，叠和延年之颂。钗名玉燕，两两斜飞；臂绕朱丝，双双并结。捕鸱枭而作供，惜鹒鸲之能言。草是宜男，共斗五时之胜；镜呼天子，相传百炼之金。团扇鲛绡，画凤文而绕户；赤符神印，穿金镂以垂门。采术浴兰，俗传万井；觴蒲簪艾，胜极千

秋。水跃丹鱼,广泽鼓青龙之舰;风高黄雀,灵飙迥彩鹢之帆。哭曹女于婆娑,吊屈平于湘汉。既望古而增慨,遂即事以兴怀。于是接景光,睹云物,可以处台榭而居高,相与升山陵而眺远。翩跹羽扇,挹清飚以俱来;缥缈仙舟,泛绿波而竞去。我之怀矣,眷言念之。嗟乎! 胜事常存,良辰难再。孟尝不作,空余木梗之悲;胡广既生,乃有葫芦之弃。回思往昔之陈陈,勿使今兹之寂寂。情有同乎? 乐可知矣!

书《昌谷集》后

尝读吕汲公《杜诗年谱》,少陵诗首见于"冬日雒城谒老子庙"。时为开元辛巳,杜年已三十,盖晚成者也。李长吉未及三十已应玉楼之召,若比少陵,则毕生无一诗矣。然破锦囊中,石破天惊,卒与少陵同寿千百年。大名之垂,彭殇一也。优昙之华,刹那一现;灵椿之树,八千岁为春秋,岂计修短哉!

题米元章《方圆庵碑》

探河源者于星宿,寻地脉者于昆仑。书家之有钟、王,诗家之有李、杜,其昆仑、星宿也。书至南宫,而书之能事毕矣,然南宫书从钟、王来。诗至东坡,而诗之能事毕矣,然东坡诗从李、杜出。山谷云:"老杜之诗,昌黎之文,无一字无来历处。"书犹是矣。见近时学苏诗米字者,不知其来历而径学苏、米,且并不见苏、米而学。夫学苏、米者之点画与唇吻,每况愈下,久而弥失其真。吁!可慨也!近有人自龙井得米元章《方圆庵碑》初揭示予。其笔法瘦劲,全学《圣教序》,与俗所摹痴肥一种迥异。学米者见之,当知老颠来历,必不专专为天马赋伎俩矣。

注:宋代大书法家米芾(一○五一年至一一○七年),字元章,号襄阳漫士、海岳外史。祖籍山西,后迁居襄阳,世人又称他为"米襄阳"。传说他个性怪异,爱穿唐装,嗜洁成癖,遇石称"兄",膜拜不已,因而人又称其为"米颠"。《圣教序》即唐代褚遂良所写的《大唐三藏圣教序》。

题董文敏《秋林书屋图》

世之目文敏者动于巨然、北苑内求之,非是辄云伪。此如画竹林诸贤,必写其沉湎潦倒、科头袒胸之状,而不知山公启事,叔夜挥弦,彼自有正笏端绅,目送飞鸿时也。此卷红树绿莎,朱阑石砌,颇极雅丽,是文敏少年得意之笔,以为赝者乃见橐驼谓马肿背也。识者辨之。

注:董其昌(一五五五年至一六三六年),字玄宰,号思白、香光居士。明代书画家。华亭(今上海松江)人,祖籍山东莱阳。直至其三十四岁之

题文与可《墨竹》

读东坡《篔筜谷记》，便如有兔趿蛇腹之干凌霄汉而出，以为与可之竹在是也。观与可之竹，亦如见掀髯扪腹、兔起鹘落之笔，拂拂在丛筱间。两者俱有神遇，知笔墨外，别有事在矣。京师苦无竹，得此幅挂壁，恍身在潇湘淇澳间也。王子猷曰：

"何可一日无此君。"知言哉！

注：文仝（一〇一八年至一〇七九年），字与可，宋代梓州永泰人。擅长画墨竹，曾任陵州、湖州等知州或知县。云"画竹必先胸有成竹，不能节节叶叶为之"。有《墨竹图》传世。

募建普同塔引

　　盖闻惠必旁敷,史著泽枯之德;慈当下逮,礼垂掩骼之文。烟横古冢,骚人以此徘徊;月隐北邙,词客缘斯愀怆。讵必过桥公之墓,始解回车;奚须上董相之坟,方图渍酒。蛇犹思报,愿酬魏颗于他年;蚁尚衔恩,敢让宋郊于异日。因尘不谬,果报非虚。旧有普同塔者,屡经缔构,多历岁年。敛万骨以同埋,聚千骸而并坎。人天共鉴,庶免荒榛蔓草之悲;魂魄咸依,可无怪雨盲风之恨。然而,运逢历劫,积蜕何多!

　　人比恒沙,陈根不少。叹瓶罍之已满,舍此安之? 嗟泉壤以难容,逝将不免。纵使付咸阳之烈焰,灰烬堪怜;假令投白马之洪流,漂浮足惜。爰有沙门,弘斯善愿。拟买松楸之隙地,充彼牛眠;欲求虞芮之闲

田,封兹马鬣。然而,画饼奚裨,望梅曷补。定藉檀施之乐助,共成震旦之良因。不揣刍荛,为之乘韦。嗟乎! 丹丘不到,人间少换骨之方;绿字无名,海

上乏返魂之术。嬴政之鲍鱼空载,园寝同归;茂陵之鹤驾终荒,辒辌共尽。茫茫绝壑,难禁幽独之宵啼;冥冥穷尘,忍听黎丘之夜哭。但获少施涓滴,千秋郁原氏之阡;第令共损锱铢,万鬼安滕公之室。敢邀花雨,仰庇慈云。

注:有学者说纳兰容若的老师徐乾学对于僧人扩建普同塔一事曾给予支持,而此文并未说到,可能是由于此文写在扩建普同塔之前的原因。虽然对于徐乾学与扩建普同塔一事的关系还尚待考证,但如何对徐乾学其人做出比较客观而全面的评价则是个值得探讨的话题。

世人对徐乾学这个人物一直颇有争议。纵观其一生,他确实做过一些好事,但也不是什么道德高尚之士,对于有关他的一些"负面评价"不应笼统地认为是"诋毁""颠倒黑白"等等,而有待研究者实事求是地加以分析考证。

渌水亭宴集诗序

清川华薄,恒寄兴于名流;彩笔瑶笺,每留情于胜赏。是以庄周旷达,多濠濮之寓言;宋玉风流,游江湘而托讽。《文选》楼中揽秀,无非鲍、谢珠玑;孝王园内搴芳,悉属邹、枚黼黻。予家象近魁三,天临尺五。墙依绣堞,云影周遭;门俯银塘,烟波潋漾。蛟潭雾尽,晴分太液池光;鹤渚秋清,翠写景山峰色。云兴霞蔚,芙蓉映碧叶田田;雁宿凫栖,秔稻动香风冉冉。设有乘槎使至,还同河汉之皋;倘闻鼓枻歌来,便是沧浪之澳。

若使坐对亭前渌水,俱生泛宅之思;闲观槛外清涟,自动浮家之想。何况仆本恨人,我心匪石者乎?间尝纵览芸编,每叹石家庭树,不见珊瑚;赵氏

楼台,难寻玭瑁。又疑此地田栽白璧,何以人称击筑之乡?台起黄金,奚为尽说悲歌之地?偶听玉泉呜咽,非无旧日之声;时看妆阁凄凉,不似当年之色。此浮生若梦,昔贤于以兴怀;胜地不常,曩哲因而增感。王将军兰亭修禊,悲陈迹于俯仰,今古同情;李供奉琼筵坐花,慨过客之光阴,后先一辙。但逢有酒,开尊何须北海;偶遇良辰,雅集即是西园矣。且今日芝兰满座,客尽凌云;竹叶飞觞,才皆梦雨。当为刻烛,请各赋诗。宁拘五字七言,不论长篇短制。无取铺张学海,所期抒写性情云尔。

注:太液池在京师西苑内,是如今的北海、中海、南海的统称。而关于渌水亭的所在地,各家则颇有争议。或云在京城什刹海畔。或云在西郊玉泉山下,亦或云在其封地皂甲屯玉河之浜,总之,该亭依水而建,是纳兰容若与朋友们的雅聚之所。此文的写作年代应为康熙十八年(一六七九年)初秋之时。

《名家绝句钞》序

夫圜流千顷,鸡犀划而中分;灵岳三成,顾鬣开而独擘。吴淞之水,并剪双裁;昆岫之瑶,昆刀缕切。只袜溅杨家之泪,自尔温磨;半鬓窥徐后之妆,居然掠削。团圞三五,乍看新月宜人;烂熳千行,时或残英照眼。靡不宝文鳐之单翼,珍赤鲤之片鳞。物既有之,并以偏隅擅胜,文亦宜尔,自应断句专长也。然则《阳春》《渌水》,缔构差同;《子夜》《前溪》,体裁相类。较之《易水》两言之制,《大风》三叠之章,机上盘中,迴旋隐互;焦卿秦女,飒沓纵横。似犹凫鹤之异短长,不啻马牛之殊逆顺。而乃同收乐府,狎处词坛。泾渭可以不分,涪汉于焉相混。盖古人言以足志,声律不以为程;情见乎辞,字句非其所限。流泉鸣咽,行止随时;天籁噫嘘,洪纤应节。无律体之可称,何绝句之能准乎?

自夫沈宋连镳,斫雕破朴;高岑继轨,毁瓦为方。则有沉香倾妃子之杯,画壁下女伶之拜。仲初新体,并咏宫中;少伯悲吟,都由塞上。柘枝蛮舞,鼓腰魂断流官;杨柳妍词,笻面神飞节使。恼鄜州之从事,何物红儿;悲蜀国之夫人,当年白帝。固不独义山咏史,讽托情深;抑岂

惟杜牧闲愁,风流调逸。迩来作者,代不乏人。始则蒐洪公,继复校雠于赵氏。观斯止矣,可略言焉。独有明起元宋之衰,昭代际唐虞之盛。洪河岱岳,既澒洞而惊神;拳石偃松,亦留连而动目。短章片什,可喜可观。至乃鹤裘客妇,裂长笛于五湖;乌犍伴狂,垫角巾于三泖。四杰之争芳兰蕙,月死珠伤;七子之互有薰犹,水清石见。谢山人邺下琵琶,徐博士扬州烟月。昆仑

兀昇，不减白蓑青笠之游；蒙叟幽忧，可怜红豆碧梧之句。尧峰山麓，踏歌旧有汪伦；历下亭隅，觞咏凤推王令。并可以发挥《雅》《颂》，领袖《风》《骚》。迷谷之华，四照炜炜欲浮；版桐之圃，九层峣峣直上。顾以简编杂沓，载重牛腰；后学模糊，情惊鼠吓。于是杜陵蒋诩宣虎，扫径余闲；吴郡顾荣茂伦，挥扇多暇。适逢吴札乍返延州汉槎，遂相与研露晨书，然糠暝写。撷两朝之芳润，掇数氏之菁英。凡若干篇，都为一集。

按新词于菊部，磊磊敲珠；奏丽曲于芍阑，声声戛玉。若彼文犀翠羽，拣自金盘；因而合组纂綦，织成璇锦。藏之秘帐，顿令更得异书；悬彼国门，定是难增一字。某技愧雕虫，

识惭窥豹。入贾胡之肆，目炫琳琅；游广乐之庭，梦迷阊阖。惊看妙选，悬冰鉴而呈形；快睹雅裁，衔烛阴而照夜。自此南山望雪，何妨意尽终篇；抑令东海熬波，不惮应声成韵。循环在手，似获灵珠；吟讽忘疲，如探束锦。爰题简首，载以芜词。拟玄晏先生之笔，非所敢居；诵昭明太子之编，实缘多幸尔。

注：后人有认为《名家绝句钞》是由蒋诩、顾荣、吴兆骞（汉槎）和纳兰容若四人编选，实为有误。纳兰容若只是应其请作序，并非编者。此书现在已失传。

万年一统颂

有序

　　恭惟皇帝陛下神凝得一，学懋通三，建八柱于天枢，张四维于地络，固已德隆宙始，功焕乾金者矣。至如敬天深钦若之心，法祖大配京之烈。龙骧奋武，绍智勇于商汤；虎观雠经，接心源于羲《易》。圣孝之侍膳，问安无间；皇慈之训储，毓德尤勤。莫非万善咸该，一中独运，故能万邦和协，而四海永清者也。犹恐精一危微，史册有难详之粹美；圣神文武，廷臣多未悉之载飏。臣日侍螭坳，亲依黼座，游街衢而鼓腹，比葵藿以倾心。白鸟栖周围之中，饮和既久；青缥托尧阶之上，沾泽惟多。扈从之余，见闻无非至理；趋锵之下，纪述已积名言。敢为击壤之歌，用伸天保之祝。识同萤爝，宁有见于曦舒；才极涓埃，曾何加于海岳。第枥马恋主，自知盈缶之诚；而梧凤鸣时，聊卜过历之瑞云尔。颂曰：

　　巍巍惟天，穆穆惟皇。帝力何有？有此万方。有风有雨，有日月光。休兹皥皥，澹然以忘。万年一统，世跻羲黄。天祚有清，万方颂圣。譬彼观天，在衡齐政；譬彼测海，蠡智私逞。康衢之谣，辀轩无靳，臣师其意，对扬休命。天眷在帝，帝益虔虔。陶匏藁秸，匪直郊坛。亦临亦保，举念皆天。怀柔百神，爰及竺乾。面稽昭格，灵贶殷圜。猗与那与，世有浚哲。绍庭上下，无竞维烈。开创守成，同涂合辙。万物作睹，缵承不辍。昭克配功，万世是揭。念典于学，逊志时敏。乐此不疲，广览博引。理学洙泗，异端无蹍。勤若儒生，五夜功准。况天纵资，一览而尽。问夜辨色，寒暑视朝。天颜龙表，云日则尧。委裘垂荚，政简科条。惟廉与法，以肃百僚。

无汉杂霸，迈周诵钊。勤政之后，孝奉两宫，问安侍膳，尊养必躬。天子而孝，其德弥弘。而又斋邀，以时谒陵。六飞屡驾，感慕遗弓。重兹国本，元良庆衍。毓德少阳，承华乃

践。慎简名臣，谕道以善。鲍鱼必除，邪蒿弗荐。礼乐诗书，圣训不倦。鲸鲵横海，獌狿载涂。不思报德，恣其啸呼。爰飞金矢，张我天弧。皇威所暨，拉朽摧枯。山无伏莽，海不扬波。加以文治，临雍讲学。璧水环桥，陈经扬推。绝域从师，虎贲磨琢。四海弦歌，九州礼乐。一道同风，群归祓濯。忧劳万姓，罔或宴安。翠华所至，亲问闾阎。民依轸念，知悉艰难。撙节爱养，财货无殚。九年之蓄，式是周官。于铄放勋，昭兹万世。声教四敷，下蟠上际。民时雍哉，尧曰治未。小臣何幸，亦是悠憩。沐泽沾渥，臣节自励。何以事君？曰忠与爱。暨清慎勤，以效感戴。踊跃欢欣，颂其梗概。帝德如天，治隆三代。寿祚悠长，万有千载。

注：观此文意，此文的写作时间应在康熙二十年年底平定三藩之乱和二十二年七月平台湾以后，其时国家版图刚刚统一不久。系康熙二十二年的下半年或更晚些时候。

祭吴汉槎文

呜呼！我与子昔爱居爱处，谁料倏忽死生异路！自我别子，子病虽遽，款款话言，历历衷素。初谓奄旬，尚可聚首，俄然物化，杨生左肘。青溪落月，台城衰柳。哀讣惊闻，未知是否。畴昔之夜，元冕垂缨，呼我永别，号痛就醒。非子也耶？仿佛精灵。我归不闻，子笑语声。子信死矣！传言是矣！帷堂而哭，寡妻弱子；七十之母，远在故里。返輀何日？倚闾何俟？嗟嗟苍天，何厚其才，而啬

其遇，亦孔艰哉！弱龄克赋，左马右枚；未题雁塔，先泣龙堆。中郎朔方，亭伯辽海，萧萧寒吹，荒荒破垒。

子穷过此，二十四载。凌云欲奏，狗监安在？自我昔年，邂逅梁溪，子有死友，非此而谁！《金缕》一章，声与泣随，我誓返子，实由此词。皇恩荡荡，磅礴无垠，皂帽归来，呜咽沾巾。我喜得子，如骖之靳，花间草堂，月夕霜辰。未几思母，翩然南棹，凭舻发咏，临流垂钓。舟还巨壑，鹤归华表，朋旧全非，容颜乍老。中得子讯，卧疴累月，数寄尺书，趣子遄发。授馆甫尔，遂苦下

泄,两月之间,便成永诀。自古才人,易夭而贫,黄金突兀,白玉嶙峋。以彼一日,易我千春,知子不愿,卓哉斯文。子志未竟,子劳已息。有子与女,块然苦席。言念交期,慰尔营魄,灵兮鉴之,无嗟远客。尚飨!

注:吴汉槎,名兆骞,字汉槎,江苏吴江人,为纳兰容若之好友。顺治十四年中举人,后因科场案被流放宁古塔。康熙二十三年十月在北京去世,当时纳兰容若正在随扈南巡,十一月初在江宁闻此噩耗,书写此文遥寄哀思。

曹司空手植楝树记

《诗》三百篇,凡贤人君子之寄托,以及野夫游女之讴吟,往往流连景物,遇一草一木之细,辄低迴太息而不忍置,非尽若召伯之棠"美斯爱,爱斯传"也。又况一草一木,倘为先人之所手植,则眷言遗泽,攀枝执条,泫然流涕,其所图以爱之而传之者,当何如切至也乎!余友曹君子清,风流儒雅,彬彬乎兼文学政事之长,叩其渊源,盖得之庭训者居多。子清为余言:其先

人司空公当日奉命督江宁织造,清操惠政,久著东南;于时尚方资黼黻之华,闾阎鲜杼轴之叹;衙斋萧寂,携子清兄弟以从,方佩觿佩韘之年,温经

国学经典文库

纳兰容若全集

《纳兰杂文》精选

图文珍藏版

课业,靡间寒暑。

其书室外,司空亲栽楝树一株,今尚在无恙;当夫春葩未扬,秋实不落,冠剑廷立,俨如式凭。嗟乎! 曾几何时,而昔日之树,已非拱把之树,昔日之人,已非童稚之人矣! 语毕,子清愀然念其先人。余谓子清:此即司空之甘棠也。惟周之初,召伯与元公尚父并称,其后伯禽抗世子法,齐侯伋任虎贲,直宿卫,惟燕嗣不甚著。今我国家重世臣,异日者子清奉简书乘传而出,安知不建牙南服,踵武司空。则此一树也,先人之泽,于是乎延;后世之泽,又于是乎启矣。可无片言以志之?"因为赋长短句一阕。同赋者,锡山顾君梁汾。

注:此文没有载入《通志堂集》,是根据周汝昌先生的《红楼梦新证》补入的。文中所说的司空就是曹寅的父亲曹玺。曹寅,字子清,号荔轩,与纳兰容若为好友,曾邀人为其画《楝亭图》题咏。据考,此文似是纳兰容若为《楝亭图》第一卷所题之文。此文的写作时间大约是在康熙二十三年十一月纳兰容若随扈到金陵之时或更晚一些时候。

《纳兰书简》精选

致张纯修简

第一简

厅联书上,甚愧不堪。昨竟大饱而归,又承吾哥不以贵游相待,而以朋友待之,真不啻既饱以德也。谢谢! 此真知我者也。当图一知己之报于吾哥之前,然不得以寻常酬答目之。一人知己,可以无恨,余与张子,有同心矣。此启,不一。成德顿首。十二月岁除前二日。因无大图章,竟不曾用。

注: 由此简的内容可知,这篇书简应写于纳兰容若与张纯修都在国子监学习时,其时二人刚结交不久,系年当为康熙十年十二月。

第二简

"箭决"二,谨遣力驰上。其物甚鄙,祈并存之为感! 所言书幸于明朝即令纪纲往取。晤期俟再订。不尽。弟成德顿首。见阳道兄足下。

第三简

"箭决"原付小力奉上,因早间偶失检察,竟致空手往还,可笑甚矣。今特命役驰到,幸并存之。书祈于明后日即取至,则感高爱于无量也。晤期再报,不一。成德顿首。见阳道兄足下。

第四简

花马病尚未愈,恐食言,昨故令带去。明早家大人扈驾往西山,他马不能应命,或竟骑去亦可。文书已悉,不宣。成德顿首。

第五简

明晨欲过尊斋,同往慈仁松下,未审尊意如何?特此,不一。成德顿首。

注:慈仁即指大报国慈仁寺,俗称报国寺,位于北京的西城区。据考证称报国寺始建于辽代,塌毁于明代,于成化二年重建。纳兰容若曾与徐乾学、宸英、严绳孙等一众师友一同在寺内的昆卢阁吟诗作对。由此可推想,身为性德好友的纯修亦很有可能与性德同游此寺。

第六简

一二日间,可能过我? 张子由画三弟像,望转索付来手。诸子及悉,特此。成德顿首,七月四日。

第七简

天津之行,可能果否? 斗科望速抄出见示。聚红杯乞付来手。三令弟小照亦检发,至感,至感! 特此,不一。成德顿首。

第八简

比日未奉教诲,何任思慕。前所云表帖张庆美,幸致其过荒斋。奚汇升亦遣其过我。秋色满阶,忽有迅雷,斯亦奇也,不知司天者亦有占验否? 此上。不尽,不尽。九月十三日,成德顿首。

《从友人乞秋葵种》一绝呈教:"空庭脉脉夕阳斜,浊酒盈樽对晚鸦。添取一般秋意味,墙阴小种断肠花。"

第九简

令弟小照可谓逼肖,然妆点未免少俗耳。吾哥似少不像,而秋水红叶,可无遗憾也。一两日可能过我? 特此,不尽。来中顿首。

注:书简末句署名中的"来"字,有其他版本写作"耒"的。

国学经典文库

纳兰容若全集

《纳兰书简》精选

图文珍藏版

第十简

正因数日不见，怀想甚切，不道驾在津门也。海上风烟，想大可观。有新作，归来即望示我。来笺甚佳，乞惠我少许。尊使还，草此奉覆。不尽，不尽。十月五日，成德顿首。

第十一简

久未晤面，怀想甚切也，想已返辔津门矣。奚汇升可令其于一二日间过弟处。感甚，感甚！海色烟波，宁无新作？并望教我。十月十八日，成德顿首。

第十二简

日暮望即付来手，诸容另布，不一。期弟成德顿首。见阳道长兄。

注："期"在古代代表丧期一周年之意，而性德在署名中自用"期弟"二字，可见此书简应写于性德的妻子卢氏去世后服丧期间，即康熙十六年（一六七七年）。

第十三简

日暮不值，望以前所见者赐下，否则俱不必耳。恃在道义相照，故如是贪鄙也。平子已托六公，如何竟有舛谬？俟再订之。诸不悉。成德顿首。

注：此篇书简亦写于康熙十六年。文中所说的平子指的是篆刻家吴晋，

犹善画兰。

第十四简

连日未晤,念甚。黄子久手卷借来一看,诸不一。期小弟成德顿首。

注:此书简写于康熙十六年。

第十五简

亡妇枢决于十二日行矣,生死殊途,一别如雨。此后但以浊酒浇坟土,洒酸泪,以当一面耳。嗟夫,悲矣! 澹庵画册附去,宋人小说明晨望送来。成德顿首。

注:该书简中写道"决于十二日行矣",是说预定于十二日送卢氏灵枢启行,由此可知,此书简应写于康熙十七年的七月上旬左右。但据考,卢氏的期为康熙十七年七月二十八日,疑似后因某事并未如期启行。前后时间有矛盾,待考。

第十六简

倪迁《溪山亭子》乃借耿都尉者,顷已送还,俟翌日再借奉鉴耳。四画若得司农慨然发览,当邀驾过共赏也。率覆,不一。弟德顿首。

欹斜一径入,门向夕阳边。何必堪娱赏,凋零自可怜。松寒疑有雪,僧老不知年。只合千峰上,长吟看月圆。(《戒坛》)

注:据考证,《溪山亭子图》为倪瓒之作品,本来由都尉耿信公所收藏(此人擅文章,富收藏,工艺事)。纳兰容若曾多次向他借观此画,并最终把它买来,置于通志堂中,由此可见纳兰容若对此画的钟爱程度。

第十七简

德白:比来未晤,甚念。平子兄幸嘱其一二日内拨冗过我为祷。此启,不尽。初四日,德顿首。

并欲携刀笔来,有数石可镌也。如何?

第十八简

前托济公一事,乞命使促之。夜来微雨西风,亦春来头一次光景。今朝霁色,亦复可爱。恨无好句以酬之,奈何,奈何!平子竟不来,是何意思?成德顿首。

第十九简

前来章甚佳,足称名手。然自愚观之,刀锋尚隐,未觉苍劲耳。但镌法自有家数,不可执一而论,造其极可也。日者竭力构求旧冻,以供平子之锈,尚未如愿。今将所有寿山几方,敢求渠篆之。石甚粗砺,且未磨就,并希细致之为感。叠承雅惠,谢何可言!特此,不备。十七日,成德顿首。

石共十方,其欲刻字样,俱书于上。又拜。

第二十简

前求镌图书,内有欲镌"藕渔"二字者。若已经镌就则已,倘未动笔,望改篆"草堂"二字。至嘱,至嘱!茅屋尚未营成,俟葺补已就,当竭诚邀驾作一日剧谈耳。但恨无佳茗供啜也。平子望致意。不宣。成德顿首,初四日。

"卿自见其朱门,贫道如游蓬户。"

容兄因仆作此语,构此见招,有诗刻《饮水集》中,适睹此简,为之三叹!贞观。

注:由"茅屋尚未营成,俟葺补已就,当竭诚邀驾作一日剧谈耳"可知,茅屋应建于康熙十八年见阳南赴江华前。最后两行是顾贞观多年后一观此简时所题,根据词意,茅屋又必建于康熙十六年冬梁汾南还之后。茅屋既已建成,改称草堂或花间草堂。草堂落成应在康熙十七年内,此词作于草堂建成之际,所以此书简的写作年代应为康熙十七年。

第二十一简

前正以风甚不得相过为憾,值此好风日,明早准拟同诸兄并骑而来,奈又属入直之期,万不得脱身。中心向往,不可言喻。另日奉屈过小圃,快晤终日,以续此缘,何如? 成德顿首。见阳道兄。

第二十二简

来物甚佳,渠索价几何? 欲倾囊易也。弟另觅鳅角,尚欲转烦茂公等再为之,未审如何? 先此覆,不尽,不尽。初四日,成德顿首。

第二十三简

姚老师已来都门矣,吾哥何不于日斜过我? 不尽。成德顿首,三月既日。

第二十四简

两日体中大安否？弟于昨日忽患头痛，喉肿。今日略差，尚未痊愈也。道兄体中大好，或于一两日内过荒斋一谈，何如，何如？特此，不一。来中顿首。

更有一要语，为老师事，欲商酌。又拜。

第二十五简

周、伊二人昨竟不来，不知何意？先生幸促之。诸容面悉，不尽。七月七日，成德顿首。见阳足下。

第二十六简

素公小照奉到，幸简入，简入！诸容再布，不尽。成德顿首，七月十一日。

第二十七简

成德白：渌水一樽，黯然言别，渐行渐远，执手何期？心逐去帆，与江流俱转，谅知己同此眷切也。衡阳无雁，音问久疏。忽捧长笺，正如身过临邛，与我故人琴酒相对。乡心旅况，备极凄其，人生有情，能不惆怅？念古来名士多以百里起家者，愿足下勿薄一官，他日循吏传中，借君姓名，增我光宠。种种自当留意，乃劳谆嘱耶？鄙性爱闲，近苦鹿鹿。东华软红尘，只应埋没慧男子锦心绣肠,仆本疏慵,那能堪此。家大人以下,仗庇安和,承念并谢。沅湘以南,古称清绝,美人香草,犹有存焉者乎？长短句固骚之苗裔也,暇日当制小词奉寄,烦呼三间弟子,为成生荐一瓣香,甚幸。邮便率勒,不尽依驰。成德顿首。

注:此书简应写于张纯修就任江华知县后不久,即康熙十八年左右。

第二十八简

四月廿一日成德白:朝来坐渌水亭,风花乱飞,烟柳如织,则正年时把酒分襟之处也。人生几何,堪此离别？湖南草绿,凄咽同之矣。改岁以还,想风土渐宜,起居安适。惟是地方兵燹之后,兴除利弊,动费贤令一番精神。古人有践历华要,犹恨不为亲民之官,得展其志愿者。勉旃,勉旃！勿谓枳棘非鸾凤所栖也。蕞尔荒残,料无脂腻可点清白,但一从世俗起见,则进取既急,逢迎必工,百炼刚自化为绕指柔。我辈相期,定不在是。兄之自爱,深于弟之爱兄,更无足为兄虑者。至长安中,烟海浩浩,九衢昼昏,元规尘污,非便面可却。以弟视之,正复支公所云:"卿自见其朱门,贫道如游蓬户"耳。诗酒琴人,例多薄命,非为旷达,妄拟高流。顷蒙远存,聊悉鄙念。来扇并粗篝写寄,笔墨芜率,不足置怀袖间。穆如之清,借此奉扬。楚云燕树,宛然披拂,或暂忘其侧身沾臆也。努力珍重!书不尽言。成德顿首。

注:此书简应写于张纯修于江华县任职期间,即康熙十九年(一六八〇年)左右。

上座主徐健庵先生书

某以诠才末学,年未弱冠,出应科举之试,不意获受知于钜公大人,厕名贤书。榜发之日,随诸生后端拜堂下,仰瞻风采,心神肃然。既而屡赐延接,引之函丈之侧,温温乎其貌,谆谆乎其训词,又如日坐春风,令人神怿。由是入而告于亲曰:"吾幸得师矣!"出而告于友曰:"吾幸得师矣!"即梦寐之间,欣欣私喜曰:"吾真得师矣!"夫师岂易言哉!

古人重在三之谊,并之于君亲。言亲生之,师成之,君用而行之,其恩义一也。然某窃谓师道至今日亦稍杂矣。古之患,患人不知有师。今之患,患人知有师而究不知有师。夫师者,以学术为吾师也,以文章为吾师也,以道德为吾师也。今之人谩曰,师耳,师耳。于塾则有师,于郡县长吏则有师,于乡试之举主则有师,于省试之举主则有师,甚而权势禄位之所在,则亦有师。进而问所谓学术也,文章也,道德也,弟子固不以是求之师,师亦不以是求之弟子。然则师之为师,将仅仅在奉羔、贽雁、纳履、执杖之文也哉?洙泗以上无论已。

唐必有昌黎,而后李翱、皇甫湜辈肯事之为师;宋必有程、朱,而后杨时、游酢、黄干辈肯事之为师。夫学术、文章、道德罕有能兼之者,得其一已可以为师。今先生不止得其一也，文章不逊于昌黎，学术、道德必本于洛、闽，固兼举其三矣。而又为某乡试之举主，是为师之道，无乎不备。而某能不沾沾自喜乎！先生每进诸弟子于庭，示之以六经之微旨，润之以诸子百家之芬芳，且勉以立身行已之谊。一日进诲某曰："为臣贵有勿欺之忠。"某退而自思，以为少年新进，未有官守，勿欺在心，何裨于

用，先生何乃以责某也？及退而读史，宋·寇准年十九登第，时崇尚老成，罢遣年少者，或教之增年，准不肯，曰："吾初进取，何敢欺君？"又晏殊童年召试，见试题曰："臣曾有作，乞别命题，虽易构文，不敢欺君。"然后知所谓勿欺者，随地可以自尽。先生固因某之少年新进而亲切诲之也。某即愚不肖，敢不厚自砥砺奋发，以庶几无负大君子之教育哉！承示宋、元诸家经解，俱时师所未见，某当晓夜穷研，以副明训。其余诸书，尚望次第以授，俾得卒业焉。

注：此文的标题是按照《通志堂集》的原标注名。徐乾学，字原一，号玉峰、健庵先生。性德于康熙十一年八月在由徐乾学任副主考的科考中中举人，此文应写于其后不久。

与韩元少书

仆幼习科举业，即时时窃喜为古文词，然不敢令师友见也。今幸出大匠之门，且与足下为同年友，当古学振兴之日，人思自奋，仆亦妄希著述，以正有道。而作者林林，浩乎渊海，才单力弱，绠短汲深，尚同彭祖之观井，惴惴惟恐失坠，而足下遽欲引之于十洲三岛之间，以问五城十二楼之胜，其可得哉？惶恐！惶恐！至所商明文选，仆颇得其梗概，敢为足下陈之。

明之为代，近接宋、元。则明之为学，亦直承宋、元诸儒之学。三百年间追踪大家者，约略得数人焉。宋潜溪经学醇正，故文有根柢，舂容大雅，无蹶张叫嚣之气，自成清庙明堂之音。虽梵宇琳宫，多其碑碣，竺书道笈，无所不收，偶或牵率应酬，尚少持择，然不足为之病也。方逊志如黄河天落，直泻万里，而风激湍迪，正复沦涟绮激，是子瞻之后身也。至其不磨之气节，涌现行墨间，又与文山、叠山颉颃矣。杨东里平澹之中饶有妙味。朱弦疏越，一唱三叹，讽讽乎多古意也。

当时仁宗最喜永叔文字，而东里似之，主臣一德，仿佛可见。王伯安以天纵之奇才，加心学之独得，故其为文如昆刀之切玉，快马之斫阵，为天地间第一种快文。即其论学有偏，然而文自单行，功斯不朽矣。王遵岩学南丰经术之气，溢于楮墨，宁迂而不径，宁拙而不巧，如入宗庙、庠序，所见无非瑚琏、簠簋也。归震川之文，源本性灵，取材经史，淘汰之功，良为心苦。柳宗元云："本之太史以著其洁"，似足当之。虽斤斤绳尺，而当其得意时，正复汪洋洸恣，故不得病其尺幅之狭耳。唐荆川如大鹏培风，游龙戏海，力量气魄,迥异寻常,世间无物可以夭阏之者。至其文多偶比,是学昌黎《原道》《原毁》之文,而尚少变化。钱牧齐腹笥既富,文笔又长,援古证今,每发一端,便如瓶水泻地,进注分流。惟深锢于朋党之见,或有失实。而其为珰祸诸君子志传之文,淋漓感慨,足裨史乘,然亦病其杂矣。

大抵弘、正以前,皆无意为古文者也,以其学问之余,溢为鸿章巨制。嘉、隆以来,有意为古文者也,波澜驰骋,远逼古人,而未免有规摹之迹。他如刘青田、王子充之雅沽,李崆峒之雄古,罗圭峰之僻涩,罗念庵之醇茂,赵浚谷之苍莽,王弇州之瑰奇,虽非大家嫡系,亦文坛之雄霸也。自此以外,桧后无讥焉。愚见如此,足下以为然否? 幸进而教我。

注:此文的题目亦是按照《通志堂集》的原标注名。此文的写作年代应是纳兰容若于康熙十一年中举人后不久。韩菼为性德好友,与性德同时中举人。韩学识渊博,淡泊名利。虽与性德交好,但是两人的学术观点颇有不同,韩的道学气息浓重。纳兰容若去世后,韩为他撰写神道碑铭。

与某上人书

　　昨见过时天气甚佳,茗碗熏炉,清谈竟日,颇以为乐,今便不可得已。承示"万法归一,一归何处"令仆参取时,即下一转语曰:"万法归一,一仍归万。"此仆实有所见,非口头禅也。上人心有不契,不复作答,仆亦畏丰干饶舌,默默而退。既而思韩昌黎性喜辟佛,然而凡为诸上人作序,必告之以吾儒之理,亦以竺氏之教虽非,而其徒皆吾万物一体中人也,何忍竟摈而不与之言? 仆何人哉? 敢与昌黎比! 然而既与上人交,则极欲上人之共知此理,犹如人得美饮食而不与一父之子同享之,岂情也哉?

　　自有天地以来,有理即有数,数起于一,一与一对而为二,二积而成万。凡二便可见,一便不可见,故乾坤也,阴阳也,寒暑也,昼夜也,呼吸也,皆可见者也。一者何? 太极也。欲指一物以为太极,即伏羲、文王、周公、孔子之圣亦有所不能。故周子曰:"无极而太极。"此无上妙谛也。吾儒太极之理,在物物之中,则知一之为一,即在万法之中。竺氏亦知有所为太极者,彼误认太极为一物,而其教又主于空诸所有,故并欲举太极而空之,所以有"一归何处"之语,不知物物具一太极,一即在万法中。竺氏求空而反滞于有,不如吾道之物物皆实,而声臭俱冥,仍不碍于空也。黄面瞿昙,定不河汉吾言,上人亦能再下一语否?

注:根据文章的内容来看,这应该是纳兰容若早期的作品。

致严绳孙简(八月六日)

成德白:前有一字托郑谷口寄去,想先后可达台览,种种非片言可尽。未审起居如何?家严病已渐差,辱吾哥垂虑,敢并附闻。弟今于闲中,留心《老子》,颇得一二人开悟,未敢云为得也。马云翎不及另字,幸道思念之意。别后光阴,不觉已四越月,重来之约,应成空谈。明年四月十七,算吾咏正是去年今日别君时也。吴伯老不专启,幸道意。赵声伯若进谒时,并望周旋之。此泐,不尽。八月六日,成德顿首。

注:此文写作时间系为康熙十五年八月,其时严绳孙离京返故里约四个月之久。严绳孙,字荪友,号藕荡渔人,又号藕渔。无锡人,善词,与纳兰容若结交于北京。

致严绳孙简(七月廿一日)

成德顿首。前有一函托汤商人寄去,想入览矣。近况已略悉前柬,兹不复具。惟乞我哥于八月间到都,以慰我愁思也。华山僧鉴乞转达鄙意,求其北来为感。留仙事今已大妥,不必为念,特此附闻。余情缕缕,不宣。七月廿一日成德白。

注:此篇书简的写作时间有学者称应在康熙十六年(一六七七年),有待考证。

致严绳孙简(十二月十五日)

十二月十五日成德白:荪友长兄足下,慕大哥去,曾附一信,想已入览矣。闻已自浙中来家,囊橐不知如何?息影之计,可能遂否?前有新词四十余阕附去,未审得细加删定否?华封在都,相得甚欢。一旦忽欲南去,令人几日心闷,数

年之间,何多离别! 订在明年八月间来都,若吾哥明春北来则已,否则秋间即促其发轫,亦吾哥之大惠也。前吾哥在浙时,江烟湖鸟,景物自佳,但恐如白香山所云:“诚知老去风情少,见此争无一句诗”耳。江南风景如何? 伯成身后事,已嘱料理,想不有误。新令韩君,觅人转致。邳仙尚留滞京中,颇见不妥。留仙亦一淹蹇人也。有新诗即寄我。二郎读书如何? 并示为慰。

国学经典文库

纳兰容若全集

《纳兰书简》精选

图文珍藏版

家大人皆无恙。几年以来,吾哥意中人,想俱已衰丑零落,亦大凄凉也,呵呵:阔怀如缕,捉管顿不能言,奈何奈何! 诸惟鉴,不尽。成德顿首。

注:此文的写作时间可能在康熙十六年(一六七七年)。

致严绳孙简(正月廿日)

分袂三日,顿如十载,每念清夜酒阑,残星凉月,相对言志,不禁泣下。前者因行李匆遽,未能抱臂一送,深为歉仄。驰恋之心,想彼此同之也。至叮嘱之言,以吾兄高明人,故不敢琐琐。然此中愁肠,正不知有几千结也。稍俟绿肥红瘦,即幸北来,万勿以寻旧约,作当日轻薄态,留滞时日,以负弟望也,至恳! 慕鹤老处嘱其照拂。留老相会时,希致意。诸草草不一。成德顿首,左至,正月廿日。

注:有学者称该件书简所标之收件人有误,并非是严绳孙,而应是顾贞观。此书简的写作时间应为康熙十七年(一六七八年)。

致严绳孙简(九月廿七日)

中秋后曾于大恩僧舍以一函相寄,想已入览矣。弟秋深始归,日直驷苑,每街鼓动后,才得就邸。曩者文酒为欢之事,今只堪梦想耳。兹于廿八日又扈东封之驾,锦帆南下,尚未知到天涯何处,如何言归期耶? 汉兄病甚笃,未知尚得一见否,言之涕下。弟比来从事鞍马间,益觉疲顿。发已种种,而执殳如昔。从前壮志，都已隳尽。昔人言：身后名不如生前一杯酒，此言大是。弟是以甚慕魏公子之饮醇酒，近妇人也。

行前得吾哥手书，知游况不佳，甚为悬念。然人世常情，毋足深讶。东封返驾，计吾哥已到都亭，当为弹指画谋生之计。古人谓：好官不过多得金耳。吾哥但得为饱暖闲人，又何必复萌宦情耶？吾哥所识天海风涛之人，未审可以晤对否？弟胸中块磊，非酒可浇，庶几得慧心人以晤言消之而已。沦落之余，方欲葬身柔乡。不知得如鄙人之愿否耳。乘舆南往，恐难北上，如尚未发棹，须由中州从陆。以岁前为期，便当别置帷房，以炉茗相待也。此札到日，速以答书见寄。必附章藩乃能速达。九月廿七旧午刻，饮水弟顿首白。

注：此书简的写作时间应为康熙二十三年（一六八四年），纳兰容若随康熙帝南巡之前。书简中的"天海风涛之人"出自李商隐的《柳枝词序》："柳枝，洛中里娘也。……生十七年，涂妆绾髻，未尝竟，以复起去。吹叶嚼蕊，调丝擪掫管，作海天风涛之曲，幽忆怨断之音。"身为歌妓的柳枝乃是李商隐的红颜知己，而性德在此处指的应是与柳枝身份背景相似的沈宛。此文的原简中其实并未署名收信人的姓名、字、号，所以有学者对于此书简是否是写给严绳孙的表示怀疑。

国学经典文库

纳兰容若全集

《纳兰书简》精选

图文珍藏版

致阙名简

成德白:不见忽已二十余日。重城间隔,趋侍每难。日夕读《左氏》、《离骚》,余但焚香静坐。新法如麻,总付不闻,排遣之法,推此为上。来言尽悉,俟面布,再宣。初三日,成德顿首。谨状。伏惟鉴察。

上颜太夫子书

成德谨禀太夫子台下:前接手谕,因悉起居佳胜,翘首南天,益增怅望。悠悠梦想,愿飞无翼,种种并志之矣。使旋,布候不宣。成德顿首。

注:颜太夫子,字逊甫,名光敏,山东曲阜人,清代著名诗人、书法家,康熙六年进士。性德与他的关系颇为复杂。颜与顾炎武是好朋友。纳兰容若的老师徐乾学是顾炎武的外甥及受业弟子,所以性德便相当于顾炎武的再传弟子。许是出于顾与颜的好友关系,性德才尊称其为太夫子,实际二人并无师生关系。

致顾贞观简

望前附一缄于章藩处,计应彻览。弟比日与汉槎共读《萧选》,颇娱岑寂,只以不对野王为悒怅耳。黄处捐纳事,望立促以竣,不可以泄泄委之也。顷闻峰泖之间,颇饶佳丽,吾哥能泛舟一往乎?前字所言半塘、魏叟两处如何? 倘有便邮,即以一缄相及。杪夏新秋,准期握手。又闻琴川沈姓有女颇佳,亦望吾哥略为留

意。愿言缕缕,嗣之再邮,不尽。鹅黎顿首。

注:章藩,指的是章钦文,因任江苏布政使一职而得名"章藩"("藩台"为当时布政使的尊称)。"沈姓有女"指的应是沈宛;沈宛曾跟随父亲住在吴兴、常熟两地,而顾贞观也在吴兴、无锡两地之间奔波,当有机会认识沈宛。所以性德有"亦望吾哥略为留意"一说,让他帮忙注意沈宛。顾贞观于康熙二十一年正月自京返乡,二十三年秋重返京。再结合文意,此书简的写

作时间应在康熙二十二年冬至二十三年春这一期间。

与顾梁汾书

扈跸遄征,远离知己,君留北阙,仆逐南云。似蚩蚷之初分,如珪璋之乍判。柳青青于客舍,魂恻恻于河梁。缱绻之情,兄固有之,弟亦何能不尔也?惟是登封大典,旷代希逢,趣马微劳,臣职已定。老父艾年,尚勤于役;渺予小子,敢惮前驱?况复王道荡平,非同九折。天清气朗,时值三秋。风伯驱尘,雨师洒路,千乘万骑,驰骤风飙。豹纛蜺旌,蔽亏日月。云门宛转,与雁唳而俱闻;铙吹悠扬,随渔歌以互答。黄华分翠凤之香,紫蓼映红云之丽。仆手携湘管,身佩吴刀。随昌宇以侍衣,偕方明而夹毂。日睹龙颜之近,时亲天语之温,臣子光荣,于斯至矣。虽霜花点鬓,时冒朝寒,星影入怀,长栖暮草,然但觉其欢欣,亦竟忘其劳勋也。

若夫登岱宗之绝顶,齐鲁皆青;涉河济之波涛,鱼龙可狎。金泥玉检,秦篆依然;瓠子宣房,汉歌不远。指匹练而吴趋在望,乘枯槎而银汉可通,此亦宇宙之神皋,河山之奥室也。虽无才藻,颇有赋心。既而自念身在属车豹尾之中,名属缀衣虎贲之列,尚敢与文学侍从铺《羽猎》而叙《长杨》也乎?至于铁锁横江,金焦矗日,倚妙高之台畔,访瘗鹤之遗踪。瓜步雄风,神鸦社鼓;扬州逸兴,坐月吹箫。听六代之钟声,半沉流水;望三山之云影,时动褰裳。此亦可以兴吊古之思,发游仙之梦者矣。更有鹤林旧刹,甘露精蓝,近海岳之幽偏,多老颠之遗墨。零缣断素,虽不可求;薜碣牛磨,时有可问。此又仆所徘徊慨慕而不自已者也。及夫楚树连云,吴艭泊岸;牙樯锦缆,觉鱼鸟之亲人;青幰碧油,喜风花之媚客。梁溪几曲,无异鉴湖;虎阜一拳,依稀灵岫。千章嘉树,户户平泉;一领绿蓑,行行西塞。品名泉于萧寺,听鸟语于花溪。昔人所云茂林修竹,清流激湍者,向于图牒见之,今以耳目亲之矣。且其土壤之美,风俗之醇,季札遗风,人多揖让,言偃故里,士尽风流。稻蟹尊

鲈,颇堪悦口;渚茶野酿,实足销忧。而况林屋龙峰,布帆不断;金阊锡岭,兰楫可通;侍绛帐于昆冈,结芳邻于吾子;平生师友,尽在兹邦;左挹洪压,右拍浮丘;此仆来生之夙愿,昔梦之常依者也。

夫苏轼忘归,思买田于阳羡;舜钦沦放,得筑室于沧浪。人各有情,不能相强。使得为清时之贺监,放浪江湖,亦何必学汉室之东方,浮沉金马乎?倘异日者脱屣宦涂,拂衣委巷;渔庄蟹舍,足我生涯;药臼茶铛,销兹岁月;皋桥作客,石屋称农;恒抱影于林泉,遂忘情于轩冕,是吾愿也,然而不敢必也。悠悠此心,惟子知之,故为子言之。北风多厉,千万眠食自爱。

注:根据文意,本文应写于纳兰容若跟随皇帝南巡期间。康熙二十三年九月二十八日至十一月二十九日期间性德随皇帝出行,此文应于十月末写于江南。

与梁药亭书

仆少知操觚，即爱《花间》致语，以其言情入微，且音调铿锵，自然协律。唐诗非不整齐工丽，然置之红牙银拨间，未免病其版襵矣。从来苦无善选，惟《花间》与《中兴绝妙词》差能蕴藉。自《草堂》《词统》诸选出，为世脍炙，便陈陈相因，不意铜仙金掌中竟有尘羹涂饭，而俗人动以当行本色诩之，能不齿冷哉！近得朱锡鬯《词综》一选，可称善本。闻锡鬯所收词集凡百六十余种，网罗之博，鉴别之精，真不易及。然愚意以为吾人选书不必务博，专取精诣杰出之彦，尽其所长，使其精神风致涌现于楮墨之间。每选一家虽多取至什、至佰无厌。其余诸家不妨竟以黄茅、白苇概从芟薙。青琐绿疏间粉黛三千，然得飞燕、玉环，其余颜色如土矣。

天下惟物之尤者断不可放过耳！江瑶柱入口，而复咀嚼鲍鱼、马肝，有何味哉！仆意欲有选如北宋之周清真、苏子瞻、晏叔原、张子野、柳耆卿、秦少游、贺方回，南宋之姜尧章、辛幼安、史邦卿、高宾王、程钜夫、陆务观、吴君特、王圣与、张叔夏诸人，多取其词汇为一集，余则取其词之至妙者附之，不必人人有见也。不知足下乐与我同事否？有暇及此否？处雀喧鸠闹之场，而肯为此冷澹生活，亦韵事也。望之望之！

注： 梁佩兰，字芝五，药亭是他的号，又号柴翁、二楞居士，晚号郁洲，广东南海入，纳兰容若的好友。梁于康熙二十年离京返乡，此文应是两人离别期间纳兰容若写给梁佩兰的，又因梁于康熙二十三年冬归京，故写作时间应在其年夏秋间。

纳兰容若哀词·诔词·祭文·挽诗·挽词

张玉书《进士纳兰君哀词》
（康熙刻本《通志堂集·附录》）

　　侍卫成容若以疾卒于位，时天子将驾銮辂，遵皇衢，历畿辅，避暑于塞外迤北之地，君之尊人相国先生方被命扈从。比君讣上闻，朝廷动色震悼，旋遣近臣致奠于几筵，而特诏相国辍行，所以降旨慰谕甚悉。呜呼哀哉，何天不吊而夺君之速也！君幼秉异姿，丰标卓跞，怀瑾握瑜，被服儒雅，年甫弱冠即以制举艺策名春宫，一时振奇。摛藻之士争颂君文，以为贾董醇深、韩欧典则兼而有之，而君色下气温，规言矩步，乍与君接者不知为荫藉高门，且以鸿文雄跨寓内也。岁丙辰以对策登上第，天子雅重君才，不欲烦以庶职，特擢宿卫给事禁中。君禀相国义方之教，衣金貂，曳赐履，入侍殿廷，出骖羽骑，一心匪懈，宿夜在公。天子察君忠勤，倚任倦切，信所谓韦氏之有元成，许国之有廷硕者矣。而君儤直稍暇，留精问学，缥缃插架，丹黄满家，其入翘材之馆而分文宴之席者，辄有人尽江萧，座皆庾鲍之目。惟君对客抽毫，停觞掷句，即新词小令亦直追渭南、稼轩之遗，宾从过而咨嗟，词宿为之叹绝，岂非天授逸才，身兼数器十乘，蔚称国宝，而千里羡为家驹者乎！夫阿偶抱微疴，浃旬增剧，年仅及壮，顿捐馆舍？呜呼痛哉！玉书备官禁林，与君时接履舃,家弟仕可自举京兆,及对大廷,皆附名君,后得称世讲。昨岁冬,君扈跸抵广陵,某适罹先人之戚,星奔南下,挹于河干,问慰而别,距今甫半载,而凶问忽至,恸可知已。礼闻朋友丧则为位而哭,余兄弟既哭君于位矣,死生契阔,无以为怀,谨寓诸不文之词,以写余二人之哀。辞曰:

　　我闻天道兮履顺遇丰,植仁树义兮福萃厥躬。菀枯贸理兮清浊坎壒,俯仰抑塞兮欲诉苍穹。緊惟我君兮阀阅崇隆,贵而好修兮折节磨砻。世家侨胖兮执德弥冲,在帝左右兮翼卫瑶宫。六龙时迈兮靡御弗从,边城塞草兮铁驷雕弓。心膂是寄兮匪懈益恭,性耽图史兮退食自公。延接才俊兮扬英飞琼,槃敦主盟兮玉应金春。緊余昆季兮行合趣同,踪迹间阔兮道义交融。衔恤南返兮时惟仲冬,迎銮江浒兮复觐光容。还辔几何兮遽遭鞠凶,哀音上彻兮诏出丹枫。芬苾是荐兮式酬乃庸,元臣憖子兮帝为心恫。倚庐逖听兮忧怀忡忡,追惟畴昔兮悲思安穷。燕云江树兮酹酒遥空,缄词千里兮陨涕秋风。

杜臻《哀词》(康熙刻本《通志堂集·附录》)

　　容若君以疾卒于邸第,天子闻而轸悼,赐金以敛。自公卿而下至于僚友以及韦布单寒之士,莫不嗟伤陨涕。君为长白巨族,今相国太傅公之冢子,贵矣;乃能折节读书,延引素士,为布衣交,相与砥磨千秋之业。诗词清丽,专门所不及;居家孝友,与人处,一于诚挚,振起困约,解推靡倦,以故知与不知咸以得一见君为幸,于其亡也,亦感慕有加云。君以康熙壬子举于乡,癸丑捷南宫,丙辰廷对高第,方且陟清华、领著作矣。天子以君勋戚之贤,简任心膂,欲君常在左右,遂复补珥貂贵秩,率环卫、侍禁近焉。比年以来,车驾躬诣盛京,展谒陵寝已,复避暑口北,又南巡齐鲁,登泰山,涉江淮,至于吴会,君皆从。虽都成之奉车,富平之扈跸,不能拟其亲幸。盖君忠爱恳恻结于方寸,后先疏附,恭谨罔懈,故能特荷主知,非独河东三箧闇记靡遗,出入禁闼视瞻端审而已也。忆往岁,太傅公正位秉钧,余以菲薄承乏佐铨,亡何遂婴先子之戚。太傅公笃念寮寀,锡之奠赗。惟时君实衔太傅之命,以祝临于几筵,披帷奠斝,执礼甚恭,感此隆厚,至今靡忘也。迨余赴补入都,则见君年龄益茂,宸眷益深,以轶群绝伦之才而日近至尊,亲承辟咡之诲。天子实重爱君,雅欲君习勤劳,练繁剧,然后畀以政事大用,行有日矣,而太傅公亦乐得有君以承弓冶之业,乃不图君竟奄然而长逝也。呜呼!天胡不佑善人?其能无梦,梦之叹哉?余忝旧谊,且惜君以终贾之年而早赴玉楼之召也,爰作长言以哀之,曰:

　　繄艮方之灵岳兮,峙槩曰之穹标。蟠丰镐之丕基兮,复钟萧而毓曹。诞才子之笃诚兮，珥戚里之丰貂。搴杏苑之琼葩兮，自弱冠而登朝。夫既有此华朊兮，又申之以练要。佩青萍而被宝璐兮，握荃兰而纫桂椒。袭渊云之藻采兮，揽屈贾之流飙。惟含章而不曜兮，斯履盛而无骄。辟东阁以邀宾兮，效南皮之燕友。将安吉于缁衣兮，托殷勤于佩玖。来泌水之高贤兮，致

梁园之皓叟。藉坟索以穷年兮，慕伤生之屈首。忘朱门之华胄兮，期立德于不朽。惟大钧之爱物兮，神裁成于氾护。试申屠于都尉兮，习兰成于典午。荫格泽之虹斿兮，蹑钩陈之象辂。御二龙于瑶台兮，追八骏于悬圃。蒙曦景之垂晖兮，邀九天之咳唾。沐卷阿之休风兮，浥蓼萧之湛露。禀渊猷于密勿兮，庶盐梅之接武。陋汉室之韦平兮，乃遂为丁公与禽父。夫何昊天之不吊兮，悴玉树以秋霜。痛西日之难回兮，搋修夜之不阳。闻鸣驴于荒草兮，跱孤鸱于白杨。著犀尘而凭棺兮，摧瑶琴而下堂。嗟灵魂之永逝兮，般裔裔其徜徉。贯列缺而乘罔象兮，排浮云而轶猘狂。惟平生之素好兮，空踯躅而增伤。虽惋叹其何及兮，泪流裾之浪浪。

严绳孙《哀词》(康熙刻本《通志堂集·附录》)

吾友成子容若以疾卒于京邸,时余方奉假南归,病暑,淹于途次,不获一遂寝门之哭,且中情惝恍,未忍信其遽然。及还里门,有仆归自京师,骤诘其语,乃知吾友之亡信矣。呜呼哀哉! 始余以文字交于容若时,容若方举礼部,为应时之文。丙辰以后,旁览百氏,习歌诗乐府。既官于朝,不能时时读书,然尝所涉览辄契古作者之意,于前人书法皆得之形体结撰之外,故不类俗学。比喜小词,每好为之,当其合作,宋诸名家不能过也。或感触风景,扈从山川,时复有作;及以相质,欣赏其长而剔抉其所短,莫不厘然各当于心焉。初容若年甚少,于世无所措意;既而论文之暇,间语天下事,无所隐讳。比岁以来,究物情之变态辄卓然有所见于其中,或经时之别,一再接其绪论,未尝使人不爽然而自失也,盖其警敏如此。使更假以年,吾安知其所极哉。夫容若为吾师相国子,师方朝夕纶扉,以身系天下之望。容若起科目,寻擢侍殿陛,益密迩天子左右,人以

为贵近臣无如容若者。夫以警敏如彼而贵近若此，此其夙夜寅畏，视凡人臣之情必有百倍而不敢即安者，人不得而知也。岁四月，余以将归，入辞容若，时坐无馀人，相与叙生平之聚散，究人事之终始，语有所及，怆然伤怀久之；别去又送我于路，亦终无所复语。然观其意，若有所甚不释者，颇怪前此之别未尝有是，余因自惟衰飒之年，恐一旦溘先朝露以负我良友，又念余即未遽北返，容若且从属车南幸，当相见于九峰二泉之间，是时冀衰飒者尚无恙也。呜呼！岂谓容若之强且少而先我长逝哉！向使知其如此，少迟吾行，犹得凭棺一恸，虽复老疾交迫，当不以故土之恋易此须臾矣。唐李德裕以宰相子继登台辅，深习典故，用能勋业烂焉，光于史册。容若夙奉庭训，顷且益被主知，兹其殁也，天子所以哀而恤之者皆出于异数，足知上之任用之意未有量，乃竟不得一展其才，而徒以乐府小道自托于《金荃》《兰畹》之遗，使后世缀文之士抚卷而三叹也。呜呼，岂非家国之均痛哉！爰为文以哀之，辞曰：

　　仰崇山之郁崔兮，薄青云以上浮。羌置身于其巅兮，情坎壈以怀忧。蹑高步于昭昭兮，秉小心之翼翼。入余登于螭头兮，出望鸡翘以云集。谓华阮其足乐兮，夫焉察君之中情。竭恫款以展采兮，用无忝于所生。抗侧帽之高唱兮，聊以导夫郁积。假玩物以永日兮，其肯以吾心而为。役灿金题与玉躞兮，错钟彝之虫篆。曾何金石之可保兮，矧云烟之过眼。君既洞烛乎人世兮，又何怀乎故宇。眷亲闱之罔极兮，亮百生而莫补。在瞿昙之往说兮，或有托以去来。岂诚前因之不可昧兮，欻遗迹乎尘埃。嗟余生之濩落兮，謇纡郁其谁语。托末契于忘年兮，率中怀以相许。历一纪以及兹兮，山川其犹间之。保离会于百年兮，忽中道而长辞。余不乐乎秋风兮，吹归心以南堕。纷饮泣以狐疑兮，冀道闻之未果。胡昊天之不吊兮，人琴忽其俱捐。从此望玉河之门馆兮，首燕路而不前。泣白雪于遗编兮，袭银钩于故牍。苟斯人其可作兮，何百身之莫赎。梦余登于君之堂兮，易缥缃以穗帷。飘风槭其入户兮,落叶依于重闺。惟西河之永痛兮,欲寄慰其何言。戒素车其犹未达兮,心怅结而烦冤。浮生悯其伤逝兮,顾崦嵫之已迫。指九壤以为期兮,庶永托乎晨夕。

徐倬《哀词》(康熙刻本《通志堂集·附录》)

盖闻牙期叶听,故辍响于朱弦;庄惠同心,因罢谈于清濮;闻山阳之短笛,自尔销魂;过黄公之旧庐,能无流涕?况夫英年飞鹏,才子修文,人之云亡,情何能已!同年容若先生,望推尹陟,世系韦平,手弄金环,天生凤慧,庭罗宝树,品越恒流。揖客而早对杨梅,把酒而立成鹦鹉,读书则五行俱下,挥毫则万斛惊飞。先超紫燕之群,真无空阔;继噉红绫之饼,独擅风流。因豹尾之须才,特留禁銮;为虎贲之得士,竟夺花砖。身惹御香在杨柳春旗之内;时承天语当落英芝盖之前。才挽雕弓,吟猿落雁;便提湘管,垂露悬针。洞野钧天,尽助雄文之丽;甘泉卤簿,胥收掌故之中。而且陆贾赐佗,相如谕蜀,驰驱不惮乎万里,要荒特重其片言。此殆吉甫再来,文武有兼收之用;曹公复出,书猎有迭举之能者也。若夫高怀天授,逸韵生成,产金张许史之家;偏亲韦布,擅卢骆王杨之制。还喜香奁,绝妙好辞,双鬟按拍;流传乐府,孺子知名。辋水营丘,看烟云之过眼,明窗棐几,存丘壑于此中,云情半寄酒边,霞想直驰天外。至于缠绵友谊,悱恻朋情,入座尽是王褒清言,无非支许。红荷香里,常留砚北之人;渌水亭间,竟作道南之宅。张琪死日,妻子惟托朱晖;刘尹端居,风月专思元度。是又伐木陈诗,以后谷风,兴刺以来,未有方兹古道俪厥久要者矣。奈何桂蠹兰萎,人亡琴在;露未零而陨叶,壶方漏而闻钟；玉树一枝长埋黄土，龙文三尺竟跃沧波；续断无弱水之胶，回生乏祖洲之草；九重且兴不憗之叹，中郎行书有道之碑，岂止师友朋徒寝门聚哭已哉。倬热不随人，傲常弃世，贫虽见怜于鲍叔，懒斯自绝于山涛，刺在袖而莫投，足望门而屡却，词惭兰畹聊寄相思，约在竹林将期款曲，感恩之义未报于生前，知己之言忽传于身后，用抒情愫，敬述哀辞：

　　望崆峒之戴斗兮，惊芒角之炱煤。仰文昌之黯澹兮，失云汉之昭回。命天孙使持节兮，敕鸩鸟为行媒。召才人于金阙兮，摅菁藻于瑶台。玉楼岩其耸峙兮，阊阖诀而荡开。霓旌纷以往来兮，苍虬肃驾于兰陔。遂御风以上征兮，已越身于尘埃。云容容而在下兮，山隐隐而驱雷。疑天子之好奇兮，欲与圣主而争才。舍阆苑之松乔兮，攫金马之邹枚。落灵芝于初旭兮，枯芳兰于始。收麒麟于房驷兮，留朽骨于燕台。瞻银潢之奕奕兮，乘箕尾而徘徊。惟龙文在终古兮，时照耀于帝魁。庶真爽之不昧兮，永鉴格于岑苔。

翁叔元《哀词》(康熙刻本《通志堂集·附录》)

康熙二十四年(1865)五月晦己丑,我容若年世兄先生捐馆舍,叔元往哭于其第;既殡,往哭于其位次;越三日,再往阛人辞焉;又十日,偕同馆之士五人旅拜于几筵,哭如初;又八日,以天子命出殡于郊外,又往送之郊。呜呼,容若其自是长与余别矣!余与君定交自壬子同举京兆始也。方是时,君未弱冠,遵庭训闭户读诵,不妄交人,故同举之士百二十有六人,相与契合者数人而已。明年成进士,余落第,君时过从,执手相慰藉,欲延余共晨夕,余时应蔡氏之聘,不果就。是岁冬,谓余曰:"子久客不一归省坟墓,知子以贫故艰于行,吾为子治行。"于是余作客十

五年,至是始得归拜先人丘垄,俶数椽,居妻子,君之赐也。迨余丙辰幸登第,留都门,往来逾密,君益肆力于诗歌、古文辞,时出以相示,邀余和,余愧不能也。亡何,君入为侍卫,旦夕丞弼,出入起居多在上侧,以是相见稀少,然时时读君诗及所与友朋往还笔墨,知君兴益豪,风流俊迈,追古作者,非复

往时之所造矣。退朝之暇，婆娑古人之法书、名画，焚香评赏，翛然自得，真草书与晋唐人相上下，淋漓泼墨，极飞动之致，视富贵名誉泊如也。属四海荡定，兵戈偃息，圣天子勤学好古，早朝晏罢，我师相国赞理密勿，谋谟庙堂，泽润生民，功在竹帛。君荫藉高华，海内有承平王孙之目，而其所处乃如幽人名士，其高致雅量不可及如此。呜呼，如君者何以死也！岂天地菁华之气发越既至而随以尽耶？抑欲脱去尘网而与造物者游耶？不然则志有所未尽，展才有所不得施乃遗恨而入地耶？呜呼，容若何以死也？余无文，不能状君之生平以传于后，于輀车之出也，姑为相挽之词以饯之，其词曰：

地紘顿兮天网张，虞门辟兮红云光。策紫骝兮宴曲江，有才子兮美清扬。抉云汉兮扶天章，给笔札兮侍帝旁。从羽猎兮赋长杨，捧日毂兮指扶桑。视寝膳兮中书堂，比苏颋兮在有唐。善书法兮继锺王，罗锦绣兮为心肠。探二酉兮贮书仓，奴风骚兮仆齐梁。三峡流兮词源长，染柔翰兮飞羽觞。骨香

艳兮格老苍，彼辛苏兮面目伧。敦气谊兮重伦常，附谱牒兮共门墙。念师恩兮意彷徨，灯夜露兮马早霜。茹荼蓼兮形神伤，夺劳臣兮修文郎。排云雾兮叫帝阍，亘斗极兮吐角芒。目耿耿兮泪承睫，惟在三兮死不忘。如斯人兮今则亡，仰视天兮徒茫茫。焚兰蕙兮铄凤皇，修胡彭兮短胡殇。呜呼哀哉兮帝命孔彰，辍朝震悼兮黄鸟三良。老亲断肠兮血染绣裳，麻衣如雪兮幼子扶

床。英灵被发兮下大荒，丹旐飞飞兮返北邙。白杨萧萧兮松风悲凉，陈芜词兮奠椒浆。身骑箕尾兮八表翱翔。默佑皇图兮姬历永昌。

吴兆宜《哀词》（康熙刻本《通志堂集·附录》）

呜呼哀哉！茫茫苍昊，八舍陨贤人之星；浩浩皇舆，千牛摧智氏之石。台倾稷下，寒士之广厦无依；弦绝匣中，素交之知音奚托？楚老致芳兰之泣，哲人滋坏木之悲。呜呼哀哉！公之殁也，较之荀令则之拥旄，已三周星次；比潘安仁之斑鬓，尚一欠瓜期；而桐君之药录靡徵，孤城之相术罔验；尔其穷泉斯闭，有去无归；长夜云遥，终古莫晓。睹生存之华屋，悲零落于山丘；嵇叔夜之闲庭，哀杨徒在；王子猷之旧径，种竹空存；东门旷达之怀，竟抱招魂之痛；西汉翘材之所，翻为思子之宫。呜呼哀哉！宜兄兆骞少与梁汾友善，公耽志友朋，娱情竹素，以梁汾言怜骞才而拯之。王孙甲第，穷鸟入怀；公子华池，涸鱼出水。于是徒中安国，死灰复然，绝域班超，皓首生入；甘年沙漠，雪窖而冰天，三载宾筵，锦衣而鼎食；侵晨弄墨，笔彩潜飞，半夜弹棋，灯花碎落；解骖赎石父之罪而岂徒哉，设醴尊穆生之贤良有以也。呜呼！生平素昧，激发初由，一言意气，相乎风期，永堪千古：父生而母鞠，惟公得成之焉；马角而乌头，非公孰急之焉？既而苏韶入梦，温序思归，牖北只鸡，怅回车之三步；日南送雁，载燋麦之一舟，夫皆我公之赐也欤。呜呼！其好义也如彼，其深仁也如此，固宜五福备至，三寿作朋也。而乃宿草未生，撤琴斯及；床惊斗蚁，灾降乃肱乃股之臣；室进巢雂，祸锺允文允武之佐。呜呼哀哉，公出入侍从则羽猎陪游，师旅劬劳则兰池奏对；闺门肃穆，表万石之淳风，著作斋皇,垂千秋之鸿业。是以绩列太常之纪,名传史馆之文;七日歌虞,文士上中郎铭勒之制;百年诔行,公卿进兰成碑版之词,兆宜则何敢知焉?不才如宜,复蒙公置之宾馆,华山五千,终缺公恩之重;滇池九万,莫逾公泽之深。敬述哀辞,聊当痛哭云尔:

蔚矣成公,人伦之宗。搞华帝室,博济人穷。词藻翩翩,并驱牧马。雅尚孤标,阮嵇上下。兄骞塞表,二十三年。胥靡蒙脱,尽室南旋。管宁归魏,郭隗在燕。匪朝伊夕,谈论经史。花间草堂,击钵倾水。岁月不居,忽焉三祀。骞死公哭,云遇梁溪。金缕一章,声与泣随。我誓返子,实由此词。相去半载,公遽长逝。玉树言埋,人琴交瘁。呜呼我公,而竟死焉。天高地厚,公恩莫加。山颓木坏,我痛无涯。侍医视疾,大官致吊。眇焉燕雀,胡然啁噍。追念哲人,饮恨吞声。如真可赎,人百其身。

董讷《诔词》(康熙刻本《通志堂集·附录》)

呜呼!自古名才秉英杰之姿,擅文章之誉,有盛名于时者,每为造物所忌,故干将多缺折而山栎享修龄,茫茫天道不可问也。居恒读书,废卷浩叹,亦以兹为遗恨焉。侍卫容若公为吾师相夫子冢嗣,二十年前,余在编翰受知夫子,夫子以余为迂疏,不惟不过督,且从而礼貌之,敦吐握之风,宽简澹之士。时公方成童舞象,固已嶔崎不群,相与纵谈汉魏,不以东海之士为孤僻而略之也。数载之间,沉酣六艺,囊括百家,汲古博综,下帷不辍,兼之一日数行,聪敏绝世,凡诸天文象纬,舆地山川,宝笈琅函,虫鱼草木,靡不穷搜,广采考核精详,遂以子丑联镳为名进

士。余方与同馆诸公抃手庆快,为玉堂得人贺,已而天子以侍卫禁严之地需才品卓荦之员,特简吾公秩居首列,盖谓扈从跸警,疏附后先,非此莫胜其任也。而公亦克殚乃忱,格鬼神而矢天日,每銮旂攸向,无不在帝左右,迄今将十馀载矣。凌晨则佩剑趋蹡,逮夕则焚膏披咏,曾无倦色;而临池泼墨,对客挥毫,顷刻数纸,追米蔡词,抗苏黄诗,则拾遗王孟之间,罔不各臻其妙。著作弘多,鸡林争售,匪独海内时髦脍炙齿颊而已。呜呼惜哉! 忆余往昔立雪程门,宫墙数仞,夫子以经纬之才,首陟兵枢,再登冢宰,既而四宇肃清,百僚矜式,金瓯协吉,仰赞一人,调燮阴阳,赓飏典诰,虽心力俱瘁而天下称诚和焉。至于鲤庭禀训,诗礼承家,诲之以谦冲,励之以勤敏,公亦孝友惟谨,率履罔愆,且更罗致才俊之儒,与之濯磨讨究,皆啧啧推公以为英迈绝伦不可

及也。呜呼惜哉！今夏杪，奄以小疾，遽狭飞仙入芙蓉之城，赋玉楼之句，闻讣惊恸，莫知所云，天道茫茫，诚不可问矣。将陈絮酒申厥觥蝻，而夫子峻拒。敬述谫陋之词，写之卷轴，莫馨招魂之泪，灵其鉴旃，爰附之诔而哭之曰：

呜呼！公之舍余，遽云逝矣；哲人其萎，梁木其坏矣；当兹之世，不复觏斯人矣。犹忆曩岁交公之始，器宇嶙峋，胸罗经史，伟构如椽，眼光透纸，文逼先秦，墨花散绮，磊落雄奇，推倒一世，折节读书，虚怀下士，尊彝鼎彝，青帝乌几，入雅出风，得其遗旨，耻蹈齐梁，直追正始。公之为学，务求其实，极深研几，芸缃祕帙，拔萃之姿，掞天之笔，踌躇满志，淋漓而出，丰沛诸贤，罕见其匹。帝顷北巡，卜期朔日，交龙和鸾，方推扈跸，何期曦驭，蒙汜奄即，遽作修文，永辞金阙，举朝公卿，佥为呜咽，帝亦俯悼，叹惋不辍。维余夫子，元嗣云亡，西河抱痛，凄焉以怆，泉台寂寂，漆灯未荒。余也与公，交情最久，世讲之谊，如足如手，惊闻皋呼，擗膺疾首，慰我夫子，语难以口，云輀载驾，泪滴絮酒，在天之灵，其亦知否？

严绳孙、秦松龄《祭文》
（康熙刻本《通志堂集·附录》）

嗟乎我兄，高阀锺英，神皋毓秀，风格鸿骞，才华虎绣，早擢巍科，在帝左右。主眷正渥，士论方崇，共期柄用，接迹元功。何为遘疾，遽及于凶。呜呼伤哉！兄之文学，江河屈注，对策万言，不袭常故。玉溪玮词，金荃丽句，寄托所之，前贤却步。兄之力学，强诵博闻，网罗故实，穿穴典坟，巾箱细字，玉轴高文，随身砚匣，到处香芸。兄之书法，神姿秀整，文敏法华，隐居内景，心慕手追，别出锋颖。兄于朋友，非世间情，人或谓狂，兄爱其真，人或谓冷，兄赏其清。兄处贵盛，门庭简饬，辨色趋朝，日暮下直，一二故人，明灯散帙，征逐者流，见而走匿。嗟余两人，先后缔交，绳孙客燕，辱兄相招，下榻高斋，情同漆胶，迨今十年，不

忘久要。松龄客楚，惠问良厚，谓严君言，子才可取，虽未识面，与子为友，无何相见，遂同故旧。去年冬暮，今岁春残，绳也奉假，龄则去官，握手言别，此别最难，后会何期，当筵勘欢。别来无几，思我实深，两奉兄书，见兄素心，尺书在怀，重比南金，含情未答，闻兄讣音。初得凶问，谓传者妄，讵此哲人，忽至沦丧，亲故贻书，知兄病状，云无所苦，笑谈属纩。兄来有因，兄去有向，莲花西土，玉楼天上。嗟余两人，徒怀旧恩，山堂为位，聊赋招魂。木叶夜落，空庭昼昏，追数平昔，忆兄绪言，十忘八九，取意所存。兄善倚声，世称绝唱，周柳香柔，辛苏激亢。每言诗词，同古所尚，古诗长短，即词之创，南唐北宋，波澜特壮，亦犹诗律，至唐而畅。屈为诗余，斯论未当。昨年扈从，兄到吴门，归与吾言，里俗何喧，前人所夸，举不足论，吾意有适，扁舟水村，又到君里，山中汲泉，落琖冰洁，下咽玑圆，地脉灵秀，应生高贤，若云临生，庶几似焉。嗟乎吾兄，意趣莫俦，文章山水，乃志所留，今我哭兄，烟水孤舟，兄灵不

亡，当与我游，二泉清冷，不改其流，痛兄不饮，长卧荒丘。《侧帽》《饮水》，兄集我收，歌兄新词，兄尚知不？呜乎哀哉！人孰无死，兄年太少，以才以德，俱宜寿考。兄少尚亡，况余辈老，及其未死，莫负良友，传兄文章，图兄不朽。寝门未哭，执绋谁某，重跰不能，一介何有？悲恸陈词，歆此絮酒。

徐乾学《祭文》(康熙刻本《通志堂集·附录》)

呜呼！造物之桢，扶舆之灵，胚胎前光，间气笃生，孰夭其年，不究其用，宣圣有言，夫人为恸。呜呼容若，思皇亦世，洼水丹山，难方所自，孝友之性，允也天至，才舞象勺，已通六艺，往年锁院，吾徒相继，秋赋献书，春卿擢桂，金谓之子，宜郤诜第，事有不然，殆难意计，金张珥貂，简在惟帝。呜呼容若，出入承恩，帷幄骖騑，左右至尊，远猷祕议，外庭罕闻，以其余闲，工为诗文，凡诸翰墨，靡不究论，师资之义，契话殷勤，古风云邈，子也实敦，子之求友，苎缟弗谖，于子乎馆，如归永叹，崔驷将老，生入玉门，丧纪孤稚，还复恤存。呜呼此道，于今难言，海内相期，韦平重代，帝心所属，公望斯在，子之不禄，吁咄可怪，七日不汗，悠悠茫昧，此日几筵，前日嘉会，百年之身，罔不敝坏，宜贞而脆，问天莫对，适然者命，已知犹慨。呜呼容若，顿隔重泉，遗言靡私，益钦子贤，圣情震悼，中使来宣，子之严亲，痛毒涕涟，朋游惘惘，回肠内煎，虽未识子，如久周旋，子之诗文，清新鲜妍，花间草堂，尤多可传，都为一集，使就雕镌，吾徒之责，子无慊焉，尊酒平生，穗帐何悬，一歌哀些，泪洒终篇。尚飨。

韩菼《祭文》(康熙刻本《通志堂集·附录》)

呜呼！玉美易埋，兰生早凋，香熏辄烬，膏明忽销，洵美惟君，韵绝神超，濯濯尘墟，亭亭孤标，掉首阶缘，凌云独豪，千秋亦足，奈何一朝，瑶琴弦断，雅曲寂寥，仿佛平生，魂兮可招。自君之生，相君有子，长白松花，祥灵所启，慧过童乌，清逾叔宝，门是乌衣，业唯青史，联翩中隽，一鸣千里。丹墀大对，直言亹亹直宴，如谊如贲，古人所媿，一时汗颜，屈于及第，方倚鹦鹉，而冠鶺鸰，文通武达，雅志差池，拓

弓霹雳，带剑辟鹈，宿庐余暇，肆为歌诗，兰畹金茎，妙绝一时，美人缱绻，香草旖旎，昨蒙召试，彩笔惊飞，墨落犹湿，溘焉长辞。呜呼痛哉！人恶俊异，世疵文雅，造物好恶，得无同者，叹君孤诣，于世少可，谁其知之，调高谐寡，羽林十二，尺五魁三，闲时逸兴，剩水残山，麟趾褭蹄，翡翠琅玕，偏其探讨，孔鼎汤盘，流水游龙，过从朝夕，独共风雨，骚人羁客，胁肩语耳，翕热趋走，独出肺肝，端士益友，以兹济美，足媲伊巫，悄悄心劳，皇告仆夫，伫日丝纶，

同称苏许，往往篇章，抑塞无语，人间敝屣，修促何求。君亲罔极，中道曷酬，知含而视，恨不少留，无穷忠爱，零落山丘，葵忝同师，东海之门，古有四友，攸兼于君，后先御侮，风义具存，葵最拙愚，亦蒙齿论，恸哭何及，收拾遗文，琳琅千万，摄取六丁。呜呼！一时作者，他年外孙，芙蓉城主，楞伽山人。尚飨。

朱彝尊《祭文》(康熙刻本《通志堂集·附录》)

　　呜呼！曩岁癸丑，我客潞河，君年最少，登进士科，伐木求友，心期切磋，投我素书，懿好实多，改岁月正，积雪初霁，紃履布衣，访君于第，君时欢剧，款以酒剂，命我题扇，炙砚而睇，是时多暇，暇辄填词，我按乐章，缀以歌诗，剪绡补衲，他人则嗤，君为绝倒，百过诵之。迨我通籍，簪笔朵殿，君侍羽林，鲛函雉扇，或从豫游，或陪曲宴，虽则同朝，无几相见。我官既谪，我性转

迁，老雪添髯，新霜在须，君见而愕，谓我太臞，执手相劝，易忧以愉，言不在多，感心倾耳，自我交君，今逾一纪，领契披襟，敷文析理，若苔在岑，若兰在

沚。君于儒术，繁学博通，文咏书法，靡不有工。康里巎巎，字术鲁翀，洎萨都剌，未知孰雄？君之勇略，侍帝左右，骑则而笑云，射则必碎柳，出师绝漠，不惮虎口。乃眷帝心，倚比良厚，当其奋武，不知善文，及为文词，不知能军。允矣君子，才实逸群，随陆绛灌，异于前闻。和气婉容，承颜以孝，友于兄弟，古昔是效。谦谦者守，温温者貌，逆之勿恚，顺之无傲。花间草堂，渌水之亭，有文有史，有图有经，炎炎者进，或键而扃，缝掖之来，君眼则青。浮醪于觚，盛仓以笔，夜合惺忪，花散签帙，连吟比调，曾未旬日，诗朋尚在，忽焉辍瑟，彝尊月朔，谓君尚生，问疾而至，入巷心怦，复者在屋，升自东荣，魂招不来，踯躅屏营，寝门既哭，容车将骋，大泉一枚，螭烛一挺，侑以荒词，泣下如绠，灵兮有知，痛无不省。尚飨。

翁叔元、曹禾、乔莱、胡士著、蔡升元
《祭文》（康熙刻本《通志堂集·附录》）

呜呼！琢火之喻，曩哲之所，感怀逝川之伤，前人于焉永叹，又况处为家宝，出作国桢，誉望斯归，朝野共仰者乎？先生履孝资忠，怀文抱质，早年座上，倚琼林之一枝，弱岁毫端，吐琅玕之六寸。三条桦烛，彪柄国华，五韵金茎，咨嗟时匠，领南宫之风月，搜东观之图书，会简庸亲，入侍帷幄，遂阶才地，直上云霄，适当半千之期，正预一双之选，攀龙鳞而排阊阖，横豹尾而护星辰，柳侍书之春衣，多吟苑里，冯东阳之瑞锦，半赐禁中，寄股肱耳目之司，负文采风流之望，盖自覆量尺寸，精讨锱铢，溯学海之源流，践词场之奥窔，裴称武库，纵横于五兵，李号书楼，网罗于百氏，而又性成好士，生本怜才，值国家无事之时，正海宇承平之日，邺中上客争游宴于南皮，江左人文尽流连于西邸，鸾回鹊顾，惊犀管之遥分，雾结烟霏，看蛮笺之竞擘，每当早莺初雁，残月晓风，一闻白雪之音，抗乎青云之上，至于行成楷模，身为羽仪，绵邈清标，每符乎简册，中和至性，不假于弦韦，馀事逮夫多能，一时传为博物，校雠金石，褚河南之辨古书，刻画丹青，王右丞之根夙世，美难称述，词绝名言，职继丝纶，方待韦平之拜，事留台阁，仍看燕许之封，何期君子之惟宜，翻讶哲人之不禄，崔歧叔之好学，空有五千，刘真长之无年，才逾三十，数至于此，伤如之何，驻白马而风哀，望素旗而雨泣，尊前共坐，谁复类于中郎，地下论交，必追思于武子，肃将薄奠，唯冀来歆。

王鸿绪、翁叔元、徐倬、韩菼、李国亮、蒋兴苍、高珩《祭文》(康熙刻本《通志堂集·附录》)

呜呼！吾侪同年几人，盖十二三年来离合聚散，亦间会哭于寝门，不图今日而来会哭君，呜呼！三十拥旄立年，公辅君之人，地宜其尔也，吾不知星岳之降精英于斯人者，何意竟乃玉折而芝焚？元恺则辛阳才子，忠孝则金张奕世，君为相国之冢嗣，名王之贵胄，乃与吾侪著麻衣，将脂炬，入锁院以自致于青云，穷经论史，研京炼都，旁及于书法绘事皆臻其绝，而殆庶之哲，见微藏密，深衷远识，无所不到，而尤笃于君亲人弟，见其爱贤好士，致海内之笔精墨妙，对床风雨，竟夕忘疲，而不知夫相于之雅，相别数稔，相隔数千里而不替其相存人弟，见夫延陵之入关，高邮之去国，交期生死可以愧谷风之所刺而不知夫虚怀契托，早已闻其声而交以神，而吾侪之所尤叹仰者敦在三之节备，四友之谊，盖后先御侮于吾师之门，因推以及于吾侪也，不以其迹之数与疏而为故为新。呜呼！君之信于朋友如是也，天下后世亦可即是而知其为子与臣，然则君之存殁所系者其重矣，而岂止于一身，君之疾既亟，有问

疾者语不及他，赋诗言志，惟匡济之殷殷，君之自许者固已感会于至尊，向者将老其才以大用也，而岂意夫昔人之言而不可信者。仁者寿，恭则寿之云。惟君入侍帷幄，出参扈从，从容祕议云霄之上，苍生有阴受其福而不知者，又宜其馀祉之未有艾也，而与善之理难问之于上帝之九阍。至尊以君之病使院医数辈守视，令日以其病之增减报，既而为处方药赐之，而君已不能下咽矣。闻讣震悼，中使携潼酪致奠，恩数优渥。相国以中年哭壮子不胜惨恻，见者为之流涕潺湲，而海内风雅之士尤咨嗟懊丧，痛珠盘玉敦之失主盟。呜呼！吾侪同年之情所可得尽者，惟有生刍之束，哀些之陈，而言之无次，不足以当君之一顾，殊有负于安仁之作诔，宋玉之招魂。尚飨。

姜宸英《祭文》(康熙刻本《通志堂集·附录》)

　　呜呼！国之璠玙，家之骐骥。曷不少延，而厄其至。自兄之死，无知不知，而骤闻之，鲜不涕洟。况我于兄，其能不悲？我始见兄，岁在癸丑，时才弱冠，叩无不有，马赋董策，弹丸脱手，拔帜南宫，掩芒北斗。兄一见我，怪我落落，转亦以此，赏我标格。人事多乖，分袂南还，旋复合并，于午未间。我蹶而穷，百忧萃止，是时归兄，馆我萧寺。人之折扰，笑侮多方，兄不谓然，待我弥庄，俯循弱植，恃兄而强。继余忧归，涕泣涟涟，所以腆赗，怜余不子，非直兄然。太傅则尔，趋庭之言，今犹在耳，何图白首，复遘斯行？削牍怀椠，著作

之庭，梵筵栖止，其室不远，纵谈晨夕，枕席书卷。余来京师，刺字漫灭，举头触讳，动足遭跌，见辄怡然，忘其颠蹶，数兄知我，其端非一。我常箕踞，对客欠伸，兄不余傲，知我任真。我时漫骂，无问高爵，兄不余狂，知余疾恶。激昂论事，眼瞪舌挢，兄为抵掌，助之叫号。有时对酒，雪涕悲歌，谓余失志，孤愤则那。彼何人斯，实应且憎，余色拒之，兄门固扃。充兄之志，期于古人，

非貌其形,真肖其神,在贵不骄,处富能贫,宜其胸中,无所厌欣,忽然而夭,岂亦有云。病之畴昔,信促余往,商略文选,感怀凄怆,梁吴与顾,三子实来,夜合之诗,分咏同裁,诗墨未干,花犹烂开,七日之间,玉折兰摧。呜呼已矣,宛其死矣,我将安适?行倚徙矣。世无兄者,谁则容我?为去为留,无一而可。兄今不幸,所欠者年。其不亡者,乐府百篇。诗词蕴藉,书体精研。吾党诠次,以待剞劂。生而克才,为天子使。殁而名垂,以百世俟。茫茫大造,几人如此?魂之有知,永以无伤。嗟二三子,是亦难忘。

顾贞观《祭文》(康熙刻本《通志堂集·附录》)

呜呼吾哥!其敬我也,不啻如兄;而爱我也,不啻如弟。而今舍我去耶?吾哥此去,长往何日?重逢何处?不招我一别,订我一晤耶?且擗且号,且疑且愕。日晻晻而遽沈,天苍苍而忽暮,肠惨惨而欲裂,目昏昏而如瞀。其去耶?其未去耶?去不去尚在梦中,而吾两人俱未寤耶?吾哥去,而堂上之两亲何以为怀?膝前之弱子何以为怙?辇下之亲知僚友何以相资益?海内之文人才子,或幸而遇,或不遇而失路无门者,又何以得相援而相煦也。欲状告吾哥之生平,既声泪俱发,而不忍为迫。惟欲述吾两人之交情,更声泪俱竭,而莫能为觊缕。盖屈指丙辰以迄今,兹十年之中,聚而散,散而复聚,无一日不相忆,无一事不相体,无一念不相注。第举其大者言之吾母太孺人之丧,三千里奔讣,而吾哥助之以麦舟。吾友吴兆骞之厄,二十年求救,而吾哥返之于戍所。每戆言之数进,在总角之交,尚且触忌于转喉,而吾哥必曲为容纳。洎谗口之见攻,虽毛里之戚,未免致疑于投杼,而吾哥必阴为调护。

此其知我之独深，亦为我之最苦。岂兄弟之不如友生，至今日而竟非虚语。又若尔汝形忘，晨夕心数。语惟文史，不及世务。或子衾而我复，或我觞而子举。君赏余《弹指》之词，我服君《饮水》之句。歌与哭总不能自言，而旁观者更莫篇其何故。又若风期激发，慷慨披露。重以久要，申其积素。吾哥既引我为一人，我亦望吾哥于

千古。他日执令嗣之手，而谓余曰：此长兄之犹子；复执余之手，谓令嗣曰：此孺子之伯父也。呜呼！此意敢以冥冥而相负耶！总之吾哥胸中，浩浩落落，其于世味也甚淡，直视勋名如糟粕，势利如尘埃。其于道谊也甚真，特以风雅为性命，朋友为肺腑。人见其掇科名，擅文誉；少长华阀，出入禁御；无俟从容政事之堂，翱翔著作之署；固已气振夫寒儒，抑且身膺夫异数矣。而安知吾哥所欲试之才，百不一展；所欲建之业，百不一副；所欲遂之愿，百不一酬；所欲言之情，百不一吐。实造物之靳乎斯人，而并无由毕达之于君父者也。犹忆吾哥见赠之词，有曰："一日心期千劫在，后身缘、恐结他生里。"又曰："惟愿把来生祝取慧业，同生一处。"呜呼！又岂偶然之言，而他人所得预者耶？吾哥示疾前一日，集南北之名流，咏中庭之双树。余诗最后出，读之铿然，喜见眉宇，若惟恐不肖观之落人后者。已矣！伯牙之琴，盖自是终身不复鼓矣。何身可赎？何天可吁？音容偬然，泣涕如澍。再世天亲，誓

言心许。魂兮归来,鉴此惊愫。

梁佩兰《祭文》(康熙刻本《通志堂集·附录》)

呜呼!我离京师,距今四年。此来见公,欢倍于前。留我朱邸,以风以雅。更筑闲馆,渌水之下。仲夏五月,朱荷绕门。西山飞来,青翠满轩。我念室家,南北万里。不能即归,暂焉依止。公为相慰,至于再三。谓我明春,同出江南。公昨乞假,恩许休沐。静披图史,闲聆丝竹。顷复入侍,上临乾清。谕以奏赋,振笔立成。上嘉曰才,惟尔进士。金钟大镛,庙堂之器。四方名士,鳞集一时。埙箎迭唱,公为总持。良宵皓月,更赋夜合。或陈素纸,或倚木榻。陶觞抒咏,其乐洋洋。讵传公来,颠倒在床。始犹狐疑,少焉而信。已而奄然,天不可问。呜呼!公生相门,官列貂珰。当世通显,谁与比量。才合文武,实天赋畀。不尽其用,亦因时尔。万仞壁立,以置其身。大块

囊括,不遗一尘。其志广渊,其气磅礴。自树丰骨,有廉有锷。与人相接,琅然玉琴。洎乎论交,断然坚金。不尚贵游,而好蓬荜。微言彻心,长啸抚膝。

英爽俊健，朋辈无前。霜落之林，苍鹰摩天。黄金如土，惟义是赴。见才必怜，见贤必慕。生平至性，结于君亲。举以待人，无事不真。所为诗词，绪幽以远。落叶哀蝉，动人凄怨。呜呼！四时之气，秋为最悲。公本春人，而多秋思。大化冥冥，默运终始。公之不长，谅或此理。天耶人耶？是耶非耶？在朝

在野，何人不嗟？斯文之哀，吾道之丧，公既如此，吾属何望？呜呼！天有倾回，地有缺陷。草木黄萎，金是销烂。阴阳阖辟，出入之门。鬼神往来，生死之根。譬之冰雪，其初为水。水固非一，冰雪非二。当其为水，居然峨峨。当其为雪，色映玉珂。返乎其初，冰亦无有。谓之太虚，谁测先后？公在世间，其心镝然。兹抗云表，谅鉴余言。尚飨。

徐元文《挽诗》(康熙刻本《通志堂集·附录》)

有仪者鸾，何翮斯颓？有祥者麟，何角斯摧？

兰芝晨陨，楸槚暮开。万化奄尽，怆矣其哀。

又

之子国彦，凤章芳问。请叶虎闱，礼举义振。
展策璇墀，金相玉润。心乎爱矣，古训用竞。

又

帝曰尔才，简卫左右。入侍细旃，出奉车后。
信著阙廷，才轶伦耦。退沐有时，念结师友。

又

子之亲师，服善不卷。子之求友，照古有烂。
寒暑则移，金石无变。非俗是循，繄义是恋。

又

灼其春华，讵曰非实。殷其肫仕，讵曰非啬。
奋于高阅，儒素是饬。言有慨慷，情无矫饰。

又

子兮能孝，乃弃晨昏。子兮能忠，不究君恩。
飘零翰简，寂寞琴尊。陈迹终往，朗誉长存。

又

玉树土埋，昔贤所痛。曾是斯人，而能不恸？

黯然风回，悲哉日霭。欲歌难终，惟情之壅。

彭孙胏《挽诗》（康熙刻本《通志堂集·附录》)

茂陵遗草尚如新，寂寞空堂撤瑟辰。

花拂闾帘偏易萎，玉埋丘陇竟何因？

郑庄驿舍生秋草，荀令香炉浥暗尘。

多少龙门旧宾从，筵前渍酒各沾巾。

严我斯《挽诗》（康熙刻本《通志堂集·附录》)

经年出入傍宸居，潇洒襟期物外疏。

马踏花香金蟹雒，砚承仙露玉蟾蜍。

趋朝祕殿垂清佩，退直闲窗看道书。

叹息文园多病后，祗今谁似汉相如？

小筑花间旧草堂，芙蓉为帐墨为庄。

交游座上多缝掖，检点诗篇爱晚唐。

猴领吹笙人独往，山阳闻笛自神伤。

可怜尘世元如梦，好辗飙轮出大荒。

又

花落空阶月到轩，每从佳日忆西园。

种来仙草难蠲忿，烧尽名香不返魂。

赋鹏可堪悲贾傅，买丝真欲绣平原。

悬知慧业生天上，人世蜉蝣且莫论。

又

通志堂前胜事多，好春时节一曾过。

兴来欲跨仙人鲤，客到还携道士鹅。

感旧故交惟有泪，伤心市上不闻歌。

池塘一带频回首，秋雨潇潇落芰荷。

国学经典文库

纳兰容若全集

纳兰容若哀词 诔词 祭文 挽诗 挽词 图文珍藏版

孙在丰《挽诗》（康熙刻本《通志堂集·附录》）

最忆东堂日，芙蓉镜有君。绛纱吾岂敢，玄草尔多闻。

抗节凌千古，登坛树一军。犹余十年梦，风雨泣斯文。

又

落落君怀抱，交情澹始真。世人成卤莽，吾道历荆榛。

自觉盟心在，谁论会面频。三年两见汝，今日黯伤神。

王又旦《挽诗》（康熙刻本《通志堂集·附录》）

家承公辅贵，班列近臣高。闲气标千古，清声彻九皋。

玉楼飞藻缋，仙药奏云璈。何遽观齐物，丁年自解弢。

又

于今推大雅，能不念修文。泛爱无遗物，高怀自轶群。

绿尊空玉露，缥帙散香云。竟掩宣尼袂，伤心处处闻。

又

宇宙堪长啸,雄才更有谁。星精原久照,石火欻相移。

甲第荣三策,勋名迈二师。独来宾馆客,想像动馀悲。

又

夙昔频相许,神交托此心。春风迷紫陌,夜月杳青岑。

旧榻琴声冷,新松剑气阴。凄凉蒿里饯,援笔有哀吟。

乔莱《挽诗》(康熙刻本《通志堂集·附录》)

每插金貂谒紫宸,十年帷幄最亲臣。

只今三殿星班里,无复朱衣上直人。

又

弯弓下笔事难兼,天授奇才赋予偏。

七萃横行霄汉路,承恩独自奏甘泉。

又

遗文金石半销亡,好古冥搜雅擅场。

他日若为人物志，好将名姓继前杨。

又

文采风流剧梦思，寂寥吟院冷书池。

时无晕碧裁红手，一曲犹传乐府词。

又

时开宾馆倒芳尊，爱士情同挟纩温。

华屋山丘三叹息，不堪骑马过州门。

又

长埋玉树嗟何及，遽掩金刀痛莫追。

一恸寝门人歇绝，山阳诗酒更何时？

秦松龄《挽诗》（康熙刻本《通志堂集·附录》）

卧病空山暑未阑，奉君书札劝加餐。

含情欲报闻君死，尺素重开雪涕看。

又

争说新恩宠赉频，八年宿卫一亲臣。

朋游聚散寻常事，端为朝廷惜此人。

又

家世由来近斗魁，螭头橐笔羡多才。

春风马上诗成早，知是甘泉侍宴回。

又

乌丝阑纸薄如罗，破体书成小令多。

南国空传红豆曲，画堂谁赋雪儿歌？

又

奉使龙沙路几千，归来身在属车边。

平堤夜试桃花马，明日君王幸玉泉。

又

容易秋笳绝塞回，千金不惜为怜才。

可怜季子前年死，墓上今谁挂剑来？

去年扈从到吴门，只爱扁舟泊水村。

今日哭君何处是，枫桥秋雨又黄昏。

又

渌水亭幽选地偏，稻香荷气扑尊前。

夜阑怕犯金吾禁，几度同君对榻眠。

又

顾生老友客平原，姜子相知比弟昆。

自怜白发江湖外，不得同渠哭寝门。

又

黄菊还开旧日丛，花间难与故人同。

秋灯共下伤心泪，只有桐江一钓翁。

徐秉义《挽诗》(康熙刻本《通志堂集·附录》)

珥貂随彩仗，簪笔侍长杨。盛业须钟鼎，升朝倚栋梁。

临池追小晋，掞藻逼中唐。箕尾身骑去，名留天壤长。

又

好文常下士,别馆傍平津。囊著千秋业,尊开四座春。

斑衣娱尚父,彩笔骇词臣。扈从曾相遇,谁知永诀人。

又

音容殊未杳,万古隔同游。浩气还阊阖,悲思动冕旒。

玉珂槐里月,素绋槿原秋。欲报心知意,河源作泪流。

朱彝尊《挽诗》(康熙刻本《通志堂集·附录》)

骤听黄鸡唱,惊随白马来。百年嗟辍瑟,五夜尚衔杯。

泉下知安往?人间信可哀。退朝怜相国,封篋忍重开!

又

通籍题毡笔,承恩换鹔冠。射乌连矢发,走马万夫看。

禁直昏钟入,廊餐午箭残。伤心倚闾望,东第少归鞍。

又

出塞同都护,论功过贰师。华堂属犷日,绝域受降时。

凄恻传天语,艰难定月支。敛魂犹未散,消息九京知。

又

屈指论交地,星终十二年。斯人不可作,知己更谁怜?
翠渐深门柳,红仍腻渚莲。旧游存没半,凄断小亭前。

又

主客披图得,云烟过眼谙。吟花成绝笔,听雨罢深谭。
画里韶颜在,尊前丽语耽。凭将肠断句,流转到江南。

又

别悔从前易,途伤此日穷。回肠歌哭外,搔首寂寥中。
迹埽孤生竹,枝摧半死桐。自今观物化,不诋释门空。

姜宸英《挽诗》(康熙刻本《通志堂集·附录》)

去去终难问,人间有逝波。未酬前夕话,已失醉中歌。
万事一朝尽,千秋遗恨多。平生知己意,惟有泪悬河。

自遣秦和至,方知二竖牵。禁方亲赐与,天语更缠绵。
祗欲酬明义,何关恃少年? 他时无限恨,凄恻少人传。

侍从张安世,名家晏小山。承恩惟宿卫,适意在花间。
客至同开卷,朝回只闭关。心期如有托,寂莫去尘寰。

意气嗟如昨,亭台本自幽。非无感慨士,不少老苍流。
坐对殊方哭,生悬万古愁。竹林哀自响,为尔起悲秋。

奉使属当年,提戈绝域边。射生供宿膳,凿地出山泉。
宛马终来汉,星槎直到天。俄闻中使告,惨澹素帷前。

董阎《挽诗》(康熙刻本《通志堂集·附录》)

所思人已往,怅望逐流波。略结生前识,空悲死后歌。

报君明义重,爱士感恩多。应有枯鱼泪,相过也泣河。

又

曲径风悲竹,高门云过山。修文入天上,慧业出人间。

尘满书连幌,琴虚月映关。惟馀乐府意,潇洒寄区寰。

梁佩兰《挽诗》(康熙刻本《通志堂集·附录》)

侍卫身名贵,朝端礼数优。鹖冠随豹尾,鸡舌傍螭头。

气足雄三辅,人言似列侯。还闻奏词赋,官欲上瀛洲。

又

宴会犹前日,韶华已早朝。忍留丞相府,不见侍臣貂。

风雅真沦丧,乾坤半寂寥。戟门丹旐影,一片冷萧萧。

又

少小矜才思,同时叹绝伦。五云瞻日月,三策对天人。

掣笔香垂露,看花鸟弄春。于今那得见,天上作星辰。

又

几榻交新网，图书黯旧纱。尚巢红幕燕，谁护锦堂花？

亲泪深沾血，皇恩特祭茶。北城当日暮，凄切更闻笳。

又

仗节唆龙日，关前柳正黄。去驰千里马，行逐赢六王。

沙碛围毡帐，山川画虎囊。功成人不见，地下报君王。

又

不死灵娥药，无人奉一盘。竟骑蝴蝶去，谁作马蹄看？

绣服蒙金骨，银灯照玉棺。素车千万乘，殡日送雕鞍。

又

佛说楞伽好，年来自署名。几曾忘凤慧？早已悟他生。

舍利浮金掌，毗耶出化城。赏吟风月在，一碧万峰明。

又

日有贫交在，缘君昔共亲。尊前兰渚客，花下藕溪人。

检集繙千遍，登山哭万巡。不堪肠断处，坟种白杨新。

轩冕曾无意,逢人说马曹。太行知势险,北斗按心高。

笔墨留缣素,云霄想羽毛。精灵如不散,一为降旌旄。

岭外遗书札,论交阅有年。极知余薜荔,相劝客幽燕。

气谊无千古,胸怀实大贤。岂期观物化,新冢象祁连。

《饮水》题诗卷,行边展画图。一为云雨散,几处友朋孤。

泪作天河落,心将塞草枯。平生无此哭,不是为穷途。

生死原无著,枯荣却自分。楼台看落日,车盖叹浮云。

鸟影当前过,钟声昨夜闻。芙蓉朝萎谢,零露更纷纷。

徐釚《挽诗》(康熙刻本《通志堂集·附录》)

共羡金安上,韶年拜奉车。如何奇木对,翻作茂陵书。

诗思花铃寂,君恩药裹馀。应知谢太傅,不忍顾阶除。

又

新原俄宿草,箫韵咽槐风。犀尘沈泉壤,金貂感侍中。

剑莲秋匣断,香穗晚簾空。愁杀登床日,冰丝暗绿桐。

徐嘉炎《挽诗》(康熙刻本《通志堂集·附录》)

剑花沈处笔花枯,白玉楼成事有无。

妖梦琅邪亡长豫,伤心郫县育童乌。

频年宿卫天关迥,万里驱驰绝塞孤。

风雨奉车谁得似? 秦松鲁桧昨秋途。

又

《兰畹》《金荃》早擅场,曾开银榜舞霓裳。

篇章好续《尊前集》,丹药难逢肘后方。

可有甜波来白海,空传鲛泪泣黄肠。

堪嗟北斗阑干候,结束飞尘入建章。

又

萧齐天际想真人,形影曾忘赠答频。

每读新词标《侧帽》,惊闻遗讣忽沾巾。

孤鸾舞罢方缠恨,别鹤弦摧更怆神。

玉树临风埋著土,不堪蒿里独生春。

又

乐府花间著作林,南朝宫体识馀音。

玉笙吹彻含愁句,锦瑟传将惜别心。

三变遗声销柳七,九原同调得陈琳谓迦陵。

填词妙手今岑寂,中散当年痛抚琴。

周清原《挽诗》(康熙刻本《通志堂集·附录》)

嘉树生朝阳陆机,式瞻在国桢任昉。

上凌青云霓司马彪,承露概太清曹植。

何意回飙举曹植,恍惚似朝荣鲍昭。

落英陨林趾潘岳,黄鸟为悲鸣陆机。

杳杳落日晚鲍昭,昭昭素月明王粲。

有怀谁能已颜延年,寤言涕交缨陆云。

又

眷言怀君子谢灵运,凄怆伤我心阮籍。

弱冠参多士鲍照,邦彦应运兴陆机。

既通金闺籍谢朓,怀抱观古今谢灵运。

诗书敦夙好陶潜,翰墨久谣吟王僧达。

蔚若朝霞烂陆机,清如玉壶冰鲍照。

形影忽不见曹植,思君徽与音阮籍。

又

世胄蹑高位左思,十载朝云陛谢朓。

托身承华侧陆机,列侍紫宫里左思。

夕息旋直庐陆机,晨趋朝建礼沈约。

延纳厕群英谢灵运,贤达不可纪谢灵运。

舒文广国华颜延年,清机发妙理曹摅。

赋诗连篇章刘桢,遗音犹在耳潘岳。

又

振衣独长想陆机,徙倚怀感伤十九首。

翰墨有余迹潘岳,峒峥张故房潘岳。

宾友仰徽容陆机,清埃播无疆谢瞻。

千载垂令名江淹,一绝如流光傅咸。

碧树先秋落江淹,零泪沾衣裳谢灵运。

惨怆发哀吟张绪,长叹不成章谢灵运。

李澄中《挽诗》(康熙刻本《通志堂集·附录》)

素旟青门去,良朋白马来。修文终地下,射虎果雄才。

寂寂归幽室,冥冥闭夜台。平生游览处,触境总堪哀。

又

应待螭头笔,翻依豹尾旗。枫宸名久著,薤露世堪悲。

山雨侵灵几,秋风冷穗帷。格心怜属国,温语九泉知。

徐树谷《挽诗》(康熙刻本《通志堂集·附录》)

终贾龄方茂,文星遽掩芒。凤怜毛忽陨,麟惜趾偏伤。

扈辇恩何渥,传经泽未忘。如今穗帷处,前夜读书堂。

又

花满春江曲,凌云遇最先。清词繁玉露,彩笔丽金荃。

磨盾才原敏,临池法更妍。斯人今不起,大雅复谁传?

又

器本青云秀,情逾白玉温。嗜书留祕帐,执礼到夷门。
瞑带辞亲泪,行迷恋阙魂。祗馀芳宴地,冷月下西园。

又

每出平津馆,常来杜曲车。论心双迹外,投分十年初。
宁忍闻邻笛,空怜检箧书。迢迢天上路,望绝玉楼居。

徐炯《挽诗》(康熙刻本《通志堂集·附录》)

惨澹郊原色,槐风咽暮筯。土中埋玉树,天上别灵槎。
古道通门旧,高文举世夸。言寻读书处,涕泪洒青霞。

又

昌寓曾骖乘,申屠试蹶张。应知从细柳,时复献长杨。
万里金骍裹,三河绣裲裆。鞲韝留白羽,还忆落双鸧。

又

市骏能怜骨,雕龙解作鳞。临邛邀倦客,堂阜脱羁臣。

梦断香莲幕,心摧宿草轮。平原如可绣,花簇赵州春。

又

龙蠖三台札,繁华四姓侯。城南推韦杜,江左擅风流。

竟谢乌皮几,空怀紫绮裘。芙蓉城畔路,应与曼卿游。

王九龄《挽诗》(康熙刻本《通志堂集·附录》)

射策当年上驭娑,久瞻才望郁嵯峨。

文章梦吐扬雄凤,挥洒书笼逸少鹅。

流水朱弦能和寡,倾身白屋感恩多。

长埋玉树真堪恨,叹息惟应唤奈何。

陆肯堂《挽诗》(康熙刻本《通志堂集·附录》)

相国生才子,传家实象贤。盛名嗟殁后,余事忆从前。

风穴千寻起,龙门百尺悬。致身由甲第,揆藻正丁年。

赤管辉煌日,青云指顾边。既来香案吏,应作玉堂仙。

命岂文章厄,官仍禁近联。独蒙恩眷注,常与帝周旋。

暂出烦骖乘,归来侍御筵。风前看侧帽,花外听鸣鞭。

单骑巡边去,双旌报命还。乞降言果验,劳使旨曾宣。

世尽夸腾踔,公犹感伏跧。读书弥折节,下士或随肩。

东阁时方启,西园客屡延。岁输千匹绢,月奉一囊钱。

有誉皆邀赏,无才不受怜。例从文选起,语自衍波传。

手著都成集,分雠每绝编。时时开玉笥,一一志金荃。

真觉才难尽,从知嗜独专。门风资济美,物望倚陶甄。

荣悴宁关数,苍茫欲问天。百身馀悼惋,一病竟沈绵。

私痛惊飞鹏,馀哀咽乱蝉。风流今已矣,勋业卜终焉。

泽被皇仁厚,天教至性全。治丧优诏许,宅兆故侯迁。

落日山阳笛,秋风中散弦。执鞭空有愿,接席永无缘。

脉脉愁孤剑,沈沈奈九泉。异时看史策,画像在凌烟。

吴自肃《挽诗》(康熙刻本《通志堂集·附录》)

不尽酬知意,兰阶脉脉通。联床思夜雨,怀刺忆春风。

忽促斯人驾,应怜吾道穷。伤心歌楚些,无处问苍穹。

人方推国士，天竟妒奇才。遗稿留神护，招魂动鬼哀。

花间堂尚在，枕畔梦还来。珍重西河泪，无劳洒夜台。

邹显吉《挽诗》（康熙刻本《通志堂集·附录》）

风雅应千载，知交仅几人。一编遗《侧帽》，再读倍沾巾。

投分忘车笠，伤心慰贱贫。从兹兰蕙气，香散不堪纫。

又

不觉横门里，飘零泪暗倾。死难忘帝眷，生不愧朋情。

晓箭听青琐，寒宵话白萍。回思当日事，怅望暮云横。

杨辉《挽诗》（康熙刻本《通志堂集·附录》）

忽得骑虬信，怆然欲断魂。盛名犹在世，大雅竟谁论？

风雨怀前喆，存亡感旧恩。天心不可问，清泪泣黄昏。

吴雯《挽诗》(康熙刻本《通志堂集·附录》)

频年京洛感衣尘,本自横汾旧隐沦。

忽以海南题柱客,浪传河上纬萧人。

感因道德交方古,气为文章意益真。

许尔千秋是知己,伤心便作九原身。

又

片语端能订久要,合欢花下和吹箫。

琴尊笑语违三日,裙屐风流隔六朝。

岂敢再过丞相府,惟应常梦侍中貂。

夜台先有阿蒙在,且省茫茫怨寂寥。

又

早年声誉重瑶林,中岁承恩紫禁深。

安世诗书尊扈跸,元成阀阅竞冠簪。

文章颇压当时望,事业终悬薄海心。

哀乐随人从不敢,为君特地一沾襟。

十载曾闻幼妇辞，愿将银管写乌丝。

愁当鹦鹉争传处，痛在玲珑再唱时。

旧谱漫教虫网遍，闲情空有笛人知。

从今锦字休零落，一认弓衣也泪垂。

邵锦标《挽诗》（康熙刻本《通志堂集·附录》）

棨戟仍排户，图书已锁门。凄凉看白旐，容易哭黄昏。

高垅栽新柏，前山出断猿。巫阳不可问，何处欲招魂？

刘雷恒《挽诗》（康熙刻本《通志堂集·附录》）

修短偏难问碧虚，哀音忽寄北来书。

清门有种承台席，仙牒无情泣奉车。

又

辇路相逢眼倍青，寒庐抱影叹伶仃。

客愁日暮迷云树，不道秋风堕岁星。

又

赠言挥手托风轮，怀袖相依便面亲。

难禁秋来开什袭，墨痕黯澹泪痕新。

又

唾珠咳玉积千函，《侧帽》新词恣美谈。

若鉴幽思悬冀北，夜台须唱望江南。

宋大业《挽诗》（康熙刻本《通志堂集·附录》）

英贤分岳秀，才子禀星精。尺五家声远，奎三气象横。

文章推小许，经术重元成。射策登先甲，摛华擅两京。

银钩书劲美，铜钵句铿鍧。好学心逾切，执谦志不盈。

八叉新咏就，三影丽词清。下士常延誉，怜才有鉴衡。

解衣欣赠苎，置腹感推诚。公望谐时论，畴咨系圣情。

方看朝旭曜，俄叹夕阳倾。玉树埋何痛，金徽黯不鸣。

人间逝水急，天上赋楼迎。雨冷书销蠹，魂迷梦泣琼。

孤寒摧广厦，寰宇失连城。世讲关情重，衔哀荐一觥。

蔡升元《满江红》(康熙刻本《通志堂集·附录》)

年少翩翩,早曾到、曲江筵上。春堤畔,金鞭玉勒,桃花初涨。射策旧看飞上苑,承恩特赐趋仙仗。记星班、常在御屏风,香烟傍。供奉曲,清平唱;校猎赋,长杨壮。羡风流文采,雕翎虎帐。骖乘却陪梁父禅,乘槎直溯天河浪。叹从今、三殿少朱衣,空惆怅。

又

珠履三千,浑不数、雕龙绣虎。曾几日,分题刻烛,移商换羽。一片玉河桥畔水,数声金井梧桐雨。最凄清、闻笛向山阳,人何处?座上士,松枝麈;尊中酒,花间度。剩荒烟蔓草,销魂难赋。渌水亭边宾从散,乌衣巷口衰杨舞。纵蛮笺、十样写新词,何情绪?

又

跃马弯弓,偏彩笔、能工绮语。都付与,雪儿檀拍,异才天赋。坐上朱弦清悄韵,曲中红豆相思句。正柔肠、谱到断肠词,春无主。山月暗,乌啼曙;银烛灺,风吹露。叹晨曦易夕,人琴已去。燕子楼头红粉泪,杜鹃声里黄昏雨。只兔葵、一片对刘郎,悲前度。

沈朝初《满江红》(康熙刻本《通志堂集·附录》)

搔首青天,问底事、偏嫌才子?休比似,彩云易散,琉璃多脆。璞玉浑金人卓荦,裁云缝月词清丽。想岁星、不耐住黄尘,人间世。斑虬管,文鸾翳;蓉城主,璚楼记。逐群仙上下,大荒游戏。哀笛斜阳愁客听,孤琴流水为君碎。忍埋将、瑶树向青山,情何已?

又

兰锜家声,传朱户、荣同伊陟。记早岁,五云胪唱,郄林射策。凤诏挥毫螭陛下,龙津侍宴鸡翘侧。掌期门、三十侍中郎,承恩泽。桃花骑,蜃珂勒;莲花锷,鲛鱼室。羡禁中颇牧,烽消沙碛。玉塞功名追定远,金城方略思充国。待他年、铁面画麒麟,生颜色。

内殿春晴,给笔札、金门奏赋。凌云气,至尊亲赏,文场独步。紫凤天吴光璀璨,珊瑚宝树枝回互。问年来、待诏满公车,谁堪伍？颂酒德,歌琴绪；冠柳集,生花句。更墨池笔冢,跳龙卧虎。岂羡毫从江令足,还期衮待樊侯补。任苍生、望绝士林悲,摧天柱。

又

骏马台边,更别筑、翘林高馆。勤吐握,孔融坐上,宾朋常满。寄远争投青玉案,分题竞涤红丝砚。算兰亭、梓泽旧风流,今从见。南皮会,西园宴；张融麈,袁宏扇。笑臣饥索米,几同游衍。鱼鸟无依山海竭,芝兰空叹泉台掩。筮巫咸、楚些漫招魂,归来晚。

高裔《江城子》(康熙刻本《通志堂集·附录》)

日餐沆瀣饮金茎,擅科名上蓬瀛。却为多才侍从拥霓旌。桂殿芝房曾出入,俄不见,总伤情。羲和飞辔几时停。夜台扃,杳冥冥。忆昔边疆万里请长缨。待到归降人已殁,宣诏谕,九泉听。

华鲲《满江红》(康熙刻本《通志堂集·附录》)

生死悲欢,总莫向、先生浪语。只应是,禅关悟错,未圆初地。宿世多闲馀慧业,回光一念谐尘趋。问匆匆、三十一年中,声何誉? 完业果,王侯第;偿情债,君亲谊。也随他功名诗酒,等闲游戏。著处因缘都舍却,本来面目今犹记。认茅庵、未冷旧蒲团,还归去。

俞兆曾《洞仙歌》(康熙刻本《通志堂集·附录》)

灵祇何意,送谪仙归去? 寻遍蓬莱旧时侣。叹飘遥,高举后,假翼难登,凝云散,何自要回天路。

依然阑槛外,柳碧花香,帘锁清阴镇如许。问新来倚床选梦,侧帽徵歌,凄凉付、一霎西窗风雨。已璧毁柯摧涕沾襟,忍想到山前白杨零语。

又

英英灼灼,羡敷华摛藻,珥笔登朝德星耀。记蕊宫,珠榜列,林店沾红,吟情在,暖日浓烟芳草。

君恩称异数,珍重还留,御案边傍把书校。算随他闲依玉署,卧老花砖,何如是、侍从长杨春晓。每抵得东华曙光寒,对落月疏星句成清悄。

渌水亭杂识

癸丑病起,披读经史,偶有管见,书之别简。或良朋莅止,传述异闻,客去辄录而藏焉。逾三四年遂成卷,曰《渌水亭杂识》,以备说家之浏览云尔。

一

燕山窦十郎故居,或云在城西,或云在昌平,或云在涿州,或云在蓟州。当时冯瀛王道赠诗有"灵椿一株老"之句,今北城有灵椿坊,疑是十郎旧里,此灵椿所以名坊也。

元时,海子岸有万春园,进士登第恩荣宴后,会同年于此。宋显夫诗所云:"临水亭台似曲江"也。今失所在。元有甄氏访山亭,在城西,今莫详其处矣。

李长沙赐第在西长安门西,俗呼李阁老胡同是也。其别业在北安门北。集中《西涯十二咏》,程篁墩学士和之,有桔槔亭、杨柳湾、稻田、菜园、莲池,而响闸、钟鼓楼、慈恩寺、广福观皆在十二咏中,今其遗址不可问,当在越桥相近。盖响闸即越桥下闸,而钟鼓楼则园中可遥望尔。

红螺山大明寺碑,元昭文馆大学士、太史院使、领司天监事樊从义撰文,宣文阁监书博士兼经筵译文官王与书。称寺始于唐,金世宗大定间,召佛觉禅师于真定之弘济来住兹山。元仁宗时,诏云山禅师以荣禄大夫、大司空、佩一品银章主大圣安寺。内侍大司徒王伯顺以大明为圣安宗派，请太皇太后发帑五万为修寺之赀。至正中，云山从圣安归老于此，尽捐前后所赐金帛重修焉。盖沙门检校司空，在辽时已然，金元循之不改也。碑又云两红螺死，为双浮图瘗之寺中。今寺南一池曰红螺池，三面皆果园，花时游览颇胜。殿西有竹一亩。寺东南二里许为明怀宁侯孙武敏公墓，有两碑，一李贤撰，一彭时撰，中一碑刻谕祭文。

呼奴山白云观，有元大德八年集贤学士宋渤碑。

千佛寺建于明万历初，中有长沙杨守鲁、安阳乔应春二碑，皆镇阳林潮书。潮以鸿胪寺主簿直文华殿中书。应春碑称诸天、阿罗汉皆太监杨用所铸。刘同人

《帝京景物略》(注：刘侗，字同人，号格庵，明代著名散文家。和于奕正合撰《帝京景物略》，于收集材料，他撰写文字。)乃谓为朝鲜国王所贡，当以碑为实也。

药王庙，天启中魏忠贤所建，落成时帝加奖谕，赐赉甚厚，当年必有丰碑，今无片石，盖为人所蹈矣。(注：此当指普济药王庙，位于今北京地安门西大街，建于明朝万历三年十月，民国十二年重修，属私建。现已无存。)

龙华寺明碑二：其一播阳释道深撰，广陵赵昂书，抚宁侯朱永篆额；其一金陵朱之蕃撰，高阳孙承宗篆额，永春李开藻书。文辞甚俚，不足观。

资福寺，明正统间僧圆升建。至嘉靖初，尚膳监太监马

潮修之。中有山西按察司金事、督理宣府边储四明钱俊民碑，书之者礼部左侍郎任丘李时也。殿前梵塔上勒片石，有壬寅三月三日字，未知何时所建。明正德癸酉司礼监太监张雄建寺于宛平县香山乡畏吾村，赐额曰大慧，并护敕勒于碑。寺有大悲殿，重檐架之。中范铜为佛像，高五丈，土人遂呼为大佛寺。嘉靖中，太监麦某提督东厂，于其左增盖佑圣观。于是合寺、观计之，殿宇凡一百八十三楹，拓地四百二十一亩。盖是时世宗方信道士而厌缁流。内官惟恐寺刹之毁，故建道观于其旁。而寺后之山又有真武祠，藉此以存寺也。寺之始建，大学士茶陵李东阳为碑，工部尚书汤阴李燧书之，新宁伯谭祐篆额。其增置佑圣观也，大学士余姚李本撰文、礼部尚书高安吴山书之，成国公朱希忠篆额。其后万历壬辰重修，则太子太保、礼部尚书太仓王锡爵撰记。

功德寺有木球使者，其事近于怪。按宋·张世南《游宦纪闻》载：雪峰寺僧义存于唐懿宗咸通十一年开山创寺，乾符二年赐号真觉禅师。寺有木

球，相传受真觉役使，呼仆延客，球皆自往来。嘉泰间寺灾，球忽滚入池中，得不坏。然则以木球为使，浮屠固有其术，盖有先版庵而役之者矣。

五台山僧侈言娑罗树灵异，至画图镂版。然如巴陵、淮阴、安西、伊洛、临安、白下、峨嵋山，在处有之。闻广州南海神庙四本特高，今京师卧佛寺二株亦有干霄之势。顾或著、或不著，草木亦有幸、不幸也。

怀柔城极坚整，西南在平地，东北则因山为之。其南瓮城可盘马。丽谯片石，记万历九年增修丈尺，末云并用纯灰铺底，灌抿全完，以垂永久。宜其历百年尚如新筑也。

钓鱼台在怀柔县西三里，山水殊胜。涧流至此广丈余，横板桥以渡，东南一望，渚烟村树，仿佛江乡。

琼华岛土取自塞外，《辍耕录》《西轩客谭》可稽也。石移自艮岳，明宣宗《广寒记》可证也。

西山有君子口，疑即《寰宇记》所云君子城，讹为箕子城者也。

驾到口在西山，其曰驾到，不知何年事。

斋堂村在西山之北百余里，产画眉石处也。元豫章熊自得偕崇真张真人往居，撰《燕京志》。欧阳元功、张仲举皆有诗送之。元功诗云："先生去隐斋堂村，境趣佳处如桃源。西出都门二百里，山之盠屋水浩亹。一重一掩一聚落,一溪十渡深而浑。羊肠险径挂山腹,蜂房小屋粘云根。立当阨塞若关隘,视入衍沃同川原。市朝甚迩俗尘远,土产虽少人烟繁。鉏畬艺陆宜麦菽,树栅作圈收鸡豚。园蔬地美夏不燥,煤炭价贱冬常温。前年熊郎入卖药,施贫者药人感恩。熊君携笈今就子,绕舍木叶书缤翻。崇真真人又继往,况是偓佺之子孙。紫箫夜吹辽鹤至,林响谷应松风喧。登高东望直沽口,海日涌出黄金盆。应怜曼倩恋象阙,坐羡庞公归鹿门。"仲举诗云:"燕垂赵际中有村,正在西湖之上源。源头落花每流出,亦有浴凫时在罾。隐君葺茅据幽胜,仿佛小庄如陆浑。环之苍松数十树,拔出太古虚无根。攒峰叠壁何盘盘,地多硗碛少平原。先生生计虽苦薄,最喜静无人事繁。黄精本肥术苗脆,疆场有瓜牢有豚。吟诗作画百不理,一家笑语常春温。功名只遣世涂累,饱暖已荷皇天恩。近闻"京志"将脱稿,贯穿百氏手自翻。朱黄堆案墨满砚,钞写况有能书孙。云晴辄辱羽客去,谷熟方来山鸟喧。土床炕暖石窑炭,黍酒香注田家盆。要知精舍白鹿洞,不待公车金马门。"元之《大一统志》卷帙繁富,考证亦綦详矣,而自得复撰《燕京志》,仲举谓其贯穿百氏,必有出于《大一统志》之表者。惜乎其书之不传也!

"圣朝建都燕山,民物日富。八九十岁翁,敦茂庞硕,朝廷优之,徭役弗事。岁时得升殿上,上皇帝寿。百官衣朝服鞠躬以进,视班次惟谨,毋敢越尺寸。而诸耆老高帻博褐,从容暇豫,以齿后先。门者不敢谁何。视百官退乃陟峻陛,承清光。归而娱戏井陌,或骑或步,更过饮食,和气粹如。大驾出,则庞眉黄发序勾陈环卫间。见者咸曰:'乐哉太平之民也'!"此元·王士熙《张进中墓表》。进中居京师,亦耆老之一也。进中字子正,善为笔。管以坚竹,毫以鼬鼠。淇上王仲谋,上党宋齐彦,吴兴赵子昂,皆与之游。以一笔工而数得持笔以入禁中。观元盛时尊养耆老之典,亦庶几上庠之风矣。

明初有玉鸽十二从南方来,飞集燕山,识者谓北平当王,盖兆燕山十二陵也。

都中遗老述万历间西山戒坛四月游女之盛，钿车不绝，茶棚酒肆相接于路，至有挟妓入寺者。一无名子嘲以诗云："高下山头起佛龛，往来米汁杂鱼盐。不因说法坚持戒，那得观音处处参。"

项羽徙齐王田市为胶东王，徐广曰："都即墨。"又立齐将田都为齐王，都临淄。又立故秦所灭齐王建孙田安为济北王，都博阳，《正义》曰："在济北。"是为三齐。后田荣自立为齐王，并王三齐之地。《正义》"三齐记"云："右即墨，中临淄，左平陆，谓之三齐。"

句吴，按《史记》泰伯奔荆蛮，荆蛮义之，从而归者千余家，号曰句吴。《正义》引《世本》注云："泰伯始所居地名。"许慎《淮南子注》云："吴人语不正，言吴而加以'句'。"颜师古云："'句'，夷俗发声，亦犹'越'为'于越'。"《正义》又云："泰伯居梅里，在常州无锡县东南六十里。至十九世孙寿梦居之，号句吴。"《吴越春秋》："泰伯号句吴越，在城西北隅，名曰故吴。"注："泰伯所都谓之吴城，在梅里平墟，今无锡县境。"其后楚封春申君黄歇为相，以吴故墟为都邑，即此也。

吴有数称。《汉书·项羽传》：举吴中兵，曰吴中。《汉书·灌婴传》：渡江破吴郡，长吴下。按吴县本平地，概言之犹言稷下、敖下云。见叶氏《过庭录》曰：吴下。今人多称平江为吴门。按李德裕文，指润州为吴之门户。又王充《论衡》云：孔子与颜渊上泰山，东望吴阊门外白马如练。

充谓：人目所见不过十里，鲁去吴千有余里，使离朱望之终不能见。他书作吴门，而此云阊门者，误也。此吴门，即冀郭门也。冀与鲁为邻，非今阊门明矣。又见汉《五行志》洪州亦有吴门镇，曰吴门。又吴县有大吴乡，曰大吴。沈休文安陆王碑文："鸿骞旧吴。"李善注刘琨《劝进表》："奄有旧吴。"曰旧吴。梁简文帝《浮海石像铭》云："长处全吴。"今昆山有全吴乡，又长洲县上元乡全吴里是也。梁同光二年，升苏州为中吴军节度。吴越时称中吴府，亦曰东吴。

吴会，世多称平江为吴会，意谓吴为东南一都会也，自唐以来如此。今郡中有吴会亭，府治前有吴会坊，皆承其误。按"史""汉"等书所载，皆以吴会为吴越。汉《吴王濞传》："上患吴会轻悍。"此时未分会稽为吴郡，盖指吴，会稽之地耳。至吴郡既立之后，若曹子建诗云："行行至吴会，吴会非吾乡。"诸葛孔明论荆州形势云："东连吴会。"东汉《蔡邕传》云："寄命江海，远迹吴会。"谢承《后汉书·施延传》云："吴会未分。"吴'张纮谓："收兵吴会，则荆扬可一。"王羲之为会稽内史时，朝廷赋役繁重，吴会尤甚。石崇论伐吴之功曰："吴会僭逆。"则斥言孙氏。《庄子》"释文"："浙江今在余杭郡，后汉以为吴会分界，今在会稽钱塘。"以上皆指二浙之地。又按《吴·孙贲传》云："策已平吴、会二郡。"《朱桓传》云："使部伍吴、会二郡。"宋·褚伯玉，吴郡钱塘人，隐居剡山。齐太祖即位，手诏吴、会二郡，以礼迎遣。六朝亦有下吴、会两郡造船若干者。此类甚多，证据尤切。或谓为会稽二字可独称会乎？按宋元嘉时，以扬州、浙西属司隶校尉，而分浙东五郡，立会州，以隋王诞为刺史。晋、宋间亦以会稽为会土，故谢灵运有《会行吟》，此独称会之征也。

苏台，《青箱杂记》云："苏州有姑苏台，故谓苏台。相州有铜雀台，滑州有测景台，故亦称相台、滑台。"又见《古迹考》。

三楚，《史记·货殖传》："淮南为西楚。彭城以东，东海、吴、广陵为东楚。衡山、九江、江南、豫章、长沙为南楚。"孟康曰："旧名江陵为南楚，吴为东楚，彭城为西楚。"

水乡，陆士衡答张士然诗云："余固水乡士。"注："吴地也。"当时水势弥漫，流亦湍急，自后人筑堤立塘，村市错置，水稍平减，流渐宽缓。

三吴之说互有不同。《十道四蕃志》以吴郡、丹阳、吴兴为三吴。《通典》及《元和郡国图志》并同。又以义兴、吴郡、吴兴为三吴。《郡国志》同。郦道元注《水经》云：永建中，阳羡周嘉上书，以县远赴会至难，求得分置。遂以浙江西为吴，东为会稽，后分为三，号三吴，即吴兴、吴郡、会稽也。按《晋书》：咸和三年，苏峻反。吴兴太守虞潭，与庾冰、王舒等起义兵于三吴。时冰为吴郡，舒为会稽，则是吴郡、吴兴、会稽为三吴矣。安帝隆安三年，孙恩陷会稽，刘牢之遣将桓宝率师救三吴。及陶回为吴兴太守时，大饥，谷贵，三吴尤甚。回开仓赈之，不待诏及，割府库军资以救乏绝，一境获全。诏会稽、吴郡依回赈恤。据此则与《水经》合矣。又《虞潭传》：苏峻反，潭为吴兴太守，诏加潭督三吴、晋陵、宣城、义兴五郡事。孝武帝宁康二年，太后诏曰："三吴奥壤，水旱并臻，宜时拯恤。三吴、义兴、晋陵及会稽遭水之县，全除一年租。"以此两事考之，则义兴固在三吴之外。而太后之诏，亦不在三吴之数，岂一时称谓，初无定说，抑史传各有详简差互耶？或云虞潭所督三吴、晋陵、宣

城、义兴计六郡，而称五郡，潭自为吴兴，增督五郡，盖丹阳其一也。桓宝救三吴者，以孙恩既陷会稽，遂逼吴中，故云。今当以《十道四蕃志》及《郡国志》别说为正。

陆广微《吴地记》，以金陵为中吴，鄂州为南吴，武昌为下吴，即三吴也。《地理指掌图》："三吴，今苏、润、湖州。"亦据吴、丹阳、吴兴三郡而言也。

虎丘山，在吴县西北九里，唐避讳曰武丘。先名海涌山。高一百三十尺，周二百十丈。山在郡城西北五里，《吴地记》云去吴县西九里二百步。遥望平田中一小丘，比入山，则泉石奇诡，应接不暇。《吴越春秋》："阖闾葬此三日，金精为白虎，踞其上，因名虎丘。"《郡县志》云："秦皇凿山以求珍异，孙权穿之亦无所得，其凿处遂成深涧。今剑池，两压划开，中涵石泉，深

不可测,为吴中绝景。王元之、张敬夫皆有铭。"晋·王珣《虎丘铭》曰:"虎丘先名海涌山。山大势,四面周迴,岭南则是山径,两面壁立,交林上合,蹊路下通,升降窈窕,亦不卒至。"王僧虔《吴地记》云:"虎丘山绝岩耸壑,茂林深篁,为江左丘壑之表。吴兴太守褚渊昔尝述职,路经吴境,淹留数日,登览不足,乃叹曰:'今之所称多过其实,今睹虎丘逾于所闻。'斯言得之矣。"顾野王《虎丘山序》云:"高不抗云,深无藏影。卑非培塿,浅异棘林。路若绝而复通,石将断而更缀。抑巨麓之名山,信大吴之胜壤也。"御史中丞沈初明等游山赋诗,并书屋壁。梁郡守谢举有《虎丘山赋》。宋·何求及二弟点、胤,陈·顾越,唐·史德义,并隐此山。绍兴中,洛人尹焞避地山中,书堂存焉。旧有东西二寺,即王珣别馆,皆在山下。山半大石盘陀数亩,高下如刻削,因神僧竺道生于此说法,号千人坐石,他山所无。白莲池、虎跑泉亦生公遗迹。陆羽泉即藏殿侧石井。试剑石因大石中裂,故名。及望海楼、真娘墓,皆有古人赋咏。

旧称虎丘为王珣宅,未审所据。王劭《诸州舍利感应记》:"虎丘山寺,其地是晋司徒王珣琴台",是矣。

三江,《史记正义》曰:"在苏州东南三十里,名三江口。"下文:于分处号"三江口"。此三十里太近。一江西南上七十里至太湖,名曰松江,古笠泽江。一江东南上七十里白蚬湖,名曰上江,亦曰东江。一江东北下三百余里入海,名曰下江,亦曰娄江。三百里当云二百余里。于其分处号三江口。顾夷《吴地记》顾野王《地理志》同。云:"松江东北行七十里得三江口,东北入海为娄江,东南入海为东江,并松江为三。"《水经》云:"松江自太湖东北流径七十里,江水奇分,谓之三江口。"《吴越春秋》称范蠡去越,乘舟出三江之口,入五湖之中,此亦别为三江、五湖。庾仲初《扬都赋》注:"太湖东注为松江。下七十里有水口,流东北入海,为娄江,东南入海为东江,与松江而三也。"古迹如此，先儒蔡仲默取以证《禹贡》之说。

吴王阖闾十九年伐越，越王勾践迎击之。吴败于槜李。《左传》谓阖庐伤将指，卒于陉。《史记》乃谓败之姑苏，自是夫差败处。《史记正义》谓姑苏、槜李相去百里，疑太史公误。又吴王夫差二年悉兵伐越，败之夫椒，报姑苏也。此语亦当云报槜李矣。

姑胥台，台因山名，合作胥。今作苏者，盖吴音声重，凡胥、须字皆转而为苏，故后人直曰姑苏。隋平陈，乃承其讹，改苏州。以《吴越春秋》《越绝》二书考之，一作姑胥，一作姑苏，则胥、苏二字，其来远矣。

山得水而景物奇变。泰山在平地，不及匡庐之多态。澎浪为彭郎，小孤为小姑，诗人借景作情，不宜坚索故实。

牡丹近数曹、亳，北地则大房山僧多种之，其色有夭红浅绿，江南所无也。

白樱桃生京师西山中，微酸，不及朱樱之甘硕。

福建、江西、广东深山中有畲民，同于摇獞，不与平民相接。有作工于民家者，食之阶石，不以人礼待之。其人射鸟兽，种麦，此山住一二年移至别山,官府不能制,有数种姓,自相婚配。

今之黑鬼,可人可鱼,晋时谓之昆仑,即蛋民也。海船用以守缆,恐为鱼蟹所伤。

高丽、日本之间,海中有釜山,为往来之中顿。海道无程,而顺风行一日夜可得千里。贸易者曾有顺风行五日至长岐岛者,故知其国去宁波五千里。

日本海中有鱼,与人无异,而秃首有尾,通番者谓之海和尚。

日本至中国海面五千里,而禽鸟有来去者,望见海船即来,息力于樯篷,倦不能动,或施之以米,或掇而食之。

日本之外有一国,彼人谓之东京。其间有夜海,白日昏黑得见天星,海水有一处高起二三丈如槛然。凡有东京贩者,而日本人为驵侩,则中国货贵,若日本居货以待东京人之来则贱也。日本人操场练兵必以夜,盖灯火整,乱易见也。其教艺处不令中国人见之。

日本,唐时始有人往彼,而留居者谓之大唐街,今且长十里矣。

日本之东北有食人者,倭亦畏甚,因山作关以拒之。倭人精于刀,且不畏死。登岸则难敌,而舟甚小,故汤和立法,于海中以大船冲沉其船。

二

唐肃宗撤西北边兵平内贼,代、德遂以京师为边镇。明弃三卫亦然。

明于金陵、关中、洛阳无不可都。本朝惟都燕,足以兼制南北。而明预建宫殿于三百年前,天也!

陆广微《吴地记》云:"宋时苏州田租三十万。"王圻《续文献通考》云:"南宋江南水田每亩租六升。"明洪武年,凡淮张之文、武、亲、戚及籍没富民之田,皆为官田。《宣德实录》

载太守况钟疏云:"苏田以十六分计之,十五分为官田,一分为民田。"所以洪武加租至二百二十万也。建文曾减之。燕王篡位,悉复洪武之制。后又渐次增之至二百七十万。苏之田租虽重,其逋负时有蠲赦。民谣曰:"朝廷贪多,百姓贪拖。"万历末年,上司恐州县横征,揭榜令民纳至八分,不许复纳。

宋之漕法,积于半途,次年至京。遇有凶馑处,转运使得以转移其间,民以不困。蔡京改为直达,以济徽宗之妄费,而漕法始变。

明之军卫，仿唐府军之法，其后官存而军丁渐消，遂无实用，召募起焉。既有召募之兵，而军卫之屯田如故，徒为不肖卫官所衣食，亦困民之一端也。

明都于燕，海运最为便利。《元史》载，海运之逋负，少者每石不及三合，多者不及三升。然须选近海为官丁乃可，陆地之人谈海色变，不足与言。

捕勒鱼处当兖、济之东，海运之半道也，何独于北半道而难之！

铸钱有二弊，钱轻则盗铸者多，法不能禁，徒滋烦扰。重则奸民销钱为器。然红铜可点为黄铜，黄铜不可复为红铜。若立法令民间许用红铜，惟以黄铜铸重钱，一时少有烦扰，而钱法定矣。

禁银用钱，洪、永年大行之，收利权于上耳。以求赢利，则失治国之大体。

中国天官家俱言天河是积气，天主教人于万历年间至，始言气无千古不动者，以望远镜窥之，皆小星也，历历分明。

西人云，望远镜窥金星，亦有弦望。夫月借日光以有光，故有弦望。金星自有光，不仗日光，不知何以有弦望。

武侯木牛流马，古有言是小车者。西人有自行车，前轮绝小，后轮绝大，则有以高临下之势，故平地亦得自行，或即木牛流马乎？而坎壈曲折，大费人力也。

西人测五星，谓近地二十度，虽晴时亦有清濛气，星体为此气浮而上登，不得其真数，须于此气以上测之，又须有次第，乃正。如木、水、金前后相次而行。欲测金星，先测木星在何处，俟其西行至某度，乃于其度测水星，又于水星上测金星，乃不受清濛之混，诚良法也。

西人历法实出郭守敬之上，中国曾未有也。

西人医道与中国异，有黄液、白液等名。其用药，虽人参，亦以烧酒法蒸露而饮之。

西人之字，因人之语声而作之。其书名曰《耳目资》，唯谐声一门，非六书也。

西人长于象数，而短于义理。有书名《七克》，亦教人作善者也。尊其天主为至极而谤佛，又全不知佛道。

后世言历者必宗《元史》，以历书为郭守敬所作，高出古人故也。明朝郑世子之于乐亦然。余尝谓作《明史》，乐书宜以冷谦所作用于朝庙者为上卷，刺聚郑世子乐书之精义为下卷，后世言乐者亦必宗之同郭守敬矣。

世子千古人惟取管仲、子长之说，而极轻班固，荀勖以下不论也。自汉至宋，能历历详举其故，可谓异人。世子外祖何塘谓黄钟之体，本是一尺，乃度尺也。以度尺分为九寸，名为律尺，非有二也。此论既出，孟坚以下之醉梦皆醒矣。世子之学自何公开之。

世子谓汉人以度尺之九寸为黄钟，律短故乐高，最为有据。且出自世子，谁敢有疑！窃谓乐声之高，不始于汉也。男外阳而内阴，力壮而声下。女外阴而内阳，力弱而声高。故女之歌声高于男者二律，倚之箫而可证也。夏桀作女倡，乐声之高殆始于此。古之箫，即律管也。三十六律管长短作一排，形如凤翅，故《楚辞》曰："吹参差兮谁思"也。然管多而一人吹之，何以高下曲折绎如？今之箫，乃古之龠，名异而体同。王褒有《洞箫赋》，不言其状，未知洞箫即龠否？

王子晋之笙，其制象凤，形亦如参差竹。《九歌》："吹参差兮谁思。"王元长《曲水序》："发参差于王子。"皆言笙。李善《注》则谓洞箫。

五音有二义，一者高下，二者类聚。高下者宫、商、角、变

征、征、羽、变宫也。类聚，宫大而浊，商清而冽，角径而直，征文而繁，羽细而碎，此之谓类。聚其类以成调，故曰类聚。竹声惟有高下，丝声兼备二义。

今世以琴之第一弦为宫，非也，乃太律之征，林钟也。第二弦为太律之羽，无射也。第三弦乃为正律黄钟宫，故《国语》曰："声莫大于征。"非谓正律征也。

唯作八音而无人之歌声，谓之徒奏；唯人声而无八音，谓之徒歌。徒歌曰谣谓此，非谓民谣也。旋宫至姑洗、仲吕则声高极，非人声所能倚，故有徒奏，而徒歌则兴到者随便为之耳。

明代之乐，冷启敬所作。声下而浊，其黄钟乃太律之无射，下于正律黄钟二律。朝天宫道士云："凡用于郊庙者，以启敬之大蔟为宫，若如启敬之法，声如梵呗矣。"作者无过习者之门，道士所用，适是古之黄钟。所以房庶为伶人所侮而不觉。

革薄则声亮，厚则声雌。木、金、石薄则声下，厚则声高。议乐须学士与伶工共成之。学士知古不知今，言理不言器；伶工知今不知古，言器不言理。

彼此相讥,在虚心者,则彼此可以相成也。人之虚心者鲜则成偏见。郑世子博极群书,又甚习伶工之器,所以特绝。

乐者,声也。凡以算数言乐者,多拘泥,参差不合于律。郑世子二艺俱精,以算算乐,妙有神解。河南久被兵火,未知书版不散失否。世子文笔稍芜,书繁,难于翻刻,得健笔径省其辞,存三分之一,庶可易传。

《考工》云:鱼胶黏,凡黏之类不能方。不能方,谓易翻也。而今世之弓,必以海中石首鱼之鳔为之,未有用鼠胶者也。《考工》弓体又上欇而下竹,今弓胎多用竹,激矢能远,木胎者不及也。

宋人歌词,而唐人歌诗之法废。元曲起而词废。南曲起而北曲又废。今世之歌《鹿鸣》,尘饭涂羹也。

獶读猱伶盛于元世,而梁时《大云》之乐,作一老翁演述西域神仙变化之事,獶伶实始于此。

宋时士大夫犹有起舞以劝酒者,自獶作而舞遂废。

今所噉之烟草,孙光宪已言之,载于《太平广记》:"有僧云:'世尊曾言山中有草,然烟噉之,可以解倦。'"则西域之噉烟,三千余载矣。

《史记》:乌氏倮,

用谷量牛马,秦始皇令比封君与朝请。巴寡妇用财自卫,为筑女怀清台。此用礼安富遗意,亦秦致富强之本教也。后世动破坏富家,诡云强干弱枝之计者,亦暴秦之不如矣。高欢问尔朱荣,闻公有马十二谷云云,以谷量马,乃边陲旧俗也。

高允伯恭以昔岁同征零落将尽,感逝怀人,作《征士颂》,合三十四人。其颂末曰:"昔因朝命,与之克谐。披襟散想,解带舒怀。此欣犹昨,存亡奄乖。静言思之。中心犹摧。"亦后世敦厚同年之意也。东汉同举者谓之同岁生,见《李固传》。

周·李孝轨封奇章公。隋·牛引封奇章公。

齐氏胄子以通经入仕者,唯博陵崔子发,广陵宋游卿而已。

隋·秦孝王妃生男,文帝大喜,颁赐群官。李文博云:"王妃生男,于群官何事,乃妄受赏?"此与晋元帝所云:"此事岂容卿等有勋?"正可相合。

宋文帝欲犯河南,行人日云云。太武帝闻而大笑曰:"龟鳖小竖,自顾不暇,何能为也!"宋时有龙虎大王,亦佳对也。

唐昭宗欲伐李克用、李茂贞,无可将者,而朱温、杨行密辈其下智勇如林。盖朝廷用卢携、王铎之流,其所举者李系、宋威耳。智力勇艺者壅于下,悉为强藩所用。

永嘉时事大坏，惟有南迁而已。王衍卖车牛以安众心，不久随司马越径去，弃其君于贼手。《世说》载之以为美谈，刘临川非有识者也。

宋文帝时员外散骑侍郎孔熙先与范晔谋逆事露，付廷尉。熙先望风吐款，辞气不挠。上奇其才，遣人慰勉之曰："以卿之才而滞于集书省，理应有异志，此乃我负卿也。"又责前吏部尚书何尚之曰："使孔熙先三十年作散骑郎，那不作贼？"此与唐武后之见骆宾王讨己檄文曰："有才如此而使之沦落不偶，宰相之过也。"皆绰有帝王之度，足令才士心死。若梁元欲赦王伟，却不可同年而语。

沈庆之议北伐曰："今欲伐国，而与白面书生谋之，事何由济？"后颜峻曰："今举大事，而黄头小儿皆得参预，何得不败？"白面、黄头恰可相对。

刘歆自以朝政多失，作《遂初赋》以叹往事而寄己意。其乱曰："处幽潜德含圣神兮，抱奇内光自得真兮；宠幸浮寄奇无常兮，寄之去留亦可伤兮；大人之度品物齐兮，舍位之过忽若遗兮；求位得位固其常兮，守信保己比老彭兮！"其言颇似旷达，而为莽佐命，终致夷灭。视孙绰之赋，义正桓温，相去何啻霄壤！

宋真宗时知制诰周起患贡举之弊，建议糊名以革之，糊名之制始此。

中晚唐立君必由寺人，南宋立君必由权相，其国可知。

刘琨经略远不及祖逖，东晋人绝重之，寻名不责实之故习。

陶侃勤于职业，虚浮之士，不敢议之，功名显著故也。何敬容亦勤于职业，虚浮之士即大讥之。敬容能早知侯景之反梁，人不能及，后世亦颇忽其人。甚矣邪说之害正也。

汉·陈蕃曰："期月之间不见黄生，则鄙吝之萌复存于心。"唐·陆象先谓人曰："贺季真清谈风流，吾一日不见，则鄙吝生矣。"是学蕃语。

骐骥得伯乐，而后脱盐车；青萍、结绿得薛卞，而后长价。然则伯乐、薛卞有功于良马、宝剑也多矣。二子名亦以是不朽，则良马、宝剑亦有功于二子矣。

北宫纯，凉州所遣以卫京师者也，于汉兵恣横时累挫其锋。陆氏不负晋，纯亦不负陆氏矣。

白敏中以李赞皇荐得入翰林，及为相，诋赞皇者甚力。吕惠卿以王荆公汲引得预政，所以摧害荆公者无所不至。三代以还，似此者指不胜屈。是可叹也！

黄雀，白龟、蛇鱼之类，犹知衔恩图报，况人乎！彼怀私罔上，负恩蔑礼者，曾虫鱼之不如矣。

灌夫不负窦婴于摈弃之时；任安不负卫青于衰落之日；徐晦越乡而别临贺；后山出境以见东坡；刘元诚事司马公，在朝不通书问，闲居则问无虚月；巢谷徒步访颍滨于漳海之南；今无复若人矣。

韩退之自其远祖麒麟以文名于北朝，文业不绝。数世后，至其父仲卿、兄会，文誉益甚。传至退之，遂为一代醇儒。其子昶、符与诸孙，皆举进士。而昶子襄复状元及第。韩氏流泽可谓长矣。

汉·晁错议削七国,其父曰:"刘氏安,晁氏危矣。"南齐·徐文景方贵盛,其父深忧之,曰:"我正当扫墓待丧耳。"唐·路严屡迁要地,其父寄书曰:"闻汝已判户部,是吾必死之年;又闻欲求仆射,是我必死之日也。"彼皆不学无术,而识见若此。严延年之母为其子扫墓地。李络秀知其子周嵩、周顗俱不得善终。二人女子耳,而有识见,尤难得。

李益文名与李贺相埒,每一篇出,乐工争以贿求之,被声歌供奉天子,天下施之图绘。与太子庶子李益同在朝,世称文章李益,以别之。大历十才子,韩翃之名独重,时又有刺史韩翃。德宗命知制诰曰:"与诗人韩翃。"

汉高帝素恨雍齿。比沙中偶语,张良劝帝封之,以厌众心。偶语果息,曰:"雍齿且侯,吾属无患。"晋文公出亡,里凫须盗其资而去。文公饥饿不能行,介之推割股以食,然后能行。文公返国,国人多不附,乃赦里凫须之罪,使之骖乘游于国中。见者皆曰:"里凫须且不诛,吾何惧也。"晋国大宁。良策殆本诸此。

蔡京当国,刻党籍碑,凡忠臣名士,一网俱尽。然其中亦有本非君子,而偶以一事不合京意,亦指为党,平生过愆,顾反得洗雪。如曾布、曾肇、王觌、章惇辈不可枚举。宦竖亦近三十人。汉·皇甫规深以不与党人为耻。数子碌碌,乃获附骥尾。士固有幸不幸耶?

汉·颜驷对武帝曰:"文帝好文而臣好武,景帝好美而臣貌丑,陛下好少而臣已老。"唐·卢照邻著《五悲文》,自以高宗尚吏而己独儒,武后尚法而己独黄老,后封嵩山,屡聘贤士,而己已废。噫!士之不遇如二子者亦多矣。悲夫!

泰陵金井内,水孔如巨杯,水仰喷不止。杨名父子器亲见之,归而疏诸朝,请易地。事下工部,汤阴李司空鐩怒其多言,害成功,阴令人塞其孔,谓诽谤狂妄,奏命锦衣官校枷杻押赴陵所验看。名父《亲三木朝辞候驾》诗曰:"禁鼓无声曙色迟,午门西畔立多时。楚人

抱璞云何泣?杞国忧天竟是痴!群议已公须首实,众言不发但心知。殷勤为问山陵使,谁与朝廷决大疑!"孝庙竟葬此中。

符坚锐意伐晋,曰:"以吾之众,投鞭于江,足断其流。"及登晋阳城,望晋兵部阵严整,怃然而惧,曰:"此亦劲敌,何谓弱也。"五代—慕容彦超谓汉隐帝曰:"臣视北军,犹蠛蠓耳。"退问兵数及将校姓名,颇惧,曰:"此亦剧贼,未易轻也。"兵甫合辄先遁。二事如出一辙。

耿弇为张步所攻,光武自往救之。或谓剧贼兵盛,宜闭营休士,以须上来。弇曰:"乘舆且到,臣子当击牛酾酒以待百官。反欲以贼遗君父耶!"李

道宗将四千骑击高丽，皆以为众寡悬绝，宜深沟高垒，以俟车驾之至。道宗曰："吾属为前军，当清道以待乘舆，乃更以贼遗君父乎！"二子武夫也，其所见乃有儒生不及者，人臣当以此为法。

尚书令左雄荐冀州刺史周举为尚书，又荐故冀州刺史冯直任将帅。直尝坐赃受罪，举并以劾雄。雄曰："诏书使我选武猛，不使我选清高。"举曰："诏书使君选武猛，不使君选贪污。"雄曰："进君适所以自伐。"举曰："昔赵宣子任韩厥为司马，厥以军法戮宣子仆。宣子谓诸大夫曰：'可贺我矣，吾选厥也任其事。'今君不以举之不才，误升诸朝。不敢阿君以为君羞。不寤君之意与宣子殊也。"雄悦谢曰："吾尝事冯直之父，又与直善。今宣光以此奏吾，乃是韩厥之举也。"宣光，周举字也。天下益以此贤之。梁冀跋扈，带剑入省。尚书张陵叱令出，敕虎贲羽林夺剑。冀跪谢，陵不应，劾奏冀，请廷尉论罪。诏罚一岁俸，百官肃然。冀弟不疑为河南尹，尝举陵孝廉，谓陵曰："昔举君，适所以自罚也。"陵曰："明府不以陵不肖，误见擢序，今申公宪以报私恩。"不疑有愧色。二事乃相类。

黄门监魏知古本起小吏，因姚崇引荐，以至同为相。崇意轻之，请摄吏部尚书，知东都选。知古憾焉。时崇二子分司东都，恃其父有德于知古，颇招权请托。知古归，悉以闻。他日，帝召崇曰："卿子才乎？皆安在？"崇揣知帝意，曰："臣二子分司东都。其为人多欲而寡慎，是必尝以事干魏知古。"帝始以崇必为其子隐，及闻崇奏，乃大喜。问安从得之，对曰："知古微时，臣卵而翼之。臣子愚，以为知古必德臣，容其为非，故敢干之耳。"帝于是爱崇不私而薄知古，欲斥之。崇曰："臣子无状，挠陛下法，而逐知古，外必谓陛下私臣。"乃止，然卒罢为工部尚书。《新唐书》载此事，谓姚崇巧于料事，而知古薄待所知，至动人主之疑，终身不复用。可见伦理一也，交友不能信者，事君必不忠。

《钱徽传》：长庆元年，徽为礼部侍郎。时宰相段文昌出镇蜀川。故刑部侍郎杨凭子浑之求进，尽以家藏书画献文昌，求致进士第。文昌将发，面托徽，继以私书保荐。翰林学士李绅亦托举子周汉宾于徽。及榜出，浑之、汉宾皆罢。李宗闵与元稹有隙，宗闵子埙苏巢及杨汝士季弟殷士俱及第。文昌、绅大怒。文昌赴镇，辞日，内殿面奏，言"徽所放进士皆子弟，艺薄，不当在选中。"穆宗访于学士元稹、李绅，二人对与文昌同，遂命中书舍人王起、主客郎中、知制诰白居易重试。内出题目《孤竹管赋》《鸟散余花落》诗，而十人不中选。寻贬徽为江州刺史，中书舍人李

宗闵剑州刺史，有补阙杨汝士开江令。初议贬徽，宗闵、汝士令徽以文昌、绅私书进呈，上必开悟。徽曰："不然。苟无愧心，得丧一致，修身慎行，安可以私书相证耶？"令子弟焚之。呜呼！如徽居心行事，休休有容，大臣器量也。

王勃"落霞与孤鹜齐飞，秋水共长天一色"，当时以为奇绝，然亦有所本。庾信《马射赋》："落花与翠盖齐飞，杨柳共青旗一色"，隋《长寿寺碑》："浮云共岭松张盖，明月与岩桂分丛。"然勃则青出于蓝也。

考《唐书》，"文庙"下不言笾豆之数。《明宪宗实录》：成化十二年七月，祭酒周弘谟请增笾豆舞佾，言"唐玄宗既正孔子南面之位，服以衮冕。宋徽宗考正孔子冠服加十二旒。金世宗加孔子冠十二旒，服十二章。今圣朝尊

崇孔子,既用天子之礼,而笾豆则非天子之制。乞敕礼部会议,增十笾十豆各为十二。"从之。是成化以前至唐宋用十笾十豆,逮宪宗始用十二笾十二豆,后张璁更定祀典,复用十笾十豆也。其略如此。

李焘《续资治通鉴长编》:一、孝宗隆兴元年癸未,进太祖建隆至开宝十七年事。一、孝宗乾道四年戊子,进太祖建隆元年至英宗治平四年闰三月五朝事迹。一、孝宗淳熙元年甲午,进熙、丰、祐、圣、符、靖、崇、观、和、康六十年事。一、孝宗

淳熙九年壬寅,合写长编重进;又进《续资治通鉴长编举要》六十八卷。今只存五朝事迹。

明制,父兄官三品大僚,子弟不得居言路。考之前代不然。《唐书》"三郑"列传:郑余庆,宪宗立,复拜同中书门下平章事。子瀚,本名涵,第进士,累迁右补阙,敢言无所讳。宪宗谓余庆曰:"涵,卿令子而朕直臣也,更可相贺。"郑覃,文宗太和九年拜同中书门下平章事。弟朗,由山南幕府人迁右拾遗。郑絪,宪宗即位,拜中书侍郎同中书门下平章事。絪,余庆从父,视瀚为从孙,时正官右补阙。只以"三郑"列传证之,唐父子兄弟从祖孙不相避,明矣。惟《杜佑列传》:佑子从郁,元和初为左补阙,崔群等以宰相子为嫌,再

徙秘书丞。然不过嫌之云尔，初未尝如明制必相避者也。

韩魏公三守乡郡，每谒先垄辄有诗，自矜其荣遇。如曰："至日郊原拥节旄，先茔躬得奉牲醪。霜威压野寒方重，山色凌虚气自高。衣锦不来夸富贵，报亲惟切念劬劳。"又曰："昼锦三来治邺城，古人无似此公荣。首过先垄心先慰，一见家山眼自明。"又曰："风人旄旗撼晓光，两茔亲展喜非常。浓阴蔽野瞻乔木，逸势横天认太行。自叹重冈宁及养，纵垂三组敢夸乡。路人或指荣虽甚，明哲何如汉子房。"又曰："暂趋先垄弭旌旄，因恤吾民穑事劳。田舍罕逢车骑过，聚门村妇拥儿曹。"又曰："两飨先坟已致诚，却严轩从指东茔。鸿惊去斾参差起，马避柔桑诘曲行。"又曰："乡守三逢禁火天，每驱旌纛扫松轩。衰残岂足酬恩遇，光宠徒知及祖先。"如此者不一而足。孟郊云："春风得意马蹄疾，一日看遍长安花。"王禹玉云："出门四塞如黄雾，始觉身从天上归。"论者咸议其器量。二人者虽不可与公同语，然比之向时刺客取首，延颈以授，吏碎玉残，笑而抚之，若两人矣。

辽曲宴宋使，酒一行，觱篥起歌。酒三行，手伎入。酒四行，琵琶独弹。然后食入，杂剧进，继以吹笙、弹筝、歌击、架乐、角觝。王介甫诗："涿州沙上饮盘桓，看舞春风小契丹。"盖纪其事也。至范致能北使，有《鹧鸪天》词，亦云："休舞银貂小契丹，满堂宾客尽关山。"则金源燕宾或袭为故事，未可定耳。

玉堂赏花会，赋诗者四十人。学士则南阳李贤、安成彭时、槜李吕原、莆田林文、安成李绍、永新刘定之、钱塘倪谦、东吴钱溥；侍读则金城黄谏；詹事则庐陵陈文、长洲刘铉；侍讲则眉山万安、渔阳李泰；中允则古杞孙贤；赞善则范阳牛纶；修撰则吴中陈鉴、博野刘吉、钱塘童缘、华容黎淳；编修则西蜀李本、昆陵王㒞、余姚戚澜、宜兴徐溥、琼山丘濬、泰和尹直、安成彭华、雷川陈秉中、临川徐琼、四明杨守陈、临江吴汇；检讨则严州傅宗、安成张业、河东邢让；翰林五经博士则天台鲍相；典籍则西蜀李鉴、泰和陈谷；侍书则浙江谢昭。其二人则礼部员外郎临淮凌耀宗，中书舍人江东曹冕。诗成，李贤序之，彭时作后序。

妇人匀面，古惟施朱傅粉而已，至六朝乃兼尚黄。《幽怪录》：神女智琼额黄。梁简文帝诗："同安鬟里拨，异作额间黄。"唐·温庭筠诗："额黄无限夕阳山。"又，"黄印额山轻为尘。"又，词"蕊黄无限当山额。"牛峤词："额黄侵腻发。"此额妆也。北周静帝令官人黄眉墨妆。温诗："柳风吹尽眉间黄"，张泌词："依约残眉理旧黄"，此眉妆也。段氏《酉阳杂俎》所载有黄星靥。辽时俗，妇人有颜色者目为细娘，面涂黄，谓为佛妆。温词："脸上金霞细"，又"粉心黄蕊花靥"，宋·彭汝砺诗："有女天天称细娘，真珠络髻面涂黄"，此则面妆也。

泽州李俊民用章，举承安五年进士第一。金亡后，其同年三十三人惟高平赵楠仅存，又挈家之燕京。俊民感旧游，以诗题"登科记"后云："试将小录问同年，风采依稀堕目前。三十一人今鬼录，与君虽在各华颠。"又云："君还携幼去幽燕，我向荒山学种田。千里暮鸿行断处，碧云容易作愁天。"录中：张孺卿介甫、晁李中宝臣、任德维公理、孔天昭文安、王毅知刚、赵铢敬之，皆中都大兴府人。

元裕之寄书耶律中书，荐当时士大夫在河朔者，固安李天翼、渔阳赵铸、燕人张舜俞、曹居一、王铸，且曰：凡此诸人，虽其学业操行，参差不齐，要皆

天民之秀,有用于世者也。"按虞文靖《学古录》有田氏《先友翰墨序》,称彰德田师孟辑其先友手翰,中有刘百熙字善甫,曹居一字通甫,赵著字光祖,俱燕人。其称著曰大侠。按元集作铸者,字才卿,别是一人也。

唐设九科,童子居其一。贠半千、杨炯、吴通元、裴耀卿、李泌、刘晏,皆由是举。宋则杨亿、宋绶、晏殊、李淑,均以童子出身。然汉有童子郎,梁有童子奉车郎,以童子拜官者多矣。元童子科见于《选举志》者一十六人。仁宗延祐占七年举陈聊,则大兴人也。

明弘治壬戌状元康德涵海、榜眼孙直卿清,皆以不拘小节被劾去国。然二君实才雄一代,德涵词锋如云,直卿劲气毅然不可夺。论者谓二君为是科冠冕,以忌嫉者多,老于摈斥,可惜。

萧道成既篡宋,光禄大夫王琨在晋世已为郎中,攀废帝车恸哭曰:"人以寿为欢,老臣以寿为戚,不能先驱蝼蚁,乃复频见此事。"西涯李阁老咏田蚡乐府曰:"谁云死速不如迟,幸未淮南语泄时。"语意本诸此。

庚子嵩目和峤曰:"森森如千丈松。"卞壶目叔向曰:"朗朗如百间屋。"乃成一佳对。汉人目李元礼曰:"谡谡如松下风。"此等标榜语亦是当时习气。

郑锐、郭仙舟献诗,不切时事,惟崇道德。玄宗皆令罢官为道士。萧瑀好奉佛,亦令出家为僧。孔武仲曰:"如使佞佛者为僧,谄道者为道士,则士夫为异论者息矣。"

官制:五品以上者为大夫,六品以下者为郎官,皆散官也。然各置于官衔之上,如曰:"光禄大夫、太保""承德郎、某部主事"之类,惟翰林则置于官衔之下,如曰:"翰林院学士、奉政大夫""翰林院检讨、从仕郎"之类。盖史官尊重,不欲以散官压之,自明时重翰林始。

明时,朝贵三品则乘轿,荫子,封及三代,俸入优厚,例以隶执长柄大扇拥护。四品以下只于马上用要扇遮日而已。自九卿外三品者多在闲散地,如太常、太仆、光禄卿、京兆尹之类。弘治间多升金都御史,威权虽重,然金都系四品阶,仪制反减削矣。至末年,金都御史出城即乘轿。至今金都为巡抚者肩舆用八人,假用三品仪从也。国子祭酒则自灯市以北改用大轿。故祭酒、金都与府尹皆日半城轿。府尹本三品,不知于何处骑马。

明朝翰林官五品多借三品服色。讲官破格,有赐斗牛服者。毛公纪《归田杂识》云:"当孝宗朝,东宫出阁选侍讲读。是时礼重官僚,特赐予。或亲御春坊,面赐温谕。坊局官即用孔雀金带服色,及奉朝省亲,便用仙鹤服色犀带。"又云:"故事,每岁亲郊庆成,赐文武大臣宴于奉天殿上。御宝座,尚膳进

馔,传旨官人满饮。教坊九奏乐,具如仪。余自为翰林院学士,即得如例升殿,以五品官坐于四品之上,三品后,盖屡预焉。我朝大臣赐座仅见此与耕藉幸学,而此为尤重。"又言:"春秋二丁祭文庙,遣大学士一人行礼,前一日御殿,百官朝服侍班,传制。廷试天下贡士,上御文华殿,内阁率诸臣以第一甲三卷面奏,上亲批定名次。明日早先御华盖殿,内阁复于黼座前拆卷奏名,中书填黄榜,然后御奉天殿传胪。丘文庄公谓谨身读卷,即华盖也。华盖读卷,外朝臣无由而至。是日惟内阁得入殿内,而九卿以下皆在阈限之外。"此亦一代典故。

建置官署,必立土谷祠。翰林院所祠则昌黎伯韩子也。古称乡先生殁而祭于社。夫以土谷名祠,亦祭社之义,宜以乡先生主之。京师燕地,窃谓祀昌黎伯不若易以常山太傅婴也。

《大兴县题名记》,光禄少卿新安尹校书,隆庆四年立。《顺天府尹丞题名记》,工部尚书丰城雷礼文也,嘉靖三十九年立。《寮佐题名碑记》二:一为礼部左侍郎铅山费寀撰,嘉靖二十二年立;一为顺天府通判晋江张问仁撰,万历十三年立。

《宛平县题名记》,翰林院检讨郭盘撰,嘉靖二十八年立。

古葬宫人之所,谓之宫人斜。京城阜成门外五里许有静乐堂,砖甃二井,屋以塔,南通方尺门,谨闭之。井前结石为洞,四方通风。宫人有病,非有名称者,例不赐墓,则出之禁城后顺贞门傍右门,承以敛具,异出玄武门,经北上门、北中门,达安乐堂,授其守者,召本堂土工移北安门外,易以朱棺,礼送之静乐堂,火葬塔井中。凡宫人故,必请旨;凡出必以铜符,合符乃遣。嘉靖末,有贵嫔捐赀,易民地数亩,其焚烬不愿井者悉内地中。

卢沟河畔元有苻氏雅集亭。蒲道源诗:"卢沟石桥天下雄,正当京师往来冲。苻家介侧敞亭构,坐对奇趣供醇酿。"又有野亭,见贡仲章《云林诗集》。今一望礓砾，并民居亦寥寥也。

懿安皇后张氏，性贤明。魏珰诛戮朝士，后闻杨、左诸君子死，色不豫者累月。李自成入犯，思陵将殉社稷，传旨后宫令自裁。时周皇后及贵妃、宫嫔之承宠者皆遵旨毕命。独长公主年尚幼，未奉诏，帝怒，拔刃斫其臂，公主仆地。而宫监王永寿方从懿安皇后宫至，白帝曰："懿安皇后业缢死宫中矣。"帝乃走煤山自经。当魏忠贤柄国时，有养女任氏，美而狡，进之熹宗，立为贵妃。及贼入宫，任诡曰："我天启皇帝后也。"贼不敢犯。既而流转民间，或送于官，永寿从旁窃窥之，曰："此任贵妃也。"贵妃睨永寿，面发赪，旋闭目如不闻见者。永寿终亦不敢置讦也。永寿事熹宗，不入魏党；甲申寇乱后，削发为僧，往来西山间，谈及故宫事，辄语人云。

<h2 style="text-align:center">三</h2>

今人多云，设虚位祫其祖之所自出，如杨志仁复议论者，仅嘉靖十年举行一次，后不复行。适考之《实录》，嘉靖十年辛卯举行，诏以后丙辛年行之。十五年丙申四月仍行大祫礼。二十年辛丑四月九庙火，诏暂罢，遂永停矣。其实行大祫凡两次。

《洪范》五福六极，无贵贱。盖古无不肖而贵，亦无有德而贱者。贵，则禄及之而富矣，故富可以概贵；贱，则禄弗及而贫矣，故贫可以概贱。《周礼》八柄驭群臣，二曰禄，以驭其富；六曰夺，以驭其贫。是也。

"'望其毂，欲其挈尔而纤也'。《注》：'郑司农云：读为纷容掔参之掔'。《疏》：'先郑云此，盖有文，今检未得。'"（注：'先郑'指的是东汉儒家学者郑众,官至大司农,后世又称之为'郑司农',而'后郑'则指晚于他且与他同宗的郑玄。)此句本见《上林赋》:"纷溶箑爹,猗犯从风。"前注"迤崇于畛":"读为'倚移从风'之'移'。"《疏》:"司马

长卿《上林赋》云:'从风倚移'"。此二句连文,而复云"检未得",未知何意?

兑,为口舌。其于人也,但可以为臣为妾而已。以言说人,岂非妾妇之道乎!

凡人于交友之间,口惠而实不至,则其出而事君,必至于静言庸违。故舜之御臣也,敷奏以言,明试以功。而孔子之于门人,亦尝听其言而观其行。

《淮南子·泛论训》:"直躬,其父攘羊,而子证之。尾生与妇人期而死之。"是径以"直躬"为人名矣。然此说本于《吕氏春秋》。

吕子:"昔者禹一沐而三握发,一食而三起,以礼有道之士。"周公吐握之说见于《荀子》,人罕称禹也。

齐武帝云:"学士辈不堪经国,惟大读书耳。经国,一刘系宗足矣。沈约、王融数百人,于事何用!"此大字是多字义。

《艺术传》:"徐之才常与朝士出游,遥望群犬竞走,诸人请令试目之。之才即应声云:'为是宋鹊,为是韩卢,为逐李斯东走,为负帝女南徂!'"此段复见之序传,是温子升与李神俊语。当时传闻之讹,亦失于检正。

宋人有嫁子者云云，其子窃而藏之。君公知其盗也，逐而去之。君公，其舅之称欤？故妇人谓夫之兄曰兄公。

郭况，族姊为皇祖考夫人，谒见，光武大喜，曰："乃今得大舅乎！"按大舅称舅公。

董征迁安州刺史，因述职路次过家，置酒高会，乃言曰："腰龟返国，昔人称荣；仗节还家，云胡不乐！"诫子弟曰："此之富贵非是天降，乃勤学所致耳。"与桓荣稽古之荣，皆老生陋态，遗嗤千古。

李绅《周员外席上观柘枝》诗："画鼓拖环锦臂攘"。今京师迎年鼓制，施两铜环，以手擎之高下，环声相间。疑即其遗制也。

宋湜，字持正。名字与皇甫俱同。《诗笺》"湜"："湜，正持也。"

杜子美《昔游》诗："幽燕凤用武，供给亦劳哉。吴门持粟帛，泛海凌蓬莱。"《后出塞》云："渔阳豪侠地，击鼓吹笙竽。云帆转辽海，粳稻来东吴。"按《唐会要》：开元二十七年

李适为幽州节度、河北海运使。《唐书》：姜师度穿平卤渠以避海难。盖元之海运，自崇明抵直沽；唐时海运，则自登州转而平州，以达于蓟。故子美云然也。

天、地、人，谓之三才。轮人以毂、辐、牙为三才。弓人，胶、漆、丝为三才。然其所谓三才者，亦眇矣。

史记韩世忠江上事云:金山有红袍者堕马,腾而跨之,驰去。今则未见有驰处。史言诬乎? 古今地异乎?

《周礼》注疏,疏糁食菜铼蒸,若今煮菜也。按今俗蒸饼用菜为馅,此类是矣。《易·鼎·九四》:"鼎折足,覆公铼。"郑注云:糁谓之铼。震为竹之萌,曰笋。笋者,铼之为菜也,是八珍之食。按周亦以笋为珍味,故其诗曰:"维笋及蒲"。馈食之笾,亦有笋俎。

廪法有数名。《春秋》:"御廪灾。"天子亦有御廪。单言廪,则平常掌米之廪。《明堂位》:鲁有米廪。有虞氏之学,以有虞氏尚孝,合藏粢盛之委,故名学为米廪,非廪禄也。诗:"亦有高廪",以其"万亿及秭",非藏米之数,故以藏穗言之,与常廪、御廪又异。

《周礼》注:"堂涂,谓阶前,若今令甓裓也。"疏:汉时名堂涂为令甓裓。令甓,则今之砖也;裓则砖道也。令音零,裓音阶。

羊车,注:"羊,善也,羊车若今定张车。"疏:亦未知定张车何所用,但知在宫内所用,故差小为之,谓之羊车也。愚按:定张车与果下马俱宫内所用。

服虔曰:"持高帝衣冠,月旦以游于众庙,已而复之。"按:月旦,谓月出时也。

傅介子年十四,好学书,尝弃觚而叹曰:"丈夫当立功绝域,何能坐事散儒!"弃觚与班生投笔相类。

《春秋》书星孛，有言其所起者，有言其所人者。文公十四年秋，有星孛入于北斗，不言所起，重在北斗也。昭公十七年有星孛于大辰西，及汉，不言及汉，重不在汉也。

按《宋史》祈报礼曰："凡旱、蝗、水潦、无雪，皆禜祷焉。"故《本纪》太祖乾德元年十二月甲寅，命近臣祈雪。开宝五年十二月乙酉朔祈雪，乙卯大雨雪。六年十二月壬午，命近臣祈雪。七年十二月辛亥，命近臣祈雪。太宗雍熙二年十一月戊子，祷雪；十二月癸卯，南康军言雪降三尺。三年十一月丙戌，幸建隆观、相国寺祈雪；十二月乙未朔，大雨雪，宴群臣玉华殿。四年十二月壬寅，幸建隆观、相国寺祈雪；丁巳，大雨雪。淳化二年十一月己酉，幸建隆观、相国寺祈雪。至道二年十二月，命宰相以下百官诣诸寺观祷雪，甲寅雨雪，大有年。仁宗天圣九年十一月己丑，祈雪于会灵观。神宗熙宁元年十一月癸未，命宰臣祷雪。十二月己亥朔，命宰臣祷雪。癸丑祷雪于郊庙社稷。哲宗元祐七年十二月庚午，祈雪。绍圣元年十二月庚辰，命诸路祈雪。终北宋之世，祈雪凡十有五见。或曰：此礼古乎？愚曰：考之《周礼》未见。而《左传》昭公元年：子产曰："山川之神，则水旱疠疫之灾，于是乎禜之；日月星辰之神，则雪霜风雨之不时，于是乎祭之。"此非祈雪之明证乎？或曰：雪风雨之不时，当禜矣；而霜则何为？愚曰：《诗》："正月繁霜。"正月，建巳之月也；《春秋》："冬十月陨霜杀菽"。十月，建酉之月也，于此二月而霜，非灾变之尤者乎？遇灾而惧，故亦为之禜祷焉。

《文献通考》止有祈雨、祈晴，并无祈雪。愚尝谓《通考》虽千古奇书，而多未备。兹其一端乎？又考《唐书·礼乐志》并祈雨、祈晴，亦缺疏矣。祈雪礼实昉于宋。

《晋书·贾谧传》：谧为秘书监，掌国史。先是，朝廷议立《晋书》限断。中书监荀勖谓宜以魏正始起年。著作郎王瓒欲行嘉平以下朝臣尽入晋史。

于时依违未有所决。惠帝立,更使议之。谧上议,请从泰始为断。于是下三府,司徒王戎、司空张华、领军将军王衍、侍中乐广、黄门侍郎嵇绍、国子博士谢衡,皆从谧议。骑都尉济北侯荀唆,侍中荀藩、黄门侍郎华混以为宜用正始开元。博士荀熙、刁协谓宜嘉平起年。谧重执奏戎、华之议,事遂始行。《潘岳传》:谧晋书限断,亦岳之辞也。按:正始,魏主曹芳年号,始庚申,终戊辰,凡九年。嘉平,则芳在位之第十年,己巳,司马懿杀曹爽,自为丞相时也。又后十六年,方为泰始元年乙酉,司马炎篡魏自立矣。窃以贾谧限断请自泰始,虽圣人亦不能废其言。

《吕氏春秋·尊师》云:"子张,鲁之鄙家也;颜涿聚,梁父之大盗也;学于孔子。段干木,晋国之大驵也,学于子夏。高何、县子石,齐国之暴者也,指于乡曲,学于子墨子。索卢参,东方之钜狡也,学于禽滑黎。此六人者,刑戮死辱之人也。今非徒免于刑戮死辱也,由此为天下名士显人,以终其寿,王公大人从而礼之。此得之于学也。"

《史记·李斯列传》:"秦王乃拜斯为长史,听其计,阴遣谋士赍持金玉以游说诸侯。诸侯名士,可下以财者厚遗结之;不肯者利剑刺之。离其君臣之计。"又《张耳陈余列传》:"秦灭魏数岁,已闻此两人魏之名士也。"

或问:名士之称何昉乎?曰:见于经,则《月令》聘名士。见于史,则《李斯传》"诸侯名士",《张耳陈余传》"此两人魏之名士"。见于子,则子张、颜涿聚、段干木、高何、县子石、子索卢参,此六人"为天下名士显人"是也。大抵名士之称,权舆于六国之末,而极盛于东汉之世。

张天如史论有云:"桓帝之世,有宦官,有名士。天子为宦官而驱除名士。灵帝之世,有宦官,无名士。宦官不复畏名士,而专制天子。"

北齐济南王立为皇太子,初学反语,于"迹"字下注云"自反"。侍者未达其故,太子曰:"迹字足旁亦,岂非自反耶?"以足亦反为迹也。

《魏书》：安同，父屈，仕慕容暐，为殿中郎将。同长子亦名屈，典太仓事，盗粳米者也。孙竟与祖同名。

魏黄门王遵业，风仪清秀，从容恬素，若处丘园。尝着穿角履，好事者多毁履以学之。可与郭泰折角巾作对。

世传宣炉由炼铜十二火，故有光彩。而云南丽江之铜甚精，曝以日光，即有光彩。安知宣炉非此铜所铸？宣炉世所重者，如鳅耳、鱼耳，雅式者也。亦有至怪之式，如波斯马槽者，而实出宣朝所作。

宋砚大抵不发墨。近年竭江以取下岩之石曰蕉叶自者，发墨如泛油。则知传世宋砚本非良材。砚取发墨，非止易浓，亦以作字有宝光耳。

宋之团茶，末之而加以香药，失茶之本味，极为可笑。而墨则必贵香，冰麝之值倍烟值。

造墨用独草取烟，独草则烟细，而烟非桐油不黑。墨工在徽、歙，而烟则产于楚地，彼处产桐子故也。

文衡山曾见一纸，广二丈。赵文敏不敢作字，题记而已。此必王家之物，不知纸工以何器成之。

墨之善者不独在烟，亦在于杵。墨料同而蒸槌多百日者则倍胜，更多更胜。李廷珪墨可以刮舌，殆亦以此。

墨用鹿角胶，非良法也。墨忌者卤气，鹿生深山中，其角犹有卤气，生海滨者更甚。但用黄牛之革，天泉漂之，至卤气去，煎之成胶，即以人烟最善。若寒凝之后更溶化而为之，即不尽美。故曰：胶新杵到。

古之车战，以一车统百人，万人只须百车统之。法甚简易。废车用步法，不得不密，密则烦矣。

古兵法只用车，驾车以马。故《周礼·夏官》称司马。国大则马多，故问国君之富，数马以对。

獠猥兵器，每洞各习一种。其习标枪

者，铁刃重二斤，把围之木，一臂而开，发无不中。狼兵则专习笓。田州岑氏则习双刃，皆绝技也。邻洞莫非世雠，其精兵留以自卫，应调乃次等者。

西人风车借风力以转动，可省人力。此器扬州自有之，而不及彼之便易。西人取井水以灌溉，有恒升车，其理即中国之风箱也。

中国用桔槔，大费人力。西人有龙尾车，妙绝。其制用一木柱，径六七寸，分八分。橘囊如螺旋者围于柱外，斜置水中而转之。水被诱则上行而登田。又以风车转之，则数百亩田之水，一人足以致之，大有益于农事。苟得百金，鸠工庀材，必相仿效，通行天下，为利无穷。

中国鸟铳，利器也。倭人来，始得其式。倭人鸟铳之底不焊，焊者有失。

作螺旋铁砧,塞之不炸,又可水涤也。近处有照星,铳端有照门,照星、照门与所击之物相应,发无不中,矢又去远,远胜弓矢。

宋之神臂弓,本弩也,名为弓者有故。弓弦必刮弩臂而行,弓力不尽于矢。神臂于臂之行矢处削而下之,弦得空行,力得尽于矢也。

龙蛰而起,其破墙屋,穴如碗许大,无风雷,无云水。蛟、蜃则乘风雷作大水出,而伤物甚多。龙故称为神也。释典言:龙有蛇形、马形、蛤蟆形者。又言:天帝宫殿在空中,乃龙持之。又言:龙能变人形,唯生时、死时、睡时、淫时、嗔时,不能变本形。又言:龙有热沙着身、烈风坏衣之苦,有金翅鸟吞噉之苦。

天龙为贵,海龙次之,江湖之龙又次之,井潭之龙下矣。

龙喜睡,数百年一觉,甚至积沙其身成村落。觉即脱神弃身而去,不伤于物。

神龙行雨以利物,毒龙为恶风以害物。

海中夏秋间,时有取水之龙。云断处如悬一带,袅袅而动。海运之道,每当龙宫而过,舟师识之,其水湛然,人不敢作语声。不知者发铳,则惊跃而破舟矣。

定海有龙夜归，目如双炬。指挥万姓者不知，以为寇警，发矢射之，伤一目。风涛大作，舟击撞而破者甚众。其后龙出止见一炬。龙于淫时不能变形，则非人所能匹。《柳毅传》亦不读释典者所作。

释典言：毒龙目光及人，其人即死。又言：以龙心念力，故水即沛然，则不在乎取水以成雨也。

龙以石为食，挛攫所及，石即如粉。夏禹凿三峡门、龙门，必是役龙为之，非人力所及也，故曰神禹。

陈宠曰：萧何草律，俱避立春之月，而不计天地之正、三王之春，实颇有违。此亦三王改月并改时之一证也。

上巳被除谓之戒浴，见被除疏。挚虞、束皙之对皆失引，或贾氏是唐人语。

明弘治六年奏准每科一选，不拘地方，不限年岁，待进士分拨办事之后行。令有志学古者各录其平日所作古文十五篇以上，限一月以里投送礼部。礼部阅试讫，编号分送翰林院考订文理。可取者按号行取，吏部该司仍将各人试卷记号名送内阁，照例考选。每科取选不过二十人，留不过三五人。

四

古人咏史，叙事无意，史也，非诗矣。唐人实胜古人，如："江流石不转，遗恨失吞吴。""武帝自知身不死，教修玉殿号长生。""东风不假周郎便，铜雀春深锁二乔。""此日六军同驻马，当时七夕笑牵牛。"诸有意而不落议论，故佳；若落议论，史评也，非诗矣。宋已后多患此病。愚谓唐诗宗旨断绝五百余年,此亦一端。

咏史只可用本事中事,用他事中事,须宾主历然,若只作古事用之,便不当行。如:"太平天子朝元日,五色云车驾六龙。"元者,玄元皇帝老子也,唐世奉为始祖,事固诬诞。天子五色车,用汉武甲乙日青车、丙丁日赤车事。周伯强引杜预《左传序》语,谓之"具文见意",以其意在文中,更不出意也,乃为高手。

今世之大为诗害者,莫过于作步韵诗。唐人中、晚稍有之,宋乃大盛,故元人作《韵府群玉》。今世非步韵无诗,岂非怪事? 诗既不敌前人,而又自缚手臂以临敌,失计极矣。愚曾与友人言此,渠曰:"今人止是做韵,谁曾做诗?"此言利害,不可不畏。若人不戒绝此病,必无好诗。

诗乃心声,性情中事也。发乎情,止乎礼义,故谓之性。亦须有才,乃能挥拓;有学,乃不虚薄杜撰。才、学之用于诗者,如是而已。昌黎逞才,子瞻逞学,便与性情隔绝。

《雅》《颂》多赋,《国风》多比兴。《楚辞》从《国风》而出,纯是比兴,赋义绝少。唐人诗宗《风》《骚》,多比兴;宋诗比兴已少;明人诗皆赋也,便觉版腐少味。

山谷"猩猩毛笔"诗,不失唐人丰致,反自题为戏作,失正眼矣。

唐人诗意不在题中,亦有不在诗中者,故高远有味。虽作咏物诗,亦必意有寄托,不作死句。老杜"黑白鹰"、曹唐"病马"、韩偓"落花"可证。今人论诗,惟恐一字走却题目,时文也,非诗也。

自五代兵革,中原文献凋落,诗道失传,而小词大盛。宋人专意于词,实为精绝;诗其尘饭涂羹,故远不及唐人。

人情好新,今日忽尚宋诗。举业欲干禄,人操其柄,不得不随人转步。诗取自适,何以随人?

诗之学古,如孩提不能无乳姆也。必自立而后成诗,犹之能自立而后成人也。明之学老杜、学盛唐者,皆一生在乳姆胸前过日。

庾子山句句用事,固不灵动;六一禁绝之,一事不用,故遂至于澹薄空疏,了无意味。

唐人有寄托,故使事灵;后人无寄托,故使事版。

刘禹锡云:"阁上掩书刘向去,门前修刺孔融来。"借古以叙时事则灵动。武元衡云:"刘琨长啸风生坐,谢朓题诗月满楼。"实用古事而无寄托,便成死句。

建安无偶句,西晋颇有之。日盛月加,至梁、陈谓之格诗,有排偶而无粘。沈、宋又加剪裁,遂成五言唐律。《长庆集》中尚有半格体。

七言,汉人犹未成体,至魏文帝之《燕歌行》而成体,至梁人渐近于律,至初唐而遂成七言律诗。

七言歌行始于六朝,其间有长短句,有换韵,音节低昂,声势稳密,居然近体,非古诗也。

《北史·卢思道传》曰:"周武帝平齐,授思道仪同三司,追赴长安。与同辈杨休之等数人作《听鸣蝉篇》,思道所为,词意清切,为时人所重。新野庾信遍览诸同作者而叹美之。"今读其词,居然初唐王、杨诸子。隋炀帝《江都宫乐歌》,七言律体已具,律诗亦不始于唐。

五、七言绝句,唐人加以粘缀,声病耳,其体未变于古也。

五言律诗,其气脉犹与古诗相近,至于七言律诗,则别一世界矣。

六朝人凡两句谓之联,凡四句谓之绝,非必以四句一篇者为绝句。

休文八病,宋人已不能辨。大约有声病、守粘缀、无叠韵、不口吃者,八病俱离。

口吃诗,即翻也;叠韵诗,即切也。"古今贵经教",口吃也;"屋北鹿独宿",叠韵也。口吃亦名双声。

"独树临江夜泊船",或本作"独戍"。愚谓大江中有戍兵处,可泊船,以"独

戍"为是。后读《宋史·王明传》，见其地有独树口，不觉自失。

唐人以韵字之少者，与他部合之为通用。哈当与佳通，以隔一部故，遂与灰通，以致字声乱极。

韵本休文小学之书，以为诗韵，已误。今人又作词韵，谬之谬也。

人之作诗，必宗"三百篇"，而用韵反不宗之，岂非颠倒？

"东"翻"登"，"冬"翻"丁"，声固不同，而非不可同押者也。休文诸公强作解事，分为二部，后人以是唐人所遵，不敢相异。

赵文敏诗，不独在元人为翘楚，在宋可比晏同叔。而本传云："以书画掩其文章，以文章掩其经济。"元世祖开国之君，所用当不谬也。

杨铁崖乐府，别是一种奇特之文，谓之乐府则不可，李宾之亦然。

汉人乐府多浓谲，"十九首"皆高澹，而"文选注"亦有引入乐府者，不知何故。

乐府，汉武所立之官名，非诗体也。后人以为诗体。

古人乐府词，有切题者，有不切题者，其故不可解。

少陵自作新题乐府，固是千古杰人。

大抵古人诗有专为乐歌而作者，谓之乐府；亦有文人偶作，乐工收而歌

国学经典文库

纳兰容若全集

渌水亭杂识

图文珍藏版

之者,亦名乐府。

乐府题,今人多不能解,则不必强作李于鳞。优孟衣冠,徒为人笑。

《焦仲卿妻》又是乐府中之别体,意者如后之《数落山坡羊》,一人弹唱者乎?

曲起而词废,词起而诗废,唐体起而古诗废。作诗欲以言情耳,生乎今之世,近体足以言情矣。好古之士,本无其情,而强效其体以作古乐府,殊觉无谓。

律诗,近体也。其开承转合,与时文相似,惟无破承起讲耳。古诗,则欧、苏之文,千变万化者也。作时文者多不敢擅作古文,而作律诗者无不竟作古诗,可乎哉?

古诗,汉·枚乘所作,有在"十九首"中者,然亦不殊于建安。但举建安之名,以为宗极可也。

阮公《咏怀》不下建安人作,自此而后,西晋已变,建安体绝于阮公。

西晋之《白纻舞词》不言何人作,那得下于汉人?

东晋竟无诗,至陶、谢而复振。

康乐,矜贵之极,不知者反以为才短幅狭,将为东坡如搓黄麻绳千百尺乎?

诗至明远而绚

丽已极,虽不似建安,而别立门户,不肯相下也。

昌黎作《王仲舒碑》,又作志;作《刘统军志》,又作碑。东坡作《司马公行状》,又作碑。其事虽同,而文词句律乃无一字相似者。蔡中郎为陈太丘、胡广作碑,及为二公作祠铭,同者乃十七八。

韩退之作《博士李君墓志》,通无一语及其家世、宦迹、才行,直谓其误服方士柳泌药下血以死,且援引数人同以是死者,自李虚中、孟简、卢坦而下六七人。其文甚奇。公刻意而作,意欲后世永为鉴戒。然古今碑志无此体也。虞伯生作《晏氏家谱序》亦历数宋·窦俨、贾昌期而下数十人之子孙隆替,当亦效昌黎而作,然于晏氏亦有感激称颂语,不似昌黎之漠然于李氏也。

欧阳公《谢赐衣带马表》,东坡幼时,老泉命拟作,语意甚工。明成化丙午,场屋出此题以试士,所刻程文则益该博精切。至弘治壬子,复出魏征《谢黄金底马》,则益工矣。余意谓宋人尚四六,丙午刻者不失为宋表。壬子所刻,唐人则无是语也。后见常衮集中有《谢绯衣银牙笏玉带表》云:"臣学愧聚萤,才非倚马。典坟未博,谬膺良史之官;词翰不工,叨辱侍臣之列。惟知待罪,敢望殊私。银章雪明,朱韨电映;鱼须在手,虹玉横腰。祗奉宠荣,顿忘惊惕。蜉蝣之咏,恐刺《国风》;蝼蚁之诚,难酬天造。"然则唐世已有此体矣。

唐之诗人惟陈子昂、张说、高适集中间有幽州之作,此外游宦于兹土者寡。宋则非奉使不至,故题咏亦无多。王之涣《九日送别》诗云:"蓟庭萧瑟故人稀,何处登高且送归。今日暂同芳菊酒,明朝应作断蓬飞。"窦巩《蓟门》诗云:"自从身属富人侯,蝉噪槐花已四秋。今日一茎新白发,懒骑官马到幽州。"马戴诗云:"荆卿西去不复返,易水东流无尽期。日暮萧条蓟城北,黄沙白草任风吹。"张末诗云:"十月北风燕草黄,燕人马饱风力强。虎皮裁鞍雕羽箭,射杀阴山双白狼。"四诗辞俱工。其余杂见于出塞送行之作,如:"屡战桥恒断,长冰堑不流。"徐陵诗。"塞禽惟有雁,关树但生榆。"王褒诗也。"万里寒光生积雪,三边曙色动危旌。"祖咏诗也。"日生方见树,风定始无沙。"裴说诗也。"沙河流不定,春草冻难青。"王贞白诗也。"风折旗杆曲,沙埋树秒平。"马戴诗也。"黄云战后积,白草暮来看。"释皎然诗也。"塞馆皆无簟,儒装亦有弓。""已行难避雪,何处合逢花。"项斯诗也。"戍楼承落日,沙塞碍征蓬。"张蠙诗也。"有雪常经夏,无花空到春。下营云外火,驱马月中尘。"于鹄诗也。"野烧枯蓬旋,沙风匹马冲。"黄滔诗也。"儿童能走马,妇女亦弯弓。"欧阳修诗也。"边日照人如月色,野风吹草作泉声。"范镇诗也。

皆善状燕中风景者。

李群玉《湘妃庙诗》:"相约杏花坛上去,画阑红紫斗揎捕。"范摅《云溪友议》曰:"群玉题庙见二女,曰:'二年当与君为云雨之游。'段成式戏之曰:'不意足下是虞舜之辟阳。'"诗人轻薄至此,比于周秦行纪,甚矣。按舜升遐已一百十岁,三十征庸,帝妻二女,度其年已及笄,至此时亦是七八十岁老妪。后人纷纷摹拟湘筠染泪,比迹巫山,非独亵慢圣人,亦且有乖事实。

唐·李益赠卢纶诗曰:"世故中年别,余生此会同。却将悲与病,独对朗陵翁。"卢和云:"戚戚一西东,十年今始同。可怜风雨夜,相对两衰翁"句律悽惋,如出一口。

张继在临川寄皇甫冉诗曰:"京口情人别久,扬州估客来疏。潮至浔阳回去,相思何处通书。"以上三句见下一句,

别是一体,然其声调亦不愧盛唐。冉答之云:"望望南徐登北固,迢迢西塞望东关。落日临川问音信,寒潮惟带夕阳还。"不但格律与之相埒,而一时相与之情亦可想见也。

王建《宫词》:"太仪前日暖房来,嘱向昭阳乞药栽。敕赐一科红踯躅,谢恩未了奏花开。"今人有迁居或新筑室,朋侪醵金往贺,曰"暖房",盖自唐人已有之矣。

《兰亭》记丝竹管弦之词,诚为重复。然不特右军言之,西汉《张禹传》"后堂理丝竹管弦",则汉初已有此语矣。

六一诗云:"徐福行时书未焚,逸书百篇今尚存。令严不敢传中国,举世无由识古文。"谓日本国有逸书,历问之贸易往来,不然。昔又传闻彼国无《易经》,舟中有此经,即波浪不得过,亦不然。

元遗山编唐诗,鼓吹以柳子厚"登柳州城楼"诗置之篇首。此诗果足以压卷乎?且其中许浑诗入选最多。今人脍炙不厌,无怪乎诗格日卑。

丁鹤年，西域人。洪武初，回回人禁例甚严，行止皆不得自由。丁尝有诗云："行踪不定枭东徙，心事惟随雁北飞。"刘伯温家居危疑，《九日》诗云："薏苡明珠千古恨，却嫌黄菊似金钱。"其意皆可伤也。

《花间》之词如古玉器，贵重而不适用；宋词适用而少贵重。李后主兼有其美，更饶烟水迷离之致。

词虽苏、辛并称，而辛实胜苏。苏诗伤学，词伤才。

宋人好推誉本朝人物。以六一比子长，犹十得五六；以放翁比太白，十不得三四。

昔人好取华丽字以名类事之书，如编珠、合璧、雕金、玉英、玉屑、金钥、金匮、宝海、宝车、龙筋、凤髓、麟角、天机锦、五色线、万花谷、青囊、锦带、玉连环、紫香囊、珊瑚木、金銮、香蕊、碧玉、芳林之属，未能悉数。闻国学镂版向有《玉浮图》，不知何书，当亦属类家也，又有《孟四元赋》。孟名宗献，字友之，自号虚静居士，金时冠于乡、于府、于省、于御前，故号四元。其律赋为学者法，然《金史》不入"文苑"之列，惟见于刘京叔《归潜志》。

三教中皆有义理，皆有实用，皆有人物。能尽知之，犹恐所见未当古人心事，不能伏人。若不读其书，不知其道，唯恃一家之说冲口乱骂，只自见其孤陋耳。昌黎文名高出千古，元晦道统自继孔孟，人犹笑之，何况余人。大抵一家人相聚，只说得一家话，自许英杰，不自知孤陋也。

读书贵多贵细，学问贵广贵实，开口捉笔，驷马不及，非易事也。

儒道，在汉为谶纬所杂，在宋为二氏所杂。杂谶纬者粗而易破，袭二氏者细而难知。苟不深穷二氏之说，则昔人所杂者必受其瞒，开口被笑。

《楞严》云：以世界轮迴取颠倒，故人、畜、仙，其类充塞。世之学仙者守清净而间阴阳。非色界天无女人，但有色身，故名色界。欲念消尽者生于此。玉帝犹在欲界第二天，其上更有四层，皆有女人。有女则有欲，但以次轻微而上耳。神仙统于玉帝，事可知矣。人世事，释典无不言之，谓有力者从修罗、虎、象中来。

唐太宗命三藏法师取经，既至西域，有老僧年已七百，谓之曰：“此间经籍甚多，人命短促，能读几何？须服我延年药，庶可读少分。”藏师以帝命有定期而辞之。

《楞严》翻译在武后时，千年以来，皆被台家拉去作一心三观。万历中年僧交光始发明根性，宗趣暗室一灯矣。钱牧斋研究之工，远过钟伯敬。钟于《楞严》，知有根性，钱竟不知也。生天牧斋必在伯敬前，成佛当在伯敬后。

人不可强所不知以为知。唐荆川博极群书,其作《稗编》,门类议论无不精确,唯所列释氏之徒,宗教不分,为人所议。

万松老人,耶律文正王之师也。其语文正王曰:"以儒治国,以佛治心。"王亟称之,谓:"云门之宗,悟者得之于紧峭,迷者失之识情。临济之宗,明者得之于峻拔,昧者失之卤莽。曹洞之宗,智者得之于绵密,愚者失之廉纤。独万松老人全曹洞之血脉,具云门之善巧,备临济之机锋,诚宗门之大匠,四海之所式范。"其倾心至矣。老人有《万寿语》,录释氏新闻。又善抚琴,尝从文正王索琴,王以承华殿《春雷》及种玉翁《悲风谱》赠之。见《湛然居士集》。且作诗寄老人,有"一曲悲风对谱传"之句。又尝寄孔雀便面,附以诗云:"风流彩扇出西州,寄与白莲老社头。遮日招风都不碍,休从侍者索犀牛。"传之法门,亦佳话也。

元人事佛,最可笑者游皇城一事,作史者乃载入《祭祀志》,甚无识见。

明·慈圣太后生于漷县之永乐店,事佛甚谨,宫中称为九莲菩萨。每岁十一月十九日为其诞辰,百官率于午门前称贺,长安百姓妇孺,俱与佛寺前焚香祝禧。享天子奉养四十三年,古今太后称全福者所未有也。

火葬倡于释氏,末俗因之。焚尸之惨,行路且不忍见,况人孤、人弟乎?燕京土俗,以清明日聚无主之枢,堆若丘陵,又剖童子之棺敛而未化者,裸而置之高处,剪纸为旗,缚之于臂,此尤不仁之甚矣。或谓火化俗始自元代,然世祖至元十五年曾严焚尸之禁,且载《大元典章》,论世者未之考尔。

史籍极斥五斗米道,而今世真人实其裔孙,以符箓治妖有实效。自云其祖道陵与葛玄、许旌阳、萨守坚为上帝四相。其言无稽,而符箓之效不可没也。故庄子曰:"六合之内,圣人论而不议;六合之外,圣人存而不论。"

少所见多所怪,见骆驼谓马肿背。《楞严》言十二类生甚详,而谭景升《化书》举之以为异事,人安可不学乎?

释典多言六道，唯《楞严》合神仙而言七趣。神仙在天下之人之上，虽是长年，实有死时，故又言寿终仙再活，为色阴魔也。道士每言历劫不死。夫众生以四大为身，神仙又以四大之精华为身，故得长年。至劫坏则四大亦坏，身于何有而可言历劫？旅次一食可以疗饥，一宿可以适体，谓之到家可乎？

以一药遍治众病之谓道，以众药合治一病之谓医。医术始于轩辕、岐伯，二公皆神仙也。故医术为道之绪余。

《楞严》所言十种仙，唯坚固变化是西域外道，余九种东土皆有之。而魏张人元、旌阳地元、丘长春天元为最盛。取药于人之精血者为人元，取药于地之金石者谓之地元，取药于天之日精月华者谓之天元。而餐松食柏如木客毛女辈者，名为草仙，非所贵也。地元、人元有治病接命之术，天元无之。

明·惠安伯张庆臻患痛疾，伏床七年。涿州冯相国请道师梁西台治之，吸真气二三口。再阅日，庆臻设宴请道师，能自行宾主之礼。京师人所共知者。

劳山、青城、太白、武当诸深山人迹不至之地，有宋元以来不死之人，皮着于骨，见者返走，皆草仙也。既入此途，则与三元永绝。故平叔云："未炼还丹莫入山,山中内外尽非铅"也。然唯绝于人元,而地元、天元则可作。

《楞严》所谓坚固动止而不休息,即华佗之五禽戏法,庄子所谓熊经鸟伸也,以之治病亦有效,成仙则未闻也。

什师《维摩经》注有云:天人以山中灵药置大海中,波涛日夜冲激,遂成仙药。又在《楞严》十种之外,以非人所能为故也。

兽中唯狐最灵,猿次之。狐多成仙,服役于上帝,如宫奴阉者然。猿,地仙耳。

金华人家忌畜纯白猫,能夜蹲瓦顶,盗取月光,则成精为患也。兽亦知天元哉!

鹿仙,非鹿成仙也。山中道士知人元之法者,以鹿代人取药物以有成者之名也。

人之得药者有洗心之工,丹房器皿,弃之而去,故得成仙。不弃去,只成接命者异类。类为蘖,无不击于雷神,淫致祸也。乍能变为人形,以为稀事,奇味耽溺不舍,以致丧命,非药之咎也。《楞严》又有云:"日月薄蚀,精气流注,著物成妖。"亦天元之意也。古人有不修而得仙者,其偶遇此精气乎?

魏伯阳以六十四卦譬喻丹道之药物火候,后人遂引《易》成仙家之书。

仙书唯《参同契》《入药镜》《悟真篇》是真书,其外《钟吕问答》《仙佛同源》等皆伪。

谚语云:"剑法不传"。有王老人云:"非不传也,剑以槊比之,锋锷如槊刃,而以身为之柄。徽州目连獛人之身法,轻如猿鸟,即剑法也。"

唐人小说所言剑仙,似乎寓言。而钱牧斋于明末,有客谒之,方巾青布袍,钱以下客畜之。数日后造钱之友冯班,谓曰:"古有剑术,予即其人也。闻牧斋名,故来见之,乃俗流不我识也。"班问其术,答曰:"亦服药,亦祭炼。术成,遇大风即蓦然起行,不觉已乘空矣。后则微风初起而为之,又后则见旭日之光即为之,久久无不如意矣。"言别送至门外,相揖。班揖起,已失其人。

由吾道荣善洞视萧轨之败,言之如目见。盖即道家之所谓出神也。

中行说难汉使曰:"且礼义之敝,上下交怨,而室屋之极,生力屈焉。"此老氏之旨,当时文帝尚黄老,故其一时相习成风如此。

张紫阳之丹法,阴阳清净兼用之。不得其全者互相攻诋,终无效也。唯治病则偏者亦有效,接命则偏者不可矣。

人唯种禾以取米,则糠自得,本无种糠之法。地元之用金石亦然,而世之种糠者甚多。

涿州冯相国之长子名源淮,作元戎于楚时,追取银魂,每两一分,存者散碎为铜铁,天主教之法也。其人来中国,携银甚多,以追取其魂,故行囊不重滞,名"老子藏金法"。

以药汁蒸取黄金之汗以治火病,其效如神。明末宿将曾有之,尝以示客,状如麻油。自云:"攻南方时,有大将被铳伤垂死者,与二匙即愈。"铅汗亦可用,噎隔者进之直下无阻。呕吐之甚者,大肠中粪秽从而出,立刻命尽。非得金石重药,无以治之。草木药轻浮,随呕而出也。故地元家谓草木经火则灰,经水则烂,不可为丹药。金则水火不能伤,故能养命。《抱朴子》中有服金银法。王涯置金沙于井而饮其水,甘露之变受刑,肉色如金。

以药汁浸珠自成粉,能治危病,又能救记性,不健忘。

《相如传》言:在梁著《子虚赋》,天子读而善之。相如曰:此诸侯之事未足观,请为天子游猎之赋。上令尚书给笔札。相如以"子虚",虚言也,为楚称;"乌有先生"者,乌有此事也,为齐难;"亡是公"者,亡是人也。欲明天子之义,故虚借此三人为辞。其为"子虚"也,既立此三人名以为上林之地矣。后《上林赋》"亡是公"语与"乌有先生"齐难紧接,无从分段,不知缘何有先后篇之别,岂著《上林》时始改剟前赋而为之耶?不然,则前赋为不了语矣。

注:本篇《渌水亭杂识》,摘自《通志堂集》,包含了其中十五卷到十八卷的全部内容,且按照各卷的原篇章始末将其分为以上四节。纳兰容若于《渌水亭杂识》小序中写道:"癸丑病起,披读经史,偶有管见,书之别筒。或良朋莅止,传述异闻,客去辄录而藏焉。逾三四年遂成卷……"由此可知,《渌水亭杂识》应当作于康熙十二年(一六七三年)至康熙十五年(一六七六年)间,即在他18~21岁之间完成。而且,由小序也可以看出,纳兰容若并未将《渌水亭杂识》认为是自己的研究成果,而是通过和朋友在聊天中的相互切磋,再加上自己的研究,共同取得此成就。

《纳兰容若词集序跋》汇编

徐乾学《通志堂集序》
（康熙刻本《通志堂集》卷首）

往者，容若病且殆，邀余诀别，泣而言曰："性德承先生之教，思钻研古人文字，以有成就，今已矣。生平诗文本不多，随手挥写，辄复散佚，不甚存录。辱先生不鄙弃，执经左右，十有四年。先生语以读书之要，及经史诸子百家源流，如行者之得路。然性喜作诗余，禁之难止。今方欲从事古文，不幸遘疾短命，长负明诲，殁有余恨。"余闻其言而痛之，自始卒以及殡阼，临其丧哭之必恸。其葬也，余既为之志，又铭其隧道之石，余甚悲。容若以豪迈挺特之才，勤勤学问。生长华阀，澹于荣利。自癸丑五月始逢，三、六、九日黎明骑马过余邸舍，讲论书史，日暮乃去，至人为侍卫而止。其识见高卓、思致英敏，天假之年，所建树必远且大。而甫及三十，奄忽辞世，使千古而下，与颜子渊、贾太傅并称。岂为忝长一日者有祝予之悲，海内士大夫无不闻而流涕，何其酷也。余里居杜门，检其诗词、古文遗稿，太傅公所手授者，及友人秦对岩、顾梁汾所藏，并经解小序，合而梓之，以存梗概，为《通志堂集》。碑志、哀挽之作，附于卷后。呜呼！容若之遗文止此，其必传于后无疑矣。记其撤瑟之言,宛如昨日。为和泪书而序之。重光协洽之岁,昆山友人健庵徐乾学书。

严绳孙《成容若遗稿序》
(康熙刻本《通志堂集》卷首)

始余与成子容若定交,成子年未二十。见其才思敏异,世未有过之者也。使成子得中寿,且迟为天子贵近臣,而举其所得之岁月,肆力于六经诸史百家之言,久之,浩瀚磅礴,以发为诗歌、古文词,吾不知所诣极矣。今也不然。追溯前游,十余年耳。而此十余年之中,始则有事廷对所习者,规摹先进为殿陛敷陈之言。及官侍从,值上巡幸,时时在钩陈豹尾之间。无事则平旦而入,日晡未退以为常。且观其意,惴惴有

临履之忧,视凡为近臣者有甚焉。盖其得从容于学问之日,固已少矣。吾不知成子何以能成就其才若此。抑尝计之,夫成子虽处贵盛,闲庭萧寂。外之无扫门望尘之谒,内之无裙屐丝管、呼卢秉烛之游。每夙夜寒暑、休沐定省。片晷之暇,游情艺林。而有能撷其英华,匠心独至,宜其无所不工也。至于

乐府小词，以为近骚人之遗，尤尝好为之。故当其合作，飘忽要眇，虽列之花间、草堂，左清真而右屯田，亦足以自名其家矣。嗟呼！天之生才，而或夺之年，如贾傅之奇气卓识，度越今古无论。其次文章之士，若唐王勃之流，藻艳飙驰，一往辄尽。故裴行俭之论，有以卜其所止。今成子之作，非无长才。而蕴藉流逸，根乎情性。所谓人所应有，己不必有；人所应无，己不必无。虽

使益充其所至，犹疑非世之所共识赏，而造物厄之何耶！虽然，修短天也。夫士亦欲其言之传耳。今健庵先生已缀辑其遗文而刻之，盖不徒笃死生之谊也，后世必更有知成子者矣。独是余与成子周旋久。于先生之命序是编，其能不泫然而废读乎。康熙三十年秋九月，无锡严绳孙题。

张纯修序《饮水诗词集》(康熙三十年张纯修刻本)

余既衰容若诗词付之梓人，刻既成，谨泚笔而为之序曰：嗟乎！谓造物者而有意于容若也，不应夺之如此之速；谓造物者而无意于容若也，不应畀之如此其厚。岂一人之身，故有可解不可解者耶。容若与余为异姓昆弟，其

生平有死生之友曰顾梁汾。梁汾尝言:人生百年一弹指顷,富贵草头露耳。容若当思所以不朽,吾亦甚思所以不朽。容若者,夫立德非旦暮间事,立功又未可预必无已。试立言乎。而言之仅仅以诗词见者,非容若意也,并非梁汾意也。语云:非穷愁不能著书。古之人欲成一家之言,网罗编茸,动需岁月。今容若之才,得于天者,非不最优。而有章服束其体,有职守以劳其生,复不少假之年,俾得殚其力以从事于儒生之所为。噫嘻!岂真以畀之者夺之,而其所不可解者,即其所可解者耶。梁汾从京师南来,每与余酒阑灯灺,追数往事,辄相顾太息,或泣下不可止。忆容若素矜慎,不轻为文章,极留意经学,而所为经解、诸序,从未出以相示。此卷得之梁汾手授,其诗之超逸,词之隽婉,世共知之。而其所以为诗词者,依然容若自言:如鱼饮水,冷暖自知而已。区区痛惜之私,欲不言不忍。姑述其大略如是云。时康熙辛未仲秋,古燕张纯修书于广陵署之语石轩。

顾贞观《纳兰词·原序》
(道光十二年汪元治结铁网斋刻本)

非文人不能多情,非才子不能善怨。骚雅之作,怨而能善,惟其情之所钟为独多也。容若天资超逸,隽然尘外。所为乐府小令,婉丽清凄,使读者哀乐不知所主,如听中宵梵呗,先凄惋而后喜悦。定其前身,此岂寻常文人所得到者。昔汾水秋雁之篇,三郎击节,谓巨山为才子。红豆相思,岂必生南国哉。苏友谓余,盍取其词尽付剞劂。因与吴君次共为订定,俾流传于世云。同学顾贞观识。时康熙戊午又三月上巳,书于吴趋客舍。

吴绮《纳兰词·原序》
（道光十二年汪元治结铁网斋刻本）

一编（侧帽），旗亭竞拜双鬟；千里交襟，乐府唯推只手。吟哦送日，已教刻遍琅玕：把玩忘年，行且装之玳瑁矣。迄因梁汾顾子，高怀远询停云；再得容若成君，新制仍名《饮水》。披函昼读，吐异气于龙宾；和墨晨书，缀灵葩于虎仆。香非兰苣，经三日而难名；色似蒲桃，杂五纹而奚辨。汉宫金粉，不增飞燕之妍；洛水烟波，难写惊鸿之丽。盖进而益密，冷暖只在自知；而闻者咸噱，哀乐浑忘所主。谁能为是，辄唤奈何。则以成子姿本神仙，虽无妨于富贵；而身游廊庙，恒自托于江湖。故语必超超，言皆奕奕。水非可画，得字

成澜；花本无言，闻声若笑。时时夜月，镜照眼而益以照心；处处斜阳，帘隔形而不能隔影。才由骨俊，疑前身或是青莲；思自胎深，想竟体俱成红豆也。嗟乎！非慧男子，不能善愁；唯古诗人，乃云可怨。公言性吾独言情，多读书必先读曲。江南肠断之句，解唱者唯贺方回；堂东弹泪之诗，能言者必李商

隐耳。茵次吴绮序于林蕙堂。

杨芳灿序《纳兰词·原序》
（道光十二年汪元治结铁网斋刻本）

倚声之学，唯国朝为盛。文人才子，磊落间起。词坛月旦，咸推朱陈二家为最。同时能与之角立者，其为成容若先生乎。陈词天才艳发，辞锋横溢，盖出入北宋欧苏诸大家。朱词高秀超诣，绮密精严，则又与南宋白石诸家为近。而先生之词，则真花间也。今所传湖海楼词多至千八百阕，曝书亭词亦不下六百余阕。先生所著饮水词，仅百余阕耳。然花间逸格，原以少许胜人多许。握兰一卷，阳春数章，散翠零玑，均可宝也。先生貂珥朱轮，生长华胈。其词则哀怨骚屑，类憔悴失职者之所为。盖其三生慧业，不耐浮生。寄思无端，抑郁不释。韵澹疑仙，思幽近鬼。年之不永，即兆于斯。尝谓桃叶、团扇，艳而不悲；防露、桑间悲而不雅。词殆兼之，洵极诣矣。或者谓高门贵胄，未必真嗜风雅；或当时贡谀者代为操觚耳。今其词具在，骚情古调，侠肠俊骨，隐隐奕奕，流露于毫楮间。斯岂他人所能摹拟乎？且先生所与交游，皆词场名宿，刻羽调商，人人有集，亦正少此一种笔墨也。嗟乎！蛾眉谣诼，没世犹然。真赏难逢，为可累息。余向欲与朱陈二家词合先生所著为三家词选，顾力有未暇，先手钞此本藏之箧笥。凄风暗雨，凉月三星，曼声长吟，辄复魂销心死。声音感人，一至此乎！先生有知，其以余为隔世之知己否也。时嘉庆丁巳夏五，梁溪杨芳灿蓉裳氏序。

周僖序《纳兰词》
（道光十二年汪元治结铁网斋刻本卷首）

　　汪子珊渔辑纳兰氏词竟，问序于余。余受而读之曰：异哉！汪子之用心也。纳兰词其必传于后无疑，不待言。窃怪诸君子先后所刊，无汇其全者，何也？尝论文章一道，其可致不朽者，求诸己而已。而亦不能无待于后贤。古人著述，散佚多矣。不得有心人爱护之，则等诸飘风过耳，草木华落已尔。即有爱护之者，出之鼠啮丛残，存什一于千百。取太山一石，酌海水一杯，而曰太山与海之奇观在是，吾不信也。幸矣，搜罗勤矣，或闻见有限，未竟厥美，读者犹有遗憾。宋人乐府，如石帚、玉田最为卓卓，得陶南村手录本而所作始备。吾不知南村得善本而录之邪！抑亦搜罗之

不遗余力，始编此集邪！今珊渔于《饮水》《侧帽》诸刊外，汇诸家所录，分体编辑，美矣备矣，读者无遗憾矣。珊渔方偕其兄子泉辑娄东词派，断章残简，靡不兼收，以继静厓宫庶诗派之选。盖好古而笃，且以显微阐幽为己任。异哉！汪子之用心也，如谓珊渔词骚情雅骨，悱恻芬芳，仿佛纳兰氏，以似己者

而好之,则又浅之乎言珊渔矣。是为序。道光壬辰三月下浣,同里周僐属于吴门寓斋。

赵函序《纳兰词》
(道光十二年汪元治结铁网斋刻本卷首)

诗之为道,非具湛深通博之学,雄骏绝特之才,不足以神明其事。词则不然,发乎性情,合乎骚雅,刻画乎律吕分寸,一毫矜才使气不得。故有诗才凌轹一代,而词则瞠乎莫陟藩篱者。山谷、放翁且贻口实,况其下此者乎。国朝诗人而兼擅倚声者,首推竹垞、迦陵,后此则樊榭而已。然读三家之词,终觉才情横溢,般演太多,与黄叔旸质实清空之论,往往不洽。盖其胸中积轴,未尽陶熔,借词发挥,唯恐不极其致,可以为词家大观,其实非词家正轨也。纳兰容若以承平贵胄,与国初诸老角逐词场。所传《通志堂集》二十卷,其板久毁,不可得见。而词则卓然冠乎诸公之上,非其学胜也,其天趣胜也。向所见者,唯《侧帽词》刊本并与顾梁汾合刻本。既在京师,见钞本《饮水》《侧帽》两种,共三百余阕,惜冗次不及借钞。吾友袁兰村,近有刊本二百余阕,亦非其全。娄东汪君珊渔精于倚声,落笔辄似纳兰氏,不独肖其口吻,抑且得其性情。以所辑容若词二百七十余阕示余,可谓搜录无遗矣。珊渔拟付重刊,且属鄙人为之序。余以未得纳兰氏碑板事实,迟迟报命。闻吴门彭桐桥家藏有《通志堂集》,亟往借观。桐桥告余曰:唏!是书藏余家数十载,无有顾而问者。昨娄东友人寓书来索是集,今吾子又借观,岂此书将复显于是耶。因出其书，流览一过。余心知珊渔之先购是书，欣幸无极，故向桐桥争购之，而桐桥以有成约，坚靳弗与，一哗而罢。按集中所刻词四卷，共三百四阕，首尾完善，盖至是始得全豹焉。其所著诗赋、经解、杂识皆可观，然不逮词远甚。因寓书珊渔，校勘原本全刻之。纳兰氏生前得梁汾辈为之羽

翼，身后得珊渔辈为之表章，斯人一生幽怨芳芬之致，可以不泯人间矣。余尝登惠山之阴，有贯华阁者，在群松乱石间，远绝尘轨。容若扈从南来时，尝与迦陵、梁汾、荪友信宿其处。旧藏容若绘像及所书观华阁额，近毁于火，为可惜也。因序其词，并记于此。以为异日词家掌故云。道光壬辰长夏，震泽赵函序于娜如山馆。

汪元浩跋《纳兰词》
（道光十二年结铁网斋刻本卷首）

余自束发，稍解四声，即好倚声之学。小令好南唐主，慢词好玉田生。

以能移我情，不知其一往而深也。国初才人辈出，秀水以高逸胜，阳羡以豪宕胜，均出入南北两宋词。同时纳兰容若先生则独为南唐主、玉田生嗣响。徐、韩两尚书碑、志，称先生有文武才，所著恒于射飞逐走之暇得之。《四库全书》收有合订删补《大易集成粹言》八十卷，《陈氏礼记集说补正》三十八卷。诗余特余事耳。已超人古作者之室如此。顾易礼二编，未见刊本。即诗古文亦流传者少。所共知者词，而有罕睹其全，读者恨之。余弟仲安，从王丈少仙假得先生《侧帽词》。好之笃，故其笔墨间有近之者。曾质之赵丈艮甫，丈赏为纳兰再世，仲安未敢当也。余因谓之曰：古人于所好，得似者而喜矣，况其真乎？纳兰词之散见于他选者，诚搜而辑之，以子之好，公之海内，吾知海内必争先睹为快。仲安乃因顾梁汾原辑本及杨蓉裳抄本、袁兰村刊本、《昭代词选》《名家词钞》《词汇》《词综》《词雅》《草堂嗣响》《亦园词选》等书，汇钞得二百七十余阕。其前后之次，则按体编之，字句异同，悉加注明，并采词评、词话录于卷首。夫纳兰氏异时必有全集汇刊，并朱陈二集以传。兹特嘉仲安搜罗之勤，付诸剞劂，以公同好，且望海内得见其全者补所未备焉。道光壬辰夏六月上浣，汪元浩跋于梦云馆。

汪元治后跋《纳兰词》

（道光十二年结铁网斋刻本卷首）

元治辑《纳兰词》四卷，伯兄跋之详矣。剞劂告竣，将次印刷，复于吴门彭丈桐桥处得《通志堂全集》，共二十卷。内词四卷，计三百四阕。参互详考，所遗有四十六阕，爰即补刊于后编，为五卷。而元治所辑，亦有一十九阕为全集所未载,殆当时失传故耳。今汇得三百二十三阕,可称大备,无遗憾矣。复跋数语,以致深幸云。道光壬辰秋七月既望,汪元治书于结铁网斋。

张祥河序《饮水词》(道光二十五年张祥河刻本)

《国朝诗别裁集》载:容若辽阳人,康熙癸丑进士,丙辰殿试,官侍卫,著有《通志堂集》。其诗登五首,而全集罕见。是集饮水诗词,锡山顾贞观阅定,古燕张纯修序而行之。盖两公与容若交最深,故思所以不朽。容若者,考别裁所登拟《卢子谅时兴》、山海关《柳枝词》,俱是集所未录,则知是集亦选存之。余在桂林,则闻大中丞稚圭先生绪论及词学,推容若为南唐后主真派,令曲胜于漫序。出是云得之京师厂肆,惜其后阙页。余极请刊布以广其传,先生颔之。窃思容若为大学士明公之子,天姿慧悟,清澈灵府,年少通籍,不永其年。所作善言情,又好言愁,其缠绵悱恻之概,时动简外,谓非得风人之旨,而为骚雅之遗哉。道光乙巳夏五月既望,华亭张祥河。

金梁外史识《饮水词》
(道光二十六年金梁外史选刻本)

曩在京师,与友人论词,或言纳兰容若南唐李重光后身也。余谓重光天籁也,恐非人力所及。然填词家自南宋以来,专工慢词,不复措意令曲。其作令曲仍与慢词音节无异,盖花间遗响久成广陵散矣。容若长调多不协律,小调则格高韵远,极缠绵婉约之致,能使南唐坠绪绝而复续。第其品格,殆叔原、方回之亚乎。原集刻板久失,余购诸厂肆,凡诗二卷,词三卷,藏箧中三十余年。张诗舲方伯见而好之,为重刊以广其传。余惟容若诗不如词,慢不如令,因复精择百余阕,乞陈桂舫孝廉写而镂诸木。其音律舛误,词近浅率者,概弗登庶。《饮水》一编,无瑕可摘,且俾后之学者不惑于歧趋,寄正诗龄,或当即可。道光丙午初,金梁外史识。

李慈铭手跋《纳兰词》卷三
（北京图书馆善本特藏室藏汪刻本）

辛酉二月十八夜,从鹳缘太史借读一过。容若词长调不如中令,中令不如小令,右三卷已足尽其长矣。讽咏之次,使人意消。是夜月色大佳,花影交舞。矮窗红苣,殊增春事之艳,正侧帽生所谓"那能闲过好时光"者也。莼客并记。（图章"绛跗阁主"）

李慈铭手跋《纳兰词》卷五
（北京图书馆善本特藏室藏汪刻本）

　　庚申之冬，毗陵吕庭芷太史以纳兰词属点定一过。太史深于词，所作，上者逼清真、玉田；次亦不失为梦窗、草窗。顾殷殷问道于聋瞽，亦昔人夷光之妍，鉴景盐媄者。容若词天赋灵秀，神仙中之子晋。生长绮胄，性情又足以相副。口视得十斛麦，抱床头人者，自判境诣。仆于乙卯秋日，曾写选一小帙。今者取者多清空婉约近于子野、永叔之作，以视曩选颇有不同，足征去取之难矣。还质太史以为何如？辛酉二月二十一日，霞川花隐李慈铭跋（图章"慈铭""霞川花隐"）

　　……为累，工善愁□不特增伉俪之重。其于知交若华峰、西溟……亦多顿……（残）

李慈铭读书记（《越缦堂读书记》下册）

纳兰词清纳兰容若撰

（摘录成容若德《纳兰词》）

　　容若为纳兰太傅明珠之子，少年侍卫禁廷，好学能文，与国初诸名士相角逐，著有《通志堂集》二十卷，多说经之书，而词特传，华峰顾贞观首刻之，其后杨蓉裳又为续刊，所谓《饮水》《侧帽》□□□恒不得见，所见者《昭代词选》及《词综》所载数阕耳，幽情侧艳，心焉系之。去年秋季觊（周星贻）自禾中归，以全帙示余，盖娄东汪氏所刻本，共三百二十三阕，殆搜辑无遗矣。今摘其尤者于此。（按日记中共摘录六十阕）。余尝论作词之道，固另有一种婉丽软媚之致，必性情近者始足语此，然亦须书卷富

才力厚，草堂骫骳，元明浅陋，岂彼之人皆性情拙欤！国朝谭词推朱、陈两家。伽陵病在熟，竹垞病在陈，顾伽陵胜于竹垞者，笔意灵也。余子不足数。求于伽陵鼎峙者，其容若及金风亭长乎！

余于词非当家，所作者真诗余耳。然于此中颇有微悟，盖必若近若远，忽去忽来，如蛱蝶穿花，深深款款。又须于无情无绪中，令人十步九回，如佛言食蜜中边皆甜。（按此处眉批有后记：予尔时实能辨他人之工拙，而未能辨己所作之工拙，盖所悟者在下笔之先，而思力俱未至也。自记。）古来得此旨者，南唐二主、六一、安陆、淮海、小山及李易安《漱玉词》耳。屯田近俗，稼轩近霸，而两家佳处，均契渊微。本朝董文友小令最佳，惜不见其集。次则厉樊榭，真宋人滴髓，而太近白石、草窗，兰荃遗韵，复乎邈矣！纳兰词在当日为伽陵□□□□□徐菊庄、吴茵次辈皆推许之，今则鲜有举其姓氏者。其词弦弦掩抑，令人不欢，洵有如顾梁汾所谓非文人不能多情，非才子不能善怨者，然根柢太浅，每露底蕴，长调犹时若不醇，此不读书之故。徐健庵、韩慕庐作容若墓志，言其所作多于扈跸侍猎时得之，容或然也。余尝见其所

著《渌水亭杂识》，固不见佳，而词独哀怨骚屑。以承平贵公子，而憔悴忧伤，常若不可终日，虽性情有独至，亦年命不永之征也。

大约词与诗之别，诗必意余于言，词则言余于意，往往申衍□□□□□以盛气包举之，词则不得游移一字，故异曲同工。词之小令，犹诗中五绝七绝，须天机凑泊，不著一字；以字句新隽见奇者，次也。或以小令为易工，是犹作七绝者，但观摹晚唐、南宋诸家，而不知有龙标、太白也。长调须流宕而不剽，雄厚而不竞。清真未免剽，稼轩未免竞，东坡则或上类于诗，或下流于曲，故足以鼓吹骚雅者鲜已。伽陵词如丝竹迭奏广场繁响中时作渊渊金石声，纳兰词如寡妇夜哭，缠绵幽咽，不能终听。近来汴人周誉芬《东沤词》则如儿女子花前月下，喁喁私语，温丽芳泽，故虽未能尽两家之长，而实为两家所未有也。余词非叔子所服，照尝自谓如松竹间语，清婉无响，（此处有眉批：此实未见得，尔时所作，殊鲜悟人处，自记。）不肯一语同《东沤》，而心实喜之。或有讥其不醇者，虽未必知言，然能再加洗伐，则五代、两宋无人矣。因论容若词及之。咸丰乙卯（1855年）九月初十日。

终日无事，去年定子太史以成容若《纳兰词》属评点，久庋不还，今日既暇，因为加墨一过。容若词，天分殊胜而学力甚歉。予于乙卯秋曾选其佳者录之，时于此事犹未深入，故别择尚疏。其词长调殊鲜合作，小令、中令多得钟隐、淮海之悟。如"寄语酿花风日好,绿窗来与上琴弦""记得别伊时,桃花柳万丝""妆罢只思眠,江南四月天""刚与病相宜,琐窗重绣衣""没个音书,尽日东风上绿除""风也萧萧,雨也萧萧,瘦尽灯花又一宵""月上桃花,雨歇春寒燕子家""被酒莫惊春睡重,赌书消得泼茶香,当时只道是寻常""烟丝欲袅,露光凝泫,春在桃花""满地梨花似去年,却多了廉纤雨""五月江南麦已稀,黄梅时节雨霏微,闲看燕子双雏飞""一般心事,两样愁情,犹记碧桃影里誓三生""画船人似月,细雨落杨花""帘影谁摇,燕蹴风丝上柳条""甚日还来,同领略夜雨空阶滋味""一钩残照,半帘微絮,总是恼人时"皆清灵婉约,诵之使人意也消。故所作不及伽陵、竹垞之半,才力亦相去远甚,而讫今谈艺家与朱、陈并称,繇其独契性灵,冥臻上乘,亦非二家所能及也。此本为道光丁酉岁镇洋汪元治所刻,合《饮水》《侧帽》二集,又搜其遗剩,共得三百二十三阕,所作大约已备。惜校仇不精,又指其《琵琶仙》《秋水》等调为自度曲,盖全不知此事者矣。咸丰辛酉(1861 年)二月十八日。

国学经典文库

纳兰容若全集

《纳兰容若词集序跋》汇编

图文珍藏版